中华经典藏书

第三卷

儒学经典（三）

北京出版社

本 卷 目 录

儒学经典（三）

孟子 …………………………………………………………………… （1119）

孝经 …………………………………………………………………… （1159）

尔雅 …………………………………………………………………… （1165）

荀子 …………………………………………………………………… （1221）

春秋繁露 ……………………………………………………………… （1315）

法言 …………………………………………………………………… （1387）

潜夫论 ………………………………………………………………… （1411）

昌黎先生集（选录） ………………………………………………… （1477）

复性书 ………………………………………………………………… （1483）

周子全书（选录） …………………………………………………… （1489）

河南程氏遗书 ………………………………………………………… （1499）

正蒙 …………………………………………………………………… （1653）

儒学经典

（三）

孟　子

〔战国〕孟轲　撰

梁惠王上

孟子见梁惠王。王曰:"叟! 不远千里而来,亦将有以利吾国乎?"孟子对曰:"王何必曰利?亦有仁义而已矣。王曰:'何以利吾国?'大夫曰:'何以利吾家?'士庶人曰:'何以利吾身?'上下交征利,而国危矣。万乘之国,弑其君者,必千乘之家。千乘之国,弑其君者,必百乘之家。万取千焉,千取百焉,不为不多矣。苟为后义而先利,不夺不餍①。未有仁而遗其亲者也,未有义而后其君者也。王亦曰仁义而已矣,何必曰利?"

孟子见梁惠王。王立于沼上,顾鸿雁麋鹿,曰:"贤者亦乐此乎?"

孟子对曰:"贤者而后乐此。不贤者虽有此,不乐也。《诗》云:'经始灵台,经之营之。庶民攻之,不日成之。经始勿亟,庶民子来。王在灵囿,麀鹿攸伏②。麀鹿濯濯,白鸟鹤鹤。王在灵沼,于牣鱼跃③。'文王以民力为台为沼,而民欢乐之,谓其台曰灵台,谓其沼曰灵沼,乐其有麋鹿鱼鳖。古之人与民偕乐,故能乐也。《汤誓》曰:'时日害丧? 予及女偕亡!'民欲与之偕亡,虽有台池鸟兽,岂能独乐哉?"

梁惠王曰:"寡人之于国也,尽心焉耳矣。河内凶,则移其民于河东,移其粟于河内。河东凶亦然。察邻国之政,无如寡人之用心者。邻国之民不加少,寡人之民不加多,何也?"

孟子对曰:"王好战,请以战喻。填然鼓之,兵刃既接,弃甲曳兵而走,或百步而后止,或五十步而后止。以五十步笑百步,则何如?"曰:"不可。直不百步耳,是亦走也。"曰:"王如知此,则无望民之多于邻国也。不违农时,谷不可胜食也。数罟不入洿池④,鱼鳖不可胜食也。斧斤以时入山林,材木不可胜用也。谷与鱼鳖不可胜食,材木不可胜用,是使民养生丧死无憾也。养生丧死无憾,王道之始也。五亩之宅,树之以桑,五十者可以衣帛矣。鸡豚狗彘之畜,无失其时,七十者可以食肉矣。百亩之田,勿夺其时,数口之家可以无饥矣。谨庠序之教⑤,申之以孝悌之义,颁白者不负戴于道路矣。七十者衣帛食肉,黎民不饥不寒,然而不王者,未之有也。狗彘食人食而不知检,途有饿莩而不知发⑥;人死,则曰:'非我也,岁也。'是何异于刺人而杀之,曰:'非我也,兵也。'王无罪岁,斯天下之民至焉。"

梁惠王曰:"寡人愿安承教。"孟子对曰:"杀人以梃与刃,有以异乎?"曰:"无以异也。""以刃与政,有以异乎?"曰:"无以异也。"曰:"庖有肥肉,厩有肥马,民有饥色,野有饿莩,此率兽而食人也。兽相食,且人恶之;为民父母,行政不免于率兽而食人,恶在其为民父母也?仲尼曰:'始作俑者,其无後乎?'为其象人而用之也。如之何其使斯民饥而死也?"

梁惠王曰:"晋国,天下莫强焉,叟之所知也。及寡人之身,东败于齐,长子死焉;西丧地于秦七百里;南辱于楚。寡人耻之,愿比死者一洒之。如之何则可?"

孟子对曰:"地方百里而可以王。王如施仁政于民,省刑罚,薄税敛,深耕易耨,壮者以暇日修其孝悌忠信,入以事其父兄,出以事其长上,可使制梃以挞秦楚之坚甲利兵矣。彼夺其民时,使不得耕耨以养其父母,父母冻饿,兄弟妻子离散。彼陷溺其民,王往而征之,夫谁与王敌?故曰:'仁者无敌。'王请勿疑。"

孟子见梁襄王。出,语人曰:"望之不似人君,就之而不见所畏焉。卒然问曰:'天下恶乎定?'吾对曰:'定于一。''孰能一之?'对曰:'不嗜杀人者能一之。''孰能与之?'对曰:"天下莫不与也。王知夫苗乎？七八月之间旱，则苗槁矣。天油然作云，沛然下雨，则苗浡然兴之矣。其如是，孰能御之？今夫天下之人牧，未有不嗜杀人者也。如有不嗜杀人者，则天下之民皆引领而望之矣！诚如是也，民归之，由水之就下，沛然谁能御之？'"

齐宣王问曰："齐桓、晋文之事，可得闻乎？"孟子对曰："仲尼之徒，无道桓、文之事者，是以后世无传焉，臣未之闻也。无以，则王乎？"曰："德何如，则可以王矣？"曰："保民而王，莫之能御也。"曰："若寡人者，可以保民乎哉？"曰："可。"曰："何由知吾可也？"曰："臣闻之胡龁曰⑦：王坐于堂上，有牵牛而过堂下者，王见之，曰：'牛何之？'对曰：'将以衅钟。'王曰：'舍之！吾不忍其觳觫⑧，若无罪而就死地。'对曰：'然则废衅钟与？'曰：'何可废也？以羊易之。'不识有诸？"曰："有之。"曰："是心足以王矣。百姓皆以王为爱也，臣固知王之不忍也。"王曰："然。诚有百姓者。齐国虽褊小⑨，吾何爱一牛？即不忍其觳觫，若无罪而就死地，故以羊易之也。"曰："王无异于百姓之以王为爱也，以小易大，彼恶知之？王若隐其无罪而就死地，则牛羊何择焉？"王笑曰："是诚何心哉？我非爱其财而易之以羊也。——宜乎百姓之谓我爱也。"曰："无伤也。是乃仁术也，见牛未见羊也。君子之于禽兽也，见其生，不忍见其死；闻其声，不忍食其肉。是以君子远庖厨也。"

王说，曰："《诗》云：'他人有心，予忖度之。'夫子之谓也。夫我乃行之，反而求之，不得吾心。夫子言之，于我心有戚戚焉。此心之所以合于王者，何也？"曰："有复于王者，曰'吾力足以举百钧，而不足以举一羽，明足以察秋毫之末，而不见舆薪。'则王许之乎？"曰："否。""今恩足以及禽兽，而功不至于百姓者，独何与？然则一羽之不举，为不用力焉；舆薪之不见，为不用明焉；百姓之不见保，为不用恩焉。故王之不王，不为也，非不能也。"曰："不为者与不能者之形何以异？"曰："挟太山以超北海，语人曰：'我不能。'是诚不能也。为长者折枝，语人曰：'我不能。'是不为也，非不能也。故王之不王，非挟太山以超北海之类也；王之不王，是折枝之类也。老吾老，以及人之老；幼吾幼，以及人之幼：天下可运于掌。《诗》云：'刑于寡妻⑩，至于兄弟，以御于家邦。'言举斯心加诸彼而已。故推恩足以保四海，不推恩无以保妻子。古之人所以大过人者，无他焉，善推其所为而已矣。今恩足以及禽兽，而功不至于百姓者，独何与？权，然后知轻重。度，然后知长短。物皆然，心为甚。王请度之！"

"抑王兴甲兵、危士臣、构怨于诸侯，然后快于心与？"王曰："否。吾何快于是？将以求吾所大欲也！"曰："王之所大欲，可得闻与？"王笑而不言。曰："为肥甘不足于口与？轻暖不足于体与？抑为采色不足视于目与？声音不足听于耳与？便嬖不足使令于前与⑪？王之诸臣，皆足以供之，而王岂为是哉？"曰："否。吾不为是也。"曰："然则王之所大欲可知已。欲辟土地，朝秦、楚，莅中国而抚四夷也⑫。以若所为，求若所欲，犹缘木而求鱼也。"王曰："若是其甚与？"曰："殆有甚焉。缘木求鱼，虽不得鱼，无后灾。以若所为，求若所欲，尽心力而为之，后必有灾。"曰："可得闻与？"曰："邹人与楚人战，则王以为孰胜？"曰："楚人胜。"曰："然则小固不可以敌大，寡固不可以敌众，弱固不可以敌强。海内之地，方千里者九，齐集有其一。以一服八，何以异于邹敌楚哉？盖亦反其本矣⑬。今王发政施仁，使天下仕者皆欲立于王之朝，耕者皆欲耕于王之野，商贾皆欲藏于王之市，行旅皆欲出于王之途，天下之欲疾其君者皆欲赴愬于王，其若是，孰能御之？"

王曰："吾惛⑭，不能进于是矣。愿夫子辅吾志，明以教我。我虽不敏，请尝试之。"曰："无恒产而有恒心者，惟士为能。若民则无恒产，因无恒心。苟无恒心，放辟邪侈，无不为已。及陷于罪，然后从而刑之，是罔民也⑮。焉有仁人在位，罔民而可为也？是故明君制民之产，必使仰足以事父母，俯足以畜妻子，乐岁终身饱，凶年免于死亡。然后驱而之善，故民之从之也轻。今也制民之产，仰不足以事父母，俯不足以畜妻子，乐岁终身苦，凶年不免于死亡。此惟救死而恐不赡，奚暇治礼义哉？王欲行之，则盍反其本矣。五亩之宅，树之以桑，五十者可以衣帛矣。鸡豚狗彘之畜，无失其时，七十者可以食肉矣。百亩之田，勿夺其时，八口之家可以无饥矣。谨庠序之教，申之以孝悌之义，颁白者不负戴于道路矣。老者衣帛食肉，黎民不饥不寒，然而不王者，未之有也。"

---

①餍（yàn，音宴）：满足。
②麀（yōu，音优）：母鹿。　攸：所。
③牣（rèn，音认）：牛肥的样子。这儿指鱼儿肥美。
④罟（gǔ，音古）：捕鱼的网。　洿（wū，音乌）池：浊水池。
⑤庠（xiáng，音详）序：古代学校名称。
⑥饿莩（piǎo，音瞟）：饿死的人。　莩：通"殍"。
⑦胡龁（hé，音合）：齐宣王左右的近臣。
⑧觳觫（hú sù，音胡速）：恐惧发抖的样子。
⑨褊（biǎn，音贬）：狭小。
⑩刑：通"型"，作动词用，示范，做榜样。
⑪便嬖（pián bì，音骈必）：受国君宠爱的侍从。
⑫莅（lì，音利）：莅临，统治。
⑬盖：通"盍"，"何""不"两字的合音词。
⑭惛：通"昏"，昏乱，糊涂。
⑮罔民：设罗网坑害百姓。　罔：通"网"。

梁 惠 王 下

庄暴见孟子，曰："暴见于王，王语暴以好乐，暴未有以对也。"曰："好乐何如？"孟子曰："王之好乐甚，则齐国其庶几乎？"

他日，见于王，曰："王尝语庄子以好乐，有诸？"王变乎色，曰："寡人非能好先王之乐也，直好世俗之乐耳。"曰："王之好乐甚，则齐其庶几乎！今之乐，由古之乐也。"曰："可得闻与？"曰："独乐乐，与人乐乐，孰乐？"曰："不若与人。"曰："与少乐乐，与众乐乐，孰乐？"曰："不若与众。"

"臣请为王言乐。今王鼓乐于此，百姓闻王钟鼓之声、管籥之音①，举疾首蹙頞而相告曰②：'吾王之好鼓乐，夫何使我至于此极也？父子不相见，兄弟妻子离散。'今王田猎于此，百姓闻王车马之音，见羽旄之美，举疾首蹙頞而相告曰：'吾王之好田猎，夫何使我至于此极也？父子不相见，兄弟妻子离散。'此无他，不与民同乐也。今王鼓乐于此，百姓闻王钟鼓之声、管籥之音，举欣欣然有喜色而相告曰："吾王庶几无疾病与？何以能鼓乐也？'今王田猎于此，百姓闻王车马之音，见羽旄之美，举欣欣然有喜色而相告曰：'吾王庶几无疾病与？何以能田猎也？'此无他，与民同乐也。今王与百姓同乐，则王矣。"

齐宣王问曰："文王之囿方七十里③，有诸？"孟子对曰："于传有之。"曰："若是其大乎？"

曰：“民犹以为小也。”曰：“寡人之囿方四十里，民犹以为大，何也？”曰：“文王之囿方七十里，刍荛者往焉④，雉兔者往焉。与民同之，民以为小，不亦宜乎？臣始至于境，问国之大禁，然后敢入。臣闻郊关之内，有囿方四十里，杀其麋鹿者如杀人之罪。则是方四十里为阱于国中，民以为大，不亦宜乎？”

齐宣王问曰：“交邻国有道乎？”孟子对曰：“有。惟仁者为能以大事小，是故汤事葛，文王事昆夷。惟智者为能以小事大，故大王事獯鬻⑤，句践事吴。以大事小者，乐天者也。以小事大者，畏天者也。乐天者保天下，畏天者保其国。《诗》云：‘畏天之威，于时保之。’”王曰：“大哉言矣！寡人有疾，寡人好勇。”对曰：“王请无好小勇。夫抚剑疾视，曰：‘彼恶敢当我哉！’此匹夫之勇，敌一人者也。王请大之。《诗》云：‘王赫斯怒，爰整其旅。以遏徂莒，以笃周祜，以对于天下。’此文王之勇也。文王一怒而安天下之民。《书》曰：‘天降下民，作之君，作之师。惟曰其助上帝，宠之四方。有罪无罪，惟我在，天下曷敢有越厥志？’一人衡行于天下，武王耻之。此武王之勇也，而武王亦一怒而安天下之民。今王亦一怒而安天下之民，民惟恐王之不好勇也。”

齐宣王见孟子于雪宫。王曰：“贤者亦有此乐乎？”孟子对曰：“有。人不得，则非其上矣。不得而非其上者，非也。为民上而不与民同乐者，亦非也。乐民之乐者，民亦乐其乐。忧民之忧者，民亦忧其忧。乐以天下，忧以天下，然而不王者，未之有也。昔者齐景公问于晏子，曰：‘吾欲观于转附、朝儛⑥，遵海而南，放于琅邪，吾何修而可以比于先王观也？’晏子对曰：‘善哉问也！天子适诸侯曰巡狩，巡狩者，巡所守也。诸侯朝于天子曰述职，述职者，述所职也。无非事者。春省耕而补不足，秋省敛而助不给。夏谚曰：“吾王不游，吾何以休？吾王不豫，吾何以助？”一游一豫，为诸侯度。今也不然：师行而粮食，饥者弗食，劳者弗息。睊睊胥谗⑦，民乃作慝⑧。方命虐民，饮食若流。流连荒亡，为诸侯忧。从流下而忘反，谓之流。从流上而忘反，谓之连。从兽无厌，谓之荒。乐酒无厌，谓之亡。先王无流连之乐、荒亡之行。惟君所行也。’景公悦，大戒于国，出舍于郊。于是始兴发补不足，召大师，曰：‘为我作君臣相说之乐。’盖《徵招》、《角招》是也。其诗曰：‘畜君何尤？’畜君者，好君也。”

齐宣王问曰：“人皆谓我毁明堂，毁诸？已乎？”孟子对曰：“夫明堂者，王者之堂也。王欲行王政，则勿毁之矣。”王曰：“王政可得闻与？”对曰：“昔者文王之治岐也，耕者九一，仕者世禄，关市讥而不征，泽梁无禁，罪人不孥。老而无妻曰鳏，老而无夫曰寡，老而无子曰独，幼而无父曰孤。此四者，天下之穷民而无告者。文王发政施仁，必先斯四者。《诗》云：‘哿矣富人⑨，哀此茕独！’”王曰：“善哉言乎！”曰：“王如善之，则何为不行？”王曰：“寡人有疾，寡人好货。”对曰：“昔者公刘好货，《诗》云：‘乃积乃仓，乃裹糇粮⑩，于橐于囊，思戢用光。弓矢斯张，干戈戚扬，爰方启行⑪。’故居者有积仓，行者有裹粮也，然后可以爰方启行。王如好货，与百姓同之，于王何有？”王曰：“寡人有疾，寡人好色。”对曰：“昔者太王好色，爱厥妃。《诗》云：‘古公亶父，来朝走马。率西水浒，至于岐下，爰及姜女，聿来胥宇⑫。’当是时也，内无怨女，外无旷夫。王如好色，与百姓同之，于王何有？”

孟子谓齐宣王曰：“王之臣，有托其妻子于其友而之楚游者。比其反也，则冻馁其妻子，则如之何？”王曰：“弃之。”曰：“士师不能治士，则如之何？”王曰：“已之。”曰：“四境之内不治，则如之何？”王顾左右而言他。

孟子见齐宣王，曰：“所谓故国者，非谓有乔木之谓也，有世臣之谓也。王无亲臣矣，昔者所进，今日不知其亡也。”王曰：“吾何以识其不才而舍之？”曰：“国君进贤，如不得已，将使卑逾尊，疏逾戚，可不慎与？左右皆曰贤，未可也。诸大夫皆曰贤，未可也。国人皆曰贤，然后察之；见贤焉，然后用之。左右皆曰不可，勿听。诸大夫皆曰不可，勿听。国人皆曰不可，然后察之；见不可焉，然后去之。左右皆曰可杀，勿听。诸大夫皆曰可杀，勿听。国人皆曰可杀，然后察之；见可杀焉，然后杀之。故曰国人杀之也。如此，然后可以为民父母。"

齐宣王问曰："汤放桀，武王伐纣，有诸？"孟子对曰："于传有之。"曰："臣弑其君可乎？"曰："贼仁者谓之贼。贼义者谓之残。残贼之人，谓之一夫。闻诛一夫纣矣，未闻弑君也。"

孟子见齐宣王，曰："为巨室，则必使工师求大木。工师得大木，则王喜，以为能胜其任也。匠人斫而小之，则王怒，以为不胜其任矣。夫人幼而学之，壮而欲行之，王曰'姑舍女所学而从我'，则何如？今有璞玉于此，虽万镒，必使玉人雕琢之，至于治国家，则曰'姑舍女所学而从我'，则何以异于教玉人雕琢玉哉？"

齐人伐燕，胜之。宣王问曰："或谓寡人勿取，或谓寡人取之。以万乘之国伐万乘之国，五旬而举之，人力不至于此。不取必有天殃，取之何如？"孟子对曰："取之而燕民悦，则取之。古之人有行之者，武王是也。取之而燕民不悦，则勿取。古之人有行之者，文王是也。以万乘之国伐万乘之国，箪食壶浆，以迎王师，岂有他哉？避水火也。如水益深，如火益热，亦运而已矣⑬。"

齐人伐燕，取之。诸侯将谋救燕。宣王曰："诸侯多谋伐寡人者，何以待之？"孟子对曰："臣闻七十里为政于天下者，汤是也。未闻以千里畏人者也。《书》曰：'汤一征，自葛始。'天下信之。'东面而征，西夷怨。南面而征，北狄怨。曰："奚为後我？"'民望之，若大旱之望云霓也。归市者不止，耕者不变。诛其君而吊其民，若时雨降，民大悦。《书》曰：'徯我后，后来其苏！'今燕虐其民，王往而征之，民以为将拯己于水火之中也，箪食壶浆，以迎王师。若杀其父兄，系累其子弟，毁其宗庙，迁其重器，如之何其可也？天下固畏齐之强也，今又倍地而不行仁政，是动天下之兵也。王速出令，反其旄倪，止其重器，谋于燕众，置君而後去之，则犹可及止也。"

邹与鲁鬨。穆公问曰："吾有司死者三十三人，而民莫之死也。诛之则不可胜诛；不诛，则疾视其长上之死而不救。如之何则可也？"孟子对曰："凶年饥岁，君之民老弱转乎沟壑，壮者散而之四方者几千人矣；而君之仓廪实、府库充，有司莫以告，是上慢而残下也。曾子曰：'戒之，戒之！出乎尔者，反乎尔者也。'夫民今而后得反之也，君无尤焉！君行仁政，斯民亲其上、死其长矣。"

滕文公问曰："滕，小国也，间于齐、楚。事齐乎？事楚乎？"孟子对曰："是谋非吾所能及也。无已，则有一焉：凿斯池也，筑斯城也，与民守之。效死而民弗去，则是可为也。"

滕文公问曰："齐人将筑薛，吾甚恐。如之何则可？"孟子对曰："昔者大王居邠⑭，狄人侵之。去之岐山之下居焉，非择而取之，不得已也。苟为善，后世子孙必有王者矣。君子创业垂统，为可继也。若夫成功，则天也。君如彼何哉？强为善而已矣。"

滕文公问曰："滕，小国也。竭力以事大国，则不得免焉，如之何则可？"孟子对曰："昔者大王居邠，狄人侵之。事之以皮币，不得免焉。事之以犬马，不得免焉。事之以珠玉，不得免焉。乃属其耆老而告之曰：'狄人之所欲者，吾土地也。吾闻之也：君子不以其所以养人者害人。二三子何患乎无君？我将去之！'去邠，逾梁山，邑于岐山之下居焉。邠人曰：'仁人也，不可失也。'从之者如归市。或曰：'世守也，非身之所能为也，效死勿去。'君请择于斯二者。"

鲁平公将出，嬖人臧仓者请曰："他日君出，则必命有司所之。今乘舆已驾矣，有司未知所之，敢请。"公曰："将见孟子。"曰："何哉，君所为轻身以先于匹夫者？以为贤乎？礼义由贤者出，而孟子之后丧逾前丧。君无见焉！"公曰："诺。"乐正子入见，曰："君奚为不见孟轲也？"

曰："或告寡人曰：'孟子之后丧逾前丧。'是以不往见也。"曰："何哉，君所谓逾者？前以士，后以大夫；前以三鼎，而后以五鼎与？"曰："否。谓棺椁衣衾之美也。"曰："非所谓逾也，贫富不同也。"乐正子见孟子，曰："克告于君，君为来见也。嬖人有臧仓者沮君，君是以不果来也。"曰："行或使之，止或尼之。行、止，非人所能也。吾之不遇鲁侯，天也。臧氏之子，焉能使予不遇哉？"

①籥（yuè，音月）：像笛的一种乐器。

②頞（è，音遏）：鼻梁。

③囿（yòu，音幼）：养动物的园子。

④刍荛（ráo，音饶）：割草打柴。

⑤獯鬻（xūn yù，音熏育）：我国古代北方的一个少数民族。

⑥朝儛（wú，音舞）：山名。

⑦眮（juàn）眮：侧目而视。　　胥：相。

⑧慝（tè，音特）：邪恶。

⑨曶（kě，音可）：同"可"。

⑩餱（hóu，音侯）粮：干粮。

⑪爰（yuán，音圆）：于是。

⑫聿：动词词头。　　胥：相，视察。

⑬运：转。意谓民将转而望救于他人。

⑭邠（bīn，音宾）：地名，在陕西。

公孙丑上

公孙丑问曰："夫子当路于齐，管仲、晏子之功，可复许乎？"孟子曰："子诚齐人也，知管仲、晏子而已矣。或问乎曾西曰：'吾子与子路孰贤？'曾西蹴然曰①：'吾先子之所畏也。'曰：'然则吾子与管仲孰贤？'曾西艴然不悦②，曰'尔何曾比予于管仲？管仲得君如彼其专也，行乎国政如彼其久也，功烈如彼其卑也，尔何曾比予于是！'"曰："管仲，曾西之所不为也，而子为我愿之乎？"曰："管仲以其君霸，晏子以其君显。管仲、晏子，犹不足为与？"曰："以齐王，由反手也。"曰："若是，则弟子之惑滋甚。且以文王之德，百年而後崩，犹未洽于天下；武王、周公继之，然後大行。今言王若易然，则文王不足法与？"曰："文王何可当也！由汤至于武丁，贤圣之君六七作。天下归殷久矣，久则难变也。武丁朝诸侯，有天下，犹运之掌也。纣之去武丁未久也，其故家遗俗，流风善政，犹有存者；又有微子、微仲、王子比干、箕子、胶鬲，皆贤人也，相与辅相之。故久而後失之也。尺地莫非其有也，一民莫非其臣也，然而文王犹方百里起，是以难也。齐人有言曰：'虽有智慧，不如乘势。虽有镃基③，不如待时。'今时则易然也。夏后、殷、周之盛，地未有过千里者也，而齐有其地矣；鸡鸣狗吠相闻，而达乎四境，而齐有其民矣。地不改辟矣，民不改聚矣，行仁政而王，莫之能御也。且王者之不作，未有疏于此时者也；民之憔悴于虐政，未有甚于此时者也。饥者易为食，渴者易为饮。孔子曰：'德之流行，速于置邮而传命。'当今之时，万乘之国行仁政，民之悦之，犹解倒悬也。故事半古之人，功必倍之，惟此时为然。”

　　公孙丑问曰：“夫子加齐之卿相，得行道焉，虽由此霸王，不异矣。如此则动心否乎？”孟子曰：“否。我四十不动心。”曰：“若是，则夫子过孟贲远矣。”曰：“是不难。告子先我不动心。”曰：“不动心有道乎？”曰：“有。北宫黝之养勇也，不肤挠④，不目逃⑤。思以一毫挫于人，若挞之于市朝。不受于褐宽博⑥，亦不受于万乘之君。视刺万乘之君，若刺褐夫。无严诸侯。恶声至，必反之。孟施舍之所养勇也，曰：‘视不胜犹胜也。量敌而后进，虑胜而后会，是畏三军者也。舍岂能为必胜哉？能无惧而已矣。’孟施舍似曾子，北宫黝似子夏。夫二子之勇，未知其孰贤，然而孟施舍守约也。昔者曾子谓子襄曰：‘子好勇乎？吾尝闻大勇于夫子矣：自反而不缩，虽褐宽博，吾不惴焉；自反而缩，虽千万人，吾往矣。’孟施舍之守气，又不如曾子之守约也。”曰：“敢问夫子之不动心，与告子之不动心，可得闻与？”“告子曰：‘不得于言，勿求于心。不得于心，勿求于气。’不得于心，勿求于气，可。不得于言，勿求于心，不可。夫志，气之帅也；气，体之充也。夫志，至焉；气，次焉。故曰：‘持其志，无暴其气。’”“既曰‘志，至焉；气，次焉’，又曰‘持其志，无暴其气’者，何也？”曰：“志壹则动气⑦，气壹则动志也。今夫蹶者趋者，是气也，而反动其心。”

　　“敢问夫子恶乎长？”曰：“我知言，我善养吾浩然之气。”“敢问何谓浩然之气？”曰：“难言也。其为气也，至大至刚，以直养而无害，则塞于天地之间。其为气也，配义与道，无是，馁也⑧。是集义所生者，非义袭而取之也。行有不慊于心⑨，则馁矣。我故曰告子未尝知义，以其外之也。必有事焉而勿正，心勿忘，勿助长也。无若宋人然。宋人有闵其苗之不长而揠之者⑩，芒芒然归，谓其人曰：‘今日病矣，予助苗长矣。’其子趋而往视之，苗则槁矣。天下之不助苗长者寡矣。以为无益而舍之者，不耘苗者也。助之长者，揠苗者也，非徒无益，而又害之。”“何谓知言？”曰：“诐辞知其所蔽⑪，淫辞知其所陷，邪辞知其所离，遁辞知其所穷。生于其心，害于其政；发于其政，害于其事。圣人复起，必从吾言矣。”

　　“宰我，子贡，善为说辞。冉牛、闵子、颜渊，善言德行。孔子兼之，曰：‘我于辞命，则不能也。’然则夫子既圣矣乎？”

　　曰：“恶！是何言也！昔者子贡问于孔子，曰：‘夫子圣矣乎？’孔子曰：‘圣则吾不能，我学不厌而教不倦也。’子贡曰：‘学不厌，智也；教不倦，仁也。仁且智，夫子既圣矣。’夫圣，孔子不居。——是何言也！”“昔者窃闻之：子夏、子游、子张，皆有圣人之一体；冉牛、闵子、颜渊，则具体而微。敢问所安？”曰：“姑舍是。”曰：“伯夷、伊尹何如？”曰：“不同道。非其君不事，非其民不使；治则进，乱则退：伯夷也。‘何事非君？何使非民？’治亦进，乱亦进：伊尹也。可以仕则仕，可以止则止，可以久则久，可以速则速：孔子也。皆古圣人也。吾未能有行焉，乃所愿，则学孔子也。”“伯夷、伊尹于孔子，若是班乎？”曰：“否。自有生民以来，未有孔子也。”曰：“然则有同与？”曰：“有。得百里之地而君之，皆能以朝诸侯，有天下。行一不义、杀一不辜而得天下，皆不为也。是则同。”曰：“敢问其所以异？”曰：“宰我、子贡、有若，智足以知圣人；汙不至阿其所好⑫。宰我曰：‘以予观于夫子，贤于尧、舜远矣。’子贡曰：‘见其礼而知其政，闻其乐而知其德，由百世之后，等百世之王，莫之能违也。自生民以来，未有夫子也。’有若曰：‘岂惟民哉！麒麟之于走兽，凤凰之于飞鸟，泰山之于丘垤，河海之于行潦，类也。圣人之于民，亦类也。出于其类，拔乎其萃。自生民以来，未有盛于孔子也。’”

　　孟子曰：“以力假仁者霸，霸必有大国。以德行仁者王，王不待大，汤以七十里，文王以百里。以力服人者，非心服也，力不赡。以德服人者，中心悦而诚服也，如七十子之服孔子也。《诗》云：‘自西自东，自南自北，无思不服。’此之谓也。”

　　孟子曰："仁则荣，不仁则辱。今恶辱而居不仁，是犹恶湿而居下也。如恶之，莫如贵德而尊士，贤者在位，能者在职。国家闲暇，及是时明其政刑，虽大国必畏之矣。《诗》云：'迨天之未阴雨，彻彼桑土，绸缪牖户。今此下民，或敢侮予？'孔子曰：'为此诗者，其知道乎？能治其国家，谁敢侮之！'今国家闲暇，及是时般乐怠敖，是自求祸也。祸福无不自己求之者。《诗》云：'永言配命，自求多福。'《太甲》曰：'天作孽，犹可违。自作孽，不可活。'此之谓也。"

　　孟子曰："尊贤使能，俊杰在位，则天下之士皆悦而愿立于其朝矣。市，廛而不征⑬，法而不廛，则天下之商皆悦而愿藏于其市矣。关，讥而不征，则天下之旅皆悦而愿出于其路矣。耕者助而不税，则天下之农皆悦而愿耕于其野矣。廛，无夫里之布，则天下之民皆悦而愿为之氓矣。信能行此五者，则邻国之民仰之若父母矣。率其子弟，攻其父母，自生民以来未有能济者也。如此，则无敌于天下。无敌于天下者，天吏也。然而不王者，未之有也。"

　　孟子曰："人皆有不忍人之心。先王有不忍人之心，斯有不忍人之政矣。以不忍人之心，行不忍人之政，治天下可运之掌上。所以谓'人皆有不忍人之心'者，今人乍见孺子将入于井，皆有怵惕、恻隐之心，非所以内交于孺子之父母也，非所以要誉于乡党朋友也，非恶其声而然也。由是观之，无恻隐之心，非人也；无羞恶之心，非人也；无辞让之心，非人也；无是非之心，非人也。恻隐之心，仁之端也；羞恶之心，义之端也；辞让之心，礼之端也；是非之心，智之端也。人之有是四端也，犹其有四体也。有是四端而自谓不能者，自贼者也。谓其君不能者，贼其君者也。凡有四端于我者，知皆扩而充之矣，若火之始然、泉之始达。苟能充之，足以保四海；苟不充之，不足以事父母。"

　　孟子曰："矢人岂不仁于函人哉？矢人唯恐不伤人，函人唯恐伤人。巫、匠亦然。故术不可不慎也。孔子曰：'里仁为美。择不处仁，焉得智？'夫仁，天之尊爵也，人之安宅也。莫之御而不仁，是不智也。不仁不智，无礼无义，人役也。人役而耻为役，由弓人而耻为弓，矢人而耻为矢也。如耻之，莫如为仁。仁者如射。射者正己而後发，发而不中，不怨胜己者，反求诸己而已矣。"

　　孟子曰："子路，人告之以有过则喜。禹闻善言则拜。大舜有大焉：善与人同，舍己从人，乐取于人以为善；自耕稼、陶、渔以至为帝，无非取于人者。取诸人以为善，是与人为善者也，故君子莫大乎与人为善。"

　　孟子曰："伯夷，非其君不事，非其友不友，不立于恶人之朝，不与恶人言。立于恶人之朝，与恶人言，如以朝衣朝冠坐于涂炭。推恶恶之心，思与乡人立，其冠不正，望望然去之，若将浼焉⑭。是故诸侯虽有善其辞命而至者，不受也。不受也者，是亦不屑就已。柳下惠，不羞污君，不卑小官，进不隐贤，必以其道。遗佚而不怨，阨穷而不悯，故曰：'尔为尔，我为我。虽袒裼裸裎于我侧⑮，尔焉能浼我哉！'故由由然与之偕而不自失焉⑯，援而止之而止。援而止之而止者，是亦不屑去已。"孟子曰："伯夷隘，柳下惠不恭。隘与不恭，君子不由也。"

---

①趑（zú，音足）然：恭敬的样子。

②艴（fú，音扶）然：生气的样子。

③镃基（zī jī，音资基）：大锄。

④肤挠：肌肤被刺而挠屈。

⑤目逃：目被刺而转睛逃避。

⑥宽博：宽大之衣，贱者之服。

⑦壹：专一。

⑧馁（něi）：失掉勇气。

⑨慊（qiè，音切）：满足。

⑩揠（yà，音压）：拔。

⑪诐（bì，音币）：不正。

⑫汙（wā，音蛙）：夸大。

⑬廛（chán，音缠）：市中储藏和出售货物的地方。

⑭浼（měi，音每）：污染。

⑮裼（xī，音西）：脱去上衣，露出身体的一部分。　　裎（chéng，音成）：光着身子。

⑯不自失：不失其正。

公孙丑下

孟子曰："天时不如地利，地利不如人和。三里之城，七里之郭，环而攻之而不胜。夫环而攻之，必有得天时者矣；然而不胜者，是天时不如地利也。城非不高也，池非不深也，兵革非不坚利也，米粟非不多也，委而去之，是地利不如人和也。故曰：域民不以封疆之界，固国不以山溪之险，威天下不以兵革之利。得道者多助，失道者寡助。寡助之至，亲戚畔之。多助之至，天下顺之。以天下之所顺，攻亲戚之所畔，故君子有不战，战必胜矣。"

孟子将朝王。王使人来曰："寡人如就见者也，有寒疾，不可以风。朝，将视朝，不识可使寡人得见乎？"对曰："不幸而有疾，不能造朝。"明日，出吊于东郭氏。公孙丑曰："昔者辞以病，今日吊，或者不可乎？"曰："昔者疾，今日愈，如之何不吊？"王使人问疾，医来，孟仲子对曰："昔者有王命，有采薪之忧①，不能造朝。今病小愈，趋造于朝，我不识能至否乎？"使数人要于路，曰："请必无归而造于朝。"不得已而之景丑氏宿焉。景子曰："内则父子，外则君臣，人之大伦也。父子主恩，君臣主敬。丑见王之敬子也，未见所以敬王也。"曰："恶！是何言也！齐人无以仁义与王言者，岂以仁义为不美也？其心曰'是何足与言仁义也'云尔，则不敬莫大乎是。我非尧、舜之道不敢以陈于王前，故齐人莫如我敬王也。"景子曰："否，非此之谓也。《礼》曰：'父召，无诺。''君命召，不俟驾。'固将朝也，闻王命而遂不果，宜与夫礼若不相似然。"曰："岂谓是与？曾子曰：'晋、楚之富，不可及也。彼以其富，我以吾仁。彼以其爵，我以吾义，吾何慊乎哉②？'夫岂不义而曾子言之？是或一道也。天下有达尊三：爵一，齿一，德一。朝廷莫如爵，乡党莫如齿，辅世长民莫如德。恶得有其一以慢其二哉？故将大有为之君，必有所不召之臣；欲有谋焉，则就之。其尊德乐道，不如是不足与有为也。故汤之于伊尹，学焉而后臣之，故不劳而王。桓公之于管仲，学焉而后臣之，故不劳而霸。今天下地丑德齐，莫能相尚，无他，好臣其所教，而不好臣其所受教。汤之于伊尹，桓公之于管仲，则不敢召。管仲且犹不可召，而况不为管仲者乎？"

陈臻问曰："前日于齐，王馈兼金一百而不受③；于宋，馈七十镒而受；于薛，馈五十镒而受。前日之不受是，则今日之受非也；今日之受是，则前日之不受非也；夫子必居一于此矣。"孟子曰："皆是也。当在宋也，予将有远行。行者必以赆④，辞曰'馈赆'，予何为不受？当在薛也，予有戒心。辞曰：'闻戒，故为兵馈之。'予何为不受？若于齐，则未有处也。无处而馈之，是货之也。焉有君子而可以货取乎？"

　　孟子之平陆，谓其大夫曰："子之持戟之士，一日而三失伍，则去之否乎？"曰："不待三。"
"然则子之失伍也亦多矣，凶年饥岁，子之民老羸转于沟壑，壮者散而之四方者几千人矣。"曰：
"此非距心之所得为也。"曰："今有受人之牛羊而为之牧之者，则必为之求牧与刍矣。求牧与刍
而不得，则反诸其人乎？抑亦立而视其死与？"曰："此则距心之罪也。"他日，见于王，曰："王
之为都者，臣知五人焉。知其罪者，惟孔距心。为王诵之。"王曰："此则寡人之罪也。"

　　孟子谓蚔蛙曰⑤："子之辞灵丘而请士师，似也，为其可以言也。今既数月矣，未可以言
与？"蚔蛙谏于王而不用，致为臣而去。齐人曰："所以为蚔蛙则善矣，所以自为，则吾不知也。"
公都子以告。曰："吾闻之也：有官守者，不得其职则去。有言责者，不得其言则去。我无官守，
我无言责也，则吾进退岂不绰绰然有余裕哉？"

　　孟子为卿于齐，出吊于滕。王使盖大夫王驩为辅行。王驩朝暮见，反齐、滕之路，未尝与之
言行事也。公孙丑曰："齐卿之位，不为小矣。齐、滕之路，不为近矣。反之而未尝与言行事，
何也？"曰："夫既或治之，予何言哉？"

　　孟子自齐葬于鲁。反于齐，止于嬴。充虞请曰："前日不知虞之不肖，使虞敦匠事。严，虞
不敢请。今愿窃有请也：木若以美然。"曰："古者棺椁无度。中古棺七寸，椁称之，自天子达于
庶人。非直为观美也，然后尽于人心。不得，不可以为悦；无财，不可以为悦。得之为有财。古
之人皆用之，吾何为独不然？且比化者，无使土亲肤，于人心独无恔乎⑥？吾闻之也；君子不以
天下俭其亲⑦。"

　　沈同以其私问曰："燕可伐与？"孟子曰："可。子哙不得与人燕，子之不得受燕于子哙。有
仕于此，而子悦之，不告于王而私与之吾子之禄爵。夫士也，亦无王命而私受之于子，则可乎？
何以异于是？"齐人伐燕。或问曰："劝齐伐燕，有诸？"曰："未也。沈同问：'燕可伐与？'吾应
之曰：'可。'彼然而伐之也。彼如曰：'孰可以伐之？'则将应之曰：'为天吏，则可以伐之。'今
有杀人者，或问之曰：'人可杀与？'则将应之曰：'可。'彼如曰：'孰可以杀之？'则将应之曰：
'为士师，则可以杀之。'今以燕伐燕，何以劝之哉？"

　　燕人畔。王曰："吾甚惭于孟子。"陈贾曰："王无患焉。王自以为与周公孰仁且智？"王曰：
"恶！是何言也！"曰："周公使管叔监殷，管叔以殷畔。知而使之，是不仁也。不知而使之，是
不智也。仁、智，周公未之尽也，而况于王乎？贾请见而解之。"见孟子，问曰："周公何人也？"
曰："古圣人也。"曰："使管叔监殷，管叔以殷畔也，有诸？"曰："然。"曰："周公知其将畔而
使之与？"曰："不知也。""然则圣人且有过与？"曰："周公弟也，管叔兄也。周公之过，不亦宜
乎！且古之君子，过则改之；今之君子，过则顺之。古之君子，其过也如日月之食，民皆见之；
及其更也，民皆仰之。今之君子，岂徒顺之？又从为之辞⑧。"

　　孟子致为臣而归。王就见孟子，曰："前日愿见而不可得，得侍同朝，甚喜。今又弃寡人而
归，不识可以继此而得见乎？"对曰："不敢请耳，固所愿也。"他日，王谓时子曰："我欲中国而
授孟子室，养弟子以万钟，使诸大夫国人皆有所矜式，子盍为我言之？"时子因陈子而以告孟子。
陈子以时子之言告孟子。孟子曰："然。夫时子恶知其不可也？如使予欲富，辞十万而受万，是
为欲富乎？季孙曰：'异哉子叔疑！使己为政，不用，则亦已矣，又使其子弟为卿。人亦孰不欲
富贵？而独于富贵之中，有私龙断焉⑨。'古之为市也，以其所有，易其所无者，有司者治之耳。
有贱丈夫焉，必求龙断而登之，以左右望而罔市利。人皆以为贱，故从而征之。征商，自此贱丈
夫始矣。"

　　孟子去齐，宿于昼。有欲为王留行者，坐而言。不应，隐几而卧⑩。客不悦，曰："弟子齐
宿而后敢言，夫子卧而不听，请勿复敢见矣。"曰："坐。我明语子。昔者鲁缪公无人乎子思之

侧，则不能安子思；泄柳、申详，无人乎缪公之侧，则不能安其身。子为长者虑，而不及子思。子绝长者乎？长者绝子乎？”

孟子去齐。尹士语人曰：“不识王之不可以为汤、武，则是不明也。识其不可，然且至，则是干泽也⑪。千里而见王，不遇故去，三宿而后出昼，是何濡滞也？士则兹不悦。”高子以告。曰：“夫尹士恶知予哉？千里而见王，是予所欲也。不遇故去，岂予所欲哉？予不得已也。予三宿而出昼，于予心犹以为速，——王庶几改之；王如改诸，则必反予。夫出昼而王不予追也，予然后浩然有归志。予虽然，岂舍王哉？王由足用为善。王如用予，则岂徒齐民安？天下之民举安。王庶几改之，予日望之。予岂若是小丈夫然哉？谏于其君而不受，则怒，悻悻然见于其面，去则穷日之力而后宿哉？”君士闻之，曰：“士诚小人也。”

孟子去齐，充虞路问曰：“夫子若有不豫色然⑫。前日虞闻诸夫子曰：‘君子不怨天，不尤人。’”曰：“彼一时，此一时也。五百年必有王者兴，其间必有名世者。由周而来，七百有馀岁矣。以其数，则过矣；以其时考之，则可矣。夫天未欲平治天下也，如欲平治天下，当今之世，舍我其谁也？吾何为不豫哉！”

孟子去齐，居休。公孙丑问曰：“仕而不受禄，古之道乎？”曰：“非也。于崇，吾得见王。退而有去志，不欲变，故不受也。继而有师命，不可以请。久于齐，非我志也。”

---

①采薪之忧：因病而不能采薪。有病的婉词。

②慊（qiàn，音欠）：憾，恨。

③兼金：指好金，其价兼倍于平常者。

④赆（jìn，音尽）：临别时赠送的财物。

⑤蚳（qí，音齐）蛙：人名，齐大夫。

⑥恔（xiào，音效）：畅快。

⑦俭：节俭，薄待。

⑧为之辞：辩解，找借口。

⑨龙断：本为断而高的冈垄，引申为独占的行为。

⑩隐：凭。

⑪干：求。　　泽：恩泽。

⑫豫：悦。

滕 文 公 上

滕文公为世子，将之楚，过宋而见孟子。孟子道性善，言必称尧、舜。世子自楚反，复见孟子。孟子曰：“世子疑吾言乎？夫道一而已矣。成覸谓齐景公曰①：‘彼，丈夫也，我，丈夫也，吾何畏彼哉？’颜渊曰：‘舜，何人也？予，何人也？有为者亦若是！’公明仪曰：‘“文王，我师也。”周公岂欺我哉？’今滕，绝长补短，将五十里也，犹可以为善国。《书》曰：‘若药不瞑眩，厥疾不瘳②。’”

滕定公薨。世子谓然友曰：“昔者孟子尝与我言于宋，于心终不忘。今也不幸至于大故，吾欲使子问于孟子，然后行事。”然友之邹，问于孟子。孟子曰：“不亦善乎！亲丧固所自尽也。曾子曰：'生，事之以礼；死，葬之以礼，祭之以礼：可谓孝矣。'诸侯之礼，吾未之学也。虽然，吾尝闻之矣：三年之丧，齐、疏之服，饘粥之食③，自天子达于庶人，三代共之。"然友反命，定为三年之丧。父兄百官皆不欲，曰："吾宗国鲁先君莫之行，吾先君亦莫之行也。至于子之身而反之，不可。且《志》曰：'丧祭从先祖。'"曰："吾有所受之也。"谓然友曰："吾他日未尝学问，好驰马试剑。今也父兄百官不我足也，恐其不能尽于大事，子为我问孟子。"然友复之邹问孟子。孟子曰："然，不可以他求者也。孔子曰：'君薨，听于冢宰，歠粥④，面深墨，即位而哭。百官有司，莫敢不哀，先之也。上有好者，下必有甚焉者矣。君子之德，风也。小人之德，草也。草尚之风必偃。'是在世子。"然友反命，世子曰："然，是诚在我。"五月居庐，未有命戒。百官族人可，谓曰知。及至葬，四方来观之，颜色之戚，哭泣之哀，吊者大悦。

滕文公问为国。孟子曰："民事不可缓也。《诗》云：'昼尔于茅，宵尔索绹。亟其乘屋，其始播百谷⑤。'民之为道也，有恒产者有恒心，无恒产者无恒心。苟无恒心，放僻邪侈，无不为已。及陷乎罪，然后从而刑之，是罔民也。焉有仁人在位，罔民而可为也？是故贤君必恭俭、礼下，取于民有制。阳虎曰：'为富不仁矣，为仁不富矣。'夏后氏五十而贡，殷人七十而助，周人百亩而彻，其实皆什一也。彻者彻也，助者藉也。龙子曰：'治地莫善于助，莫不善于贡。'贡者，校数岁之中以为常。乐岁，粒米狼戾，多取之而不为虐，则寡取之；凶年，粪其田而不足，则必取盈焉。为民父母，使民盼盼然⑥，将终岁勤动，不得以养其父母，又称贷而益之，使老稚转乎沟壑，恶在其为民父母也？夫世禄，滕固行之矣。《诗》云：'雨我公田，遂及我私。'惟助为有公田，由此观之，虽周亦助也。设为庠序学校以教之⑦：庠者养也，校者教也，序者射也。夏曰校，殷曰序，周曰庠，学则三代共之，皆所以明人伦也。人伦明于上，小民亲于下。有王者起，必来取法，是为王者师也。《诗》云：'周虽旧邦，其命维新。'文王之谓也。子力行之，亦以新子之国。"

使毕战问井地。孟子曰："子之君将行仁政，选择而使子，子必勉之！夫仁政，必自经界始⑧。经界不正，井地不钧，谷禄不平。是故暴君污吏必慢其经界。经界既正，分田制禄，可坐而定也。夫滕，壤地褊小，将为君子焉，将为野人焉。无君子莫治野人，无野人莫养君子。请野九一而助，国中什一使自赋。卿以下必有圭田，圭田五十亩。余夫二十五亩。死徙无出乡，乡田同井，出入相友，守望相助，疾病相扶持，则百姓亲睦。方里而井，井九百亩，其中为公田。八家皆私百亩，同养公田，公事毕，然后敢治私事，所以别野人也。此其大略也。若夫润泽之，则在君与子矣。"

有为神农之言者许行，自楚之滕，踵门而告文公曰："远方之人，闻君行仁政，愿受一廛而为氓。"文公与之处。其徒数十人，皆衣褐，捆屦、织席以为食。陈良之徒陈相与其弟辛，负耒耜而自宋之滕，曰："闻君行圣人之政，是亦圣人也。愿为圣人氓。"陈相见许行而大悦，尽弃其学而学焉。

陈相见孟子，道许行之言曰："滕君则诚贤君也，虽然，未闻道也。贤者与民并耕而食，饔飧而治。今也滕有仓廪府库，则是厉民而以自养也，恶得贤？"孟子曰："许子必种粟而后食乎？"曰："然。""许子必织布而后衣乎？"曰："否。许子衣褐。""许子冠乎？"曰："冠。"曰："奚冠？"曰："冠素。"曰："自织之与？"曰："否。以粟易之。"曰："许子奚为不自织？"曰："害于耕。"曰："许子以釜甑爨⑨，以铁耕乎？"曰："然。""自为之与？"曰："否。以粟易之。""以粟易械器者，不为厉陶冶？陶冶亦以其械器易粟者，岂为厉农夫哉？且许子何不为陶冶，舍皆取诸其宫中而用之？何为纷纷然与百工交易？何许子之不惮烦？"曰："百工之事，固不可耕且为也。""然则治天下独可耕且为与？有大人之事，有小人之事。且一人之身，而百工之所为备，如必自为而后用之，是率天下而路也。故曰：或劳心，或劳力。'劳心者治人，劳力者治于人。治于人者食人，治人者食于人。'天下之通义也。"

"当尧之时，天下犹未平。洪水横流，泛滥于天下；草木畅茂，禽兽繁殖，五谷不登；禽兽逼人，兽蹄鸟迹之道交于中国。尧独忧之，举舜而敷治焉。舜使益掌火，益烈山泽而焚之。禽兽逃匿。禹疏九河，瀹济、漯，而注诸海；决汝、汉，排淮、泗，而注之江。然后中国可得而食也。当是时也，禹八年于外，三过其门而不入，虽欲耕，得乎？后稷教民稼穑、树艺五谷，五谷熟而民人育。人之有道也，饱食、暖衣，逸居而无教，则近于禽兽，圣人有忧之，使契为司徒，教以人伦：父子有亲，君臣有义，夫妇有别，长幼有序，朋友有信。放勋曰：'劳之来之，匡直之，辅之翼之，使自得之，又从而振德之。'圣人之忧民如此，而暇耕乎？尧以不得舜为己忧，舜以不得禹、皋陶为己忧。夫以百亩之不易为己忧者，农夫也。分人以财谓之惠，教人以善谓之忠，为天下得人者谓之仁。是故以天下与人易，为天下得人难。孔子曰：'大哉尧之为君！惟天为大，惟尧则之。荡荡乎，民无能名焉。君哉舜也！巍巍乎，有天下而不与焉。'尧、舜之治天下，岂无所用其心哉？亦不用于耕耳。"

"吾闻用夏变夷者，未闻变于夷者也。陈良，楚产也，悦周公、仲尼之道，北学于中国。北方之学者，未能或之先也。彼所谓豪杰之士也，子之兄弟事之数十年，师死而遂倍之。昔者孔子没，三年之外，门人治任将归，入揖于子贡，相向而哭，皆失声，然后归。子贡反，筑室于场，独居三年，然后归。他日子夏、子张、子游以有若似圣人，欲以所事孔子事之，强曾子。曾子曰：'不可。江汉以濯之，秋阳以暴之，皜皜乎不可尚已！'今也南蛮鴃舌之人非先王之道⑩，子倍子之师而学之，亦异于曾子矣。吾闻出于幽谷，迁于乔木者，未闻下乔木而入于幽谷者。《鲁颂》曰：'戎狄是膺，荆舒是惩。'周公方且膺之，子是之学，亦为不善变矣。""从许子之道，则市贾不贰，国中无伪。虽使五尺之童适市，莫之或欺。布帛长短同，则贾相若。麻缕丝絮轻重同，则贾相若。五谷多寡同，则贾相若。屦大小同，则贾相若。"曰："夫物之不齐，物之情也。或相倍蓰，或相什伯，或相千万，子比而同之，是乱天下也。巨屦小屦同贾，人岂为之哉？从许子之道，相率而为伪者也，恶能治国家？"

墨者夷之因徐辟而求见孟子。孟子曰："吾固愿见。今吾尚病，病愈，我且往见。"夷子不来。他日，又求见孟子。孟子曰："吾今则可以见矣。不直，则道不见；我且直之。吾闻夷子墨者，墨之治丧也，以薄为其道。夷子思以易天下，岂以为非是而不贵也？然而夷子葬其亲厚，则是以所贱事亲也。"徐子以告夷子。夷子曰："儒者之道，古之人'若保赤子'，此言何谓也？之则以为爱无差等，施由亲始。"徐子以告孟子，孟子曰："夫夷子，信以为人之亲其兄之子，为若亲其邻之赤子乎？彼有取尔也。赤子匍匐将入井，非赤子之罪也。且天之生物也，使之一本，而夷子二本故也。盖上世尝有不葬其亲者。其亲死，则举而委之于壑。他日过之，狐狸食之，蝇蚋姑嘬之⑪。其颡有泚⑫，睨而不视。夫泚也，非为人泚，中心达于面目。盖归反虆梩而掩之⑬，掩之诚是也，则孝子仁人之掩其亲，亦必有道矣。"徐子以告夷子。夷子怃然为间，曰："命之矣！"

---

①成覸（jiàn，音见）：人名。

②瘳（chōu，音抽）：病愈。

③飦（zhān，音沾）：同"饘"，稠粥。

④歠（chuò，音啜）：饮，喝。

⑤索：绞，搓的意思。　　 绹（táo，音淘）：绳子。

⑥盻（xì，音细）：恨视，怒视。

⑦庠（xiáng，音详）：学校。

⑧经界：治地分田，经画沟涂地界。

⑨爨（cuàn，音窜）：烧火煮饭。

⑩𫘝（jué，音决）舌：比喻语言难懂。

⑪蚋（ruì，音锐）：昆虫。　　嘬（chuài，音踹）：咬，吃。

⑫泚（cǐ，音此）：流汗。

⑬虆（léi，音雷）：土筐。　　梩（sì，音四）：同"耜"，锹、锸一类的挖土农具。

滕 文 公 下

　　陈代曰："不见诸侯，宜若小然；今一见之，大则以王，小则以霸。且《志》曰：'枉尺而直寻，宜若可为也。'"孟子曰："昔齐景公田，招虞人以旌。不至，将杀之。'志士不忘在沟壑，勇士不忘丧其元。'孔子奚取焉？取非其招不往也。如不待其招而往，何哉？且夫枉尺而直寻者，以利言也。如以利，则枉寻直尺而利，亦可为与？昔者赵简子使王良与嬖奚乘，终日而不获一禽。嬖奚反命曰：'天下之贱工也。'或以告王良。良曰：'请复之。'强而后可。一朝而获十禽。嬖奚反命曰：'天下之良工也。'简子曰：'我使掌与女乘。'谓王良，良不可，曰：'吾为之范我驰驱，终日不获一；为之诡遇①，一朝而获十。《诗》云：'不失其驰，舍矢如破。'我不贯与小人乘，请辞。'御者且羞与射者比，比而得禽兽，虽若丘陵，弗为也。如枉道而从彼，何也？且子过矣，枉己者，未有能直人者也。"

　　景春曰："公孙衍、张仪岂不诚大丈夫哉？一怒而诸侯惧，安居而天下熄。"孟子曰："是焉得为大丈夫乎？子未学礼乎？丈夫之冠也，父命之。女子之嫁也，母命之，往送之门，戒之曰：'往之女家，必敬必戒，无违夫子。'以顺为正者，妾妇之道也。居天下之广居，立天下之正位，行天下之大道。得志，与民由之；不得志，独行其道。富贵不能淫，贫贱不能移，威武不能屈。此之谓大丈夫。"

　　周霄问曰："古之君子仕乎？"孟子曰："仕。《传》曰：'孔子三月无君，则皇皇如也。出疆必载质。'公明仪曰：'古之人三月无君则吊。'""三月无君则吊，不以急乎？"曰："士之失位也，犹诸侯之失国家也。《礼》曰：'诸侯耕助，以供粢盛②。夫人蚕缫，以为衣服。牺牲不成，粢盛不洁，衣服不备，不敢以祭。'惟士无田，则亦不祭。'牲杀、器皿、衣服不备，不敢以祭，则不敢以宴，亦不足吊乎？""出疆必载质，何也？"曰："士之仕也，犹农夫之耕也。农夫岂为出疆舍其耒耜哉？"曰："晋国亦仕国也，未尝闻仕如此其急。仕如此其急也，君子之难仕，何也？"曰："丈夫生而愿为之有室，女子生而愿为之有家。父母之心，人皆有之。不待父母之命、媒妁之言，钻穴隙相窥，逾墙相从，则父母、国人皆贱之。古之人未尝不欲仕也，又恶不由其道。不由其道而往者，与钻穴隙之类也。"

　　彭更问曰："后车数十乘，从者数百人，以传食于诸侯，不以泰乎？"孟子曰："非其道，则一箪食不可受于人。如其道，则舜受尧之天下，不以为泰。子以为泰乎？"曰："否，士无事而食，不可也。"曰："子不通功易事、以羡补不足，则农有余粟，女有余布；子如通之，则梓、匠、轮、舆皆得食于子。于此有人焉，入则孝，出则悌，守先王之道，以待后之学者，而不得食于子。子何尊梓、匠、轮、舆，而轻为仁义者哉？"曰："梓、匠、轮、舆，其志将以求食也。君子之为道也，其志亦将以求食与？"曰："子何以其志为哉？其有功于子，可食而食之矣。且子食志乎？食功乎？"曰："食志。"曰："有人于此，毁瓦画墁③，其志将以求食也，则子食之乎？"曰："否。"曰："然则子非食志也，食功也。"

万章问曰："宋，小国也，今将行王政，齐、楚恶而伐之，则如之何？"孟子曰："汤居亳，与葛为邻。葛伯放而不祀，汤使人问之曰：'何为不祀？'曰：'无以供牺牲也。'汤使遗之牛羊，葛伯食之，又不以祀。汤又使人问之曰：'何为不祀？'曰：'无以供粢盛也。'汤使亳众往为之耕，老弱馈食。葛伯率其民，要其有酒食黍稻者夺之，不授者杀。有童子以黍肉饷，杀而夺之。《书》曰：'葛伯仇饷。'此之谓也。为其杀是童子而征之，四海之内皆曰：'非富天下也，为匹夫匹妇复仇也。'汤始征，自葛载。十一征而无敌于天下。东面而征，西夷怨。南面而征，北狄怨。曰：'奚为后我？'民之望之，若大旱之望雨也。归市者弗止，芸者不变。诛其君，吊其民，如时雨降，民大悦。《书》曰：'徯我后，后来其无罚。''有攸不惟臣，东征，绥厥士女。篚厥玄黄，绍我周王见休，惟臣附于大邑周。'其君子实玄黄于篚，以迎其君子；其小人箪食壶浆，以迎其小人。救民于水火之中，取其残而已矣。《太誓》曰：'我武惟扬，侵于之疆，则取于残，杀伐用张，于汤有光。'不行王政云尔；苟行王政，四海之内皆举首而望之，欲以为君。齐、楚虽大，何畏焉？"

孟子谓戴不胜曰："子欲子之王之善与？我明告子。有楚大夫于此，欲其子之齐语也，则使齐人傅诸？使楚人傅诸？"曰："使齐人傅之。"曰："一齐人傅之，众楚人咻之④，虽日挞而求其齐，不可得矣。引而置之庄岳之间数年，虽日挞而求其楚，亦不可得矣。子谓'薛居州，善士也'，使之居于王所。在于王所者，长幼卑尊皆薛居州也，王谁与为不善？在王所者，长幼卑尊皆非薛居州也，王谁与为善？一薛居州独如宋王何？"

公孙丑问曰："不见诸侯何义？"孟子曰："古者不为臣不见。段干木逾垣而辟之，泄柳闭门而不内，是皆已甚。迫，斯可以见矣。阳货欲见孔子，而恶无礼。大夫有赐于士，不得受于其家，则往拜其门。阳货瞰孔子之亡也，而馈孔子蒸豚。孔子亦瞰其亡也而往拜之。当是时，阳货先，岂得不见？曾子曰：'胁肩谄笑，病于夏畦。'子路曰：'未同而言，观其色赧赧然，非由之所知也。'由是观之，则君子之所养可知已矣。"

戴盈之曰："什一，去关市之征，今兹未能。请轻之，以待来年然后已，何如？"孟子曰："今有人日攘其邻之鸡者⑤，或告之曰：'是非君子之道。'曰：'请损之，月攘一鸡，以待来年然后已。'——如知其非义，斯速已矣，何待来年？"

公都子曰："外人皆称夫子好辩，敢问何也？"孟子曰："予岂好辩哉！予不得已也。天下之生久矣，一治一乱。当尧之时，水逆行，泛滥于中国，蛇龙居之。民无所定，下者为巢，上者为营窟。《书》曰：'洚水警余⑥。'——洚水者，洪水也。——使禹治之。禹掘地而注之海，驱蛇龙而放之菹。水由地中行，江、淮、河、汉是也。险阻既远，鸟兽之害人者消，然后人得平土而居之。尧、舜既没，圣人之道衰，暴君代作。坏宫室以为污池，民无所安息。弃田以为园囿，使民不得衣食。邪说暴行又作。园囿污池。沛泽多而禽兽至。及纣之身，天下又大乱。周公相武王，诛纣伐奄，三年讨其君，驱飞廉于海隅而戮之；灭国者五十；驱虎豹犀象而远之。天下大悦。《书》曰：'丕显哉⑦！文王谟。丕承哉！武王烈。佑启我后人，咸以正无缺。'世衰道微，邪说暴行有作，臣弑其君者有之，子弑其父者有之。孔子惧，作《春秋》。《春秋》，天子之事也。是故孔子曰：'知我者其惟《春秋》乎！罪我者其惟《春秋》乎！'圣王不作，诸侯放恣，处士横议。杨朱、墨翟之言盈天下。天下之言，不归杨，则归墨。杨氏为我，是无君也。墨氏兼爱，是无父也。无父无君，是禽兽也。公明仪曰：'庖有肥肉，厩有肥马，民有饥色，野有饿莩。此率兽而食人也。'杨墨之道不息，孔子之道不著，是邪说诬民、充塞仁义也。仁义充塞，则率兽食人，人将相食。吾为此惧，闲先圣之道，距杨墨，放淫辞，邪说者不得作。作于其心，害于其事；作于其事，害于其政。圣人复起，不易吾言矣。昔者禹抑洪水而天下平，周公兼夷狄、驱猛兽而百姓宁，孔子成《春秋》而乱臣贼子惧。《诗》云：'戎狄是膺⑧，荆舒是惩，则莫我敢承。'无父无君，是周公所膺也。我亦欲正人心，息邪说，距诐行，放淫辞，以承三圣者。岂好辩哉？予不得已也。能言距杨、墨者，圣人之徒也。"

匡章曰："陈仲子岂不诚廉士哉？居於陵，三日不食，耳无闻，目无见也。井上有李，螬食实者过半矣。匍匐往将食之，三咽，然后耳有闻，目有见。"孟子曰："于齐国之士，吾必以仲子为巨擘焉。虽然，仲子恶能廉？充仲子之操，则蚓而后可者也。夫蚓，上食槁壤，下饮黄泉。仲子所居之室，伯夷之所筑与？抑亦盗跖之所筑与？所食之粟，伯夷之所树与？抑亦盗跖之所树与？是未可知也。"曰："是何伤哉？彼身织屦，妻辟纑⑨，以易之也。"曰："仲子，齐之世家也，兄戴，盖禄万钟。以兄之禄为不义之禄而不食也，以兄之室为不义之室而不居也，辟兄离母，处于于陵。他日归，则有馈其兄生鹅者，已频颅⑩曰：'恶用是鶂鶂者为哉⑪？'他日，其母杀是鹅也，与之食之。其兄自外至，曰：'是鶂鶂之肉也。'出而哇之，以母则不食，以妻则食之；以兄之室则弗居，以于陵则居之：是尚为能充其类也乎？若仲子者，蚓而后充其操者也。"

---

①诡遇：不正而遇。

②粢（zī，音资）：古代供祭礼的谷物。

③墁（màn，音慢）：墙壁的装饰。

④咻（xiū，音休）：喧扰。

⑤攘：偷、窃。

⑥洚（jiàng，音降）水：洪水。

⑦丕：大。　　显：明。

⑧膺（yīng，音婴）：讨伐。

⑨辟纑（lú，音卢）：绩麻。

⑩颅（cù音促）：同"蹙"，皱缩。

⑪鶂（yì，音益）鶂：鹅叫声。

离 娄 上

孟子曰："离娄之明，公输子之巧，不以规矩，不能成方圆；师旷之聪，不以六律，不能正五音；尧、舜之道，不以仁政，不能平治天下。今有仁心仁闻，而民不被其泽，不可法于后世者，不行先王之道也。故曰：徒善不足以为政，徒法不能以自行。《诗》云：'不愆不忘，率由旧章。'遵先王之法而过者，未之有也。圣人既竭目力焉，继之以规矩准绳，以为方圆平直，不可胜用也；既竭耳力焉，继之以六律，正五音，不可胜用也；既竭心思焉，继之以不忍人之政，而仁覆天下矣。故曰：为高必因丘陵，为下必因川泽。为政不因先王之道，可谓智乎？是以惟仁者宜在高位；不仁而在高位，是播其恶于众也。上无道揆也①，下无法守也，朝不信道，工不信度，君子犯义，小人犯刑，国之所存者幸也。故曰：城郭不完，兵甲不多，非国之灾也；田野不辟，货财不聚，非国之害也；上无礼，下无学，贼民兴，丧无日矣。《诗》曰：'天之方蹶，无然泄泄。'泄泄，犹沓沓也。事君无义，进退无礼，言则非先王之道者，犹沓沓也。故曰：责难于君谓之恭，陈善闭邪谓之敬。'吾君不能'，谓之贼。"

孟子曰："规矩，方圆之至也。圣人，人伦之至也。欲为君尽君道，欲为臣尽臣道，二者皆法尧、舜而已矣。不以舜之所以事尧事君，不敬其君者也。不以尧之所以治民治民，贼其民者也。孔子曰：'道二，仁与不仁而已矣。'暴其民甚，则身弑国亡；不甚，则身危国削。名之曰'幽'、'厉'，虽孝子慈孙，百世不能改也。《诗》云：'殷鉴不远，在夏后之世。'此之谓也。"

孟子曰："三代之得天下也以仁，其失天下也以不仁。国之所以废兴存亡者亦然。天子不仁，不保四海。诸侯不仁，不保社稷。卿大夫不仁，不保宗庙。士庶人不仁，不保四体。今恶死亡而乐不仁，是犹恶醉而强酒。"

孟子曰："爱人，不亲，反其仁。治人，不治，反其智。礼人，不答，反其敬。行有不得者，皆反求诸已，其身正而天下归之。《诗》云：'永言配命，自求多福。'"

孟子曰："人有恒言，皆曰'天下国家'。天下之本在国，国之本在家，家之本在身。"

孟子曰："为政不难，不得罪于巨室。巨室之所慕，一国慕之；一国之所慕，天下慕之：故沛然德教溢乎四海。"

孟子曰："天下有道，小德役大德，小贤役大贤。天下无道，小役大，弱役强。斯二者天也，顺天者存，逆天者亡。齐景公曰：'既不能令，又不受命，是绝物也。'涕出而女于吴。今也小国师大国而耻受命焉，是犹弟子而耻受命于先师也。如耻之，莫若师文王。师文王，大国五年，小国七年，必为政于天下矣。《诗》云：'商之孙子，其丽不亿[2]。上帝既命，侯于周服。侯服于周，天命靡常。殷士肤敏[3]，裸将于京[4]。'孔子曰：'仁不可为众也。夫国君好仁，天下无敌。'今也欲无敌于天下而不以仁，是犹执热而不以濯也。《诗》云：'谁能执热，逝不以濯？'"

孟子曰："不仁者可与言哉？安其危而利其菑，乐其所以亡者，不仁；而可与言，则何亡国败家之有！有孺子歌曰：'沧浪之水清兮，可以濯我缨。沧浪之水浊兮，可以濯我足。'孔子曰：'小子听之：清斯濯缨，浊斯濯足矣。自取之也。'夫人必自侮，然后人侮之；家必自毁，而后人毁之；国必自伐，而后人伐之。《太甲》曰：'天作孽，犹可违。自作孽，不可活。'此之谓也。"

孟子曰："桀纣之失天下也，失其民也。失其民者，失其心也。得天下有道：得其民，斯得天下矣。得其民有道：得其心，斯得民矣。得其心有道：所欲与之聚之，所恶勿施尔也。民之归仁也，犹水之就下、兽之走圹也[5]。故为渊驱鱼者，獭也[6]；为丛驱爵者，鹯也[7]；为汤、武驱民者，桀与纣也。今天下之君有好仁者，则诸侯皆为之驱矣，虽欲无王，不可得已。今之欲王者，犹七年之病求三年之艾也。苟为不畜，终身不得。苟不志于仁，终身忧辱，以陷于死亡。《诗》云：'其何能淑？载胥及溺[8]'，此之谓也。"

孟子曰："自暴者，不可与有言也。自弃者，不可与有为也。言非礼义，谓之自暴也。'吾身不能居仁由义'，谓之自弃也。仁，人之安宅也。义，人之正路也。旷安宅而弗居，舍正路而不由，哀哉！"

孟子曰："道在尔而求诸远，事在易而求之难。人人亲其亲、长其长而天下平。"

孟子曰："居下位而不获于上，民不可得而治也。获于上有道：不信于友，弗获于上矣。信于友有道：事亲弗悦，弗信于友矣。悦亲有道：反身不诚，不悦于亲矣。诚身有道：不明乎善，不诚其身矣。是故诚者，天之道也；思诚者，人之道也。至诚而不动者，未之有也；不诚，未有能动者也。"

孟子曰："伯夷辟纣⑨，居北海之滨，闻文王作，兴曰：'盍归乎来！吾闻西伯善养老者。'太公辟纣，居东海之滨，闻文王作，兴曰：'盍归乎来！吾闻西伯善养老者。'二老者，天下之大老也，而归之，是天下之父归之也。天下之父归之，其子焉往？诸侯有行文王之政者，七年之内，必为政于天下矣。"

孟子曰："求也为季氏宰，无能改于其德，而赋粟倍他日。孔子曰：'求非我徒也，小子鸣鼓而攻之可也。'由此观之，君不行仁政而富之，皆弃于孔子者也。况于为之强战？争地以战，杀人盈野；争城以战，杀人盈城：此所谓率土地而食人肉，罪不容于死。故善战者服上刑，连诸侯者次之，辟草莱、任土地者次之。"

孟子曰："存乎人者，莫良于眸子。眸子不能掩其恶。胸中正，则眸子瞭焉；胸中不正，则眸子眊焉⑩。听其言也，观其眸子，人焉廋哉⑪？"

孟子曰："恭者不侮人，俭者不夺人。侮夺人之君，惟恐不顺焉，恶得为恭俭？恭俭岂可以声音笑貌为哉？"

淳于髡曰："男女授受不亲，礼与？"孟子曰："礼也。"曰："嫂溺，则援之以手乎？"曰："嫂溺不援，是豺狼也。男女授受不亲，礼也。嫂溺，援之以手者，权也。"曰："今天下溺矣，夫子之不援，何也？"曰："天下溺，援之以道。嫂溺，援之以手。子欲手援天下乎？"

公孙丑曰："君子之不教子，何也？"孟子曰："势不行也。教者必以正。以正不行，继之以怒。继之以怒，则反夷矣⑫。'夫子教我以正，夫子未出于正也。'则是父子相夷也。父子相夷，则恶矣。古者易子而教之，父子之间不责善。责善则离，离则不祥莫大焉。"

孟子曰："事孰为大？事亲为大。守孰为大？守身为大。不失其身而能事其亲者，吾闻之矣。失其身而能事其亲者，吾未之闻也。孰不为事？事亲，事之本也。孰不为守？守身，守之本也。曾子养曾皙，必有酒肉。将彻⑬，必请'所与'。问：'有馀？'必曰：'有。'曾皙死，曾元养曾子，必有酒肉。将彻，不请'所与'。问：'有馀？'曰：'亡矣。'将以复进也。此所谓养口体者也。若曾子，则可谓养志也。事亲若曾子者，可也。"

孟子曰："人不足与适也，政不足间也。惟大人为能格君心之非。君仁，莫不仁。君义，莫不义。君正，莫不正。一正君而国定矣。"

孟子曰："有不虞之誉，有求全之毁。"

孟子曰："人之易其言也，无责耳矣。"

孟子曰："人之患，在好为人师。"

乐正子从于子敖之齐。乐正子见孟子。孟子曰："子亦来见我乎？"曰："先生何为出此言也？"曰："子来几日矣？"曰："昔者。"曰："'昔者'，则我出此言也，不亦宜乎？"曰："舍馆未定。"曰："子闻之也：'舍馆定，然后求见长者'乎？"曰："克有罪。"

孟子谓乐正子曰："子之从于子敖来，徒餔啜也。我不意子学古之道，而以餔啜也！"

孟子曰："不孝有三，无后为大。舜不告而娶，为无后也，君子以为犹告也。"

孟子曰："仁之实，事亲是也。义之实，从兄是也。智之实，知斯二者弗去是也。礼之实，节文斯二者是也。乐之实，乐斯二者，乐则生矣；生则恶可已也？恶可已，则不知足之蹈之、手之舞之。"

孟子曰："天下大悦而将归己，视天下悦而归己犹草芥也，惟舜为然。不得乎亲，不可以为人；不顺乎亲，不可以为子。舜尽事亲之道，而瞽瞍厎豫⑭；瞽瞍厎豫，而天下化；瞽瞍厎豫，而天下之为父子者定。此之谓大孝。"

①揆（kuí，音葵）：估量，揣度。

②丽：数目。 不亿：不止一亿。此极言其多。

③肤敏：壮美敏捷。

④祼（guàn，音贯）：祭祀名，也叫"灌祭"。

⑤圹（kuàng，音况）：广阔的原野。

⑥趍（qū，音趋）：同"驱"。

⑦鹯（zhān，音沾）：鹞属猛禽。

⑧淑：善。 载：则。 胥：相。

⑨辟：通"避"。

⑩眊（mào，音贸）：眼睛昏花。

⑪廋（sōu，音搜）：隐藏，藏匿。

⑫夷：伤。

⑬彻：通"撤"。

⑭瞽瞍（gǔ sǒu，音古叟）：舜父的名字。 厎（dǐ，音底）：致。 豫：悦乐。

离 娄 下

孟子曰："舜生于诸冯，迁于负夏，卒于鸣条，东夷之人也。文王生于岐周，卒于毕郢，西夷之人也。地之相去也千有馀里，世之相后也千有馀岁，得志行乎中国，若合符节。先圣后圣，其揆一也①。"

子产听郑国之政，以其乘舆济人于溱、洧②。孟子曰："惠而不知为政。岁十一月徒杠成③，十二月舆梁成，民未病涉也。君子平其政，行辟人可也，焉得人人而济之？故为政者每人而悦之，日亦不足矣。"

孟子告齐宣王曰："君之视臣如手足，则臣视君如腹心。君之视臣如犬马，则臣视君如国人。君之视臣如土芥，则臣视君如寇雠④。"王曰："礼，为旧君有服。何如斯可为服矣？"曰："谏行言听，膏泽下于民；有故而去，则君使人导之出疆，又先于其所往；去三年不反，然后收其田里。此之谓三有礼焉。如此，则为之服矣。今也为臣，谏则不行，言则不听，膏泽不下于民；有故而去，则君搏执之，又极之于其所往；去之日，遂收其田里。此之谓寇雠。寇雠何服之有？"

孟子曰："无罪而杀士，则大夫可以去；无罪而戮民，则士可以徙。"

孟子曰："君仁，莫不仁。君义，莫不义。"

孟子曰："非礼之礼，非义之义，大人弗为。"

孟子曰："中也养不中，才也养不才，故人乐有贤父兄也。如中也弃不中，才也弃不才，则贤不肖之相去，其间不能以寸。"

孟子曰："人有不为也，而后可以有为。"

孟子曰："言人之不善，当如后患何！"

孟子曰："仲尼不为已甚者。"

孟子曰："大人者，言不必信，行不必果，惟义所在。"

孟子曰："大人者，不失其赤子之心者也。"

孟子曰："养生者不足以当大事，惟送死可以当大事。"

孟子曰："君子深造之以道，欲其自得之也。自得之，则居之安。居之安，则资之深。资之深，则取之左右逢其原。故君子欲其自得之也。"

孟子曰："博学而详说之，将以反说约也。"

孟子曰："以善服人者，未有能服人者也。以善养人，然后能服天下，天下不心服而王者，未之有也。"

孟子曰："言无实不祥。不祥之实，蔽贤者当之。"

徐子曰："仲尼亟称于水，曰：'水哉，水哉！'何取于水也？"孟子曰："源泉混混，不舍昼夜，盈科而后进⑤，放乎四海。有本者如是，是之取尔。苟为无本，七八月之间雨集，沟浍皆盈；其涸也可立而待也。故声闻过情，君子耻之。"

孟子曰："人之所以异于禽兽者几希，庶民去之，君子存之。舜明于庶物，察于人伦；由仁义行，非行仁义也。"

孟子曰："禹恶旨酒而好善言。汤执中，立贤无方。文王视民如伤，望道而未之见。武王不泄迩，不忘远。周公思兼三王，以施四事。其有不合者，仰而思之，夜以继日；幸而得之，坐以待旦。"

孟子曰："王者之迹熄而《诗》亡，《诗》亡然后《春秋》作。晋之《乘》，楚之《梼杌》⑥，鲁之《春秋》，一也。'其事则齐桓、晋文，其文则史。'孔子曰：'其义则丘窃取之矣。'"

孟子曰："君子之泽，五世而斩。小人之泽，五世而斩。予未得为孔子徒也，予私淑诸人也。"

孟子曰："可以取，可以无取，取伤廉。可以与，可以无与，与伤惠。可以死，可以无死，死伤勇。"

逢蒙学射于羿，尽羿之道，思天下惟羿为愈己，于是杀羿。孟子曰："是亦羿有罪焉。"公明仪曰："宜若无罪焉。"曰："薄乎云尔，恶得无罪？郑人使子濯孺子侵卫，卫使庾公之斯追之。子濯孺子曰：'今日我疾作，不可以执弓。吾死矣夫？'问其仆曰：'追我者谁也？'其仆曰：'庾公之斯也。'曰：'吾生矣！'其仆曰：'庾公之斯也，卫之善射者也。夫子曰"吾生"，何谓也？'曰：'庾公之斯学射于尹公之他，尹公之他学射于我。夫尹公之他，端人也，其取友必端矣。'庾公之斯至，曰：'夫子何为不执弓？'曰：'今日我疾作，不可以执弓。'曰：'小人学射于尹公之他，尹公之他学射于夫子。我不忍以夫子之道反害夫子。虽然，今日之事，君事也，我不敢废。'抽矢扣轮，去其金⑦，发乘矢，而后反。"

孟子曰："西子蒙不洁，则人皆掩鼻而过之。虽有恶人，齐戒沐浴，则可以祀上帝。"

孟子曰："天下之言性也，则故而已矣。故者以利为本。所恶于智者，为其凿也。如智者若禹之行水也，则无恶于智矣。禹之行水也，行其所无事也。如智者亦行其所无事，则智亦大矣。天之高也，星辰之远也，苟求其故，千岁之日至可坐而致也。"

公行子有子之丧。右师往吊，入门，有进而与右师言者，有就右师之位而与右师言者。孟子不与右师言，右师不悦，曰："诸君子皆与驩言，孟子独不与驩言，是简驩也⑧。"孟子闻之，曰："礼：朝廷不历位而相与言，不逾阶而相揖也。我欲行礼，子敖以我为简，不亦异乎？"

孟子曰："君子所以异于人者，以其存心也。君子以仁存心，以礼存心。仁者爱人，有礼者敬人。爱人者，人恒爱之。敬人者，人恒敬之。有人于此，其待我以横逆，则君子必自反也：'我必不仁也，必无礼也，此物奚宜至哉？'其自反而仁矣，自反而有礼矣，其横逆由是也，君子必自反也：'我必不忠。'自反而忠矣，其横逆由是也，君子曰：'此亦妄人也已矣。如此，则与禽兽奚择哉？于禽兽又何难焉！'是故君子有终身之忧，无一朝之患也。乃若所忧则有之：舜，人也；我，亦人也。舜为法于天下，可传于后世，我由未免为乡人也，是则可忧也。忧之如何？如舜而已矣。若夫君子所患，则亡矣。非仁无为也，非礼无行也。如有一朝之患，则君子不患矣。"

"禹、稷当平世，三过其门而不入。孔子贤之。颜子当乱世，居于陋巷，一箪食，一瓢饮；人不堪其忧，颜子不改其乐。孔子贤之。"孟子曰："禹、稷、颜回同道。禹思天下有溺者，由己溺之也。稷思天下有饥者，由己饥之也。是以如是其急也。禹、稷、颜子，易地则皆然。今有同室之人斗者，救之，虽被发缨冠而救之可也。乡邻有斗者，被发缨冠而往救之，则惑也，虽闭户可也。"

公都子曰："匡章，通国皆称不孝焉。夫子与之游，又从而礼貌之，敢问何也？"孟子曰："世俗所谓不孝者五：惰其四支，不顾父母之养，一不孝也。博弈好饮酒，不顾父母之养，二不孝也。好货财，私妻子，不顾父母之养，三不孝也。从耳目之欲，以为父母戮，四不孝也。好勇斗很，以危父母，五不孝也。章子有一于是乎？夫章子，子父责善而不相遇也。责善，朋友之道也。父子责善，贼恩之大者。夫章子岂不欲有夫妻子母之属哉？为得罪于父，不得近，出妻屏子，终身不养焉。其设心以为不若是，是则罪之大者。是则章子已矣。"

曾子居武城。有越寇。或曰："寇至，盍去诸？"曰："无寓人于我室，毁伤其薪木。"寇退，则曰："修我墙屋，我将反。"寇退，曾子反，左右曰："待先生如此其忠且敬也，寇至则先去以为民望，寇退则反，殆于不可。"沈犹行曰："是非汝所知也。昔沈犹有负刍之祸，从先生者七十人，未有与焉。"子思居于卫。有齐寇。或曰："寇至，盍去诸？"子思曰："如伋去，君谁与守？"孟子曰："曾子、子思同道。曾子，师也，父兄也。子思，臣也，微也。曾子、子思易地则皆然。"

储子曰："王使人瞯夫子⑨，果有以异于人乎？"孟子曰："何以异于人哉？尧、舜与人同耳。"

齐人有一妻一妾而处室者。其良人出，则必餍酒肉而后反。其妻问所与饮食者，则尽富贵也。其妻告其妾曰："良人出，则必餍酒肉而后反。问其与饮食者，尽富贵也，而未尝有显者来。吾将瞯良人之所之也。"蚤起⑩，施从良人之所之，遍国中无与立谈者。卒之东郭墦间⑪，之祭者乞其馀；不足，又顾而之他：此其为餍足之道也。其妻归，告其妾曰："良人者，所仰望而终身也。今若此！"与其妾讪其良人，而相泣于中庭。而良人未之知也，施施从外来⑫，骄其妻妾。由君子观之，则人之所以求富贵利达者，其妻妾不羞也而不相泣者，几希矣！

---

① 揆（kuí，音奎）：度，揣度测量。

② 溱（zhēn，音真）、洧（wéi，音伟）：水名，在今河南境内。

③ 徒杠：可徒步通行的桥。杠：方桥。

④ 雠（chóu，音稠）：同"仇"。

⑤ 科：坎。

⑥ 梼杌（táo wù，音桃悟）：史书名。

⑦ 金：镞，箭头。

⑧ 简：怠慢、轻视。

⑨ 瞯（jiàn，音见）：探视，察看。

⑩ 蚤：通"早"。

⑪ 墦（fán，音凡）：坟墓。

⑫ 施施（yí yí，音移移）：喜悦自得的样子。

万　章　上

万章问曰："舜往于田，号泣于旻天①。何为其号泣也？"孟子曰："怨慕也。"万章曰："父母爱之，喜而不忘。父母恶之，劳而不怨。然则舜怨乎？"曰："长息问于公明高曰：'舜往于田，则吾既得闻命矣。号泣于旻天、于父母，则吾不知也。'公明高曰：'是非尔所知也。'夫公明高以孝子之心为不若是恝②。我竭力耕田，共为子职而已矣。父母之不我爱，于我何哉？帝使其子九男二女，百官牛羊仓廪备，以事舜于畎亩之中。天下之士多就之者，帝将胥天下而迁之焉。为不顺于父母，如穷人无所归。天下之士悦之，人之所欲也，而不足以解忧。好色，人之所欲；妻帝之二女，而不足以解忧。富，人之所欲；富有天下，而不足以解忧。贵，人之所欲；贵为天子，而不足以解忧。人悦之，好色，富贵，无足以解忧者，惟顺于父母可以解忧。人少，则慕父母；知好色，则慕少艾；有妻子，则慕妻子；仕则慕君，不得于君则热中。大孝，终身慕父母。五十而慕者，予于大舜见之矣。"

万章问曰："《诗》云：'娶妻如之何？必告父母。'信斯言也，宜莫如舜。舜之不告而娶，何也？"孟子曰："告则不得娶。男女居室，人之大伦也。如告，则废人之大伦以怼父母③，是以不告也。"万章曰："舜之不告而娶，则吾既得闻命矣。帝之妻舜而不告，何也？"曰："帝亦知告焉则不得妻也。"万章曰："父母使舜完廪，捐阶④，瞽瞍焚廪。使浚井，出，从而掩之。象曰：'谟盖都君咸我绩⑤。牛羊，父母。仓廪，父母。干戈，朕。琴，朕。弤⑥，朕。二嫂，使治朕栖⑦。'象往入舜宫，舜在床琴。象曰：'郁陶思君尔⑧。'忸怩。舜曰：'惟兹臣庶，汝其于予治。'不识舜不知象之将杀己与？"曰："奚而不知也？象忧亦忧，象喜亦喜。"曰："然则舜伪喜者与？"曰："否。昔者有馈生鱼于郑子产，子产使校人畜之池。校人烹之，反命曰：'始舍之，圉圉焉；少则洋洋焉，攸然而逝。'子产曰：'得其所哉，得其所哉！'校人出，曰：'孰谓子产智？予既烹而食之，曰"得其所哉，得其所哉"。'故君子可欺以其方，难罔以非其道。彼以爱兄之道来，故诚信而喜之，奚伪焉？"

万章问曰："象日以杀舜为事。立为天子，则放之，何也？"孟子曰："封之也。或曰'放焉'。"万章曰："舜流共工于幽州，放驩兜于崇山，杀三苗于三危，殛鲧于羽山⑨；四罪而天下咸服，诛不仁也。象至不仁，封之有庳⑩。有庳之人奚罪焉？仁人固如是乎，在他人则诛之，在弟则封之？"曰："仁人之于弟也，不藏怒焉，不宿怨焉，亲爱之而已矣。亲之欲其贵也，爱之欲其富也。封之有庳，富贵之也。身为天子，弟为匹夫，可谓亲爱之乎？""敢问'或曰放'者何谓也？"曰："象不得有为于其国，天子使吏治其国而纳其贡税焉，故谓之'放'。岂得暴彼民哉？虽然，欲常常而见之，故源源而来。'不及贡，以政接于有庳。'此之谓也。"

咸丘蒙问曰："语云：'盛德之士，君不得而臣，父不得而子。'舜南面而立，尧帅诸侯北面而朝之，瞽瞍亦北面而朝之。舜见瞽瞍，其容有蹙。孔子曰：'于斯时也，天下殆哉！岌岌乎！'不识此语诚然乎哉？"孟子曰："否。此非君子之言，齐东野人之语也。尧老而舜摄也。《尧典》曰：'二十有八载，放勋乃徂落。百姓如丧考妣。三年，四海遏密八音。'孔子曰：'天无二日，民无二王。'舜既为天子矣，又帅天下诸侯以为尧三年丧，是二天子矣。"咸丘蒙曰："舜之不臣尧，则吾既得闻命矣。《诗》云：'普天之下，莫非王土。率土之滨，莫非王臣。'而舜既为天子矣，敢问瞽瞍之非臣如何？"曰："是诗也，非是之谓也。劳于王事，而不得养父母也。曰：'此莫非王事，我独贤劳也。'故说《诗》者不以文害辞，不以辞害志；以意逆志，是为得之。如以辞而已矣，《云汉》之诗曰：'周馀黎民，靡有孑遗。'信斯言也，是周无遗民也。孝子之至，莫大乎尊亲。尊亲之至，莫大乎以天下养。为天子父，尊之至也。以天下养，养之至也。《诗》曰：'永言孝思，孝思维则。'此之谓也。《书》曰：'祗载见瞽瞍，夔夔齐栗，瞽瞍亦允若。'是为父不得而子也。"

万章曰："尧以天下与舜，有诸？"孟子曰："否。天子不能以天下与人。""然则舜有天下也，孰与之？"曰："天与之。""天与之者，谆谆然命之乎？"曰："否。天不言，以行与事示之而已矣。"曰："以行与事示之者如之何？"曰："天子能荐人于天，不能使天与之天下。诸侯能荐人于天子，不能使天子与之诸侯。大夫能荐人于诸侯，不能使诸侯与之大夫。昔者尧荐舜于天而天受之，暴之于民而民受之。故曰：'天不言，以行与事示之而已矣。'"曰："敢问荐之于天而天受之，暴之于民而民受之，如何？"曰："使之主祭而百神享之，是天受之；使之主事而事治，百姓安之，是民受之也。天与之，人与之，故曰：'天子不能以天下与人。'舜相尧，二十有八载，非人之所能为也，天也。尧崩，三年之丧毕，舜避尧之子于南河之南。天下诸侯朝觐者，不之尧之子而之舜；讼狱者，不之尧之子而之舜；讴歌者，不讴歌尧之子而讴歌舜。故曰：'天也。'夫然后之中国，践天子位焉。而居尧之宫，逼尧之子，是篡也，非天与也。《泰誓》曰：'天视自我民视，天听自我民听。'此之谓也。"

万章问曰："人有言'至于禹而德衰，不传于贤而传于子，有诸？"孟子曰："否，不然也。天与贤，则与贤；天与子，则与子。昔者舜荐禹于天。十有七年，舜崩。三年之丧毕，禹避舜之子于阳城，天下之民从之，若尧崩之后不从尧之子而从舜也。禹荐益于天。七年，禹崩。三年之丧毕，益避禹之子于箕山之阴。朝觐讼狱者不之益而之启，曰：'吾君之子也。'讴歌者不讴歌益而讴歌启，曰：'吾君之子也。'丹朱之不肖，舜之子亦不肖。舜之相尧、禹之相舜也，历年多，施泽于民久。启贤，能敬承继禹之道。益之相禹也，历年少，施泽于民未久。舜、禹、益，相去久远。其子之贤不肖，皆天也，非人之所能为也。莫之为而为者，天也。莫之致而至者，命也。匹夫而有天下者，德必若舜、禹而又有天子荐之者，故仲尼不有天下。继世以有天下，天之所废，必若桀、纣者也，故益、伊尹、周公不有天下。伊尹相汤以王于天下。汤崩，太丁未立，外丙二年，仲壬四年。太甲颠覆汤之典刑，伊尹放之于桐三年。太甲悔过，自怨自艾，于桐处仁迁义三年，以听伊尹之训己也，复归于亳。周公之不有天下，犹益之于夏，伊尹之于殷也。孔子曰：'唐、虞禅，夏后、殷、周继，其义一也。'"

万章问曰："人有言'伊尹以割烹要汤'，有诸？"孟子曰："否，不然。伊尹耕于有莘之野，而乐尧、舜之道焉。非其义也，非其道也，禄之以天下弗顾也，系马千驷弗视也。非其义也，非其道也，一介不以与人，一介不以取诸人。汤使人以币聘之。嚣嚣然曰①：'我何以汤之聘币为哉？我岂若处畎亩之中，由是以乐尧、舜之道哉？'汤三使往聘之。既而幡然改曰：'与我处畎亩之中，由是以乐尧、舜之道，吾岂若使是君为尧、舜之君哉？吾岂若使是民为尧、舜之民哉？吾岂若于吾身亲见之哉？天之生此民也，使先知觉后知，使先觉觉后觉也。予，天民之先觉者也。予将以斯道觉斯民也，非予觉之而谁也？'思天下之民，匹夫匹妇有不被尧、舜之泽者，若己推而内之沟中，其自任以天下之重如此，故就汤而说之以伐夏救民。吾未闻枉己而正人者也，况辱己以正天下者乎？圣人之行不同也，或远或近，或去或不去，归洁其身而已矣。吾闻其以尧、舜之道要汤，未闻以割烹也。《伊训》曰：'天诛造攻自牧宫，朕载自亳。'"

万章问曰："或谓孔子于卫主痈疽，于齐主侍人瘠环，有诸乎？"孟子曰："否，不然也。好事者为之也。于卫主颜雠由。弥子之妻与子路之妻，兄弟也。弥子谓子路曰：'孔子主我，卫卿可得也。'子路以告。孔子曰：'有命。'孔子进以礼，退以义，得之不得曰'有命'。而主痈疽与侍人瘠环，是无义无命也。孔子不悦于鲁、卫。遭宋桓司马，将要而杀之。微服而过宋。是时孔子当阨，主司城贞子，为陈侯周臣。吾闻观近臣以其所为主；观远臣，以其所主。若孔子主痈疽与侍人瘠环，何以为孔子？"

万章问曰："或曰：'百里奚自鬻于秦养牲者，五羊之皮。食牛[12]，以要秦穆公。'信乎？"孟子曰："否，不然。好事者为之也。百里奚，虞人也。晋人以垂棘之璧与屈产之乘，假道于虞以伐虢。宫之奇谏。百里奚不谏，知虞公之不可谏而去。之秦，年已七十矣，曾不知以食牛干秦穆公之为污也，可谓智乎？不可谏而不谏，可谓不智乎？知虞公之将亡而先去之，不可谓不智也。时举于秦，知穆公之可与有行也而相之，可谓不智乎？相秦而显其君于天下，可传于后世，不贤而能之乎？自鬻以成其君，乡党自好者不为，而谓贤者为之乎？"

---

① 旻（mín，音民）天：天。

② 恝（jiá，音颊）：不经心，无动于衷。

③ 怼（duì：音对）：怨恨。

④ 捐阶：撤去梯子。

⑤ 谟盖都君咸我绩：谋划杀死舜都是我的功绩。　　都君：指舜。

⑥ 弤（dǐ，音底）：经过雕漆的弓。

⑦ 栖：床。

⑧ 郁陶（yáo，音摇）：忧思郁积的样子。

⑨ 殛（jí，音急）：杀死。

⑩ 有庳（bì，音币）：古地名。在今湖南境内。

⑪ 嚣嚣：无欲自得的样子。

⑫ 食（sì，音四）：饲养。

万 章 下

孟子曰："伯夷目不视恶色，耳不听恶声。非其君不事，非其民不使。治则进，乱则退。横政之所出，横民之所止，不忍居也。思与乡人处，如以朝衣朝冠坐于涂炭也。当纣之时，居北海之滨，以待天下之清也。故闻伯夷之风者，顽夫廉，懦夫有立志。伊尹曰：'何事非君？何使非民？'治亦进，乱亦进。曰：'天之生斯民也，使先知觉后知，使先觉觉后觉。予，天民之先觉者也。予将以此道觉此民也。'思天下之民，匹夫匹妇有不与被尧、舜之泽者，若己推而内之沟中，其自任以天下之重也。柳下惠不羞污君，不辞小官；进不隐贤，必以其道，遗佚而不怨，阨穷而不悯。与乡人处，由由然不忍去也：'尔为尔，我为我，虽袒裼裸裎于我侧，尔焉能浼我哉？'故闻柳下惠之风者，鄙夫宽，薄夫敦。孔子之去齐，接淅而行①。去鲁，曰：'迟迟吾行也，去父母国之道也。'可以速而速，可以久而久，可以处而处，可以仕而仕：孔子也。"孟子曰："伯夷，圣之清者也。伊尹，圣之任者也。柳下惠，圣之和者也。孔子，圣之时者也。孔子之谓集大成。集大成也者，金声而玉振之也。金声也者，始条理也。玉振之也者，终条理也。始条理者，智之事也。终条理者，圣之事也。智，譬则巧也。圣，譬则力也。由射于百步之外也，其至，尔力也；其中，非尔力也。”

北宫锜问曰：“周室班爵禄也②，如之何？”孟子曰：“其详不可得闻也。诸侯恶其害己也，而皆去其籍。然而轲也尝闻其略也。天子一位，公一位，侯一位，伯一位，子、男同一位，凡五等也。君一位，卿一位，大夫一位，上士一位，中士一位，下士一位，凡六等。天子之制，地方千里，公侯皆方百里，伯七十里，子、男五十里，凡四等。不能五十里，不达于天子，附于诸侯，曰附庸。天子之卿，受地视侯，大夫授地视伯，元士受地视子、男。大国地方百里，君十卿禄，卿禄四大夫，大夫倍上士，上士倍中士，中士倍下士，下士与庶人在官者同禄，禄足以代其耕也。次国地方七十里，君十卿禄，卿禄三大夫，大夫倍上士，上士倍中士，中士倍下士，下士与庶人在官者同禄，禄足以代其耕也。小国地方五十里，君十卿禄，卿禄二大夫，大夫倍上士，上士倍中士，中士倍下士，下士与庶人在官者同禄，禄足以代其耕也。耕者之所获，一夫百亩，百亩之粪，上农夫食九人，上次食八人，中食七人，中次食六人，下食五人。庶人在官者，其禄以是为差。”

万章问曰：“敢问友。”孟子曰：“不挟长③，不挟贵，不挟兄弟而友。友也者，友其德也，不可以有挟也。孟献子，百乘之家也，有友五人焉：乐正裘，牧仲，其三人则予忘之矣。献子之与此五人者友也，无献子之家者也。此五人者亦有献子之家，则不与之友矣。非惟百乘之家为然也，虽小国之君亦有之。费惠公曰：‘吾于子思，则师之矣。吾于颜般，则友之矣。王顺、长息，则事我者也。’非惟小国之君为然也，虽大国之君亦有之。晋平公之于亥唐也，入云则入，坐云则坐，食云则食。虽疏食菜羹，未尝不饱，盖不敢不饱也。然终于此而已矣，弗与共天位也，弗与治天职也，弗与食天禄也。士之尊贤者也，非王公之尊贤也。舜尚见帝。帝馆甥于贰室，亦飨舜，迭为宾主，是天子而友匹夫也。用下敬上，谓之贵贵。用上敬下，谓之尊贤。贵贵、尊贤，其义一也。”

万章问曰：“敢问交际何心也？”孟子曰：“恭也。”曰：“‘却之却之为不恭’，何哉？”曰：“尊者赐之，曰：‘其所取之者，义乎？不义乎？’而后受之，以是为不恭，故弗却也。”曰：“请无以辞却之，以心却之，曰：‘其取诸民之不义也。’而以他辞无受，不可乎？”曰：“其交也以道，其接也以礼，斯孔子受之矣。”万章曰：“今有御人于国门之外者，其交也以道，其馈也以礼，斯可受御与？”曰：“不可。《康诰》曰：‘杀越人于货，闵不畏死，凡民罔不譈④。’是不待教而诛者也。殷受夏，周受殷，所不辞也。于今为烈，如之何其受之？”曰：“今之诸侯取之于民也，犹御也。苟善其礼际矣，斯君子受之。敢问何说也？”曰：“子以为有王者作，将比今之诸侯而诛之乎？其教之不改而后诛之乎？夫谓非其有而取之者盗也，充类至义之尽也。孔子之仕于鲁也，鲁人猎较，孔子亦猎较；猎较犹可，而况受其赐乎？”曰：“然则孔子之仕也，非事道与？”曰：“事道也。”“事道奚猎较也？”曰：“孔子先簿正祭器，不以四方之食供簿正。”曰：“奚不去也？”曰：“为之兆也。兆足以行矣，而不行，而后去，是以未尝有所终三年淹也。孔子有见行可之仕，有际可之仕，有公养之仕。于季桓子，见行可之仕也。于卫灵公，际可之仕也。于卫孝公，公养之仕也。”

孟子曰：“仕非为贫也，而有时乎为贫。娶妻非为养也，而有时乎为养。为贫者，辞尊居卑，辞富居贫。辞尊居卑，辞富居贫，恶乎宜乎？抱关击柝。孔子尝为委吏矣，曰：‘会计当而已矣。’尝为乘田矣，曰：‘牛羊茁壮长而已矣。’位卑而言高，罪也。立乎人之本朝而道不行，耻也。”

万章曰：“士之不托诸侯，何也？”孟子曰：“不敢也。诸侯失国而后托于诸侯，礼也。士之托于诸侯，非礼也。"万章曰："君馈之粟，则受之乎？"曰："受之。""受之何义也？"曰："君之于氓也，固周之。"曰："周之则受，赐之则不受，何也？"曰："不敢也。"曰："敢问其不敢何也？"曰："抱关击柝者，皆有常职以食于上。无常职而赐于上者，以为不恭也。"曰："君馈之，则受之，不识可常继乎？"曰："缪公之于子思也，亟问，亟馈鼎肉。子思不悦，于卒也，摽使者出诸大门之外⑤，北面稽首再拜而不受，曰：'今而后知君之犬马畜伋！'盖自是台无馈也⑥。悦贤不能举，又不能养也，可谓悦贤乎？"曰："敢问国君欲养君子，如何斯可谓养矣？"曰："以君命将之，再拜稽首而受。其后廪人继粟，庖人继肉，不以君命将之。子思以为鼎肉使己仆仆尔亟拜也，非养君子之道也。尧之于舜也，使其子九男事之，二女女焉，百官牛羊仓廪备，以养舜于畎亩之中，后举而加诸上位，故曰王公之尊贤者也。"

万章曰："敢问不见诸侯，何义也？"孟子曰："在国曰市井之臣，在野曰草莽之臣，皆谓庶人。庶人不传质为臣，不敢见于诸侯，礼也。"万章曰："庶人，召之役，则往役；君欲见之，召之，则不往见之。何也？"曰："往役，义也。往见，不义也。且君之欲见之也，何为也哉？"曰："为其多闻也，为其贤也。"曰："为其多闻也，则天子不召师，而况诸侯乎？为其贤也，则吾未闻欲见贤而召之也。缪公亟见于子思，曰：'古千乘之国以友士，何如？'子思不悦，曰：'古之人有言，曰："事之云乎？"岂曰"友之云乎"？'子思之不悦也，岂不曰：'以位，则子，君也，我，臣也，何敢与君友也？以德，则子事我者也，奚可以与我友？'千乘之君，求与之友而不可得也，而况可召与？齐景公田，招虞人以旌，不至，将杀之。'志士不忘在沟壑，勇士不忘丧其元。'孔子奚取焉？取非其招不往也。"曰："敢问招虞人何以？"曰："以皮冠。庶人以旃，士以旂，大夫以旌。以大夫之招招虞人，虞人死不敢往。以士之招招庶人，庶人岂敢往哉？况乎以不贤人之招招贤人乎？欲见贤人而不以其道，犹欲其入而闭之门也。夫义，路也，礼，门也。惟君子能由是路，出入是门也。《诗》云：'周道如底⑦，其直如矢。君子所履，小人所视。'"万章曰："孔子'君命召不俟驾而行'。然则孔子非与？"曰："孔子当仕有官职，而以其官召之也。"

孟子谓万章曰："一乡一善士，斯友一乡之善士。一国之善士，斯友一国之善士。天下之善士，斯友天下之善士。以友天下之善士为未足，又尚论古之人。颂其诗，读其书，不知其人可乎？是以论其世也。是尚友也。"

齐宣王问卿。孟子曰："王何卿之问也？"王曰："卿不同乎？"曰："不同。有贵戚之卿，有异姓之卿。"王曰："请问贵戚之卿。"曰："君有大过则谏⑧，反覆之而不听，则易位。"王勃然变乎色。曰："王勿异也。王问臣，臣不敢不以正对。"王色定，然后请问异姓之卿。曰："君有过则谏，反覆之而不听，则去。"

---

①接淅：喻离去之速。

②班：列，排列。

③挟：兼有而依恃。

④譈（duì，音对）：同"憝"，憎恶，怨恨。

⑤摽（biāo，音标）：挥。

⑥台：贱官。

⑦底（dǐ，音底）：同"砥"，砺石。

⑧大过：指足以亡其国的过错。

告 子 上

告子曰："性，犹杞柳也。义，犹桮棬也①。以人性为仁义，犹以杞柳为桮棬。"孟子曰："子能顺杞柳之性而以为桮棬乎？将戕贼杞柳，而后以为桮棬也？如将戕贼杞柳而以为桮棬，则亦将戕贼人以为仁义与？率天下之人而祸仁义者，必子之言夫！"

告子曰："性犹湍水也，决诸东方则东流，决诸西方则西流。人性之无分于善不善也，犹水之无分于东西也。"孟子曰："水信无分于东西，无分于上下乎？人性之善也，犹水之就下也。人无有不善，水无有不下。今夫水，搏而跃之，可使过颡；激而行之，可使在山。是岂水之性哉？其势则然也。人之可使为不善，其性亦犹是也。"

告子曰："生之谓性。"孟子曰："生之谓性也，犹白之谓白与？"曰："然。""白羽之白也，犹白雪之白；白雪之白，犹白玉之白与？"曰："然"。"然则犬之性犹牛之性，牛之性犹人之性与？"

告子曰："食、色，性也。仁，内也，非外也。义，外也，非内也。"孟子曰："何以谓仁内义外也？"曰："彼长而我长之，非有长于我也。犹彼白而我白之，从其白于外也，故谓之外也。"曰："异于白马之白也，无以异于白人之白也。不识长马之长也，无以异于长人之长与？且谓长者义乎？长之者义乎？"曰："吾弟则爱之，秦人之弟则不爱也。是以我为悦者也，故谓之内。长楚人之长，亦长吾之长，是以长为悦者也，故谓之外也。"曰："耆秦人之炙②，无以异于耆吾炙。夫物则亦有然者也，然则耆炙亦有外与？"

孟季子问公都子曰："何以谓义内也？"曰："行吾敬，故谓之内也。""乡人长于伯兄一岁，则谁敬？"曰："敬兄。""酌则谁先？"曰："先酌乡人。""所敬在此，所长在彼，果在外，非由内也。"公都子不能答，以告孟子。孟子曰："敬叔父乎？敬弟乎？彼将曰：'敬叔父。'曰：'弟为尸，则谁敬？'彼将曰：'敬弟。'子曰：'恶在其敬叔父也？'彼将曰：'在位故也。'子亦曰：'在位故也。'庸敬在兄，斯须之敬在乡人。"季子闻之，曰："敬叔父则敬，敬弟则敬，果在外，非由内也。"公都子曰："冬日则饮汤，夏日则饮水，然则饮食亦在外也？"

公都子曰："告子曰：'性无善无不善也。'或曰：'性可以为善，可以为不善。是故文、武兴则民好善，幽、厉兴则民好暴。'或曰：'有性善，有性不善。是故以尧为君而有象，以瞽瞍为父而有舜，以纣为兄之子且以为君，而有微子启、王子比干。'今曰'性善'，然则彼皆非与？"孟子曰："乃若其情，则可以为善矣，乃所谓善也。若夫为不善，非才之罪也。恻隐之心，人皆有之。羞恶之心，人皆有之。恭敬之心，人皆有之。是非之心，人皆有之。恻隐之心，仁也。羞恶之心，义也。恭敬之心，礼也。是非之心，智也。仁、义、礼、智，非由外铄我也，我固有之也，弗思耳矣。故曰：求则得之，舍则失之。或相倍蓰而无算者，不能尽其才者也。《诗》曰：'天生蒸民③，有物有则。民之秉夷④，好是懿德。'孔子曰：'为此诗者，其知道乎！故有物必有则，民之秉夷也，故好是懿德。'"

孟子曰："富岁子弟多赖，凶岁子弟多暴。非天之降才尔殊也，其所以陷溺其心者然也。今夫麰麦⑤，播种而耰之⑥，其地同，树之时又同，浡然而生，至于日至之时，皆熟矣。虽有不同，则地有肥硗，雨露之养、人事之不齐也。故凡同类者，举相似也，何独至于人而疑之？圣人与我同类者。故龙子曰：'不知足而为屦，我知其不为蒉也⑦。'屦之相似，天下之足同也。口之于味，有同耆也。易牙，先得我口之所耆者也。如使口之于味也，其性与人殊，若犬、马之与我不同类也，则天下何耆皆从易牙之于味也？至于味，天下期于易牙，是天下之口相似也。惟耳亦然。至于声，天下期于师旷，是天下之耳相似也。惟目亦然。至于子都，天下莫不知其姣也。不知子都之姣者，无目者也。故曰：口之于味也，有同耆焉；耳之于声也，有同听焉；目之于色也，有同美焉。至于心，独无所同然乎？心之所同然者何也？谓理也，义也，圣人先得我心之所同然耳。故理、义之悦我心，犹刍豢之悦我口。"

孟子曰："牛山之木尝美矣。以其郊于大国也，斧斤伐之，可以为美乎？是其日夜之所息，雨露之所润，非无萌蘖之生焉，牛羊又从而牧之，是以若彼濯濯也⑧。人见其濯濯也，以为未尝有材焉，此岂山之性也哉？虽存乎人者，岂无仁义之心哉"其所以放其良心者，亦犹斧斤之于木也，旦旦而伐之，可以为美乎？其日夜之所息，平旦之气，其好恶与人相近也者几希，则其旦昼之所为，有梏亡之矣。梏之反复，则其夜气不足以存。夜气不足以存，则其违禽兽不远矣。人见其禽兽也，而以为未尝有才焉者，是岂人之情也哉？故苟得其养，无物不长；苟失其养，无物不消。孔子曰：'操则存，舍则亡；出入无时，莫知其乡。'惟心之谓与！"

孟子曰："无或乎王之不智也。虽有天下易生之物也，一日暴之，十日寒之，未有能生者也。吾见亦罕矣，吾退而寒之者至矣，吾如有萌焉何哉？今夫弈之为数，小数也。不专心致志，则不得也。弈秋，通国之善弈者也。使弈秋诲二人弈。其一人专心致志，惟亦秋之为听。一人虽听之，一心以为有鸿鹄将至，思援弓缴而射之。虽与之俱学，弗若之矣。为是其智弗若与？曰：非然也。"

孟子曰："鱼，我所欲也。熊掌，亦我所欲也。二者不可得兼，舍鱼而取熊掌者也。生亦我所欲也。义，亦我所欲也。二者不可得兼，舍生而取义者也。生亦我所欲，所欲有甚于生者，故不为苟得也。死亦我所恶，所恶有甚于死者，故患有所不辟也。如使人之所欲莫甚于生，则凡可以得生者，何不用也？使人之所恶莫甚于死者，则凡可以辟患者，何不为也？由是则生，而有不用也。由是则可以辟患，而有不为也。是故所欲有甚于生者，所恶有甚于死者。非独贤者有是心也，人皆有之，贤者能勿丧耳。一箪食，一豆羹，得之则生，弗得则死。嘑尔而与之⑨，行道之人弗受；蹴尔而与之⑩，乞人不屑也。万钟则不辨礼义而受之，万钟于我何加焉？为宫室之美、妻妾之奉、所识穷乏者得我与？乡为身死而不受，今为宫室之美为之；乡为身死而不受，今为妻妾之奉为之；乡为身死而不受，今为所识穷乏者得我而为之，是亦不可以已乎！此之谓失其本心。"

孟子曰："仁，人心也。义，人路也。舍其路而弗由，放其心而不知求，哀哉！人有鸡犬放，则知求之；有放心而不知求。学问之道无他，求其放心而已矣。"

孟子曰："今有无名之指，屈而不信⑪，非疾痛害事也。如有能信之者，则不远秦、楚之路，为指之不若人也。指不若人，则知恶之；心不若人，则不知恶：此之谓不知类也。"

孟子曰："拱把之桐、梓，人苟欲生之，皆知所以养之者。至于身，而不知所以养之者。岂爱身不若桐、梓哉？弗思甚也！"

孟子曰："人之于身也，兼所爱。兼所爱，则兼所养也。无尺寸之肤不爱焉，则无尺寸之肤不养也。所以考其善不善者，岂有他哉？于己取之而已矣。体有贵贱，有小大。无以小害大。无以贱害贵。养其小者为小人，养其大者为大人。今有场师，舍其梧、槚⑫，养其樲棘⑬，则为贱场师焉。养其一指，而失其肩背而不知也，则为狼疾人也。饮食之人，则人贱之矣，为其养小以失大也。饮食之人无有失也，则口腹岂适为尺寸之肤哉？"

公都子问曰：“钧是人也，或为大人，或为小人，何也？”孟子曰：“从其大体，为大人。从其小体，为小人。”曰：“钧是人也，或从其大体，或从其小体，何也？”曰：“耳目之官，不思而蔽于物，物交物，则引之而已矣。心之官则思，思则得之，不思则不得也。此天之所与我者，先立乎其大者，则其小者弗能夺也。此为大人而已矣。”

孟子曰：“有天爵者，有人爵者。仁、义、忠、信，乐善不倦，此天爵也。公卿大夫，此人爵也。古之人修其天爵，而人爵从之。今之人修其天爵以要人爵，既得人爵而弃其天爵；则惑之甚者也，终亦必亡而已矣。”

孟子曰：“欲贵者，人之同心也。人人有贵于已者，弗思耳。人之所贵者，非良贵也。赵孟之所贵，赵孟能贱之。《诗》云：‘既醉以酒，既饱以德。’言饱乎仁义也，所以不愿人之膏粱之味也。今闻广誉施于身，所以不愿人之文绣也。”

孟子曰：“仁之胜不仁也，犹水胜火。今之为仁者，犹以一杯水救一车薪之火也：不熄，则谓之水不胜火，此又与于不仁之甚者也。亦终必亡而已矣！”

孟子曰：“五谷者，种之美者也。苟为不熟，不如荑稗⑭。夫仁，亦在乎熟之而已矣。”

孟子曰：“羿之教人射，必志于彀⑮；学者亦必志于彀。大匠诲人，必以规矩；学者亦必以规矩。”

---

①桮（bēi，音悲）：“杯”的异体字。　棬（quān，音圈）：曲木制成的盂。
②耆：同“嗜”。
③蒸：众。
④秉夷：秉执之常性。　夷，又作“彝”，常。
⑤麰（móu，音谋）：大麦。
⑥耰（yōu，音优）：形如榔头的农具。
⑦蒉（kuì，音愧）：草编的筐子。
⑧濯濯：山光秃而无草木的样子。
⑨嘑（hù，音户）：呼叱，喝斥。
⑩蹴（cù，音促）：踢。
⑪信：伸。
⑫槚（jiǎ）：楸木。
⑬樲（èr，音二）棘：酸枣。
⑭荑（tí，音题）：通“稊”，一种似稗子的草。
⑮彀（gòu，音够）：张满弓弩。

告　子　下

任人有问屋庐子曰：“礼与食孰重？”曰：“礼重。”“色与礼孰重？”曰：“礼重。”曰：“以礼食，则饥而死；不以礼食，则得食，——必以礼乎？亲迎，则不得妻；不亲迎，则得妻，——必亲迎乎？”屋庐子不能对，明日之邹，以告孟子。孟子曰：“于答是也，何有？不揣其本而齐其末，方寸之木可使高于岑楼。金重于羽者，岂谓一钩金与一舆羽之谓哉？取食之重者与礼之轻者而比之，奚翅食重①？取色之重者与礼之轻者而比之，奚翅色重？"往应之曰："绐兄之臂而夺之食②，则得食；不绐则不得食，——则将绐之乎？逾东家墙而搂其处子，则得妻；不搂则不得妻，——则将搂之乎？"

曹交问曰："人皆可以为尧、舜'，有诸？"孟子曰："然。""交闻文王十尺，汤九尺，今交九尺四寸以长，食粟而已，如何则可？"曰："奚有于是？亦为之而已矣。有人于此，力不能胜一匹雏，则为无力人矣。今曰举百钧，则为有力人矣。然则举乌获之任，是亦为乌获而已矣。夫人岂以不胜为患哉？弗为耳。徐行后长者谓之弟，疾行先长者谓之不弟。夫徐行者，岂人所不能哉？所不为也。尧、舜之道，孝悌而已矣。子服尧之服，诵尧之言，行尧之行，是尧而已矣。子服桀之服，诵桀之言，行桀之行，是桀而已矣。"曰："交得见于邹君，可以假馆，愿留而受业于门。"曰："夫道，若大路然，岂难知哉？人病不求耳。子归而求之，有馀师。"

公孙丑问曰："高子曰：'《小弁》，小人之诗也。'"孟子曰："何以言之？"曰："怨。"曰："固哉③，高叟之为《诗》也！有人于此，越人关弓而射之，则己谈笑而道之；无他，疏之也。其兄关弓而射之④，则己垂涕泣而道之；无他，戚之也。《小弁》之怨，亲亲也。亲亲，仁也。固矣夫，高叟之为《诗》也！"曰："《凯风》何以不怨？"曰："《凯风》，亲之过小者也。《小弁》，亲之过大者也。亲之过大而不怨，是愈疏也。亲之过小而怨，是不可矶也⑤。愈疏，不孝也。不可矶，亦不孝也。孔子曰：'舜其至孝矣！五十而慕。'"

宋轻将之楚。孟子遇于石丘，曰："先生将何之？"曰："吾闻秦、楚构兵，我将见楚王说而罢之；楚王不悦，我将见秦王说而罢之。二王我将有所遇焉。"曰："轲也请无问其详，愿闻其指。说之将何如？"曰："我将言其不利也。"曰："先生之志则大矣，先生之号则不可。先生以利说秦、楚之王，秦、楚之王悦于利，以罢三军之师，是三军之士乐罢而悦于利也。为人臣者，怀利以事其君；为人子者，怀利以事其父；为人弟者，怀利以事其兄：是君臣、父子、兄弟终去仁义，怀利以相接；然而不亡者，未之有也。先生以仁义说秦、楚之王，秦、楚之王悦于仁义而罢三军之师，是三军之士乐罢而悦于仁义也。为人臣者，怀仁义以事其君；为人子者，怀仁义以事其父；为人弟者，怀仁义以事其兄：是君臣、父子、兄弟去利，怀仁义以相接也；然而不王者，未之有也。何必曰利？"

孟子居邹。季任为任处守，以币交，受之而不报。处于平陆，储子为相，以币交，受之而不报。他日由邹之任，见季子；由平陆之齐，不见储子。屋庐子喜曰："连得间矣。"问曰："夫子之任见季子，之齐不见储子，为其为相与？"曰："非也。《书》曰：'享多仪，仪不及物，曰不享，惟不役志于享。'为其不成享也。"屋庐子悦。或问之，屋庐子曰："季子不得之邹，储子得之平陆。"

淳于髡曰："先名实者，为人也。后名实者，自为也。夫子在三卿之中，名实未加于上下而去之，仁者固如此乎？"孟子曰："居下位，不以贤事不肖者，伯夷也。五就汤，五就桀者，伊尹也。不恶污君，不辞小官者，柳下惠也。三子者不同道，其趋一也。一者何也？曰：仁也。君子亦仁而已矣。何必同？"曰："鲁缪公之时，公仪子为政，子柳、子思为臣，鲁之削也滋甚。若是乎贤者之无益于国也！"曰："虞不用百里奚而亡，秦穆公用之而霸。不用贤则亡，削何可得与？"曰："昔者王豹处于淇，而河西善讴。绵驹处于高唐，而齐右善歌。华周、杞梁之妻善哭其夫，而变国俗。有诸内必形诸外。为其事而无其功者，髡未尝睹之也。是故无贤者也，有则髡必识之。"曰："孔子为鲁司寇，不用；从而祭，燔肉不至；不税冕而行⑥。不知者以为为肉也，其知者以为为无礼也。乃孔子则欲以微罪行，不欲为苟去。君子之所为，众人固不识也。"

孟子曰："五霸者，三王之罪人也；今之诸侯，五霸之罪人也；今之大夫，今之诸侯之罪人也。天子适诸侯，曰巡狩。诸侯朝于天子，曰述职。春省耕而补不足，秋省敛而助不给。入其疆，土地辟，田野治，养老尊贤，俊杰在位，则有庆，庆以地。入其疆，土地荒芜，遗老失贤，掊克在位，则有让。一不朝则贬其爵，再不朝则削其地，三不朝则六师移之。是故天子讨而不伐，诸侯伐而不讨。五霸者，搂诸侯以伐诸侯者也。故曰：五霸者，三王之罪人也。五霸桓公为盛。葵丘之会诸侯，束牲载书而不歃血⑦。初命曰：'诛不孝，无易树子，无以妾为妻。'再命曰：'尊贤育才，以彰有德。'三命曰：'敬老慈幼，无忘宾旅。'四命曰：'士无世官，官事无摄，取士必得，无专杀大夫。'五命曰：'无曲防，无遏籴⑧，无有封而不告。'曰：'凡我同盟之人，既盟之后，言归于好。'今之诸侯皆犯此五禁，故曰：今之诸侯，五霸之罪人也。长君之恶，其罪小。逢君之恶，其罪大。今之大夫，皆逢君之恶，故曰：今之大夫，今之诸侯之罪人也。"

鲁欲使慎子为将军。孟子曰："不教民而用之，谓之殃民。殃民者，不容于尧、舜之世。一战胜齐，遂有南阳，然且不可。"慎子勃然不悦，曰："此则滑釐所不识也。"曰："吾明告子：天子之地方千里；不千里，不足以待诸侯。诸侯之地方百里；不百里，不足以守宗庙之典籍。周公之封于鲁，为方百里也；地非不足，而俭于百里。太公之封于齐也，亦为方百里也；地非不足也，而俭于百里。今鲁方百里者五，子以为有王者作，则鲁在所损乎？在所益乎？徒取诸彼以与此，然且仁者不为，况于杀人以求之乎？君子之事君也，务引其君以当道，志于仁而已。"

孟子曰："今之事君者皆曰：'我能为君辟土地，充府库。'今之所谓良臣，古之所谓民贼也。君不乡道⑨，不志于仁，而求富之，是富桀也。'我能为君约与国，战必克。'今之所谓良臣，古之所谓民贼也。君不乡道，不志于仁，而求为之强战，是辅桀也。由今之道，无变今之俗，虽与之天下，不能一朝居也。"

白圭曰："吾欲二十而取一，何如？"孟子曰："子之道，貉道也⑩。万室之国，一人陶，则可乎？"曰："不可。器不足用也。"曰："夫貉，五谷不生，惟黍生之。无城郭、宫室、宗庙祭祀之礼，无诸侯币帛饔飧，无百官有司，故二十取一而足也。今居中国，去人伦，无君子，如之何其可也？陶以寡，且不可以为国，况无君子乎？欲轻之于尧、舜之道者，大貉小貉也。欲重之于尧、舜之道者，大桀、小桀也。"

白圭曰："丹之治水也，愈于禹。"孟子曰："子过矣。禹之治水，水之道也，是故禹以四海为壑。今吾子以邻国为壑。水逆行，谓之洚水。洚水者，洪水也，仁人之所恶也。吾子过矣。"

孟子曰："君子不亮⑪，恶乎执？"

鲁欲使乐正子为政。孟子曰："吾闻之，喜而不寐。"公孙丑曰："乐正子强乎？"曰："否。""有知虑乎？"曰："否。""多闻识乎？"曰："否。""然则奚为喜而不寐？"曰："其为人也好善。""好善足乎？"曰："好善优于天下，而况鲁国乎？夫苟好善，则四海之内，皆将轻千里而来告之以善。夫苟不好善，则人将曰：'訑訑，予既已知之矣⑫。'訑訑之声音颜色，距人于千里之外。士止于千里之外，则谗谄面谀之人至矣。与谗谄面谀之人居，国欲治，可得乎？"

陈子曰："古之君子何如则仕？"孟子曰："所就三，所去三。迎之致敬以有礼，言将行其言也，则就之；礼貌未衰，言弗行也，则去之。其次，虽未行其言也，迎之致敬以有礼，则就之；礼貌衰，则去之。其下，朝不食，夕不食，饥饿不能出门户。君闻之，曰：'吾大者不能行其道，又不能从其言也。使饥饿于我土地，吾耻之。'周之。亦可受也，免死而已矣。"

孟子曰："舜发于畎亩之中，傅说举于版筑之间，胶鬲举于鱼盐之中，管夷吾举于士，孙叔敖举于海，百里奚举于市。故天将降大任于是人也，必先苦其心志，劳其筋骨，饿其体肤，空乏其身，行拂乱其所为，所以动心忍性，曾益其所不能。人恒过，然后能改。困于心，衡于虑，而后作。征于色，发于声，而后喻。入则无法家拂士⑬，出则无敌国外患者，国恒亡。然后知生于忧患，而死于安乐也。"

孟子曰："教亦多术矣。予不屑之教诲也者，是亦教诲之而已矣。"

---

① 翅：通"啻"。　　奚奚：何但。

② 纱（zhěn，音诊）：扭转；弯曲。

③ 固：偏固，执滞不通。

④ 关：通"弯"。

⑤ 矶：水冲激岩石。引申为激动。　　不可矶，谓微微一激便发怒。

⑥ 税：通"脱"。

⑦ 歃（shà，音煞）血：古代举行盟会时，嘴唇涂上牲畜的血，表示诚意。歃：用嘴吸取。

⑧ 不遏籴（dí，音笛）：邻国凶荒，不得闭籴。　　籴，买进。

⑨ 乡：通"向"。

⑩ 貉（mò，音漠）：我国古代称东北方的民族。

⑪ 亮：同"谅"，诚信。

⑫ 訑訑（yí yí，音移移）：自满的样子。

⑬ 拂（bì，音毕）士：辅弼的贤士。

尽 心 上

孟子曰："尽其心者，知其性也。知其性，则知天矣。存其心，养其性，所以事天也。夭寿不贰，修身以俟之，所以立命也。"

孟子曰："莫非命也，顺受其正。是故知命者不立乎岩墙之下①。尽其道而死者，正命也。桎梏死者，非正命也。"

孟子曰："求则得之，舍则失之，是求有益于得也，求在我者也。求之有道，得之有命，是求无益于得也，求在外者也。"

孟子曰："万物皆备于我矣。反身而诚，乐莫大焉。强恕而行，求仁莫近焉。"

孟子曰："行之而不著焉，习矣而不察焉，终身由之而不知其道者，众也。"

孟子曰："人不可以无耻。无耻之耻，无耻矣。"

孟子曰："耻之于人大矣。为机变之巧者，无所用耻焉。不耻不若人，何若人有？"

孟子曰："古之贤王好善而忘势，古之贤士何独不然？乐其道而忘人之势，故王公不致敬尽礼，则不得亟见之，见且由不得亟，而况得而臣之乎？"

孟子谓宋句践曰："子好游乎？吾语子游：人知之，亦嚣嚣②；人不知，亦嚣嚣。"曰："何如斯可以嚣嚣矣？"曰："尊德乐义，则可以嚣嚣矣。故士穷不失义，达不离道。穷不失义，故士得己焉；达不离道，故民不失望焉。古之人得志，泽加于民；不得志，修身见于世。穷则独善其身，达则兼善天下。"

孟子曰："待文王而后兴者，凡民也。若夫豪杰之士，虽无文王犹兴"。

孟子曰："附之以韩、魏之家，如其自视欿然③，则过人远矣。"

孟子曰："以佚道使民，虽劳不怨。以生道杀民，虽死不怨杀者。"

孟子曰："霸者之民，骤虞如也④。王者之民，皞皞如也⑤。杀之而不怨，利之而不庸，民日迁善而不知为之者。夫君子所过者化，所存者神，上下与天地同流，岂曰小补之哉！"

孟子曰："仁言，不如仁声之入人深也。善政，不如善教之得民也。善政民畏之，善教民爱之。善政得民财，善教得民心。"

孟子曰："人之所不学而能者，其良能也。所不虑而知者，其良知也。孩提之童，无不知爱其亲者；及其长也，无不知敬其兄也。亲亲，仁也。敬长，义也。无他，达之天下也。"

孟子曰："舜之居深山之中，与木石居，与鹿豕游，其所以异于深山之野人者几希。及其闻一善言，见一善行，若决江河，沛然莫之能御也。"

孟子曰："无为其所不为，无欲其所不欲，如此而已矣。"

孟子曰："人之有德慧术知者，恒存乎疢疾⑥。独孤臣孽子，其操心也危，其虑患也深，故达。"

孟子曰："有事君人者，事是君则为容悦者也。有安社稷臣者，以安社稷为悦者也。有天民者，达可行于天下而后行之者也。有大人者，正己而物正者也。"

孟子曰："君子有三乐，而王天下不与存焉。父母俱存，兄弟无故，一乐也；仰不愧于天，俯不怍于人，二乐也；得天下英才而教育之，三乐也。君子有三乐，而王天下不与存焉。"

孟子曰："广土众民，君子欲之，所乐不存焉。中天下而立，定四海之民，君子乐之，所性不存焉。君子所性，虽大行不加焉，虽穷居不损焉，分定故也。君子所性，仁、义、礼、智根于心。其生色也，睟然见于面⑦、盎于背、施于四体。四体不言而喻。"

孟子曰："伯夷辟纣，居北海之滨，闻文王作，兴曰：'盍归乎来？吾闻西伯善养老者。'大公辟纣，居东海之滨，闻文王作，兴曰：'盍归乎来？吾闻西伯善养老者。'天下有善养老，则仁人以为己归矣。五亩之宅，树墙下以桑，匹妇蚕之，则老者足以衣帛矣；五母鸡，二母彘，无失其时，老者足以无失肉矣；百亩之田，匹夫耕之，八口之家足以无饥矣。所谓西伯善养老者，制其田里，教之树、畜，导其妻子，使养其老。五十非帛不暖，七十非肉不饱。不暖不饱，谓之冻馁。文王之民，无冻馁之老者，此之谓也。"

孟子曰："易其田畴，薄其税敛，民可使富也。食之以时，用之以礼，财不可胜用也。民非水火不生活，昏暮叩人之门户，求水火，无弗与者，至足矣。圣人治天下，使有菽粟如水火。菽粟如水火，而民焉有不仁者乎？"

孟子曰："孔子登东山而小鲁，登太山而小天下，故观于海者难为水，游于圣人之门者难为言。观水有术，必观其澜。日月有明，容光必照焉。流水之为物也，不盈科不行。君子之志于道也，不成章不达。"

孟子曰："鸡鸣而起，孳孳为善者，舜之徒也。鸡鸣而起，孳孳为利者，跖之徒也。欲知舜与跖之分，无他，利与善之间也。"

孟子曰："杨子取为我，拔一毛而利天下，不为也。墨子兼爱，摩顶放踵利天下，为之。子莫执中，执中为近之。执中无权，犹执一也。所恶执一者，为其贼道也，举一而废百也。"

孟子曰："饥者甘食，渴者甘饮，是未得饮食之正也，饥渴害之也。岂惟口腹有饥渴之害？人心亦皆有害。人能无以饥渴之害为心害，则不及人不为忧矣。"

孟子曰："柳下惠不以三公易其介。"

孟子曰："有为者辟若掘井，掘井九轫而不及泉，犹为弃井也。"

孟子曰："尧、舜，性之也。汤、武，身之也。五霸，假之也。久假而不归，恶知其非有也？"

公孙丑曰："伊尹曰：'予不狎于不顺。'放太甲于桐，民大悦。太甲贤，又反之，民大悦。贤者之为人臣也，其君不贤，则固可放与？"孟子曰："有伊尹之志，则可。无伊尹之志，则篡也。"

公孙丑曰："《诗》曰：'不素餐兮。'君子之不耕而食，何也？"孟子曰："君子居是国也，其君用之，则安富尊荣；其子弟从之，则孝悌忠信。'不素餐兮'，孰大于是？"

王子垫问曰："士何事？"孟子曰："尚志。"曰："何谓尚志？"曰："仁义而已矣。杀一无罪，非仁也。非其有而取之，非义也。居恶在？仁是也。路恶在？义是也。居仁由义，大人之事备矣。"

孟子曰："仲子，不义与之齐国而弗受，人皆信之。是舍箪食豆羹之义也。人莫大焉亡亲戚君臣上下。以其小者，信其大者，奚可哉？"

桃应问曰："舜为天子，皋陶为士，瞽瞍杀人，则如之何？"孟子曰："执之而已矣。""然则舜不禁与？"曰："夫舜恶得而禁之？夫有所受之也。""然则舜如之何？"曰："舜视弃天下，犹弃敝蹝也⑧；窃负而逃，遵海滨而处，终身䜣然，乐而忘天下。"

孟子自范之齐，望见齐王之子，喟然叹曰："居移气，养移体。大哉居乎！夫非尽人之子与！"孟子曰："王子宫室、车马、衣服，多与人同。而王子若彼者，其居使之然也。况居天下之广居者乎？鲁君之宋，呼于垤泽之门。守者曰：'此非吾君也，何其声之似我君也？'此无他，居相似也。"

孟子曰："食而弗爱，豕交之也。爱而不敬，兽畜之也。恭敬者，币之未将者也。恭敬而无实，君子不可虚拘。"

孟子曰："形、色，天性也。惟圣人然后可以践形。"

齐宣王欲短丧。公孙丑曰："为期之丧，犹愈于已乎？"孟子曰："是犹或绁其兄之臂，子谓之'姑徐徐'云尔。亦教之孝悌而已矣。"王子有其母死者，其傅为之请数月之丧。公孙丑曰："若此者，何如也？"曰："是欲终之而不可得也，虽加一日愈于已。谓夫莫之禁而弗为者也。"

孟子曰："君子之所以教者五。有如时雨化之者，有成德者，有达财者，有答问者，有私淑艾者。此五者，君子之所以教也。"

公孙丑曰："道则高矣，美矣，宜若登天然，似不可及也。何不使彼为可几及而日孳孳也？"孟子曰："大匠不为拙工改废绳墨，羿不为拙射变其彀率。君子引而不发，跃如也。中道而立，能者从之。"

孟子曰："天下有道，以道殉身。天下无道，以身殉道。未闻以道殉乎人者也。"

公都子曰："滕更之在门也，若在所礼。而不答，何也？"孟子曰："挟贵而问，挟贤而问，挟长而问，挟有勋劳而问，挟故而问，皆所不答也。滕更有二焉。"

孟子曰："于不可已而已者，无所不已。于所厚者薄，无所不薄也。其进锐者，其退速。"

孟子曰："君子之于物也，爱之而弗仁；于民也，仁之而弗亲。亲亲而仁民，仁民而爱物。"

孟子曰："知者无不知也，当务之为急。仁者无不爱也，急亲贤之为务。尧、舜之知而不遍物，急先务也。尧、舜之仁不遍爱人，急亲贤也。不能三年之丧，而缌、小功之察；放饭流歠⑨，而问无齿决：是之谓不知务。"

---

①岩墙：将要坍倒的墙。

②嚣嚣：自得无欲的样子。

③歉（kǎn，音砍）然：不自满的样子。

④驩虞（huān yù）：同"欢娱"。

⑤皞皞（hào hào，音浩浩）：明亮的样子。

⑥疢（chèn，音趁）：病。　疢疾，犹灾患也。

⑦睟（suì，音碎）然：润泽的样子。

⑧蹝（xǐ，音徙）：同"屣"，草鞋。

⑨歠（chuò，音辍）：饮，啜。

尽 心 下

孟子曰："不仁哉，梁惠王也！仁者以其所爱，及其所不爱。不仁者以其所不爱，及其所爱。"公孙丑曰："何谓也？""梁惠王以土地之故，糜烂其民而战之，大败；将复之，恐不能胜，故驱其所爱子弟以殉之。是之谓以其所不爱及其所爱也。"

孟子曰："《春秋》无义战，彼善于此，则有之矣。征者上伐下也，敌国不相征也。"

孟子曰："尽信《书》，则不如无《书》。吾于《武成》，取二三策而已矣。仁人无敌于天下。以至仁伐至不仁，而何其血之流杵也？"

孟子曰："有人曰：'我善为陈，我善为战。'大罪也。国君好仁，天下无敌焉。南面而征，北狄怨；东面而征，西夷怨。曰：'奚为后我？'武王之伐殷也，革车三百两，虎贲三千人。王曰：'无畏！宁尔也，非敌百姓也。'若崩厥角稽首①。征之为言正也，各欲正己也，焉用战？"

孟子曰："梓匠轮舆，能与人规矩，不能使人巧。"

孟子曰："舜之饭糗茹草也②，若将终身焉。及其为天子也，被袗衣③，鼓琴，二女果④，若固有之。"

孟子曰："吾今而后知杀人亲之重也。杀人之父，人亦杀其父。杀人之兄，人亦杀其兄。然则非自杀之也，一间耳⑤。"

孟子曰："古之为关也，将以御暴。今之为关也，将以为暴。"

孟子曰："身不行道，不行于妻子。使人不以道，不能行于妻子。"

孟子曰："周于利者，凶年不能杀。周于德者，邪世不能乱。"

孟子曰："好名之人，能让千乘之国；苟非其人，箪食豆羹见于色。"

孟子曰："不信仁贤，则国空虚。无礼义，则上下乱。无政事，则财用不足。"

孟子曰："不仁而得国者有之矣。不仁而得天下者，未之有也。"

孟子曰："民为贵，社稷次之，君为轻。是故得乎丘民而为天子，得乎天子为诸侯，得乎诸侯为大夫。诸侯危社稷，则变置。牺牲既成，粢盛既洁，祭祀以时，然而旱乾水溢，则变置社稷。"

孟子曰："圣人，百世之师也，伯夷、柳下惠是也。故闻伯夷之风者，顽夫廉，懦夫有立志；闻柳下惠之风者，薄夫敦，鄙夫宽。奋乎百世之上；百世之下，闻者莫不兴起也。非圣人而能若是乎？——而况于亲炙之者乎？"

孟子曰："仁也者，人也。合而言之，道也。"

孟子曰："孔子之去鲁，曰：'迟迟吾行也。'去父母国之道也。去齐，接淅而行，去他国之道也。"

孟子曰："君子之厄于陈、蔡之间，无上下之交也。"

貉稽曰："稽大于理于口。"孟子曰："无伤也。士憎兹多口。《诗》云：'忧心悄悄，愠于群小。'孔子也。'肆不殄厥愠⑥，亦不陨厥问⑦。'文王也。"

孟子曰："贤者以其昭昭，使人昭昭。今以其昏昏，使人昭昭。"

孟子谓高子曰："山径之蹊间，介然用之而成路⑧；为间不用，则茅塞之矣。今茅塞子之心矣。"

高子曰："禹之声，尚文王之声。"孟子曰："何以言之？"曰："以追蠡。"曰："是奚足哉？城门之轨，两马之力与？"

齐饥。陈臻曰："国人皆以夫子将复为发棠，殆不可复。"孟子曰："是为冯妇也。晋人有冯妇者，善搏虎，卒为善士。则之野，有众逐虎。虎负嵎，莫之敢撄。望见冯妇，趋而迎之。冯妇攘臂下车，众皆悦之。其为士者笑之。"

孟子曰："口之于味也，目之于色也，耳之于声也，鼻之于臭也，四肢之于安佚也，性也。有命焉，君子不谓性也。仁之于父子也，义之于君臣也，礼之于宾主也，智之于贤者也，圣人之于天道也，命也。有性焉，君子不谓命也。"

浩生不害问曰："乐正子，何人也？"孟子曰："善人也，信人也。""何谓善？何谓信？"曰："可欲之谓善。有诸己之谓信。充实之谓美。充实而有光辉之谓大。大而化之之谓圣。圣而不可知之之谓神。乐正子，二之中，四之下也。"

孟子曰："逃墨必归于杨，逃杨必归于儒。归，斯受之而已矣。今之与杨、墨辩者，如追放豚，既入其苙⑨，又从而招之。"

孟子曰："有布缕之征、粟米之征、力役之征。君子用其一，缓其二。用其二而民有殍，用其三而父子离。"

孟子曰："诸侯之宝三：土地，人民，政事。宝珠玉者，殃必及身。"

盆成括仕于齐。孟子曰："死矣盆成括！"盆成括见杀，门人问曰："夫子何以知其将见杀？"曰："其为人也小有才，未闻君子之大道也，则足以杀其躯而已矣。"

孟子之滕，馆于上宫。有业屦于牖上，馆人求之弗得。或问之曰："若是乎从者之廋也？"曰："子以是为窃屦来与？"曰："殆非也，夫子之设科也，往者不追，来者不拒。苟以是心至，斯受之而已矣。"

孟子曰："人皆有所不忍，达之于其所忍，仁也。人皆有所不为，达之于其所为，义也。人能充无欲害人之心，而仁不可胜用也。人能充无穿逾之心⑩，而义不可胜用也。人能充无受'尔'、'汝'之实，无所往而不为义也。士未可以言而言，是以言餂之也⑪。可以言而不言，是以不言餂之也。是皆穿逾之类也。"

孟子曰："言近而指远者，善言也。守约而施博者，善道也。君子之言也，不下带而道存焉。君子之守，修其身而天下平。人病舍其田而芸人之田，所求于人者重，而所以自任者轻。"

孟子曰："尧、舜，性者也。汤、武，反之也。动容周旋中礼者，盛德之至也。哭死而哀，非为生者也。经德不回，非以干禄也。言语必信，非以正行也。君子行法以俟命而已矣。"

孟子曰："说大人则藐之，勿视其巍巍然。堂高数仞，榱题数尺⑫，我得志弗为也。食前方丈，侍妾数百人，我得志弗为也。般乐饮酒，驱骋田猎，后车千乘，我得志弗为也。在彼者皆我所不为也，在我者皆古之制也，吾何畏彼哉？"

孟子曰："养心莫善于寡欲。其为人也寡欲，虽有不存焉者，寡矣。其为人也多欲，虽有存焉者，寡矣。"

曾晳嗜羊枣，而曾子不忍食羊枣。公孙丑问曰："脍炙与羊枣孰美？"孟子曰："脍炙哉！"公孙丑曰："然则曾子何为食脍炙而不食羊枣？"曰："脍炙所同也，羊枣所独也。讳名不讳姓，姓所同也，名所独也。"

万章问曰："孔子在陈，曰：'盍归乎来？吾党之士狂简，进取不忘其初。'孔子在陈，何思鲁之狂士？"孟子曰："孔子：'不得中道而与之，必也狂狷乎⑬？狂者进取，狷者有所不为也。'孔子岂不欲中道哉？不可必得，故思其次也。""敢问何如斯可谓狂矣？"曰："如琴张、曾晳、牧皮者，孔子之所谓狂矣。""何以谓之狂也？"曰："其志嘐嘐然⑭，曰：'古之人，古之人！'夷考其行，而不掩焉者也。狂者又不可得，欲得不屑不洁之士而与之，是狷也，是又其次也。""孔子曰：'过我门而不入我室，我不憾焉者，其惟乡原乎！乡原，德之贼也。'曰："何如斯可谓之乡原矣？""曰：'何以是嘐嘐也？言不顾行，行不顾言，则曰"古之人，古之人"。''行何为踽踽凉凉？生斯世也，为斯世也，善斯可矣。'阉然媚于世也者，是乡原也。"万子曰："一乡皆称原人焉，无所往而不为原人，孔子以为德之贼，何哉？"曰："非之无举也，刺之无刺也。同乎流俗，合乎污世。居之似忠信，行之似廉洁。众皆悦之，自以为是。而不可与入尧、舜之道，故曰'德之贼'也。孔子曰：'恶似而非者：恶莠，恐其乱苗也。恶佞，恐其乱义也。恶利口，恐其乱信也。恶郑声，恐其乱乐也。恶紫，恐其乱朱也。恶乡原，恐其乱德也。'君子反经而已矣。经正则庶民兴；庶民兴，斯无邪慝矣⑮。"

孟子曰："由尧、舜至于汤，五百有馀岁。若禹、皋陶，则见而知之。若汤，则闻而知之。由汤至于文王，五百有馀岁。若伊尹，莱朱，则见而知之。若文王，则闻而知之。由文王至于孔子，五百有馀岁。若大公望，散宜生，则见而知之。若孔子，则闻而知之。由孔子而来，至于今，百有馀岁。去圣人之世，若此其未远也。近圣人之居，若此其甚也。然而无有乎尔，则亦无有乎尔！"

---

①若崩厥角稽首：言商人稽首至地，如角之崩。

②糗（qiǔ）：古代指干粮。

③袗（zhěn，音诊）：华美。

④果（wǒ，音我）：通"婐"，侍女。

⑤一间耳：谓我往彼来，间一人而已，其实与自害其亲并无区别。

⑥肆不殄厥愠：既不能杜绝昆夷的怨恨。

⑦亦不陨厥问：也没有停止对他们的聘问。

⑧介然：畛（zhěn）界分明。

⑨苙（lì，音力）：牲畜的圈栏。

⑩穿：穿穴。　逾：逾墙。皆指盗窃之事。

⑪餂（tiǎn，音舔）：探取，诱取。

⑫榱（cuī，音催）题：出檐，屋椽的前端。

⑬狷（juàn，音倦）：狷介，正直，不肯与俗同流合污。

⑭嘐嘐（xiāo xiāo，音萧萧）然：志大言大的样子。

⑮慝（tè，音特）：邪恶。

孝 经

孝　经

开宗明义章第一

仲尼居，曾子侍。子曰："先王有至德要道，以顺天下，民用和睦，上下无怨，汝知之乎？"曾子避席曰："参不敏，何足以知之。"子曰："夫孝，德之本也，教之所由生也。复坐，吾语汝。""身体发肤，受之父母，不敢毁伤，孝之始也；立身行道，扬名于后世，以显父母，孝之终也。夫孝始于事亲，中于事君，终于立身。《大雅》云：'无念尔祖，聿修厥德。①'"

天子章第二

子曰："爱亲者，不敢恶于人；敬亲者，不敢慢于人。爱敬尽于事亲，而德教加于百姓，刑于四海②，盖天子之孝也。《甫刑》云：'一人有庆，兆民赖之③。'"

诸侯章第三

在上不骄，高而不危。制节谨度，满而不溢。高而不危，所以长守贵也。满而不溢，所以长守富也。富贵不离其身，然后能保其社稷。而和其民人，盖诸侯之孝也。《诗》曰："战战兢兢，如临深渊，如履薄冰。"

卿大夫章第四

非先王之法服，不敢服；非先王之法言，不敢道；非先王之德行，不敢行。是故非法不言，非道不行。口无择言，身无择行，言满天下无口过，行满天下无怨恶。三者备矣，然后能守其宗庙，盖卿、大夫之孝也。《诗》云："夙夜匪懈，以事一人④"。

士章第五

资于事父以事母，而爱同，资于事父以事君，而敬同。故母取其爱，而君取其敬，兼之者父也。故以孝事君则忠，以敬事长则顺。忠顺不失，以事其上。然后能保其禄位，而守其祭祀，盖士之孝也。《诗》云："夙兴夜寐，无忝尔所生⑤。"

庶人章第六

用天之道，分地之利，谨身节用，以养父母，此庶人之孝也。故自天子至于庶人，孝无终始，而患不及者，未之有也。

三才章第七

曾子曰："甚哉！孝之大也"。子曰："夫孝，天之经也，地之义也，民之行也。天地之经而民是则之⑥，则天之明，因地之利，以顺天下。是以其教不肃而成，其政不严而治。先王见教之可以化民也，是故先之以博爱，而民莫遗其亲，陈之德义而民兴行，先之以敬让而民不争，导之以礼乐而民和睦。示之以好恶而民知禁。《诗》云：'赫赫师尹，民具尔瞻⑦。'"

孝治章第八

子曰："昔者明王之孝治天下也，不敢遗小国之臣，而况于公侯伯子男乎？故得万国之欢心，以事其先王。治国者不敢侮于鳏寡，而况于士民乎？故得百姓欢心，以事其先君。治家者不敢失于臣妾，而况于妻子乎？故得人之欢心，以事其亲。夫然，故生则亲安之，祭则鬼享之，是以天下和平，灾害不生，祸乱不作。故明王之以孝治天下也如此。《诗》云："有觉德行，四国顺之。""

圣治章第九

曾子曰："敢问圣人之德，无以加于孝乎？"子曰："天地之性，人为贵。人之行，莫大于孝，孝莫大于严父⑧，严父莫大于配天，则周公其人也。昔者周公郊祀后稷以配天，宗祀文王于明堂以配上帝。是以四海之内，各以其职来祭。夫圣人之德，又何以加于孝乎？故亲生之膝下，以养父母日严。圣人因严以教敬，因亲以教爱，圣人之教，不肃而成，其政不严而治。其所因者本也。父子之道，天性也，君臣之义也。父母生之，续莫大焉。君亲临之，厚莫重焉。故不爱其亲而爱他人者，谓之悖德，不敬其亲而敬他人者，谓之悖礼。以顺则逆，民无则焉。不在于善，而皆在于凶德，虽得之，君子不贵也。君子则不然，言思可道，行思可乐，德义可尊，作事可法，容止可观，进退可度，以临其民。是以其民畏而爱之，则而象之，故能成其德教，而行其政令。《诗》云：'淑人君子，其仪不忒⑨。'"

纪孝行章第十

子曰："孝之子事亲也，居则致其敬⑩，养则致其乐，病则致其忧，丧则致其哀，祭则致其严。五者备矣，然后能事亲。事亲者，居上不骄，为下不乱，在丑不争⑪。居上骄则亡，为下而乱则刑，在丑而争则兵，三者不除，虽日用三牲之养，犹为不孝也。"

五刑章第十一

子曰："五刑之属三千，而罪莫大于不孝。要君者无上⑫，非圣人者无法，非孝者无亲。此大乱之道也。"

广要道章第十二

子曰："教民亲爱，莫善于孝。教民礼顺，莫善于悌。移风易俗，莫善于乐。安上治民，莫善于礼。礼者，敬而已矣。故敬其父则子悦，敬其兄则弟悦，敬其君则臣悦。敬一人而千万人悦。所敬者寡，而悦者众，此之谓要道也。"

广至德章第十三

子曰："君子之教以孝也，非家至而日见之也⑬。教以孝，所以敬天下之为人父者也。教以悌，所以敬天下之为人兄者也。教以臣，所以敬天下之为人君者也。《诗》云：'恺悌君子，民之父母。'非至德，其孰能顺民，如此其大者乎！"

广扬名章第十四

子曰："君子之事亲孝，故忠可移于君。事兄悌，故顺可移于长。居家理，故治可移于官。是以行成于内，而名立于后世矣。"

谏诤章第十五

曾子曰："若夫慈爱、恭敬、安亲、扬名，则闻命矣。敢问子从父之令，可谓孝乎？"子曰："是何言与！是何言与！昔者天子有争臣七人⑭，虽无道，不失其天下；诸侯有争臣五人，虽无道，不失其国；大夫有争臣三人，虽无道，不失其家；士有争友，则身不离于令名；父有争子，则身不陷于不义。则子不可以不争于父，臣不可以不争于君，故当不义则争之。从父之令，又焉得为孝乎！"

应感章第十六

子曰："昔者明王事父孝，故事天明。事母孝，故事地察。长幼顺，故上下治。天地明察，神明彰矣。故虽天子，必有尊也，言有父也，必有先也，言有兄也。宗庙致敬，不忘亲也。修身慎行，恐辱先也。宗庙致敬，鬼神著矣。孝悌之至，通于神明，光于四海，无所不通。《诗》云：'自西自东，自南自北，无思不服。'"

事君章第十七

子曰："君子之事上也，进思尽忠，退思补过，将顺其美，匡救其恶⑮，故上下能相亲也。《诗》云：'心乎爱矣，遐不谓矣，中心藏之，何日忘之。'"

丧亲章第十八

　　子曰："孝子之丧亲也，哭不偯⑯，礼无容，言不文，服美不安，闻乐不乐，食旨不甘，此哀戚之情也。三日而食，教民无以死伤生，毁不灭性，此圣人之政也。丧不过三年，示民有终也。为之棺、椁、衣、衾而举之，陈其簠簋而哀戚之⑰，擗踊哭泣⑱，哀以送之，卜其宅兆，而安措之。为之宗庙，以鬼享之。春秋祭祀，以时思之。生事爱敬，死事哀戚，生民之本尽矣，死生之义备矣，孝子之事亲终矣。"

---

①聿修厥德：聿，句首语气词。厥，其。修厥德，指发扬光大其先王的美德。

②刑：通"型"，典范，榜样。

③《甫刑》：《尚书·吕刑》篇的别名。

④匪：通"非"。

⑤忝（tiǎn，音舔）：辱没。　　尔所生：生你的人，指父母。

⑥民是则之：是，因此。则，效法，作为准则。

⑦民具尔瞻：具，都。瞻，仰望。

⑧严父：严，尊崇，尊敬；严父，即尊父。

⑨其仪不忒（tè，音特）：仪，仪表。忒，差错。

⑩居则致其敬：居，平日家居。致，尽。

⑪在丑：丑，众，卑贱之人。在丑，指处于低贱地位的人。

⑫要（yāo，音腰）君者无上：要，要挟，以武力威胁。无上，目无君长。

⑬非家至而日见之也：家至，挨家挨户地走到。日见之，天天见面教人行孝。

⑭争臣：争，通"诤（zhèng，音政）"。争臣，敢于直言规劝的臣子。

⑮匡救其恶：纠正。救，补救，制止。

⑯哭不偯（yǐ，音以）：偯，哭的余声曲折悠长。不偯，指哭的时候，哭声随气息用尽而自然停止，是表示极度悲哀的一种哭法。

⑰簠簋（fǔ guǐ，音府轨）：古代盛放食物的两种器皿。

⑱擗（pǐ，音匹）踊：捶胸，顿足。

尔　雅

尔雅卷上

释诂第一^①

初、哉、首、基、肇、祖、元、胎、俶、落、权舆，始也^②。林、烝，天、帝、皇、王、后、辟、公、侯，君也^③。弘、廓、宏、溥、介、纯、夏、幠、庬、坟、嘏、丕、弈、洪、诞、戎、骏、假、京、硕、濯、讦、宇、穹、壬、路、淫、甫、景、废、壮、冢、简、箌、昄、晊、将、业、席，大也^④。幠、庬，有也^⑤。迄、臻、极、到、赴、来、吊、艐、格、戾、怀、摧、詹，至也^⑥。如、适、之、嫁、徂、逝，往也^⑦。赉、贡、锡、畀、予、贶，赐也^⑧。仪、若、祥、淑、鲜、省、臧、嘉、令、类、綝、榖、攻、谷、介、徽，善也^⑨。舒、业、顺，叙也；舒、业、顺、叙，绪也^⑩。怡、怿、悦、欣、衎、喜、愉、豫、恺、康、妉、般，乐也^⑪。悦、怿、愉、释、宾、协，服也^⑫。通、遵、率、循、由、从，自也；通、遵、率，循也^⑬。靖、惟、漠、图、询、度、咨、诹、究、如、虑、谟、猷、肇、基、访，谋也^⑭。典、彝、法、则、刑、范、矩、庸、恒、律、戛、职、秩，常也^⑮。柯、宪、刑、范、辟、律、矩、则，法也^⑯。辜、辟、戾，罪也^⑰。黄、发、鲵、齿、鲐、背、耇老，寿也^⑱。允、孚、亶、展、谌、诚、亮、询，信也^⑲。展、谌、允、慎、亶，诚也^⑳。谑、浪、笑、敖，戏谑也^㉑。粤于爰，曰也；爰、粤，于也^㉒。爰、粤、于、那、都、繇，于也^㉓。敁、邵、盍、翕、仇、偶、妃、匹、会，合也^㉔。仇、雠、敌、妃、知、仪，匹也^㉕。妃、合、会，对也；妃，媲也^㉖。绍、胤、嗣、续、纂、緌、绩、武、系，继也^㉗。忥、谧、溢、蛰、慎、貉、谧、顗、顝、密、宁，静也^㉘。陨、磒、湮、下、降、坠、摽、蘦，落也^㉙。命、令、禧、畛、祈、请、谒、讯、诰，告也。永、悠、迥、违、遐、逷、邈、阔，远也；永、悠、迥、远，遐也^㉛。亏、坏、圮、垝，毁也^㉜。矢、雉、引、延、顺、荐、刘、绎、尸、旅，陈也^㉝。尸、职，主也^㉞。尸，寀也；寀、寮，官也^㉟。绩、绪、采、业、服、宜、贯、公，事也^㊱。永、兼、引、延、融、骏，长也^㊲。乔、嵩、崇，高也；崇，充也^㊳。犯、奢、果、毅、克、捷、功、肩、堪，胜也^㊴。胜、肩、戡、刘、杀，克也^㊵。刘、狄、斩、刺，杀也^㊶。亹亹、蠠没、孟、敦、勖、钊、茂、劭、勔，勉也^㊷。鹜、务、昏、暋，强也^㊸。卬、吾、台、予、朕、身、甫、余、言，我也^㊹。朕、余、躬，身也^㊺。台、朕、赉、畀、卜、阳，予也^㊻。肃、延、诱、荐、餤、晋、寅、荩，进也^㊼。羞、饯、迪、烝，进也^㊽。诏、亮、左、右、相，导也；诏、相、导、左、右、助，勴也；亮、介、尚，右也；左、右，亮也^㊾。缉熙、烈、显、昭、晧、颎，光也^㊿。劼、巩、坚、笃、掔、虔、胶，固也⁵¹。畴孰，谁也⁵²。晊晊、皇皇、藐藐、穆穆、休、嘉、珍、祎、懿、铄，美也⁵³。谐、辑、协，和也；关关、噰噰，音声和也；燮、爕，和也⁵⁴。从、申、神、加、弼、崇，重也⁵⁵。殄、悉、卒、泯、忽、灭、罄、空、毕、罄、歼、拔、珍，尽也⁵⁶。苞、芜、茂，丰也⁵⁷。擘、敛、屈、收、戢、蒐、裒、鸠、楼，聚也⁵⁸。肃、齐、遄、速、亟、屡、数、迅，疾也⁵⁹。寁、骏、肃、亟、遄、速⁶⁰。窒、阢、滕、征、隍、漮，虚也⁶¹。黎、庶、烝、多、丑、师、旅，众也⁶²。洋、观、裒、众、那，多也⁶³。流、差、柬，择也⁶⁴。战、栗、震、惊、戁、竦、恐、慴，惧也⁶⁵。痛、

瘏、虺颓、玄黄、劬劳、咎、顇、瘖、瘐、鳏、戮、癙、痯、瘁、痻、疵、闵、逐、疚、痗、瘯、痱、瘅、瘵、瘼、疧，病也[66]。恙、写、悝、盱、繇、惨、恤、罹，忧也[67]。伦、勩、邛、救、勤、愉、庸、癉，劳也[68]。劳、来、强、事、谓、勤、鞏，勤也[69]。悠、伤、忧，思也[70]。怀、惟、虑、愿、念、惄，思也[71]。禄、祉、履、戬、祓、禧、禠、祜，福也[72]。禋、祀、祠、蒸、尝、禴，祭也[73]。儼、恪、祗、翼、諲、恭、钦、寅、熯，敬也[74]。朝、旦、夙、晨、晙，早也[75]。额、竢、替、戾、厎、止、徯、待，待也[76]。噊、几、烖、殆，危也[77]。畿、汽也[78]。治、肆、古，故也[79]。肆、故，今也[80]。惇、亶、祜、笃、掔、仍、肶、埤、竺、腹，厚也[81]。载、谟、食、诈，伪也[82]。话、猷、载、行、讹，言也[83]。遘、逢，遇也；遘、逢，遇、逆也；遘、逢、遇、逆，见也[84]。显、昭、观、钊、觐，见也[85]。监、瞻、临、莅、颗、相，视也[86]。鞠、溢，盈也[87]。孔、魄、哉、延、虚、无、之、言，间也[88]。瘗、幽、隐、匿、蔽、窜，微也[89]。讫、徽、妥、怀、安、按、替、戾、厎、废、尼、定、曷、遏，止也[90]。豫、射，厌也[91]。烈、绩，业也。绩、勋，功也。功、绩、质、登、平、明、考、就，成也[92]。楷、梗、较、刭、道，直也[93]。密、康，静也。豫、宁、绥、康、柔，安也[94]。平、均、夷、弟，易也[95]。矢、弛；弛，易也[96]。希、寡、鲜，罕也；鲜、寡也[97]。酬、酢、侑，报也[98]。毗刘，暴乐也[99]。觏舞，弃离也[100]。蛊、谄贰，疑也[101]。桢、翰、仪，干也。弼、棐、辅、比，俌也[102]。疆、界、边、卫、圉，垂也[103]。昌、敌、强、应、丁，当也[104]。浡、肩、摇、动、蠢、迪、俶、历，作也[105]。兹、斯、咨、告、已，此也[106]。儳咨，嗟也[107]。闲、狎、串、贯，习也[108]。曩、尘、仁、淹、留，久也[109]。逮、及、暨，与也[110]。陞、假、格、陟、跻、登，升也[111]。挥、盝、歇、涸，竭也[112]。拒、拭、刷，清也[113]。鸿、昏、于、显、间，代也[114]。馐、馕、馈也[115]。迁、运，徙也。秉拱，执也。廞、熙，兴也[116]。卫、蹶、假，嘉也[117]。废、税、赦，舍也。栖、迟、憩、休、苦、呬、赖、呬，息也[118]。供、峙、共，具也[119]。悈、怜、惠，爱也[120]。娠、蠢、震、戁、妯、骚、感、讹、蹶，动也[121]。覆、察、副，审也[122]。契、灭、殄，绝也。郡、臻、仍、乃、侯，乃也[123]。迪、繇、训，道也[124]。金、咸、胥，皆也[125]。育、孟、耆艾、正伯，长也[126]。艾，历也。历、秭、算，数也[127]。历，傅也。艾、历、觏、胥，相也[128]。乂、乱、靖、神、弗、淈、治也[129]。颐、艾、育，养也[130]。汰、浑、陨、坠也[131]。际、接、翜，捷也[132]。愱、神、溢，慎也[133]。郁陶、繇，喜也[134]。鹹、稴，获也[135]。阻、艰，难也。剡、契，利也[136]。允、任、壬，佞也[137]。俾、拼、抨，使也；俾、拼、抨、使，从也[138]。儴、仍，因也[139]。董、督，正也[140]。享，孝也[141]。珍、享，献也。纵、缩，乱也[142]。探、篡、俘，取也[143]。徂、在，存也。在、存、省、士，察也[144]。烈、枿，余也。迓，迎也。元、良，首也[145]。荐、挚、臻，仍也[146]。赓、扬，续也[147]。柎、祧，祖也[148]。即，尼也[149]。足，定也[150]。迩、几、昵，近也。妥、安，坐也。貉、缩、纶也[151]。貉、嘆、安，定也[152]。伊，维也，伊、维，侯也[153]。时、寔，是也[154]。卒、猷、假、辍，已也[155]。求、酋、在、卒、就，终也[156]。崩、薨、无禄、卒、徂落、殪，死也[157]。

---

①释诂：《尔雅》是我国最早的一部训诂学专著，同时也是古代学者经常使用的一部语义和百科词典。旧说为周公所撰，或谓孔子、子夏解释六艺之作。今人多以为由汉初学者缀辑周、汉间旧文，递相增益而成。既非一人所作，亦非一时所为。今本《尔雅》十九篇（《汉书·艺文志》著录二十篇），分上中下三卷。其中前三篇主要解释古代典籍中的一般词语，其后十六篇主要解释古代各种名物，它为今天学者考证古籍词义和古代名物提供了重要的资料。

关于《尔雅》一书的命意，《尔雅·序》题下疏云："尔，近也；雅，正也。言可近而取正也。"也就是说《尔雅》是一部用当时最通行、规范的语言来诠释古籍语义和名物的著作。它的产生是汉代社会大一统的经济、文化、政治需要。和"书同文"一样，《尔雅》是民族语文规范化的一个重要业绩之一。

什么是释诂？邢昺疏云："释，解也；诂，古也。古今异言，解之使人知也。"（见《十三经注疏》，晋郭璞注，宋邢昺疏。

下同。）释诂、释训，古人合称之训诂。简单说，就是用通行、规范的的今语、雅语来解释典籍中的古语、俗语（方言）。此篇作者就是将他们从古籍中搜集到的大量词语，首先进行梳理、归类，然后逐条予以诠释。

②始：女人第一次生育。亦作事物之初始。《说文》："始，女之初也。"桂馥注："言初生也。"此条所收十一词都是始的同义词。初：《说文》："初，始也。从刀从衣。裁衣之始也。"　哉：通才。《说文》："才，草木初生也。"才、哉声近，故借作哉。《尚书·康诰》："三月哉生魄。"首：头。生之始也。基：《论文》："墙始筑也。"　肇（zhào 音兆）：通肁。《说文》："肁，（门）始开也。从户从聿。徐玄曰：聿，始也。"祖，子孙之始。元：朱骏声说："人身之始为首为元。"胎：人成形之始。俶（chù 音触）：动作之始。《诗经·周颂·载芟》："俶载南亩。"载：事，耕作。落：树木凋谢之始。亦作继往开来之初。《周颂·访落》："访予落止。"访：向群臣咨询政事。予：成王。权舆：通蘿薾。草木初生。亦作事物初始。古人认为造衡自权始，造车自舆（车厢）始，故作初始。见于《秦风·权舆》（按：以后凡引《诗经》将不再注书名）。

③君：专名。指大小君主，包括天子、诸侯以及有封邑的卿大夫。此条八词，都是君的同义词。亦作形容词。众多、美盛。如《春秋繁露·深察名号》："君者，群也。"林：树林。亦作众多、美盛。《小雅·宾之初筵》："有壬有林。"朱熹注，林，君，盛貌。壬，大。烝：通众。如"天生烝民。"亦作君。美盛，伟大。《大雅·文王有声》："文王烝哉！"皇：君王。字形从自（鼻之象形）从王。最初自称君王的人。如三皇、羲皇。后：《说文》："后，继体君也。象人之形，施令以告四方。故厂（读 he，即后）之从一口。发号者，君后也。"如后羿。或谓后同毓。本指母系社会之首领，其后之君亦随之称后。辟（bì，音必）：法则、法度。亦作君王。《尚书·洪范》："惟辟作威，惟辟作福。"

④大：《说文》："大，天大，地大，人亦大。故大象人形。"此条三十九词，无论是本义还是引申义都有大的意思，是大的同义词。溥（pǔ 音普）：水大。亦作地大。《大雅·公刘》："瞻彼溥原。"介：通乔（jiè 音介）。扬雄《方言》："乔，大也。东齐海岱间曰乔，或曰帆（hū 音忽）。"纯：通奄（chún 音纯）。敦厚。亦作大。《鲁颂·閟宫》："天锡公纯嘏。"嘏，福。庞（máng 音忙）：大。见于《春秋·成王十六年》传。嘏（gǔ 音古，又读 jià 音假）：大。秦晋方言，称物大为嘏。见于《周易·家人》。濯（zhuó 音拙）：大。荆、瓯等地方言。亦见于《大雅·常武》。訏（xū 音吁）：大。中齐、西楚间方言。见于《郑风·溱洧》。壬（rèn 音任）：通妊。腹大。亦作大。见于《小雅·宾之初筵》。废（bì 音必）：通庳（bì）。大。《小雅·四月》："废为残贼。"毛传："废，大也。"简：通桐。木大。亦作大。《周颂·执竞》："降福简简。"劋（dào 音荮）：通荮。草大。《小雅·甫田》："倬彼甫田。"倬，或作劋，大也。昄（bǎn 音板）：光量大。《说文》："昄，大也。从日，反声。"《大雅·卷阿》："尔土宇昄章，亦孔之孔矣。"土宇，境内版图。昄章，法度大明（从陈子展说。见《诗经直解》）。晊（zhì 音至）：至。至极。席（xí 音蓆）：通蓆。宽大。《郑风·缁衣》："缁衣之蓆兮。"缁衣，卿大夫家居及朝君之服，黑色。

⑤有：和无相对。亦作占有、富有。见于《商颂·长发》、《鲁颂·閟宫》。

⑥臻（zhēn 音真）：到达。《邶风·泉水》："遄臻于卫。"遄，疾。吊（dì 音递）：通递。到。艐（jiè 音介）：古届字。到，末。格：至。同佫（gē 音格）。戾（lì 音力）：至。邢疏云："屈、格、戾、怀、摧、詹皆方俗语。"

⑦往：去，到……去。嫁：往，到。指姑娘出嫁到婆家。徂（cú 音殂）：往、到。《豳风·东山》："我徂东山，慆慆不归。"慆，久。逝：往。《邶风·二子乘舟》："汎汎其逝。"汎汎，飘然。

⑧赐（cì 音次）：赏赐。赉（lài 音赖）：赏赐，赐予。锡：同赐。贡：赐。畀（bì 音毕）：给予。《鄘风·干旄》："彼姝者子，何以畀之。"贶（kuàng 音旷）：赐予，赠。《小雅·彤弓》："中心贶之。"中心，诚心。

⑨善：美好，善良。此条十七词均是善的同义词。仪：形象之善。若：顺从之善。祥：福善。淑：贤良之善。鲜：时食之善。省：省察之善。臧：友情之善。令：美善。亦作辞令之善。类：拔萃之善。綝（chēn 音忱）：通淋（音谌）。言词之善。穀（gòu 音够）：通谷（音谷）。五谷。善生之善。攻：通工。做工之善。介：通价（jiè 音介），人价。大德之善。徽：君道之善。

⑩绪：头绪，次序。

⑪乐：快乐，喜悦。怡：愉快。怿（yì 音逸）：喜悦。《邶风·静女》："说怿女美。"说，通悦。女，通汝。衎（kàn 音看）：饮食之乐。豫：逸豫，娱乐。恺（kǎi 音凯）：开心之乐。妉（dān 音耽）：通耽。迷酒之乐。亦作迷恋而不能自拔。《卫风·氓》"女之耽兮，不可说也。"说，通脱。般（pán 音盘）：乐。

⑫服：悦服，信服，服从。悦、怿、愉：均指内心悦服。释：抛弃前嫌、宿怨而悦服。宾：不忘其德的佩服。协：虽相对立而又相协从。

⑬遹（yù 音育）：通述。此作介词。遵循，遵照。此条七词，今天看来全属介词。但在古代它们是动词，也有作介词的。《大雅·绵》："来朝走马，率西水浒。"率，沿着。

⑭谋：计谋，谋略；思考，计划等。靖：议谋。惟：思谋。漠、谟（móu 音谋）：二词通用。计谋。图：

图谋。　　究：谋划。　　度（duó 音夺）：思忖，思量。　　咨（zī 音资）：询问，咨询。　　诹（zōu 音邹）：咨询。　　猷（yóu 音尤）：计划。

⑮常：不变的。亦作经常、平常，规律、法则。　　彝（yí 音伊）：祭器。亦作常规、法度。《大雅·烝民》："民之秉彝，好是懿德。"　　夏（jiá 音夹）：典范。《尚书·康诰》："不率大夏。"

⑯柯：斧柄。由于制柯有一定的规格尺寸，故又引申为法则、法度、规则。　　宪：法。《大雅·桑柔》："百辟为宪。"辟，诸侯王。　　辟：邢疏云："辟，罪法；刑、范、律、矩、则，常法。"

⑰辠（zuì 音罪,）：同罪。《墨子·经说上》："罪，犯禁也。"即触犯刑律。亦作治罪，惩处。　　辟：法。亦作治罪。《国语·周语上》："土不备垦，辟在司寇。"　　戾：暴戾。亦作罪恶。《左传·文公四年》："其敢干大礼以自取戾。"

⑱齯（ní 音尼）：《说文》："齯，老人儿齿也。"这是返老还童的长寿之兆。　　鲐（tái 音台）背：老年弓背。鲐鱼背隆起，此状老寿之态。　　耇（gǒu 音苟）：同痀。曲背。老寿之态。

⑲信：诚实，不欺。　　亶（dǎn 音胆）：忠实。　　谌（chén 音陈）：通忱。诚实。　　亮：通谅。诚实。邢疏云："《方言》云：允、忱、谌、恂、展、谅、穆，信也。"

⑳慎：审慎，诚实。《小雅·巧言》："予慎无罪。"予，我。此条和注⑲，属同义转注。

㉑戏谑（xuè 音穴）：调笑。此条解释《邶风·终风》中"谑浪笑敖"这句诗的大意。关于此诗，诗序说："《终风》，卫庄姜伤己也。"今之学者多以为它是一首描写青年男女打情骂俏的民歌，和庄姜无关。谑，戏谑。浪，放荡。笑，戏笑。敖，不恭，胡闹。

㉒曰：说。《说文》："曰，词也。从口乙声。亦象口气出也。"它有虚实二义。此条列举其虚词义。作语助词，或在句首，或在句中，均无竟义。《秦风·渭阳》："我送舅氏，曰至渭阳。"又，《豳风·东山》："我东曰归，我心西悲。"　　于：於，因音近而常通用。作介词和语词。　　爰（yuán 音援）：作语词无意义。作介词同于。《魏风·硕鼠》："乐土乐土，爰得我所。"又，《汉书·许后传》："推诚永究，爰何不臧？"　　粤（yuè 音月）：作语词。《汉书·律历志》："粤若末二月。"又，通越。同於。《周颂·清庙》："对越在天，骏奔在庙。"

㉓於：此条列古书中介词，作用同于。　　那（nuó 音娜）：对于。《国译·越译下》："吴人之那不谷，亦又甚焉。"　　都：与诸近声，故训"于"。《孟子·万章》："谟盖都君咸我绩。"　　繇（yóu 音由）：通由。从、自。《汉书·游侠传序》："民易繇知禁而反正乎？"

㉔合：此条全属表示对合，会合，结合的同义词。　　敆（gě 音阁）：《论文》："合会也。"段玉裁注："今俗云敆缝。"　　郃（hé 音合）：同合、敆。　　盍（hé 音合）：通阖。关合，闭合。　　翕（xì 音戏）：收缩。亦作聚合。《小雅·常棣》："兄弟既翕。"　　仇：无情之配偶。亦作配偶。　　妃：配偶。《左传·桓公二年》："嘉偶曰妃，怨偶曰仇。"　　匹：匹配、配偶。《九章·怀沙》："怀质抱情，独无匹兮。"

㉕匹：指旗鼓相当的对手。《左传·僖公三十三年》："秦晋，匹也。"　　雠（chóu 音仇）：对，答对。亦作对手，仇对。《战国策·秦策》："皆张仪之仇也。"亦通仇。《邶风·谷风》："不我能慉，反以我为仇。"慉，养。仇，冤家对头。　　敌：匹敌，势力相当。《孙子兵法·谋攻》："倍则分之，敌则战之。"　　知：对手。《桧风·显有苌楚》："乐子之无知。"　　仪：通偶。配偶。《鄘风·柏舟》："髧彼两髦，实维我仪。"髧，头发下垂的样子。两髦：剪发齐额，子事父母之饰。

㉖对：门当户对之对。即相当。　　媲（pì 音匹）：妃的同义词。配偶。

㉗绍：继续，继承。《尚书·盘庚》："绍复先王之大业。"　　胤（yìn 音印）：嗣，后代。《左传·隐公十一年》："夫许，太岳之胤也。"　　纂（zuǎn 音撰）：通缵。继续。　　緌（ruí 音瑞阳）：冠缨打结的下垂部分。亦作绍续。　　绩：织麻。亦作继续。　　武：脚迹。亦作继承。

㉘静：和动、躁相对。安谧，宁静。　　忥（xì 音憩）：通塈（xì），休息。亦作静。　　谧：溢；通谧。安静。　　蛰（zhé 音哲）：蛰伏，冬眠。　　貊（mò 音陌）：通貘。漠然，清静。《大雅·皇矣》："维此王季，帝度其心，貊其德音。"　　颙（yǐ 音乙）：庄重谨慎的样子。　　頠（wěi 音伟）：通媿（guǐ）。媿婳，女性娴雅美好的样子。　　密：隐密处。亦作静。

㉙陨、硕（yǔn 音允）：坠落。亦作霣。如硕石。　　摽（biào 音标去）：坠落。见《召南·摽有梅》。　　蘦（líng 音灵）：通零。飘落。

㉚命、令、禧、诰：上级告诉下级。　　请、竭：下级告诉上级。　　畛（zhěn 音枕）祈：祝告。人告诉神灵。　　讯：通询。告，问。《公羊传·僖公十年》："君尝讯臣。"

㉛遐（xiá 音假）：同假。远。扬子《法言》："假言周天地。"此条远遐互训，均作辽远，久远。　　遏（tì 音替）：同逖。远。《尚书》："遏矣，西土之人。"

㉜圮（pǐ 音匹）：水毁曰圮。《孙子·九变》："圮地无舍。"亦作毁灭。《尚书·虞书》："方命圮族"。《尚书序》："祖乙圮于耿。"　　垝（guǐ 音轨）：毁坏的土墙。《卫风·氓》："乘彼垝垣，以望复关。"

③陈：陈列，铺陈，陈述。　　矢：通施。陈列。《春秋·隐公五年》："公矢鱼于棠。"　　雉（zhì 音稚）：古代计城的单位。《左传·隐公元年》："都城过百雉。"雉：城高一丈，长三丈。亦通陈。　　荐（jiàn 音荐）：陈列祭品。亦作陈列。　　绎（yì 音义）：连续，排列。《小雅·车攻》："会同有绎。"绎，列队。　　尸：《说文》："陈也，象卧之形。"亦作陈列；死尸。

旅：军旅。亦作陈列。《小雅·宾之初筵》："肴核维旅。"

④主：主持，执掌。《论语·季氏》："夫颛臾，昔者先王以为东蒙主。"主，主持东蒙祀祭。　　尸：扮死者受祭之人。亦作主管、主持。《左传·成公十七年》："杀老牛莫之敢尸。"　　职：主管，官职。《尚书·周官》："六卿分职。"《唐风·蟋蟀》："职思其居。"

⑤寀（cài 音菜）：同采。天子分封给亲属和诸侯公卿的土地。也叫采邑。亦作主事，事。《书·皋陶谟》："亮采友邦。"官：主管政府部门。《礼记·曲礼下》："在官言官，在府言府。"亦作官吏。《易·系辞下》："百官以治。"　　僚：官吏，官僚。《书·皋陶谟》："百僚师师。"

⑥事：事情，事业；事奉，从事。《论语·季氏》："季氏将有事于颛臾。"事，战事。《论语·阳货》："迩之事父，远之事君。"，事，事奉。　　绪：继承前辈事业。《鲁颂·閟宫》："缵大王之绪。"　　服：从事。《小雅·六月》："共武之服。"共，供，武，战事。　　贯：事奉。《魏风·硕鼠》："三岁贯女，莫我肯顾。"　　功：事。《周颂·酌》："实维尔公先师。"

⑦羕（yáng 音羊）：永。水长。　　引：长度单位。《汉书·律历志》："十丈为引。"亦作信。颜师古注："信，读曰伸，言其长也。"　　融、骏：长大。《方言》："宋卫荆吴之间曰融、骏者，长大也。"　　长（cháng 音常）：字形象老人发长。亦作长度，长久。

⑧充：充实，充足。《孟子·梁惠王下》："君之仓廪实，府库充。"　　崇：山高貌。亦作充满。《礼记·仪礼》："主人不崇酒。"

⑨胜（shēng 音升）：胜任，禁得起。《易·系辞下》："言不胜其任也。"又作胜利，战胜，力量超过。如："质胜文则野，文胜质则史。"　　果：果敢。胜敌。《左传·宣公二年》："杀敌为果。"　　毅：坚毅。邢疏："致果为毅。"　　尅（kè 音克）：同克。致胜。如：水尅火，金尅木。《后汉书·桓谭传》："何征而不尅。"　　肩：尅。疏云："强之胜也。"　　堪：经受得住。《国语·周语上》："民不堪命矣。"命，政令。

⑩克：能够；战胜。《左传·宣公二年》："靡不有初，鲜克有终。"《左传·隐公元年》："郑伯克段于鄢。"　　刘：杀，克。《周书·世俘》："则咸刘商王纣。"刘，战胜。《方言》："刘，杀也。秦晋宋卫之间，谓杀曰刘。"

⑪狝（xiǎn 音鲜）：天子秋祭。见《释天》。

⑫勉：劝勉。　　亹亹（wěi 音娓）：殷勤劝勉的样子。《大雅·文王》："亹亹文王，令闻不已。"令闻，美誉。　　蠠（mì 音秘）没：双声词，即"黾（mǐn 音敏）勉"。勤勉的样子。　　孟：通黾。努力。　　敦：勉力，敦促。《孟子·公孙丑下》："使虞敦匠。"　　勖（xù 音序）：勉励，勖勉。　　钊（zhào 音照）：《方言》："钊薄勉也。秦晋曰钊。"　　茂：通懋。努力。《尚书·皋陶谟》："政事懋哉！懋哉！"　　劭（shào 音邵）鼓励。《汉书·成帝纪》："先帝劭农。"　　勔（miǎn 音勉）：努力。张衡《思玄赋》："勔自强而不息兮，蹈玉阶之峣峥。"

⑬强：努力，尽力。《礼记·学记》："知困，然后能自强。"　　骛（wù 音务）：通务。力求。　　昏（mǐn 音敏）：通暋（mǐn）。竭力。《尚书·盘庚》："不昏作劳。"　　暋：勉强。"暋不畏死，罔弗憝。"（《尚书·康诰》）

⑭卬（áng 音昂）：我。《说文》："女人称我曰姎。"郭璞注："卬犹姎也。一声之转耳。"　　台（yí 音夷）：我。《尚书·汤誓》："非台小子，敢行称乱。"　　朕：古代第一人称代词。自秦始皇之后，朕成了皇帝的自我称谓了。《离骚》："朕皇考曰伯庸。"朕，屈原。甫、言：第一人称。不详。

⑮躬：自身。自己。《卫风·氓》："静言思之，躬自悼矣。"

⑯予（yú 音余）：第一人称代词。我、余。《孟子·滕文公》："舜何人也？予何人也？"亦作与（yǔ 音羽）：授与，给与，赐与。《春秋繁露第一》："楚庄王杀夏征舒，《春秋》贬其文，不予专讨也。"　　此条《尔雅》用一个多义词，同时诠释两组同义词，被称之为"二义同条"法。在当时也许是一个创造，而今天看来就不很科学了。　　赉：赏赐。"予其大赉汝，尔无不信，朕不食言。"（《书·汤誓》）。　　畀：给予，付与。《左传·隐三年》："周人将畀虢公政。"　　卜：给予。《小雅·楚茨》："卜尔百福，如几如式。"几，期。式，法。　　阳：当为"锡"之误。锡，赐予。（见陈玉树《尔雅释例》）

⑰进：前进，上进，引进；进献，进用。　　肃：延引，延请。《礼记·曲礼》："主人肃客而入。"　　㬎（tán 音谈）：进食。亦作进用，登进。见《小雅·巧言》。　　寅：不详。　　荩（jìn 音尽）：通进。荩臣，忠臣。《大雅·文王》："王之荩臣。"朱熹注："荩，进也。言其忠爱之篇，进进无已也。"（《诗集传》）

⑱羞：进献食品。《周礼·天官·庖人》："共王之膳与其荐羞之物。"郑玄注："荐亦进也。备品物曰荐；致滋味乃为羞。"

迪：进用。《大雅·桑柔》："维此良人，弗求弗迪。"良人，仁人。　　烝：进。《周颂·丰年》："为酒为醴，烝畀祖妣。"

⑲诏、亮、左（佐）、右（佑）、相（xiàng 音向）等都是导的同义词。均有教导，指导，辅助之意。　　勴（lǜ 音虑）：赞

助。邢疏云：“不以力助，以心助也。” 介：辅助。《豳风·七月》：“为此春酒，以介眉寿。” 尚：尊重。亦作佑助。《大雅·抑》：“肆皇天弗尚。”肆，故。 亮：通凉。辅助。见诗《大明》。《尚书·舜典》：“惟时亮天功。”

⑩缉熙：由暗至明。《周颂·敬之》：“学有缉熙于光明。”朱注：“续而明之，以至于光明。” 熲（jiǒng 音炯）：同炯。光明。见《小雅·无将大车》及郑注。

(51)劼（jié 音洁）：通硈。牢固。 掔（qiān 音牵）：坚固。郝懿引《尔雅义疏》：“掔之为言坚也。”掔、坚同韵假借。 虔：牢固。《大雅·韩奕》“虔共尔位。”

(52)畴（chóu 音筹）：谁。《尚书·尧典》：“帝曰：畴咨若时登庸?”蔡沈传：“畴，谁；咨，访问也；若，顺；庸，用也。”

(53)暀暀：通旺旺。火势炽烈的样子。亦作繁荣兴旺。 皇皇：盛大的样子。《曲礼》“天子穆穆，诸侯皇皇。”邢疏云：“皆言语行止之貌。” 藐藐（miǎo 音秒）：美的样子。《诗大雅·文王》：“既成藐藐。” 祎（yī，音衣）：美，赞美。《东京赋》：“汉帝之德，侯其祎而。”祎，通祎。 铄（shuò，音烁）：光耀的样子。

(54)和：《说文》：“众之同，和也。”“和，相应也。”和睦。《国语·周语》：“言惠必及和。”亦作协调，协和。《淮南子·俶真》：“治而不能和下。” 辑：和睦。《尚书·虞书》：“群臣辑睦。” 勰（xié 音协）：古文协字。观点一致。《说文》：“勰，同思之和也。” 燮（xiè，音谢）：和。《尚书·洪范》：“燮友柔克。”孔安国传：“燮，和也。世和顺，以柔能治之。”

(55)重（chóng，音虫）：重复，重叠；又读 zhòng，音仲，尊重，轻重。也读 cóng，音从，跟从。逼迫。此乃“三义同条”法。 从：跟从。 申：重申，再次提出。 神：神灵。人所尊重者。《左传·庄十年》：“小信未编，神弗福也。” 弼：辅弼，重臣。《尚书·毕命》：“弼亮四世。”孔传：“辅佐文、武、成、康四世为公卿。” 崇：山大而高貌。亦作尊重。《周颂·烈文》：“无封靡于尔邦，维王其崇之。”朱注：崇，尊尚也。

(56)觳（què 音确）：通确。瘠薄，枯。《庄子·天下》：“其道大觳。” 泯（mín，音民）：沉没，消灭，泯灭。 忽：灭绝。《大雅·皇矣》：“是绝是忽。”毛传：“忽，灭也。” 罄（qìng，音庆）。罊（qì 音气）：均表器物中间空虚。亦作尽。

(57)苞：草丛生的样子。《尚书·禹贡》：“草木渐苞。” 丰：《说文》：“丰，豆之丰满者也。”豆，笾豆，礼器。亦作丰满，丰茂，丰盛。

(58)揫（jiū 音揪）：会聚。《论文》：“揫，束也。从手，秋声。诗曰：‘百禄是揫’。”（《商颂·长发》） 屈：曲屈。亦作聚敛。《礼记·聘礼》：“宰执圭屈缫。” 戢（jí 音及）：聚藏。《周颂·时迈》：“载戢干戈，载櫜弓矢。”櫜，弓衣。 蒐（sōu 音搜）：搜集，收聚。 裒（póu 音剖）：聚集。《小雅·常棣》：“原隰裒矣，兄弟求矣。” 鸠：通勼（jiū 音究）。《说文》段玉裁注：“《释诂》曰：‘鸠，聚也’。《左传》作鸠。《古文尚书》作逑。《庄子》作九。今字鸠行而勼废矣。” 楼：郭注：“犹今言拘搂，聚也。

(59)肃：通速。急速。《召南·小星》：“肃肃宵征。” 齐：敏捷，猛而快。《荀子·修身》：“齐给便利，即节之以动止。” 遄（chuán 音传）：急速。《鄘风·相鼠》：“人而无礼，胡不遄死!”胡，何。 数（sù 音速）：通速。《屈原列传》：“淹数之度兮。”

(60)寁（z àn 音暂，又读 jié 音捷）：快速。《说文》：“寁，居之速也。”《郑风·遵大路》：“无我恶兮，不寁故也。”恶，厌恶。 骏：名词作副词，急速地。陶潜《归去来兮辞序》：“寻，程氏妹丧于武昌，情在骏奔。” 阬（kēng，音坑）：通坑。土坑。亦作虚。 漮（kāng，音糠）：失掉水分而空虚的样子。《说文》：“漮，水虚也。”郭注：“《方言》云：漮之言，空也。”今北方许多地方仍然把萝卜、苹果放干巴了叫漮。

(62)黎（lí 音离）：通旅。众多。《大雅·桑柔》：“民靡有黎，具祸以烬。”《孟子·梁惠王》：“黎民不不饥不寒，然而不王者，未之有也。” 丑（chǒu）：同俦。同类。《释鸟》：“凫，雁丑，其足蹼。” 师、旅：军队编制。师二千五百人，旅五百人。亦作众多。

(63)观（guàn，音贯）：通贯。亦作众多。《小雅·采绿》：“维鲂及鲔，薄言观者。”郑注：“钓必得鲂鲔。鲂鲔是云其多者耳。” 裒（póu，音抔）：聚集。亦作众多。《周颂·般》：“敷天之下，裒时之对。”对，配。 那（nuó，音挪）：众多。《小雅·桑扈》：“不戢不难，受福不那。”朱注：“不戢，戢也。不难，难也。不那，那也。”不，岂不。

(64)流：通求。亦作选择。《周南·关雎》：“差参荇菜，左右流之。” 差（chāi. 音拆）：选择。《小雅·吉日》：“既差我马。” 柬：选择。《荀子·修身》：“安燕而血气不惰，柬理也。”安燕，安逸。理，合理。

(65)戁（nǎn 音赧）：恐惧。《商颂·长发》：“不戁不竦”。竦（sǒng，音耸）：通悚（s ǒng）。恐惧貌。 慑（shè）：惧怕。

(66)病：疾病；生病。亦作疲劳、忧患。不满 、责备、憎恨等。 痡（pū 音铺）、瘏（tú，音屠）。虺颓（huī tu í 音灰聩）、玄黄：均作疲劳、生病。见于《周南·卷耳》等诗。颓，同聩。 劬（qú 音渠）：劳苦，劳碌。《小雅·蓼莪》“哀哀父母，生我劬劳”。 咎：差失，罪过。见于《小雅·北山》 顇（cuì，音瘁）：通瘁。劳苦。 瘽（qín，音勤）通懃。病。苦苦过度。 瘉（yú，音愈）：生病。亦作病好，同愈。 鳏（ guān，音官）：老年丧妻。非病。但有劳苦。 戮（lù 音路）：羞辱。《左传·文公十六年》：“贾季戮臾骈，臾骈之人欲尽杀贾氏以报焉。” 癙（shǔ，音鼠）：忧惧之病。《小雅·正月》“癙忧以痒。"　　瘰（luán，音栾）：同恋。忧愁成病，肌体瘠瘦。　　瘅（lǐ，音里，又读 kuī，音悝）：邢疏云："心忧之病也。"

痕（qí，音其）：忧愁之病。《小雅·白华》："之子之远，俾我痕兮"　　闵（mǐn，音悯）：同愍。积劳成疾。《豳风·鸱鸮》："鬻子之闵斯。"鬻：养育。　　逐：通疛（zhǒu，音肘）。小腹病。或云逐，通痔。腹痛《小雅·小弁》："我心忧伤，惄焉如捣。"《韩诗》捣作疛。　　疚：久病。亦作内心痛苦。　　痗（méi，音梅）：忧病。　　瘥（cuó，音痤）：小病。　　痱（féi，音肥）：中风。大脑之病。或谓热疮。　　瘅（dàn，音瘅）：同瘅。劳病。《小雅》："哀我瘅人。"或谓憎恨。见于《礼记·缁衣》。　　瘵（zhài 音债）：病。或谓劳病。《蔡邕碑》："疾病恇瘵。"　　瘼（mò 音莫）：病。《方言》："瘼，病也。齐东海岱之间曰瘼。"　　瘠（jí 音瘠）：同瘥。瘦。

⑥恙（yàng 音样）：忧。　　写：忧。《小雅·车牵》："鲜我觏尔，我心写兮。"　　盱（xū，音吁）：通吁。　　繇（yáo，音愮）：通愮。　　恤（xù，音序）：忧，忧虑。《邶风·谷风》："我躬不阅，遑恤我后。"　　罹（lí，音离）：遭遇不幸；忧愁。《九歌·山鬼》："思公子兮徒罹忧。"《小雅·小弁》："民莫不谷，我独于罹。"谷，善。

⑥劮（yì 音毅）：勤劳。见于《小雅·雨无止》。　　邛（qióng，音穷）：病，劳。见于《小雅·巧言》。　　救：劳苦。郭注："救者，相约劳也。"又《玉篇》云："救，今作勑。"勑，勉励。　　愉：通瘉。因劳成疾。　　庸：劳苦。

⑥来：通勑。俗作徕。劳苦。　　翦（jiǎn，音剪）：全、尽。郝疏："谓尽力之劳也。"　　篲（huì，音慧）：扫帚。亦作清扫之苦。

⑦思：思念。思考。《礼记·曲礼》："俨若思。"亦作思想。如秋思。亦作悲伤。《文选张华诗》："吉士思秋。"亦作愿望。《大雅·文王》："思皇多士。"亦作语助词。《小雅·采薇》："今我来思，雨雪霏霏。"　　悠：思念。"悠哉悠哉，辗转反侧。"（《周南·关雎》）

⑦惄（nì，音溺）：通惘。忧愁的样子。《小雅·小弁》："我心忧伤，惄焉如捣。"韩诗"惄"作惘。

⑦祉（zhǐ，音止）：福。福止不移。《小雅·六月》："既多受祉。""君子如祉。"　　履：通禄。《周南·樛木》："福履绥之。"　　祓（fú，音弗）：古习除邪去灾的仪式，和祈福有关。　　禧（xǐ，音喜）：福。《说文》段注："行礼获吉也。"　　禠（sī，音司）：福。张衡《东京赋》："祈禠禳灾。"　　祜（hù，音护）：福。《小雅·信南山》："受天之祜。"

⑦禋：升烟以祭天，古祭天仪式。亦作祭祀。《国语·周语上》："不禋于神而求福焉，神必祸之。"

⑦禋（yīn 音因）：通禋。祭祀。亦作恭敬。　　煣（rǎn 音染）：恭敬。《小雅·楚茨》："我孔熯矣，式礼莫愆。"

⑦夙（sù 音宿）：早。《卫风·氓》："夙兴夜寐，靡有朝矣。"　　晙（jùn 音俊）：早。郭注："晙亦明也。"

⑦须（xū，音需）、竢（sì 音伺）、徯（xǐ 音奚）：等待。《邶风·静女》："静女其妹，俟我于城隅。"俟（sì）：通竢。　　替、戾、底（zhǐ 音指）：停止。郭注："皆止也。止亦相待。"止息、停止和等待的含义不同，不可相混。

⑦憰（jué 音谲）：通谲。诡诈，欺诳。　　菑（zāi 音灾）：同灾。

⑦磯（qí 音岂）：近，接近。　　汽（qī 音迄）：通汔。近，近于。《大雅·民劳》："民亦劳止，汔可小康。"

⑦故：故旧，原来。辛延年《羽林郎》："人生有新故，贵贱不相逾。"亦作关连词。所以。　　治：当作"始"。始，原来，当初。《战国策·秦策》："今日韩魏，孰与始强？"　　古：古代。《说文》："古，故也。从十口，识前言者也。"亦作故旧，原来。《邶风·日月》："乃如之人兮，逝不古处。"　　肆（sì 音四）：故，所以。《大雅·绵》："肆不殄厥愠。"殄，绝。

⑧今：关联词。所以。《尚书·汤誓》："夏德若兹，今朕必往。"

⑧肶（pí 音皮）：同腜。厚。《小雅·采菽》："福禄腜之。"　　坤（pí 音皮）：厚。《邶风·北门》："政事一坤益我。"　　笃（dǔ 音堵）：通笃。厚。屈原《天问》："稷惟元子，帝何笃之？"

⑧载：事。《尚书·大禹谟》："祗载见瞽瞍。"亦作做事。《后汉书·杨赐传》："朕昔初载。"　　谟（mó 音谋）：计谋，谋划。如《尚书·皋陶谟》《尚书·大禹谟》　　伪：人为的。比如载、谟等，者是人之所为。亦作伪诈、虚伪。如食言，欺诈等。

⑧话、行（háng 音杭）、讹（é 音俄）：均属"言"的同义词。言语，言说。　　行：言语。江东方言。　　讹：传误之言。　　猷（yóu 音犹）、载：亦与"言"同义。作语助词。无意义。《卫风·氓》："言既遂矣。至于暴矣。""既见复关，载笑载言。"

⑧遻（wù 音五）：亦作遌。《说文》："遻，相遇惊也。"

⑧显、昭、钊（通昭）：见（xiàn 音现）的同义词。显示，明显。　　觐（jìn 音近）、觌（dí 音笛）：见（jiàn 音鑑）的同义词。下级竭见上级。

⑧监：通鑑。照影。亦作监视。　　覜（tiào 音眺）："觇"的误字（见唐石经）。觇，眺的古字。古代诸侯三年大相聘之礼曰觇。

⑧鞠（jū 音菊）：通匊。手里握米。《说文》："在手曰匊。从勹米。"亦作盈满，极。《小雅·节南山》："昊天不傭，降此鞠讻。"朱注：鞠，穷。讻，乱。

⑧间（jià 音见）：间隙，空隙；言语间的停顿。　　魄：身体中隐藏精神的孔穴；精神（灵魂）之载体。　　延（yán 音

埏)：通埏。通入墓中的穴道。　虚、无：空虚，没有。　之、言：虚词。表示言语之间的停顿。

(89)微：隐蔽，藏匿。亦作幽微，端倪。　瘗（yì 音义）：埋藏祭物；使匿。《大雅·云汉》："上下奠瘗，靡神不宗。"宗，尊。

(90)止《说文》："止，下基也。象草木出有址，故以止为足。"止：停止；禁止。　徽：束缚。扬雄《解嘲》："徽以纠墨，制以锁铁。"　妥：安坐。《小雅·楚茨》："以妥以侑，以介景福。"　戾：安稳，安定。　尼（ní 音泥，旧读 nì 音拟）：阻止。《孟子·梁惠王上》："止，或尼之。"　曷（è 音遏）：通遏。制止。

(91)豫：安。亦作厌弃，怠惰。　射（yì 音怿）：通斁（yì 音义）。厌弃，厌恶。《周南·葛覃》："为絺为绤，服之无斁。"絺、绤，细与粗的葛布。　厌（yàn 音燕）：通猒，餍。满足。子曰："学而不厌，诲人不倦。"(《论语·述而》）亦作讨厌，厌恶。

(92)成：完成，成功：成熟，和解，讲和；诚实，诚信（通诚）。　质：成功。《礼记·曲礼》："疑事毋质。"　登：五谷成熟。如五谷丰登。　平：平安、平定；议和。如"宋及楚平。"　考：建筑物落成。《春秋·隐公五年》："九月，考仲子之宫。"

(93)梏（jué 音觉）：通觉。直。《礼记、射义》："栖皮曰鹄。"注："鹄之言梏。梏，直也。人正直乃得中也。"《大雅·抑》："有觉德行，四国顺之。"觉或作梏。　较：通觉。直道。《尚书·大传》："觉兮较兮。"　颋（tǐng 音侹）：通侹。平正挺直。《通俗文》："平直曰侹。"按：今陕西关中把平直而卧叫做侹。

(94)安：《说文》："安，竫也。从女在宀中。"亦作安宁，安乐；安抚。　绥、柔：安抚的同义词。

(95)易：平易，平坦，安稳。　弟（yí 音夷）：通夷。平常。《周易·涣卦》："匪夷所思。""匪夷"或本作"匪弟"。

(96)矢（shī 音施）：通施。布施。　易：简率，轻慢。《论语·八佾》："丧，与其易也，宁戚。"

(97)鲜（xiǎn 音显）：少，罕。《左传·成公二年》："靡不有初，鲜克有终。"克，能。

(98)报；报答，回报。《卫风·木瓜》："投我以木桃，报之以琼瑶。"　酬：主人为客人敬酒答谢。　酢（zuò 音作）：宾客回敬主人酒。　侑（yòu 音右）：劝食，陪饭。《礼记·玉藻》："凡侑食，不尽食。"

(99)毗刘（pí liú 音皮留）、暴乐（bó lu ò 音剥落）：这两个连绵词，皆形容树木枝叶稀疏不均的样子。

(100)覭髳（míng méng 音明萌）、茀（fú 音浮）离：这两个双声、叠韵词，都形容草木丛茂的样子。

(101)蛊（gǔ 音古）：诱惑人，迷惑人。《左传·庄公二十八年》："楚令尹子元欲蛊文夫人。"　谄（tāo 音滔）：疑惑。《左传·哀公十七年》："天命不谄。"　贰：贰心，怀疑。《尚书·大禹谟》："任贤勿贰。"

(102)桢（zhēn 音贞）、干（gàn）：都是古人筑土墙所用的前头、侧面的支柱。亦作骨干，支柱。《大雅·文王》："王国克生，维周之桢。"克生：能生贤士。　翰（gàn 音干）：此通干。支柱。　仪：礼节，仪式。亦作法度，准则。《管子·禁藏》："法者，天下之仪也。"

(103)俌（fǔ 音辅）：通辅。辅佐，协助。　棐（fěi 音斐）：矫正弓的弓檠。亦作辅助。《尚书·洛诰》："公功棐迪笃，罔不若时。"公，周公。若时，如是。　比：并列，紧挨。如鳞次栉比。亦作亲密相辅。《周礼·夏官》："大国比小国。"亦作勾结。《论语·为政》："君子朋而不比；小人比而不周。"

(104)卫：卫服，指京畿外二千五百里之地。亦作边疆。　圉（yǔ 音语）：拘囚犯之狱，或谓牧马的人。亦作边疆。《左传·隐公十一年》："亦聊以固吾圉也。"　垂：周边。邢疏引孙曰："国之四垂也。"垂，今作陲（chuí 音垂）。

(105)当：面对，面向。亦作阻挡，敌挡。《项羽本纪》："所当者破，所击者服。"亦作相当。如门当户对。《汉书·司马相如传》："恐不得当也。"亦作正好。《汉书·霍去病传》："斩捕首虏过当。"亦作值，遇上。　丁：通当。值，遇上。《大雅·云汉》："上帝不临，耗斁下土，宁丁我躬。"斁，败。丁，当也。

(106)浡（bó 音勃）：通勃。勃起、兴盛。《孟子·梁惠王上》："则苗浡然兴之矣。"　俶（chù 音处）：作。《大雅·嵩高》："有俶其城。"朱注："俶，始作也。"或谓"有俶，形容其厚也。"（见俞樾《群经平议》卷十一）　厉：振作。《管子·牧民》"兵弱而士不厉。"　作：起，起立。《礼记·少仪》："客起而辞。"亦作兴起。《易经·乾卦·文言》："圣人作而万物睹。"亦作创作。《论语·述而》："子曰：'述而不作，信而好古。'"亦作为，充任。《尚书·尧典》："汝作司徒。"

(107)咨（zī 音资）：通兹。此。　呰（zǐ 音子）、已（yǐ 音乙）：均作此。郭注："呰、已皆方俗异语。"

(108)嗟（jiē 音街）：表示感叹的语气词。　䦈（jiē 音嗟）：嗟的古字。

(109)闲（xián 音娴）：通娴。娴熟。　狎（xiá 音狭）：习惯。《国语周语》："未狎君政，故未来命。"

(110)曩（nǎng 音馕）：时间副词。从前，过去。它是指过去较久远的事情而说的。　尘：通陈。长久。张衡《思玄赋》："美襞积以酷烈兮。允尘邈而难亏。"邈，远。

(111)逮（dài 音代）：介词。及，至，到…时。《左传·哀公六年》："逮夜至于齐。"亦作捉捕。《汉书·王莽传》："逮治党羽。"

(112)陞（shēng 音升）：同升。高升。　骘（zhì 音至）：同陟。升，登。　假（xiá 音假）：同徦、遐。远。登遐，即仙逝。

死的婉语。《礼记·曲礼》："告丧，曰天王登假。"

⑬挥：泼撒，散去。《礼记·曲礼》："饮玉爵者弗挥。" 盝（lù音滤）：通漉、盝。经渗漏过滤使水干。

⑭抎（zhèn音振）：清洗，揩拭。《礼记·丧大记》："抎用巾。"

⑮代：替代。《尚书·皋陶谟》："天工人其代之。"亦作更换，交替。司马迁《滑稽列传》："于是始皇使陛楯郎半相代。" 鸿：候鸟。邢疏："鸿雁之属，九月而南，正月而北，是知其时运而更代南北也。" 昏：黄昏。黑夜与白昼的交界。 于：介词。使名词修饰谓语的中介。 间：间隙。时间、空间转换的交界。 显：和微相对；明与晦相对；但也可转而相代。故都被列于"代"的同义词的一类，未必合理。

⑯馈：以食物赠人。比今之馈赠外延缩小了。 馌（yè音野）：送饭到田间。见于《豳风·七月》。 饟（xiǎng音饷）：同饷。送食物与人。见于《周颂·良耜》。今之所谓"以饷读者"之类的用法本此。

⑰廞（xìn音信）：兴，作。 熙：光明。亦作兴盛，兴起。《诗·周颂·酌》："时纯熙矣，是用大介。"介，甲。

⑱卫：佳美。郝疏谓胶东人赞美其物曰麊，伟，卫，三者一音之转，轻重不同耳。 趩：疾行貌。同卫。嘉美。方言词。 假：通嘉。见于《大雅·假乐》

⑲舍（shě音捨）：房屋；住宿。亦作放置，休息。亦同今"捨"。《左传·僖公二十八年》"使宋舍我而赂齐秦"。亦通赦，《汉书·朱博传》："常刑不舍。" 税（tuō音脱）：通说。又作脱，说（tuō）。解脱，脱去。《孟子·告子》："不税冕而行。"

⑳栖、迟：休息。 苦（gǔ音古）：同盬（gǔ）。间歇，结束。《小雅·北山》："王事靡盬，忧我父母。" 呬（kuì音喟）：通喟。叹息。 齂（shì音誓）：鼻息声。 呬（xì音戏）：休息，喘息。东夷方言息谓呬。

㉑共：通供。供给。 庤（zhì音庤）：通庤。仓储。 具：器具。亦作供给，备办。《礼记·士相见礼》："以食具告。"郑玄注："具，犹办也。"

㉒煤（wǔ音怃）：亦无怃。爱怜。郭注："煤，韩郑语，今江东呼为怜。"

㉓动：动作，活动。此条十字均是"动"的同义词。 娠（shēn音伸）：胎动。 妯（chōu音抽）：或作怞。心中激动，不平静。见于《小雅·鼓钟》。 讹：走动。见《小雅·无羊》。

㉔覆：反复详察。 副（pì音劈）：分开。《大雅·生民》："不坼不副，无灾无害。"坼（chè音彻）、副：开裂。诗句以姜嫄生后稷的顺利而神之异之，从而令人详察周代帝祚实属上天所赐。

㉕乃：第二人称代词。尔、汝。亦作副词。于是。亦属语首助词。无意义。《尚书·大禹谟》："乃圣乃神，乃武乃文。"这又是多义同条的一例。 郡（juǒng音窘）：同窘。仍，继续。 臻、仍：重复。 廼（nǎi）：为，是。《史记·高祖本纪》："吕公女，乃吕后也。"

侯：语首助词。无意义。《大雅·荡》："侯作侯祝。"

㉖道：路。亦作道理，规律；导，开导、引导。 训：开导。亦作典式，法则。如不足为训。《大雅·烝民》："古训是式。"

㉗佥（qiān音签）：副词。全，都。《方言》："佥、胥，皆也。自山而东，五国之郊曰佥，东齐曰胥。"

㉘长（zhǎng音掌）：成长；年长；官长。 育：养育，使长。 孟：年长，排行大。 耆、艾：六十、五十老人。长者。 正：官名。乐正，里正。 伯：通霸。方伯，诸侯伯。

㉙历（lì音力）：推算天文以定节气。亦作数、计数、计算。 秭（zǐ音姊）：计数名词。十亿为秭。

㉚傅（fù音附）：通附。贴附，附着。《左传·僖十四年》："皮之不存，毛将安傅？"

㉛艾（yì音义）：通"乂"。治理。见于《尚书·尧典》。 历（lì音力）：经历。亦作审视，察看。 觅（mì音觅）：相互对视。是"觅"的正字。亦作看。《文选》张衡赋："觅往昔之遗馆。" 胥：察看。《大雅·公刘》："笃公刘，于胥于原"。《方言》："胥，辅也。吴越曰胥。" 相（xiàng音向）：察木。亦作观察，察看；辅佐，治理。今之"相亲"本于此。

㉜乱：理乱丝。亦作治理。《尚书·顾命》："其能而乱四方。"而，如。 神（shēn音伸）：同伸。亦作发展，治理。见《荀子·王制》。 弗（fú音被）：通祓。祛除不祥。也属求治的一种方法。 湖（gǔ音古）：挖掘河泥。亦作搅混。《九歌·渔父》："世人皆浊，何不湖其泥而扬其波？"亦通汩（gǔ音古）：疏通，治理。屈原《天问》："不任汩鸿，师何以尚之？"王逸注："汩，治也；鸿，大水也；师，众也；尚，举也。"

㉝颐（yí音怡）：保养。《易经·无妄象》："颐贞吉育。" 艾：养护，养育。见于《小雅·南山有台》。邢疏引《方言》："台、胎（或曰艾）、陶、鞠，养也。"

㉞汏（tài音汰）：当为"汰"。淘汰。郭注："汰、浑，皆水落貌。"

㉟际：边际。亦作到，相接续。《淮南子·原道训》："高不可际。" 接（jiē音街）：交接，接受。亦通捷。迅捷。《荀子·大略》："先事虑事谓之接。"接音捷。速也。 嫅（shà音霎）。《说文》"嫅，捷也，飞之疾也。"段注："今俗语霎时者当作此。" 捷：经典多作大捷（胜利）、献捷（胜利品）。此条专释捷作副词迅捷，与接、际相同的义项。

(136)毖（bì音必）：谨慎。《周颂·小毖》："予其惩而毖后患。"惩，戒止。此即"惩前毖后"之所本。　神：通慎。慎重。《荀子·非相》"贵之，神之。"

(137)郁陶（yù yáo 音玉瑶）：思念的样子；忧思郁积的样子。《孟子·万章上》："象曰：'郁陶思君尔'。"王念孙《广雅疏证》卷二下云："凡经传言郁陶者，皆当读如皋陶（yáo音瑶）之陶。"

(138)馘（guó音国）：古人统计战绩用割取敌人的左耳数，这叫做馘。所取的左耳也叫馘。《鲁颂·泮水》："矫之虎臣，在泮献馘。"泮，泮宫。周代诸侯所设的大学。　穧（jì音季）：已割下而又未收到打谷场的谷物。见于《大雅·大田》。　获（huò音货）：猎获物。亦作战争俘虏。《左传·僖公三十三年》："夏四月辛巳，败秦师于淆，获百里孟明视、西乞术、白乙丙以归。"亦作五谷收获。

(139)利：此条专释耒耜的锋利。　剡（yǎn音奄）：尖利。《九章·橘颂》："曾枝剡棘，圆果抟兮。"亦见于《小雅·大田》。　䂮（lüè音略）：通略。锐利。见于《周颂·载芟》。

(140)壬（rèn音任）：通任。大。亦作佞（nìng音宁）。奸佞。《尚书·舜典》："而难任人。"难，拒绝。

(141)俾（bì音必）：使，让。《鲁颂·閟宫》："俾民稼穑，有稷有黍。"　拼（péng音抨）同抨。支使人。　从：跟着别人后头走。亦作顺从。释曰："此条皆谓使令随从也。"

(142)儴（ráng音攘）：延习，因袭。　因：因袭，沿袭。因、仍同义，常连用。《三国志·魏志·程昱传》："转相因仍，莫正其本。"

(143)董（dǒng，旧读dú音督）：通督。监督。今之董事，绅董，商董义皆本此。亦作正：端正，正身直行。《九章·涉江》："余将董道而不豫兮。"　督：视察，监督。亦作正。《左传·僖公十二年》："谓督不忘。"疏："谓管仲功德正而不忘也。"

(144)享：祭献祖先。《小雅·楚茨》："以享以祀。"不忘祖和善事父母的孝是一致的。亦作享用。如"坐享其成。"

(145)乱：此条三词都与治丝有关。《说文通训定声》："凡丝持则紧，舍则缓；紧则理，缓则乱。"　纵：松弛未绷紧的丝叫缓。缓则乱。　缩：因缩在一起的丝，也叫乱。

(146)取：本义是割取被杀死敌人之耳朵。《说文》"捕取也。从又从耳。《周礼》'获者取左耳。'《司马法》曰：'载献聝。聝者，耳也。"聝同馘。亦作一般的获取。《孟子·离娄下》："可以取，可以无取，取伤廉。"　探：郭注："探者，摸取也。"或谓"探"通"贪"。妄取。　篡：非法夺取。

(147)徂（cú音且）：通且。有，存在。此条似专门解释《郑风·出其东门》中的两章诗中的"存"、"且"的。诗云："虽则如云，匪我思存。"；"虽则如荼，匪我思且。"前章两句，朱熹释曰："女虽美且众，而非我思之所存。"后章二句，重复前章章法，依互文见义，亦当释为；"女虽美且如荼，而非我思之所有。"可惜朱氏解"且"为虚词，语助词。而《尔雅》正是用了互文见义的修辞规律释"且"为存在的。

(148)察：细看，详审。《孟子·梁惠王》："明足以察秋毫之末。"亦作观察、审察、检查。　在：通司。观察。　省（xǐng音醒）：反思，检查。《论语·学而》："吾日三省吾身。"　士：法官。审察诉讼。

(149)烈：此通裂。亦作剩余。见《大雅·云汉》。　枿（niè音蘖）：同蘖。旧根分裂出新枝。

(150)元：头，首。《孟子·滕文公》："勇士不忘丧其元。"　良：训头、首，不详。

(151)荐：进，献。《论语·乡党》："君赐腥，必熟而荐之。"腥，生肉。亦作接连而至。《大雅·云汉》："饥馑荐臻。"臻，至。　挚（zhì音至）：通䞇（音至）。至。《尚书·西伯戡黎》："大命不挚。"《说文》桂馥注："挚音至，同䞇。《史记》作至。"

(152)赓（gēng音庚）古文"续"字。见《说文》。　扬：通永。亦作延长，继续。

(153)祔（fù音付）：死者人附祖庙的一种祭礼。　祪（guǐ音诡）：亦通毁。迁移祖庙。《说文》："祔、祪，祖也。"

(154)尼：接近，亲近。通昵。亦作暱。《左传·隐公元年》："不义不暱，厚将崩。"　即：接近，俯就。《卫风·氓》："匪来贸丝，来即我谋。"

(155)纶（lún音伦）：绳子。亦作捆绑。　貉："络"之误。络，本生丝。民间叫井绳。亦作束缚，缠绕。《楚辞·招魂》："笼山络野。"

(156)貉（mò音貊）：通貊。安静。　嗼（mò音寞）：通寞。《说文》："嗼，啾也。"桂注："《广韵》引《古诗十九首》：'盈盈一水间，嗼嗼不得语。'"嗼，或本作脉。静而无言。

(157)伊、维、侯：皆语助词，无意义。

(158)时：通是。指示代词。这，这个。《尚书·汤誓》："时日曷丧，予及汝皆亡。"日，汝指夏桀。皆，同偕。一起。　寔（shì音是）：此，这。《公羊传·桓六年》："寔来者何？犹是人来也。"

(159)已：停止，完成，完毕。《荀子·劝学》："学不可以已。"《卫风·氓》："反是不思，亦已焉哉！"已，了结。　卒：终。《邶风·日月》："父兮母兮，畜我不卒。"畜，养。　猷（qiú音酋）：通酋。酋，酒熟。亦作完成。《汉书·叙传上》："《说难》既酋，其身乃囚。"　假（gé音格）：通格。来，至。《大雅·抑》："神之格思，不可度思。"度：预测。《尚书·尧典》："格于上下。"格，《说文》作假。

⑩求：终。《大雅·下武》："王配于京，世德作求。"郑笺："求，终也。以其世世积德，庶为终成其大功。"或谓求通究。终极，到底。

⑩死：死亡。《说文》："死，澌也。人所离也。从歹人。"段注："形体与灵魂相离，故字从歹人。"许、段的说法都是不科学的。古人对死亡有泛称，特称和讳称。《礼记·曲礼下》："天子死曰崩，诸侯死曰薨，大夫死曰卒，士曰不禄，庶人曰死。"此其特（专）称。其实，不直言死亡的，均可视为讳称或婉称。死亡，是对百姓死的泛称，也是对无德小人死亡的鄙称。《鄘风·相鼠》："人而无止，不死何俟？"《礼记·檀弓》："小人曰死。"注："小人，无德之称也。"　　徂落：徂，行，往；落，叶离枝体。可说是死亡的婉语或讳称。　　殪（yī 音壹）：被一箭射死。《小雅·吉日》："发彼小犯，殪此大兕。"犯，野母猪；兕，野牛。朱注："发，发矢也。一矢而死曰殪。"

释言第二①

　　殷、齐，中也②。斯、诤，离也③。谖、兴，起也④。还、复，返也。宣、徇，遍也⑤。驲、遽，传也⑥。蒙、荒，奄也⑦。告、谒，请也。肃、噰，声也⑧。格、怀，来也。畛、厎，致也⑨。侈、怙，恃也⑩。律、遹，述也⑪。俞、答，然也⑫。豫、胪，叙也⑬。庶几，尚也。观、指，示也。若、惠，顺也。敖、忨，傲也⑭。幼、鞠，稚也⑮。逸、愆，过也⑯。疑、休，戾也。疾、齐，壮也⑰。恉、偭，急也⑱。贸、贾，市也。扉、陋，隐也⑲。遏、遾，逮也⑳。征、迈，行也。圮、败，覆也。荐、原，再也。忥、救，抚也㉑。瞿、朓，瘠也㉒。桄、颎，充也㉓。屡、暱，亟也㉔。靡、罔，无也㉕。爽，差也；爽，忒也㉖。佴，二也㉗。剂、翦，齐也。馈、馏，稔也㉘。媵、将，送也㉙。作、造，为也。馨、饀，食也㉚。鞠、究，穷也。卤、矜、咸，苦也㉛。干、流，求也。流，覃也，覃，延也㉜。佻，偷也㉝。潜，深也；潜深，测也。谷、鞠，生也。啜，茹也㉞。茹、虞，度也。试、式，用也㉟。诰、誓，谨也㊱。竞、逐，强也。御、圉，禁也㊲。窒、薶，塞也㊳。黼、黻，彰也㊴。膺、身，亲也。恺悌，发也㊵。髦士，官也。畯，农夫也。盖、割，裂也㊶。邕、支，载也㊷。谣、诼，累也㊸。漠、察，清也㊹。庇、麻，荫也㊺。谷、履，禄也㊻。履，礼也。隐，占也㊼。逆，迎也。僭，曾也㊽。增，益也。窭，贫也。蔓，隐也㊾。傁，呭也㊿。基，经也；基，设也。禥，祥也，禥，吉也。兆，域也㉑。肇，敏也㉒。挟，藏也㉓。浃，彻也。替、废也；替，灭也。速，征也，征，召也。琛，宝也。探，试也。髦，选也；髦，俊也。俾，职也。纰，饰也㉔。凌，栗也，栗，感也㉕。皭，明也；茅，明也；朗，明也㉖。猷，图也；猷，若也。偶，举也；称，好也㉗。坎、律，铨也㉘。矢，誓也。舫，舟也。泳，游也。遭，及也㉙。冥，幼也㉖。降，下也。佣，均也㉑。强，暴也。忨，肆也，肆，力也。俅，戴也㉒。瘗，幽也。髦，属也㉓。烘，燎也；煁，烓也㉔。陪，朝也。康，苛也。樊，藩也。赋，量也。粞，粮也㉕。庶，侈也；庶，幸也。筑，拾也㉖。奘，驵也㉗。集，会也。舫，泭也㉘。洵，均也；洵，龛也㉙。逮，遝也㉖。是，则也㉑。画，形也。赈，富也。局，分也。侪，怒也㉒。傿，声也㉓。葵，揆也，揆，度也。逮，及也。怒，饥也㉔。畛，重也。猎，虐也。土，田也。戍，遏也。师，人也。硈，巩也㉕。弃，忘也。罂，闲也。谋，心也。献，圣也㉖。里，邑也。襄，除也㉗。振，古也。怨，怨也㉘。缡，介也。号，謼也㉙。凶，咎也。苞，积也。逎，痼也㉖。颠，题也㉑。猷、肯，可也㉒。务，侮也㉓。贻，遗也。贸，买也。赇，财也㉔。甲，狎也㉕。葵，雅也；葵，藬也㉖。粲、餐也。渝，变也。宜，肴也。夷，悦也。颠，顶也。耋，老也。辑，轻也。伐，浅也㉘。绚，绞也㉙。讹，化也。跋，躐也；蹔，踖也㉖。粦，尘也。戎，相也。妖，私也㉑。孺，属也。幕，暮也。焆，炽也，炽，盛也。柢，本也。窕，间也㉒。

沦，率也㉝。罹，毒也。检，同也㉞。邮，过也㉟。逊，遁也㊱。毖，滂也；偾，僵也㊲。畛，珍也。曷，盍也㊳。虹，溃也㊴。暗，暗也。剩，胶也㊵。孔，甚也。厥，其也。戛，礼也。阁，台也㊶。囚，拘也。攸，所也。展，适也。郁，气也。宅，居也。休，庆也。祈，叫也㊷。潜、幽，深也㊸。哲，智也。弄，玩也。尹，正也；皇、匡，正也。服，整也。聘，问也。愧，惭也。殪，诛也。克，能也。翌，明也。讻，讼也㊹。晦，冥也。奔，走也。逡，退也㊺。寋，仆也。亚，次也。谂，念也㊻。届，极也。奄，同也；弇，盖也。恫，痛也。握，具也。振，讯也。阋，恨也㊼。越，扬也。对，遂也㊽。熮，火也。懈，怠也。宣，缓也㊾。遇，偶也。囊，曝也㊿。偟，暇也㊱。宵，夜也。懊，忨也。愒，贪也㊲。楮，柱也。裁，节也。并，併也㊳。卒，既也。懵，虑也㊴。将，资也㊵。萧，秩也㊶。递，迭也。矧，况也。廪，癉也㊷。逭，逃也㊸。讯，言也。间，倪也。沄，沉也㊹。干，扞也㊺。趾，足也；踾，刖也。襄，驾也㊻。忝，辱也㊼。燠，煖也。块，堛也㊽。将，齐也。翮，镘也㊾。启，跪也㊿。瞟，密也。开，辟也。袍，襺也。障，畛也。覣，姽也。鸞，糜也。舒，缓也。翢，纛也，纛，翳也㊿。隍，壑也。笔，挛也。典，经也。威，则也。苛，妎也㊿。蒂，小也。迷，惑也。狃，复也。逼，迫也。般，还也。班，赋也。济，渡也；济，成也；济，益也。缙，纶也。辟，历也。醪，盎也。宽，绰也。衮，黻也㊿。华，皇也。昆，后也㊿。弥，终也。

<hr />

①释言：《说文》："直言曰言，论难曰语。"言，就是言语，日常人们嘴巴说的话。言也指一句话。《论语·为政》："诗三百一言以蔽之，思无邪。"言也指一个字。唐·陆德明《经典释文》(下简称《释文》)曰："东方朔云诵诗九万言。"此篇和《释诂》一样，也是以今释古，以雅释俗，但诠释偏重于常用词。

②殷(yǐn，音隐)：通隐。即隐括。竹木的矫正器具。亦作法则，平正。　齐：通脐。脐在身体中点，故亦作居中、正中。

③斯：《说文》："析也。从斤，其声。诗曰：'斧以斯之。'"劈开。同分离。斯也是离的方言词。　侈(yí，音移)：离别。通袳。"袳台"就是离宫。

④谡(sù，音素)：起立。《礼记·祭统》："是故尸谡。"尸，扮受祭的人。

⑤宣：通畅。亦作普遍。　徇：环绕。亦作周遍，巡示。《史记·司马穰苴列传》："乃斩其仆，以徇三军。"

⑥传(zhuàng，音转)：古代驿站的房舍。又指驿站专备的车马。《左传·成公五年》："晋侯以传召伯宗。"　驲(rì，音日)：驿站专备之车马。　遽(jù，音剧)：快速传递。《左传·僖公三十三年》："(弦高)且使遽告于郑。"

⑦荒：荒芜。亦作掩盖，掩。《周南·樛木》："葛藟荒之。"　奄：同掩。覆盖。

⑧声：象声词。如"肃肃其羽"、"雕雕雁鸣"之类。

⑨致：祝告，致意，致达。

⑩侈(chǐ，音尺)：依恃，依仗。见于《尚书禹贡》。

⑪述：顺着路走。《说文》："述，循也。"亦作遵循。　遹(yù，音育)：遵循。

⑫然：同燃。亦作表允诺之词。是，是的，是这样。　畣(dá，音答)：答的古字。

⑬豫、胪(lú，音卢)：通叙。叙同序。次序，秩序。

⑭敖(ào，音傲)：通傲。傲慢，不恭。　忤(wǔ，音五)：通侮。怠慢。

⑮鞠：抚养、养育。见于《小雅·蓼莪》。

⑯愆(qiān，音愆)：同愆。过错。《卫风·氓》"匪我愆期，子无良谋。"

⑰壮：强壮。亦作迅疾，快捷。《经典释文》："李云，壮犹疾也。"

⑱撼(jí，音极)：通亟。急速。　褊(biǎn，音扁)：衣服窄小。亦作小气，斤斤计较。见于《魏风·葛履》。

⑲厞(fèi，音匪)：隅角。

⑳遌(è，音饿)：到。东齐方言。　遾(shì，音噬)：到。北燕方言。　逮(dài，音代)："到"的文雅、普通的说法。

㉑抚(fǔ，音福)、怃(wǔ，音武)：爱怃、安抚。　敉(mǐ，音米)：安抚。

㉒臞（q ú，音瞿）：同癯。消瘦。　脙（qiú，音求）：瘦。齐地方言。

㉓桄（guāng，音光）：舟前木。亦作广大，盛大。

㉔亟（qì，音气）：副词。屡次。

㉕罔（wǎng，音往）：无。《卫风·氓》："士也罔极，二三其德。"极：准则。或罔通无，读无。

㉖爽：过失，差失，违规。　忒（tè，音特）：过失、差错。通貣（tè）。　《氓》："女也不爽、士贰其行。"贰，貣之误。

㉗佴（èr，音二）：相次，居次。《报任安书》："仆又佴之蚕室。"佴，被另置于他处。　贰：二的大写。次于一的数。亦作次官，副职。《尚书·天官·太宰》："乃施法于官府，而建其正，立其贰。"

㉘谷稔（rèn，音任）：谷物成熟。亦通"饪"。煮熟。　馈（fēn，音分）：亦作"馩（fēn）"。蒸米饭。　馏（liù，音溜）：用汽加热熟食。俗语。

㉙媵（yìng，音映）：诸侯嫁女时陪嫁的人和物品。亦作陪送。　《召南·鹊巢》："之子于归，两百将之。"之子，那个姑娘。两，一辆车。

㉚饕（fěi，音非）：麦饭。陈楚之间相互请吃的食物。

㉛滷（lǔ，音鲁）：亦作卤。盐碱地。

㉜覃（tán，音潭）：长，延长。见于《周南·葛覃》。

㉝佻（tiāo，音挑）：偷（刻薄），轻薄。见于《小雅·鹿鸣》。

㉞啜（chuò，音辍）：茹。吃。

㉟试（shì，音式）：试用，尝试。《易·无妄》："无妄之药不可试也。"亦作用。"兵革不试，五刑不用。"也作出仕，任用。《论语·子罕》："牢曰子曰'吾不试，故艺。'"艺，技艺。　式：通试。试行。亦作语首助词，无意义。如："式微式微。"

㊱谨：谨慎、慎重，能自我约束。如："君子慎独"。诰勉、发誓，均属此类。

㊲御：抵御，阻止。通圉（yù，音狱）。禁止。

㊳薶（mái，音埋）：通貍、霾。埋，埋藏。

㊴黼（f ǔ，音俯）、黻（fú，音俘）：古代礼服上的青白、黑白相衬的图案。亦作彰明，鲜明。

㊵恺悌：赶早出发。此条似专释《齐风·载驱》诗中"恺悌"一词的。此诗诸家说法不一。陈子展引顾镇《虞东学诗》之说，曰："可为此诗定论。"今从之。（见《诗经直解》）

㊶盖：通害。《尚书·吕刑》："鳏寡无盖。"盖，古地名，亦姓，旧读作（gě，音舸）。

㊷邕（yōng，音拥）：水绕城邑。又作拥戴。　载：车载，承载。亦作戴。通戴。拥戴。

㊸诿（zhuì，音坠）、诿（wuǐ，音委）：推诿。秦楚方言。

㊹漠（mò，音寞）：通嘆。静默。

㊺庥（xiū，音休）：人在树下休息。亦作荫庇。廕（yīn，音阴）：同荫。亦作庇护。

㊻榖：禄、福。亦作俸禄。　履：福、禄。

㊼占：占卜。龟占曰卜；蓍占曰筮。预测未来祸福。　隐：测度未来祸福、吉凶。

㊽憯（cǎn）：副词。竟然。表结局出乎预料。　曾（zēng，音增）：竟然。

㊾薆（ài，音爱）：隐蔽、躲藏。亦作爱。《邶风·静女》："爱而不见，搔首踟蹰。"爱，薆。

㊿僾（ài，音爱）：郁闷。　唈（yì，音邑）：苦闷。

(51)兆：坟地。《祭十二郎文》："吾力能改葬。当葬汝于先人之兆。"

(52)肇（zhào，音兆）：通劭。敏，勤勉。

(53)挟：挟持。如"挟天子以令诸侯。"亦作藏匿。秦有"挟书律"。书，诗、书等儒家经典。

(54)纰（pí，音皮）：在皮帽或旗帜上镶边。《鄘风·干旄》："素丝纰之，良马四之。"亦指所镶之饰边。

(55)淩（líng，音铃）：应作凌。恐惧、战栗。　慼（cù，音蹙）：同蹙。皱眉头。亦作缩小。《大雅·召旻》："今也日蹙国百里。"

(56)蠲（juān，音捐）：昭示。明。《左传·襄十四年》"惠公蠲其大德。"　茅：通旄。昭明。

(57)偁（chēng，音称）：同称。扬起、美善。亦作称职，称颂。

(58)坎（kǎn，音侃）卦名。水形。亦作铨量。郭注："《易》坎卦主法。法律皆所以铨量轻重。"

(59)迨（dài，音代）：同逮。赶上。

(60)幼（yào，音要）：通窈。幽深、隐微。

(61)傭（chōng，音冲）：平均、公正。《荀子·非相篇》："近世而不傭。"

㉒俅（qiú，音求）：恭顺貌。亦作帽上装物。

㉓罽（jì，音绩）：一种毛织物。如氍毹之类。　　氂（máo，音毛）或作氂（lí，音离）。牦牛尾。亦作做毡用的羊毛；也称用毛做的毡子。

㉔煁（chēn，音陈）：取暖火炉。　　烓（qīng，音顷）：与"煁"同义。

㉕粻：干粮。亦统称粮食。　　粻（zhāng，音张）：粮食。

㉖筑。同筑。拾取。或谓通叔。义同。

㉗奘（zàng，音葬）：壮大。也称壮。秦晋方言。駔（zǎng，音臧）：粗大。方言词。

㉘泭（fú，音桴）：同桴。渡水的筏子，

㉙洵（xún，音旬）：释曰："李巡曰：洵谓遍之均也"即普遍平均。又，副词。诚然，的确。《邶风·静女》："自牧归荑，洵美且异。"牧，郊。归，馈。　　衎（kān，音刊）：通谌（chēn，音陈）。确实。

㉚逮（dài，音逮）：同逮。及，到。《方言》："迨、逮，及也。东齐曰迨，关之东西曰逮。"

㉛是：正确，正直，公正。《说文》："是，直也。从日正。"也作昰。段注："天下之物莫正于日也。"太阳是最无偏私的。

㉜忯（qí，音齐）：愤怒。见于《大雅·板》。

㉝偰（xiè，音屑）：细碎之声。邢疏："言声偰偰然也。"

㉞惄（nì，音溺）：形容煎熬之状，好象饥饿难忍，没食早饭。《周南·汝愤》："未见君子、惄如调饥。"调，作朝。惄，或作惘。忧思的样子。

㉟硈（jié，音结）：石头坚硬。　　巩：牢固。

㊱圣：圣人。《说文》："圣，通也。"通，於事无所不通的人。　　献：通贤。贤人。德才兼善之人。《周书谥法》："聪明睿晢曰献，知质有圣曰献。"

㊲攘（ráng，音攘）：通攘。排斥。如"尊王攘夷"。又攘，窃取。如"其父攘羊"。

㊳怼（duì，音对）：怨恨。

㊴嘑（hū，音呼）：同呼。呼叫，呼号。

㊵逜（wù，音忤）：同逜。连逆，不顺从。　　寤（wù，音忤）：通牾。逆，不顺。寤生，立生，逆生，难产。

㊶颋（dìng，音定）：额头。

㊷猷（yóu，音尤）：通犹。希望。

㊸务（wǔ，音侮）：通侮。欺侮。

㊹贿（huì，音惠）：财物。《卫风·氓》："以尔车来，以我贿迁。"

㊺甲（xiá，音狎）：通狎。亲昵。

㊻葭（tán，音谈）：灰白色的荻芽。　　虇（wàn，音万）：初生芦笋。见诗《王风》。

㊼粲（càn，音灿）：上等的白米。亦作饭食。见诗《郑风》。

㊽伐（jiàn，音贱）：浅薄。

㊾绹（táo，音陶）：绳索。见《豳风·七月》。

㊿跋（bá，音拔）、躐（liè，音猎）：践踏。　　躓（zhì，音踬）、跲（jiá，音，夹）：绊倒。

51.饫（yù，音玉）：古代家庭私宴。《小雅·常棣》。毛传："饫，私也。不脱屦升堂谓之饫。"

52.窕（tiǎo，音挑）：间隙。

53.沦：沉没，陷入。《庄子·秋水》："奭然四解，沦于不测。"亦作率。牵连。

54.检：同。郭注："模范同等。"疏曰："检、模范也。"故作同。

55.邮（yóu，音尤）：通尤。过错，罪过。

56.遯（dùn，音盾）：同遁。逃遁。

57.踣（bó，音搏）：向前仆倒。偾（fèn，音奋）：向后跌倒。

58.曷：何。疑问代词。　　盍："何不"的合音词。在特殊情况下，用法同"曷"，即"何"。

59.虹：彩虹。此通讧（hòng，音哄）。内乱，溃散。

60.暗（àn，音暗）：闇（àn）。同暗。

61.黏（nì，音腻）：粘。方言词。

62.阇（dū，音都）：城门上的土台。

63.祈：求神祷告。郭注："祈，祭者叫呼而请事。"

64.濬（jùn，音浚）：疏浚，疏通。亦作深。

⑩⑥讻（xiōng，音凶）：争讼，辩理。

⑩⑥逡（qūn，音踆）：通踆。退却，退回。《庄子·秋水》："（东海之鳖）于是逡巡而却。"

⑩⑦谂（shěn，音审）：思念。

⑩⑧恨：孙炎本作"很"。《说文》："很，不听从也。"《诗经》："兄弟阋于墙"毛传："阋（xì，戏），很也。"很，争吵。

⑩⑨遂（suí，音隋）：道路，通道。亦作成功，目的达到。《卫风·氓》："言既遂矣，至于暴矣。"

⑩⑩熮：火。齐方言。

⑪宣：松宽。

⑫曩（nǎng，音攮）：时间副词。从前，往昔。　曏（xiàng，音向）：亦作乡，向。从前，往昔。

⑬偟：闲暇。

⑭懊（ào，音敖）：沉溺于某种爱好。　忨（wán，音玩）：贪玩而不做事。　愒（kài，音慨）：贪玩而荒废所从事之工作。　贪：爱财。也泛指无节制的爱好。

⑮榰（zhī，音支）：柱础。《说文》："榰，柱氐也。古用木，今以石。"亦作支柱。

⑯並："併"的同义字。"并"的本字。

⑰愡（cóng，音悰）：通悰。谋虑。

⑱资（jī，音给）：通赍（jī，音机）。送给，交与。《谏逐客书》："此所谓'藉寇兵而赍盗粮'者也。"

⑲帙（zhì，音秩）：缝补。　黹（zhì，音秩）：缝纫、刺绣。

⑳廪（lǐn，音懔）：米仓。亦指仓米。《管子·牧民》："仓廪实而知礼义；衣食足而知荣辱。"　廯（xiǎn，音鲜）：郭注："或说云即仓廪所，未详。"

㉑逭（huàn，音换）：遁逃。《商书》："自作孽，不可逭。"

㉒倪（qiàn，音倩）：比喻，好比。《大雅·大明》："大邦有子，倪天之妹。"天，天上。子，姑娘。同妹。又倪（xiàn，音陷）：反间。间谍。邢疏："反间以名倪。今之细作也。"注：《左传》以为谍。

㉓沄（yún，音云）：水流汹涌貌。《楚辞·九思·哀岁》："水流兮沄沄。"　沆（háng，音杭）：水势广大貌。

㉔干：盾牌。亦作防卫。　扞（hàn，音捍）：捍卫，保卫。扞同捍。亦作抵御。《史记·司马穰苴列传》："将军扞燕晋之师。"

㉕趾：同止。足。　腓（fèi，音剕）：同剕。五刑之一。断足。刖：即剕刑。

㉖襄（xiāng，音骧）：同骧。亦作驾车。

㉗忝（tiǎn，音觍）：羞耻，有愧于《尚书·尧典》："否德忝帝位。"亦作常用谦词。如"忝在知交"等。

㉘墢（bì，音毕）：土块。

㉙齐（jī，音机）：通赍。送财物给人。

㉚饘（zhān，音沾）：厚粥。

㉛启：通跽（jì，音忌）：长跪。双膝着地，上身挺直。

㉜瞑（mián，音绵）：致密。

㉝襺（jiǎn，音简）：或作茧，新丝制做的长袍。

㉞姡（huó，音活）、覥（tiáo，音田）：直面见人的样子。邢疏："覥与姡面见人之貌。"参见《小雅·何斯人》。

㉟鬻（zhōu，音粥）：同粥。　糜：粥。

㊱翿（dào，音道）：用羽毛制做的舞具。　纛（dào，音道）：大旗。亦同翿。　翳（yì，音义）：以羽毛装饰的华盖。

㊲苛（hē，音喝）：通诃。谴责、责问。《周礼·夏官·射人》："不敬者，苛罚之。"　妎（xì，音戏）：通齛（xiè，音泄）。发怒的样子。

㊳缗（mín，音民）：钓鱼用的丝线。　纶：作鱼钓丝的粗线。

㊴衮（gǔn，音滚）：绣绘有曲龙形象的帝王上公的礼服。

㊵昆：后代子孙。亦作长。见《释亲》。　后，后代子孙。

释训第三①

　　明明、斤斤，察也②。条条、秩秩，智也③。穆穆、肃肃，敬也。诸诸、便便，辩也④。肃肃、翼翼，恭也⑤。噩噩、优优，和也。兢兢、惧惧，戒也⑥。战战、跄跄，动也。晏晏、温温，柔也。业业、翘翘，危也。惴惴、悦悦，惧也⑧。番番、矫矫，勇也⑨。桓桓、烈烈，威也。洸洸、赳赳，武也。蔼蔼、济济，止也⑩。悠悠，洋洋，思也。蹶蹶、踖踖，敏也⑪。藐藐、增增，众也。烝烝、遂遂，作也。委委、佗佗，美也。恈恈、惕惕，爱也⑫。偊偊、格格，举也。蓁蓁、孽孽，戴也。恢恢、媞媞，安也⑬。祁祁、迟迟，徐也。丕丕、简简，大也。存存、萌萌，在也⑭。懋懋、慔慔，勉也⑮。庸庸、慅慅，劳也⑯。赫赫、跃跃，迅也。绰绰、爰爰，缓也。坎坎、墫墫，喜也⑰。瞿瞿、休休，俭也。旭旭、骄骄，憍也⑱。梦梦、讻讻，乱也⑲。儚儚、邈邈，闷也⑳。儦儦、洄洄，惛也㉑。版版、荡荡，僻也。爞爞、炎炎，薰也。居居、究究，恶也。仇仇、敖敖，傲也。佌佌、琐琐，小也㉓。悄悄、惨惨，愠也㉔。痯痯、瘝瘝，病也。殷殷、惇惇、忉忉、传传、钦钦、京京、忡忡、慅慅、恸恸、弈弈，忧也㉕。畇畇，田也。要要，耜也㉗。郝郝，耕也㉘。绎绎，生也㉙。毯毯，苗也㉚。绵绵，穗也㉛。挃挃，获也㉜。栗栗，众也。溱溱，淅也㉝。烰烰，烝也㉞。俅俅，服也。峨峨，祭也。锽锽，乐也㉟。穰穰，福也。子子孙孙，引无极也。颙颙卬卬，君之德也㊱。丁丁、嘤嘤，相切直也。蔼蔼、萋萋，臣尽力也；噰噰、喈喈，民协服也。佻佻、契契，愈遐急也。宴宴、粲粲，尼居息也。哀哀、悽悽，怀报德也。儦儦、嘒嘒，罹祸毒也㊲。晏晏、旦旦，悔爽忒也㊳。皋皋、琄琄，刺素食也㊴。欢欢、愮愮，忧无告也。宪宪、泄泄，制法则也。遵遵、谲谲，崇谗慝也。翕翕、呰呰，莫供职也。速速、蹙蹙，惟逑鞫也。抑抑，密也。秩秩，清也。曳曳，掣曳也㊵。朔，比方也。不俟，不来也。不遹，不迹也。不彻，不道也。勿念，勿忘也。葳、瑗，忘也㊶。每，虽也㊷。饎，酒食也。舞、号，雩也。暨，及也㊸。蠢，不逊也。"如切如磋"道学也；"如琢如磨"，自修也；"瑟兮僴兮"，恂栗也；"赫兮烜兮"，威仪也；"有斐君子，终不可谖兮"，道盛德至善，民之不能忘也㊹。"既微且尰"，骭疡为微，肿足为尰㊺。"是刈是濩"，濩，煮之也。"履帝武敏"，武，迹也；敏，拇也。"张仲孝友"，善父母为孝，善兄弟为友。"有客宿宿"，言再宿也；"有客信信"，言四宿也。美女为媛；美士为彦。"其虚其徐"，威仪容止也。"猗嗟名兮"，目上为名㊻。"式微式微"者，微乎微者也。之子者，是子也。"徒御不惊"，辇者也。襢裼，肉袒也㊼。暴虎，徒搏也；冯河，徒涉也。籧篨，口柔也；戚施，面柔也；夸毗，体柔也㊽。婆娑，舞也。擗，拊心也。矜、怜，抚掩之也㊾。緎，羔裘之缝也㊿。殿屎，呻也。帱谓之帐。侜张，诳也。谁昔，昔也。不辰，不时也。凡曲者，为罶。鬼之为言，归也。

---

　　①释训：《说文》："训，说教也。"注："训者顺其意以训之也。"释训，即解说词义。邢疏曰："此篇以物之事义形貌告道人也。"这些描写事物情貌的词汇，还多是《诗经》中的重叠词。

　　②斤斤：无所不见的样子。《周颂·执竞》："斤斤其明。"明，英明。亦作苛细，琐屑之意，如斤斤计较。

　　③条条：有序运行的样子。《春秋繁露·如天之为第八十》："若四时之条条然也。"苏舆《义疏》："条条，行貌。"

　　④诸诸：不详。　便便（pián，音骈）：通辩辩。言谈明晰畅达的样子。《论语·乡党》："其在宗庙朝廷，便便言，唯谨尔。"谨，慎言。

　　⑤翼翼：恭敬的样子。《大雅·烝民》："令仪令色，小心翼翼。"

　　⑥惧惧（shéng，音绳）：亦作绳绳。戒备而又谨慎的样子。《淮南子·缪称训》："末世绳绳乎唯恐失仁义。"

⑦晏晏：温柔可亲的样子。《卫风·氓》："总角之宴，言笑晏晏。"宴，乐。

⑧惴惴（zhuì，音坠）：惊怕不安的样子。《秦风·黄鸟》："临其穴，惴惴其栗。" 愮愮（xiāo，音晓）：亦作哓。《豳风·鸱鸮》："风雨所漂摇，予维音哓哓。"哓哓恐惧情急所发出的叫声。

⑨番番（bō，音波）：勇武的样子。见于《大雅·崧高》。

⑩止：集聚而众多的样子。《大雅·卷阿》"凤凰于飞，翙翙其羽。亦集爰止，蔼蔼王多吉士。"吉士，贤士。 蔼蔼、济济：众多的样子。

⑪蹶蹶（guì，音桂）、踖踖（jí，音吉）：皆疾速敏捷的样子。均见于《诗经》中。

⑫恮恮（tí，音提）、惕惕（tì，音提）：美好，可爱。详说见邢疏。

⑬恋恋（yàn，音厌）、媞媞（tí音提）：安详从容的样子。见于《国风》诗。

⑭萌萌：或作惷惷。《说文》作简。简简，存也。即存在。

⑮懋懋（mào，音茂）、慔慔（mù，音慕）：邢疏："皆自勉强也。"努力的样子。

⑯慅慅（cǎo，音草）：心劳忧伤的样子。《陈风·月出》："舒忧受兮，劳心慅兮。"

⑰坎坎、墫墫（cún，音存）：疏："皆鼓舞欢喜也。"《小雅·伐木》："坎坎鼓我，蹲蹲舞我。""蹲蹲"同"墫墫"。诗句描写人们伴随铿铿地鼓声腾跃舞蹈的情态和氛围。此条释词抛开了两个叠音词的自身含义，而是透过声音和动作揭示诗句表达出人物的心理活动，由语言进入到文学境界。

⑱骄骄（jiāo，音骄）：骄傲、矜持的心态。

⑲梦梦（méng，音蒙）、讻讻（zhūn音谆）：心里糊涂、烦乱的样子。梦或作儚。讻或作忳。谆《大雅·抑》："视尔梦梦。"诲尔谆谆。"

⑳懱懱（báo，音薄）、邈邈（miǎo，音渺）：心里烦闷的样子。亦见《大雅·抑》。邈亦作藐。

㉑洞洞：不清醒，糊涂。洞亦作侗。

㉒爞爞（chóng，音虫）：热浪冲天的样子。《大雅·云汉》："旱既大甚，蕴隆虫虫。"虫：通爞。蕴，蓄。隆，盛。

㉓佌佌（cǐ，音此）、琐琐：小家子器。郭注："皆才器细陋也。"

㉔愠（yùn音运）：气恼、怨恨。《论语·学而》："人不知而不愠，不亦君子乎？" 悄悄：忧怨的样子 惨惨：忧愤的样子。

㉕忧：忧愁，忧虑。《小雅·小弁》："心之忧矣，不遑假寐。"此条所列十个叠音词，均属表达内心忧愁的副词。 切切（dāo，音刀）：忧伤的样子。见《齐风·甫田》。 惙惙（chuò辍）：忧郁的样子。见《召南·草虫》。 怲怲（bǐng，丙）、奕奕：忧愁郁结的样子。《小雅·颀弁》："未见君子，忧心奕奕。""未见君子，忧心炳炳。"

㉖畇畇（yún，音匀）：平整土地。 田：种庄稼的土地。又作佃（diàn，音店）：耕作、耕种。

㉗畟畟（cè，音策）：犁铧翻土锐利快速的样子。 耜（sì音四）：古代翻地农具耒上的部件。相当于今犁头上的铁铧。

㉘郝郝（shì，音释）：通释释。或作泽泽。象声词。农具破土的声音。《周颂·载芟》："其耕泽泽。"

㉙绎绎（yì，音驿）：《诗经》作"驿驿"。种子发芽出土的样子。

㉚穟穟（suì，音岁）：禾苗盛壮的样子。

㉛穮（biāo，音标）：耕耘、锄草。

㉜挃挃（zhì，音至）掐折谷穗的声音。《小尔雅》："挃，截颖谓之挃。"《小雅·良耜》："获之挃挃，积之栗栗。"栗栗：堆积很多的样子。

㉝溞溞（sōu，音溲）：亦作溲溲，叟叟。淘米的声音。 淅：淘米。亦作淘过的米。见《诗经·大雅·生民》。

㉞烰烰（fú，音浮）：笼屉上热气腾腾的样子。《生民》："释之叟叟，烝之浮浮。"浮，同烰。

㉟锽锽（huáng，音皇）：亦作喤喤。钟鼓谐和悦耳的声音。《周颂·执竞》："钟鼓喤喤，磬筦将将。" 乐（yuè，音月）：悦耳之音。音乐，奏乐。儒家礼乐治国，音乐在政治生活中有很重要的位置。董仲舒曰："乐者盈于内而发动于外者也。应其治时，制礼作乐以成之。"（《春秋繁露》第一）

㊱颙颙卬卬（yōng yōng áng áng，音庸庸昂昂）：尊严的样子。见于《大雅·卷阿》。这里的解词释句，已触及到关于《诗经》比兴的创作方法。此句是用贤士的轩昂的仪态象征国家的兴旺。故云"君之德也。"

㊲儦儦（dí，音狄）：通蹢蹢（dí）。 平：平坦。 嘒嘒（huì，音慧）：蝉鸣声。《小雅·小弁》（共八章）第二章和第四章有这样的诗句："蹢蹢周道，鞠为茂草"，"菀彼柳斯，鸣蜩嘒嘒。"此条取其中的两个叠音词比兴主人公无罪被放逐，人身不自由的忧伤。《小弁》旧说刺周幽王迫害放逐太子宜咎。魏源等认为是尹吉甫之子伯奇遭后母谗害被父亲放逐而作。

㊳晏晏、旦旦：《卫风·氓》中弃妇回忆她和氓相识相恋时"言笑晏晏"，"信誓旦旦"的情景。温柔可亲的言笑；海誓山盟的许诺。这些都成了无情的讽刺。这是用对比修辞。 悔爽忒：后悔自己的失误，即她曾经把自己托付给一个极不负责任的

男子。

㊴刺素食：讽刺统治阶级不劳而获的剥削行为。《尔雅》在这里又涉及到《诗经》的一个重要问题，即"美刺"。如"美庄姜"、"刺宣公"之类。《诗经》中美、刺之作甚多，此只举到《大雅·召旻》和《小雅·大东》两例而已。　　素食，亦作素餐。就是白吃，不劳而获。《魏风·代檀》："彼君子兮，不素餐兮。""彼君子兮·不素食兮。"　　皋皋（gāo）：朱注："玩慢之意。"

琄琄（juān 音捐）：亦作鞙鞙（juān）。长的样子，即所佩之玉长而美。它和其人之德形成了强烈的反差，具讽刺意味。

㊵甹夆（píng fēng，音平蜂）：或作"荓蜂"。甹、夆，支使，使。蜂，蜂群。意谓让群蜂螫我。这里群蜂比喻管蔡作乱。见《周颂·小毖》　　掣曳（chè yè，音撤夜）：牵拉。比喻管蔡勾结。

㊶萲（xuān，音萱）：萱草。　　谖（xuān，音萱）：萱草。萲、谖通萱。萱草，即忘忧草。《卫风·伯兮》："焉得谖草，言树之背。"朱注："谖，忘也。谖草、合欢，食之使人忘忧者。背，北堂也。"

㊷每：虽，虽然。《小雅·常棣》："每有良朋，烝也无戎。"朱注："虽有良朋，宣能有所助乎？"戎，助。

㊸暨（jì，音既）：及，到。

㊹"如切如磋"：此条解释《卫风·其奥》第一章（章九句）中后六句诗的句意的。全诗旧说是美武公的。朱注："瑟，矜庄貌；僩（xiàn 音现），威严貌；烜（xuān 音宣）：宣著貌；谖，忘。"这是《尔雅》中，就诗逐句释义的例子。

㊺微：骭（gàn 音干）疡。小腿溃烂。　　尰（zhǒng，音肿）：同瘇。脚肿胀。此条是《尔雅》中解释一句诗中的重点字词的例子。

㊻"猗嗟名兮"：这是《齐风·猗嗟》诗中的一句诗。嗟：赞叹词。名，通眳，眼眉和眼睫之间的部位。即上眼皮。

㊼襢（tǎn 音袒）：同袒。裸露。裼（xī 音锡）：脱去外衣，露出内衣或肉体。

㊽籧篨（qú chú 音渠除）：不能俯者。　　戚施：不能仰者。朱注谓均指丑恶之人。即《邶风·新台》中所讽刺的父夺子妇的卫宣公。这种丑类，在正人君子面前说不起话，抬不起头，又不敢正视自己。《尔雅》视之为口柔、面柔。　　夸毗（pí 音皮）：奴气十足的人。见于《大雅·板》。这类人，似乎身上没长骨头，站不起来，只能卑躬屈膝。《尔雅》谓之"体柔"。

㊾ 抚掩：通怃俺。爱怜。《方言》："怃，俺、怜、牟，爱也。"

㊿ 绒（yù，音域）：裘皮制衣的衣缝。

(51)殿屎（xī 音唏）：愁苦呻吟。《大雅·板》："民之方殿屎，则莫我敢葵。"葵，通揆。揆度，猜测。

(52)帱（chóu 音裯）：亦作裯。床帐。见于《召南·小星》。

(53)侜张（zhōu zhāng 音周张）：双声词。欺诳、哄骗。《陈风·防有鹊巢》："谁侜予美，心焉忉忉。"郑传："谁侜张诳欺我所美之人乎，使我心忉忉然。"忉忉：忧伤的样子。

(54)不辰：没碰上好运气。辰，时运，时辰。　　不时：没赶上好时候。所谓生不逢时。

(55)"鬼之为言，归也。"言，词义。归，回家。这是《尔雅》音训格式的一例。它跟汉儒的所谓"君者，群也。""王者，往也。""风者，讽也。"妇者，服也。""儒者，柔也。"等等属于同样的训诂格式。此条也可以写成这样："鬼者，归也。"鬼，就是从大自然中来，又回到大自然老家里去的人。

释亲第四①

宗族②

父为考，母为妣③。

父之考为王父，父之妣为王母；王父之考为曾祖王父，王父之妣为曾祖王母；曾祖王父之考为高祖王父，曾祖王父之妣为高祖王母④。父之世父、叔父为从祖祖父，父之世母、叔母为从祖祖母⑤。父之昆弟，先生为世父，后生为叔父⑥。男子先生为兄，后生为弟；男子谓女子先生为姊，后生为妹⑦。父之姊妹为姑。父之从父昆弟为从祖父，父之从祖昆弟为族父；族父之子相谓为族昆弟，族昆弟之子相谓为亲同姓⑧。兄之子、弟之子相谓为从父昆弟。子之子为孙，孙之子为曾孙，曾孙之子为玄孙，玄孙之子为来孙，来孙之子为昆孙，昆孙之子为仍孙，仍孙之子为云孙⑨。王父之姊妹为王姑，曾祖王父之姊妹为曾祖王姑，高祖王父之姊妹为高祖王姑；父之从父姊妹为从祖姑，父之从祖姊妹为族祖姑⑩。父之从父昆弟之母为从祖王母，父之从祖昆弟之母为族祖王母；父之兄妻为世母，父之弟妻为叔母；父之从父昆第之妻为从祖母，父之从祖昆弟之妻为族母⑪。父之从祖祖父为族曾王父，父之从祖祖母为族曾王母。父之妾为庶母⑫。祖，王父也；昆，兄也。

母党⑬

母之考为外王父，母之妣为外王母；母之王考为外曾王父，母之王妣为外曾王母⑭。母之昆弟为舅，母之从父昆弟为从舅。母之姊妹为从母，从母之男子为从母昆弟，其女子子为从母姊妹⑮。

妻党⑯

妻之父为外舅，妻之母为外姑。姑之子为甥，舅之子为甥，妻之昆弟为甥，姊妹之夫为甥⑰。妻之姊妹同出为姨，女子谓姊妹之夫为私⑱。男子谓姊妹之子为出，女子谓昆弟之子为侄；谓出之子为离孙，谓侄之子为归孙；女子子之子为外孙⑲。女子同出，谓先生为姒，后生为娣⑳。女子谓兄之妻为嫂，弟之妻为妇㉑。长妇谓稚妇为娣妇，娣妇谓长妇为姒妇㉒。

婚姻㉓

妇称夫之父曰舅，称夫之母曰姑；姑舅在则曰君舅、吾姑，没则曰先舅、先姑；谓夫之庶母为少姑㉔。夫之兄为兄公，夫之弟为叔，夫之姊为女公，夫之女弟为女妹㉕。子之妻为妇；长妇为嫡妇，众妇为庶妇。女子子之夫为婿。婿之父为姻，妇之父为婚㉖。父之党为宗族，母与妻之党为兄弟㉗。妇之父母，婿之父母，相谓为婚姻；两婿相谓为亚㉘。妇之党为婚兄弟，婿之党为姻兄弟。嫔，妇也㉙。谓我舅者，吾谓之甥也。

---

① 释亲：亲，亲族。《周礼·秋官·小司寇》："一曰议亲之辟。"疏："亲谓五属之内及外亲有服者。"此篇诠释古代的亲属关系及其称呼。共分宗族、母党、妻党、婚姻四类。

② 宗族：同一祖先的亲属。此节所释是父系亲属。注意以下的称呼，都是"自己"应称的称呼。

③ 考、妣（bǐ音比）：父亲、母亲。上古时代无论父母存亡都称考、妣。后来只称去世的父母为考妣。见《礼记·曲礼下》："生、曰父，曰母，曰妻；死、曰考，曰妣，曰嫔。" 为：叫做，称做。

④ 王父：祖父。王有尊意。 王母：祖母。 曾祖王父：曾祖父。 曾祖王母：曾祖母。 高祖王父：高祖父。 高祖王母：高祖母。

⑤ 父之世父、叔父：父亲的伯父、叔父。从（cóng音丛；旧读 zōng音纵）祖祖父：堂祖父。世、从有嫡庶之别。 父之世母、叔母：父亲的伯母、叔母。

⑥ 昆弟：兄弟。昆同晜。昆，兄。周人称昆为兄。

⑦ 男子谓句：男称先出生的女孩为姊，后于己生的为妹。其实男女都是以出生于自己前后而如此称呼的。 子：所生子女。《易序卦》："有夫妇，然后有父子。"子，兼指男女。男子，即男性的嗣子；女子，即女性的嗣子。

⑧ 父之从父昆弟：自己称堂伯、堂弟。即同一祖父的兄弟。世父、叔之子。 从祖昆弟：父亲堂伯叔的孩子，自己称族父。即同曾祖的长辈。 相谓：相互称呼。 族昆弟：同高祖的兄弟。 亲同姓：同姓氏的亲族。即已出五服的亲族。

⑨ 孙：子之子。后来把后裔也通称子孙。对远祖说，也称几世孙。 曾孙：孙之子。也称重（chóng音虫）孙。又，曾孙以下统称。 玄孙：孙之孙。 来孙：玄孙之子。 昆孙：来孙之子。 仍孙：昆孙之子。亦称礽孙、耳孙。

⑩ 王姑：祖姑。今称姑奶。 从祖姑：堂姑。今称堂姑奶。

⑪ 从祖王母：从祖祖母。即伯、叔祖母。 从祖母：堂伯、叔母。 族祖母：族母。"祖"字衍。

⑫ 庶母：嫡母之外的母亲。妻与妾，嫡和庶在封建家庭中有严格区分，它关系到了封建宗法中的权位。

⑬ 母党：母系亲属。党，亲族。《礼记·坊记》："睦于父母之党。"郑玄注："党，犹亲也。"

⑭外王父：外祖父。今称外祖父为外公。　外王母：外祖母。今称外婆、姥姥。古以内外分夫妻，亲疏之远近。外，母系亲族。

⑮从母：姨母。　　从母昆弟：姨表兄弟。　男子：男性的孩子，即儿子。　女子子：女性的孩子，即女子。　　　从母姊妹：姨表姊妹。

⑯妻党：妻的亲族。

⑰甥：外甥。此条中的甥、舅等关系比较复杂，兹不论。

⑱同出：都已出嫁。　　私：姊夫、妹夫。《诗·卫风·硕人》："东宫之妹，邢侯之姨，谭公维私。"这是论卫庄公的妻庄姜，是齐太子得臣之妹，邢侯、谭公都是庄姜姊妹的丈夫。他们称庄姜为"姨"，庄姜称他们为"私"。私，言非正亲。

⑲出：离开自己的氏族到外氏族去结婚。　侄：姑对兄弟之子的称呼。今同。　　离孙：由同姓变异姓之孙。　　归孙：由异姓变同姓之孙。此处称谓和上古母系社会的通婚制度有关。　女子子之子：自己女儿的子女。

⑳同出：不同女子同嫁一个丈夫。郭注："同出谓俱嫁事一夫。《公羊传》曰：'诸侯娶一国，二国往媵之'。"年长的称姒（sì 音四），年幼的称娣（dì 音弟）。这是对媵妾而言。

㉑女之谓：女子称呼。

㉒娣妇、姒妇：兄弟之妻的相互称呼。郭注：今相呼先后，或云妯娌。

㉓婚姻：由婚、嫁形式的亲属关系。

㉔妇：已婚女子。《卫风·氓》："三岁为妇，靡室劳矣。"　　舅姑：这也是上古婚姻之遗痕。今称公公、婆婆。　　先：指已去世的长辈人。如先祖、先父等。

㉕公：对平辈或长辈的敬称。

㉖婚姻：《说文》："婚，妇家也。姻，婿家也。"原指妇之父，婿之父的称呼。亦作妇、婿两家父母的相互称呼。

㉗兄弟：姻亲兄弟。舅之子称内兄弟，姑之子称外兄弟，妻之兄弟称婚兄弟。

㉘亚：通娅（yà 音亚）。姐妹们的丈夫的相互称呼。今天称连襟。

㉙嫔（pín 音贫）：出嫁。《说文》以嫔、妇同义。《曲礼下》郑玄注："嫔，美称。妻死，其夫以美号名之，故曰嫔。"

尔雅卷中

释宫第五①

宫谓之室，室谓之宫②。牖户之间谓之扆，其内谓之家；东西墙谓之序③。西南隅谓之奥，西北隅谓之屋漏，东北隅谓之宧，东南隅谓之窔④。枨谓之闑，柣谓之楔，楣谓之梁，枢谓之椳；枢达北方谓之落时，落时谓之戺⑤。垝谓之坫；墙谓之墉⑥。镘谓之杇，椹谓之榩，地谓之黝，墙谓之垩⑦。樴谓之杙，在墙者谓大辉，在地者谓之臬，大者谓之栱，长者谓之阁⑧。闍谓之台，有木者谓之榭⑨。鸡栖于弋为榤，凿垣而栖为埘⑩。植谓之传，传谓之突⑪。宗廇谓之梁。其上楹谓之棁，开谓之槉；梠谓之楣，栋谓之桴；桷谓之榱，桷直而遂谓之阅，直不受檐谓之交；檐谓之樀⑫。容谓之防⑬。连谓之簃⑭。屋上薄谓之筄⑮。两阶间谓之乡，中庭之左右谓之位，门屏之间谓之宁，屏谓之树⑯。闬谓之门，正门谓之应门，观谓之阙⑰。宫中之门谓之闱，其小者谓之闺；小闺谓之阁，衖门谓之闳⑱。门侧之堂谓之塾⑲。橛谓之阑，阖谓之扉；所以止扉谓之閾⑳。瓴甋谓之甓㉑。宫中衖谓之壸，庙中路谓之唐，堂途谓之陈㉒。路、旅，途也；路、场、猷、行，道也㉓。一达谓之道路，二达谓之歧旁，三达谓之剧旁，四达谓之衢，五达谓之康，六达谓之庄，七达谓之剧骖，八达谓之崇期，九达谓之逵㉔。室中谓之时，堂上谓之行，堂下谓之步，门外谓之趋，中庭谓之走，大路谓之奔⑮。隄谓之梁，石杠谓之徛⑯。室有东西厢曰庙，无东西厢有室曰寝，无室曰榭，四方而高曰台，陕而修曲曰楼⑰。

①释宫：此篇诠释关于古代住宅建筑以及与之相关的词语。

②宫、室：同义。均指房屋住宅。宫室之宫，一般指整套的住宅建筑物，包括围墙；室指其中的一个居住单位。先秦时代，不分尊卑住宅都称宫。秦汉以后，只有帝王的居所才可称宫。

③牖（yǒu音有）：窗户。用以采光。《说文》："牖，窗也。非户也。牖所以见日。" 户：通常指堂与室的相通的门。《说文》："户，护也。半门（按：单扇门）曰户。" 扆（yǐ音椅）：郭注："窗东户西也。"即帝王设在户和牖之间的屏风。《荀子·效儒》："负扆而坐。"即座位背靠扆（屏风）。扆，亦训依。 家：住人之处，同室。《说文》："家，居也。""室：实也。从宀从至。至所止（按止息）也。"古代建筑内部的空间分为堂、室、房。家相当于室，在堂的后面，住人。 序：正堂东西两壁的墙。正堂，即宫室前面部分，通常用来举行大礼的地方，不住人。南向，堂前无门无户，堂上东西有两根楹柱。

④隅：角落。奥、漏、宦（yí音伊）、窔（yào音耀）：指室内西南、西北、东北、东南四个角的名称。

⑤柣（zhì音秩）：门限。 阈（yù音域）：门限。 枨（chéng音成）：支开门的长木，以防车触门。 楣：门框上的横木。 枢：门转轴。 椳（wēi音威）：门臼；以支承枢。 落时：支撑门枢之木。 屁（shì音士）：阶旁所砌的斜坡形石头。

⑥塊（guǐ音轨）：土坫的别名。 坫（diàn音店）：室内放置食物的土台。 墉（yōng音庸）：墙壁。

⑦镘（màn音曼）：抹墙工具。 杇（wū音污）：泥墙工具。 樸（qián音虔）：木坫。 椹（zhēn音真）：樸的异名。 地：涂饰地板的颜色。 黝（yǒu音有）：涂地的黑色颜料。 垩：粉刷墙的颜料。

⑧樴（zhí音直）：木桩。杙（yì音弋）的别名。杙，木橛。 桅（huī音挥）：钉在墙上的木橛。 臬：木桩、木柱（短木料）之类。 栱（gǒng音拱）：斗栱。

⑨闍（dū音都）：台的别名。台，城门上用土砌筑的高台。 榭（xiè音谢）：建筑在高台上的敞屋。《尚书·泰誓》："惟宫室台榭。"孔安国传："土高曰台，有木曰榭。"

⑩弋：同代。 桀（jié音杰）或作榤。鸡栖的木架。或谓竹木扎的用以围鸡的栅栏。 垣：墙。 塒（shí音时）：墙上掏洞所做的鸡窝。见于《王风·君子于役》。

⑪植、传、突：同义词。关门闭户所用的直木。突、亦作椵

⑫宗廇（máng liú音忙留）：房屋大梁的别称。 上楹、棁（zhuó音桌阳）：梁上的短柱。 開、栞（biàn jí音弁疾）：柱子上的方木。郭注："柱上楣也。亦名枅，又曰楷。" 栭、栠（ér jié儿节）：斗栱的别名。 桴（fú音浮）：房上的二道梁。 桷、榱（jué cuī爵崔）：屋上的椽子。《说文》："秦名为屋椽，周谓之榱，齐鲁谓之桷。" 櫋（dí音敌）：屋梠，宇。即屋檐。

⑬容、防：屋室内小屏风之别称。

⑭㔓（yí音伊）：阁楼旁的小屋。

⑮薄：帘子。 笫（yào音耀）：铺在椽上屋瓦下的苇席、竹席。

⑯阶：古代建筑整幢房屋是建在一个高出地面的台基上的，所以堂前（正面）和其他各面都有阶。升堂入室必须由阶。两阶是指堂前东两个阶。 乡（xiàng音向）：朝向，即正南。乡亦通向。 庭：通廷。堂前的空地。 中庭：庭的中央部位。 位：臣朝君站的位置，在中庭的东西两边位置。 宁（zhù音住）：宫门和屏风间的空间，是君王临朝所站的地方。 树：影壁，门屏。

⑰闷（fāng音方）：庙门名。亦或作枋，门内祭祖之所。 应门：宫的南大门，即正门。 阙（guè音缺）：古代宫殿，祠庙和陵墓前所建的高建筑物，左右各一。并于台上起楼观（guàn音贯）。 闱（wéi音帏）：宫中除南向以外的侧门。闺，宫中小门。是特立的阁旁的小门。古人闺阁连称，多不单称。 衖（xiàng音巷）：宫中房屋间的通道。同巷。

⑲塾：宫正门内东西两侧的房屋。

⑳闑（niè音臬）：短木。此指宫门中央竖立的两根立木，分开中门和闑外的旁门。君行中门，臣行旁门。

㉑瓴甋（líng dì音灵地）：地砖。郭注："瓴（音鹿）甋也。今江东呼为瓴甓。"瓴砖，狭长形的砖，瓴甓（pì），铺在下面的砖。此时用的地面砖，和仰铺在房上的瓴近似。似非砌墙之砖。

㉒壸（kǔn音坤）：宫巷的别称。 唐：庭中的道路。 堂途：堂以下抵达门的通道，也叫做陈。

㉓路、旅、途：道路的同义词。 路、场、行（háng音杭）、道：都是宽平大道的同义词。 猷（yóu音由）：通繇。道。亦称大政方针。《小雅·巧言》："秩秩大猷，圣人莫之。"莫，谟。

㉔达：畅通，贯通。　　歧旁：一条路分出两条叉道的路。　　剧旁：通达三面的路。　　衢：四面皆通的道路。　　康：康庄，宽大。是五通之道的别名。　　庄：盛大，宽阔。是六通之道的别名。　　剧骖：阔而又大的马路。七达之道的别名。郭注："三道交复，有一道歧出者。今北海剧县有此道。　　崇期：四通八达的道路。　　逵：九达之道。曹子建《赠白马王彪》诗："中逵绝无轨，改辙登高岗。"

㉕时（chí音峙）：通。跱。踟蹰。徘徊不前的样子。

㉖隄：同堤。河堤。　　梁：桥。《庄子·秋水》："与惠施游于濠梁之上。"濠，水名。亦称筑堰捕鱼的堤坝。《邶风·谷风》："毋逝我梁，毋发我笱。"逝，之，来到。　　石杠（gāng音缸）：河水中用石头堆积成的一堆一堆的垫脚石头，在枯水期作过河用。今秦人称之为"列石"。实乃徛（jì音畸）的别名。《说文》："徛，脚行有度也。"《广雅》："徛，步桥也。"可参郭注。

㉗庙、寝（qīn音侵）：凡庙，前曰庙，后曰寝。邢疏："凡大室有东西厢、夹室，及前堂有序墙者曰庙；但有大室者，曰寝。"古代宗庙有前后两部分，合称寝庙。《小雅·巧言》："奕奕寝庙。"奕奕，高大的样子。　　陕（xiá音狭）：窄而长。陆德明《经典释文》："陕，今人以陕弘农县。字书陕字音失冉反。狭代陕行之久矣。"

释器第六①

木豆谓之豆，竹豆谓之笾，瓦豆谓之登②。盎谓之缶，瓯瓿谓之瓵，康瓠谓之甈③。斪斸谓之定，斫谓之鐯，斪谓之疀④。緵罟谓之九罭，九罭，鱼网也；嫠妇之笱谓之罶，罺谓之汕；篧谓之罩，椮谓之涔⑤。鸟罟谓之罗，兔罟谓之罝，麋罟谓之罞，彘罟谓之羉，鱼罟谓之罛；繴谓之罿，罿，罬也；罬谓之罦，罦，覆车也⑥。绚谓之救，律谓之分⑦。大版谓之业，绳谓之缩⑧。彝、卣、罍，器也；小罍谓之坎⑨。衣梳谓之祝，黼领谓之襮，缘谓之纯，袧谓之裻，衣皆谓之襜，袨谓之裾，袳谓之祄，佩衿谓之褑，执衽谓之袺，扱衽谓之襭，衣蔽前谓之襜；妇人之祎谓之缡，缡，緌也；裳削幅谓之纀⑩。舆，革前谓之鞎，后谓之笰；竹前谓之御，后谓之蔽。环谓之捐，镳谓之钀，载辔谓之轼，辔首谓之革⑪。饮谓之餰，食饐谓之餲；搏者谓之欜，米者谓之糪；肉谓之败，鱼谓之馁⑫。肉曰脱之，鱼曰斮之⑬。冰，脂也⑭。肉谓之羹，鱼谓之鮨；肉谓之醢，有骨者谓之臡⑮。康谓之蛊⑯。淀谓之垽⑰。鼎绝大谓之鼐，圜弇上谓之鼒，附耳外谓之釴，款足者谓之鬲⑱。瓹谓之䲑；䲑，鐈也⑲。璲，瑞也；玉十谓之区⑳。羽本谓之翮；一羽谓之箴，十羽谓之缚，百羽谓之挥㉑。木谓之虡㉒。旌谓之藣㉓。菜谓之蔌㉔。白盖谓之苫㉕。黄金谓之璗，其美者谓之镠；白金谓之银，其美者谓之镣；鉼金谓之钣；锡谓之鈏㉖。象谓之鹄，角谓之觷，犀谓之剒，木谓之剧，玉谓之㉗雕。金谓之镂，木谓之刻，骨谓之切，象谓之磋，玉谓之琢，石谓之磨。璆、琳，玉也㉘。简谓之毕㉙。不律谓之笔㉚。灭谓之点㉛。绝泽谓之铣㉜。金镞翦羽谓之鍭；骨镞不翦羽谓之志㉝。弓有缘者谓之弓，无缘者谓之弭；以金者谓之铣，以蜃者谓之珧，以玉者谓之珪㉞。珪大尺二寸谓之玠，璋大八寸谓之琡，璧大六寸谓之宣；肉倍好谓之璧，好倍肉谓之瑗，肉好若一谓之环㉟。繸，绶也㊱。一染谓之縓，再染谓之赪，三染谓之纁；青谓之葱，黑谓之黝，斧谓之黼㊲。邸谓之柢㊳。雕谓之琢。蓐谓之兹㊴。竿谓之箷㊵。簧谓之笫㊶。革中绝谓之辨；革中辨谓之韏㊷。镂，镈也㊸。卣，中尊也㊹。

---

①释器：此篇诠释各种器用。《释文》云："《说文》云'器'皿也。饮食之器。"但此篇器的含义比较广，除了食器、礼器外，也包涵了日常百工的部分器用，甚至把车舆、服饰也列于其中。

②豆·笾（biān音边）、登：食器，亦作礼器。形同今之高脚杯，但材质不同。豆，生熟食均可盛；笾，盛果品；登，盛熟食。

③盎（áng音昂）、缶（Fǔ音府）：同类器具。大腹小口的瓦器。　瓯（ōu音欧）瓿（bù音不）、瓵（yí音怡）：均属盆

盂之类的瓦器，方言称呼不同。 康瓠（hú音狐）、瓹（qì音弃）：均属破裂有罅隙的瓦壶。

④斸斪（qúzhú音劬竹）：锄类农具。亦或作"勾楄"。 斫（zhuó音拙）、镈（zhuó音拙）：相当今农村镐头、镢头类的工具。 斛（qiāo音锹）：同锹。铲土工具。 捷（chā音叉）：同锸。锹类农具。

⑤綾（zòng音纵）罟：网眼很小的鱼纲。罟，鱼网的总称。 九罭（yù音域）：郭注："今之百囊罟。"附有许许多多囊袋的网。 嫠（lí音离）妇笱（gǒu音狗）：寡妇鱼笼。 罶（liú音留）：渔具。 罺（chāo音抄）：渔具。人工撩撒的小网。亦称撩罟。汕的别名。 簎（kuò音括）：罩的别称。鱼笼。 槮（sǎn音散）、涔（cén音岑）：以饭团等诱饵打窝来捕鱼。亦作椮、涔。似指在静水池湖中潜沉诱鱼之饵料。

⑥罝（jū音居）：捕兔网。 罞（máo音矛）：捕捉麋鹿的网。 羉（luán音李）：捕野猪的网。 罛（gū音孤）郭注："最大罟也。"捕鱼的大网。 繴（bì音辟）、罿（tóng音童）罬（zhuó音镯）、罦（fú音孚）：都是机动捕鸟的工具，即覆车。罬，捕鸟；覆车，捕兽。

⑦绚（qú音渠）：敕丝。

⑧业：《释文》作版牒。筑墙工具。 绳、缩：捆绑，拴束。和筑墙有关。吊线，束版之类。《大雅·绵》："其绳以直，缩版以载。"载，筑。

⑨彝（yí音伊）、卣（yǒu音有）、罍：礼器名。 坎：小酒樽。

⑩梳（liú音流）、祢（ní音尼）：上衣饰物，可以随行步摆动。 襮（bó音搏）：黻领的异名。 缘、纯：衣服的饰边。 袺（xuè音穴）、褮（yíng音萤）：疑属今之风雨披，或睡衣之内的长衣。 极（jié音挈）：同袷，上衣前襟。 裾（jū音居）：前襟。《乐府诗》："贻我青铜镜，结我红罗裾。" 衿（jīn音今）：袶（jiàn音荐）的异名。衣服的系带。 褑（yuán音援）：即佩巾、佩带。 执衽：提牵的衣襟。 袺（jié音挈）：提起衣襟兜东西。 扱（chā音插）衽：把前襟披起腰间兜东西，亦称襭（xié音携）。见《周南·芣苢》。 襜（chān音掺）：系在衣服前的围裙。 袆（huī音辉）：男子的蔽膝（围裙）。 缡（lí音离）：妇女的佩巾。《豳风·东山》诗："亲结其缡，九十其仪。"亲，母亲。 裳削幅：指天子以下士大夫平时穿的连衣裳（裙）。古代谓之深衣。 襮（bǔ音补）：裳削幅的异名。

⑪舆：车。 鞎（hén音很）、第（fú音弗）：车前车后用皮革制作的装饰物的名称。 御、蔽：车前后用竹编制作的装饰物的名称。 镳（biāo音标）、镊（niè音捏）：马嚼子。 轭（yì音义）：车衡上的穿缰绳的环子。 辔首：辔头。革的异称。

⑫饻（hài音亥）、餯（huì音喙）：都是食物腐臭之称。 饐（yì音壹）、餲（ài音艾）：食物久放变味的名称。 抟（tuán音团）、燗（làn音烂）：皆指煮饭过稀过烂粘团一起的名称。 糪（bò音播）：半生的饭。 败饐：肉鱼腐臭之称。饐，同餒（něi音馁）。鱼腐。

⑬肉：剔肉。 鱼：处理鱼，即刮鳞之类。

⑭ 冰：凝结。此指脂肪之凝固。

⑮脂：鱼肉酱 醢（hǎi音海）：肉酱。 臡（ní音泥）：带骨的肉酱。

⑯康：通糠。蛊（gǔ音古）：谷虫。

⑰淀、垽（yìn音印）：由混浊液中沉淀出沉滓。郭注："滓，淀也。今江东呼垽。"

⑱鼎：古代的炊具和食具。 鼐（nǎi音乃）：大鼎。 圆弇（yǎn音淹）、鼒（zī音资）：指圆形腹大口小的小鼎。钑（yì音弋）：外有耳的鼎。 鬲（lì音力）：郭注："鼎曲脚也。"

⑲甑（zèng音赠）或作甗，炊具。《孟子许行》："许子以釜甑爨?" 鬵（xín音寻）、鈘（yí音移）：均属釜甑类之炊具。

⑳璲（suì音遂）：瑞玉。

㉑翮（hé音禾）：羽毛的羽干部分。 箴、缚（zhuàn音转）、翚（gǔn音衮）：均属计算羽数的单位。

㉒虡（jù音矩）：挂钟磬的支架。一作簴。《大雅·灵台》："簴业维枞，贲鼓维庸。"

㉓藣（bēi音背）：旄的别称。旄，旄牛尾。舞者所执的道具，用以指挥。

㉔蔌（sù音漱）：同蔬。蔬菜的总称。

㉕白盖：白茅草编制的覆盖物。苫（shàn音善）的异称。

㉖璗（dàng音荡）：黄金的别称。 鏐（liú音流）：成色好的紫磨金。 钣（bǎn音版）：饼（bǐng音饼）金的别称。 铅（yǐn音引）：郭注："白镴（音腊）。"一种更坚硬光亮的锡。

㉗象：加工象牙。 鹄：或作鹘、鹄。雕刻。 觷（xué音学）：雕刻、加工兽角。 剒：通错。锉磨。 剫（duò音刹）：通剁。斩木。

㉘璆（qiú音球）：同球。玉名。制磬的材料。 琳：玉名。

㉙毕：亦作筚。竹简。书写材料。

㉚不律：笔的异名。郭注："蜀人呼笔为不律也。"

㉛灭：消除。　点（diǎn 音典）：《说文》："点，小黑也。"亦作涂抹已书写的文字。

㉜铣（xiǎn 音显）：光泽度最高的金子。

㉝鍭（hóu 音侯）：金属箭头，箭杆后的羽毛剪齐的箭。　　志：骨箭头，不剪羽的箭。

㉞缘：两端有镶饰的弓。　　彊（mí 音弥）：两端无饰的弓。　　铣、珧（yáo 音瑶）、珪：被用黄金、贝壳、玉石镶饰的弓名。

㉟珪：同圭。古玉器名。长条形。用作礼器和信物。　　玠、琡（chù 音处）、瑄：分别指大珪、大璋、大璧的名称。　　璧：圆形，扁平，中间有孔的玉。　　肉：璧或钱币的孔外部分。　　好（hào 音号）：玉璧或钱币的中孔部分。　　肉倍好：边是孔面积的一倍大。　　若：肉与好相等。

㊱绶：印玺或玉佩的丝带。

㊲縓（quàn 音劝）、赪（chēng 音称）、纁（yun 音熏）：指丝染色一次、二次、三次的名称。　　斧：是黼的花纹图象。

㊳邸：通柢。根基。

㊴蓐：兹的别称。草垫。

㊵施 yì 音义）：竹制衣架。竹竿。

㊶箦（zé 音责）：竹席。　　笫（zǐ 音姊）：竹席。箦的异名。

㊷辨：皮革断裂之称　　中辨：皮革卷皱又断裂，即韏（quàn 音券）。卷。

㊸镂（sōu 音搜）：刻镂。

㊹卣：（yǒu，音有）中等的酒樽。口小腹大。

释乐第七[①]

宫谓之重，商谓之敏，角谓之经，徵谓之迭，羽谓之柳[②]。大瑟谓之洒[③]。大琴谓之离[④]。大鼓谓之鼖，小者谓之应[⑤]。大磬谓之馨[⑥]。大笙谓之巢，小者谓之和[⑦]。大篪谓之沂[⑧]。大埙谓之嘂[⑨]大钟谓之镛，其中谓之剽，小者谓之栈[⑩]。大箫谓之言，小者谓之筊[⑪]。大管谓之簜，其中谓之篞，小者谓之篎[⑫]。大籥谓之产，其中谓之仲，小者谓之箹[⑬]。徒鼓瑟谓之步，徒吹谓之和，徒歌谓之谣；徒击鼓谓之咢，徒鼓钟谓之修，徒鼓磬谓之寋[⑭]。所以鼓柷谓之止；所以鼓敔谓之籈[⑮]。大籈谓之麻，小者谓之料[⑯]。和乐谓之节[⑰]。

---

①释乐：此篇诠释和音乐有关的词语。我国自来重视音乐，甚至把它提到了安邦治国的高度，很早就有关于五声，八音的记载，并有极为丰富的音乐实践和理论研究。从这里所诠释仅属一部分的器乐名称即可窥豹一斑了。

②宫、商、角、徵（zhǐ 音支）、羽：五音。重、敏、经、迭、柳：五音之别名。这五种名称是古人从长期的音乐实践和审美中对五音的感悟概括。古人认为"宫"音浊而迟，所以称之为"重"。"商"音彰而强，如五谷之成，故称之为"敏"。"角"音象物之触地而出，冲而不挠，常而不变，故称之为"经"。"徵"音盛大而繁复，如此如结，故称之为"迭"。"羽"音如鸟羽舒展覆宇，如柳之摇拽潇洒，故称之为"柳"。（见《乐记》、《钟律书》及《春秋繁露·五行五事》等）既是审美体验，自然也就会因个体的差异而有所不同，对以上五种名称的诠释亦不必强求统一。五音，是古代人们对音阶的认识。和今天音阶对应看：宫、商、角、徵、羽则相当于1、2、3、5、6。后来又增加了变宫、变徵形成七音。即：1、2、3、4（变徵）、5、6、7（变宫）。

③洒：大瑟的别称。其名之由来也是由人们对大瑟演奏的音乐审美所产生。《释文》"孙云：音多变布，出如洒也。"瑟，弹拨乐器。二十、五十弦不定。

④离：大琴的别称。弹拨乐器。一般称七弦琴，大琴二十弦。

⑤鼖（Féng 音汾）：军中打击乐器。鼓长八丈，广一尺。　　应：小鼓之名。

⑥馨（xiāo 音消）：大磬的别称。为玉、石制打击乐器。

⑦笙：簧管乐器，古今相同。《小雅·鹿鸣》："我有嘉宾，鼓瑟吹笙。"　　巢：大笙的别称。　　和：小笙的别称。

⑧箎（chí 音池）：横吹乐器。竹制，形似今之笛子。　　沂（yí 音伊）：箎的别称。

⑨㘸（jiào 音叫）：同叫。大埙的别称。埙（xūn 音勋）：亦作壎。土制吹奏乐器。卵形六孔。见《小雅·何斯人》。

⑩镛（yōng 音庸）、剽（piào 音骠）、栈（zhǎn 音盏）：大、中、小钟之别称。其命名亦由描写音乐形象而来。庸，声大；剽，声疾；栈，声轻。

⑪箫：竖吹管乐器。大箫。排箫。郭注："编二十三管，长尺4寸。"　　篎（jiāo 音交）：小箫。十六管，尺二寸。

⑫管：横吹乐器。似今笛类乐器。　　簥（jiāo 音交）、篂（niè 音涅）、篎（miǎo 音眇）：大、中、小管之名称。

⑬篞（juè 音月）：古管乐，排箫的前身。　　箹（yuè 音约）：小篞的别称。

⑭步、和、谣：无伴奏的独奏、独吹和独唱。　　咢（è 音厄）、修、謇（jiǎn 音蹇）：无伴奏的鼓、钟、磬独奏。謇或作蹇。

⑮止：击柷的椎。　　籈（zhēn 音甄）：击敔工具。　　柷（zhù 音祝）、敔（yǔ 音语）：古代打击乐器。

⑯鼗（táo 音桃）：手摇长柄小鼓。类似今天的搏浪鼓。、　　麻、料：大、小鼗三异称。

⑰节：击节。又称拊搏。击节可使演奏更富于节奏，并使节奏缓疾得以调节。

释天第八①

四时②

穹苍，苍天也③。春为苍天，夏为昊天，秋为旻天，冬为上天④。

祥⑤

春为青阳，夏为朱明，秋为白藏，冬为玄英；四气和谓之玉烛⑥。春为发生，夏为长嬴，秋为收成，冬为安宁；四时和为通正，谓之景风⑦。甘雨时降，万物以嘉，谓之醴泉⑧。

灾⑨

谷不熟为饥，蔬不熟为馑，果不熟为荒；仍饥为荐⑩。

岁阳⑪

太岁在甲曰阏逢，在乙曰旃蒙，在丙曰柔兆，在丁曰强圉，在戊曰著雍，在己曰屠维，在庚曰上章，在辛曰重光，在壬曰玄黓，在癸曰昭阳⑫。

太岁在寅曰摄提格，在卯曰单阏，在辰曰执徐，在巳曰大荒落，在午曰敦牂，在未曰协洽，在申曰涒滩，在酉曰作噩，在戌曰阉茂，在亥曰大渊献，在子曰困敦，在丑曰赤奋若⑬。

岁名⑭

载，岁也。夏曰岁，商曰祀，周曰年，唐虞曰载⑮。

月阳⑯

月在甲曰毕，在乙曰橘，在丙曰修，在丁曰圉，在戊曰厉，在己曰则，在庚曰窒，在辛曰塞，在壬曰终，在癸曰极⑰。

月名⑱

正月为陬，二月为如，三月为寎，四月为余，五月为皋，六月为且，七月为相，八月为壮，九月为玄，十月为阳，十一月为辜，十二月为涂⑲。

风雨⑳

南风谓之凯风，东风谓之谷风，北风谓之凉风，西风谓之泰风㉑。焚轮谓之穨，扶摇谓之猋，风与火为庵，回风为飘㉒。日出而风为暴，风而雨土为霾，阴而风为曀㉓。天气下，地不应曰雺；地气发，天不应曰雾；雺谓之晦㉔。螮蝀谓之雩，螮蝀虹也；蜺为挈贰㉕。弇日为蔽云㉖。疾雷为霆㉗。雨覍为霄㉘。暴雨谓之涷，小雨谓之霡霂，久雨谓之淫，淫谓之霖，济谓之霁㉙。

星名㉚

寿星，角、亢也；天根，氐也㉛。天驷，房也；大辰，房、心、尾也；大火，谓之大辰㉜。析木之津，箕斗之间，汉津也㉝。星纪，斗、牵牛也㉞。玄枵，虚也；颛顼之虚，虚也；北陆，虚也㉟。营室谓之定；娵觜之口，营室东壁也㊱。降娄，奎、娄也㊲。大梁，昴也；西陆，昴也㊳。浊谓之毕㊴。咮谓之柳，柳，鹑火也㊵。北极谓之北辰㊶。何鼓谓之牵牛㊷。明星谓之启明㊸。彗星为欃枪㊹。奔星为彴约㊺。

祭名㊻。

春祭曰祠，夏祭曰礿，秋祭曰尝，冬祭曰烝㊼。祭天曰燔柴，祭地曰瘗薶，祭山曰庪县，祭川曰浮沈，祭星曰布，祭风曰磔㊽。"是禷是禡"，师祭也㊾。"既伯既祷"，马祭也㊿。禘，大祭也○51。绎，又祭也；周曰绎，商曰肜，夏曰复胙○52。

讲武○53。

春猎为蒐，夏猎为苗，秋猎为狝，冬猎为狩○54。宵田为獠，火田为狩○55。"乃立冢土，戎丑攸行"，起大事，动大众，必先有事乎社而后出，谓之宜○56。"振旅阗阗"，出为治兵，尚威武也；入为振旅，反尊卑也○57。

旌旗○58

素锦绸杠，纁帛縿，素陞龙于縿，练旒九，饰以组，维以缕○59。缁广充幅长寻曰旐，继旐曰旆○60。注旄首曰旌○61。有铃曰旂○62。错革鸟曰旟○63。因章曰旃○64。

---

①释天：《说文》："天，颠也，至高无上。从一大。"可见到了汉代人们仍然保留着对大自然的神秘色彩。我国是世界四大文明古国之一，农业发达得很早，它也推动了天文、历法、气象、灾异的研究，并取得了令人骄傲的杰出成就。这些科学资料不仅保存在先秦典籍，如《尚书》、《诗经》、《易经》、《春秋》、《左传》等著作之中，而且在《甘石星经》、《尔雅》、《淮南子》、《史记》、《汉书》中都有专门的论述和记载。此篇诠释的是天文以及与之相关的词语。

②四时：四季。时，季节。以下释四时天象。

③苍穹（qióng音穷）：苍天的别称。天，穹窿形，苍青色，故有此称。屡见于《诗经》中。

④苍天、昊（hào音浩）天、旻（mín音民）天、上天：春、夏、秋、冬四季天相的名称。有时用于特称，如"苍天"专指春季的天，有时亦泛指天。如："悠悠苍天，此何人哉！"（《王风·黍离》）苍天，天。

⑤祥：《汉书·刘向传》："和气致祥，乖气致异。"祥，吉祥；异，灾异。以下各条均属和气、和风、和雨。是祥和吉利之

兆。

⑥青阳、朱明、白藏、玄英：古人认为这是太平之时四季祥和的天象名称。春气温而多阳，宜万物复苏；夏季赤而光明，宜万物成长；秋气白而收藏，宜万物成熟；冬气黑而清英，宜万物伏宁。　　玉烛：《释文》引李巡云："人君德美如玉而明若烛。"此是古人把天象和美与人君德治相关联。说这是太平盛世的吉兆，上天降福的表征。

⑦发生、长嬴、收成、安宁：这是四季吉祥之风的名称。以上四风，亦称和风，也叫做通正。能做到如此，也就可以称做景风，即象征祥和之风。

⑧甘雨：及时雨。　　时降：按季节时令之所需而降　　醴泉：甘美的泉水。《礼记·礼运》："天降甘露，地出醴泉。"这是人们对甘雨的美称。醴或作澧。

⑨灾：天灾。农业社会最严重的自然灾害莫过于作物无收。以下各条即释灾害农业所造成之情景。

⑩饥、馑、荒：这是谷物、蔬菜、水果不收的名称。他书解释有异于《尔雅》。见《左传·襄二十四年》。　　仍：重复，连续，频繁发生。　　荐：指谷物连年无收。

⑪岁阳：以下诠释有关岁阳、岁星、太岁纪年的名称。

⑫阏逢（yān páng 焉旁）、旃（zhān 音詹）蒙、柔兆、强圉（yǔ 音雨）、著（chú 音除）雍、屠维、上章、重（chóng 音虫）光、玄黓（yì 音弋）、昭阳：这是十干（甲乙丙丁等）和岁阳对应的纪年名称。这十个专有名词大概是西汉时的天文历法学家创制的。起名叫做岁阳。目的是和下面的十二个太岁纪年名称（摄捉格、单阏、执徐等，这种纪年法称为岁阴）相配，组成为六十个纪年名（其组合法同六十甲子纪年法），如"阏逢摄提格"为第一年，"旃蒙单阏"为第二年，"柔兆执徐"为第三年，等等直至六十年终，周而复始。后来占星家发现并非每年都正好走一个完整的星次，出现了实际上的误差，故废而改为甲子纪年了。

⑬摄提格、单（chán 音蝉）阏、执徐、大荒落、敦牂（zāng 音臧）、协洽、涒（tūn 音吞）滩、作噩、阉茂、渊献（xiàn 音现）、困敦、赤奋若：这是太岁年的十二个名称。它和十二地支相配以纪年。

关于岁星纪年，由来久矣。古人把黄道附近一周天分为十二等分，由西向东命名为星纪、玄枵、诹訾等十二次。岁星（即木星）由西向东十二年绕天一周，每年行经一个星次。岁星走一个星次，就称做岁在××。如第一年叫"岁在星纪"，第二年叫"岁在单阏"等等，十二年周而复始。

关于太岁纪年。古人把黄道附近一周天的十二等份，由东向西和十二地支匹配，这就是十二辰。十二次运行的方向是由西向东，十二辰的方向正好与之相反。应用起来人们感到不方便。为了调和这一矛盾，天文学家假设出一个岁星，起名叫"太岁"。让它和真岁星"背道而驰"，这样就和十二辰的方向一致，并用它来纪年，这就是太岁纪年。据《汉书·天文志》记载战国时的天文资料，某年岁星在"星纪"，太岁便在"析木"（寅），这一年便是"太岁在寅"，即寅年。依次类推。如《离骚》："摄提贞于孟陬兮，唯庚寅吾以降。"摄提即"太岁在寅"，寅年。孟陬，指夏历建寅之月。庚寅，干支的寅日。据此知诗人屈原生于寅年寅月寅日。

⑭岁名：纪年的名称。

⑮岁、祀、年、载：都是年的称谓。《说文》："年，谷熟也。"段玉裁注："年者取禾一熟也。《谷梁传》曰：'五谷皆熟为有年，五谷皆大熟为大有年'。"引申为纪岁的名称"年"。这几种名称并非只有某代某朝专用，亦可互用。

⑯月阳：古代按十干给月取的名称。它和十二个月的月名组合，就构成了六十个月的名称。十干也称天干，十二支也称地支。天为阳，地为阴，阳为尊，阴为卑，故岁阳、月阳在组合中都被置于前位。

⑰月在甲：这是按十干的数目给与之相匹配的十个月的名称。见于《史记·历书》。

⑱月名：此释一至十二个月的特殊称谓。

⑲陬（zōu 音邹）、如、寎（bǐng 音丙）、余、皋、且（jū 音居）、相（xiàng 音向）、壮、玄、阳、辜、涂：从一月到十二月的特殊名称。

⑳风雨：以下诠释有关风雨的词语。

㉑南风：此条释东西南北风的别称。均见于《诗经》。

㉒焚轮：暴风名。指暴风从天空向地面刮。　　穨（tuí 音颓）：焚轮的别名。　　猋（biāo 音标）：旋转风暴，又称扶摇、羊角。　　庉（tún 音屯）：炽烈的干热风。　　飘：旋风。

㉓霾（mái 音埋）：风中夹沙尘的扬沙天气。　　雨，动词。撒落。　　曀（yì 音壹）：阴晦多风的天气。

㉔霿（wù，音务）：同雾。

㉕蝃蝀（dì dōng 音地冬）：郭注："俗名美人虹，江东呼雩（yù 音预）。"雩，虹。　　蜺（ní 音霓）：雌虹。挈贰的别名。郭注："蜺，雌虹也。见《离骚》。挈贰其别名。见《尸子》。"

㉖弇（yǎn 音掩）：遮盖。

㉗疾雷：大雷。　　霆：霹雳。

㉘雨霓（xiàn音现）：下雪珠。霓，同霰。雪珠。

㉙涷（dōng音东）：夏天的暴雨。江东方言。　　腜霂（mài mù音脉沐）：小雨。《小雅·信南山》："雨雪雰雰，益之以腜霂。"　　霁（jì音济）：雨止天晴。

㉚星名：以下诠释二十八宿、十二星次等星宿的名称。

古人为了观测日月五星的方位，经过长期观测选定黄道、赤道附近二十八组相对位置不变的恒星作为参照点，这就是常说的二十八宿。古人又把这二十八个星座按前后左右（东西南北）分为四组，每组七星。每组又用一个想象中的动物命名，即苍龙、朱雀、白虎、玄武（龟蛇），称四象。这四象二十八宿的名称如下：

东方苍龙七宿：角、亢、氐、房、心、尾、箕；

西方白虎七宿：奎、娄、胃、昴、毕、觜、参；

南方朱雀七宿：井、鬼、柳、星、张、翼、轸；

北方玄武七宿：斗、牛、女、虚、危、室、壁。

古人为了说明日月五星运行和节气的变换，把黄道附近一周天由西向东分为十二等分，叫十二次。每次都以二十八宿中的某些星宿为标志。由于二十八宿的星域广狭不一，所以出现一宿跨属两个"次"的情况。比如"星纪"次的两个主要星宿是斗、牛二宿，"玄枵"次的主要星宿是女、虚、危三宿，而玄武七宿的"女"宿，就是跨属十二次的一、二两个星"次"。十二次的用途，一是指示四季太阳的位置，说明节气变换；二是指示岁星所运行的位置，并据以纪年。

除二十八宿外，古书常见的还有三垣。即紫薇垣、太薇垣和天市垣。都是我国北方常见的星域。尤其是紫薇垣，它以北极星为标准，集周围其他星为一区，常出现于黄河流域的上空，也是人们十分熟悉的。

㉛寿星：十二星次的第十"次"，与之对应的是黄道十二宫的"天秤宫"。它包含着东方苍龙七宿的角、亢二宿。　　氐（dī音低）：苍龙七宿的第三宿。含星四颗，又称天根。

㉜房：苍龙七宿的第四宿。有星四颗，并列，又称天驷。

㉝析木：即"析木"次。属十二次的第十二次。　　箕（jī音基）：苍龙七宿的第七宿。有星四颗。组成畚箕形，故名。

斗：玄武七宿的第一宿，由六颗星组成，形似斗，故名，又称南斗，或南斗六星。　　汉：天汉。即天河。全条句意谓析木次，箕斗宿均在天河的两岸，析木次如同箕、斗渡天河的渡口。　　津：渡口。

㉞星纪：十二次的第一次。玄武七宿中的斗、牛二宿是它的主要星。牛，牛宿。非牵牛星。

㉟玄枵（xiāo音消）：十二星次的第二次。　　女、虚、危三宿是其主星。　　颛顼（zhuān xù音专旭）、北陆：均属"虚"宿的别名。

㊱营室：星宿名。含玄武七宿的室、壁二宿。各有二星。古代常于黄昏现于南天，正是结束农事，营造房屋的好时节，故名。　　定：营室的别名。

㊲降娄：十二星次的第四次。白虎七宿的奎、娄、胃是其主星。

㊳大梁：十二星次的第五次。　　昴（mǎo音卯）：白虎七宿的第四宿，是"大梁次"的中央主星，故有大梁之名。

㊴毕：白虎七星的第五星。有星八颗，形似捕鸟的毕网，故名。　　浊：毕的别名。

㊵咮（zhú诛）：柳宿的别名。　　柳：朱雀七宿的的第三宿。有星八颗，如朱雀之口，故称咮，或喝。　　鹑火：十二星次之第八次。朱雀七宿的柳、星、张三宿是其主星。

㊶北极：北极星。又名北辰。它实际上是由三颗星组成的聚星。也是紫薇垣的标准星。

㊷何鼓：即河鼓星。又称牛郎星，牵牛星。

㊸明星：又名启明星。即太阳系九大行星中的金星。由晨现于东方而称启明；因昏出于西方而称太白。

㊹欃（chān音馋）枪：彗星的别名。

㊺彴（báo音薄）约：流星。奔星之别名。

㊻祭名：《左传·成公二十三年》："国之大事，在祀与戎。"可见古人对祭祀的虔诚和重视。此节即专门诠释与之有关的词语。

㊼祠、礿（yào音耀）、尝、蒸：周代天子诸侯春、夏、秋、冬四季祭祀宗庙的特殊名称。

㊽燔（fán音凡）柴：祭祀。在坛上焚烧祭物。　　瘗（yì音义）薶（mái音埋）：祭祀。埋祭物于地里。　　庪县（guǐ xuán音轨悬）：祭祀。或埋之于土，或悬之以树。　　布：祭祀。撒祭物于地，"似星布列也"（《释文》）。　　磔（zhé音折）：祭祀。肢解祭牲之头蹄以行祭。此条所释是对天、地、山、川、星、风的祭祀名称及祭法。

㊾"是礋（lèi音类）是祃（mà音马）"：《大雅·皇矣》第八章中的诗句。朱注："礋，将出师祭上帝也；祃，至所征之地祭始造军法者，谓黄帝及蚩尤也。"礋，或作类。

(50)“既伯既祷”：《小雅·吉日》诗第一章之句。朱注：“伯，马祖也，谓天驷、房星之神也。”又曰：“畋猎用马，故以吉日祭马祖而祷之。”祷：祝告。

(51)禘（dì音帝）：祭名。天子诸侯宗庙五年一次的禘祭，与袷祭并称为殷（大也）祭。

(52)绎（yì音义）：周代祭名。祭后的第二天再祭。　肜（róng音绒）：殷代再祭之称。　复胙：或作复祚，复昨。夏代再祭之称。

(53)讲武：习武。此节诠释古代有关习武、畋猎方面的语词。

(54)蒐（sōu）、苗、狝（xiǎn音显）、狩（shòu音兽）：古代天子、诸侯春、夏、秋、冬打猎的专称。

(55)宵田：夜间打猎。宵，夜。田，畋。猎。　獠（liáo）：畋猎。江东方言。　火田：烧荒捕猎。邢疏：“放火烧草，狩其下风。”

(56)“乃立冢土，戎丑攸行”：《大雅·绵》诗第七章。忆文王作门社事。朱注：“冢土，大社也。戎丑，大众也。”攸行，所往。　大事：戎事，战争。　事：祭祀。　社：“冢土”，祭神的大社。　此条非释诗句表层含义，而是释它的深层含义。

(57)“振旅阗阗”：《小雅·采芑》第三章诗句。“显允方叔，伐鼓渊渊，振旅阗阗。”是写方叔统帅之英明，强大地击鼓进军的声势，整肃地击鼓退兵的样子。振旅：止众。指挥战士退兵。阗阗：止旅的鼓声。此条引诗说练兵时要鼓励尚武，不要讲老幼尊卑的常礼，年轻人要当仁不让。退兵之后，要回归于常规，尊卑有序。反，通返。

(58) 旌旗：旗帜的总称。此节诠释各种旗帜的形制。

(59)绸杠：（以白底锦）缠旗杆。　纁（xūn音熏）：绛红色。　（shān音山）：旌旗的正面。　素陞龙：（正面绘上）昂首的白龙。　练流：用白熟丝绢做垂饰。流通旒，亦作“斿”。旌 缕下边悬垂的装饰物。　组：丝带。　维以缕：用红线连缀，（不使旗帜拖地）。《周礼·春官·司常》：“司常掌九旗之物名。”又：“熊、虎为旗。”可见旌旗形制之多矣。此条专释龙旗之形制。

(60)旐（zhào音兆）：画有龟蛇（玄武）图案的旗。帛全幅长八尺，缁（黑）色。　继旐（pèi音佩）：小旐旗。

(61) 旄：顶端结扎有旄牛尾的旗。

(62)旂（qí音其）：旂竿上悬有铃铛的龙旗。

(63)错：通措。　革（jí音疾）鸟：猛禽。　旟（yú音舆）：郭注：“此谓合剥鸟皮毛置之竿头。见《礼记》。”或谓鹰旗之名称。

(64)旃（zhān音沾）：同旜。纯赤色的曲柄旗，别无装饰。

释地第九①

九州②

两河间曰冀州③。河南曰豫州④。河西曰雝州⑤。汉南曰荆州⑥。江南曰扬州⑦。济河间曰兖州⑧。济东曰徐州⑨。燕曰幽州⑩。齐曰营州⑪。

十薮⑫

鲁有大野⑬。晋有大陆⑭。秦有杨陓⑮。宋有孟诸⑯。楚有云梦⑰。吴越之间有具区⑱。齐有海隅⑲。燕有昭余祁⑳。郑有圃田㉑。周有焦护㉒。

八陵㉓

东陵，阠；南陵，息慎；西陵，威夷；中陵，朱滕；北陵，西隃雁门是也㉔。陵莫大于加陵㉕。梁莫大于溴梁㉖。坟莫大于河坟㉗。

九府㉘

东方之美者，有医无闾之㼌玗琪焉㉙。东南之美者，有会稽之竹箭焉㉚。南方之美者，有梁山之犀象焉㉛。西南之美者，有华山之金石焉㉜。西方之美者，有霍山之珠玉焉㉝。西北之美者，有昆仑虚之璆琳琅玕焉㉞。北方之美者，有幽都之筋角焉㉟。东北之美者，有斥山之文皮焉㊱。中有岱岳，与其五谷鱼盐生焉㊲。

五方㊳

东方有比目鱼焉，不比不行，其名谓之鲽㊴。南方有比翼鸟焉，不比不飞，其名谓之鹣鹣㊵。西方有比肩兽焉，与邛邛岠虚比，为邛邛岠虚齧甘草，即有难，邛邛岠虚负而走，其名谓之蹷㊶。北方有比肩民焉，迭食而迭望㊷。中有枳首蛇焉㊸。此四方中国之异气也㊹。

野㊺

邑外谓之郊，郊外谓之牧，牧外谓之野，野外谓之林，林外谓之坰㊻。下湿曰隰，大野曰平，广平曰原，高平曰陆，大陆曰阜，大阜曰陵，大陵曰阿㊼。可食者曰原，陂者曰阪，下者曰隰㊽。田一岁曰菑，二岁曰新田，三岁曰畲㊾。

四极㊿

东至于泰远，西至于邠国，南至于濮铅，北至于祝栗，谓之四极㉛。觚竹、北户、西王母、日下，谓之四荒㉜。九夷、八狄、七戎、六蛮，谓之四海㉝。岠齐州以南戴日为丹穴，北戴斗极为空桐，东至日所出为太平，西至日所入为太蒙㉞。太平之人仁，丹穴之人智，太蒙之人信，空桐之人武㉟。

①释地：地，土地，大地。它是人类和万物赖以生存的极为重要的资源。《国语·周语上》："土之有山川也，财用于是乎出；其有原隰衍沃也，衣食于是乎生。"可以这样说，没有我国广袤的山河大地，就不会有中华民族五千年的文明历史。此篇专释我国古代的地理知识和有关词语。共分七节。

②九州：此节诠释古九州的名称及其地域。

③两河：战国、秦、汉时，黄河自今河南武涉县以下东北流，经山东西北隅折北至河北沧县东北入海，略呈南北流向，古称这段河为东河。上游今晋陕间的黄河至河南界，呈北南流向，古称这段河为西河。这两河之间的地面古代称为冀州。　　冀州：古代九州之一。

④河南：古代黄河东西流向的黄河以南。河南至荆山地面称为豫州。　　豫州：古代九州之一。

⑤河西：中上游南北流向的黄河的西侧。西河至黑水之地称为雝（yōng音雍）州。　　雝州：古代九州之一。

⑥汉南：汉水以南。从汉南至衡山之阳称为荆州。　　荆州：古代九州之一。

⑦江南：长江以南。从江南到海称为杨州。或作"扬州"。　　杨州：古代九州之一。

⑧济（jǐ音己）间：济水和古黄河之间。济水和黄河之间的地方称为兖（yǎn音奄）州。　　兖州：古代九州之一。

⑨济东：济水以东。从济东到海称为徐州。　　徐州：古代九州之一。《尚书·禹贡》："海岱及淮惟徐州。

⑩燕（yān音烟）：古燕国之地。　　幽州：自易水至北狄之地。古代九州之一。

⑪齐：指古齐国之地。　　营州：从泰山以东到海的地方，称为营州。古代九州之一。

⑫十薮（sǒu音擞）：此节诠释古代中国十个湖泊和沼泽名称及其位置。薮，湖泽的总称。

⑬鲁：春秋战国鲁国。　　大野：古泽名，故地在今山东巨野北。

⑭大陆：古泽名。故地约在今河北巨鹿之北。

⑮杨陓（yú音隃）：秦国古泽名。疑今陇西千阳县东古隃麋泽。

⑯孟诸：古泽名，故地在今商丘市东北。

⑰云梦：古泽名，故地在今武汉以西，江陵安陆以南，益阳湘阴以北的地带。

⑱具区：古泽名，又称震泽，即今太湖。

⑲海隅：似指浅海沼泽地。郝疏指东海之滨"千余里之间皆海隅之地"。

⑳昭余祁：古泽名，又称土昭、昭余。今山西祁县西南、介休东北是其故地。

㉑圃田：古泽名，春秋名原圃，战国称圃中，今河南中牟县西是其故地。

㉒焦护：古泽名，在今陕西泾阳北。

㉓八陵：此节诠释古代传说中的八大人工土山或堤坝。

㉔阰（xùn 音汛）、息慎、威夷、宋滕、西隃雁门：此系古代八丘中五个丘的名称。

㉕加陵：或谓柯陵。在今河南境内。

㉖梁：堤坝。　　渠（jú 音局）梁：春秋堤名。渠水大堤。在今河南境内。

㉗河坟：黄河河堤。在今山西万荣县。　　坟：水边高地。

㉘九府：此节诠释古代中国东、西、南、北、中和东北、东南、西南、西北九方大地上蕴藏金玉财宝的地方。《礼记·曲礼下》："在官言官，在府言府。"郑玄注云："府，宝藏货贿之处。"　　货贿：财货。

㉙医无闾：地名。在辽东。产玉。　　珣玗琪：玉名。

㉚会稽（kuài jī 音块计）：山名。在今绍兴市。　　竹箭：箭竹，制箭的材料。

㉛梁山：衡山。　　犀象：犀角、象牙。

㉜华山之金石：似当为蓝田之玉石。两地比邻。

㉝霍山：在山西霍县。以产珠玉著名。

㉞昆仑虚：即昆仑山。　　璆（qiú 音球）、琳：美玉名。　　琅、玕（gān 音干）：美玉名。

㉟幽都：山名，在雁门以北。　　筋、角：造弓箭的材料。

㊱斥山：在今山东滨海。　　文皮：虎豹之类的皮毛。文，通纹。

㊲岱岳：泰山。五岳之首。郝疏："五谷鱼盐之饶，非必泰山所有。《尔雅》言中有岱岳，实概举中土而言耳。"此言甚是。中土，中原大地。

㊳五方：此节释古书上曾出现过的传说中的畸形之人和怪异之动物。

㊴比目鱼：鱼纲、鲽形目鱼类的总称。包括鳒、鲽、鳎等科鱼类。比，并列。　　鲽（dié 音蝶）：比目鱼的一类，体侧扁，不对称，两眼都在右侧。旧传此鱼独目，只有双双并肩才能游行。

㊵鹣鹣（jiān 音兼）：传说中的比翼鸟。郭注："色青赤，不比不能飞。"

㊶邛邛岠虚：或作"蛩蛩巨虚"。传说中的兽名。　　蹶（jué 音决）：或作蟩。比肩兽之异称。

㊷比肩民：比肩人，传说中的畸形人。　　迭：轮换。　　望：守望。

㊸枳首蛇：两头蛇。枳，通枝。

㊹四方中国：东南西北和中原。

㊺野：此章所释之野，其义有二。一是京畿。《商颂·玄鸟》："邦畿千里，维民所止。"二是境内可耕种的土地资源。

㊻邑：国都。　　坰（jiǒng 音炯）：远野。

㊼隰（xí 音习）：低而湿之地。　　阿：大土山。

㊽可食者：可耕种收获谷物的土地。　　陂（bēi 音背）、阪（bǎn 音板）：斜坡、山坡地。　　下者：低湿而平的地。

㊾菑（zī 音资）：耕种了一年的土地。　　畬（yú 音余）：耕种了三年的熟田。

㊿四极：此节释中国所能到的极远之地，包括四极、四荒、四海以及各方人性之特征。

51 泰远：或作大远，东方极远之国。　　邠（bīn 音宾）国：西方极远之国。　　濮铅（pǔ qiān 音卜铅）：南方极远之国。铅，同铅。

52 觚竹：古孤竹国。此指代北方极远之国。　　北户：南方极远之国，太阳在其北方，故称北户。　　西王母：传说中昆仑山上的女神。这儿用以指代西方极远之国。　　日下：邢疏："谓日所出其下之国也。"此指东方很远之国。　　四荒：东南西北极荒远之地。

53 九夷：古代对我国东方少数民族的统称。　　八狄：古代对我国北方少数民族的统称。　　七戎：古代对我国西方少数民族的统称。　　六蛮：古代对我国南方少数民族的统称。在今天看来，这些称谓都有明显的鄙辱成分。　　四海：四海之内的兄弟民族。

54 岠：通距。　　丹穴、空桐、太平、太蒙：指四方极远之地。南至赤道，北至北极，东至日出，西至日落的地方。

55 此条释各地人性时，带有极浓的阴阳五行说的色彩，并非很科学。

释丘第十①

丘

丘，一成为敦丘；再成为陶丘，再成锐上为融丘；三成为昆仑丘②。如乘者，乘丘；如陼者，陼丘③。水潦所止，泥丘④。方丘，胡丘⑤。绝高为之京，非人为之丘⑥。水潦所还，埒丘⑦。上正，章丘⑧。泽中有丘，都丘⑨。当途，梧丘⑩。途出其右而还之，画丘；途出其前，戴丘；途出其后，昌丘⑪。水出其前，渻丘；水出其后，沮丘；水出其右，正丘；水出其左，营丘⑫。如覆敦者，敦丘⑬。逦迤，沙丘⑭。左高，咸丘；右高，临丘；前高，旄丘；后高，陵丘；偏高，阿丘⑮。宛中，宛丘⑯。丘背有丘为负丘。左泽，定丘；右陵，泰丘⑰。如亩，亩丘；如陵，陵丘⑱。丘上有丘为宛丘⑲。陈有宛丘，晋有潜丘，淮南有州黎丘⑳。天下有名丘五，其三在河南，其二在河北㉑。

崖岸㉒

望崖洒而高，岸㉓。夷上洒下，漘㉔。隩，隈㉕。崖内为隩，外为隈㉖。毕，堂墙㉗。重崖，岸；岸上，浒。坟，大防㉘。涘为崖㉙。穷渎，汜；谷者溦㉚。

---

①释丘：《说文》："丘，土之高也，非人所为也。从北从一，一，地也。人居在丘南，故从北。一曰四方高中央下为丘，象形。"此篇诠释丘和崖岸。

②成：重（chóng）层、叠。　　敦（duī音堆）：一叠之丘，又称顿丘。　　陶丘：《释文》："孙云，形如累两盂。"两叠平顶之丘。　　融丘：两叠尖顶之丘。　　昆仑丘：三叠而又高大之丘。　　昆仑：状其高大。

③乘：通塍（chéng），田间土埂子。　　陼（zhǔ音主）：同渚，水中小块陆地。

④泥丘：亦作尼丘。四面高中央低的丘。《孔子世家》云："父母祷于尼山（即尼丘）而生孔子。"山在今曲阜。

⑤胡丘：腹圆顶方的丘。胡，通壶。

⑥京丘：非常高大的自然之丘。

⑦埒（liè音列）丘：四面环水之丘。

⑧章丘：上顶方正之丘。

⑨都丘：水泽中隆起的高地形成之丘。

⑩当途：对着大道的丘。

⑪还：通环。　　前：前面。

⑫渻（shěng音省）丘：有水从南面流过之丘。

⑬覆敦（duì音对）：形如倒置的敦，即半球形之丘。　　敦：古食器。盖和器身都作半球形。

⑭逦迤（lǐyǐ音里倚）：曲折绵延。

⑮阿丘：丘身侧向一边而高大。《鄘风·载驰》："陟彼阿丘"。朱注："阿，偏高也。"

⑯宛丘：四方高中央低的圆形丘。

⑰泰：亦作"太丘"。丘名。在宋地。

⑱亩丘：《释文》："亩垄界"。即处于两田之间的丘。

⑲宛丘：此指宛丘上又形成丘之丘。

⑳州黎丘：古丘名。在今寿春县。

㉑名丘：郭注认为州、黎等五丘，不足称天下名丘，此名丘当别有名号。

㉒崖（yá音牙）：本指山、水之边，此作水边。　　洒（cuǐ音璀）：高峻貌。此指深。

㉓漘（chún音唇）：上平下深的河岸。

㉔隩（yù音玉）：水向内弯曲的岸。

㉕隈：或作鞫，水向外弯曲的岸。

㉖毕：堤。　　堂：通唐。堤。

㉗重（chóng音虫）崖：叠起的高岸。

㉘坟、防：均指堤岸、堤坝。

㉙涘（sì音伺）：河岸，河边陆地。《庄子·秋水》："两涘渚崖之间，不辨牛马。"

㉚汜（sì音四）：水流不能通过之厓岸的名称。　　谷者：通于谷之厓。谷，动词。　　溦（méi音眉）：或作"湄"。通谷之厓的名称。

释山第十一[①]

　　河南华，河西岳，河东岱，河北恒，江南衡[②]。山三袭，陟；再成，英；一成，坯[③]。山大而高，崧；山小而高，岑；锐而高，峤[④]。卑而大，扈；小而众，岿[⑤]。小山岌大山，峘[⑥]。属者峄，独者蜀[⑦]。上正，章；宛中，隆。山脊，冈；未及上，翠微[⑧]。山顶冢，崒者厜㕒[⑨]。山如堂者密，如防者盛[⑩]。峦山，隓[⑪]。重甗，陖[⑫]。左右有岸，厒[⑬]。大山宫小山，霍；小山别大山，鲜[⑭]。山绝，陉[⑮]。多小石，磝；多大石，礐[⑯]。多草木，岵；无草木，峐[⑰]。山上有水，埒；夏有水，冬无水，㟪[⑱]。山豄无所通，谿[⑲]。石戴土谓之崔嵬，土戴石为砠[⑲]。山夹水，涧；陵夹水，漷[⑳]。山有穴为岫[㉑]。山西曰夕阳，山东曰朝阳。泰山为东岳，华山为西岳，霍山为南岳，恒山为北岳，嵩高为中岳[㉓]。梁山，晋望也[㉔]。

----

　　①释山：《说文》："山，有石而高，象形。凡山之属皆从山。"可见丘、山无论从组成、形体大小方面，古人都是有明确划分的。此篇诠释各种山。

　　②此条释中国名山五岳。河南华（huà音化）：今陕西华山，又曰"河西岳"，即华与岳重。邢疏指出："正名五岳必取嵩高为定解。"

　　③袭：重叠。　　陟（zhì音至）：山峦重叠。　　坯（pī音丕）：一重山。或作"岯"。

　　④崧（sōng音松）：山高大貌。或作嵩。

　　⑤扈（hù音沪）：广阔。

　　⑥岌（jí音及）：高度超过。　　峘（huán音桓）：高度超过大山的小山。

　　⑦峄（yì音义）：相属连的山。

　　⑧冈：山脊。　　翠微：山峰下面青翠的山腰。

　　⑨崒（zú音卒）：高险。　　厜㕒（zuīwéi音觜峗）：山峰高峻。

　　⑩密：形如堂室的山。　　盛：形如堤防的山。

　　⑪隓（duò音堕）：狭而长的山。

　　⑫重甗（yǎn音奄）：状如重叠两甗甑的山峰。

　　⑬厒（kē音科）：两侧有峭壁之山。

　　⑭宫：围、圈。　　别：分隔，不相连。

　　⑮陉（xíng音形）：山脉断裂之处。

　　⑯磝（áo音熬）：同嶅，多小石的山。礐（què音确）：多大石的山。或作捔、确。

　　⑰岵（hù音护）：多草的山。　　峐（gāi同垓）：无草的山。

　　⑱㟪（xuè音穴）：冬枯夏荣的山水。

　　⑲谿（dú音读）：同渎。小水。　　谿：同溪。

　　⑳砠（jū音居）：土山上有石的山。

㉑濦（yú 音虞）：或作虞。山陵间的水。

㉒岫（xiù 音袖）：山中洞穴。

㉓霍山：今天柱山，在安徽。

㉔梁山：今吕梁山。　　晋望：晋国所祭祀的山。　　望：古代人祭山的名称。

释水第十二①

水泉②

泉一见一否为瀸③。井一有水一无水为澸汋④。滥泉正出，正出，涌出也；沃泉县出，县出，下出也；氿泉穴出，穴出，仄出也⑤。溃辟，流川；过辨，回川⑥。灉，反入⑦。潬，沙出⑧。汧，出不流⑨。归异，出同流，肥⑩。濆，大出尾下⑪。水醮曰厬⑫。水自河出为灉，济为濋，汶为澜，洛为波，汉为潜，淮为浒，江为沱，过为洵，颍为沙，汝为濆⑬。水决之泽为汧，决复入为汜⑭。"河水清且澜漪"，大波为澜，小波为沦，直波为径⑮。江有沱，河有灉，汝有濆。浒，水崖。水草交为湄。"济有深涉，深则厉，浅则揭。"揭者，揭衣也；以衣涉水为厉；繇膝以下为揭，繇膝以上为涉，繇带以上为厉⑯。潜行为泳。"泛泛杨舟，绋缅维之。"绋，纚也；缅，绥⑰也。天子造舟，诸侯维舟，大夫方舟，士特舟，庶人乘泭⑱。水注川曰谿，注谿曰谷，注谷曰沟，注沟曰浍，注浍曰渎⑲。逆流而上曰沂洄，顺流而下曰沂游⑳。正绝流曰乱㉑。江、河、淮、济为四渎，四渎者，发原注海者也㉒。

水中㉓

水中可居者曰洲，小洲曰陼，小陼曰沚，小沚曰坻；人所为为潏㉔。

河曲㉕

河出昆仑虚色白，所渠并千七百，一川色黄；百里一小曲，千里一曲一直㉖。

九河㉗

徒骇，太史、马颊、覆鬴、胡苏、简、絜、钩盘、鬲津㉘。

---

①释水：《说文》："水，准也，北方之行。象众水并流中有微阳之气也。"此篇诠释水的各种名称。

②水泉：此节是诠释与水泉有关的语词。

③瀸（jiān 音间）：时现时伏的泉水。

④澸汋（jìzhuó 音计酌）：间歇性的井泉。

⑤滥泉：直涌之泉。或以为"槛（jiàn）泉"。见于《大雅·瞻卬》。　　氿（guǐ 音轨）泉：从侧面流出来的泉水。见于《大雅·大东》。

⑥溃（kuí 音葵）辟：贯穿直流的水。

⑦灉（yōng 音拥）：自河中分出又流入该河之水。　　反：通返。

⑧汧（qiān 音千）：泉水流出而成池沼。

⑩肥：肥泉。同源而分流的泉。见于《邶风·泉水》。

⑪濆（fèn 音奋）：地下喷泉。　　尾：地底。

⑫醮（jiào 音叫）：尽。　　厬（guǐ 音轨）：干涸、枯竭。

⑬灉：或作澭、雍。古水名。源于黄河的支流。　　濋（chǔ 音楚）：源于济的支流。　　瀾潼（chǎn 音阐）：汶水的支流。　　濄（guō 音郭）：古水名。洵水的源头。　　濆（fēn 音汾）：汝水的支流。

⑭ 决之：决河堤引活水入湖泽。　　汜（sì 音四）：江水的支流再入江。见于《召南·江有汜》。

⑮此条解《魏风·伐檀》的词语。　　瀾：作澜，今作涟，水波。

⑯此条释《邶风·匏有苦叶》的词语。　　揭（qì 音气）：牵起裙子过河。　　厉：不撩衣裙过河。

⑰此条释《小雅·采菽》的语词。　　泛泛：漂荡。　　绋（fú 音富）、缡（lí 音离）：大绳索，或作綍、缅。　　绥（ruì 音瑞）：船缆绳。

⑱造舟：今浮桥。《释文》："《说文》云：艁，古文造也。郭图云：天子并七船，诸侯四，大夫二，士一。"　　维舟：四船相并之舟。　　方舟：两船相并之舟。　　特舟：一只船。　　泭（fú，音浮）：竹、木筏。

⑲浍（kuài 音块）：田间排水的小沟渠。

⑳此条释《秦风·蒹葭》的语词。　　泝（s ù 音诉）：同溯，逆水而上。

㉑乱：直着横渡。

㉒四渎（dù 音杜）：古称四条独流入海的大水。即江、河、淮、济。　　原：通源。

㉓ 水中：此节是诠释有关水中陆地的词语。

㉔洲、陼（zhǔ 音注）、沚（zhǐ 音止）、坻（chí 音池）、潏（shù 音述）：均指水中不同大小，不同形成的陆地。

㉕ 河曲：此节诠释古黄河的清浊以及河床的曲直状况。

㉖虚：通墟，引申为周围环境。《庄子·秋水》："井蛙不可语于海者，拘于虚也。"虚，同墟。　　渠并：勾通吸纳。　　一川：整河之色。

㉗九河：此节释《尚书·禹贡》所云大禹治水，分流九河的名字。其河今已难于确指。今或以为九河，即泛指中原黄河的支流。

㉘ 覆鬴（fǔ 音辅）：黄河下游一条支流的名称。　　鬲（lì 音力）津：黄河下游支流名。此条所列九条河的名称，都在黄河的下游。

尔雅卷下

释草第十三[1]

藿，山韭[2]。茖，山葱[3]。葝，山薤[4]。蒚，山蒜[5]。薜，山蕲[6]。椴，木槿；榇，木槿[7]。术，山蓟；杨，枹蓟[8]。葥，王蔧[9]。菉，王刍[10]。拜，蔏藋[11]。蘩，皤蒿；蒿，菣；蔚，牡菣[12]。齿彫蓬，荐黍蓬[13]。蘑，鼠莞[14]。葝，鼠尾[15]。菥蓂，大荠[16]。蒤，虎杖[17]。孟，狼尾[18]。瓠栖，瓣[19]。茹藘，茅蒐[20]。果蠃之实，栝楼[21]。荼，苦菜[22]。萑，蓷[23]。蔨，绶[24]。粢，稷；众，秫[25]。戎叔谓之荏菽[26]。卉，草。莃，雀弁[27]。蘥，雀麦[28]。萰，乌蘋[29]。菉，菟荄[30]。蘩，菟蒵[31]。黄，菟瓜[32]。莂蘛，豕首[33]。荓，马帚[34]。藬，怀羊[35]。茭，牛蕲[36]。葖，芦萉[37]。菹灌，茵芝[38]。笋，竹萌；簜，竹[39]。莪，萝[40]。苨，菧[41]苨。绖履[42]。菨，接余，其叶，苻[43]。白华，野菅[44]。薜，白蕲[45]。菲，芴[46]。蒀，蕢[47]。荧，委萎[48]。蒚，苄茨[49]。竹，萹蓄[50]。葴，寒浆[51]。薢茩，芵茪[52]。莁荑，蔱蔷[53]。瓞，瓝，其绍瓞[54]。芍，凫茈[55]。蘱，薡董[56]。蕛，苵[57]。钩，芺[58]。蘵，鸿荟[59]。苏，桂荏[60]。蔷，虞蓼[61]。蒫，蒘[62]。虋，赤苗；芑，白苗；秬，黑黍；秠，一稃二米⑥。秬，稻⑥。蘴，蔓芋⑥。台，夫须⑥。蘩，苈⑥。茵，贝母⑧。莸，蚍衃⑥。艾，冰台⑦。萆，亭历⑦。苻，鬼目⑦。薜，庖草⑦。蔽，痜藬⑦。离南，活茪⑦。莸，天蘥⑦。须，薃莏⑦。葝，隐荵⑦。茜，蔓于⑦。茵，蘆⑧。柱夫，摇车⑧。出隊，蘧蔬。蕲茞，蘼芜⑧。茨，蒺藜⑧。蘭藼，窃衣⑧。髦，颠蕀⑧。蘳，芛兰⑧。荨，茪藩⑧。蕰，蔫⑧。茵，鹿藿；其实莥⑨。蘠侯，莎，其实媞⑨。莞，苻蓠，其上蒚⑨。荷，芙渠；其茎茄，其叶蕸，其本蔤，其华菡萏，其实莲，其根藕；其中的，的中薏⑨。红，茏古，其大者蘬⑨。蘁，荠实⑨。蕡，枲实；枲，麻⑨。须，蕵芜⑨。菲，蒠菜⑨。黄，赤苋⑨。蘠蘼，薜冬⑩。扁苻、止泺，贯众⑩。君，牛蕲⑩。遂蓎，马尾⑩。萍，苹；其大者蘋⑩。莃，菟葵⑩。芹，楚葵⑩。蕧，牛藼⑩。葵，牛唇⑩。苹，萩萧⑩。连，异翘⑩。泽，乌蓲⑩。傅，横目⑪。藬，蔓华⑪。菱，蕨攗⑪。大菊，蘧麦。薛，牡赞⑪。菺，山莓⑪。啮，苦堇⑪。藫，石衣⑪。蘜，治蘠⑪。唐、蒙，女萝；女萝，菟丝⑪。苗，荼。茥，蕀蒬⑪。芨，堇草⑪。蘱，百足⑪。菺，戎葵⑪。蘩狗毒⑫。垂，比叶⑫。蔩，盗庚⑫。荨，麻母⑫。藘，九叶⑫。貌，芘草⑬。倚商，活脱⑬。蓟，黄蒢⑬。稆车，艺舆⑬。权，黄华⑬。薜，春草⑬。藑葵，繁露⑬。蕺，茎猪⑬。蒫，委叶⑬。皇，守田⑭。钩，蘵姑⑭。望，乘车。困，极裖⑭。攫，乌阶⑭。杜，土卤⑭。盱，虺牀⑭。蕛，薚⑭。赤袍蓟。蒫奚，颗涷⑭。中馗，菌；小者，菌。菡，小叶⑭。茖，陵苕；黄华，蔈；白华，茇⑮。蘱，从水生⑮。薇，垂水。薜，山麻。莽，数节；桃枝，四寸有节；邻，坚中；篃，筡中；仲，无笐；篎，箭萌；篠箭⑮。枹，霍首⑮。素华，轨鬷⑮。茎，夫王⑮。葖，月尔⑮。葴，马蓝。姚茎，涂荠。苨，地黄⑯。蒙，王女⑯。拔，茏葛⑯。蕍，牡茅⑯。菤耳，苓耳⑯。蕨，蘩⑯。荞，邛钜⑯。繁，由胡⑯。莐，杜荣⑯。粮，童粱⑯。蘪，廞⑯。的，蕇⑯。购，蘦蒌⑰。荝，勃荝⑰。蔜绕，棘菟⑰。茦，刺。萧，萩⑰。荨，海藻⑰。长楚，铫芅。藬，大苦⑰。芺苦，马帚；马帚，车前⑱。纶似纶，组似组，东海有之；帛似帛，布似布，华山有之⑱。芜，东蠡⑱。绵马，羊齿⑱。茷，麋舌⑱。搴柜朐⑱。繁之醜，秋为蒿⑱。芙、蓟，其实荂⑱。蕙，荂，茶⑱。猋、藨⑱，茢⑱，芀醜；艻，葭华⑱；蒹，薕；葭，芦；菼，乱；其萌，蘿蕍⑱。笋，菫、华，荣⑱。卷施草，拔心不死⑱。苭、荵、荄，根⑱。攫，橐含⑱。华，荂也；华、荂，荣也。木谓之华，草谓之荣；荣而实者谓之秀，荣而不实者谓之英⑱。

---

①释草：草是草本植物之总称。《说文》："草，百卉。从二屮（chè）。"又，"屮，木初生也，象丨出形，有枝茎也。古文或以为草字。"此篇诠释各种草本植物的名称及其性状。

②藬（yù，音玉）：野菜名。野生韭菜。

②茖（gé，音格）：野菜名。野生葱。

③葝（jíng，音晴）：野菜名。野生薤（xiè，音谢）。

④蘴（lì，音力）：野菜名。野生蒜。

⑤蕲（qí，音其）：当归。

⑦椴（duàn，音段）、榇（shèn，音衬）：木名。错简，当归于《释木》。

⑧术（zhú，音竹）：药草名。如白术、苍术。又称山蓟。

⑨葥（jiàn，音见）：草名。又名王荠茢。郭注："江东呼为落帚。"

⑩菉（lù 音禄）：草名。又名王刍（chú，音除）。可入药。《诗经》作"绿"。见于《小雅·采绿》。

⑪拜：草名，又称菖（shāng，音商）藋（diào，音吊）。即藜。

⑫菣（qìn，音沁）：青蒿。

⑬雕蓬：菰草的子实。　　黍蓬：草名。草可制做草垫，即荐。

⑭蘑（bēi，音卑）：草名。又名鼠莞（guān，音官）。

⑮葝（jìng，音径）：草名。郭注："可以染皂。"

⑯菥蓂（xīmì，音析泌）：大荠菜。

⑰蒤（tú，音涂）：草名。郭注："似红草粗大，有细刺可以染赤。"

⑱孟：草名。又名狼尾草。

⑲瓠（hú，音胡）栖：瓠瓜的籽。

⑳茹藘（rúlú，音如驴）：草名。又名茅蒐。郭注："今天倩也（茜草）可以染绛。"

㉑ 栝楼（guālóu，音瓜娄）亦作瓜蒌，是"果臝"的果实。可以入药。

㉒荼（tú，音涂）：野菜名。又名苦菜。

㉓萑（zhuī，音隹）：草名。又名蓷（tuī，音推），益母草。可入药。

㉔虉（yì，音义）：小草名。有杂色，故又名绶。

㉕稷（jì，音计）：禾本植物谷子。它的子实脱皮后的称"粟"。北方人称小米。粟，江东人称做粢（zī，音资）。

㉖戎叔：又名"荏菽"。胡豆。菽：豆类作物之总称。

㉗茺（yǎn，音衮）：草名。又名"雀弁"。

㉘蘥（yuè，音月）：禾本植物。古人以为"雀麦。今称燕麦。　　燕麦是我国北方一些地方栽培作物。作牧草的叫做皮燕麦；作为麦类作物的叫做裸燕麦。裸燕麦在内蒙中部广有种植，俗名"油麦"、"铃铛麦"，是一种稀有的高蛋白的麦类品种。雀麦，即北温带常见的禾类杂草，秦人呼做"燕麦"，是麦田中之害草，生于山野、田埂、路边，可以作牧草，当属野生之燕麦。

㉙芣（huài，音坏）：草名。又名乌蓲（sūn，音孙）。

㉚蒹（liàn，音练）：草名。又名菟荄（tù gāi，音兔垓）。

㉛蘩（fán，音凡）：药草名。又名菟葵。

㉜黄（yín，音寅）：草名。又名菟瓜。

㉝莂蘸（liè zhēn，音列真）：草名。又名豕首。《本草纲目》作"彘卢"。江东人呼"豨（xī）首"。

㉞苹（píng，音平）：草名。又名马帚。

㉟蘬（huì，音会）：草名。又名怀羊。

㊱茭（jiāo，音交）：草名。又名牛蕲。

㊲葖（tú，音突）：萝卜。又名芦菔。

㊳菹（zhí 音灌）灌：菌类植物。又名菌芝。

㊴簜（dàng，音荡）：大竹。

㊵莪（é，音俄）：草名。莪蒿。又名萝。

㊶苨（nǐ，音昵）：草名。又名蔗（d ǐ 音底）苨。

㊷绖（dié，音叠）履，不详。

㊸莕（xìng，音杏）：水草名。同荇。又名接余。

㊹菅（jiān，音尖）：草名。茅类的草。

㊺薜（bì，音辟）：药草。即山蕲。当归。

㊻菲：芜菁类植物。又名芴（wù，音勿）。

㊼葍（fú，音福）：蔓生植物。又名蓄。郭注："大叶白花，根如指，正白，可啖。"

㊽荧（yíng，音营）：草名。又名委萎，萎蕤（ruǐ）。

㊾葋（qú，音渠）：草名。

㊿萹（biān，音编）蓄：蓼科植物。又名扁竹。

(51)葴（zhēn，音箴）：酸浆草。

(52)薢茩（xièhòu，音解后）、芵茪（juéguāng，音决光）：草名。菱的别名。或称芙明。

(53)莁荑（wūtí 巫提）：草名。又名茶蘠（shāqiáng，音杀强）。

(54)瓞（diē，音迭）：小瓜。又名瓝（bó 博）。

(55)芍（xiào，音笑）：荸荠。又名凫茈（fúcí，音浮磁）。俗称地栗、马蹄。

(56)蘱（lèi，音类）：草名。又名薡蕫（dǐng tóng 顶同）。

(57)䅠（tí，音提）：稗类杂草名。又名苵（dié，音迭）。

(58)芺（ǎo，音袄）：钩草的别名。也名苦芺。

(59)薤（xiè 泄）：又名鸿荟（hu ì，音会）。

(60)苏：草名。即紫苏。又名桂荏（rěn，音忍）。

(61)蔷（sè，音色）：水草名。又名虞蓼、泽蓼（lǎo，音了）。

(62)蓨（tiáo，音条）：草名。又名蓨（tiáo 音条）。

(63)虋（mén，音门）：禾本植物。又名赤苗谷。　　芑（qǐ，音起）：白苗谷。秬（jù，音巨）：黑黍，可酿礼酒。秠（ pī，音丕）：秬的一种。

(64)稌（tú，音涂）：禾本植物。即稻。见于《周颂、丰年》。

(65)藑（qióng，音穷）茅：开红花的菖。

(66)台（tái，音台）：或作菭。莎草的一种。又名夫须。或俗称胡子草。

(67)蘻（jiǎn，音拣）：或当作蘢。又名蘮（fá，音伐）。

(68)莔（méng，音萌）：药草名。又名贝母。

(69)荍（qiáo，音荞）：菜蔬名。即荆葵。又名蚍衃（pífū 皮浮）。

(70)艾：艾蒿。又名冰台。

(71)蕇（diǎn，音点）：草名。又名亭历。

(72)苻：（fú，音符）鬼目草的异名。

(73)薜（bì，音辟）：又名庾草。

(74)蔜（ào，音傲）：草名。即蘩萝。又名蔜蓤（sǎolǔ，音扫吕）。

(75)活莌（tuō，音脱）：通草。

(76)茏（lóng，音龙）：草名。又名天蘥。

(77)须：蕵青。又名葑苁（fēngzǒng 封总）。

(78)蒡（páng，音旁）：草名。又名隐荵（rěn，音忍）。

(79)莤（yóu，音尤）：草名。又名蔓于。

(80)蔨（lǚ，音吕）：履苴草。又名蔖（cuó，音矬）。

(81) 柱夫：蔓生草本，即紫云英。

(82)出隧：菌类植物。又名蘧（qú，音渠）蔬。

(83)蘄茝（zhǐ，音止）：又名蘼（mí，音迷）芜。香草名。又名江离。

(84)茨（c í，音词）：蔓草名。又名蒺藜。

(85)蘮蒘（jìrú，音计如）：草名。又名窃衣。

(86)髦：药草名。即天门冬。又名颠蕀（jì，音棘）。

(87)雚（guàn，音贯）：草名。又名芄（wán，音丸）兰。见于《卫风·芄兰》。

(88)荨（tán，音坛）：药草名。即知母。又名莸藩（chén fán，音沉凡）。

(89)蕍（yú，音俞）：水草名。即泽蕮。又名蕮（xì，音细）。

(90)蔨（juàn，音娟）：野菜名。又名鹿藿（huò，音霍）。莥（niǔ，音妞）：蔨的子实。

(91)薃（hào，音浩）侯：药草名。即莎。其根称香附子。媞（tí，音提）：莎的子实。

(92)莞：蒲草。

(93)茄（jiā，音加）、葭（xiá，音霞）、蔤（mì，音密）、菡萏（hàndàn ，音旱旦）、莲、藕：是荷的茎、叶、水下茎、花、实、根的特殊名称。其中莲蓬中的子实称做莲子，又名“药”；莲子中央绿色的芯，称做莲子芯，或“药中”。莲子心又名薏。

(94)红：水草名。或作葒（hóng，音红）。又名茏古。蘬（kuī，音亏）：大葒草。

(95)蒫（cuó，音矬）：荠菜籽儿。

(96)蕡（feng，音坟）：苴麻籽。

(97)须：药草名。又名薞芜。

(98)菲：蔬类植物。又名蒠菜。

(99) 蒉（kuài，音快）：菜名。又名赤苋（xiàn，音现）。

(100)蘠蘼：植物名。又名蘼（，音门）冬。

⑩贯众：草名。泺（luò，音洛）草的别名。

⑩菌（jūn，音君）：水藻名。又名牛藻。

⑩蘧蒢（zhú táng 逐唐）：草名。又名马尾草。

⑩荓（píng，音苹）：小浮萍草。蘋（pín，音贫）大浮萍草。

⑩莃（xī，音希）：草名。又名菟葵。

⑩芹：水芹菜。又名楚葵。

⑩薞（tuī，音颓）：草名。又名牛蘈（tuī）

⑩荬（xù，音序）：草名。又名牛唇草。

⑩苹：蒿草的一种。又名藾萧。

⑪连：落叶灌木。即连翘。又名异翘。

⑪泽：水生植物。又名马蓿。

⑫傅：蔓生植物。即结蒌。又名横目。

⑬藜（lái，音来）：似当作藜（tái 台），通莱。草名，叶子可食。见于《小雅·南山有台》。

⑭菱（líng，音凌）：菱角。又名蕨攈（juéméi，音决眉）。

⑮蘼麦：草名。大菊的异名。

⑯薜：藤类植物。又名牡赞（zàn，音赞）。或谓不结籽的薜荔。

⑰葥（jiàn，音见）：即木莓。又名山莓。

⑱啮（nié，音聂）：野菜名。又名苦堇。

⑲薄（tán，音潭）：水草名。又名石衣。

⑳蘜（jú，音菊）：即菊花。又名治蔷。

㉑唐、蒙、女萝、菟丝：均属附生植物。一物而异名。

㉒茥（kuī，音亏）：藤草名。即覆盆。又名蕨（quē，音缺）蒅（pén，音盆）。

㉓芨（jī，音基）：多年生草本。又名堇草。另有一种茎称白芨，又俗称芨芨草。丛生于西北沙塞之碱土中，茎有柔韧性，大风沙不拔折，经冬变白。此即"北风卷地白草折"（岑参句）的"白草"。

㉔薕（jiān，音歼）：草名。又名百足草。

㉕菺（jiàn，音，音剑）草名。即蜀葵。又名戎葵。

㉖蘮（jì，音计）：草名。又名狗毒草。

㉗垂：草名。又名比叶草。

㉘葍（fù，音复）：草名。又名盗庚。

㉙芓（zì，音字）：结籽多的苴麻。又名麻母。

㉚瓟（bó，音博）：叶子丛生的草。又名九叶草。

㉛藐（mò，音墨）：草名。又名茈（zǐ，音子）草。

㉜商倚：草名。即离南。

㉝薙（zhì，音志）：草名。又名贳葇。

㉞薢（qiè，音妾）车：香草名。《离骚》作揭车。又名艺（qì，音气）舆。

㉟权：草名。又名黄华。

㊱葞（mǐ，音弥）：草名。又名春草。

㊲葵（zhōng，音终）葵：葵类植物。又名繁露。

㊳菋（wèi，音味）：藤类植物。即五味子。又名荎蕏（zhí chú，直除）。

㊴蒤（tú，音途）：草名。又名委叶。

㊵皇：禾本植物名。又名守田。

㊶钩：瓜类植物。即王瓜。又名藈（kuí 葵）姑。

㊷望：通芒，即芒草。又名乘车。

㊸困，祓袸（jiéjiàng 杰绛）。不详。

㊹擭（jué，音抉）：草名。又名乌阶、乌杷。煮汁可染黑色。今秦人呼为苲苲草。

㊺杜：杜衡。句、草名。又名土卤。

㊻盱（xū 虚）：草名。又名虺（huǐ，音毁）床。

⑷薎（mǐ，音米），蔽。郭注："未闻"。

⑷赤枹蓟：苍术。

⑷颗涷（dòng，音冻）：苊葂的别称。

⑸菆（zōu，音邹），小叶。郭注"未闻"。按：菆，剥去皮（作麻纤维用）后的麻秸秆，非草木名。小叶，当指小叶麻。是专用以取皮抽秆的。

⑸苕（tiáo，音条）：草名。又名陵苕。

⑸麋：水草名。

⑸莽：短节竹。　桃：节间距四寸的竹。　邻：实心竹。　箁（mín，音民）：空心竹。　箟（tú，音途）：竹篾。笕（háng，音杭）：大竹的行列。　篒（tái，音台）：箭竹之竹笋名。　篠（xiāo，音肖）：同筱。亦称箭竹。

⑸枹，霍首。不详。

⑸素华，轨鬷（zōng，音宗）。不详。

⑸芏（dù，音杜）：草名。生海边。又名夫王。

⑸萋（qì，音其）：草名。又名月尔。

⑸苄（hù，音户，又，音xià下）：药草名。又名地黄。

⑸蒙：即玉女。附生植物。苊丝的异称。

⑹拔：蔓生植物。又名龙葛。

⑹薞（sù，音速）：茅草类草。又名牡茅。

⑹蓉（juǎn，音卷）耳：野菜名。见于《周南·卷耳》。

⑹蕨（jué，音决）：野菜名。又名鳖（biē，音鳖）。

⑹荞（jiāo，音娇）：药草名。即大戟。

⑹由胡：白蒿。繁的异名。

⑹莣（wàng，音忘）：忘草。又名杜荣。

⑹稂（liáng，音良）：禾类植物。又名童粱。

⑹蔍（biāo，音标）：草莓。又名蔍莓。

⑹的：通菂（dí，音笛）。

⑺购：即蔜蒿。又名蔮蒌。

⑺莂（liè，音列）：草名。又名勃莂。

⑺葽（yǎo，音舀）绕：药草名。即远志。

⑺茦（cè，音策）：草刺针。又名刺。

⑺萧：蒿草之一种。　又名萩（qiū，音秋）。

⑺荨（xún，音寻）：又名海藻。

⑺铫芅（yáo yì，音摇弋）：长楚的异名。

⑺蘦（líng，音灵）草名。又名大苦。

⑺茉苢（fúyǐ浮依）：药草名。车前子。

⑺纶、组：海菜名　　帛、布：山中野生植物名。

⑻芫（háng，音杭）：草名。又名东蠡（lí）。

⑻绵马：草名。又名羊齿。

⑻菪（kuò，音扩）：水草名。又名舌麋。

⑻攀柜朐（jùqú，音巨劬）。不详。

⑻蘩之醜，秋为蒿：郭注："醜，类也。春时多有种名，至秋老成，通皆呼为蒿。"

⑻荂（fú，音浮）：芺、蓟的菜苔。

⑻熏、芛（huā）、荼：均指菅草、芦苇之类的花穗。

⑻猋、蔍、芀：均苇类。　葭、蒹葭：苇荻之类植物。

⑻蒹、薕（lián，音连）、葭、芦、葰（tǎn，音坦）、乿（luàn，音乱）：均苇类植物的异名。蓲、蔵：苇类的笋芽。

⑻芛（wěi，音伟）、葟、华：都是荣的同义词。荣：植物的花。

⑼卷施草：《离骚》作宿莽。拔其心而不死。

⑼荺（yún，音云）、茭（xiāo）、荄（gāi，音该）：都是植物根的异称。

㉒攫（jué，音抉）：草名。又名橐含。

㉓华、荂、荣：草木之花的异名。

㉔秀：草本植物能开花能结实者。英：草本植物能开花不能结实者。

释木第十四①

榽，山榎②，栲山樗③。柏，掬④。髡，梱⑤，椴，柂⑥。梅，柟⑦。柀，黏⑧。榧，椵⑨。杻，檍⑩。楙，木瓜⑪。椋，即来⑫。栵，栭⑬。樗，落⑭。柚，条⑮。时，英梅⑯。櫋，柜柳⑰。栩，杼⑱。味，荎著⑲。蕴，荎⑳。杜，甘棠㉑。狄臧，槔㉒。贡，綦㉓。机，繠梅；杍者，楰㉔。魄，榽橀㉕。棳，木桂㉖。枪，无疵㉗。椐，橉㉘。柽，河柳；旄，泽柳；杨，蒲柳㉙。权，黄英。辅，小木。杜，赤棠；白者，棠。诸虑，山櫐㉚。欇，虎櫐㉛。杞，枸檵㉜。杬，鱼毒㉝。樧，大椒㉞。椴，鼠梓㉟。枫，欇欇㊱。寓木，宛童㊲。无姑，其实夷㊳。栎，其实梂㊴。槄，萝㊵。楔，荆桃㊶。旄，冬桃，榹桃，山桃㊷。休，无实李；痤，椄虑李；駁，赤李㊸。枣：壶枣，边要枣；枃，白枣；樲，酸枣；杨彻，齐枣；遵，羊枣；洗，大枣；煮，填枣；蹶洩，苦枣；皙，无实枣；还味，棯枣㊹。榞，梧㊺。朴，枹者谓㊻。樕，采薪；采薪，即薪㊼。椓，槄其㊽。刘，刘杙㊾。檓，槐大叶而黑；守宫槐，叶昼聂宵炕㊿。槐小叶曰榎；大而皵，楸；小而皵，榎。椅，梓㉒。楸，赤楝；白者，楝㉓。终，牛枣㉔。灌木，丛木㉕。瘣木，苻娄㉖。蕡，薱㉗。枹，遒木，魁瘣㉘。椴，白桜㉙。黎，山檆㉚。桑辨有葚，栀；女桑，桋桑㉛。榆，白枌㉒。唐棣，栘㉓。常棣，栘㉔。栌，苦荼㉕。橛朴，心㉖。荣，桐木㉗。栈木，干木㉘。檿桑，山桑㉙。木自獘，柛；立死，椔；獘者，翳㊵。木相磨，槸；椔，朽；梢，梢擢㊶。枞，松叶柏身；桧，柏叶松身㊷。句如羽，乔；下句曰朻，上句曰乔；如楸曰乔；如竹箭曰苞；如松柏曰茂；如槐曰茂㊸。祝，州木㊹。髦，柔英㊺。槐棘丑乔，桑柳丑条，椒榝丑莍，桃李丑核㊻。瓜曰华之，桃曰胆之，枣李曰疐之，樝梨曰钻之㊼。小枝上缭为乔。无枝为檄。木族生为灌。

----

①释木：《说文》："木，冒也，冒地而生。从中下象其根。凡木之属皆从木。"此篇诠释木本植物的名称、形态和特性。

②榎（jiǎ，音贾）：同檟。木名。也名山榎，山楸。

③栲（kǎo，音考）：木名，即臭椿。也名山樗（chū，音出）。见于《唐风·山有枢》。

④柏（bǎi，音百）：同栢。木名。又名椈（jú，音菊）。

⑤髡（kūn，音坤）：去枝只留树干的树木。梱（hún，音混）：未加工的原木。

⑥椴（duàn，音段）：椵之误。木名。又名柂（yí，音移）。

⑦柟（hán，音南）：良木名。邢疏："孙云荆州曰梅，杨州曰柟。"见于《陈风·墓门》。

⑧柀（bǐ，音彼）：木名。又名黏（shān，音山），同杉。

⑨榧（féi，音废）：木名。又名椵（jiǎ，音假）。

⑩杻（niǔ，音扭）：木名。见于《小雅·南山有台》。又名檍（yì，音义）。《说文》："檍，杻也，从木、意声。"

⑪楙（mào，音茂）：果木名。又名木瓜。见于《卫风·木瓜》。

⑫椋（liáng，音凉）：木名。又名即来。

⑬栵（lì，音栗）：果木名，即茅栗。又名栭（ér，音儿）。

⑭樗（huò，音获）：木名。或作获，见于《小雅·大东》。又名落。

⑮柚（yòu，音右）：果木名。又名条。

⑯时：木名。邢疏："一名英梅。"郭注："雀梅，似梅而小者也。"或云"时"，衍文。

⑰櫋（yuán，音援）：木名。又名柜（jǔ，音举）柳、榉柳。

⑱栩（xǔ，音许）：木名。又名柼（zhù，音住）栎、柞栎。

⑲味：本属野生藤类植物。或作菋。五味子。又名荎著（zhì chú，音侄除）、或作荎藸。

⑳莪（ōu，音欧）：木名。或作枢、荎。见于《唐风·山有枢》。又名荎，即刺榆。

㉑杜：即杜梨。有赤、白二种。赤者味涩，白者味甘。又名甘棠。

㉒狄臧，槔（gāo，音皋）。不详。

㉓贡，綦（qí，音其）。不详。

㉔杝（qiú，音虯）：果木名。即山楂。柅（jiū，音究）：杝树的枝条向下曲屈的一种。又名聊。

㉕檆楷（xī xī，音奚西）：木名。又名魄。郭注："魄，大木细叶似坛，今江东多有之。"

㉖梫（qǐn，音寝）：木名。又名木桂。郭注："今南人呼桂厚皮者为木桂。"

㉗柃（lún，音轮）：嘉木名。即小樟木。又名无疵。

㉘椐（jū，音居）：木名。又名樻（kuì，音溃）。郭注："肿节可以为杖。"

㉙柽（chēng，音称）：木名。即红柳。

㉚山藟（léi，音雷）：藤本植物。即柴藤。又名虎藟。

㉜杞（qǐ，音起）：灌木名。即枸杞。果干、根皮均可入药。

㉝杬（yuán，音圆）：灌木名。又名鱼毒。

㉞椒（huǐ，音毁）：木名。结实硕大的一种花椒树。

㉟楰（yú，音谀）：楸木之一种。见于《小雅·南山有台》。

㊱楤楤：枫树的别名。

㊲寓木：寄生灌木名。又名宛童。

㊳无姑：榆的一种。其子实名叫夷。

㊴栎（lì，音栗）：木名。通称柞树，也叫橡。　　梂（qiú，音求）：栎的果实。即橡子。荒年可充饥。

㊵樏（suì，音邃）：木名。山梨。又名萝。见于《秦风·晨风》。

㊶楔（xiē，音歇）：果木名，即樱桃。又名荆桃。

㊷桃（sī，音司）桃：山桃树。

㊸痤（cuō，音搓）：李树的一种，又名"楔（jié，音捷）虑李。"

㊹椲（jī，音几）、樲（èr，音二）、彻（同撤）、洗（xiǎn，音洗）、填（zhèn，音镇）（同镇）、稔（rěn，音稔）：均是枣树的不同名称。此条释各种枣树。

㊺榇（chèn，音衬）：木名，梧桐之别名。

㊻朴（pǔ，音普）：丛生树木名　　枹（bāo，音包）：丛生的朴。

㊼樕、采薪、薪：木名。均属柞的异名。

㊽棪（tǎn，音坦）：果木名。又名樕（sù，音速）。

㊾刘：木名。出产于西南。又名刘杙（yì，音义）。

㊿槐（huái）：槐的一种。《山海经·西山经》："槐木，食之多力。"　　昼聂（zhé，音蛰）、宵炕（hāng，音夯）：叶子白天蜷曲夜晚开张。郭注："槐叶昼日聂合而夜炕布者名为守官槐。"

51 榎：同檟。小叶楸。　　皵（què，音确）：树皮开裂。

52 椅（yī，音依）：同梓（zǐ，音子）的楸类树木。

53 樲（yí，音夷）：木名。又名赤楝（shè，音设，又读 sù，音速）。

54 终：木名。又名牛棘。王棘。

55 灌木：丛生矮小木本植物的总称。

56 瘣（huì，音会）木：《诗经》亦作"坏木"。病木。

57 蕡（fén，音坟）、蔼（ǎi，音矮）：非米。形容果实硕大。见于《周南·桃夭》。

58 枹（bāo，音包）：灌木。　　道（qiú，音求）：丛生。　　魁瘣（kuí huì，音葵汇）：根须蜷曲交错。

59 棫（yù，音域）：小灌木。又名白桵（ruǐ，音蕊）。

60 梨，山樆：错简。当作"樆（lí，音离），山梨"。野生的称做樆，栽培的称做梨。

61 辨（piàn，音骗，音甚）：半。　　葚（shèn，音甚）：桑果。　　栀（zhì，音至）：桑之一种。　　女桑：刚长出枝条修长的桑。　　梯（tí，音提）：或作荑，茅草初生的嫩芽。

62 枌（fén，音汾）：白皮榆。

63唐棣（dì，音地）：木名。又名移（yí，音移）。

64常棣：木名。又名棣、郁李。见于《小雅·常棣》。

65檟（jiǎ，音贾）：茶树。又名苦荼（chá，音茶）。荼、茶：古今字。郭注："树小似栀子，冬生叶可煮作羹饮。今呼早采者为荼，晚取者为茗。"

66楸朴（sù pǔ，音速仆）：小树名。或作"朴楸"。又名心。

67荣：梧桐的别名。

68栈（zhàn，音站）木：木名。又名干木，或作杆木。

69檿（yǎn，音演）桑：本名。硬木之一。又名山桑。

70槷（bì，音毙）：通毙。死。　神（shēn，音申）：树自己倒地而死。　椔（zī，音淄）：树僵枯而死。　翳（yì，音义）：树荫盖地。　槸（yì，音义）：树枝摇曳相撞的样子。

71梣（cuò，音措）：树皮开裂的树。　梢櫂（shāo zhuó，音梢濯）：有干无枝的树。此条不是释树名，而是释描写树态的词语。

72枞（cōng，音葱）：木名。常绿乔木。　桧（kuì，音溃）：也叫刺柏。

73句（gōu，音钩）：同勾。向上弯曲。　朻（jiū，音纠）：亦作樛（jiū，音纠），向下弯曲。　苞（bāo，音包）：同枹。丛生。邢疏云："此别木之曲直、丛生茂盛之名也。"

74祝：通柷（zhù，音祝），木名。又名州木。

75髦、柔英：不详。似错简，当在《释草》中。

76醜：同类，类似。　桫（shā，音杀）：《释文》："今树极似茱萸，唯子赤细。"　莍（qiú，音求）：《说文》："桫、椒实（籽实）裹如裘也。"桫是椒的别名。

77华（huá，音划）：从中间切瓜为两半。　胆：通撣。揩拭。　蔕（dì，音帝）：去蒂。　楂（zhā，音楂）：同楂。钻（zuàn）：挖掉核。此条释礼仪中一些水果的文明吃法。

释虫第十五①

蜚，天蝼②。蜚，蠦蜰③。螾衔，入耳④。蛚，蛝蛚、蟷蛚；蛣，蜻蜻；蠰，茅蛚；蝒，马蛚；蜺，寒蛚；蜓蚞，螇螰⑤。蛄蟖，蛣蜣⑥。蝎，蛣蝠。蠰，啮桑⑦。诸虑，奚相⑧。蜉蝣，渠略⑨。蚊，蟥蚏⑩。蠦与父，守瓜⑪。蝚，蛖蝼⑫。不蜩，王蚥⑬。蛄蟹，强蟥⑭。不过，蟷蠰，其子蜱蛸⑮。蒺藜，蝍蛆⑯。蠭，蝮蜪⑰。蟋蟀，蛬⑱。蝜，蟧，蝹⑲。蝬，马蜩⑳。蟓螽，蠜；草螽，负蠜；蜤螽，蜙蝑；蟿螽，蟿蜥；土螽，蠰谿㉑。蟫蚋，螫蚕。莫貈，蟷蝮、蜱㉓。虰蛵，负劳㉔。蛣，毛蠹㉕。螺，蛄蟖㉖。蟠，鼠负㉗。蟫，白鱼。蛄，罗。輪，天鸡㉚。傅，负版㉛。强，蚚㉜。蝚，蟠何㉝。蟥，蛹㉞。蚬，缢女㉟。蚍蜉，大螘，小者蚁；蚳，杜螘；螱，飞蚁；其子蚳㊱。次蟗，蜘蛛；蜘蛛，蛛蝥；土蜘蛛，草蜘蛛㊲。土蜂；木蜂。蟥，蛴螬㊳。蠰蛴，蝎㊴。蚅威，委黍㊵。螝蛸，长踦㊶。蛭蝚，至掌㊷。国貉，虫蠁㊸。蠓，蚚蠓㊹。果蠃，蒲卢。螟蛉，桑虫㊺。蝎，桑蠹。荧火，即炤㊻。密肌，继英㊼。蚔，乌蠋㊽。蠓，蠛蠓㊾。王蚨蜴㊿。蠺，桑蠒；雔由：樗蠒、棘蠒、栾蠒、蚢，萧蠒⑤。翥醜罅，螽醜奋，强醜捋，蜂醜螫，蝇醜扇㊽。食苗心，螟；食叶，螣；食节，贼；食根，蟊㊾。有足谓之虫；无足谓之豸㊿。

----

①释虫：《说文》："虫，一名蝮博，三寸，首大如擘指，象其卧形。物之微细，或行或毛或蠃或介或鳞以虫为象，凡虫之属皆以虫。"在古人看来凡是微小的动物，有腿的、有毛的、能飞的、有壳的、有鳞的，都在虫类之列。有时虫可以泛指包括人在内的一切大小的动物。《大戴礼记·曾天子圆》："毛虫之精者曰麟，羽虫之精者曰凤，介虫之精者曰龟，鳞虫之精者曰龙，倮虫之精者曰圣人。"虫，应是昆虫类的总称。此篇所释多在于一些昆虫的名称和习性。

②蜚（hú，音胡）：虫名，即蝼蛄。又名天蝼。俗名土狗，拉拉蛄。

③蜚（fěi，音匪）：飞虫名。稻田害虫。又名蠦蜚（lú féi，音卢肥）。

④螾衎（yǐn yǎn，音蚓衍）：节肢动物名。即蚰蜒。

⑤蜩（tiáo，音条）：昆虫名。蝉的异名。又名蜋（liáng，音良）蜩、螗（táng，音唐）蜩。　蛥（zhá，音札）：蝉的异名。又名蜻蜻、蝒（qín，音秦）。　蠽（jié，音截）：蝉的一种。又名茅蜩。　蝒（mián，音绵）：蝉中最大的蜺一种。又称马蜩。（ní，音倪）：蝉的一种。又名寒蜩、寒蝉、寒蜩。　蜓蚞（tíng mù，音廷木）：蝉的一种。又名蝮蠪（xī lù，音奚鹿）。此条释辨蜩蝉的大小及不同方言的名称。

⑥蛣蜣（jié qiāng 洁羌）：昆虫名。又名蛶蜋，俗呼屎克郎。

⑦蠰（shāng，音伤，又读 xiǎng，音享）：昆虫名。类似天牛。又名啮（niè，音聂）桑。

⑧诸虑：形如山桑的桑蠹之类的昆虫。又名奚桑。

⑨蜉蝣（fú yóu，音浮游）：虫名。成虫寿命极短。见于《曹风·蜉蝣》毛传："蜉蝣，渠略也。朝生夕死。"

⑩蛂（bié，音别）：昆虫名。　即金龟子。又名蟥蛢（huáng píng，音黄屏）。

⑪蠸（quán，音权）與父（fǔ，音夫）：虫名。瓜的害虫。又名守瓜。

⑫蝚（róu，音柔）：昆虫名。又名蛖（máng，音忙）蝼。

⑬不（pī，音丕）蜩：不通丕。马蜩之异名。又名王蚨（fǔ，音夫）。

⑭蛄蟸（shī，音施）：谷中小虫。又名强羋（mǐ，音米）、米象、米牛。

⑮蟷蠰（dāng náng，音当囊）：昆虫名。即螳螂。　蜱蛸（pí xiāo，音皮肖）：螳螂的卵鞘。

⑯蝍蛆（jì jū，音即居）：昆虫名。即蜈蚣。又名蒺藜，毒虫。

⑰蝝（yuán，音椽）：蝗虫的幼虫。又名蝮蜪（fù táo，音复淘）。

⑱蓳（gǒng，音拱）：蟋蟀的异名。

⑲蠲（jīng，音京）：蛤蟆的一种。　蟆：蛤蟆，青蛙和蟾蜍的总称。

⑳蚬（xián，音闲）：虫名。又名马蛢（zhǎn，音盏）、马蚿。

㉑蛗螽（fù zhōng，音阜终）：幼蝗。又名蟜（fán，音樊）。　螅（sī，音斯）螽：蝗虫的一种。又名蜙蝑（sōng xū，音松胥）。　蟿（qì，音气）螽：蝗虫的一种。又名蟿蚸（qī lì，音七力）。　蠰（ráng，音瓤）溪：蝗的一种。又名土螽。
螽：蝗类昆虫之总称。此条专释各种蝗虫。

㉒螼（qìng，音庆）：蚯蚓。俗称曲蟺、土龙。又名蚈（jiǎn，音减）蚕。

㉓莫貈（hé，音合）：蟷螂（螳螂）异名。又称蟱（móu，音牟）。

㉔虹蛵（dīng xíng，音丁陉）：蜻蜓。

㉕蜭（hàn，音汗）：毛虫。螫人。又名毛蠹。　蠹（dù，音妒）：蛀虫之总称。

㉖螺（mò，音默）：毛虫。又名蛄蟴（zhān sī，音沾斯）。

㉗蟠（fán，音烦）：潮虫。

㉘蟫（tán，音潭）：蛀虫名。蛀蚀衣物、书籍。

㉙蚝（é，音蛾）：虫蛹孵化成的飞蛾。

㉚螒（hàn，音翰）：虫名。俗称纺织娘。

㉛傅：或作蝜负。善背负小虫。见柳宗元《蝜蝂传》寓言。

㉜蚚（qí，音其）：米中甲虫。

㉝蜴（luò，音捋）：或谓晰蜴类小爬虫。

㉞蛦（huǐ，音毁）：蚕蛹。

㉟蚬（xiǎn，音险）：蝶的幼虫。俗名缢女。

㊱蚍（yǐ，音蚁）：同蚁，蚂蚁。　蟊（lóng，音龙）：红蚂蚁，又名打（dīng，音丁）蚁。　螱（wèi，音尉）：白蚁。　蚳 chí，音池：蚁卵。

㊲蜘蛛：此条释蜘蛛之异名和生活习性。

㊳蟦（féi，音肥）：金龟子的幼虫。又名蛴螬（qí cáo，音齐曹）。

㊴蝎（hé，音曷）：天牛类昆虫的幼虫。又名蝤（qiú，音求）蛴。

㊵委黍，蛜（yī，音伊）威：均属潮虫（俗谓土鳖虫）的异名。

㊶蟧（jī，音挤）：长腿脚。　蠨蛸（xiāo shāo，音肖梢）：俗名喜蛛。

㊷蛭蟜（zhì róu，音至柔）：吸血类的水生害虫。即马蟥。又名至掌。

㊸国貉（hè，音贺）：虫名。俗呼知声虫。又名虫蟹（xiǎng，音响）。

㊹蚇蠖（chǐ huò，音尺获）：又作尺蠖。蠖的幼虫。

㊺果赢（luǒ，音裸）：土蜂。又名蒲卢。果赢以捕食螟蛉为食。古人认为它不产子，取螟蛉之子养之。《小雅·小宛》："螟蛉有子，果赢负之。"故称义子为螟蛉子。

㊻荧火：同荧火虫。荧同萤。又名即炤（zhào，音照）。

㊼密肌：即密虮。虫名。又名继英。不详。

㊽蚅（è，音厄）：虫名。又名乌蠋（zhù，音柱）。疏曰："形似蚕而大如指"。《大雅·韩奕》："鞗革金厄"。毛传："厄，乌蠋也。"

㊾蠓（méng，音盟）：小飞虫名。又名蠛（miè 蔑）蠓。

㊿王蚨蝪（tiě tāng，音贴汤）：又作螲蟷（ dié dāng 迭当）。即土蜘蛛。

(51)蟓（xiàng，音象）：桑蚕名。吃桑叶作茧。即今之蚕。　雔（ chóu，音仇）由：非食桑蚕的总名。指吃樗（臭椿）叶、棘（酸枣）叶，栾树叶作茧的蚕。　蚢（háng，音杭）：野蚕名。它吃萧艾的叶子作茧。此条释各种作茧的蚕。

(52) 翥（zhù，音铸）：当是能飞举的昆虫名，具体不祥。此条全是释辨五类飞虫的飞动特征。

(53)螣（tè，音特）：或作螣。蝗虫。　贼：或作虫蠈，食禾秆的蛀虫。　蟊：蝼蛄。见于《诗·大雅·柔桑》。此条释辨害禾的虫类。

(54)豸（zhì，音至）：没腿脚的昆虫的统称。

释鱼第十六[1]

鲤。鳣[2]。鰋，鲇[3]。鳢[4]。鲩[5]。鲨，鲍[6]。鮂，黑鰦[7]。鳛，鳅[8]。鲣，大鲖；小者，脱[9]。魾，大鳠；小者，鮡[10]。鰝，大鰕[11]。鲲，鱼子[12]。鱀，是鱁[13]。鱦，小鱼[14]。鮥，鮇鲔[15]。鮬，当魱[16]。鮤，鱴刀[17]。鱊鮬，鳜鯞[18]。鱼有力者，徽[19]。魵，鰕[20]。鮅，鳟[21]。鲂，魾[22]。鯬，鯠[23]。蜎，蠉[24]。蛭，虮[25]。科斗，活东[26]。魁陆[27]。蜪蚅[28]。鼁鼀，蟾诸；在水者，黾[29]。蜌，螷[30]。蚌，含浆[31]。鳖三足，能；龟三足，贲[31]。蚹蠃，螔蝓；蠃，小者蜬[32]。螖蠌，小者蟧[33]。蜃，小者珧[34]。龟，俯者灵，仰者谢，前弇诸果，后弇诸猎，左倪不类，右倪不若[35]。贝，居陆贆，在水者蜬；大者魧，小者鲼；玄贝，贻贝；馀貾，黄白文；馀泉，白黄文；蚆，博而頯；蜠，大而险；蟦，小而椭[36]。蝾螈，蜥蜴；蜥蜴，蝘蜓；蝘蜓，守宫也[37]。跌，蛋；螣，螣蛇；蟒，王蛇；蝮虺，博三寸，首大如擘[38]。鲵，大者谓之鰕[39]。鱼枕谓之丁[39]，鱼肠谓之乙，鱼尾谓之丙[40]。一曰神龟，二曰灵龟，三曰摄龟，四曰宝龟，五曰文龟，六曰筮龟，七曰山龟，八曰泽龟，九曰水龟，十曰火龟[41]。

---

①释鱼：《说文》："鱼，水虫也。象形。"此篇只诠释见于经传的部分鱼名及其特性。由于龟、蛇、贝、鳖之类或有鳞或有壳，并且都是水生动物，也都归于释鱼之中。

②鳣（zhān，音沾）：鱼鲟鳇鱼。古人说大鲤鱼亦名鳣。实非。见于《卫风·硕人》。

③鰋（yǎn，音偃）：鱼名。即鲇（nián，音年）。无鳞之鱼。

④鳢（lǐ，音礼）：鱼名。又名黑鱼。乌鳢。

⑤鲩（huàn，音患）：鱼名。草鱼。

⑥鲨（shā，音沙）：或作"魦"。吹沙小鱼。非今之鲨鱼。

⑦鮂（qiú，音囚）：小鱼名。又名黑鰦（zī，音兹）。

⑧鳛（xí，音习）：即泥鳅。　鳝（qiū，音秋）：同鳅。

⑨鲣（jiān，音坚）：即大黑鱼。　鲖（tóng，音同）：黑鱼。即鳢。　鲵（ duó，音夺）：小鳢。

⑩魾（pī，音丕）：大鳠（ hù，音护）的异名。　鮡（ zhào，音兆）：小鳠。　鳀（tí，音题）：鱼名。又名黑背鳁。

⑪鰝（hào，音号）：一种大鰕名。。

⑫鲲（kūn，音昆）：鱼子。郝懿行疏："凡鱼之子，总名鲲。"（见《尔雅义疏》）

⑬鱀（jì，音既）：鲸类动物。又名是鱁（zhù，音逐）、江豚。

⑭鱦（shéng，音绳）：小鱼。

⑮鮥（luò，音洛）：小鲔鱼。又名鮛（shū，音叔）鲔（wěi，音委）。

⑯鮂（jiù，音咎）：鰶（shí，音时）鱼。又名鯸（hù，音互）。

⑰鱴（liè，音列）：鱼名。又名鱴（miè，音蔑）刀，刀鱼。

⑱鱊鮬（yù kū，音玉枯）：一种小鱼的名字。又名鱖鯞（juē zhǒu，音厥帚）。

⑲鮪（huī，音徽）：强大而有力的鱼。

⑳魵（fén，音汾）：鰕的异名。

㉑鮅（bì，音必）：鱼名。即赤眼鳟。见于《豳风·九罭》。

㉒鲂（fāng，音方）：鱼名。又名魾（pī，音丕）。见于《陈风·衡门》。郭注："鲂鱼，江东呼为鳊。"

㉓鱺（lí，音黎）：鳗鱼，又名鲡（lái，音来）。

㉔蜎（xuān，音宣）：蚊的幼虫。即孑孓。又名蠉（xuān，音宣）。

㉕蛭（zhì，音至）：水蛭。又史虮（qí，音其）。郭注："今江东呼水中蛭虫入人肉者为虮。"俗或称蚂蟥。

㉖科斗：即蝌蚪。又名活东。

㉗魁陆：又名魁蛤。

㉘蜪蚅（táo è，音淘厄）：不详。

㉙鼁𪓰（qùqiū，音去酋）：俗称癞蛤蟆，即蟾蜍（chán chú，音蝉除）。也名蟾诸。黾（měng，音猛）：蛙的一种。

㉚蜌（bì，音必）：小蚌名。也作螷（bì，音必）。

㉛能：三只脚的鳖。贲：三条腿的龟。见于《山海经》。

㉜蚹蠃（fùluó，音付罗）：今称蜗牛。又名蜗蝓（yíyú，音仪俞）。蠃：通螺。蜬（hán，音函）：小螺。

㉝蟥蠌（huázhái，音滑宅）：蠌类的一种。蟧（lāo，音劳）：小蟥蠌。

㉞蜃（shèn，音甚）：大蛤（gé，音格）蜊（lí，音黎）。 珧（yáo，音瑶）：小蜃。

㉟龟：指六龟。《周礼·春官·龟人》说龟有天、地、东、南、西、北六龟。此条即释六龟的各自特征。

㊱贝：蛤螺等类软体动物之总称。 贆（biāo，音猋）、蜬（hán，音函）、魧（h áng，音杭）、蠘（jì，音绩）：释陆上、水中、大、小不同之贝名。 蜠（chí，音池）、蜠泉：不同花纹的两种贝。 蚆（bā，音巴）、蜠（jǔn，音菌）、蠘（jì，音鳍）：释头尖的、体薄的、椭圆的三种贝的体态特征。上古以贝为货币，故对它有精微之观察。

㊲蝾螈、蜥蜴（俗称马蛇子）、蝘蜓、守宫（俗名壁虎）：古人视其为同属蜥蜴类爬行动物。

㊳蚳（dié，音迭）：毒蛇。又名蜰（è，音恶）：蝮蛇类毒蛇。 螣：俗谓能飞升的神蛇。郭璞注："龙类也，能兴云雾而游其中。" 蝮虺（fùhuǐ，音复毁）：一种毒蛇。

㊴鲵（ní，霓）：两栖动物。俗称娃娃鱼。鰕（xiā，音虾）：大鲵。

㊵鱼枕：鱼头骨。此条以丁、乙、丙的字形描绘鱼的一些器官的形象。

㊶神龟：此条解《周易·损卦》中的"十朋之龟"。这十种龟，都是龟中的神贵者。但其分类并不科学。后四种神龟之分类，不以功能，而以生存之地划分，概念含混。

释鸟第十七①

佳其，鴖鴀②。鶌鸠，鶻鸼③。鳲鸠，鴶鵴④。鷑鸠，鵧鷑⑤。鴡鸠，王鴡⑥。鶌，鶌鹈⑦。鹪，鹪轨⑧。鸿，天狗⑨。鷐，天鸙⑩。鵱鷜，鹅⑪。鸧，麋鸹⑫。鹑，乌鷃⑬。舒雁，鹅⑭。舒凫，鹜⑮。鸤，鸡鶔⑯。舆，鸡鶔⑰。鷣，鹬鷣⑱。鶾，天鸡⑲。鸒，山鹊⑳。鸅，负雀㉑。啮齿，艾㉒。鷚，鹨老㉓。鸤，鹅㉔。桑鳸，窃脂㉕。鸤鸰，剖苇。桃虫，鷦；其雌，鴱㉖。鴞，凰；其雌，皇㉗。鹈鸰，雕渠㉘。鸎斯，鹎鶋㉙。燕，白脰乌㉛。鴐，鹅母㉜。密肌，系英㉝。巂周，燕；燕，鳦㉞。䳟鴢，鸤鸠㉟。狂，茅鸱、怪鸱、枭、鸱㊱。鹊，刘疾㊲。生，哺；㲉，生蜀，雏㊳。爰居，杂县㊴。春鳸，鳻鶞；夏鳸，窃玄；秋鳸，窃蓝；冬鳸，窃黄；桑鳸，窃脂；棘鳸，窃丹；行鳸，唶唶；

宵扈，啧啧㊵。鶌鸠，戴鵀㊶。鴢，泽虞㊷。鷚，扈㊸。鶷，鷵；其雄，鶛；牝，庳㊹。鴰，沈凫㊺。鹠，头鸥㊻。鷑鸠，寇雉㊼。萑，老鵵㊽。鵋，鹏鸟㊾。狂，梦鸟㊿。皇，黄鸟㊶。翠，鷸㊶。鸐，山鸟㊶。蝙蝠，服翼㊶。晨风，鹯㊶。鸱，白鹭㊶。寇雉，泆泆㊶。鸲，蟗母㊶。鸚，须蠃㊶。鼯鼠，夷由㊿。仓庚，商庚㊶。鴶，鸧枝㊶。鹰，鶆鸠㊶。鹈鹕，比翼。鸎黄，楚雀㊶。䴔，断木㊶。鹜，鶹鷅㊶。鸤，诸雉㊶。鹭，舂鉏㊶。鷍雉，鸐雉，鳪雉，鷩雉；秩秩，海雉，鸐，山雉，鶾雉，鷮雉；雉绝有力，奋；伊洛而南，素质五采皆备成章曰翬；江淮而南，青质五采皆备成章曰鷂；南方曰弓，东方曰鶪，北方曰鵗，西方曰鷷㊶。鸟鼠同穴，其鸟鵌，其鼠为鵌㊿。鹌鹑，鷯柔鸟，如鹊，短尾，射之，衔矢射人㊶。鹊鵙醜，其飞也翔；鸢乌醜，其飞也翔；鹰隼醜，其飞也晕；凫雁醜，其足蹼，其踵企；乌鹊醜，其掌缩㊶。亢，鸟咙；其粻，嗉㊶。鹑子，鸡；鸳子，宁鸟；雉之暮子为鷇㊿。鸟之雌雄不可别者，以翼右掩左，雄；左掩右，雌。鸟，少美长丑为鶹鷅㊶。二足而羽谓之禽；四足而毛谓之兽。鴂，伯劳也。仓庚，鸎黄也。

---

①释鸟：《说文》："鸟，长尾禽总名也，象形。"今凡飞禽总谓之鸟。此篇诠释鸟类的名称、形体特征及其生活习性。

②隹（zhuī音椎）其：小鸟名。又称鳺鴀（fúfú音夫扶）。

③鶌鸠（qūjiū音屈究）：鸟名。即斑鸠。也名鹘鵃（gǔzhōu音骨舟）。

④鳲鸠：鸟名。即布谷鸟。亦作尸鸠。见于《曹风·鳲鸠》。

⑤鷚（jí音及）鸠：鸟名。又名鸊鷉（píng jí音瓶及）。

⑥雎（jū音居）。鸠：水鸟名。雕类，食鱼。《周南·关雎》。又名王雎。

⑦鶷（gé音格）：鸟名。即鶻鵃（xiūliú音休留）。又名鶪鵋（jìqí音忌其）。

⑧鷀（zī音溜）：鸟名。又名鵵（tù音兔）轨。未详。

⑨鸬（lì音立）：水鸟名。食鱼。又名天狗。

⑩鷚（liù音溜）：鸟名。即云雀。又名天鸙（yuè音月）。

⑪鶹鷅（lùlóu音陆娄）：鸟名。野鹅。

⑫鸧（cāng音仓）：鸟名。又名麋鸹（guā音瓜）。

⑬鶂（luò音洛）：水鸟名。郭注："江东呼乌鷫（bó音博）。"

⑭舒鹰：家鹅的别名。

⑮舒凫：家鸭的别名，又名鹜（wù音务）。凫（fú音扶）：野鸭。

⑯鳽（yán音妍）：水鸟名。又名鵁鶄（jiāo jīng音郊京）。

⑰鸒（yù音与）：或作鸒。即寒鸦。又名鸧鸒（jīng tú音京荼）。

⑱鵜（tí音提）：水鸟名。即鹈鶘。又名鸮鸅（wūzé音污泽）。

⑲鶾（hàn音翰）：雉类鸟名。又名天鸡、山鸡。

⑳鷽（xué音学）：小形鸣禽类鸟。或曰小鸠。

㉑鸚（yín音银）：猛禽类鸟。即鹞（yào音耀）子，捕食鸟。

㉒啮齿：鸟名。即巧妇鸟。又名艾。或作鸩（ài音艾）。

㉓鶎（chuán音椽）：鹰类鸟名。俗呼为痴鸟。又名"鸹（qī音欺）老"。《字林》云：《说文》作"欺老"。或曰：鸹，小鹰。

㉔扈（hù音户）：小鸟，即斥鴳。

㉕桑扈：或作桑鳸，青雀。又名窃脂。

㉖鳭鹩（diāo liáo音习辽）：鸟名。俗呼芦虎。

㉗鷦（jiāo音焦）：小鸟名。即鹪鹩。

㉘鷃（yǎn音偃）：凤凰的异名。凤凰：雄为凤；雌为凰。郭注："瑞应鸟。鸡头、蛇颈、燕颔、龟背、鱼尾、五彩色、高六尺许。"《说文》："神鸟也。"见于《大雅·卷阿》。

㉙鶺鸰（jílíng音即拎）：或作脊令。小鸟名。又名鹯（yōng音雍）渠。

㉚鵯鶋（bēijū音卑居）：鸦类鸟。鷽斯的异名。

㉛脰（dòu 音豆）：脖颈。

㉜鴽（rú 音如）：鹑类小鸟。又名鹑（móu 音牟）母。

㉝密肌、系英。错简重出。见《释虫》

㉞鳦（guī 音归）周：燕之异名。鳦（yǐ 音乙）：燕的方言名。

㉟鸋鴂（níng jué 音宁决）：猫头鹰类鸟名。又名鸱鸮（chīxiāo 音吃肖）。

㊱狂（或作鵟）、茅鸱、怪鸱、枭、鸱：均属猫头鹰类之鸟。归一类者均属夜游的恶声之鸟。

㊲鶛（jiē 音皆）：鸟名。又名刘疾。

㊳鷇（gòu 音彀）：需要母鸟喂的幼鸟。噣（zhuó 音啄）：通啄。

㊴爰居：大海鸟名。郭注："汉元帝时，琅邪有大鸟如马驹。时人谓之爰居。"又名杂县。

㊵春鳸：《左传·昭公十七年》："九扈为九农正。"扈，同扈。促农耕的候鸟。此条释九扈的益农功德。鳻鶞（fēn xún 音分循）：视察土壤的鸟。窃玄：催促耘苗的鸟。窃（cù 音促）蓝：催促收割的鸟。窃黄：督促储藏的鸟。窃丹：护卫瓜果的鸟。唶唶（jí 音及）：行扈昼鸣之声。唶唶（zē 音责）：宵扈夜鸣之声。

㊶鴖鶝（bīfú 音逼服）：鸟名。又名戴鵀（rén 音人）、戴胜。

㊷�（fàng 音放）：鸟名。又名泽虞。

㊸鷀（cí 音磁）：水鸟名。即鸬鹚。又名鷁（yì 音益）。

㊹鷯：雄鹌鹑。　　庳（bēi 音卑）：雌鹌鹑。

㊺鸍（mí 音弥）：小野鸭名。

㊻鴢（yòu 音幼）：似"凫"的水鸟。又名头鵁（jiāo 音交）。

㊼鴷（duò 音掇）鸠：鸟名。即沙鸡。

㊽萑（huán 音环）：猫头鹰的一种。

㊾鴠（tū 音突）：鸟名。又名鶌（hú 音胡）鸟。

㊿梦鸟：狂的别名。狂，同鵟。

51 皇：黄鸟的别名。

52 鷸（yù 音育）：鸟名。翡翠鸟或翠雀的异名。

53 鸀（shǔ 音蜀）：鸟名。又名山乌，红嘴鸦。

54 蝙蝠：能飞似鸟类，属哺乳动物。又名服翼、仙鼠。传说此物是老鼠偷油而后所变之物。

55 鹯（zhān 音沾）：猛禽类鸟。捕食小鸟。又名晨风。

56 鴹（yáng 音杨）：猛禽。即白鹞子。又名白鹢（jué 音厥）。

57 泆泆（yì 音佚）：寇雉的别名。

58 鴲（zhēn 音真）：鸟名。又名蟁（wén 蚊）母。

59 鷉（tī 音梯）：小野鸭。又名须蠃（luó 音倮）。

60 鼯（wú 音吾）：鼠。非鸟类。哺乳动物，鼠类。似蝙蝠，能在丛林中滑翔。又名夷由，大飞鼠。

61 仓庚：鸣禽。即黄鹂。又名商庚。

62 鴩（dié 音迭）：鸟名。又名铺豉（pù chǐ 铺尺）：古人谓和布谷鸟一样，铺豉鸟以鸣声得名。

63 鶆（lái 音来）鸠：鹰的一种。

64 鸧黄：或作鶬黄。即黄莺。

65 鴷（liè 音列）：啄木鸟。又名斵（zhuó）木。

66 鸄（jì 音记）：似鸟，苍白色。又称鶬鶝（táng tú 音唐屠）。

67 鸬（lú 音卢）：或作庐，雉的一种。又名诸雉。

68 鹭（lù 音路）"水鸟名。白鹭。又名舂锄（chōng chú 音充锄）。

69 鷂（yáo 音摇）雉：青质五彩皆备成章的雉。鷮（jiāo 音娇）雉：长尾雉。　鳪（bǔ 音卜）雉：黄羽雉。　鷩（bì 音弊）：即锦鸡。羽色美丽如锦。　秩秩：色黑。又名海雉。　翟（dí 音狄）雉：长尾雉。　鵫（zháo 音罩）：白雉。　翰（hàn 音翰）雉：赤雉。　奋：有力的雉。　翚（huī 音辉）：五彩雉。　雔（chóu 音筹）：雉名。　鶅（zī 音淄）：雉名。　鷄（xī 音希）：雉名。　鷷（zūn 音尊）：雉名。

70 鵌（tú 音涂）：鸟名。似鵽而小。鼵（tū 音突）：似家鼠而短尾。

71 鹱鶨（huān tuán 音欢团）：传说中的怪鸟。又名鸼鶔（fú róu 音福柔）。

72 鶪（jú 音鶪）：又作䴗，即伯劳。鬷（zōng 音宗）：鸟羽开张貌。　鸢（yuān 音冤）：老鹰。　蹼（pǔ 音朴）：连脚指的膜。鸭掌。　　踵（zǒng音肿）：脚跟。　　企：提起脚跟。　　掌：鸟脚掌。此条释一些鸟的飞行时的姿态和脚掌的状貌。

⑦亢（háng音杭）：通吭。喉咙。　　嗉（sù音素）：鸟类盛食物的囊。

⑦鸡（wéng音文）：幼鹑。　　鴽（rú音如）：鹑类小鸟名。　　鹨（liù溜）：雉晚孵的雏鸟。

⑦鹠鹠（liú lì留栗）：枭的异名。或作流离、留离。

释兽第十八①

寓属②

麋：牡，麕；牝，麎；其子，麇；其迹，躔；绝有力③，狄。鹿：牡，麚；牝，麀；其子，麛；其迹，速；绝有力，䢕④。麇：牡，麌；牝，麋；其子，麆；其迹，解；绝有力，豜⑤。狼：牡，獾；牝，狼；其子，獥；绝有力，迅⑥。兔，子嬎；其迹，迒；绝有力，欣⑦。豕，猪；豬獜，豶；幺，幼；奏者，豱；豕生三，豵；二，师；一，特；所寝，橧；四豴皆白，豥；其迹，刻；绝有力，豟；牝，豝⑧。虎窃毛谓之虥猫⑨。貘，白豹⑩。甝，白虎；虪，黑虎⑪。貀，无前足⑫。鼷，鼠身长须而贼，秦人谓之小驴⑬。熊，虎醜；其子，狗；绝有力，麠⑭。貍，子貗⑮。貈，子貆⑯。貒，子貛⑰。貔，白狐；其子，縠⑱。麝父，麕足⑲。豺，狗足⑳。貍猫，似貍㉑。罴，如熊，黄白文㉒。羱，大羊㉓。麐，大麖，牛尾一角㉔。麠，大麖，旄毛，狗足㉕。魋，如小熊，窃毛而黄㉖。猰貐，类貙，虎爪，食人，迅走㉗。狻麑，如虥猫，食虎豹㉘。驨，如马，一角；不角者，骐㉙。麔，如羊㉚。麊，麕身，牛尾，一角㉛。犹，如麕，善登木㉜。羷，修毫㉝。貆，似貍。兕，似牛；犀，似豕㉞。彙，毛刺㉟。狒狒，如人，被发迅走，食人㊱。貍、狐、貒、貈醜，其足蹯，其迹厹㊲。蒙颂，猱状㊳。猱、蝯，善援㊴。貜父，善顾㊵。威夷，长脊而泥㊴。蟨、鼠，短脰㊴。豦，有力㊶。麔，迅头㊷。蟫，仰鼻而长尾；时，善乘领㊸。猩猩，小而好啼。阙泄，多狃㊹。

鼠属㊺

鼢鼠㊻。鼸鼠㊼。鼳鼠㊽。鼶鼠㊾。鼬鼠㊿。鼩鼠51。鼱鼩52。鼯鼠53。鼰鼠54。鼫鼠55。鼤鼠，豹文56。鼪鼠57。鼩鼠58。

齸属59

牛曰龂，羊曰齥，麋鹿曰齸60。鸟曰嗉，寓鼠曰嗛61。

须属62

兽曰衅，人曰挢，鱼曰须，鸟曰臊63。

---

①释兽：兽，野兽。《释鸟》云："二足而羽谓之禽；四足而毛谓之兽。"此篇释各种兽的名称和习性。

②寓属：此节释寄寓在树上的兽类。其实寓木之兽也只是兽中有限的一族，家猪应在六畜类。

③麋（mí音迷）：麋鹿，俗名四不像。　　麕（jiù音咎）：雄麋。　　麎（chén音辰）：雌麋。　　麇（yǎo音舀）：幼麋。躔（chán音缠）：麋的脚印。

④麚（jiā 音加）：公鹿。　　麀（yōu 音幽）：母鹿。　　麛（mí 音弭）：幼鹿。　　麉（jiān 音坚）：力量超群的鹿。

⑤麋（jūn 音君）：《说文》："麇也。"即獐子。见《召南·野有死麇》　　麌（yǔ 音雨）：公獐。　　豝（Ⅱ音栗）：母獐。

麚（zhù 音助）：幼獐。　　豵（jiā 音加）：此作极健壮有力的獐。《豳风·七月》："献豵于公。"

⑥貆（huān 音欢）：公狼。　　獥（xí 音檄）：幼狼。

⑦娩（fàn 音范）：幼兔，或作娩。　　迒（háng 音杭）：兔的脚印。

⑧豨（wěi 音委）：即豮（fén 音坟）。阉割后的猪。　　幺：最后生下的幼猪。　　豱（wēn 音温）：皱皮猪。　　豵（zōng 音宗）：三胞胎的猪仔。　　师：双胞胎的猪仔。　　特：一胎产一个的猪仔。　　增（zēng 音曾）：猪圈。　　蹢（dí 音敌）：蹄。　　豥（hài 音亥）：四蹄皆白的猪。　　豟（è 音厄）：健壮的猪。　　豝（bā 音巴）：母猪。见于《召南·驺虞》。

⑨窃：浅。　　虥（zhàn 音栈）猫：浅毛虎。

⑩貘（mò 音莫）：兽名，又名白豹。

⑪馸（hān 音酣）：白虎。　　虪（shū 音叔）：黑虎。或作㣇。

⑫豽（nà 音纳）：兽名。《释文》："兽无前足似虎而黑。"

⑬貜（qù 音去）：兽名。

⑭羆（yán 音盐）：健熊。

⑮貄（sì 音四）：狸猫的幼子。

⑯貉（hé 音貉）：貉类之兽。　　狟（huán 音桓）幼貉。

⑰貗（jǔ 音狙）：幼貒（tuān 音团平）。

⑱貔（pí 音毗）：豹属兽名。又名白狐。　　㹢（hú 音湖）：幼貔。

⑲麝（shè 音射）：香獐。母麝腹有分泌腺叫麝囊，产麝香。

⑳豺（chái 音柴）：兽名。俗称豺狗。

㉑貙獌（chū 音出）：狼属兽。　　貙獌（màn 音曼）：大貙。

㉒罴（pí 音皮）：马熊。或谓"人熊"。见于《尚书·牧誓》。

㉓麢（líng 音羚）：羚羊。　　郭注："似羊而大，角细，俗作羚。"

㉔麖（jīng 音京）：兽名。　　大麃（páo 音庖）：同麔。

㉕麕（jǐ 音几）：或作麂，兽名。　　窃：浅口。

㉖麮（tuí 音颓）：兽名。　　窃：浅口。

㉗猰貐（yà yǔ 音亚雨）：传说中的食人兽。见于《淮南子·本经训》。

㉘狻麑（suān ní 音酸倪）：或作狻猊。即狮子。见于《穆天子传》。

㉙騱（xí 音习）：兽名。

㉚羱（yuán 音原）：一种野羊。

㉛麟（lín 音麟）：亦作麐。即麒麟。古代传说中的神兽。《公羊·哀十四年》："麟者，仁兽也。"

㉜犹：猴类兽。似麂。《释文》引《尸子》曰："五尺大犬也。"《颜氏家训·书证》曰："犹，兽名也。即闻人声，乃豫缘木。如此上下，故称犹豫。"

㉝貄（sì 音四）：兽名。　　修毫：（体多）长毛。

㉞兕（sì 音四）：兽名。即母犀牛。犀：犀牛。

㉟彙（wèi 音胃）：或猬、蝟。即刺猬。

㊱狒狒（fèi 音菲）：灵长类动物。

㊲蹯（fán 音凡）：兽脚掌。　　厹（róu 音柔）：兽类脚印。

㊳蒙颂：猿类之兽，似猱（náo 音挠）。长臂猿。

㊴蝯（yuán 音元）：同猿。

㊵玃父（jué fù 音决父）：郭注："似猕猴而大，色苍黑，能攫持人，好顾盼。"

㊶豞（xuàn 音绚）：兽名。郭注："大秦国有养，似狗，多力，犷恶。"大秦国：古罗马国。

㊷蘧（jù 音剧）：兽。　　迅：摇摆。

㊸蜼（wéi 音唯）：长尾猿，或谓猴。　　时：兽名。　　乘领：攀登山岭。　　领通岭。

㊹缺泄，多狃：邢疏："旧说以为缺泄兽名，其脚多狃。狃，指也。然其形所未详闻。"

㊺鼠属：此节诠释鼠类的名称和特征。

㊻鼢（éfn 音汾）鼠：鼹鼠。

㊼鼸（xiàn 音线）鼠：鼠名。灰色，短尾而香。

㊽鼷（xī 音溪）鼠：鼠名。食啮人畜的皮角。

㊾鼶（sì 音四）鼠：大田鼠。

㊿鼬（yòu 音幼）鼠：黄鼠狼。

51鼩（qú 音劬）鼠：小鼠名，或称小鼱鼠。

52鼫（shí 音时）鼠：不详。

53獣（fèi 音吠）鼠：翟氏补郭注云："《山海经·北山经》：'丹熏之山有兽。状如鼠而兔首麋身。其音如獋犬'。"即指此鼠。

54鼫（shí 音石）鼠：一种硕鼠。

55鼤（wén 音文）鼠：即鼶鼠。

56鼨（zhōng 音终）鼠：豹文鼠。

57鼮（tíng 音廷）鼠：即鼨鼠。

58鼳（xiàn 音现）鼠：即松鼠，生活在树上。或作鼸（qù）。

59齝属：反刍动物类。此节主要释牛、羊、麋鹿等动物的特征和习性。

60齝（chī 音痴）：牲畜把吃进胃里很长时间的食物又吐出来咀嚼。此指牛反刍。　　齥（xiè 音泄）：羊的反刍。郭注："江东呼齝为齥。"　　齸（yì 音益）：又作嗌。麋和鹿的反刍。郭注："江东名咽曰齸。"

61嗛（qiǎn 音浅）：猴类动物口中藏食物处，即颊囊。

62须属：此节释有关人、兽、鱼、鸟困倦休息时的动作。　　须：以本义当等待，止息。亦作休息。

63衅（xìn 音信）：好动。此指动物吃饱后打斗玩耍。　　挢（jiǎo 音搅）：举手。此指伸懒腰。　　须（xū 音吁）通吁。张口吐气的声音。　　昊（jù 音具）：拍打双翅。疏曰："鸟之张两翅昊昊然摇动者。"这是禽类休息的表现方式。

释畜第十九①

马属②

驹骒马③。野马④。驳，如马，倨牙，食虎豹⑤。騉蹄，趼，善升甗⑥。騉駼，枝蹄趼，善升甗⑦。小领，盗骊⑧。绝有力，駥⑨。膝上皆白，惟馵四骹皆白，驓；四蹢皆白，首；前足皆白，騱；后足皆白，翑；前右足白，启；左白，踦；后右足白，骧；左白，馶⑩。駠马白腹，騵；骊马白跨，骕；白州，骢；尾本白，騴；尾白，駺；驹颡，白颠；白达，素县；面颡皆白，惟駹⑪。回毛在膺，宜乘；在肘后，减阳；在干，茀方；在背，阕广⑫。逆毛，居馻⑬。騋：牝，骊；牡，玄；驹，褭骖⑭。牡曰骘，牝曰騇⑮。騥白，驳；黄白，騜；騮马黄脊，騊；骊马黄脊，騽；青骊，駽；青骊驎，駰；青骊繁鬣，騥；骊白杂毛，駂；黄白杂毛，駓；阴白杂毛，騢；苍白杂毛，骓；彤白杂毛，騵；白马黑鬣，骆；白马黑唇，駩；黑喙，騧；一目白，瞷；二目白，鱼⑯。"既差我马"。差，择也；宗庙齐毫，戎事齐力，田猎齐足⑰。

牛属⑱

犘牛⑲。犦牛⑳。犤㉑牛。犩牛㉒。犣牛㉓。犝牛㉔。犑㉕牛。角一俯一仰，觭；皆踊，觢㉖。黑唇，犉；黑眥，牰；黑耳，犚；黑腹，牧；黑脚，犈㉗。其子，犊。体长，牬㉘。绝有力，欣犌㉙。

羊属㉚

羊：牡，羒；牝，牂㉛。夏羊：牝，羭；牡，羖㉜；角不齐，羳；角三觠，羷㉝。羳羊，黄腹㉞。未成羊，羜㉟。绝有力，奋

狗属㊱

犬生三，猣；二，师；一，獀㊲。未成毫，狗㊳。长喙，猃；短喙，猲獢㊴。绝有力，狣㊵。尨，狗也㊶。

鸡属㊷

鸡，大者，蜀；蜀子，雓㊸。未成鸡，健㊹。绝有力，奋。

六畜㊺

马，八尺为䮘㊻。牛，七尺为犉㊼。羊，六尺为羬㊽。彘，五尺为豕厄㊾。狗，四尺为獒㊿。鸡，三尺为鶤○51

---

①释畜：《说文》云"畜，田畜也。《淮南子》曰'在田为畜。'蓇，鲁郊礼畜，从田从兹。兹，益也。"《释文》引古本《说文》云："兽，牲也。经典并作畜字。《礼记》、《左传》皆云'名子者不以畜牲。'左氏又云'古者六畜不相为用'是也。"按：今天畜是指受人饲养的禽兽。主要有六畜：马、牛、羊、猪、狗、鸡六种。此篇主要诠释六畜的名称、体征和习性。由于猪在《释兽》中和野猪一起归于"寓属"之中，而此篇中就少了"猪属"一节。

②马属：此节专门诠释有关马的词条。

③騊駼（táo tú，音淘涂）：良马名，出产于北狄。

④野马：良马名。如马而小，产于塞外。

⑤驳（bó，音驳）：传说中一种食虎豹的像马的猛兽。

⑥駉（kūn，音昆）蹄：善登山的一种良马名。跰（yán，音研）：蹄子平正。　升甗（yǎn，音口㕑）：登山，上坡。甗通山巘。

⑦騉駼：善登山的一种良马。　枝蹄：蹄脚似牛，分两瓣。

⑧盗骊（lí，音鬲）：黑色小颈良马。

⑨駥（róng，音戎）：健马。

⑩騽（zhù，音注）：膝上全长白毛的马。见于诗《秦风·小戎》。又指左蹄足白毛的马。　骹（jiāo，音交）：胫，指马小腿部分。　驓（céng，音曾）：四胫白毛的马。　騱（xī，音奚）：前蹄白的马。　駒（qú，音劬）：后蹄白的马。驤（xiāng，音襄）：后右蹄白的马。

⑪骝（liú，音留）：黑鬣尾红马。騵（yuán，音原）：白腹骝。　駂（yù，音育）：胯有白毛的骝。　跨：通胯。騴（yàn，音燕）：白臀马。　州：通尻（kāo，音考平）。　騴（yàn，音晏）：尾根白毛的马。　駺（láng，音郎）：白尾马。　白颠：白额马，又名馰（dí，音的）骧（sāng，音桑）郭注："戴星马也。"　素县（xuán，音悬）：白鼻梁的马。騯（páng，音庞）：前脸两颊长白毛的杂色马。

⑫膚：胸，指马腹下。　肘：马大腿。　干：躯干，指脊下两胁。　茀（fú，音弗）方：旋毛在胁的马。

⑬居駥（sǔn，音吮）：马毛逆刺的马。

⑭騋（lái，音来）：高七尺以上的马。　骊：黑色　玄：黑红色。　褭骖（rǎo cān，音扰参）：騋驹。

⑮骘（zhì，音陟）：公马。　骒（shè，音舍）：母马。

⑯驳：红白两色的马。　瑝：黄白相间的马。骓或作皇。　騝（qián，音乾）：脊黄的红色马。　馰（xí，音习）：脊黄的黑色马。　駽（xuàn，音绚）：青骊马。　駝（tuó，音驼）：有鱼鳞斑纹的青骊。　駰（yīn，音因）：浅黑杂白的马。　骓（zhuī，音椎）：青白相杂的马。　騢（xiá，音暇）：毛色赤白的马。　骏（quán，音全）：黑唇的白马。　騧（guā，音刮）：黑嘴马。　騚（xiǎn，音洗）：一只眼毛白色的马。　鱼：两眼毛白色的马。

⑰"既差我马"：《小雅·吉日》原文。　宗庙齐毫：用毛色纯净的马祭祀宗庙。　戎事齐力：打仗全要有力的健马。　田猎齐足：打猎全要善于奔跑的马。　齐：全要。

⑱牛属：此节是诠释关于牛类的词条。

⑲犘（má，音麻）牛：重千斤的大牛。

⑳犦（bó，音勃）：有肉峰似骆驼的牛，善走。

㉑犤（bēi，音卑，又音pí，音皮）牛：个头矮小的牛。又称果下牛，出广州高凉郡。

㉒犩（wēi，音巍）牛：野牛名。古又称犪（kuí，音葵）牛。《释文》："黑色而大，重三千斤。"

㉓犣（liè，音列）牛：旄牛。髀、膝、尾皆有黑褐色长毛。

㉔犝（tóng，音童）牛：无角牛。

㉕犋（jù，音具）牛：牛的一种。

㉖犄（jī，音基）：两角高低不平的牛。　踊：跳。此作向上。　觢（shì，音世）：两角向上竖起的牛。

㉗犉（rún，音眴）：黑脣黄牛。　牰（xiù，音岫）：黑眼眶牛。　犚（wèi，音尉）：黑耳牛。　犈（quán，音蜷）：黑蹄脚牛。

㉘犕（bèi，音倍）：身长的牛。

㉙㹔（jiā，音加）：健而有力的牛。

㉚羊属：此节是诠释有关羊类的词条。

㉛羊：指白羊。　羒（fēn，音汾）：白公羊。　牂（zāng，音臧）：白色母羊。

㉜夏羊：黑羊。　羭（yú，音俞）：黑母羊。　羖（gǔ，音古）：黑公羊。

㉝羳（guǐ，音垝）：羊两角缺而不齐。　羷（quán，音蜷）：角蜷曲。　羒（xiǎn，音险）：角蜷曲三周的羊。

㉞羳（fán，音繁）羊：腹下毛黄的羊。或曰即黄羊。

㉟羜（zhù，音仁）：生下来五个月的羔羊。

㊱狗属：此节是诠释有关狗类的词条。

㊲犬：大狗。　猣（zōng，音宗）：三胞胎生下的狗仔。　狮：双胞胎生下的狗仔。犿（qí，音蕲）：一胎生一个的狗仔。

㊳狗：小狗。

㊴猃（xiǎn，音险）：长嘴巴狗。　猲獢（xiē xiāo 歇肖）：短嘴巴狗。

㊵狣（zhào，音兆）：健而有力的狗。

㊶尨（máng，音忙）：多毛狗。

㊷鸡属：此节是诠释关于鸡类的词条。

㊸雓（yú，音余）：蜀鸡的雏。

㊹㹢（liàn，音链）：雏鸡。

㊺六畜：此节诠释六畜中特异者的名称和形体特征。

㊻駥（róng，音戎）：身高八尺的大马。

㊼犉（rún，音眴）：黄毛黑脣身高七尺的大牛。

㊽羬（xián，音咸）：高六尺的大羊。

㊾豕（zhì，音至）：猪。　豝，高四尺的大豬

㊿獒（áo，音嗷）：高四尺的大狗。

(51)鶤（kūn，音昆）：高三尺的大鸡。

荀 子

〔战国〕荀况 撰

一、劝　学

君子曰：学不可以已。青，取之于蓝，而青于蓝；冰，水为之，而寒于水。木直中绳，𫐓以为轮①，其曲中规，虽有槁暴，不复挺者，𫐓使之然也。故木受绳则直，金就砺则利，君子博学而日参省乎己，则智明而行无过矣。

故不登高山，不知天之高也；不临深溪，不知地之厚也；不闻先王之遗言，不知学问之大也。干、越、夷、貉之子②，生而同声，长而异俗，教使之然也。《诗》曰："嗟尔君子，无恒安息。靖共尔位，好是正直。神之听之，介尔景福。"神莫大于化道，福莫长于无祸。

吾尝终日而思矣，不如须臾之所学也，吾尝跂而望矣③，不如登高之博见也。登高而招，臂非加长也，而见者远；顺风而呼，声非加疾也，而闻者彰。假舆马者，非利足也，而致千里；假舟楫者，非能水也，而绝江河。君子生非异也④，善假于物也。

南方有鸟焉，名曰蒙鸠，以羽为巢，而编之以发，系之苇苕⑤，风至苕折，卵破子死。巢非不完也，所系者然也。西方有木焉，名曰射干⑥，茎长四寸，生于高山之上，而临百仞之渊；木茎非能长也，所立者然也。蓬生麻中，不扶而直。白沙在涅，与之俱黑。兰槐之根是为芷⑦，其渐之滫⑧，君子不近，庶人不服，其质非不美也，所渐者然也。故君子居必择乡，游必就士，所以防邪僻而近中正也。

物类之起，必有所始。荣辱之来，必象其德。肉腐出虫，鱼枯生蠹。怠慢忘身，祸灾乃作。强自取柱⑨，柔自取束。邪秽在身，怨之所构。施薪若一，火就燥也；平地若一，水就湿也。草木畴生⑩，禽兽群焉，物各从其类也。是故质的张而弓矢至焉⑪，林木茂而斧斤至焉，树成荫而众鸟息焉，醯酸而蜹聚焉⑫。故言有召祸也，行有招辱也，君子慎其所立乎！

积土成山，风雨兴焉；积水成渊，蛟龙生焉；积善成德，而神明自得，圣心备焉。故不积跬步⑬，无以至千里；不积小流，无以成江海。骐骥一跃，不能十步；驽马十驾，功在不舍。锲而舍之，朽木不折；锲而不舍，金石可镂。螾无爪牙之利，筋骨之强，上食埃土，下饮黄泉，用心一也；蟹六跪而二螯⑭，非蛇蟺之穴无可寄托者，用心躁也。是故无冥冥之志者，无昭昭之明，无惛惛之事者，无赫赫之功。行衢道者不至⑮，事两君者不容。目不能两视而明，耳不能两听而聪。螣蛇无足而飞⑯，鼫鼠五技而穷⑰。《诗》曰："尸鸠在桑，其子七兮。淑人君子，其仪一兮。其仪一兮，心如结兮。"故君子结于一也。

昔者瓠巴鼓瑟而流鱼出听⑱，伯牙鼓琴而六马仰秣⑲。故声无小而不闻，行无隐而不形，玉在山而草木润，渊生珠而崖不枯。为善不积邪，安有不闻者乎？

学恶乎始？恶乎终？曰："其数则始乎诵经⑳，终乎读礼；其义则始乎为士，终乎为圣人。真积力久则入㉑，学至乎没而后止也。故学数有终，若其义则不可须臾舍也。为之，人也；舍之，禽兽也。故《书》者，政事之纪也；《诗》者，中声之所止也；《礼》者，法之大分，类之纲纪也，故学至乎《礼》而止矣。夫是之谓道德之极。《礼》之敬文也，《乐》之中和也，《诗》、《书》之博也，《春秋》之微也，在天地之间者毕矣。

君子之学也，入乎耳，箸乎心㉒，布乎四体，形乎动静，端而言㉓，蝡而动，一可以为法则。小人之学也，入乎耳，出乎口。口、耳之间则四寸，曷足以美七尺之躯哉！古之学者为己，今之学者为人。君子之学也，以美其身；小人之学也，以为禽犊。故不问而告谓之傲，问一而告二谓之囋㉔。傲，非也；囋，非也；君子如响矣。

学莫便乎近其人。《礼》、《乐》法而不说，《诗》、《书》故而不切㉕，《春秋》约而不速。方其人之习君子之说㉖，则尊以遍矣，周于世矣。故曰：学莫便乎近其人。

学之经莫速乎好其人，隆礼次之。上不能好其人，下不能隆礼，安特将学杂识志，顺《诗》、《书》而已尔！则末世穷年，不免为陋儒而已！将原先王，本仁义，则礼正其经纬蹊径也。若挈裘领，诎五指而顿之㉗，顺者不可胜数也。不道礼宪，以《诗》、《书》为之，譬之犹以指测河也，以戈舂黍也，以锥飡壶也，不可以得之矣。故隆礼，虽未明，法士也；不隆礼，虽察辩，散儒也。

问楛者㉘，勿告也；告楛者，勿问也；说楛者，勿听也。有争气者，勿与辩也。故必由其道至，然后接之，非其道则避之。故礼恭而后可与言道之方，辞顺而后可与言道之理，色从而后可与言道之致。故未可与言而言谓之傲，可与言而不言谓之隐，不观气色而言谓之瞽。故君子不傲、不隐、不瞽，谨慎其身。《诗》曰："匪交匪舒㉙，天子所予。"此之谓也。

百发失一，不足谓善射；千里踬步不至，不足谓善御；伦类不通，仁义不一，不足谓善学。学也者，固学一之也。一出焉，一入焉，涂巷之人也㉚。其善者少，不善者多，桀、纣、盗跖也。全之尽之，然后学者也。

君子知夫不全不粹之不足以为美也，故诵数以贯之，思索以通之，为其人以处之，除其害者以持养之。使目非是无欲见也，使耳非是无欲闻也，使口非是无欲言也，使心非是无欲虑也。及至其致好之也，目好之五色，耳好之五声，口好之五味，心利之有天下。是故权利不能倾也，群众不能移也，天下不能荡也。生乎由是，死乎由是，夫是之谓德操，德操然后能定，能定然后能应，能定能应，夫是之谓成人。天见其明，地见其光，君子贵其全也。

---

①輮：通"煣"。用火烘木，使它弯曲。

②干：春秋时国名，后被吴国吞并，这里即指吴国。　夷：东夷。　貉（mò，音陌）：北方族名。　"夷、貉"都是含有贬意的称名。

③跂（qǐ，音企）：踮起脚跟。

④生：通"性"。

⑤茛苕（tiáo，音条）：芦茛的嫩条。

⑥射（yè，音夜）干：一种草药名，又称"乌扇"。

⑦兰槐：一种香草名。开白花，气味香，古人把它的苗称为"兰"，根称为"芷"（zhǐ，音纸）。

⑧漸（xiū，音修）：臭水。

⑨柱：通"祝"，折断。

⑩畴：通"俦"，同，一块儿。

⑪质：箭靶。　的（dì，音弟）：箭靶的中心。

⑫醯（xī，音西）：醋。　蜹（ruì，音瑞）：类似蚊子的昆虫。

⑬跬（kuǐ，音傀）步：古时候半步，即今之迈出一只脚。

⑭六：当为"八"的错字。　跪：指足。　鳌（áo，音熬）：即蟹首上开合如钳的两只步脚。

⑮衢（qú，音渠）道：指歧路。

⑯螣（téng，音腾）蛇：传说中一种能飞的蛇。

⑰鼫（shí，音石）鼠：形状像兔。相传它能飞但不能上屋，能爬树但不能爬到顶，能游泳但不能渡山涧，能挖洞但不能藏身，能走但不能领先。所以说"五技而穷"。

⑱瓠（hù，音户）巴：古代善于弹瑟的人。

⑲伯牙：古代善弹琴的人。　秣：饲料。

⑳数：指顺序，步骤。

㉑真积：诚心积累。　力久：力行而持久。

㉒箸：通"贮"，积存。

㉓端：通"喘"，小声说话的样子。

㉔嚍（zàn，音赞）：语声嘈杂。

㉕故：旧，久远。　切：切合实际。

㉖方：通"仿"，仿效。　习：学习。

㉗诎：通"屈"。　顿：整顿，抖搂。

㉘楛（kǔ，音苦）：粗恶不精。

㉙匪：通"非"。　交：急迫。

㉚涂巷之人：指普通人。　涂，道路。

二、修　身

见善，修然必以自存也，见不善，愀然必以自省也。善在身，介然必以自好也；不善在身，菑然必以自恶也。故非我而当者，吾师也；是我而当者，吾友也；谄谀我者，吾贼也。故君子隆师而亲友，以致恶其贼。好善无厌，受谏而能诫，虽欲无进，得乎哉？小人反是，致乱，而恶人之非己也，致不肖，而欲人之贤己也，心如虎狼、行如禽兽、而又恶人之贼己也。谄谀者亲，谏争者疏，修正为笑①，至忠为贼，虽欲无灭亡，得乎哉？《诗》曰："噏噏呰呰，亦孔之哀。谋之其臧，则具是违；谋之不臧，则具是依②。"此之谓也。

扁善之度：以治气养生，则后彭祖，以修身自名，则配尧、禹。宜于时通，利以处穷，礼信是也。凡用血气、志意、知虑，由礼则治通，不由礼则勃乱提僈③；食饮、衣服、居处、动静，由礼则和节，不由礼则触陷生疾④；容貌、态度、进退、趋行，由礼则雅，不由礼则夷固僻违，庸众而野。故人无礼则不生，事无礼则不成，国家无礼则不宁。《诗》曰："礼仪卒度，笑语卒获。"此之谓也。

以善先人者谓之教，以善和人者谓之顺。以不善先人者谓之谄，以不善和人者谓之谀。是是、非非谓之智，非是、是非谓之愚。伤良曰谗，害良曰贼。是谓是、非谓非曰直。窃货曰盗，匿行曰诈，易言曰诞⑤，趣舍无定谓之无常，保利弃义谓之至贼。多闻曰博，少闻曰浅。多见曰闲，少见曰陋。难进曰偍，易忘曰漏。少而理曰治，多而乱曰耗⑥。

治气、养心之术：血气刚强，则柔之以调和；知虑渐深，则一之以易良⑦；勇胆猛戾，则辅之以道顺；齐给便利⑧，则节之以动止；狭隘褊小，则廓之以广大；卑湿、重迟、贪利，则抗之以高志；庸众驽散，则劫之以师友⑨；怠慢僄弃，则炤之以祸灾⑩；愚款端悫，则合之以礼乐，通之以思索。凡治气、养心之术，莫径由礼，莫要得师，莫神一好。夫是之谓治气养心之术也。

志意修则骄富贵，道义重则轻王公；内省而外物轻矣。传曰："君子役物，小人役于物。"此之谓矣。身劳而心安，为之；利少而义多，为之；事乱君而通，不如事穷君而顺焉。故良农不为水旱不耕，良贾不为折阅不市，士君子不为贫穷怠乎道⑪。

体恭敬而心忠信，术礼义而情爱人⑫，横行天下，虽困四夷，人莫不贵。劳苦之事则争先，饶乐之事则能让，端悫诚信，拘守而详，横行天下，虽困四夷，人莫不任。体倨固而心执诈，术顺墨而精杂污，横行天下，虽达四方，人莫不贱。劳苦之事则偷儒转脱，饶乐之事则佞兑而不曲，辟违而不悫，程役而不录，横行天下，虽达四方，人莫不弃。

行而供冀，非渍淖也[13]；行而俯项，非击戾也[14]。偶视而先俯，非恐惧也。然夫士欲独修其身，不以得罪于比俗之人也。

夫骥一日而千里，驽马十驾则亦及之矣。将以穷无穷，逐无极与？其折骨、绝筋，终身不可以相及也；将有所止之，则千里虽远，亦或迟、或速、或先、或后，胡为乎其不可以相及也？不识步道者，将以穷无穷、逐无极与？意亦有所止之与？夫坚白、同异、有厚无厚之察，非不察也，然而君子不辩，止之也；倚魁之行，非不难也，然而君子不行，止之也。故学曰："迟彼止而待我，我行而就之，则亦或迟、或速、或先、或后，胡为乎其不可以同至也？"故蹞步而不休，跛鳖千里；累土而不辍，丘山崇成[15]；厌其源，开其渎，江河可竭；一进一退，一左一右，六骥不致。彼人之才性之相县也，岂若跛鳖之与六骥足哉？然而跛鳖致之，六骥不致，是无他故焉，或为之，或不为尔。道虽迩，不行不至；事虽小，不为不成。其为人也多暇日者，其出入不远矣。

好法而行，士也；笃志而体，君子也；齐明而不竭，圣人也。人无法则伥伥然；有法而无志其义则渠渠然[16]；依乎法而又深其类，然后温温然。

礼者，所以正身也；师者，所以正礼也。无礼何以正身？无师，吾安知礼之为是也？礼然而然，则是情安礼也；师云而云，则是知若师也。情安礼，知若师，则是圣人也。故非礼，是无法也；非师，是无师也。不是师法而好自用，譬之是犹以盲辨色，以聋辨声也，舍乱妄无为也。故学也者，法礼也；夫师，以身为正仪，而贵自安者也。《诗》云："不识不知，顺帝之则[17]。"此之谓也。

端悫顺弟，则可谓善少者矣；加好学逊敏焉，则有钧无上[18]，可以为君子者矣。偷儒惮事，无廉耻而嗜乎饮食，则可谓恶少者矣；加惕悍而不顺[19]，险贼而不弟焉，则可谓不详少者矣，虽陷刑戮可也。

老老，而壮者归焉，不穷穷，而通者积焉；行乎冥冥而施乎无报，而贤、不肖一焉。人有此三行，虽有大过，天其不遂乎？君子之求利也略，其远害也早，其避辱也惧，其行道理也勇。君子贫穷而志广，富贵而体恭，安燕而血气不惰[20]，劳倦而容貌不枯，怒不过夺，喜不过予。君子贫穷而志广，隆仁也；富贵而体恭，杀势也；安燕而血气不惰，柬理也；劳倦而容貌不枯，好交也；怒不过夺，喜不过予，是法胜私也。《书》曰："无有作好，遵王之道；无有作恶，遵王之路。"此言君子之能以公义胜私欲也。

①修正为笑：把纠正自己错误的话，当作讥笑自己。

②噏（xī，音吸）噏：相附和。　呰（zǐ，音紫）呰：相诋毁。　孔：很。　谋：主意，意见。　臧（zāng，音脏）：好。　具：同"俱"，都。

③勃：同"悖"，荒谬。　提：松弛。　僈：通"慢"。　提僈：懈怠。

④触陷生疾：意思是一举一动随时都会发生毛病。

⑤易言：说话不慎重、不诚实。　诞：欺诈。

⑥耗：通"眊"（mào，音冒）：昏乱。

⑦易：坦率。　良：通"谅"，忠直。　一之以易良：用坦率忠直来要求他。

⑧齐给便利：敏捷轻快，这里指行动不慎重。

⑨劫：劫持，意思是改造。　劫之以师友：用良师益友来改造他。

⑩炤：同"照"，通"昭"，使明白。

⑪怠乎道：不严格遵守正道。

⑫人：通"仁"。　情爱人：性情仁爱。

⑬供：同"恭"。　冀：敬。　溃淖（zì nào，音字闹）：陷在烂泥里。

⑭俯项：低头。　击戾：碰撞着东西。

⑮崇：通"终"，最终，终究。

⑯渠渠然：局促不安的样子。

⑰帝：老天爷，这里指自然界。这首诗的意思是："不知道为什么要这样做，然而它是符合自然的法则。"

⑱钧：通"均"，相等。　有钧无上：只有能和他相等的人，没有能超过他的人。

⑲惕：同"荡"。　惕悍：放荡凶狠。

⑳安燕：休息的时候。　不惰：不懈怠。

三、不　苟

君子行不贵苟难，说不贵苟察，名不贵苟传，唯其当之为贵。故怀负石而赴河①，是行之难为者也，而申徒狄能之，然而君子不贵者，非礼义之中也②。山渊平，天地比，齐、秦袭，入乎耳，出乎口，钩有须③，卵有毛，是说之难持者也，而惠施、邓析能之，然而君子不贵者，非礼义之中也。盗跖吟口，名声若日月，与禹、舜俱传而不息，然而君子不贵者，非礼义之中也。故曰："君子行不贵苟难，说不贵苟察，名不贵苟传，唯其当之为贵。《诗》曰："物其有矣，唯其时矣④。"此之谓也。

君子易知而难狎⑤，易惧而难胁，畏患而不避义死，欲利而不为所非，交亲而不比，言辩而不辞⑥。荡荡乎！其有以殊于世也。

君子能亦好，不能亦好；小人能亦丑，不能亦丑。君子能则宽容易直以开道人，不能则恭敬缚绌以畏事人，小人能则倨傲僻违以骄溢人，不能则妒嫉怨诽以倾覆人。故曰：君子能则人荣学焉，不能则人乐告之；小人能则人贱学焉，不能则人羞告之。是君子、小人之分也。

君子宽而不僈，廉而不刿⑦，辩而不争，察而不激，寡立而不胜，坚强而不暴，柔从而不流，恭敬谨慎而容，夫是之谓至文。《诗》曰："温温恭人，惟德之基。"此之谓也。

君子崇人之德，扬人之美，非谄谀也；正义直指，举人之过，非毁疵也；言己之光美，拟于舜、禹，参于天地，非夸诞也；与时屈伸，柔从若蒲苇，非慑怯也；刚强猛毅，靡所不信，非骄暴也。以义变应，知当曲直故也。《诗》曰："左之左之，君子宜之；右之右之，君子有之。"此言君子能以义屈信变应故也。

君子，小人之反也。君子大心则敬天而道，小心则畏义而节；知则明通而类，愚则端悫而法⑧；见由则恭而止，见闭则敬而齐；喜则和而理，忧则静而理；通则文而明⑨，穷则约而详。小人则不然，大心则慢而暴，小心则淫而倾；知则攫盗而渐，愚则毒贼而乱；见由则兑而倨，见闭则怨而险；喜则轻而翾，忧则挫而慑⑩；通则骄而偏，穷则弃而儑⑪。传曰："君子两进，小人两废。"此之谓也。

君子治治，非治乱也。曷谓邪？曰：礼义之谓治，非礼义之谓乱也。故君子者，治礼义者也，非治非礼义者也。然则国乱将弗治与？曰：国乱而治之者，非案乱而治之之谓也，去乱而被之以治⑫。人污而修之者，非案污而修之之谓也，去污而易之以修。故去乱而非治乱也，去污而非修污也。治之为名，犹曰君子为治而不为乱，为修而不为污也。

君子洁其辩而同焉者合矣，善其言而类焉者应矣。故马鸣而马应之，非知也，其势然也。故新浴者振其衣，新沐者弹其冠，人之情也。其谁能以己之潐潐受人之掝掝者哉[13]？

君子养心莫善于诚，致诚则无它事矣，唯仁之为守，唯义之为行。诚心守仁则形，形则神，神则能化矣；诚心行义则理，理则明，明则能变矣。变化代兴，谓之天德。天不言而人推高焉，地不言而人推厚焉，四时不言而百姓期焉，夫此有常，以至其诚者也。君子至德，嘿然而喻[14]，未施而亲，不怒而威。夫此顺命，以慎其独者也。善之为道者，不诚则不独，不独则不形，不形则虽作于心，见于色，出于言，民犹若未从也，虽从必疑。天地为大矣，不诚则不能化万物，圣人为知矣，不诚则不能化万民，父子为亲矣，不诚则疏，君上为尊矣，不诚则卑。夫诚者，君子之所守也，而政事之本也。唯所居以其类至，操之则得之，舍之则失之。操而得之则轻，轻则独行，独行而不舍，则济矣[15]。济而材尽，长迁而不反其初，则化矣[16]。

君子位尊而志恭[17]，心小而道大，所听视者近，而所闻见者远。是何邪？是操术然也。故千人万人之情，一人之情是也；天地始者，今日是也；百王之道，后王是也。君子审后王之道，而论于百王之前，若端拜而议。推礼义之统，分是非之分，总天下之要，治海内之众，若使一人，故操弥约而事弥大[18]。五寸之矩，尽天下之方也。故君子不下室堂而海内之情举积此者[19]，则操术然也。

有通士者，有公士者，有直士者，有悫士者，有小人者。上则能尊君，下则能爱民，物至而应，事起而辨，若是则可谓通士矣。不下比以暗上，不上同以疾下，分争于中，不以私害之，若是则可谓公士矣。身之所长，上虽不知，不以悖君[20]，身之所短，上虽不知，不以取赏，长短不饰，以情自竭，若是则可谓直士矣。庸言必信之，庸行必慎之，畏法流俗而不敢以其所独甚，若是则可谓悫士矣。言无常信，行无常贞，唯利所在，无所不倾，若是则可谓小人矣。

公生明，偏生暗，端悫生通，诈伪生塞，诚信生神，夸诞生惑。此六生者，君子慎之，而禹、桀所以分也。

欲恶取舍之权：见其可欲也，则必前后虑其可恶也者；见其可利也，则必前后虑其可害也者；而兼权之，孰计之，然后定其欲恶取舍，如是则常不失陷矣。凡人之患，偏伤之也。见其可欲也，则不虑其可恶也者；见其可利也，则不顾其可害也者。是以动则必陷，为则必辱，是偏伤之患也。

人之所恶者，吾亦恶之。夫富贵者则类傲之[21]，夫贫贱者则求柔之，是非仁人之情也，是奸人将以盗名于晻世者也，险莫大焉。故曰：盗名不如盗货。田仲、史䲡不如盗也[22]。

---

①怀负石：怀里抱着石头。

②中（zhòng，音众）：适合，指符合礼义。　　非礼义之中也：不符合礼义。

③钩（gōu，音勾）：疑当作"妁"，同"妪"（yù，音玉），指老年的妇女。　　须：同"鬚"，胡须。

④这首诗的意思是"虽有此事物，只有适时才为贵"。见《诗经（·小雅·鱼丽）》。

⑤知：交接。　　狎（xiá，音霞）：没有礼貌的亲近。

⑥不辞：不追求华丽的文辞。

⑦廉：有棱角，这里指原则。　　刿（guì，音贵）：刺伤，这里指侵害别人。

⑧端悫而法：诚实忠厚而守法。

⑨通：地位显达。

⑩翾（xuān，音宣）：轻浮不庄重。　　慑：害怕、恐惧。

⑪弃：自暴自弃。　　偝：通"隟"（xí，音席）：卑下。

⑫被：覆盖，加上，这里有换上的意思。这句意思是：要去掉那些违背礼义的事，换上合乎礼义的事去加以治理。

⑬潐潐（jiào，音较）：洁白。　　掝掝（huò，音或）：污黑。

⑭嘿：同“默”，不说话。　　喻：明白。

⑮济：成功。

⑯反：同“返”。　　长迁而不反其初，则化矣：经过长期的变移而不返回到最初的本性，那么性情就会变化了。

⑰志恭：态度谦恭。

⑱操：把握。　　故操弥约而事弥大：这句话的意思是：所以把握的原则越简要，能处理的事情越多。

⑲举积：全部聚集。

⑳悖（bè，音备）：埋怨。　　不以悖君：不因此而埋怨君主。

㉑类傲：统统傲视。

㉒史鳟（qiū，音丘）：也叫史鱼。春秋时卫国大夫，他生前多次劝说卫灵公，没有被采纳，临死时，叫儿子不要将他的尸体装入棺材，要实行“尸谏”。卫灵公知道后对他大加赞扬。

四、荣　辱

㤭泄者[①]，人之殃也；恭俭者，偋五兵也。虽有戈矛之刺，不如恭俭之利也。故与人善言，暖于布帛；伤人以言，深于矛戟。故薄薄之地，不得履之[②]，非地不安也，危足无所履者也，凡在言也。巨涂则让[③]，小涂则殆，虽欲不谨，若云不使。

快快而亡者，怒也；察察而残者，忮也[④]；博之而穷者，訾也[⑤]；清之而俞浊者，口也；豢之而俞瘠者，交也[⑥]；辩而不说者，争也；直立而不见知者，胜也；廉而不见贵者，刿也[⑦]；勇而不见惮者，贪也；信而不见敬者，好刲行也[⑧]。此小人之所务而君子之所不为也。

斗者，忘其身者也，忘其亲者也，忘其君者也。行其少顷之怒，而丧终身之躯，然且为之，是忘其身也；室家立残，亲戚不免乎刑戮，然且为之，是忘其亲也；君上之所恶也，刑法之所大禁也，然且为之，是忘其君也。忧忘其身，内忘其亲，上忘其君，是刑法之所不舍也，圣王之所不畜[⑨]也。乳彘不触虎，乳狗不远游，不忘其亲也。人也，忧忘其身，内忘其亲，上忘其君，则是人也，而曾狗彘之不若也。

凡斗者，必自以为是而以人为非也。己诚是也，人诚非也，则是己君子而人小人也。以君子与小人相贼害也[⑩]。忧以忘其身，内以忘其亲，上以忘其君，岂不过甚矣哉！是人也，所谓“以狐父之戈钃牛矢”也[⑪]。将以为智邪？则愚莫大焉。将以为利邪？则害莫大焉。将以为荣邪？则辱莫大焉。将以为安邪？则危莫大焉。人之有斗，何哉？我欲属之狂惑疾病邪，则不可，圣王又诛之。我欲属之鸟鼠禽兽邪，则不可，其形体又人，而好恶多同。人之有斗，何哉？我甚丑之。

有狗彘之勇者，有贾盗之勇者，有小人之勇者，有士君子之勇者。争饮食，无廉耻，不知是非，不辟死伤，不畏众强，恈恈然唯利饮食之见[⑫]，是狗彘之勇也。为事利，争货财，无辞让，果敢而振，猛贪而戾，恈恈然唯利之见，是贾盗之勇也。轻死而暴，是小人之勇也。义之所在，不倾于权，不顾其利，举国而与之不为改视，重死持义而不桡[⑬]，是士君子之勇也。

鯈、鉥者[⑭]，浮阳之鱼也；胠于沙而思水[⑮]，则无逮矣。挂于患而欲谨，则无益矣。自知者不怨人，知命者不怨天，怨人者穷，怨天者无志。失之己，反之人，岂不迂乎哉！

荣辱之大分，安危利害之常体；先义而后利者荣，先利而后义者辱；荣者常通，辱者常穷；通者常制人，穷者常制于人，是荣辱之大分也。村悫者常安利，荡悍者常危害；安利者常乐易，危害者常忧险，乐易者常寿长，忧险者常夭折：是安危利害之常体也。

夫天生蒸民，有所以取之。志意致修，德行致厚，智虑致明，是天子之所以取天下也。政令法，举措时，听断公，上则能顺天子之命，下则能保百姓，是诸侯之所以取国家也。志行修，临官治，上则能顺上，下则能保其职，是士大夫之所以取田邑也。循法则、度量、刑辟、图籍，不知其义，谨守其数，慎不敢损益也，父子相传，以持王公，是故三代虽亡，治法犹存，是官人百吏之所以取禄秩也⑯。孝弟原悫，軥录疾力⑰，以敦比其事业而不敢怠傲，是庶人之所以取暖衣饱食长生久视，以免于刑戮也。饰邪说，文奸言，为倚事，陶诞、突盗、惕悍、㤖暴，以偷生反侧于乱世之间，是奸人之所以取危辱死刑也。其虑之不深，其择之不谨，其定取舍楛僈是其所以危也⑱。

材性知能，君子、小人一也。好荣恶辱，好利恶害，是君子、小人之所同也，若其所以求之之道则异矣。小人也者，疾为诞而欲人之信己也，疾为诈而欲人之亲己也，禽兽之行而欲人之善己也。虑之难知也，行之难安也，持之难立也，成则必不得其所好，必遇其所恶焉。故君子者，信矣，而亦欲人之信己也，忠矣，而亦欲人之亲己也，修正治辨矣，而亦欲人之善己也。虑之易知也，行之易安也，持之易立也，成则必得其所好，必不遇其所恶焉。是故穷则不隐，通则大明，身死而名弥白⑲。小人莫不延颈举踵而愿曰："知虑材性，固有以贤人矣。"夫不知其与己无以异也，则君子注错之当，而小人注错之过也。故孰察小人之知能，足以知其有余可以为君子之所为也。譬之越人安越，楚人安楚，君子安雅，是非知能材性然也，是注错习俗之节异也。

仁义德行，常安之术也，然而未必不危也⑳；污僈突盗，常危之术也，然而未必不安也。故君子道其常，而小人道其怪也。

凡人有所一同：饥而欲食，寒而欲暖，劳而欲息，好利而恶害，是人之所生而有也，是无待而然者也，是禹、桀之所同也。目辨白黑美恶，耳辨音声清浊，口辨酸咸甘苦，鼻辨芬芳腥臊，骨体肤理辨寒暑疾养，是又人之所常生而有也，是无待而然者也，是禹、桀之所同也。可以为尧、禹，可以为桀、跖，可以为工匠，可以为农贾，在势注错习俗之所积耳，是又人之所生而有也，是无待而然者也，是禹、桀之所同也。为尧、禹则常安荣，为桀、跖则常危辱；为尧、禹则常愉佚，为工匠农贾则常烦劳。然而人力为此而寡为彼，何也？曰：陋也。尧、禹者，非生而具者也，夫起于变故，成乎修，修之为，待尽而后备者也。

人之生固小人，无师、无法，则唯利之见耳。人之生固小人，又以遇乱世，得乱俗，是以小重小也，以乱得乱也。君子非得势以临之，则无由得开内焉㉑。今是人之口腹，安知礼义？安知辞让？安知廉耻隅积？亦呥呥而噍，乡乡而饱已矣。人无师、无法，则其心正其口腹也。今使人生而未尝睹刍豢稻粱也，惟菽藿糟糠之为睹㉒，则以至足为在此也，俄而粲然有秉刍豢稻粱而至者，则瞲然视之曰㉓："此何怪也！"彼臭之而无嗛于鼻，尝之而甘于口，食之而安于体，则莫不弃此而取彼矣。今以夫先王之道，仁义之统，以相群居，以相持养，以相藩饰，以相安固邪？以夫桀、跖之道，是其为相县也，几直夫刍豢稻粱之县糟糠尔哉？然而人力为此而寡为彼，何也？曰：陋也。陋也者，天下之公患也，人之大殃大害也。故曰：仁者好告示人。告之、示之，靡之儳之，锵之重之㉔，则夫塞者俄且通也，陋者俄且僩也，愚者俄且知也。是若不行，则汤、武在上曷益？桀、纣在上曷损？汤、武存则天下从而治，桀、纣存则天下从而乱。如是者，岂非人之情固可与如此，可与如彼也哉！

人之情，食欲有刍豢，衣欲有文绣，行欲有舆马，又欲夫余财蓄积之富也，然而穷年累世不知不足，是人之情也。今人之生也，方知畜鸡狗猪彘，又畜牛羊，然而食不敢有酒肉；余刀布，有囷窌㉕，然而衣不敢有丝帛；约者有筐箧之藏，然而行不敢有舆马。是何也？非不欲也，几不长虑顾后而恐无以继之故也。于是又节用御欲，收敛蓄藏以继之也，是于己长虑顾后，几不甚善矣哉。今夫偷生浅知之属，曾此而不知也，粮食太侈，不顾其后，俄则屈安穷矣，是其所以不免于冻饿，操瓢囊为沟壑中瘠者也，况夫先王之道，仁义之统，《诗》、《书》、《礼》、《乐》之分乎！彼固天下之大虑也，将为天下生民之属长虑顾后而保万世也，其沨长矣[25]，其温厚矣，其功盛姚远矣，非孰修为之君子莫之能知也。故曰："短绠不可以汲深井之泉，知不几者不可与及圣人之言。夫《诗》、《书》、《礼》、《乐》之分，固非庸人之所知也。故曰：一之而可再也，有之而可久也，广之而可通也，虑之而可安也，反铅察之而俞可好也。以治情则利，以为名则荣，以群则和，以独则足，乐意者其是邪？

夫贵为天子，富有天下，是人情之所同欲也。然则从人之欲，则势不能容，物不能赡也[27]。故先王案为之制礼义以分之，使贵贱之等，长幼之差，知愚、能不能之分，皆使人载其事而各得其宜，然后使悫禄多少厚薄之称[28]，是夫群居和一之道也。

故仁人在上，则农以力尽田，贾以察尽财，百工以巧尽械器。士大夫以上至于公侯。莫不以仁厚知能尽官职，夫是之谓至平。故或禄天下而不自以为多，或监门、御旅、抱关、击柝[29]，而不自以为寡，故曰："斩而齐，枉而顺，不同而一。"夫是之谓人伦。《诗》曰："受小共大共，为下国骏蒙[30]。"此之谓也。

---

①憍：通"骄"，傲。　　泄：通"媟"（xiè，音谢），慢，不庄重。　　憍泄：傲慢。

②薄：通"溥"，大。　　薄薄之地：形容社会之大。　　履：踏，指立足。

③涂：同"途"，道路。　　让：通"攘"，拥挤。这句意思是：大路上人多拥挤。

④快快：肆意，不顾后果。　　察察：十分明察，形容精明。　　残：残害。　　忮（zhì，音志）：害，嫉妒。

⑤穷：窘迫。　　訾（zǐ，音紫）：诋毁，污蔑。

⑥豢（huàn，音患）：喂养，这里指酒肉之交。　　瘠：瘦，引申为淡薄。

⑦廉：有棱角，指人的品行正直。　　刿（guì，音贵）：伤害。这句意思是：品行端正而不能受到敬重，是因为伤害别人的情感。

⑧叀：同"专"，独断专行。

⑨畜：养。　　不畜：不收留。

⑩贼害：攻击、残害。

⑪狐父：古代地名，今江苏砀山附近，传说那里生产一种优质的兵器。　　锸（zhǔ，音煮）：砍。　　牛矢：牛屎。这句意思是：这种人的行为，就好比是用狐父生产的戈去砍牛屎一样。

⑫恈恈（móu，音谋）然：形容非常贪欲的样子。

⑬桡：同"挠"，屈从。

⑭鯈（yóu，音尤）、鲦（qiáo，音乔）：鱼名。

⑮胠（qū，音区）：通"阹"（qū，音区），遮拦。　　胠于沙：指搁浅在沙滩上。

⑯秩：指官位。

⑰弟：同"悌"，尊敬兄长。　　原：同"愿"，诚实。　　朐录：通"劬（qū，音区）碌"：勤劳。　　疾力：努力。

⑱僈：同"慢"。楛（kǔ，音苦）僈：轻率、放纵。

⑲弥：更加。　　弥白：更加显赫。

⑳未必不危：指小人对这"常安之术"，未必不以为是危的，所以背弃它。

㉑内：同"纳"，接受。　　无由得开内：无从开导，而使他接受礼法。

㉒睹：看见。　　刍豢（chú huàn，音除换）：指牛羊猪狗。　　菽藿（shū huò，音叔或）：豆和豆叶。

㉓矞（xuè，音血）然：惊奇的样子。

㉔廉：磨炼。　　儇（xuān，音宣）：积累。　　靡之儇之：使他逐渐养成习惯。　　铅（yán，音沿）：同"沿"，顺从，这里指诱导。　　重：反复重申。

㉕囷（qūn，音逡）：圆形的谷仓。　窌（jiào，音叫）：地窖。

㉖汙：同“流”。

㉗赡（shàn，音善）：满足。

㉘悫禄：指俸禄。　之称：都得到平衡。

㉙柝（tuò，音唾）：打更的木棒。　击柝：指打更的人。

㉚受：承受。　共：通“拱”，法度。　小共大共：指大事小事的法度。　下国：诸侯国。　骏：通“徇”，庇护。骏蒙：保护者。

五、非相

相人[①]，古之人无有也，学者不道也。

古者有姑布子卿[②]，今之世梁有唐举，相人之形状、颜色而知其吉凶、妖祥[③]，世俗称之。古之人无有也，学者不道也。

故相形不如论心，论心不如择术，形不胜心，心不胜术。术正而心顺，则形相虽恶而心术善，无害为君子也；形相虽善而心术恶，无害为小人也。君子之谓吉，小人之谓凶。故长短、小大、善恶形相，非吉凶也。古之人无有也，学者不道也。

盖帝尧长帝舜短；文王长周公短；仲尼长子弓短。昔者，卫灵公有臣曰公孙吕，身长七尺，面长三尺，焉广三寸[④]，鼻目耳具，而名动天下。楚之孙叔敖，期思之鄙人也[⑤]，突秃长左，轩较之下，而以楚霸；叶公子高，微小短瘠，行若将不胜其衣。然白公之乱也，令尹子西、司马子期皆死焉；叶公子高入据楚，诛白公，定楚国，如反手尔，仁义功名善于后世。故士不揣长，不揳大[⑥]，不权轻重，亦将志乎心尔；长短、小大、美恶形相，岂论也哉！

且徐偃王之状，目可瞻马；仲尼之状，面如蒙倛[⑦]；周公之状，身如断菑[⑧]；皋陶之状[⑨]，色如削瓜；闳夭之状，面无见肤[⑩]；傅说之状，身如植鳍[⑪]；伊尹之状，面无须麋；禹跳，汤偏，尧、舜参牟子。从者将论志意，比类文学邪？直将差长短，辨美恶，而相欺傲邪？

古者，桀、纣长巨姣美，天下之杰也；筋力越劲[⑫]，百人之敌也。然而身死国亡，为天下大僇[⑬]，后世言恶则必稽焉[⑭]。是非容貌之患也，闻见之不众，论议之卑尔！

今世俗之乱君，乡曲之儇子[⑮]，莫不美丽、姚冶，奇衣、妇饰，血气、态度拟于女子；妇人莫不愿得以为夫，处女莫不愿得以为士，弃其亲家而欲奔之者，比肩并起。然而中君羞以为臣，中父羞以为子，中兄羞以为弟，中人羞以为友。俄则束乎有司而戮乎大市，莫不呼天啼哭，苦伤其今，而后悔其始。是非容貌之患也，闻见之不众，而论议之卑尔。然则从者将孰可也。

人有三不祥：幼而不肯事长，贱而不肯事贵，不肖而不肯事贤，是人之三不祥也。人有三必穷：为上则不能爱下，为下则好非其上，是人之一必穷也；乡则不若，偝则谩之[⑯]，是人之二必穷也；智行浅薄，曲直有以相县矣[⑰]，然而仁人不能推，知士不能明，是人之三必穷也。人有此三数行者，以为上则必危，为下则必灭。《诗》曰：“雨雪瀌瀌[⑱]，宴然聿消。莫肯下隧，式居屡骄。”此之谓也。

人之所以为人者，何已也？曰：以其有辨也。饥而欲食，寒而欲暖，劳而欲息，好利而恶害，是人之所生而有也，是无待而然者也，是禹、桀之所同也。然则人之所以为人者，非特以二足而无毛也，以其有辨也。今夫狌狌形笑[⑲]，亦二足而毛也，然而君子啜其羹，食其胾[⑳]。故人之所以为人者，非特以其二足而无毛也，以其有辨也。夫禽兽有父子而无父子之亲，有牝牡而无男女之别㉑，故人道莫不有辨。

辨莫大于分，分莫大于礼，礼莫大于圣王。圣王有百，吾孰法焉？故曰：文久而息，节族久而绝，守法数之有司极礼而褫。故曰：欲观圣王之迹，则于其粲然者矣，后王是也。彼后王者，天下之君也，舍后王而道上古，譬之是犹舍己之君而事人之君也。故曰：欲观千岁则数今日，欲知亿万则审一二，欲知上世则审周道㉒，欲知周道则审其人所贵君子。故曰：以近知远，以一知万，以微知明。此之谓也。

夫妄人曰："古今异情，其以治乱者异道。"而众人惑焉。彼众人者，愚而无说，陋而无度者也。其所见焉，犹可欺也，而况于千世之传也！妄人者，门庭之间，犹可诬欺也，而况于千世之上乎！

圣人何以不欺？曰：圣人者，以己度者也。故以人度人，以情度情，以类度类，以说度功，以道观尽，古今一度也。类不悖，虽久同理，故乡乎邪曲而不迷，观乎杂物而不惑，以此度之，五帝之外无传人，非无贤人也，久故也。五帝之中无传政，非无善政也，久故也。禹、汤有传政而不若周之察也，非无善政也，久故也。传者久则论略，近则论详；略则举大，详则举小。愚者闻其略而不知其详，闻其详而不知其大也，是以文久而灭，节族久而绝。

凡言不合先王，不顺礼义，谓之奸言，虽辩，君子不听。法先王，顺礼义，党学者㉓，然而不好言，不乐言，则必非诚士也。故君子之于言也，志好之，行安之，乐言之。故君子必辩。凡人莫不好言其所善，而君子为甚。故赠人以言，重于金石珠玉；观人以言，美于黼黻文章㉔；听人以言，乐于钟鼓琴瑟。故君子之于言无厌。鄙夫反是，好其实，不恤其文，是以终身不免埤污庸俗。故《易》曰："括囊，无咎无誉。"腐儒之谓也。

凡说之难，以至高遇至卑，以至治接至乱。未可直至也，远举则病缪，近世则病佣。善者于是闲也，亦必远举而不缪，近世而不佣，与时迁徙，与世偃仰，缓急嬴绌㉕，府然若渠匽、隐栝之于己也，曲得所谓焉，然而不折伤。

故君子之度己则以绳，接人则用枻㉖，度己以绳，故足以为天下法则矣；接人用枻，故能宽容，因求以成天下之大事矣。故君子贤而能容罢，知而能容愚，博而能容浅，粹而能容杂，夫是之谓兼术。《诗》曰："徐方既同，天子之功。"此之谓也。

谈说之术：矜庄以莅之，端诚以处之，坚强以持之，分别以谕之，譬称以明之，欣欢、芬芗以送之，宝之珍之，贵之神之，如是则说常无不受；虽不说人，人莫不贵，夫是之谓为能贵其所贵。传曰："唯君子为能贵其所贵。"此之谓也。

君子必辩。凡人莫不好言其所善，而君子为甚焉。是以小人辩言险，君子辩言仁也。言而非仁之中也，则其言不若其默也，其辩不若其呐也。言而仁之中也，则好言者上矣，不好言者下也。故仁言大矣。起于上所以导于下，政令是也；起于下所以忠于上，谋救是也。故君子之行仁也无厌。志好之，行安之，乐言之，故言君子必辩。小辩不如见端，见端不如见本分。小辩而察，见端而明，本分而理，圣人士君子之分具矣。

有小人之辩者，有士君子之辩者，有圣人之辩者。不先虑，不早谋，发之而当，成文而类，居错迁徙㉗，应变不穷，是圣人不辩者也。先虑之，早谋之，斯须之言而足听，文而致实，博而党正，是士君子之辩者也。听其言则辞辩而无统，用其身则多诈而无功，上不足以顺明王，下不足以和齐百姓，然而口舌之均，噡唯则节㉘，足以为奇伟、偃却之属，夫是之谓奸人之雄，圣王起，所以先诛也。然后盗贼次之。盗贼得变，此不得变也。

①相：看相。　　相人：根据人的体态容貌判断人的贵贱、吉凶，祸福。

②姑布子卿：姓姑布，字子卿，春秋时郑国看相的人。

③妖祥：指凶兆和吉兆。

④焉：通"颜"，面额。

⑤期思：楚国邑名。　　鄙人：鄙陋的人。

⑥揳（xiē，音歇）：通"絜"，约，估计。

⑦蒙倛：古时驱鬼用的一种样子凶狠的假面具。

⑧菑（zī，音资）：直立的枯木。　　身如断菑：形容身体像断了的枯树枝一样。

⑨皋陶（yáo，音姚）：相传是舜时掌握刑法的官。

⑩闳（hóng，音宏）夭：周文王的大臣。　　面无见肤：形容脸上胡须很多，看不见脸上的皮肤。

⑪傅说（yuè，音悦）：商王武丁的大臣。　　植鳍（qí，音其）：像长了鱼鳍一样。指驼背。

⑫越劲：敏捷有力。

⑬僇：通"戮（lù，音路）"，耻辱。

⑭稽（jī，音鸡）：考查。　　则必稽焉：一定以他们为借鉴。

⑮儇（xuān，音喧）子：轻薄巧慧的男子。

⑯偝：同"背"。　　谩（màn，音慢）：诋毁。

⑰有：通"又"。　　县：同"悬"，差别大。

⑱瀌瀌（biāo，音标）：雪飘的样子。

⑲狌狌：即猩猩。

⑳胾（zì，音字）：大块肉。

㉑牝牡（pìn mǔ，音聘母）：雌雄。

㉒周道：完备的道理，指可供当世普遍实行之道。

㉓党：亲近。

㉔黼黻（fǔ fú，音府弗）：古代礼服上所绣的色彩艳丽的花纹。

㉕赢：通"赢"，盈余。　　绌：通"黜"，减损。

㉖枻：同"楫"（jí，音吉），船桨，这里是引导的意思。

㉗居错：停留，停止。　　迁徙：变动。　　居错迁徙：泛指一切行动变化。

㉘噡：同"谵"，多言。　　唯：少言。　　噡唯则节：言谈或多或少很适当。

六、非十二子

假今之世，饰邪说，文奸言，以枭乱天下①，矞宇嵬琐②，使天下混然不知是非治乱之所存者，有人矣。

纵情性，安恣睢，禽兽行，不足以合文通治；然而其持之有故，其言之成理，足以欺惑愚众。是它嚣、魏牟也③。

忍情性，綦溪利跂④，苟以分异人为高，不足以合大众、明大分；然而其持之有故，其言之成理，足以欺惑愚众，是陈仲、史䲡也。

不知一天下、建国家之权称，上功用、大俭约而僈差等⑤，曾不足以容辨异，县君臣；然而其持之有故，其言之成理，足以欺惑愚众，是墨翟、宋钘也。

尚法而无法，下修而好作⑥，上则取听于上，下则取从于俗，终日言成文典，反紃察之⑦，则偶然无所归宿，不可以经国定分；然而其持之有故，其言之成理，足以欺惑愚众，是慎到、田骈也。

不法先王，不是礼义，而好治怪说，玩琦辞，甚察而不惠⑧，辩而无用，多事而寡功，不可以为治纲纪；然而其持之有故，其言之成理，足以欺惑愚众，是惠施、邓析也。

略法先王而不知其统，犹然而材剧志大，闻见杂博。案往旧造说，谓之五行，甚僻违而无类，幽隐而无说，闭约而无解。案饰其辞而祗敬之曰：此真先君子之言也。子思唱之，孟轲和之，世俗之沟犹瞀儒，嚾嚾然不知其所非也，遂受而传之，以为仲尼、子游为兹厚于后世，是则子思、孟轲之罪也。

若夫总方略，齐言行，一统类，而群天下之英杰而告之以大古，教之以至顺；奥窔之间⑨，簟席之上⑩，敛然圣王之文章具焉⑪，佛然平世之俗起焉；六说者不能入也，十二子者不能亲也；无置锥之地而王公不能与之争名；在一大夫之位则一君不能独畜，一国不能独容；成名况乎诸侯⑫，莫不愿以为臣。是圣人之不得势者也，仲尼、子弓是也。

一天下，财万物⑬，长养人民，兼利天下，通达之属⑭，莫不从服，六说者立息，十二子者迁化，则是圣人之得势者，舜、禹是也。

今夫仁人也，将何务哉？上则法舜、禹之制，下则法仲尼、子弓之义，以务息十二子之说，如是则天下之害除，仁人之事毕，圣王之迹著矣。

信信，信也；疑疑，亦信也。贵贤，仁也；贱不肖，亦仁也。言而当，知也；默而当，亦知也。故知默犹知言也。故多言而类，圣人也；少言而法，君子也；多少无法而流湎然，虽辩，小人也。故劳力而不当民务谓之奸事，劳知而不律先王谓之奸心；辩说譬谕、齐给便利而不顺礼义谓之奸说。此三奸者，圣王之所禁也。知而险，贼而神⑮，为诈而巧，言无用而辩，辩不惠而察，治之大殃也。行辟而坚，饰非而好，玩奸而泽，言辩而逆，古之大禁也。知而无法，勇而无惮，察辩而操僻淫，大而用之，好奸而与众，利足而迷，负石而坠，是天下之所弃也。

兼服天下之心：高上尊贵不以骄人，聪明圣知不以穷人，齐给速通不争先人⑯，刚毅勇敢不以伤人；不知则问，不能则学，虽能必让，然后为德。遇君则修臣下之义，遇乡则修长幼之义，遇长则修子弟之义，遇友则修礼节辞让之义，遇贱而少者则修告导宽容之义。无不爱也，无不敬也，无与人争也，恢然如天地之苞万物，如是则贤者贵之，不肖者亲之。如是而不服者，则可谓訞怪狡猾之人矣，虽则子弟之中，刑及之而宜。《诗》云："匪上帝不时，殷不用旧。虽无老成人，尚有典刑。曾是莫听，大命以倾⑰"。此之谓也。

古之所谓仕者，厚敦者也，合群者也，乐富贵者也，乐分施者也，远罪过者也，务事理者也，羞独富者也；今之所谓士仕者，污漫者也，贼乱者也，恣睢者也，贪利者也，触抵者也，无礼义而唯权势之嗜者也。

古之所谓处士者，德盛者也，能静者也，修正者也，知命者也，箸是者也⑱；今之所谓处士者，无能而云能者也，无知而云知者也，利心无足而佯无欲者也，行伪险秽而强高言谨悫者也，以不俗为俗，离纵而跂訾者也⑲。

士君子之所能不能为：君子能为可贵，不能使人必贵己；能为可信，不能使人必信己；能为可用，不能使人必用己。故君子耻不修，不耻见污；耻不信，不耻不见信；耻不能，不耻不见用。是以不诱于誉，不恐于诽，率道而行，端然正己，不为物倾侧，夫是之谓诚君子。《诗》云："温温恭人，维德之基。"此之谓也。

士君子之容：其冠进，其衣逢，其容良；俨然，壮然，祺然，蕼然⑳，恢恢然，广广然，昭昭然，荡荡然，是父兄之容也。其冠进，其衣逢，其容悫，俭然，恀然，辅然，端然，訾然洞然，缀缀然，瞀瞀然㉑，是子弟之容也。

吾语汝学者之嵬容：其冠绕，其缨禁缓，其容简连；填填然，狄狄然，莫莫然，瞡瞡然，瞿瞿然，尽尽然，盱盱然。酒食声色之中，瞒瞒然，瞑瞑然；礼节之中，则疾疾然，訾訾然；劳苦事业之中，则儢儢然，离离然，偷儒而罔，无廉耻而忍谋诟②：是学者之嵬也。

弟佗其冠，神禫其辞③，禹行而舜趋，是子张氏之贱儒也。正其衣冠，齐其颜色，嗛然而终日不言④，是子夏氏之贱儒也。偷儒惮事，无廉耻而耆饮食，必曰君子固不用力，是子游氏之贱儒也。

彼君子则不然。佚而不惰，劳而不僈，宗原应变⑤，曲得其宜，如是，然后圣人也。

---

①枭（xiāo，音宵）：通“挠”，扰。　　枭乱：扰乱。

②谲（jué，音决）：同“谲”，诡诈。　　宇：通“迂”。　　嵬（wéi，音违）：通“傀”，怪僻。　　琐：卑小。　　谲宇嵬琐：指用说假话，使诡计和奸诈卑劣的手段扰乱天下。

③它嚣：人名，生平不详。　　魏牟：战国时魏国公子，道家学派的学者。

④綦（qí，音其）：极。　　溪：通“蹊”，幽深。　　利：通“离”。　　跂：通“歧”。　　綦溪利跂：讲话极其深奥，行动离世独立。

⑤上：同“尚”，崇尚。　　大俭约：重视节俭。　　僈（màn，音慢）：轻视反对。

⑥下修：轻视贤智。　　好作：好另搞一套。

⑦纠：通“循”。

⑧不惠：不合于道理。

⑨奥突（yǎo，音咬）：古人住室西南隅叫奥，东南隅叫突。

⑩簟（diàn，音电）席：供坐卧用的竹席。

⑪敛然：聚集的样子。　　文章：指典章制度。

⑫成：通“盛”。　　况：通“泷”，大，盛。

⑬财：同“裁”，利用。

⑭通达之属：舟车所至，人迹所通的地方，指全天下。　　属：处的意思。

⑮贼而神：为非作歹而变幻莫测。　　神：此指诡诈难测。

⑯齐给速通：口才流利，才思敏捷。

⑰大命：指国运。　　倾：倾覆。

⑱箸（zhù，音著）：同“著”，显扬。　　是：指正确的主张。　　箸是：宣扬正确的主张。

⑲纵：同“踪”，车迹。　　离纵：指离开正道。　　跂（qǐ，音企）訾（cǐ，音此）：踮脚走路。

⑳肆（sì，音肆）然：宽舒的样子。

㉑瞀（mào，音冒）瞀然：眼睛向下看的样子。

㉒谋诟（xī gòu，音西够）：忍受辱骂。

㉓神禫：通“冲澹”，平淡无味的意思。

㉔嗛（qiǎn，音浅）然：口中衔着东西的样子。

㉕原：治国的根本原则。　　宗原应变：遵守根本原则，又能适应情况的变化。

七、仲　尼

仲尼之门人，五尺之竖子，言羞称乎五伯。是何也？曰：然，彼诚可羞称也。齐桓，五伯之盛者也，前事则杀兄而争国；内行则姑、姊、妹之不嫁者七人，闺门之内①，般乐、奢汰，以齐之分奉之而不足；外事则诈邾，袭莒，并国三十五。其事行也若是其险汙淫汰也，彼固曷足称乎大君子之门哉！

若是而不亡，乃霸，何也？曰：于乎！夫齐桓公有天下之大节焉，夫孰能亡之？倓然见管仲之能足以托国也，是天下之大知也。安忘其怒，出忘其雠，遂立以为仲父，是天下之大决也。立以为仲父，而贵戚莫之敢妒也；与之高、国之位，而本朝之臣莫之敢恶也；与之书社三百，而富人莫之敢距也。贵贱长少，秩秩焉莫不从桓公而贵敬之，是天下之大节也。诸侯有一节如是，则莫之能亡也；桓公兼此数节者而尽有之，夫又何可亡也？其霸也宜哉！非幸也，数也。

然而仲尼之门人，五尺之竖子言羞称乎五伯，是何也？曰：然，彼非本政教也，非致隆高也②，非綦文理也③，非服人之心也。乡方略，审劳佚，畜积修斗而能颠倒其敌者也④。诈心以胜矣。彼以让饰争，依乎仁而蹈利者也，小人之杰也。彼固曷足称乎大君子之门哉！

彼王者则不然。致贤能而以救不肖，致强而能以宽弱，战必能殆之而羞与之斗，委然成文以示之天下，而暴国安自化矣⑤，有灾缪者然后诛之。故圣王之诛也，綦省矣。文王诛四，武王诛二，周公卒业，至于成王则安以无诛矣。故道岂不行矣哉！文王载百里地而天下一；桀纣舍之，厚于有天下之势而不得以匹夫老。故善用之，则百里之国足以独立矣；不善用之，则楚六千里而为仇人役。故人主不务得道而广有其势，是其所以危也。

持宠、处位、终身不厌之术：主尊贵之，则恭敬而僔⑥；主信爱之，则谨慎而嗛；主专任之，则拘守而详；主安近之，则慎比而不邪；主疏远之，则全一而不倍；主损绌之，则恐惧而不怨。贵而不为夸；信而不忘处谦；任重而不敢专；财利至则言善而不及也，必将尽辞让之义然后受；福事至则和而理，祸事至则静而理；富则施广，贫则用节，可贵可贱也，可富可贫也，可杀而不可使为奸也，是持宠处位、终身不厌之术也。虽在贫穷徒处之势，亦取象于是矣，夫是之谓吉人。《诗》曰："媚兹一人，应侯顺德。永言孝思，昭哉嗣服。"此之谓也。

求善处大重⑦，理任大事，擅宠于万乘之国，必无后患之术：莫若好同之，援贤博施，除怨而无妨害人。能耐任之⑧，则慎行此道也。能而不耐任，且恐失宠，则莫若早同之，推贤让能，而安随其后。如是，有宠则必荣，失宠则必无罪，是事君者之宝而必无后患之术也。故知兵者之举事也，满则虑嗛，平则虑险，安则虑危，曲重其豫，犹恐及其祸，是以百举而不陷也。孔子曰："巧而好度必节，勇而好同必胜，知而好谦必贤。"此之谓也。愚者反是。处重擅权，则好专事而妒贤能，抑有功而挤有罪，志骄盈而轻旧怨，以吝啬而不行施道乎上，为重招权于下以妨害人，虽欲无危，得乎哉？是以位尊则必危，任重则必废，擅宠则必辱，可立而待也，可炊而傹也。是行也？则堕之者众而持之者寡矣。

天下之行术⑨，以事君则必通，以为仁则必圣，立隆而勿贰也⑩。然后恭敬以先之，忠信以统之，慎谨以行之，端悫以守之，顿穷则从之疾力以申重之。君虽不知，无怨疾之心；功虽甚大，无伐德之色；省求，多功，爱敬不倦：如是，则常无不顺矣。以事君则必通，以为仁则必圣，夫是之谓天下之行术。

少事长，贱事贵，不肖事贤，是天下之通义也⑪。有人也，势不在人上，而羞为人下，是奸人之心也⑫。志不免乎奸心，行不免乎奸道，而求有君子、圣人之名，辟之是犹伏而咶天⑬，救经而引其足也；说必不行矣，俞务而俞远。故君子时诎则诎，时伸则伸也。

---

①闺门：古代指内室的门。　　闺门之内：这里是指家庭内的私生活。

②致：通"至"，极。　　隆高：崇高，指推崇礼义。

③綦（qí，音其）：极。　　文理：指礼义制度完备。

④畜积：积畜物资。　　修斗：加强战备。　　颠倒：打败。

⑤自化：自然转变。

⑥傅（zǔn，音怎）：通"撙"，谦让。

⑦处大重：保持高的职位。

⑧能：能力，才能。　　耐：通"能"，能够。　　能耐任之：有能力能够胜任。

⑨行术：处处行得通的办法。

⑩隆：高。　　立隆：确立以礼法为最高标准。　　勿贰：不动摇。

⑪通义：普遍的原则。

⑫奸人：指破坏坏统治秩序的人。

⑬辟：通"譬"，比喻。　　伏：趴在地下。　　咶：通"舐"。

八、儒　　效

大儒之效：武王崩，成王幼，周公屏成王而及武王以属天下，恶天下之倍周也①。履天下之籍②，听天下之断③，偃然如固有之，而天下不称贪焉；杀管叔，虚殷国，而天下不称戾焉；兼制天下，立七十一国，姬姓独居五十三人，而天下不称偏焉。教诲开导成王，使谕于道，而能揜迹于文、武④。周公归周，反籍于成王，而天下不辍事周，然而周公北面而朝之。天子也者，不可以少当也，不可以假摄为也；能则天下归之，不能则天下去之。是以周公屏成王而及武王以属天下，恶天下之离周也。成王冠，成人，周公归周反籍焉，明不灭主之义也。周公无天下矣。乡有天下，今无天下，非擅也；成王乡无天下，今有天下，非夺也；变势次序节然也⑤。故以枝代主而非越也，以弟诛兄而非暴也，君臣易位而非不顺也。因天下之和，遂文、武之业，明枝主之义，抑亦变化矣，天下厌然犹一也⑥。非圣人莫之能为，夫是之谓大儒之效。

秦昭王问孙卿子曰："儒无益于人之国？"孙卿子曰："儒者法先王，隆礼义，谨乎臣子而致贵其上者也。人主用之，则势在本朝而宜；不用，则退编百姓而悫，必为顺下矣。虽穷困冻餧，必不以邪道为贪；无置锥之地，而明于持社稷之大义。呜呼而莫之能应，然而通乎财万物、养百姓之经纪。势在人上则王公之材也，在人下则社稷之臣，国君之宝也。虽隐于穷阎漏屋，人莫不贵之，道诚存也。仲尼将为鲁司寇，沈犹氏不敢朝饮其羊，公慎氏出其妻，慎溃氏逾境而徙，鲁之粥牛马者不豫贾，必蚤正以待之也。居于阙党，阙党之子弟，罔不分⑦，有亲者取多，孝弟以化之也。儒者在本朝则美政，在下位则美俗，儒之为人下如是矣。"

王曰："然则其为人上何如？"孙卿曰："其为人上也广大矣！志意定乎内，礼节修乎朝，法则，度量正乎官，忠、信、爱、利形乎下，行一不义、杀一无罪而得天下，不为也。此君义信乎人矣，通于四海，则天下应之如谨，是何也？则贵名白而天下治⑧。故近者歌讴而乐之，远者竭蹶而趋之，四海之内若一家，通达之属莫不从服，夫是之谓人师。《诗》曰：'自西自东，自南自北，无思不服。'此之谓也。夫其为人下也如彼，其为人上也如此，何谓其无益于人之国也？"昭王曰："善！"

先王之道，仁之隆也，比中而行之⑨。曷谓中？曰：礼义是也。道者，非天之道，非地之道，人之所以道也，君子之所道也。

君子之所谓贤者，非能遍能人之所能之谓也；君子之所谓知者，非能遍知人之所知之谓也；

君子之所谓辨者，非能遍辨人之所辨之谓也；君子之所谓察者，非能遍察人之所察之谓也：有所正矣。相高下，视境肥，序五种，君子不如农人；通财货，相美恶，辨贵贱，君子不如贾人；设规矩，陈绳墨，便备用，君子不如工人；不恤是非、然不然之情⑩，以相荐撙⑪，以相耻怍，君子不若惠施、邓析也。若夫谪德而定次，量能而授官，使贤不肖皆得其位，能不能皆得其官，万物得其宜，事变得其应，慎、墨不得进其谈，惠施、邓析不敢窜其察，言必当理，事必当务，是然后君子之所长也。

凡事行，有益于理者立之；无益于理者废之，夫是之谓中事。凡知说，有益于理者为之；无益于理者舍之，夫是之谓中说。行事失中谓之奸事，知说失中谓之奸道。奸事奸道，治世之所弃，而乱世之所从服也。若夫充虚之相施易也，坚白、同异之分隔也，是聪耳之所不能听也，明目之所不能见也，辩士之所不能言也，虽有圣人之知，未能偻指也⑫。不知，无害为君子，知之无损为小人。工匠不知无害为巧，君子不知无害为治。王公好之则乱法，百姓好之则乱事。而狂惑戆陋之人⑬，乃始率其群徒，辨其谈说，明其辟称，老身长子，不知恶也。夫是之谓上愚，曾不如好相鸡狗之可以为名也。《诗》曰："为鬼为蜮⑭，则不可得。有靦面目，视人罔极。作此好歌，以极反侧。"此之谓也。

我欲贱而贵，愚而知，贫而富，可乎？曰：其唯学乎！彼学者，行之，曰士也；敦慕焉，君子也；知之，圣人也。上为圣人，下为士君子，孰禁我哉！乡也，混然涂之人也⑮，俄而并乎尧、禹，岂不贱而贵矣哉！乡也，效门室之辨，混然曾不能决也，俄而原仁义，分是非，图回天下于掌上而辨白黑⑯，岂不愚而知矣哉！乡也，胥靡之人⑰，俄而治天下之大器举在此，岂不贫而富矣哉！今有人于此，屑然藏千溢之宝，虽行贰而食，人谓之富矣。彼宝也者：衣之，不可衣也，食之，不可食也，卖之，不可偻售也，然而人谓之富，何也？岂不大富之器诚在此也？是杆杆亦富人已⑱，岂不贫而富矣哉！

故君子无爵而贵，无禄而富，不言而信，不怒而威，穷处而荣，独居而乐，岂不至尊、至富、至重、至严之情举积此哉！故曰：贵名不可以比周争也⑲，不可以夸诞有也，不可以势重胁也，必将诚此然后就也。争之则失，让之则至，遵道则积，夸诞则虚。故君子务修其内而让之于外，务积德于身而处之以遵道，如是，则贵名起如日月，天下应之如雷霆。故曰：君子隐而显，微而明，辞让而胜。《诗》曰："鹤鸣于九皋⑳，声闻于天。"此之谓也。

鄙夫反是：比周而誉俞少，鄙争而名俞辱，烦劳以求安利，其身而俞危。《诗》曰："民之无良，相怨一方。受爵不让，至于己斯亡。"此之谓也。

故能小而事大，辟之是犹力之少而任重也，舍粹折无适也。身不肖而诬贤，是犹伛身而好升高也，指其顶者愈众。故明主谪德而序位，所以为不乱也；忠臣诚能然后敢受职，所以为不穷也。分不乱于上，能不穷于下，治辨之极也。《诗》曰："平平左右，亦是率从。"是言上下之交不相乱也。

以从俗为善，以货财为宝，以养生为己至道，是民德也。行法至坚，不以私欲乱所闻，如是，则可谓劲士矣。行法至坚，好修正其所闻，以桥饰其情性；其言多当矣，而未谕也；其行多当矣，而未安也；其知虑多当矣，而未周密也；上则能大其所隆，下则能开道不己若者；如是，则可谓笃厚君子矣。修百王之法，若辨白黑；应当世之变，若数一二；行礼要节而安之，若生四枝；要时立功之巧，若诏四时；平正和民之善，亿万之众而博若一人。如是，则可谓圣人矣。

井井兮其有理也，严严兮其能敬己也㉑，分分兮其有终始也，猒猒兮其能长久也㉒，乐乐兮其执道不殆也㉓，炤炤兮其用知之明也，修修兮其用统类之行也㉔，绥绥兮其有文章也㉕，熙熙兮其乐人之臧也㉖，隐隐兮其恐人之不当也。如是，则可谓圣人矣。此其道出乎一。

曷谓一？曰：执神而固[27]。曷谓神？曰：尽善挟治之谓神。万物莫足以倾之之谓固。神固之谓圣人。圣人也者，道之管也[28]。天下之道管是矣，百王之道一是矣，故《诗》、《书》、《礼》、《乐》之归是矣。《诗》言是，其志也；《书》言是，其事也；《礼》言是，其行也；《乐》言是，其和也；《春秋》言是，其微也。故《风》之所以为不逐者，取是以节之也；《小雅》之所以为小者，取是而文之也；《大雅》之所以为大者，取是而光之也；《颂》之所以为至者，取是而通之也；天下之道毕是矣。乡是者臧，倍是者亡。乡是如不臧，倍是如不亡者，自古及今，未尝有也。

客有道曰："孔子曰：'周公其盛乎！身贵而愈恭，家富而愈俭，胜敌而愈戒。'"应之曰："是殆非周公之行，非孔子之言也。武王崩，成王幼，周公屏成王而及武王，履天子之籍，负扆而坐[29]，诸侯趋走堂下。当是时也，夫又谁为恭矣哉！兼制天下，立七十一国，姬姓独居五十三人焉，周之子孙，苟不狂惑者，莫不为天下之显诸侯，孰谓周公俭哉！武王之诛纣也，行之日以兵忌，东面而迎太岁[30]，至汜而泛[31]，至怀而坏，至共头而山隧。霍叔惧曰：'出三日而五灾至，无乃不可乎？'周公曰：'刳比干而囚箕子，飞廉恶来知政，夫又恶有不可焉！'遂选马而进，朝食于戚，暮宿乎百泉，厌旦于牧之野。鼓之而纣卒易乡，遂乘殷人而诛纣。盖杀者非周人，因殷人也。故无首虏之获，无蹈难之赏，反而定三革，偃五兵，合天下，立声乐，于是《武》、《象》起而《韶》、《护》废矣。四海之内，莫不变心易虑以化顺之，故外阖不闭，跨天下而无蕲[32]。当是时也，夫又谁为戒矣哉！"

造父者，天下之善御者也，无舆马则无所见其能；羿者，天下之善射者也，无弓矢则无所见其巧；大儒者，善调一天下者也，无百里之地则无所见其功。舆固马选矣，而不能以至远、一日而千里，则非造父也；弓调矢直矣，而不能以射远、中微，则非羿也；用百里之地，而不能以调一天下，制强暴，则非大儒也。

彼大儒者，虽隐于穷阎漏屋，无置锥之地，而王公不能与之争名；用百里之地，而千里之国莫能与之争胜，笞棰暴国[33]，齐一天下，而莫能倾也：是大儒之征也：其言有类，其行有礼，其举事无悔，其持险应变曲当，与时迁徙，与世偃仰，千举万变，其道一也。是大儒之稽也。其穷也，俗儒笑之；其通也，英杰化之，嵬琐逃之，邪说畏之，众人愧之。通则一天下，穷则独立贵名，天不能死，地不能埋，桀、跖之世不能污，非大儒莫之能立，仲尼、子弓是也。

故有俗人者，有俗儒者，有雅儒者，有大儒者。不学问，无正义，以富利为隆，是俗人者也。逢衣浅带，解果其冠[34]，略法先王而足乱世术，缪学杂举，不知法后王而一制度，不知隆礼义而杀《诗》、《书》[35]；其衣冠行伪已同于世俗矣，然而不知恶者，其言议谈说已无以异于墨子矣，然而明不能别；呼先王以欺愚者而求衣食焉，得委积足以揜其口，则扬扬如也；随其长子，事其便辟[36]，举其上客，億然若终身之虏而不敢有他志，是俗儒者也。法后王，一制度，隆礼义而杀《诗》、《书》；其言行已有大法矣，然而明不能齐，法教之所不及，闻见之所未至，则知不能类也；知之曰知之，不知曰不知，内不自以诬，外不自以欺，以是尊贤畏法而不敢怠傲，是雅儒者也。法先王，统礼义，一制度，以浅持博，以古持今，以一持万，苟仁义之类也，虽在鸟兽之中，若别白黑；倚物怪变，所未尝闻也，所未尝见也，卒然起一方，则举统类而应之，无所儗㤜[37]，张法而度之，则晻然若合符节[38]，是大儒者也。故人主用俗人则万乘之国亡，用俗儒则万乘之国存，用雅儒则千乘之国安，用大儒则百里之地久。而后三年，天下为一，诸侯为臣，用万乘之国则举错而定[39]，一朝而伯。

不闻不若闻之，闻之不若见之，见之不若知之，知之不若行之，学至于行之而止矣。行之，明也，明之为圣人。圣人也者，本仁义，当是非，齐言行，不失毫厘，无他道焉，已乎行之矣。

故闻之而不见，虽博必谬；见之而不知，虽识必妄；知之而不行，虽敦必困。不闻不见，则虽当，非仁也，其道百举而百陷也。

故人无师无法而知则必为盗，勇则必为贼，云能则必为乱，察则必为怪，辩则必为诞。人有师有法而知则速通，勇则速威，云能则速成，察则速尽，辩则速论。故有师法者，人之大宝也；无师法者，人之大殃也。

人无师法则隆性矣，有师法则隆积矣，而师法者，所得乎情，非所受乎性，不足以独立而治。性也者，吾所不能为也，然而可化也；情也者，非吾所有也，然而可为也。注错习俗⑩，所以化性也；并一而不二，所以成积也。习俗移志，安久移质，并一而不二则通于神明，参于天地矣。

故积土而为山，积水而为海，旦暮积谓之岁。至高谓之天，至下谓之地，宇中六指谓之极；涂之人百姓，积善而全尽谓之圣人。彼求之而后得，为之而后成，积之而后高，尽之而后圣；故圣人也者，人之所积也。人积耨耕而为农夫，积斫削而为工匠，积反货而为商贾㉛，积礼义而为君子。工匠之子莫不继事，而都国之民安习其服。居楚而楚，居越而越，居夏而夏；是非天性也，积靡使然也。

故人知谨注错，慎习俗，大积靡，则为君子矣；纵性情而不足问学，则为小人矣。为君子则常安荣矣，为小人则常危辱矣。凡人莫不欲安荣而恶危辱，故唯君子为能得其所好，小人则日徼其所恶㊵。《诗》曰："维此良人，弗求弗迪；维彼忍心，是顾是复；民之贪乱，宁为荼毒。"此之谓也。

人论㊸：志不免于曲私，而冀人之以己为公也；行不免于污漫，而冀人之以己为修也；其愚陋沟瞀，而冀人之以己为知也；是众人也。志忍私然后能公，行忍情性然后能修，知而好问然后能才，公修而才，可谓小儒矣。志安公，行安修，知通统类，如是则可谓大儒矣。大儒者，天子三公也。小儒者，诸侯大夫士也。众人者，工农商贾也。礼者，人主之所以为群臣寸尺寻丈检式也，人伦尽矣。

君子言有坛宇，行有防表，道有一隆。言道德之求，不下于安存；言志意之求，不下于士；言道德之求，不二后王㊹。道过三代谓之荡，法二后王谓之不雅。高之下之，小之巨之，不外是矣，是君子之所以骋志意于坛宇宫庭也。故诸侯问政不及安存，则不告也；匹夫问学不及为士，则不教也；百家之说不及先王，则不听也。夫是之谓君子言有坛宇，行有防表也。

---

①恶（wù，音务）：憎恨，讨厌。这里是唯恐、担心的意思。　　倍：通"背"，背叛。

②履（lǚ，音旅）：践，登上。　　籍：位。

③听天下之断：处理天下的政事。

④揜（yǎn，音演）：承袭。　　揜迹：继承前人的事业。

⑤变势次序：地位次序的变化。　　节然：恰好这样。

⑥厌然：安然，指社会安定不乱。　　天下厌然犹一也：天下安安稳稳仍像以往一样。

⑦罔：通"网"。　　不：通"罘"（fú，音浮）：捕兽的工具。　　罔不分：分配捕获的鱼兽。

⑧白：明显，显赫。　　贵名白：尊贵的名声显赫天下。

⑨比：按照。　　中：正中，适当。

⑩恤（xù，音序）：顾虑。　　然不然之情：是不是这样的情况。

⑪荐：通"践"，践踏。　　搏（zǔn，音怎）：压抑、欺负。

⑫偻（lóu，音楼）指：屈指可数，指很快就能说明道理。

⑬狂惑：狂妄糊涂。　　戆（gàng，音杠）陋：呆笨，愚蠢。

⑭蜮（yù，音玉）：相传是一种叫作短狐的害人动物。

⑮混然：没有知识的样子。　　涂之人：普通的老百姓。

⑯图：当作"圆"，转。　　而：通"如"。这句话的意思是：处理天下大事圆转自如，就如同辨别黑白那样容易。

⑰胥（xū，音须）：空疏。　　靡（mí，音迷）：没有。　　胥靡之人：一无所有的人。

⑱是：代词，指学习。　　扜（yú，音鱼）扜：广大，充足。这句话的意思是：知识渊博也就是富人。

⑲比周：结党营私。

⑳皋（gāo，音高）：沼泽地。　　九皋：这里比喻极其遥远的地方。

㉑严严：威严。　　敬己：严于责己。

㉒猒猒（yàn，音厌）：安然，安静。这句意思是安然啊，他是那样的长久不息。

㉓乐乐：同"落落"，坚定。　　执：掌握。　　殆（dài，音带）：通"怠"，怠慢。

㉔修修：通"条条"，行为端正的样子。　　统类：纲纪。　　行：行动。　　这句意思是：端正不邪呀，他的行动是那样地符合礼义。

㉕绥绥（suí，音随）：平安从容的样子。　　文章：文采。

㉖熙熙（xī，音西）：温和快乐的样子。　　臧（zāng，音脏）：善，好。

㉗固：坚定不移。　　执神而固：坚定地掌握着尽善、完备的治国方法。

㉘管：枢要，汇总。

㉙扆（yǐ，音以）：古代宫殿中门和窗之间的屏风。　　负扆而坐：背靠屏风坐着。

㉚迎：逆，冲犯。　　太岁：星名，即木星，古代称为岁星，又叫太岁。木星约十二年绕天一周，每年在天上有一定的方位。古代迷信说法，认为冲犯这个方位，就会遭到灾祸。

㉛汜（sì，音似）：当作"氾"（fàn，音范），河名。　　泛：泛滥。　　至汜而泛：到达汜河时，河水泛滥。

㉜蕲（qí，音奇）：通"圻"，边界，疆界。

㉝笞（chī，音吃）棰：打击。

㉞逢：大。　　浅带：宽松的腰带。　　解（xiè，音谢）果：同"蟹堁"（kè，音课），中间高两旁低。

㉟杀（shài，音晒）：降等、贬低的意思。　　不知隆礼义而杀《诗》、《书》的意思是：不懂得尊崇礼义而看轻《诗》、《书》。

㊱事：侍奉。　　辟：通"嬖"（bì，音闭），宠爱。　　便辟：指显贵者左右的亲信。

㊲嶷怹（yí zhà，音疑诈）：通"疑怍"，疑惑不解。

㊳晻（yǎn，音眼）：通"奄"（yǎn，音演）：覆盖。　　符节：古代用来作为凭信的东西。

㊴错：同"措"，措施。　　举错而定：采取措施就能使国家安定。

㊵错：通"措"。　　注错：措置，这里有实行的意思。

㊶反：通"贩"。

㊷徼：通"邀"（yāo，音妖）：招致。　　恶（wù，音务）：讨厌。

㊸论：通"伦"，等类。　　人论：人的等类。

㊹不二后王：不背离后王。

九、王　　制

请问为政？曰：贤能不待次而举，罢不能不待须而废①，元恶不待教而诛，中庸民不待政而化。分未定也则有昭缪②。虽王公士大夫之子孙也，不能属于礼义，则归之庶人。虽庶人之子孙也，积文学③、正身行，能属于礼义，则归之卿相士大夫。故奸人、奸说、奸事、奸能，遁逃反侧之民，职而教之，须而待之，勉之以庆赏，惩之以刑罚，安职则畜，不安职则弃。五疾，上收而养之，材而事之，官施而衣食之，兼覆无遗。才行反时者死无赦。夫是之谓天德，王者之政也。

听政之大分：以善至者待之以礼①，以不善至者待之以刑。两者分别，则贤、不肖不杂，是非不乱。贤、不肖不杂则英杰至，是非不乱则国家治。若是，名声日闻，天下愿，令行禁止，王者之事毕矣。凡听，威严猛厉而不好假道人，则下畏恐而不亲，周闭而不竭，若是，则大事殆乎弛，小事殆乎遂⑤。和解调通，好假道人而无所凝止之，则奸言并至，尝试之说锋起，若是，则听大事烦，是又伤之也。

故法而不议，则法之所不至者必废。职而不通，则职之所不及者必队⑥。故法而议，职而通，无隐谋，无遗善，而百事无过，非君子莫能。故公平者，职之衡也；中和者，听之绳也；其有法者以法行，无法者以类举，听之尽也；偏党而无经，听之辟也。故有良法而乱者，有之矣；有君子而乱者，自古及今，未尝闻也。传曰："治生乎君子，乱生乎小人。"此之谓也。

分均则不偏⑦，势齐则不一，众齐则不使。有天有地而上下有差，明王始立而处国有制。夫两贵之不能相事，两贱之不能相使，是天数也⑧。势位齐，而欲恶同，物不能澹则必争⑨，争则必乱，乱则穷矣。先王恶其乱也，故制礼义以分之，使有贫、富、贵、贱之等，足以相兼临者⑩，是养天下之本也。《书》曰："维齐非齐。"此之谓也。

马骇舆，则君子不安舆，庶人骇政，则君子不安位。马骇舆，则莫若静之，庶人骇政，则莫若惠之。选贤良，举笃敬，兴孝悌，收孤寡，补贫穷，如是，则庶人安政矣。庶人安政，然后君子安位。传曰："君者，舟也；庶人者，水也。水则载舟，水则覆舟。"此之谓也。故君人者欲安则莫若平政爱民矣，欲荣则莫若隆礼敬士矣，欲立功名则莫若尚贤使能矣，是君人者之大节也。三节者当，则其余莫不当矣；三节者不当，则其余虽曲当，犹将无益也。孔子曰："大节是也，小节是也，上君。大节是也，小节一出焉，一人焉，中君也。大节非也，小节虽是也，吾无观其余矣。"

成侯、嗣公，聚敛计数之君也，未及取民也；子产取民者也，未及为政也；管仲，为政者也，未及修礼也。故修礼者王，为政者强，取民者安，聚敛者亡。故王者富民，霸者富士，仅存之国富大夫，亡国富筐箧⑪，实府库。筐箧已富，府库已实，而百姓贫，夫是之谓上溢而下漏⑫，入不可以守，出不可以战，则倾覆灭亡可立而待也。故我聚之以亡，敌得之以强。聚敛者，召寇、肥敌、亡国、危身之道也，故明君不蹈也。

王夺之人，霸夺之与，强夺之地。夺之人者臣诸侯，夺之与者友诸侯，夺之地者敌诸侯。臣诸侯者王，友诸侯者霸，敌诸侯者危。

用强者，人之城守，人之出战，而我以力胜之也，则伤人之民必甚矣。伤人之民甚，则人之民恶我必甚矣。人之民恶我甚，则日欲与我斗。人之城守，人之出战，而我以力胜之，则伤吾民必甚矣，伤吾民甚，则吾民之恶我必甚矣。吾民之恶我甚，则日不欲为我斗。人之民日欲与我斗，吾民日不欲为我斗，是强者之所以反弱也。地来而民去，累多而功少，虽守者益⑬，所以守者损⑭，是以大者之所以反削也。诸侯莫不怀交接怨而不忘其敌，伺强大之间，承强大之敝。此强大之殆时也。知强大者不务强也，虑以王命，全其力，凝其德。力全则诸侯不能弱也，德凝则诸侯不能削也，天下无王霸主，则常胜矣。是知强道者也。

彼霸者不然，辟田野，实仓廪，便备用⑮，案谨募选阅材伎之士⑯，然后渐庆赏以先之，严刑罚以纠之。存亡继绝，卫弱禁暴，而无兼并之心，则诸侯亲之矣。修友敌之道以敬接诸侯，则诸侯说之矣。所以亲之者，以不并也；并之见则诸侯疏之矣；所以说之者，以友敌也，臣之见则诸侯离矣。故明其不并之行，信其友敌之道，天下无王霸主，则常胜矣。是知霸道者也。

闵王毁于五国，桓公劫于鲁庄，无它故焉，非其道而虑之以王也。

彼王者不然，仁眇天下⑰，义眇天下，威眇天下。仁眇天下，故天下莫不亲也；义眇天下，故天下莫不贵也；威眇天下，故天下莫敢敌也。以不敌之威，辅服人之道，故不战而胜，不攻而得，甲兵不劳而天下服。是知王道者也。知此三具者，欲王而王，欲霸而霸，欲强而强矣。

王者之人：饰动以礼义，听断以类，明振毫末，举措应变而不穷，夫是之谓有原，是王者之人也。

王者之制：道不过三代，法不贰后王⑱。道过三代谓之荡，法贰后王谓之不雅。衣服有制，宫室有度，人徒有数，丧祭械用皆有等宜，声则凡非雅声者举废，色则凡非旧文者举息，械用则凡非旧器者举毁。夫是之谓复古。是王者之制也。王者之论⑲：无德不贵，无能不官，无功不赏，无罪不罚，朝无幸位，民无幸生，尚贤使能，而等位不遗；折愿禁悍⑳，而刑罚不过。百姓晓然皆知夫为善于家而取赏于朝也；为不善于幽而蒙刑于显。夫是之谓定论。是王者之论也。

王者之等赋、政事㉑，财万物，所以养万民也。田野什一，关市几而不征㉒，山林泽梁以时禁发而不税。相地而衰政，理道之远近而致贡，通流财物粟米，无有滞留，使相归移也。四海之内若一家，故近者不隐其能，远者不疾其劳。无幽闲隐僻之国，莫不趋使而安乐之。夫是之谓人师，是王者之法也。

北海则有走马吠犬焉，然而中国得而畜使之；南海则有羽翮、齿革、曾青、丹干焉㉓，然而中国得而财之；东海则有紫紶鱼盐焉，然而中国得而衣食之；西海则有皮革、文旄焉，然而中国得而用之。故泽人足乎木，山人足乎鱼，农夫不斫削、不陶冶而足械用，工贾不耕田而足菽粟。故虎豹为猛矣，然而君子剥而用之。故天之所覆，地之所载，莫不尽其美、致其用，上以饰贤良，下以养百姓而安乐之。夫是之谓大神。诗曰："天作高山，大王荒之；彼作矣，文王康之。"此之谓也。

以类行杂，以一行万，始则终，终则始，若环之无端也，舍是而天下以衰矣。天地者，生之始也；礼义者，治之始也；君子者，礼义之始也。为之，贯之，积重之，致好之者，君子之始也。故天地生君子，君子理天地；君子者，天地之参也㉔，万物之总也，民之父母也。无君子则天地不理，礼义无统，上无君师，下无父子，夫是之谓至乱。君臣、父子、兄弟、夫妇、始则终，终则始，与天地同理，与万世同久，夫是之谓大本。故丧祭、朝聘、师旅一也。贵贱、杀生、与夺一也。君君、臣臣、父父、子子、兄兄、弟弟一也。农农、士士、工工、商商一也。

水火有气而无生，草木有生而无知，禽兽有知而无义；人有气、有生、有知，亦且有义，故最为天下贵。力不若牛，走不若马，而牛马为用，何也？曰：人能群，彼不能群也。人何以能群？曰：分㉕。分何以能行？曰：以义。故义以分则和，和则一，一则多力，多力则强，强则胜物；故宫室可得而居也。故序四时，裁万物，兼利天下，无它故焉，得之分义也。

故人生不能无群，群而无分则争，争则乱，乱则离，离则弱，弱则不能胜物，故宫室不可得而居也，不可少顷舍礼义之谓也。能以事亲谓之孝，能以事兄谓之弟，能以事上谓之顺，能以使下谓之君。君者，善群也。群道当，则万物皆得其宜，六畜皆得其长，群生皆得其命。故养长时，则六畜育；杀生时，则草木殖；政令时，则百姓一，贤良服。

圣王之制也，草木荣华滋硕之时，则斧斤不入山林，不夭其生，不绝其长也；鼋鼍、鱼、鳖、鳅鳣孕别之时，罔罟毒药不入泽，不夭其生，不绝其长也；春耕、夏耘、秋收、冬藏四者不失时，故五谷不绝，而百姓有馀食也；污池渊沼川泽，谨其时禁，故鱼鳖优多而百姓有馀用也；斩伐养长不失其时，故山林不童而百姓有馀材也㉖。

圣王之用也，上察于天，下错于地，塞备天地之间，加施万物之上；微而明，短而长，狭而广，神明博大以至约。故曰：一与一是为人者，谓之圣人。

　　序官㉗：宰爵知宾客、祭祀、飨食、牺牲之牢数。司徒知百宗、城郭、立器之数㉘。司马知师旅、甲兵、乘白之数㉙。修宪命，审诗商，禁淫声，以时顺修，使夷俗邪音不敢乱雅，大师之事也。修堤梁，通沟浍，行水潦，安水臧，以时决塞，岁虽凶败水旱，使民有所耘艾，司空之事也。相高下，视肥墝，序五种，省农功，谨蓄藏，以时顺修，使农夫朴力而寡能，治田之事也。修火宪，养山林薮泽草木鱼鳖百索，以时禁发，使国家足用而财物不屈，虞师之事也。顺州里，定廛宅，养六畜，闲树艺，劝教化，趋孝弟，以时顺修，使百姓顺命，安乐处乡，乡师之事也。论百工，审时事，辨功苦，尚完利，便备用，使雕琢文采不敢专造于家，工师之事也。相阴阳，占祲兆，钻龟陈卦，主攘择五卜，知其吉凶妖祥，伛巫跛击之事也㉚。修采清，易道路，谨盗贼，平室律，以时顺修，使宾旅安而货财通，治市之事也。抃急禁悍，防淫除邪，戮之以五刑，使暴悍以变，奸邪不作，司寇之事也㉛。本政教，正法则，兼听而时稽之，度其功劳，论其庆赏，以时顺修，使百吏免尽，而众庶不偷，冢宰之事也㉜。论礼乐，正身行，广教化，美风俗，兼覆而调一之，辟公之事也㉝。全道德，致隆高，綦文理，一天下，振毫末，使天下莫不顺比从服，天王之事也。故政事乱，则冢宰之罪也；国家失俗，则辟公之过也；天下不一，诸侯俗反，则天王非其人也。

　　具具而王㉞，具具而霸，具具而存，具具而亡。用万乘之国者，威强之所以立也，名声之所以美也，敌人之所以屈也，国之所以安危、臧否也，制与在此亡乎人。王霸、安存、危殆、灭亡，制与在我亡乎人。夫威强未足以殆邻敌也，名声未足以县天下也，则是国未能独立也，岂渠得免夫累乎！天下胁于暴国，而党为吾所不欲于是者，日与桀同事同行，无害为尧，是非功名之所就也，非存亡安危之所堕也。功名之所就，存亡安危之所堕，必将于愉殷赤心之所。诚以其国为王者之所，亦王；以其国为危殆灭亡之所，亦危殆灭亡。

　　殷之日㉟，案以中立无有所偏而为纵横之事，偃然案兵无动，以观夫暴国之相卒也。案平政教，审节奏，砥砺百姓，为是之日，而兵刬天下劲矣；案然修仁义，伉隆高，正法则，选贤良，养百姓，为是之日，而名声刬天下之美矣。权者重之，兵者劲之，名声者美之。夫尧、舜者，一天下也，不能加毫末于是矣。

　　权谋倾覆之人退，则贤良知圣之士案自进矣。刑政平，百姓和，国俗节，则兵劲城固，敌国案自诎矣。务本事，积财物，而勿忘栖迟薛越也㊱，是使群臣百姓皆以制度行，则财物积，国家案自富矣。三者体此而天下服，暴国之君案自不能用其兵矣。何则？彼无与至也。彼其所与至者，必其民也；其民之亲我也，欢若父母，好我芳若芝兰，反顾其上则若灼黥，若仇雠。彼人之情性也虽桀、跖，岂有肯为其所恶贼其所好者哉！彼以夺矣。故古之人，有以一国取天下者，非往行之也；修政其所，莫不愿，如是而可以诛暴禁悍矣。故周公南征而北国怨，曰：何独不来也？东征而西国怨。曰：何独后我也？孰能有与是斗者与？安以其国为是者王。

　　殷之日，安以静兵息民，慈爱百姓，辟田野，实仓廪，便备用，安谨募选阅材伎之士；然后渐赏庆以先之，严刑罚以防之，择士之知事者使相率贯也，是以厌然畜积修饰而物用之足也㊲。兵革器械者，彼将日日暴露毁折之中原，我今将修饰之，拊循之，掩盖之于府库。货财粟米者，彼将日日栖迟薛越之中野，我今将畜积并聚之于仓廪。材技股肱、健勇爪牙之士㊳，彼将日日挫顿竭之于仇敌，我今将来致之，并阅之，砥砺之于朝廷。如是，则彼日积敝，我日积完；彼日积贫，我日积富；彼日积劳，我日积佚。君臣上下之间者，彼将厉厉焉日日相离疾也㊴，我今将顿顿焉日日相亲爱也㊵，以是待其敝。安以其国为是者霸。

　　立身则从庸俗，事行则遵庸故，进退贵贱则举庸士，之所以接下之人百姓者则庸宽惠，如是者则安存。立身则轻楛㊶，事行则蠲疑㊷，进退贵贱则举佞悦，之所以接下之人百姓者，则好取侵夺，如是者危殆。立身则侨暴，事行则倾覆，进退贵贱则举幽险诈故，之所以接下之人百姓者，则好用其死力矣，而慢其功劳，好用其籍敛矣⑬，而忘其本务，如是者灭亡。此五等者，不可不善择也，王霸、安存、危殆、灭亡之具也。善择者制人，不善择之者人制之；善择之者王，不善择者亡。夫王者之与亡者，制人之与人制之也，是其为相悬也亦远矣。

---

①罢（pí，音皮）：通"疲"，指德行不好的人。

②昭缪：同"昭穆"，古代宗庙的排列次序，祖庙在正中，而后代中父辈的庙在左，叫"昭"，子辈的庙在右，叫"缪"。这样分出上下次序。

③文学：指文化典籍礼仪知识。

④以善至者：怀善意而来的人。

⑤遂：通"坠"，废弃。

⑥队：通"坠"，失。

⑦均：等同。　　偏：通"遍"，这里指上下统属关系。

⑧天数：指自然的道理。

⑨澹：通"赡"（shàn，音善），满足。

⑩相兼临：意思是彼此间相互监督。

⑪筐箧（qiè，音怯）：盛物的筐子和箱子。这里指国君的私囊。

⑫上溢：指国君财物多。　　下漏：指老百姓财物被剥夺得一干二净。

⑬守者：指土地。

⑭所以守者：指人民。

⑮备用：这里指兵械用品。　　便备用：使兵械用品便于使用。

⑯案：发语词。　　选阅：选拔。　　谨募选阅材伎之士：谨慎地招募和选拔武艺高强的人。

⑰眇（miǎo，音秒）：高远。

⑱贰：违背、违反。

⑲论：通"伦"，指用人的方针。

⑳折愿：折，辖制；　　愿：通"倞"，狡黠。

㉑政事：指正理民事。　　政：通"正"。

㉒几：检查。　　征：征税。

㉓羽翮（hé，音核）：鸟类的羽毛。　　齿革：象牙和犀牛皮。　　曾青：绘画用的颜料。　　丹干：朱砂。

㉔参：参与，配合。

㉕分（fèn，音奋）：指权利的限定。

㉖童：秃，山上没有草木叫作童。

㉗序官：叙述官吏的设置和职。　　序：通"叙"。

㉘司徒：掌管国家土地和民政的官。

㉙司马：掌管军政和军赋的官。

㉚伛（yǔ，音雨）：驼背。　　击：通"觋（xí，音习）"，迷信鬼神的男人。

㉛司寇：掌握刑法的官。

㉜冢（zhǒng，音种）宰：也称大宰，是众官之长。

㉝辟公：诸侯。

㉞具具：前一个"具"是动词，具备；后一个"具"是名词，条件。

㉟殷：盛。

㊱忘：通"妄"。　　栖迟：搁置，丢弃。　　薛越：散失。

㊲厌然：满足的样子。

㊳股肱（gōng，音工）：指得力的大臣。　　股：大腿。　　肱：上臂。

㊴厉厉焉：憎恶的样子。

㊵顿顿焉：淳厚的样子。

㊶轻楛（kǔ，音苦）：轻率粗劣。

㊷蠲（juān，音捐）疑：退疑，狐疑。

㊸籍敛：搜刮。

十、富　国

万物同宇而异体，无宜而有用为人①，数也②。人伦并处，同求而异道，同欲而异知，生也。皆有可也，知愚同；所可异也，知愚分。势同而知异，行私而无祸，纵欲而不穷，则民心奋而不可说也③。如是，则知者未得治也；知者未得治，则功名未成也；功名未成，则群众未县也；群众未县，则君臣未立也。无君以制臣，无上以制下，天下害生纵欲。欲恶同物，欲多而物寡，寡则必争矣。故百技所成，所以养一人也。而能不能兼技，人不能兼官④，离居不相待则穷，群而无分则争。穷者患也，争者祸也。救患除祸，则莫若明分使群矣。强胁弱也，知惧愚也，民下违上，少陵长，不以德为政，如是则老弱有失养之忧，而壮者有分争之祸矣。事业所恶也，功利所好也，职业无分，如是则人有树事之患⑤，而有争功之祸矣。男女之合，夫妇之分，婚姻娉内⑥，送逆无礼；如是则人有失合之忧，而有争色之祸矣。故知者为之分也。

足国之道，节用裕民，而善臧其余。节用以礼，裕民以政。彼裕民，故多余，裕民则民富，民富则田肥以易，田肥以易则出实百倍。上以法取焉，而下以礼节用之。余若丘山，不时焚烧，无所臧之，夫君子奚患乎无余？故知节用裕民，则必有仁义圣良之名，而且有富厚丘山之积矣。此无它故焉，生于节用裕民也。不知节用裕民则民贫，民贫则田瘠以秽，田瘠以秽，则出实不半，上虽好取侵夺，犹将寡获也，而或以无礼节用之，则必有贪利纠诔之名，而且有空虚穷乏之实矣。此无它故焉，不知节用裕民也。《康诰》曰："弘覆乎天，若德裕乃身。"此之谓也。

礼者，贵贱有等，长幼有差，贫富轻重皆有称者也。故天子袾裷衣冕⑦，诸侯玄裷衣冕，大夫裨冕⑧，士皮弁服⑨。德必称位，位必称禄，禄必称用。由士以上则必以礼乐节之，众庶百姓则必以法数制之。量地而立国，计利而畜民，度人力而授事；使民必胜事，事必出利，利足以生民，皆使衣食百用出入相揜⑩，必时臧余，谓之称数。故自天子通于庶人，事无大小多少，由是推之。故曰："朝无幸位，民无幸生。"此之谓也。

轻田野之税，平关市之征，省商贾之数，罕兴力役，无夺农时，如是则国富矣。夫是之谓以政裕民。

人之生，不能无群。群而无分则争，争则乱，乱则穷矣。故无分者，人之大害也；有分者，天下之本利也；而人君者，所以管分之枢要也。故美之者，是美天下之本也；安之者，是安天下之本也；贵之者，是贵天下之本也。古者先王分割而等异之也，故使或美或恶，或厚或薄，或佚或乐，或劬或劳⑪，非特以为淫泰夸丽之声，将以明仁之文，通仁之顺也。故为之雕琢刻镂、黼黻文章⑫，使足以辨贵贱而已，不求其观；为之钟鼓、管磬、琴瑟、竽笙，使足以辨吉凶，合欢定和而已，不求其馀；为之宫室台榭，使足以避燥湿，养德辨轻重而已，不求其外。《诗》曰："雕琢其章，金玉其相。亹亹我王⑬，纲纪四方⑭。"此之谓也。

若夫重色而衣之⑮，重味而食之，重财物而制之，合天下而君之，非特以为淫泰也，固以为王天下，治万变，材万物，养万民，兼制天下者，为莫若仁人之善也夫！故其知虑足以治之，其仁厚足以安之，其德音足以化之，得之则治，失之则乱。百姓诚赖其知也，故相率而为之劳苦以务佚之[16]，以养其知也；诚美其厚也，故为之出死断亡以覆救之，以养其厚也；诚美其德也，故为之雕琢刻镂、黼黻文章，以藩饰之，以养其德也。故仁人在上，百姓贵之如帝，亲之如父母，为之出死断亡而愉者，无它故焉，其所是焉诚美，其所得焉诚大，其所利焉诚多。《诗》曰："我任我辇，我车我牛，我行既集，盖云归哉！"此之谓也。

故曰："君子以德，小人以力；力者，德之役也。"百姓之力，待之而后功；百姓之群，待之而后和；百姓之财，待之而后聚；百姓之势，待之而后安；百姓之寿，待之而后长。父子不得不亲，兄弟不得不顺，男女不得不欢。少者以长，老者以养。故曰："天地生之，圣人成之。"此之谓也。

今之世而不然：厚刀布之敛以夺之财[17]，重田野之税以夺之食，苛关市之征以难其事。不然而已矣，有掎挈伺诈[18]，权谋倾覆，以相颠倒，以靡敝之，百姓晓然皆知其污漫暴乱而将大危亡也。是以臣或弑其君，下或杀其上，粥其城[19]，倍其节[20]，而不死其事者，无它故焉，人主自取之。《诗》曰："无言不雠，无德不报。"此之谓也。

兼足天下之道在明分。掩地表亩，刺草殖谷，多粪肥田，是农夫众庶之事也。守时力民，进事长功，和齐百姓，使人不偷，是将率之事也。高者不旱，下者不水，寒暑和节，而五谷以时孰，是天下之事也。若夫兼而覆之，兼而爱之，兼而制之，岁虽凶败水旱，使百姓无冻馁之患，则是圣君贤相之事也。

墨子之言，昭昭然为天下忧不足。夫不足，非天下之公患也，特墨子之私忧过计也。今是土之生五谷也，人善治之则亩数盆，一岁而再获之，然后瓜桃枣李一本数以盆鼓，然后荤菜百疏以泽量[21]，然后六畜禽兽一而剸车，鼋鼍、鱼鳖、鳅鳝以时别[22]，一而成群，然后飞鸟凫雁若烟海，然后昆虫万物生其间，可以相食养者不可胜数也[23]。夫天地之生万物也，固有馀足以食人矣；麻葛、茧丝、鸟兽之羽毛齿革也，固有馀足以衣人矣。夫有馀不足，非天下之公患也，特墨子之私忧过计也。

天下之公患，乱伤之也。胡不尝试相与求乱之者谁也？我以墨子之"非乐"也，则使天下乱，墨子之"节用"也，则使天下贫，非将堕之也，说不免焉。墨子大有天下，小有一国，将蹙然衣粗食恶，忧戚而非乐。若是则瘠，瘠则不足欲，不足欲则赏不行。墨子大有天下，小有一国，将少人徒，省官职，上功劳苦，与百姓均事业，齐功劳，若是则不威，不威则赏罚不行。赏不行，则贤者不可得而进也；罚不行，则不肖者不可得而退也。贤者不可得而进也，不肖也不可得而退也，则能不能不可得而官也。若是则万物失宜，事变失应，上失天时，下失地利，中失人和，天下敖然，若烧若焦。墨子虽为之衣褐带索，嚽菽饮水[24]，恶能足之乎！既以伐其本，竭其原，而焦天下矣。

故先王圣人为之不然，知夫为人主上者不美不饰之不足以一民也，不富不厚之不足以管下也，不威不强之不足以禁暴胜悍也。故必将撞大钟、击鸣鼓、吹笙竽、弹琴瑟，以塞其耳；必将雕琢刻镂、黼黻文章，以塞其目；必将刍豢稻粱、五味芬芳，以塞其口[25]；然后众人徒、备官职、渐庆赏、严刑罚，以戒其心。使天下生民之属，皆知己之所愿欲之举在于是也，故其赏行；皆知己之所畏恐之举在于是也，故其罚威。赏行罚威，则贤者可得而进也，不肖者可得而退也，能不能可得而官也。若是，则万物得宜，事变得应，上得天时，下得地利，中得人和，财货浑浑如泉源，汸汸如河海[26]，暴暴如丘山，不时焚烧，无所藏之，夫天下何患乎不足也？故儒术诚行，则天下大而富，使而功，撞钟击鼓而和。《诗》曰："钟鼓喤喤，管磬玱玱，降福穰穰。降福简简，威仪反反。既醉既饱，福禄来反。"此之谓也。故墨术诚行则天下尚俭而弥贫，非斗而日争，劳苦顿萃而愈无功，愀然忧戚非乐而日不和。《诗》曰："天方荐瘥㉗，丧乱弘多。民言无嘉，憯莫惩嗟。"此之谓也。

垂事养民，拊循之，呃呴之㉘，冬日则为之饘粥，夏日则与之瓜麮，以偷取少顷之誉焉，是偷道也，可以少顷得奸民之誉，然而非长久之道也；事必不就，功必不立，是奸治者也。傮然要时务民，进事长功，轻非誉而恬失民，事进矣而百姓疾之，是又不可偷偏者也。徒坏堕落，必反无功。故垂事养誉，不可；以遂功而忘民，亦不可，皆奸道也。

故古之人为之不然，使民夏不宛暍㉙，冬不冻寒，急不伤力，缓不后时，事成功立，上下俱富。而百姓皆爱其上，人归之如流水，亲之欢如父母，为之出死断亡而愉者，无它故焉，忠信调和均辨之至也。故君国长民者，欲趋时遂功，则和调累解㉚，速乎急疾；忠信均辨，说乎赏庆矣；必先修正其在我者，然后徐责其在人者，威乎刑罚。三德者诚乎上，则下应之如影响，虽欲无明达，得乎哉！《书》曰："乃大明服，惟民其力懋和，而有疾。"此之谓也。

故不教而诛，则刑繁而邪不胜；教而不诛，则奸民不惩；诛而不赏，则勤属之民不劝；诛赏而不类，则下疑俗俭而百姓不一。故先王明礼义以壹之；致忠信以爱之；尚贤使能以次之；爵服庆赏以申重之；时其事、轻其任、以调齐之，潢然兼覆之，养长之，如保赤子。若是，故奸邪不作，盗贼不起，而化善者劝勉矣。是何邪？则其道易，其塞固，其政令一，其防表明。故曰："上一则下一矣，上二则下二矣，辟之若草木，枝叶必类本。"此之谓也。

不利而利之，不如利而后利之之利也；不爱则用之，不如爱而后用之之功也。利而后利之，不如利而不利者之利也；爱而后用之，不如爱而不用者之功也。利而不利也，爱而不用也者，取天下矣。利而后利之，爱而后用之者，保社稷也。不利而利之，不爱而用之者，危国家也。

观国之治乱臧否，至于疆易而端已见矣。其候徼支缭㉛，其竟关之政尽察，是乱国已。入其境，其田畴秽，都邑露㉜，是贪主已。观其朝廷，则其贵者不贤；观其官职，则其治者不能；观其便嬖，则其信者不悫；是暗主已。凡主相臣下百吏之俗，其于货财取与计数也，须孰尽察；其礼义节奏也，芒轫僈楛，是辱国已。其耕者乐田，其战士安难，其百吏好法，其朝廷隆礼，其卿相调议，是治国已。观其朝廷，则其贵者贤；观其官职，则其治者能；观其便嬖，则其信者悫；是明主已。凡主相臣下百吏之属，其于货财取与计数也，宽饶简易，其于礼义节奏也，陵谨尽察，是荣国已。贤齐则其亲者先贵；能齐则其故者先官；其臣下百吏，污者皆化而修㉝，悍者皆化而愿，躁者皆化而悫，是明主之功已。

观国之强弱贫富有征：上不隆礼则兵弱，上不爱民则兵弱，已诺不信则兵弱，庆赏不渐则兵弱，将率不能则兵弱。上好功则国贫，上好利则国贫，士大夫众则国贫，工商众则国贫，无制数度量则国贫。下贫则上贫，下富则上富。故田野县鄙者财之本也；垣窌仓廪者财之末也㉞；百姓时和、事业得叙者，货之源也；等赋府库者，货之流也。故明主必谨养其和，节其流，开其源，而时斟酌焉，潢然使天下必有馀，而上不忧不足。如是则上下俱富，交无所藏㉟，是知国计之极也。故禹十年水，汤七年旱，而天下无菜色者；十年之后，年谷复孰而陈积有馀。是无它故焉，知本末源流之谓也。故田野荒而仓廪实，百姓虚而府库满，夫是之谓国蹷。伐其本，竭其源，而并之其末，然而主相不知恶也，则其倾覆灭亡则可立而待也。以国持之而不足以容其身，夫是之谓至贪，是愚主之极也。将以求富而丧其国，将以求利而危其身，古有万国，今有十数焉。是无它故焉，其所以失之一也。君人者亦可以觉矣。

百里之国足以独立矣。凡攻人者，非以为名，则案以为利也；不然，则忿之也。仁人之用国，将修志意，正身行，伉隆高，致忠信，期文理。布衣紃屦之士诚是㊱，则虽在穷阎漏屋，而王公不能与之争名，以国载之，则天下莫之能隐匿也。若是，则为名者不攻也。将辟田野，实仓廪，便备用，上下一心，三军同力，与之远举极战，则不可；境内之聚也保固，视可，午其军㊲，取其将，若拔辫㊳。彼得之不足以药伤补败。彼爱其爪牙，畏其仇敌，若是，则为利者不攻也。将修小大强弱之义以持慎之，礼节将甚文，珪璧将甚硕，货赂将甚厚，所以说之者必将雅文辨慧之君子也。彼苟有人意焉，夫谁能忿之？若是，则忿之者不攻也。为名者否，为利者否，为忿者否，则国安于盘石，寿于旗翼㊳。人皆乱，我独治；人皆危，我独安；人皆失丧之，我按起而制之。故仁人之用国，非特将持其有而已矣，又将兼人。《诗》曰："淑人君子，其仪不忒㊵。其仪不忒，正是四国。"此之谓也。

持国之难易：事强暴之国难，使强暴之国事我易。事之以货宝，则货宝单而交不结；约信盟誓，则约定而畔无日；割国之锱铢以赂之㊶，则割定而欲无厌。事之弥烦，其侵人愈甚，必至于资单国举然后已，虽左尧而右舜，未有能以此道得免焉者也。辟之是犹使处女婴宝珠、佩宝玉，负戴黄金而遇中山之盗也，虽为之逢蒙视，诎要桡腘㊷，君卢屋妾，由将不足以免也。故非有一人之道也，直将巧繁拜请而畏事之，则不足以为持国安身，故明君不道也。必将修礼以齐朝，正法以齐官，平政以齐民，然后节奏齐于朝，百事齐于官，众庶齐于下。如是，则近者竞亲，远方致愿，上下一心，三军同力，名声足以暴炙之，威强足以捶笞之，拱揖指麾，而强暴之国莫不趋使，譬之是犹乌获与焦侥搏也㊸。故曰："事强暴之国难，使强暴之国事我易。"此之谓也。

---

①无宜：用处不同。

②数：指自然的道理。

③心奋：倾心于奋起争夺。

④官：管理。　　人不能兼官：一个人不能兼管各种事务。

⑤树事之患：指对自己难以建树事业的忧心。

⑥娉：通"聘"，定亲。　　内：通"纳"。

⑦株（zhū，音朱）：通"朱"，红色。　　卷（gǔn，音滚）：同"衮"，画龙的衣服。　　冕：礼帽。

⑧裨（pí，音皮）：一种大夫所用礼服的名称。

⑨皮弁（biàn，音便）：用白鹿皮做的帽子。

⑩揜（yǎn，音眼）：同"掩"，相合。

⑪劬（qú，音渠）：过分劳累。

⑫为之：制作。　　雕琢（zhuó，音苗）：雕刻玉石称雕琢。　　刻：雕刻木器。　　镂（lòu，音漏）：雕刻金器称镂。黼（fǔ，音斧）：黑白相间的花纹。　　黻（fú，音浮）：青黑相间的花纹。　　章：红白相间的花纹。　　黼黻文章：泛指礼服上的各种花纹。

⑬亹亹（wěi，音尾）：形容勤勉不倦。

⑭纲纪：治理。

⑮重（chóng，音虫）：多种，丰厚。

⑯相率：争先恐后。

⑰厚：加重。　　刀布：都是古代的钱币，这里泛指钱财。　　敛：聚集。

⑱掎（jǐ，音济）契（qiè，音切）　　伺诈：故意挑剔，伺机欺诈。

⑲粥：同"鬻"（yù，音玉），出卖。

⑳倍：通"背"，背叛。

㉑荤菜：指葱、姜、蒜一类的蔬菜。

㉒以时别：按时生育。

㉓相食养者：作为食物供人食用。

㉔啜（chuò，音辍）：同"啜"，吃。　　菽：豆类的总称。

㉕刍豢（chú huàn，音除患）：指牛、羊、猪等家禽。

㉖汸（pāng，音乓）汸：水量很大。

㉗荐（jiàn，音渐）：屡。　瘥（cúo，音痤）：疾病。

㉘呃（wā，音蛙）呕：作小儿语声以示慈爱。

㉙宛：通"蕴"，暑气。　暍（hè，音褐）：中暑。

㉚累解：宽缓。

㉛候：斥候，哨兵。　徼（jiǎo，音角）：巡逻。　支：分散。　缭：环绕。

㉜都邑露：指城墙倒塌。

㉝修：指变好、变得廉洁。　皆化而修：都接受教化而变好。

㉞垣（yuán，音原）：官府的货仓。　窌（jiào，音叫）：同"窖"。

㉟交：相互。

㊱纠（xún，音旬）屦（jù，音据）：用粗麻绳编成的鞋。

㊲午：通"迕"，相遇。

㊳菶（fēng，音丰）：蒲草。

㊴旗：通"箕"，二十八星宿之一。　翼：二十八星宿之一。

㊵忒（tè，音特）：差错。

㊶锱铢（zī zhū，音资珠）：锱和铢都是古代极小的计量单位。这里比喻少量的国土。

㊷诎（qū，音屈）：通"屈"，弯曲。　要：通"腰"。　桡（ráo，音饶）：曲。　腘（guó，音国）：膝部的后面。

㊸乌获：传说为秦国的大力士。

十一、王　霸

国者，天下之制利用也；人主者，天下之利势也。得道以持之，则大安也，大荣也，积美之源也；不得道以持之，则大危也，大累也，有之不如无之，及其綦也，索为匹夫不可得也，齐湣、宋献是也。故人主天下之利势也，然而不能自安也，安之者必将道也。

故用国者，义立而王，信立而霸，权谋立而亡。三者，明主之所谨择也，仁人之所务白也。

挈国以呼礼义而无以害之，行一不义、杀一无罪而得天下，仁者不为也，拱然扶持心国①，且若是其固也。之所与为之者之人，则举义士也；之所以为布陈于国家刑法者，则举义法也；主之所极然帅群臣而首乡之者，则举义志也。如是，则下仰上以义矣，是綦定也②。綦定而国定，国定而天下定。仲尼无置锥之地，诚义乎志意，加义乎身行，箸之言语，济之日，不隐乎天下，名垂乎后世。今亦以天下之显诸侯诚义乎志意，加义乎法则度量，箸之以政事，案申重之以贵贱杀生③，使袭然终始犹一也。如是，则夫名声之部发于天地之间也，岂不如日月雷霆然矣哉！故曰：以国齐义，一日而白，汤、武是也。汤以亳，武王以鄗，皆百里之地也，天下为一，诸侯为臣，通达之属莫不从服，无它故焉，以济义矣。是所谓义立而王也。

德虽未至也，义虽未济也，然而天下之理略奏矣④，刑赏已诺信乎天下矣，臣下晓然皆知其可要也。政令已陈，虽睹利败，不欺其民；约结已定，虽睹利败，不欺其与。如是，则兵劲城固，敌国畏之；国一綦明，与国信之。虽在僻陋之国，威动天下，五伯是也。非本政教也⑤，非致隆高也，非綦文理也，非服人之心也；乡方略，审劳佚，谨畜积，修战备，齺然上下相信⑥，而天下莫之敢当。故齐桓、晋文、楚庄、吴阖闾、越勾践，是皆僻陋之国也，威动天下，强殆中国，无它故焉，略信也。是所谓信立而霸也。

挈国以呼功利，不务张其义，齐其信⑦，唯利之求，内则不惮诈其民而求小利焉，外则不惮诈其与而求大利焉，内不修正其所以有，然常欲人之有。如是，则臣下百姓莫不以诈心待其上矣。上诈其下，下诈其上，则是上下析也⑧。如是，则敌国轻之，与国疑之，权谋日行，而国不免危削，綦之而亡⑨，齐闵、薛公是也。故用强齐⑩，非以修礼义也，非以本政教也，非以一天下也，绵绵常以结引驰外为务。故强，南足以破楚，西足以诎秦，北足以败燕，中足以举宋。及以燕赵起而攻之，若振槁然，而身死国亡，为天下大僇，后世言恶，则必稽焉。是无它故焉，唯其不由礼义而由权谋也。

三者，明主之所以谨择也，而仁人之所以务白也。善择者制人，不善择者人制之。

国者，天下之大器也⑪，重任也，不可不善为择所而后错之，错之险则危；不可不善为择道然后道之，涂薉则塞⑫，危塞则亡。彼国错者⑬，非封焉之谓也，何法之道，谁子之与也？故道王者之法，与王者之人为之，则亦王；道霸者之法，与霸者之人为之，则亦霸；道亡国之法，与亡国之人为之，则亦亡。三者，明主之所以谨择也，而仁人之所以务白也。

故国者，重任也，不以积持之则不立。故国者，世所以新者也，是惮惮，非变也，改王改行也⑭。故一朝之日也，一日之人也，然而厌焉有千岁之固何也？曰：援夫千岁之信法以持之也，安与夫千岁之信士为之也。人无百岁之寿，而有千岁之信士，何也？曰：以夫千岁之法自持者，是乃千岁之信士矣。故与积礼义之君子为之则王，与端诚信全之士为之则霸，与权谋倾覆之人为之则亡。三者，明主之所以谨择也，而仁人之所以务白也。善择之者制人，不善择之者人制之。

彼持国者，必不可以独也；然则强固荣辱在于取相矣。身能⑮，相能，如是者王。身不能，知恐惧而求能者，如是者强。身不能，不知恐惧而求能者，安唯便僻左右亲比己者之用⑯，如是者危削，綦之而亡。国者，巨用之则大⑰，小用之则小；綦大而王，綦小而亡，小巨分流者存。巨用之者，先义而后利，安不恤亲疏，不恤贵贱，唯诚能之求，夫是之谓巨用之。小用之者，先利而后义，安不恤是非，不治曲直，唯便辟亲比己者之用，夫是之谓小用之。巨用之者若彼，小用之者若此；小巨分流者亦一若彼，一若此也。故曰："粹而王，驳而霸，无一焉而亡。"此之谓也。

国无礼则不正。礼之所以正国也，譬之犹衡之于轻重也，犹绳墨之于曲直也，犹规矩之于方圆也，既错之而人莫之能诬也⑱。《诗》云："如霜雪之将将⑲，如日月之光明，为之则存，不为则亡。"此之谓也。

国危则无乐君，国安则无忧民。乱则国危，治则国安。今君人者，急逐乐而缓治国，岂不过甚矣哉！譬之是犹好声色而恬无耳目也，岂不哀哉！夫之人情，目欲綦色，耳欲綦声，口欲綦味，鼻欲綦臭，心欲綦佚。此五綦者，人情之所必不免也。养五綦者有具，无其具则五綦者不可得而致也。万乘之国，可谓广大富厚矣，加有治辨、强固之道焉，若是，则恬愉无患难矣，然后养五綦之具具也。故百乐者，生于治国者也，忧患者生于乱国者也。急逐乐而缓治国者，非知乐者也。故明君者，必将先治其国，然后百乐得其中。暗君者必将急逐乐而缓治国，故忧患不可胜校也，必至于身死国亡然后止也，岂不哀哉！将以为乐，乃得忧焉；将以为安，乃得危焉；将以为福，乃得死亡焉；岂不哀哉！于乎！君人者，亦可以察若言矣！故治国有道，人主有职。若夫贯日而治详，一日而曲列之，是所使夫百吏官人为也，不足以是伤游玩安燕之乐。若夫论一相以兼率之，使臣下百吏莫不宿道乡方而务⑳，是夫人主之职也。若是，则一天下，名配尧、禹。之主者守至约而详，事至佚而功，垂衣裳不下簟席之上，而海内之人莫不愿得以为帝王。夫是之谓至约，乐莫大焉。

人主者，以官人为能者也；匹夫者，以自能为能者也。人主得使人为之，匹夫则无所移之。

百亩一守，事业穷，无所移之也。今以一人兼听天下，日有馀而治不足者，使人为之也。大有天下，小有一国，必自为之然后可，则劳若耗顿莫甚焉，如是，则虽臧获不肯与天子易势业㉑。以是县天下，一四海，何故必自为之？为之者，役夫之道也，墨子之说也。论德使能而官施之者，圣王之道也，儒之所谨守也。传曰："农分田而耕，贾分货而贩，百工分事而劝，士大夫分职而听，建国诸侯之君分土而守，三公总方而议；则天子共己而已。"出若入若㉒，天下莫不平均，莫不治辨，是百王之所同也，而礼法之大分也㉓。

百里之地可以取天下，是不虚，其难者在于人主之知也。取天下者，非负其土地，而从之谓也，道足以一人而已矣。彼其人苟一，则其土地且奚去我而适它？故百里之地，其等位爵服，足以容天下之贤士矣；其官职事业，足以容天下之能士矣；循其旧法，择其善者而明用之，足以顺服好利之人矣。贤士一焉，能士官焉，好利之人服焉，三者具，而天下尽，无有是其外矣。故百里之地，足以竭势矣㉔；致忠信，著仁义，足以竭人矣。两者合而天下取，诸侯后同者先危。《诗》曰："自西自东，自南自北，无思不服。"一人之谓也。

羿、蜂门者，善服射者也；王良、造父者，善服驭者也；聪明君子者，善服人者也。人服而势从之，人不服而势去之，故王者已于服人矣。故人主欲得善射，射远中微，则莫若羿、蜂门矣；欲得善驭，及速致远，则莫若王良、造父矣；欲得调一天下㉕，制秦、楚，则莫若聪明君子矣。其用知甚简，其为事不劳而功名致大，甚易处而綦可乐也，故明君以为宝，而愚者以为难。

夫贵为天子，富有天下，名为圣王㉖，兼制人，人莫得而制也，是人情之所同欲也，而王者兼而有是者也。重色而衣之，重味而食之，重财物而制之，合天下而君之；饮食甚厚，声乐甚大，台榭甚高，园囿甚广，臣使诸侯，一天下，是又人情之所同欲也，而天子之礼制如是者也。制度以陈，政令以挟；官人失要则死，公侯失礼则幽，四方之国有侈离之德则必灭㉗；名声若日月，功绩如天地，天下之人应之如影响，是又人情之所同欲也，而王者兼而有是者也。故人之情，口好味而臭味莫美焉㉘，耳好声而声乐莫大焉，目好色而文章致繁、妇女莫众焉，形体好佚而安重闲静莫愉焉，心好利而谷禄莫厚焉；合天下之所同愿兼而有之，睪牢天下而制之若制子孙，人苟不狂惑戇陋者，其谁能睹是而不乐也哉！欲是之主并肩而存，能建是之士不世绝，千岁而不合㉙，何也？曰：人主不公，人臣不忠。人主则外贤而偏举，人臣则争职而妒贤，是其所以不合之故也。人主胡不广焉，无恤亲疏，无偏贵贱，唯诚能之求？若是，则人臣轻职业让贤，而安随其后；如是，则舜、禹还至，王业还起。功一天下，名配舜、禹，物由有可乐如是其美焉者乎？呜呼！君人者亦可以察若言矣！杨朱哭衢涂曰："此夫过举蹞步而觉跌千里者夫！"哀哭之。此亦荣辱安危存亡之衢已，此其为可哀，甚于衢涂。呜呼哀哉！君人者，千岁而不觉也。

无国而不有治法，无国而不有乱法；无国而不有贤士，无国而不有罢士；无国而不有愿民，无国而不有悍民；无国而不有美俗，无国而不有恶俗。两者并行而国在，上偏而国安，在下偏而国危；上一而王，下一而亡。故其法治，其佐贤，其民愿，其俗美，而四者齐，夫是之谓上一。如是，则不战而胜，不攻而得，甲兵不劳而天下服。故汤以亳，武王以鄗，皆百里之地也，天下为一，诸侯为臣，通达之属，莫不从服，无它故焉，四者齐也。桀、纣即序于有天下之势，索为匹夫而不可得也，是无它故焉，四者并亡也。故百王之法不同若是，所归者一也。

上莫不致爱其下，而制之以礼。上之于下，如保赤子。政令制度，所以接下之人百姓，有不理者如豪末，则虽孤独鳏寡必不加焉。故下之亲上欢如父母，可杀而不可使不顺。君臣上下，贵贱长幼，至于庶人，莫不以是为隆正。然后皆内自省以谨于分，是百王之所以同也，而礼法之枢要也。然后农分田而耕，贾分货而贩，百工分事而劝，士大夫分职而听，建国诸侯之君分土而守，三公总方而议，则天子共己而止矣。出若入若，天下莫不平均，莫不治辨，是百王之所同，而礼法之大分也。

　　若夫贯日而治平，权物而称用，使衣服有制，宫室有度，人徒有数，丧祭械用皆有等宜，以是用挟于万物，尺寸寻丈，莫得不循乎制度数量然后行，则是官人使吏之事也，不足数于大君子之前。故君人者，立隆政本朝而当③，所使要百事者诚仁人也③，则身佚而国治，功大而名美，上可以王，下可以霸；立隆政本朝而不当，所使要百事者非仁人也，则身劳而国乱，功废而名辱，社稷必危：是人君者之枢机也③。故能当一人而天下取③，失当一人而社稷危。不能当一人而能当千人百人者，说无之有也。既能当一人，则身有何劳而为，垂衣裳而天下定。故汤用伊尹，文王用吕尚，武王用召公，成王用周公旦。卑者五伯，齐桓公闺门之内，悬乐奢泰游抏之修，于天下不见谓修③，然九合诸侯③，一匡天下，为五伯长，是亦无它故焉，知一政于管仲也，是君人者之要守也。知者易为之兴力而功名綦大，舍是而孰足为也？故古之人有大功名者，必道是者也；丧其国，危其身者，必反是者也。故孔子曰："知者之知，固以多矣，有以守少，能无察乎！愚者之知，固以少矣，有以守多，能无狂乎！"此之谓也。

　　治国者，分已定，则主相、臣下、百吏各谨其所闻，不务听其所不闻；各谨其所见，不务视其所不见。所闻所见诚以齐矣，则虽幽闲隐辟，百姓莫敢不敬分安制以化其上，是治国之征也。

　　主道治近不治远，治明不治幽，治一不治二③。主能治近则远者理，主能治明则幽者化，主能当一则百事正。夫兼听天下，日有馀而治不足者，如此也，是治之极也。既能治近，又务治远；既能治明，又务见幽；既能当一，又务正百：是过者也。过，犹不及也；辟之是犹立直木而求其影之枉也。不能治近，又务治远；不能察明，又务见幽；不能当一，又务正百：是悖者也，辟之是犹立枉木而求其影之直也。故明主好要③，而暗主好详。主好要则百事详，主好详则百事荒。君者，论一相，陈一法，明一指，以兼覆之，兼炤之，以观其盛者也。相者，论列百官之长，要百事之听，以饰朝廷臣下百吏之分，度其功劳，论其庆赏，岁终奉其成功以效于君。当则可，不当则废，故君人劳于索之，而休于使之。

　　用国者，得百姓之力者富，得百姓之死者强，得百姓之誉者荣。三得者具而天下归之，三得者亡而天下去之。天下归之之谓王，天下去之之谓亡。汤、武者，循其道，行其义，兴天下同利，除天下同害，天下归之。故厚德音以先之，明礼义以道之，致忠信以爱之，尚贤使能以次之，爵服赏庆以申重之，时其事、轻其任，以调齐之，潢然兼覆之，养长之，如保赤子。生民则致宽，使民则綦理，辨政令制度，所以接天下之人百姓，有非理者如豪末，则虽孤独鳏寡必不加焉。是故百姓贵之如帝，亲之如父母，为之出死断亡而不愉者，无它故焉，道德诚明，利泽诚厚也。乱世不然：污漫突盗以先之，权谋倾覆以示之，俳优、侏儒、妇女之请谒以悖之，使愚诏知，使不肖临贤，生民则致贫隘，使民则綦劳苦。是故百姓贱之如㑊③，恶之如鬼，日欲司间而相与投藉之③，去逐之。卒有寇难之事，又望百姓之为己死，不可得也，说无以取之焉。孔子曰："审吾所以适人，适人之所以来我也。"此之谓也。

　　伤国者何也④？曰：以小人尚民而威，以非所取于民而巧，是伤国之大灾也。大国之主也，而好见小利，是伤国；其于声色、台榭、园囿也，愈厌而好新，是伤国；不好循正其所以有，唫唫常欲人之有④，是伤国。三邪者在匈中，而又好以权谋倾覆之人断事其外，若是，则权轻名辱，社稷必危，是伤国者也。大国之主也，不隆本行，不敬旧法，而好诈故，若是，则夫朝廷群臣亦从而成俗于不隆礼义，而好倾覆也。朝廷群臣之俗若是，则夫众庶百姓亦从而成俗于不隆礼义，而好贪利矣。君臣上下之俗莫不若是，则地虽广，权必轻；人虽众，兵必弱；刑罚虽繁，令不下通。夫是之谓危国，是伤国者也。

　　儒者为之不然，必将曲辨。朝廷必将隆礼义而审贵贱，若是，则士大夫莫不敬节死制者矣。

百官则将齐其制度^㊷，重其官秩，若是，则百吏莫不畏法而遵绳矣。关市几而不征^㊸，质律禁止而不偏，如是，则商贾莫不敦悫而无诈矣。百工将时斩伐，佻其期日而利其巧任^㊹，如是，则百工莫不忠信而不楛矣。县鄙将轻田野之税，省刀布之敛，罕举力役，无夺农时，如是，则农夫莫不朴力而寡能矣。士大夫务节死制，然而兵劲。百吏畏法循绳，然后国常不乱。商贾敦悫无诈，则商旅安，货通财，而国求给矣^㊺。百工忠信而不楛，则器用巧便而财不匮矣。农夫朴力而寡能，则上不失天时，下不失地利，中得人和，而百事不废。是之谓政令行，风俗美，以守则固，以征则强，居则有名，动则有功。此儒之所谓曲辨也。

---

①拆（luò，音落）然：石头坚固的样子。

②綦：当作"基"，根基，基础。　綦定：基础巩固。

③贵贱杀生：进行赏罚的意思。

④略：基本、大致。　奏：同"凑"，聚。　略奏：基本具备。

⑤非本政教：不是以政治教化为根本。

⑥龊（zhuó，音浊）然：牙齿上下相合的样子。

⑦齐：使一致，这里指始终如一地坚持。

⑧析：分离，指上下离心离德。

⑨綦：极。　綦之而亡：达到极点就要灭亡。

⑩用强齐：掌握着强大的齐国。

⑪大器：最大的工具。

⑫芗：同"秽"，杂草丛生，这里指政治污浊。　塞：行不通。

⑬国错：国家如何安置。

⑭改王改行：改换佩玉，变换步伐，指君臣地位的变化。

⑮身能：君主本人有才能。

⑯便僻：阿谀奉承。　亲比：亲近，靠近。

⑰巨用之：立足于大处来治理国家。

⑱既错之而人莫之能诬也：治国的礼法标准既已确立，那就任何人都不能搞欺骗了。

⑲将将：广大普遍。

⑳宿道：归于正道。　乡方：向着正确的方向。　务：努力。

㉑臧获：奴婢。　易：交换。　势业：地位。

㉒出若入若：内外都是这样。

㉓礼法之大分：礼法的总纲。

㉔竭势：取得天下全部权力。

㉕调一天下：治理和统一天下。

㉖名为圣王：取得圣王那样的名声。

㉗侈：同"诐"（chǐ，音耻），分离。　侈离之德：分裂的行为。

㉘口好味而臭味莫美焉：人们都喜欢吃美味而没有比王者吃到的香味更香的了。

㉙合：遇合。　千岁而不合：长期不能遇合在一起。

㉚政：同"正"。　当：恰当。　这句话的意思是：所以君主如果为本朝所确立的最高原则都正确。

㉛要百事者：总领政事的人，指宰相。

㉜枢机：关键。

㉝能当一人：能恰当地运用一个人，指能运用有才德的相。

㉞见：被。于天下不见谓修：但他没有被天下人说成追求享乐的人。

㉟九合：多次召集。

㊱一：指主要的事。　二：指烦杂的事。

㊲好要：善于抓纲要。

㊳贱：鄙视，看不起。　　　俇：同"尫"（wáng，音汪）女巫。

㊴投藉：抛弃和践踏。

㊵伤国者何也：危害国家的是什么？

㊶啖啖（dàn，音淡）：贪心的样子。

㊷齐其制度：遵守一个统一的制度。

㊸关市：关口，市场。　　　几：通"讥"，查问。

㊹佻（yáo，音姚）：同"徭"，宽缓。

㊺国求给：国家的需要都能得到供应。

十二、君　　道

有乱君，无乱国；有治人，无治法。羿之法非亡也，而羿不世中；禹之法犹存，而夏不世王。故法不能独立，类不能自行，得其人则存，失其人则亡。法者，治之端也；君子者，法之原也。故有君子，则法虽省，足以遍矣；无君子，则法虽具，失先后之施，不能应事之变，足以乱矣。不知法之义而正法之数者，虽博，临事必乱。故明主急得其人，而暗主急得其势。急得其人，则身佚而国治，功大而名美，上可以王，下可以霸；不急得其人，而急得其势，则身劳而国乱，功废而名辱，社稷必危。故君人者，劳于索之，而休于使之①。《书》曰："惟文王敬忌，一人以择。"此之谓也。

合符节、别契券者②，所以为信也，上好权谋，则臣下百吏诞诈之人乘是而后欺。探筹投钩者③，所以为公也；上好曲私，则臣下百吏乘是而后偏。衡石称县者，所以为平也；上好倾覆，则臣下百吏乘是而后险。斗斛敦概者，所以为啧也；上好贪利，则臣下百吏乘是而后丰取刻与④，以无度取于民。故械数者⑤，治之流也，非治之原也；君子者，治之原也。官人守数，君子养原⑥；源清则流清；源浊则流浊。故上好礼义，尚贤使能，无贪利之心，则下亦将綦辞让，致忠信，而谨于臣子矣。如是，则虽在小民，不待合符节、别契券而信，不待探筹投钩而公，不待衡石称县而平，不待斗斛敦概而啧。故赏不用而民劝，罚不用而民服，有司不劳而事治，政令不烦而俗美⑦，百姓莫敢不顺上之法，象上之志⑧，而劝上之事，而安乐之矣。故藉敛忘费，事业忘劳，寇难忘死，城郭不待饰而固，兵刃不待陵而劲，敌国不待服而诎，四海之民不待令而一。夫是之谓至平。《诗》曰："王犹允塞，徐方既来。"此之谓也。

请问为人君？曰：以礼分施，均遍而不偏。请问为人臣？曰：以礼待君，忠顺而不懈。请问为人父？曰：宽惠而有礼。请问为人子？曰：敬爱而致文。请问为人兄？曰：慈爱而见友⑨。请问为人弟？曰：敬诎而不苟⑩。请问为人夫？曰：致功而不流⑪，致临而有辨⑫。请问为人妻？曰：夫有礼则柔从听侍，夫无礼则恐惧而自竦也。此道也，偏立而乱，俱立而治，其足以稽矣。请问兼能之奈何？曰：审之礼也⑬。古者先王审礼以方皇周浃于天下⑭，动无不当也。故君子恭而不难，敬而不巩，贫穷而不约，富贵而不骄，并遇变态而不穷，审之礼也。故君子之于礼，敬而安之；其于事也，径而不失；其于人也，寡怨宽裕而无阿；其所为身也，谨修饰而不危；其应变故也，齐给便捷而不惑；其于天地万物也，不务说其所以然而致善用其材；其于百官之事、技艺之人也，不与之争能而致善用其功；其待上也，忠顺而不懈；其使下也，均遍而不偏；其交游也，缘义而有类；其居乡里也，容而不乱⑮。是故穷则必有名，达则必有功，仁厚兼覆天下而不闵，明达用天地、理万变而不疑，血气和平，志意广大，行义塞于天地之间，仁知之极也，夫是之谓圣人审之礼也。

请问为国？曰：闻修身，未尝闻为国也。君者仪也[16]，民者景也，仪正而景正。君者槃也，民者水也，槃圆而水圆。君者盂也，盂方而水方。君射则臣决[17]。楚庄王好细腰，故朝有饿人。故曰：闻修身，未尝闻为国也。

君者，民之原也，源清则流清，源浊则流浊。故有社稷者而不能爱民、不能利民，而求民之亲爱己，不可得也。民之不亲不爱，而求其为己用，为己死，不可得也。民不为己用，不为己死，而求兵之劲，城之固，不可得也。兵不劲，城不固，而求敌之不至，不可得也。敌至而求无危削，不灭亡，不可得也。危削灭亡之情举积此矣，而求安乐，是狂生者也。狂生者，不胥时而乐[18]。故人主欲强固安乐，则莫若反之民；欲附下一民，则莫若反之政；欲修政美国，则莫若求其人。彼或蓄积而得之者不世绝[19]，彼其人者，生乎今之世而志乎古之道。以天下之王公莫好之也，然而于是独好之；以天下之民莫欲之也，然而是独为之；好之者贫，为之者穷，然而是独犹将为之也，不为少顷辍焉。晓然独明于先王之所以得之、所以失之，知国之安、危、臧否，若别白黑。是其人者也，大用之，则天下为一，诸侯为臣；小用之，则威行邻敌[20]；纵不能用，使无去其疆域[21]，则国终身无故。故君人者，爱民而安，好士而荣，两者无一焉而亡。《诗》曰："价人维藩，太师维垣。"此之谓也。

道者何也？曰：君道也。君者何也？曰：能群也[22]。能群也者何也？曰：善生养人者也，善班治人者也[23]，善显设人者也[24]，善藩饰人者也[25]。善生养人者人亲之，善班治人者人安之，善显设人者人乐之，善藩饰人者人荣之。四统者俱而天下归之，夫是之谓能群。不能生养人者，人不亲也，不能班治人者，人不安也，不能显设人者，人不乐也，不能藩饰人者，人不荣也。四统者亡而天下去之，夫是之谓匹夫。故曰：道存则国存，道亡则国亡。省工贾，众农夫，禁盗贼，除奸邪，是所以生养之也。天子三公，诸侯一相，大夫擅官，士保职，莫不法度而公，是所以班治之也。论德而定次，量能而授官，皆使其人载其事而各得其所宜。上贤使之为三公，次贤使之为诸侯，下贤使之为士大夫，是所以显设之也。修冠弁衣裳、黼黻文章、雕琢刻镂皆有等差，是所以藩饰之也。故由天子至于庶人也，莫不骋其能，得其志，安乐其事，是所同也；衣暖而食充，居安而游乐，事时制明而用足，是又所同也。若夫重色而成文章，重味而成珍备，是所衍也。圣王财衍以明辨异，上以饰贤良而明贵贱，下以饰长幼而明亲疏；上在王公之朝，下在百姓之家，天下晓然皆知其所，非以为异[26]，将以明分达治而保万世也。故天子诸侯无靡费之用，士大夫无流淫之行，百吏官人无怠慢之事，众庶百姓无奸怪之俗，无盗贼之罪，其能以称义遍矣。故曰："治则衍及百姓，乱则不足及王公。"此之谓也。

至道大形[27]，隆礼至法则国有常，尚贤使能则民知方，篡论公察则民不疑[28]，赏克罚偷则民不怠，兼听齐明则天下归之。然后，明分职，序事业，材技官能[29]，莫不治理，则公道达而私门塞矣，公义明而私事息矣。如是，则德厚者进而佞说者止，贪利者退而廉节者起。《书》曰："先时者杀无赦，不逮时者杀无赦。"人习其事而固，人之百事，如耳目鼻口之不可以相借官也；故职分而民不慢，次定而序不乱，兼听齐明而百事不留。如是，则臣下百吏至于庶人莫不修己而后敢安正，诚能而后敢受职；百姓易俗，小人变心，奸怪之属莫不反悫，夫是之谓政教之极。故天子不视而见，不听而聪，不虑而知，不动而功，块然独坐而天下从之如一体[30]，如四肢之从心。夫是之谓大形。《诗》曰："温温恭人，维德之基。"此之谓也。

为人主者，莫不欲强而恶弱，欲安而恶危，欲荣而恶辱，是禹、桀之所同也。要此三欲，辟此三恶，果何道而便？曰：在慎取相，道莫径是矣。故知而不仁，不可；仁而不知，不可；既知且仁，是人主之宝也，而王霸之佐也。不急得，不智；得而不用，不仁。无其人而幸有其功，愚莫大焉。

今人主有六患·：使贤者为之，则与不肖者规之；使知者虑之，则与愚者论之；使修士行之，则与污邪之人疑之。虽欲成功，得乎哉！譬之是犹立直木而恐其景之枉也，惑莫大焉。语曰："好女之色，恶者之孽也。公正之士，众人之痤也。循乎道之人，污邪之贼也。"今使污邪之人论其怨贼而求其无偏㉛，得乎哉！譬之是犹立枉木而求其景之直也，乱莫大焉。

故古之人为之不然。其取人有道，其用人有法。取人之道，参之以礼；用人之法，禁之以等。行义动静，度之以礼；知虑取舍，稽之以成；日月积久，校之以功。故卑不得以临尊，轻不得以县重，愚不得以谋知，是以万举不过也。故校之以礼，而观其能安敬也；与之举错迁移㉜，而观其能应变也；与之安燕㉝，而观其能无流慆也㉞；接之以声色、权利、忿怒、患险，而观其能无离守也。彼诚有之者与诚无之者若白黑然，可诎邪哉！故伯乐不可欺以马，而君子不可欺以人。此明王之道也。

人主欲得善射远中微者，县贵爵重赏以招致之。内不可以阿子弟，外不可以隐远人，能中是者取之，是岂不必得之之道也哉！虽圣人不能易也。欲得善驭，速致远者，一日而千里，县贵爵重赏以招致之。内不可以阿子弟，外不可以隐远人，能致是者取之，是岂不必得之之道也哉！虽圣人不能易也。欲治国驭民，调一上下，将内以固城，外以拒难，治则制人，人不能制也，乱则危辱灭亡可立而待也。然而求卿相辅佐，则独不若是其公也，案唯便嬖亲比己者之用也，岂不过甚矣哉！故有社稷者莫不欲强，俄则弱矣；莫不欲安，俄则危矣；莫不欲存，俄则亡矣。古有万国，今有十数焉，是无它故，莫不失之是也。故明主有私人以金石珠玉，无私人以官职事业，是何也？曰：本不利于所私也㉟。彼不能而主使之，则是主暗也；臣不能而诬能㊱，则是臣诈也。主暗于上，臣诈于下，灭亡无日，俱害之道也。夫文王非无贵戚也，非无子弟也，非无便嬖也，倜然乃举太公于州人而用之㊲，岂私之也哉！以为亲邪？则周姬姓也，而彼姜姓也。以为故邪？则未尝相识也。以为好丽邪？则夫人行年七十有二，齫然而齿堕矣㊳。然而用之者，夫文王欲立贵道，欲白贵名，以惠天下，而不可以独也。非于是子莫足以举之，故举是子而用之。于是乎贵道果立，贵名果明，兼制天下，立七十一国，姬姓独居五十三人，周之子孙苟不狂惑者，莫不为天下之显诸侯，如是者，能爱人也。故举天下之大道，立天下之大功，然后隐其所怜所爱，其下犹足以为天下之显诸侯。故曰："唯明主为能爱其所爱，暗主则必危其所爱。"此之谓也。

墙之外，目不见也；里之前，耳不闻也；而人主之守司，远者天下，近者境内，不可不略知也。天下之变，境内之事，有弛易齵差者矣㊴，而人主无由知之，则是拘胁蔽塞之端也。耳目之明，如是其狭也，人主之守司，如是其广也，其中不可以不知也，如是其危也。然则人主将何以知之？曰：便嬖左右者，人主之所以窥远收众之门户牖向也㊵，不可不早具也。故人主必将有便嬖左右足信者然后可，其知慧足使规物，其端诚足使定物然后可㊶，夫是之谓国具。人主不能不有游观安燕之时，则不得不有疾病物故之变焉㊷。如是国者，事物之至也如泉原，一物不应，乱之端也。故曰：人主不可以独也。卿相辅佐，人主之基杖也，不可不早具也。故人主必将有卿相辅佐足任者然后可，其德音足以填抚百姓，其知虑足以应待万变然后可，夫是之谓国具。四邻诸侯之相与，不可以不相接也，然而不必相亲也。故人主必将有足使喻志决疑于远方者然后可㊸，其辩说足以解烦，其智虑足以决疑，其齐断足以拒难，不还秩、不反君，然而应薄扞患足以持社稷然后可㊹，夫是之谓国具。故人主无便嬖左右足信者之谓暗，无卿相辅佐足任者之谓独，所使于四邻诸侯者非其人之谓孤，孤独而晻谓之危。国虽若存，古之人曰亡矣。《诗》曰："济济多士，文王以宁。"此之谓也。

材人④⑤：愿悫拘录④⑥，计数纤啬而无敢遗丧④⑦，是官人使吏之材也。修饬端正，尊法敬分而无倾侧之心，守职循业，不敢损益，可传世也，而不可使侵夺，是士大夫官师之材也。知隆礼义之为尊君也，知好士之为美名也，知爱民之为安国也，知有常法之为一俗也，知尚贤使能之为长功也，知务本禁末之为多材也④⑧，知无与下争小利之为便于事也，知明制度权物称用之为不泥也④⑨，是卿相辅佐之材也。未及君道也。能论官此三材者而无失其次，是谓人主之道也。若是，则身佚而国治，功大而名美，上可以王，下可以霸，是人主之要守也。人主不能论此三材者，不知道此道，安值将卑势出劳，并耳目之乐，而亲自贯日而治详，一内而曲辨之，虑与臣下争小察而綦偏能⑤⑩，自古及今，未有如此而不乱者也。是所谓"视乎不可见，听乎不可闻，为乎不可成"，此之谓也。

---

①休：安逸。　休于使之：君王使用了合适的人才后自己就安逸了。

②符书：古时用竹、木、铜等做的作为凭信的东西，分成两半，双方各执一半。

③探筹：抽签。　投钩：类似抓阄（jiū，音纠）。

④丰取刻与：多取少给。

⑤械数：指度量器具的规定。

⑥养原：把握着本源。

⑦烦：通"繁"，繁多。　俗美：风俗好。

⑧象：仿照，按照。　志：意志。

⑨见友：表现友爱。

⑩不苟：不马虎。

⑪不流：不放荡淫乱。

⑫至临：极其推崇礼义。　辨：别，指夫妻有别。

⑬审：透彻了解。

⑭方皇：广大。　周浃（jiā，音夹）：普遍。

⑮容而不乱：待人宽容而不过分。

⑯仪：指日晷（guǐ，音轨）：依照日影来测量时间的仪器。

⑰决：古代射箭时套在右手大拇指上的象骨套子。　这句意思是：君主好射箭，臣下就会经常进行射箭演习。

⑱胥（xū，音虚）：须，等待。　不胥时而乐：指不顾时宜地寻求享乐。

⑲彼或蓄积：那有德才的人是很多的。　不世绝：世世代代都有。

⑳威行邻敌：威望影响到邻邦和敌国。

㉑使无去其疆域：不要让他离开自己的国家。

㉒能群：指善于按一定分工和等级把人们组织起来。

㉓班：通"辨"，治。　班治：治理。

㉔显设：任用，安排。

㉕藩饰：装饰，指使人们从穿着上显示出等级来。

㉖非以为异：不是用来表示特殊的。

㉗大形：充分的表现。

㉘纂（zuǎn，音缵）：集合。　公察：公众的看法。　纂论公察：集中群众的议论而不凭借个人的看法。

㉙材技官能：任用有技术、有才能的人。

㉚块然：独自一个人的样子。

㉛论其怨贼：评论他所怨恨的人。

㉜举：举起。　错：安放。　迁移：变动。　与之举措迁移：使他处于动荡变化的环境里。

㉝燕：同"宴"。　安燕：安逸的环境。

㉞慆（tāo，音涛）：通"滔"，放荡。　流慆：放荡淫乱。

㉟本不利于所私：意思是：私自给官职，从根本上来讲是不利于你所偏爱的那个人的。

㊱诬能：冒充有才能。

㊲倜（tì，音替）然：突出地，不同于众地。

㊳龈（yǔn，音允）然：没牙齿的样子。

㊴龉（yú，音愚）：牙齿不齐。　龉差：参差不齐。

㊵收：通"纠"，监督。　众：指臣下百官。　牖（yǒu，音友）向：窗户。　门户牖向：这里用来比喻君主左右的人是他的耳目。

㊶端诚：正直诚实。　定物：判断事物。

㊷物故：死亡。

㊸喻志决疑：传达君主的意志，解决疑难问题。

㊹薄（bó，音博）：通"迫"，紧迫。　扞：同"捍"，防御。　应薄扞患：应付紧迫的事，抵御患难。　持：把持住，捍卫住。

㊺材人：量才用人。

㊻悫（què，音却）：诚实。　拘录：同"劬（qú，音渠）碌"，勤劳。

㊼纤啬（xiān sè，音先色）：细小的意思。　计数纤啬：细微的事情都能精心算计。

㊽末：指工商业。　务本禁末之为多材：从事农业，禁止工商业是为了增加国家的财富。

㊾明制度权物称用：明确制度衡量事物要符合实用。

㊿綦（qí，音其）：极，尽。　綦：极力追求某一方面的才能。

十三、臣　道

　　人臣之论：有态臣者，有篡臣者，有功臣者，有圣臣者。内不足使一民，外不足使拒难；百姓不亲，诸侯不信；然而巧敏佞说，善取宠乎上，是态臣者也。上不忠乎君，下善取誉乎民；不恤公道通义，朋党比周，以环主图私为务，是篡臣者也。内足使以一民，外足使以拒难；民亲之，士信之；上忠乎君，下爱百姓而不倦，是功臣者也。上则能尊君，下则能爱民；政令教化，刑下如景；应卒遇变，齐给如响①；推类接誉，以待无方，曲成制象，是圣臣者也。故用圣臣者王，用功臣者强，用篡臣者危，用态臣者亡。态臣用则必死，篡臣用则必危，功臣用则必荣，圣臣用则必尊。故齐之苏秦、楚之州侯、秦之张仪，可谓态臣者也。韩之张去疾、赵之奉阳、齐之孟尝，可谓篡臣也。齐之管仲、晋之咎犯、楚之孙叔敖，可谓功臣矣。殷之伊尹、周之太公，可谓圣臣矣。是人臣之论也，吉凶贤不肖之极也，必谨志之而慎自为择取焉，足以稽矣。

　　从命而利君谓之顺，从命而不利君谓之谄；逆命而利君谓之忠，逆命而不利君谓之篡；不恤君之荣辱，不恤国之臧否，偷合苟容②，以持禄养交而已耳③，谓之国贼。君有过谋过事，将危国家、殒社稷之惧也，大臣父子兄弟有能进言于君，用则可，不用则去，谓之谏；有能进言于君，用则可，不用则死，谓之争；有能比知同力，率群臣百吏而相与强君挢君，君虽不安，不能不听，遂以解国之大患，除国之大害，成于尊君安国，谓之辅；有能抗君之命，窃君之重，反君之事④，以安国之危，除君之辱，功伐足以成国之大利，谓之拂⑤。故谏、争、辅、拂之人，社稷之臣也，国君之宝也，明君所尊厚也，而暗主惑君以为己贼也。故明君之所赏，暗君之所罚；暗君之所赏，明君之所杀也。伊尹、箕子可谓谏矣，比干、子胥可谓争矣，平原君之于赵可谓辅矣，信陵君之于魏可谓拂矣。传曰："从道不从君。"此之谓也。

　　故正义之臣设，则朝廷不颇⑥；谏、争、辅、拂之人信，则君过不远；爪牙之士施⑦，则仇雠不作；边境之臣处，则疆垂不丧。故明主好同而暗主好独，明主尚贤使能而飨其盛，暗主妒贤畏能而灭其功。罚其忠，赏其贼，夫是之谓至暗，桀、纣所以灭也。

事圣君者，有听从，无谏争；事中君者，有谏争，无谄谀；事暴君者，有补削⑧，无挢拂。迫胁于乱时，穷居于暴国，而无所避之，则崇其美，扬其善，违其恶，隐其败，言其所长，不称其所短，以为成俗。诗曰："国有大命，不可以告人，妨其躬身。"此之谓也。

恭敬而逊，听从而敏，不敢有以私决择也，不敢有以私取与也，以顺上为志，是事圣君之义也。忠信而不谀，谏诤而不谄，挢然刚折，端志而无倾侧之心，是案曰是，非案曰非，是事中君之义也。调而不流，柔而不屈，宽容而不乱，晓然以至道而无不调和也，而能化易时关内之，是事暴君之义也。若驭朴马⑨，若养赤子，若食倭人。故因其惧也，而改其过；因其忧也，而辨其故；因其喜也，而入其道；因其怒也，而除其怨，曲得所谓焉。《书》曰："从命而不拂，微谏而不倦，为上则明，为下则逊。"此之谓也。

事人而不顺者，不疾者也；疾而不顺者，不敬者也；敬而不顺者，不忠者也；忠而不顺者，无功者也；有功而不顺者，无德者也。故无德之为道也，伤疾、堕功、灭苦，故君子不为也。

有大忠者，有次忠者，有下忠者，有国贼者：以德复君而化之，大忠也；以德调君而补之，次忠也；以是谏非而怒之，下忠也；不恤君之荣辱，不恤国之臧否，偷合苟容，以之持禄养交而已耳，国贼也。若周公之于成王也，可谓大忠矣；若管仲之于桓公，可谓次忠矣；若子胥之于夫差，可谓下忠矣；若曹触龙之于纣者，可谓国贼矣。

仁者必敬人。凡人非贤，则案不肖也。人贤而不敬，则是禽兽也；人不肖而不敬，则是狎虎也。禽兽则乱，狎虎则危，灾及其身矣。《诗》曰："不敢暴虎⑩，不敢冯河⑪。人知其一，莫知其它。战战兢兢，如临深渊，如履薄冰。"此之谓也。

故仁者必敬人。敬人有道：贤者则贵而敬之，不肖者则畏而敬之；贤者则亲而敬之，不肖者则疏而敬之。其敬一也，其情二也。若夫忠信端悫而不害伤，则无接而不然，是仁人之质也。忠信以为质，端悫以为统，礼义以为文，伦类以为理，喘而言⑫，臑而动⑬，而一可以法则。《诗》曰"不僭不贼，鲜不为则。"此之谓也。

恭敬，礼也；调和，乐也；谨慎，利也；斗怒，害也。故君子安礼，乐利，谨慎而无斗怒，是以百举不过也。小人反是。

通忠之顺，权险之平，祸乱之从声⑭，三者非明主莫之能知也。争然后善，戾然后功，出死无私，致忠而公，夫是之谓通忠之顺，信陵君似之矣。夺然后义，杀然后仁，上下易位然后贞，功参天地，泽被生民，夫是之谓权险之平，汤、武是也。过而通情，和而无经，不恤是非，不论曲直，偷合苟容，迷乱狂生，夫是之谓祸乱之从声，飞廉、恶来是也。传曰："斩而齐⑮，枉而顺，不同而壹。"《诗》曰："受小球大球⑯，为下国缀旒⑰。"此之谓也。

---

①齐给：迅速，敏捷。

②偷合：迎合君主的言行。　　苟容：放弃原则，只求保住自己的地位。

③持禄：保持禄位。　　养交：豢养宾客。

④反君之事：反对国君的错误行为。

⑤拂（bì，音币）：通"弼"，挢正弓的器具，这里指矫正。

⑥颇（pō，音坡）：偏邪不正。

⑦爪牙之士：指勇士。　　施：用。

⑧补削：弥补缺陷，削除过失。

⑨朴马：未经训练的马。

⑩暴虎：空手打虎。

⑪冯（píng，音平）河：涉水过河。

⑫喘：小声说话。

⑬腒：通"蠕"（rú，音如）：行动很轻。

⑭祸乱之从声：祸乱已经出现了还随声附和。

⑮斩（chán，音禅）：不齐。

⑯球：通"捄"，法度。　　小球大球：指大事小事的法度。

⑰缀旒（liú，音流）：挂在旌旗上的飘带，这里指表率。

十四、致　士

　　衡听、显幽、重明、退奸、进良之术：朋党比周之誉①，君子不听；残贼加累之谮，君子不用；隐忌雍蔽之人，君子不近；货财禽犊之请，君子不许。凡流言、流说、流事、流谋、流誉、流愬不官而衡至者②，君子慎之。闻听而明誉之，定其当而当，然后士其刑赏而还与之。如是，则奸言、奸说、奸事、奸谋、奸誉、奸愬莫之试也；忠言、忠说、忠事、忠谋、忠誉、忠愬莫不明通，方起以尚尽矣。夫是之谓衡听、显幽、重明、退奸、进良之术。

　　川渊深而鱼鳖归之，山林茂而禽兽归之，刑政平而百姓归之，礼义备而君子归之。故礼及身而行修，义及国而政明，能以礼挟而贵名白③，天下愿④，令行禁止，王者之事毕矣。《诗》曰："惠此中国⑤，以绥四方⑥。"此之谓也。川渊者，龙鱼之居也；山林者，鸟兽之居也；国家者，士民之居也⑦。川渊枯则龙鱼去之，山林险则鸟兽去之⑧，国家失政则士民去之。

　　无土则人不安居，无人则土不守，无道法则人不至，无君子则道不举。故土之与人也，道之与法也者，国家之本作也，君子也者，道法之总要也，不可少顷旷也。得之则治，失之则乱；得之则安，失之则危；得之则存，失之则亡。故有良法而乱者有之矣，有君子而乱者，自古及今，未尝闻也。传曰："治生乎君子，乱生乎小人。"此之谓也。

　　得众动天。美意延年。诚信如神。夸诞逐魂⑨。

　　人主之患，不在乎言用贤，而在乎诚必用贤。夫言用贤者口也，却贤者，行也；口行相反，而欲贤者之至，不肖者之退也，不亦难乎！夫耀蝉者务在明其火⑩，振其树而已，火不明，虽振其树，无益也。今人主有能明其德，则天下归之，若蝉之归明火也。

　　临事接民而以义，变应宽裕而多容⑪，恭敬以先之，政之始也；然后中和察断以辅之，政之隆也；然后进退诛赏之，政之终也。故一年与之始，三年与之终。用其终为始，则政令不行而上下怨疾，乱所以自作也。《书》曰："义刑义杀⑫，勿庸以即，汝惟曰：'未有顺事。'"言先教也。

　　程者，物之准也；礼者，节之准也。程以立数，礼以定伦，德以叙位，能以授官。凡节奏欲陵，而生民欲宽，节奏陵而文，生民宽而安。上文下安，功名之极也，不可以加矣。

　　君者，国之隆也；父者，家之隆。隆一而治，二而乱，自古及今，未有二隆争重而能长久者。

　　师术有四，而博习不与焉：尊严而惮，可以为师；耆艾而信⑬，可以为师；诵说而不陵不犯⑭，可以为师；知微而论，可以为师。故师术有四，而博习不与焉。水深而回，树落则粪本，弟子通利则思师。《诗》曰："无言不雠，无德不报。"此之谓也。

　　赏不欲僭，刑不欲滥。赏僭则利及小人，刑滥则害及君子。若不幸而过，宁僭无滥⑮；与其害善，不若利淫。

---

①朋党比周之誉：结党营私之徒的互相吹捧。

②流：指无根据。　　不官：指不通过公开的途径。　　衡：通"横"。　　衡至：指通过邪门歪道来的言、事、誉等。

③挟：同"浃"，周洽，普遍。

④愿：仰慕，敬服。

⑤中国：国中，指国都。

⑥绥：安定。

⑦士民：泛指各行各业的居民。

⑧险：通"俭"，不丰盛，这里指树木稀疏。

⑨逐魂：伤神。

⑩耀蝉：夜晚用火照蝉，蝉见光后就投火而来，这是一种捕蝉的方法。

⑪多容：广泛地容纳人。

⑫义刑义杀：正当的刑杀。

⑬耆（qí，音齐）：六十岁。　　艾：五十岁。　　耆艾有信：年纪大而且有威信。

⑭诵说：诵读和解说。　　陵：乱。

⑮僭（jiàn，音建）：超越法度，指过分。

十五、议　兵

　　临武君与孙卿子议兵于赵孝成王前。王曰："请问兵要。"临武君对曰："上得天时，下得地利，观敌之变动，后之发，先之至，此用兵之要术也。"

　　孙卿子曰："不然。臣所闻古之道，凡用兵攻战之本在乎壹民。弓矢不调，则羿不能以中微；六马不和，则造父不能以致远；士民不亲附，则汤、武不能以必胜也。故善附民者，是乃善用兵者也。故兵要在乎善附民而已。"

　　临武君曰："不然。兵之所贵者势利也。所行者变诈也。善用兵者，感忽悠暗①，莫知其所从出，孙、吴用之无敌于天下，岂必待附民哉！"

　　孙卿子曰："不然。臣之所道，仁人之兵，王者之志也。君之所贵，权谋势利也；所行，攻夺变诈也，诸侯之事也。仁人之兵，不可诈也。彼可诈者，怠慢者也，路亶者也②，君臣上下之间滑然有离德者也。故以桀诈桀，犹巧拙有幸焉。以桀诈尧，譬之若以卵投石，以指挠沸③；若赴水火，入焉焦没耳。故仁人上下，百将一心，三军同力；臣之于君也，下之于上也，若子之事父，弟之事兄，若手臂之扞头目而覆胸腹也④。诈而袭之，与先惊而后击之，一也。且仁人之用十里之国，则将有百里之听；用百里之国，则将有千里之听；用千里之国，则将有四海之听。必将聪明警戒，和传而一。故仁人之兵，聚则成卒，散则成列；延则若莫邪之长刃，婴之者断；兑则若莫邪之利锋，当之者溃；圜居而方止⑤，则若磐石然，触之者角摧，案角鹿埵、陇种、东笼而退耳⑥。且夫暴国之君，将谁与至哉？彼其所与至者，必其民也，而其民之亲我，欢若父母，其好我芬若椒、兰；彼反顾其上，则若灼黥，若仇雠。人之情，虽桀、跖，岂又肯为其所恶贼其所好者哉？是犹使人之子孙自贼其父母也，彼必将来告之，夫又何可诈也？故仁人用，国日明，诸侯先顺者安，后顺者危，虑敌之者削，反之者亡。《诗》曰：'武王载发，有虔秉钺[7]；如火烈烈，则莫我敢遏。'此之谓也。"

孝成王、临武君曰："善！请问王者之兵设何道、何行而可？"

孙卿子曰："凡在大王，将率末事也。臣请遂道王者、诸侯强弱存亡之效，安危之势。君贤者其国治，君不能者其国乱；隆礼、贯义者其国治，简礼、贱义者其国乱。治者强，乱者弱，是强弱之本也。上足印则下可用也[8]，上不足印则下不可用也。下可用则强，下不可用则弱，是强弱之常也。隆礼、效功，上也；重禄、贵节，次也；上功、贱节，下也；是强弱之凡也。好士者强，不好士者弱；爱民者强，不爱民者弱；政令信者强，政令不信者弱；民齐者强，民不齐者弱；赏重者强，赏轻者弱；刑威者强，刑侮者弱；械用兵革攻完便利者强，械用兵革窳楛不便利者弱[9]；重用兵者强，轻用兵者弱；权出一者强，权出二者弱；是强弱之常也。齐人隆技击[10]，其技也，得一首者，则赐赎锱金，无本赏矣。是事小敌毳则偷可用也[11]，事大敌坚则涣焉离耳，若飞鸟然，倾侧反覆无日，是亡国之兵也。兵莫弱是矣，是其去赁市佣而战之几矣。魏氏之武卒，以度取之，衣三属之甲，操十二石之弩[12]，负服矢五十个[13]，置戈其上，冠轴带剑[14]，赢三日之粮[15]，日中而趋百里。中试则复其户，利其田宅。是数年而衰而未可夺也，改造则不易周也，是故地虽大其税必寡，是危国之兵也。秦人其生民也陕阸[16]，其使民也酷烈，劫之以势，隐之以阸，忸之以庆赏，鳎之以刑罚，使天下之民所以要利于上者，非斗无由也。阸而用之，得而后功之，功赏相长也。五甲首而隶五家，是最为众强长久，多地以正。故四世有胜，非幸也，数也。故齐之技击，不可以遇魏氏之武卒；魏氏之武卒，不可以遇秦之锐士；秦之锐士，不可以当桓、文之节制；桓、文之节制，不可以敌汤、武之仁义。有遇之者，若以焦熬投石焉[17]。兼是数国者，皆干赏蹈利之兵也，佣徒鬻卖之道也，未有贵上、安制、綦节之理也，诸侯有能微妙之以节，则作而兼殆之耳！故招近募选，隆势诈，尚功利，是渐之也；礼义教化，是齐之也。故以诈遇诈，犹有巧拙焉；以诈遇齐，辟之犹以锥刀堕太山也，非天下之愚人莫敢试。故王者之兵不试，汤、武之诛桀、纣也，拱挹指麾[18]，而强暴之国莫不趋使，诛桀、纣若诛独夫。故《泰誓》曰'独夫纣'，此之谓也。故兵大齐则制天下，小齐则治邻敌[19]，若夫招近募选，隆势诈，尚功利之兵，则胜不胜无常，代翕代张，代存代亡，相为雌雄耳矣。夫是之谓盗兵，君子不由也。故齐之田单，楚之庄跻，秦之卫鞅，燕之缪虮，是皆世俗之所谓善用兵者也，是其巧拙强弱则未有以相君也，若其道一也，未及和齐也，掎契司诈[20]，权谋倾覆，未免盗兵也。齐桓、晋文、楚庄、吴阖闾、越勾践，是皆和齐之兵也，可谓入其域矣，然而未有本统；故可以霸而不可以王，是强弱之效也。"

孝成王、临武君曰："善！请问为将。"

孙卿子曰："知莫大乎弃疑，行莫大乎无过，事莫大乎无悔。事至无悔而止矣，成不可必也。故制号政令，欲严以威；庆赏刑罚，欲必以信；处舍收藏，欲周以固；徒举进退，欲安以重，欲疾以速；窥敌观变，欲潜以深，欲伍以参；遇敌决战，必道吾所明，无道吾所疑；夫是之谓六术。无欲将而恶废，无急胜而忘败，无威内而轻外，无见其利而不顾其害，凡虑事欲孰而用财欲泰：夫是之谓五权。所以不受命于主有三：可杀而不可使处不完，可杀而不可使击不胜，可杀而不可使欺百姓，夫是之谓三至。凡受命于主而行三军，三军既定，百官得序，群物皆正，则主不能喜，敌不能怒，夫是之谓至臣。虑必先事而申之以敬，慎终如始，终始如一，夫是之谓大吉。凡百事之成也必在敬之，其败也必在慢之，故敬胜怠则吉，怠胜敬则灭，计胜欲则从[21]，欲胜计则凶。战如守，行如战，有功如幸，敬谋无圹㉒，敬事无圹，敬吏无圹，敬众无圹，敬敌无圹，夫是之谓五无圹。慎行此六术、五权、三至，而处之以恭敬无圹，夫是之谓天下之将，则通于神明矣。"

临武君曰："善！"请问王者之军制。"

孙卿子曰："将死鼓，御死辔，百吏死职，士大夫死行列。闻鼓声而进，闻金声而退㉓，顺命为上，有功次之。令不进而进，犹令不退而退也，其罪惟均。不杀老弱，不猎禾稼㉔，服者不禽，格者不舍，奔命者不获。凡诛，非诛其百姓也，诛其乱百姓者也；百姓有扞其贼，则是亦贼也。以故顺刃者生，苏刃者死㉕，奔命者贡。微子开封于宋；曹触龙断于军；殷之服民所以养生之者也，无异周人。故近者歌讴而乐之，远者竭蹶而趋之，无幽闲辟陋之国，莫不趋使而安乐之，四海之内若一家，通达之属莫不从服，夫是之谓人师。《诗》曰："自西自东，自南自北，无思不服。"此之谓也。王者有诛而无战，城守不攻，兵格不击。上下相喜则庆之。不屠城，不潜军，不留众，师不越时。故乱者乐其政，不安其上，欲其至也。"

临武君曰："善！"

陈嚣问孙卿子曰："先生议兵，常以仁义为本。仁者爱人，义者循理，循理又何以兵为㉖？凡所为有兵者，为争夺也。"

孙卿子曰："非女所知也。彼仁者爱人，爱人，故恶人之害之也；义者循理，循理故恶人之乱之也。彼兵者，所以禁暴除害也，非争夺也。故仁人之兵，所存者神，所过者化，若时雨之降，莫不说喜。是以尧伐驩兜，舜伐有苗，禹伐共工，汤伐有夏，文王伐崇，武王伐纣，此四帝、两王皆以仁义之兵行于天下也。故近者亲其善，远方慕其德；兵不血刃，远迩来服，德盛于此，施及四极。《诗》曰：'淑人君子，其仪不忒㉗。'此之谓也。"

李斯问孙卿子曰："秦四世有胜，兵强海内，威行诸侯，非以仁义为之也，以便从事而已㉘。"

孙卿子曰："非女所知也。女所谓便者，不便之便也。吾所谓仁义者，大便之便也。彼仁义者，所以修政者也；政修则民亲其上，乐其君，而轻为之死㉙。故曰：凡在于军，将率，末事也。秦四世有胜，諰諰然常恐天下之一合而轧己也，此所谓末世之兵，未有本统也。故汤之放桀也，非其逐之鸣条之时也；武王之诛纣也，非以甲子之朝而后胜之也。皆前行素修也，此所谓仁义之兵也。今女不求之于本而索之于末，此世之所以乱也。

礼者，治辨之极也，强固之本也，威行之道也，功名之总也。王公由之，所以得天下也；不由，所以陨社稷也。故坚甲利兵不足以为胜，高城深池不足以为固，严令繁刑不足以为威，由其道则行，不由其道则废。楚人鲛革、犀兕以为甲，鞈如金石；宛钜铁矛㉚，惨如蜂虿㉚，轻利僄遫㉛，卒如飘风，然而兵殆于垂沙，唐蔑死，庄𫏋起，楚分而为三四。是岂无坚甲利兵也哉？其所以统之者非其道故也。汝、颍以为险，江、汉以为池，限之以邓林，缘之以方城，然而秦师至而鄢、郢举，若振槁然。是岂无固塞隘阻也哉？其所以统之者非其道故也。纣刳比干，囚箕子，为炮烙刑；杀戮无时，臣下懔然莫必其命，然而周师至而令不行乎下，不能用其民。是岂令不严、刑不繁也哉？其所以统之者非其道故也。古之兵，戈、矛、弓、矢而已矣，然而敌国不待试而诎；城郭不辨，沟池不抇，固塞不树㉜，机变不张，然而国晏然不畏外而固者，无它故焉，明道而分钧之，时使而诚爱之，下之和上也如影响，有不由令者然后诛之以刑。故刑一人而天下服，罪人不邮其上，知罪之在己也；是故刑罚省而威流，无它故焉，由其道故也。古者帝尧之治天下也，盖杀一人、刑二人而天下治。传曰：'威厉而不试，刑错而不用㉝。'此之谓也。

凡人之动也，为赏庆为之，则见害伤焉止矣。故赏庆刑罚势诈不足以尽人之力，致人之死。

为人主上者也，其所以接下之百姓者，无礼义忠信，焉虑率用赏庆刑罚势诈除阸其下，获其功用而已矣。大寇则至，使之持危城则必畔，遇敌处战则必北，劳苦烦辱则必奔，霍焉离耳[34]，下反制其上。故赏庆刑罚势诈之为道者，佣徒粥卖之道也，不足以合大众、美国家，故古之人羞而不道也。故厚德音以先之，明礼义以道之，致忠信以爱之，尚贤使能以次之，爵服庆赏以申之，时其事、轻其任以调齐之、长养之，如保赤子，政令以定，风俗以一。有离俗不顺其上，则百姓莫不敦恶[35]，莫不毒孽，若祓不祥[36]，然后刑于是起矣。是大刑之所加也，辱孰大焉？将以为利邪？则大刑加焉。身苟不狂惑戆陋，谁睹是而不改也哉！然后百姓晓然皆知修上之法，像上之志而安乐之，于是有能化善、修身、正行、积礼义、尊道德，百姓莫不贵敬，莫不亲誉，然后赏于是起矣。是高爵丰禄之所加也，荣孰大焉？将以为害邪？则高爵丰禄以持养之，生民之属，孰不愿也。雕雕焉县贵爵重赏于其前[37]，县明刑大辱于其后，虽欲无化，能乎哉？故民归之如流水，所存者神，所为者化。而顺暴悍勇力之属为之化而愿，旁辟曲私之属为化而公，矜纠收缭之属为之化而调，夫是之谓大化至一。《诗》曰：'王犹允塞，徐方既来。'此之谓也。

凡兼人者有三术：有以德兼人者，有以力兼人者，有以富兼人者。彼贵我名声，美我德行，欲为我民，故辟门除涂，以迎吾入，因其民，袭其处，而百姓皆安，立法施令莫不顺比。是故得地而权弥重；兼人而兵俞强，是以德兼人者也。非贵我名声也，非美我德行也，彼畏我威，劫我势，故民虽有离心，不敢有畔虑[38]，若是，则戎甲俞众，奉养必费[39]。是故得地而权弥轻，兼人而兵俞弱，是以力兼人者也。非贵我名声也，非美我德行也，用贫求富，用饥求饱，虚腹张口来归我食[40]；若是，则必发夫掌窌之粟以食之，委之财货以富之，立良有司以接之，已期三年，然后民可信也。是故得地而权弥轻，兼人而国俞贫，是以富兼人者也。故曰：以德兼人者王，以力兼人者弱，以富兼人者贫。古今一也。

兼并易能也，唯坚凝之难焉[41]。齐能并宋，而不能凝也，故魏夺之，燕能并齐，而不能凝也，故田单夺之；韩之上地，方数百里，完全富足而趋赵，赵不能凝也，故秦夺之。故能并之而不能凝，则必夺；不能并之又不能凝其有，则必亡。能凝之，则必能并之矣。得之则凝，兼并无强。古者汤以薄，武王以滈，皆百里之地也，天下为一，诸侯为臣，无它故焉，能凝之也。故凝士以礼，凝民以政；礼修而士服，政平而民安。士服民安，夫是之谓大凝。以守则固，以征则强，令行禁止，王者之事毕矣。"

---

①感忽：行动快速。　　悠暗：神秘难测的意思。

②路亶（dàn，音旦）：疲弱无力。

③挠：搅动。

④扞：同"捍"，保卫。　　覆：掩盖。

⑤圜（huán，音环）：圆，指军队的阵形。　　方：也指阵形。

⑥鹿埵（duǒ，音朵）、陇种、东笼：古代方言，形容军队被打败后狼狈逃窜的样子。

⑦虔（qián，音前）：严肃，恭敬而有诚意。　　秉（bǐng，音丙）：拿着。　　钺（yuè，音越）：大斧。

⑧卬（yǎng，音仰）：通"仰"。

⑨窳楛（yǔ kǔ，音雨苦）：器物粗劣，不坚固。

⑩技击：击杀敌人的技巧。

⑪毳（cuì，音脆）：同"脆"，脆弱。　　偷：勉强。

⑫石（dàn，音担）：古代重量单位，一百二十斤为一石。

⑬服：通"箙"（fú，音服），盛箭的器具。

⑭軸：同"胄"（zhòu，音宙），头盔。

⑮赢：携带。

⑯陜呃（xiá è，音狭饿）：狭隘。

⑰焦：通"撨"，抚摸。　　熬：用火烤干的东西。　　焦熬：意思同上文"以指挠沸"相同。

⑱拱：拱手。　　挹，通"揖"，作揖。　　拱挹指麾：形容态度自若。

⑲治：通"殆"。

⑳掎（jǐ，音己）：持。　　契：通"挈"（qiè，音切）。　　司：通"伺"，伺机。

㉑从：顺利。

㉒圹（kuàng，音况）：通"旷"，荒废，松懈。

㉓金声：指敲钲（zhēng，音征）的声音。古代作战，击鼓表示进击，敲钲表示退兵。

㉔猎：通"躐"（liè，音列），踏。

㉕苏：通"傃"（sù，音素），向。

㉖何以兵为：又为什么要用兵呢？

㉗仪：同"义"。　　不忒（tè，音特）：没有差错。

㉘便：方便，便利。　　以便从事而已：不过是怎么有利就怎么去做罢了。

㉙轻：轻易，引申为毫不犹豫。

㉚惨：毒。　　虿（chài，音菜）：蝎类毒虫。

㉛轻利僄遫（piào sù，音票速）：指士兵行动敏捷而迅速。

㉜树：设立。

㉝错：放置在一边。

㉞霍焉：迅速的样子。

㉟敦：同"憝（duì，音队）"怨恨。

㊱祓（fú，音弗）：消除，古代除灾去邪所举行一种仪式。

㊲雕雕焉：清楚的样子。

㊳畔虑：背叛的意图。

㊴奉养必费：给养费用必定很多。

㊵虚腹：饿着肚子。　　食（sí，音伺）：养活。

㊶凝：团聚，这里指保持和巩固。

十六、强　　国

　　刑范正①，金锡美②，工冶巧，火齐得，剖刑而莫邪已③。然而不剥脱，不砥厉，则不可以断绳；剥脱之，砥厉之，则劙盘盂、刌牛马忽然耳④。彼国者，亦强国之剖刑已。然而不教不诲，不调不一，则入不可以守，出不可以战；教诲之，调一之，则兵劲城固，敌国不敢婴也⑤。彼国者亦有砥厉，礼义、节奏是也。故人之命在天，国之命在礼。人君者，隆礼尊贤而王，重法爱民而霸，好利多诈而危，权谋倾覆幽险而亡。

　　威有三：有道德之威者，有暴察之威者，有狂妄之威者。此三威者，不可不孰察也。礼乐则修，分义则明，举错则时，爱利则形，如是，百姓贵之如帝，高之如天，亲之如父母，畏之如神明，故赏不用而民劝，罚不用而威行，夫是之谓道德之威。礼乐则不修，分义则不明，举错则不时，爱利则不形；然而其禁暴也察，其诛不服也审，其刑罚重而信，其诛杀猛而必，黭然而雷击之⑥，如墙厌之，如是，百姓劫则致畏，嬴则敖上，执拘则最，得间则散，敌中则夺，非劫之以形势，非振之以诛杀，则无以有其下，夫是之谓暴察之威。无爱人之心，无利人之事，而日为乱人之道，百姓欢敖则从而执缚之，刑灼之，不和人心。如是，下比周贲溃以离上矣⑦，倾覆灭亡可立而待也！夫是之谓狂妄之威。此三威者，不可不孰察也。道德之威成乎安强，暴察之威成乎危弱，狂妄之威成乎灭亡也。

公孙子曰："子发将西伐蔡，克蔡，获蔡侯，归致命曰：'蔡侯奉其社稷而归之楚，舍属二三子而治其地。'既，楚发其赏，子发辞曰：'发诚布令而敌退，是主威也；徙举相攻而敌退，是将威也；合战用力而敌退，是众威也。臣舍不宜以众威受赏。'"讥之曰："子发之致命也恭，其辞赏也固。夫尚贤使能，赏有功，罚有罪，非独一人为之也⑧，彼先王之道也，一人之本也，善善、恶恶之应也⑨，治必由之，古今一也。古者明王之举大事，立大功也，大事已博⑩，大功已立，则君享其成，群臣享其功，士大夫益爵，官人益秩，庶人益禄，是以为善者劝，为不善者沮，上下一心，三军同力，是以百事成而功名大也。今子发独不然：反先王之道，乱楚国之法。堕兴功之臣，耻受赏之属，无僇乎族党而抑卑其后世⑪，案独以为私廉，岂不过甚矣哉！故曰：子发之致命也恭，其辞赏也固。"荀卿子说齐相曰："处胜人之势，行胜人之道，天下莫忿，汤、武是也；处胜人之势，不以行胜人之道，厚于有天下之势，索为匹夫不可得也，桀、纣是也。然则得胜人之势者，其不如胜人之道远矣。夫主相者，胜人以势也⑫，是为是，非为非，能为能，不能为不能，并己之私欲⑬，必以道夫公道通义之可以相兼容者⑭，是胜人之道也。今相国上则得专主⑮，下则得专国⑯，相国之于胜人之势，亶有之矣。然则胡不敺此胜人之势⑰，赴胜人之道，求仁厚明通之君子而托王焉⑱，与之参国政、正是非？如是，则国孰敢不为义矣？君臣上下，贵贱长少，至于庶人，莫不为义，则天下孰不欲合义矣？贤士愿相国之朝，能士愿相国之官，好利之民莫不愿以齐为归，是一天下也。相国舍是而不为，案直为是世俗之所以为，则女主乱之宫，诈臣乱之朝，贪吏乱之官，众庶百姓皆以贪利争夺为俗，曷若是而可以持国乎？今巨楚县吾前，大燕鰌吾后，劲魏钩吾右，西壤之不绝若绳，楚人则乃有襄贲、开阳以临吾左，是一国作谋，则三国必起而乘我；如是，则齐必断而为四，三国若假城然耳，必为天下大笑。曷若？两者孰足为也⑲？夫桀、纣，圣王之后子孙也，有天下者之世也，势籍之所存，天下之宗室也，土地之大，封内千里，人之众，数以亿万。俄而天下偶然举去桀、纣而奔汤、武，反然举恶桀、纣而贵汤、武，是何也？夫桀、纣何失而汤、武何得也？曰：是无他故焉，桀、纣者善为人所恶也，而汤、武者善为人所好也。人之所恶何也？曰：污漫争夺贪利是也。人之所好者何也？曰：礼义辞让忠信是也。今君人者，辟称比方则欲自并乎汤、武，若其所以统之，则无以异于桀、纣，而求有汤、武之功名可乎？故凡得胜者，必与人也；凡得人者必与道也。道也者何也？曰：礼让忠信是也。故自四五万而往者，强胜，非众之力也，隆在信矣；自数百里而往者安固，非大之力也，隆在修政矣。今已有数万之众者也，陶诞比周以争与⑳；已有数百里之国者也，污漫突盗以争地。然则是弃己之所安强，而争己之所以危弱也，损己之所不足，以重己之所有馀，若是其悖缪也，而求有汤、武之功名可乎？辟之是犹伏而咶天，救经而引其足也㉑，说必不行矣，愈务而愈远。为人臣者不恤己行之不行，苟得利而已矣，是渠冲入穴而求利也㉒，是仁人之所羞而不为也。故人莫贵乎生，莫乐乎安，所以养生安乐者莫大乎礼义。人知贵生乐安而弃礼义，辟之是犹欲寿而刎颈也，愚莫大焉。故君人者，爱民而安，好士而荣，两者无一焉而亡。《诗》曰："价人维藩，大师维垣㉓。"此之谓也。

力术止㉔，义术行。曷谓也？曰：秦之谓也。威强乎汤、武，广大乎舜、禹，然而忧患不可胜校也，諰諰常恐天下之一合而轧己也㉕，此所谓力术止也。曷谓乎威强乎汤、武？汤、武也者，乃能使说己者使耳。今楚父死焉，国举焉，负三王之庙而辟于陈、蔡之间，视可，伺间，案欲剚其胫而以蹈秦之腹㉖，然而秦使左案左㉗，使右案右，是能使雠人役也，此所谓威强乎汤、武也。曷谓广大乎舜、禹也？曰：古者百王之一天下、臣诸侯也，未有过封内千里者也。今秦南乃有沙羡与俱，是乃江南也，北与胡、貉为邻，西有巴、戎，东在楚者乃界于齐，在韩者逾常山乃有临虑，在魏者乃据围津，即去大梁百有二十里耳，其在赵者剡然有苓而据松柏之塞，负西海而固常山，是地遍天下也。威动海内，强殆中国，然而忧患不可胜校也，諰諰常恐天下之一合而轧己也。此所谓广大乎舜禹也。然则奈何？曰：节威反文，案用夫端诚信全之君子治天下焉㉘，因与之参国政，正是非，治曲直，听咸阳㉙，顺者错之，不顺者而后诛之。若是，则兵不复出于塞外而令行于天下矣㉚；若是，则虽为之筑明堂于塞外而朝诸侯，殆可矣。假今之世，益地不如益信之务也。"

应侯问孙卿子曰："入秦何见？"孙卿子曰："其固塞险，形势便，山林川谷美，天材之利多，是形胜也。入境，观其风俗，其百姓朴，其声乐不流污，其服不挑，甚畏有司而顺，古之民也，及都邑官府，其百吏肃然，莫不恭俭敦敬忠信而不楛，古之吏也。入其国，观其士大夫，出于其门，入于公门，出于公门，归于其家，无有私事也；不比周，不朋党，倜然莫不明通而公也，古之士大夫也。观其朝廷，其朝闲听决㉛，百事不留，恬然如无治者，古之朝也。故四世有胜，非幸也，数也。是所见也。故曰：佚而治，约而详，不烦而功，治之至也，秦类之矣。虽然，则有其諰矣。兼是数具者而尽有之，然而县之以王者之功名，则倜倜然其不及远矣。是何也？则其殆无儒邪。故曰：粹而王，驳而霸，无一焉而亡。此亦秦之所短也。"

积微，月不胜日，时不胜月，岁不胜时。凡人好敖慢小事，大事至然后兴之务之，如是则常不胜夫敦比于小事者矣㉜。是何也？则小事之至也数，其县日也博㉝，其为积也大。大事之至也希，其县日也浅，其为积也小。故善日者王㉞，善时者霸，补漏者危，大荒者亡。故王者敬日，霸者敬时，仅存之国危而后戚之，亡国至亡而后知亡，至死而后知死，亡国之祸败，不可胜悔也。霸者之善箸焉，可以时托也，王者之功名，不可胜日志也㉟。财物货宝以大为重，政教功名反是，能积微者速成。《诗》曰："德輶如毛㊱，民鲜克举之。"此之谓也。

凡奸人之所以起者，以上之不贵义，不敬义也。夫义者，所以限禁人之为恶与奸者也。今上不贵义，不敬义，如是，则下之人百姓皆弃义之志，而有趋奸之心矣，此奸人之所以起也。且上者，下之师也。夫下之和上，譬之犹响之应声，影之像形也。故为人上者，不可不顺也。夫义者，内节于人而外节于万物者也，上安于主而下调于民者也。内外上下节者，义之情也㊲。然则凡为天下之要，义为本而信次之。古者禹、汤本义务信而天下治；桀、纣弃义背信而天下乱。故为人上者必将慎礼义，务忠信，然后可。此君人者之大本也。

堂上不粪㊳，则郊草不瞻旷芸㊴；白刃扦乎胸㊵，则目不见流矢；拔戟加乎首，则十指不辞断。非不以此为务也，疾养缓急之有相先者也㊶。

---

①刑：同"型"。　范：模型。　刑范：指铸剑的模子。

②金：这里指铜。

③剖刑：把模子打开。　莫邪：古代宝剑名。　已：完成。

④劙（lí，音离）：割。　盘盂：泛指铜制的器具。

⑤婴：同"撄"，触犯。

⑥黬（yǎn，音眼）然：同"奄然"，突然到来的样子。

⑦贲：（bēn，音奔）：通"奔"，跑。　贲溃：逃跑。

⑧非独一人为之：并不是某一个人的独特做法。

⑨善善、恶恶：奖励善，惩罚恶。　应：相应。

⑩博：通"旉"，同"敷"，治理。

⑪无：通"侮"。　无僇（lù，音路）：侮辱。

⑫胜：制服。　势：权力地位。

⑬并：同"屏"，屏弃，抛弃。

⑭必以道：坚决遵循。

⑮专主：得到君主的完全信用。

⑯专国：完全把持国家权力。

⑰欧（qū，音区）：驾驭，这里指运用。

⑱托王：推荐给国王。

⑲两者：指"行胜人之道"和"不行胜人之道"。　孰足为：哪种方法可行。

⑳陶：通"谣"（táo，音滔），说谎。　陶诞：谎言欺诈。　比周：结党营私，互相勾结。　与：与国，即盟国。

㉑经：上吊。　引：拉。

㉒渠冲：古代打仗时攻城用的大车。

㉓大师：大众，指老百姓。

㉔力术：强力的办法。

㉕愢愢（xǐ，音西）然：忧虑害怕的样子。　轧（yà，音压）：倾轧。

㉖剡（yǎn，音掩）：抬起。

㉗案：则。

㉘端诚信全：正直诚实，德才兼备。

㉙听咸阳：在咸阳听政。

㉚塞外：国境之外。

㉛朝闲：退朝。　听决：处理。

㉜敦比：治理。

㉝县：同"悬"，联系。　县日：所联系的日数，指办事所用的日子。　博：多。

㉞善：爱惜。

㉟不可胜日志：每天记录也记不胜记。

㊱牖（yóu，音尤）：轻。

㊲义之情：义的实际内容。

㊳粪：打扫，扫除。

㊴瞻：看望。　旷：荒芜。　芸：通"耘"，即除草。

㊵扞：抵触。

㊶疾：痛。　养：通"痒"。　有相先者：有先后之分。

十七、天　　论

　　天行有常，不为尧存，不为桀亡。应之以治则吉，应之以乱则凶。强本而节用，则天不能贫；养备而动时，则天不能病。修道而不贰①，则天不能祸。故水旱不能使之饥渴，寒暑不能使之疾，妖怪不能使之凶。本荒而用侈，则天不能使之富；养略而动罕，则天不能使之全；倍道而妄行，则天不能使之吉。故水旱未至而饥，寒暑未薄而疾②，妖怪未至而凶。受时与治世同，而殃祸与治世异，不可以怨天，其道然也。故明于天人之分，则可谓至人矣③。不为而成，不求而得，夫是之谓天职。如是者，虽深，其人不加虑焉；虽大，不加能焉；虽精，不加察焉：夫是之谓不与天争职。天有其时，地有其财，人有其治，夫是之谓能参④。舍其所以参，而愿其所参，则惑矣！列星随旋，日月递炤⑤，四时代御，阴阳大化，风雨博施，万物各得其和以生，各得其养以成，不见其事而见其功，夫是之谓神。皆知其所以成，莫知其无形，夫是之谓天。唯圣人为不求知天。

天职既立，天功既成，形具而神生。好、恶、喜、怒、哀、乐臧焉，夫是之谓天情；耳、目、鼻、口、形能，各有接而不相能也，夫是之谓天官；心居中虚以治五官，夫是之谓天君；财非其类⑥，以养其类，夫是之谓天养；顺其类者谓之福，逆其类者谓之祸，夫是之谓天政。暗其天君，乱其天官，弃其天养，逆其天政，背其天情，以丧天功，夫是之谓大凶。圣人清其天君，正其天官，备其天养，顺其天政，养其天情，以全其天功。如是，则知其所为，知其所不为矣，则天地官而万物役矣⑦。其行曲治⑧，其养曲适，其生不伤⑨，夫是之谓知天。故大巧在所不为，大知在所不虑。所志于天者⑩，已其见象之可以期者矣。所志于地者，已其见宜之可以息者矣。所志于四时者，已其见数之可以事者矣⑪。所志于阴阳者，已其见和之可以治者矣。官人守天⑫，而自为守道也。

治乱天邪？曰：日月、星辰、《瑞历》，是禹、桀之所同也，禹以治，桀以乱，治乱非天也。时邪？曰："繁启，蕃长于春夏，畜积收藏于秋冬，是又禹、桀之所同也，禹以治，桀以乱，治乱非时也。地邪？曰：得地则生，失地则死。是又禹、桀之所同也；禹以治，桀以乱，治乱非地也。《诗》曰："天作高山，大王荒之⑬；彼作矣，文王康之⑭。"此之谓也。

天不为人之恶寒也辍冬；地不为人之恶辽远也辍广；君子不为小人之匈匈也辍行。天有常道矣，地有常数矣，君子有常体矣。君子道其常，而小人计其功。《诗》曰："何恤人之言兮⑮。"此之谓也。

楚王后车千乘，非知也；君子啜菽饮水⑯，非愚也；是节然也⑰。若夫心意修，德行厚，知虑明，生于今而志乎古，则是其在我者也。故君子敬其在己者，而不慕其在天者；小人错其在己者⑱，而慕其在天者。君子敬其在己者，而不慕其在天者，是以日进也；小人错其在己者，而慕其在天者，是以日退也。故君子之所以日进与小人之所以日退，一也。君子小人之所以相县者，在此耳！

星队、木鸣，国人皆恐⑲。曰：是何也？曰：无何也，是天地之变，阴阳之化，物之罕至者也。怪之可也，而畏之非也。夫日月之有食，风雨之不时，怪星之党见⑳，是无世而不常有之。上明而政平，则是虽并世起，无伤也；上暗而政险，则是虽无一至者，无益也。夫星之队、木之鸣，是天地之变，阴阳之化，物之罕至者也。怪之可也，而畏之非也。

物之已至者，人妖则可畏也，楛耕伤稼㉑，楛耘失岁，政险失民，田薉稼恶，籴贵民饥㉒，道路有死人，夫是之谓人妖。政令不明，举错不时，本事不理，夫是之谓人妖。礼义不修，内外无别，男女淫乱，则父子相疑，上下乖离，寇难并至，夫是之谓人妖。妖是生于乱，三者错，无安国。其说甚尔，其菑甚惨㉓。勉力不时，则牛马相生，六畜作妖，可怪也，而不可畏也。传曰："万物之怪，书不说。无用之辩，不急之察，弃而不治。"若夫君臣之义，父子之亲，夫妇之别，则日切瑳而不舍也。

雩而雨㉔，何也？曰：无何也，犹不雩而雨也。日月食而救之㉕，天旱而雩，卜筮然后决大事，非以为得求也，以文之也。故君子以为文，而百姓以为神，以为文则吉，以为神则凶也。

在天者莫明于日月，在地者莫明于水火，在物者莫明于珠玉，在人者莫明于礼义。故日月不高，则光晖不赫；水火不积，则晖润不博；珠玉不睹乎外，则王公不以为宝；礼义不加于国家，则功名不白。故人之命在天，国之命在礼。君人者隆礼尊贤而王，重法爱民而霸，好利多诈而危；权谋、倾覆、幽险尽而亡矣。大天而思之㉖，孰与物畜而制之㉗！从天而颂之，孰与制天命而用之！望时而待之，孰与应时而使之！因物而多之，孰与骋能而化之㉘！思物而物之，孰与理物而勿失之也？愿与物之所以生，孰与有物之所以成㉙！故错人而思天，则失万物之情。

百王之无变，足以为道贯。一废一起，应之以贯，理贯不乱；不知贯，不知应变。贯之大体未尝亡也，乱生其差，治尽其详。故道之所善，中则可从，畸则不可为，匿则大惑㉚。水行者表深㉛，表不明则陷。治民者表道，表不明则乱。礼者，表也；非礼，昏世也；昏世，大乱也。故道无不明，外内异表，隐显有常，民陷乃去㉜。

万物为道一偏，一物为万物一偏，愚者为一物一偏，而自以为知道，无知也。慎子有见于后，无见于先；老子有见于诎，无见于信；墨子有见于齐，无见于畸；宋子有见于少，无见于多。有后而无先，则群众无门。有诎而无信，则贵贱不分。有齐而无畸，则政令不施。有少而无多，则群众不化。《书》曰："无有作好㉝，遵王之道。无有作恶㉞，遵王之路。"此之谓也。

---

①贰：违背。

②薄（bó，音伯）：迫近。

③至人：指最高明的人。

④参（cān，音参）：这里指与天、地相配合。

⑤递炤：交相照耀。　炤：同"照"。

⑥财：通"裁"，裁制、利用。

⑦官：利用的意思。　役：役使。

⑧曲：周全，周遍。

⑨生：通"性"。

⑩志：知，认识。

⑪数：定数，规律。

⑫官人：这里专指司天文的官，如星官、月官等。

⑬荒：大，引申为开辟的意思。

⑭康：安定。

⑮恤：忧虑。

⑯啜（chuò，音绰）：吃。　菽：豆类。泛指粗粮。

⑰节然：偶然，凑巧。

⑱错：通"措"，搁置、放弃。

⑲队：通"坠"。

⑳党：倘或。

㉑楛（kǔ，音苦）耕：指草率地耕种。　楛：恶，粗劣。

㉒籴（dí，音敌）：买粮。

㉓葘：即后来的"灾"字。

㉔雩（yú，音于）：古代求雨的祭祀。

㉕食：通"蚀"。

㉖大：尊。　思：慕。

㉗物畜：指把天作为物来畜养。

㉘骋能：指发挥才能。

㉙有：通"佑"，帮助。

㉚匿：通"慝"（tè，音特），差错，违背。

㉛表：水中所立的标识，用以显示水的深浅。

㉜民陷：指人民的灾难。

㉝作好（hào，音耗）：有私好。

㉞作恶（wù，音务）：有偏恶。

十八、正　　论

　　世俗之为说者曰："主道利周①。"是不然。主者民之唱也②；上者下之仪也。彼将听唱而应，视仪而动。唱默则民无应也，仪隐则下无动也。不应不动，则上下无以相有也。若是，则与无上同也，不祥莫大焉。故上者下之本也。上宣明则下治辨矣，上端诚则下愿悫矣，上公正则下易直矣。治辨则易一，愿悫则易使，易直则易知。易一则强，易使则功，易知则明，是治之所由生也。上周密则下疑玄矣；上幽险则下渐诈矣；上偏曲则下比周矣。疑玄则难一，渐诈则难使，比周则难知。难一则不强，难使则不功，难知则不明，是乱之所由作也。故主道利明不利幽，利宣不利周。故主道明则下安，主道幽则下危。故下安则贵上，下危则贱上。故上易知则下亲上矣，上难知则下畏上矣。下亲上则上安，下畏上则上危。故主道莫恶乎难知，莫危乎使下畏己。传曰："恶之者众则危。"《书》曰："克明明德。"《诗》曰："明明在下。"故先王明之，岂特玄之耳哉！

　　世俗之为说者曰："桀、纣有天下，汤、武篡而夺之。"是不然。以桀、纣为常有天下之籍则然③，亲有天下之籍则不然，天下谓在桀、纣则不然。古者天子千官，诸侯百官。以是千官也，令行于诸夏之国④，谓之王；以是百官也，令行于境内，国虽不安，不至于废易遂亡⑤，谓之君。圣王之子也，有天下之后也，势籍之所在也，天下之宗室也。然而不材不中，内则百姓疾之，外则诸侯叛之，近者境内不一，遥者诸侯不听，令不行于境内，甚者诸侯侵削之，攻伐之。若是，则虽未亡，吾谓之无天下矣。圣王没，有势籍者罢不足以县天下，天下无君；诸侯有能德明威积，海内之民莫不愿得以为君师。然而暴国独侈，安能诛之，必伤害无罪之民，诛暴国之君若诛独夫。若是，则可谓能用天下矣。能用天下之谓王。汤、武非取天下也，修其道，行其义，兴天下之同利，除天下之同害，而天下归之也。桀、纣非去天下也，反禹、汤之德，乱礼义之分，禽兽之行，积其凶，全其恶，而天下去之也。天下归之之谓王，天下去之之谓亡。故桀、纣无天下，而汤、武不弑君，由此效之也。汤、武者，民之父母也；桀、纣者，民之怨贼也。今世俗之为说者，以桀、纣为君，而以汤、武为弑，然则是诛民之父母，而师民之怨贼也，不祥莫大焉。以天下之合为君，则天下未尝合于桀、纣也。然则以汤、武为弑，则天下未尝有说也，直堕之耳⑥。故天子唯其人。天下者，至重也，非至强莫之能任；至大也，非至辨莫之能分；至众也，非至明莫之能和。此三至者，非圣人莫之能尽。故非圣人莫之能王。圣人，备道全美者也，是县天下之权称也。桀、纣者，其知虑至险也，其志意至暗也，其行之为至乱也；亲者疏之，贤者贱之，生民怨之。禹、汤之后也，而不得一人之与；刳比干、囚箕子⑦，身死国亡，为天下之大僇⑧，后世之言恶者必稽焉；是不容妻子之数也。故至贤畴四海⑨，汤、武是也；至罢不容妻子，桀、纣是也。今世俗之为说者，以桀、纣为有天下而臣汤、武，岂不过甚矣哉！譬之是犹伛巫跛匡大自以为有知也。故可以有夺人国，不可以有夺人天下；可以有窃国，不可以有窃天下也。可以夺之者可以有国，不可以有天下。窃可以得国，而不可以得天下，是何也？曰：国，小具也⑩，可以小人有也，可以小道得也，可以小力持也；天下者，大具也，不可以小人有也，不可以小道得也，不可以小力持也。国者，小人可以有之，然而未必不亡；天下者，至大也，非圣人莫之能有也。

世俗之为说者曰："治古无肉刑，而有象刑：墨黥；慅婴⑪；共⑫，艾毕⑬；菲，对屦；杀，赭衣而不纯⑭，治古如是。"是不然。以为治邪？则人固莫触罪，非独不用肉刑，亦不用象刑矣。以为人或触罪矣，而直轻其刑，然则是杀人者不死，伤人者不刑也。罪至重而刑至轻，庸人不知恶矣，乱莫大焉。凡刑人之本，禁暴恶恶，且征其未也⑮。杀人者不死，而伤人者不刑，是谓惠暴而宽贼也，非恶恶也。故象刑殆非生于治古，并起于乱今也。治古不然，凡爵列官职赏庆刑罚，皆报也，以类相从者也。一物失称，乱之端也。夫德不称位，能不称官，赏不当功，罚不当罪，不祥莫大焉。昔者武王伐有商，诛纣，断其首，悬之赤旆。夫征暴诛悍，治之盛也。杀人者死，伤人者刑，是百王之所同也，未有知其所由来者也。刑称罪则治，不称罪则乱。故治则刑重，乱则刑轻。犯治之罪固重，犯乱之罪固轻也。《书》曰："刑罚世轻世重。"此之谓也。

世俗之为说者曰："汤、武不能禁令。是何也？曰：楚、越不受制。"是不然。汤、武者，至天下之善禁令者也，汤居亳，武王居鄗，皆百里之地也，天下为一，诸侯为臣，通达之属，莫不振动从服以化顺之，曷为楚、越独不受制也？彼王者之制也，视形势而制械用，称远近而等贡献，岂必齐哉！故鲁人以榶⑯，卫人用柯⑰，齐人用一革，土地刑制不同者，械用备饰不可不异也。故诸夏之国同服同仪，蛮夷戎狄之国同服不同制，封内甸服，封外侯服，侯卫宾服，蛮夷要服，戎狄荒服。甸服者祭，侯服者祀，宾服者享，要服者贡，荒服者终王。日祭、月祀、时享、岁贡，夫是之谓视形势而制械用，称远近而等贡献，是王者之至也⑱。彼楚、越者，且时享、岁贡、终王之属也，必齐之日祭、月祀之属然后曰受制邪？是规磨之说也⑲，沟中之瘠也⑳，则未足与及王者之制也。语曰："浅不足与测深，愚不足与谋知，坎井之蛙，不可与语东海之乐。"此之谓也。

世俗之为说者曰："尧、舜擅让。"是不然。天子者，势位至尊，无敌于天下，夫有谁与让矣！道德纯备，智慧甚明，南面而听天下，生民之属，莫不振动从服以化顺之。天下无隐士，无遗善，同焉者是也，异焉者非也，夫有恶擅天下矣！曰："死而擅之。"是又不然。圣王在上，图德而定次，量能而授官，皆使民载其事而各得其宜，不能以义制利，不能以伪饰性，则兼以为民。圣王已没，天下无圣，则固莫足以擅天下矣。天下有圣而在后者，则天下不离，朝不易位，国不更制，天下厌然与乡无以异也㉑。以尧继尧，夫又何变之有矣？圣不在后子而在三公，则天下如归，犹复而振之矣，天下厌然与乡无以异也。以尧继尧，夫又何变之有矣？唯其徙朝改制为难。故天子生，则天下一隆致顺而治，论德而定次；死则能任天下者必有之矣。夫礼义之分尽矣，擅让恶用矣哉？曰："老衰则擅。"是又不然。血气筋力则有衰，若夫智虑取舍则无衰。曰："老者不堪其劳而休也。"是又畏事者之议也。天子者，势至重而形至佚，心至愉而志无所诎，而形不为劳，尊无上矣。衣被则服五采，杂间色，重文绣，加饰之以珠玉；食饮则重大牢而备珍怪㉒，期臭味，曼而馈㉓，代睪而食，雍而彻乎五祀，执荐者百人侍西房；居则设张容，负依而坐，诸侯趋走乎堂下，出户而巫觋有事，出门而宗祝有事，乘大路趋越席以养安，侧载睪芷以养鼻，前有错衡以养目，和鸾之声，步中《武》、《象》，骤中《韶》、《护》以养耳，三公奉轭持纳，诸侯持轮挟舆先马㉔，大侯编后，大夫次之，小侯、元士次之㉕，庶士介而夹道，庶人隐窜，莫敢视望。居如大神，动如天帝，持老养衰，犹有善于是者与不？老者，休也。休犹有安乐恬愉如是者乎？故曰：诸侯有老，天子无老，有擅国，无擅天下，古今一也。夫曰尧、舜擅让，是虚言也，是浅者之传，陋者之说也，不知逆顺之理，小大、至不至之变者也，未可与及天下之大理者也。

世俗之为说者曰："尧、舜不能教化。是何也？曰：朱、象不化。"是不然也。尧、舜者，至天下之善教化者也，南面而听天下，生民之属莫不振动从服以化顺之。然而朱、象独不化，是非尧、舜之过，朱、象之罪也。尧、舜者，天下之英也；朱、象者，天下之嵬，一时之琐也。今世俗之为说者不怪朱、象而非尧、舜，岂不过甚矣哉？夫是之谓嵬说。羿、蜂门者，天下之善射者也，不能以拨弓、曲矢中微；王梁、造父者，天下之善驭者也，不能以辟马毁舆致远㉖；尧、舜者，天下之善教化者也，不能使嵬琐化。何世而无嵬，何时而无琐，自太皞、燧人莫不有也。故作者不祥，学者受其殃，非者有庆。《诗》曰："下民之孽，匪降自天；噂沓背憎㉗，职竞由人㉘。"此之谓也。

世俗之为说者曰："太古薄葬，棺厚三寸，衣衾三领，葬田不妨田，故不掘也。乱今厚葬，饰棺，故抇也。"是不及知治道，而不察于抇不抇者之所言也。凡人之盗也，必以有为，不以备不足，足则以重有馀也；而圣王之生民也，皆使当厚优犹不知足，而不得以有馀过度。故盗不窃，贼不刺㉙，狗豕吐菽粟，而农贾皆能以货财让；风俗之美，男女自不取于涂，而百姓羞拾遗。故孔子曰："天下有道，盗其先变乎！"虽珠玉满体，文绣充棺，黄金充椁，加之以丹矸，重之以曾青，犀、象以为树，琅玕、龙兹、华觐以为实，人犹且莫之抇也。是何也？则求利之诡缓，而犯分之羞大也。夫乱今然后反是：上以无法使，下以无度行，知者不得虑，能者不得治，贤者不得使。若是，则上失天性，下失地利，中失人和。故百事废，财物诎，而祸乱起。王公则病不足于上，庶人则冻馁羸瘠于下；于是焉桀、纣群居而盗贼击夺以危上矣。安禽兽行，虎狼贪，故脯巨人而炙婴儿矣㉚。若是，则有何尤抇人之墓，抉人之口而求利矣哉？虽此俅而薶之㉛，犹且必抇也。安得葬薶哉？彼乃将食其肉而龁其骨也。夫曰："太古薄葬，故不抇也；乱今厚葬，故抇也。"是特奸人之误于乱说，以欺愚者而潮陷之，以偷取利焉，夫是之谓大奸。传曰："危人而自安，害人而自利。"此之谓也。

子宋子曰："明见侮之不辱，使人不斗。人皆以见侮为辱，故斗也；知见侮之为不辱，则不斗矣。"应之曰：然则亦以人之情为不恶侮乎？曰："恶而不辱也。"曰：若是则必不得所求焉。凡人之斗也，必以其恶之为说，非以其辱之为故也。今俳优、侏儒、狎徒詈侮而不斗者㉜，是岂钜知见侮之为不辱哉？然而不斗者，不恶故也。今人或入其央渎㉝，窃其猪彘，则援剑戟而逐之，不避死伤，是岂以丧猪为辱也哉？然而不惮斗者，恶之故也。虽以见侮为辱也，不恶则不斗；虽知见侮为不辱，恶之则必斗。然则斗与不斗邪，亡于辱之与不辱也，乃在于恶之与不恶也。夫今子宋子不能解人之恶侮，而务说人以勿辱也，岂不过甚矣哉？金舌弊口㉞，犹将无益也。不知其无益，则不知；知其无益也，直以欺人，则不仁。不仁不知，辱莫大焉。将以为有益于人，则与无益于人也，则得大辱而退耳！说莫病是矣。子宋子曰："见侮不辱。"应之曰：凡议，必将立隆正然后可也㉟。无隆正，则是非不分而辨讼不决。故所闻曰："天下之大隆，是非之封界，分职名象之所起，王制是也。"故凡言议期命，是非以圣王为师，而圣王之分，荣辱是也。是有两端矣：有义荣者，有势荣者，有义辱者，有势辱者。志意修，德行厚，知虑明，是荣之由中出者也，夫是之谓义荣。爵列尊，贡禄厚，形势胜，上为天子诸侯，下为卿相士大夫，是荣之从外至者也，夫是之谓势荣。流淫污僈㊱，犯分乱理，骄暴贪利，是辱之由中出者也，夫是之谓义辱。詈侮捽搏㊲，捶笞膑脚㊳，斩断枯磔㊴，藉靡舌绁㊵，是辱之由外至者也，夫是之谓势辱。是荣辱之两端也。故君子可以有势辱，而不可以有义辱；小人可以有势荣，而不可以有义荣。有势辱无害为尧，有势荣无害为桀。义荣势荣，唯君子然后兼有之；义辱势辱，唯小人然后兼有之。是荣辱之分也。圣王以为法，士大夫以为道，官人以为守，百姓以成俗，万世不能易也。

今子宋子案不然，独诎容为己，虑一朝而改之，说必不行矣。譬之，是犹以塼涂塞江海也，以焦侥而戴太山也[41]，颠跌碎折，不待顷矣。二三子之善于子宋子者，殆不若止之，将恐得伤其体也。

子宋子曰："人之情，欲寡；而皆以己之情，为欲多，是过也。"故率其群徒，辨其谈说，明其譬称，将使人知情欲之寡也。应之曰：然则亦以人之情为欲。目不欲綦色[42]，耳不欲綦声，口不欲綦味，鼻不欲綦臭，形不欲綦佚。此五綦者，亦以人之情为不欲乎？曰："人之情欲是已。"曰：若是则说必不行矣。以人之情为欲此五綦者而不欲多，譬之是犹以人之情为欲富贵而不欲货也，好美而恶西施也。

古之人为之不然。以人之情为欲多而不欲寡，故赏以富厚而罚以杀损也，是百王之所同也。故上贤禄天下，次贤禄一国，下贤禄田邑，愿悫之民完衣食。今子宋子以是之情为欲寡而不欲多也，然则先王以人之所不欲者赏，而以人之所欲者罚邪？乱莫大焉。今子宋子严然而好说[43]，聚人徒，立师学，成文典，然而说不免于以至治为至乱也，岂不过甚矣哉！

---

①周：隐密。

②唱：倡导。

③常：通"尝"，曾经。　　籍：位。

④诸夏之国：指中原地区各诸侯国。

⑤遂：通"坠"。

⑥堕：毁。

⑦刳（kū，音枯）：指剖心。　　比干，箕子：二人都是殷纣王的叔父，多次劝谏纣王行先王之道，纣王不听，反杀比干，降箕子为奴隶。

⑧僇（lù，音陆）：耻辱。

⑨畴：通"寿"，保全，保有。

⑩具：器物。

⑪慬婴：即"草缨"。

⑫共：通"宫"。

⑬艾（yì，音义）：艾，割。　　毕：同"韠（bì，音毕）"，又称绂，蔽膝。

⑭赭（zhě，音者）衣：赤褐色的衣服。　　不纯：不镶边，这里指没有衣领。

⑮征：通"惩"。

⑯塘（táng，音唐）：碗。

⑰柯：指盂，古代盛食物的器具。

⑱至：通"制"。

⑲规磨之说：揣测的说法。

⑳沟中之瘠：比喻智识浅薄。　　瘠，贫瘠，困顿。

㉑厌然：安然的样子。　　乡：通"向"，过去。

㉒大牢：即"太牢"，指猪牛羊三牲齐备。

㉓曼：通"万"，古代的一种列队舞蹈。　　馈：进献食品。

㉔先马：在马前作引导。

㉕元士：上士。

㉖辟：通"躄（biè，音别）"，有足疾。

㉗噂沓（zǔn tà，音怎踏）：聚语的样子，指当面谈笑。

㉘职：但，只；　　竞：并，皆。

㉙刺：指抢劫。

㉚脯（fǔ，音府）：干肉。　　巨人：指大人。　　炙（zhì，音治）：用火烧烤。

㉛倮：同"裸"。　　薶：同"埋"。

㉜俳（pái，音排）优：古代歌舞艺人。　狎（xiá，音匣）徒：闲荡游乐的人。　詈（lì，音力）：责骂。

㉝央渎：大洞穴。　央：大。

㉞金舌：指病舌。　金：通"噤"。

㉟隆正：正确的标准。

㊱流淫：下贱放荡。　污僈：行为丑恶。　僈：通"漫"。

㊲捽（zuó，音昨）：揪住。　搏：击打。

㊳捶笞（chī，音吃）：用鞭子抽打。　膑脚：剔去膝盖骨。

㊴枯：通"辜"，分裂肢体。　磔（zhé，音哲）：车裂分尸。

㊵藉靡舌㪏（jǔ，音举）：指被捆缚。

㊶焦侥：传说中的短人。

㊷綦（qí，音其）：极尽。

㊸严然：同"俨然"，庄重的样子。

十九、礼　　论

　　礼起于何也？曰：人生而有欲，欲而不得，则不能无求，求而无度量分界，则不能不争。争则乱，乱则穷。先王恶其乱也，故制礼义以分之，以养人之欲，给人之求。使欲必不穷乎物，物必不屈于欲①，两者相持而长，是礼之所起也。故礼者，养也。刍豢稻粱②，五味调香，所以养口也；椒兰芬苾，所以养鼻也；雕琢刻镂，黼黻文章，所以养目也；钟鼓、管磬、琴瑟、竽笙，所以养耳也。疏房、檖貌、越席、床笫、几筵③，所以养体也。故礼者，养也。君子既得其养，又好其别。曷谓别？曰：贵贱有等，长幼有差，贫富轻重皆有称者也。故天子大路越席④，所以养体也；侧载睪芷，所以养鼻也；前有错衡⑤，所以养目也；和鸾之声⑥，步中《武》、《象》，趋中《韶》、《护》，所以养耳也；龙旗九斿⑦，所以养信也；寝兕、持虎⑧、蛟韅、丝末、弥龙，所以养威也；故大路之马必倍至教顺然后乘之，所以养安也。孰知夫出死要节之所以养生也⑨！孰知夫出费用之所以养财也！孰知夫恭敬辞让之所以养安也！孰知夫礼义文理之所以养情也！故人苟生之为见，若者必死；苟利之为见，若者必害；苟怠惰偷懦之为安，若者必危；苟情说之为乐，若者必灭。故人一之于礼义，则两得之矣；一之于情性，则两丧之矣。故儒者将使人两得之者也，墨者将使人两丧之者也，是儒、墨之分也。

　　礼有三本：天地者，生之本也；先祖者，类之本也；君师者，治之本也。无天地恶生？无先祖恶出？无君师恶治？三者偏亡⑩，焉无安人。故礼，上事天，下事地，尊先祖而隆君师，是礼之三本也。故王者天太祖，诸侯不敢坏，大夫士有常宗，所以别贵始。贵始，得之本也。郊止乎天子，而社止于诸侯，道及士大夫，所以别尊者事尊，卑者事卑，宜大者巨，宜小者小也。故有天下者事十世，有一国者事五世，有五乘之地者事三世，有三乘之地者事二世，持手而食者，不得立宗庙，所以别积厚，积厚者流泽广，积薄者流泽狭也。大飨⑪，尚玄尊，俎生鱼，先大羹，贵食饮之本也。飨，尚玄尊而用酒醴，先黍稷而饭稻粱；祭，齐大羹而饱庶羞，贵本而亲用也⑫。贵本之谓文，亲用之谓理，两者合而成文，以归大一⑬，夫是之谓大隆。故尊之尚玄酒也，俎之尚生鱼也，豆之先大羹也，一也。利爵之不醮也⑭，成事之俎不尝也，三臭之不食也⑮，一也。大昏之未发齐也，太庙之未入尸也，始卒之未小敛也⑯，一也。大路之素未集也，郊之麻绕也，丧服之先散麻也⑰，一也。三年之丧，哭之不文也，《清庙》之歌，一倡而三叹也，县一钟，尚拊之膈，朱弦而通越也，一也。

凡礼，始乎棁，成乎文，终乎悦校。故至备，情文俱尽；其次，情文代胜；其下，复情以归大一也。天地以合，日月以明，四时以序，星辰以行，江河以流，万物以昌；好恶以节，喜怒以当，以为下则顺，以为上则明，万物变而不乱，贰之则丧也。礼岂不至矣哉！立隆以为极，而天下莫之能损益也。本末相顺⑱，终始相应，至文以有别，至察以有说。天下从之者治，不从者乱，从之者安，不从者危，从之者存，不从者亡。小人不能测也⑲。

礼之理诚深矣，"坚白"、"同异"之察入焉而溺；其理诚大矣，擅作典制辟陋之说入焉而丧；其理诚高矣，暴慢、恣睢、轻俗以为高之属入焉而队。故绳墨诚陈矣，则不可欺以曲直；衡诚县矣，则不可欺以轻重；规矩诚设矣，则不可欺以方圆；君子审于礼，则不可欺以诈伪。故绳者，直之至⑳；衡者，平之至；规矩者，方圆之至；礼者，人道之极也。然而不法礼㉑，不足礼，谓之无方之民；法礼、足礼，谓之有方之士。礼之中焉能思索，谓之能虑；礼之中焉能勿易，谓之能固。能虑、能固，加好者焉㉒，斯圣人矣。故天者，高之极也；地者，下之极也；无穷者，广之极也；圣人者，道之极也。故学者，固学为圣人也，非特学为无方之民也㉓。礼者，以财物为用，以贵贱为文，以多少为用，以隆杀为要㉔。文理繁，情用省，是礼之隆也。文理省，情用繁，是礼之杀也。文理情用相为内外表里，并行而杂㉕，是礼之中流也。故君子上致其隆，下尽其杀，而中处其中。步骤驰骋厉骛不外是矣㉖，是君子之坛宇宫廷也。人有是，士君子也；外是，民也；于是其中焉。方皇周挟，曲得其次序㉗，是圣人也。故厚者，礼之积也；大者，礼之广也；高者，礼之隆也；明者，礼之尽也。《诗》曰："礼仪卒度，笑语卒获。"此之谓也。

礼者，谨于治生死者也。生，人之始也；死，人之终也。终始俱善，人道毕矣。故君子敬始而慎终，始终如一，是君子之道，礼义之文也。夫厚其生而薄其死，是敬其有知而慢其无知也，是奸人之道而倍叛之心也。君子以倍叛之心接臧谷㉘，犹且羞之，而况以事其所隆亲乎！故死之为道也，一而不可得再复也，臣之所以致重其君，子之所以致重其亲，于是尽矣。故事生不忠厚不敬文，谓之野；送死不忠厚不敬文，谓之瘠。君子贱野而羞瘠，故天子棺椁十重，诸侯五重，大夫三重，士再重，然后皆有衣衾多少厚薄之数，皆有翣菨文章之等㉙，以敬饰之，使生死终始若一。一足以为人愿，是先王之道，忠臣孝子之极也。天子之丧动四海，属诸侯；诸侯之丧动通国㉚，属大夫；大夫之丧动一国，属修士；修士之丧动一乡，属朋友；庶人之丧合族党，动州里。刑余罪人之丧不得合族党，独属妻子，棺椁三寸，衣衾三领，不得饰棺，不得昼行，以昏殣㉛，凡缘而往埋之，反无哭泣之节，无衰麻之服，无亲疏月数之等，各反其平，各复其始，已葬埋，若无丧者而止，夫是之谓至辱。礼者，谨于吉凶不相厌者也㉜。往圹听息之时㉝，则夫忠臣孝子亦知其闵已㉞，然而殡殓之具未有求也㉟；垂涕恐惧，然而幸生之心未已，持生之事未辍也；卒矣，然后作具之。故虽备家㊱，必逾日然后能殡，三日而成服㊲。然后告远者出矣，备物者作矣。故殡久不过七十日，速不损五十日。是何也？曰：远者可以至矣，百求可以得矣，百事可以成矣，其忠至矣，其节大矣，其文备矣。然后月朝卜日，月夕卜宅，然后葬也。当是时也，其义止，谁得行之！其义行，谁得止之？故三月之葬，其貌以生设饰死者也，殆非直留死者以安生也，是致隆思慕之义也。

丧礼之凡：变而饰，动而远，久而平。故死之为道也，不饰则恶，恶则不哀，尒则玩㊳，玩则厌，厌则忘，忘则不敬。一朝而丧其严亲，而所以送葬之者不哀不敬，则嫌于禽兽矣，君子耻之。故变而饰，所以灭恶也；动而远，所以遂敬也；久而平，所以优生也㊴。礼者，断长续短，损有余，益不足，达爱敬之文，而滋成行义之美者也㊵。故文饰、粗恶，声乐、哭泣，恬愉、忧戚，是反也；然而礼兼而用之，时举而代御。故文饰、声乐、恬愉，所以持平奉吉也；粗恶、哭泣、忧戚，所以持险奉凶也。故其立文饰也，不至于窕冶；其立粗衰也，不至于瘠弃；其立声乐恬愉也，不至于流淫惰慢；其立哭泣哀戚也，不至于隘慑伤生㊶：是礼之中流也。故情貌之变，足以别吉凶，明贵贱亲疏之节，期止矣，外是，奸也，虽难㊷，君子贱之。故量食而食之，量要而带之。相高以毁瘠㊸，是奸人之道也，非礼义之文也，非孝子之情也，将以有为者也。故说豫娩泽㊹，忧戚萃恶，是吉凶忧愉之情发于颜色者也。歌谣謸笑，哭泣谛号，是吉凶忧愉之情发于声音者也。刍豢、稻粱、酒醴餰鬻、鱼肉、菽藿、酒浆，是吉凶忧愉之情发于食饮者也。卑绕、黼黻、文织，资粗、衰绖、菲繐、菅屦㊺，是吉凶忧愉之情发于衣服者也。疏房、檖貌、越席、床笫、几筵、属茨、倚庐、席薪、枕块㊻，是吉凶忧愉之情发于居处者也。两情者，人生固有端焉。若夫断之继之，博之浅之，益之损之，类之尽之，盛之美之，使本末终始莫不顺比纯备，足以为万世则，则是礼也。非顺孰修为之君子，莫之能知也。故曰：性者，本始材朴也㊼；伪者㊽，文理隆盛也㊾。无性则伪之无所加，无伪则性不能自美。性伪合，然后成圣人之名，一天下之功于是就也。故曰：天地合而万物生，阴阳接而变化起，性伪合而天下治。天能生物，不能辨物也；地能载人，不能治人也；宇中万物、生人之属，待圣人然后分也。《诗》曰："怀柔百神，及河乔岳。"此之谓也。

卒礼者，以生者饰死者也，大象其生以送其死也(50)。故如死如生，如存如亡，终始一也。始卒、沐浴、鬠体、饭唅，象生执也。不沐则濡栉三律而止，不浴则濡巾三式而止。充耳而设瑱，饭以生稻，唅以槁骨，反生术矣(51)。说亵衣(52)，袭三称，缙绅而无钩带矣。设掩面儇目，鬠而不冠笄矣。书其名，置于其重，则名不见而柩独明矣。荐器则冠有鍪而毋縰(53)，瓮、庑虚而不实(54)，有簟席而无床笫，木器不成斫，陶器不成物，薄器不成内，笙竽具而不和，琴瑟张而不均，舆藏而马反(55)，告不用也(56)。具生器以适墓，像徙道也(57)。略而不尽，貌而不功，趋舆而藏之，金革辔靷而不入，明不用也。像徙道，又明不用也。是皆所以重哀也。故生器文而不功(58)，明器貌而不用(59)，凡礼，事生，饰欢也；送死，饰哀也；祭祀，饰敬也；师旅，饰威也，是百王之所同，古今之所一也，未有知其所由来者也。故圹垄，其貌像室屋也；棺椁，其貌像版、盖、斯象、拂也；无、帾、丝、歶、缕、翣，其貌以像菲帷帱尉也；抗折，其貌以像槾茨、番、阏也。故丧礼者，无他焉，明死生之义，送以哀敬而终周藏也。故葬埋，敬葬其形也；祭祀，敬事其神也；其铭诔系世(60)，敬传其名也。事生，饰始也；送死，饰终也。终始具而孝子之事毕，圣人之道备矣。刻死而附生谓之墨(61)，刻生而附死谓之惑，杀生而送死谓之贼(62)。大象其生以送其死，使死生终始莫不称宜而好善(63)，是礼义法式也，儒者是矣。

三年之丧何也？曰：称情而立文，因以饰群别、亲疏、贵贱之节，而不可益损也。故曰：无适不易之术也。创巨者其日久，痛甚者其愈迟，三年之丧，称情而立文，所以为至痛极也。齐衰，苴杖、居庐、食粥、席薪、枕块，所以为至痛饰也。三年之丧，二十五月而毕，哀痛未尽，思慕未忘，然而礼以是断之者(64)，岂不以送死有已，复生有节也哉！凡生乎天地之间者，有血气之属必有知(65)，有知之属莫不爱其类，今夫大鸟兽则失亡其群匹(66)，越月逾时，则必反铅；过故乡，则必徘徊焉，鸣号焉，踯躅焉，踟蹰焉，然后能去之也。小者是燕爵，犹有啁噍之顷焉，然后能去之。故有血气之属莫知于人，故人之于其亲也，至死无穷。将由夫愚陋淫邪之人与？则彼朝死而夕忘之，然而纵之，则是曾鸟兽之不若也，彼安能相与群居而无乱乎？将由夫修饰之君子与(67)？则三年之丧，二十五月而毕，若驷之过隙，然而遂之，则是无穷也。故先王圣人安为之立中制节，一使足以成文理，则舍之矣(68)。然则何以分之？曰：至亲以期断(69)。是何也？曰：天地则已易矣，四时则已遍矣(70)，其在宇中者莫不更始矣(71)，故先王案以此象之也(72)。然则三年何也？曰：加隆焉，案使倍之，故再期也。由九月以下何也？曰：案使不及也。故三年以为隆，缌、小功以为杀，期、九月以为间。上取象于天，下取象于地，中取则于人，人所以群居和一之理尽矣。故三年之丧，人道之至文者也。夫是之谓至隆，是百王之所同，古今之所一也。

君之丧所以取三年，何也？曰：君者，治辨之主也，文理之原也，情貌之尽也，相率而致隆之，不亦可乎？《诗》曰："恺悌君子[73]，民之父母。"彼君子者，固有为民父母之说焉。父能生之，不能养之；母能食之，不能教诲之；君者，已能食之矣，又善教诲之者也，三年毕矣哉！乳母，饮食之者也，而三月；慈母，衣被之者也，而九月；君，曲备之者也，三年毕乎哉！得之则治，失之则乱，文之至也。得之则安，失之则危，情之至也[74]。两至者俱积焉，以三年事之犹未足也，直无由进之耳！故社，祭社也；稷，祭稷也；郊者，并百王于上天而祭祀之也。三月之殡，何也？曰：大之也，重之也，所致隆也，所致亲也，将举错之，迁徙之，离宫室而归丘陵也，先王恐其不文也，是以緌其期，足之日也。故天子七月，诸侯五月，大夫三月，皆使其须足以容事，事足以容成，成足以容文，文足以容备，曲容备物之谓道矣。

祭者，志意思慕之情也。悼恑恺愣而不能无时至焉[75]。故人之欢欣和合之时，则夫忠臣孝子亦悼恑而有所至矣。彼其所至者甚大动也，案屈然已，则其于志意之情者惆然不嗛，其于礼节者阙然不具。故先王案为之立文，尊尊亲亲之义至矣。故曰：祭者，志意思慕之情也，忠信爱敬之至矣，礼节文貌之盛矣，苟非圣人，莫之能知也。圣人明知之，士君子安行之，官人以为守，百姓以成俗。其在君子，以为人道也。其在百姓，以为鬼事也。故钟鼓、管磬、琴瑟、竽笙，《韶》、《夏》、《护》、《武》、《汋》、《桓》、《箾》、简《象》，是君子之所以为悼恑其所喜乐之文也。齐衰、苴杖、居庐、食粥、席薪、枕块，是君子之所以为悼恑其所哀痛之文也。师旅有制，刑法有等，莫不称罪，是君子之所以为悼恑其所敦恶之文也。卜筮视日，斋戒修涂，几筵、馈、荐、告祝，如或飨之[76]。物取而皆祭之，如或尝之。毋利举爵，主人有尊，如或觞之。宾出，主人拜送，反易服[77]，即位而哭，如或去之。哀夫！敬夫！事死如事生，事亡如事存，状乎无形影，然而成文。

---

①屈（jué，音决）：竭。

②刍豢：泛指肉食之类。

③疏：指通风明亮。　　樱：通"邃"（suì，音遂），深。　　貌：同"貌"，庙。　　第（zǐ，音子）：竹编的床席。

④大路：即"大辂"，古代君主乘坐的车。

⑤错衡：涂金的车前横木。

⑥和鸾（luán，音銮）：古代的一种车铃。

⑦斿（yóu，音游）：旗上的飘带。

⑧持：通"跱"。　　持虎：蹲着的虎。

⑨要（yāo，音腰）：求取。

⑩偏亡：缺少一方面。

⑪大飨（xiǎng，音响）：在太庙中合祭历代祖先。

⑫贵本而亲用：即尊重饮食的根本，又要便于食用。

⑬大一：太古时代。　　大：通"太"。

⑭利爵：利献上的酒。　　醮（jiào，音叫）：喝净。

⑮臭：通"侑"（yòu，音又），劝食。

⑯始卒之未小敛：指人刚死而还没有换上寿衣的时候。

⑰散麻：腰间系上麻带。

⑱本末：指礼的根本原则，和礼在各方面的具体规定。　　相顺：有一定次序。

⑲测：测量，引申为深刻了解。

⑳直之至：直之中最直的。

㉑法礼：遵照礼去做。

㉒加好者焉：在礼上能达到最完善的地步的。

㉓非特学：不是要学。

㉔隆：丰厚，隆重。　杀（shài，音晒）：减等，简省。　要；纲要，恰当。

㉕杂：通"集"，会合，兼用。

㉖步骤：走。　厉：疾飞。

㉗曲：全部。

㉘接：对待。　臧：奴仆。　谷：小孩。

㉙翣菨（shà jiè，音煞介）：古代棺木上的一种装饰物。

㉚通国：友好国家。

㉛昏殣（jìn，音晋）：黄昏时埋葬。

㉜相厌：相掩，互相混淆。

㉝绖：当作"注"。　纩（kuàng，音况）：新棉絮。

㉞闵：病危。

㉟未有求也：还不能准备。

㊱备家：指殡殓物品有准备的人家。

㊲成服：穿丧服。

㊳介：同"迩"，近。　玩：轻视。

㊴优生：对活着的人有好处。

㊵滋成：养成。

㊶隘慑（shè，音社）：过分悲伤。　伤生：伤害身体。

㊷虽难：虽然很难。

㊸相高以毁瘠：指用毁伤自己身体来追求更高的名利。

㊹豫：快乐。　婉（wǎn，音晚）：明媚。　婉泽：面色润泽。

㊺卑绖：同"裨冕"，祭服。　文织：有色彩花纹的丝织品。　资粗：粗布。　衰绖（cuī dié，音催蝶）：丧服。菲绖：薄而稀的布。　菅屦：用菅草编的鞋。

㊻属茨：用草编成屋顶的房子。　倚庐：守丧人住的简陋木头房。　枕块：居丧时以土块为枕。

㊼材朴：自然的材质。

㊽伪：人为。

㊾文理：礼法的条理。

㊿大象：大致效法。

[51]反生术：和生时的做法相反。

[52]褻（xiè，音泻）衣：内衣。

[53]鍪（móu，音谋）：帽子。　縰（shǐ，音始）：包头发的丝织物。

[54]甕庑（wèng wǔ，音瓮午）：陶制器皿。　虚无不实：里面不放东西。

[55]臧：埋。　马反：驾车的马返回不理。

[56]告：言，表示。

[57]像徙道：像搬家一样。

[58]文而不功：只起礼的仪式作用而不起实际功用。

[59]明器：随葬品，亦称鬼器。

[60]铭：把死者的事迹刻在器物上。　诔（lěi，音垒）：哀悼死者的文字，文章。　系世：世代传袭的记载，像家谱一类的东西。

[61]附：增添，丰厚。

[62]杀生而送死谓之贼：以人殉葬就叫做贼。

[63]称宜：合宜。　好善：很完善。

[64]礼：丧礼。　断：终止，指脱掉丧服。

(65)血气之属：指动物、人类。

(66)匹：配偶。

(67)修饰之君子：指按照礼义要求去做有品德的人。

(68)舍：拾，指除去丧服。

(69)至亲：指父母。　期（jī，音基）：周年。

(70)遍：轮流一遍。

(71)在宇中者：指万物。

(72)象：象征新的开始。

(73)恺悌（kǎi tì，音凯替）：和蔼可亲。

(74)情之至：指最充分地表达了感情。

(75)愅（gé，音隔）：变。　愅诡：变异感动的样子。　悒（yì，音邑）僾（ài，音爱）：郁闷不乐的样子。

(76)如或飨之：好像鬼神真来享受一样。

(77)反易服：返回后，脱去祭服，换上丧服。

二十、乐　论

夫乐者，乐也，人情之所必不免也。故人不能无乐，乐则必发于声音，形于动静[1]，而人之道，声音、动静、性术之变尽是矣[2]。故人不能不乐，乐则不能无形，形而不为道，则不能无乱。先王恶其乱也，故制《雅》、《颂》之声以道之，使其声足以乐而不流，使其文足以辨而不諰，使其曲直、繁省、廉肉、节奏足以感动人之善心[3]，使夫邪污之气无由得接焉。是先王立乐之方也，而墨子非之，奈何！故乐在宗庙之中，君臣上下同听之，则莫不和敬；闺门之内，父子兄弟同听之，则莫不和亲；乡里族长之中，长少同听之，则莫不和顺。故乐者，审一以定和者也，比物以饰节者也，合奏以成文者也，足以率一道，足以治万变。是先王立乐之术也，而墨子非之，奈何！

故听其《雅》、《颂》之声，而志意得广焉；执其干戚[4]，习其俯仰屈伸，而容貌得庄焉；行其缀兆[5]，要其节奏，而行列得正焉，进退得齐焉。故乐者，出所以征诛也，入所以揖让也。征诛揖让，其义一也。出所以征诛，则莫不听从；入所以揖让，则莫不从服。故乐者，天下之大齐也，中和之纪也，人情之所必不免也。是先王立乐之术也，而墨子非之，奈何！

且乐者，先王之所以饰喜也；军旅铁钺者[6]，先王之所以饰怒也。先王喜怒皆得其齐焉。是故喜而天下和之，怒而暴乱畏之。先王之道，礼乐正其盛者也，而墨子非之。故曰：墨子之于道也，犹瞽之于白黑也，犹聋之于清浊也，犹欲之楚而北求之也[7]。夫声乐之入人也深，其化人也速，故先王谨为之文。乐中平则民和而不流，乐肃庄则民齐而不乱。民和齐则兵劲城固，敌国不敢婴也[8]。如是，则百姓莫不安其处，乐其乡，以至足其上矣。然后名声于是白，光辉于是大，四海之民，莫不愿得以为师。是王者之始也。乐姚冶以险，则民流僈鄙贱矣。流僈则乱，鄙贱则争。乱争则兵弱城犯，敌国危之。如是，则百姓不安其处，不乐其乡，不足其上矣。故礼乐废而邪音起者，危削侮辱之本也。故先王贵礼乐而贱邪音。其在序官也，曰："修宪命，审诛赏，禁淫声，以时顺修，使夷俗邪音不敢乱雅，太师之事也。"

墨子曰："乐者，圣王之所非也，而儒者为之，过矣。"君子以为不然。乐者，圣人之所乐也，而可以善民心，其感人深，其移风易俗，故先王导之以礼乐而民和睦。夫民有好恶之情而无喜怒之应，则乱。先王恶其乱也，故修其行，正其乐，而天下顺焉。故齐衰之服[9]，哭泣之声，使人之心悲；带甲婴軸[10]，歌于行伍，使人之心伤；姚冶之容，郑、卫之音，使人之心淫；绅端章甫，舞《韶》歌《武》，使人之心庄。故君子耳不听淫声，目不视女色，口不出恶言。此三者，君子慎之。

凡奸声感人而逆气应之，逆气成象而乱生焉[11]。正声感人而顺气应之，顺气成象而治生焉。唱和有应，善恶相象，故君子慎其所去就也[12]。

君子以钟鼓道志，以琴瑟乐心。动以干戚，饰以羽旄，从以磬管。故其清明象天，其广大象地，其俯仰周旋有似于四时，故乐行而志清，礼修而行成，耳目聪明，血气和平，移风易俗，天下皆宁，美善相乐。故曰：乐者，乐也。君子乐得其道，小人乐得其欲，以道制欲，则乐而不乱；以欲忘道，则惑而不乐。故乐者，所以道乐也。金石丝竹，所以道德也。乐行而民乡方矣[13]。故乐者，治人之盛者也，而墨子非之。且乐也者，和之不可变者也；礼也者，理之不可易者也。乐合同，礼别异。礼乐之统，管乎人心矣。穷本极变，乐之情也；著诚去伪，礼之经也。墨子非之，几遇刑也[14]，明王以没，莫之正也。愚者学之，危其身也。君子明乐，乃其德也。乱世恶善，不此听也。于乎哀哉，不得成也。弟子勉学，无所营也[15]。

声乐之象：鼓大丽[16]，钟统实，磬廉制，竽、笙箫和、筦、籥发猛[17]，埙、篪翁博[18]，瑟易良，琴妇好[19]，歌清尽，舞意天道兼。鼓，其乐之君邪！故鼓似天，钟似地，磬似水，竽笙箫和、籥似星辰日月，鞉、柷、拊、鞷、椌、楬似万物。曷以知舞之意？曰：目不自见，耳不自闻也，然而治俯仰诎信进退迟速莫不廉制，尽筋骨之力以要钟鼓俯会之节，而靡有悖逆者，众积意谇谇乎[20]！

吾观于乡，而知王道之易易也。主人亲速宾及介而众宾皆从之；至于门外，主人拜宾及介，而众宾皆入，贵贱之义别矣。三揖至于阶，三让以宾升，拜至献酬辞让之节繁，及介省矣。至于众宾，升受，坐祭，立饮，不酢而降[21]，隆杀之义辨矣。工入升歌三终，主人献之；笙入三终，主人献之；间歌三终[22]，合乐三终，工告乐备，遂出。二人扬觯，乃立司正。焉知其能和乐而不流也。宾酬主人，主人酬介，介酬众宾，少长以齿[23]，终于沃洗者焉。知其能弟长而无遗也。降、脱屦、升坐、修爵无数。饮酒之节，朝不废朝，莫不废夕。宾出，主人拜送，节文终遂。焉知其能安燕而不乱也。贵贱明，隆杀辨，和乐而不流，弟长而无遗、安燕而不乱[24]。此五行者，是足以正身安国矣。彼国安而天下安。故曰：吾观于乡而知王道之易易也。

乱世之征，其服组[25]，其容妇，其俗淫，其志利，其行杂，其声乐险，其文章匿而采，其养生无度，其送死瘠墨，贱礼义而贵勇力，贫则为盗，富则为贼。治世反是也。

---

①形：表现。

②性术：本性和所选择的道路。

③曲直：声音回旋曲折与平直。　　繁省：声音复杂与简单。　　廉肉：声音的清晰与饱满。　　善心：指后天形成的善心。

④干：盾牌。　　戚：斧头。

⑤缀兆：舞蹈排列的位置。

⑥铁（fū，音夫）：同"斧"。　　铁钺（yuè，音月）：大斧，古代以此指刑杀。

⑦犹欲之楚而北求之也：就好像想去南边的楚国而往北行一样。

⑧婴：同"撄"，侵犯。

⑨齐衰（zī cuī，音资摧）：丧服。

⑩婴：戴。　　軸：同"胄"（zhòu，音宙），头盔。

⑪成象：形成风气。

⑫去：舍弃。　　就：取，留。

⑬乡：同"向"。　　乡方：向着正确的方向。

⑭几遇刑也：接近于犯罪。

⑮营：通"荧"，迷惑。

⑯丽：通"厉，"猛烈。　　鼓大丽：鼓声大而且高。丽，通"厉"。

⑰筦籥（guǎn yuè，音管越）：是古代编管乐器。　　发猛：振奋激昂。

⑱埙（xūn，音勋）：陶土制的吹乐器。　　篪（chí，音迟）：单管横吹乐器。　　翁博：通"滃渤"，低沉而宽广。

⑲妇好：同"女好"，形容声音柔和婉转。

⑳积：练习。　　谆谆（chí，音迟）：谆谆，态度认真。

㉑不酢（zuò，音作）：客人不用酒回敬主人。　　降：退下。

㉒间歌三终：堂上乐士先唱一曲，然后堂下吹笙的人吹奏一曲，这叫做间歌，这样演奏三遍叫三终。

㉓齿：年龄。　　少长以齿：按年龄长幼排列次序。

㉔安燕：休息。　　燕：同"宴"，安。

㉕组：丝织有花纹的宽带。　　服组：服装妖艳。

二十一、解　蔽

凡人之患，蔽于一曲，而暗于大理①。治则复经，两疑则惑矣，天下无二道，圣人无两心。今诸侯异政，百家异说，则必或是或非，或治或乱。乱国之君，乱家之人②，此其诚心莫不求正而以自为也，妒缪于道而人诱其所迨也。私其所积，唯恐闻其恶也。倚其所私，以观异术，唯恐闻其美也。是以与治虽走而是己不辍也。岂不蔽于一曲而失正求也哉！心不使焉，则白黑在前而目不见；雷鼓在侧而耳不闻，况于使者乎！德道之人，乱国之君非之上，乱家之人非之下，岂不哀哉！

故为蔽：欲为蔽、恶为蔽，始为蔽、终为蔽，远为蔽、近为蔽，博为蔽、浅为蔽，古为蔽、今为蔽。凡万物异则莫不相为蔽，此心术之公患也③。

昔人君之蔽者，夏桀、殷纣是也。桀蔽于末喜、斯观而不知关龙逢，以惑其心而乱其行；纣蔽于妲己、飞廉而不知微子启，以惑其心而乱其行。故群臣去忠而事私，百姓怨非而不用，贤良退处而隐逃，此其所以丧九牧之地，而虚宗庙之国也。桀死于亭山，纣县于赤旆，身不先知，人又莫之谏，此蔽塞之祸也。成汤监于夏桀，故主其心而慎治之，是以能长用伊尹而身不失道，此其所以代夏王而受九有也④。文王监于殷纣，故主其心而慎治之，是以能长用吕望而身不失道，此其所以代殷王而受九牧也，远方莫不致其珍。故目视备色⑤，耳听备声，口食备味，形居备宫，名受备号，生则天下歌，死则四海哭，夫是之谓至盛。《诗》曰："凤凰秋秋⑥，其翼若干，其声若箫，有凤有凰，乐帝之心。"此不蔽之福也。

昔人臣之蔽者，唐鞅、奚齐是也。唐鞅蔽于欲权而逐载子，奚齐蔽于欲国而罪申生，唐鞅戮于宋，奚齐戮于晋。逐贤相而罪孝兄⑦，身为刑戮，然而不知，此蔽塞之祸也。故以贪鄙、背叛，争权而不危辱灭亡者，自古及今，未尝有之也。鲍叔、宁戚、隰朋，仁知且不蔽，故能持管仲，而名利福禄与管仲齐。召公、吕望仁知且不蔽，故能持周公而名利福禄与周公齐。传曰："知贤之谓明，辅贤之谓能。勉之强之，其福必长。"此之谓也，此不蔽之福也。

昔宾孟之蔽者⑧，乱家是也。墨子蔽于用而不知文；宋子蔽于欲而不知得；慎子蔽于法而不知贤；申子蔽于势而不知知；惠子蔽于辞而不知实；庄子蔽于天而不知人。故由用谓之道，尽利矣；由俗谓之道⑨，尽嗛矣⑩；由法谓之道，尽数矣⑪；由势谓之道，尽便矣；由辞谓之道，尽论矣；由天谓之道，尽因矣。此数具者，皆道之一隅也。夫道者，体常而尽变，一隅不足以举之。曲知之人，观于道之一隅而未之能识也，故以为足而饰之，内以自乱⑫，外以惑人，上以蔽下，下以蔽上，此蔽塞之祸也。

孔子仁知且不蔽，故学乱术足以为先王者也。一家得周道，举而用之⑬，不蔽于成积也⑭。故德与周公齐，名与三王并，此不蔽之福也。

圣人知心术之患，见蔽塞之祸，故无欲无恶，无始无终，无近无远，无博无浅，无古无今，兼陈万物而中县衡焉⑮。是故众异不得相蔽以乱其伦也。何谓衡？曰：道。故心不可以不知道，心不知道，则不可道而可非道。人孰欲得恣而守其所不可，以禁其所可？以其不可道之心取人，则必合于不道人而不合于道人。以其不可道之心与不可道之人论道人，乱之本也。夫何以知？曰：心知道然后可道。可道，然后能守道以禁非道，以其可道之心取人，则合于道人而不合于不道之人矣。以其可道之心与道人论非道，治之要也。何患不知？故治之要在于知道。

人何以知道？曰：心。心何以知？曰：虚一而静。心未尝不臧也⑯，然而有所谓虚；心未尝不满也，然而有所谓一；心未尝不动也，然而有所谓静。人生而有知，知而有志。志也者，臧也；然而有所谓虚，不以己所臧害所将受谓之虚。心生而有知，知而有异，异也者，同时兼知之；同时兼知之，两也；然而有所谓一，不以夫一害此一谓之壹。心，卧则梦，偷则自行⑰，使之则谋。故心未尝不动也，然而有所谓静，不以梦剧乱知谓之静⑱。未得道而求道者，谓之虚壹而静，作之，则将须道者之虚则人；将事道者之壹则尽，尽将思道者静则察。知道察，知道行，体道者也。虚壹而静，谓之大清明。万物莫形而不见，莫见而不论，莫论而失位。坐于室而见四海，处于今而论久远，疏观万物而知其情，参稽治乱而通其度，经纬天地而材官万物⑲，制割大理而宇宙里矣⑳。恢恢广广㉑，孰知其极！睪睪广广㉒，孰知其德！涫涫纷纷㉓，孰知其形！明参日月，大满八极，夫是之谓大人。夫恶有蔽矣哉！

心者，形之君也，而神明之主也；出令而无所受令。自禁也，自使也，自夺也，自取也，自行也，自止也。故口可劫而使墨云㉔，形可劫而使诎申，心不可劫而使易意。是之则受，非之则辞。故曰：心容其择也㉕，无禁必自见，其物也杂博，其情之至也不贰㉖。《诗》云："采采卷耳，不盈顷筐。嗟我怀人，寘彼周行。"顷筐易满也，卷耳易得也，然而不可以贰周行。故曰：心枝则无知，倾则不精，贰则疑惑。以赞稽之，万物可兼知也。身尽其故则美，类不可两也，故知者择一而壹焉。

农精于田而不可以为田师，贾精于市而不可以为贾师，工精于器而不可以为器师。有人也，不能此三技而可使治三官，曰：精于道者也，精于物者也。精于物者以物物㉗，精于道者兼物物。故君子壹于道而以赞稽物。壹于道则正，以赞稽物则察；以正志行察论，则万物官矣。昔者舜之治天下也，不以事诏而万物成。处一之危㉘，其荣满侧；养一之微，荣矣而未知。故《道经》曰："人心之危㉙，道心之微㉚。"危微之几，惟明君子而后能知之。故人心譬如槃水，正错而勿动，则湛浊在下㉛，而清明在上，则足以见须眉而察理矣。微风过之，湛浊动乎下，清明乱于上，则不可以得大形之正也。心亦如是矣。故导之以理，养之以清，物莫之倾，则足以定是非决嫌疑矣。小物引之，则其正外易，其心内倾，则不足以决粗理矣。故好书者众矣，而仓颉独传者，壹也；好稼者众矣，而后稷独传者，壹也；好乐者众矣，而夔独传者，壹也；好义者众矣，而舜独传者，壹也。倕作弓，浮游作矢，而羿精于射；奚仲作车，乘杜作乘马，而造父精于御，自古及今，未尝有两而能精者也。曾子曰："是其庭可以搏鼠③②，恶能与我歌矣！"

空石之中有人焉，其名曰觙。其为人也，善射以好思③③。耳目之欲接则败其思，蚊虻之声闻则挫其精。是以辟耳目之欲，而远蚊虻之声，闲居静思则通③④。思仁若是，可谓微乎？孟子恶败而出妻③⑤，可谓能自强矣。有子恶卧而焠掌，可谓能自忍矣，未及好也。辟耳目之欲，可谓能自强矣；未及思也。蚊虻之声，闻则挫其精，可谓危矣，未可谓微也。夫微者至人也。至人也，何强，何忍，何危？故浊明外景③⑥，清明内景，圣人纵其欲，兼其情，而制焉者理矣。夫何强，何忍，何危？故仁者之行道也，无为也；圣人之行道也，无强也。仁者之思也恭，圣人之思也乐：此治心之道也。

凡观物有疑，中心不定，则外物不清，吾虑不清，则未可定然否也。冥冥而行者，见寝石以为伏虎也，见植林以为后人也，冥冥蔽其明也。醉者越百步之沟，以为跬步之浍也；俯而出城门，以为小之闺也③⑦，酒乱其神也。厌目而视者③⑧，视一以为两；掩耳而听者，听漠漠而以为哅哅③⑨，势乱其官也。故从山上望牛者若羊，而求羊者不下牵也，远蔽其大也。从山下望木者，十仞之木若箸，而求箸者不上折也，高蔽其长也。水动而景摇，人不以定美恶，水势玄也④⓪。瞽者仰视而不见星，人不以定有无，用精惑也。有人焉，以此时定物，则世之愚者也。彼愚者之定物，以疑决疑，决必不当。夫苟不当，安能无过乎？夏首之南有人焉，曰涓蜀梁，其为人也，愚而善畏。明月而宵行，俯见其影，以为伏鬼也；卬视其发，以为立魅也；背而走，比至其家者，失气而死。岂不哀哉！凡人之有鬼也，必以其感忽之间疑玄之时正之④①。此人之所以无有而有无之时也，而已以正事。故伤于湿而击鼓鼓痹④②，则必有敝鼓丧豚之费矣，而未有俞疾之福也。故虽不在夏首之南，则无以异矣。

凡以知，人之性也；可以知，物之理也。以可以知人之性，求可以知物之理，而无所疑止之，则没世穷年不能遍也。其所以贯理焉虽亿万④③，已不足以浃万物之变，与愚者若一。学，老身长子，而与愚者若一，犹不知错，夫是之谓妄人④④。故学也者，固学止之也。恶乎止之？曰：止诸至足。曷谓至足？曰：圣。圣也者，尽伦者也；王也者，尽制者也；两尽者，足以为天下极矣。故学者以圣王为师，案以圣王之制为法，法其法以求其统类，以务象效其人。向是而务，士也；类是而几，君子也；知之，圣人也。故有知非以虑是，则谓之惧；有勇非以持是，则谓之贼；察孰非以分是，则谓之篡；多能非以修荡是，则谓之知；辩利非以言是，则谓之泄④⑤。传曰："天下有二：非察是，是察非。"谓合王制与不合王制也。天下有不以是为隆正也，然而犹有能分是非，治曲直者邪？若夫非分是非，非治曲直，非辨治乱，非治人道；虽能之，无益于人；不能，无损于人。案直将治怪说，玩奇辞，以相挠滑也④⑥；案强钳而利口，厚颜而忍诟，无正而恣睢，妄辩而几利④⑦；不好辞让，不敬礼节，而好相推挤。此乱世奸人之说也。则天下之治说者，方多然矣。传曰："析辞而为察，言物而为辨，君子贱之。博闻强志，不合王制，君子贱之。"此之谓也。为之无益于成也，求之无益于得也，忧戚之无益于几也④⑧。则广焉能弃之矣！不以自妨也，不少顷干之胸中。不慕往，不闵来④⑨，无邑怜之心，当时则动，物至而应，事起而辨，治乱可否，昭然明矣！

周而成，泄而败，明君无之有也。宣而成，隐而败，暗君无之有也。故君人者，周则谗言至矣，直言反矣，小人迩而君子远矣。《诗》云："墨以为明，狐狸其苍。"此言上幽而下险也。君人者，宣则直言至矣，而谗言反矣，君子迩而小人远矣。《诗》曰："明明在下，赫赫在上。"此言上明而下化也。

①大理：全面的道理。

②乱家：指背离正道，蔽于一曲的学派。

③心术：思想方法。

④有：通"域"。　　九有：即九州。

⑤备：充足，各种各样。

⑥秋秋：同"跄跄"，形容跳舞时优美的姿态。

⑦孝兄：有孝名的哥哥。

⑧孟：通"萌"，民。　　宾孟：战国称往来各诸侯国之间的游士为"宾孟"。

⑨俗：通"欲"。

⑩嗛：同"慊"，满足。

⑪数：法律条文。

⑫乱：古代有治和乱两种意思，这里指治。

⑬举而用之：按照它去做。

⑭成积：已有的知识。

⑮兼陈：全都排列起来。　　衡：秤，指标准。　　县衡：指建立一个标准。

⑯臧：贮藏，记忆。

⑰偷：松懈，指思想不集中。　　偷则自行：思想不集中就会胡思乱想。

⑱剧：烦杂，指胡思乱想。

⑲材官：管理，利用。　　材：通"裁"，控制。

⑳制割：掌握。

㉑恢恢：宽广。　　广广：通"旷旷"，深远的样子。

㉒睪睪（hào，音浩）：广大的样子。

㉓涫涫（guàn，音贯）：同"滚滚"，水沸腾的样子，形容十分活跃。

㉔劫：强制。

㉕心容：心的状态。　　择：选择。

㉖情：通"精"，专一。

㉗物物：前一个"物"是动词，治理的意思；后一个"物"是名词，指具体事物。

㉘处：处在，此指遵循。　　危：谨慎，谨惧。

㉙人心：遵循道的心。

㉚道心：掌握了道的心。

㉛湛：同"沉"。　　湛浊：泥渣，脏东西。

㉜庭：通"莛"（tíng，音庭），草茎或小竹棍。　　这里指唱歌用来指挥的小棍。

㉝射：射覆，古代的猜迷游戏。　　善射：善于猜迷。

㉞闲居：独居。　　通：通达，明白。

㉟败：败坏。　　出妻：休妻。

㊱浊明：外明而内暗，这里指那对道认识肤浅的人。　　景：指光色。　　外景：指火，火的光色表现于外。

㊲闺：上圆下方的小门。

㊳厌：通"压"，按。　　厌目：用手按眼睛。

㊴讻讻：同"匈匈"，喧嚣声。

㊵玄：通"眩"，动荡不定。

㊶㥯忽：精神恍惚。　　疑玄：神志不清。

㊷痹：风湿病。

㊸贯：贯通，指学习。

㊹妄人：最愚蠢的人。

㊺呭（yì，音易）：多言，废话。

㊻挠：扰。　　滑：乱。

㊼几：通"祈"，求。　　几利：求利。

㊽儿：危机。

㊾闵（mǐn，音敏）：忧患。　　来：未来。

二十二、正　名

后王之成名：刑名从商①，爵名从周②，文名从《礼》。散名之加于万物者③，则从诸夏之成俗曲期④；远方异俗之乡，则因之而为通。散名之在人者，生之所以然者谓之性。性之和所生，精合感应，不事而自然谓之性。性之好、恶、喜、怒、哀、乐谓之情。情然而心为之择谓之虑。心虑而能为之动谓之伪。虑积焉、能习焉而后成谓之伪。正利而为谓之事。正义而为谓之行。所以知之在人者谓之知。知有所合谓之智。智所以能之在人者谓之能。能有所合谓之能。性伤谓之病。节遇谓之命。是散名之在人者也，是后王之成名也。

故王者之制名，名定而实辨，道行而志通，则慎率民而一焉。故析辞擅作名以乱正名，使民疑惑，人多辨讼，则谓之大奸；其罪犹为符节、度量之罪也⑤。故其民莫敢托为奇辞以乱正名，故其民悫，悫则易使，易使则公⑥。其民莫敢托为奇辞以乱正名，故壹于道法而谨于循令矣，如是，则其迹长矣。迹长功成，治之极也，是谨于守名约之功也。今圣王没，名守慢，奇辞起，名实乱，是非之形不明，则虽守法之吏、诵数之儒，亦皆乱也。若有王者起，必将有循于旧名，有作于新名。然则所为有名，与所缘有同异，与制名之枢要，不可不察也。

异形离心交喻⑦，异物名实玄纽，贵贱不明，同异不别。如是，则志必有不喻之患，而事必有困废之祸。故知者为之分别，制名以指实，上以明贵贱，下以辨同异。贵贱明，同异别。如是，则志无不喻之患，事无困废之祸，此所为有名也。

然则何缘而以同异？曰：缘天官⑧。凡同类同情者，其天官之意物也同⑨；故比方之疑似而通，是所以共其约名以相期也。形体、色理，以目异；声音清、浊，调、竽奇声⑩，以耳异；甘、苦、咸、淡、辛、酸、奇味，以口异；香、臭、芬、郁、腥、臊、洒、酸、奇臭⑪，以鼻异；疾、养、沧、热、滑、铍、轻、重，以形体异；说、故、喜、怒、哀、乐、爱、恶、欲，以心异。心有征知⑫。征知，则缘耳而知声可也，缘目而知形可也。然而征知必将待天官之当簿其类然后可也。五官簿之而不知，心征之而无说，则人莫不然谓之不知，此所缘而以同异也。

然后随而命之⑬：同则同之，异则异之。单足以喻则单，单不足以喻则兼。单与兼无所相避则共，虽共，不为害矣。知异实者之异名也，故使异实者莫不异名也，不可乱也。犹使异实者莫不同名也。故万物虽众，有时而欲遍举之，故谓之物。物也者，大共名也。推而共之，共则有共，至于无共然后止。有时而欲遍举之，故谓之鸟兽。鸟兽也者，大别名也。推而别之，别则有别，至于无别然后止。名无固宜，约之以命，约定俗成谓之宜，异于约则谓之不宜。名无固实，约之以命实，约定俗成谓之实名。名有固善，径易而不拂⑭，谓之善名。物有同状而异所者，有异状而同所者，可别也。状同而为异所者，虽可合，谓之二实。状变而实无别而为异者，谓之化；有化而无别，谓之一实。此事之所以稽实定数也，此制名之枢要也。后王之成名，不可不察也。

"见侮不辱"，"圣人不爱己"，"杀盗非杀人也"，此惑于用名以乱名者也。验之所以为有名，而观其执行，则能禁之矣。"山渊平"，"情欲寡"，"刍豢不加甘，大钟不加乐"，此惑于用实以乱名者也。验之所缘无以同异，而观其孰调，则能禁之矣。"非而谒楹有牛，马非马也。"此惑于用名以乱实者也。验之名约，以其所受悖其所辞，则能禁之矣。凡邪说辟言之离正道而擅作者，无不类于三惑者矣。故明君知其分而不与辨也。夫民易一以道而不可与共故，故明君临之以势，道之以道⑮，申之以命，章之以论，禁之以刑。故其民之化道也如神，辨势恶用矣哉！今圣王没，天下乱，奸言起，君子无势以临之，无刑以禁之，故辨说也。实不喻然后命，命不喻然后期⑯，期不喻然后说，说不喻然后辨。故期、命、辨、说也者，用之大文也，而王业之始也。名闻而实喻，名之用也。累而成文，名之丽也⑰。用丽、俱得，谓之知名。名也者，所以期累实也。辞也者，兼异实之名以论一意也。辨说也者，不异实名以喻动静之道也。期命也者，辨说之用也。辨说也者，心之象道也。心也者，道之工宰也。道也者，治之经理也⑱。心合于道，说合于心，辞合于说。正名而期，质请而喻⑲。辨异而不过，推类而不悖，听则合文，辨则尽故。以正道而辨奸，犹引绳以持曲直；是故邪说不能乱，百家无所窜。有兼听之明，而无奋矜之容⑳；有兼覆之厚，而无伐德之色。说行则天下正，说不行则白道而冥穷㉑，是以圣人之辨说也。《诗》曰："颙颙卬卬㉒，如珪如璋，令闻令望。岂弟君子㉓，四方为纲。"此之谓也。

辞让之节得矣，长少之理顺矣，忌讳不称，祅辞不出㉔；以仁心说，以学心听，以公心辨。不动乎众人之非誉，不治观者之耳目㉕，不赂贵者之权势，不利传辟者之辞。故能处道而不贰，吐而不夺㉖，利而不流，贵公正而贱鄙争，是士君子之辨说也。《诗》曰："长夜漫兮，永思骞兮㉗。大古之不慢兮，礼义之不愆兮㉘，何恤人之言兮。"此之谓也。

君子之言，涉然而精，俛然而类㉙，差差然而齐。彼正其名，当其辞，以务白其志义者也。彼名辞也者，志义之使也，足以相通则舍之矣；苟之，奸也。故名足以指实，辞足以见极㉚，则舍之矣。外是者谓之讱㉛，是君子之所弃，而愚者拾以为己宝。故愚者之言，芴然而粗㉜，啧然而不类，誻誻然而沸㉝。彼诱其名，眩其辞，而无深于其志义者也。故穷藉而无极，甚劳而无功，贪而无名。故知者之言也，虑之易知也，行之易安也，持之易立也；成则必得其所好而不遇其所恶焉。而愚者反是。《诗》曰："为鬼为蜮㉞，则不可得；有靦面目㉟，视人罔极。作此好歌，以极反侧。"此之谓也。

凡语治而待去欲者，无以道欲而困于有欲者也。凡语治而待寡欲者，无以节欲而困于多欲者也。有欲无欲，异类也，生死也㊱，非治乱也。欲之多寡，异类也，情之数也，非治乱也。欲不待可得，而求者从所可。欲不待可得，所受乎天也。求者从所可，受乎心也。所受乎天之一欲㊲，制于所受乎心之多，固难类所受乎天也。人之所欲，生甚矣；人之所恶，死甚矣。然而人有从生成死者，非不欲生而欲死也，不可以生而可以死也。故欲过之而动不及，心止之也。心之所可中理，则欲虽多，奚伤于治！欲不及而动过之，心使之也。心之所可失理，则欲虽寡，奚止于乱！故治乱在于心之所可，亡于情之所欲。不求之其所在，而求之其所亡，虽曰我得之，失之矣。性者，天之就也；情者，性之质也；欲者，情之应也。以所欲以为可得而求之，情之所必不免也。以为可而道之，知所必出也。故虽为守门，欲不可去，性之具也。虽为天子，欲不可尽。欲虽不可尽，可以近尽也㊳；欲虽不可去，求可节也㊴。所欲虽不可尽，求者犹近尽；欲虽不可去，所求不得，虑者欲节求也。道者，进则近尽，退则节求，天下莫之若也。

凡人莫不从其所可而去其所不可。知道之莫之若也，而不从道者，无之有也。假之有人而欲南，无多㊵；而恶北，无寡㊶。岂为夫南者之不可尽也，离南行而北走也哉？今人所欲，无多；所恶无寡。岂为夫所欲之不可尽也，离得欲之道而取所恶也哉？故可道而从之，奚以损之而乱！不可道而离之，奚以益之而治！故知者论道而已矣，小家珍说之所愿皆衰矣㊷。

凡人之取也，所欲未尝粹而来也；其去也，所恶未尝粹而往也。故人无动，而不可以不与权俱。衡不正，则重县于仰，而人以为轻；轻县于俛，而人以为重，此人所以惑于轻重也。权不正，则祸托于欲，而人以为福；福托于恶，而人以为祸，此亦人所以惑于祸福也。道者，古今之正权，离道而内自择⑬，则不知祸福之所托。

易者，以一易一，人曰无得亦无丧也；以一易两，人曰无丧而有得也；以两易一，人曰无得而有丧也。计者取所多⑭，谋者从所可。以两易一，人莫之为，明其数也。从道而出，犹以一易两也，奚丧！离道而内自择，是犹以两易一也，奚得！其累百年之欲⑮，易一时之嫌，然且为之，不明其数也。有尝试深观其隐而难其察者，志轻理而不重物者，无之有也；外重物而不内忧者，无之有也；行离理而不外危者，无之有也；外危而不内恐者，无之有也。心忧恐则口衔刍豢而不知其味，耳听钟鼓而不知其声，目视黼黻而不知其状，轻暖平簟而体不知其安。故向万物之美而不能嗛也⑯，假而得问而嗛之，则不能离也。故向万物之美而盛忧，兼万物之利而盛害。如此者，其求物也，养生也？粥寿也⑰？故欲养其欲而纵其情，欲养其性而危其形，欲养其乐而攻其心，欲养其名而乱其行。如此者，虽封侯称君，其与夫盗无以异；乘轩戴绂，其与无足无以异⑱。夫是之谓以己为物役矣。

心平愉，则色不及佣而可以养目⑲，声不及佣而可以养耳，蔬食菜羹而可以养口，粗布之衣，粗纠之履而可以养体，屋室、庐庾、葭藁蓐、尚机筵而可以养形⑳。故无万物之美而可以养乐，无势列之位而可以养名。如是而加天下焉㉑，其为天下多，其和乐少矣，夫是之谓重己役物。无稽之言，不见之行，不闻之谋，君子慎之。

①刑名从商：据古书记载，商代有刑书和《汤刑》。　　　从：仿照。

②爵名：爵位的名称。

③散名：泛指一切事物的各种名称。

④曲：周全，普遍。　　　期：约定。

⑤符节：古代用竹、木等做的作为凭信的东西，分成两半，双方各执一半。

⑥使：役使，统治。　　　公：通“功”，功效。

⑦异形：指不同的人。　　交喻：相互说明。

⑧天官：自然具有的感官。

⑨意物：对事物的感觉印象。

⑩调、笮：即“窕（tiǎo，音挑）、瓠（huà，音话）”。　　窕：指声音细微；　　瓠：指声音宏亮。

⑪郁：腐臭。

⑫征知：验证、考察。

⑬命之：给事物命名。

⑭径：直接。　　拂（fú，音弗）：违反。

⑮道之以道：前一个“道”字是“导”的意思，后一个“道”字指正道。

⑯期：领会。

⑰丽：通“俪”，并，组合。

⑱经理：常法，原则。

⑲请：通“情”，实。

⑳奋矜（jīn，音今）：逞强，自傲。

㉑穷：通“躬”，自身。

㉒颙颙（yóng，音喁）：体貌谦顺的样子。　　卬卬（áng，音昂）：志气高昂的样子。

㉓恺（kǎi，音凯）悌：和乐平易。

㉔祅：同“妖”。　　祅辞：奇谈怪论。

㉕治：通“蛊”，迷惑。

㉖不夺：不受外力胁迫而改变。
㉗骞（qiān，音千）：过错。
㉘愆（qiān，音牵）：差错，引申为违背。
㉙俛：同“俯”，贴切，中肯。　类：有条理。
㉚极：至，这里是主要的意思。
㉛外是：离开这个标准。　讱（rèn，音认）：难，指故意讲令人费解的话。
㉜芴（wù，音务）然：形容轻浮的样子。
㉝谘（tà，音踏）谘然：形容七嘴八舌的样子。
㉞蜮（yù，音玉）：相传是一种叫作短狐的害人动物。
㉟靦（tiǎn，音舔）：形容脸上的表情。
㊱生死：指有生物和无生物。
㊲一欲：单纯的欲望。
㊳近尽：接近于完全的满足。
㊴求可节：对欲望的追求是可以节制的。
㊵无多：指不管路途多么遥远。
㊶无寡：这里指不管路途多近。
㊷小家珍说：指前面所说的宋钘、惠施等人的异说。
㊸内自择：由自己主观来选择。
㊹计者：善于计算的人。
㊺百年之欲：形容长时间追求的欲望。
㊻向：通“享”。　嗛：同“慊”，满足。
㊼粥：同“鬻”（yù，音玉），出卖。
㊽无足：指衣食不足。
㊾佣：通“庸”，一般，平常。
㊿尚：同“敝”，破旧。　尚机筵：破旧的几桌。
(51)加天下：把治理国家的权力交给他。

二十三、性　恶

人之性恶，其善者伪也①。

今人之性，生而有好利焉，顺是，故争夺生而辞让亡焉。生而有疾恶焉，顺是，故残贼生而忠信亡焉。生而有耳目之欲，有好声色焉，顺是，故淫乱生而礼义文理亡焉。然则从人之性，顺人之情，必出于争夺，合于犯分乱理而归于暴。故必将有师法之化，礼义之道，然后出于辞让，合于文理，而归于治。用此观之，然则人之性恶明矣，其善者伪也。

故枸木必将待檃栝烝矫然后直②，钝金必将待砻厉然后利。今人之性恶，必将待师法然后正，得礼义然后治。今人无师法，则偏险而不正；无礼义，则悖乱而不治。古者圣王以人之性恶，以为偏险而不正，悖乱而不治，是以为之起礼义、制法度，以矫饰人之情性而正之，以扰化人之情性而导之也③。使皆出于治④，合于道者也。今之人，化师法⑤，积文学，道礼义者为君子；纵性情，安恣睢，而违礼义者为小人。用此观之，然则人之性恶明矣，其善者伪也。

孟子曰：“人之学者，其性善”。曰：是不然！是不及知人之性，而不察乎人之性伪之分者也。凡性者，天之就也，不可学，不可事。礼义者，圣人之所生也，人之所学而能，所事而成者也。不可学、不可事而在人者，谓之性；可学而能，可事而成之在人者，谓之伪；是性伪之分也。今人之性，目可以见，耳可以听。夫可以见之明不离目，可以听之聪不离耳，目明而耳聪，不可学明矣。孟子曰："今人之性善，将皆失丧其性故也。"曰：若是则过矣。今之人性，生而离其朴，离其资，必失而丧之。用此观之，然则人之性恶明矣。所谓性善者，不离其朴而美之，不离其资而利之也。使夫资朴之于美，心意之于善，若夫可以见之明不离目，可以听之聪不离耳，故曰目明而耳聪也。

今人之性，饥而欲饱，寒而欲暖，劳而欲休，此人之情性也。今人饥，见长而不敢先食者，将有所让也；劳而不敢求息者，将有所代也。夫子之让乎父，弟之让乎兄；子之代乎父，弟之代乎兄，此二行者，皆反于性而悖于情也。然而孝子之道，礼义之文理也。故顺情性则不辞让矣，辞让则悖于情性矣。用此观之，然则人之性恶明矣，其善者伪也。

问者曰："人之性恶，则礼义恶生⑥？"应之曰：凡礼义者，是生于圣人之伪，非故生于人之性也⑦。故陶人埏埴而为器⑧，然则器生于工人之伪，非故生于人之性也。故工人斫木而成器，然则器生于工人之伪，非故生于人之性也。圣人积思虑，习伪故，以生礼义而起法度。然则礼义法度者，是生于圣人之伪，非故生于人之性也。若夫目好色，耳好声，口好味，心好利，骨体、肤理好愉佚⑨，是皆生于人之情性者也；感而自然，不待事而后生之者也。夫感而不能然，必且待事而后然者，谓之生于伪。是性伪之所生，其不同之征也。故圣人化性而起伪，伪起而生礼义，礼义生而制法度。然则礼义法度者，是圣人之所生。故圣人之所以同于众其不异于众者，性也；所以异而过众者，伪也。夫好利而欲得者，此人之情性也。假之人有弟兄资财而分者，且顺情性，好利而欲得，若是则兄弟相拂夺矣⑩；且化礼义之文理⑪，若是则让乎国人矣。故顺情性则弟兄争矣，化礼义则让乎国人矣。

凡人之欲为善者，为性恶也。夫薄愿厚，恶愿美，狭愿广，贫愿富，贱愿贵，苟无之中者⑫，必求于外；故富而不愿财，贵而不愿势，苟有之中者，必不及于外⑬。用此观之，人之欲为善者，为性恶也。今人之性，固无礼义，故强学而求有之也；性不知礼义，故思虑而求知之也。然则生而已，则人无礼义，不知礼义。人无礼义则乱，不知礼义则悖，然则生而已，则悖乱在己⑭。用此观之，人之性恶明矣，其善者伪也。

孟子曰："人之性善。"曰：是不然！凡古今天下之所谓善者，正理平治也⑮；所谓恶者，偏险悖乱也。是善恶之分也已。今诚以人之性固正理平治邪？则有恶用圣王，恶用礼义矣哉！虽有圣王礼义，将曷加于正理平治也哉！今不然，人之性恶。故古者圣人以人之性恶，以为偏险而不正，悖乱而不治，故为之立君上之势以临之，明礼义以化之，起法正以治之，重刑罚以禁之，使天下皆出于治，合于善也。是圣王之治而礼义之化也。今当试去君上之势⑯，无礼义之化，去法正之治，无刑罚之禁，倚而观天下民人之相与也；若是，则夫强者害弱而夺之，众者暴寡而哗之⑰，天下之悖乱而相亡不待顷矣⑱。用此观之，然则人之性恶明矣，其善者伪也。

故善言古者必有节于今，善言天者必有征于人。凡论者，贵其有辨合、有符验。故坐而言之，起而可设，张而可施行。今孟子曰："人之性善。"无辨合符验，坐而言之，起而不可设，张而不可施行，岂不过甚矣哉！故性善则去圣王，息礼义矣⑲；性恶则与圣王⑳，贵礼义矣。故檃栝之生，为枸木也；绳墨之起，为不直也。立君上，明礼义，为性恶也。用此观之，然则人之性恶明矣，其善者伪矣。直木不待檃栝而直者，其性直也；枸木必将待檃栝烝矫然后直者，以其性不直也；今人之性恶，必将待圣王之治，礼义之化，然后皆出于治，合于善也。用此观之，然则人之性恶明矣，其善者伪也。

问者曰："礼义积伪者，是人之性，故圣人能生之也。"应之曰：是不然！夫陶人埏埴而生瓦，然则瓦埴岂陶人之性也哉？工人斫木而生器，然则器木岂工人之性也哉？夫圣人之于礼义也，辟亦陶埏而生之也。然则礼义积伪者，岂人之本性也哉？凡人之性者，尧、舜之与桀、跖，其性一也；君子之与小人，其性一也。今将以礼义积伪为人之性邪？然则有曷贵尧、禹，曷贵君子矣哉？凡所贵尧、禹、君子者，能化性，能起伪，伪起而生礼义；然则圣人之于礼义积伪也，亦犹陶埏而生之也。用此观之，然则礼义积伪者，岂人之性也哉？所贱于桀、跖、小人者，从其性，顺其情，安恣睢，以出乎贪利争夺。故人之性恶明矣，其善者伪也。

天非私曾、骞、孝己而外众人也㉑；然而曾、骞、孝己独厚于孝之实，而全于孝之名者，何也？以綦于礼义故也㉒。天非私齐、鲁之民而外秦人也，然而于父子之义，夫妇之别，不如齐、鲁之孝具敬父者，何也？以秦人之从情性，安恣睢，慢于礼义故也，岂其性异矣哉！

“涂之人可以为禹㉓。”曷谓也？曰：凡禹之所以为禹者，以其为仁义法正也，然则仁义法正有可知可能之理。然而涂之人也，皆有可以知仁义、法正之质，皆有可以能仁义、法正之具。然则其可以为禹明矣。今以仁义法正为固无可知可能之理邪？然则唯禹不知仁义法正，不能仁义、法正也。将使涂之人固无可以知仁义法正之质，而固无可以能仁义、法正之具邪？然则涂之人也，且内不可以知父子之义，外不可以知君臣之正。不然，今涂之人者，皆内可以知父子之义，外可以知君臣之正，然则其可以知之质，可以能之具，其在涂之人明矣。今使涂之人者，以其可以知之质，可以能之具，本夫仁义之可知之理、可能之具，然则其可以为禹明矣。今使涂之人伏术为学㉔，专心一志，思索孰察，加日县久，积善而不息，则通于神明，参于天地矣。故圣人者，人之所积而致也。

曰：“圣可积而致，然而皆不可积，何也？”曰：可以而不可使也。故小人可以为君子而不肯为君子，君子可以为小人而不肯为小人。小人君子者，未尝不可以相为也，然而不相为者，可以而不可使也。故涂之人可以为禹，然则涂之人能为禹，未必然也。虽不能为禹，无害可以为禹㉕。足可以遍行天下，然而未尝有能遍行天下者也。夫工、匠、农、贾，未尝不可以相为事也，然则未尝能相为事也。用此观之，然则可以为，未必能也；虽不能，无害可以为。然则能不能之与可不可，其不同远矣，其不可以相为明矣。

尧问于舜曰：“人情何如？”舜对曰：“人情甚不美，又何问焉？妻子具而孝衰于亲㉖，嗜欲得而信衰于友，爵禄盈而忠衰于君。人之情乎！人之情乎！甚不美，又何问焉？”唯贤者为不然。有圣人之知者㉗，有士君子之知者，有小人之知者，有役夫之知者。多言则文而类，终日议其所以，言之千举万变，其统类一也，是圣人之知也。少言则径而省，论而法㉘，若佚之以绳，是士君子之知也。其言也谄㉙，其行也悖，其举事多悔，是小人之知也。齐给便敏而无类㉚，杂能旁魄而无用㉛，析速粹孰而不急㉜，不恤是非，不论曲直，以期胜人为意，是役夫之知也。

有上勇者，有中勇者，有下勇者。天下有中㉝，敢直其身；先王有道，敢行其意；上不循于乱世之君，下不俗于乱世之民㉞；仁之所在无贫穷，仁之所亡无富贵；天下知之，则欲与天下同苦乐之，天下不知之，则傀然独立天地之间而不畏㉟，是上勇也。礼恭而意俭，大齐信焉而轻货财㊱，贤者敢推而尚之，不肖者敢援而废之，是中勇也。轻身而重货，恬祸而广解㊲；苟免，不恤是非，然不然之情，以期胜人为意，是下勇也。

繁弱、巨黍，古之良弓也；然而不得排檠㊳，则不能自正。桓公之葱㊳，大公之阙，文王之录，庄君之曶，阖闾之干将、莫邪、钜阙、辟闾，此皆古之良剑也；然而不加砥厉则不能利，不得人力则不能断。骅骝、骐骥、纤离、绿耳，此皆古之良马也，然而前必有衔辔之制，后有鞭策之威，加之以造父之驭，然后一日而致千里也。夫人虽有性质美而心辩知，必将求良师而事之，择良友而友之。得贤师而事之，则所闻者尧、舜、禹、汤之道也；得良友而友之，则所见者忠信、敬让之行也。身日进于仁义而不自知也者，靡使然也。今与不善人处，则所闻者欺诬、诈伪也，所见者污漫、淫邪、贪利之行也，身且加于刑戮而不自知者⑩，靡使然也。传曰："不知其子视其友，不知其君视其左右。"靡而已矣！靡而已矣！

①伪：通"为"，人为。凡不是天生的（性），而是经过人的努力而成的，就叫做"伪"。

②枸：通"钩"，弯曲。　　檃栝（yǐn kuò，音隐括）：矫正弯木的工具。　　烝：通"蒸"。

③扰：驯。　　扰化：驯服教化。

④使皆出于治：使人们都达到遵守秩序。

⑤化师法：受师法的教化。

⑥恶（wū，音乌）：何，怎么。

⑦故：通"固"，本来。

⑧埏埴（shān zhí，音山直）：揉粘土。

⑨佚：通"逸"，安逸。

⑩拂夺：相争夺。

⑪化礼义之文理：接受礼义规范的教化。

⑫苟无之中者：假如本身没有它。

⑬及：寻求。

⑭在己：在本身之中。

⑮正理平治：合乎礼义法度，遵守社会秩序。

⑯当：同"倘"，假使。　　去：舍弃。

⑰暴：欺负。　　哗：喧哗，侵扰。

⑱相亡：相继灭亡，同归于尽。　　顷：少顷，顷刻。

⑲息：废除。

⑳与：赞扬，肯定。

㉑私：偏爱。　　曾、骞：分别指曾参、闵子骞，这两人都是孔子的学生。　　孝己：殷高宗的长子。　　外：嫌弃。

㉒綦：尽力。

㉓涂：通"途"。

㉔伏术：指遵循礼义法度。　　伏：通"服"，从事。

㉕无害：不妨碍。

㉖妻子：指妻子、儿女。　　衰：减。

㉗知：通"智"。

㉘论：通"伦"，条理。

㉙谄（tāo，音滔）：荒诞。

㉚齐给便敏：指口齿伶俐。　　齐：通"疾"。

㉛旁魄：即"磅礴"，博大。

㉜粹孰：熟练。　　孰：通"熟"。

㉝中：正道，指礼义法度。

㉞俗：随从。

㉟傀（kuī，音亏）然：岿然，高大的样子。

㊱大齐信：重视信用。

㊲恬：安。　　恬祸而广解：安于祸乱，而多方设法解脱。

㊳排檠（jíng，音景）：矫正弓弩的工具。

㊴葱：剑名。以下阙、录、曶、干将、莫邪、钜阙、辟闾等，都是古代宝剑名。

㊵加于刑戮：遭到刑杀。

二十四、君　　子

天子无妻①，告人无匹也②。四海之内无客礼，告无适也。足能行，待相者然后进③；口能言，待官人然后诏④。不视而见，不听而聪，不言而信，不虑而知，不动而功，告至备也。天子也者，势至重，形至佚，心至愈，志无所诎，形无所劳，尊无上矣。《诗》曰："普天之下，莫非王土；率土之滨，莫非王臣。"此之谓也。

圣王在上，分义行乎下，则士大夫无流淫之行，百吏官人无怠慢之事，众庶百姓无奸怪之俗，无盗贼之罪，莫敢犯大上之禁。天下晓然，皆知夫盗窃之人不可以为富也，皆知夫贼害之人不可以为寿也⑤，皆知夫犯上之禁不可以为安也。由其道则人得其所好焉，不由其道则必遇其所恶焉。是故刑罚綦省而威行如流，世晓然，皆知夫为奸则虽隐窜逃亡之由不足以免也，故莫不服罪而请。《书》曰："凡人自得罪。"此之谓也。

故刑当罪则威，不当罪则侮⑥；爵当贤则贵，不当贤则贱。古者刑不过罪，爵不逾德。故杀其父而臣其子⑦，杀其兄而臣其弟。刑罚不怒罪⑧，爵赏不逾德，分然各以其诚通⑨。是以为善者劝，为不善者沮；刑罚綦省而威行如流，政令致明而化易如神。传曰："一人有庆，兆人赖之。"此之谓也。

乱世则不然：刑罚怒罪，爵赏逾德，以族论罪，以世举贤。故一人有罪而三族皆夷，德虽如舜，不免刑均，是以族论罪也。先祖当贤，后子孙必显，行虽如桀、纣，列从必尊，此以世举贤也。以族论罪，以世举贤，虽欲无乱，得乎哉！《诗》曰："百川沸腾，山冢崒崩⑩，高岸为谷，深谷为陵。哀今之人，故憯莫惩！"此之谓也。

论法圣王，则知所贵矣；以义制事，则知所利矣。论知所贵，则知所养矣⑪；事知所利，则动知所出矣⑫。二者，是非之本，得失之原也。故成王之于周公也，无所往而不听，知所贵也。桓公之于管仲也，国事无所往而不用，知所利也。吴有伍子胥而不能用，国至乎亡，倍道失贤也。故尊圣者王，贵贤者霸，敬贤者存，慢贤者亡，古今一也。故尚贤使能，等贵贱，分亲疏，序长幼，此先王之道也。故尚贤使能，则主尊下安；贵贱有等，则令行而不流⑬；亲疏有分，则施行而不悖⑭；长幼有序，则事业捷成而有所休。故仁者仁此者也，义者分此者也⑮；节者死生此者也⑯；忠者惇慎此者也；兼此而能之，备矣；备而不矜，一自善也⑰，谓之圣。不矜矣，夫故天下不与争能而致善用其功。有而不有也⑱，夫故为天下贵矣。《诗》曰："淑人君子⑲，其仪不忒⑳；其仪不忒，正是四国㉑。"此之谓也。

---

①妻：齐，相等的意思。　无妻：独一无二，这里指至高无上。

②告：说。　匹：匹敌，地位相等。

③相：宾相，赞礼的人。　进：往前走动。

④诏：发布命令。

⑤贼害：指危害别人。

⑥当：恰当，合适。　侮：轻视，怠慢。指失去威信。

⑦臣：任用。

⑧不怼：不超过。

⑨分然：区分得十分清楚的样子。　　　其诚：指罪、德的真实情况。　　　通：通行。

⑩冢（zhǒng，音肿）：山顶。　　　崒（zú，音族）：高大。　　　崩：崩塌。

⑪养：取。　　　知所养：懂得应该吸取些什么。

⑫知所出：懂得应该做什么。

⑬流：读作"留"，停止。

⑭施行：给予恩惠。

⑮分：区别。

⑯死生此者也：死和生都是为了维护这四者。

⑰一：全部。　　　一自善：这四个方面都能在自己身上做得很好。

⑱有而不有也：有才能而不能自吹有才能。

⑲淑人：善人，指有仁德的人。

⑳仪：同"义"。　　　不忒（tè，音特）：没有差错。

㉑正：治理。

二十五、成　　相

请成相①，世之殃②，愚暗愚暗堕贤良③。人主无贤，如瞽无相何伥伥④！

请布基⑤，慎圣人，愚而自专事不治。主忌苟胜，群臣莫谏必逢灾。

论臣过，反其施，尊主安国尚贤义。拒谏饰非，愚而上同国必祸。

曷谓罢？国多私，比周还主党与施。远贤近谗，忠臣蔽塞主势移。

曷谓贤？明君臣，上能尊主爱下民。主诚听之，天下为一海内宾⑥。

主之孽，谗人达⑦，贤能遁逃国乃蹶⑧。愚以重愚，暗以重暗成为桀。

世之灾，妒贤能，飞廉知政任恶来。卑其志意，大其园囿高其台⑨。

武王怒，师牧野，纣卒易乡启乃下。武王善之，封之于宋立其祖。

世之衰，谗人归，比干见刳箕子累⑩。武王诛之，吕尚招麾殷民怀。

世之祸，恶贤士，子胥见杀百里徙。穆公任之，强配五伯六卿施⑪。

世之愚，恶大儒，逆斥不通孔子拘。展禽三绌，春申道缀基毕输。

请牧基⑫，贤者思，尧在万世如见之。谗人罔极，险陂倾侧此之疑。

基必施，辨贤罢，文、武之道同伏戏。由之者治，不由者乱何疑为？

凡成相，辨法方⑬，至治之极复后王。慎、墨、季、惠，百家之说诚不详。

治复一，修之吉，君子执之心如结。众人贰之，谗夫弃之形是诘⑭。

水至平，端不倾，心术如此像圣人。而有势，直而用抴必参天。

世无王，穷贤良，暴人刍豢仁人糟糠⑮。礼乐灭息，圣人隐伏墨术行。

治之经，礼与刑，君子以修百姓宁。明德慎罚，国家既治四海平。

治之志，后势富，君子诚之好以待。处之敦固，有深藏之能远思。

思乃精，志之荣，好而壹之神以成。精神相反，一而不贰为圣人。

治之道，美不老⑯，君子由之佼以好。下以教诲子弟，上以事祖考⑰。

成相竭，辞不蹶，君子道之顺以达。宗其贤良，辨其殃孽。

请成相，道圣王，尧、舜尚贤身辞让。许由、善卷，重义轻利行显明。

尧让贤，以为民，泛利兼爱德施均。辨治上下，贵贱有等明君臣。

尧授能，舜遇时，尚贤推德天下治。虽有贤圣，适不遇世，孰知之？

尧不德，舜不辞，妻以二女任以事。大人哉舜！南面而立万物备。

舜授禹，以天下，尚得推贤不失序。外不避仇，内不阿亲，贤者予。

禹劳心力，尧有德，干戈不用三苗服⑱。举舜甽亩⑲，任之天下身休息。

得后稷，五谷殖，夔为乐正鸟兽服。契为司徒，民知孝弟尊有德。

禹有功，抑下鸿⑳，辟除民害逐共工，北决九河，通十二渚疏三江。

禹傅土，平天下，躬亲为民行劳苦。得益、皋陶、横革，直成为辅。

契玄王，生昭明，居于砥石迁于商。十有四世，乃有天乙是成汤㉑。

天乙汤，论举当，身让卞随举牟光。□□□□，道古贤圣基必张。

愿陈辞，□□□，世乱恶善不此治。隐讳疾贤，良由奸诈鲜无灾。

患难哉！阪为先㉒，圣知不用愚者谋。前车已覆，后未知更何觉时！

不觉悟，不知苦，迷惑失指易上下㉓，忠不上达，蒙掩耳目塞门户。

门户塞，大迷惑，悖乱昏莫不终极。是非反易，比周欺上恶正直。

正直恶，心无度，邪枉辟回失道途。已无邮人，我独自美岂独无故！

不知戒，后必有，恨后遂过不肯悔。谗夫多进㉔，反覆言语生诈态㉕。

人之态，不如备，争宠嫉贤利恶忌。妒功毁贤，下敛党与上蔽匿。

上壅蔽，失辅势，任用谗夫不能制。孰公长父之难，厉王流于彘。

周幽厉，所以败，不听规谏忠是害㉖。嗟我何人，独不遇时当乱世！

欲衷对，言不从，恐为子胥身离凶，进谏不听，到而独鹿弃之江㉗。

观往事，以自戒，治乱是非亦可识。□□□□，托于成相以喻意。

请成相，言治方，君论有五约以明。君谨守之，下皆平正国乃昌㉘。

臣下职，莫游食，务本节用财无极。事业听上，莫得相使一民力。

守其职，足衣食，厚薄有等明爵服。利往卬上，莫得擅与孰私得？

君法明，论有常，表仪既设民知方㉙，进退有律㉚，莫得贵贱，孰私王？

君法仪，禁不为，莫不说教名不移。修之者荣，离之者辱孰它师？

刑称陈，守其银，下不得用轻私门。罪祸有律，莫得轻重威不分。

请牧祺㉛，明有基，主好论议必善谋。五听修领㉜，莫不理续主执持。

听之经，明其请，参伍明谨施赏刑㉝。显者必得，隐者复显民反诚㉞。

言有节㉟，稽其实，信诞以分赏罚必㊱。下不欺上，皆以情言明若日㊲。

上通利㊳，隐远至，观法不法见不视。耳目既显，吏敬法令莫敢恣。

君教出，行有律，吏谨将之无铍滑㊴。下不私请，各以所宜，舍巧拙。

臣谨修，君制变，公察善思论不乱，以治天下，后世法之成律贯㊵。

---

①成：终，指演奏或演唱一支乐曲。　　相：古代民间歌曲的一种体裁，这里是相歌的歌词。　　请成相：请听我演唱一支相歌。

②世：时代、社会。　　殃：灾祸。

③堕：毁，抛弃。

④怅怅（chāng，音昌）：无所适从，不知所措的样子。

⑤布：陈述。　　基：根本。　　请布基：请让我来说说治国的根本道理。

⑥宾：服从。

⑦谗人达：搞阴谋陷害别人的人得逞。

⑧蹶（jué，音决）：跌倒，这里指覆灭。

⑨囿（yòu，音又）：养动物的园子，供君主游猎。

⑩刳（kū，音枯）：从中剖开，挖空。　　累：通"缧"（léi，音雷），捆绑犯人的绳索，此指囚禁。

⑪伯：通"霸"。

⑫牧：治。

⑬法方：治国的方法。

⑭形是诘：以法责问，以刑治罪。

⑮暴人：指坏人。　　刍豢（chú huàn，音除换）：指牛、羊、犬、猪，这里比喻美味食品。

⑯老：衰老，指不松懈。

⑰祖考：祖宗，祖先。

⑱三苗：古代的少数民族，在现在的湖南岳阳，湖北武昌，江西九江一带。

⑲畎（quǎn，音犬）：同亩，田间。

⑳鸿：通"洪"，洪水。　　抑下鸿：遏止洪水泛滥，疏导使它向下流去。

㉑天乙：即成汤，商代第一个君主。

㉒阪（bǎn，音板）：斜坡，此指邪恶，不走正道。

㉓易上下：上下颠倒。

㉔多进：多被任用。

㉕态：通"慝"（tè，音特），邪恶。

㉖忠是害：专门残害忠良。

㉗独鹿：同"属镂"，剑名，是吴王夫差逼伍子胥自杀而赐给他的剑。

㉘平正：不歪斜。

㉙表仪：准则。

㉚进退：指官吏的任免、升降。

㉛祺：吉祥、好处。

㉜听：判断狱案。　　五听：指断狱中要实行辞听、色听、气听、耳听、目听。

㉝参伍：同"三、五"，反复多次的意思。

㉞反诚：归于诚实。

㉟节：法度。

㊱信诞以分：真的和假的就能分清楚。

㊲皆以情言：都说实话。

㊳通利：不闭塞。

㊴铍：通"颇"，邪。　　滑：同"猾"，狡诈。

㊵贯：古时穿钱用的绳索，这里引申为积累而成系统。　　律贯：法律系统，法的规范。

二十六、赋

爰有大物①，非丝非帛，文理成章。非日非月，为天下明。生者以寿②，死者以葬，城郭以固，三军以强。粹而王，驳而伯，无一焉而亡。臣愚不识，敢请之王。王曰：此夫文而不采者与？简然易知而致有理者与？君子所敬而小人所不者与？性不得则若禽兽，性得之则甚雅似者与？匹夫隆之则为圣人，诸侯隆之则一四海者与！致明而约，甚顺而体，请归之礼。礼。

皇天隆物，以示下民，或厚或薄，帝不齐均③。桀、纣以乱，汤、武以贤。涄涄淑淑，皇皇穆穆，周流四海，曾不崇日。君子以修，跖以穿室。大参乎天，精微而无形。行义以正④，事业以成。可以禁暴足穷⑤，百姓待之而后宁泰。臣愚不识，愿问其名。曰：此夫安宽平而危险隘者邪？修洁之为亲而杂污之为狄者邪⑥？甚深藏而外胜敌者邪？法禹、舜而能弇迹者邪？行为动静待之而后适者邪？血气之精也，志意之荣也。百姓待之而后宁也，天下待之而后平也，明达纯粹而无疵也：夫是之谓君子之知。知。

有物于此，居则周静致下⑦，动则綦高以钜。圆者中规，方者中矩。大参天地，德厚尧、禹。精微乎毫毛，而充盈乎大宇。忽兮其极之远也，攭兮其相逐而反也⑧，印印兮天下之咸蹇也。德厚而不捐，五采备而成文。往来惛惫，通于大神，出入甚极，莫知其门。天下失之则灭，得之则存。弟子不敏，此之愿陈，君子设辞，请测意之？曰：此夫大而不塞者与？充盈大宇而不窕，入隙穴而不逼者与？行远疾速而不可托讯者与？往来惛惫而不可为固塞者与？暴至杀伤而不亿忌者与？功被天下而不私置者与？托地而游宇，友风而子雨。冬日作寒⑨，夏日作暑。广大精神⑩，请归之云。云。

有物于此，傀傀兮其状⑪，屡化如神。功被天下，为万世文。礼乐以成，贵贱以分。养老长幼，待之而后存。名号不美，与暴为邻⑫。功立而身废，事成而家败。弃其耆老，收其后世。人属所利⑬，飞鸟所害。臣愚而不识，请占之五泰。五泰占之曰：此夫身女好而头马首者与⑭？屡化而不寿者与？善壮而拙老者与⑮？有父母而无牝牡者与？冬伏而夏游，食桑而吐丝，前乱而后治，夏生而恶暑，喜湿而恶雨。蛹以为母，蛾以为父。三俯三起⑯，事乃大已。夫是之谓蚕理。蚕。

有物于此，生于山阜，处于室堂。无知无巧，善治衣裳⑰。不盗不窃，穿窬而行⑱。日夜合离，以成文章。以能合从，又善连衡。下覆百姓，上饰帝王。功业甚博，不见贤良。时用则存，不用则亡。臣愚不识，敢请之王。王曰：此夫始生钜⑲，其成功小者邪⑳？长其尾而锐其剽者邪㉑？头铦达而尾赵缭者邪㉒？一往一来，结尾以为事。无羽无翼，反复甚极。尾生而事起，尾遭而事已。簪以为父，管以为母。既以缝表，又以连里。夫是之谓箴理㉓。箴。

天下不治，请陈佹诗㉔：天地易位，四时易乡。列星陨坠，旦暮晦盲。幽晦登昭，日月下藏㉕。公正无私，反见纵横㉖；志爱公利，重楼疏堂；无私罪人，憼革贰兵㉗。道德纯备，谗口将将㉘。仁人绌约㉙，敖暴擅强㉚，天下幽险，恐失世英。螭龙为蝘蜓㉛，鸱枭为凤皇。比干见剖，孔子拘匡。昭昭乎其知之明也，郁郁乎其遇时之不祥也，拂乎其欲礼义之大行也，暗乎天下之晦盲也。皓天不复㉜，忧无疆也。千岁必反㉝，古之常也。弟子勉学，天不忘也。圣人共手㉞，时几将矣。与愚以疑，愿闻反辞。

其小歌也：念彼远方，何其塞矣㉟。仁人绌约，暴人衍矣。忠臣危殆，谗人服矣。琁、玉、瑶、珠㊱，不知佩也。杂布与锦，不知异也。闾娵、子奢，莫之媒也㊲。嫫母、刁父㊳，是之喜也。以盲为明，以聋为聪，以危为安，以吉为凶。呜呼上天，曷维其同！

---

①大物：这里暗指礼。

②寿：长寿，指尽其天年。　　生者以寿：活着的人用它来修养身心，尽其天年。

③帝不齐均：通常是不均等的。

④义：通"仪"，指容貌，态度。　　正：端正。

⑤足穷：使穷者富裕。

⑥修洁：努力进行道德修养的人。

⑦周：浓密。　　周静致下：指云气浓密，静静地弥漫在地面上。

⑧攭（lì，音利）：云气回旋的样子。

⑨冬日：冬季。　　作寒：指云气中凝聚着寒冷。

⑩广大精神：指云很广大而又善于变化。

⑪儽儽（luǒ，音裸）：通"裸裸"，形容没有羽毛的样子。

⑫名号不美，与暴为邻：这句意思是：这物的名称不好，与"暴"为邻居。"蚕"与"残"音近，所以这么说。

⑬人属：人类。　　利：利用。

⑭女好：柔婉，形容蚕的身体。　　头马首：头像马头。

⑮善壮：指蚕壮年时受到优待。　　拙老：指蚕老年时就被抛弃。

⑯俯：指蚕眠。

⑰治：指缝制。

⑱窬（yú，音余）：同"窦"，小洞。

⑲始生钜：指制针的铁很大。

⑳成功小：指制成的针很小。

㉑剽（biǎo，音表）：末，指针尖。

㉒铦（xiān，音先）达：锐利。　　赵：通"掉"。

㉓箴（zhēn，音珍）：同"针"。

㉔佹（guǐ，音轨）诗：奇异激愤的诗。

㉕日月：指光明如同日月的君子。

㉖纵横：合纵连横，比喻反复无常。

㉗憼（jǐng，音景）：同"儆"，准备。　　革：甲，指兵器。

㉘谗口：说别人坏话。　　将将：通"锵锵"，聚集的样子，形容很多。

㉙绌：同"黜"，罢免。　　约：穷困。

㉚敖：通"傲"。　　擅强：专横。

㉛螭（chī，音痴）龙：古代传说中的一种蛟龙。　　蝘（yǎn，音演）蜓：壁虎。

㉜皓：同"昊"（hào，音浩），光亮。　　复：返，此指变化。

㉝千岁：形容时间长久。

㉞共：同"拱"。

㉟塞：蔽塞，指贤人不被任用。

㊱琁（qióng，音穷）：同"琼"，美石。　　瑶：美玉。

㊲闾娵（lǘ jū，音驴拘）：战国时魏国的美女。　　子奢：应为"子都"，春秋时郑国美男子。

㊳嫫（mó，音摩）母：传说中黄帝时代的丑女。　　刁父：不详，据上下文推测可能是丑男子。

二十七、大　　略

大略①。

君人者，隆礼尊贤而王，重法爱民而霸，好利多诈而危。

欲近四旁，莫如中央，故王者必居天下之中，礼也。

天子外屏，诸侯内屏，礼也。外屏，不欲见外也；内屏，不欲见内也。

诸侯召其臣，臣不俟驾，颠倒衣裳而走②，礼也。《诗》曰："颠之倒之，自公召之。"天子召诸侯，诸侯辇舆就马③，礼也。《诗》曰："我出我舆，于彼牧矣。自天子所，谓我来矣。"

天子山冕④，诸侯玄冠，大夫裨冕，士韦弁，礼也。天子御珽⑤，诸侯御荼⑥，大夫服笏，礼也。天子雕弓，诸侯彤弓，大夫黑弓，礼也。诸侯相见，卿为介，以其教出毕行，使仁居守。

聘人以珪⑦，问士以璧⑧，召人以瑗⑨，绝人以玦，反绝以环。

人主仁心设焉，知其役也，礼其尽也，故王者先仁而后礼，天施然也。

《聘礼》志曰："币厚则伤德，财侈则殄礼⑩。"礼云礼云，玉帛云乎哉？《诗》曰："物其指矣，唯其偕矣。"不时宜，不敬交，不欢欣，虽指非礼也。

水行者表深，使人无陷；治民者表乱⑪，使人无失。礼者，其表也，先王以礼表天下之乱，今废礼者，是去表也。故民迷惑而陷祸患，此刑罚之所以繁也。

舜曰："维予从欲而治。"故礼之生，为贤人以下至庶民也，非为成圣也。然而亦所以成圣也，不学不成。尧学于君畴，舜学于务成昭，禹学于西王国。

五十不成丧⑫，七十唯衰存⑬。

亲迎之礼：父南乡而立，子北面而跪，醮而命之："往迎尔相⑭，成我宗事，隆率以敬先妣之嗣，若则有常。"子曰："诺，唯恐不能，敢忘命矣！"

夫行也者，行礼之谓也。礼也者，贵者敬焉，老者孝焉，长者弟焉，幼者慈焉，贱者惠焉。赐予其宫室，犹用庆赏于国家也；忿怒其臣妾，犹用刑罚于万民也。

君子之于子，爱之而勿面⑮，使之而勿貌，导之以道而勿强。

礼以顺人心为本，故亡于《礼经》而顺人心者，皆礼者也。

礼之大凡：事生，饰欢也；送死，饰哀也；军旅，饰威也。

亲亲、故故、庸庸、劳劳，仁之杀也⑯。贵贵、尊尊、贤贤、老老、长长，义之伦也。行之得其节，礼之序也。仁，爱也，故亲；义，理也，故行；礼，节也，故成。仁有里，义有门。仁非其里而虚之，非仁也。义非其门而由之，非义也。推恩而不理⑰，不成仁；遂理而不敢，不成义；审节而不知，不成礼；和而不发，不成乐。故曰：仁、义、礼、乐，其致一也。君子处仁以义，然后仁也；行义以礼，然后义也；制礼反本成末，然后礼也。三者皆通，然后道也。

货财曰赙，舆马曰赗，衣服曰襚，玩好曰赠，玉贝曰唅⑱。赙赗所以佐生也⑲。赠襚所以送死也。送死不及柩尸，吊生不及悲哀，非礼也。故吉行五十，奔丧百里，赗赠及事，礼之大也。

礼者，政之挽也⑳。为政不以礼，政不行矣。

天子即位，上卿进曰："如之何忧之长也！能除患则为福，不能除患则为贼。"授天子一策。中卿进曰："配天而有下土者，先事虑事，先患虑患。先事虑事谓之接，接则事优成。先患虑患谓之豫，豫则祸不生。事至而后虑者谓之后，后则事不举。患至而后虑者谓之困，困则祸不可御。”授天子二策。下卿进曰：“敬戒无怠。庆者在堂，吊者在闾。祸与福邻，莫知其门。豫哉！豫哉！万民望之。”授天子三策。

禹见耕者耦立而式㉑，过十室之邑必下。

杀大蚤㉒，朝大晚，非礼也。治民不以礼，动斯陷矣。

平衡曰拜，下衡曰稽首，至地曰稽颡㉓。

大夫之臣拜不稽首，非尊家臣也，所以辟君也。

一命齿于乡；再命齿于族；三命，族人虽七十，不敢先。上大夫，中大夫，下大夫。

吉事尚尊，丧事尚亲。

君臣不得不尊，父子不得不亲，兄弟不得不顺，夫妇不得不欢。少者以长，老者以养。故天地生之，圣人成之。

聘，问也；享，献也；私觌，私见也。言语之美，穆穆皇皇。朝廷之美，济济枪枪。

为人臣下者，有谏而无讪，有亡而无疾，有怨而无怒。

君于大夫，三问其疾，三临其丧；于士，一问，一临。诸侯非问疾吊丧，不之臣之家㉔。

既葬，君若父之友，食之则食矣，不辟粱肉，有酒醴则辞。

寝不逾庙，设衣不逾祭服，礼也。

《易》之《咸》，见夫妇。夫妇之道，不可不正也，君臣父子之本也。咸，感也，以高下下，以男下女，柔上而刚下。

聘士之义，亲迎之道，重始也。

礼者，人之所履也。失所履，必颠蹶陷溺㉕，所失微而其为乱大者，礼也。

礼之于正国家也，如权衡之于轻重也，如绳墨之于曲直也。故人无礼不生，事无礼不成，国家无礼不宁。和乐之声，步中《武》、《象》，趋中《韶》、《护》。君子听律习容而后士㉖。

霜降逆女，冰泮杀内㉗。十日一御㉘。

坐视膝，立视足，应对言语视面。立视前六尺而大之，六六三十六，三丈六尺。

文貌情用，相为内外表里，礼之中焉。能思索谓之能虑。

礼者，本末相顺，终始相应。

礼者，以财物为用，以贵贱为文，以多少为异。

下臣事君以货，中臣事君以身，上臣事君以人。

《易》曰：“复自道，何其咎？”《春秋》贤穆公，以为能变也。

士有妒友，则贤交不亲。君有妒臣，则贤人不至。蔽公者谓之昧，隐良者谓之妒，奉妒昧者谓之交谲。交谲之人，妒昧之臣，国之秽孽也㉙。

口能言之，身能行之，国宝也；口不能言，身能行之，国器也；口能言之，身不能行，国用也；口言善，身行恶，国妖也。治国者敬其宝，爱其器，任其用，除其妖。

不富无以养民情，不教无以理民性。故家五亩宅，百亩田，务其业而勿夺其时，所以富之也。立大学，设庠序，修六礼，明十教，所以道之也。《诗》曰：“饮之食之，教之诲之。”王事具矣。

武王始入殷，表商容之闾，释箕子之囚，哭比干之墓，天下乡善矣！

天下，国有俊士，世有贤人。迷者不问路，溺者不问遂，亡人好独。《诗》曰：“我言维服，勿用为笑。先民有言，询于刍荛㉚。”言博问也㉛。

有法者以法行，无法者以类举，以其本知其末，以其左知其右，凡百事异理而相守也。

庆赏刑罚，通类而后应。政教习俗，相顺而后行。

八十者一子不事，九十者举家不事，废疾非人不养者一人不事。父母之丧，三年不事；齐衰大功，三月不事；从诸侯来，与新有昏，期不事。

子谓子家驹续然大夫，不如晏子；晏子，功用之臣也，不如子产；子产惠人也，不如管仲；管仲之为人，力功不力义，力智不力仁，野人也，不可以为天子大夫。

孟子三见宣王不言事。门人曰："曷为三遇齐王而不言事？"孟子曰："我先攻其邪心^㉜。"

公行子之之燕，遇曾元于途，曰："燕君何如？"曾元曰："志卑。志卑者轻物，轻物者不求助。苟不求助，何能举？氏、羌之虏也。不忧其系垒也，而忧其不焚也。利夫秋豪，害靡国家，然且为之，几为知计哉！"

今夫亡箴者，终日求之而不得；其得之，非目益明也，眸而见之也，心之于虑亦然。

义与利者，人之所两有也，虽尧、舜不能去民之欲利，然而能使其欲利不克其好义也。虽桀、纣亦不能去民之好义，然而能使其好义不胜其欲利也。故义胜利者为治世，利克义者为乱世。上重义则义克利，上重利则利克义。故天子不言多少，诸侯不言利害，大夫不言得丧，士不通货财；有国之君不息牛羊^㉝，错质之臣不息鸡豚^㉞，冢卿不修币^㉟，大夫不为场园；从士以上皆羞利而不与民争业，乐分施而耻积臧。然故民不困财，贫窭者有所窜其手。

文王诛四，武王诛二，周公卒业，至成、康则案无诛已。

多积财而羞无有^㊱，重民任而诛不能，此邪行之所以起，刑罚之所以多也。

上好羞则民暗饰矣^㊲，上好富则民死利矣。二者乱之衢也。民语曰："欲富乎？忍耻矣，倾绝矣^㊳，绝故旧矣，与义分背矣。"上好富，则人民之行如此，安得不乱！

汤旱而祷曰："政不节与？使民疾与？何以不雨至期极也！宫室荣与？妇谒盛与？何以不雨至斯极也！苞苴行与？谗夫兴与？何以不雨至斯极也！"

天之生民，非为君也；天之立君，以为民也。故古者列地建国，非以贵诸侯而已；列官职，差禄爵，非以尊大夫而已。

主道知人，臣道知事。故舜之治天下，不以事诏而万物成。农精于田而不可以为田师，工贾亦然。

以贤易不肖，不待卜而后知吉。以治伐乱，不待战而后知克。

齐人欲伐鲁，忌卞庄子，不敢过卞。晋人欲伐卫，畏子路，不敢过蒲。

不知而问尧、舜，无有而求天府^㊴。曰：先王之道，则尧、舜已；六贰之博，则天府已。

君子之学如蜕，幡然迁之。故其行效，其立效，其坐效，其置颜色、出辞气效^㊵。无留善，无宿问。

善学者尽其理，善行者究其难。

君子立志如穷^㊶，虽天子三公问正，以是非对^㊷。

君子隘穷而不失^㊸，劳倦而不苟，临患难而不忘细席之言^㊹。岁不寒无以知松柏，事不难无以知君子无日不在是。

雨小，汉故潜。夫尽小者大，积微者箸，德至者色泽洽，行尽而声问远。小人不诚于内而求之于外。

言而不称师谓之畔^㊺，教而不称师谓之倍^㊻。倍畔之人，明君不内，朝士大夫遇诸涂不与言。

不足于行者，说过；不足于信者，诚言。故《春秋》善胥命，而《诗》非屡盟，其心一也。善为《诗》者不说，善为《易》者不占，善为《礼》者不相，其心同也。

曾子曰："孝子言为可闻，行为可见。言为可闻，所以说远也；行为可见，所以说近也。近者说则亲，远者说则附。亲近而附远，孝子之道也。"

曾子行，晏子从于郊。曰："婴闻之，君子赠人以言，庶人赠人以财。婴贫无财，请假于君子，赠吾子以言：乘舆之轮，太山之木也，示诸檃栝，三月五月⁴⁷，为帱菜，敝而不反其常。君子之檃栝不可不谨也，慎之！兰茝、稿本，渐于蜜醴，一佩易之。正君渐于香酒，可谗而得也。君子之所渐不可不慎也。"

人之于文学也，犹玉之于琢磨也。《诗》曰："如切如磋，如琢如磨。"谓学问也。和之璧，井里之厥也⁴⁸，玉人琢之，为天子宝。子赣、季路，故鄙人也，被文学，服礼义，为天下列士。

学问不厌，好士不倦，是天府也⁴⁹。

君子疑则不言，未问则不立，道远日益矣。

多知而无亲，博学而无方，好多而无定者，君子不与。

少不讽诵⁵⁰，壮不论议；虽可，未成也。

君子壹教，弟子壹学，亟成。

君子进则能益上之誉而损下之忧⁵¹。不能而居之，诬也；无益而厚受之，窃也。学者非必为仕，而仕者必如学。

子贡问于孔子曰："赐倦于学矣，愿息事君。"孔子曰："《诗》云：'温恭朝夕，执事有恪。'事君难，事君焉可息哉！""然则赐愿息事亲。"孔子曰："《诗》云：'孝子不匮，永锡尔类⁵²。'事亲难，事亲焉可息哉！""然则赐愿息于妻子。"孔子曰："《诗》云：'刑于寡妻，至于兄弟，以御于家邦。'妻子难，妻子焉可息哉！""然则赐愿息于朋友。"孔子曰："《诗》云：'朋友攸摄，摄以威仪。'朋友难，朋友焉可息哉！""然则赐愿息耕。"孔子曰："《诗》云：'昼尔于茅，宵尔索绹⁵³，亟其乘屋⁵⁴，其始播百谷。'耕难，耕焉可息哉！""然则赐无息者乎？"孔子曰："望其圹，皋如也，嵮如也，鬲如也，此则知所息矣。"子贡曰："大哉，死乎！君子息焉，小人休焉。"

《国风》之好色也⁵⁵，传曰："盈其欲而不愆其止。其诚可比于金石，其声可内于宗庙。"《小雅》不以于污上，自引而居下，疾今之政，以思往者，其言有文焉，其声有哀焉。

国将兴，必贵师而重傅，贵师而重傅则法度存。国将衰，必贱师而轻傅；贱师而轻傅，则人有快⁵⁶，人有快则法度坏。

古者匹夫五十而士，天子诸侯子十九而冠⁵⁷，冠而听治，其教至也。

君子也者而好之，其人；其人也而不教，不祥。非君子而好之，非其人也⁵⁸；非其人而教之，赍盗粮，借贼兵也。

不自嗛其行者，言滥过。古之贤人，贱为布衣，贫为匹夫，食则饘粥不足，衣则竖褐不完，然而非礼不进，非义不受，安取此？

子夏贫，衣若县鹑。人曰："子何不仕？"曰："诸侯之骄我者，吾不为臣；大夫之骄我者，吾不复见。柳下惠与后门者同衣而不见疑，非一日之闻也。争利如蚤甲而丧其掌。"

君人者不可以不慎取臣，匹夫不可以不慎取友。友者，所以相有也。道不同，何以相有也？均薪施火，火就燥；平地注水，水流湿。夫类之相从也如此之著也，以友观人，焉所疑？取友善人，不可不慎，是德之基也。《诗》曰："无将大车，维尘冥冥。"言无与小人处也。

蓝苴路作，似知而非。愞弱易夺，似仁而非。悍戆好斗，似勇而非。

仁义礼善之于人也，辟之若货财粟米之于家也，多有之者富，少有之者贫，至无有者穷。故大者不能，小者不为，是弃国捐身之道也。

凡物有乘而来⁵⁹，乘其出者，是其反者也。

流言灭之，货色远之。祸之所由生也，生自纤纤也。是故君子蚤绝之。

言之信者，在乎区盖之间。疑则不言，未问则不立。

知者明于事，达于数，不可以不诚事也。故曰："君子难说，说之不以道，不说也。"

语曰："流丸止于瓯、臾，流言止于知者。"此家言邪学之所以恶儒者也。是非疑，则度之以远事，验之以近物，参之以平心，流言止焉，恶言死焉。

曾子食鱼有馀，曰："泔之。"门人曰："泔之伤人，不若奥之。"曾子泣涕曰："有异心乎哉！"伤其闻之晚也。

无用吾之所短遇人之所长，故塞而避所短，移而从所仕。疏知而不法，察辨而操辟⑩，勇果而亡礼，君子之所憎恶也。

多言而类，圣人也；少言而法，君子也。多少无法，而流喆然，虽辩，小人也。

国法禁拾遗，恶民之串以无分得也⑪。有夫分义，则容天下而治；无分义，则一妻一妾而乱。

天下之人，唯各特意哉，然而有所共予也。言味者予易牙，言音者予师旷，言治者予三王。三王既已定法度、制礼乐而传之，有不用而改自作，何以异于变易牙之和，更师旷之律？无三王之法，天下不待亡，国不待死。

饮而不食者，蝉也；不饮不食者，浮蝣也。虞舜、孝己孝而亲不爱，比干、子胥忠而君不用，仲尼、颜渊知而穷于世。劫迫于暴国而无所辟之，则崇其善，扬其美，言其所长，而不称其所短也。惟惟而亡者，诽也；博而穷者，訾也；清之而俞浊者，口也。君子能为可贵，不能使人必贵己；能为可用，不能使人必用己。诰誓不及五帝，盟诅不及三王，交质子不及五伯⑫。

---

①大略：大概，概要。
②颠倒衣裳而走：等不及把衣服穿整齐就走。
③辇（niǎn，音捻）：用人拉车。
④山冕：天子的礼服，有帽和衣，衣上画山。
⑤珽（tǐng，音挺）：长三尺，上方呈椎形的大玉笏。
⑥荼（tú，音涂）：通"舒"，上圆下方的玉笏。
⑦珪（guī，音规）：同"圭"，一种上尖下方的玉器。
⑧璧（bì，音必）：一种扁圆形，中间有孔的玉器。
⑨瑗（yuàn，音愿）：一种有大孔的玉器。
⑩殄（tiǎn，音舔）：灭绝，破坏。
⑪表：标志。　表乱：标志出乱与治的界限。
⑫五十不成丧：人到五十岁，父母死了不需边哭边跳的礼节。
⑬衰（cuī，音崔）：古时丧服，用粗麻布制成。
⑭相：助手，这里指妻子。　尔相：你的妻子。
⑮勿面：不表现在脸上。
⑯杀（shài，音晒）：差等。
⑰不理：不合理。
⑱赙（fù，音付）、赗（fèng，音奉）、禭（suì，音遂）、赠、唅：都是指赠送财物帮助别人办丧事。　玩好：用于殉葬的琴瑟笙竽之类。
⑲佐生：帮助死者的家属。
⑳莞（wǎn，音晚）：牵引，引申为指导。
㉑耦（ǒu，音偶）：两人一起耕地。

㉒杀：猎取禽兽。　　　大：同"太"。　　蚤：同"早"。

㉓稽颡（sǎng，音嗓）：古代手和头都触地的一种跪拜礼。

㉔之：到，往。

㉕蹶：跌倒。　　颠蹶陷溺：意思是跌入错误的泥坑。

㉖听律习容：听着音乐的节奏，练习举止仪表。

㉗冰泮（pàn，音盼）：冬去春来，河水解冻的时候。

㉘御：指同房。

㉙秽孽：灾害。

㉚刍荛（chú ráo，音除饶）：指打柴的人。

㉛博问：广泛地询问各方面的人。

㉜邪心：此指齐宣王讲功利、霸道的思想。

㉝息：繁殖。

㉞错：通"措"。　　错质：委贽，指献身。

㉟冢（zhǒng，音肿）卿：上卿。　　不修币：不钻营钱财。

㊱羞：看不起。　　无有：指贫穷的人。

㊲暗饰：指在无人看见的地方也注意端正自己的行为，不为求利做危害国家的坏事。

㊳倾绝：丧身绝命，指不顾性命。

㊴天府：古代指天子的库藏。

㊵出辞气：说话的口气。

㊶穷：困穷，不变通。　　君子立志如穷：君子立下的志向，要像困穷时那样，不随意变通。

㊷以是非对：是就说是，非就说非。

㊸隘穷：为贫穷所困。

㊹细：当作"茵"。　　细席之言：指平时闲谈的话。

㊺畔：通"叛"，背叛。

㊻倍：通"背"，违反。

㊼三月五月：指本材加工的时间。

㊽厥：石头。

㊾天府：这里指成就很大，收获很多。

㊿讽诵：诵读，"诵"，原脱，据上下文改。

51进：做官。　　誉：荣誉。　　损：减少。

52锡：通"赐"，赐于。　　类：善，此指好处。

53索绹（táo，音陶）：打草绳。

54乘屋：修补房子。

55《国风》之好色也：这句意思是《国风》大多是歌颂爱情的，所以叫做"好色"。

56快：指放纵性情。

57冠（guàn，音惯）：加冠，古代标志男子成年时实行的一种礼节。

58非其人：不合要求的人，即不可教育的人。

59乘：因。

60操僻：行动怪僻。

61串：通"惯"，习惯。　　无分得：不按等级名分去取得东西。

62交质子：古代诸侯把太子派往别国去做人质。　　伯：通"霸"。

二十八、宥　　坐

孔子观于鲁桓公之庙，有欹器焉。孔子问于守庙者曰："此为何器？"守庙者曰："此盖为宥坐之器①。"孔子曰："吾闻宥坐之器者，虚则欹，中则正，满则覆。"孔子顾谓弟子曰："注水焉！"弟子挹水而注之。中而正，满而覆，虚而欹。孔子喟然而叹曰："吁！恶有满而不覆者哉！"子路曰："敢问持满有道乎？"孔子曰："聪明圣知，守之以愚；功被天下，守之以让；勇力抚世，守之以怯；富有四海，守之以谦。此所谓挹而损之之道也。"

孔子为鲁摄相②，朝七日而诛少正卯。门人进问曰："夫少正卯，鲁之闻人也，夫子为政而始诛之，得无失乎？"孔子曰："居！吾语女其故。人有恶者五，而盗窃不与焉：一曰心达而险；二曰行辟而坚；三曰言伪而辩；四曰记丑而博；五曰顺非而泽。此五者，有一于人，则不得免于君子之诛，而少正卯兼有之。故居处足以聚徒成群，言谈足以饰邪营众，强足以反是独立，此小人之桀雄也，不可不诛也。是以汤诛尹谐，文王诛潘止，周公诛管叔，太公诛华仕，管仲诛付里乙，子产诛邓析、史付。此七子者，皆异世同心，不可不诛也。《诗》曰：'忧心悄悄，愠于群小'小人成群，斯足忧矣。"

孔子为鲁司寇，有父子讼者，孔子拘之，三月不别也③。其父请止④，孔子舍之。季孙闻之，不说，曰："是老也欺予，语予曰：为国家必以孝。今杀一人以戮不孝，又舍之。"冉子以告。孔子慨然叹曰："呜呼！上失之，下杀之，其可乎！不教其民而听其狱，杀不辜也。三军大败，不可斩也；狱犴不治⑤，不可刑也。罪不在民故也。嫚令谨诛⑥，贼也；今生也有时，敛也无时，暴也；不教而责成功，虐也。已此三者，然后刑可即也。《书》曰：'义刑义杀，勿庸以即，予维曰未有顺事。'言先教也。"

故先王既陈之以道，上先服之⑦。若不可，尚贤以綦之⑧；若不可，废不能以单之⑨，綦三年而百姓往矣。邪民不从，然后俟之以刑，则民知罪矣。《诗》曰："尹氏大师，维周之氐，秉国之均，四方是维，天子是庳，卑民不迷。"是以威厉而不试，刑错而不用，此之谓也。

今之世则不然，乱其教，繁其刑，其民迷惑而堕焉，则从而制之，是以刑弥繁而邪不胜。三尺之岸而虚车不能登也⑩，百仞之山任负车登焉，何则？陵迟故也⑪。数仞之墙而民不逾也，百仞之山而竖子冯而游焉，陵迟故也。今夫世之陵迟亦久矣，而能使民勿逾乎！《诗》曰："周道如砥，其直如矢。君子所履，小人所视。眷焉顾之，潸焉出涕。"岂不哀哉！

《诗》曰："瞻彼日月，悠悠我思。道之云远，曷云能来。"子曰："伊稽首，不其有来乎？"

孔子观于东流之水。子贡问于孔子曰："君子之所以见大水必观焉者，是何？"孔子曰："夫水，大遍与诸生而无为也⑫，似德⑬。其流也埤下⑭，裾拘必循其理⑮，似义。其洸洸乎不淈尽，似道。若有决行之，其应佚若声响，其赴百仞之谷不惧，似勇。主量必平，似法。盈不求概，似正。淖约微达，似察。以出以入，以就鲜洁，似善化。其万折也必东，似志。是故君子见大水必观焉。"

孔子曰："吾有耻也，吾有鄙也，吾有殆也。幼不能强学，老无以教之，吾耻之。去其故乡，事君而达，卒遇故人，曾无旧言，吾鄙之。与小人处者，吾殆之也。"

孔子曰："如垤而进⑯，吾与之；如丘而止，吾已矣。"今学曾未如肬赘⑰，则具然欲为人师⑱。

孔子南适楚，厄于陈、蔡之间，七日不火食，藜羹不糁，弟子皆有饥色。子路进问之曰："由闻之：为善者天报之以福，为不善者天报之以祸。今夫子累德、积义、怀美，行之日久矣，奚居之隐也？"孔子曰："由不识，吾语女。女以知者为必用邪？王子比干不见剖心乎！女以忠者为必用邪？关龙逢不见刑乎！女以谏者为必用邪？吴子胥不磔姑苏东门外乎！夫遇不遇者，时也；贤不肖者，材也；君子博学深谋不遇时者多矣！由是观之，不遇世者众矣！何独丘也哉？"且夫芷兰生于深林，非以无人而不芳。君子之学，非为通也，为穷而不困，忧而意不衰也，知祸福终始而心不惑也。夫贤不肖者，材也；为不为者，人也；遇不遇者，时也；死生者，命也。今有其人不遇其时，虽贤，其能行乎？苟遇其时，何难之有？故君子博学、深谋、修身、端行以俟其时。孔子曰："由！居！吾语女。昔晋公子重耳霸心生于曹，越王勾践霸心生于会稽，齐桓公小白霸心生于莒。故居不隐者思不远，身不佚者志不广。女庸安知吾不得之桑落之下。

子贡观于鲁庙之北堂，出而问于孔子曰："乡者⑲，赐观于太庙之北堂，吾亦未辍，还复瞻被九盖皆继⑳，被有说邪？匠过绝邪？"孔子曰："太庙之堂，亦尝有说，官致良工㉑，因丽节文㉒，非无良材也，盖曰贵文也。"

---

①宥：同"右"。　坐：同"座"。　宥坐之器：放在座位右边的一种器具。

②摄相：代理宰相。

③别：判决。

④请止：请求停止这件官司。

⑤狱犴（àn，音按）：监狱。　治：治理，管理。

⑥嫚：同"慢"，松驰。　谨：严厉。

⑦服：实行。

⑧綦：通"惎"（jì，音记），劝教。

⑨单：通"惮"，警惧。

⑩岸：陡壁。

⑪陵迟：这里指政令教化松驰，而刑罚很多的状况。

⑫遍：普及。　诸生：各种生物。

⑬似德：指水普育各种生物，而不为自己的目的，同有高尚的道德一样。

⑭埤（bēi，音杯）：通"卑"，低下。

⑮裾：通"倨"，曲折。　拘（gōu，音勾）：通"勾"，曲。

⑯垤（dié，音迭）：蚂蚁做窝时堆在洞口的小土堆。

⑰肬（yóu，音由）：同"疣"。　肬赘：肉瘤，这里形容学得很少，而且还是些多馀无用的东西。

⑱具：完备。　具然：自满自足的样子。

⑲乡者：刚才。

⑳盖：通"盍"（hé，音何），门扇。　皆继：都是一块块木头拼接起来的。

㉑官致良工：监造官把技术高超的工匠都找来。

㉒丽：施，加工。　节文：装饰，文彩。

二十九、子　　道

　　入孝出弟，人之小行也。上顺下笃，人之中行也。从道不从君，从义不从父，人之大行也。若夫志以礼安，言以类使，则儒道毕矣；虽舜不能加毫末于是矣。孝子所以不从命有三：从命则亲危，不从命则亲安，孝子不从命乃衷；从命则亲辱，不从命则亲荣，孝子不从命乃义；从命则禽兽^①，不从命则修饰，孝子不从命乃敬。故可以从而不从，是不子也；未可以从而从，是不衷也；明于从不从之义，而能致恭敬、忠信、端悫以慎行之，则可谓大孝矣。传曰："从道不从君，从义不从父。"此之谓也。故劳苦雕萃而能无失其敬^②，灾祸患难而能无失其义，则不幸不顺见恶，而能无失其爱，非仁人莫能行。《诗》曰："孝子不匮。"此之谓也。

　　鲁哀公问于孔子曰："子从父命，孝乎？臣从君命，贞乎？"三问，孔子不对。孔子趋出^③，以语子贡曰："乡者，君问丘也，曰：'子从父命，孝乎？臣从君命，贞乎？'三问而丘不对，赐以为何如？"子贡曰"子从父命，孝矣；臣从君命，贞矣；夫子有奚对焉。"孔子曰："小人哉，赐不识也！昔万乘之国有争臣四人，则封疆不削；千乘之国有争臣三人，则社稷不危；百乘之家有争臣二人，则宗庙不毁。父有争子，不行无礼，士有争友，不为不义。故子从父，奚子孝。臣从君，奚臣贞？审其所以从之之谓孝，之谓贞也。"

　　子路问于孔子曰："有人于此，夙兴夜寐，耕耘树艺^④，手足胼胝以养其亲，然而无孝之名，何也？"孔子曰："意者身不敬与？辞不逊与？色不顺与？古之人有言曰：'衣与，缪与^⑤，不女聊^⑥。'今夙兴夜寐，耕耘树艺，手足胼胝以养其亲，无此三者，则何以为而无孝之名也？"孔子曰："由志之，吾语女，虽有国士之力不能自举其身，非无力也，势不可也。故入而行不修，身之罪也；出而名不章^⑦，友之过也。故君子入则笃行，出则友贤，何为而无孝之名也。"

　　子路问于孔子曰："鲁大夫练而床^⑧，礼邪？"孔子曰："吾不知也。"子路出，谓子贡曰："吾以夫子为无所不知，夫子徒有所不知。"子贡曰："女何问哉？"子路曰："由问鲁大夫练而床，礼邪？夫子曰：'吾不知也'。"子贡曰：'吾将为女问之。"子贡问曰："练而床，礼邪？"孔子曰："非礼也。"子贡出，谓子路曰："女谓夫子为有所不知乎？夫子徒无所不知；女问非也。礼，居是邑不非其大夫。"

　　子路盛服见孔子，孔子曰："由，是裾裾何也^⑨。昔者江出于岷山，其始出也，其源可以滥觞，及其至江之津也，不放舟^⑩，不避风，则不可涉也，非维下流水多邪？今女衣服既盛，颜色充盈^⑪，天下且孰肯谏女矣？由！"子路趋而出，改服而入，盖犹若也。孔子曰："志之，吾语女，奋于言者华^⑫，奋于行者伐^⑬，色知而有能者，小人也。故君子知之曰知之，不知曰不知，言之要也；能之曰能之，不能曰不能，行之至也。言要则知，行至则仁。既知且仁，夫恶有不足矣哉！"

　　子路入。子曰："由，知者若何？仁者若何？"子路对曰："知者使人知己，仁者使人爱己。"子曰："可谓士矣。"子贡入。子曰："赐，知者若何？仁者若何？"子贡对曰："知者知人，仁者爱人。"子曰："可谓士君子矣。"颜渊入。子曰："回，知者若何？仁者若何？"颜渊对曰："知者自知，仁者自爱。"子曰："可谓明君子矣。"

　　子路问于孔子曰："君子亦有忧乎？"孔子曰："君子，其未得也，则乐其意；既已得之，又乐其治。是以有终身之乐，无一日之忧。小人者，其未得也，则忧不得；既已得之，又恐失之。是以有终身之忧，无一日之乐也。"

---

① 从命则禽兽：服从命令，就会使自己的行为像禽兽一样。

② 萃（cuì，音翠）：通"悴"。　　雕萃：形容非常疲乏。

③ 趋出：快步走出。

④ 树：种植。　　艺：播种。

⑤ 缪（móu，音牟）：绸缪，指准备。

⑥ 女：同"汝"，你。　　聊：依赖。

⑦ 章：同"彰"，显著。

⑧ 练：柔软洁白的布帛，古代父母死后二十七个月为服练期，身上披一条白布，在这期间不得睡床。

⑨ 裾裾（jū，音居）：形容穿着华丽的衣服。

⑩ 放舟：同"方舟"，指两船并在一起。

⑪ 颜色充盈：脸色得意洋洋。

⑫ 华：同"诳"。

⑬ 伐：自夸。

三十、法　行

公输不能加于绳①，圣人莫能加于礼。礼者，众人法而不知，圣人法而知之。

曾子曰："无内人之疏而外人之亲②，无身不善而怨人，无刑已至而呼天③。内人之疏而外人之亲，不亦远乎！身不善而怨人，不以反乎！刑已至而呼天，不亦晚乎！《诗》曰：'涓涓源水，不雝不塞④。毂已破碎，乃大其辐。事已败矣，乃重大息。'其云益乎！"

曾子病，曾元持足。曾子曰："元，志之！吾语汝。夫鱼鳖鼋鼍犹以渊为浅而堀其中⑤，鹰鸢犹以山为卑而增巢其上⑥，及其得也必以饵。故君子苟能无以利害义，则耻辱亦无由至矣。"

子贡问于孔子曰："君子之所以贵玉而贱珉者⑦，何也？为夫玉之少而珉之多邪？"孔子曰："恶！赐！是何言也！夫君子岂多而贱之，少而贵之哉！夫玉者，君子比德焉。温润而泽，仁也；栗而理，知也；坚刚而不屈，义也；廉而不刿⑧，行也；折而不挠，勇也；瑕适并见，情也；扣之，其声清扬而远闻，其止辍然，辞也。故虽有珉之雕雕，不若玉之章章。《诗》曰：'言念君子，温其如玉。'此之谓也。"

曾子曰："同游而不见爱者，吾必不仁也；交而不见敬者，吾必不长也；临财而不见信者，吾必不信也。三者在身曷怨人！怨人者穷，怨天者无识。失之己而反诸人；岂不亦迂哉？"

南郭惠子问于子贡曰："夫子之门，何其杂也⑨？"子贡曰："君子正身以俟⑩，欲来者不距⑪，欲去者不止。且夫良医之门多病人，檃栝之侧多枉木⑫，是以杂也。"

孔子曰："君子有三恕；有君不能事⑬，有臣而求其使⑭，非恕也；有亲不能报，有子而求其孝，非恕也；有兄不能敬，有弟而求其听令，非恕也。士明于此三恕，则可以端身矣！"

孔子曰："君子有三思，而不可不思也：少而不学，长无能也；老而不教，死无思也⑮；有而不施，穷无与也。是故君子少思长，则学；老思死，则教；有思穷，则施也。"

①加于：超越。

②无：同"勿"，不要。　　内人：指本家族的人。

③无刑已至而呼天：不要等遭到刑法时才去求天。

④雍（yōng，音拥）：同"壅"，堵塞。

⑤鼋（yuán，音元）：大鳖。　　鼍（tuó，音驮）：鳄鱼的一种，俗称猪婆龙。　　堀（kū，音枯）：同"窟"，洞穴。

⑥增巢：同"橧巢"，用树枝做成的巢。

⑦珉（mín，音民）：像玉的石头。

⑧廉：棱角。　　刿（guì，音贵）：刺伤。

⑨杂：指来的人十分繁杂。

⑩俟（sì，音四）：等待。

⑪距：同"拒"。

⑫檃栝（yǐn，kuò，音隐括）：矫正弯曲木料的工具。　　枉木：弯曲的木材。

⑬不能事：不能很好地侍奉。

⑭求其使：希望他听使唤。

⑮死无思：死后无人思念。

三十一、哀　公

　　鲁哀公问于孔子曰："吾欲论吾国之士①，与之治国，敢问何如取之邪？"孔子对曰："生今之世，志古之道；居今之俗，服古之服；舍此而为非者，不亦鲜乎？"哀公曰："然则夫章甫、绚屦、绅带而搢笏者②，此贤乎？"孔子对曰："不必然，夫端衣、玄裳，绂而乘路者，志不在于食荤；斩衰、菅屦，仗而啜粥者③，志不在于酒肉。生今之世，志古之道；居今之俗，服古之服；舍此而为非者，虽有，不亦鲜乎！"哀公曰："善！"

　　孔子曰："人有五仪：有庸人，有士，有君子，有贤人，有大圣。"哀公曰："敢问何如斯可谓庸人矣？"孔子对曰："所谓庸人者，口不能道善言，心不知色色④，不知选贤人善士托其身焉以为己忧，勤行不知所务，止交不知所定，日选择于物，不知所贵，从物如流，不知所归，五凿为正，心从而坏，如此则可谓庸人矣。"哀公曰："善！敢问何如斯可谓士矣？"孔子对曰："所谓士者，虽不能尽道术⑤，必有率也；虽不能遍美善，必有处也⑥。是故知不务多，务审其所知；言不务多，务审其所谓⑦；行不务多，务审其所由。故知既已知之矣，言既已谓之矣，行既已由之矣，则若性命肌肤之不可易也。故富贵不足以益也，卑贱不足以损也，如此则可谓士矣。"哀公曰："善！敢问何如斯可谓之君子矣？"孔子对曰："所谓君子者，言忠信而心不德，仁义在身而色不伐，思虑明通而辞不争，故犹然如将可及者，君子也。"哀公曰："善！敢问何如斯可谓贤人矣？"孔子对曰："所谓贤人者，行中规绳而不伤于本，言足法于天下而不伤于身，富有天下而无怨财⑧，布施天下而不病贫⑨，如此则谓贤人矣。"哀公曰："善！敢问何如斯可谓大圣矣？"孔子对曰："所谓大圣者，知通乎大道，应变而不穷，辨乎万物之情性者也。大道者，所以变化遂成万物也；情性者，所以理然不⑩，取舍也。是故其事大辨乎天地，明察乎日月，总要万物于风雨⑪，缪缪肫肫⑫，其事不可循，若天之嗣⑬，其事不可识，百姓浅然不识其邻，若此则可谓大圣矣。"哀公曰："善！"

　　鲁哀公问舜冠于孔子，孔子不对。三问，不对。哀公曰："寡人问舜冠于子，何以不言也？"

孔子对曰："古之王者，有务而拘领者矣[14]，其政好生而恶杀焉。是以凤在列树，麟在郊野，乌鹊之巢可俯而窥也。君不此问，而问舜冠，所以不对也。"

鲁哀公问于孔子曰："寡人生于深宫之中，长于妇人之手，寡人未尝知哀也，未尝知忧也，未尝知劳也，未尝知惧也，未尝知危也。"孔子曰："君子所问，圣君之问也。丘，小人也，何足以知之？"曰："非吾子无所闻之也。"孔子曰："君入庙门而右，登自阼阶[15]，仰视榱栋，俯见几筵，其器存，其人亡，君以此思，哀则哀将焉而不至矣！君昧爽而栉冠[16]，平明而听朝，一物不应，乱之端也。君以此思忧，则忧将焉不至矣！君平明而听朝，日昃而退[17]，诸侯之子孙必有在君之未庭者，君以此思劳，则劳将焉不至矣！君出鲁之四门以望鲁四郊，亡国之虚则必有数盖焉[18]，君以此思惧，则惧将焉不至矣！且丘闻之，君者，舟也；庶人者，水也。水则载舟，水则覆舟。君以此思危，则危将焉不至矣！"

鲁哀公问于孔子曰："绅、委、章甫有益于仁乎？"孔子蹴然曰："君号然也！资衰、苴杖者不听乐，非耳不能闻也，服使然也。黼衣、黻裳者不茹荤，非口不能味也，服使然也。且丘闻之，好肆不守折[19]，长者不为市，窃其有益与其无益，君其知之矣。"

鲁哀公问于孔子曰："请问取人？"孔子对曰："无取健[20]，无取诂[21]，无取口啍[22]。健，贪也；诂，乱也；口啍，诞也。故弓调而后求劲焉，马服而后求良焉，士信悫而后求知能焉。士不信悫而有多知能，譬之其豺狼也，不可以身尔也[23]。语曰：'桓公用其贼，文公用其盗。故明主任计不信怒[24]，暗主信怒不任计。计胜怒则强，怒胜计则亡。'"

定公问于颜渊曰："东野子之善驭乎？"颜渊对曰："善则善矣！虽然，其马将失[25]。"定公不悦，入谓左右曰："君子固谗人乎！"三日而校来谒，曰："东野毕之马失，两骖列，两服入厩。"定公越席而起曰[26]："趋驾召颜渊。"颜渊至。定公曰："前日寡人问吾子，吾子曰：'东野毕之驭，善则善矣！虽然，其马将失。'不识吾子何以知之？"颜渊对曰："臣以政知之[27]。昔舜巧于使民[28]，而造父巧于使马。舜不穷其民，造父不穷其马，是舜无失民，造父无失马也。今东野毕之驭，上车执辔，衔体正矣；步骤驰骋，朝礼毕矣[29]；历险致远，马力尽矣。然犹求马不已，是以知之也。"定公曰："善！可得少进乎[30]？"颜渊对曰："臣闻之，鸟穷则啄；兽穷则攫；人穷则诈。自古及今，未有穷其下而能无危者也。"

---

①论：选择。　　士：这里指有才能的人。

②绚屦（qú jù，音渠句）：古代的一种鞋。

③菅（jiān，音尖）屦：草鞋。　　啜（chuò，音绰）：吃。

④色色：当为邑邑，愁闷不安的样子。

⑤道术：治理国家的原则和方法。

⑥有处：有所坚持。

⑦谓：指说的话。

⑧怨财：指积累私财。

⑨病：害怕，耽心。

⑩不：同"否"。　　然不：是或非。

⑪总要：统帅。　　于：如，好像。

⑫缪缪（móu，音谋）：同"穆穆"，美好。　　肫肫（chún，音唇）：同"纯纯"，精密。

⑬嗣（sì，音四）：继续。

⑭务：通"鍪"，古代打仗时用的头盔。　　拘：同"勾"，曲。　　拘领：曲领，即现在的围脖。

⑮阼（zuò，音做）：通"阼"。　　阼阶：大堂前东边的台阶，是主人登堂的地方。

⑯昧爽：黎明。　　栉（zhì，音至）冠：梳头戴帽。

⑰昃（zè，音仄）：太阳偏西，即傍晚的时候。

⑱虚：同"墟"，废墟。　　数盖：数苫，指很多草屋。

⑲好肆：善于经营商业。　　不守折：不让所保存的财物亏损。

⑳健：指急于进取的人。

㉑诎（gān，音甘）：当作"拑"，以势压人。

㉒哼：当作"锐"。　　口哼：能说会道。

㉓尒：同"迩"，近。

㉔故明主任计不信怒：所以，明智的君主注重策略而不注重感情。

㉕失：逸，逃跑。

㉖越席而起：从席子上站起来。

㉗政：政事，此指办事的一般规则。

㉘巧：善于。

㉙朝：通"调"，服习，训练的意思。　　朝礼：礼节，此指训练马的各种要求。

㉚可得少进乎：你还能不能进一步说说呢？

三十二、尧　　问

尧问于舜曰："我欲致天下①，为之奈何？"对曰："执一无失②，行微无怠，忠信无倦，而天下自来。执一如天地，行微如日月，忠诚盛于内，贲于外③，形于四海④，天下其在一隅邪！夫有何足致也！"

魏武侯谋事而当，群臣莫能逮，退朝而有喜色。吴起进曰："亦尝有以楚庄王之语闻于左右者乎？"武侯曰："楚庄王之语何如？"吴起对曰："楚庄王谋事而当，君臣莫逮，退朝而有忧色。申公巫臣进问曰：'王朝而有忧色，何也？'庄王曰：'不谷谋事而当⑤，君臣莫能逮，是以忧也。其在中蘬之言也⑥，曰：诸侯自为得师者王，得友者霸，得疑者存，自为谋而莫己若者亡。今以不谷之不肖，而群臣莫吾逮，吾国几于亡乎，是以忧也。'楚庄王以忧，而君以憙。"武侯逡巡再拜曰⑦："天使夫子振寡人之过也⑧。"

伯禽将归于鲁，周公谓伯禽之傅曰："汝将行，盍志而子美德乎！"对曰："其为人宽，好自用，以慎。此三者，其美德已。"周公曰："呜呼！以人恶为美德乎！君子好以道德，故其民归道。彼其宽也，出无辨矣，女又美之。彼其好自用也，是所以窭小也⑨。君子力如牛，不与牛争力；走如马，不与马争走，知如士，不与士争知。彼争者，均者之气也，女又美之。彼其慎也，是其所以浅也。闻之：曰无越逾不见士。见士问曰：'无乃不察乎？'不闻即物少至，少至则浅。彼浅者，贱人之道也，女又美之！吾语女，我文王之为子，武王之为弟，成王之为叔父，吾于天下不贱矣。然而吾所执贽而见者十人⑩，还贽而相见者三十人，貌执之士者百有余人，欲言而请毕事者千有馀人，于是吾仅得三士焉，以正吾身，以定天下。吾所以得三士者，亡于十人与三十人中⑪，乃在百人与千人之中。故上士吾薄为之貌⑫，下士吾厚为之貌。人人皆以我为越逾好士，然故士至。士至而后见物，见物然后知其是非之所在。戒之哉！女以鲁国骄人，几矣⑬！夫仰禄之士犹可骄也，正身之士不可骄也。彼正身之士，舍贵而为贱，舍富而为贫，舍佚而为劳，颜色黎黑而不失其所⑭，是以天下之纪不息，文章不废也。"

语曰⑮：缯丘之封人见楚相孙叔敖曰："吾闻之也：处官久者士妒之，禄厚者民怨之，位尊者君恨之。今相国有此三者而不得罪楚之士民，何也？"孙叔敖曰："吾三相楚而心瘉卑，每益禄而施瘉博，位滋尊而礼瘉恭，是以不得罪于楚之士民也。"

子贡问于孔子曰："赐为人下而未知也。"孔子曰："为人下者乎？其犹土也！深抯之而得甘泉焉，树之而五谷蕃焉，草木殖焉，禽兽育焉，生则立焉，死则入焉，多其功而不息。为人下者其犹土也！"

昔虞不用宫之奇而晋并之，莱不用子马而齐并之，纣刳王子比干而武王得之，不亲贤用知，故身死国亡也。

为说者曰⑯："孙卿不及孔子。"是不然。孙卿迫于乱世，鰌于严刑，上无贤主，下遇暴秦，礼义不行，教化不成，仁者诎约，天下冥冥，行全刺之，诸侯大倾。当是时也，知者不得虑，能者不得治，贤者不得使。故君上蔽而无睹，贤人距而不受，然则孙卿怀将圣之心，蒙佯狂之色，视天下以愚。《诗》曰："既明且哲，以保其身。"此之谓也。是其所以名声不白⑰，徒与不众，光辉不博也。今之学者，得孙卿之遗言馀教，足以为天下法式表仪。所存者神⑱，所遇者化。观其善行，孔子弗过⑲，世不详察，云非圣人，奈何！天下不治，孙卿不遇时也。德若尧禹，世少知之；方术不用，为人所疑；其知至明，循道正行，足以为纪纲。呜呼！贤哉！宜为帝王。天地不知，善桀、纣，杀贤良。比干剖心，孔子拘匡，接舆避世，箕子佯狂，田常为乱，阖闾擅强。为恶得福，善者有殃。今为说者又不察其实，乃信其名。时世不同，誉何由生；不得为政，功安能成。志修德厚，孰谓不贤乎！

---

①致：求得。

②执一无失：掌管政事专心一志而没有过错。

③贲：通"奋"，发扬、表现。

④形：显露，表现。　　四海：全天下。

⑤不谷：不善，古代君主自称的谦词。

⑥中虺（huì，音慧）：同"仲虺"，商汤王的左丞相。

⑦逡（qūn，音囷）巡：后退一步。

⑧振：补救。

⑨窭（jù，音句）：小。　　窭：这里指气量小。

⑩贽：初次求见人时，为表示敬意而送的礼物。

⑪亡：不在。

⑫薄为之貌：礼貌差一点。

⑬厄：危险。

⑭不失其所：不放弃他的志向。

⑮语曰：传说。

⑯为说者：持这种说法的人。

⑰白：显赫。

⑱神：治理。

⑲弗（fú，音浮）过：不能超过。

春秋繁露

〔汉〕董仲舒 撰

春秋繁露卷一

楚庄王第一①

楚庄王杀陈夏徵舒，《春秋》贬其文，不予专讨也②。灵王杀齐庆封，而直称楚子③，何也？曰：庄王之行贤，而徵舒之罪重，以贤君讨重罪，其于人心善。若不贬，孰知其非正经？《春秋》常于其嫌得者，见其不得也④。是故齐桓不予专地而封，晋文不予致王而朝，楚庄弗予专杀而讨，三者不得，则诸侯之得，殆此矣⑤。此楚灵之所以称子而讨也。《春秋》之辞多所况是，文约而法明也⑥。问者曰：不予诸侯之专封，复见于陈、蔡之灭；不予诸侯之专讨，独不复见庆封之杀。何也？曰：《春秋》之用辞，已明者去之，未明者著之。今诸侯之不得专讨，固已明矣。而庆封之罪未有所见也，故称楚子以伯讨之，著其罪之宜死，以为天下大禁⑦。曰：人臣之行，贬主之位，乱国之臣，虽不篡杀⑧，其罪皆宜死，比于此其云尔也。

《春秋》曰："晋伐鲜虞。"奚恶乎晋而同夷狄也？曰：《春秋》尊礼而重信。信重于地，礼尊于身。何以知其然也？宋伯姬恐不礼而死于火，齐桓公疑信而亏其地，《春秋》贤而举之，以为天下法。曰礼而信。礼无不答，施无不报，天之数也。今我君臣同姓适女，女无良心，礼以不答⑨。有恐畏我，何其不夷狄也⑩。公子庆父之乱，鲁危殆亡，而齐桓安之。于彼无亲，尚来忧我，如何与同姓而残贼遇我？《诗》云："宛彼鸣鸠，翰飞戾天。我心忧伤，念彼先人，明发不寐，有怀二人。"人皆有此心也。今晋文不以其同姓忧我，而强大压我，我心望焉，故言之不好。谓之晋而已，是婉辞也。问者曰：晋恶而不可亲，公往而不敢至，乃人情耳。君子何耻而称公有疾也？曰：恶无故自来，君子不耻，内省不疚，何忧何惧，是已矣。今《春秋》耻之者，昭公有以取之也。臣凌其君始于文，而甚于昭公。受乱陵夷而无惧惕之心，嚣嚣然轻诈妄讨，犯大礼而取同姓，接不义而重自轻也⑪。人之言曰："国家治则四邻贺，国家乱则四邻散。"是故季孙专其位，而大国莫之正。出走八年，死乃得归。身亡子危，困之至也。君子不耻其困，而耻其所以穷。昭公虽逢此时，苟不取同姓，讵至于是⑫。虽取同姓，能用孔子自辅，亦不至如是。时难而治简，行枉而无救，是其所以穷也。

《春秋》分十二世以为三等，有见，有闻，有传闻。有见三世，有闻四世，有传闻五世。故哀、定、昭，君子之所见也；襄、成、文、宣，君子之所闻也；僖、闵、庄、桓、隐，君子之所传闻也。所见六十一年，所闻八十五年，所传闻九十六年。于所见微其辞，于所闻痛其祸，于传闻杀其恩，与情俱也⑬。是故逐季氏而言又雩，微其辞也。子赤杀，弗忍言日，痛其祸也。子般杀而书乙未，杀其恩也。屈伸之志，详略之文，皆应之。吾以知其近近而远远，亲亲而疏疏也。亦知其贵贵而贱贱，重重而轻轻也。有知其厚厚而薄薄，善善而恶恶也。有知其阳阳而阴阴，白白而黑黑也。百物皆有合偶，偶之合之，仇之匹之，善矣。《诗》云："威仪抑抑，德音秩秩。无怨无恶，率由群匹。"此之谓也。然则《春秋》义之大者也。得一端而博达之，观其是非可以得其正法。视其温辞可以知其塞怨。是故于外，道而不显；于内，讳而不隐。于尊亦然，于贤亦然。此其别内外差贤不肖而等尊卑也。义不讪上，智不危身，故远者以义讳，近者以智畏。畏与义兼，则世逾近而言逾谨矣。此定、哀之所以微其辞。以故用则天下平，不用则安其身，《春秋》之道也。

《春秋》之道，奉天而法古。是故虽有巧手，弗修规矩，不能正方圆；虽有察耳，不吹六律，不能定五音；虽有知心，不览先王，不能平天下。然则先王之遗道，亦天下之规矩、六律已。故圣者法天，贤者法圣，此其大数也。得大数而治，失大数而乱，此治乱之分也。所闻天下无二道，故圣人异治同理也。古今通达，故先贤传其法于后世。《春秋》之于世事也，善复古，讥易常，欲其法先王也。然而介以一言⑭，曰："王者必改制。"自僻者得此以为辞，曰古苟可循，先王之道何莫相因？世迷是闻，以疑正道而信邪言，甚可患也。答之曰：人有闻诸侯之君射《狸首》之乐者，于是自断狸首，悬而射之，曰安在于乐也？此闻其名而不知其实者也。今所谓新王必改制者，非改其道，非变其理，受命于天，易姓更王，非继前王而王也。若一因前制，修故业而无有所改，是与继前王而王者无以别。受命之君，天之所大显也。事父者承意，事君者仪志，事天亦然。今天大显己物，袭所代而率与同，则不显不明，非天志。故必徙居处、更称号、改正朔、易服色者，无他焉，不敢不顺天志而明自显也。若其大纲、人伦、道理、政治、教化、习俗、文义，尽如故，亦何改哉？故王者有改制之名，无易道之实。孔子曰："无为而治者，其舜乎！"言其主尧之道而已。此非不易之效与？问者曰：物改而天受显矣，其必更作乐，何也？曰：乐异乎是。制为应天改之；乐为应人作之。彼之所授命者，必民之所同乐也。是故大改制于初，所以明天命也；更作乐于终，所以见天功也。缘天下之所新乐而为之文曲，且以和政，且以兴德。天下未徧合和，王者不虚作乐⑮。乐者，盈于内而动发于外者也。应其治时，制礼作乐以成之。成者，本末质文皆以具矣。是故作乐者，必反天下之所始乐于己以为本⑯。舜时，民乐其昭尧之业也，故《韶》。韶者，昭也。禹之时，民乐其三圣相继，故《夏》。夏者，大也。汤之时，民乐其救之于患害也，故《濩》⑰。濩者，救也。文王之时，民乐其兴师征伐也，故《武》。武者，伐也。四者天下同乐之，一也。其所同乐之端不可一也。作乐之法，必反本之所乐。所乐不同事，乐安得不世异？是故舜作《韶》而禹作《夏》，汤作《濩》而文王作《武》。四乐殊名，则各顺其民始乐于己也。吾见其效矣。《诗》云："文王受命，有此武功。既伐于崇，作邑于丰。"乐之风也。又曰："王赫斯怒，爰整其旅。"当是时，纣为无道，诸侯大乱，民乐文王之怒而咏歌之也。周德已洽天下，反本以为乐，谓之《大武》，言民所始乐者武也云尔。故凡乐者，作之于终，而名之以始，重本之义也。由此观之，正朔、服色之改，受命应天、制礼作乐之异，人心之动也。二者离而复合，所为一也。

---

①楚庄王篇：《春秋繁露》今存八十二篇（含第三十九、第四十、第五十四等三篇缺文在内），每篇均以文立题，唯独此篇以篇首文字为题，令人费解。关于此篇之失题，南宋嘉定三年（1210年）四明楼钥在书跋中云："潘氏本《楚庄王篇》为第一，他本皆无之"。可见当时潘氏（叔度）所藏之本已有之。至于此篇之原题，其后学者以《汉书·董仲舒传》中有"说《春秋》事得失，《闻举》、《玉杯》、《蕃露》、《清明》、《竹林》之属，复数十篇，十余万言，皆传于后世。"或疑此文即原《蕃露》篇文字，因避重复，改易今名。至于总书《春秋繁露》之名，亦可谓难于索解，讫无达诂。《周礼·大司乐》贾《疏》云："前汉董仲舒作《春秋繁露》。繁，多；露，润。为《春秋》作义，润益处多。"南宋《馆阁书目》云："《逸周书王会解》：'天子南面立，绕无繁露。'注云：'繁露'，冕之所垂也，有联贯之象。'《春秋》属辞比事，仲舒立名，或取诸此。"《春秋繁露》之名，未见于董氏著作，也许后学编辑其文集而命以今名，亦未可知。

②楚庄王：即芈（mǐ，音米）旅，春秋五霸之一，在位二十三年。楚杀夏征舒，事见宣公十一年。　不予专讨：不得擅自征讨诸侯、大夫。予，赐予，允许。讨此处有奉词伐罪之意。

③楚子：即楚灵王。春秋之时，楚、吴自称王，而《春秋》称子，有贬斥僭越之意。

④嫌：嫌疑，怀疑。得：应该，可取。

⑤专封：诸侯擅自封土地给诸侯。事见僖公元年、十四年。　　致王：诸侯召见王。事在僖公二十八年。

⑥况是：其例同此。况，比况。

⑦伯：通"霸"，经周天子册封的诸侯之长。

⑧篡杀（shì，音式）：篡弑。臣杀君。杀，通"弑"。

⑨适女：到汝。女，通"汝"。

⑩有：通"又"。

⑪陵夷：逐渐削弱。　　重（chóng，音虫）：又一次。

⑫讵（jù，音巨）：岂，何。

⑬微：隐，晦。　　杀：亲疏关系逐渐下降。

⑭介（jiàn，音见）以一言：中间插入一句话。介，间。处二者之间。

⑮合和：相反相成而能和谐。合：《尔雅·释诂》："仇匹，合也。"和，和谐。

⑯反：通"返"，回到。

⑰濩（hù，音户）：汤时之音乐。

玉杯第二

《春秋》讥文公以丧娶。难者曰："丧之法，不过三年。三年之丧，二十五月。今按经，文公乃四十一月方娶。娶时无丧，出其法也矣。何以谓之丧娶？"曰：《春秋》之论事，莫重乎志。今娶必纳币，纳币之月在丧分，故谓之丧娶也。且文公以秋祫祭，以冬纳币，皆失于太早①。《春秋》不讥其前，而顾讥其后，必以三年之丧，肌肤之情②。虽从俗而不能终，犹宜未平于心。今全无悼远之志，反思念娶事，是《春秋》之所甚疾也。故讥不出三年于首，而已讥以丧娶也。不别先后，贱其无人心也。缘此以论礼，礼之所重者在其志。志敬而节具，则君子予之知礼。志和而音雅，则君子予之知乐③。志哀而居约，则君子予之知丧。故曰非虚加之，重志之谓也。志为质，物为文。文著于质，质不居文，文安施质？质文两备，然后其礼成。文质偏行，不得有我尔之名。俱不能备而偏行之，宁有质而无文。虽弗予能礼，尚少善之④，介葛卢来是也。有文无质，非直不予，乃少恶之，谓州公实来是也。然则《春秋》之序道也，先质而后文，右志而左物⑤。故曰："礼云礼云，玉帛云乎哉？"推而前之，亦宜曰：朝云朝云，辞令云乎哉？"乐云乐云，钟鼓云乎哉？"引而后之，亦宜曰：丧云丧云，衣服云乎哉⑥？是故孔子立新王之道，明其贵志以反和，见其好诚以灭伪。其有继周之弊，故若此也。

《春秋》之法，以人随君，以君随天。曰：缘民臣之心，不可一日无君。一日不可无君，而犹三年称子者，为君心之未当立也。此非以人随君耶？孝子之心，三年不当。三年不当而逾年即位者，与天数俱终始也。此非以君随天耶？故屈民而伸君，屈君而伸天，《春秋》之大义也。

《春秋》论十二世之事，人道浃而王道备。法布二百四十二年之中，相为左右，以成文采。其居参错，非袭古也。是故论《春秋》者，合而通之，缘而求之，伍其比，偶其类，览其绪，屠其赘⑦，是以人道浃而王法立。以为不然，今夫天子逾年即位，诸侯于封内三年称子，皆不在经也，而操之与在经无以异。非无其辨也，有所见而经安受其赘也。故能以比贯类，以辨付赘者，大得之矣。人受命于天，有善善恶恶之性，可养而不可改，可豫而不可去，若形体之可肥臞，而不可得革也。是故虽有至贤，能为君亲含容其恶，不能为君亲令无恶。《书》曰："厥辟不辟去厥祇。"事亲亦然，皆忠孝之极也。非至贤安能如是。父不父则子不子，君不君则臣不臣耳。文公不能服丧，不时奉祭，不以三年，又以丧娶，娶于大夫以卑宗庙，乱其群祖以逆先公⑧。小善无一，而大恶四五，故诸侯弗予盟，大夫弗为使，是恶恶之征，不臣之效也⑨。出侮于外，入夺于内，无位之君也。孔子曰："政逮于大夫四世矣。"盖自文公以来之谓也。

　　君子知在位者之不能以恶服人也，是故简六艺以赡养之。《诗》、《书》序其志，《礼》、《乐》纯其美，《易》、《春秋》明其知。六学皆大，而各有所长⑩。《诗》道志，故长于质；《礼》制节，故长于文；《乐》咏德，故长于风；《书》著功，故长于事；《易》本天地，故长于数；《春秋》正是非，故长于治人。能兼得其所长，而不能徧举其详也。故人主大节则知暗，大博则业厌，二者异失同贬，其伤必至，不可不察也⑪。是故善为师者，既美其道，有慎其行。齐时早晚，任多少，适疾徐，造而勿趋，稽而勿苦，省其所为，而成其所湛。故力不劳而身大成。此之谓圣化，吾取之。

　　《春秋》之好微与？其贵志也。《春秋》修本末之义，达变故之应，通生死之志，遂人道之极者也。是故君杀贼讨，则善而书其诛。若莫之讨，则君不书葬，而贼不复见矣。不书葬，以为无臣子也；贼不复见，以其宜灭绝也。今赵盾弑君，四年之后，别牍复见，非《春秋》之常辞也⑫。古今之学者异而问之，曰：是弑君何以复见？犹曰：贼未讨何以书葬？何以书葬者，不宜书葬也而书葬。何以复见者，亦不宜复见也而复见。二者同贯，不得不相若也。盾之复见，直以赴问而辨不亲弑，非不当诛也。则亦不得不谓悼公之书葬，直以赴问而辨当诛，弑亦不当罪也。若是则《春秋》之说乱矣。岂可法哉？故贯比而论是非，虽难悉得，其义一也。今诛盾无传，弗诛无传，不交无传，以比言之法论也。无比而处之，诬辞也。今视其比，皆不当死，何以诛之？《春秋》赴问数百，应问数千，同留经中，潘援比类，以发其端⑬。卒无妄言而得应于传者。今使外贼不可诛，故皆复见，而问曰：此复见何也？言莫妄于是，何以得应乎？故吾以其得应，知其问之不妄。以其问之不妄，知盾之狱不可不察也。夫名为弑父而实免罪者已有之矣。亦有名为弑君而罪不诛者。逆而罪之，不若徐而味之。且吾语盾有本，《诗》云："他人有心，予忖度之。"此言物莫无邻，察视其外，可以见其内也。今按盾事而观其心愿而不刑，合而信之，非篡弑之邻也。按盾辞号乎天，苟内不诚，安能如是？故训其终始无弑之志。挂恶谋者，过在不遂去，罪在不讨贼而已⑭。臣之宜为君讨贼也，犹子之宜为父尝药也。子不尝药，故加之弑父；臣不讨贼，故加之弑君。其意一也。所以示天下废臣子之节，其恶之大若此也。故盾之不讨贼，为弑君也；与止之不尝药为弑父，无以异。盾不宜诛，以此参之。问者曰：夫谓之弑而有不诛，其论难知，非众之所能见也。故赦止之罪，以传明之。盾不诛，无传。何也？曰：世乱义废，背上不臣，篡弑覆君者多，而有明大恶之诛，谁言其诛。故晋赵盾、楚公子比皆不诛之文，而弗为传。弗欲明之心也。问者曰：人弑其君，重卿在而弗能讨者，非一国也。灵公弑，赵盾不在，不在之与在，恶有薄厚？《春秋》责在而不讨贼者，弗系臣子尔也。责不在而不讨贼者，乃加弑焉，何其责厚恶之薄，薄恶之厚也？曰：《春秋》之道，视人所惑，为立说以大明之。今赵盾贤而不遂于理，皆见其善，莫知其罪，故因其所贤而加之大恶，系之重责，使人湛思而自省悟以反道。曰：吁！君臣之大义，父子之道，乃至乎此。此所由恶薄而责之厚也。他国不讨贼者，诸斗筲之民⑮，何足数哉？弗系人数而已。此所由恶厚而责薄也。《传》曰："轻为重，重为轻。"非是之谓乎？故公子比嫌可以立，赵盾嫌无臣责，许止嫌无子罪，《春秋》为人不知恶而恬行不备也，是故重累责之，以矫枉世而直之。矫者不过其正，弗能直。知此而义毕矣。

───────────────

　　①祫（xiá，音侠）祭：古代天子诸侯宗庙祭礼之一。集合远近祖先的神主于太庙进行大合祭。三年丧毕举行一次，次年禘（dì，音帝）祭后又举行一次，以后每三年一祫。　禘，是天子诸侯的祭礼之一，三年丧毕于次年一禘，之后每五年一禘。

　　②肌肤之情：男女之情。墨家曾讥儒者三年丧期（要求居丧不近女色）是败坏男女之交，说："世岂有忍于三年肌肤之情而能兼爱天下者乎？"丧期三年，鲁俗、尧典均同，非儒家之独创。

　　③予之：即与之。予通"与"。即随之。

④少善之：肯定他质实这一点还是好的。介葛卢朝觐僖公，事见僖公二十九年。

⑤右志而左物：先志而后物，重志而轻物。

⑥礼云、乐云四句：孔子语。说礼、乐的意义不仅仅在于玉帛钟鼓之多少。

⑦屠（dù，音杜）其赘：杜绝非经非圣之义。屠，通"杜"，屏绝。赘，赘疣，无益之物。

⑧逆先公：颠倒了祭祀的先后顺序。事见文公八月。

⑨盟：古代诸侯于神前立誓约。《礼记》孔颖达疏："盟者，杀牲歃血，誓于神也。"

⑩六学：即上文之六艺、六经。掌于官谓之艺；传于师谓之学。

⑪节：或作"浅"。

⑫牍：书册的简牍（木板），长一尺。

⑬幡（fān，音帆）：连幡，犹连续。

⑭挂：连累，牵连。

⑮斗筲（shāo，音梢）之人：喻才识短浅之人。斗、筲，均古代容器。筲，容一斗二升。

春秋繁露卷二

竹林第三

《春秋》之常辞也，不予夷狄而予中国为礼，至邲之战，偏然反之，何也？曰：《春秋》无通辞，从变而移。今晋变而为夷狄，楚变而为君子，故移其辞以从其事。夫庄王之舍郑，有可贵之美，晋人不知其善而欲击之。所救已解，如挑与之战，此无善善之心，而轻救民之意也。是以贱之，而不使得与贤者为礼。秦穆侮蹇叔而大败，郑文轻众而丧师，《春秋》之敬贤重民如是。是故战、攻、侵、伐虽数百起，必一二书，伤其害所重也①。问者曰：其书战伐甚谨，其恶战伐无辞，何也？曰：会同之事大者主小，战伐之事，后者主先②。苟不恶，何为使起之者居下？是其恶战伐之辞已。且《春秋》之法，凶年不修旧，意在无苦民尔。苦民尚恶之，况伤民乎？伤民尚痛之，况杀民乎？故曰：凶年修旧则讥，造邑则讳。是害民之小者恶之小也，害民之大者恶之大也。今战伐之于民，其为害几何？考意而观指，则《春秋》之所恶者，不任德而任力，驱民而残贼之。其所好者，设而勿用，仁义以服之也③。《诗》云："矢其文德，洽此四国。"此《春秋》之所善也④。夫德不足以亲近，而文不足以来远，而断断以战伐为之者，此固《春秋》之所甚疾已，皆非义也⑤。难者曰：《春秋》之书战伐也，有恶有善。恶诈击而善偏战，耻伐丧而荣复仇，奈何以《春秋》为无义战而尽恶之也。凡曰：《春秋》之记灾异也，虽亩有数茎，犹谓之无麦苗也。今天下之大，三百年之久，战、攻、侵、伐不可胜数，而复仇者有二焉⑥。是何以异于无麦苗之有数茎哉？不足以难之，故谓之无义战。以无义战为不可，则无麦苗亦不可矣。以无麦苗为可，则无义战亦可矣。若《春秋》之于偏战也，善其偏不善其战，有以效其然也。《春秋》爱人而战者杀人，君子奚说善杀其所爱哉？故《春秋》之于偏战也，犹其于诸夏也。引之鲁则谓之外，引之夷狄则谓之内。比之诈战，则谓之义；比之不战，则谓之不义。故盟不如不盟，然而有所谓善盟；战不如不战，然而有所谓善战。不义之中有义，义之中有不义，辞不能及，皆在于指。非精心达思者，其孰能知之？《诗》曰："棠棣之华，偏其反而。岂不尔思，室是远而。"子曰："未之思也。夫何远之有！"由是观之，见其指者，不任其辞；不任其辞，然后可与适道矣。

司马子反为其君使，废君命与敌情，从其所请与宋平，是内专政而外擅名也⑦。专政则轻君，擅名则不臣，而《春秋》大之，奚由哉？曰：为其有惨怛之恩，不忍饿一国之民，使之相食⑧。推恩者远之而大，为仁者自然而美。今子反出己之心，矜宋之民，无计其间，故大之也。难者曰：《春秋》之法，卿不忧诸侯，政不在大夫。子反为楚臣而恤宋民，是忧诸侯也。不复其君而与敌平，是政在大夫也。溴梁之盟，信在大夫，而《春秋》刺之为其夺君尊也。平在大夫亦夺君尊，而《春秋》大之，此所间也。且《春秋》之义，臣有恶，擅名美，故忠臣不显谏，欲其由君出也。《书》曰："尔有嘉谋嘉猷，入告尔君于内，尔乃顺之于外，曰：此谋此猷，惟我君之德。"此为人臣之法也。古之良大夫，其事君皆若是。今子反去君近而不复，庄王可见而不告，皆以其解二国之难为不得已也。奈其夺君名美何？此所惑也。曰：《春秋》之道，固有常有变，变用于变，常用于常，各止其科，非相妨也。今诸子所称，皆天下之常，雷同之义也。子反之行，一曲之变，独修之义也。夫目惊而体失其容，心惊而事有所忘，人之情也。通于惊之情者，取其一美，不尽其失。《诗》云："采葑采菲，无以下体。"此之谓也。今子反往视宋，闻人相食，大惊而哀之，不意之至于此也，是以心骇目动而违常礼。礼者，庶于仁文，质而成体者也。今使人相食，大失其仁，安著其礼？方救其质，奚恤其文？故曰："当仁不让。"此之谓也。《春秋》之辞，有所谓贱者，夫有贱乎贱者，则亦有贵乎贵者矣。今让者，《春秋》之所贵，虽然，见人相食，惊人相爨，救之忘其让，君子之道有贵于让者也⑨。故说《春秋》者无以平定之常义，疑变故之大义则，几可谕矣。

《春秋》记天下之得失，而见所以然之故，甚幽而明，无传而著，不可不察也。夫泰山之为大，弗察弗见，而况微眇者乎⑩？故按《春秋》而适往事，穷其端而视其故，得志之君子，有喜之人，不可不慎也。齐顷公亲齐桓公之孙，国固广大而地势便利矣，又得霸主之余尊，而志加于诸侯。以此之故，难使会同，而易使骄奢。即位九年，未尝肯一与会同之事。有怒鲁、卫之志，而从诸侯于清邱、断道。春往伐鲁，入其北郊，顾返伐卫，败之新筑。当是时也，方乘胜而志广，大国往聘，慢而弗敬其使者，晋、鲁俱怒，内悉其众，外得党与卫、曹，四国相辅，大困之衋。获齐顷公，斮逢丑父⑪。深本顷公之所以大辱身，几亡国，为天下笑。其端乃从慑鲁胜卫起。伐鲁，鲁不敢出，击卫，大败之，因得气而无敌国以兴患也。故曰："得志有喜，不可不戒。"此其效也。自是后，顷公恐惧，不听声乐，不饮酒食肉，内爱百姓，问疾吊丧，外敬诸侯，从会与盟，卒终其身，家国安宁。是福之本生于忧，而祸起于喜也⑫。呜呼！物之所由然，其于人切近，可不省耶？

逢丑父杀其身以生其君，何以不得为知权？丑父欺晋，祭仲许宋，俱枉正以存其君⑬。然而丑父之所为，难于祭仲，祭仲见贤而丑父犹见非，何也？曰：是非难别者在此。此其嫌疑相似而不同理者，不可不察。夫去位而避兄弟者，君子之所甚贵；获虏逃遁者，君子之所甚贱⑭。祭仲措其君于人所甚贵以生其君，故《春秋》以为知权而贤之；丑父措其君于人所甚贱以生其君，《春秋》以为不知权而简之。其俱枉正以存君，相似也。其使君荣之与使君辱不同理。故凡人之有为也，前枉而后义者，谓之中权⑮。虽不能成，《春秋》善之。鲁隐公、郑祭仲是也。前正而后有枉者，谓之邪道。虽能成之，《春秋》不爱。齐顷公、逢丑父是也。夫冒大辱以生，其情无乐，故贤人不为也，而众人疑焉。《春秋》以为人之不知义而疑也，故示之以义。曰国灭君死之，正也。正也者，正于天之为人性命也。天之为人性命，使行仁义而羞可耻，非若鸟兽然，苟为生，苟为利而已。是故《春秋》推天施而顺人理，以至尊为不可以生于至辱大羞，故获者绝之。以至辱为亦不可以加于至尊大位，故虽失位弗君也。已反国复在位矣，而《春秋》犹有不君之辞，况其溷然方获而虏耶？其于义也，非君定矣。若非君，则丑父何权矣？故欺三军为大罪于晋，其免顷公为辱宗庙于齐，是以虽难而《春秋》不爱。丑父大义，宜言于顷公，曰："君慢侮而怒诸侯，是失礼大矣。今被大辱而弗能死，是无耻也而复重罪，请俱死。无辱宗庙，无羞社稷。"如此，虽陷其身，尚有廉名。当此之时，死贤于生。故君子生以辱，不如死以荣，正是之谓也。由法论之，则丑父欺而不中权，忠而不中义，以为不然。复察《春秋》。《春秋》之序辞也，置王于春正之间，非曰⑯上奉天施而下正人，然后可以为王也云尔。今善善恶恶，好荣憎辱，非人能自生，此天施之在人者也。君子以天施之在人者听之，则丑父弗忠也。天施之在人者，使人有廉耻者，不生大辱。大辱莫甚于去南面之位而束获为虏也。曾子曰："辱若可避，避之而已；及其不可避，君子视死如归。"谓如顷公者也。

《春秋》曰："郑伐许。"奚恶于郑而夷狄之也？曰：卫侯速卒，郑师侵之，是伐丧也。郑与诸侯盟于蜀，已盟而归，诸侯于是伐许，是叛盟也。伐丧无义，叛盟无信。无信无义，故大恶之。问者曰：是君死，其子未逾年，有称伯不子，法辞其罪何？曰：先王之制，有大丧者，三年不呼其门，顺其志之不在事也。《书》云："高宗谅暗，三年不言。"居丧之义也。今纵不能如是，奈何其父卒未逾年即以丧举兵也？《春秋》以薄恩，且施，失其子心，故不复得称子，谓之郑伯，以辱之。且其先君襄公伐丧叛盟，得罪诸侯，诸侯怒之未解，恶之未已，继其业者，宜务善以覆之。今又重之，无故居丧以伐人⑰，父伐人丧，子以丧伐人；父加不义于人，子施失恩于亲，以犯中国。是父负故恶于前，己起大恶于后，诸侯果怒而憎之，率而俱至，谋共击之。郑乃恐惧，去楚而成蛊牢之盟是也。楚与中国侠而击之，郑罢弊危亡，终身愁辜⑱。吾本其端，无义而败，由轻心然。孔子曰："道千乘之国，敬事而信。"知其为得失之大也，故敬而慎之。今郑伯既无子恩，又不孰计，一举兵不当，被患不穷，自取之也⑲。是以生不得称子，去其义也；死不得书葬，见其穷也。曰：有国者视此。行身不放义，兴事不审时，其何如此尔⑳。

---

①一二书：依次不落地尽书之。或作一一书。

②会同：古代诸侯朝见天子的通称。《周礼·春官·太宗伯》："时见曰会；殷见曰同。"郑玄《注》："时见者，言无常期。殷，犹众也。"

③指：通"旨"，意旨。

④矢（shī，音失）：通"施"。或作"弛"。　洽（qià，音恰）：协和，和睦。

⑤断断：专一。

⑥有二焉：其中有二次。即春秋三百年中其中有两次是因报仇而死败的"义战"。事见庄四年、九年。

⑦情：实情，真实情况。即楚司马子皮把军唯七日之粮的实情告诉给宋华元。事见宣十五年。

⑧惨怛（dá，音达）：悲悼，忧伤。惨或作"憯"（cǎn，音惨）。

⑨爨（cuàn，音窜）：烧火煮饭。此指宋国围城内人相食的惨状。

⑩微、眇：指不易见的极细微之物。

⑪斲（zhuó，音灼）：斩。　逢（páng，音旁）丑父：齐景公臣。事见成公二年《左传》所记《鞌之战》。

⑫本：根，源。

⑬祭（zhài，音债）仲：郑大夫。

⑭获虏：被俘虏。

⑮中（zhòng，音仲）权：合乎义。经为常，变为权。能在变化的形势下灵活处事，衡量得失重轻，使之最终合乎义，这就是中权。

⑯非曰：犹言岂非。

⑰重（chóng，音虫）之：重蹈前非。

⑱侠（jiā，音加）：通"夹"。　罢弊（píbì，音皮币）：疲劳困顿。　罢，通"疲"。　辜（kǔ，音苦）：通"苦"。

⑲孰计：长久而深入地筹划。孰，通"熟"。

⑳放（fǎng，音仿）：依照。放，通"仿"。

春秋繁露卷三

玉英第四

谓一元者，大始也。知元年志者，大人之所重，小人之所轻。是故治国之端在正名。名之正，兴五世，五传之外，美恶乃形，可谓得其真矣，非子路之所能见①。非其位而即之，虽受之先君，《春秋》危之，宋缪公是也。非其位，不受之先君，而自即之，《春秋》危之，吴王僚是也。虽然，苟能行善得众，《春秋》弗危，卫侯、晋以正书葬是也。俱不宜立，而宋缪受之先君而危；卫宣弗受先君而不危，以此见得众心之为大安。故齐桓非直弗受之先君也，乃率宜弗为君者而立，罪亦重矣。然而知恐惧，敬举贤人而以自覆盖，知不背要盟以自湔浣也②，遂为贤君，而霸诸侯。使齐桓被恶而无此美，得免杀灭乃幸已，何霸之有！鲁桓忘其忧而祸逮其身；齐桓忧其忧而立功名。推而散之③，凡人有忧而不知忧者，凶；有忧而深忧之者，吉。《易》曰："复自道何其咎。"此之谓也。匹夫之反道以除咎尚难，人主之反道以除咎甚易。《诗》云："德輶如毛④。"言其易也。

公观鱼于棠，何？恶也。凡人之性，莫不善义，然而不能义者，利败之也。故君子终日言不及利，欲以勿言愧之而已，愧之以塞其源也。夫处位动风化者，徒言利之名尔，犹恶之，况求利乎？故天王使人求赙求金⑤，皆为大恶而书。今非直使人也，亲自求之，是为甚恶。讥何故言观鱼？犹言观社也，皆讳大恶之辞也。

春秋有经礼，有变礼。为如安性平心者，经礼也；至有于性，虽不安于心，虽不平于道，无以易之，此变礼也。是故婚礼不称主人，经礼也；辞穷无称，称主人，变礼也。天子三年然后称王，经礼也；有物故则未三年而称王，变礼也。妇人无出境之事，经礼也；母为子娶妇，奔丧父母，变礼也。明乎经变之事，然后知轻重之分，可与适权矣。难者曰：《春秋》事同者辞同，此四者俱为变礼，而或达于经或不达于经，何也？曰：《春秋》理百物，辨品类，别嫌微，修本末者也。是故星坠谓之陨，霣坠谓之雨⑥，其所发之处不同，或降于天，或发于地，其辞不可同也。今四者俱为变礼也同，而其所发亦不同，或发于男，或发于女，其辞不可同也。是或达于常，或达于变也。

桓之志无王，故不书王。其志欲立，故书即位。书即位者，言其弑君兄也。不书王者，以言其背天子。是故隐不言立，桓不言王者，皆从其志以见其事也。从贤之志以达其义，从不肖之志以著其恶。由此观之，《春秋》之所善，善也；所不善，亦不善也。不可不两省也。

经曰："宋督弑其君与夷。"《传》言："庄公冯杀之。"不可及于经，何也？曰：非不可及于经，其及之端眇，不足以类钩之，故难知也。《传》曰："臧孙许与晋郤克同时而聘乎齐。"按经无有，岂不微哉？不书其往而有避也。今此传言庄公冯而于经不书，亦有以避也。是故不书聘乎齐，避所羞也；不书庄公冯杀，避所善也。是故让者《春秋》之所善。宣公不与其子而与其弟，其弟亦不与子而反之兄子，虽不中法，皆有让高，不可弃也。故君子为之讳不居正之谓避，其后也乱。移之宋督以存善志。此亦《春秋》之义善无遗也。若直书其篡，则宣缪之高灭，而善之无所见矣。难者曰：为贤者讳皆言之，为宣缪讳独弗言，何也？曰：不成于贤也。其为善不法，不可取亦不可弃。弃之则弃善志也，取之则害王法，故不弃亦不载，以意见之而已。苟志于仁无恶，此之谓也。

　　器从名、地从主人之谓制。权之端焉，不可不察也。夫权虽反经，亦必在可以然之域。不在可以然之域，故虽死亡，终弗为也。公子目夷是也。故诸侯父子兄弟不宜立而立者，《春秋》视其国与宜立之君无以异也。此皆在可以然之域也。至于鄚取乎莒以之为同居，目曰莒人灭鄚，此不在可以然之域也。故诸侯在不可以然之域者，谓之大德。大德无逾闲者，谓正经。诸侯在可以然之域者，谓之小德。小德出入可也。权谲也，尚归之以奉巨经耳。故《春秋》之道，博而要，详而反，一也。公子目夷复其君，终不与国，祭仲已与，后改之，晋荀息死而不德，卫曼姑拒而弗内⑦，此四臣事异而同心，其义一也。目夷之弗与，重宗庙；祭仲与之，亦重宗庙。荀息死之，贵先君之命；曼姑拒之，亦贵先君之命。事虽相反，所为同俱为重宗庙贵先君之命耳。难者曰：公子目夷、祭仲之所为者，皆存之事君，善之可矣。荀息、曼姑非有此事也，而所欲恃者皆不宜立者，何以得载乎义？曰：《春秋》之法，君立不宜立，不书，大夫立则书。书之者，弗予大夫之得立不宜立者也。不书，予君之得立之也。君之立不宜立者，非也。既立之，大夫奉之是也。荀息、曼姑之所得为义也。

　　难纪季曰⑧："《春秋》之法，大夫不得用地。"又曰："公子无去国之义。"又曰："君子不避外难。"纪季犯此三者，何以为贤？贤臣固盗地以下敌，弃君以避患乎？曰：贤者不为是。是故托贤于纪季，以见季之弗为也。纪季弗为而纪侯使之可知矣。《春秋》之书事时，诡其实以有避也⑨。其书人时，易其名以有讳也。故诡晋文得志之实，以代讳避致王也。诡莒子号谓之人，避隐公也。易庆父之名谓之仲孙，变盛谓之成，讳大恶也。然则说《春秋》者，入则诡辞，随其委曲而后得之。今纪季受命乎君而经书专，无善一名而文见贤，此皆诡辞，不可不察⑩。《春秋》之于所贤也，固顺其志而一其辞，章其义而褒其美。今纪侯《春秋》之所贵也，是以听其入齐之志，而诡其服罪之辞也，移之纪季。故告籴于齐者，实庄公为之，而《春秋》诡其辞以予臧孙辰。以鄚入于齐者，实纪侯为之，而《春秋》诡其辞以予纪季，所以诡之不同，其实一也。难者曰：有国家者，人欲立之，固尽不听国灭君死之，正也，何贤乎纪侯？曰：齐将复仇，纪侯自知力不加而志距之，故谓其弟曰："我宗庙之主，不可以不死也。汝以鄚往，服罪于齐，请以立五庙，使我先君岁时有所依归。"率一国之众，以卫九世之主。襄公逐之不去，求之弗予，上下同心而俱死之。故谓之大去⑪。《春秋》贤死义，且得众心也，故为讳灭。以为之讳，见其贤之也。以其贤之也，见其中仁义也。

　　①"是故治国"至"非子路之所能见"：疑此错简。或疑将《深察名号》文错于此。其后文字亦有不同。今仍从聚珍本、卢弨校本文字。

　　②要（yāo，音邀）盟：此指庄十三年柯之盟。要，臣约君为要。要，通"邀"。　湔浣（jiǎnhuǎn，音减缓）：洗刷。

　　③散之：广之。

　　④輶（yóu，音由）：轻车。引申作轻。

　　⑤求賻（fù，音附）：丧事以钱财馈赠活着的亲属。

　　⑥螽（zhōng，音终）坠：文三年，经云："雨螽"，从天上落螽。螽，螽斯，昆虫名。诗经中也用它比喻子孙众多。

　　⑦弗内（nà，音纳）：不接纳。事见哀公三年公羊传。　内，通"纳"。

　　⑧难（nàn，音男去声）：非难，责难。事见庄公三年。

　　⑨诡：（guǐ，音鬼）：掩饰。诡，伪诈，不实。

　　⑩无善一名：无有一善之美。一，疑"之"字之误。

⑪大去：一去不返。死的讳语。

精华第五

《春秋》慎辞，谨于名伦等物者也①。是故小夷言伐而不得言战，大夷言战而不得言获，中国言获而不得言执，各有辞也②。有小夷避大夷而不得言战，大夷避中国而不得言获，中国避天子而不得言执，名伦弗予，嫌于相臣之辞也。是故小大不逾等，贵贱如其伦，义之正也。

大雩者何③？旱祭也。难者曰：大旱雩祭而请雨，大水鸣鼓而攻社④，天地之所为阴阳之所起也。或请焉，或怒焉者何？曰：大旱者，阳灭阴也。阳灭阴者，尊压卑也。固其义也，虽大甚，拜请之而已，无敢有加也。大水者，阴灭阳也。阴灭阳者，卑胜尊也，日食亦然。皆下犯上，以贱伤贵者，逆节也。故鸣鼓而攻之，朱丝而胁之，为其不义也，此亦《春秋》之为强御也。故变天地之位，正阴阳之序，直行其道而不忘其难，义之至也。是故胁严社而不为不敬灵，出天王而不为不尊上，辞父之命而不为不承亲，绝母之属而不为不孝慈，义矣夫。

难者曰：《春秋》之法，大夫无遂事⑤。又曰：出境有可以安社稷利国家者，则专之可也。又曰：大夫以君命出，进退在大夫也。又曰：闻丧徐行而不反也。夫既曰"无遂事矣"，又曰"专之可也"；既曰"进退在大夫矣"，又曰"徐行不反也"。若相悖然，是何谓也？曰：四者各有所处，得其处，则皆是也；失其处，则皆非也。《春秋》固有常义，又有应变。无遂事者，谓平生安宁也。专之可也者，谓救危除患也。进退在大夫者，谓将率用兵也。徐行不反者，谓不以亲害尊，不以私妨公也。此之谓将得其私，知其指。故公子结受往媵陈人之妇于鄄，道生事，从齐桓盟，《春秋》弗非，以为救庄公之危⑥。公子遂受命使京师，道生事之晋，《春秋》非之，以为是时僖公安宁无危。故有危而不专救，谓之不忠；无危而坛生事，是卑君也。故此二臣俱生事，《春秋》有是有非，其义然也。

齐桓仗贤相之能⑦，用大国之资，即位五年，不能致一诸侯。于柯之盟，见其大信，一年而近国之君毕至。鄄、幽之会是也。其后二十年之间亦久矣，尚未能大合诸侯也。至于救邢、卫之事，见存亡继绝之义，而明年远国之君毕至。贯泽、阳谷之会是也。故曰：亲近者不以言，召远者不以使。此其效也。其后矜功振而自足，而不修德，故楚人灭弦而志弗忧，江、黄伐陈而不往救，损人之国而执其大夫，不救陈之患而责陈不纳，不复安郑而必欲迫之以兵，功未良成而志已满矣。故曰："管仲之器小哉！"此之谓也。自是日衰，九国叛矣。

《春秋》之听狱也，必本其事而原其志⑧。志邪者不待成，首恶者罪特重，本直者其论轻。是故逢丑父当斮，而辕涛涂不宜执。鲁季子追庆父，而吴季子释阖庐。此四者，罪同异论，其本殊也。俱欺三军，或死或不死；俱弑君，或诛或不诛。听讼折狱，可无审邪？故折狱而是也，理益明，教益行；折狱而非也，暗理迷众，与教相妨。教，政之本也；狱，政之末也。其事异域，其用一也。不可不以相顺，故君子重之也。

难晋事者曰：《春秋》之法，未逾年之君称子，盖人心之正也。至里克杀奚齐，避此正辞而称君之子，何也？曰：所闻"诗无达诂"，"易无达占"，《春秋》无达辞，从变从义而一以奉人⑨。仁人录其同姓之祸，固宜易操。晋，《春秋》之同姓也，骊姬一谋而三君死之，天下之所共痛也。本其所为为之者，蔽于所欲得位而不见其难也。《春秋》疾其所蔽，故去其位，辞徒言君之子而已。若谓奚齐曰：嘻嘻！为大国君之子，富贵足矣，何以兄之位为欲居之，以至此乎云尔。录所痛之辞也。故痛之中有痛，无罪而受其死者，申生、奚齐、卓子是也；恶之中有恶者，己立之，己杀之，不得如他臣之弑君者，齐公子商人是也。故晋祸痛，而齐祸重。《春秋》伤痛而敦重，是以夺晋子继位之辞，与齐子成君之号，详见之也。

古之人有言曰：不知来，视诸往。今《春秋》之为学也，道往而明来者也。然而其辞体天之微，故难知也。弗能察，寂若无；能察之，无物不在。是故为《春秋》者，得一端而多连之，见一空而博贯之，则天下尽矣。鲁僖公以乱即位，而知亲任季子。季子无恙之时，内无臣下之乱，外无诸侯之患，行之二十年，国家安宁。季子卒之后，鲁不支邻国之患，直乞师楚耳。僖公之情非辄不肖，而国衰益危者，何也？以无季子也。以鲁人之若是也，亦知他国之皆若是也。以他国之皆若是，亦知天下之皆若是也。此之谓连而贯之。故天下虽大，古今虽久，以是定矣。以所任贤，谓之主尊国安；所任非其人，谓之主卑国危。万世必然，无所疑也。其在《易》曰："鼎折足，覆公餗①。"夫鼎折足者，任非其人也；覆公餗者，国家倾也。是故任非其人，而国家不倾者，自古至今未尝闻也。故吾按《春秋》而观成败，乃切悁悁于前世之兴亡也⑪。任贤臣者，国家之兴也。夫知不足以知贤⑫，无可奈何矣！知之不能任，大者以死亡，小者以乱危。其若是，何耶？以庄公不知季子贤耶？安知病将死，召而授以国政？以殇公为不知孔父贤耶？安知孔父死，己必死，趋而救之？二主知皆足以知贤，而不决不能任。故鲁庄以危，宋殇以弑。使庄公早用季子，而宋殇素任孔父，尚将兴邻国，岂直免弑哉！此吾所悁悁而悲者也。

---

① 名伦等物：《春秋》对于国人的名称和尊卑、事物的大小与等级，都极为精审、严格，绝不混淆。

② 伐：武力攻打。　战：战争。有性质、规模问题。　中国：中原。　获：擒住。　执：捉住，拘捕。亦有性质、是非问题。

③ 雩（shū，音书）：求雨祭神的仪式。详见《求雨》、《止雨》第七十四、七十五。

④ 攻社：攻，劫。社，祭土神之庙。

⑤ 遂事：专断。与下文"专之"同义。事见《公羊传·庄十九年》。

⑥ 媵（yìng，音映）：本指陪嫁或陪嫁之人。此指送亲。事见庄十九年。　鄄（juàn，音倦）：地名，在卫。

⑦ 仗贤相：依仗管仲之才。管仲，字夷吾，事齐桓公，九合诸侯，一匡天下，人称贤。

⑧ 听狱：断官司。与下文"折狱"同。　原：推究。　志：主观意图，动机。

⑨ 一以奉人：拿一贯的原则来奉天。"人"疑"天"之误。

⑩ 鼎足句：鼎翻了，食物泼撒出来。鼎，食具。　餗（sù，音速）：鼎中食物，指和米的肉羹。

⑪ 悁悁（yuān，音冤）：忧愁悲伤的样子。

⑫ 知（zhì，音至）不足：智慧不足。知，通"智"，聪明、智慧。

春秋繁露卷四

王道第六

《春秋》何贵乎元而言之？元者，始也，言本正也。道，王道也。王者，人之始也。王正则元气和顺，风雨时，景星见，黄龙下；王不正，则上变天，贼气并见。五帝三王之治天下，不敢有君民之心。什一而税①。教以爱，使以忠。敬长老，亲亲而尊尊，不夺民时，使民不过岁三日。民家给人足，无怨望忿怒之患，强弱之难，无谗贼妒疾之人。民修德而美好，被发衔哺而游，不慕富贵，耻恶不犯。父不哭子，兄不哭弟。毒虫不螫，猛兽不搏，抵虫不触。故天为之下甘露，朱草生，醴泉出，风雨时，嘉禾兴，凤凰麒麟游于郊②。图圄空虚，画衣裳而民不犯，四夷传译而朝，民情至朴而不文③。郊天祀地，秩山川以时至，封于泰山，禅于梁父④。立明堂⑤，宗祀先帝，以祖配天，天下诸侯各以其职来祭，贡土地所有。先以入宗庙，端冕盛服，而后见。先德恩之报，奉元之应也。

桀纣皆圣王之后，骄溢妄行。侈宫室，广苑囿，穷五采之变，极饰材之工，困野兽之足，竭山泽之利，食类恶之兽⑥。夺民财食，高雕文刻镂之观，尽金玉骨象之工。盛羽族之饰，穷白黑之变⑦，深刑妄杀以凌下。听郑卫之音，充倾宫之志，灵虎兕文采之兽⑧。以希见之意，赏佞赐谗。以糟为邱，以酒为池，孤贫不养。杀圣贤而剖其心，生燔人闻其臭，剔妇孕见其化，斩朝涉之足察其拇，杀梅伯以为醢，刑鬼侯之女取其环，诛求无已⑨。天下空虚，群臣畏恐，莫敢尽忠，纣愈自贤。周发兵，不期会于孟津之上者八百，诸侯共诛纣，大亡天下。《春秋》以为戒，曰："亳社灾⑩。"周衰，天子微弱，诸侯力政，大夫专国，士专邑，不能行度制法文之礼。诸侯背叛，莫修贡聘，奉献天子。臣弑其君，子弑其父，孽杀其宗，不能统理。更相伐锉以广地，以强相胁，不能制属。强奄弱，众暴寡，富使贫，并兼无已。臣下上僭⑪，不能禁止。日为之食，星霣如雨⑫，雨螽、沙鹿崩，夏大雨水，冬大雨雪。霣石于宋五，六鹢退飞，霣霜不杀草，李梅实。正月不雨至于秋七月，地震，梁山崩，壅河三日不流，昼晦，彗星见于东方，孛于大辰⑬。鹳鸲来巢。《春秋》异之。以此见悖乱之征。孔子明得失，差贵贱，反王道之本。讥天王以致太平，刺恶讥微不遗小大。善无细而不举，恶无细而不去。进善诛恶，绝诸本而已矣。

天王使宰咺来归惠公仲子之赗，刺不及事也⑭。天王伐郑，讥亲也；会王世子，讥微也；祭公来逆王后，讥失礼也⑮。刺家父求车，武氏、毛伯求赙金。王人救卫⑯。王师败于贸戎。天王不养，出居于郑，杀母弟，王室乱，不能及外，分为东、西周，无以先天下。召卫侯不能致。遣子突征卫不能绝。伐郑不能从。无骇灭极不能诛。诸侯得以大乱篡弑无已。臣下上偪，僭儗天子诸侯强者行威⑰，小国破灭。晋至三侵周，与天王战于贸戎，而大败之。戎执凡伯于楚邱以归。诸侯本怨随恶，发兵相破，夷人宗庙社稷，不能统理，臣子强，至弑其君。法度废而不复用；威武绝而不复行。故郑、鲁易地，晋文再致天子，齐桓会王世子，擅封邢、卫、杞，横行中国，意欲王天下。鲁舞八佾，北祭泰山，郊天祀地，如天子之为⑱。以此之故，弑君三十六，亡国五十二，细恶不绝之所致也。

《春秋》立义：天子祭天地，诸侯祭社稷，诸山川不在封内不祭。有天子在，诸侯不得专地，不得专封，不得专执天子之大夫，不得舞天子之乐，不得致天子之赋，不得敌天子之贵。君亲无将，将而诛，大夫不得世，大夫不得废置君命⑲。立嫡以长不以贤，立子以贵不以长。立夫人以嫡不以妾，天子不臣母后之党，亲近以来远，故未有不先近而致远者也。故内其国而外诸夏；内诸夏而外夷狄。言自近者始也。

诸侯来朝者得褒，邾娄、仪父称字，滕、薛称侯，荆得人，介葛卢得名。内出言如，诸侯来曰朝，大夫来曰聘，王道之意也。诛恶而不得遗细大，诸侯不得为匹夫兴师，不得执天子之大夫。执天子之大夫与伐国同罪，执凡伯言伐。献八佾，讳八言六。郑、鲁易地，讳易言假⑳。晋文再致天子，讳致言狩。桓公存邢、卫、杞，不见《春秋》。内心予之㉑，行法绝而不予，止乱之道也，非诸侯所当为也。《春秋》之义，臣不讨贼，非臣也，子不复仇，非子也。故诛赵盾贼不讨者不书葬，臣子之诛也。许世子止不尝药而诛为弑父。楚公子比胁而立，而不免于死。齐桓、晋文擅封，致天子，诛乱、继绝、存亡，侵伐会同，常为本主，曰桓公救中国，攘夷狄，卒服楚，至为王者事。晋文再致天子，皆止不诛，善其牧诸侯，奉献天子而复周室。《春秋》予之为伯，诛意不诛辞之谓也。

鲁隐之代桓立，祭仲之出忽立突，仇牧、孔父、荀息之死节，公子目夷不与楚国，此皆执权存国行正世之义，守惓惓之心，《春秋》嘉气义焉，故皆见之，复正之谓也。夷狄邾娄人、牟人、葛人，为其天王崩而相朝聘也，此其诛也。杀世子母弟直称君，明失亲亲也。鲁季子之免罪，吴季子之让国，明亲亲之恩也。阍杀吴子馀祭，见刑人之不可近。郑伯髡顽卒于会，讳杀，痛强臣专君，君不得为善也。卫人杀州吁，齐人杀无知，明君臣之义，守国之正也。卫人立晋，美得众也。君将不言率师，重君之义也。正月，公在楚，臣子思君，无一日无君之意也。诛受令，恩卫葆，以正图圄之平也㉒。言围成，甲午祠兵，以别迫胁之罪，诛意之法也。作南门。刻桷丹楹。作雉门及两观㉓。筑三台，新延厩，讥骄溢不恤下也。故臧孙辰请籴于齐，孔子曰："君子为国，必有三年之积。一年不熟乃请籴，失君之职也。"诛犯始者，省刑，绝恶疾始也。大夫盟于澶渊，刺大夫之专政也。诸侯会同，贤为主，贤贤也。《春秋》纪纤芥之失，反之王道，追古贵信，结言而已，不至用牲盟而后成约。故曰："齐侯、卫侯胥命于蒲。"《传》曰："古者不盟，结言而退。"宋伯姬曰："妇人夜出，傅母不在，不下堂。"曰：古者周公东征，则西国怨。桓公曰："无贮粟，无鄣谷，无易树子，无以妾为妻。"宋襄公曰："不鼓不成列，不阨人。"庄王曰："古者杅不穿，皮不蠹，则不出㉔。"君子笃于礼，薄于利，要其人不要其土，告从不赦，不祥。强不凌弱，齐顷公吊死视疾，孔父正色而立于朝，人莫过而致难乎其君。齐国佐不辱君命而尊齐侯，此《春秋》之救文以质也。救文以质，见天下诸侯所以失其国者亦有焉。潞子欲合中国之礼义，离乎夷狄，未合乎中国，所以亡也。吴王夫差行强于越，臣人之主，妾人之妻，卒以自亡。宗庙夷，社稷灭，甚可痛也。长王投死，於戏！岂不哀哉？晋灵行无礼，处台上弹群臣，肢解宰人而弃，漏阳处父之谋，使阳处父死。及患赵盾之谏，欲杀之，卒为赵穿所杀。晋献公行逆理，杀世子申生，以骊姬立奚齐、卓子，皆杀死，国大乱，四世乃定，几为秦所灭，从骊姬起也。楚平王行无度，杀伍子胥父兄，蔡昭公朝之，因请其裘，昭公不与。吴王非之。举兵加楚大败之。君舍乎君室，大夫舍大夫室，妻楚王之母，贪暴之所致也。晋厉公行暴道，杀无罪人，一朝而杀大臣三人。明年，臣下畏恐，晋国杀之。陈侯佗淫乎蔡，蔡人杀之。古者诸侯出疆必具左右，备一师，以备不虞。今蔡侯恣以身出入民间，至死闾里之庸，甚非人君之行也。宋闵公矜妇人而心妒，与大夫万博，万誉鲁庄公曰："天下诸侯宜为君者，唯鲁侯尔。"闵公妒其言，曰："此虏也，尔虏焉知鲁侯之美恶乎？"致万怒搏闵公绝脰㉕。此以与臣博之过也。古者人君立于阴，大夫立于阳，所以别位，明贵贱。今与臣相对而博，置妇人在侧，此君臣无别也。故使万称他国卑闵公之意，闵公籍万而身与之博，下君自置。有辱之妇人之房，俱而矜妇人，独得杀死之道也。《春秋传》曰："大夫不敌君。"远此逼也㉖。梁内役民无已，其民不能堪，使民比地为伍，一家亡五，家杀刑。其民曰："先亡者封，后亡者刑。"君者，将使民以孝于父母，顺于长老，守邱墓，承宗庙，世世祀其先。今求财不足，行罚如将不胜，杀戮如屠。仇雠其民，鱼烂而亡，国中尽空。《春秋》曰："梁亡。"亡者，自亡也，非人亡之也。虞公贪财，不顾其难，快耳悦目，受晋之璧、屈产之乘，假晋师道，还以自灭。宗庙破毁，社稷不祀，身死不葬，贪财之所致也。故《春秋》以此见物不空来，宝不虚出。自内出者，无匹不行，自外至者，无主不止，此其应也。楚灵王行强乎陈、蔡，意广以武，不顾其行，虑所美，内罢其众。乾溪有物女，水尽则女见，水满则不见㉗。灵王举发其国而役，三年不罢，楚国大怨。有行暴意，杀无罪臣成然，楚国大溃。公子弃疾卒令灵王父子自杀而取其国。虞不离津泽，农不去畴土，而民相爱也。此非盈意之过耶㉘？鲁庄公好宫室，一年三起台。夫人内淫两弟，弟兄子父相杀。国绝莫继，为齐所存，夫人淫之过也。妃匹贵妾，可不慎邪？此皆内自强从心之败已。见自强之败，尚有正谏而不用，卒皆取亡。曹羁谏其君曰："戎众以无义，君无自敌。"君不听，果死戎寇。伍子胥谏吴王，以为越不可不取。吴王不听。至死伍子胥。还九年，越果大灭吴国。秦穆公将袭郑，百里蹇叔谏曰："千里而袭人者，未有不亡者也。"穆公不听，师果大败殽中，匹马只轮无反者。晋假道道虞，虞公许之，宫之奇谏曰："唇亡齿寒。虞、虢之相救，非相赐也。君请勿许。"虞公不听，后虞果亡于晋。《春秋》明此，存亡道可观也。观乎亳社，知骄溢之罚；观乎许田，知诸侯不得专封；观乎齐桓、晋文、宋襄、楚庄，知任贤奉上之功；观乎鲁隐、祭仲、叔武、孔父、荀息、仇牧、吴季子、公子目夷，知忠臣之效；观乎楚公子比，知臣子之道，效死之义；观乎潞子，知无辅自诅之败；观乎公在楚，知臣子之恩；观乎漏言，知忠道之绝；观乎献六羽，知上下之差；观乎宋伯姬，知贞妇之信；观乎吴王夫差，知强凌弱；观乎晋献公，知逆理近色之过；观乎楚昭王之伐蔡，知无义之反；观乎晋厉之妄杀无罪，知行暴之报；观乎陈佗、朱闵，知妒淫之过；观乎虞公、梁亡，知贪财枉法之穷；观乎楚灵，知苦民之壤[20]；观乎鲁庄之起台，知骄奢淫佚之失；观乎卫侯朔，知不即召之罪；观乎执凡伯，知犯上之法；观乎晋郤缺之伐邾娄，知臣下作福之诛；观乎公子翚，知臣窥君之意；观乎世卿，知移权之败。故明王视于冥冥，听于无声，天覆地载，天下万国莫敢不悉靖共职受命者，不示臣下以知之至也。故道同，则不能相先；情同，则不能相使。此其教也。由此观之，未有去人君之权，能制其势者也。未有贵贱无差，能全其位者也。故君子慎之。

---

①什一而税：井田制时的农业税制。何休说："一夫一妇受田百亩，以养父母妻子。五口一家，公田十亩。即所谓什一而税也。"

②朱草：赤草，可以用来染绛（红色），区别身份的尊卑。

③画衣裳：尧舜时的一种刑罚。《慎子》："断其肢体、凿其肌肤谓之刑；画衣冠，异章服谓之戮。"画衣裳，即画衣冠，一种以警代刑的刑罚。

④封禅（shàn，音善）：古代天子，要在泰山上祭天，叫封；在梁父（山名，在泰山下）祭地，称禅。此所谓天子的"受命之礼也。"

⑤明堂：天子的太庙。

⑥饰材：装饰材料，指建筑装潢材料。

⑦白黑之变：指变白作黑颠倒是非的愚民之策。《保权位》："黑白分明，民知去就。"

⑧灵：神奇稀怪。或疑是"戏"。

⑨生燔（fán，同烦）：活活烧烤。燔，焚烧。此指纣所用"炮烙"之酷刑。　　斮朝涉：事见《水经注》。据载，纣王看到一位老者渡水，迟迟不敢下水，就问身边的人，左右人告诉他，人老了骨髓虚弱，所以怕寒水。纣便命左右斮断老人的腿，亲验其骨髓。

⑩亳（bó，音勃）社灾：指商建都的亳的社庙蒙难。《春秋》以此为亡国之戒。

⑪僭（jiàn，音荐）：下级冒用上级的礼仪。

⑫霣（yǔn，音允）：通"陨"，落下。　　沙鹿崩：沙鹿镇因背靠夏梁山而崩。事见《公羊传》僖十四年。

⑬孛（bó，音勃）：彗星。《尔雅·释天》："孛星，星旁气孛孛然也。"

⑭宰咺（xuán，音玄）：周天子之臣。咺，名。　　赗（fèng，音奉）：赠送死者的礼金。《谷梁传》："馈死者曰赗；馈生者曰赙。"

⑮世子：天子、诸侯的嫡长子。

⑯王人：天子吏。

⑰儗（yì，音义）：僭。或作"拟"。

⑱八佾（yì，音义）：古代礼仪。古制：天子八佾，诸侯公四佾。古代乐舞，八个人一行，这一行叫一佾。八佾就六十四人方阵的乐舞，只有天子才能享用。

⑲废置君命：废立君主。　　命，衍文。《春秋》法，大夫无权废立君主。

⑳讳易言假（jià，音价）：《春秋》为了回避谈郑伯以璧交易鲁之许田，有意把它说成是暂借。假，借。

㉑予之：赞许。

㉒诛受令：疑当作"诛不受命"。

㉓刻桷、丹楹：雕画椽梁，油漆楹柱。鲁庄公二十三、二十四年事。

㉔"古者"句：意谓战争费钱财，古者不到国家十分丰裕，不轻易对外用兵。杆，同盂，器具。皮，制币的材料。盂穿皮蠹，指物质非常丰富。

㉕搏：徒手搏斗。 绝脰（dòu，音豆）：扭断颈项。脰，脖子。

㉖逼：同过，过失。

㉗物女：人死曰物化。此指神女、鬼女之类怪异。

㉘盈意：骄奢淫佚，志得意满，无视他人。

㉙壤：伤，同情。

春秋繁露卷五

灭国上第七①

王者，民之所往；君者，不失其群者也②。故能使万民往之，而得天下之群者，无敌于天下。失国之君三十六，亡国之君五十二。小国德薄，不朝聘大国，不与诸侯会聚，孤特不相守，独居不同群，遭难莫之救，所以亡也。非独公侯大人如此。生天地之间，根本微者，不可遭大风疾雨，立铄消耗。卫侯朔固事齐襄而天下患之；虞、虢并力晋献难之；晋赵盾一夫之士也，无尺寸之土，无一介之众也，而灵公据霸王之馀尊，而欲诛之。穷变极诈，诈尽力竭，祸大及身。推盾之心，载小国之位，孰能亡之哉③？故伍子胥一夫之士也，去楚干阖庐，遂得意于吴。所托者诚是，何可御耶？楚王髡托其国于子玉得臣而天下畏之④；虞公托其国于宫之奇，晋献患之。及髡杀得臣天下轻之，虞公不用宫之奇，晋献亡之。存亡之端，不可不知也。诸侯见加以兵，逃遁奔走，至于灭亡而莫之救，平生之素行可见也。隐代桓立，所谓仅存耳。使无骇帅师灭极，内无谏臣，外无诸侯之救。载亦由是也，宋、蔡、卫国伐之郑因其力而取之。此无以异于遗重宝于道而莫之守，见者掇之也。邓、谷失地而朝鲁桓，邓、谷失地，不亦宜乎？

---

①灭国篇：或云灭国本一篇，不当分上下。

②群：团结，使成群。

③推盾之心：设词。即晋灵能和赵盾推心置腹，把他当成忠君之臣看待。载：假设现在只有。

④楚王髡（kūn，音坤）：即楚成王。

灭国下第八

纪侯之所以灭者，乃九世之仇也。一旦之言，危百世之嗣，故曰大去①。卫人侵成，郑入成，及齐师围成，三被大兵终灭，莫之救，所恃者安在？齐桓公欲行霸道，谭遂违命，故灭而奔莒。不事大而事小，曹伯之所以战死于位，诸侯莫助忧者。幽之会，齐桓数合诸侯，曹小，未尝来也。鲁大国，幽之会，庄公不往。戎人乃窥兵于济西，由见鲁孤独而莫之救也。此时大夫废君命，专救危者。鲁庄公二十七年，齐桓为幽之会，卫人不来。其明年，桓公怒而大败之。及伐山戎，张旗陈获以骄诸侯。于是鲁一年三筑台，乱臣比三起于内，夷狄之兵仍灭于外，卫灭之端，以失幽之会。乱之本，存亲内蔽②。邢未尝会齐桓也，附晋又微，晋侯获于韩而背之，淮之会是也。齐桓卒，竖刁、易牙之乱作，刑与狄伐其同姓取之，其行如此。虽尔亲，庸能亲尔乎③？是君也，其灭于同姓，卫侯燬灭邢是也。齐桓为幽之会，卫不至，桓怒而伐之。狄灭之，桓忧而立之。鲁庄为柯之盟，劫汶阳，鲁绝④，桓立之。邢、杞未尝朝聘，齐桓见其灭，率诸侯而立之。用心如此，岂不霸哉！故以忧天下与之。

---

①一旦之言：指从前纪侯在周天子面前说鲁哀公的坏话，致使哀公被烹，从此结下长达九世的仇恨，事见庄四年经传。旦，朝。

②存亲内蔽：鲁乱的根源起于家庭内部的弊端。蔽，同敝，败。

③庸：岂，何。

④鲁绝：鲁灭。

随本消息第九

颜渊死。子曰："天丧予！"子路死。子曰；"天祝予！"西狩获麟①。曰："吾道穷。吾道穷。"三年身随而卒。阶此而观②，天命成败，圣人知之，有所不能救，命矣夫。先晋献公之卒，齐桓为葵邱之会，再致其集。先齐孝未卒一年，鲁僖乞师取谷。晋文之威，天子再致。先卒一年，鲁僖公之心分而事齐。文公不事晋。先齐侯潘卒一年，文公如晋。卫侯、郑伯皆不期来。齐侯已卒，诸侯果会晋大夫于新城。鲁昭公以事楚之故，晋人不入。楚国强而得意，一年再会诸侯，伐强吴，为齐诛乱臣，遂灭厉。鲁得其威以灭鄟。其明年，如晋，无河上之难。先，晋昭之卒一年，无难。楚国内乱，臣弑君。诸侯会于平邱，谋诛楚乱臣。昭公不得与盟，大夫见执。吴大败楚之党六国于鸡父。公如晋而大辱，《春秋》为之讳而言有疾。由此观之，所行从不足恃，所事者不可不慎。此亦存亡荣辱之要也。先楚庄王之卒三年，晋灭赤狄潞氏、及甲氏、留吁。先楚子审卒之三年，郑服萧鱼。晋侯周卒一年，先楚子昭卒之二年，与陈、蔡伐郑而大克。其明年，楚屈建会诸侯而张中国。卒之三年，诸夏之君朝于楚。楚子卷继之，四年而卒。其国不为侵夺，而顾隆盛强大，中国不出年余③，何也？楚子昭盖诸侯可者也。天下之疾其君者，皆起愬而乘之，兵四五出，常以众击少，以专击散，义之尽也。先卒四五年，中国内乖，齐、晋、鲁、卫之兵分守，大国袭小。诸夏再会陈仪，齐不肯往。吴在其南而二君杀，中国在其北，而齐、卫杀其君，庆封劫君乱国，石恶之徒聚而成群，卫衎据陈仪而为谖，林父据戚而以畔④，宋公杀其世子，鲁大饥，中国之行，亡国之迹也。譬如于文、宣之际，中国之君，五年之中，五君杀。以晋灵之行，使一大夫立于蜚林⑤，拱揖指挥，诸侯莫敢不出。此犹"湿之有泮"也⑥。

---

①天祝予：老天断绝我的活路。祝，断绝。　　麟：麒麟。被古人称为仁兽，吉祥、太平之瑞符，兽中之圣。故孔子见麟而死，悲叹道穷。事见哀公十四年传。

②阶：由，因。

③不出年余：此下有缺文。当指楚灵王会诸侯于申，伐吴，灭厉诸事。

④卫衎（kàn，音看）：《春秋》人名。　　谖（xuān，音宣）：欺诈。　　畔：通"叛"。

⑤蓳林：《春秋》晋地名。或作"棐林"。

⑥湿之有泮：当作"隰则有泮"，见《卫风·氓》。比喻晋楚的河堤是诸侯归依的保障。

盟会要第十

至意虽难喻，盖圣人者贵除天下之患。贵除天下之患，故《春秋》重，而书天下之患徧矣。以为本于见天下之所以致患，其意欲以除天下之患。何谓哉？天下者无患，然后性可善。性可善，然后清廉之化流。清廉之化流，然后王道举，礼乐兴。其心在此矣。《传》曰："诸侯相聚而盟。"君子修国曰："此将率为也哉？"是以君子以天下为忧也①。患乃至于弑君三十六，亡国五十二，细恶不绝之所致也。辞已喻矣，故曰：立义以明尊卑之分，强干弱枝以明大小之职，别嫌疑之行，以明正世之义，采撷托意②，以矫失礼。善无小而不举，恶无小而不去，以纯其美，别贤不肖，以明其尊，亲近以来远，因其国而容天下，名伦等物不失其理。公心以是非，赏善诛恶而王泽洽。始于除患，正一而万物备。故曰："大矣哉！其号。两言而管天下③。"此之谓也。

---

①"君子"句：君子说要修善国家，这（指结盟）是在作什么呢？此句错简，当是君子曰："修国此将何为哉？"君子，孔子。率为，何为。按：《春秋》讥盟会。隐公元年《注》："凡书盟者，恶之也。凡书会者，恶其虚内务，恃外好也。"

②采撷（zhí，音直）托意：采拾史事，加以褒贬。

③两言：两个字，即褒、贬。

正贯第十一

《春秋》大义之所本耶，六者之科，六者之指之谓也。然后援天端，布流物，而贯通其理，则事变散其辞矣。故志得失之所从生，而后差贵贱之所始矣。论罪源深浅，定法诛，然后绝属之分别矣①。立义定尊卑之序，而后君臣之职明矣。载天下之贤方，表谦义之所在，则见复正焉耳。幽隐不相逾，而近之则密矣，而后万物之应无穷者。故可施其用于人，而不悖其伦矣。是以必明其统于施之宜。故知其气矣，然后能食其志也；知其声矣，而后能扶其精也；知其行矣，而后能遂其形也；知其物矣，然后能别其情也。故倡而民和之，动而民随之。是知引其天性所好，而压其情之所憎者也。如是则言虽约，说必布矣；事虽小，功必大矣。声响盛化运于物，散入于理。德在天地神明休集并行而不竭，盈于四海而颂声咏。《书》曰："八音克谐，无相夺伦，神人以和。"乃是谓也。故明于情性乃可与论为政。不然，虽劳无功。夙夜是寤，思虑倦心，犹不能睹②，故天下有非者，三示当中孔子之所谓非，尚安知通哉！

---

①绝属（zhǔ，音主）：断绝，继续。属，连接。

②夙（sù，音素）：早。　　寤（wù，音误）：睡醒。通"悟"。　　倦：通"倦"。

十指第十二

《春秋》二百四十二年之文，天下之大，事变之博，无不有也①。虽然大略之要有十指。十指者，事之所系也，王化之由得流也。举事变见有重焉②，一指也；见事变之所至者，一指也；因其所以至者而治之，一指也；强干弱枝，大本小末，一指也；别嫌疑，异同类，一指也；论贤才之义，别所长之能，一指也；亲近来远，同民所欲，一指也；承周文而反之质，一指也；木生火，火为夏，天之端，一指也；切刺讥之所罚，考变异之所加，天之端，一指也。举事变见有重焉，则百姓安矣；见事变之所至者，则得失审矣；因其所以至而治之，则事之本正矣；强干弱枝，大本小末，则君臣之分明矣；别嫌疑，异同类，则是非著矣；论贤才之义，别所长之能，则百官序矣；承周文而反之质，则化所务立矣；亲近来远，同民所欲，则仁恩达矣；木生火，火为夏，则阴阳四时之理相受而次矣；切刺讥之所罚，考异变之所加，则天所欲为行矣。统此而举之，仁往而义来，德泽广大，衍溢于四海，阴阳和调，万物靡不得其理矣。说《春秋》者凡用是矣，此其法也。

---

① "《春秋》" 句：《春秋》记事，上起于鲁隐公元年（公元前 722 年），下迄于鲁哀公十四年（公元前 481 年），共记鲁十二公计 242 年史事。它约一万多字，并非完备的编年史，近于今之大事记。

② 重：以民为重。如详攻战侵伐给百姓农事带来之灾难。

重政第十三

惟圣人能属万物于一而击之元也，终不及本所从来而承之，不能遂其功，是以《春秋》变一谓之元。元犹原也，其义以随天地终始也。故人唯有终始也而生，不必应四时之变故。元者为万物之本，而人之元在焉。安在乎？乃存乎天地之前。故人虽生天气及奉天气者，不得与天元本、天元命而共违其所为也。故春正月者，承天地之所为也。继天之所为而终之也，其道相与共功持业，安容言乃天地之元。天地之元奚为于此？恶施于人①？大其贯承意之理矣。能说鸟兽之类者②，非圣人所欲说也。圣人所欲说，在于说仁义而理之。知其分科条别，贯所附，明其义之所审，勿使嫌疑，是乃圣人之所贵而已矣。不然，传于众辞，观于众物，说不急之言而以惑后进者，君子之所甚恶也。奚以为哉？圣人思虑不厌，昼日继之以夜，然后万物察者，仁义矣。由此言之，尚自为得之哉。故曰："於乎③！为人师者，可无慎耶！"夫义出于经。经传④，大本也。弃营劳心也，苦志尽情，头白齿落，尚不合自录也哉⑤！人始生有大命，是其体也。有变命存其间者，其政也。政不齐则人有忿怒之志，若将施危难之中，而时有随遭者，神明之所接，绝属之符也。亦有变其间，使之不齐如此，不可不省也。省之则重政之本矣。撮以为一，进义诛恶绝之本，而以其施，此与汤武同而有异。汤、武用之治仁，故《春秋》明得失，差贵贱，本之天。王之所失天下者，使诸侯得以大乱之，说而后引而反之。故曰博而明，切而深矣。

---

① 奚：何。　恶（wū，音乌）：何。

② 鸟兽之类：指像今天的博物学。它和经比，被视为杂学，知道多了就会 "得小而遗大。"

③ 於（wū，音乌）乎：呜呼。

④ 经传（zhuàn，音赚）：一般认为：先师之言为经，后师之言为传；圣人制作曰经，贤人著述曰传。

⑤ 自录：自省录。

春秋繁露卷六

服制像第十四

天地之生万物也以养人，故其可食者以养身体，其可威者以为容服，礼之所为兴也。剑之在左，青龙之象也。刀之在右，白虎之象也。钩之在前，赤鸟之象也①。冠之在首，玄武之象也。四者人之盛饰也。夫能通古今，别然不然，乃能服此也。盖玄武者，貌之最严有威者也。其像在右，其服反居首，武之至而不用矣。圣人之所以超然，虽欲从之，末由也已②。夫执介胄而后能拒敌者，故非圣人之所贵也。君子显之于服，而勇武者消其志于貌也矣。故文德为贵，而威武为下，此天下之所以永全也。于《春秋》何以言之？孔父义形于色，而奸臣不敢容邪，虞有宫之奇，而献公为之不寐。晋厉之强，中国以寝尸流血不已。故武王克殷，裨冕而搢笏，虎贲之士说剑③，安在勇猛必任武杀然后威？是以君子所服为上矣。故望之俨然者，亦已至哉！岂可不察乎？

①赤鸟：即朱雀。与下文之"玄武"均为四象之一，其形即龟，或龟蛇合体，传说中的北方之神。

②末：无。

③裨（bēi，音卑）冕搢（jìn，音晋）笏（hū，音忽）：指上朝衣帽和所执。搢，插、带。笏，朝臣上朝所执的记事板。此实言武王修礼尚文。　说（shuì，音税）：捨。说通"税"。或说，通"脱"。

二端第十五

《春秋》至意有二端，不本二端之所从起，亦未可与论灾异也，小大微著之分也。夫览求微细于无端之处，诚知小之为大也，微之将为著也。吉凶未形，圣人所独立也，虽欲从之，末由也已，此之谓也。故王者受命，改正朔，不顺数而往，必迎来而受之者，授受之义也。故圣人能系心于微而致之著也①。是故《春秋》之道，以无之深正天之端，以天之端正王之政，以王之政正诸侯之即位，以诸侯之即位正境内之治，五者俱正而化大行。故书日蚀、星陨有蜮、山崩、地震、夏大雨水、冬大雨雪、陨霜不杀草、自正月不雨至于秋七月、有鹳鹆来巢，《春秋》异之②。以此见悖乱之征。是小者不得大，微者不得著。虽甚末亦一端，孔子以此效之。吾所以贵微重始是也。因恶夫推灾异之象于前，然后图安危祸乱于后者，非《春秋》之所甚贵也。然而《春秋》举之以为一端者，亦欲其省天谴而畏天威。内动于心志，外见于事情，修身审己，明善心以反道者也③。岂非贵微重始、慎终推效者哉？

①微而致之著：积小而见大。《汉书·律历志》："三微而成著，三著而成象。"

②蜮（yù，音玉）：虫类，又名射工，以气射杀人，或射人影致死。或称鬼蜮。　鹳鹆（qú yù，音瞿浴），鸟名。亦作鸲

鸟鸲，即鸲（gōu，音勾）鹆，就是今之八哥。

　　③反道：回到道（正道）。　　　反，通“返”。

符瑞第十六①

　　有非力之所能致而自至者，西狩获麟，受命之符是也。然后讬乎《春秋》正不正之间，而明改制之义，一统乎天子，而加忧于天下之忧也。务除天下所患，而欲以上通五帝，下极三王，以通百王之道，而随天之终始。博得失之效，而考命象之为，极理以尽情性之宜，则天容遂矣。百官同望异路，一之者在主，率之者在相②。

---

　　①符瑞篇：此篇文字似有缺失。

　　②百官三句：此三句文意和前文不属连，似别篇错简在此。

俞序第十七①

　　仲尼之作《春秋》也，上探正天端王公之位，万民之所欲，下明得失，起贤才以待后圣。故引史记理往事，正是非，见王公，史记十二公之间，皆衰世之事，故门人惑。孔子曰：“吾因其行事而加乎王心焉。”以为见之空言，不如行事博深切明。故子贡、闵子、公肩子言其切而为国家资也。其为切而至于杀君亡国，奔走不得保社稷。其所以然，是皆不明于道，不览于《春秋》也。故卫子夏言，有国家者不可不学《春秋》，不学《春秋》则无以见前后旁侧之危，则不知国之大柄，君之重任也。故或胁穷失国揜杀于位②，一朝至尔。苟能述《春秋》之法，致行其道，岂徒除祸哉？乃尧舜之德也。故《世子》曰③：“功及子孙，光辉百世，圣人之德，莫美于恕。”故子先言《春秋》详己而略人④，因其国而容天下。《春秋》之道，大得之则以王，小得之则以霸。故曾子、予石盛美齐侯安诸侯，尊天子。霸王之道，皆本于仁。仁，天心，故次以天心。爱人之大者，莫大于思患而预防之，故蔡得意于吴，鲁得意于齐，而《春秋》皆不告。故次以言，怨人不可迩，敌国不可狎，攘窃之国不可使久亲，皆防患为民除患之意也。不爱民之渐乃至于死亡，故言楚灵王，晋厉公生弑于位，不仁之所致也。故善宋襄公不厄人。不由其道而胜，不如由其道而败。《春秋》贵之，将以变习俗而成王化也。故子夏言《春秋》重人，诸讥皆本此。或奢侈使人愤怨，或暴虐贼害人，终皆祸及身。故子池言鲁庄筑台，丹楹刻桷，晋厉之刑刻意者，皆不得以寿终。上奢侈，刑又急，皆不内恕，求备于人，故次以《春秋》，缘人情，赦小过，而《传》明之曰：“君子辞也。”孔子明得失，见成败，疾时世之不仁，失王道之体，故缘人情，赦小过，《传》又明之曰：“君子辞也。”孔子曰：“吾因行事，加吾王心焉。”假其位号以正人伦，因其成败以明顺逆。故其所善则桓、文行之而遂，其所恶则乱国行之终以败。故始言大恶杀君亡国，终言赦小过，是亦始于粗粝，终于精微，教化流行，德泽大洽，天下之人，人有士君子之行而少过矣。亦讥二名之意也⑤。

---

　　①俞序篇：孙诒让云：“此篇文多难通，似是董子著书之序，若《淮南子·要略》及《法言·自序》之类。”所言有理。俞：应答然诺之词。《尚书·尧典》：“帝曰：俞。”

　　②揜（yǎn，音掩）：擒。凌本作“擒”。

③《世子》：书名，为世硕所撰。世硕，周人，或说陈人，孔子的再传弟子。

④子先：可能是七十子的学生。原作"予先"，从俞樾校改。

⑤讥二名：讽刺人起名用两个字。定公六年《公羊传》曰："季孙斯，仲孙忌帅师围运。此仲孙何忌也。何为谓之仲孙忌？讥二名，二名非礼也。"仲孙何忌之名用两个字，《春秋》故意略去一字，书作仲孙忌，表示二名非礼。其实取名用两字当时并非绝无仅有。古人起名多用单字，而复姓复字者夥矣。

离合根第十八

　　天高其位而下其施，藏其形而见其光①。高其位所以为尊也；下其施所以为仁也；藏其形所以为神；见其光所以为明。故位尊而施仁，藏神而见光者，天之行也。故为人主者，法天之行，是故内深藏，所以为神；外博观，所以为明也；任群贤，所以为受成；乃不自劳于事，所以为尊也；泛爱群生不以喜怒赏罚，所以为仁也。故为人主者，以无为为道；以不私为宝。立无为之位而乘备具之，官足不自动而相者导进，口不自言而摈者赞辞②，心不自虑而群臣效当，故莫见其为之而功成矣，此人主所以法天之行也。为人臣者，法地之道，暴其形出其情以示人，高下、险易、坚软、刚柔、肥臞、美恶，累可就财也。故其形宜不宜，可得而财也。为人臣者比地贵信，而悉见其情于主，主亦得而财之③，故王道威而不失。为人臣常竭情悉力而见其短长，使主上得而器使之，而犹地之竭竟其情也，故其形宜可得而财也。

①见：通"现"，下同。

②摈：摈诏。《礼器》注："摈诏，告导宾主者也。"即礼宾先生。

③财：通"裁"，剪裁。

立元神第十九

　　君人者国之元，发言动作万物之枢机。枢机之发，荣辱之端也。失之毫厘，驷不及追。故为人君者，谨本详始，敬小慎微，志如苑灰，形如委衣，安精养神，寂寞无为。休形无见影，掩声无出响，虚心下士，观来察往，谋于众贤。考求众人，得其心徧见其情，察其好恶以参忠佞；考其往行，验之于今，计其蓄积受于先贤；释其雠怨，视其所争，差其党族，所依为皂。据位治人，用何为名，累日积久，何功不成。可以内参外，可以小占大，必知其实，是为开阖。君人者国之本也。夫为国其化莫大于崇本。崇本则君化若神；不崇本则君无以兼人①。无以兼人，虽峻刑重诛而民不从。是所谓驱国而弃之者也，患孰甚焉！何谓本？曰：天、地、人，万物之本也。天生之，地养之，人成之。天生之以孝悌，地养之以衣食，人成之以礼乐。三者相为手足，合以成体，不可一无也。无孝悌则亡其所以生，无衣食则亡其所以养，无礼乐则亡其所以成也②。三者皆亡，则民如麋鹿，各从其欲，家自为俗，父不能使子，君不能使臣，虽有城郭，名曰虚邑。如此者，其君枕块而僵，莫之危而自危，莫之丧而自亡。是谓自然之罚。自然之罚至，裹袭石室，分障险阻，犹不能逃之也。明主贤君必于其信，是故肃慎三本：郊祀致敬，共事祖祢③，举显孝悌，表异孝行，所以奉天本也；秉耒躬耕，采桑亲蚕，垦草殖谷，开辟以足衣食，所以奉地本也；立辟雝庠序，修孝悌敬让，明以教化，感以礼乐，所以奉人本也。三者皆奉，则民如子弟，不敢自专；邦如父母，不待恩而爱，不须严而使，虽野居露宿、厚于宫室。如是者，其君安枕而卧，莫之助而自强，莫之绥而自安，是谓自然之赏。自然之赏至，虽退让委国而去，百姓襁负其子随而君之，君亦不得离也。故以德为国者，甘于饴蜜，固于胶漆，是以圣贤勉而崇本而不敢失也。君人者，国之征也。不可先倡，感而后应。故居倡之位而不行倡之势，不居和之职而以和为德，常尽其下，故能为之上也。

体国之道在于尊神。尊者所以奉其政也，神者所以就其化也，故不尊不畏，不神不化。夫欲为尊者在于任贤，欲为神者在于同心。贤者备股肱，则君尊严而国安；同心相承，则变化若神莫见其所为而功德成。是谓尊神也。

天积众精以自刚，圣人积众贤以自强。天序日月星辰以自光，圣人序爵禄以自明。天所以刚者非一精之力，圣人所以强者非一贤之德也。故天道务盛其精，圣人务众其贤。盛其精而壹其阳，众其贤而同其心。壹其阳然后可以致其神，同其心然后可以致其功。是以建治之术，贵得贤而同心。为人君者，其要贵神。神者不可得而视也，不可得而听也。是故视而不见其形，听而不闻其声。声之不闻故莫得其响，不见其形故莫得其影。莫得其影，则无以曲直也；莫得其响，则无以清浊也。无以曲直，则其功不可得而败；无以清浊，则其名不可得而度也。所谓不见其形者，非不见其进止之形也，言其所以进止不可得而见也；所谓不闻其声者，非不闻其号令之声也，言其所以号令不可得而闻也。不见不闻是谓冥昏。能冥则明，能昏则彰。能冥能昏，是谓神人。君贵居冥而明其位，处阴而向阳。恶人见其情而欲知人之心，是故为人君者执无源之虑，行无端之事，以不求夺，以不问问④。吾以不求夺，则我利矣；彼以不出出⑤，则彼费矣。吾以不问问，则我神矣；彼以不对对，则彼情矣。故终日问之，彼不知其所对；终日夺之，彼不知其所出。吾则以明而彼不知其所亡。故人臣居阳而为阴，人君居阴而为阳。阴道尚形而露情，阳道无端而贵神。

①兼人：胜过人。

②亡：失去。

③共（gōng，音公）：通"恭"。　　祖祢（mǐ，音米）：祖先神主，祖庙。《公羊传》隐元年，何休注："生称父，死称考，入庙称祢。"

④不问问：以不问为问。原注：一作不闻问。

⑤不出出：不出。衍一出字。应是：彼以不出。或作"彼以见出"。

保位权第二十

民无所好，君无以权也；民无所恶，君无以畏也。无以权，无以畏，则君无以禁制也。无以禁制，则比肩齐势而无以为贵矣。故圣人之治国也，因天地之性情，孔窍之所利，以立尊卑之制，以等贵贱之差。设官府爵禄，利五味，盛五色，调五声①，以诱其耳目。自令清浊昭然殊体，荣辱踔然相驳②，以感动其心。务致民令有所好。有所好，然后可得而劝也，故设赏以劝之。有所好必有所恶，有所恶然后可得而畏也，故设罚以畏之。既有所劝又有所畏，然后可得而制。制之者，制其所好，是以劝赏而不得多也；制其所恶，是以畏罚而不得过也。所好多则作福，所恶过则作威。作威则君亡权，天下相怨；作福则君亡德，天下相贼。故圣人之制民，使之有欲，不得过节，使之敦朴，不得无欲。无欲有欲，各得以足，而君道得矣。国之所以为国者德也，君之所以为君者威也。故德不可共，威不可分。德共则失恩，威分则失权。失权则君贱，失恩则民散。民散则国乱，君贱则臣叛。是故为人君者，固守其德以附其民，固执其权以正其臣。声有顺逆，必有清浊；形有善恶，必有曲直。故圣人闻其声则别其清浊，见其形则异其曲直。于浊之中必知其清，于清之中必知其浊。于曲之中必见其直，于直之中必见其曲。于声无细而不取，于形无小而不举。不以著蔽微，不以众掩寡，各应其事以致其报。黑白分明，然后民知所去就，民知所去就，然后可以致治，是为象则③。为人君者，居无为之位，行不言之教，寂而无声，静而无形，执一无端，为国源泉。因国以为身，因臣以为心。以臣言为声，以臣事为形。有声必有响，有形必有影。声出于内，响报于外；形立于上，影应于下。响有清浊，影有曲直。响所报非一声也，影所应非一形也。故为君虚心静处，聪听其响，明视其影，以行赏罚之象。其行赏罚也，响清则生清者荣，响浊则生浊者辱；影正则生正者进，影枉则生枉者绌④。擥名考质⑤，以恖其实。赏不空施，罚不虚出。是以群臣分职而治，各敬而事，争进其功，显广其名，而人君得载其中，此自然致力之术也。圣人由之，故功出于臣，名归于君也。

---

①五色：青、赤、黄、白、黑五种颜色。古代以此五色为正色，其他为间色。五声：宫、商、角、征（zhǐ，音纸）、羽。亦称五音。

②踔（chuō，音绰）然：同卓然，鲜明突出的样子。　　驳（bó，音驳）：文彩交错辉映。驳，通"驳"。

③象则：法式，法则。

④绌（chù，音处）：通"黜"，退，降。

⑤擥（lǎn，音览）：同"揽"。他本"擥"作"责"。

春秋繁露卷七

考功名第二十一

考绩之法，考其所积也。天道积聚众精以为光，圣人积聚众善以为功。故日月之明，非一精之光也；圣人致太平，非一善之功也。明所从生，不可为源；善所从出，不可为端。量势立权，因事制义。故圣人之为天下兴利也，其犹春气之生草也，各因其生小大而量其多少。其为天下除害也，若川渎之泻于海也，各顺其势，倾侧而制于南北。故异孔而同归，殊施而钧德，其趣于兴利除害一也。是以兴利之要在于致之，不在于多少；除害之要在于去之，不在于南北。考绩绌陟，计事除废，有益者谓之公，无益者谓之烦。擥名责实，不得虚言。有功者赏，有罪者罚。功盛者赏显，罪多者罚重。不能致功虽有贤名不予之赏；官职不废，虽有愚名，不加之罚。赏罚用于实，不用于名；贤愚在于质，不在于文。故是非不能混，喜怒不能倾，奸轨不能弄，万物各得其真，则百官劝职争进其功。

考试之法，大者缓，小者急，贵者舒，而贱者促。诸侯月试其国，州伯时试其部，四试而一考①。天子岁试天下，三试而一考，前后三考而绌陟，命之曰计②。考试之法，合其爵禄，并其秩，积其日，陈其实，计功量罪，以多除少，以名定实，先内弟之③。其先比二三分以为上、中、下，以考进退④，然后外集。通名曰进退，增减多少，有率为第⑤。九分三三列之，亦有上、中、下以一为最，五为中，九为殿⑥。有余归之于中，中而上者有得，中而下者有负。得少者以一益之，至于四，负多者以四减之，至于一，皆逆行。三四十二而成于计，得满计者绌陟之。次次每计，各逐其第，以通来数。初次再计，次次四计，各不失故第，而亦满计绌陟之。

初次再计，谓上第二也。次次四计，谓上第三也。九年为一第，二得九并去其六，为置三第，六六得等，为置二，并中者得三尽去之。并三三计得六，并得一计得六，此为四计也。绌者亦然。

---

①试：此指对官吏使用中的检查性质的考核。　　考：在历次检查考核的基础上进行的定级、赏罚性质的考核。

②计：累计考核结果。三年一大计，从而进行诛赏。

③爵（jué，音决）：官位。《礼记·王制》："王者之制禄爵，公、侯、伯、子、男五等。"　　秩：奉禄。　　日：资历。实：劳绩。　　内弟：内定等级。先就一吏的功罪确定他的等级，然后再以此汇总评定天下之吏。　　弟同第，等级。

④比：衍文。

⑤率：计算。

⑥最：最先。　　殿：最后。

通国身第二十二①

气之清者为精，人之清者为贤。治身者②，以积精为宝③；治国者，以积贤为道。身以心为本，国以君为主。精积于其本，则血气相承受；贤积于其主，则上下相制使。血气相承受，则形体无所苦；上下相制使，则百官各得其所。形体无所苦，然后身可得而安也；百官各得其所，然后国可得而守也。夫欲致精者，必虚静其形；欲致贤者，必卑谦其身。形静志虚者，气精之所趣也；谦尊自卑者，仁贤之所事也。故治身者，务执虚静以致精；治国者，务尽卑谦以致贤。能致精，则合明而寿仁；能致贤，则德泽洽而国太平。

---

①通国身：养身和治国道理相通。

②治身：养护身体。

③积精：养神。

三代改制质文第二十三①

《春秋》曰："王正月。"《传》曰："王者孰谓？谓文王也。曷为先言王而后言正月？王正月也。"何以谓之王正月？曰：王者必受命而后王。王者必改正朔、易服色、制礼乐，一统于天下，所以明易姓，非继仁，通以己受之于天也。王者受命而王，制此月以应变，故作科以奉天地，故谓之王正月也。王者改制作科奈何？曰：当十二色，历各法而正色，逆数三而复。绌三之前曰五帝，帝迭首一色，顺数五而相复，礼乐各以其法象其宜。顺数四而相复。咸作国号，迁宫邑，易官名，制礼作乐。故汤受命而王，应天变夏作殷号，时正白统。故亲夏虞，绌唐谓之帝尧，以神农为赤帝。作宫邑于下洛之阳，名相官曰尹，爵谓之帝舜，轩辕曰黄帝，推神农以为九皇。作宫邑于丰，名相官曰宰，作《武乐》，制文礼以奉天。武王受命，作宫邑于鄗，制爵五等，作《象乐》继文以奉天。周公辅成王受命，作宫于洛阳，成文武之制，作《汋乐》以奉天。殷汤之后称邑，示天之变反命，故天子命无常，唯命是德庆。故《春秋》应天作新王之事，时正黑统。王鲁，尚黑，绌夏，亲周，故宋，乐宜亲《招武》，故以虞录亲，乐制宜商，合伯、子、男为一等。

然则其略说奈何？曰：三正以黑统初，正日月朔于营室，斗建寅。天统气始通化物，物见萌达，其色黑。故朝正服黑，首服藻黑，正路舆质黑，马黑，大节缓帻尚黑，旗黑，大宝玉黑，郊牲黑，牺牲角卵。冠于阼，昏礼逆于庭，丧礼殡于东阶之上，祭黑牡，荐尚肝，乐器黑质，法不刑有怀任新产，是月不杀②。听朔废刑发德，具存二王之后也③，亲赤统。故日分平明，平明朝正。正白统奈何？曰：正白统者历，正日月朔于虚，斗建丑，天统气始蜕化物，物始芽，其色白，故朝正服白，首服藻白，正路舆质白，马白，大节缓帻尚白，旗白，大宝玉白，郊牲白，牺牲角茧。冠于堂，昏礼逆于堂，丧事殡于楹柱之间。祭牲白牡，荐尚肺，乐器白质，法不刑有身怀任，是月不杀。听朔废刑发德，具存二王之后也。亲黑统，故日分鸣晨，晨鸣朝正。正赤统奈何？曰：正赤统者，大节缓帻尚赤，旗赤，大宝玉赤，郊牲骍，牺牲角栗。冠于房，昏礼逆于户，丧礼殡于西阶之上。祭牲骍牡，荐尚心，乐器赤质，法不刑有身重怀，藏以养微，是月不杀。听朔废刑发德，具存二王之后也。亲白统，故日分夜半，夜半朝正。改正之义，奉元而起，古之王者受命而王，改制称号正月，服色定，然后郊告天地及群神，追远祖祢，然后布天下。诸侯庙受，以告社稷宗庙山川，然后感应一其司④。三统之变，近夷遐方无有，生杀者独中国。然而三代改正，必以三统天下。曰：三统五端，化四方之本也。天始废始施，地必待中，是故三代必居中国。法天奉本，执端要以统天下，朝诸侯也。是以朝正之义，天子纯统色衣，诸侯统衣缠缘纽⑤，大夫士以冠，参近夷以缓，遐方各衣其服而朝。所以明乎天统之义也。其谓统三正者，曰：正者，正也，统致其气，万物皆应，而正统正，其余皆正，凡岁之要，在正月也。法正之道，正本而末应，正内而外应，动作举错，靡不变化随从，可谓法正也。故君子曰："武王其以正月矣"。

《春秋》曰："杞伯来朝。"王者之后称公，杞何以称伯？《春秋》上黜夏，下存周，以《春秋》当行新王。《春秋》当新王者奈何？曰：王者之法，必正号，绌王谓之帝，封其后以小国，使奉祀之。下存二王之后以大国，使服其服，行其礼乐，称客其朝。故同时称帝者五，称王者三，所以昭五瑞，通三统也。是故周人之王，尚推神农为九皇，而改号轩辕谓之皇帝。因存帝颛顼、帝喾、帝尧之帝号。绌虞而号舜曰帝舜。录五帝以小国。下存禹之后于杞，存汤之后于宋，以方百里爵号公。皆使服其服，行其礼乐，称先王客而朝。《春秋》作新王之事，变周之制，当正黑统。而殷周为王者之后，绌夏改号，禹谓之帝禹，录其后以小国，故曰绌夏存周，以《春秋》当新王。不以杞侯弗同王者之后也。称子，又称伯何？见殊之小国也。黄帝之先谥，四帝之后谥，何也？曰：帝号必存五，帝代首天之色，号至五而反。周人之王，轩辕直首天黄号，故曰黄帝云。帝号尊而谥卑，故四帝后谥也。帝，尊号也。录以小何？曰：远者号尊而地小，近者号卑而地大，亲疏之义也。故王者有不易者，有再而复者，有三而复者，有四而复者，有五而复者，有九而复者，明此通天地、阴阳、四时、日月、星辰、山川、人伦，德侔天地者，称皇帝。天祐而子之，号称天子。故圣王生则称天子，崩迁则存为三王，绌灭则为五帝，下至附庸，绌为九皇，下极其为民。有一谓之三代，故虽绝地，庙位、祝牲犹列于郊号，宗于代宗。故曰：声名魂魄施于虚，极寿无疆。何谓再而复，四而复？《春秋》郑忽何以名？《春秋》曰："伯、子、男一也。"辞无所贬。何以为一？曰：周爵五等，《春秋》三等。《春秋》何三等？曰：王者以制。一商一夏，一质一文。商质者主天，夏文者主地，《春秋》者主人，故三等也。主天法商而王，其道佚阳，亲亲而多仁朴。故立嗣予子，笃母弟，妾以子贵。昏冠之礼，字子以父。别眇夫妇⑥，对坐而食。丧礼别葬，祭礼先臊⑦，夫妻昭穆别位，制爵三等，禄士二品。制郊宫明堂圆，其屋高严侈圆，惟祭器圆。玉厚九分，白藻五丝，衣制大上，首服严圆，鸾舆尊盖，法天列象，垂四鸾，乐载鼓，用锡儛儛，溢圆⑧。先血毛，而后用声。正刑多隐，亲戚多讳。封禅于尚位。

主地法夏而王，其道进阴，尊尊而多义节。故立嗣与孙，笃世子，妾不以子称贵号。昏冠之礼，字子以母。别眇夫妇，同坐而食。丧礼合葬，祭礼先享，妇从夫为昭穆。制爵五等，禄士三品。制郊宫明堂方，其屋卑污方⑨，祭器方，玉厚八分，白藻四丝，衣制大下，首服卑退。鸾舆卑，法地周象载，垂二鸾。乐设鼓，用纤施傛，傛溢方，先烹而后用声。正刑天法，封坛于下位。主天法质而王，其道佚阳，亲亲而多质爱。故立嗣予子，笃母弟，妾以子贵。昏冠之礼，字子以父。别眇夫妇，对坐而食。丧礼别葬，祭礼先嘉疏，夫妇昭穆别位。制爵三等，禄士二品。制郊宫明堂内圆外椭，其屋如倚靡圆椭，祭器椭，玉厚七分，白藻三丝，衣长前衽，首服圆转。鸾舆尊盖，备天列象，垂四鸾。乐棖鼓⑩，用羽籥傛，傛溢椭。先用玉声而后烹。正刑多隐，亲戚多赦。封坛于左位。主地法文而王，其道进阴，尊尊而多礼文。故立嗣予孙，笃世子，妾不以子称贵号。昏冠之礼，字子以母。别眇夫妻，同坐而食。丧礼合葬，祭礼先秬鬯，妇从夫为昭穆。制爵五等，禄士三品。制郊宫明堂内方外衡，其屋习而衡，祭器衡同⑪，作秩机。玉厚六分，白藻三丝，衣长后衽，服首习而垂流。鸾舆卑，备地周象载，垂二鸾。乐悬鼓，用《万傛》，傛溢衡。先烹而后用乐。正刑文公，封坛于左位。

四法修于所故，祖于先帝。故四法如四时然，终而复始，穷则反本。四法则天施符受圣人，王法则性命形乎先祖，大昭乎王君。故天将授舜，主天法商而王，祖锡姓为姚氏。至舜形体大上而圆首，而明有二童子，性长于天文，纯于孝慈。天将授禹，主地法夏而王，祖锡姓为姒氏⑫。至于生发于背，形体长，长足肵⑬，疾行先左，随以右，劳左佚右也。性长于行，习地明水。天将授汤，主天法质而王，祖锡姓为子氏。谓契母吞玄鸟卵生契，契先发于胸。性长于人伦。至汤，体长專小，足左扁而右便，劳右佚左也⑭。性长于天光。质易纯仁。天将授文王，主地法文而王，祖锡姓姬氏。谓后稷，母姜原履天之迹而生后稷。后稷长于邰土，播田五谷。至文王，形体博长，有四乳而大足，性长于地文势。故帝使禹、皋论姓，知殷之德阳德也，故以子为姓，知周之德，阴德也，故以姬为姓。故殷王改文，书始以男；周王以女书姬。故天道各以其类动，非圣人孰能明之？

①三代改制质文：此篇董氏较集中地阐释了三统循环改制论和三代文质相因论，可以视为他的历史发展论。太史公曰："三王之道若循环，终而复始。"（见司马迁《高祖本纪》）或有取于此焉。或疑"改制"、"文质"当为同一文两题的误合。如视之为"三代改制以文质"似亦不为误。

②是月：建正之月。或说"是"为"提"，指闰月。

③二王：夏、殷。

④庙受：于庙中受天子之正朔。

⑤统衣：遵循天统的衣服颜色。　　缠缘纽：在黑色统衣上加绛色的饰边和纽带。缘，边饰。纽，纽带。

⑥别眇（miǎo，音秒）：似当是无差别。眇，微小。

⑦臊（sāo，音骚）：膏臊，猪油。

⑧侈（chǐ，音尺）：广大。　　锡傛：干（楯）舞。同下文"万舞"。傛，通"舞"。　　溢：通"佾"。

⑨污（wā，音洼）：通"窪"，低凹。

⑩棖（chéng，音程）鼓：楹鼓。以柱支鼓。棖，楹。

⑪衡：通"横"。　习：重檐之屋。《释文》："习，重（chóng，音虫）也。"《考工记·匠人》："殷人始为重檐，堂重三尺，四阿重屋。"

⑫锡（cì，音次）：通"赐"。

⑬足肵（qī，音欺）：足踦，脚畸形。肵，通"踦"。

⑭專（tuán，音团）：通"團"（团），圆。　　左扁（piān，音偏）：左半身瘫痪。扁，偏枯。

官制象天第二十四

　　王者制官，三公、九卿、二十七大夫、八十一元士，凡百二十人，而列臣备矣。吾闻圣王所取仪，法天之大经，三起而成，四转而终，官制亦然者。此其仪与？三人而为一选①，仪于三月而为一时也。四选而止，仪于四时而终也。三公者，王之所以自持也。天以三成之，王以三自持，立成数以为植而四重之，其可以无失矣。备天数以参事，治谨于道之意也。此百二十臣者，皆先王之所与直道而行也。是故天子自参以三公，三公自参以九卿，九卿自参以三大夫，三大夫自参以三士。三人为选者四重，自三之道以治天下，若天之四重，自三之时以终始岁也。一阳而三春，非自三之时与？而天四重之，其数同矣。天有四时，时三月；王有四选，选三臣。是故有孟有仲有季，一时之情也；有上有下有中，一选之情也。三臣而为一选，四选而止，人情尽矣。人之材固有四选，如天之时固有四变也。圣人为一选，君子为一选，善人为一选，正人为一选，由此而下者不足选也。四选之中各有节也。是故天选四堤十二而人变尽矣。尽人之变合之天，唯圣人者能之，所以立王事也。

　　何谓天之大经？三起而成日，三日而成规，三旬而成月，三月而成时，三时而成功。寒、暑与和三而成物，日、月与星三而成光，天、地与人三而成德，由此观之，三而一成，天之大经也，以此为天制。是故礼三让而成一节，官三人而成一选，三公为一选，三卿为一选，三大夫为一选，三士为一选，凡四选。三臣应天之制，凡四时之三月也。是故其以三为选，取诸天之经；其以四为制，取诸天之时；其以十二臣为一条，取诸岁之度；其至十条而止，取之天端。何谓天之端？曰：天有十端，十端而止矣。天为一端，地为一端，阴为一端，阳为一端，火为一端，金为一端，木为一端，水为一端，土为一端，人为一端，凡十端而毕，天之数也。天数毕于十，王者受十端于天，而一条之率②。每条一端以十二时，如天之每终一岁以十二月也。十者天之数也，十二者岁之度也。用岁之度，条天之数，十二而天数毕。是故终十岁而用百二十月，条十端亦用百二十臣，以率被之，皆合于天。其率三臣而成一慎③，故八十一元士为二十七慎，以持二十七大夫。二十七大夫为九慎，而持九卿。九卿为三慎，以持三公。三公为一慎，以持天子。天子积四十慎以为四选，选一慎三臣，皆天数也。是故以四选率之④，则选三十人，三四十二，百二十人，亦天数也。以十端四选，十端积四十慎，慎三臣，三四十二，百二十人，亦天数也。以三公之劳率之⑤，则公四十人，三四十二，百二十人，亦天数也。故散而名之为百二十臣，选而宾之为十二长⑥，所以名之虽多，莫若谓之四选十二长。然而分别率之，皆有所合，无不中天数者也。

　　求天数之微，莫若于人。人之身有四肢，每肢有三节，三四十二，十二节相持而形体立矣。天有四时，每一时有三月，三四十二，十二月相受而岁数终矣。官有四选，每一选有三人，三四十二，十二臣相参而事治行矣。以此见天之数，人之形，官之制，相参相得也。人之与天，多此类者，而皆微忽⑦，不可不察也。天地之理，分一岁之变以为四时，四时亦天之四选巳。是故春者少阳之选也，夏者太阳之选也，秋者少阴之选也，冬者太阴之选也。四选之中各有孟、仲、季，是选之中有选，故一岁之中有四时，一时之中有三长，天之节也。人生于天而体天之节，故亦有大小厚薄之变，人之气也。先王因人之气而分其变以为四选，是故三公之位，圣人之选也。三卿之位，君子之选也。三大夫之位，善人之选也。三士之位，正直之选也。分人之变以为四选，选立三臣，如天之分岁之变以为四时，时有三节也。天以四时之选与十二节相和而成就岁，王以四位之选与十二臣相砥砺而致极，道必极于其所至，然后能得天地之美也。

①选：同一等级中的最上者。郑玄曰："选者，谓伦等之中最上也。"

②一条之率：终一条。如十二月一年，十日一旬之类。率，他本作"毕"，终。

③慎：臣中最上等者。《释名》韦昭说："臣，慎也。慎于其事以奉上也。"

④率：计算，累计。

⑤劳（liáo，音辽）：通"僚"。

⑥宾：尊，敬。

⑦微忽：微妙。

尧舜不擅移、汤武不专杀第二十五

尧舜何缘而得擅移天下哉？《孝经》之语曰："事父孝，故事天明。"事天与父，同礼也。今父有以重予子，子不敢擅予他人，人心皆然。则王者亦天之子也，天以天下予尧舜，尧舜受命于天而王天下，犹子安敢擅以所重受于天者，予他人也？天有不以予尧舜渐夺之①，故明为子道，则尧舜之不私传天下，而擅移位也，无所疑也。

儒者以汤、武为至贤大圣也，以为全道究义尽美者，故列之尧舜之谓圣王，如法则之。今足下以汤武为不义，然则足下之所谓义者，何世之王也？曰：弗知。弗知者，以天下王为无义者邪？其有义者而足下不知邪？则答之以神农。应之曰：神农氏之为天子，与天地俱起乎？将有所伐乎？神农氏有所伐可，汤武有所伐独不可，何也？且天之生民，非为王也，而天立王以为民也。故其德足以安乐民者，天予之；其恶足以贼害民者，天夺之。《诗》云："殷士肤敏，裸将于京②。侯服于周，天命靡常。"言天之无常予，无常夺也。故封泰山之上，禅梁父之下，易姓而王，德如尧舜者七十二人。王者天之所予也，其所伐皆天之所夺也。今唯以汤武之伐桀纣为不义，则七十二王亦有伐也。推足下之说，将以七十二王为皆不义也。故夏无道而殷伐之，殷无道而周伐之，周无道而秦伐之，秦无道而汉伐之。有道伐无道，此天理也，所从来久矣，宁能至汤武而然耶？夫非汤武之伐桀纣者，亦将非秦之伐周，汉之伐秦，非徒不知天理，又不明人礼。礼，子为父隐恶。今使伐人者而信不义，当为国讳之，岂宜如诽谤者，此所谓一言而再过者也。君也者，掌令者也，令行而禁止也。今桀纣令天下而不行，禁天下而不止，安在其能臣天下也？果不能臣天下，何谓汤武弑？

①天有不：天又不。有，又。

②裸（guàn，音贯）：灌祭，祭礼之一。《尚书》孔颖达《疏》："王以圭瓒酌郁鬯之酒以献尸，尸受祭而灌于地，因奠不饮，谓之裸。"

服制第二十六

率得十六万国三分之，则各度爵而制服，量禄而用财，饮食有量，衣服有制，宫室有度，畜产人徒有数，舟车甲器有禁，生则有轩冕、服位、贵禄、田宅之分；死则有棺椁、绞衾、圹袭之度①。虽有贤才美体，无其爵不敢服其服；虽有富家多赀，无其禄不敢用其财。天子服有文章，夫人不得以燕飨公以朝；将军大夫不得以燕卿以朝；将军大夫以朝官吏；以命士止于带缘②。散民不敢服杂采，百工商贾不敢服狐貉，刑余戮民不敢服丝玄缥乘马③，谓之服制。

①贵禄：《管子》作谷禄。因本文多取《管子·立政篇·服制章》之文字。　　圹（kuàng，音旷）袭：圹，墓穴，坟墓。"袭"疑是"垄"之误。

②"天子"以下五句，多本文字不一，疑有错简。

③纁（xūn，音勋）：绛色。

春秋繁露卷八

度制第二十七①

孔子曰："不患贫而患不均。"故有所积重，则有所空虚矣。大富则骄，大贫则忧。忧则为盗，骄则为暴。此众人之情也。圣者则于众人之情，见乱之所从生。故其制人道而差上下也，使富者足以示贵而不至于骄，贫者足以养生而不至于忧。以此为度，而调均之，是以财不匮而上下相安，故易治也。今世弃其度制，而各从其欲。欲无所穷，而俗得自恣，其势无极。大人病不足于上，而小民羸瘠于下，则富者愈贪利而不肯为义，贫者日犯禁而不可得止，是世之所以难治也。

孔子曰："君子不尽利以遗民。"《诗》云："彼有遗秉，此有不敛穧，伊寡妇之利②。"故君子仕则不稼，田则不渔，食时不力珍，大夫不坐羊，士不坐犬③。《诗》曰："采葑采菲，无以下体。德音莫违，及尔同死。"以此防民，民犹忘义而争利，以亡其身。天不重与，有角不得有上齿。故已有大者，不得有小者，天数也。夫已有大者又兼小者，天不能足之，况人乎？故明圣者象天所为，为制度，使诸有大奉禄亦皆不得兼小利，与民争利业，乃天理也。

凡百乱之源，皆出嫌疑纤微，以渐浸稍长至于大。圣人章其疑者，别其微者，绝其纤者，不得嫌以蚤防之。圣人之道，众堤防之类也。谓之度制，谓之礼节。故贵贱有等，衣服有别，朝廷有位，乡党有序，则民有所让而民不敢争。所以一之也。《书》曰："辇服有庸④，谁敢弗让，敢不敬应？"此之谓也。

凡衣裳之生也，为盖形暖身也。然而染五采，饰文章者，非以为益肌肤血气之情也，将以贵贵尊贤，而明别上下之伦，使教亟行，使化易成，为治为之也。若去其度制，使人人从其欲，快其意，以逐无穷，是大乱人伦而靡斯财用也。失文采所遂生之意矣。上下之伦不别，其势不能相治，故苦乱也。嗜欲之物无限，其数不能相足，故苦贫也。今欲以乱为治，以贫为富，非反之制度不可。古者天子衣文，诸侯不以燕，大夫以祷，士不以燕，庶人衣缦，此其大略也⑤。

①度制：制度。

②秉：一把禾稻。　　穧（jì，音济）：已割而尚未收至场的农作物。

③食时：天子诸侯四季享用的秩膳。　　力珍：务求珍美。　　坐羊：古人杀畜食肉坐皮。此指不随意宰杀牲畜。

④辇（yú，音鱼）服：车服。辇通"舆"，车。　　庸：常制。

⑤衣文：穿丝织有文彩图象之衣。　　燕：宴居，闲居。燕通"宴"。古诸侯除祭祀之外不许衣文。　　祷（yuán，音元）：同"缘"，衣物饰边。此疑乃"织"之误。织，用染丝织的锦或绸。　　缦（màn，音慢）：无文彩的丝织物。

爵国第二十八

《春秋》曰："会宰周公①。"又曰："公会齐侯、宋公、郑伯、许男、滕子。"又曰"初献六羽。"《传》曰："天子三公称公，王者之后称公，其余大国称侯，小国称伯、子、男。"凡五等。故周爵五等，士三品，文多而实少。《春秋》三等，合伯、子、男为一爵，士二品，文少而实多。《春秋》曰："荆"。《传》曰："氏不若人，人不若名，名不若字。"凡四等，命曰附庸②，三代共之。然则其地列奈何？曰：天子邦圻千里③，公侯百里，伯七十里，子男五十里，附庸字者方三十里，名者方二十里，人氏者，方十五里。《春秋》曰："宰周公。"《传》曰："天子三公。"祭伯来，《传》曰："天子大夫。"宰渠伯纠，《传》曰："下大夫。"石尚，《传》曰："天子之士也。"王人④，《传》曰："微者，谓下士也。"凡五等。

《春秋》曰："作三军。"传曰：何以书？讥。何讥尔？古者上卿、下卿、上士、下士"。凡四等。小国之大夫与次国下卿同，次国大夫与大国下卿同，大国下大夫与天子下士同。二十四等，禄八差。有大功德者，受大爵土；功德小者，受小爵土；大材者，执大官位；小材者，受小官位；如其能，宣治之至也。故万人者曰英，千人者曰俊，百人者曰杰，十人者曰豪。豪杰俊英不相陵，故治天下如视诸掌上。其数何法以然？曰：天子分左右五等，三百六十三人，法天一岁之数。五时，色之象也。通佐十上卿与下卿而二百二十人，天庭之象也，倍诸侯之数也。诸侯之外佐四等，百二十人，法四时六甲之数也。通佐五，与下而六十人，法日辰之数也。佐之必三三而相复，何？曰：时三月而成大，辰三而成象。诸侯之爵或五，何？法天地之数也。五官亦然⑤。然则立置有司，分指数，奈何？曰：诸侯大国四军，古之制也。其一军，以奉公家也。凡口军三者何？曰：大国十六万口而立口军三。何以言之？曰：以井田准数之。方里而一井，一井而九百亩而立口。方里八家，一家百亩以食五口⑥。上农夫耕百亩，食九口。次八人，次七人，次六人，次五人，多寡相补。率百亩而三口，方里而二十四口。方里者十，得二百四十口。方十里为方里者百，得二千四百口。方百里为方里者千，得二万四千口。方千里为方里者万得二十四万口。法三分而除其一（城、池、郭、邑、屋、室、闾、巷、街、路、市、官府、园囿、菱巷、台沼、橡采⑦）得良田方十里者六十六，与方里六十六，定率得十六万口。三分之，则各五万三千三百三十口。为大（国）口军三。此公侯也。

天子地方千里，为方百里者百。亦三分除其一，定得田方百里者六十六，与方十里者六十六，定率得千六百万口。九分之，各得百七十七万七千七百七十七口，为京口军九。三京口军以奉王家。故天子立一后，一世夫人，中左右夫人⑧，四姬，三良人。立一世子。三公，九卿，二十七大夫，八十一元士，二百四十三下士，有七上卿，二十一下卿，六十三元士⑨，百二十九下士。王后置一太傅、太母⑩，三伯，三丞，二十夫人，四姬，三良人，各有师傅。世子一人，太傅，三傅，三率，三少。士入仕宿卫天子者比下士，下士者如上士之下数，王后御卫者，上下御各五人。二十夫人，中左右夫人，四姬，上下御各五人，三良人，各五人。世子妃姬及士卫者，如公侯之制。王后傅，上下史五人。三伯上下史各五人。少伯，史各五人。世子太傅，上下史各五人。少傅亦各五人。三率三下率亦各五人。三公上下史各五人。卿上下史各五人。大夫上下史各五人。元士上下史各五人。上下卿、上下士之史，上下亦各五人。卿大夫、元士、臣、各三人。

故公侯方百里，三分除其一，定得田方十里者六十六，与方里六十六，定率得十六万口。三分之，为大国口军三，而立大国。一夫人，一世妇，左右妇，三姬，二良人。立一世子。三卿，九大夫，二十七上士，八十一下士，亦有五通大夫，立上下士。上卿位比天子之元士，今八百石。下卿六百石，上士四百石，下士三百石，夫人一傅母，三伯，三丞。世妇，左右妇，三姬，二良人，各有师保。世子一上傅、丞。士宿卫公者，比公者，比上卿者有三人，下卿六人。比上下士者如上下之数。夫人御卫者，上下御各五人。世妇左右妇，上下御各五人。二卿，御各五人。世子上傅，上下史各五人。丞史各五人。三卿九大夫，上士史各五人。下士史各五人。通大夫士，上下史各五人。卿，臣二人。此公侯之制也。

公侯贤者为州方伯，锡斧钺[11]，置虎贲百人，故伯七十里，七七四十九，三分除其一，定得田方十里者二十八，与方十里者六十六，定率得十万九千二百一十二口，为次国口军三，而立次国。一夫人，世妇，左右妇，三良人，二孺子[12]。立一世子。三卿，九大夫，二十七上士，八十一下士，与五通大夫，五上士，十五下士，其上卿，位比大国之下卿。今六百石，下卿四百石，上士三百石，下士二百石。夫人一傅母，三伯，三丞。世妇，左右妇，三良人，二御人，各有师保。世子一上下傅，士宿卫公者，比上卿者三人，下卿六人，比上下士，如上下之数。夫人御卫者，上下士御各五人。世妇，左右妇，上下御各五人。二御各五人。世子上傅，上下史各五人。丞史各五人。三卿九大夫上下史各五人。下士史各五人。通大夫上下史各五人。卿，臣二人。

故子男方五十里，五五二十五，为方十里者六十六，定率得四万口，为小国口军三，而立小国。夫人，世妇，左右妇，三良人，二孺子。立一世子。三卿，九大夫，二十七上士，八十一下士，与五通大夫，五上士，十五下士，其上卿比次国之下卿，今四百石。下卿三百石，上士二百石，下士百石。夫人一傅母，三伯，三丞，世妇，左右妇，三良人，一御人，各有师保。世子一上下傅。士宿卫公者比上卿者三人，下卿六人，御卫者上下御各五人，世妇，左右妇，上下御各五人。二御人，各五人。世子上傅，上下史各五人。三卿九大夫，上下史各五人。士，各五人。通大夫，上下史亦各五人。卿，臣三人。此周制也。

《春秋》合伯、子、男为一等。故附庸字者地方三十里，三三而九，三分而除其一，定得田方十里者六十，定率得一万四千四百口，为口师三，而立一宗妇，二妾，一世子。宰一，丞一，士一，秩士五人。宰视子男下卿，今三百石。宗妇有师保，御者三人，妾各二人。世子一傅，士宿卫君者比上卿。下卿一人上下各如其数。世子傅，上下史各五人。下良五，称名善者，地方半字君之地。九半三分除其一，得田方十里者三，定率得七千二百口。一世子宰，今二百石。下四半三半二十五[13]，三分除其一，定得田方十里者一与方里者五十，定率得三千六百口。一世子宰，今百石，史五人，宗妇仕卫世子臣[14]。

①宰：官名，周代掌王家内外事务。春秋时称太宰。宰周公，以天子三公领衔太宰。

②附庸：附于诸侯的小城。后引申为次于诸侯的小国封君。

③圻（qí，音其）：方千里之地。此同畿（jī，音基），天子都城所在的千里地面。

④王人：天子下士。上、中、下士均属王臣，而下士的称呼不加姓氏，不加名字，简称王人。

⑤五官：天子左右五等。

⑥五口：五口之家，包含男女人数。这是以下等土地百亩来算供养人口的。

⑦"城、池"句：此下列举的均属所除土地的范围。　萎巷：同"委巷"，偏僻小巷。

⑧夫人：《汉书外戚传》曰："妾皆称夫人。又有美人、良人、八子、七子、长使、少使之号。"下文"姬"，亦属妾类。

⑨元士：上士。

⑩太傅、太母：此指王后的属官。一般傅为老年大夫，母为老年大夫之妻。

⑪州方伯：州长。　斧钺（yuè，音月）：仪礼之器械。

⑫孺（rú，音如）子：同妾。

⑬下四半句：此句上下似有脱文。

⑭此句其意亦不清晰、完整。似有脱文。

仁义法第二十九

《春秋》之所治，人与我也。所以治人与我者，仁与义也。以仁安人，以义正我，故仁之为言人也，义之为言我也，言名以别矣。仁之于人义之于我者，不可不察也。众人不察，乃反以仁自裕，而以义设人①。诡其处而逆其理，鲜不乱矣。是故人莫欲乱，而大抵常乱。凡以暗于人我之分，而不省仁义之所在也。是故《春秋》为仁义法。仁之法，在爱人，不在爱我。义之法，在正我，不在正人。我不自正，虽能正人，弗予为义；人不被其爱②，虽厚自爱，不予为仁。

昔者晋灵公杀膳宰以淑饮食③，弹大夫以娱其意，非不厚自爱也，然而不得为淑人者，不爱人也。质于爱民④，以下至于鸟兽昆虫莫不爱。不爱，奚足谓仁？仁者，爱人之名也。邲，《传》无大之之辞⑤。自为追，则善其所恤远也。兵已加焉，乃往救之，则弗美。未至豫备之，则美之，善其救害之先也。夫救早而先之⑥，则害无由起，而天下无害矣。然则观物之动，而先觉其萌，绝乱塞害于将然而未行之时，《春秋》之志也，其明至矣。非尧舜之智，知礼之本，孰能当此？故救害而先知之，明也。公之所恤远，而《春秋》美之，详其美恤远之意，则天地之间然后快其仁矣。非三王之德，选贤之精，孰能如此？是以知明先，而仁厚远。远而愈贤近而愈不肖者，爱也。故王者爱及四夷；霸者爱及诸侯；安者爱及封内⑦；危者爱及旁侧；亡者爱及独身。独身者，虽立天子诸侯之位，一夫之人耳。无臣民之用矣。如此者莫之亡而自亡也。《春秋》不言伐梁者，而言梁亡。盖爱独及其身者也。故曰：仁者爱人，不在爱我，此其法也。

义云者，非谓正人，谓正我。虽有乱世枉上，莫不欲正人。奚谓义？昔者，楚灵王讨陈、蔡之贼，齐桓公执袁涛涂之罪，非不能正人也，然而《春秋》弗予，不得为义者，我不正也。阖庐能正楚、蔡之难矣，而《春秋》夺之义辞⑧，以其身不正也。潞子之于诸侯，无所能正，《春秋》予之有义，其身正也，趋利而已。故曰：义在正我，不在正人，此其法也。夫我无之求诸人，我有之而诽诸人，人之所不能受也。其理逆矣，何可谓义？义者，谓宜在我者。宜在我者，而后可以称义。故言义者，合我与宜以为一言。以此操之，义之为言我也。故曰：有为而得义者，谓之自得；有为而失义者，谓之自失。人好义者，谓之自好；人不好义者，谓之不自好。以此参之，义，我也，明矣。是义与仁殊。仁谓往，义谓来；仁大远、义大近。爱在人，谓之仁；义在我，谓之义。仁主人，义主我也。故曰：仁者人也；义者我也，此之谓也。

君子求仁义之别，以纪人我之间，然后辨乎内外之分，而著于顺逆之处也。是故内治反理以正身，据礼以劝福；外治推恩以广施，宽制以容众。孔子谓冉子曰："治民者，先富之而后加教"。语樊迟曰："治身者，先难后获"。以此之谓治身之与治民所先后者，不同焉矣。《诗》云："饮之食之，教之诲之。"先饮食而后教诲，谓治人也。又曰："坎坎伐辐，彼君子兮，不素餐兮。"先其事后其食，谓之治身也。《春秋》刺上之过而矜下之苦，小恶在外弗举，在我书而诽之。凡此六者，以仁治人，义治我，躬自厚而薄责于外，此之谓也。且《论》已见之⑨，而人不察，曰："君子攻其恶，不攻人之恶"。不攻人之恶，非仁之宽欤？自攻其恶，非义之全欤？此谓之仁造人，义造我，何以异乎？故自称其恶谓之情，称人之恶谓之贼。求诸己谓之厚，求诸人谓之薄。自责以备谓之明⑩，责人以备谓之惑。是故以自治之节治人，是居上不宽也。以治人之度自治，是为礼不敬也。为礼不敬，则伤行，而民弗尊；居上不宽，则伤厚，而民弗亲。弗亲则弗信，弗尊则弗敬，二端之政诡于上，而僻行之则诽于下⑪。仁义之处可无论乎？夫目不视弗见，心弗论不得。虽有天下之至味，弗嚼弗知其旨也；虽有圣人之至道，弗论不知其义也。

---

①设人：施人。设，施。

②被（pī，音披）其爱：受其德泽。被通"披"。

③膳宰：厨师。　　淑：美。

④质：实，真心实意。

⑤酅（xī，音希）：春秋齐地名。亦作巂。　大：夸大。

⑥救早：救正于事发之先。或疑"早"当为"害"，即救害。

⑦封内：封疆之地，国境之内。

⑧夺之义辞：不给予义的称辞。夺，去掉。

⑨《论》：即《论语》的省说。

⑩备：完备。

⑪政佹（guǐ，音鬼）：佹，通"诡"。欺骗。　　僻行：行为邪僻。僻，邪，不正。

必仁且智第三十

莫近于仁，莫急于智。不仁而有勇力材能，则狂而操利兵也；不智而辩慧狷给①，则迷而乘良马也。故不仁不智而有材能，将以其材能以辅其邪狂之心，而赞其僻违之行，适足以大其非而甚其恶耳。其强足以覆过，其御足以犯诈，其慧足以惑愚，其辩足以饰非，其坚足以断辟②，其严足以拒谏，此非无材能也，其施之不当而处之不义也。有否心者，不可借便势③；其质愚者，不与利器。《论》之所谓不知人也者，恐不知别此等也。仁而不智，则爱而不别也；智而不仁，则智而不为也。故仁者所以爱人类也；智者所以除其害也。

何谓仁？仁者，憯怛爱人，谨翕不争④，好恶敦伦，无伤恶之心，无隐忌之志，无嫉妒之气，无感愁之欲，无险颇之事，无辟违之行。故其心舒，其志平，其气和，其欲节，其事易，其行道，故能平易和理而无争也。如此者谓之仁。

何谓之智？先言而后当。凡人欲舍行为，皆以其智先规而后为之。其规是者，其所为得，其所事当，其行遂，其名荣，其身故利而无患，福及子孙，德加万民，汤武是也。其规非者，其所为不得，其所事不当，其行不遂，其名辱，害及其身，绝世无复，残类、灭宗、亡国是也。故曰莫急于智。智者见祸福远，其知利害早，物动而知其化，事兴而知其归，见始而知其终。言之而无敢哗，立之而不可废，取之而不可舍，前后不相悖，终始有类。思之而有复，及之而不可厌。其言寡而足，约而喻，简而达，省而具，少而不可益，多而不可损。其动中伦，其言当务，如是者谓之智。

其大略之类，天地之物，有不常之变者谓之异，小者谓之灾。灾常先至而异乃随之。灾者，天之谴也；异者，天之威也。谴之而不知，乃畏之以威。《诗》云："畏天之威。"殆此谓也。凡灾异之本，尽生于国家之失。国家之失乃始萌芽，而天出灾害以谴告之。谴告之而不知变，乃见怪异以惊骇之。惊骇之尚不知畏恐，其殃咎乃至。以此见天意之仁而不欲陷人也。谨按灾异以见天意。天意有欲也，有不欲也。所欲所不欲者，人内以自省，宜有惩于心；外以观其事，宜有验于国。故见天意者之于灾异也，畏之而不恶也，以为天欲振吾过，救吾失，故以此救我也。《春秋》之法，上变古易常，应是而有天灾者，谓幸国⑤。孔子曰："天之所幸，有为不善而屡极"。且庄王以天不见灾，地不见孽⑥，则祷之于山川，曰："天其将亡予耶？不说吾过，极吾罪也？"以此观之，天灾之应过而至也，异之显明可畏也。此乃天之所欲救也，《春秋》之所独幸也，庄王所以祷而请也。圣主贤君尚乐受忠臣之谏，而况受天谴也？

---

①獧给（juān jí，音娟及）：同狷急，急躁。

②辟：法。断辟，毁法。

③否（pǐ，音痞）心：险恶之心。或谓"否通鄙"。　　便势：有利位置。

④翕（xì，音细）：协调。

⑤上：君上，国君。　　幸国：国之幸。

⑥见（xiàn，音现）：通"现"。　　孽（niè，音涅）：妖孽，灾殃。

春秋繁露卷九

身之养重于义第三十一

天之生人也，使之生义与利。利以养其体，义以养其心。心不得义不能乐，体不得利不能安。义者心之养也，利者体之养也，体莫贵于心，故养莫重于义。义之养生人大于利，奚以知之？今人大有义而甚无利，虽贫与贱，尚容其行，以自好而乐生，原宪、曾、闵之属是也。人甚有利而大无义，虽甚富，则羞辱大恶。恶深祸患重，非立死其罪者，即旋伤殃忧尔。莫能以乐生而终其身，刑戮夭折之民是也。夫人有义者，虽贫能自乐也，而大无义者，虽富莫能自存。吾以此实义之养生人大于利而厚于财也①。民不能知而常反之，皆忘义而殉利，去理而走邪，以贼其身而祸其家。此非其自为计不忠也，则其知之所不能明也。今握枣与错金，以示婴儿，必取枣而不取金也②。握一斤金与千万之珠，以示野人，野人必取金而不取珠也③。故物之于人，小者易知也，其于大者难见也。今利之于人小而义之于人大者，无怪民之皆趋利而不趋义也，固其所暗也。

圣人事明义，以照耀其所暗，故民不陷。《诗》云："示我显德行。"此之谓也。先生显德以示民，民乐而歌之以为诗，说而化之以为俗。故不令而自行，不禁而自止。从上之意，不待使之，若自然矣。故曰：圣人天地动、四时化者，非有他也，其见义大故能动，动故能化，化故能大行，化大行故法不犯，法不犯故刑不用，刑不用则尧舜之功德。此大治之道也，先圣传授而复也。故孔子曰："谁能出不由户？何莫由斯道也。"今不示显德行，民暗于义不能照，迷于道不能解，因欲大严憯以必正之④，直残贼天民而薄主德耳，其势不行。仲尼曰："国有道，虽加刑无刑也；国无道，虽杀之不可胜也。"其所谓有道无道者，示之以显德行与不示尔。

---

①实：证实。

②错金：镶嵌黄金的器物。

③野人：没文化的乡里人。野，郊野。

④憯：通"惨"。指酷烈的刑法。

对胶西王越大夫不得为仁第三十二

命令相曰①："大夫睾、大夫种、大夫庸、大夫蠡、大夫车成，越王与此五大夫谋伐吴，遂灭之，雪会稽之耻，卒为霸主②。范蠡去之，种死之，寡人以此二大夫者为皆贤。孔子曰：'殷有三仁。'今以越王之贤，与蠡、种之能，此三人者，寡人亦以为越有三仁。其于君何如？桓公决疑于管仲，寡人决疑于君。"仲舒伏地再拜，对曰："仲舒知褊而学浅，不足以决之。虽然，主有问于臣，臣不敢不悉以对，礼也。臣仲舒闻，昔者鲁君问于柳下惠，曰：'我欲攻齐，何如？'柳下惠对曰：'不可。'退而有忧色，曰：'吾闻之也，谋伐国者不问于仁人也。此何为至于我？'但见问而尚羞之，而况乃与为诈以伐吴乎？其不宜明矣。以此观之，越本无一仁，而安得三仁？仁人者，正其道，不谋其利；修其理，不急其功。致无为，而习俗大化，可谓仁圣矣。三王是也。《春秋》之义，贵信而贱诈。诈人而胜之，虽有功，君子弗为也。是以仲尼之门，五尺之童子，言羞称五伯，为其诈以成功，苟为而已也，故不足称于大君子之门③。五伯者，比于他诸侯为贤者，比于仁贤，何贤之有？譬犹玞珷比于美玉也④。臣仲舒伏地再拜以闻。"

---

①命令相：疑当作令问相。相，董仲舒。时为江都王相。"胶西王"本传作"江都王"。
②睾（gāo 音高）：通"皋"，即皋如。庸：即泄庸。亦作舌庸、后庸。　　车成：即苦成。
③大君子：孔子。
④珷玞：像玉的石头。《汉书》作武夫。

观德第三十三

天地者，万物之本，先祖之所出也，广大无极。其德昭明，历年众多，永永无疆。天出至明，众之类也，其伏无不照也；地出至晦，星日为明，不敢暗。君臣、父子、夫妇之道取之，此大礼之终也。臣子三年不敢当，虽当之，必称先君，必称先人，不敢贪至尊也。百礼之贵，皆编于月，月编于时，时编于君，君编于天。天之所弃，天子弗祐，桀、纣是也。天子之所诛绝，臣子弗得立，蔡世子、逢丑父是也。王父父所绝，子孙不得属，鲁庄公之不得念母，卫辄之辞父命是也。故受命而海内顺之，犹众星之共北辰①，流水之宗沧海也。况生天地之间，法太祖先人之容貌，则其至德取象，众名尊贵，是以圣人为贵也。泰伯至德之侔天地也，上帝为之废適易姓而子之②，让其至德，海内怀归之，泰伯三让而不敢就位。伯邑考知群心贰，自引而激，顺神明也。至德以受命，豪英高明之人辐辏归之。高者列为公侯，下至卿大夫，济济乎哉！皆以德序。是故吴鲁同姓也，钟离之会不得序而称君，殊鲁而会之，为其夷狄之行也。鸡父之战，吴不得与中国为礼。至于伯莒、黄池之行，变而反道，乃爵而不殊③。召陵之会，鲁君在是而不得为主，避齐桓也。鲁桓即位十三年，齐、宋、卫、燕举师而东，纪、郑与鲁勠力而报之。后其日，以鲁不得偏，避纪侯与郑厉公也④。《春秋》常辞，夷狄不得与中国为礼。至邲之战，夷狄反道，中国不得与夷狄为礼，避楚庄也。邢、卫、鲁之同姓也，狄人灭之，《春秋》为讳，避齐桓也。当其如此也，唯德是亲，其皆先其亲。是故周之子孙，其亲等也，而文王最先。四时等也，而春最先。十二月等也，而正月最先。德等也，则先亲亲。鲁十二公等也，而定、哀最尊。卫俱诸夏也，善稻之会，独先内之⑤，为其与我同姓也。吴俱夷狄也，柤之会，独先内之，为其与我同姓也。

灭国十五有余，独先诸夏，曹、晋俱诸夏也，讥二名，独先及之。盛伯、郜子俱当绝，而独不名，为其与我同姓兄弟也。外出者众，以母弟出，独大恶之，为其亡母背骨肉也。灭人者莫绝，卫侯燬灭同姓独绝，贱其本祖而忘先也。亲等从近者始，立嫡以长，母以子贵先。甲戌己丑陈，侯鲍卒，书所见也，而不言其暗者。陨石于宋五，六鹢退飞，耳闻而记，目见而书，或徐或察皆以其先接于我者序之。其于会、朝、聘之礼亦犹是。诸侯与盟者众矣，而仪父独渐进。郑僖公方来会我而道杀，《春秋》致其意，谓之如会。潞子离狄而归，党以得亡，《春秋》谓之子，以领其意。苞来、首戴、黄池、践土与操之会，陈、郑去我，谓之逃归；郑处而不来，谓之乞盟；陈侯后至，谓之如会；莒人疑我，贬而称人。诸侯朝鲁者众矣，而滕、薛独称侯；州公化我⑥，夺爵而无号。吴、楚国先聘我者见贤；曲棘与鞌之战先忧我者，见贤⑦。

---

①共（gǒng 音巩）：通"拱"，环绕。

②侔（móu 音牟）：齐等。适，通"嫡"。下句"让其至德"之"让"衍文。

③爵：称爵。

④徧：当作"偏"。偏，偏战，独当一面抗敌。鲁不得言偏是因为桓十年齐、宋、卫伐鲁，鲁不能单独抵御，而与纪、郑联合，各居一面而战。

⑤内：纳。

⑥化我：无理于我。

⑦见贤：他本作见尊。

奉本第三十四

礼者，继天地，体阴阳，而慎主客，序尊卑、贵贱、大小之位，而差外内、远近、新故之级者也，以德多为象①。万物以广博众多历年久者为象。其在天而象天者，莫大日月，继天地之光明，莫不照也。星莫大于大辰②，北斗常星。部星三百，卫星三千。大火二十六星，伐十三星，北斗七星，常星九辞，二十八宿。多者宿二十八九。其犹蓍百茎而共一本，龟千岁而人宝，是以三代传决疑焉。其得地体者，莫如山阜。人之得天得众者，莫如受命之天子。下至公侯伯子男，海内之心悬于天子，疆内之民统于诸侯。日月食，并吉凶，不以其行。有星茀于东方③，于泰辰入北斗，常星不见，地震，梁山沙鹿崩，宋、卫、陈、郑灾，王公大夫篡弒，《春秋》皆书以为大异。不言众星之茀入，霣雨④，原隰之袭崩，一国之小民死亡。不决疑于众草木也？唯田邑之称，多者主名，君将不言臣，臣不言师，王夷君获，不言师败。孔子曰："唯天为大，唯尧则之。则之者，大也。巍巍乎，其有成功也。"言其尊大以成功也。齐桓、晋文不尊周室，不能霸。三代圣人不则天地，不能至王。自此而观之，可以知天地之贵矣。夫流深者，其水不测；尊至者，其敬无穷。是故天之所加，虽为灾害，犹承而大之，其钦无穷，震夷伯之庙是也。天无错舛之灾，地有震动之异。天子所诛绝，所败师，虽不中道，而《春秋》者不敢阙，谨之也。故师出者众矣，莫言还，至师及齐师围郕，郕降于齐师，独言还，其君劫外，不得已故可直言也。至于他师，皆其君之过也，而曰非师之罪。是臣下之不为君父受罪，罪不臣子莫大焉。夫至明者，其照无疆；至晦者，其暗无疆。今《春秋》缘鲁以言王义，杀隐、桓以为远祖，宗定、哀以为考妣，至尊且高，至显且明。其基壤之所加，润泽之所被，条条无疆⑤。前是常数，十年邻之，幽人近其墓而高明。大国齐、宋，离不言会。微国之君，卒葬之礼，录而辞繁。远夷之君，内而不外。当此之时，鲁无鄙疆⑥，请诸侯之伐哀者，皆言我。邾娄、庶其、鼻我，邾娄大夫，其于我无以亲，以近之故，乃得显明。隐、桓，亲《春秋》之先人也，益师卒而不日。于稷之会，不日，言其乱，以通外也。黄池之会，以两伯之辞，言不以为外，以近内也。

---

①象：法式。

②大辰：星名。即大火。

③茀（fú，音浮）：遮蔽。

④賈雨：陨石雨。賈，通"陨"。

⑤条条：畅通无阻。

⑥鄙疆：疆界，边界。

春秋繁露卷十

深察名号第三十五

治天下之端，在审辨大，辨大之端，在深察名号。名者，大理之首章也。录其首章之意，以窥其中之事，则是非可知，逆顺自著，其几通于天地矣。是非之正，取之逆顺，逆顺之正，取之名号，名号之正，取之天地，天地为名号之大义也。古之圣人，謞而效天地①，谓之号；鸣而命施，谓之名。名之为言，鸣与命也；号之为言，謞而效也。謞而效天地者为号；鸣而命者为名。名号异声而同本，皆鸣号而达天意者也。天不言，使人发其意，弗为使人行其中。名则圣人所发天意，不可不深观也。受命之君，天意之所予也。故号为天子者，宜视天如父，事天以孝道也。号为诸侯者，宜谨视所俟奉之天子也。号为大夫者，宜厚其忠信，敦其礼义，使善大于匹夫之义，足以化也。士者，事也。民者，瞑也。士不及化，可使守事从上而已。五号自赞，各有分，分中委曲；曲有名，名众于号，号其大全。名也者，名其别离分散也。号凡而略，名详而目②。目者徧辨其事也；凡者，独举其大事也。享鬼神者号，一曰祭。祭之散名，春曰祠，夏曰礿，秋曰尝，冬曰烝③。猎禽兽者号，一曰田④。田之散名，春苗，秋蒐，冬狩，夏狝。无有不皆中天意者。物莫不有凡号，号莫不有散名，如是。是故事各顺于名，名各顺于天。天人之际，合而为一。同而通理，动而相益，顺而相受，谓之德道。《诗》曰："维号斯言，有伦有迹。"此之谓也。

深察王号之大意，其中有五科：皇科，方科，匠科，黄科，往科，合此五科，以一言谓之王⑤。王者，皇也；王者，方也；王者，匠也；王者，黄也；王者，往也。是故王意不普大皇，则道不能正直而方。道不能正值而方，则德不能匠运周徧。德不匠运周徧，则美不能黄⑥。美不能黄，则四方不能往。四方不能往，则不全于王。故曰：天覆无外，地载兼爱，风行令而一其威，雨布施而均其德。王术之谓也。

深察君号之大意，其中亦有五科：元科，原科，权科，温科，群科，合此五科，以一言谓之君。君者，元也；君者，原也；君者，权也；君者，温也；君者，群也。是故君意不比于元，则动而失本。动而失本，则所为不立。所为不立，则不效于原。不效于原，则自委舍⑦。自委舍，则化不行。用权于变，则失中适之宜。失中适之宜，则道不平，德不温。道不平，德不温，则众不亲安。众不亲安，则离散不群。离散不群，则不全于君。

名生于真，非其真，弗以为名。名者圣人之所以真物也。名之为言真也。故凡百讥有黮黮者，各反其真，则黮黮者，远昭昭耳⑧。欲审曲直，莫如引绳；欲审是非，莫如引名。名之审于是非也，犹绳之审于曲直也。诘其名实，观其离合，则是非之情不可以相调已⑨。今世暗于性，言之者不同，胡不试反性之名？性之名非生与？如其生之自然之资谓之性。性者，质也⑩。诘性之质于善之名，能中之与？既不能中矣，而尚谓之质善，何哉？性之名不得离质，离质如毛，则非性已，不可不察也。《春秋》辨物之理，以正其名。名物如其真，不失秋毫之末。故名霣石，则后其五，言退鹢，则先其六。圣人之谨于正名如此。君子于其言，无所苟而已，五石，六鹢之辞是也。桎众恶于内⑪，弗使得发于外者，心也。故心之为名，桎也。人之受气苟无恶者，心何桎哉？吾以心之名，得人之诚。人之诚，有贪有仁。仁贪之气，两在于身。身之名，取诸天。天两有阴阳之施，身亦两有贪仁之性。天有阴阳禁，身有情欲桎，与天道一也。是故阴之行不得干春夏，而月之魄常厌于日光。乍全乍伤，天之禁阴如此，安得不损其欲而辍其情以应天？天所禁而身禁之，故曰身犹天也。禁天所禁，非禁天也。必知天性不乘于教，终不能桎。察实以为名，无教之时，性何遽若是。故性比于禾，善比于米。米出禾中，而禾未可全为米也。善出性中，而性未可全为善也。善与米，人之所继天而成于外，非在天所为之内也。天之所为，有所至而止。止之内谓之天性，止之外谓之人事。事在性外，而性不得不成德。民之号，取之瞑也，使性而已善，则何故以瞑为号？以霣者言，弗扶将，则颠陷猖狂，安能善性？有似目，目卧幽而瞑⑫，待觉而后见。当其未觉，可谓有见质，而不可谓见。今万民之性，有其质而未能觉，譬如瞑者待觉，教之然后善。当其未觉，可谓有质，而不可谓善，与目之瞑而觉，一概之比也。静心徐察之，其言可见矣。性如瞑之未觉，天所为也。效天所为，为之起号，故谓之民。民之为言固犹瞑也，随其名号以入其理，则得之矣。是正名号者于天地，天地之所生，谓之性情，性情相与为一瞑，情亦性也。谓性已善，奈其情何？故圣人莫谓性善，累其名也。身之有性情也，若天之有阴阳也。言人之质而无其情，犹言天之阳而无其阴也。穷论者，无时受也。名性，不以上，不以下，以其中名之。性如茧如卵，卵待覆而为雏，茧待缲而为丝，性待教而为善，此之谓真天。天生民性，有善质而未能善，于是为之立王以善之，此天意也。民受未能善之性于天，而退受成性之教于王。王承天意，以成民之性为任者也。今案其真质，而谓民性已善者，是失天意而去王任也。万民之性苟已善，则王者受命尚何任也？其设名不正，故弃重任而违大命，非法言也。《春秋》之辞，内事之待外者，从外言之，今万民之性，待外教然后能善。善当与教，不当与性。与性则多累而不精，自成功而无贤圣，此世长者之所误出也，非《春秋》为辞之术也。不法之言，无验之说，君子之所外，何以为哉？或曰："性有善端，心有善质，尚安非善？"应之曰："非也。茧有丝而茧非丝也，卵有雏而卵非雏也。比类率然，有何疑焉！"天生民有《六经》，言性者不当异。然其或曰"性也善。"或曰"性未善。"则所谓善者各异意。性有善端，动之爱父母，善于禽兽，则谓之善⑬。此孟子之言。循三纲五纪，通八端之理，忠信而博爱，敦厚而好礼，乃可谓善。此圣人之善也。是故孔子曰："善人吾不得而见之，得见有恒者，斯可矣。"由是观之，圣人之所谓善，未易当也，非善于禽兽则谓之善也。使动其端善于禽兽，则可谓之善，善奚为弗见也？夫善于禽兽之未得为善也，犹知于草木而不得名知。万民之性善于禽兽而不得名善，知之名乃取之圣。圣人之所命，天下以为正。正朝夕者视北辰，正嫌疑者视圣人。圣人以为无王之世，不教之民，莫能当善。善之难当如此，而谓万民之性皆能当之，过矣！质于禽兽之性，则万民之性善矣；质于人道之善，则民性弗及也。万民之性善于禽兽者，许之；圣人之所善者，勿许。吾质之命性者，异孟子。孟子下质于禽兽之所为，故曰"性已善"；吾上质于圣人之所善，故谓"性未善"。善过性，圣人过善。《春秋》大元，故谨于正名。名非所始，如之何谓未善已善也！

---

① 嚆（xiào，音孝）：大声呼叫。

② "号凡"二句：谓号是总名，名是具名。

③ 鬼神者号：鬼神之名。者，之。　散名：总名。广义之名。　礿（yuè，音月）：夏祭之名。　烝：通"蒸"。

④ 田：通"畋"，打猎。

⑤ 五科：五条。言王字用声训所起的五种含义。

⑥ 黄：美的极致。《通典》注曰："黄者中和美色，黄承天德，最盛淳美。"

⑦ 委舍：委卸。

⑧ 黮黮（tǎn tǎn，音毯毯）：黑暗不明的样子。

⑨ 相澜：相互诋毁。

⑩ 质：气质。

⑪ 桎（rèn，音刃）：通"衽"，衣襟。引申为禁制。桎，亦作枀。

⑫ 瞑：眠。

⑬ 动（tóng，音童）：人。动，通"僮"，成人。或疑动当作"童"，儿童。

实性第三十六

孔子曰："名不正则言不顺。"今谓性已善，不几于无教，而如其自然，又不顺于为政之道矣。且名者性之实，实者性之质也，质无教之时，何处能善？善如米，性如禾。禾虽出米，而禾未可谓米也。性虽出善，而性未可谓善也。米与善，人之继天而成于外也，非在天所为之内也。天所为，有所至而止。止之内，谓之天；止之外，谓之王教。王教在性外，而性不得不遂。故曰：性有善质而未能为善也。岂敢美辞，其实然也。天之所为，止于茧麻与禾，以麻为布，以茧为丝，以米为饭，以性为善，此皆圣人所继天而进也，非情性质朴之能至也。故不可谓性。正朝夕者视北辰，正嫌疑者视圣人。圣人之所名，天下以为正。今按圣人言中，本无性善名，而有"善人吾不得见之矣！"使万民之性皆已能善。善人者何为不见也？观孔子言此之意，以为善难当甚。而孟子以为万民性皆能当之，过矣。圣人之性不可以名性，斗筲之性又不可以名性①。名性者，中民之性②。中民之性如茧如卵。卵待复二十日而后能为雏，茧待缲以绾汤而后能为丝③，性待渐于教训而后能为善。善，教训之所然也，非质朴之所至能也，故不谓性。性者宜知名矣，无所待而起，生而所自有也。善所自有，则教训已非性也。是以米出于粟，而粟不可谓米；玉出于璞，而璞不可谓玉；善出于性，而性不可谓善。其比多在物者为然，在性者以为不然，何不通于类也？卵之性未能作雏也，茧之性未能作丝也，麻之性未能为缕也，粟之性未能为米也。《春秋》别物之理以正其名，名物必各因其真。真其义也，真其情也，乃以为名。名賞石则后其五，退飞则先其六，此皆其真也。圣人于言无所苟而已矣。性者，天质之朴也；善者，王教之化也。无其质，则王教不能化；无其王教，则质朴不能善。质而不以善性，其名不正，故不受也。

---

① 斗筲之性：斗筲之人（愚人）的性情。性，指人的性情、气质。

② 中民：介于"上智"与"下愚"之间的普通人。

③ 绾（guān，音官）汤：同"涫汤"，沸腾的热水。

诸侯第三十七

生育养长，成而更生，终而复始，其事所以利活民者无已。天虽不言，其欲赡足之意可见也。古之圣人，见天意之厚于人也；故南面而君天下，必以兼利之。为其远者目不能见，其隐者耳不能闻，于是千里之外割地分民，而建国立君，使为天子视所不见，听所不闻。朝者，召而问之也。诸侯之为言，犹诸候也。

五行对第三十八

河间献王问温城董君曰①："《孝经》曰：'夫孝，天之经，地之义。'何谓也？"对曰："天有五行，木火土金水是也。木生火，火生土，土生金，金生水②。水为冬，金为秋，土为季夏，火为夏，木为春。春主生，夏主长，季夏主养，秋主收，冬主藏。藏，冬之所成也。是故父之所生，其子长之；父之所长，其子养之；父之所养，其子成之。诸父所为③，其子皆奉承而续行之，不敢不致如父之意，尽为人之道也。故五行者，五行也。由此观之，父授之，子受之，乃天之道也。故曰：夫孝者，天之经也，此之谓也。"王曰："善哉！天经既闻得之矣，愿闻地之义。"对曰："地出云为雨，起气为风。风雨者，地之所为。地不敢有其功名，必上之于天。命若从天气者，故曰天风天雨也，莫曰地风地雨也。勤劳在地，名一归于天，非至有义，其孰能行此？故下事上，如地事天也，可谓大忠矣。土者，火之子也。五行莫贵于土。土之于四时无所命者，不与火分功名。木名春，火名夏，金名秋，水名冬，忠臣之义，孝子之行，取之土。土者，五行最贵者也，其义不可以加矣。五声莫贵于宫，五味莫美于甘，五色莫贵于黄，此谓孝者地之义也。"王曰："善哉！"

衣服容貌者，所以说目也；声言应对者，所以说耳也；好恶去就者，所以说心也。故君子衣服中而容貌恭，则目说矣；言理应对逊，则耳说矣；好仁厚而恶浅薄，就善人而远僻鄙，则心说矣。故曰："行思可乐，容止可观。"此之谓也。

---

①温城：董仲舒的祖居乡邑。董为汉广川郡脩（tiáo，音条）县脩市城人。脩市城俗称温城。

②生：五行相生。五行相生，指五行间相互促进的关系。五行相胜（克），指五行间相互排斥的关系。

③诸父所为：凡是父亲的所作所为。诸，凡。

阙文第三十九

阙文第四十

春秋繁露卷十一

为人者天第四十一

为生不能为人，为人者天也①。人之为人本于天。天亦人之曾祖父也②。此人之所以乃上类天也。人之形体，化天数而成③；人之血气，化天志而仁；人之德行，化天理而义；人之好恶，化天之暖清；人之喜怒，化天之寒暑；人之受命，化天之四时。人生有喜怒哀乐之答，春秋冬夏之类也。喜，春之答也；怒，秋之答也；乐，夏之答也；哀，冬之答也。天之副在乎人。人之情性有由天者矣。故曰：受，由天之号也。为人主也，道莫明省身之天，如天出之也。使其出也，答天之出四时而必忠其受也，则尧舜之治无以加。是可生可杀，而不可使为乱。故曰："非道不行，非法不言。"此之谓也。

《传》曰：惟天子受命于天，天下受命于天子，一国则受命于君。君命顺，则民有顺命；君命逆，则民有逆命。故曰："一人有庆，万民赖之。"此之谓也。

《传》曰：政有三端，父子不亲，则致其爱慈；大臣不和，则敬顺其礼；百姓不安，则力其孝弟④。孝弟者，所以安百姓也。力者，勉行之身以化之。天地之数，不能独以寒暑成岁，必有春夏秋冬。圣人之道，不能独以威势成政，必有教化。故曰：先之以博爱，教以仁也。难得者，君子不贵，教以义也。虽天子必有尊也，教以孝也；必有先也，教以弟也。此威势之不足独恃，而教化之功不大乎？

《传》曰：天生之，地载之，圣人教之。君者，民之心也；民者，君之体也。心之所好，体必安之。君之所好，民必从之。故君民者，贵孝弟而好礼义，重仁廉而轻财利，躬亲职此于上，而万民听，生善于下矣。故曰："先生见教之可以化民也⑤。"此之谓也。

---

① "为生"句：真正生产了人的人，不能产生人（人类），产生人类的是天。

② "天亦"句：天是人（人类）的祖先，是产生人的祖宗。这是董氏天人合一，天地与人同体的学说依据。这些在其他篇中也有论述。

③ 化：潜移。

④ 孝弟（tì，音替）：尊敬父母，顺从兄长。弟，通"悌"。

⑤ 见教：教诲民众。见，指示副词。

五行之义第四十二

天有五行①：一曰木，二曰火，三曰土，四曰金，五曰水。木，五行之始也；水，五行之终也；土，五行之中也。此其天次之序也。木生火，火生土，土生金，金生水，水生木，此其父子也。木居左，金居右，火居前，水居后，土居中央，此其父子之序，相受而布。是故木受水而火受木，土受火而金受土，水受金也。诸授之者，皆其父也；受之者，皆其子也。常因其父以使其子，天之道也。是故木已生而火养之，金已死而水藏之，火乐木而养以阳，水克金而丧以阴，土之事天竭其忠。故五行者，乃孝子忠臣之行也。五行之为言也，犹五行与？是故以得辞也，圣人知之，故多其爱而少严，厚养生而谨送终，就天之制也。以子而迎成养，如火之乐木也。丧父，如水之克金也。事君，若土之敬天也。可谓有行人矣。五行之随，各如其序，五行之官，各致其能。是故木居东方而主春气，火居南方而主夏气，金居西方而主秋气，水居北方而主冬气。是故木主生而金主杀，火主暑而水主寒，使人必以其序，官人必以其能，天之数也②。土居中央为之天润。土者，天之股肱也。其德茂美，不可名以一时之事，故五行而四时者，土兼之也。金、木、水、火虽各职，不因土，方不立③，若酸、酸、辛、苦之不因甘肥不能成味也。甘者，五味之本也；土者，五行之主也。五行之主土气也，犹五味之有甘肥也，不得不成。是故圣人之行，莫贵于忠，土德之谓也。人官之大者，不名所职，相其是矣。天官之大者，不名所生④，土是矣。

---

①五行：金木水火土五种自然物，但顺序各异。《尚书·洪范》以阴阳为本，则列水火于前。董氏以五行配四时，则列木火于前。

②天之数：天道。数，道，规律。

③各职：各司其职。或疑"各"为"名"之误。名职，即木名春，火名夏之类。　　因：借助。　　方：将。

④生：或疑是"主"的误写。

阳尊阴卑第四十三

天之大数，毕于十旬①。旬天地之间，十而毕举。旬生长之功，十而毕成。十者，天数之所止也。古之圣人，因天数之所止，以为数纪。十如更始，民世世传之，而不知省其所起②。知省其所起，则见天数之所始。见天数之所始，则知贵贱逆顺所在。知贵贱逆顺所在，则知天地之情著，圣人之宝出矣。是故阳气以正月始出于地，生育养长于上，至其功必成也，而积十月。人亦十月而生，合于天数也。是故十月而成，人亦十月而成，合于天道也。故阳气出于东北，入于西北，发于孟春，毕于孟冬，而物莫不应是。阳始出，物亦始出；阳方盛，物亦方盛；阳初衰，物亦初衰。物随阳而出入，数随阳而终始，三王之正随阳而更起③。以此见之，贵阳而贱阴也。故数日者，据昼而不据夜；数岁者，据阳而不据阴。阴不得达之义④。是故《春秋》之于昏礼也，达宋公，而不达纪侯之母⑤。纪侯之母宜称而不达，宋公不宜称而达。达阳而不达阴，以天道制之也。丈夫虽贱皆为阳，妇人虽贵皆为阴。阴之中亦相为阴，阳之中亦相为阳。诸在上者，皆为其下阳，诸在下者各为其上阴。阴犹沈也，何名何有，皆并一于阳，昌力而辞功。故出云起雨，必令从之下，命之曰天雨。不敢有其所出，上善而下恶。恶者受之，善者不受。

夫喜怒哀乐之发，与清暖寒暑，其实一贯也。喜气为暖而当春，怒气为清而当秋，乐气为太阳而当夏，哀气为太阴而当冬。四气者，天与人所同有也，非人所能畜也。故可节而不可止也。节之而顺，止之而乱，人生于天，而取化于天。喜气取诸春，乐气取诸夏，怒气取诸秋，哀气取诸冬，四气之心也。四肢之答各有处，如四时。寒暑不可移，若肢体。肢体移易其处，谓之壬人⑥；寒暑移易其处，谓之败岁；喜怒移易其处，谓之乱世。明王正喜以当，春正怒以当秋，正乐以当夏，正哀以当冬，上下法此，以取天之道。春气爱，秋气严，夏气乐，冬气哀。爱气以生物，严气以成功，乐气以养生，哀气以丧终，天之志也。是故春气暖者，天之所以爱而生之；秋气清者，天之所以严而成之；夏气温者，天之所以乐而养之；冬气寒者，天之所以哀而藏之。春主生，夏主养，秋主收，冬主藏。生溉其乐以养⑦，死溉其哀以藏，为人子者也。故四时之比父子之道，天地之志，君臣之义也。阴阳之理，圣人之法也。阴，刑气也；阳，德气也。阴始于秋，阳始于春。春之为言犹偆偆也，秋之为言犹湫湫也⑧。偆偆者，喜乐之貌也；湫湫者，忧悲之状也。是故春喜，夏乐，秋忧，冬悲，悲死而乐生。以夏养春，以冬丧秋，大人之志也。是故先爱而后严，乐生而哀终，天之当也，而人资诸天⑨。大德而小刑也。是故人主近天之所近，远天之所远，大天之所大，小天之所小。是故天数右阳，而不右阴，务德而不务刑。刑之不可任以成世也，犹阴不可任以成岁也。为政而任刑，谓之逆天，非王道也。

① 毕于十句：全于十。毕，尽、全。《天地阴阳篇》："天、地、阴、阳、木、火、土、金、水九，与人而十者，天之数毕也。"句，十的复说。或曰句，衍文。

② 省（xǐng，音醒）：体察、醒悟。

③ 正（zhēng，音征）：建子之月，即正月。

④ 不得达：不能到。岁是始于阳，而又终于阳，故阴不能到。

⑤ "是故"句：这是社会上阴不得达的一例，亦是男尊女卑的典型事例。宋公不合乎礼却称其合乎礼；纪母合乎礼却不称其合乎礼。宋公、纪侯婚事见《公羊传·隐公二年》。达：作法合于礼。

⑥ 壬（nìng，音佞）：通"佞"。或疑"妖"之误。

⑦ 溉：沽溉，滋润灌溉施惠于人。此作浸染。

⑧ 偆偆（chǔn chǔn，音蠢蠢）：欢跃的样子。偆，同"蠢"，动。　　湫湫（qiū，音秋）：悲凉的样子。

⑨ 当：正当其时。或谓"当"应作"常"。

王道通三第四十四

古之造文者①，三画而连其中，谓之王。三画者，天、地与人也，而连其中者，通其道也。取天地与人之中以为贯而参通之，非王者孰能当是！是故王者唯天之施，施其时而成之，法其命而循之诸人，法其数而以起事，治其道而以出法，治其志而归之于仁②。仁之美者，在于天。天，仁也。天覆育万物，既化而生之，有养而成之。事功无已，终而复始，凡举归之以奉人。察于天之意，无穷极之仁也。人之受命于天也，取仁于天而仁也。是故人之受命天之尊，有父兄子弟之亲，有忠信慈惠之心，有礼义廉让之行，有是非逆顺之治，文理灿然而厚，知广大而有博，惟人道为可以参天。天常以爱利为意，以养长为事，春秋冬夏皆其用也。王者亦常以爱利天下为意，以安乐一世为事，好恶喜怒而备用也。然而主好、恶、喜、怒，乃天之春夏秋冬也，其俱暖、清、寒、暑，而以变化成功也。天出此物者，时则岁美，不时则岁恶。人主出此四者，义则世治，不义则世乱。是故治世与美岁同数，乱世与恶岁同数，以此见人理之副天道也。天有寒有暑。土若地，义之至也。

是故《春秋》君不名恶，臣不名善，善皆归于君，恶皆归于臣。臣之义，比于地，故为人臣者，视地之事天也。为人子者，视土之事火也。虽居中央，亦岁七十二日之王，传于火以调和养长，然而弗名者，皆并功于火③。火得以盛，不敢与父分功美，孝之至也。是故孝子之行，忠臣之义，皆法于地也。地事天也，犹下之事上也。地，天之合也，物无合会之义，是故推天地之精，运阴阳之类，以别顺逆之理。安所加以不在？在上下，在大小，在强弱，在贤不肖，在善恶。恶之属尽为阴，善之属尽为阳。阳为德，阴为刑。刑反德而顺于德，亦权之类也。虽曰权，皆在权成④。是故阳行于顺，阴行于逆。逆行而顺，顺行而逆者，阴也。是故天以阴为权，以阳为经。阳出而南，阴出而北。经用于盛，权用于末。以此见天之显经隐权，前德而后刑也。故曰：阳，天之德；阴，天之刑也。阳气暖而阴气寒，阳气予而阴气夺，阳气仁而阴气戾，阳气宽而阴气急，阳气爱而阴气恶，阳气生而阴气杀。是故阳常居实位而行于盛，阴常居空虚而行于末。天之好仁而近，恶戾之变而远，大德而小刑之意也。先经而后权，贵阳而贱阴也。故阴，夏入居下，不得任岁事，冬出居上，置之空处也⑤。养长之时伏于下，远去之，弗使得为阳也。无事之时起之空处，使之备次陈守闭塞也。此见天之近阳而远阴。天固有此，然而无所之如其身而已矣。

人主立于生杀之位，与天共持变化之势，物莫不应天化。天地之化如四时。所好之风出，则为暖气而有生于俗；所恶之风出，则为清气而有杀于俗。喜则为暑气而有养长也；怒则为寒气而有闭塞也。人主以好恶喜怒变习俗，而天以暖清寒暑化草木。喜乐时而当，则岁美；不时而妄，则岁恶。天地人主一也。然则人主之好恶喜怒，乃天之暖清寒暑也，不可不审其处而出也。当暑而寒，当寒而暑，必为恶岁矣；人主当喜而怒，当怒而喜，必为乱世矣。是故人主之大守，在于谨藏而禁内，使好恶喜怒必当义乃出；若暖清寒暑之必当其时乃发也。人主掌此而无失，而使好恶喜怒未尝差也，如春秋冬夏之未尝过也，可谓参天矣。深藏此四者，而勿使妄发，可谓天矣。

---

①文：字。

②"是故"句：疑有错简。"天之施"，"施其时"中的"施"当为"法"字。"治其道而以出法"疑当为"法其道而出治"。"治其志"疑当作"法其志"。

③七十二：《月令正义》："土每时寄五十八日。"四时即王七十二日。凌本注云："一岁三百六十五日，五行每行各主七十二日。"

④皆在权成：皆以经成。疑"权"当为"经"。

⑤空处：空位。

天容第四十五

天之道，有序而时，有度而节，变而有常，及而有相奉，微而至远，踔而至精①，一而少积蓄，广而实，虚而盈。圣人视天而行。是故其禁而审好、恶、喜、怒之处也，欲合诸天之非其时，不出暖、清、寒、暑也。其告之以政令而化风之清微也，欲合诸天之颠倒其一而以成岁也。其羞浅末华虚②，而贵敦厚忠信也；欲合诸天之默然不言，而功德积成也。其不阿党偏私，而美泛爱兼利也。欲合诸天之所以成物者少霜而多露也。其内自省以是而外显，不可以不时。人主有喜怒，不可以不时，可亦为时，时亦为义。喜怒以类合，其理一也。故义不义者，时之合类也，而喜怒乃寒暑之别气也。

---

①踔（zhuó，音卓）：通"逴"，大而分明。《史记·天官书》："此其逴逴大者。"

②浅末：浅薄。

天辨在人第四十六

难者曰：阴阳之会①，一岁再遇，于南方者，以中夏，遇于北方者，以中冬。冬，丧物之气也，则其会于是，何如？金木水火，各奉其所主以从阴阳，相与一力而并功。其实非独阴阳也，然而阴阳因之以起，助其所主。故少阳因木而起，助春之生也[2]。太阳因火而起，助夏之养也。少阴因金而起，助秋之成也。太阴因水而起，助冬之藏也。阴虽与水并气而合冬，其实不同，故水独有丧而阴不与焉。是以阳阴会于中冬者，非其丧也。春爱志也，夏乐志也，秋严志也，冬哀志也。故爱而有严，乐而有哀，四时之则也。喜怒之祸，哀乐之义，不独在人，亦在于天。而春夏之阳，秋冬之阴，不独在天，亦在于人。人无春气，何以博爱而容众？人无秋气，何以立严而成功？人无夏气，何以盛养而乐生？人无冬气，何以哀死而恤丧？天无喜气，亦何以暖而春生育？天无怒气，亦何以清而秋杀就？天无乐气，亦何以疏阳而夏养长？天无哀气，亦何以激阴而冬闭藏？故曰：天乃有喜怒哀乐之行，人亦有春秋冬夏之气者，合类之谓也。匹夫虽贱，而可以见德刑之用矣。是故阴阳之行，终各六月，远近同度而所在异处。阴之行，春居东方，秋居西方，夏居空右，冬居空左，夏居空下，冬居空上，此阴之常处也。阳之行，春居上，冬居下，此阳之常处也。阴终岁四移，而阳常居实，非亲阳而疏阴，任德而远刑与？天之志，常直阴空处，稍取之以为助。故刑者德之辅，阴者阳之助也，阳者岁之主也。天下之昆虫随阳而出入，天下之草木随阳而生落，天下之三王随阳而改正，天下之尊卑随阳而序位。幼者居阳之所少，老者居阳之所老，贵者居阳之所盛，贱者当阳之所衰。藏者言其不得当阳。而不当阳者臣子也。阳者君父是也。故人主南面，以阳为位也。阳贵而阴贱，天之制也。礼之尚右，非尚阴也，敬老阳而尊成功也[3]。

①阴阳之会：指阴历年的四月和十月，共交会两次。

②少阳八句：阴阳配四季，故分少阳、太阳、少阴、太阴。少阳为春，太阳为夏，少阴为秋，太阴为冬，此即阴阳生四时。

③礼尚右：礼以右为尊。礼于方位的尊卑，历代有别。殷尚右，周尚左；汉唐尚右，明清尚左。

阴阳位第四十七

阳气始出东北而南行，就其位也；西转而北入，屏其伏也。阴气始东南而北行，就其位也；西转而南入，屏其伏也。是故阳以南方为位，以北方为休；阴以北方为位，以南方为休。阳至其位而大暑热，阴至其位而大寒冻；阳至其休而入化于地，阴至其伏而避德于下。是故夏出长于上，冬入化于下者，阳也；夏入守虚地于下，冬出守虚位于上者，阴也。阳出实入实，阴出空入空，天之任阳不任阴，好德不好刑，如是也。故阴阳终岁各一出。

春秋繁露卷十二

阴阳终始第四十八

天之道，终而复始。故北方者，天之所终始也；阴阳之所合别也①。冬至之后，阴俛而西入，阳仰而东出，出入之处常相反也。多少调和之适，常相顺也。有多而无溢，有少而无绝。春夏阳多而阴少，秋冬阳少而阴多，多少无常，未尝不分而相散也。以出入相损益，以多少相溉济也②。多胜少者倍入。入者损一，出者益二。天所起一，动而再倍，常乘反衡再登之势，以就同类与之相报，故其气相侠③，而以变化相输也。春秋之中，阴阳之气俱相并也。中春以生，中秋以杀，由此见之，天之所起其气积，天之所废其气随。故至春少阳，东出就木，与之俱生；至夏太阳，南出就火，与之俱暖。此非各就其类，而与之相起与？少阳就木，太阳就火。火木相称，各就其正。此非正其伦与？至于秋时，少阴兴而不得以秋从金，从金而伤火功。虽不得以从金，亦以秋出于东方俛，其处而适其事以成岁功。此非权与？阴之行，固常居虚而不得居实。至于冬而止空虚，太阳乃得北就其类，而与水起寒。是故天之道，有伦、有经、有权。

---

① 合别：合而再分。阴阳在中冬交会（即合）之后，随即又分道扬镳（即别），所以称合别。
② 溉济：相互注入而达到平衡。
③ 相侠（xié，音协）：相互挟制。侠通"挟"。

阴阳义第四十九

天道之常，一阴一阳。阳者天之德也；阴者天之刑也。迹阴阳终岁之行，以观天之所亲，而任成天之功，犹谓之空，空者之实也①。故清溧之于岁也②，若酸碱之于味也，仅有而已矣。圣人之治，亦从而然。天之少阴用于功，太阴用于空。人之少阴用于严，而太阳用于丧。丧亦空，空亦丧也。是故天之道，以三时成生，以一时丧死。死之者，谓百物枯落也。丧之者，谓阴气悲哀也。天亦有喜怒之气哀乐之心，与人相副以类合之，天人一也。春，喜气也，故生。秋，怒气也，故杀。夏乐气也，故养。冬，哀气也，故藏。四者天人同有之。有其理而一用之。与天同者大治，与天异者大乱。故为人主之道，莫明于在身之与天同者而用之，使喜怒必当义乃出，如寒暑之必当其时乃发也。使德之厚于刑也，如阳之多于阴也。是故天之行阴气也，少取以成秋，其余以归之冬。圣人之行阴气也，少取以立严，其余归之丧。丧亦人之冬气。故人之太阴，不用于刑，而用于丧；天之太阴，不用于物，而用于空。空亦为丧，丧亦为空，其实一也，皆丧死亡之心也。

①空者之实：虚中有实。阳属实而阴属虚，而无阴不能成岁，因此空（虚）中也就含有实了。
②清溧（lì，音栗）：清凉与寒冷。

阴阳出入上下第五十

天道大数，相反之物也，不得俱出，阴阳是也。春出阳而入阴，秋出阴而入阳，夏右阳而左阴，冬右阴而左阳。阴出则阳入，阳入则阴出；阴右则阳左，阴左则阳右。是故春俱南，秋俱北，而不同道。夏交于前，冬交于后，而不同理。并行而不相乱，浇滑而各持分①，此之谓天之意。而何以从事？天之道，初薄大冬②，阴阳各从一方来，而移于后。阴由东方来西，阳由西方来东，至于中冬之月，相遇北方，合而为一，谓之曰至。别而相去，阴适右，阳适左，适左者，其道顺，适右者其道逆。逆气左上，顺气右下，故下暖而上寒。以此见天之冬右阴而左阳也，上所右而下所左也③。冬月尽而阴阳俱南还，阳南还，出于寅，阴南还入于戌，此阴阳所始出地入地之见处也。至于中春之月，阳在正东，阴在正西，谓之春分。春分者，阴阳相半也。故昼夜均而寒暑平。阴日损而随阳，阳日益而鸿④，故为暖热。初得大夏之月，相遇南方，合而为一，谓之曰至。别而相去，阳适右，阴适左。适左由下，适右由上，上暑而下寒。以此见天之夏右阳而左阴也。上其所右，下其所左。夏月尽，而阴阳俱北还。阳北还而入于申，阴北还而入于辰，此阴阳之所始出地入地之见处也。至于中秋之月，阳在正西，阴在正东，谓之秋分。秋分者，阴阳相半也。故昼夜均而寒暑平。阳日损而随阴，阴日益而鸿，故至于季秋而始霜。至于孟冬而始寒，小雪而物咸成，大寒而物毕藏，天地之功终矣。

①浇滑：交叉。和"平行"相对。
②薄（pò，音迫）：迫近，逼近。
③冬右阴左阳：冬季阴尊而阳卑。右左有尊卑、主从之分。
④鸿：旺盛，强大。

天道无二第五十一

天之常道，相反之物也。不得两起，故谓之一。一而不二者，天之行也。阴与阳相反之物也，故或出或入，或右或左，春俱南，秋俱北，夏交于前，冬交于后，并行而不同路，交会而各代理，此其文与？天之道，有一出一入，一休一伏，其度一也，然而不同意。阳之出，常悬于前而任岁事，阴之出，常悬于后而守空虚。阳之休也，功已成于上，而伏于下，阴之伏也，不得近义而远其处也。天之任阳不任阴，好德不好刑如是。故阳出而前，阴出而后，尊德而卑刑之心见矣。阳出而积于夏，任德以岁事也①。阴出而积于冬，错刑于空处也。必以此察之。天无常于物，而一于时。时之所宜，而一为之②。故开一塞一，起一废一，而至毕时而止，终有复始于一。一者，一也。是于天凡在阴位者，皆恶乱善，不得主名，天之道也。故常一而不灭，天之道，事无大小，物无难易，反天之道，无成者。是以目不能二视，耳不能二听，一手不能二事③。一手画方，一手画圆，莫能成。人为小易之物，而终不能成，反天之不可行如是④。是故古之人物而书文，心止于一中者，谓之忠，持二忠者，谓之患。患，人之中不一者也。不一者，故患之所由生也。是故君子贱二而贵一，人孰无善⑤？善不一，故不足以立身。治孰无常？常不一，故不足以致功。《诗》云："上帝临汝。无二尔心。"知天道者之言也。

①岁：或疑为"成"之误。繁体字岁、成轮廓相近似。

②一为之：或阳或阴只能由一方来主宰。阴阳"不得两起"，故如此。

③二视：一目不得同时看两个目标。所以古人说二视不明，二听不聪也。

④小易之物：小小容易做之事，如画圆画方之类。

⑤贱二贵一：此《春秋》尊王攘夷，维护大一统的主张，故董氏有此说。

暖燠孰多第五十二①

　　天之道，出阳为暖以生之，出阴为清以成之。是故非薰也，不能有育，非溧也不能有熟，岁之精也。知心而不省薰与溧孰多者，用之必与天戾。与天戾，虽劳不成。是自正月至于十月，而天之功毕。计其间者，阴与阳各居几何？薰与溧其日孰多？距物之初生，至其毕成，露与霜其下孰倍②？故FF657))下霜。出溧下霜，而天降物固已皆成矣。故九月者，天之功大究于是月也，十月而悉毕。故案其迹，数其实，清溧之日少少耳。功已毕成之后，阴乃大出，天之成功也，少阴与而太阴不与，少阴在内，而太阴在外。故霜加于物而雪加于空。空者亶地而已，不逮物也③。功已毕成之后，物未复生之前，太阴之所常出也。虽曰阴，亦以太阳资化其位，而不知所受之，故圣王在上位，天覆地载，风令雨施。雨施者，布德均也；风令者，言令直也④。《诗》云："不识不知，顺帝之则。"言弗能知识，而效天之所为云尔。禹水汤旱非常经也，适遭世气之变，而阴阳失平⑤。尧视民如子，民亲尧如父母。《尚书》曰："二十有八载，放勋乃殂落，百姓如丧考妣⑥。四海之内阏密八音三年⑦。"三年阳气压于阴，阴气大兴，此禹所以有水名也。桀天下之残贼也，汤天下之盛德也，天下除残贼而得盛德大善者再，是重阳也，故汤有旱之名，皆适遭之变，非禹汤之过。毋以适遭之变，疑平生之常，则所守不失，则正道益明。

①暖燠孰多：此题诸本相同，但依文意似当作"暖清孰多"。

②孰倍：哪个更多。

③亶（dàn，音旦）：通"但"，只有。

④令直：号令人君施德要正直。

⑤禹水汤旱：《庄子·秋水》："禹之时，十年九潦；汤之时，八年七旱。"

⑥放勋：尧的名字。　殂落：死亡。

⑦阏（è，音遏）密：禁止。以禁乐来志哀。阏，同遏，止。

基义第五十三

　　凡物必有合①。合必有上，必有下，必有左，必有右，必有前，必有后，必有表，必有里；有美必有恶，有顺必有逆，有喜必有怒，有寒必有暑，有昼必有夜，此皆其合也。阴者阳之合，夫者妻之合，子者父之合，臣者君之合，物莫无合，而合各有阴阳。阳兼于阴，阴兼于阳，夫兼于妻，妻兼于夫，父兼于子，子兼于父，君兼于臣，臣兼于君，君臣父子夫妇之义，皆取诸阴阳之道。君为阳，臣为阴，父为阳，子为阴，夫为阳，妻为阴。阴道无所独行，其始也不得专起，其终也不得分功，有所兼之义。是故臣兼功于君，子兼功于父，妻兼功于夫，阴兼功于阳，地兼功于天。举而上者，抑而下也。有屏送而左也，有引而右也②。有亲而任也，有疏而远也。有欲日益也，有欲日损也。益其用而损其妨。有时损少而益多，有时损多而益少。少而不至绝，多而不至溢。阴阳二物终岁各壹出。壹其出远近同度而不同意③。阳之出也，常悬于前而任事；阴之出也，常悬于后而守空处④。此见天之亲阳而疏阴，任德而不任刑也。是故仁义制度之数，尽取之天。天为君而覆露之，地为臣而持载之⑤；阳为夫而生之，阴为妇而助之；春为父而生之，夏为子而养之；秋为死而棺之，冬为痛而丧之。王道之三纲可求于天。天出阳，为暖以生之；地出阴，为清以成之。不暖不生，不清不成。然而计其多少之分，则暖暑居百而清寒居一。德教其与刑罚，犹此也。故圣人多其爱而少其严，厚其德而简其刑，以此配天。天之大数必有十旬。旬天地之数，十而毕举；旬生长之功，十而毕成。天之气徐，乍寒乍暑。故寒不冻，暑不暍⑥，以其有余徐来，不暴卒也。《易》曰："履霜坚冰"，盖言逊也。然则上坚不逾等，果是天之所为，弗作而成也。人之所为，亦当勿作而极也。凡有兴者，稍稍上之以逊顺往，使人心悦而安之，无使人心恐，故曰："君子以人治人，谨能愿。"此之谓也。圣人之道，同诸天地，荡诸四海，变习易俗。

---

①合：匹合。阴阳、正反的结合。即下文的"合各有阴阳。"

②屏：挡。

③壹其出："壹"衍文。

④空处：空位，空虚。

⑤覆露之：覆之露之。覆盖之，滋润之。

⑥暍（yè，音谒）：暑热伤人。《说文解字》："暍，伤暑也。"

阙文第五十四

春秋繁露卷十三

四时之副第五十五

天之道，春暖以生，夏暑以养，秋凉以杀，冬寒以藏。暖暑清寒，异气而同功，皆天之所以成岁也。圣人副天之所行以为政，故以庆副暖而当春，以赏副暑而当夏，以罚副凉而当秋，以刑副寒而当冬。庆赏罚刑，异事而同功，皆王者之所以成德也。庆赏罚刑与春夏秋冬，以类相应也，如合符。故曰："王者配天"，谓其道。天有四时，王有四政，四政若四时，通类也，天人所同有也。庆为春，赏为夏，罚为秋，刑为冬，庆赏罚刑之不可不具也，如春夏秋冬不可不备也。庆赏罚刑，当其处不可不发，若暖暑清寒当其时不可不出也。庆赏罚刑，各有正处，如春夏秋冬各有时也。四政者不可以相干也，犹四时不可相干也；四政者不可以易处也，犹四时不可易处也。故庆赏罚刑有不行于其正处者，《春秋》讥也。

人副天数第五十六

天德施，地德化，人德义。天气上，地气下，人气在其间。春生夏长，百物以兴；秋杀冬收，百物以藏。故莫精于气，莫富于地，莫神于天。天地之精所以生物者，莫贵于人。人受命乎天也，故超然有以高物，物疢疾莫能为仁义，唯人独能为仁义；物疢疾莫能偶天地，唯人独能偶天地①。人有三百六十节，偶天之数也。形体骨肉，偶地之厚也。上有耳目聪明，日月之象也。体有空窍理脉，川谷之象也。心有哀乐喜怒，神气之类也。观人之体一，何高物之甚而类于天也？物旁折取天之阴阳以生活耳，而人乃烂然有其文理。是故凡物之形，莫不伏从旁折天地而行，人独题直立端尚，正正当之②。是故所取天地少者，旁折之；所取天地多者，正当之。此见人之绝于物而参天地。是故人之身，首妢员，象天容也③；发象星辰也；耳目戾戾，象日月也；鼻口呼吸，象风气也；胸中达知，象神明也；腹胞实虚，象百物也。百物者，最近地，故要以下地也④。天地之象，以要为带。颈以上者，精神尊严，明天类之状也；颈而下者，丰厚卑辱，土壤之比也。足布而方，地形之象也。是故礼，带置绅必直其颈，以别心也⑤。带而上者尽为阳，带而下者尽为阴，各其分阳天气也。阴，地气也。故阴阳之动，使人足病。喉痹起，则地气上为云雨，而象亦应之也⑥。天地之符，阴阳之副，常设于身。身犹天也，数与之相参，故命与之相连也。天以终岁之数，成人之身。故小节三百六十六，副日数也；大节十二分，副月数也；内有五藏，副五行数也；外有四肢，副四时数也；乍视乍瞑，副昼夜也；乍刚乍柔，副冬夏也；乍哀乍乐，副阴阳也；心有计虑，副度数也；行有伦理，副天地也。此皆暗肤著身，与人俱生，比而偶之弇合⑦。于其可数也，副数；不可数者，副类。皆当同而副天，一也。是故陈其有形以著其无形者，拘其可数以著其不可数者。以此言道之亦宜以类相应，犹其形也，以数相中也。

---

①疢（chèn，音趁）疾：热病。　　偶：匹配。

②旁折：侧取。　　"人独"句：疑当作"人颋立端向"。颋（tǐng，音挺），把头挺直。

③妢（fēn，音分）：同"坋"。坋，坟，土堆。高而圆。

④要：通"腰"。

⑤绅（shēn，音申）：古代士大夫束外衣大带垂下来的部分。

⑥痹（bì，音必）：病症。肢体麻木。

⑦肤：外附。　　弇（yǎn，音眼）合：相合。

同类相动第五十七

今平地注水，去燥就湿；均薪施火，去湿就燥。百物其去所与异，而从其所与同。故气同则会，声比则应，其验皦然也①。试调琴瑟而错之，鼓其宫则他宫应之，鼓其商，而他商应之，五音比而自鸣，非有神，其数然也②。美事召美类，恶事召恶类。类之相应而起也，如马鸣则马应之，牛鸣则牛应之。帝王之将兴也，其美祥亦先见；其将亡也，妖孽亦先见。物故以类相召也。故以龙致雨，以扇逐暑，军之所处以棘楚③。美恶皆有从来，以为命，莫知其处所。天将阴雨，人之病故为之先动，是阴相应而起也。天将欲阴雨，又使人欲睡卧者，阴气也。有忧亦使人卧者，是阴相求也。有喜者，使人不欲卧者，是阳相索也。水得夜益长数分，东风而酒湛溢④；病者至夜而疾益甚，鸡至几明皆鸣而相薄，其气益精。故阳益阳而阴益阴，阳阴之气，固可以类相益损也。天有阴阳，人亦有阴阳。天地之阴气起，而人之阴气应之而起；人之阴气起，而天之阴气亦宜应之而起，其道一也。明于此者，欲致雨，则动阴以起阴；欲止雨，则动阳以起阳。故致雨非神也，而疑于神者，其理微妙也。非独阴阳之气可以类进退也，虽不祥祸福所从生，亦由是也。无非己先起之，而物以类应之而动者也。故聪明圣神，内视反听，言为明圣，内视反听，故独明圣者，知其本心皆在此耳。故琴瑟报弹其宫，他宫自鸣而应之，此物之以类动者也。其动以声而无形，人不见其动之形，则谓之自鸣也。又相动无形，则谓之自然，其实非自然也，有使之然者矣。物固有实使之，其使之无形。《尚书大传》言："周将兴之时，有大赤鸟衔谷之种，而集王屋之上者，武王喜，诸大夫皆喜。周公曰：'茂哉！茂哉！天之见此以劝之也。'"恐恃之⑤。

①皦然：同皎然，明显。

②错：更迭，交替。

③棘楚：荆棘。旧说兵主杀，为恶；所处之地，必生荆棘。

④酒湛（chén，音沉）溢：东风送暖，催酒发酵，所以糟沉而酒浮。湛，通"沉"。

⑤此处文意示尽，似有缺误。

五行相生第五十八①

天地之气，合而为一，分为阴阳，判为四时，列为五行。行者行也，其行不同，故谓之五行。五行者，五官也，比相生而间相胜也。故谓治，逆之则乱，顺之则法。

东方者木，农之本。司农尚仁，进经术之士，道之以帝王之路，将顺其美，匡救其恶。执规而生，至温润下，知地形肥饶美恶，立事生则，因地之宜，召公是也。亲入南亩之中，观民垦草发淄，耕种五谷，积蓄有余，家给人足，仓库充实，司马食谷②。司马，本朝也。本朝者火也。故曰木生火。

南方者火也，本朝。司马尚智进贤圣之士，上知天文，其形兆未见，其萌芽未生，昭然独见存亡之机，得失之要，治乱之源，预禁未然之前。执矩而长，至忠厚仁，辅翼其君，周公是也。成王幼弱，周公相，诛管叔、蔡叔以定天下③。天下既宁以安君。官者司营。司营者，土也。故曰火生土。

中央者土，君官也。司营尚信，卑身贱体，夙兴夜寐，称述往古，以厉主意。明见成败，微谏纳善，防灭其恶，绝原塞鄹，执绳而制四方，至忠厚信，以事其君，据义割恩，太公是也④。应天因时之化，威武强御以成。大理者，司徒也。司徒者，金也。故曰土生金。

西方者金，大理司徒也。司徒尚义，臣死君而众人死父，亲有尊卑，位有上下，各死其事。事不逾矩，执权而伐。兵不苟克，取不苟得，义而后行。至廉而威，质直刚毅，子胥是也。伐有罪，讨不义，是以百姓附亲，边境安宁，寇贼不发，邑无狱讼，则亲安。执法者，司寇也。司寇者，水也。故曰金生水。

北方者水，执法司寇也。司寇尚礼，君臣有位，长幼有序，朝廷有爵，乡党以齿，升降揖让，般伏拜谒，折旋中矩，立而磬折，拱则抱鼓，执衡而藏，至清廉平，赂遗不受，请谒不听，据法听讼，无有所阿，孔子是也⑤。为鲁司寇，断狱屯屯，与众共之，不敢自专⑥。是死者不恨，生者不怨，百工维时，以成器械，器械既成，以给司农。司农者，田官也。田官者，木。故曰水生木。

①五行相生篇：旧本、聚珍本此篇列五十九，在《五行相胜篇》之后，今依他本移位于此。

②发淄（zī，音资）：同发菑。菑，初耕的田地。《尔雅·释地》："田一岁曰菑。"郭璞注："今江东呼初耕地反草为菑。"发菑，除初耕田之草以备耕种。

③管叔、蔡叔：武王、周公的弟弟，因叛乱而被周公诛灭。

④鄎（xī，音西）：同"隙"，小裂缝。

⑤般（pán，音盘）伏：即般辟，盘旋进退，古代行礼时的动作姿态。　　折旋：古人拜揖时的折腰姿态。　　磬折：站立的姿态，上身要倾俯。　　抱鼓：拱立的姿态，要笔立端正肩背如抱鼓。

⑥屯屯（zhūn zhūn，音谆谆）：诚恳的样子。

五行相胜第五十九

木者，司农也。司农为奸，朋党比周①，以蔽主明，退匿贤士，绝灭公卿，教民奢侈，宾客交通，不劝田事，博戏斗鸡，走狗弄马，长幼无礼，大小相虏，并为寇贼，横恣绝理，司徒诛之，齐桓是也。行霸任兵，侵蔡，蔡溃②，遂伐楚，楚人降伏，以安中国。木者，君之官也。夫木者农也，农者民也，不顺如叛，则命司徒诛其率正矣③。故曰金胜木。

火者，司马也。司马为谗，反言易辞以谮诉人，内离骨肉之亲，外疏忠臣，贤圣旋亡，谗邪日昌，鲁上大夫季孙是也。专权擅势，薄国威德，反以怠恶，谮诉其群臣，劫惑其君④。孔子为鲁司寇，据义行法，季孙自消，堕费、郈城，兵甲有差⑤。夫火者，本朝。有谗邪荧惑其君，执法诛之。执法者，水也。故曰水胜火。

土者，君之官也。其相司营。司营为神⑥，主所为皆曰可，主所言皆曰善，谄顺主指，听从为比，进主所善，以快主意，导主以邪，陷主不义。大为宫室，多为台榭，雕文刻镂，五色成光。赋敛无度，以夺民财；多发徭役，以夺民时；作事无极，以夺民力。百姓愁苦叛去其国。楚灵王是也。作乾溪之台，三年不成，百姓罢弊而叛，及其身弑。夫土者，君之官也。君太奢侈过土失礼，民叛矣。其民叛，其君穷矣。故曰木胜土。

金者，司徒也。司徒为贼，内得于君，外骄军士，专权擅势，诛杀无罪，侵伐暴虐，攻战妄取，令不行，禁不止，将率不亲，士卒不使⑦，兵弱地削，令君有耻，则司马诛之。楚杀其司徒得臣是也。得臣数战破敌，内得于君，骄蹇不恤其下，卒不为使，当敌而弱，以危楚国，司马诛之。金者，司徒。司徒弱，不能使士众，则司马诛之。故曰火胜金。

水者，司寇也。司寇为乱，足恭小谨，巧言令色，听谒受赂，阿党不平，慢令急诛，诛杀无罪，则司营诛之，营荡是也⑧。为齐司寇。太公封于齐，问以治国之要，营荡对曰："任仁义而已。"太公曰："任仁义奈何？"营荡对曰："仁者爱人，义者尊老。"太公曰："爱人尊老奈何？"营荡对曰："爱人者，有子不食其力；尊老者，妻长而夫拜之。"太公曰："寡人欲以仁义治齐，今子以仁义乱齐，寡人立而诛之，以定齐国。"夫水者，执法司寇也。执法附党不平，依法刑人，则司营诛之。故曰土胜水。

①朋党比周：立党营私，互相勾结。

②蔡溃：蔡国吏民反上。《公羊传·僖四年》："溃者何？下叛上也。国曰溃，邑曰叛。"

③如：而。　　率（shuài，音帅）：率众闹事的首恶。　　正：使之回到正道。

④谮（zèn，音怎去声）诉：诬告。谮，说人坏话。　　劫：以力胁持。

⑤墮（huī，音灰）：通"隳"，毁坏。

⑥神：巫。《国语·周语》："得卫巫，使监谤者。"神即此类。

⑦不使：不服从。下文"为使"，他本作"为死"。

⑧营荡：人名，齐司寇。事迹史籍不详。

五行逆顺第六十

木者春，生之性，农之本也。劝农事，无夺民时，使民岁不过三日，行什一之税，进经术之士。挺群禁，出轻繁①，去稽留，除桎梏，开闭阖，通障塞。恩及草木，则树木华美，而朱草生；恩及鳞虫，则鱼大为鳣鲸不见，群龙下如。人君出入不时，走狗试马驰骋不反宫室，好婬乐饮酒沈湎纵恣，不顾政治，事多发役，以夺民时，作谋增税，以夺民财，民病疥搔，温体，足胻痛②。咎及于木，则茂木枯槁，工匠之轮多伤败，毒水淹群，漉陂如渔，咎及鳞虫，则鱼不为，群龙深藏，鲸出见③。

火者夏，成长，本朝也。举贤良，进茂才，官得其能，任得其力，赏有功，封有德，出货财，振困乏，正封疆，使四方。恩及于人，则火顺人而甘露降；恩及羽虫，则飞鸟大为，黄鹄出见，凤凰翔。如人君惑于谗邪，内离骨肉，外疏忠臣，至杀世子，诛杀不辜，逐忠臣以妾为妻，弃法令妇妾为政，赐予不当，则民病血壅肿，目不明，咎及于火，则大旱，必有火灾。摘巢采鷇，咎及羽虫，则飞鸟不为，冬应不来，枭鸱群鸣，凤凰高翔④。

土者夏中，成熟百种，君之官。循宫室之制，谨夫妇之别，加亲戚之恩。恩及土，则五谷成，而嘉禾兴；恩及倮虫，则百姓亲附，城郭充实，贤圣皆迁，仙人降⑤。如人君好婬佚，妻妾过度，犯亲戚，侮父兄，欺罔百姓，大为台榭，五色成光，雕文刻镂，则民病心腹宛黄，舌烂痛。⑥咎及于土。则五谷不成，暴虐妄诛，咎及倮虫。倮虫不为，百姓叛去，贤圣放亡。

金者秋，杀气之始也。建立旗鼓，杖把旄钺，以诛贼残，禁暴虐，安集，故动众兴师，必应义理。出则祠兵，入则振旅，以闲习之。因于搜狩，存不忘亡，安不忘危。修城郭，缮墙垣，审群禁，饬兵甲，警百官，诛不法。恩及于金石，则凉风出；恩及于毛虫，则走兽大为，麒麟至。如人君好战，侵陵诸侯，贪城邑之赂，轻百姓之命，则民病喉欬漱，筋挛，鼻仇塞⑦。咎及于金，则铸化凝滞，冻坚不成。四面张纲，焚林而猎；咎及毛虫，则走兽不为，白虎妄捕，麒麟远去。

水者冬，藏至阴也。宗庙祭祀之始，敬四时之祭，禘袷昭穆之序⑧。天子祭天，诸侯祭土。闭门闾大搜索，断刑罚，执当罪，饬关梁，禁外徙。恩及于水，则醴泉出⑨；恩及介虫，则龟鼋大为，灵龟出⑩。如人君简宗庙，不祷祀，废祭祀，执法不顺，逆天时，则民病流肿，水张，痿痹，孔窍不通。咎及于水，雾气冥冥，必有大水。水为民害，咎及介虫，则龟深藏，鼋鼍呴⑪。

①挺群禁：宽处狱中囚犯。挺，宽待。　　繁：系。指拘系有违禁而又不至于判刑的人。

②足胻（héng，音衡）：脚和小腿。

③淹（yān，音淹）：同淹。　　漉陂（lù bēi，音虑杯）如渔：抽干池塘里的水捞鱼。此形容毒水对鱼的危害。如，而。

④鷇（kù，音库）：嗷嗷待哺的幼鸟。　　枭鸱：恶鸟。

⑤倮（luǒ，音裸）虫：古称无羽毛鳞甲的动物，人属倮虫中的灵长。

⑥宛（yuè，音月）黄：黑黄色。宛，本字为"瘫"。

⑦仇：鼻孔双塞。仇或作"魷"。

⑧禘袷（dì xiá，音帝匣）：祭礼。见前注。

⑨闭门闾：关闭城门和闾里之门。　　饬（chì，音斥）：整顿。

⑩鼋鼍（yuán tuó，音元驮）：大鳖和土龙。

⑪呴（xū，音吁）：张口呵气。此指相互濡湿。

治水五行第六十一

日冬至，七十二日木用事，其气燥浊而清。七十二日火用事，其气惨阳而赤。七十二日土用事，其气湿浊而黄。七十二日金用事，其气惨淡而白。七十二日水用事，其气清寒而黑。七十二日复得木，木用事，则行柔惠，挺群禁。至于立春，出轻系，去稽留，除桎梏，开门阖，通障塞，存幼孤，矜寡独，无伐木。火用事，则正封疆，循田畴。至于立夏，举贤良，封有德，赏有功，出使四方，无纵火。土用事，则养长老，存幼孤，矜寡独，赐孝悌，施恩泽，无兴土功。金用事，则修城郭，缮墙垣，审群禁，饬甲兵，警百官，诛不法，存长老，无焚金石。水用事，则闭门闾，大搜索，断刑罚，执当罪，饬关梁，禁外徙，无决池堤。

春秋繁露卷十四

治乱五行第六十二

火干木，蛰虫早出，雷早行①。土干木，胎夭卵毈，鸟虫多伤。②金干木，有兵。水干木，春下霜。

土干火，则多雷。金干火，草木夷。水干火，夏雹。木干火，则地动。

金干土，则五谷伤，有殃。水干土，夏寒雨霜。木干土，倮虫不为③。火干土，则大旱。

水干金，则鱼不为。木干金，则草木再生。火干金，则草木秋荣。土干金，五谷不成。

木干水，冬蛰不藏。土干水，则蛰虫冬出。火干水，则星坠。金干水，则冬大寒。

---

①雷：他本作"眩（眩）雷"，即带电闪之雷。

②干：冲犯。　毈（duàn，音段）：孵化不出雏的卵。

③不为：不成为。即倮虫变化不成倮虫。

五行变救第六十三

五行变至，当救之以德，施之天下，则咎除。不救以德，不出三年，天当雨石。木有变，春凋秋荣。秋木冰，春多雨①。此徭役众，赋敛重，百姓贫穷叛去，道多饥人。救之者，省徭役，薄赋敛，出仓谷，赈困穷矣。火有变，冬温夏寒。此王者不明，善者不赏，恶者不绌，不肖在位，贤者伏匿，则寒暑失序，而民疾疫②。救之者，举贤良，赏有功，封有德。土有变，大风至，五谷伤。此不信仁贤，不敬父兄，淫佚无度，宫室荣。救之者，省宫室，去雕文，举孝悌，恤黎元。金有变，毕昴为回③，三覆有武，多兵多盗寇。此弃义贪财，轻民命，重货赂，百姓趣利，多奸轨。救之者，举廉洁，立正直，隐武行文④，束甲械。水有变，冬湿多雾，春夏雨雹。

此法令缓，刑罚不行。救之者，忧囹圄，案奸宄，诛有罪，搜五日⑤。

①木冰：树上挂满冰霜，如披银甲，故亦谓之木介、树介。
②绌：通"黜"，斥退。
③毕、昴（mǎo，音卯）：二星宿名。旧说其出主兵乱。
④隁（yàn，音晏）：即偃武、息武。
⑤奸宄（guǐ，音轨）：指犯法作乱的人。同奸轨。

五行五事第六十四

王者与臣无礼貌，不肃敬，则木不曲直①，而夏多暴风。风者，木之气也，其音角也，故应之以暴风。王者言不从，则金不从革，而秋多霹雳②。霹雳者，金气也，其音商也，故应之以霹雳。王者视不明，则火不炎上，而秋多电。电者，火气也，其音徵也，故应之以电。王者听不聪，则水不润下，而春夏多暴雨。雨者，水气也，其音羽也，故应之以暴雨。王者心不能容，则稼穑不成，而秋多雷。雷者，土之气也，其音宫也，故应之以雷。

五事：一曰貌，二曰言，三曰视，四曰听，五曰思。何谓也？夫五事者，人之所受命于天也，而王者所修而治民也。故王者为民，治则不可以不明，准绳不可以不正。王者貌曰恭，恭者敬也。言曰从，从者可从。视曰明，明者知贤不肖者，分明黑白也。听曰聪，聪者能闻事而审其意也。思曰容，容者言无不容。恭作肃，从作乂，明作哲，聪作谋，容作圣③。何谓也？恭作肃，言王诚能内有恭敬之姿，而天下莫不肃矣。从作乂，言王者言可从，明正从行，而天下治矣。明作哲，哲者知也。王者明，则贤者进，不肖者退，天下知善而劝之，知恶而耻之矣。聪作谋，谋者谋事也。王者聪，则闻事与臣下谋之，故事无失谋矣。容作圣，圣者设也。王者心宽大无不容，则圣能施设，事各得其宜也。王者能敬，则春气得，故肃。肃者主春。春阳气微，万物柔易，移弱可化，于时阴气为贼，故王者钦。钦不以议阴事，然后万物遂生，而木可曲直也。春行秋政，则草木凋；行冬政，则雪；行夏政，则杀。春失政，则（有阙文）。

王者能治，则义立。义立则秋气得，故义者主秋。秋气始杀，王者行小刑罚，民不犯则礼义成。于时阳气为贼，故王者辅以官牧之事，然后万物成熟。秋草木不荣华，金从革也。秋行春政，则华；行夏政，则乔；行冬政，则落。秋失政，则春大风不解，雷不发。

王者能知，则知善恶。知善恶，则夏气得。故哲者主夏。夏阳气始盛，万物兆长，王者不掩明，则道不退塞。而夏至之后，大暑隆，万物茂育怀任，王者恐明不知贤不肖，分明白黑④。于时寒为贼，故王者辅以赏赐之事，然后夏草木不霜，火炎上也。夏行春政，则风；行秋政，则水；行冬政，则落。夏失政，则冬不冻冰，五谷不藏，大寒不解。

王者无失谋，然后冬气得，故谋者主冬。冬阴气始盛，草木必死，王者能闻事，审谋虑之，则不侵伐。不侵伐且杀，则死者不恨，生者不怨。冬日至之后，大寒降，万物藏于下，于时暑为贼，故王者辅之以急，断之事以水润下也。冬行春政，则蒸；行夏政，则雷；行秋政，则旱。冬失政，则夏草木不实，霜五谷疾枯。

①木不曲直：木材制轮不曲，制矢不直。其言林木之遭破坏。
②金不从革：金不处水火相对抗之中。革，水火相违之象。《易·革》："象曰：泽中有火，革。"孔颖达疏："火在泽中，二

性相违，必相改变，故为革象也。"金不从水火之革，喻王言之不从。

③乂（yì，音义）：通"刈"，治理，安定。

④怀任：即怀妊。任通"妊"，妊。

郊语第六十五

人之言：醯去烟，鸱羽去眯，慈石取铁，颈金取火，蚕珥丝于室，而弦绝于堂，禾实于野，而粟缺于仓，芜夷生于燕①，橘枳死于荆，此十物者，皆奇而可怪，非人所意也。夫非人所意，而然既已有之矣，或者吉凶祸福利不利之所从生，无有奇怪非人所意如是者乎？此等可畏也。孔子曰："君子有三畏：畏天命，畏大人，畏圣人之言。"彼岂无伤害于人，如孔子徒畏之哉！以此见天之不可不畏敬，犹主上之不可不谨事。不谨事主，其祸来至显；不畏敬天，其殃来至暗。暗者不见其端，若自然也。故曰：堂堂如天，殃言不必立校，默而无声，潜而无形也。由是观之，天殃与上罚所以别者，暗与显耳。不然，其来逮人，殆无以异。孔子同之，俱言可畏也。天地神明之心，与人事成败之真，固莫之能见也，惟圣人能见之。圣人者，见人之所不见者也。故圣人之言，亦可畏也。奈何而废郊礼②？郊礼者，人所最甚重也。废圣人所最甚重，而吉凶利害在于冥冥不可得见之中，虽已多受其病，何从知之？故曰：问圣人者，问其所为，而无问其所以为也。问其所以为，终弗能见，不如勿问。问为而为之，所不为而勿为，是与圣人同实也。何过之有？《诗》云："不愆不忘，率由旧章。"旧章者，先圣人之故文章也。率由各有修从之也。此言先圣人之故文章者，虽不能深见而详知其则，犹不知其美誉之功矣。今郊事天之义，此圣人故。故古之圣王，文章之最重者也，前世王莫不从重，栗精奉之以事上天。至于秦而独阙然废之，一何不率由旧章之大甚也。天者，百神之大君也，事天不备，虽百神犹无益也。何以言其然也？祭而他神者，《春秋》讥之，孔子曰："获罪于天，无所祷也。"是其法也。故未见秦国致天福如周国也。《诗》曰："唯此文王，小心翼翼。昭事上帝，允怀多福。"多福者，非谓人也，事功也，谓天之所福也。《传》曰："周国子多贤，蕃殖至于骈孕男者四③，四产而得八男，皆君子俊雄也。"此天之所以兴周国也，非周国之所能为也。今秦与周俱得为天子，而所以事天者异于周。以郊为百神始，始入岁首，必以正月上辛日先享天，乃敢于地，先贵之义也。夫岁先之与岁弗行也，相去远矣。天下福，若无可怪者，然所以久弗行者，非灼灼见其当而故弗行也。典礼之官常嫌疑，莫能昭昭明其当也。今切以为其当与不当，可内返于心而定也④。尧谓舜曰："天之历数在尔躬。"言察身以知天也。今身有子，孰不欲其有子礼也，圣人正名，名不虚生。天子者，则天之子也。以身度天，独何为不欲其子之有子礼也？今为其天子，而阙然无祭于天，天何必善之！所闻曰：天下和平，则灾害不生。今灾害生，见天下未和平也。天下所未和平者，天子之教化不行也。《诗》曰："有觉德行，四国顺之。"觉者，著也。王者有明著之德行于世，则四方莫不响应，风化善于彼矣。故曰：悦有庆赏，严于刑罚，疾于法令。

①醯：当作醯（xī，音希），醋。醋能除烟，救熏穴。　　　眯（mǐ，同迷）：尘物进入眼睛。　　　颈金：赪金，纯金。赪（chēng，音称），红色。　　珥丝：老蚕吐丝。珥，蚕老如玉如珥，故称。　　芜夷：一名无姑，榆类山木，味辛香，其果实称作"夷"，可入药。

②郊礼：郊祀之礼。古代天子在郊外祭天之礼。

③骈孕：双胞胎。

④切：疑当是"窃"。窃，董子自称。

春秋繁露卷十五

郊义第六十六

郊义，《春秋》之法。王者岁一祭天于郊，四祭于宗庙。宗庙因于四时之易，郊因于新岁之初。圣人有以起之，其以祭不可不亲也。天者百神之君也，王者之所最尊也。以最尊天之故，故易始岁更纪，即以其初郊。郊必以正月上辛者，言以所最尊，首一岁之事。每更纪者以郊。郊祭首之，先贵之义，尊天之道也。

郊祭第六十七

《春秋》之义，国有大丧者，止宗庙之祭，而不止郊祭，不敢以父母之丧，废事天地之礼也。父母之丧，至哀痛悲苦也，尚不敢废郊也，孰足以废郊者？故其在《礼》亦曰："丧者不祭，惟祭天为越丧而行事。"夫古之畏敬天而重天郊，如此甚也。今群臣学士不探察，曰："万民多贫，或颇饥寒，足郊乎？"是何言之误！天子父母事天，而子孙畜万民，民未遍饱，无用祭天者，是犹子孙未得食，无用食父母也①。言莫逆于是，是其去礼远也。礼者先贵而后贱，孰贵于天子？天子号天之子也。奈何受为天子之号，而无天子之礼？天子不可不祭天也，无异人之不可以不食父。为人子而不事父者，天下莫能以为可。今为天之子而不事天，何以异是！是故天子每至岁首，必先郊祭以享天，乃敢为地，行子礼也。每将兴师，必先郊祭以告天，乃敢征伐，行子道也。文王受天命而王天下，先郊乃敢行事，而兴师伐崇，其诗曰②："芃芃棫朴，薪之槱之③。济济辟王，左右趋之④。济济辟王，左右奉璋⑤。奉璋峨峨，髦士攸宜⑥"。此郊辞也。其下曰："淠彼泾舟，烝徒楫之⑦。周王于迈，六师及之⑧"。此伐辞也。其下曰："文王受命，有此武功。既伐于崇，作邑于丰。"以此辞者，见文王受命则郊。郊乃伐崇。伐崇之时，民何处央乎？

---

①父母：像敬父母那样。　　子孙：像爱子孙那样。　　食（sì，音饲）：供养，供给其食。

②诗曰：指《诗经·大雅·棫朴》篇。

③芃芃（péng péng，音蓬蓬）：树木茂盛的样子。　　棫（yù，音域）朴：二木名。　　槱（yóu，音尤）：积薪（柴）备烧。

④济济：容貌堂堂。　　辟（bì，音必）王：君王。指文王。

⑤璋：半珪的玉。用以祭献之礼。

⑥峨峨：盛壮的样子。　　髦士攸宜：俊美之士皆所相宜。

⑦淠（pì，音僻）：舟行的样子。　　烝徒：舟中之人。

⑧于迈：往行，指出征。

四祭第六十八

古者岁四祭。四祭者，因四时之所生熟，而祭其先祖父母也。故春曰祠，夏曰礿，秋曰尝，冬曰蒸①，此言不失其时以奉祭先祖也。过时不祭，则失为天子之道也。祠者，以正月始食韭也。礿者，以四月食麦也。尝者，以七月尝黍稷也。蒸者，以十月进初稻也。此天之经也，地之义也。孝子孝妇缘天之时，因地之利，地之菜茹瓜果，艺之稻麦黍稷，菜生穀熟，永思吉日，供具祭物，斋戒沐浴，洁清致敬，祀其先祖父母。孝子孝妇不使时过，已处之以爱敬，行之以恭让，亦殆免于罪矣。已受命而王，必先祭天，乃行王事，文王之伐崇是也。《诗》曰："济济辟王，左右奉璋。奉璋峨峨，髦士攸宜。"此文王之郊也②。其下之辞曰："淠彼泾舟，烝徒楫之。周王于迈，六师及之。"此文王之伐崇也。上言奉璋，下言伐崇，以是见文王之先郊而后伐也。文王受命则郊，郊乃伐崇。崇国之民，方困于暴乱之君，未得被圣人德泽，而文王已郊矣③。安在德泽未洽者④，不可以郊乎？

①祠（cí，音辞）：周代的春祭。其下的礿（yuè，音月）、尝、蒸则指夏祭、秋祭、冬祭之名。

②郊：此指文王祭天。郊，郊祀。

③被：同"披"，沾丐。

④洽（qià，音恰；又 xiá，音霞）：滋润、浸润。

郊祀第六十九

周宣王时，天下旱，岁恶甚，王忧之。其《诗》曰①："倬彼云汉，昭回于天②。王曰呜呼！何辜今之人③？天降丧乱，饥馑荐臻。靡神不举，靡爱斯牲，圭璧既卒，宁莫我听④。旱既太甚，蕴隆虫虫。不殄禋祀，自郊徂宫。上下奠瘗，靡神不宗⑤。后稷不克，上帝不临。耗斁下土，宁丁我躬⑥。"宣王自以为不能乎后稷，不中乎上帝，故有此灾，有此灾，愈恐惧而谨事天。天若不予是家，是家者安得立为天子⑦？立为天子者，天予是家。天予是家者，天使是家。天使是家者，是家天之所予也，天之所使也。天巳予之，天巳使之，其间不可以接天何哉？故《春秋》凡讥郊，未尝讥君德不成于郊也。及不郊而祭山川，失祭之叙，逆于礼，故必讥之。以此观之，不祭天者，乃不可祭小神也。郊因先卜，不吉不敢郊。百神之祭不卜，而郊独卜，郊祭最大也。《春秋》讥丧祭，不讥丧郊。郊不辟丧，丧尚不辟，况他物⑧！郊祝曰："皇皇上天，照临下土。集地之灵，降甘风雨。庶物群生，各得其所，靡今靡古，维予一人某，敬拜皇天之祜⑨。"夫不自为言，而为庶物群生言，以人心庶天无尤焉。天无尤焉，而辞恭顺，宜可喜也。右郊祝九句，九句者，阳数也。

①诗曰：《诗经·大雅·云汉》前二章。

②倬（zhuó，音卓）：大而鲜明。　云汉：天河。

③辜：罪。

④靡：无，不。　卒：尽。　宁：何。

⑤蕴隆：积蕴盛大。　虫虫：热气。　殄（tiǎn，音田）：灭。　上下奠瘗（yì，音义）：上祭天，下祭地。　宗：

尊。

⑥后稷：周之祖先。　　临：来享。　　耗射（yì，音义）：耗费。射同"斁"，败。

⑦予：给予，赐予。

⑧辟：通"避"，回避，逊让。

⑨庶：众多。

顺命第七十

父者，子之天也；天者，父之天也。无天而生，未之有也。天者，万物之祖，万物非天不生。独阴不生，独阳不生，阴阳与天地参然后生①。故曰：天之子也可尊，母之子也可卑，尊者取尊号，卑者取卑号②。故德侔天地者，皇天右而子之，号称天子③。其次有五等之爵以尊之，皆以国邑为号。其无德于天地之间者，州国人民，甚者不得系国邑。皆绝骨肉之属，离人伦，谓之阉盗而已。无名姓号氏于天地之间，至贱乎贱者也。其尊至德，巍巍乎，不可以加矣！其卑至贱，冥冥其无下矣。《春秋》列序位卑尊之陈，累累乎，可得而观也。虽暗且愚，莫不昭然。公子庆父，罪亦不当系于国，以亲之故为之讳，而谓之齐仲孙，去其公子之亲也。故有大罪，不奉其天命者，皆弃其天伦。人于天也，以道受命；其于人，以言受命。不若于道者，天绝之；不若于言者，人绝之。臣子大受命于君，辞而出疆，唯有社稷国家之危，犹得发辞而专。安之盟是也④。天子受命于天，诸侯受命于天子，子受命于父，臣妾受命于君，妻受命于夫，诸所受命者，其尊皆天也。虽谓受命于天亦可。天子不能奉天之命，则废而称公，王者之后是也。公侯不能奉天子之命，则名绝而不得就位，卫侯朔是也。子不奉父命，则有伯讨之罪，卫世子蒯聩是也。臣不奉君命，虽善以叛，言晋赵鞅入于晋阳以叛是也。妾不奉君之命，则媵女先至者是也⑤。妻不奉夫之命，则绝夫不言及是也。曰：不奉顺于天者，其罪如此。孔子曰："畏天命，畏大人，畏圣人之言。"其祭社稷、宗庙、山川、鬼神不以其道。无灾无害，至于祭天不享，其卜不从，使其牛口伤，鼷鼠食其角⑥，或言食牛，或言食而死，或食而生，或不食而自死，或改卜而牛死，或卜而食其角。过有深浅薄厚，而灾有简甚，不可不察也。犹郊之变，因其灾而之变，应而无为也。见百事之变之所不知而自然者，胜言与？以此见其可畏。专诛绝者，其唯天乎？臣杀君，子杀父⑦，三十有余，以此观之，可畏者，其唯天命大人乎？亡国五十有余，皆不事畏者也。况不畏大人，大人专诛之。君之灭者，何日之有哉？鲁宣违圣人之言，变古易常，而灾立至。圣人之言，可不慎？此三畏者，异指而同致，故圣人同之，俱言其可畏也。

①参：参合，结合。

②天之子：何休注："王者尊，称天子；众人卑，称母子。"

③侔：齐，等。　　右：通"佑"，保佑。

④安之盟：此指鲁成公二年齐晋盟于袁娄事，见传文。

⑤媵（yìng，音映）：陪嫁之人和随嫁之女均称媵。媵女，身份同妾。僖公本聘于楚，而齐媵女先送至鲁，僖公即以此媵妾作妻，称姜氏，为嫡夫人。事见僖公八年传。

⑥鼷（xī，音西）鼠：最小的鼠。据载，专啮食人及牛马等皮肤使成疮。事见《春秋》鲁成公七年传。

⑦杀（shì，音是）：通"弑"。

郊事对第七十一

廷尉臣汤昧死言曰①："臣汤承制，以郊事问故胶西相仲舒。"臣仲舒对曰："所闻古者天子之礼，莫重于郊。郊常以正月上辛者，所以先百神而最居前。礼，三年丧，不祭其先，而不敢废郊。郊重于宗庙，天尊于人也。《王制》曰：'祭天地之牛茧栗，宗庙之牛握，宾客之牛尺②。'此言德滋美而牲滋微也。《春秋》曰：'鲁祭周公，用白牡③。'色白贵纯也，帝牲在涤三月，牲贵肥洁而不贪其大也。凡养牲之道，务在肥洁而已。驹犊未能胜刍豢之食，莫如令食其母便。"臣谨问仲舒："鲁祀周公用白牲，非礼也？"臣仲舒对曰："礼也。"臣汤问曰："周天子用骍刚，群公不毛④。周公，诸公也，何以得用纯牲？"臣仲舒对曰："武王崩，成王幼而在襁褓之中，周公继文武之业，成二圣之功，德渐天地，泽被四海。故成王贤而贵之。《诗》云：'无德不报。'故成王使祭周公以白牡。上不得与天子同色，下有异于诸侯。臣仲舒愚以为报德之礼。"臣汤问仲舒："天子祭天，诸侯祭土，鲁何缘以祭郊？"臣仲舒对曰："周公傅成王，成王遂及圣，功莫大于此。周公，圣人也，有祭于天道，故成王令鲁郊也。"臣汤问仲舒："鲁祭周公用白牲，其郊何用？"臣仲舒对曰："鲁郊用纯骍刚，周色上赤，鲁以天子命郊，故以骍。"臣汤问仲舒："祠宗庙或以鹜当凫，鹜非凫⑤，可用否？"臣仲舒对曰："鹜非凫，凫非鹜也。臣闻孔子入太庙，每事问，慎之至也。陛下祭躬亲，斋戒沐浴，以承宗庙，甚敬谨。奈何以凫当鹜，鹜当凫？名实不相应，以承太庙，不亦不称乎？臣仲舒愚，以为不可。臣犬马齿衰，赐骸骨伏陋巷，陛下乃幸使九卿，问以朝廷之事，臣愚陋曾不足以承明诏，奉大对，臣仲舒昧死以闻。"

---

① 汤：西汉武帝时廷尉张汤。
② 茧栗：指祭牲牛的角如蚕茧和板栗。下文的握、尺亦指牛角之大小。
③ 白牡：纯白色的公牛。牡，雄性。
④ 骍刚（xīn gāng，音辛刚），亦作骍牺，赤脊的公牛。　　不毛：公卿祭祀不讲究毛色之纯与不纯。
⑤ 鹜（wù，音务）：家鸭，亦称舒凫。　　凫（fú，音浮）：野鸭。

春秋繁露卷十六

执贽第七十二

凡执贽，天子用畅，公侯用玉，卿用羔，大夫用雁①。雁乃有类于长者。长者在民上，必施然有先后之随，必俶然有行列之治②，故大夫以为贽。羔有角而不任，设备而不用，类好仁者；执之不鸣，杀之不啼，类死义者；羔食于其母，必跪而受之，类知礼者。故羊之为言犹祥与？故卿以为贽。玉有似君子，子曰："人而不曰如之何？如之何者，吾末如之何也矣③。"故匿病者不得良医，羞问者圣人去之，以为远功而近有灾，是则不有④。玉至清而不蔽其恶，内有瑕秽，必见之于外，故君子不隐其短。不知则问，不能则学，取之玉也。君子比之玉，玉润而不污，是仁而至清洁也；廉而不杀是义而不害也。坚而不絜，过而不濡⑤。视之如庸，展之如石，状如石，搔而不可从烧，洁白如素，而不受污。玉类备者，故公侯以为贽。畅有似于圣人者，纯仁淳粹，而有知之贵也。择于身者尽为德音，发于事者尽为润泽。积美阳芬香，以通之天。畅亦取百香之心，独末之，合之为一，而达其臭，气畅于天。其淳粹无择，与圣人也。故天子以为贽，而各以事上也。观贽之意，可以见其事。

①贽：见面礼。昭二十四年："男贽，大者玉帛小者禽鸟；女贽，榛栗枣脩"。　　畅：通"鬯"（chàng，音唱），古代祭酒，用郁金草酿黑黍而成。

②俶（tì，音替）然：整齐的样子。

③末之如何：无如之何。末，无。

④不有：不友，不相亲。有，当为"友"。

⑤硁（kēng，音坑）：刚。硁同硻。　　过而不濡：温而不沾湿。过，疑"温"之误。

山川颂第七十三

　　山则岧嵸嵬崔，嶊嵬，崒巍，久不崩弛，似夫仁人志士①。孔子曰："山川神祇立。"实藏殖，器用资，曲直合，大者可以为宫室台榭，小者可以为舟舆浮湤②。大者无不中，小者无不入，持斧则斫，折镰则艾③。生人立，禽兽伏，死人入，多其功而不言，是以君子取譬也。且积土成山，无损也；成其高，无害也；成其大，无亏也。小其上，泰其下④，久长安，后世无有去就，俨然独处，惟山之意。《诗》云："节彼南山，惟石岩岩。赫赫师尹，民具尔瞻。"此之谓也。

　　水则源泉混混沄沄，昼夜不竭，既似力者⑤。盈科后行，既似持平者。循微赴下，不遗小间，既似察者。循溪谷不迷，或奏万里而必至，既似知者。郫防山而能清净，既似知命者。不清而入，洁清而出，既似善化者。赴千仞之壑石而不疑，既似勇者。物皆因于火，而水独胜之，既似武者。咸得之而生，失之而死，既似有德者。孔子在川上曰："逝者如斯夫，不舍昼夜。"此之谓也。

①岧（lǒng，音垅）、嵸（sǒng，音竦）、嶊（lěi，音磊）、嵬（zuǐ，音椎）、崒（zuì，音罪）：皆指山之险峻高大。弛：散。

②浮湤：疑指桴、楫，鼓棰和船桨。

③折镰：当是持镰。　　艾（yì，音义）：通"刈"。

④泰其下：大其下。泰，大。

⑤沄沄（yún，音云）：水流翻涌的样子。或作沇沇，意同。　　既似：其似。以下七既均当作其。

求雨第七十四

　　春旱求雨。令县邑以水日，令民祷社，家人祀户①。无伐名木，无斩山林，暴巫聚蛇八日。于邑东门之外，为四通之坛，方八尺，植苍缯八②。其神共工，祭之以生鱼八，玄酒，具清酒、膊脯，择巫之清洁辩言利辞者以为祝③。祝斋三日，服苍衣，先再拜，乃跪陈。陈已，复再拜，乃起，祝曰："昊天生五谷以养人，今五谷病旱，恐不成。敬进清酒膊脯，再拜请雨。雨幸大澍④。"奉牲祷，以甲乙日为大苍龙一，长八丈，居中央。为小龙七，各长四丈，于东方，皆东乡，其间相去八尺⑤。小童八人，皆斋三日，服青衣而舞之。田啬夫亦斋三日，服青衣而立之。凿里社通之于闾外之沟，取五蛤蟆，错置社中。池方八尺，深二尺，置水蛤蟆焉。具清酒膊脯，祝斋三日，服苍衣，拜跪，陈祝如初。取三岁雄鸡，三岁猳猪，皆燔之于四通神宇⑥。令阖邑里南门，置水其外，开邑里北门，具老猳猪一，置之于里北门之外。市中亦置一猳猪，闻鼓声，皆烧猪尾，取死人骨埋之，开山渊，积薪而燔之。决通道桥之壅塞不行者，决渎之。幸而得雨，以猪一，酒盐黍财足，以茅为席，毋断。

　　夏求雨。令邑以水日，家人祀灶。无举土功，更大浚井，暴釜于坛，臼杵于术七日⑦。为四通之坛，于邑南门外，方七尺，植赤缯七。其神蚩尤，祭之以赤雄鸡七，玄酒，具清酒、脯脯。祝斋三日，服赤衣，拜跪陈祝如春辞。以丙丁日为大赤龙一，长七丈，居中央。又为小龙六，长各三丈五尺，于南方，皆南乡，其间相去七尺。壮者七人，皆斋三日，服赤衣而舞之。司空啬夫亦斋三日，服赤衣而立之。凿而通之间外之沟，取五蛤蟆，错置里社之中。池方七尺，深一尺，酒脯祝斋，衣赤衣，拜跪陈祝如初。取三岁雄鸡，猳猪，燔之四通神宇。开阴闭阳如春。

季夏祷山陵以助之，令县邑十日壹徙市，于邑南门之外。五日禁男子无得行入市。家人祠中霤⑧。无兴土功，聚巫市傍，为之结盖。为四通之坛于中央，植黄缯五。其神后稷，祭之以母絁五，玄酒，具清酒脯脯⑨。令各为祝斋三日，衣黄衣，皆如春祠。以戊己日为大黄龙一，长五丈，居中央。又为小龙四，各长二丈五尺，于南方，皆南乡，其间相去五尺。丈夫五人，斋三日，服黄衣而舞之。老者五人亦斋三日，衣黄衣而立之，亦通社中于间外之沟，蛤蟆池，方五尺，深一尺，他皆如前。

秋暴巫尫至九日，无举火事，煎金器，家人祀门⑩。为四通之坛于邑西门之外，方九尺，植白缯九，其神大昊，祭之桐木鱼九，玄酒，具清酒脯脯，衣白衣，他如春。以庚辛日为大白龙一，长九丈，居中央。为小龙八，各长四丈五尺，于西方，皆西向，其间相去九尺。鳏者九人，皆斋三日，服白衣而舞之，司马亦斋三日，衣白衣而立之。蛤蟆池，方九尺，深一尺，他皆如前。

冬舞龙六日，祷于名山以助之，家人祀井，无壅水，为四通之坛于邑北门之外，方六尺，植黑缯六。其神玄冥，祭之以黑狗子六，玄酒，具清酒脯脯。祝斋三日，衣黑衣，祝礼如春。以壬癸日为大黑龙一，长六丈，居中央。又为小龙五，各长三丈，于北方，皆北乡，其间相去六尺。老者六人，皆斋三日，衣黑衣而舞之。尉亦斋三日，服黑衣而立之。蛤蟆池皆如春。

四时皆以水日为龙，必取洁土为之，结盖，龙成而发之。四时皆以庚子之日，令吏民夫妇皆偶处。凡求雨之大体，丈夫欲藏匿，女子欲和而乐。《神农书》曰："开神山神渊，积薪夜击，鼓噪而燔之，为其旱也。"

①祀户：祭祀户的礼仪。其后的"祀灶"，"祀中霤"，均是室内的祭神仪式。
②缯：丝织品的总称。
③玄酒：清水。　脯脯（bó fǔ，博府）：鲜肉干肉之类。脯，大块肉。脯，肉干，果干。　祝：主持祭祀祈祷的人。
④澍（shù，音树）：及时雨。
⑤乡（xiàng，音向）：同"向"。
⑥猳（jiā，音加）：公猪。
⑦术：邑中之道，大路。
⑧中霤（liú，音留）：土神。此作中室。
⑨母絁（yí，音移）：古代一种食品，《周礼》称饎食。凌本称母肔。
⑩尫（wàng，音旺）：瘦弱病人。《左传·僖二十一年》："夏大旱，公欲焚巫尫。"杜预注："瘠病之人天哀其病，故旱。"

止雨第七十五

雨太多，令县邑以土日，塞水渎，绝道，盖井。禁妇人不得行入市。令县、乡、里皆扫社下。县邑若丞、令史、啬夫三人以上，祝一人。乡啬夫、若吏三人以上，祝一人①。里正、父老三人以上，祝一人。皆斋三日，各衣时衣②。具豚一，黍盐美酒财足，祭社③。击鼓三日而祝。

先再拜，乃跪陈。陈已，复再拜，乃起。祝曰："嗟！天生五谷以养人，今淫雨太多，五谷不和。敬进肥牲清酒以请社灵④。幸为止雨，除民所苦，无使阴灭阳。阴灭阳，不顺于天。天之常意，在于利人。人愿止雨，敢告于社。"鼓而无歌，至罢乃止⑤。凡止雨之大体，女子欲其藏而匿也，丈夫欲其和而乐也。开阳而闭阴，阖水而开火。以朱丝萦社十周。衣朱衣赤帻，三日罢⑥。

二十一年八月庚申，朔。丙午，江都相仲舒告内史中尉，阴雨太久，恐伤五谷，趣止雨。止雨之礼，废阴起阳。书十七县，八十离乡，及都官吏千石以下，夫妇在官者咸遣妇归。女子不得至市，市无诣井，盖之，勿令泄。鼓用牲于社。祝之曰："雨以太多，五谷不和。敬进肥牲，以请社灵。社灵幸为止雨，除民所苦，无使阴灭阳。阴灭阳，不顺于天。天意常在于利民，愿止雨。敢告。"鼓用牲于社，皆壹以辛亥之日，书到即起，县社令长，若丞尉官长，各城邑社啬夫，里吏正里人皆出，至于社下，餔而罢，三日而止⑦。未至三日，天大暒，亦止⑧。

---

①啬（sè，音色）夫：秦汉时乡官，掌诉讼和赋税。

②时衣：季节服装。即春苍，夏赤，秋黄，冬黑。

③豚（tún，音屯）：小猪。

④社灵：社神。

⑤罢：仪式完结，即三日。

⑥帻（zé，音责）：头巾。

⑦餔（bǔ，音哺）：申时食，即晚饭。

⑧暒（qíng，音晴）：即晴。暒：通"晴"。

祭义第七十六

五谷，食物之性也，天之所以为赐人也。宗庙上四时之所成，受赐而荐之宗庙，敬之性也，于祭之而宜矣①。宗庙之祭，物之厚无上也。春上豆实，夏上尊实，秋上机实，冬上敦实②。豆实韭也，春之始所生也。尊实麦也，夏之所受初也。机实黍也，秋之所先成也。敦实稻也，冬之所毕熟也。始生故曰祠，善其司也。夏约故曰礿，贵所初礿也。先成故曰尝，尝言甘也。毕熟故曰蒸，蒸言众也。奉四时所受于天者而上之，为上祭，贵天赐且尊宗庙也。孔子受君赐则以祭，况受天赐乎？一年之中，天赐四至，至则上之，此宗庙所以岁四祭也。故君子未尝不食新，新天赐至，必先荐之，乃取食之，尊天敬宗庙之心也。尊天，美义也，敬宗庙，大礼也，圣人之所谨也。不多而欲洁清，不贪数而欲恭敬。君子之祭也，恭亲之致其中心之诚，尽敬洁之道，以接至尊，故鬼享之。享之如此，乃可谓之能祭。祭者，察也，以善逮鬼神之谓也。善乃逮不可闻见者，故谓之察。吾以名之所享，故祭之不虚，安所可察哉！祭之为言际也与？祭然后能见不见。见不见之见者，然后知天命鬼神。知天命鬼神，然后明祭之意。明祭之意，乃知重祭事。孔子曰："吾不与祭，如不祭。祭神如神在。"重祭事，如事生。故圣人于鬼神也，畏之而不敢欺也，信之而不独任，事之而不专恃。恃其公，报有德也；幸其不私，与人福也。其见于《诗》曰："嗟尔君子，毋恒安息。静共尔位，好是正直。神之听之，介尔景福。"正直者得福也，不正者不得福，此其法也。以《诗》为天下法矣，何谓不法哉？其辞直而重，有再叹之③，欲人省其意也，而人尚不省。何其忘哉！孔子曰："书之重，辞之复，呜呼！不可不察也，其中必有美者焉。"此之谓也。

①敬之性也：或疑"性"当作"至"。敬之至也。

②豆：礼器，多陶制，也有青铜、漆木制作，盛食物。　　　尊：酒器，亦作镈、樽。但此处"尊"疑当为"笾"，礼器，和豆功能相同，盛麦。　　杭（guǐ，音鬼）：古代食器，圆口圈足，双耳，四耳或无耳不等。亦作簋（guǐ）。盛行于商周社会。敦（duì，音对）：古食器，由两半球形组成，三足或圈足，青铜制。

③有：通"又"。

循天之道第七十七①

循天之道以养其身，谓之道也。天有两和以成二中，岁立其中，用之无穷②。是北方之中用合阴，而物始动于下；南方之中用合阳，而养始美于上。其动于下者，不得东方之和不能生，中春是也。其养于上者，不得西方之和不能成，中秋是也。然则天地之美恶，在两和之处，二中之所来归而遂其为也。是故东方生而西方成，东方和生北方之所起，而西方和成南方之所养长。起之不至于和之所不能生，养长之不至于和之所不能成。成于和生必和也，始于中止必中也。中者天下之所终始也，而和者天地之所生成也。夫德莫大于和，而道莫正于中。中者，天地之美达理也，圣人之所保守也。《诗》云："不刚不柔，布政优优。"此非中和之谓欤③？是故能以中和理天下者，其德大盛；能以中和养其身者，其寿极命。

男女之法，法阴与阳④。阳气起于北方，至南方而盛，盛极而合乎阴。阴气起乎中夏，至中冬而盛，盛极而合乎阳。不盛不合，是故十月而壹俱盛，终岁而乃再合。天地久节，以此为常。是故先法之内矣，养身以全，使男子不坚牡不家室，阴不极盛不相接。是故身精明，难衰而坚固，寿考无忒，此天地之道也⑤。天气先盛牡而后施精，故其精固⑥。地气盛牝而后化，故其化良⑦。是故阴阳之会，冬合北方而物动于下，夏合南方而物动于上。上下之大动，皆在日至之后。为寒则凝冰裂地，为热则焦沙烂石，气之精至于是。故天地之化，春气生而百物皆出，夏气养而百物皆长，秋气杀而百物皆死，冬气收而百物皆藏。是故惟天地之气而精，出入无形，而物莫不应，实之至也。

君子法乎其所贵，天地之阴阳当男女，人之男女当阴阳。阴阳亦可以谓男女，男女亦可以谓阴阳。天地之经生，至东方之中而所生大养，至西方之中而所养大成。一岁四起业，而必于中。中之所为，而必就于和，故曰和其要也。和者，天地之正也，阴阳之平也，其气最良，物之所生也。诚择其和者，以为大得天地之奉也。天地之道，虽有不和者，必归之于和，而所为有功。虽有不中者，必止之于中，而所为不失。是故阳之行，始于北方之中，而止于南方之中。阴之行，始于南方之中，而止于北方之中。阴阳之道不同，至于盛而皆止于中；其所始起皆必于中。中者，天地之太极也，日月之所至而却也。长短之隆，不得过中，天地之制也⑧。

兼和与不和，中与不中，而时用之，尽以为功。是故时无不时者，天地之道也。顺天之道，节者天之制也，阳者天之宽也，阴者天之急也，中者天之用也，和者天之功也。举天地之道，而美于和。是故物生皆贵气而迎养之。孟子曰："我善养吾浩然之气者也。"谓行必终礼，而心自喜，常以阳得生其意。公孙之养气曰⑨："里藏泰实则气不通，泰虚则气不足⑩。热胜则气寒；寒胜则气热。泰劳则气不入；泰佚则气宛至。怒则气高，喜则气散；忧则气狂，惧则气慑⑪。凡此十者，气之害也，而皆生于不中和。故君子怒则反中而自说以和，喜则反中而收之以正，忧则反中而舒之以意，惧则反中而实之以精。"夫中和之不可反如此。故君子道至，气则华而上。凡气从心。心，气之君也。何为而气不随也。是以天下之道者，皆言内心其本也。故仁人之所以多寿者，外无贪而内清净，心平和而不失中正，取天地之美以养其身，是其且多且治。鹤之所以寿者，无宛气于中，是故食冰。猿之所以寿者，好引其末，是故气四越。天气常下施于地，是故道者亦引气于足。天之气常动而不滞，是故道者亦不宛气。苟不治，虽满不虚。是故君子养而和之，节而法之。去其群泰，取其众和。高台多阳，广室多阴，远天地之和也，故人勿为，适中而已矣。法人八尺，四尺其中也⑫。宫者中央之音也，甘者中央之味也，四尺者，中央之制也。是故三王之礼，味皆尚甘，声皆尚和。处其身所以常自渐于天地之道⑬。其道同类，一气之辨也。法天者，乃法人之辨。天之道，向秋冬而阴来，向春夏而阴去。是故古之人霜降而迎女，冰泮而杀内，与阴俱近，与阳远也⑭。

天地之气，不致盛满，不交阴阳。是故君子甚爱气而游于房，以体天也。气不伤于以盛通，而伤于不时、天并。不与阴阳俱往来，谓之不时；恣其欲而不顾天数，谓之天并。君子治身，不敢远天，是故新牡十日而一游于房，中年者倍新牡，始衰者倍中年，中衰者倍始衰，大衰者以月当新牡之日，而上与天地同节矣⑮。此其大略也。然而其要皆期于不极盛不相遇，疏春而旷夏，谓不远天地之数。民皆知爱其衣食，而不爱其天气。天气之于人，重于衣食。衣食尽，尚犹有间，气尽而立终。故养生之大者，乃在爱气。气从神而成，神从意而出。心之所之谓意，意劳者神扰，神扰者气少，气少者难久矣。故君子闲欲止恶以平意，平意以静神，静神以养气⑯。气多而治，则养身之大者得矣。古之道士有言曰⑰："将欲无陵，固守一德。"此言神无离形，则气多内充，而忍饥寒也。和乐者，生之外泰也；精神者，生之内充也。外泰不若内充，而况外伤乎？忿恤忧恨者，生之伤也；和说劝善者，生之养。君子慎小物而无大败也。行中正，声向荣，气意和平，居处虞乐，可谓养生矣。

凡养生者，莫精于气。是故春袭葛，夏居密阴，秋避杀风，冬避重漯，就其和也。衣欲常漂，食欲常饥，体欲常劳，而无长佚，居多也。凡天地之物，乘以其泰而生，厌于其胜而死，四时之变是也。故冬之水气，东加于春而木生，乘其泰。春之生，西至金而死，厌于胜也。生于木者，至金而死。生于金者，至火而死。春之所生而不得过秋，秋之所生不得过夏，天之数也。饮食臭味，每至一时，亦有所胜有所不胜之理，不可不察也。四时不同气，气各有所宜。宜之所在，其物代美，视代美而代养之，同时美者杂食之，是皆其所宜也。故荠以冬美，而芥以夏成，此可以见冬夏之所宜服矣。冬，水气也。荠，甘味也。乘于水气而美者，甘胜寒也。荠之为言济与？济，大水也。夏，火气也。芥，苦味也。乘于火气而成者，苦胜暑也。天无所言，而意以物。物不与群物同时而生死者，必深察之，是天所告人也。故荠成告之甘，芥成告之苦也。君子察物而成告谨。是以至荠不可食之时，而尽远甘物，至芥成就也。天独所代之成者，君子独代之，是冬夏之所宜也。春秋杂物其和，而冬夏代服其宜，则当得天地之美，四时和矣。凡释味之大体，冬其时之所美，而违天不远矣。是故当百物大生之时，群物皆生，此物独死可食者，告其味之便于人也。其不食者告杀秽除害之不待秋。当物之大枯之时。群物皆死，如此物独生。其可食者，益食之，天为之利人，独代生之；其不可食，益畜。天慭州华之间，故生宿麦中，岁而熟之。君子察物之异，以求天意，大可见矣。

是故男女体其盛，臭味取其胜，居处就其和，劳佚居其中，寒暖无失适，饥饱无过平，欲恶度理，动静顺性，命喜怒止于中，忧惧反之正，此中和常在乎其身，谓之大得天地泰⑱。大得天地泰者，其寿引而长；不得天地泰者，其寿伤而短。短长之质，人之所由受于天也。是故寿有短长，养有得失，及至其末之，大卒而必雠。于此莫之得离，故寿之为言，犹雠也⑲。天下之人虽众，不得不各雠其所生，而寿夭与其所自行。自行可久之道者，其寿雠于久，自行不可久之道者，其寿亦雠于不久。久与不久之情，各雠其生平之所行，今如后至，不可得胜，故曰寿者雠也。然则人之所自行，乃与其寿夭相益损也。其自行佚而寿长者，命益之也；其行端而寿短者，命损之也。以天命之所损益，疑人之所得失，此大惑也。是故天长之而人伤之者，其长损；天短之而人养之者，其短益。夫损夭者皆人，人其天之继欤？出其质而人弗继，岂独立哉！

①循天之道篇：此文以及其后之文多有错简，诸本文字亦各有不同，今依他本对明显的错讹之处从善者补正之。本文偏重谈养生之道。

②两和：春分、秋分，这是一年阴阳两和之时。　　二中：夏至、冬至，这是一年阴阳之气所终始之时。

③中和：即中庸。两极取中，阴阳不失，天地得其正位，万物化育。

④男女之法：夫妻之法。《春秋元名苞》："水之立字，两人交一，以中出者为水。一者数之始，两人譬男女，言阴阳交物，从一起也。"

⑤忒（tè，音特）：差失，差错。

⑥天气：天赋之阳气。下文地气同此。无赋之阴气。即元阳之气与元阴之气来自天地。　　盛牡：男子性成熟。

⑦盛牝（pìn，音品）：女子性成熟。　　化：孕育。《大戴礼记》："男十六然后精通，然后其施（精）行；女十四然后其化成。"

⑧太极：天地之起始点与终极点，即所谓"中"。　　隆：极。

⑨公孙：公孙尼子，孔子的再传弟子。有《公孙尼子》28篇。

⑩里藏：藏府。　　泰：同太。

⑪气宛（yù，音郁）：气郁结。

⑫法人：标准身高的人。此处作八尺。

⑬渐：浸湿，沾濡。

⑭泮（pàn，音判）：融解，融化。　　内：止，收。

⑮新牡：青年男子。　　游于房：行房事。　　中年者倍：指房事间隔时间加倍，即二十日。　　大衰：约指七十岁，十月一游房。《玉房秘诀》："年二十，常二日一施；三十，三日一施；四十，四日一施；五十，五日一施。年过六十，以去，勿复施焉。"但古人养生以为七十岁则可复施。据说，古男三十而娶，女二十而嫁。

⑯闲欲止恶：防范抑止欲恶。

⑰道士：道家之士。道家重养生。

⑱臭（xiù，音秀）：气味。此作嗅。

⑲雠（仇）：回报。仇，通"酬"。

春秋繁露卷十七

天地之行第七十八①

天地之行美也，是以天高其位而下其施，藏其形而见其光，序列星而近至精，考阴阳而降霜露。高其位所以为尊也，下其施所以为仁也，藏其形所以为神也，见其光所以为明也，序列星所以相承也，近至精所以为刚也，考阴阳所以成岁也，降霜露所以生杀也。为人君者，其法取象于天。故贵爵而臣国，所以为仁也。深居隐处，不见其体，所以为神也。任贤使能，观听四方，所以为明也。量能授官，贤愚有差，所以相承也。引贤自近，以备股肱，所以为刚也。考实事功，次序殿最，所以成世也。有功者进，无功者退，所以赏罚也。是故天执其道为万物主，君执其常为一国主。天不可以不刚，主不可以不坚。天不坚则列星乱其行，主不坚则邪臣乱其官。星乱则亡其天，臣乱则亡其君。故为天者务刚其气，为君者务坚其政。刚坚然后阳道制命。

地卑其位而上其气，暴其形而著其情，受其死而献其生，成其事而归其功。卑其位所以事天也，上其气所以养阳也，暴其形所以为忠也，著其情所以为信也，受其死所以藏终也，献其生所以助明也，成其事所以助位也，归其功所以致义也。为人臣者其法取象于地。故朝夕进退，奉职应对，所以事贵也。供设饮食，候视疾疾，所以致养也。委身致命，事无专制，所以致养也。竭愚写情，不饰其过，所以为忠也。伏节死难，不惜其命，所以救穷也。推进光荣，褒扬其善，所以明也。受命宣恩，辅成君子，所以助化也。功成事就，归德于上，所以致义也。是故地明其理为万物母，臣明其职为一国宰。母不可以不信，宰不可以不忠。母不信则草木伤其根，宰不忠则奸臣危其君。根伤则亡枝叶，君危则亡其国。故为地者务暴其形，为臣者务著其情。

一国之君其犹一体之心也，隐居深宫若心之藏于胸，至贵无与敌，若心之神无与双也。其官人上士，高清明而下重浊，若身之贵目而贱足也。任群臣无所亲，若四肢之各有职也。内有四辅，若心之有肝肺脾肾也。外有百官，若心之有形体孔窍也。亲圣近贤，若神明皆聚于心也。上下相承顺，若肢体相为使也。布恩施惠，若元气之流皮毛腠理也[2]。百姓皆得其所，若血气和平，形体无所苦也。无为致太平，若神气无自通于渊也。致黄龙凤凰，若神明之致玉女芝英也。君明，臣蒙其功，若心之神，体得以全；臣贤，君蒙其恩，若形体之静，而心得以安。上乱下被其患，若耳目不聪明，而手足为伤也；臣不忠而君灭亡，若形体妄动，而心为之丧。是故君臣之礼，若心之与体。心不可以不坚，君不可以不贤，体不可以不顺，臣不可以不忠。心所以全者，体之力也；君所以安者，臣之功也。

---

①天地之行篇：各本文字不一，显有错简。今从他本移正。此篇论天地君臣之道。
②腠理：肌脉。

威德所生第七十九

天，有和有德，有平有威，有相受之意，有为政之理，不可不审也。春者，天之和也。夏者，天之德也。秋者，天之平也。冬者，天之威也。天之序，必先和然后发德，必先平然后发威。此可以见不和，不可以发庆赏之德；不平，不可以发刑罚之威。又可以见德生于和，威生于平也。不和无德，不平无威，天之道也，达者以此见之矣。我虽有所愉而喜，必先和心以求其当，然后发庆赏以立其德；虽有所忿而怒，必先平心以求其政，然后发刑罚以立其威。能常若是者，谓之天德。行天德者，谓之圣人。为人主者，居至德之位，操杀生之势，以变化民。民之从主也，如草木之应四时也。喜怒当寒暑，威德当冬夏。冬夏者，威德之合也；寒暑者，喜怒之偶也。喜怒之有时而当发，寒暑亦有时而当出，其理一也。当喜而不喜，犹当暑而不暑；当怒而不怒，犹当寒而不寒也。当德而不德，犹当夏而不夏也；当威而不威，犹当冬而不冬也。喜怒威德之不可不直处而发也，如寒暑冬夏之不可不当其时而出也。故谨善恶之端。何以效其然也？《春秋》采善不遗小，掇恶不遗大，讳而不隐，罪而不忽，（脱二字）以是非，正理以褒贬。喜怒之发，威德之处，无不皆中其应，可以参寒暑冬夏之不失其时已。故曰圣人配天。

如天之为第八十①

阴阳之气，在上天，亦在人。在人者为好恶喜怒，在天者为暖清寒暑。出入上下左右前后平行而不止，未尝有所稽留滞郁也。其在人者，亦宜行而无留，若四时之条条然也。夫喜怒哀乐之止动也，此天之所为人性命者。临其时致上而欲发其应，亦天应也。与暖清寒暑之至其时而亦发无异，若留德而待春夏留刑而待秋冬也。此有顺四时之名，实逆于天地之经。在人者亦天也，奈何其久留天气，使之郁滞不得以其正周行也？是故天行谷朽寅，而秋生麦，告除秽而继乏也。所以成功继乏，以赡人也②。天之生有大经也，而所周行者，又有害功也。除而杀殛者③，行急皆不待时也，天之志也，而圣人承之以治。是故春修仁而求善，秋修义而求恶，冬修刑而致清，夏修德而致宽，此所以顺天地体阴阳。然而方求善之时，见恶而不释，方求恶之时，见善亦立行，方致清之时，见大善亦立举之；方致宽之时，见大恶亦立去之。以效天地之方生之时有杀也，方杀之时有生也。是故志意随天地，缓急仿阴阳。然而人事之宜行者，无所郁滞，且恕于人，顺于天。天人之道兼举，此谓执其中。天非以春生人，以秋杀人也。当生者曰生，当死者曰死。非杀物之义待四时也，而人之所治也。安取久留当行之理，而必待四时也？此之谓壅，非其中也。人有喜怒哀乐，犹天之有春秋冬夏也。喜怒哀乐之至其时而欲发也，若春秋冬夏之至其时而欲出也，皆天气之然也。其宜直行而无郁滞，一也。天终岁乃一遍此四者，而人主终日不知过此四之数，其理故不可以相待。且天之欲利人，非宜其欲利谷也，除秽不待时，况秽人乎④！

①如天之为篇：此篇各家文字大异，今依他本，删聚珍本"非杀物之义"以下约三十行文字，移于《天地阴阳第八十一》中；并将《天地之行第七十八》末段140字移此。

②赡（shàn，音善）：供养。

③殛（jí，音及）：诛杀。

④秽（huì，音汇）：杂草。　秽人：秽于人民。秽，指污秽罪恶之事。

天地阴阳第八十一①

天、地、阴、阳、木、火、土、金、水，九，与人而十者，天之数毕也。故数者至十而止，书者以十为终，皆取之此。圣人何其贵者？起于天，至于人而毕。毕之外谓之物，物者投所贵之端，而不在其中。以此见人之超然万物之上，而最为天下贵。人下长万物，上参天地。故其治乱之故，动静顺逆之气，乃损益阴阳之化，而摇荡四海之内。物之难知者若神，不可谓不然也。今投地死伤而不腾相助，投淖相动而近，投水相动而愈远②。由此观之，夫物愈淖而愈易变动摇荡也。今气化之淖，非直水也，而人主以众动之无已时，是故常以治乱之气，与天地之化相淖而不治也。世治而民和，志平而气正，则天地之化精，而万物之美起。世乱而民乖，志僻而气逆，则天地之化伤，气生灾害起。是故治世之德，润草木，泽流四海，功过神明。任拟神明，乱世之所起亦博。若是，皆因天地之化，以成败物。乘阴阳之资，以任其所为，故为恶愆人力而功伤，名自过也。

天地之间有阴阳之气，常渐人者，若水常渐鱼也。所以异于水者，可见与不可见耳，其澹澹也③。然则人之居天地之间，其犹鱼之离水，一也。其无间若气而淖于水，水之比于气也，若泥之比于水也。是天地之间，若虚而实，人常渐是澹澹之中，而以治乱之气，与之流通相淖也④。

故人气调和，而天地之化美，淆于恶而味败，此易见之物也。推物之类，以易见难者，其情可得。治乱之气，邪正之风，是淆天地之化者也。生于化而反毁化，与运连也。

《春秋》举世事之道，夫有书天之尽与不尽，王者之任也。《诗》云："天难忱斯，不易维王。"此之谓也⑤。夫王者不可以不知天。知天，诗人之所难也。天意难见也，其道难理。是故明阳阴入出实虚之处，所以观天之志。辨五行之本末顺逆，小大广狭，所以观天道也。天志仁，其道也义。为人主者，予夺生杀，各当其义，若四时列官置吏，必以其能，若五行好仁恶戾，任德远刑，若阴阳。此之谓能配天。天者其道长万物，而王者长人。人主之大，天地之参也；好恶之分，阴阳之理也。喜怒之发，寒暑之比也，官职之事，五行之义也。以此长天地之间，荡（原注阙）四海之内，淆阴阳之气，与天地相杂。是故人言：既曰王者参天地矣，苟参天地，则是化矣，岂独天地之精哉。王者亦参而淆之，治则以正气淆天地之化，乱则以邪气淆天地之化，乱则同者相益，异者相损，天之数也，无可疑者矣⑥。

①此篇聚珍本、卢校本文字不同，今据他本校改。

②淖（nào，音闹）：泥。

③澹澹（dàn dàn，音淡淡）：水波动荡的样子。

④淆（xiáo，音崤）：杂扰，乱。

⑤诗云：见《诗经·大雅·大明》篇。

⑥天之数：天之道。

天道施第八十二①

天道施，地道化，人道义②。圣人见端而知本，精之至也。得一而应万，类之治也。动其本者，不知静其末，受其始者，不能辞其终。利者盗之本也，妄者乱之始也。夫受乱之始，动盗之本，而欲民之静，不可得也。故君子非礼而不言，非礼而不动。好色而无礼则流，饮食而无礼则争，流争则乱。故礼体情而防乱者也③。民之情，不能制其欲，使之度礼。目视正色，耳听正声，口食正味，身行正道，非夺之情也，所以安其情也。变谓之情，虽持异物性亦然者，故曰内也④。变变之变，谓之外⑤。故虽以情，然不为性说。故曰：外物之动性，若神之不守也。积习渐靡，物之微者也。其入人不知，习忘乃为，常然若性，不可不察也。纯知轻思则虑达，节欲顺行则伦得，以谏争侜静为宅，以礼义为道则文德⑥。是故至诚遗物而不与变，躬宽无争而不以与俗推，众强弗能入。蜎蠕浊秽之中⑦，含得命施之理，与万物迁徙而不自失者，圣人之心也。

名者所以别物也。亲者重，疏者轻，尊者文，卑者质，近者详，远者略，文辞不隐情，明情不遗文，人心从之而不逆，古今通贯而不乱，名之义也。男女犹道也。人生别言礼义，名号之由人事起也。不顺天道，谓之不义，察天人之分，观道命之异，可以知礼之说矣。见善者不能无好，见不善者不能无恶，好恶去就不能坚守，故有人道。人道者，人之所由乐而不乱，服而不厌者，万物载名而所生，圣人因其象以命之。然而可易也，皆有义从也，故正名以明义也。物也者，洪名也，皆名也，而物有私名，此物也，非夫物⑧。故曰：万物动而不形者，意也。形而不易者，德也。乐而不乱，复而不厌者，道也。

①此篇第二段文字原来不在此，今据他本移入。

②施：给予。　　化：收蕴。　　义：作为。《潜夫论·本训篇》云："天道曰施，地道曰化，人道曰为。"即本于此。

③礼体情：礼是人的实情出发来规范人的社会行为的。

④内：人的内在秉赋。

⑤外：人的身外物质世界。

⑥佣（xián，音闲）：娴静

⑦蜩蜕（tiáo tuì，音条退）：蝉的蜕变。蜩，蝉。

⑧洪名、皆名：即共名，通名。私名：别名，具名。夫物：彼物。夫，那个。

法　言

〔汉〕扬雄　撰

学行卷第一

学，行之上也；言之次也；教人又其次也。咸无焉，为众人。或曰："人羡久生，将以学也。可谓好学已乎？"曰："未之好也。学不羡。天之道，不在仲尼乎？仲尼驾说者也，不在兹儒乎①？如将复驾其所说，则莫若使诸儒金口而木舌②。"或曰："学无益也，如质何？"曰："未之思矣。夫有刀者砻诸，有玉者错诸，不砻不错，焉攸用③？砻而错诸，质在其中矣，否则辍。螟蛉之子殪，而逢蜾蠃，祝之，曰：'类我。类我。'久则肖之矣④。速哉，七十子之肖仲尼也！学以治之，思以精之，朋友以磨之，名誉以崇之，不倦以终之，可谓好学也已矣。孔子习周公者也，颜渊习孔子者也，羿、逢蒙分其弓，良舍其策，般投其斧而习诸，孰曰非也⑤？"或曰："此名也，彼名也，处一焉而已矣。"曰："川有渎，山有岳，高而且大者，众人所不能逾也⑥。"或问："世言铸金，金可铸与⑦？"曰："吾闻觐君子者问铸人，不问铸金。"或曰："人可铸与？"曰："孔子铸颜渊矣。"或人踧尔，曰："旨哉！问铸金，得铸人⑧"。

学者，所以修性也。视、听、言、貌、思，性所有也。学则正，否则邪。师哉，师哉，桐子之命也！务学不如务求师⑨。师者，人之模范也。模不模，范不范，为不少矣。一閧之市，不胜异意焉；一卷之书，不胜异说焉。一閧之市，必立之平⑩；一卷之书，必立之师。习乎习，以习非之胜是，况习是之胜非乎⑪？於戏！学者审其是而已矣⑫。或曰："焉知是而习之？"曰："视日月而知众星之蔑也，仰圣人而知众说之小也。"学之为王者事，其已久矣。尧、舜、禹、汤、文、武汲汲，仲尼皇皇，其已久矣⑬。

或问"进"。曰："水。"或曰："为其不舍昼夜与？"曰："有是哉！满而后渐者，其水乎？"

或问"鸿渐"。曰："非其往不往，非其居不居，渐犹水乎！"请问"木渐"。曰："止于下而渐于上者，其木也哉！亦犹水而已矣。"吾未见好斧藻其德，若斧藻其楶者也⑭。鸟兽触其情者也，众人则异乎！贤人则异众人矣，圣人则异贤人矣。礼义之作，有以矣夫！人而不学，虽无忧，如禽何？学者，所以求为君子也。求而不得者有矣夫，未有不求而得之者也。睎骥之马，亦骥之乘也⑮；睎颜之人，亦颜之徒也。或曰："颜徒易乎？"曰："睎之则是。"曰："昔颜尝睎夫子矣，正考甫尝睎尹吉甫矣，公子奚斯尝睎正考甫矣⑯。不欲睎则已矣，如欲睎，孰御焉！"

或曰："书与经同，而世不尚，治之可乎？"曰："可。"或人哑尔笑，曰："须以发策决科⑰。"曰："大人之学也，为道；小人之学也，为利。子为道乎，为利乎？"

或曰："耕不获，猎不飨，耕猎乎？"曰："耕道而得道，猎德而得德，是获飨已。"吾不睹参、辰之相比也，是以君子贵迁善。迁善者，圣人之徒与？百川学海而至于海，丘陵学山不至于山，是故恶夫画也。频频之党，甚于鸒斯，亦贼夫粮食而已矣⑱。朋而不心，面朋也；友而不心，面友也。或谓："子之治产不如丹圭之富⑲。"曰："吾闻先生相与言，则以仁与义。市井相与言，则以财与利。如其富，如其富。"或曰："先生生无以养也，死无以葬也，如之何？"曰："以其所以养，养之至也；以其所以葬，葬之至也。"或曰："猗顿之富以为孝⑳，不亦至乎？颜其馁矣。"曰："彼以其粗，颜以其精；彼以其回，颜以其贞㉑。颜其劣乎，颜其劣乎！"或曰："使我纡朱怀金，其乐不可量已。"曰："纡朱怀金者之乐，不如颜氏子之乐。颜氏子之乐也，内；纡朱怀金者之乐也，外。"或曰："请问屡空之内。"曰："颜不孔，虽得天下不足以为乐。""然亦有苦乎？"曰："颜苦孔之卓之至也。"或人瞿然，曰："兹苦也，祇其所以为乐也与㉒？"曰："有教立道，无心仲尼；有学术业，无心颜渊。"或曰："立道仲尼不可为思矣；术业颜渊不可为力矣。"曰："未之思也。孰御焉？"

①驾说（shuì，音税）：即驾税。本义是停车休息，后用于人殁的婉语。说，通税。　　兹：此。即下文的"诸儒"，今儒。驾说，一说传言。

②金口木舌：金铃和木铃。此喻今儒向世传布圣人之道。木舌的铃称木铎，是古代行政传令的工具。传文事用木铎；传武事用金铎。

③砻（lóng，音龙）：同砻，磨。　　错：同锉，作动词。　　焉攸：何所。　　诸：之。后文"折诸"、"涂诸"，是之、乎的兼语，多在句末。

④殪（yì，音义）：死。　　螺蠃（guǒ luǒ，音果裸）：一种寄生蜂，以捕螟蛉为食。《诗经·小雅·小宛》："螟蛉有子，螺蠃负之。"古以为螺蠃养育螟蛉为子。

⑤羿（yì，音义）：后羿。　　逄蒙（páng méng，音旁萌）：夏代著名射手，学射于后羿。　　般：公输般。春秋鲁国人，亦称鲁班。

⑥渎（dú，音读）：即四渎。指我国古代入海的河流，有长江、黄河、淮河、济水。

⑦与（yú，音余）：同欤，语气词。后同。

⑧踧（cù，音促）尔：惊惧不安状。　　旨：美。

⑨桐子：童子。桐，小。　　命：立身全性之事。

⑩一阓（hàng，音杭去）之市：一巷之市。阓，同巷。一说鬨（hòng），同哄，喧闹。　　平：正。平正市价。

⑪习非：坏习惯。　　胜：成是，以为本来是这样。

⑫於戏（wū hū，音乌乎）：同呜呼。

⑬汲汲（jí，音急）：情急状。　　皇皇：同惶惶。

⑭斧藻：雕刻，装潢。　　棳（jié，音节）：斗栱。

⑮睎（xī，音希）：仰慕。　　乘（shèng）：四马之车。

⑯正考甫：春秋宋襄公臣子，作《商颂》。　　尹吉甫：周宣王臣子，作《周颂》。　　奚斯：春秋鲁僖公臣子，作《鲁颂》。

⑰发策决科：用"射策"考试方法来分优劣。射策分甲乙科，入甲科授郎官。发策，射策。

⑱鸒斯（yù sī，音与司）：鸦类小鸟。鸒也作鷽。

⑲丹圭：即白圭，古之善经营而致巨富者。

⑳猗（yī，音衣）顿：战国人，以盐业致巨富。

㉑回：斜，不正。　　贞：正，不斜。

㉒瞿（jù，音巨）然：吃惊地看着。　　祇（zhī，音只）：适，恰好是。

吾子卷第二

或问："吾子少而好赋？"曰："然。童子彫虫篆刻①。"俄而，曰："壮夫不为也。"或曰："赋可以讽乎？"曰："讽乎！讽则已；不已，吾恐不免于劝也。"或曰："雾縠之组丽②？"曰："女工之蠹矣。《剑客论》曰：'剑可以爱身。'"曰："狙犴使人多礼乎③？"或问："景差、唐勒、宋玉、枚乘之赋也，益乎？"曰："必也淫。""淫则奈何？"曰："诗人之赋，丽以则；辞人之赋，丽以淫。如孔氏之门用赋也，则贾谊升堂，相如入室矣。如其不用何？"或问"苍蝇、红紫④。"

曰："明视。"问"郑、卫之似"。曰："聪听。"或曰："朱、旷不世，如之何⑤？"曰："亦精之而已矣。"或问："交五声十二律也，或雅或郑，何也？"曰："中正则雅，多哇则郑。"请问"本"。曰："黄钟以生之，中正以平之，确乎，郑卫不能入也。"或曰："女有色，书亦有色乎？"曰："有。女恶华丹之乱窈窕也；书恶淫辞之淈法度也⑥。"或问："屈原智乎？"曰："如玉如莹。奚变丹青⑦？如其智。如其智。"或问："君子尚辞乎？"曰："君子事之为尚。事胜辞则伉，辞胜事则赋⑧。事辞称则经。足言足容，德之藻矣⑨。"

或问："公孙龙诡辞数万以为法，法与？"曰："断木为棋，梡革为鞠，亦皆有法焉⑩。不合乎先王之法者，君子不法也。"观书者，譬诸观山及水。升东岳而知众山之峛崺也，况介丘乎？浮沧海而知江河之恶沱也，况枯泽乎⑪？舍舟航而济乎渎者，末矣；舍五经而济乎道者，末矣⑫。弃常珍而嗜乎异馔者，恶睹其识味也？委大圣而好乎诸子者，恶睹其识道也？山峌之蹊，不可胜由矣；向墙之户，不可胜入矣⑬。曰："恶由人？"曰："孔氏。孔氏者，户也。"曰："子户乎？"曰："户哉！户哉！吾独有不户者矣。"或欲学《苍颉》、《史篇》⑭。曰："史乎！史乎！愈于妄阙也⑮。"或曰："有人焉，自云姓孔而字仲尼，入其门，升其堂，伏其几，袭其裳，则可谓仲尼乎？"曰："其文是也，其质非也。""敢问质。"曰："羊质而虎皮，见草而说，见豺而战，忘其皮之虎矣。圣人虎别，其文炳也；君子豹别，其文蔚也；辩人狸别，其文萃也。狸变则豹，豹变则虎。"

好书而不要诸仲尼，书肆也；好说而不要诸仲尼，说铃也⑯。君子言也无择；听也无淫。择则乱，淫则辟⑰。述正道而稍邪哆者有矣，未有述邪哆而稍正也⑱。孔子之道，其较且易也⑲。或曰："童而习之，白，纷如也。何其较且易？"曰："谓其不奸奸，不诈诈也。如奸奸而诈诈，虽有耳目，焉得而正诸？"多闻则守之以约；多见则守之以卓。寡闻则无约也，寡见则无卓也。绿衣三百，色如之何矣？纻絮三千，寒如之何矣？君子之道有四易：简而易用也；要而易守也；炳而易见也；法而易言也。震风陵雨，然后知夏屋之为帡幪⑳。虐政虐世，然后知圣人之为郛郭也㉑。古者杨、墨塞路，孟子辞而辟之，廓如也。后之塞路者有矣，窃自比于孟子。或曰："人各是其所是而非其所非，将谁使正之？"曰："万物纷错则悬诸天；众言淆乱则折诸圣㉒。"或曰："恶睹乎圣而折诸？"曰："在则人，亡则书，其统一也。"

①彫虫篆刻："虫书"、"刻符"属汉代儿童习字课目。此喻作赋不过是"壮夫不为"的小技艺罢了。

②雾縠（hú，音胡）：轻细如云的丝织品。　组：纂组，即把各种丝织物组成精美的图案。

③狴犴（bì àn，音必岸）：传说中的野兽。古代常被雕绘于狱门，故它成了牢狱的别称。

④苍蝇、红紫：苍蝇能污白为黑，玷黑成白；紫色（间色的一种）会乱紫为红。黑、黄、青、赤、白属正色。此喻以邪乱正。

⑤朱、旷：朱，离朱（或作离娄），"能视于百步之外，见秋毫之末"。师，师旷，春秋时音乐家。听力超常，善辨五音。

⑥丹华：脂粉。　　淈（gǔ，音古）：浊泥。此作搅混。

⑦莹：玉的颜色。

⑧伉（kàng，音抗）：同亢，直。　赋：此作夸饰。

⑨容：用。

⑩梡（wǎn，音弯）革为鞠：裁剪皮革制球。梡，同刓。鞠：蹴（cù）鞠，古代皮球。

⑪峛崺（lǐ yǐ，音里依上）：亦作逦迤，山势绵延不断状。　　恶沱（wū tú，音乌图）：同污涂。河流泥沙混浊状。

⑫末：无。

⑬山峌（xíng，音形）：山脉中断处。峌，同陉。

⑭《苍颉（jié，音洁）》：《苍颉篇》，旧说黄帝史官苍颉作，他也是创汉字的始祖。　　《史篇》：《史籀篇》，周宣王太史

籀作。

⑮愈：胜过。　妄阙：妄称和缺废。

⑯说铃：声轻而小的铃。喻小说（杂言）不合于大道。

⑰择：通殬（zé，音泽），败。一说择，选择。

⑱哆（chǐ，音尺）：邪辟。

⑲较（jiāo，音交）：同皎，鲜明。

⑳軿幪（péng méng，音朋萌）：倒塌。

㉑郛郭：外城。

㉒折诸圣：折中于圣道，即以圣道论是非。　诸：之于。

修身卷第三

修身以为弓，矫思以为矢，立义以为的，奠而后发，发必中矣①。人之性也，善恶混。修其善则为善人，修其恶则为恶人。气也者，所以适善恶之马也与？或曰："孔子之事多矣，不用，则亦勤且忧乎？"曰："圣人乐天知命。乐天则不勤，知命则不忧。"或问"铭"。曰："铭哉！铭哉！有意于慎也。"圣人之辞可为也；使人信之，所不可为也。是以君子强学而力行。珍其货而后市，修其身而后交，善其谋而后动，成道也。君子之所慎：言，礼，书。上交不谄，下交不骄，则可以有为矣。或曰："君子自守，奚其交？"曰："天地交，万物生；人道交，功勋成。奚其守？"好大而不为，大不大矣；好高而不为，高不高矣。仰天庭而知天下之居卑也哉！公仪子、董仲舒之才之邵也，使见善不明，用心不刚，俦克尔②？或问："仁、义、礼、智、信之用？"曰："仁，宅也。义，路也。礼，服也。智，烛也。信，符也。处宅，由路，正服，明烛，执符，君子不动，动斯得矣。有意哉！孟子曰：'夫有意而不至者有矣，未有无意而至者也。'"或问"治己"。"曰："治己以仲尼。"或曰："治己以仲尼，仲尼奚寡也！"曰："率马以骥，不亦可乎？"

或曰："田圃田者莠乔乔，思远人者心忉忉③。"曰："日有光，月有明。三年不目日，视必盲；三年不目月，精必朦。荧魂旷枯，糟莩旷沈，擿埴索涂，冥行而已矣④。"或问："何如斯谓之人？"曰："取四重，去四轻，则可谓之人。"曰："何谓四重？"曰："重言，重行，重貌，重好⑤。言重则有法；行重则有德；貌重则有威；好重则有观。""敢问四轻？"曰："言轻则招忧；行轻则招辜；貌轻则招辱；好轻则招淫。"《礼》多仪。或曰："日昃不食肉，肉必乾。日昃不饮酒，酒必酸⑥。宾主百拜而酒三行，不已华乎？"曰："实无华则野，华无实则贾；华实副则礼⑦。山雌之肥，其意得乎？"或曰："回之箪瓢，臞如之何？"曰："明明在上，百官牛羊，亦山雌也。闇闇在上，箪瓢捽茹，亦山雌也⑧。何其臞？千钧之轻，乌获力也；箪瓢之乐，颜氏德也⑨。"或问："犁牛之鞹与玄骍之鞹，有以异乎⑩？"曰："同。""然则何以不犁也？"曰："将致孝乎鬼神，不敢以其犁也。如刲羊刺豕，罢宾犒师，恶在犁不犁也⑪！"

有德者好问圣人。或曰："鲁人鲜德，奚其好问仲尼也？"曰："鲁未能好问仲尼故也。如好问仲尼，则鲁作东周矣。"或问："人有倚孔子之墙，弦郑、卫之声，诵韩、庄之书，则引诸门乎？"曰："在夷貉则引之，倚门墙则麾之⑫。惜乎！衣未成而转为裳也。"圣人耳不顺乎非，口不肄乎善；贤者耳择口择；众人无择焉。或问"众人"。曰"富贵生。""贤者？"曰"义。""圣人？"曰："神。"观乎贤人，则见众人；观乎圣人，则见贤人；观乎天地，则见圣人。天下有三好：众人好己从；贤人好己正；圣人好己师。天下有三检：众人用家检；贤人用国检；圣人用天下检⑬。天下有三门：由于情欲入自禽门；由于礼义入自人门；由于独智入自圣门。

或问："士何如斯可以禔身？"曰："其为中也，弘深；其为外也，肃括；则可以禔身矣⑭。"君子微慎厥德，悔吝不至，何元憝之有⑮？上士之耳训乎德；下士之耳顺乎己。言不惭，行不耻者，孔子惮焉。

---

①奠（dìng，音定）：通定。

②公仪子：公仪休，鲁大臣，高洁廉明不与民争利。　邵：美。　俦（chóu，音酬）克尔：谁能如此（清廉）。

③田（diàn，音店）圃（pǔ，音普）田：耕种园田。田通佃。　切忉（dāo，音刀）：心忧状。

④茨魂：魂魄。《老子》茨作营。　糟莩（fú，音浮）旷沉：酒熟则糟浮（轻故），久则沉。　摛（zhì，音掷）埴（zhí，音植）索涂：盲人以马杆敲地探路。摛，同掷。埴，黏土。指地。涂，道路。

⑤重好（hào，音耗）：慎重爱好。

⑥昃（zè，音仄）：日过午。

⑦野：鄙陋。　贾（gǔ，音古）：此作虚假。

⑧闇（àn，音岸）：同暗。　箪（dān，音单）瓢捽（zuó，音昨）茹：一箪食，一瓢饮，采野菜，充饥肠。言清贫。

⑨乌获：秦武王力士，力能举千斤。

⑩鞟（kuò，音扩）：亦作鞹，去毛的兽皮。　玄骍（xīn，音辛）：纯黑与纯赤的牛。《檀弓》："夏后氏尚黑，牲用玄；周人尚赤，牲用骍。"下文之"犁牛"，因为色不纯，不能用于祭。犁，通骊，白色有虎纹之牛。

⑪刲（kuī，音亏）：宰割。　罢（pí，音皮）：通疲。慰劳。《说文》："疲，劳也。"

⑫夷貊（mò，音沫）：古指华夏外的民族。夷，东夷。貊，同貃，蛮貃。　麾（huī，音灰）：同挥，赶走。

⑬检：法制、约束。

⑭禔（tì，音替）身：安身。　肃括：威严、规范。

⑮悔吝：瑕疵，小毛病。　元憝（duì，音对）：大恶。憝，同憝。

问道卷第四

或问"道"。曰："道也者通也，无不通也。"或曰："可以适它与？"曰："适尧、舜、文王者，为正道；非尧、舜、文王者，为它道。君子正而不它。"或问"道"。曰："道若涂，若川，车航混混，不舍昼夜。"或曰："焉得直道而由诸？"曰："涂虽曲，而通诸夏则由诸；川虽曲，而通诸海则由诸。"或曰："事虽曲，而通诸圣则由诸乎？""道、德、仁、义、礼譬诸身乎？夫道以导之，德以得之，仁以人之，义以宜之，礼以体之，天也。合则浑，离则散。一人而兼统四体者，其身全乎！"或问："德表？"曰："莫知作上作下①。"请问："礼莫知？"曰："行礼于彼，而民得于此，奚其知？"或曰："孰若无礼而德？"曰："礼，体也。人而无礼，焉以为德！"

或问"天"。曰："吾于天与，见无为之为矣。"或问："彫刻众形者，匪天与？"曰："以其不彫刻也。如物刻而彫之，焉得力而给诸？"老子之言道德，吾有取焉耳。及搥提仁义，绝灭礼学，吾无取焉耳②。吾焉开明哉？惟圣人为可以开明，他则苓③。大哉，圣人！言之至也。开之，廓然见四海；闭之，闷然不睹墙之里。圣人之言，似于水火。或问"水火"。曰："水测之而益深，穷之而益远；火用之而弥明，宿之而弥壮。"允治天下，不待礼文与五教，则吾以黄帝、尧、舜为疣赘。或曰："太上无法而治，法非所以为治也？"曰："鸿荒之世，圣人恶之，是以法始乎伏羲而成乎尧。匪伏匪尧，礼义哨哨④。圣人不取也。"

或问："八荒之礼，礼也，乐也？孰是？"曰："殷之以中国。"或曰："孰为中国？"曰："五政之所加，七赋之所养，中于天地者为中国⑤。过此而往者，人也哉？"圣人之治天下也，碍诸以礼乐⑥。无则禽，异则貉。吾见诸子之小礼乐也，不见圣人之小礼乐也。孰有书不由笔，言不由舌？吾见天常为帝王之笔舌也。智也者，知也。夫智用不用，益不益，则不赘亏矣？深知器械、舟车、宫室之为，则礼由已。

或问"大声"。曰："非雷非霆，隐隐耾耾，久而愈盈，尸诸圣⑦。"或问："道有因无因乎？"曰："可则因，否则革。"或问"无为"。曰："奚为哉？在昔虞、夏袭尧之爵，行尧之道，法度彰，礼乐著，垂拱而视天下民之阜也，无为矣⑧！绍桀之后，篡纣之余，法度废，礼乐亏，安坐而视天下民之死，无为乎？"或问："太古涂民耳目惟其见也，闻也？见则难蔽，闻则难塞？"曰："天之肇降生民，使其目见耳闻，是以视之礼，听之乐。如视不礼，听不乐，虽有民，焉得而涂诸！"

或问"新敝"。曰："新则袭之，敝则益损之。"或问："太古德怀不礼怀，婴儿慕，驹犊从，焉以礼？"曰："婴、犊乎？婴犊母怀不父怀。母怀爱也。父怀敬也。独母而不父，未若父母之懿也。"狙诈之家曰："狙诈之计不战而屈人兵，尧舜也⑨？"曰："不战而屈人兵，尧舜也。沾项渐襟，尧舜乎？衒玉而贾石者，其狙诈乎⑩！"或问："狙诈与亡孰愈？"曰："亡愈。"或曰："子将六师，则谁使？"曰："御得其道，则天下狙诈咸作使；御失其道，则天下狙诈咸作敌。故有天下者，审其御而已矣。"或问："威震诸侯须于征与狙诈之力也，如其亡⑪？"曰"威震诸侯须于狙诈可也，未若威震诸侯而不须狙诈也。"

或曰："无狙诈将何以征乎？"曰："纵不得不征，不有《司马法》乎⑫？何必狙诈乎！"申、韩之术，不仁之至矣，若何牛羊之用人也？若牛羊用人，则狐狸蝼蟥不膝腊也与⑬？或曰："刀不利，笔不铦，而独加诸砥，不亦可乎⑭？"曰："人砥，则秦尚矣。"或曰："刑名非道邪？何自然也？"曰："何必刑名。围棋、击剑，反目、眩形，亦皆自然也⑮。由其大者作正道，由其小者作奸道。"或曰："申、韩之法非法与？"曰："法者，谓唐、虞、成周之法也。如申、韩。如申、韩。"庄周、申、韩不乖寡圣人而渐诸篇，则颜氏之子，闵氏之孙其如台⑯？"或曰："庄周有取乎？"曰"少欲"。"邹衍有取乎？"曰"自持。至周罔君臣之义，衍无知于天地之间，虽邻，不觌也。"

①作上作下：说为上之乐与为下之苦。

②捶（chuí，音垂）提（dǐ，音底）：打击。捶以拳棒，提以物掷。

③开明：启矇使明。　苓（líng）：通軨，车轼下纵横结的木条。喻其他如车軨，所见者小。

④哨哨（qiào，音俏）：不正，歪斜。或说哨通莦（shāo），芜杂。莦，恶草。

⑤五政：五常之政，即仁、义、礼、智、信。下文"天常"即此。　七赋：稻、黍、稷、麦、菽、桑、麻。

⑥碍：限制，约束。

⑦隐隐耾耾（hóng，音洪）：雷霆之声。隐，通軨，车声。　尸（shī，音失）：主。主是旧时为死者立的灵位。此处作圣教的影响。

⑧垂拱：垂衣拱手。　喻无为而治。　阜（fù，音富）：富。

⑨狙（jǔ，音沮）诈家：兵权谋家，即军事家阴谋家。

⑩衒（xuàn，音绚）玉贾（gǔ，音古）石：挂玉卖石。衒，炫耀。

⑪亡（wú，音无）：通无。

⑫《司马法》：总结上古用兵的一部兵书，主张行兵要讲礼让。

⑬楼（lóu，音娄）腊：立秋、岁末的祭日。汉代立秋日，获禽兽以祭猎；岁末（腊月）获禽兽以祭祖。

⑭铦（xiān，音先）：锋利。

⑮反目：反身之误。反身，翻跟斗。　　眩（huàn）形：如今之魔术之类。眩通幻。

⑯台：何。如台，如之何，奈何。

问神卷第五

或问"神"。曰："心"。"请问之。"曰："潜天而天，潜地而地①。天地，神明而不测者也。心之潜也，犹将测之，况于人乎？况于事伦乎？""敢问潜心于圣。"曰："昔乎，仲尼潜心于文王矣，达之。颜渊亦潜心于仲尼矣，未达，一间耳②。神在所潜而已矣。"天神天明，照知四方；天精天粹，万物作类。人心其神矣乎！操则存，舍则亡。能常操而存者，其惟圣人乎？圣人存神索至，成天下之大顺，致天下之大利，和同天人之际，使之无间也。龙蟠于泥，蚖其肆矣③。蚖哉，蚖哉，恶睹龙之志也与！或曰："龙必欲飞天乎？"曰："时飞则飞，时潜则潜；既飞且潜。食其不妄，形其不可得而制也与！"曰："圣人不制，则何为乎羑里？"曰："龙以不制为龙，圣人以不手为圣人④。"

或曰："经可损益与？"曰："《易》始八卦，而文王六十四，其益可知也。《诗》、《书》、《礼》、《春秋》，或因或作，而成于仲尼，其益可知也。故夫道非天然，应时而造者，损益可知也。"或曰："《易》损其一也，虽蠢，知阙焉⑤。至《书》之不备，过半矣，而习者不知。惜乎，《书序》之不如《易》也。"曰："彼数也，可数焉故也。如《书序》，虽孔子亦末如之何矣。"昔之说《书》者，序以百，而《酒诰》之篇，俄空焉，今亡夫。《虞》、《夏》之书浑浑尔，《商书》灏灏尔，《周书》噩噩尔⑥。下周者其《书》谯乎⑦？

或问："圣人之经不可使易知与？"曰："不可。天俄而可度，则其覆物也浅矣；地俄而可测，则其载物也薄矣。大哉！天地之为万物郭，《五经》之为众说郛。"或问："圣人之作事，不能昭若日月乎？何后世之訾訾也⑧？"曰："瞽旷能默，瞽旷不能齐不齐之耳；狄牙能喊，狄牙不能齐不齐之口。君子之言，幽必有验乎明，远必有验乎近，大必有验乎小，微必有验乎著。无验而言之谓妄。君子妄乎？不妄。言不能达其心，书不能达其言，难矣哉！惟圣人得言之解，得书之体，白日以照之，江河以涤之，灏灏乎其莫之御也。面相之，辞相适，捈中心之所欲，通诸人之嚍嚍者，莫如言⑨。弥纶天下之事，记久明远，著古昔之㖧㖧，传千里之忞忞者，莫如书⑩。故言，心声也；书，心画也。声画形，君子小人见矣。声画者，君子小人之所以动情乎？圣人之辞浑浑若川。顺则便，逆则否者，其惟川乎？

或曰："仲尼圣者与？何不能居世也，曾范、蔡之不若！"曰："圣人者范、蔡乎？若范、蔡，其如圣何？"或曰："淮南、太史公者，其多知与？曷其杂也⑪！"曰："杂乎杂。人病以多知为杂，惟圣人为不杂。书不经，非书也；言不经，非言也。言、书不经，多多赘矣。"或曰："'述而不作'，《玄》何以作⑫？"曰："其事则述，其书则作。"育而不苗者，吾家之童乌乎⑬？九龄而与我《玄》文。或曰：《玄》何为？"曰"为仁义。"曰"孰不为仁？孰不为义"？曰："勿杂也而已矣。"

或问"经之艰易"。曰"存亡"。或人不谕。曰"其人存则易，亡则艰。延陵季子之于乐也，其庶矣乎！如乐弛，虽札末如之何矣。如周之礼乐，庶事之备也，每可以为不难矣；如秦之礼乐，庶事之不备也，每可以为难矣。"衣而不裳，未知其可也；裳而不衣，未知其可也；衣裳其顺矣乎！或问"文"。曰："训"。问"武"。曰："克"。未达。曰："事得其序之谓训；胜己之私之谓克。"为之而行，动之而光者，其德乎？或曰："知德者鲜，何其光？"曰："我知为之，不我知亦为之，厥光大矣。必我知而为之，光亦小矣。"或曰："君子病没世而无名，盍势诸名卿⑭？可几也。"曰："君子德名为几，梁、齐、赵、楚之君非不富且贵也，恶乎成名？谷口郑子真，不屈其志而耕乎岩石之下，名震于京师。岂其卿！岂其卿！或问"人"。曰："艰知也。"曰："焉难？"曰："太山之与蝼垤，江河之与行潦，非难也；大圣之与大佞，难也⑮。乌呼！能别似者为无难。"

或问："邹、庄有取乎？"曰："德则取，愆则否⑯。""何谓德、愆？"曰："言天、地、人经，德也，否，愆也。""愆？""语，君子不出诸口。"

---

①潜（qián，音前）：专心于。

②一间（jiàn，音见）：一条缝隙。此指相差无几。

③蚖（yuán，音元）：蝮蛇。亦称虺（huǐ，音悔）。龙蚖喻圣道与邪说。

④不手：不被人手所制，即终不被人执而制之。

⑤惷（chǔn，音蠢）：同蠢，愚。

⑥浑浑尔：深广状。　灏灏尔：平旷状。　噩噩尔：严肃状。

⑦下周者：指秦书。　僬：言秦书酷烈严峻，已无三代之书的遗韵。《说文》："僬，娆僥也。即苛酷。

⑧訔訔（yín，音银）：聚讼纷纭。

⑨捈（tú，音图）：发抒。　嚜嚜（jǐn，音仅）：愤愤。

⑩唅（wǔn，音吻）：同吻。以表情神态示意。　忞忞（mín，音民）：心中念念不忘。

⑪淮南：淮南王刘安。　太史公：司马迁。

⑫《玄》：《太玄经》，扬雄著。

⑬童乌：扬雄的儿子。

⑭盍势诸：何不学势利之徒攀高枝于（名卿）。

⑮蝼垤（yǐ dié，音蚁迭）：蚁堆。蝼同蚁。

⑯愆（qiān，音千）：过失、罪咎。此作不经之言。

问明卷第六

或问"明"。曰："微"。或曰："微何如其明也？"曰："微而见之，明其悖乎①？聪明其至矣乎？不聪，实无耳也；不明，实无目也。""敢问大聪明"。曰："眩眩乎！惟天为聪，惟天为明。夫能高其目而下其耳者，匪天也夫？"或问："小每知之，可谓师乎？"曰："是何师与！是何师与！天下小事为不少矣，每知之，是谓师乎？师之贵也，知大知也，小知之师亦贱矣。孟子疾过我门而不入我室。"或曰："亦有疾乎？"曰："撊我华而不食我实。"或谓："仲尼事弥其年，盖天劳诸，病矣夫？"曰："天非独劳仲尼，亦自劳也。天病乎哉？天乐天，圣乐圣。"或问："鸟有凤，兽有麟，鸟、兽皆可凤、麟乎？"曰："群鸟之于凤也，群兽之于麟也，形性岂群人之于圣乎？"或曰："甚矣，圣道无益于庸也！圣读而庸行，盍去诸②？"曰："甚矣，子之不达也！圣读而庸行，犹有闻焉。去之，抏也。抏秦者，非斯乎③？投诸火。"或问："人何尚"？曰："尚智。"曰："多以智杀身者，何其尚？"曰："昔乎，皋陶以其智为帝谟，杀身者远矣。箕子以其智为武王陈《洪范》，杀身者远矣。"

仲尼圣人也，或者劣诸子贡。子贡辞而精之，然后廓如也。於戏！观书者违子贡。虽多亦何以为？盛哉！成汤丕承也，文王渊懿也。或问"丕承"。曰："由小致大，不亦丕乎？革夏以天不亦承乎？""渊懿？"曰："重《易》六爻，不亦渊乎？浸以光大，不亦懿乎？"或问"命"。曰："命者，天之命也，非人为也。人为不为命。""请问人为"。曰："可以存亡，可以死生，非命也。命不可避也。"或曰："颜氏之子，冉氏之孙。"曰："以其无避也，若立岩墙之下，动而徵病，行而招死，命乎！命乎！"吉人凶其吉，凶人吉其凶。辰乎辰，曷来之迟去之速也！君子竞诸？佞言败俗，佞好败则，姑息败德④。君子谨于言，慎于好，亟于时，吾不见震风之能动聋聩也。

或问："君子在治。"曰："若风。""在乱？"曰："若风。"或人不谕。曰："未之思矣。"曰："治则见，乱则隐。鸿飞冥冥，弋人何慕焉？鹪明遴集，食其絜者矣⑤。凤鸟跄跄，匪尧之庭。亨龙潜升，其贞利乎？"或曰："龙何如可以贞利而亨？"曰："时未可而潜，不亦贞乎？时可而升，不亦利乎？潜升在己，用之以时，不亦亨乎？"或问"活身"。曰："明哲。"或曰："童蒙则活，何乃明哲乎？"曰："君子所贵，亦越用明保慎其身也。如庸行翳路，冲冲而活，君子不贵也。"楚两龚之絜，其清矣乎⑥？蜀庄沈冥⑦，蜀庄之才之珍也。不作苟见，不治苟得，久幽而不改其操，虽隋、和何以加诸？举兹以旃，不亦珍乎？吾珍庄也。居难为也。不慕由即夷矣，何毚欲之有？

或问："尧将让天下于许由，由耻。有诸？"曰："好大者为之也。顾由无求于世而已矣，允喆尧僤舜之重，则不轻于由矣⑧。好大累克，巢父洗耳，不亦宜乎⑨？灵场之威，宜夜矣乎？朱鸟翾翾，归其肆矣。"或曰："奚取于朱鸟哉⑩？"曰："时来则来，时往则往，能来能往者，朱鸟之谓与？"或问："韩非作《说难》之书而卒死乎说难，敢问何反也？"曰："说难盖其所以死乎？"曰："何也？"曰："君子以礼动，以义止，合则进，否则退，确乎不忧其不合也。夫说人而忧其不合，则亦无所不至矣。"或曰："说之不合，非忧耶？"曰："说不由道，忧也。由道而不合，非忧也。"或问"哲"。曰："旁明厥思"。问"行⑪"。曰："旁通厥德。"

---

　①誖（bèi，音贝）：同悖，又通字、勃，盛。

　②庸（yōng，音佣）：登庸。提拔重用。下句庸行，指日常行事。

　③抏（wán，音玩）：通顽，愚。或抏通刓，断。

　④佞（nìng，音宁）：谄谀。

　⑤鹪（jiāo，音焦）明：传说中五方神鸟之一，属凤凰类。

　⑥楚两龚：楚人龚君宾、龚君倩，于西汉末俱有清名。后王莽篡汉，称病不仕。

　⑦蜀庄：蜀人庄遵，字均平，以卜隐于市。

　⑧僤（shàn，音善）：同禅，禅让。

　⑨好大累克：累，积。克，胜。比赛谁的大话更大。

　⑩朱鸟：燕子。燕颔下赤色，故称。　翾翾（xuán，音玄）：飞貌。

　⑪旁：广大。

寡见卷第七

吾寡见人之好假者也^①。迩文之视，迩言之听，假则偭焉^②。或曰："曷若兹之甚也，先王之道满门。"曰："不得已也，得已则已矣。得已而不已者，寡哉！"好尽其心于圣人之道者，君子也。人亦有好尽其心矣，未必圣人之道也。多闻见而识乎正道者，至识也；多闻见而识乎邪道者，迷识也。如贤人谋之美也，诎人而从道；如小人谋之不美也，诎道而从人。

或问："《五经》有辩乎？"曰："惟《五经》为辩。说天者莫辩乎《易》；说事者莫辩乎《书》；说体者莫辩乎《礼》；说志者莫辩乎《诗》；说理者莫辩乎《春秋》；舍斯，辩亦小矣。春木之芚兮，援我手之鹑兮^③。去之五百岁，其人若存兮。"或曰："谳谳者，天下皆说也^④。奚其存？"曰："曼是为也，天下之亡圣也久矣。呱呱之子，各识其亲；谳谳之学，各习其师。精而精之，是在其中矣。"

或曰："良玉不彫，美言不文，何谓也？"曰："玉不彫，玙璠不作器，言不文，典谟不作经^⑤。

或问："司马子长有言，曰《五经》不如《老子》之约也，当年不能极其变，终身不能究其业。"曰："若是，则周公惑，孔子贼。古者之学，耕且养，三年通一。今之学也，非独为之华藻也，又从而绣其鞶帨^⑥。恶在老不老也？"或曰："学者之说可约邪？"曰："可约。解科！"或曰："君子听声乎？"曰："君子惟正之听。荒乎淫拂乎正，沈而乐者，君子不听也。"或问："侍君子以博乎^⑦？"曰："侍坐则听言，有酒则观礼，焉事博乎？"或曰："不有博弈者乎？"曰："为之犹贤于已耳。侍君子者，贤于已乎？君子不可得而侍也。侍君子，晦斯光，窒斯通，亡斯有，辱斯荣，败斯成，如之何贤于已也！鹪明冲天不在六翮乎？拔而傅尸鸠，其累矣夫^⑧！雷震乎天，风薄乎山，云徂乎方，雨流乎渊，其事矣乎？魏武侯与吴起浮于西河，宝河山之固，起曰：'在德不在固。'曰：'美哉，言乎！'使起之固兵每如斯，则太公何以加诸？"或问："周宝九鼎，宝乎？"曰："器宝也。器宝待人而后宝。齐桓、晋文以下至于秦，兼其无观已。"或曰："秦无观，奚其兼？"曰："所谓观，观德也。如观兵，开辟以来，未有秦也。"或问："鲁用儒而削，何也？"曰："鲁不用儒也。昔在姬公，用于周而四海皇皇，奠枕于京；孔子用于鲁，齐人章章，归其侵疆。鲁不用真儒故也。如用真儒，无敌于天下，安得削！"

灏灏之海济，楼航之力也。航人无楫，如航何？或曰："奔垒之车，沈流之航，可乎？"曰："否。"或曰："焉用智？"曰："用智于未奔沈。大寒而后索衣裘，不亦晚乎！乘国者，其如乘航乎？航安则人斯安矣。'惠以厚下，民忘其死；忠以卫上，君念其赏。自后者，人先之；自下者人高之。'诚哉，是言也！"或曰："弘羊榷利而国用足，盍榷诸^⑨？"曰："譬诸父子，为其父而榷其子，纵利，如子何？卜式之云，不亦匡乎？"或曰："因秦之法，清而行之，亦可以致平乎？"曰："譬诸琴瑟，郑、卫调，俾夔因之，亦不可以致《箫韶》矣^⑩。"或问："处秦之世，抱周之书，益乎？"曰："举世寒，貂狐不亦燠乎^⑪！"或曰："炎之以火，沃之以汤，燠亦燠矣。"曰："燠哉！燠哉！时亦有寒者矣。非其时而望之；非其道而行之，亦不可以至矣。秦之有司负秦之法度，秦之法度负圣人之法度，秦弘违天地之道，而天地违秦亦弘矣。"

①暇（xiá，音暇）：亦作遐，远。

②迩（ěr，音尔）：近。迩文、迩言，近世人的学说；暇言，圣贤幽远深奥的理论。　偭（miǎn）：背，因而不为视听。

③屯（tún，音屯）：草木初生状。

④詉詉（náo，音挠）：争论声。

⑤玙璠（yú fān，音余帆）：两种美玉。

⑥鞶帨（pán shuì，音盘税）：喻学者文章的烦琐。鞶，大带。帨，佩巾。

⑦博：局戏。用六箸十二棋。弈，围棋。下文"贤于已"，犹胜于无聊静坐。贤，胜。已，止。

⑧傅：通附。　尸鸠（shī jiù，音失救）：亦作鸤鸠，布谷鸟。

⑨榷（jiāo，音交）利：专利。桑弘羊在短缺经济时以国家专卖形式抑制不法商贩牟取暴利。下文"卜式"，桑弘羊同时代汉吏。

⑩夔（kuí，音葵）：黄帝的乐正，掌乐。　箫韶：黄帝时音乐。

⑪燠（yù，音玉）：暖。

五百卷第八

或问："五百岁而圣人出，有诸？"曰："尧、舜、禹君臣也而并；文、武、周公父子也而处；汤、孔子数百岁而生。因往以推来，虽千一不可知也。圣人有以拟天地而参诸身乎？"或问："圣人有屈乎？"曰："有。"曰："焉屈乎？"曰："仲尼于南子所不欲见也，阳虎所不欲敬也，见所不见，敬所不敬，不屈如何①？"曰："卫灵公问陈，则何以不屈②？"曰："屈身将以信道也，如屈道而信身，虽天下不为也③。圣人重其道而轻其禄，众人重其禄而轻其道。圣人曰：'于道行与？'众人曰：'于禄殖与？'昔者，齐、鲁有大臣，史失其名。"曰："何如其大也？"曰："叔孙通欲制君臣之仪，徵先生于齐、鲁，所不能致者二人④。"曰："若是，则仲尼之开迹诸侯也，非邪？"曰："仲尼开迹将以自用也。如委己而从人，虽有规矩准绳，焉得而用之？"

或问："孔子之时，诸侯有知其圣者与？"曰："知之。知之。"则曷为不用？"曰："不能。"曰："知圣而不能用也，可得闻乎？"曰："用之，则宜从之。从之则弃其所习，逆其所顺，强其所劣，捐其所能，冲冲如也，非天下之至，孰能用之⑤？"或问："孔子知其道之不用也，则载而恶乎之？"曰："之后世君子。"曰："贾如是，不亦钝乎⑥？"曰："众人愈利而后钝，圣人愈钝而后利。关百圣而不惭，蔽天地而不耻，能言之类，莫能加也。贵无敌，富无伦，利孰大焉？"

或曰："孔子之道，不可小与？"曰："小则败圣，如何？"曰："若是，则何为去乎？"曰："爱日。"曰："爱日而去，何也？"曰："由群谋之故也⑦。不听正谏而不用。噫者，吾于观庸邪？无为饱食安坐而厌观也⑧。由此观之，夫子之日亦爱矣。"或曰："君子爱日乎？"曰："君子仕则欲行其义，居则欲彰其道。事不厌，教不倦，焉得日！"或问："其有继周者，虽百世可知也。秦已继周矣，不待夏礼而治者，其不验乎？"曰："圣人之言，天也。天妄乎？继周者，未欲太平也。如欲太平也，舍之而用他道，亦无由至矣。赫赫乎日之光，群目之用也；浑浑乎圣人之道，群心之用也。"或问："天地简易而圣人法之，何《五经》之支离？"曰："支离，盖其所以为简易也。已简已易，焉支焉离？"或曰："圣人无益于庸也。"曰："世人之益者，仓廪也，取之如单⑨。仲尼神明也，小以成小，大以成大。虽山川、丘陵、草木、鸟兽，裕如也。如不用也，神明亦末如之何矣。"或问："圣人占天乎？"曰："占天地。""若此，则史也。何异？"曰："史以天占人，圣人以人占天。"或问："星有甘、石，何如⑩？"曰："在德不在星。德隆则晷星，星隆则晷德也[11]。”或问“大人”。曰：“无事于小为大人。”“请问小”。曰：“事非礼义为小。”圣人之言远如天；贤人之言近如地。珑玲其声者，其质玉乎？圣人矢口而成言；肆笔而成书。言可闻而不可殚；书可观而不可尽。周之人多行；秦之人多病。行有之也；病曼之也。周之士也贵；秦之士也贱。周之士也肆；秦之士也拘。月未望则载魄于西；既望则终魄于东[12]。其遡于日乎？彤弓卢矢不为有矣。聆听前世，清视在下，鉴莫近于斯矣[13]。或问：“何如动而见畏？”曰：“畏人。”“何如动而见侮？”曰：“侮人。夫见畏之与见侮，无不由己。”

或问：“礼难以强世[14]？”曰：“难故强世。如夷俟倨肆，羁角之哺果而啗之，奚其强？或性或强，及其名一也[15]。见弓之张兮，弛而不失其良兮。”或曰：“何谓也？”曰：“檠之而已矣[16]。川有防，器有范，见礼教之至也。经营然后知干桢之克立也。庄、扬荡而不法；墨、晏俭而废礼；申、韩险而无化；邹衍迂而不信。圣人之材，天地也；次，山陵川泉也；次，鸟兽草木也。”

---

①南子：春秋卫灵公夫人。　阳虎：鲁季孙氏家臣。一作阳货。

②陈（zhèn，音阵）：同阵。

③信（shēn，音申）：同伸。

④叔孙通：西汉太傅，曾与儒生为汉立朝仪。

⑤冲冲：恐惧不安状。

⑥贾（gǔ，音古）：商人。指贱买贵卖。

⑦群谋：一本作群婢。李轨《注》：“齐人归女乐，季桓子受之，三日不听朝，正谏而不用，于是遂行。”

⑧噫（yì，音义）：同抑。　厌：厌倦。

⑨单（dàn，音旦）：同殚，竭尽。

⑩甘石：秦汉时占星家甘公和石申。相传《甘石星经》是他们所著。

⑪晷（guǐ，音鬼）：测日影定时的仪器。此作测试。

⑫载魄：始生的月光。载，始。魄，月光。

⑬卢：同黸（lú，音卢），黑色。　不足有：不足重。

⑭强（qiǎng，音抢）：勉强。下同。

⑮如夷俟（sì，音伺）句：谓街头墙角孩子吃果子的吃相。

⑯檠（qíng，音晴）：辅正弓弩的器具。

先知卷第九

“先知其几于神乎？敢问先知。”曰：“不知。知其道者其如视，忽、眇、绵作昞[1]。先甲一日易，后甲一日难[2]。”或问：“何以治国？”曰：“立政。”曰：“何以立政？”曰：“政之本，身也。身立则政立矣。”或问：“为政有几[3]？”曰：“思斁[4]”。或问“思斁。”曰：“昔在周公，征于东方，四国是王；召伯述职，蔽芾甘棠，其思矣夫[5]。齐桓欲径陈，陈不果内，执辕涛涂，其斁矣夫[6]。於戏！从政者审其思斁而已矣。”或问：“何思？何斁？”曰：“老人老，孤人孤，病者养，死者葬，男子畝，妇人桑之谓思。若污人老，屈人孤，病者独，死者逋，田畝荒，杼轴空之谓斁。为政日新。”或人“敢问日新[7]？”曰：“使之利其仁，乐其义。厉之以名，引之以美，使之陶陶然之谓日新。”或问“民所勤[8]”。曰：“民有三勤。”曰：“何哉，所谓三勤？”曰：“政善而吏恶，一勤也；吏善而政恶，二勤也；政吏骈恶，三勤也。禽兽食人之食，土木衣人之帛，穀人不足于昼，丝人不足于夜之谓恶政。"

圣人，文质者也。车服以彰之，藻色以明之，声音以扬之，《诗》、《书》以光之。笾豆不陈，玉帛不分，琴瑟不铿，钟鼓不抎，则吾无以见圣人矣⑨。或曰："以往圣人之法治将来，譬犹膠柱而调瑟，有诸？"曰："有之"。曰："圣君少而庸君多，如独守仲尼之道是漆也。"曰："圣人之法，未尝不关盛衰焉。昔者尧有天下，举大纲，命舜、禹，夏、殷、周属其子，不膠者卓矣。唐、虞象刑惟明，夏后肉辟三千，不膠者卓矣。尧亲九族，协和万国。汤、武桓桓征伐四克。由是言之，不膠者卓矣。礼乐征伐自天子所出，春秋之时，齐、晋实予，不膠者卓矣。"或曰："人君不可不学《律》、《令》。"曰："君子为国张其纲纪，谨其教化。导之以仁，则下不相贼；莅之以廉，则下不相盗；临之以正，则下不相诈；修之以礼义，则下多德让；此君子所当学也。如有犯法，则司狱在。"

或苦乱。曰："纲纪。"曰："恶在于纲纪？"曰："大作纲，小作纪。如纲不纲，纪不纪，虽有罗网，恶得一目而正诸？"或曰："齐得夷吾而霸，仲尼曰小器。请问大器？"曰："大器其犹规矩准绳乎？先自治而后治人之谓大器。"曰："正国何先？"曰："躬工人绩⑩。"或曰："为政先杀后教。"曰："於乎！天先秋而后春乎，将先春而后秋乎？吾见玄驹之步，雊之晨雏也⑪。化其可以已矣哉！民可使觌德，不可使觌刑。觌德则纯，觌刑则乱。象龙之致雨也，难矣哉⑫！"曰："龙乎！龙乎！"或问："政核。"曰："真伪。真伪则政核。如真不真，伪不伪，则政不核。"鼓舞万物者，雷风乎！鼓舞万民者，号令乎！雷不一，风不再。圣人乐陶成天下之化，使人有士君子之器者也，故不遁于世，不离于群。遁离者，是圣人乎？雌之不才，其卵鷇矣；君之不才，其民野矣⑬。

或问曰："载使子草律？"曰："吾不如弘恭。""草奏？"曰："吾不如陈汤。"曰"何为"？曰："必也律不犯，奏不剚。"甄陶天下者，其在和乎⑭？刚则甈，柔则坏⑮。龙之潜亢，不获其中矣。是以过中则惕，不及中则跃，其近于中乎？圣人之道，譬犹日之中矣，不及则未，过则昃。什一，天下之中正也，多则桀，寡则貉。井田之田，田也；肉刑之刑，刑也。田也者，与众田之⑯。刑也者，与众弃之。法无限，则庶人田侯田，处侯宅，食侯食，服侯服，人亦多不足矣。为国不迪其法而望其效，譬诸筭乎⑰？

---

①忽、眇、绵：皆指极微小之物。

②先甲一日：预想在事发之前较易成功。甲，一旬的开始。

③几：同机，机关、津要。

④斁（yì，音义）：懈怠，厌弃。

⑤召（shào，音邵）伯：周初大臣。

⑥内（nà，音纳）：同纳，接纳。

⑦或人："或曰"之误。

⑧勤：苦。

⑨笾（biān，音边）豆：礼器。笾，竹制，盛果脯等；豆，木制（也有铜、陶），盛有汁的食物。　　抎（yǔn，音允）：同陨。

⑩躬工人绩：端正己身，深入百官，考察其业绩。

⑪玄驹：蚍蜉（大蚂蚁）。　　雊（gòu，音勾）：雄雉的鸣声。亦作鸲。

⑫象龙：画龙，雕龙。

⑬鷇（duàn，音段）：卵坏，不能育雏。

⑭甄陶：烧土为器，此引申为运作。

⑮瓴（qì，音器）：裂。　坏（pī，音批）：同坯，湿。

⑯田（diàn，音店）：同佃。下同。

⑰迪：由。

重黎卷第十

或问："南正重司天，北正黎司地，今何僚也①？"曰："近羲近和②。""孰重孰黎？"曰："羲近重，和近黎"。或问："黄帝终始。"曰："讬也。昔者姒氏治水土而巫步多禹③。扁鹊卢人也，而医多卢。夫欲雠伪者必假真，禹乎？卢乎？终始乎？"或问："浑天"。曰"落下闳营之，鲜于妄人度之，耿中丞象之，几乎！几乎！莫之能违也。"请问"盖天"。曰："盖哉！盖哉！应难未几也。"或问："赵世多神，何也？"曰："神怪茫茫，若存若亡。圣人曼云。"或问："子胥、种、蠡孰贤④？"曰："胥也，俾吴作乱，破楚入郢，鞭尸，藉馆，皆不由德。谋越谏齐不式，不能去，卒眼之。种、蠡不强谏而山栖，俾其君诎社稷之灵而童仆，又终弊吴。贤皆不足邵也⑤。至蠡策种而遁，肥矣哉！"或问"陈胜、吴广。"曰"乱"。曰："不若是则秦不亡。"曰："亡秦乎？恐秦未亡而先亡矣。"

或问："六国并，其已久矣。一病一瘳，迄始皇三载而咸。时激、地保、人事乎？"曰："具"。"请问事。"曰："孝公以下，强兵力农，以蚕食六国，事也。""保？"曰："东沟大河，南阻高山，西采雍、梁，北卤泾垠，便则申，否则蟠，保也。""激？"曰："始皇方斧，将相方刀，六国方木；将相方肉，激也。"或问："秦伯列为侯卫，卒吞天下而斅曾无以制乎⑥？"曰："天子制公、侯、伯、子、男也，庸节。节莫差于僭，僭莫重于祭，祭莫重于地，地莫重于天，则襄、文、宣、灵其兆也。昔者襄公始僭西時以祭白帝，文、宣、灵宗兴鄜、密、上、下，用事四帝，而天王不匡，反致文武胙，是以四疆之内，各以其力来侵，攘肌及骨，而斅独何以制秦乎⑦？"

或问："嬴政二十六载，天下擅秦⑧。秦十五载而楚。楚五载而汉。五十载之际，而天下三擅。天邪，人邪？"曰："具。周建子弟，列名城，班五爵，流之十二，当时虽欲汉，得乎？六国蚩蚩，为嬴弱姬，卒之屏营，嬴擅其政，故天下擅秦。秦失其猷，罢侯置守。守失其微，天下孤睽。项氏暴强，改宰侯王，故天下擅楚。擅楚之月有汉，创业山南，发迹三秦，追项山东，故天下擅汉，天也。""人？"曰："兼才尚攉，右计左数，动谨于时，人也。天不人不因，人不天不成。"或问："楚败垓下方死，曰天也。谅乎？"曰："汉屈群策，群策屈群力。楚憞群策而自屈其力。屈人者克，自屈者负。天曷故焉？"或问："秦、楚既为天典命矣，秦缢灞上，楚分江西，兴废何速乎？"曰："天胙光德而陨明忒⑨。昔在有熊、高阳、高辛、唐、虞、三代，咸有显懿，故天胙之为神明主，且著在天庭，是生民之愿也，厥飨国久长。若秦、楚强阅震扑，胎藉三正，播其虐于黎苗，子弟且欲丧之，况于民乎⑩？况于鬼神乎？废未速也。"或问："仲尼大圣，则天曷不胙？"曰："无土。""然则舜、禹有土乎？"曰："舜以尧作土，禹以舜作土。"或问："圣人表里。"曰："威仪文辞，表也；德行忠信，里也。"

或问："义帝初矫，刘龛南阳，项救河北，二方分崩，一离一合。设秦得人，如何？"曰："人无为秦也，丧其灵久矣。韩信、黥布皆剑立南面称孤，卒穷时戮，无乃勿乎？"或曰："勿则无名，如何？曰："名者，谓令名也。忠不终而躬逆，焉攸令？"或问"淳于越"。曰："伎曲。""请问？"曰"始皇方虎挒而枭磔，噬士犹腊肉也，越与亢眉终无桡辞，可谓伎矣。仕无妄之国，食无妄之粟，分无妄之桡，自令之闲而不违，可谓曲矣。"或问："茅焦历井幹之死，使始皇奉虚左之乘。蔡生欲安项咸阳，不能移，又亨之，其者未辩与？"曰："生舍其木侯而谓人木侯，亨不亦宜乎⑪！焦逆讦而顺守之，虽辩，劘虎牙矣⑫。"

或问："甘罗之悟吕不韦，张辟强之觉平、勃，皆以十二龄，戊、良乎⑬？"曰："才也。戊、良不必父祖。"或问："郦食其说陈留，下敖仓，说齐罢历下军，何辩也⑭？韩信袭齐以身脂鼎，何讷也？"曰："夫辩也者，自辩也。如辩人，几矣。"或问："蒯通抵韩信不能下，又狂之？"曰："方遭信闭，如其抵。"曰："岘可抵乎⑮？"曰："贤者司礼，小人司岘，况拊键乎？"

或问："李斯尽忠，胡亥极刑，忠乎？"曰："斯以留客，至作相，用狂人之言，从浮大海，立赵高之邪说，废沙丘之正，阿意督责，焉用忠？""霍⑯？"曰："始六世之诏，拥少帝之微，摧燕、上官之锋，处废兴之分，堂堂乎忠，难矣哉！至显，不终矣。"或问："冯唐面文帝得廉颇、李牧不能用也，谅乎？"曰："彼将有激也。亲屈帝尊，信亚夫之军，至颇、牧，曷不用哉！""德？"曰："罪不挐，宫不女，馆不新，陵不坟。"或问"交"。曰："仁。"问"余、耳⑰？"曰："光初。""窦、灌⑱。"曰："凶终。"或问"信"。曰"不食其言。""请人。"曰："晋荀息、赵程婴、公孙杵曰，秦大夫鐅、穆公之侧。"问"义"。曰："事得其宜之谓义。"或问："季布忍，焉可为也？"曰："能者为之，明哲不为也！"或曰："当布之急，虽明哲如之何？"曰："明哲不终项仕。如终项仕，焉攸避？"或问"贤"。曰"为人所不能"。"请人。"曰"颜渊、黔娄、四皓、韦玄。"问"长者"。曰："蔺相如申秦而屈廉颇，栾布之不倍，朱家之不德，直不疑之不校，韩安国之通使。"

或问"臣自得"。曰："石太仆之对，金将军之谨，张卫将军之慎，丙大夫之不伐善。"请问"臣自失"。曰："李贰师之执贰，田祁连之滥帅，韩冯翊之愬萧，赵京兆之犯魏。"或问"持满"。曰"扼欹"。"扬王孙倮葬以矫世？"曰："矫世以礼，倮乎？如矫世，则葛沟尚矣⑱。"

或问"《周官》"。曰"立事"。"左氏"。曰"品藻"。"太史迁"曰"实录"。

---

①重、黎：传说中人名。古代重氏、黎氏为二人，主司天地。今以重黎为一人，颛顼之孙。

②羲、和（xī hé）：传说中掌天文历法的官吏。此指王莽所设官名，亦分羲、和为二职，主司天地。

③姒氏：大禹。　　巫步：巫觋学大禹跛着走路。

④子胥、种、蠡：伍员、文种、范蠡，勾践谋臣。

⑤邵：赞美。　　肥：善。

⑥赧（nán，音南）：周赧王（姬延），周最后一个天子。

⑦畤（zhì，音峙）：古代天子祭天地、五帝的固定地点。秦有郦（fù）畤、密畤、上畤、下畤。　　胙（zuò，音作）：祭肉。

⑧擅（shàn，音善）：同禅。

⑨忒（tè，音特）：过错、差失。

⑩阋（xì，音细）：争斗。　　胎（tái，音台）藉三正：践踏正道。胎同跆。三正。天、地、人之正道。

⑪木侯：同沐猴，即沐猴而冠。　　亨：同烹。

⑫劘（mó，音摩）：同摩。

⑬戊（mào，音茂）良：甘茂和张良。茂为罗祖，良为强父。

⑭郦食其（lì yì jī力异基）：高阳人，辩士。

⑮岘（xī，音西）：罅（xiá，音瑕）隙。　　抵（dǐ，音底）：撞挤使合。

⑯霍：霍光。武帝托孤之臣。下文"始六世之诏"，李注治平监本作"始六诏"，今据《音义》改。或作"元始之初"（见汪荣宝《法言义疏》）。

⑰余、耳：陈余、张耳。

⑱窦、灌：窦婴、灌夫。汉臣。

⑲葛沟：上古死葬用葛藤缚尸投入沟壑。

渊骞卷第十一

或问："渊、骞之徒恶乎在？"曰："寝①。"或曰："渊、骞曷不寝？"曰："攀龙鳞，附凤翼，巽以扬之，勃勃乎其不可及也。如其寝。如其寝。"七十子之于仲尼也，日闻所不闻，见所不见，文章亦不足为矣。君子绝德，小人绝力。或问"绝德"。曰："舜以孝，禹以功，皋陶以谟，非绝德邪？""力"。"秦悼武、乌获、任鄙扛鼎抃牛，非绝力邪②？"或问"勇"。曰："轲也"。曰："何轲也"？曰："轲也者，谓孟轲也。若荆轲，君子盗诸？""请问孟轲之勇。"曰："勇于义而果于德，不以贫富贵贱死生动其心，于勇也，其庶乎！"鲁仲连偈而不制，蔺相如制而不偈③。或问"邹阳"。曰："未信而分疑，怃辞免置，几矣哉④！"或问："信陵、平原、孟尝、春申益乎？"曰："上失其政，奸臣窃国命，何其益乎！"樗里子之知也，使知国如葬，则吾以疾为蓍龟⑤。"周之顺、赧以成周而西倾，秦之惠文、昭襄以西山而东并，孰愈？"曰："周也羊，秦也狼。""然则狼愈与？"曰："羊狼一也。"

或问："蒙恬忠而被诛，忠奚可为也？"曰："堑山堙谷起临洮繋辽水，力不足而死有余，忠不足相也。"或问："吕不韦其智矣乎？以人易货。"曰："谁谓不韦智者与？以国易宗！""不韦之盗，穿窬之雄乎⑥？""穿窬也者！吾见担石矣，未见雒阳也。""秦将白起不仁，奚用为也？""长平之战四十万人死。蚩尤之乱不过于此矣。原野猒人之肉，川谷流人之血，将不仁，奚用为！""蹻"？曰："始皇方猎六国而蹻牙欬⑦！"或问："要离非义者与？不以家辞国。"曰："离也火妻灰子以求反于庆忌，实蜘蝥之靡也，焉可谓之义也⑧！""政？""为严氏犯韩，刺相侠累，曼面为姊，实壮士之靡也，焉可谓之义也！""轲？""为丹奉於期之首，燕督亢之图，入不测之秦，实刺客之靡也，焉可谓之义也⑨！"

或问："仪、秦学乎鬼谷术，而习乎纵横言，安中国者各十余年，是夫？"曰："诈人也。圣人恶诸。"曰："孔子读而仪、秦行，何如也？"曰："甚矣，凤鸣而鸷翰也！""然则子贡不为与？"曰："乱而不解，子贡耻诸；说而不富贵，仪、秦耻诸。"

或曰："仪、秦其才矣乎？迹不蹈已。"曰："昔在任人，帝曰难之，亦才矣。才乎才，非吾徒之才也。美行，园公、绮里季、夏黄公、角里先生⑩；言辞，娄敬、陆贾；执正，王陵、申屠嘉；折节，周昌、汲黯；守儒，辕固、申公；灾异，董相、夏侯胜、京房。"

或问"萧、曹"。曰："萧也规，曹也随。""滕、灌、樊、郦。"曰："侠介。""叔孙通。"曰："棨人也⑪。""爰盎。"曰："忠不足而谈有余。""晁错。"曰："愚。""酷吏。"曰："虎哉！虎哉！角而翼者也。""货殖"。曰："蚊。"曰："血国三千，使将蹊，饮水，褐博，没齿无愁也。"

或问"循吏"。曰："吏也。""游侠？"曰："窃国灵也。""佞幸？"曰："不料而已。"或问"近世社稷之臣。"曰："若张子房之智，陈平之无悟，绛侯勃之果，霍将军之勇，终之以礼乐，则可谓社稷之臣矣。"或问"公孙弘、董仲舒孰迹"曰："仲舒欲为而不可得者也，弘容而已矣。"或问："近世名卿"。曰："若张廷尉之平，隽京兆之见，尹扶风之絜，王子贡之介，斯近世名卿矣。""将。"曰："若条侯之守长平，冠军之征伐，博陆之持重，可谓近世名将矣。"请问"古？"曰："鼓之以道德，征之以仁义，舆尸血刃，皆所不为也。"张骞苏武之奉使也，执节没身不屈王命，虽古之肤使，其犹劣诸！

　　世称东方生之盛也，言不纯师，行不纯表，其流风遗书，蔑如也⑫。或曰："隐者也？"曰："昔之隐者，吾闻其语矣，又闻其行矣。"或曰："隐道多端。"曰："固也。圣言圣行不逢其时，圣人隐也；贤言贤行不逢其时，贤者隐也；谈言谈行而不逢其时，谈者隐也。昔者箕子之漆其身也，狂接舆之被其发也，欲去而恐罹害者也。箕子之《洪范》，接舆之歌凤也哉！"或问："东方生名过实者，何也？"曰："应谐、不穷、正谏、秽德，应谐似优，不穷似哲，正谏似直，秽德似隐。""请问名？"曰："诙达。""恶比？"曰："非夷、齐而是柳下惠。戒其子以尚容，首阳为拙，柱下为工。饱食安坐，以仕易农，依隐玩世，诡时不逢，其滑稽之雄乎？"或问："柳下惠非朝隐者与？"曰："君子谓之不恭。古者，高饿显，下禄隐。"妄誉，仁之贼也；妄毁，义之贼也。贼仁近乡原，贼义近乡讪⑬。

　　或问："子蜀人也，请人。"曰："有李仲元者，人也。""其为人也，奈何？"曰："不屈其意，不累其身。""是夷、惠之徒与？"曰"不夷不惠，可否之间也。""如是，则奚名之不彰也？"曰："无仲尼，则西山之饿夫与东国之绌臣，恶乎闻？""王阳、贡禹遇仲尼乎？"曰"明星皓皓，华藻之力也与？"曰："若是，则奚为不自高？"曰："皓皓者，己也；引而高之者，天也。子欲自高邪？仲元，世之师也。见其貌者，肃如也；闻其言者，愀如也；观其行者，穆如也。郸闻以德诎人矣⑭，未闻以德诎于人也。仲元，畏人也。"或曰"育、贲⑮"。曰"育、贲也，人畏其力而侮其德。""请条。"曰："非正不视，非正不听，非正不言，非正不行。夫能正其视听言行者，昔吾先师之所畏也。如视不视，听不听，言不言，行不行，虽有育、贲，其犹侮诸！"

---

①渊、骞：颜渊、闵子骞。《仲尼弟子列传》以二人居首，故此代孔子弟子。　　寝（qǐn 音侵上）湮没无闻，隐而不显。

②抃（biàn 音便）：手搏。言三力士能徒手斗牛。

③荡（dàng 音荡）：同荡，轻世肆志。　　制：任职。

④忼（kāng 音康）：古慷字。　　罥（tóng 音同）：罗网。

⑤樗（chū 音书）里子：名疾，秦贵族，滑稽多智。　　蓍（shī 音尸）龟：蓍草和龟甲。占卜吉凶之工具。

⑥穿窬（yú 音余）：穿壁逾墙，偷盗。

⑦欸（āi 音唉）：叹词。同唉。

⑧靡（mǐ 音米）：为。"之靡"，之为。连上下文，"之靡"又有"之雄"（之美）的含义。靡、为、美音近相转的缘故。

⑨於期（wū jī 音巫基）：樊於期。秦逃燕的将军。

⑩园公等：古称商山四皓，避秦乱隐于商山。角（lù，音路），或作角。

⑪檠（qiàn 音欠）人：见事敏捷，善于随形势变化之人。

⑫东方生：即东方朔，字曼倩。西汉文学家、杂家。武帝太中大夫，为人恢谐滑稽，关于他的传说很多。

⑬乡原（yuàn 音愿）：指乡里言行不一，伪善欺世的人。乡讪（shān 音山）：指乡里善于毁谤的人。

⑭郸（dàn 音旦）：同但。

⑮育、贲（bēn 音奔）：夏育、孟贲，秦武王力士。

君子卷第十二

　　或问："君子言则成文，动则成德，何以也？"曰："以其弸中而彪外也①。般之挥斤，羿之激矢，君子不言，言必有中也。不行，行必有称也。"或问："君子之柔刚。"曰："君子于仁也柔，于义也刚"。或问："航不浆，冲不荓，有诸②？"曰："有之。"或曰："大器固不周于小乎？"曰："斯械也。君子不械。"或问："孟子知言之要，知德之奥？"曰："非苟知之，亦允蹈之③。"或曰："子小诸子，孟子非诸子乎？"曰："诸子者，以其知异于孔子者也。孟子异乎？不异。"或曰："孙卿非数家之书，倪也④。至于子思、孟轲，诡哉！"曰："吾于孙卿与，见同门而异户也。惟圣人为不异。"牛玄、骍、白、睟而角，其升诸庙乎⑤？是以君子全其德。或问："君子似玉？"曰："纯沦温润，柔而坚，玩而廉，队乎其不可形也⑥。"或曰："仲尼之术，周而不泰，大而不小，用之犹牛鼠也。"曰："仲尼之道犹四渎也，经营中国，终入大海。他人之道者，西北之流也。纲纪夷、貉，或入于沱，或沦于汉⑦。"淮南说之用，不如太史公之用也。太史公圣人将有取焉；淮南鲜取焉尔。必也儒乎？乍出乍入，淮南也；文丽用寡，长卿也；多爱不忍，子长也。仲尼多爱，爱义也；子长多爱，爱奇也。"或曰："甚矣，传书之不果也！"曰："不果则不果矣，又以巫鼓⑧。"

　　或问："圣人之言，炳若丹青，有诸？"曰："吁！是何言与？丹青初则炳，久则渝。渝乎哉？"或曰："圣人之道若天，天则有常矣，奚圣人之多变也？"曰："圣人固多变。子游、子夏得其书矣，未得其所以书也；宰我、子贡得其言矣，未得其所以言也；颜渊、闵子骞得其行矣，未得其所以行也。圣人之书、言、行，天也。天其少变乎？"或曰："圣人自恣与？何言之多端也！"曰："子未睹禹之行水与？一东一北，行之无碍也。君子之行，独无碍乎？如何直往也！水避碍则通于海，君子避碍则通于理。"君子好人之好，而忘己之好；小人好己之恶，而忘人之好。

　　或曰："子于天下则谁与？"曰："与夫进者乎？"或曰："贪夫位也，慕夫禄也，何其与？"曰："此贪也，非进也。夫进也者，进于道，慕于德，殷之以仁义，进而进，退而退，日孳孳而不自知倦者也⑨。"或曰："进进则闻命矣。请问退进。"曰："昔乎颜渊以退为进，天下鲜俪焉⑩。"或曰："若此，则何少于必退也？"曰："必进易俪，必退易俪也。进以礼，退以义，难俪也。"或曰："人有齐死生、同贫富、等贵贱，何如？"曰："作此者，其有惧乎？信死生齐，贫富同，贵贱等，则吾以圣人为嚣嚣⑪。"通天、地、人，曰儒；通天、地而不通人，曰伎。人必先作，然后人名之；先求，然后人与之。人必其自爱也，而后人爱诸；人必其自敬也，而后人敬诸。自爱，仁之至也；自敬，礼之至也。未有不自爱敬，而人爱敬之者也。

　　或问："龙、龟、鸿、鹄，不亦寿乎？"曰："寿。"曰："人可寿乎？"曰："物以其性，人以其仁。"或问："人言仙者，有诸乎？""吁！吾闻宓羲、神农殁，黄帝、尧、舜殂落而死，文王毕，孔子鲁城之北，独子爱其死乎⑫？非人之所及也，仙亦无益子之汇矣⑬。"或曰："圣人不师仙，厥术异也。圣人之于天下，耻一物之不知；仙人之于天下，耻一日之不生。"曰："生乎，生乎！名生而实死也！"

　　或曰："世无仙，则焉得斯语？"曰："语乎者，非嚣嚣也与？惟嚣嚣能使无为有。"或问"仙之实。"曰："无以为也。有与无，非问也。问也者，忠孝之问也。忠臣孝子，偟乎不偟⑭。"或问："寿可益乎？"曰："德"。曰："回、牛之行德矣，曷寿之不益也？"曰："德故尔。如回之残，牛之贼也，焉得尔？"曰："残贼或寿？"曰："彼妄也，君子不妄⑮。"有生者必有死，有始者必有终，自然之道也。君子忠人，况已乎？小人欺已，况人乎？

---

①弸（péng 音朋）中彪外：君子应才德充实于内，文彩发扬于外。弸，满弓。彪，彪纹。

②航：楼航，大船。　浆：酒浆。　　衝：铁甲车，大车。　　荠（jì 音计）：同齑，酱类品。两句谓楼航不能挹酒浆，衝车不可盛齑酱。依俞樾说。

③允蹈：认真地实践。

④侻（tuō 音脱）：合乎圣教。

⑤睟（suì 音岁）：毛色纯。

⑥队：同坠（zhuì），坠落。

⑦沱：古说水从长江出来为沱；从汉水出来为潜。沱水在今湖北枝江县。

⑧巫鼓：李轨《注》云："巫鼓犹妄说也。"巫，通诬。鼓，吹嘘。

⑨孳孳（zī 音孜）：同孜孜，力作不息。

⑩俪（lì 音丽）：成双，匹配。

⑪嚣嚣：喧闹声。此作多余。

⑫鲁城之北：指孔墓所在地，即今之曲阜的孔林。此代孔子之死。

⑬彙（huì 音汇）：类。

⑭偟（huáng 音皇）：通遑。勿忙；闲暇。言忠臣孝子忙于事君奉亲无暇事鬼神仙道。

⑮妄（wàng 音枉）：同罔，诬罔，不正直。言残贼（损害仁义者）之人能生存而长寿者，只是幸运而已。

孝至卷第十三

孝，至矣乎！一言而该，圣人不加焉①。父母，子之天地与？无天何生？无地何形？天地裕于万物乎？万物裕于天地乎？裕父母之裕，不裕矣。事父母自知不足者，其舜乎？不可得而久者，事亲之谓也。孝子爱日。孝子有祭乎？有齐乎？夫能存亡形属荒绝者，惟齐也②。故孝子之于齐，见父母之存也，是以祭不宾。人而不祭，豺獭乎！或问"子"。曰："死生尽礼，可谓能子乎？曰："石奋、石建父子之美也。无是父无是子；无是子无是父。"或曰："必也两乎③"？曰："与尧无子舜无父，不如尧父舜子也。""子有含菽缊絮而致滋美其亲，将以求孝也，人曰伪，如之何？"曰："假儒衣书，服而读之，三月不归，孰曰非儒也？"或曰："何以处伪④"？曰："有人则作，无人则辍之谓伪。观人者，审其作辍而已矣。不为名之名，其至矣乎；为名之名，其次也。"

或问"忠言嘉谋"。曰"言合稷、契谓之忠，谋合皋陶谓之嘉⑤。"或曰"邵如之何？"曰"亦曻之而已。庳则秦、仪、鞅、斯亦忠嘉矣。"尧、舜之道皇兮，夏、殷、周之道将兮，而以延其光兮！或曰"何谓也"？曰："尧、舜以其让，夏以其功，殷、周以其伐。"或曰："食如螘，衣如华，朱轮驷马，金朱煌煌，无已泰乎？"曰："由其德，舜、禹受天下不为泰⑥。不由其德，五两之纶，半通之铜，亦泰矣。"天下通道五，所以行之一，曰勉。

或曰："力有扛洪鼎揭华旗，智德亦有之乎？"曰："百人矣。德谐顽嚣，让万国⑦。知情天地，形不测，百人乎？"或问"君"。曰"明光"。问"臣"。曰"若提"。"敢问何谓也？"曰："君子在上，则明而光其下；在下，则顺而安其上。"或曰："圣人事异乎？"曰："圣人德之为事，异亚之。故常修德者本也，见异而修德者末也。本末不修而存者，未之有也。"天地之得斯民也，斯民之得一人也，一人之得心矣。吾闻诸传，老则戒之在得。年弥高而德弥邵者，是孔子之徒与？

或问："德有始而无终，与有终而无始也，孰愈⑧？"曰："宁先病而后瘳乎，宁先瘳而后病乎？"或问："大。"曰："小。"问"远"。曰："迩。"未达。曰："天下为大，治之在道，不亦小乎？四海为远，治之在心，不亦迩乎？"或问"俊哲洪秀"。曰："知哲圣人之谓俊，秀颖德行之谓洪。君子动则拟诸事，事则拟诸礼。"或问"群言之长，群行之宗"。曰："群言之长，德言也。群行之宗，德行也。"或问"泰和"。曰："其在唐、虞、成周乎？观《书》及《诗》，温温乎其和可知也。"周康之时，颂声作乎下，《关雎》作乎上，习治也；齐桓之时缗，而《春秋》美邵陵，习乱也。故习治，则伤始乱也；习乱，则好始治也。汉德其可谓允怀矣。黄支之南，大夏之西，东鞮、北女，来贡其珍，汉德其可谓允怀矣，世鲜焉⑨。荒荒圣德，远人咸慕，上也；武义璜璜，兵征四方，次也；宗夷猾夏，蠢迪王人，屈国丧师，无次也⑩。麟之仪仪，凤之师师，其至矣乎？螭虎桓桓，鹰隼䎡䎡，未至也！

或曰："讻讻北夷，被我纯缋，带我金犀，珍膳宁翮，不亦享乎？"曰："昔在高、文、武，实为兵主；今稽首来臣，称为北蕃，是为宗庙之神，社稷之灵也，可不享？"龙堆以西，大漠以北，鸟夷、兽夷郡劳王师，汉家不为也。朱崖之绝，捐之之力也。否则介鳞，易我衣裳。君人者，务在殷民阜财，明道信义，致帝者之用，成天地之化，使粒食之民粲也，晏也。享于鬼神，不亦飨乎？

天道劳功。或问"劳功"。曰"日一日劳，考载曰功。"或曰："君逸臣劳，何天之劳？"曰："于事则逸，于道则劳。"周公以来，未有汉公之懿也，勤劳则过于阿衡⑪。汉兴二百一十载而中天，其庶矣乎！辟雍以本之，校学以教之，礼乐以容之，舆服以表之，复其井、刑，勉人役，唐矣夫⑫！

---

①该：同赅。包括一切。

②齐（zhāi，音斋）：《说文解字》："斋，戒洁也。"古人祭鬼神时，穿整洁衣服，戒除嗜欲，禁酒、禁荤、禁房，以示虔诚。《礼祭·祭仪》："斋三日，乃见其所为斋者。"　　不宾：不会客。

③两：两全齐美，即父慈子孝。

④处：判断，认定。

⑤稷（jì，音计）、契（xiè 音楔）：舜臣。后稷为舜农官，是周始祖；契为舜掌教化，是商始祖。　　谟（mó，音牟）：计谋，谋略。《尚书》有《皋陶谟》。　　皋陶（gāo yáo）：舜之刑官。

⑥食如蝗：言精细。蝗，蚂蚁。　　泰：同太，过分。

⑦顽嚚（yín，音银）：指舜之父母。《尚书·尧典》："父顽母嚚。"顽，愚顽；嚚，奸诈。

⑧孰宁：天复本作孰愈，哪个更好。

⑨黄支：古国名。其地说法不一。一说在今印度马德拉斯西南的康契普拉姆附近。　　大厦：中亚古国，约在今阿富汗北部。　　东鞮（tí）：据《汉书·地理志》"会稽海外有东鳀人，分为二十余国。亦岁时来献见。"东鞮盖东鳀（tí）。　　北女：疑北匈奴之误。

⑩荒荒：《注》："荒荒，大也。"《音义》作"芒芒"，义同。　　蠢迪：蠢，动；迪，由。

⑪汉公：王莽。　　阿衡：即伊尹，辅佐商朝成就功业。

⑫辟雍（pì yōng，音譬拥）：即辟雍。西周天子立的大学。

法 言 序

天降生民，倥侗颛蒙，恣乎情性，聪明不开，训诸理，撰《学行》①。

降周迄孔，成于王道，终后诞章乖离，诸子图徽，撰《吾子》②。

事有本真，陈施于意，动不克咸，本诸身，撰《修身》③。

芒芒天道，昔在圣考，过则失中，不及则不至，不可奸罔，撰《问道》④。

神心忽恍，经纬万方，事繫诸道、德、仁、义、礼，撰《问神》⑤。

明哲煌煌，旁烛无疆，逊于不虞，以保天命，撰《问明》⑥。

假言周于天地，赞于神明，幽弘横广，绝于迩言，撰《寡见》⑦。

圣人聪明渊懿，继天测灵，冠乎群伦，经诸范，撰《五百》⑧。

立政鼓众，动化天下，莫尚于中和，中和之发，在于哲民情，撰《先知》⑨。

仲尼以来，国君、将相、卿士、名臣，参差不齐，一概诸圣，撰《重黎》⑩。

仲尼之后，讫于汉，道德行颜、闵，股肱萧、曹，爰及名将，尊卑之条，称述品藻，撰《渊骞》⑪。

君子纯终领闻，蠢迪检柙，旁开圣则，撰《君子》⑫。

孝莫大于宁亲，宁亲莫大于宁神，宁神莫大于四表之欢心，撰《孝至》。

---

①倥侗颛蒙（kōng tóng zhān méng，音空同专萌）：指人在未受教育前的蒙昧无知貌。倥侗，无知；颛蒙，愚顽。　　训：教导，告知。

②终后：孔子死后。　　诞章乖离：大章圣道于此后背离。　　诸子图徽：诸子百家兴作，各树旗帜。

③意：同亿，亿万事物。　　动不克咸：动而不能感人。咸，通感。心有所感。

④芒芒：同茫茫。　　奸罔：伪诈欺诬。指背弃王道而他求。

⑤忽恍：同惚恍。空虚不分明貌。　　经纬：治理。

⑥煌煌：盛貌。　　旁烛：普照。　　逊：顺应。　　虞：忧。

⑦周：普遍存在。

⑧经诸范：不变常法。

⑨中和：儒家的伦理思想。《礼记·中庸》："喜怒哀乐之未发谓之中，发而皆中节（合法度）谓之和。"

⑩一概诸圣：一律用圣人大道盖平它。　　概，古代量米麦时刮平斗斛的工具。此作削平。

⑪或谓此条是校订《法言》者据《汉书》所补，非扬子云自序。姑列此备考。

⑫纯：善。　　领：同令。令闻，好名声。　　检柙（xiá，音匣）：矫正曲木的工具。此作规矩。

潜 夫 论

〔汉〕王符 撰

潜夫论卷第一

赞 学 第 一

　　天地之所贵者，人也；圣人之所尚者，义也；德义之所成者，智也；明智之所求者，学问也。虽有至圣，不生而智；虽有至材，不生而能。故志曰①：黄帝师风后，颛顼师老彭，帝喾师祝融，尧师务成，舜师纪后，禹师墨如，汤师伊尹，文武师姜尚，周公师庶秀，孔子师老聃。若此言之而信，则人不可以不就师矣。夫此十一君者，皆上圣也，犹待学问，其智乃博，其德乃硕，而况于凡人乎？

　　是故工欲善其事，必先利其器，士欲宣其义，必先读其智②。《易》曰："君子以多志前言往行以畜其德③。"是以人之有学也，犹物之有治也。故夏后之璜④、楚和之璧，虽有玉璞卞和之资，不琢不错，不离砥石；夫瑚簋之器⑤、朝祭之服，其始也，乃山野之木，蚕茧之丝耳，使巧倕加绳墨而制之以斤斧，女工加五色而制之以机杼，则皆成宗庙之器、黼黻之章⑥，可著于鬼神，可御于王公；而况君子敦贞之质、察敏之才，摄之以良朋⑦，教之以明师，文之以《礼》、《乐》，导之以《诗》、《书》，赞之以《周易》，明之以《春秋》，其有济乎？

　　《诗》云："题彼鹡鸰⑧，载飞载鸣。我日斯迈，而月斯征。夙兴夜寐，无忝尔所生。"是以君子终日乾乾⑨，进德修业者，非直为博己而已也，盖乃思述祖考之令问而以显父母也。孔子曰："吾尝终日不食，终夜不寝以思，无益，不如学也。""耕也，馁在其中；学也，禄在其中矣。君子忧道不忧贫。"箕子陈六极，《国风》歌《北门》，故所谓不忧贫也，岂好贫而弗之忧邪？盖志有所专，昭其重也，是故君子之求丰厚也，非为嘉馔、美服、淫乐、声色也，乃将以底其道，而迈其德也。

　　夫道成于学而藏于书，学进于振而废于穷，是故董仲舒终身不问家事，景君明经年不出户庭，得锐精其学，而显昭其业者，家富也。富佚若彼而能勤精若此者，材子也。倪宽卖力于都巷，匡衡自鬻于保徒者⑩，身贫也。贫厄若彼而能进学若此者，秀士也。当世学士，恒以万计，而究涂者⑪，无数十焉。其故何也？其富者则以贿玷精，贫者则以乏易计，或以丧乱期其年岁⑫，此其所以逮初丧功而及其童蒙者也⑬。是故无董、景之才，倪、匡之志，而欲强捐家出身，旷日师门者，必无几矣。夫此四子者，耳目聪明，忠信廉勇，未必无俦也，而及其成名立绩，德音令问不已，而有所以然，夫何故哉？徒以其能自托于先圣之典经，结心于夫子之遗训也。

　　是故造父疾趋，百步而废，而托乘舆，坐致千里；水师泛轴，解维则溺，自托舟楫，坐济江河。是故君子者，性非绝世，善自托于物也。人之情性，未能相百，而其明智，有相万也。此非其真性之材也，必有假以致之也⑭。君子之性，未必尽照，及学也，聪明无蔽，心智无滞，前纪帝王⑮，顾定百世，此则道之明也，而君子能假之以自彰尔。

　　夫是故道之于心也，犹火之于人目也，中宵深室，幽黑无见，及设盛烛，则百物彰矣，此则火之耀也，非目之光也，而目假之则为明矣。天地之道，神明之为，不可见也；学问圣典，心思道术，则皆来睹矣。此则道之材也，非心之明也，而人假之，则为己知矣。

是故索物于夜室者，莫良于火；索道于当世者，莫良于典。典者，经也，先圣之所制。先圣得道之精者，以行其身，欲贤人自勉，以入于道。故圣人之制经以遗后贤也，譬犹巧倕之为规矩准绳以遗后工也。昔倕之巧，目茂圆方[16]，心定平直，又造规绳矩墨，以诲后人。试使奚仲、公班之徒[17]，释此四度而效倕自制，必不能也；凡工妄匠，执规秉矩，错准引绳，则巧同于倕也。是倕以心来制规矩，往合倕心也[18]，故度之工，几于倕矣[19]。

先圣之智，心达神明，性直道德，又造经典，以遗后人。试使贤人君子，释于学问，抱质而行，必弗具也；及使从师就学，按经而行，聪达之明，德义之理，亦庶矣。是故圣人以其心来造经典，往合圣心，故修经之贤，德近于圣矣。

《诗》云："高山仰止，景行行止。""日就月将，学有缉熙于光明。"是故凡欲显勋绩扬光烈者，莫良于学矣。

---

①故志：记载前世成败的书籍。

②必先读其智："智"字，魏征《群书治要》作"书"。士之书，犹工之器，所以王符在这里以"读其书"与"利其器"对言。"智"字应据魏征《群书治要》改为"书"字。

③畜（xù，音蓄）：培养。本书《志氏姓篇》引此，"畜"作"蓄"。

④夏后之璜：《春秋左传·定公四年》："分鲁公以大路、大旂、夏后氏之璜。"璜（huáng，音黄）：美玉名，形状像璧的一半。此璜是夏后氏历代相传的珍宝。

⑤瑚（hú，音胡）簋（guǐ，音鬼）：古代宗庙盛黍稷的祭器。

⑥黼（fù，音府）黻（fú，音弗）：古代礼服上所绣的花纹。黼，黑白相间，作斧形；黻，黑青相间，作"弜"形。

⑦摄：辅佐，帮助。

⑧题彼鹡鸰："题彼鹡鸰"六句见《诗经·小雅·小宛》，《诗经》"鹡鸰"作"脊令"。题（dì，音弟），通"睇"，视。鹡鸰，鸟名。

⑨君子终日乾乾（qián，音前）：语出《周易·乾文言》。乾乾，自强不息的样子。

⑩鬻（yù，音育）：卖。　　保徒：佣工。

⑪究涂：究，穷尽。涂，道路。究涂，走完要走的路，意即不是半途而废。

⑫以丧乱期其年岁：期，待。以丧乱期其年岁，是说因丧乱而等待情况好转后就学的岁月。

⑬逮：汪继培《潜夫论笺》引："王先生云：'逮疑违'"。　　及：汪继培《潜夫论笺》认为"及疑反之误"。

⑭假：凭借。

⑮前纪：关于前代历史的记载。

⑯目茂圆方：汪继培《潜夫论笺》认为"茂当作成"，成也就是定。目成圆方，就是只用眼就可以准确地测定圆形和方形。

⑰公班：公输般，也就是鲁班。

⑱往合倕心也：据卢文弨《群书拾补》，此句上脱"后工以规矩"五字。全句应为"后工以规矩往合倕心也。"

⑲几于倕矣：汪继培《潜夫论笺》引："王先生云：几上疑脱巧字。"

务本第二

凡为人之大体，莫善于抑末而务本，莫不善于离本而饰末。夫为国者以富民为本，以正学为基。民富乃可教，学正乃得义；民贫则背善，学淫则诈伪；入学则不乱，得义则忠孝。故明君之法，务此二者，以为成太平之基，致休征之祥[1]。

夫富民者，以农桑为本，以游业为末；百工者，以致用为本，以巧饰为末；商贾者，以通货为本，以鬻奇为末。三者守本离末，则民富；离本守末，则民贫。贫则厄而忌善，富则乐而可教。教训者，以道义为本，以巧辩为末；辞语者，以信顺为本，以诡丽为末；列士者，以孝悌为本，以交游为末；孝悌者，以致养为本，以华观为末②；人臣者，以忠正为本，以媚爱为末。五者守本离末，则仁义兴；离本守末，则道德崩。慎本略末犹可也，舍本务末则恶矣。

夫用天之道，分地之利，六畜生于时，百物聚于野，此富国之本③；游业末事，以收民利，此贫邦之原④；忠信谨慎，此德义之基也；虚无谲诡，此乱道之根也。故力田所以富国也。今民去农桑，赴游业，披采众利，聚之一门，虽于私家有富，然公计愈贫矣⑤。百工者，所使备器也，器以便事为善，以胶固为上，今工好造雕琢之器，巧伪饰之，以欺民取贿⑥。物以任用为要⑦，以坚牢为资，今商竞鬻无用之货，淫极侈之弊⑧，以惑民取产，虽于淫商有得，然国计愈失矣。此三者，外虽有勤力富家之私名，然内有损民贫国之公实。故为政者，明督工商，勿使淫伪，困辱游业，勿使擅利，宽假本农而宠遂学士⑨，则民富而国平矣。

夫教训者，所以遂道术而崇德义也；今学问之士，好语虚无之事⑩，争著雕丽之文，以求见异于世，品人鲜识⑪，从而高之，此伤道德之实，而或矇夫之大者也⑫。诗赋者，所以颂善丑之德，泄哀乐之情也，故温雅以广文，兴喻以尽意；今赋颂之徒，苟为饶辩屈塞之辞⑬，竞陈诬罔无然之事，以索见怪于世⑭，愚夫戆士⑮，从而奇之，此悖孩童之思，而长不诚之言者也。内孝悌于父母，正操行于闺门，所以烈士也⑯；今多务交游以结党助，偷世窃名以取济渡，夸末之徒，从而尚之，此逼贞士之节，而炫世俗之心者也。养生顺志，所以为孝也；今多违志俭养，约生以待终，终没之后，乃崇饰丧纪以言孝⑰，盛飨宾旅以求名，诬善之徒，从而称之，此乱孝悌之真行而误后生之痛者也。忠正以事君，信法以理下，所以居官也；今多奸谀以取媚，挠法以便佞，苟得之⑱，从而贤之，此灭贞良之行，开乱危之原也⑲。五者，外虽有振贤才之虚誉，内有伤道德之至实。凡此八者，皆衰世之务，而暗君之所固也。虽未即于篡弑，然亦乱道之渐来也。

夫本末消息之争⑳，皆在于君，非下民之所能移也。夫民固随君之好，从利以生者也。故君子曰：财贿不多，衣食不赡，声色不妙，威势不行，非君子之忧也。行善不多，申道不明，节志不立，德义不彰，君子耻焉。是以贤人智士之于子孙也，厉之以志，弗厉以诈；劝之以正，弗劝以诈；示之以俭，弗示以奢；贻之以言，弗贻以财。是故董仲舒终身不问家事，而疏广不遗赐金。子孙若贤，不待多富，若其不贤，则多以征怨，故曰：无德而贿丰，祸之胎也。昔曹羁有言："守天之聚，必施其德义。德义弗施，聚必有阙。"今或家赈而贷乏，遗赈贫穷，恤矜疾苦，则必不久居富矣。《易》曰："天道亏盈以冲谦。"故仁以义费于彼者㉑，天赏之于此；以邪取于前者，衰之于后。是以持盈之道，挹而损之，则不可以免于亢龙之悔㉒，乾坤之愆矣㉓。是故务本则虽虚伪之人皆归本，居末则虽笃敬之人皆就末。且冻馁之所在，民不得不去也；温饱之所在，民不得不居也。故衰暗之世，本末之人，未必贤不肖也。祸福之所，势不得无然尔。故明君莅国，必崇本抑末，以遏乱危之萌。此诚治之危渐，不可不察也。

---

①休征：吉祥的征兆。

②华观：表面的浮华。

③此富国之本：据《群书治要》引，"本"字后应有"也"字。

④此贫邦之原：据《群书治要》引，"原"字后有"也"字。

⑤公计：指国家财政收入。计，出入之数。

⑥贿：财物。

⑦物以任用为要："物以任用为要"前，"以欺民取贿"后，脱"虽于奸工有利，而国界（计）愈病矣，商贾者，所以通物也"二十字，应据《群书治要》引文补。

⑧淫极侈之弊：《群书治要》引文"淫"字下无"极"字。按，疑当作"极淫侈之弊。"

⑨遂：达。　　宠遂学士：使学士荣达。

⑩虚无之事：这里指老子等的道家学说。

⑪品人：众人。

⑫或：通"惑"，程荣《汉魏丛书》本作"惑"。

⑬饶：多。　　屈謇（jiǎn，音简）：隐晦艰涩的样子。

⑭索：求。

⑮戆（gàng，音杠）：愚直。

⑯所以烈土也：据《群书治要》引，本句应为"所以为列土也"。

⑰丧纪：丧事。

⑱苟得之："之"字下脱"徒"字。

⑲开乱危之原也："开"字前脱"而"字，"也"字前脱"者"字。

⑳消息：消，消减；息，增长。消息犹言消长。

㉑仁以义：应为"以仁义"。

㉒则不可以免于亢龙之悔："不"字为"亦"字之误。亢龙之悔，《易·乾》："上九，亢龙有悔"，意为居高位而不知谦退，则盛极而衰，不免败亡之悔。

㉓据汪继培《潜夫论笺》，本篇"故君子曰：财赂不多"至"免于亢龙之悔、乾坤之愆矣"，应为本书《遏利篇》篇末之文，紧接于"而名传乎百世之际"后。

遏利第三

世人之论也，靡不贵廉让而贱财利焉，及其行也，多释廉，甘利。之于人徒知彼之可以利我也①，而不知我之得彼，亦将为利人也；知脂蜡之可明灯也，而不知其甚多则冥之；知利之可娱己也，不知其称而必有也②。前人以病，后人以竞，庶民之愚，而衰暗之至也。予故叹曰：何不察也，愿鉴于道，勿鉴于水。象以齿焚身，蚌以珠剖体，匹夫无辜，怀璧其罪。呜呼问哉③！无德而富贵者，固可豫吊也。

且夫利物莫不天之财也，天之制此财也，犹国君之有府库也。赋赏夺与，各有众寡，民岂得强取多哉？故人有无德而富贵，是凶民之窃官位、盗府库者也。终必觉，觉必诛矣。盗人必诛，况乃盗天乎？得无受祸焉？邓通死无簪，胜、跪伐其身④。是故天子不能违天富无功，诸侯不能违帝厚私劝⑤，非违帝也，非违天也。帝以天为制，天以民为心，民之所欲，天必从之。是故无功庸于民而求盈者，未尝不力颠也；有勋德于民而谦损者，未尝不光荣也。自古于今，上以天子，下止庶人⑥，蔑有好利而不亡者，好义而不彰者也。

昔周厉王好专利，芮良夫谏而不入，退赋《桑柔》之诗以讽，言是大风也，必将有遂⑦，是贪民也，必将败其类。王又不悟，故遂流死于彘。虞公屡求以失其国，公叔戌崇贿以为罪，桓魋不节饮食以见弑，此皆以货自亡，用财自灭。楚鬭文子三为令尹而有饥色⑧，妻子冻馁，朝不及夕；季文子相四君，马不饩粟⑨，妾不衣帛；子罕归玉，晏子归宅，此皆能弃利约身，故无怨于人，世厚天禄，令问不止。伯夷、叔齐饿于首阳，白驹、介推遁逃于山谷⑩，颜、原、公析困馑于郊野⑪，守志笃固，秉节不亏。宠禄不能固，威势不能移，虽有南面之尊、公侯之位，德义有殆，礼义不班⑫，挠志如芷，负心若芬，固弗为也。是故虽有四海之主，弗能与之方名；列国之君，不能与之钧重；守志于一庐之内，而义溢乎九州之外，信立于千载之上，而名传乎百世之际。

①之于人徒知彼之可以利我也：本句中"之于"二字衍。

②不知其称而必有也：有脱误，汪继培认为当作"不知其积而必有祸也。"

③问：通"闻"。

④胜、跪：羊胜、公孙诡。　　伐：杀。

⑤劝："劝"字为"欢"字之误。

⑥止：应作"至"，程荣《汉魏丛书》本作"至"。

⑦遂：当作"隧"，今本《诗经·大雅·桑柔》作"隧"。有遂：当作"有隧"。隧，大风疾速的样子。

⑧鬻文子，当为"鬻子文"。

⑨饩（xì，音戏）：赠送人的粮食或饲料。这里指饲料。

⑩白驹：《诗经·小雅》篇名。篇中有诗句："皎皎白驹，在彼山谷。"

⑪颜、原、公析：颜回、原宪、公析哀。

⑫班：与"辨"通。

论荣第四

所谓贤人君子者，非必高位厚禄富贵荣华之谓也，此则君子之所宜有，而非其所以为君子者也。所谓小人者，非必贫贱冻馁困辱厄穷之谓也，此则小人之所宜处，而非其所以为小人者也。奚以明之哉？夫桀纣者，夏殷之君王也，崇侯恶来，天子之三公也，而犹不免于小人者，以其心行恶也。伯夷、叔齐，饿夫也，傅说胥靡①，而井臼处房也②，然世犹以为君子者，以为志节美也。

故论士苟定于志行，勿以遭命，则虽有天下，不足以为重；无所用，不可以为轻③；处隶圉④，不足以为耻；抚四海，不足以为荣，况乎其未能相县若此者哉？故曰：宠位不足以为尊我⑤，而卑贱不足以卑己。

夫令誉从我兴，而二命自天降之⑥。《诗》云："天实为之，谓之何哉！"故君子未必富贵，小人未必贫贱，或潜龙未用，或亢龙在天，从古以然。今观俗士之论也，以族举德，以位命贤，兹可谓得论之一体矣，而未获至论之淑真也。

尧，圣父也，而丹凶傲；舜，圣子也，而瞍顽恶；叔向，贤兄也，而鲋贪暴；季友，贤弟也，而庆父淫乱。论若必以族，是丹宜禅而舜宜诛，鲋宜赏而友宜夷也。论之不可必以族也若是。

昔祁奚有言："鲧殛而禹兴，管、蔡为戮，周公祐王。"故《书》称："父子兄弟不相及也"。幽、厉之贵，天子也，而又富有四海；颜、原之贱，匹庶也，而又冻馁屡空。论若必以位，则是两王是为世士，而二处为愚鄙也。论之不可必以位也，又若是焉。

故曰：仁重而势轻，位蔑而义荣。今之论者，多此之反，而又以九族，或以所来，则亦远于获真贤矣。

昔自周公不求备于一人，况乎其德义既举，乃可以它故而弗之采乎？由余生于五狄，越象产于八蛮⑦，而功施齐秦，德立诸夏，令名美誉，载于图书，至今不灭。张仪，中国之人也；卫鞅，康叔之孙也，而皆谄佞反复，交乱四海。由斯观之，人之善恶，不必世族；性之贤鄙，不必世俗。中堂生负苞⑧，山野生兰芷。夫和氏之璧，出于璞石；隋氏之珠，产于蜃蛤⑨。《诗》云："采葑采菲，无以下体。"故苟有大美，可尚于世，则虽细行小瑕，曷足以为累乎？

是以用士，不患其非国士，而患其非中⑩；世非患无臣，而患其非贤，盖无羁縻。陈平、韩信，楚俘也，而高祖以为藩辅，实平四海，安汉室；卫青、霍去病，平阳之私人也，而武帝以为司马，实攘北狄，郡河西。唯其任也，何卑远之有？然则所难于非此土之人，非将相之世者，为其无是能而处是位，无是德而居是贵，无以我尚而不秉我势也⑪。

①胥靡：古代服劳役的奴隶或刑徒，亦为刑罚名。

②井曰处房也：当为"井伯虞房也"。《春秋左传·僖公五年》："执虞公及其大夫井伯。"

③不可：当作"不足"。

④隶圉（yǔ，音语）：奴隶，隶服杂役，圉养马。

⑤不足以为尊我："为"字衍。

⑥二命：据俞樾说，二命指富贵与贫贱。

⑦越象产于八蛮："象"字为"蒙"字之误。《史记·邹阳列传》："齐用越人蒙而强威、宣。"

⑧中堂生负苞："中堂"当作"中唐"。"负"当作"茂"。茂、苞，二草名。

⑨蜃（shèn，音慎）：大蛤。

⑩中：应为"忠"。

⑪无以我尚而不乘我势也：汪继培《潜夫论笺》："不"字疑衍，"乘"或"乘"之误。

贤难第五

世之所以不治者，由贤难也。所谓贤难者，非直体聪明服德义之谓也。此则求贤之难得尔，非贤者之所难也。故所谓贤者①，乃将言乎循善则见妒，行贤则见嫉也，而必遇患难者也。虞舜之所以放殛②，子胥之所以被诛，上圣大贤，犹不能自免于嫉妒，则又乎中世之人哉③？此秀士所以虽有贤材美质，然犹不得直道而行，遂成其志者也。

处士不得直其行，朝臣不得直其言，此俗化之所以败，暗君之所以孤也。齐侯之以夺国④，鲁公之以放逐⑤，皆败绩厌覆于不暇，而用及治乎？故德薄者恶闻美行，政乱者恶闻治言，此亡秦之所以诛偶语而坑术士也⑥。

今世俗之人，自慢其亲而憎人敬之，自简其亲而憎人爱之者不少也。岂独品庶，贤材时有焉。邓通幸于文帝，尽心而不违，吮痈而无怍色⑦。帝病不乐，从容曰："天下谁最爱朕者乎？"邓通欲称太子之孝，则因对曰："莫若太子之最爱陛下也。"及太子问疾，帝令吮痈，有难之色，帝不悦而遣太子。既而闻邓通之常吮痈也，乃惭而怨之。及嗣帝位，遂致通罪而使至于饿死。故邓通行所以尽心力而无害人⑧，其言所以誉太子而昭孝慈也。太子自不能尽其称，则反结怨而归咎焉。称人之长，欲彰其孝，且犹为罪，又况明人之短矫世者哉？

且凡士之所以为贤者，且以其言与行也。忠正之言，非徒誉人而已也，必有触焉；孝子之行，非徒吮痈而已也，必有驳焉⑨。然则循行论议之士，得不遇于嫉妒之名，免于刑戮之咎者，盖其幸者也。比干之所以剖心，箕子之所以为奴，伯宗之以死，郤宛之以亡。

夫国不乏于妒男也，犹家不乏于妒女也。近古以来，自外及内，其争功名妒过己者，岂希也？予以唯两贤为宜不相害乎？然也，范雎绌白起，公孙弘抑董仲舒，此同朝共君宠禄争故邪？唯殊邦异途，利害不干者，为可以免乎？然也。

孙膑修能于楚⑩，庞涓自魏变色，诱以刖之；韩非明治于韩，李斯自秦作思，致而杀之。嗟士之相妒，岂若此甚乎！此未达于君，故受祸邪？唯见知为可以将信乎？然也，京房数与元帝论难，使制考功而选守；晁错雅为景帝所知，使汉法而不乱⑪。夫二子之于君也，可谓见知深而宠爱殊矣，然京房冤死，而上曾不知，晁错既斩，而帝乃悔。此材明未足卫身，故及难邪？唯大圣为能无累乎？然也，帝乙以义故囚⑫，文王以仁故拘。夫体至行仁义，据南面师尹卿士，且犹不能无难，然则夫子削迹，叔向缧绁，屈原放沈，贾谊贬黜，钟离废替⑬，何敞束缚，王章抵罪，平阿斥逐，盖其轻士者也。

《诗》云："无罪无辜，谗口嚣嚣⑭。""彼人之心，于何不臻⑮。"由此观之，妒媚之攻击也，亦诚工矣！贤圣之居世也，亦诚危矣！

故所谓贤难也者，非贤难也，免则难也。彼大圣群贤，功成名遂，或爵侯伯，或位公卿，尹据天官[16]，柬在帝心[17]，宿夜侍宴，名达而犹有若此，则又况乎畎亩佚民山谷隐士因人乃达，时论乃信者乎？此智士所以钳口结舌，括囊共默而已者也[18]。

且闾阎凡品，何独识哉？苟望尘僄声而已矣[19]。观其论也，非能本闺阃之行迹[20]，察臧否之虚实也。直以面誉我者为智，谄谀己者为仁，处奸利者为行，窃禄位者为贤尔。岂复知孝悌之原，忠正之直，纲纪之化，本途之归哉？此鲍焦所以立枯于道左，徐衍所以自沈于沧海者也[21]。

谚曰："一犬吠形，百犬吠声。"世之疾此，固久矣哉！吾伤世之不察真伪之情也，故设虚义以喻其心，曰：今观宰司之取士也，有似于司原之佃也。昔有司原氏者，燎猎中野。鹿斯东奔，司原纵噪之。西方之众，有逐豨者[22]，闻司原之噪也，竞举音而和之。司原闻音之众，则反辍己之逐而往伏焉，遇夫俗恶之豨[23]，司原喜而自以获白瑞珍禽也，尽刍豢，单困仓以养之。豕俯仰嚘咿[24]，为作容声，司原愈益珍。居无何，烈风兴而泽雨作，灌巨豕而恶涂渝[25]，逐骇惧[26]，真声出，乃知是家之艾猳尔[27]，此随声逐响之过也，众遇之未赴信焉[28]。

今世主之于士也，目见贤则不敢用，耳闻贤则恨不及，虽自有知也，犹不能取。必更待群司之所举，则亦惧失麟鹿而获艾猳。奈何其不分者也？未过风之变者故也[29]。俾使一朝奇政两集[30]，则险隘之徒，阘茸之质[31]，亦将别矣。

夫众小朋党而固位，谗妒群吠啮贤，为祸败也岂希？三代之以覆，列国之以灭，后人犹不能革，此万官所以屡失守，而天命数靡常者也。《诗》云："国既卒斩，何用不监[32]。"呜呼！时君俗主，不此察也。

---

①故所谓贤者："贤"字下应有"难"字。

②虞舜之所以放殛：据俞樾说：虞舜放殛，即指苍梧之崩。舜德衰，为禹所放，远狩苍梧而死。汉世有此传说。

③则又乎中世之人哉："又"字下应有"况"字。

④齐侯之以夺国：指齐简公不听诸御鞅言，为陈恒所弑事。

⑤鲁公之以放逐：指鲁昭公不听子家驹言，为孟氏所攻，出奔，死于晋事。

⑥术士：指儒生。

⑦悋（lìn，音淋）色：内心不愿而显露在脸上的神色。悋，同"吝"。

⑧故邓通行："行"字前当有"其"字。

⑨驳（bó，音伯）：不纯，不周到。

⑩孙膑修能于楚：《吕氏春秋·不二篇》高诱注："孙膑，楚人，为齐臣。"

⑪使汉法而不乱："汉"字前当有"条"字。

⑫帝乙：即殷汤王。

⑬钟离：钟离意，东汉明帝时为尚书。

⑭敖敖：今本《诗经·小雅·十月之交》作"嚣嚣"。

⑮于何不臻："不"字今本《诗经·小雅·菀柳》作"其"字。

⑯尹：据俞樾说，"尹"字疑"尸"之误。尸，主持。

⑰柬在帝心：今本《论语·尧曰》作"简在帝心"。

⑱括囊共默："共"通"拱"。像收束的布袋那样沉默。括囊出《易·坤》六四。

⑲僄：应作"剽"。   剽（piāo，音飘）：闻声，道听传闻。

⑳闺阃："阃"字系"阁"之误。"阁"通"阁"。

㉑徐衍：周末世人。邹阳《上吴王书》："徐衍负石入海。"

㉒豨：同"豨"（xī，音希），猪，特指大野猪。

㉓俗恶：应为"浴垩"。   垩（è，音饿）：白色土浆。

㉔嚘咿（yōu yī，音尤伊）：状声词。

㉕恶涂渝："恶"应为"垩"。渝：变，化开。

㉖逐：应为"豖"，即前文之"豨"。

㉗猳：同"豭"（jiā，音家），公猪。

㉘赴：汪继培《潜夫论笺》疑为"足"字。

㉙未过风之变者故也：应为"未遇风雨之变故也。"

㉚奇政两集：按，"政"字疑为"雋"字之误。奇雋，杰出的人才。"两"字应为"雨"字。雨集：奔趋貌，又众多貌。

㉛闒（tà，音榻）茸：品格卑鄙的人。

㉜"国既卒斩"二句：语出《诗经·小雅·节南山》。斩，断绝。

潜夫论卷第二

明 暗 第 六

国之所以治者，君明也；其所以乱者，君暗也。君之所以明者，兼听也；所以暗者①，偏信也。是故人君通必兼听②，则圣日广矣；庸说偏信，则过日甚矣③。《诗》云："先民有言，询于刍荛。"

夫尧、舜之治，辟四门，明四目，达四聪，是以天下辐凑而圣无不昭④，故共、鲧之徒，弗能塞也，靖言庸回⑤，弗能惑也。秦之二世，务隐藏己，而断百僚，隔捐疏贱，而信赵高。是以听塞于贵重之臣，明蔽于骄妒之人，故天下溃叛，弗得闻也，皆高所杀，莫敢言之。周章至戏乃始骇，阎乐进劝乃后悔，不亦晚矣！故人兼听纳下⑥，则贵臣不得诬，而远人不得欺也；慢贱信贵，则朝廷谠言无以至，而洁士奉身伏罪于野矣。

夫朝臣所以统理，而多比周则乱；贤人所以奉己，而隐遁伏野则君孤。而能存者⑦，未之尝有也。是故明君位众⑧，务下言以昭外，敬纳卑贱以诱贤也。其无距言，未必言者之尽可用也⑨，其无慢贱，未必其人尽贤也，乃惧慢不肖而绝贤望也。是故圣王责小以厉大⑩，赏鄙以招贤。然后良士集于朝，下情达于君也。故上无遗失之策，官无乱法之臣。此君民之所利，而奸佞之所患也。

昔张禄一见而穰侯免，袁丝进说而周勃黜，是以当途之人，恒嫉正直之士，得一介言于君⑪，以矫其邪也。故饰伪辞以彰主心⑫，下设威权以固士民。赵高乱政，恐恶闻上，乃预要二世曰："屡见群臣众议政事则黩，黩且示短。不若藏己独断，神且尊严。天子称朕，固但闻名。"二世于是乃深自幽隐，独进赵高。赵高入称好言以说主，出倚诏令以自尊。天下鱼烂，相帅叛秦。赵高恐惧，归恶于君，乃使阎乐责而杀⑬。愿一见高，不能而死。

夫田常囚简公，蹄齿悬湣王，二世亦既闻之矣，然犹复袭其败迹者，何也？过在于不纳卿士之箴规，不受民氓之谣言，自以己贤于简、湣，而于二臣也⑭。故国已乱而上不知，祸既作而下不杀⑮。此非众共弃君，乃君以众命系赵高，病自绝于民也。

后末世之君危何知之哉？舜曰："予违，汝弼。汝无面从，退有后言。"故国之道⑯，劝之使谏，宣之使言，然后君明察而治情通矣。

且凡骄臣之好隐贤也，既患其正义以绳己矣，又耻居上位而明不及下，尹其职而策不出于己⑰。是以郤宛得众，而子常杀之；屈原得君，而椒兰挺谗⑱；耿寿建常平，而严延妒其谋；陈汤杀郅支，而匡衡捄其功。

由此观之，处位卑贱而欲效善于君，则必先与宠人为仇⑲。恃旧宠沮之于内，接贱欲自信于外⑳，思善之君㉑，愿忠之士，所以虽并生一世，忧心相瞰，而终不得遇者也。

---

①所以暗者：据《群书治要》，"所"字前应有"其"字。

②通必兼听：汪继培《潜夫论笺》："必"疑当作"心"。

③则过日甚矣：据《群书治要》，"过"字应作"愚"。

④圣无不昭：据《群书治要》，"昭"字应作"照"。

⑤靖言庸回：《书·尧典》作"静言庸违"。靖言，巧言。

⑥故人兼听纳下："人"字下应有"君"字。

⑦而能存者："而"字前应有"法乱君孤"四字。

⑧明君位众："位"字为"莅"字之误。

⑨未必言者之尽可用也：此句下脱"乃惧距无用而让有用也。"

⑩责小以厉大：据《群书治要》，"责"字应为"表"字。

⑪介：犹"间"，"得介"犹言"得间"。

⑫故饰伪辞以彰主心："故"字下应有"上"字，"彰"字应为"障"。

⑬责而杀："杀"字下脱"之"字。

⑭于二臣也："于"字前脱"赵高贤"三字。

⑮下不杀："杀"字为"救"字之误。

⑯国之道：据《群书治要》，"国"字前有"治"字。

⑰尹其职：据俞樾说，"尹"字当为"尸"。

⑱挺谗：据《群书治要》，"挺"字当为"構（构）"。

⑲与宠人为仇："仇"字后当有"矣"字。

⑳接贱欲自信于外：据汪继培说，"接"字为"疏"字之误。《群书治要》引，"接"字前有"而已"二字。

㉑思善之君："思"字前应有"此"字。

考绩第七

凡南面之大务，莫急于知贤。知贤之近途，莫急于考功。功诚考则治乱暴而明①，善恶信则直贤不得见障蔽，而佞巧不得窜其奸矣②。

夫剑不试则利钝暗，弓不试则劲挠诬，鹰不试则巧拙惑，马不试则良驽疑。此四者之有相纷也，由不考试，故得然也。今群臣之不试也，其祸非直止于诬、暗、疑、惑而已，又必致于怠慢之节焉。设如家人有五子十孙，父母不察精愦③，则勤力者懈弛，而惰慢者遂非也，耗业家之道也。父子兄弟，一门之计，犹有若此，则又况乎群臣总猥治公事者哉④？《传》曰："善恶无彰，何以沮劝⑤？"是故大人不考功，则子孙惰而家破穷。官长不考功，则吏怠傲而奸宄兴。帝王不考功，则直贤抑而诈伪胜。故《书》曰："三载考绩，黜陟幽明。"盖所以昭贤愚而劝能否也。

圣王之建百官也，皆以承天治地，物养万民者也⑥。是故有号者必称典⑦，名理者必效于实。则官无废职，位无非人。夫守相令长，效在治民；州牧刺史，在宪聪明；九卿分职以佐三公。三公总统，典和阴阳，皆当考治以效实为王休者也。侍中、大夫、博士、议郎，以言语为职，谏诤为官。及选茂才、孝廉、贤良、方正、惇朴、有道、明经、宽博、武猛、治剧，此皆名自命而号自定，群臣所当尽情竭虑称君诏也。今则不然，令长守相，不思立功，贪残专恣，不奉法令，侵冤小民，州司不治，令远诣阙，上书讼诉，尚书不以责三公，三公不以让州郡，州郡不以讨县邑，是以凶恶狡猾，易相冤也。侍中、博士，谏议之官，或处位历年，终无进贤嫉恶拾遗补阙之语，而贬黜之忧。群僚举士者，或以顽鲁应茂才，以桀逆应至孝，以贪饕应廉吏，以狡猾应方正，以谀谄应直言，以轻薄应敦厚，以空虚应有道，以嚣暗应明经，以残酷应宽博，以怯弱应武猛，以愚顽应治剧，名实不相副，求贡不相称。富者乘其材力，贵者阻其势要，以钱多为贤，以刚强为上。凡在位所以多非其人，而官听所以数乱荒也。

古者诸侯贡士，一适谓之好德，载适谓之尚贤⑧，三适谓之有功，则加之赏。其不贡士也，一则黜爵，载则黜地，三黜则爵土俱毕；附下罔上者刑⑨，与闻国政而无益于民者斥，在上位而不能进贤者逐，其受事而重选举，审名实而取赏罚也。如此，故能别贤愚而获多士，成教化而安民氓。三有于世⑩，皆致太平。圣汉践祚，载祀四八而犹者未⑪，教不假而功不考⑫，赏罚稽而赦赎数也。谚曰："曲木恶直绳，重罚恶明证。"此群臣所以乐总猥而恶考功也。

夫圣人为天口，贤者为圣译。是故圣人之言，天之心也；贤者之所说，圣之意也。先师京君⑬，科察考功，以遗贤俊，太平之基，必自此始，无为之化，必自此来也。

是故世主不循考功而思太平，此犹欲舍规矩而为方圆，无舟楫而欲济大水，虽或云纵⑭，然不知循其虑度之易且速也⑮。群寮师尹，咸有典司，各居其职，以责其效。百郡千县，各因其前，以谋其后。辞言应对，各缘其文，以核其实，则奉职不解⑯，而陈言者不得诬矣。《书》云："赋纳以言，明试以功，车服以庸，谁能不让，谁能不敬应⑰？"此尧舜所以养黎民而致时雍也。

---

①暴（pù，音瀑）：显露。

②宭：逃。

③愖：同"儒"。

④总猥：总总，众多杂乱的样子。猥（wěi，音委），苟且。

⑤"善恶无彰，何以沮劝"二句：《左传·襄公二十七年》"善恶"作"赏罚"，"彰"作"章"。沮：阻止。

⑥物养万民："物"字应为"牧"。

⑦必称典："典"字前应有"于"字。

⑧载：同"再"。

⑨附下罔上者刑："者"字下脱"死，附上罔下者"六字。

⑩三有："有"字应为"代"字。

⑪者末：应为"未者"。

⑫假：据汪继培《潜夫论笺》，应为"修"字。

⑬京君：指京房。

⑭纵：通"从"。

⑮知：应作"如"。

⑯解：通"懈"。

⑰"赋纳以言"五句：见今本《尚书·益稷》。今文《尚书·益稷》包括在上一篇《皋陶谟》内。这五句，今本《尚书》作"敷纳以言，明庶以功，车服以庸。谁敢不让，敢不敬应？"

思贤第八

国之所以存者，治也；其所以亡者，乱也。人君莫不好治而恶乱，乐存而畏亡。然常观上记，近古已来，亡代有三，秽国不数①，夫何哉②？察其败，皆由君常好其所乱而忘其所治③，憎其所以存而爱其所以亡。是虽相去百世，县年一纪④，限隔九州，殊俗千里，然其亡征败迹，若重规袭矩，稽节合符。故曰：虽有尧、舜之美，必考于《周颂》；虽有桀纣之恶，必讥于《版》、《荡》。殷鉴不远，在夏后之世。

夫与死人同病者，不可生也；与亡国同行者，不可存也。岂虚言哉！何以知人且病也[5]？以其不嗜食也。何以知国之将乱？以其不嗜贤也。是故病家之厨，非无嘉馔也，乃其人弗之能食，故遂于死也。乱国之官，非无贤人也，其君弗之能任，故遂于亡也。夫生饣杭粱[6]，旨酒甘醪，所以养生也，而病人恶之，以为不若菽麦糠糟欲清者，此其将死之候也。尊贤任能，信忠纳谏，所以为安也，而暗君恶之，以为不若奸佞阘茸谗谀言者，此其将亡之征[7]。老子曰："夫唯病病，是以不病。"《易》称："其亡其亡，系于苞桑。"是故养寿之士，先病服药；养世之君，先乱任贤。是以身常安而国永永也[8]。

上医医国，其次下医医疾[9]。夫人治国，固治身之象。疾者身之病，乱者国之病也。身之病待医而愈，国之乱待贤而治。治身有黄帝之术，治世有孔子之经，然病不愈而乱不治者，唯针石之法误[10]。而五经之言诬也。乃因之者非其人。苟非其人，则规不圆而矩不方，绳不直而准不平，钻燧不得火，鼓石不下金，金马不可以追速，土舟不可以涉水也[11]。凡此八者，天之张道，有形见物，苟非其人，犹尚无功，则又况乎怀道术以抚民氓，乘六龙以御天心者哉[12]？夫治世不得真贤，譬犹治疾不得良医也。治疾当真人参[13]，反得支罗服[14]，当得麦门冬，反烝横麦[15]，已而不识真，合而服之，病以侵剧；不自知为人所欺也，乃反谓方不诚，而药皆无益于病[16]，因弃后药而弗敢饮，而便求巫觋者[17]，虽死可也。人君求贤，下应以鄙，与真不以枉[18]，已不引真，受猥官之，国以侵乱；不自知为下所欺也，乃反谓经不信，而贤皆无益于救乱，因废真贤，不复求进，更任俗吏，虽灭亡可也。三代以下，皆以支罗服、烝横麦合药[19]，病日痁而遂死也[20]。

《书》曰："人之有能，使循其行，国乃其昌[21]。"是故先王为官择人，必得其材，功加于人[22]，德称其位。人谋鬼谋，百姓与能，务顺以动天地。如此，三代开国建侯，所以传嗣百世[23]，历载千数者也。自春秋之后，战国之制，将权臣[24]必以亲家[25]。皇后兄弟，主婿外孙，年虽童妙，未脱梏栓[26]。由籍此官职，功不加民，泽不被下，而取侯[27]，多受茅土。又不得治民效能，以报百姓，虚食重禄，素餐尸位，而但事淫侈，坐作骄奢，破败而不及传世者也。

子产有言："未能操刀而使之割，其伤实多。"是故也主之于贵戚也[28]，爱其嬖媚之美，不量其材而受之官，不使立功，自托于民，而苟务高其爵位，崇其赏赐，令结怨于下民，县罪于恶，积过既成，岂有不颠陨者哉？此所谓"子之爱人，伤之而已"哉！

先王之制，官民必论其材，论定而后爵之，位定然后禄之。人君也此君不察[29]。而苟以亲戚邑官之人典官者[30]，譬犹以爱子易御仆，以明珠易瓦砾，虽有可爱好之情，然而其覆大车而杀病人也必矣。《书》称"天工人其代之。"《传》曰："夫成天地之力者[31]，未尝不蕃昌也。"由此观之，世主欲无功之人而强富之，则是与天斗也。使无德况之人与皇天斗[32]，而欲久立，自古以来，未之尝有也。

---

①秒国不数："秒"当作"灭"。"不数"即"无数"。

②夫何哉：据《群书治要》，"何"字下应有"故"字。

③好其所乱而忘其所治：两"所"字下均应有"以"字。

④县：同"悬"，隔。　　纪：据《史记·天官书》，一纪为1500年。

⑤何以知人且病也："人"字下应有"之"字。

⑥饣：同"饭"。　　杭：同"粳"。

⑦此其将亡之征："征"字下应有"也"字。

⑧国永永：程荣《汉魏丛书》本作"国脉永"。

⑨其次下医医疾："下医"二字衍。

⑩"金马不可以追速"二句："金马"应作"驱马"，"土舟"应作"进舟。"

⑪唯：应为"非"字。

⑫六龙：《易·乾·彖辞》"时乘六龙以御天"。古代天子乘六匹马拉的车，故用"六龙"为天子车驾的代称。

⑬治疾当真人参："当"字下应有"得"字。

⑭支罗服：萝卜根。

⑮横麦："横"字，据汪继培说，应为"穬"（矿）。穬（kuàng，音矿）麦：大麦的一种。

⑯无益于病："病"字前应有"疗"字。

⑰觋（xí，音习）：男巫。

⑱与真不以枉：按，当为"与直下应以枉"。与，通"举"。

⑲横：应为"矿"。

⑳痁（diàn，音店）：接近病危。

㉑"人之有能"三句：今《书·洪范》作"人之有能有为，使羞其行，而邦其昌。""羞"通"修"。

㉒功加于人："人"字应为"民"字。

㉓传祠百世："传"字前应有"能"字。

㉔将权臣："将"字下应有"相"字。

㉕亲家：泛指"亲戚"。

㉖桎梏：泛指"约束"。

㉗而取侯："侯"字前应有"封"字。

㉘是故也主之于贵戚："也"字应为"世"字。

㉙人君也此君不察：按，"人君"下衍"也此君"三字。

㉚亲戚邑官："邑官"应为"色官"，意谓以面目姣好为官者。

㉛天地之力："力"字应为"功"字。

㉜无德况之人："况"与"貺"同，"德况"犹言"德赐"。

本政第九

凡人君之治，莫大于和阴阳。阴阳者，以天为本。天心顺则阴阳和，天心逆则阴阳乖。天以民为心，民安乐则天心顺，民愁苦则天心逆。民以君为统，君政善则民和治，君政恶则民冤乱。君以恤民为本①，臣忠良则君政善，臣奸枉则君政恶。以选为本②，选举实则忠贤进，选虚伪则邪党贡。选以法令为本，法令正则选举实，法令诈则选虚伪。法以君为主，君信法则法顺行，君欺法则法委弃。君臣法令之功，必效于民。故君臣法令善，则民安乐。民安乐则天心惣③，天心惣则阴阳和，阴阳和则五谷丰，五谷丰而民眉寿，民眉寿则兴于义，兴于义而无奸行，无奸行则世平而国家宁、社稷安，而君尊荣矣。是故天心阴阳，君臣、民氓、善恶相辅至，而代相征也。

夫天者，国之基也；君者，民之统也；臣者，治之材也。工欲善其事，必先利其器。是故将致大平者，必先调阴阳；调阴阳者，必先顺天心；顺天心者，必先安其人④；安其人者，必先审择其人。是故国家存亡之本，治乱之机，在于明选而已矣。圣人知之，故以为黜陟之首。《书》曰："尔安百姓。何择非人？"此先王致太平而发颂声也。

否泰消息⑤，阴阳不并。观其所聚，而兴衰之端可见也。稷、卨、皋陶聚而致雍熙⑥，皇父、蹶、踽聚而致灾异⑦。夫善恶之象，千里合符，百世累迹，性相近而习相远。是故贤愚在心，不在贵贱，信欺在性，不在亲疏。二世所以共亡天下者，丞相、御史也。高祖所以共取天下者，缯肆、狗屠也；骊山之徒，钜野之盗，皆为名将⑧。由此观之，苟得其人，不患贫贱；苟得其材，不嫌名迹。

远迹汉元以来，骄贵之臣，每受罪诛，党与在位，并伏辜者，常十二三。由此观之，贵宠之臣，未尝不播授私人，进奸党也。是故王莽与汉公卿牧守夺汉，光武与汉之遗民弃士共诛。如贵人必贤而忠，贱人必愚而欺。则何以若是？自成帝以降至于莽，公卿列侯，下讫令尉，大小之官，且十万人，皆自汉所谓贤明忠正，贵宠之士也。莽之篡位，唯安众侯刘崇、东郡太守翟义，思事君之礼，义勇奋发，欲诛莽。功虽不成，志节可纪。夫以十万之计，其能奉报恩⑨，二人而已。由此观之，衰世群臣，诚少贤也。其官益大者罪益重，位益高者罪益深尔。故曰：治世之德，衰世之恶，常与爵位自相副也。

孔子曰：“国有道⑩，贫且贱焉，耻也；国无道，富且贵焉，耻也。”《诗》伤“皎皎白驹，在彼空谷”，“巧言如流，俾躬处休”。盖言衰世之士，志弥洁者身弥贱，佞弥巧者官弥尊也。方以类聚，物以群分，同明相见，同听相闻，唯圣知圣，唯贤知贤。今当途之人，既不能昭练贤鄙⑪，然又却于贵人之风指⑫。胁以权势之嘱托，请谒阗门。礼赞辐凑⑬。迫于目前之急，则且先之。此正士之所独蔽，而群邪之所党进也。

周公之为宰辅也，以谦下士，故能得真贤。祁奚之为大夫也，举仇荐子，故能得正人。今世得位之徒，依女妹之宠以骄士，借亢龙之势以陵贤⑭，而欲使志义之士，匍匐曲躬以事己，毁颜谄谀以求亲，然后乃保持之。则贞士采薇冻馁，伏死岩穴之中而已尔，岂有肯践其阙而交其人者哉？

---

①恤民：据汪继培说，按文义当为“得臣”，方与下文相符。

②以选为本：“以选”上脱二字。按，所脱二字疑为“得臣”。

③天心惣：本句及下句的“惣”字应为“慰”。（惣，俗“总”字。）

④安其人：本句及下句的“人”字应为“世”。唐人避太宗讳改。

⑤否（pǐ，音痞）泰：《易》二卦名。通谓之泰，塞谓之否。后以否泰指世事的盛衰，命运的顺逆。

⑥禼：即“契”字。　　雍熙：和乐升平。

⑦皇父、蹶（guì，音贵）、踽（应为楀jǔ，音矩）：周幽王的三个庞臣。

⑧缯肆、狗屠、骊山之徒、钜野之盗：指灌婴、樊哙、黥布、彭越。

⑨奉报恩：“奉”字下应有“上”字。

⑩国有道：此句及下句“国无道”的“国”字，据《论语·泰伯》，应为“邦”字。

⑪昭练贤鄙：练，借为柬，选择的意思。

⑫却：当为“劫”字。　　风指：旨意，意图。

⑬辐凑：“凑”字今作辏，车辐凑集于车毂上，引申为聚集。

⑭亢龙：比喻骄横的君主。亢，骄横无礼。

潜叹第十

凡有国之君者①，未尝不欲治也，而治不世见者，所任不贤故也。世未尝无贤也，而贤不得用者，群臣妒也。主有索贤之心，而无得贤之术，臣有进贤之名，而无进贤之实，此以人君孤危于上，而道犹抑于下也②。夫国君之所以致治者，公也，公法行则轨乱绝；佞臣之所以便身者，私也，私术用则公法夺；列士所以建节者③，义也，正节立则丑类代。此奸臣乱吏无法之徒，所谓日夜杜塞贤君义士之间④，咸使不相得者也。夫贤者之为人臣，不损君以奉佞，不阿众以取容，不惰公以听私，不挠法以吐刚⑤，其明能照奸，而义不比党。是以范武归晋而国奸逃，华元反朝而鱼氏亡。故正义之士与邪枉之人不两立之⑥。夫人君之取士也，不能参听民氓，断之聪明，反徒信乱臣之说，独用污吏之言，此所谓与仇迁使⑦，令因择吏者也。

《书》云："谋及乃心。谋及庶人。"孔子曰："众好之，必察焉；众恶之，必察焉。"故圣人之施舍也，不必任众，亦不必专己，必察彼己之为，而度之以义，或舍人取己，故举无遗失，而政无废灭也。或君则不然⑧，己有所爱则因以断正，不稽于众，不谋于心，苟眩于爱，唯言是从，此政之所以败乱，而士之所以放佚者也。

昔纣好色，九侯闻之，乃献厥女，纣则大喜，以为天下之丽莫若此也。以问妲己，妲己惧进御而夺己爱也，乃伪俯而泣曰："君王年即耆邪？明既衰邪？何貌恶之若此，而复谓之好也。"纣于是渝而以为恶⑨。妲己恐天下之愈进美女者，因白："九侯之不道也，乃欲以此惑君王也。王而弗诛，何以革后？"纣则大怒，遂脯厥女而烹九侯。自此之后，天下之有美女者，乃皆重室昼闭，唯恐纣之闻也。赵高专秦，将杀二世，乃先示权于众，献鹿于君，以为骏马。二世占之曰鹿，高曰马也。二世收目独视，曰："丞相误邪？此鹿也。"高终对以马。问于朝臣，朝臣或助二世而非高。高因白二世："此皆阿主惑上，不忠莫大。"乃尽杀之。自此之后，莫敢正谏，而高遂杀二世于望夷，竟以亡。

夫好之与恶放于目⑩，而鹿之与马者，著于形者也，已又定矣。还至谗如臣妾之饰伪言而作辞也⑪，则君王失己心，而人物丧我体矣。况乎逢幽隐囚人，而待校其信，不若察妖女之留意也。其辨贤不肖也，必若辨鹿马之审固也。此二物者，皆得进见于朝堂，暴质于心臣矣⑫，及欢爱、苟媚、佞说、巧辩之惑君也。犹炫君目，变夺君心，便以好丑⑬，以鹿为马，而况于郊野之贤、阙外之士，未尝得见者乎？

夫在位者之好蔽贤而务进党也，自古而然。昔唐尧之大圣也，聪明宣昭；虞舜之大圣也，德音发闻。尧为天子，求索贤人，访于群后。群后不肯荐舜，而反称共、鲧之徒，赖尧之圣，后乃举舜而放四子。夫以古圣之质也，尧聪之明也，舜德之彰也，君明不可欺，德彰不可蔽也。质鲜为佞，而位者尚直若彼⑭。今夫列士之行，其不及尧、舜乎远矣。而俗之荒唐，世法滋彰。然则求贤之君，哀民之士，其相合也，亦必不幾矣。文王游畋，遇姜尚于渭滨，察言观志而见其心，不咨左右，不谋群臣，遂载反归，委之以政，用能造周。故尧参乡党以得舜，文王参己以得吕尚，岂若殷辛、秦政，既得贤人，反决滞于仇，诛杀正直，而进任奸臣之党哉？

是以明圣之君于正道也，不专驱于贵宠，惑于嬖媚，不弃疏远，不轻幼贱，又参而任之。故有周之制也，天子听政，使三公至于列士献典，良史献书，师箴，瞍赋，蒙诵，百工谏，庶人传语，近臣尽规，亲戚补察，瞽叟教诲⑮，耆艾修之，而后王斟酌焉，是以事行而无败也。末世则不然，徒信贵人骄妒之议，独用苟媚蛊惑之言，行丰礼者蒙懘咎⑯，论德义者见尤恶，于是谀臣又从以诋訾之法，被以议上之刑，此贤士之始困也。夫诋訾之法者，伐贤之斧也，而骄妒者，噬贤之狗也。人君内秉伐贤之斧，权噬贤之狗⑰；而外招贤，欲其至也，不亦悲乎！

---

①有国之君者："者"字衍。

②犹抑于下也：据《群书治要》，"犹"字应为"独"字。

③列士所以建节者："士"下应有"之"字。

④所谓：据《群书治要》，"谓"字应为"为"字。

⑤吐刚：比喻畏惧强暴。

⑥不两立：据《群书治要》，"之"字应删。

⑦与仇迁使："迁"字应为"选"字。

⑧或君："或"同"惑"。

⑨渝：变。

⑩放于目："放"字应为"效"。效，明。

⑪谗如："如"字应为"妒"字。

⑫心臣：程荣《汉魏丛书》本作"廷臣"。

⑬以好丑："好"字下应有"为"字。

⑭位者：汪继培《潜夫论笺》："位"上疑脱"在"字。

⑮瞽叟："叟"字应为"史"字。

⑯慽：俗"慼"字。慼（qiān，音牵），失误。

⑰"权噬贤之狗"二句：《群书治要》作"而外招噬贤之狗。"权：秉持。

潜夫论卷第三

忠贵第十一

世有莫盛之福，又有莫痛之祸。处莫高之位者，不可以无莫大之功。窃亢龙之极贵①，未尝不破亡也。成天地之大功者，未尝不蕃昌也。

帝王之所尊敬，天之所甚爱者，民也。今人臣受君之重位，牧天之所甚爱，焉可以不安而利之，养而济之哉？是以君子任职则思利民，达上则思进贤，功孰大焉？故居上而下不重也，在前而后不殆也。《书》称"天工人其代之"。王者法天而建官，自公卿以下，至于小司②，辄非天官也③？是故明主不敢以私爱，忠臣不敢以诬能。夫窃人之财，犹谓之盗，况偷天官以私己乎？以罪犯人，必加诛罚，况乃犯天，得无咎乎？

五代建侯，开国成家，传嗣百世，历载千数，皆以能当天官，功加百姓。周公东征，后世追思，召公甘棠，人不忍伐，见爱如是，岂欲私害之者哉？此其后之封君多矣，或不终身，或不期月，而莫陨坠④，其世无者，载莫盈百，是人何也哉⑤？

五代之臣，以道事君，以仁抚世，泽及草木，兼利外内，普天率土，莫不被德，其所安全，直天工也。是以福祚流衍，本枝百世。季世之臣，不思顺天，而时主是谀，谓破敌者为忠，多杀者为贤。白起、蒙恬，秦以为功，天以为贼。息夫、董贤，主以为忠，天以为盗。此等之俦，虽见贵于时君，然上不顺天心，下不得民意，故卒泣血号咷，以辱终也。《易》曰："德薄而位尊⑥，智小而谋大，力少而任重，鲜不及矣。"是故德不称其任，其祸必酷；能不称其位，其殃必大。

且夫窃位之人，天夺其鉴，神惑其心，是故贫贱之时，虽有鉴明之资，仁义之志，一旦富贵，则背亲损旧，丧其本心，皆疏骨肉而亲便辟，薄知友而厚狗马，财货满于仆妾，禄赐尽于猾奴。宁见朽贯千万，而不忍赐人一钱；宁积粟腐仓，而不忍贷人一斗。人多骄肆，负债不偿，骨肉怨望于家，细民谤讟于道⑦。前人以败，后争袭之，诚可伤也。

历观前世贵人之用心也，与婴儿等。婴儿有常病，贵臣有常祸，父母有常失，人君有常过。婴儿常病，伤饱也；贵臣常祸，伤宠也；父母常失，在不能已于媚子；人君常过，在不能已与骄臣。哺乳太多，则必掣纵而生痫⑧；贵富太盛，则必骄佚而生过。是故媚子以贼其躯者，非一门也；骄臣用灭其家者，非一世也。或以背叛横逆不道，或以德薄不称其贵。文昌奠功⑨，司命举过⑩。观恶深浅，称罪降罚，或捕格斩首，或拉髆掣胃⑪，掊死深窖，衔刀都市，僵尸破家，覆宗灭族者，皆无功于民氓者也。而后人贪权冒宠，蓄积无极，思登颠陨之台，乐循覆车之迹，愿神福祚，以备负满贯者，何世无之？

当吕氏之贵也，太后称制而专政，禄产秉事而握权，擅立四王，多封子弟，兼据将相，外内磐结，自以虽汤武兴，五霸作，弗能危也。于是废仁义而尚威虐，灭礼信而务谲诈，海内怨痛，人欲其亡，故一朝摩灭而莫之哀也。霍氏之贵，专相幼主，诛灭同僚，废帝立帝，莫之敢违。禹继父位，山、云屏事，诸婿专典禁兵，婚姻本族。王氏之贵，九侯五将，朱轮二十三⑫，太后专政，秉权三世。莽为宰衡，封安汉公，居摄假号，身当南面，卒以篡位，十有余年。自以居之已久，威立恩行，永无祸败。故遂肆心恣意，私近忘远，崇聚群小，重赋殚民，以奉无功，动为奸诈，托之经义，迷罔百姓，欺诬天地。自以我密，人莫之知，皇天从上鉴其奸，神明自幽照其态，岂有误哉？

夫鸟以山为卑而增巢其上⑬，鱼以渊为浅而穿穴其中，卒所以得之者，饵也。贵戚惧家之不吉，而聚诸令名，惧门之不坚，而为作铁枢，卒其以败者⑭，非苦禁忌少而门枢朽也，常苦崇财货而行骄僭，虐百姓而失民心尔。

孔子曰："不患无位，患己不立⑮。"是故人臣不奉遵礼法，竭精思职，推诚辅君，效功百姓，下自附于民氓，上承顺于天心，而乃欲任其私知，窃君威德，以陵下民，反戾天地，欺诬神明，偷进苟得，以自奉厚，居累卵之危，而图泰山之安，为朝露之行，而思传世之功，譬犹始皇之舍德任刑，而欲计一以至于万也，岂不惑哉？

---

①窃亢龙之极贵："贵"字下应有"者"字。

②小司：官职卑下者。

③辄非天官也：汪继培《潜夫论笺》："辄"疑"孰"。

④而莫陨坠：据近人彭铎说，"莫"下疑脱"不"字。

⑤是人何也哉："人"字疑衍。

⑥"德薄而位尊"四句：见《易·系辞下》，"少"字今本作"小"。

⑦谲（dú，音读）：诽谤。

⑧掣纵：小儿惊风病。

⑨文昌：星座名，旧时传说主文运。

⑩司命：传说为掌管生命的神，灶神亦称司命。

⑪髆（bó，音博）：同"膊"，肩膊。

⑫朱轮：古代王侯显贵所乘的车，用朱红漆轮。

⑬增（zēng，音增）巢：聚柴薪所造的巢（或巢形住处）。

⑭卒其以败者："其"字下应有"所"字。

⑮患己不立：今本《论语·里仁》作"患所以立。"

浮侈第十二

王者以四海为一家，以兆民为通计①。一夫不耕，天下必受其饥者；一妇不织，天下必受其寒者。今举世舍农桑趋商贾，牛马车舆，填塞道路，游手为功②，充盈都邑，治本者少，浮食者众，商邑翼翼③，四方是极。今察洛阳，浮末者什于农夫，虚伪游手者什于浮末。是则一夫耕，百人食之；一妇桑，百人衣之。以一奉百，孰能供之？天下百郡千县，市邑万数，类皆如此，本末何足相供？则民安得不饥寒？饥寒并至，则安能不为非？为非则奸宄，奸宄繁多，则吏安能无严酷？严酷数加，则下安能无愁怨？愁怨者多，则咎徵并臻，下民无聊，则上天降灾④，则国危矣。

夫贫生于富，弱生于强，乱生于治，危生于安。是故明王之养民也，忧之劳之，教之诲之，慎微防萌，以断其邪。故《易》美节以制度，不伤财，不害民。《七月》诗大小教之，终而复始。由此观之，民固不可恣也。

今民奢衣服，侈饮食，事口舌，而习调欺，以相诈绐⑤，比肩是也。或以谋奸合任为业⑥。或以游敖博弈为事，或丁夫世不传犁锄⑦，怀丸挟弹，携手邀游，或取好土作丸卖之，于弹外不可以御寇⑧，内不足以禁鼠，晋灵好之，以增其恶，未尝闻志义之士，喜操以游者也。唯无心之人，群竖小子，接而持之，妄弹鸟雀，百发不得一，而反中面目，此取无用而有害也。或坐作竹簧，削锐其头，有伤害之象，传以蜡蜜，有甘舌之类，皆非吉祥善应。或作泥车、瓦狗、马骑、倡排⑨，诸戏弄小儿之具以巧诈。

《诗》刺"不绩其麻，女也婆娑"。今多不脩中馈，休其蚕织，而起学巫祝，鼓舞事神，以欺诬细民，荧惑百姓。妇女羸弱，疾病之家，怀忧愦愦⑩，皆易恐惧，至使奔走便时，去离正宅⑪。崎岖路侧，上漏下湿，风寒所伤，奸人所利，贼盗所中，益祸益崇，以致重者，不可胜数。或弃医药，更往事神，故至于死亡，不自知为巫所欺误，乃反恨事巫之晚，此荧惑细民之甚者也。或裁好缯，作为疏头，令工采画，雇人书祝，虚饰巧言，欲邀多福；或裂拆缯彩，裁广数分，长各五寸，缝绘佩之；或纺彩丝而縻⑫，断截以绕臂。此长无益于吉凶⑬，而空残灭缯丝，萦悸小民。或克削绮縠，寸窃八采⑭，以成榆叶、无穷、水波之文⑮，碎刺缝纫，诈为笥囊⑯、裙襦、衣被⑰，费缯百缣，用功十倍。此等之俦，既不助长农工女⑱，无有益于世⑲。而坐食嘉谷，消费白日，毁败成功，以见为破⑳，以牢为行，以大为小，以易为难，皆宜禁者也。

山林不能给野火，江海不能灌漏卮。孝文皇帝躬衣弋绨，足履革舄，以韦带剑，集上书囊，以为殿帷；盛夏苦暑，欲起一台，计直百万，以为奢费而不作也。今京师贵戚，衣服、饮食、车舆、文饰、庐舍，皆过王制，僭上甚矣。从奴仆妾，皆服葛子升越㉑，筩中女布，细致绮縠，冰纨锦绣，犀象珠玉，琥珀瑇瑁，石山隐饰，金银错镂，獐麂履舄，文组彩牒，骄奢僭主，转相夸诧。箕子所唏㉒，今在仆妾。富贵嫁娶，车軿各十，骑奴侍僮，夹毂节引，富者竞欲相过，贫者耻不逮及。是故一飨之所费，破终身之本业。古者必有命民㉓，然后乃得衣缯彩而乘车马。今者既不能尽复古，细民诚可不须，乃逾于古昔孝子㉔，衣必细致，履必獐麂，组必文采，饰袜必输此㉕，挍饰车马㉖，多畜奴婢。诸能若此者，既不生谷，又坐为蠹贼也。

子曰："古之葬者，厚衣之以薪，葬之中野，不封不树，丧期无时，后世圣人易之以棺椁。"桐木为棺，葛采为缄，下不及泉，上不泄臭。后世以楸梓槐柏杶樟㉗，各取方土所出，胶漆分致㉘，钉细要，削除铲摩㉙，不见际会，其坚足恃，其用足任，如此可矣。其后京师贵戚，必欲江南檽梓、豫章梗柟㉚，遥远下土，亦竞相仿效。夫檽梓豫章，所出殊远，又乃生于深山穷谷，经历山岑㉛，立千步之高，百丈之溪，倾倚险阻，崎岖不便，求之连日，然后见之，伐斫连月然后讫。会众然后能动担，牛列然后能致水，油溃入海，连淮逆河，行数千里，然后到雒。工匠雕治，积累日月，计一棺之成，功将千万。夫既其终用，重且万斤，非大众不能举，非大车不能挽。东至乐浪，西至敦煌，万里之中，相竞用之。此之费功伤农，可为痛心！

古者墓而不崇。仲尼丧母，冢高四尺，遇雨而堕，弟子请治之。夫子泣曰："礼不脩墓。"鲤死有棺而无椁。文帝葬于芒砀㉜，明帝葬于洛南，皆不藏珠宝，不造庙，不起山陵。陵墓虽卑而圣高。今京师贵戚，郡县豪家，生不极养，死乃崇丧。或至刻金镂玉，檽梓梗柟，良田造茔，黄壤致藏，多埋珍宝偶人车马，造起大冢，广种松柏，庐舍祠堂，崇侈上僭。宠臣贵戚，州郡世家，每有丧葬，都官属县，各当遣吏赍奉，车马帷帐，贷假待客之具，竞为华观。此无益于奉终，无增于孝行，但作烦搅扰，伤害吏民。今按鄗、毕之郊，文、武之陵，南城之垒，曾析之冢。周公非不忠也，曾子非不孝也，以为褒君显父，不在聚财；杨名显祖，不在车马。孔子曰："多货财伤于德，弊则没礼。"晋灵厚赋以雕墙，《春秋》以为非君；华元、乐吕厚葬文公，《春秋》以为不臣；况于群司士庶，乃可僭侈主上，过天道乎？景帝时，原侯卫不害坐葬过律夺国㉝。明帝时，桑民挢阳侯坐冢过制髡削。今天下浮侈离本，僭奢过上，亦已甚矣！凡诸所讥，皆非民性，而竞务者，乱政薄化使之然也。王者统世，观民设教，乃能变风易俗，以致太平。

---

①通计：总计。

②功：应作"巧"。

③"商邑翼翼"两句：今本《诗·商颂，殷武》"是"字作"之"字。翼翼：整齐繁盛的样子。极：榜样。

④则上天降灾："则"字应为"而"字。

⑤绐：通"诒"，欺。

⑥任：任侠，凭借勇力、财力等手段，扶助弱小，帮助他人。

⑦传：当作"傅"，《后汉书·王符传》作"扶"。

⑧于弹外不可以御寇：据《太平御览》，"于"字应为"其"字。

⑨倡排："排"通"俳"。俳，戏。

⑩愦愦（kuì kuì，音溃溃）：烦闷、忧愁的样子。

⑪去离正宅：离开正常的住宅。汉代有此避疾之事。

⑫或纺彩丝而縻："而"字应作"为"字。

⑬此长无益于吉凶："长"字衍。

⑭寸窃八采："窃"字应作"切"。

⑮无穷：布名。

⑯诈为笥橐："诈"字应为"作"。

⑰裙裣（bó，音博）：短袖衫。

⑱长农工女："长"字应作"良"。

⑲无有益于世："无有"应作"又无"。

⑳以见为破："见"字应作"完"。

㉑升越：越，越地所产的布。升越，细越布。

㉒唏（xī，音希）：哀叹。

㉓命民：指平民受帝王赐爵者。

㉔孝子：汪继培《潜夫论笺》本作"孝文"，连上读。

㉕输（xū，音需）此：亦作"输带"，精致细布。

㉖挍饰：据汪继培说，"挍饰"疑为"文饰"。

㉗杶（chūn，音春），木名，即櫄。　　椿（chū，音出），木名，即樗。

㉘胶漆分致：分，《潜夫论笺》本作"所"。致，通"致"。

㉙削除铲靡："靡"字当作"磨"。

㉚檽（nòu，音耨）：木名。　　豫章：木名，即樟木。一说，豫为枕木，章为樟木。　　梗（pián，音骈）：大木名，即黄梗。

㉛岑（cén，音涔）：小而高的山。

㉜文帝葬于芒砀："芒砀"应为"芷阳"。

③原侯卫不害："原"字上应有"武"字。

慎微第十三

凡山陵之高，非削而成崛起也①，必步增而稍上焉。川谷之卑，非截断而颠陷也，必陂池而稍下焉②。是故积上不止，必致嵩山之高；积下不已，必极黄泉之深。非独山川也，人行亦然：有布衣积善不怠，必致颜、闵之贤；积恶不休，必致桀、跖之名。非独布衣也，人臣亦然：积正不倦，必生节义之志；积邪不止，必生暴弑之心。非独人臣也，国君亦然：政教积德，必致安泰之福；举错数失，必致危亡之祸。故仲尼曰：汤、武非一善而王也，桀、纣非一恶而亡也。三代之废兴也，在其所积。积善多者，虽有一恶，是谓过失，未足以亡；积恶多者，虽有一善，是谓误中，未足以存。人君闻此，可以悚思③；布衣闻此，可以改容。

是故君子战战栗栗，日慎一日，克己三省，不见是图④。孔子曰："善不积，不足以成名。恶不积，不足以灭身。"夫贤圣卑革⑤，则登其福。庆封、伯荒淫于酒⑥，沈湎无度，以弊其家。晋平殆政⑦，惑以丧志，良臣弗匡，故俱有祸。楚庄、齐威，始有荒淫之行，削弱之败，几于乱亡。中能感悟，勤恤民事，劳积苦思⑧，孜孜不怠。夫出陈应，爵命管苏，召即墨，烹阿大夫。故能中兴，强霸诸侯。当时尊显，后世见思，传为令名，载在图籍。由此言之，有希人君⑨，其行一也。知己曰明，自胜曰彊。夫有不善，未尝不知，知之未尝复行，此颜子所以称庶几也。《诗》曰："天禄定尔⑩，亦孔之固；俾尔亶厚，胡福不除？"足以灭身，小人以小善谓无益而不为也⑪，以小恶谓无伤而不去也，是以恶积而不可掩，罪大而不可解也。此蹶属所以迷国而不返⑫，三季所以遂往而不振者也⑬。

夫积微成显，积著成⑭，鄂誉鄂誉⑮，鄂致存亡⑯。圣人常慎其微也，文王小心翼翼，成王夙夜敬止，思慎微眇，早防未萌，故能太平而传子孙。

且夫邪之与正，犹水与火不同原，不得并盛。正性胜，则遂重己不忍亏也，故伯夷饿死而不恨；邪性胜，则怚怵而不忍舍也⑰，故王莽窃位而不惭，积恶习之所致也。夫积恶习非久，致死亡非一也。世品人遂，俾尔多益⑱，以莫不庶。善也此言也，言天保佐王者，定其性命，甚坚固也。使汝信厚，何不治而多益之，甚庶众焉。不遵履五常⑲，顺养性命，以保南山之寿，松柏之茂也。

德辐如毛⑳，为仁由己。莫与并蜂㉑，自求辛螫。祸福无门，唯人所召。天之所助者顺也，人之所尚者信也。履信思乎顺，又以尚贤，是以吉无不利也。亮哉斯言，可无思乎？

①而成：应为"成而"。

②陂（pí，音皮）池（读为"陀"）：亦作"陂陁"，"陂陀"、"陂陁"，倾斜不平的样子。

③思：古文"惧"字，恐惧。

④不见是图：语出《古文尚书·五子之歌》，不见，指还没有看到迹象。

⑤夫贤圣卑革：据汪继培说，"革"字疑为"恭"字之误。按，本书底本《潜夫论》述古堂影宋写本《慎微篇》与《潜夫论》湖海楼丛书汪继培笺注本《慎微篇》分段前后次序出入较大，而与《汉魏丛书》程荣本、《百子全书》本基本相同。"夫贤圣卑革"至"胡福不除"，汪继培笺注本在"世品人遂"后，"俾尔多益"前。（本书注释均按底本次序，下文与汪继培笺注本出入之处，均按底本，不再出注。）

⑥伯荒淫于酒："伯"字下脱"有"字。

⑦殆：同"怠"。

⑧劳积苦思："积"字应为"精"字。

⑨有希人君：《潜夫论》笺："有希"当作"布衣"。

⑩"天禄定尔"四句：《诗·小雅·天保》"禄"字作"保"，"亶"字作"单"。亶厚，强大。除（zhù，音注），赐予。

⑪"小人以小善谓无益而不为也"三句：今本《易·系辞下》两"谓"字作"为"，两"不"字作"弗"，"是以"作"故"。

⑫属：应作"踽"。

⑬三季：夏、商、周三代之末。

⑭积著成：据彭铎说，"成"字下脱"象"字。

⑮鄂誊鄂誊：据汪继祖说，疑当作"鄂鄂誊誊"。"鄂鄂"与"谔谔"通，直言的样子。"誊誊"与"瑜瑜（yú，音俞）"通，眼色谄媚的样子。

⑯鄂致存亡：据汪继祖说，"鄂"字疑当作"以"字。

⑰怃怵："怃"当作"忕"（shì，音世）或"忕"（shì，音世）。怃怵，怃怵：习惯。

⑱"俾尔多益"两句：出《诗·小雅·天保》。庶，富庶。

⑲不遵履五常：按，"不"字上疑脱"何"字。五常，即五伦，即君臣、父子、夫妇、兄弟、朋友五种伦理关系。

⑳德辒如毛：语出《诗·大雅·烝民》。辒（yóu，音犹），轻。

㉑"莫与并蜂"二句：语出《诗·周颂·小毖》。"与"作"予"，"併"字作"并"。据高亨说，并，借为抨，打击。螫（zhē，音遮），刺。二句意为：我不要去打蜂，自己招致蜂子的刺螫。

实贡第十四

国以贤兴，以谄衰，君以忠安，以忌危①。此古今之常论，而世所共知也。然衰国危君继踵不绝者，岂世无忠信正直之士哉？诚若忠信正直之道不得行尔。夫十步之间，必有茂草，十室之邑，必有俊士。贤材之生，日月相属，未尝乏绝。是故乱殷有三仁②，小卫多君子。以汉之广博，士民之众多，朝廷之清明，上下之修治，而官无直吏，位无良臣。此非今世之无贤也，乃贤者废锢③，而不得达于圣主之朝尔。

夫志道者少友，逐俗者多俦。是以举世多党而用私④，竞比质而行趋华。贡士者，非复依其质干，准其材行也，直虚造空美，扫地洞说。择能者而书之，公卿、刺史、掾、从事、茂才、孝廉，且二百员，历察其状。德侔颜渊、卜、冉，最其行能，多不及中。诚使皆如状文，则是为岁得大贤二百也。然则灾异曷为饥⑤，此非其实之效。

夫说梁饭食肉，有好于面⑥，因而不若粝粢藜烝之可食于口也⑦。图西施毛嫱，可悦于心⑧，而不若丑妻陋妾之可御于前也。虚张高誉，强蔽疵瑕，以相诳耀，有快于耳，而不若忠选实行可任于官也。周显拘时，故苏秦⑨；燕哙利虚誉，故让子之。皆舍实听声，呕哇之过也。

夫圣人纯，贤者驳，周公不求备，四肢不相兼⑩，况末世乎？是故高祖所辅佐，光武所将相，不遂伪举，不责兼行。亡秦之所弃，王莽之所损，二祖任用以诛暴乱，成致治安。太平之世，而云无士，数开横选而不得直⑪，甚可愤也。

夫明君之诏也若声，忠臣之和也当如响应，长短大小，清浊疾徐，必相和也。是故求马问马，求驴问驴，求鹰问鹰，求骓问骓⑫，由此教令，则赏罚必也。夫高论而相欺，不若忠论而诚实。且攻玉以石，治金以盐，濯锦以鱼，浣布以灰，夫物固有以贱治贵，以丑治好者矣。智者弃其所短，而采其所长，以致其功，明君用士，亦犹是也。物有所宜，不废其材，况于人乎？夫修身慎行，敦方正直，清廉洁白，恬淡无为，化之本也。忧君哀民，独睹乱原，好善嫉恶，赏罚严明，治之材也。明君兼善而两纳之，恶行之器也。为金玉宝政之材刚铁用。无此二宝，苟务作异以求名，诈静以惑众，则败俗伤化。今世慕虚者，此谓坚白。坚白之行，明君所憎，而王制所不取。

是故选贤贡士，必考核其清素⑬，据实而言，其有小疵，勿强衣饰，以壮虚声。一能之士，各贡所长，出处默语，勿强相兼，则萧、曹、周、韩之论⑭，何足得矣？吴、邓、梁、窦之徒⑮，而致十⑯。各以所宜，量材授任，则庶官无旷，兴功可成，太平可致，麒麟可臻。且燕小，其位卑，然昭王尚能招集他国之英俊，兴诛暴乱，成致治彊。今汉土之广博，天子尊明，而曾无一良臣，此诚不愍兆黎之愁苦，不急贤人之佐治尔。孔子曰："未之思也，夫何远之有？"忠良之吏，诚易得也。顾圣王欲之不尔。

---

①以忌危：据《后汉书·王符传》，"忌"字应作"佞"。
②三仁：据《论语·微子》，三仁指殷末的微子、箕子、比干。
③锢（gù，音固）：禁锢。
④"举世多党而用私"两句：《后汉书·王符传》作"朋党用私，背实趋华"。据此，"多"字应作"朋"字，"比质"应作"背实"，"行"字疑衍。
⑤饥：应作"讥"。
⑥有好于面："面"字下应有"目"字。
⑦因："因"字衍，或为"目"之误，应连上读。
⑧可悦于心：按本段文例，"可"字应为"有"字。
⑨故苏秦："故"字下脱一字，疑为"疏"字。
⑩四肢不相兼：据《后汉书·王符传》，"四肢"应为"四友"。四友，指周文王的贤臣南宫括、散宜生、闳夭、太颠，称文王四友。
⑪横选：犹特选，指未经选试而拜官任职。　　直：应作"真"。
⑫駹（máng，音忙）：暗色毛而面额白色的马，也指青色马或杂色牲口。
⑬清素："清"字当作"情"。
⑭萧、曹、周、韩：萧何、曹参、周勃、韩信。　　论：据《后汉书·王符传》，当作"伦"。
⑮吴、邓、梁、窦：吴汉、邓禹、梁统、窦融。
⑯而致十：据汪继组《潜夫论笺》，"而致"上脱二字，此二字疑为"可得"。"十"字为"也"字之误。

潜夫论卷第四

班禄第十五

太古之时，蒸黎初载①，未有上下，而自顺序。天未事焉，君未设焉。后稍矫虔②，或相陵虐，侵渔不止，为萌巨害。于是天命圣人，使司牧之，使不失性，四海蒙利，莫不被德，金共奉戴，谓之天子。故天之立君，非私此人也以役民，盖以诛暴除害利黎元也。是以人谋鬼谋，能者处之。《诗》云："皇矣上帝，临下以赫③，监观四方，求民之瘼④。惟此二国，其政不获。惟此四国⑤，爰究爰度。上帝指之⑥，憎其式恶⑦。乃眷西顾⑧，此惟与度⑨。"盖此言也，言夏殷二国之政不得，乃用奢夸廓大⑩，上帝憎之，更求民之瘼，圣人与天下四国究度而使居之也。

前招良人⑪，疾奢夸廓，无纪极也。乃惟度法象，明著礼秩，为优宪艺⑫，县之无穷。故《传》曰："制礼，上物不过十二，天之道也⑬。"是以先圣籍田有制，供神有度，奉己有节，礼贤有数。上下、大小、贵贱、亲疏，皆有等威，阶级衰杀，各足禄其爵位⑭，公私达其等级，礼行德义。当此之时也，九州之内，合三千里，尔八百国⑮。其班禄也，以上农为正，始于庶人在官者，禄足以代耕，盖食九人，诸侯下士亦然；中士倍下士，食十八人；上士倍中士，食三十六人；大夫倍之，食七十二人；小国之卿，二于大夫，次国之卿，三于大夫；大国之卿，四于大夫，食二百八十八人。君各什其卿。天子三公侯采视公侯，盖方百里；卿采视伯，方七十里；大夫视子男，方五十里；元士视附庸，方三十里。功成者封。是故官政专公，不虑私家；子弟事学，不于财利⑯；闭门自守，不与民交争，而无饥寒之道，而不陷⑰。臣养优而不隘，吏爱官而不贪，民安静而疆力，此则太平之基立矣。乃惟慎贡选，明必黜陟，官得其人，人任其职。钦若昊天，敬授民时，同我妇子，饁彼南亩；上务节礼，正身示下，下悦其政，各乐竭已奉戴其上。是以天地交泰，阴阳和平，民无奸匿⑱，机衡不倾⑲，德气流布，而颂声作也。

其后忽养贤而《鹿鸣》思，背宗族而《采蘩》怨，履亩税而《硕鼠》作，赋敛重译告通⑳，班禄颇而《倾甫》赖㉑，行人定而《绵蛮》讽㉒。故遂耗乱衰弱。及周室微而五伯作，六国弊而暴秦兴，背义理而尚威力，灭兴礼而行贪叨㉓，重赋敛以厚己，强臣下以弱枝，文德不获封爵，列侯不获㉔。是以贤者不能行礼以从道，品臣不能无枉以从利，君又骤赦以纵赋，民无耻而多盗窃。何者？咸气加而化上风㉕，患害切而迫饥寒，此灭绝所以不能诘其盗者也㉖。《诗》云："大风有隧，贪人败类。""尔之教矣，民斯效矣。"是故先王将发号施令，谆谆如也，唯恐不中而道于邪，故作典以为民极，上下共之，无有私曲，三府制法，未闻赦彼有罪，狱货惟宝者也。

是故明君临众，必以正轨，既无厌有，务节礼而厚下，复德而崇化，使皆阜于养生，而竞于廉耻也。是以官长正而百姓化，邪心黜而奸匿绝㉗，然后乃能协和气而致太平也。《易》曰："圣人养贤以及万民。"为本㉘，君以臣为基，然后高能可崇也。马肥，然后远能可致也。人君不务此而欲致太平，此犹薄趾而望高墙㉙，骥瘠而责远道，其不可得也必矣。

---

①烝黎：众庶。　　载：开始。

②矫虔：诈称上命强夺他人财物。

③临下以赫：《诗·大雅·皇矣》"以"字作"有"。

④瘼：今《诗》作"莫"，"莫"通"瘼"，疾苦。

⑤惟此四国：今《诗》"此"字作"彼"。四国，四方诸侯国。

⑥上帝指之：今《诗》"指"字作"耆"，意思与"指"同。

⑦恶：今《诗》作"廓"。

⑧睊：今《诗》作"眷"，"睊"同"眷"。

⑨度：今《诗》作"宅"。

⑩奢夸廓大：《汉魏丛书》程荣本"大"字作"人"。廓人，谓"阔人"。

⑪前招良人："招"字应作"哲"。

⑫为优宪艺："优"字疑为"修"字。宪艺，法则。

⑬天之道：《左传·哀公七年》作"天之大数"。

⑭各足禄其爵位："禄"字应作"保"。

⑮尔八百国："尔"字当作"千"。

⑯不于财利："于"字为"干"字之误。干，求。

⑰而不陷：按，按文例，此句为六字句，第一字当为"君"字，"君"字下脱二字。

⑱匿：通"慝"。

⑲机衡：北斗七星中第三星天玑（天机）与第五星玉衡的并称，也代指北斗。

⑳赋敛重译告通："重"字下当有"而"字。"译"字为"谭"字之误。《诗·小雅·大东》毛《序》："大东，刺乱也。东国困于役而伤于财，谭大夫作是诗以告病焉。"

㉑班禄颇而《倾甫》赖：颇，偏颇。"倾"当作"顾"，"顾甫"即"祈父"，"赖"当作"刺"。《诗·小雅·祈父》毛《序》："祈父，刺宣王也。"郑《笺》："刺其用祈父不得其人也。"

㉒行人定而《绵蛮》讽：《潜夫论笺》引顾茂才说，"定"当作"乏"。

㉓灭兴礼而行贪明："兴"字为"典"字之误。"明"字为"饕"字的重文。

㉔列侯不狱：按文例，下脱二字，据汪继培说，当为"治民"二字。

㉕咸气："咸"当作"戾"。

㉖此灭绝所以不能诘其盗者也："灭绝"当为"臧纥"。事见《左传·襄公二十一年》。

㉗匿：通"慝"。

㉘为本：按文例，"为本"上脱三字。全句当作"国以民为本"。

㉙薄趾：当作"趾薄"。

述赦第十六

凡治病者，必先知脉之虚实，气之所结，然后为之方，故疾可愈而寿可长也。为国者，必先知民之所苦，祸之所起，然后设之以禁，故奸可塞国可安矣。

今日贼良民之甚者，莫大于数赦。赦赎数，则恶人昌而善人伤矣。奚以明之哉？曰：孝悌之家，修身慎行，不犯上禁，从生至死，无铢两罪①。数有赦赎，未尝蒙恩，常反为祸。何者？正真之士之为吏也②，不避强御，不辞上官。从事督察，方怀不快，而奸猾之党，又加诬言，皆知赦之不久，则且共横枉侵冤，诬奏罪法。今主上妄行刑辟，高至死徙，下乃沦冤③，而彼冤之家④，乃甫当乞鞠⑤，告故以信直⑥，亦无益于死亡矣。及隐逸行士，淑人君子，为谗佞利口所加诬覆冒⑦。下士冤民，能至阙者，万无数人，其得省问者，不过百一，既对尚书，空遣去者，复十六七。虽蒙考覆，州郡转相顾望，留吾真事⑧。春夏待秋冬，秋冬复涉春夏，如此行逢赦者，不可胜数。

又谨慎之民，用天之道，分地之利，择莫犯土⑨，谨身节用，积累纤微，以致小过，此言质良盖民⑩，惟国之基也。轻薄恶子，不道凶民，思彼奸邪，起作盗贼，以财色杀人父母，戮人之子，灭人之门，取人之贿，及贪残不轨；凶恶弊吏，掠杀不辜，侵冤小民，皆望圣帝当为诛恶治冤，以解蓄怨，反一门赦之，令恶人高会而夸诧，老盗服藏而过门⑪，孝子见仇而不得讨，亡主见物而不得取，痛莫甚焉。故将赦而先暴寒者，以且多冤结悲恨之人也⑫。

夫养稊稗者伤禾稼，惠奸宄者贼良民。《书》曰："文王作罚，刑兹无赦。"是故先王之制刑法也，非好伤人肌肤，断人寿命者也，乃以威奸惩恶除民害也。天下本以民不能相治，故为立王者以统治之。天下在于奉天威命⑬，共行赏罚⑭，故经称"天命有德，五服五章，天罚有罪⑮，五刑五用。"《诗》刺"彼宜有罪，汝反脱之⑯。"古者唯始受命之君，承大乱之极，被前王之恶，其民乃并为敌仇，罔不寇贼消义奸宄夺攘⑰，以革命受祚，为之父母，故得一赦。继体以下，则无违焉⑱。何者？人君配乾而仁，顺育万以成大功⑲，非得以养奸活罪为仁，放纵天贼为贤也。

今夫性恶之人，居家不孝悌，出入不恭敬，轻薄慢傲，凶悍无辨，明以威侮侵利为行，以贼残酷虐为贤。故数陷王法者，此乃民之贼，下愚极恶之人也。虽脱桎梏而出囹圄，终无改悔之心。自诗以赢敖头⑳，出狱跳踉㉑，复犯法者何不然。

洛阳至有主谐合杀人者，谓之会任之家，受人十万，谢客数千，又重馈部吏，吏与通奸，利入深重，幡党盘牙，请至贵戚宠臣，说听于上，谒行于下，是故虽严令、尹终不能破攘断绝㉒。何者？凡敢为大奸者，材必有过于众而能自媚于上者也。多散苟得之财，奉以诏谀之辞，以转相驱，非有第五公之廉直㉓，孰能不为顾？今案洛阳主杀人者，高至数十，下至四五，身不死则杀不止，皆以数赦之所致也。由此观之，大恶之资，终不可化，虽岁㉔，适劝奸耳。

惑之㉕："三辰有候，天气当赦，故人主顺之而施德焉，未必杀也㉖。"王者至贵，与天通精，心有所想，意有所虑，未发声色，天为变移。或若休咎庶征，月之从星，此乃宜有是事，故见瑞异，或戒人主。若忽不察，是乃己所感致，而反以为天意欲然，非直也。俗人又曰："先世欲赦，常先遣马分行市里，听于路隅，咸云当赦，以知天之教也，乃因施德。"若使此言也而信，则殆过矣。夫民之性，固好意度者也，见久阴则称将水，见久阳则称将旱，见小贵则言将饥，见小贱则言将穰，然或信或否。由此观之，民之所言，未必天下㉗。前世赎赦稀疏，民无觊觎。近时以来，赦赎稠数，故每春夏，辄望复赦。或抱罪之家，侥幸蒙恩，故宣此言，以自悦喜。诚令仁君闻此，以为天教而辄从之，误莫甚焉。

论者多曰："久不赦则奸宄炽，而吏不制，故赦赎以解之。"此乃招乱之本原，不察祸福之所生者之言也。凡民所以轻为盗贼，吏之所以易作奸匿者，以赦赎数而有侥望也。若使犯罪之人，终身被命㉘，得而必刑，则计奸之谋破，而虑恶之心绝矣。夫良赎可㉙，孺子可令姐㉚。中庸之人，可弘而下㉛。故其谚曰："一岁载赦，奴儿噫嗟㉜。"言王诛不行，则痛瘀之子皆轻犯，况狡乎？若诚思畏盗贼多而奸不胜故赦㉝，则是为国为奸宄报也㉞。

夫天道赏善而刑淫，天工人其代之。故凡立王者，将以诛邪恶而养正善，而以逞邪恶逆，妄莫甚焉。且夫国无常治，又无常乱，法令行则国治，法令弛则国乱。法无常行，法无常弛㉟，君敬法则法行，君慢法则法弛。昔孝明帝时，制举茂才，过阙谢恩，赐食事讫，问何异闻，对曰："巫有剧贼九人，刺史数以窃郡㊱，讫不能得。"帝曰："汝非部南郡从事邪？"对曰："是。"帝乃振怒曰："贼发部中而不能擒，然材何以为茂？"捶数百，便免官，而切让州郡，十日之间，贼即伏诛。由此观之，擒灭盗贼，在于明法，不在数赦。

今不显行赏罚以明善恶，严督牧守以擒奸猾，而反数赦以劝之。其文帝曰㊲："谋反大逆不道诸犯，不当得赦，皆除之，将与士大夫洒心更始。"岁岁洒之，然未尝见奸人冗吏，有肯变心悔服称诏者也。有司奏事，又俗以赦前之微过㊳，妨今日之显举。然则改往修来，更始之诏，亦不信也。诗讥"君子屡盟，乱是用长。"故不若希其令，必其言。若良不能子无赦者㊴，罕之为愈。令世岁老古时一赦，则奸宄之减十八九，可胜必也。昔大司马吴汉老病将卒，世祖问以遗戒。对曰："臣愚不智，不足以知治，慎无赦而已矣。"

夫方以类聚，物以群分，人之情皆见乎辞。故诸言不当赦者，非修身修行㊵，则必忧哀谨慎而嫉毒奸恶者也。诸利数赦者，非不达赦务㊶，则交内怀隐忧有愿为者也㊷。人君之发令也，必谘于群臣，群臣之奸邪者，固必伏罪，虽正直吏犹有公过，自非鸳拳李离，孰肯刑身以正国？然则是皆接私计以论公政也㊸。兴爪议裘㊹，无时焉可？《传》曰："民之多幸，国之不幸也。"夫有罪而备辜㊺，冤结而信理，此天之正也，而王之法也。故曰："无纵诡随，以谨无良。"若枉善人以惠奸恶，此谓"敛怨以为德。"先帝制法，论衷刺刀者㊻，何则？以其怀奸恶之心，有杀害之意也。圣主有子爱之情，而是有杀害之意，故诛之，况成罪乎？

《尚书·康诰》："王曰：於戏，封，敬明乃罚。人有小罪匪省，乃惟终自作不典，戒尔，有厥罪小，乃不可不杀。"言恐人有罪虽小㊼，然非以过差为之也，乃欲终身行之，故虽小不可不杀也。何则？是本顽凶思恶而为之者也。"乃有大罪匪终，乃惟省哉㊽，适尔，既道极厥罪，时亦不可杀。"言杀人虽有大罪，非欲以终身为恶，乃过误尔，是不杀也。若此者，虽曰赦之，可也。金作赎刑，赦作宥罪，皆谓良人吉士，时有过误，不幸陷离者尔㊾。先王议谳狱以制㊿，原情论意，以救善人，非欲令兼纵恶逆以伤人也。是故《周官》差八议之辟〔51〕，此先王所以整万民而致时雍也。《易》故观民设教，变通移时之议。今日捄世〔52〕，莫乎此意〔53〕。

①铢两：二十四铢为一两，铢两是极轻微的分量。

②正真："真"应为"直"。程荣《汉魏丛书》本作"直"。

③沦冤：孙诒让《札迻》卷八："沦冤"疑当为"论免"。

④彼：当为"被"。

⑤乞鞫：请求复审。

⑥信：读为"申"。

⑦覆冒：诬陷。

⑧留吾真事：当作"留苦其事"。留苦，留连困苦。

⑨择莫犯土：据孙诒让《札迻》卷八，当作"挗草杷土。"挗（zuó，音昨），拔。杷（pá，音爬），用手挖泥土。

⑩此言质良盖民："言"当作"皆"，"质"当作"贞"，"盖"当作"善"。

⑪藏：当作"臧"，指所窃之物。

⑫以且："且"字当作"其"。

⑬天下在于奉天威命："天下"当作"天子"。

⑭共行赏罚："共"通"恭"。

⑮天罚有罪："罚"字《书·皋陶谟》作"讨"。

⑯汝反脱之：《诗·大雅·瞻卬》"反脱"作"覆说"，说通"脱"，开脱。

⑰消义：《书·吕刑》作"鸱义"，盗贼有如鸱枭。按，"消"字当为"鸱"字或"枭"字之误。

⑱则无违焉："违"当作"遵"。

⑲顺育万以成大功："万"字下当有"物"字。

⑳自诗以赢敫头：当作"自恃以数赦赎"。

㉑踧踖（cù jí，音促籍）：恭敬而偏促不安的样子。

㉒破攘："攘"字当作"坏"。

㉓第五公：指第五伦。

㉔虽岁："岁"字下脱"赦之"二字。

㉕惑之：为"或云"二字之误。

㉖未必杀也："杀"字当作"然"。

㉗未必天下：据彭铎说，"下"疑当作"示"。

㉘被命：负着罪犯的名义。

㉙夫良赎可：据《潜夫论笺》，疑为"夫赦赎行"。

㉚姐："婟（jù，音具）"字的省写。　　娇：骄纵。

㉛可弘而下："弘"字当作"引"。

㉜奴：读为"弩"。　　噫嗟：义同"喑噁"，怒声。

㉝若诚思畏盗贼："思"字衍。

㉞则是为国为奸宄报也：按，"为国"二字衍，"报"字下当有"仇"字。

㉟法无常弛："法"字当作"亦"

㊱窃郡："窃"字当作"察"。

㊲其文帝曰："帝"字当作"常"。

㊳又俗以赦前之微过："俗"字疑当作"欲"。

㊴若良不能子无赦者："子"字当作"了"。

㊵修身修行：当作"修身慎行"。

㊶非不达赦务："赦"字疑当作"政"。

㊷则交内怀隐忧："交"字应为"必"。

㊸皆接私计以论公政也：《太平御览》卷694引"接"字作"挟"，挟字下有"夫"字。

㊹兴瓜议裘：据《太平御览》，"兴瓜"当作"与狐"。

㊺备辜：服罪，"备"与"服"古字通

㊻衷：《潜夫论笺》"或当作褒"。褒即"袖"字。

㊼言恐人有罪虽小："恐"字当作"恶"。

(48)省哉：今本《书·康诰》作"眚灾"。

(49)离：通"罹"，遭受。

(50)先王议谳狱以制："议谳"二字同义，衍一字。按，古书多用"谳"，此处当衍"议"字。

(51)周官差八议之辟：见《周礼·小司寇》。差，减，指减刑或赦免。八议，八种议刑条件。辟，法。

(52)捄：通"救"。

(53)莫乎此意：《汉魏丛书》何镗本"乎"字作"先"。《潜夫论笺》云，当作"莫急乎此"。

三式第十七

高祖定汉，与群臣约：自非刘氏不得王，非有武功不得侯。孝文皇帝始封外祖，因为典式，行之至今。孝武皇帝封爵丞相，以褒有德，后亦承之，建武乃绝。传记所载，稷、卨、伯夷、皋陶、伯翳，日受封土①。周宣王时，辅相大臣，以德佐治，亦获有国。故尹吉甫作封颂二篇，其诗曰："亹亹申伯②，王缵之事，于邑于谢，南国于二式③。"又曰："四牡彭彭，八鸾锵锵，王命仲山甫，城彼东方。"此言申伯、山甫，文德致升平，而王封以乐土，赐以盛服也。

《易》曰："鼎折足，覆公𫗧④，其刑渥⑤，凶。"此言公不胜任，则有渥刑也。是故三公在三载之后，宜明考绩黜刺，简练其材。其有稷、卨、伯夷、申伯、仲山甫致治之效者，封以列侯，令受南土八蛮之赐⑥。其尸禄素餐，无进治之效，无忠善之言者，使从渥刑，是则所谓明德慎罚，而简练能否之术也。诚如此，则三公竞思其职，而百寮争竭其忠矣⑦。

先王之制，继体立诸侯，以象贤也。子孙虽有食旧德之义，然封疆立国，不为诸侯，张官置吏，不为大夫。必有功于民，乃得保位，故有考绩黜刺，九锡三削之义。《诗》云："彼君子兮，不素餐兮。"由此观之，未有得以无功而禄者也。

当今列侯，率皆袭先人之爵，因祖考之位，其身无功于汉，无德于民，专国南面，卧食重禄，下殚百姓，富有国家，此素餐之甚者也。孝武皇帝患其如此，乃令酎金以黜之⑧，而益多怨。今列侯或有德宜子民，而道不得施。或有凶顽丑，不宜有国，而恶不上闻。且人情莫不以己为贤而效其能者，周公之戒，不使大臣怨乎不以⑨。《诗》云："驾彼四牡，四牡项领⑩。"今列侯年卅以来⑪，宜皆试补长吏墨绶以上，关内侯补黄绶，以信其志，以旌其能；其有韩侯、邵虎之德，上有功于天下，下有益于百姓，则稍迁位益土，以彰有德；其怀奸藏恶尤无状者，削土夺国，以明好恶。

且夫列侯皆剖符受策，国大臣也，虽身在外，而心在王室，宜助聪明与智贤愚⑫，以佐天子，何得坐作奢僭，骄育负责⑬，欺枉小民，淫恣酒色，职为乱阶，以伤风化而已乎？诏书横选，犹乃特进，而不令列侯举⑭，此于主德大洽⑮，列侯大达，非执术督责，总览独断御下方也。今虽未使典始治民⑯，然有横选，当循王制，皆使贡士，不宜阙也。是诚封三公以旌积德，诫列侯以除素餐⑰，上合建侯之义，下合黜刺之法，贤材任职，则上下蒙福，素餐委国，位无凶人。诚如此，则诸侯必内思刺行而助国矣⑱。今则不然，有功不赏，无德不削，甚非劝善惩恶，诱进忠贤，移风易俗之法术也。

昔先王抚世，选练明德，以统理民；建正封不过百⑲，取法于震，以为贤人聪明不是过也；又欲德能优而所治纤，则职修理而民被泽矣。今之守相，制地千里，威权势力，盛于列侯，材明德义，未必过古，而所治逾百里，此所治多荒乱也⑳。是故守相不可不审也。昔宣皇帝兴于民间，深知之，故常叹曰："万民所以安田里，无忧患者，政平讼治也。与我共此者，其惟良二千石。"于是明选守相，其初除者，必躬见之，观其志趣，以昭其能，明察其治，重其刑赏。奸宄减少，户口增息者，赏赐金帛，爵至封侯；其耗乱无状者，皆衔刀沥血于市。赏重而信，罚痛而必，群臣畏劝，竞思其职，故能致治安而世升平，降凤皇而来麒麟，天人悦喜，符瑞并臻，功德茂盛，立为中宗。

由此观之，牧守大臣者，诚盛衰之本原也，不可不选练也；法令赏罚者，诚治乱之枢机也，不可不严行也。昔仲尼有言："政宽则民慢，慢则纠之以猛；猛则民残，残则施之以宽；宽以济猛，猛以济宽，政是以和。"今者，刺史、守相，率多怠慢，违背法律，废忽诏令，专情务利，不恤公事。细民冤结，无所控告。下土边远，能诣阙者，万无数人，其得省治，不能百一。郡县负其如此也，故至敢延期，民日往上书，此皆太守之所致也。《噬嗑》之卦，下动上明，其《象》曰："先王以明罚敕法。"夫积怠之俗，赏不隆则善不劝，罚不重则恶不惩。故凡欲变风改俗者，其行赏罚者也㉑，必使足惊心破胆，民乃易视。圣主诚肯明察群臣，竭精称职，有功效者，无爱金帛封侯之费；其怀奸藏恶，别无状者，图铁锧铁钺之决㉒。然则良臣如王成、黄霸、龚遂、邵信臣之徒，可比郡而得也；神明瑞应，可期年而致也。

①日：《潜夫论笺》疑当为"皆"。

②亹亹（wěi wěi，音伟伟）：勤勉的样子。

③南国于二式："二"应作"是"，今《诗·大雅·崧高》作"南国是式"，"国"字下无"于"字。

④餗（sù，音速）：鼎中的食品。

⑤其刑渥：指大刑。王弼本《易·鼎·九四》"刑"字作"形"。

⑥蛮：当作"鸾"。

⑦寮：同"僚"。

⑧酎（zhòu，音宙）金：汉律，诸侯于宗庙祭祀时献金助祭，叫"酎金"。

⑨以：用。

⑩项：大。

⑪卅（sà，音杀）：一本也写作卉，数词，三十。

⑫与智贤愚：据俞樾说，"与"字当作"举"，"愚"字衍。

⑬育：为"赢"字之坏，通"盈"。　　责：通"债"。

⑭不令列侯举："举"字下脱"士"字。

⑮大洽：本句"大洽"及下句"大达"，两"大"字疑当作"末"。洽，遍彻。

⑯典始治民："始"字当作"司"。

⑰诚列侯："诚"字当作"试"。

⑱内思刺行："刺"字当作"制"。

⑲建正封不过百："百"字下脱"里"字。

⑳此所治多荒乱也："此"字下应有"以"字。

㉑其行赏罚者也："者"字衍。

㉒图铁锧铁钺之决：按，疑当作"必图铁锧铁钺之决"。图，议。决：判决。

爱日第十八

国之所以为国者，以有民也；民之所以为民者，以有谷也；谷之所以丰殖者，以有人功也；功之所以能建者，以日力也。治国之日舒以长，故其民闲暇而力有余；乱国之日促以短，故其民困务而力不足。所谓治国之日舒以长者，非谒羲和而令安行也①，又非能增分度而益漏刻也，乃君明察而百官治，下循正而得其所，则民安静而力有余，故视日长也。所谓乱国之日促以短者，非谒羲和而令疾驱也，又非能减分度而损漏刻也，乃君不明则百官乱而奸宄兴，法令鬻而役赋繁，则希民困于吏政②，仕者穷于典礼，冤民就狱乃得直③，烈士交私乃见保，奸臣肆心于上，乱化流行于下，君子载质而车驰，细民怀财而趋走④，故视日短也。

《诗》云："王事靡盬⑤，不遑将父。"言在古闲暇而得行孝，今迫促不得养也。孔子称："庶则富之，既富则教之。"是礼义生于富足⑥，盗窃起于贫穷；富贵生于宽暇，贫穷起于无日。圣人深知，力者乃民之本也，而国之基⑦，故务省役而为民爱日。是以尧敕羲和，钦若昊天，敬授民时；邵伯讼不忍烦民，听断棠下，能兴时雍，而致刑错。今则不然，万官挠民，令长自衒，百姓废桑而趋府庭者⑧，非朝晡不得通，非意气不得见⑨。讼不讼，辄连月日，举室释作，以相瞻视；辞人之家⑩，辄请邻里，应对送饷，比事讫，竟亡一岁功，则天下独有受其饥者矣。而品人俗士之司典者，曾不觉也。郡县既加冤枉，州司不治，令破家活，达诣公府。公府不能昭察真伪，则但欲罢之以久困之资⑪，故猥说一科，令此注百日⑫，乃为移书，其不满百日，辄更造数⑬，甚违邵伯讼棠之义。此所谓诵《诗》三百，授之以政，不达，虽多亦奚以为者也。孔子曰："听讼，吾犹人也。"从此观之，中材以上，皆议曲直之辩，刑法之理可，乡亭部吏，足以断决，使无怨言。然所以不者，盖有故焉。

传曰："恶直丑正，实繁有徒。"夫直者真正而不挠志⑭，无恩于吏，怨家务主者⑮，结以货财，故乡亭与之，为排直家。后反覆时，吏坐之，故共枉之于庭，以羸民与豪吏讼，其势不如也。是故县与部并，后有反覆，长吏坐之，故举县排之于郡。以一人与一县讼，其势不如也。故郡与县并，后有反覆，太守坐之，故举郡排之于州。以一人与郡讼⑯，势不如也⑰。故州与郡并，而不肯治，故乃远诣公府尔。公府不能察，而苟欲以钱刀课之，则贫弱少货者终无已旷旬满祈⑱，豪富饶钱者取客使往，可盈千日，非徒百也。治讼若此，为务助豪猾而镇贫弱也，何冤之能治？非独乡部辞讼也，武官继狱，亦皆始见枉于小吏，终重冤于大臣。怨故未仇，辄逢赦令，不得复治。正士怀冤结而不得信⑲，猾吏崇奸宄而不痛坐，郡县所以易侵小民，而天下所以多饥穷也。

于上天感动⑳，降灾伤谷，但以人功见事言之。今自三府以下，至于县道乡亭，及从事督邮，有典之司，民废农桑而守之，辞讼告诉，及以官事应对吏者，一人之㉑，日废十万人。人复下计之㉒，一人有事，二人获饷，是为日三十万人离其业也。以中农率之，则是岁三百万口受其饥也。然则盗贼何从消，太平何从作？孝明皇帝尝问："今旦何得无上书者？"左右对曰："反支故㉓。"帝曰："民既废农，远来诣阙，而复使避反支，是则又夺其日而冤之也。"乃敕公车受章，无避反支。上明圣主为民爱日如此，而有司轻夺民时如彼，盖所谓有君无臣，有主无佐，元首聪明，股肱怠惰者也。《诗》曰："国既卒斩，何用不监！"伤三公居人尊位，食人重禄，而曾不肯察民之尽瘁也。孔子病夫"未之得也，患不得之㉔，既得之，患失之"者。今公卿始起州郡而致宰相，此其聪明智虑，未必暗也，患其苟先私计而后公义尔。《诗》云："莫肯念乱，谁无父母！"今民力不暇，谷何以生？百姓不足，君孰与足？嗟哉，可无思乎！

---

①羲和：神话中为日御车者。

②希民：俞樾《读潜夫论》："疑当作'布衣'。"

③就狱：据汪继培说，"就"字当作"鬻"。

④怀财：《艺文类聚》引"财"字作"贿"。

⑤"王事靡盬"二句：见《诗·小雅·四牡》。盬（gǔ，音古），止息。

⑥是礼义生于富足："是"字下应有"故"字。

⑦力者乃民之本也而国之基：本句中"也"字应在"基"字下。

⑧百姓废桑："废"字下应有"农"字。

·⑨意气：指馈献礼物。

⑩辞人：讼人。

⑪罢：读为"疲"。

⑫注：聚，引申为"满"的意思。

⑬造数：据汪继培说，疑当为"遭赦"。

⑭夫直者真正："真"字当作"贞"。

⑮怨家务主者："务"字当作"略"。主者：主管人、执事者。

⑯以一人与郡讼："郡"字上当有"一"字。

⑰势不如也："势"字上当有"其"字。

⑱终无已旷旬满祈："已"字当作"以"。祈，据《潜夫论笺》引王先生说，"祈"疑"期"之误。

⑲正士怀冤结而不得信："信"读为"申"。

⑳于上天感动："于"字当作"除"。

㉑一人之：据彭铎说，"之"字下疑脱"日废"二字。

㉒人复下计："人"字衍。

㉓反支：支，干支，代指"日"。反支是不吉利的，反支日为禁忌之日。这是古代一种迷信的说法。

㉔患不得之：今本《论语·阳货》作"患得之"。

潜夫论卷第五

断讼第十九

五代不同礼，三家不同教，非其苟相反也，盖世推移而俗化异也。俗化异则乱原殊，故三家符世①，皆革定法。高祖制三章之约，孝文除克肤之刑。是故自非杀伤盗贼，文罪之法，轻重无常，各随时宜，要取足用劝善消恶而已。夫制法之意，若为藩篱沟堑②，以有防矣；择禽兽之尤可数犯者，而加深厚焉。今奸宄虽众，然其原少；君事虽繁，然其守约。知其原少，奸易塞，见其守约，政易治。塞其原则奸宄绝，施其术则远近治。

今一岁断狱，虽以万计，然辞讼之辩，斗贼之发，乡部之治，狱官之治者，其状一也。本皆起民不诚信，而数相欺绐也。舜敕龙以逸说殄行，震惊朕师，乃自上古患之矣。故先慎己唯舌③，以元示民④。孔子曰："乱之所生也，则言语以为阶。""小人不耻不仁，不畏不义。"脉脉规规⑤，常怀奸唯⑥，昧冒前利，不顾廉耻。苟且中，后则榆解奴抵⑦，以致祸变者，比屈是也⑧。非唯细民为然，自封王侯贵戚豪富⑨，尤多有之。假举骄奢，以作淫侈，高负千万，不肯偿责，小民守门，号哭啼呼，曾无怵惕惭怍哀矜之意。苟崇聚酒徒无行之人⑩，传空引满，啁啾骂詈，昼夜鄂鄂，慢游是好，或殴击责主人于死亡⑪，群盗攻剽，劫人无异。虽会赦赎，不当复得在选辟之科，而州司公府反争取之。且观诸敢妄骄奢而作大责者，必非救饥寒而解困急，振贫穷而行礼义者也。咸以崇骄奢而奉淫湎尔。

《春秋》之义，责知诛率。孝文皇帝至寡动，欲任德。然河阳侯陈信坐负六日免国⑫，孝武仁明，周阳侯田彭祖坐当轵侯宅而不与免国⑬，黎阳侯邵延坐不出持马，身斩国除。二帝岂乐以钱财之故而伤大臣哉？乃欲绝诈欺之端，必国家法⑭，防祸乱之原，以利民也。故一人伏正罪而万家蒙乎福者，圣主行之不疑。永平时，诸侯负责，辄有削绌之罚。此其后皆不敢负民，而世自节俭，辞讼自消矣。今诸侯贵戚，或曰救民慎行⑮，德义无违，制节谨度，未尝负责，身絜规避⑯，志厉青云；或既欺负百姓，上书封租，愿且偿责，此乃残掠官民，而还依县官也⑰。其诬罔慢易，罪莫大焉。

《孝经》曰："陈之以德义而民兴行，示之以好恶而民知禁。"今欲变巧伪以崇美化，息辞讼以闲官事者，莫若表显有行，痛诛无状，道文武之法，明诡诈之信⑱。今侯王贵戚不得⑲，浸广⑳。奸宄遂多。岂谓每有争斗辞讼，妇女必致此乎？亦以传见。凡诸祸根不早断绝，则或转而滋蔓，人若斯邪㉑。是故原官察之所以务念，臣主之所以忧劳者，其本皆乡亭之所治者，大半诈欺之所生也。故曰：知其原少则奸易塞也，见其守约则政易持也。或妇人之行，贵令鲜絜㉒，今以适矣㉓。无颜复入甲门。县官原之，故令使留所既入家，必未昭乱之本原㉔。不惟贞洁所生者之言也。贞女不二心以数变，故有匪石之诗；不枉行以遗忧，故美归宁之志。一许不改，盖所以长贞洁而宁父兄也。其不循此而二三其德者，此本无廉耻之家，不贞专之所也。若然之人，又何丑惭？轻薄父兄，淫僻妇女，不惟义理，苟疏一德，借本治生，逃亡抵中。乎以致于刳腹芟颈灭宗之祸者㉕，何所无之？

先王因人情喜怒之所能已者，则为之立礼制而崇德让，人所可已者，则为之设法禁而明赏罚。今市卖勿相欺，婚姻无相诈，非人情之不可能者也。是故不若立义顺法，遏绝其原。初虽惭惋于一人，然其终也，长利于万世。小惩而大戒，此所以全小而济顽凶也㉖。

夫立法之大要，必令善人劝其德而乐其政，邪人痛其祸而悔其行。诸一女许数家，虽生十子，更百赦，勿令得蒙一还私家，则此奸绝矣。不则毙其夫妻，徙千里外剧县㉗，乃可以毒者心而绝其后㉘，奸乱绝则太平兴矣。又贞洁寡妇，或男女备具，财货富饶，欲守一醮之礼，成同穴之义，执节坚固，齐怀必死，终无更许之虑。遭值不仁世叔，无义兄弟，或利其娉币㉙，或贪其财贿，或私其儿子，则强中欺嫁，处迫胁遣送，人有自缢房中，饮药车上，绝命丧躯，孤捐童孩。此犹迫胁人命自杀也。或后夫多设人客，威力胁载，守将抱执㉚，连日乃绥，与强掠人为妻无异。妇人软弱，猥为众强所扶与执迫，幽阨连日，后虽欲复修本志，婴绡吞药㉛。

----

① 符世："符"字当作"抚"。

② 堲：当作"埑"。

③ 唯舌："唯"字当作"喉"。

④ 以元示民：当从《汉魏丛书》本作"以示小民"。

⑤ 眽眽（mò mò，音莫莫）：斜视貌。　　规规：浅陋貌。

⑥ 奸唯："唯"字当作"诈"。

⑦ 榆：当作"偷"。　　解：读为"懈"。

⑧ 屈：当作"屋"。

⑨ 自封王侯："封"字下当有"君"字。封君，受有封邑的贵族。秦汉以后，也有妇女受封邑称为封君的。

⑩ 崇：古通"丛"。

⑪ 人于死亡："人"字当作"入"。

⑫ 负六日免国："日"字当作"月"。

⑬ 当轵侯宅："当"字下应有"归"字。

⑭ 必国家法："家"字下应有"之"字。

⑮ 或曰救民慎行："曰"字应为"有"。

⑯ 絜：通"洁"。　　规避：当作"珪璧"。

⑰县官：指皇帝。

⑱明诡诈之信：《潜夫论笺》："信"疑"罚"。

⑲不得："得"字为"德"字之误。

⑳浸广："浸广"上脱二字。浸，逐渐。

㉑人若斯邪：疑当作"必若是也"。

㉒鲜絜：洁清。

㉓今以适矣："以"字当作"已"。"适"字下当有"乙"字。

㉔必未昭乱之本原：据彭铎说，"必"字当作"此"。据汪继培说，"乱"字上当有"治"字。

㉕乎以致于："乎"字当作"卒"。

㉖此所以全小而济顽凶也："小"字下当有"人"字。

㉗剧县：汉时的县有平县、剧县之称，剧县是政务繁重、较难治理的县。

㉘毒者心而绝其后："者"字应为"其"。

㉙娉：通"聘"。

㉚将：扶。

㉛婴绢吞药：婴，绕。婴绢，以绢绕头自缢。吞药，吞毒药自杀。此句下有脱文。

衰制第二十

　　无慢制而成天下者①，三皇也；画则象而化四表者，五帝也；明法禁而和海内者，三王也。行赏罚而齐万民者，治国也；君立法而下不行者，乱国也；臣作政而君不制者，亡国也。是故民之所以不乱者，上有吏；吏之所以无奸者，官有法；法之所以顺行者，国有君也；君之所以位尊者，身有义②。身有义者③，君之政也，法者，君之命也。人君思正以出令，而贵贱贤愚莫得违也，则君位于上，而民氓治于下矣。人君出令，而贵臣骄吏弗顺也，则君几于弑，而民几于乱矣。

　　夫法令者，君之所以用其国也。君出令而不从，是与无君等。主令不从则臣令行，国危矣。夫法令者，人君之衔辔箠策也，而民者，君之舆马也。若使人臣废君法禁，而施己政令，则是夺君之辔策，而己独御之也。愚君暗主，托坐于左，而奸臣逆道，执辔于右。此齐骀马传所以沈胡公于贝水④，宋羊叔牂所以弊华元于郑师⑤，而莫之能御也。是故陈恒执简公于徐州，李兑害主父于沙丘，皆以其毒素夺君之辔策也⑥。《文言》故曰："臣弑其君，子杀其父，非一朝一夕之故也，其所由来者渐矣，由辩之不蚤变也⑦。"是故妄违法之吏，妄造令之臣，不可不诛也。

　　议者必将以为刑杀当不用，而德化可独任。此非变通者之论也，非叔世者之言也⑧。夫上圣不过尧、舜，而放四子；盛德不过文、武，而赫斯怒。《诗》云："君子如怒，乱庶遄沮；君子如祉，乱庶遄已。"是故君子之有喜怒也，善以止乱也⑨。故有以诛止杀，以刑御残。

　　且夫治世者，若登丘矣，必先蹑其卑者，然后乃得履其高。是故先致治国，然后三王之政乃可施也；道齐三王，然后五帝之化乃可行也；道齐五帝，然后三皇之道乃可从也。

　　且夫法也者，先王之政也；令也者，己之命也。先王之政，所以众共也⑩。己之命，所以独制人也。君诚能授法而时贷之，布令而必行之，则群臣百吏莫敢不悉心从己令矣。己令无违，则法禁必行矣。故政令必行，宪禁必从，而国不治者，未尝有也。此一弛一张，以今行古，以轻重尊卑之术也。

①慢：《潜夫论笺》引王先生说，"慢"疑"宪"，形近致误。

②身有义："义"下当有"也"字。

③身有义者："身有"二字衍。

④齐骖马传所以沈胡公于贝水："传"字当作"繻"，"贝"字当作"具"。《国语·楚语下》"昔齐骖马繻以胡公入于具水。"韦昭注："骖马繻，齐大夫也。胡公，齐太公玄孙之子胡公靖也。具，水名。胡公虐马繻，马繻弑胡公，内之具水。"

⑤弊：同"敝"，败。

⑥以其毒素夺君之辔策也："毒"字衍。

⑦"臣弑其君"五句：据今本《易·文言》，为"臣弑其君，子弑其父，非一朝一夕之故，其所由来者渐矣。由辩之不早辩也。"蚤，古通"早"，辩，古通"变"。

⑧叔世：按，"叔"当作"淑"，"淑世"犹"济世"。

⑨善以止乱也："善"字当作"盖"。

⑩所以众共也："以"字下当有"与"字。

劝将第二十一

太古之民，淳厚敦朴，上圣抚之，恬澹无为，体道履德，简刑薄威，不杀不诛，而民自化，此德之上也。德稍弊薄①，邪心挈生，次圣继之，观民设教，坐为诛赏②，以威劝之，既作五兵③，又为之宪，以正厉之。《诗》云："修尔舆马，弓矢戈兵，用戒作则，用逖蛮方④。"故曰：兵之设也久矣。涉历五代，以迄于今。国未尝不以德昌而以兵强也。今兵巧之械，盈乎府库，孙、吴之言，聒乎将耳，然诸将用之，进战则兵败，退守则城亡。是何也哉？曰：彼此之情，不闻乎主上，胜负之数，不明乎将心，士卒进无利而自退无畏⑤，此所以然也。

夫服重上阪，出驰千里，马之祸也。然节马乐之者⑥，以王良足为尽力也。先登陷阵，赴死严敌，民之祸也，然节士乐之者，以明君可为效死也。凡人所以肯赴死亡而不辞⑦，非为趋利，则因以避害也。无贤鄙愚智皆然，顾其所利害有异尔。不利显名，则利厚赏也；不避耻辱，则避祸乱也。非四者⑧，虽圣王不能以要其臣，慈父不能以必其子。明主深知之，故崇利显害以与下市，使亲疏贵贱贤鄙愚智皆必顺我令，乃得其欲，是以一旦军鼓雷震，旌旗并发，士皆奋激，竞与死敌者⑨，岂其情厌久生而乐害死哉？乃义士且以激其名，贪夫且以求其赏尔。今吏从军败没死公事者，以十万数，上不闻吊唁嗟叹之荣名，下又无禄赏之厚实，节士无所劝慕，庸夫无所贪利，此其所以人怀沮懈，不肯复死也⑩。军起以来，暴师五年，典兵之吏，将下千数⑪。大小之战，岁十百合，而希有功。历察其败，无他故焉，皆将不明变势⑫，而士不劝于死敌也。其士之不能死也，乃其将不能效也。言赏则不与，言罚则不行，士进有独死之祸，退蒙众生之福，此所以临阵亡战⑬，而竞思奔北者也。

孙子曰："将者，智也，仁也，敬也，信也，勇也，严也。"是故智以折敌，仁以附众，敬以招贤，信以必赏，勇以益气，严以一令。故折敌则能合变，众附爱则思力战，贤智集则阴谋得，赏罚必则士尽力，气勇益则兵势自倍，威令一则唯将所使。必有此六者，乃可折冲擒敌，辅主安民。前羌始反时，将帅以定令之群，籍富厚之蓄，据列城而气利势⑭，权十万之众，将勇杰之士，以诛草创新叛散乱之弱虏，击自至之小寇，不能擒灭，辄为所败。令遂云焱起⑮，合从连横，扫涤并源⑯，内犯司隶，东寇赵魏，西钞蜀汉，五州残破，六郡削迹，此非天之灾，长吏过尔。

孙子曰："将者，民之司命。而国安危之主也⑰。"是故诸有寇之郡，太守令长不可以不晓兵。今观诸将，既无断敌合变之奇，复无明赏必罚之信，然其士民又甚贫困，器械不简习，将恩不素结，卒然有急⑱，则吏以暴发虐其士，士以所拙遇敌巧，此为吏驱怨以御仇⑲，士率缚手以待寇也⑳。夫将不能劝其士，士不能用其兵，此二者与无兵等。无士无兵，而欲合战，其败负也，治数也。故曰：其败者，非天之所灾，将之过也。

饶士处世㉑，但患无典尔。故苟有土地，百姓可富也；苟有市列，商贾可来也；苟有士民，国家可强也；苟有法令，奸邪可禁也。夫国不可从外治，兵不可从中御。郡县长吏，幸得兼此数者丈断已而㉒，而不能以称明诏安民氓哉，此亦陪克阘茸㉓，无里之尔㉔。

夫世有非常之人，然后定非常之事，必道非常之失，然后见㉕。是故选诸有兵之长吏，宜踔跞豪厚㉖，越取幽奇，材明权变，任将帅者。不可苟惟基序，或阿亲戚，便典兵官㉗，此所谓以其国与敌者也。

①德稍弊薄：据彭铎说，"德"字疑当作"后"。

②坐为诛赏："坐"字应为"作"。

③五兵：泛指军队。

④用遏蛮方：今《诗·大雅·抑》"遏"作"逷"，古字通。逷（tì，音剔），剪除，治服。

⑤自退无畏：《群书治要》无"自"字。

⑥节马：《群书治要》作"骐骥"。

⑦赴死亡而不辞："辞"字下当有"者"字。

⑧非四者："非"字下当有"此"字。

⑨竞与死敌："与"字为"于"字之误。

⑩不肯复死：据彭铎说，"复"字疑为"赴"。

⑪将下千数："下"字当为"以"。

⑫不明变势："明"字下当有"于"字。

⑬此所以临阵亡战："此"字下当有"其"字。

⑭据列城而气利势："气"字当作"处"。

⑮令遂云烝起：按，"遂"疑为"燧"。燧：报警火炬。

⑯扫涤并源："源"字应为"凉"。并、凉，二州名。

⑰而国安危之主：据《孙子·作战篇》，"国"字下当有"家"字。

⑱卒：读为"猝"，突然。

⑲此为吏："吏"字上应有"将"字。

⑳士率缚手："率"字为"卒"字之误。

㉑饶士：指才德优饶之士。

㉒幸得兼此数者丈断已而：据《汉魏丛书》程荣本，"丈"字当作"之"，"而"字衍。

㉓陪克：今《诗·大雅·荡》作"掊克"，聚敛，搜刮。

㉔无里之尔：里，当作"俚"，聊，赖。"之"字下脱一字，按，疑当脱"至"字。

㉕然后见："见"字下脱四字，据《潜夫论笺》引《史记·司马相如传》，所脱四字当为"非常之功"。

㉖踔跞（chuō luò，音戳洛）：同"卓荦"，特出。

㉗便典兵官："便"字当作"使"。

救边第二十二

圣王之政，普覆兼爱，不私近密，不忽疏远，吉凶祸福，与民共之，哀乐之情，恕以及人，视民如赤子，救祸如引手烂，是以四海欢悦，俱相得用。往者羌虏背叛，始自凉并，延及司隶，东祸赵、魏，西钞蜀、汉，五州残破，六郡削迹，周回千里，野无孑遗，寇钞祸害，昼夜不止，百姓灭没，日月焦尽①，而内郡之士不被殃者，咸云当且放纵，以待天时。用意若此，岂人心也哉？前羌始反，公卿师尹，咸欲捐弃凉州，却保三辅。朝廷不听。后羌遂侵，而论者多恨不从惑议。余窃笑之，所谓嫭亦悔，不嫭亦有悔者尔，未始识变之理。地无边②，无边亡国。是故失凉州，则三辅为边；三辅内入，则弘农为边；弘农内入，则洛阳为边。推此以相况，虽尽东海犹有边也。今不厉武以诛虏，选材以全境，而云边不可守，欲先自割，便寇敌，不亦惑乎？

　　昔乐毅以恮恮之小燕③，破灭强齐，威震天下，真可谓良将矣。然即墨大夫以孤城独守，六年不下，竟完其民；田单帅穷率五千，骑击走却④，复齐七十余城，可谓善用兵矣。围聊、莒连年，终不能拔，此皆以至强攻至弱，以上智图下愚，而犹不能克者，何也？曰：攻常不足，而守恒有余也。前日诸郡，皆据列城而拥大众。羌虏之智，非乃乐毅、田单也；郡县之阸，未若聊、莒、即墨也。然皆不肯专心坚守，而反强驱劫其民，捐弃仓库，背城邑走。由此观之，非苦城乏粮也，但苦将不食尔。折冲安民，要在任贤，不在促境。齐、魏却守，国不以安；子婴自削，秦不以在。武皇帝攘夷拆境⑤，面数千里，东开乐浪，西置敦煌，南逾交阯，北筑朔方，卒定南越，诛斩大宛，武军所向，无不夷灭。今虏近发封畿之内，而不能擒，亦自痛尔，非有边之过也。唇亡齿寒，体伤心痛，必然之事，又何疑焉？君子见机⑥，况已著乎。

　　乃者⑦，边害震如雷霆，赫如日月，而谈者皆讳之曰：焱并窃盗，浅浅善靖⑧，俾君子怠，欲令朝廷以寇为小，而不早忧，害乃至此，尚不欲救。曰⑨："痛不着身，言忍之；钱不出家，言与之。"假使公卿子弟，有被羌祸，朝夕切急如边民者，则竞言当诛羌矣。今苟以己无惨怛冤痛，故端坐相仍，又不明修御之备，陶陶闲澹⑩，卧委天听⑪。羌独往来，深入多杀，已乃陆陆⑫，相将诣阙，谐辞礼谢，退云状⑬。会坐朝堂，则无忧国哀民恳恻之诚；苟转相顾望，莫肯违止，日晏时移，议无所定，已且须后⑭。后得小安，则恬然弃忘，旬时之间，虏复为害，军书交驰，羽檄狎至，乃复征松如前⑮。若此以来，出入九载，庶曰式臧，覆出为恶，佪佪溃溃⑯，当何终极！《春秋》讥"郑弃其师"，况弃人乎？一人吁嗟，王道为亏，况百万之众，号哭泣⑰，感天心乎⑱？

　　且夫国以民为基，贵以贱为本，是以圣王养民，爱之如子，忧之如家，危者安之，亡者存之，救其灾患，除其祸乱。是故鬼方之伐，非好武也，玁狁于攘，非贪土也，以振民育德，安疆宇也。古者，天子守在四夷，自彼互羌⑲，莫不来享，普天思服，行苇赖德，况近我民，蒙祸若此，可无救乎？凡民之所以奉事上者，怀义恩也。痛则无耻，福则不仁⑳。忿戾怨怼，生于无耻。今羌叛久矣，伤害多矣，百姓急矣，忧祸深矣。上下相从，未见休时。不一命大将以扫丑虏，而州稍稍兴役，连连不已，若排摋障风㉑，探沙灌河㉒，无所能御，徒自尽尔。今数州屯兵才余万人，皆廪食县官，岁数百万斛，又有月直。但此人耗，不可胜供，而反惮暂出之费，甚非计也。

　　是夫危者易倾㉓，疑者易化。今虏新擅边地，未敢自安，易震荡也。百姓新离旧怀㉔，思慕未衰，易将厉也㉕。诚宜因此遣大将诛讨，追胁离逖破坏之。如宽假日月，蓄积富贵，各怀安固之后，则难动矣。《周书》曰："凡彼圣人，必趋时。"是故战守之策，不可不早定也。

----

①尽：同"烬"，灰烬。

②地无边："地"字下应有"不可"二字。

③恮恮（tuán tuán，音团团）：犹"区区"，小貌。

④骑击走却：当作"击走骑劫"。

⑤拆：当作"柝"（tuò，音拓），通"拓"，开拓。

⑥君子见机：今本《易·系辞下》"机"字作"几"，微。

⑦乃者：犹言"曩者"，往日。

⑧猋：当作“猋”（biāo，音标），犬奔貌。浅浅（jiān jiān，音笺笺）：同“戋戋”、“剪剪”，浅短貌。
⑨曰：“曰”字上应有“谚”字。
⑩陶陶：和乐貌。
⑪天听：据彭铎说，“听”字为“职”字之误。
⑫陆陆：犹“碌碌”。
⑬退云状：“状”字上当有“无”字。
⑭须：待。
⑮怔忪（zhēng zhōng，音征忠）：害怕貌。
⑯佪佪（huí huí，音回回）溃溃：昏乱貌。
⑰号哭泣：“号”字上当有“叫”字。
⑱咸天心乎：“咸”字系“感”字之误。
⑲自彼互羌：“互”字系“氐”字之误。
⑳福则不仁：“福”字当作“祸”。
㉑排搜：据《意林》，“搜”字当作“簾”。
㉒探沙灌河：探，掏。“灌”字当作“拥”。
㉓是大危者易倾：“是”字当作“且”。
㉔新离旧怀：“怀”字当作“壤”。
㉕易将厉也：“将”字当作“奖”。

边议第二十三

明于祸福之实者，不可以虚论惑也；察于治乱之情者，不可以华饰移也。是故不疑之事，圣人不谋；浮游之说，圣人不听。何者？计不背是实而更争言也。是以明君先尽人情，不独委夫良将，修己之备，无恃于人，故能攻必胜敌，而守必自全也。羌始反时，计谋未善，党与未成，人众未合，兵器未备，或持竹木枝，或空手相附①，草食散乱②，未有都督③，甚易破也。然太守令长，皆奴怯畏偄不敢击④。故令虏遂乘胜上强，破州灭郡，日长炎炎，残破三辅，覃及鬼方⑤。若此已积十岁矣。百姓被害，讫今不止。而痴儿騃子⑥，尚云不当救助，且待天时。用意若此，岂人也哉？夫仁者恕己以及人，智者讲功而处事。今公卿内不伤士民灭没之痛，外不虑久兵之祸，各怀一切⑦，所脱避前⑧，苟云不当动兵，而不复知引帝王之纲维，原祸变之所终也。

《易》制御寇，《诗》美薄伐，自古有战，非乃今也。《传》曰：“天生五材，民并用之，废一不可，谁能去兵？兵所以威不轨，而昭文德也，圣人所以兴，乱人所以废。”齐桓、晋文、宋襄，衰世诸侯，犹耻天下有相灭而己不能救，况皇天所命四海主乎？晋楚大夫，小国之臣，犹耻己之身而有相侵，况天子三公典世任者乎？公刘仁德，广被行苇⑨，况含血之人，己同类乎？一人吁嗟，王道为亏，况灭没之民百万乎？《书》曰：“天子作民父母。”父母之于子也，岂可坐观其为寇贼之所屠剥，立视其为狗豕之所噉食乎？除其仁恩，且以计利言之。国以民为基，贵以贱为本，愿察开辟以来，民危而国安者谁也？上贫而下富者谁也？故曰：“夫君国将民之以⑩，民实瘠而君安得肥？”夫以小民，受天永命，窃愿圣主深惟国基之伤病，远虑祸福之所主。且夫物有盛衰，时有推移，事有激会，人有爱化⑪，智者揆象，不其宜乎？孟明补阙于河西，范蠡收责于故胥⑫，是以大功建于当世，而令名传于无穷也。

今边陲骚扰，日放族祸⑬，百姓昼夜望朝廷救己，而公卿以为费烦不可，徒窃笑之，是以晏子轻囷仓之蓄⑭，而惜一杯之馔⑮何异？今但知爱见薄之钱谷，而不知未见之待民先也；知徭役出难动⑯，而不知中国之待边宁也。《诗》痛“或不知叫号，或惨惨劬劳”。今公卿苟以己不被伤，故竞割国家之地以与敌，杀主上之民以餧羌，为谋若此，未可谓知，为臣若此，未可谓忠。

才智未足使议。且凡四海之内者，圣人之所以遗子孙也；官位职事者，群臣之所以寄其身也。传子孙者，思安万世；寄其身者，各取一阙⑰。故常其言不久行⑱，其业不可久厌⑲。夫此诚明君之所微察也，而圣主之所独断。今言不欲动民与烦可也⑳。即然㉑，当修守御之备，必今之计，令虏不敢来，无所得㉒；令民不患寇，既无所失。今则不然，苟惮民力之烦劳，而轻使受灭亡之大祸，非人之主，非民之将，非主之佐，非胜之主者也。

　　且夫议者，明之所见也；辞者，心之所表也。维其有之，是以似之。谚曰："何以服很㉓，莫若听之。"今诸言边可不救而安者，宜诚以其身若子弟㉔，补边太守、令长、丞尉，然后是非之情乃定，救边乃无患，边无患，中国乃得安宁。

---

①拊：据彭铎说，"拊"疑当作"拊"（fǔ，音府），击。
②草食：据俞樾说，"草食"当为"草创"。
③都督：统领，后用为官名。
④奴：读为"驽"。
⑤覃及鬼方：语出《诗·大雅·荡》。覃，延。鬼方，远方。
⑥騃：义同"痴"，今作为"呆"的异体字。
⑦一切：一时权宜。
⑧所脱避前：据汪继培说，意当与"苟脱目前"同。
⑨行苇：《诗·大雅》篇名。汉儒相承以为《行苇》是歌颂公刘仁德，不伤路旁芦苇的诗篇。
⑩夫君国将民之以："以"犹"与"。
⑪人有爱化："爱"字当作"变"。
⑫故胥："故"字应作"姑"，姑胥即姑苏，今苏州。
⑬日放族祸："放"字当作"被"。族祸，覆宗灭族的灾祸。
⑭是以："以"犹"与"。
⑮儹：据彭铎说，"儹"疑当作"儧"（zàn，音赞），以羹浇的饭。
⑯繇役：同"徭役"。
⑰一阕（què，音确）：犹"一任"。
⑱故常其言不久行：据彭铎说，疑当作"故其言常不久行"。
⑲厌：安。
⑳不欲动民与烦可也："与"字当作"以"。
㉑即然：犹"若然"。
㉒无所得："无"字上当有"来"字。
㉓很：争讼。
㉔宜诚以其身若子弟："宜诚"二字应为"诚宜"。

实边第二十四

　　夫制国者，必照察远近之情伪，预祸福之所从来①，乃能尽群臣之筋力，而保兴其邦家。前羌始叛，草创新起，器械未备，虏或持铜镜以象兵，或负板案以类盾，惶惧扰攘，未能相持一城，易制尔②。郡县皆大炽，及百姓暴被殃祸，亡失财货，人哀奋怒，各欲报仇，而将帅皆怯劣软弱，不敢讨击，但坐调文书，以欺朝廷。实杀民百则言一，杀虏一则言百；或虏实多而谓之少，或实少而谓之多。倾侧巧文，要取便身利己，而非独忧国之大计③，哀民之死亡也。又放散钱谷，殚尽府库，乃复从民假贷，强夺财货。千万之家，削身无余，万民遗竭④，因随以死亡者，皆吏所饿杀也。其为酷痛，甚于逢虏。寇钞贼虏，忽然而过，未必死伤。至使所搜索剽夺[5]，游踵涂地[6]，或覆宗灭族，绝无种类；或孤妇女，为人奴婢，远见贩卖，至今不能自治者[7]，不可胜数也。此之感天致灾，尤逆阴阳[8]。

且夫士重迁，恋慕坟墓，贤不肖之所同也。民之于徙，甚于伏法。伏法不过家一人死尔。诸亡失财货，夺土远移，不习风俗，不便水土，类多灭门，少能还者。代马望北，狐死首丘，边民谨顿[9]，尤恶内留。虽知祸人[10]，犹愿守其绪业，死其本处，诚不欲去之极。太守令长，畏恶军事，皆以素非此土之人，痛不着身，祸不及我家，故争郡县以内迁。至遣吏兵，发民禾稼，发彻屋室[11]，夷其营壁，破其生业，强劫驱掠，与其内入，捐弃羸弱，使死其处。当此之时，万民怨痛，泣血叫号，诚愁鬼神而感天心。然小民谨劣，不能自达阙庭，依官吏家，迫将灭严[12]，不敢有挈[13]。民既夺土失业，又遭蝗旱饥遗[14]，逐道东走，流离分散，幽、冀、兖、豫、荆、扬、蜀、汉，饥饿死亡，复失太半。边地遂以兵荒[15]，至今无人。原祸所起，皆吏过尔。

夫土地者，民之本也。诚不可久荒，以开垦[16]。且扁鹊之治病也，审闭结而通郁[17]，虚者补之，实者泻之，故病愈而名显。伊尹之佐汤也，设轻重而通有无，损积余以补不足，故殷治而君尊。贾谊痛于偏枯躄痹之疾[18]。今边郡千里，地各有两县，户财置敢百[19]，而太守周回万里，空无人民，美田弃而莫垦发。中州内郡，规地拓境，不能生边[20]。而口户百万，田亩一全，人众地荒，无所容足，此亦偏枯躄痹之类也。

《周书》曰："土多人少，莫出其材，是谓虚土，可袭伐也；土少人众，民非其民，可遗竭也[21]。"是故土地人民必相称也。今边郡多害而役剧，动入祸门，不为兴利除害，有以劝之，则长无与复之，而门有寇戎之心[22]。西羌北虏，必生窥欲，诚大忧也。

百工制器，咸填其边，散之兼倍，岂有私哉？乃所以固其内尔。先圣制法，亦务实边，盖以安中国也。譬犹家人遇寇贼者，必使老小羸软居其中央，丁强武猛卫其外。内人奉其养，外人御其难，蛮蛮距虚[23]，更相恃仰，乃俱安存。

诏书法令：二十万口，边郡十万，岁举孝廉一人，员除世举廉吏一人[24]。羌反以来，户口减少，又数易太守，至十岁不得举。当职勤劳而不录，贤俊蓄积而悉[25]，衣冠无所觊望，农夫无所贪利，是以逐稼中灾，莫肯就外。古之利其民，诱之以利，弗胁以刑。《易》曰："先王以省方观民设教。"是故建武初得边郡，户虽数百，令岁举孝廉，以召来人。今诚宜权时，令边郡举孝一人，廉吏世举一又[25]，益置明经百石一人，内郡人将妻子来召著[27]，五岁以上，与居民同均，皆得选举。又募运民，耕边入谷，远郡千斛，近郡二千斛，拜爵五大夫。可不欲爵者，使食倍贾于内郡。如此，君子小人，各有所利，则虽欲令无往，弗能止也。均此苦乐，平徭役，充边境，安中国之要术也。

---

①预祸福之所从来："预"字下脱一字，按，疑当为"知"字。

②未能相持一城，易制耳：《太平御览》卷357引作"未能相一，诚易制也。"

③而非独忧国之大计：按，"非独"二字应乙转作"独非"。

④万民遗竭："遗"字当作"匮"。

⑤使：当作"吏"。

⑥游踵涂地："游"字当作"旋"。

⑦至今不能自治者："今"字当作"令"，"治"字当作"活"。

⑧尤逆阴阳："阳"字下当有"也"字。其上句"不可胜数也"句末的"也"字衍。

⑨边民谨顿："顿"读为"钝"，愚钝。

⑩虽知祸人："人"字当作"大"。

⑪发民禾稼，发彻屋室：两"发"字重复。据汪继培说，发彻屋室之"发"当读为"废"。按，屋可言发，禾稼不可言发。

"发"民禾稼之"发"当读为"废"。

⑫迫将灭严："灭"字当作"威"。

⑬不敢有挈：据汪继培说，"挈"字疑为"违"。

⑭又遭蝗旱饥遗："遗"字当作"匮"。

⑮边地遂以兵荒：据本书《叙录》，"兵"字当作"丘"。

⑯以开辈：据《意林》，当作"以开敌心"。

⑰审闭结而通郁：据《意林》，"郁"字下当有"滞"字。

⑱偏枯：偏瘫，半身不遂。　　躄（bì，音必）：同"躄"，跛不能行。　　痱（féi，音肥）：中风。

⑲户财置敢百："财"与"才"同，"敢"字当作"数"。

⑳不能生边："生"字当作"半"。

㉑可遗竭也："遗"字当作"匮"。

㉒门有寇戎之心："门"字当作"内"。

㉓蛩蛩（qióng qióng，音穷穷）：古代传说中的异兽。　　距虚：古代传说中的异兽。蛩蛩、距虚在生活中互相依靠。

㉔员除世举廉吏一人：据俞樾说，"除"疑为"际"，"至"的意思。"世"当为"三十"。

㉕贤俊蓄积而悉："悉"字上当有"不"字。

㉖廉吏世举一又："世"当为"三十"，"又"字当作"人"。

㉗将：带。　　召著："召"字当作"占"。占著，自报户口数而落籍定居。

潜夫论卷第六

卜列第二十五

　　天地开辟有神民，民神异业精气通。行有招召，命有遭随，吉凶之期，天难谌斯①。圣贤虽察，不自专，故立卜筮，以质神灵。孔子称"蓍之德圆而神，卦之德方以智"。又曰："君子将有行也，问焉而已言②，其受命而向③。"是以禹之得皋陶，文王之取吕尚，皆兆告其象，卜底其思，以成其吉。夫君子闻善则劝乐而进，闻恶则循省而改尤④，故安静而多福；小人闻善⑤，即慑惧而妄为⑥，故狂躁而多祸。是故凡卜筮者，盖所问吉凶之情，言兴衰之期，令人修身慎行以迎福也。且圣王之立卜筮也，不违民以为吉，不专任以断事，故《鸿范》之占⑦，大同是尚。《书》又曰："假尔元龟，罔敢知吉。"《诗》云："我龟既厌，不我告犹。"从此观之，蓍龟之情，傥有随时俭易，不以诚邪？将世无史苏之材，识神者少乎？及周史之筮敬仲，庄叔之筮穆子，可谓能探赜索隐⑧，钩深致远者矣。使献公早纳史苏之言，穆子宿备庄叔之戒，则骊姬、竖牛之谗，亦将无由而入，无破国危身之祸也。

　　圣人甚重卜筮，然不疑之事，亦不问也；甚敬祭祀，非礼之祈，亦不为也。故曰："圣人不烦卜筮。""敬鬼神而远之。"夫鬼神与人殊气异务，非有事故，何奈于我？故孔子善楚昭之不祀河，而恶季氏之旅泰山。今俗人筴于卜筮⑨，而祭非其鬼，岂不惑哉？

　　亦有妄传姓于五音⑩，设五宅之符第，其为诬也甚矣！古有阴阳，然后有五行。五帝右据行气⑪，以生人民，载世远，乃有姓名敬民⑫。名字者，盖所以别众猥，而显此人尔，非以绝五音而定刚柔也⑬。今俗人不能推纪本祖，而反欲以声音言语定五行，误莫甚焉！夫鱼处水而生，鸟据巢而卵，即不推其本祖⑭，谐音而可，即呼鸟为鱼，可内之水乎⑮？呼鱼为鸟，可栖之木邪？

此不然之事也。命驹曰犊，终不为马⑯。是故凡姓之有音也，必随其本生祖所王也。太皞木精，承岁而王，夫其子孙咸当为角；神农火精，承荧惑而王，夫其子孙咸当为徵；黄帝土精，承镇而王，夫其子孙咸当为宫；少皞金精，承太白而王，夫其子孙咸当为商；颛顼水精，承辰而王，夫其子孙咸当为羽。虽号百变，音行不易。

俗工又曰："商家之宅，宜西出门。"此复虚矣。五行当出乘其胜，入居其隩乃安吉。商家向东入，东入反以为金伐木，则家中精神日战斗也，五行皆然。又曰："宅有宫商之第，直符之岁。"既然者，放其上增损门数⑰，即可以变其音而过其符邪？今一宅也，同姓相伐，或吉或凶；一宫也，同姓相伐，或迁或免；一宫也，成康居之日以兴，幽厉居之日以衰。由此观之，吉凶兴衰不在宅明矣。

及诸神祇太岁、丰隆、钩陈、太阴将军之属，此乃天吏，非细民所当事也。天之有此神也，皆所以奉成阴阳而利物也，若人治之有牧守令长矣。向之何怒？背之何怨？君民道近，不宜相责，况神致贵，与人毕礼，岂可望乎？

且欲使人而避鬼，是即道路不可行，而室庐不复居也。此谓贤人君子，秉心方直，精神坚固者也。至如世俗小人，丑妾婢妇，浅陋愚戆，渐染既成，又数扬精破胆。今不顺精诚所向，而强之以其所畏，直亦增病尔，何以明其然也？夫人之所以为人者，非以此八尺之身也，乃以其有精神也。人有恐怖死者，非病之所加也，非人功之所辜也，然而至于遂不损者，精诚去之也。盖奔柙猛虎而不惶⑱，婴人畏蝼蚁而发闻。今通士或欲强赢病之愚人，必之其所不能，吾又恐其未尽善也。移风易俗之本，乃在开其心而正其精。今民生不见正道，而长于邪淫诳惑之中，其信之也，难卒解也⑲，唯王者能变之⑳。

___

①天难谌斯：今本《诗·大雅·大明》"谌"作"忱"。谌（chén，音沉），相信。
②问焉而已言："已"字当作"以"。
③其受命而向：今本《易·系辞上》"而"作"如"。
④循省而改尤："循"字当作"修"。
⑤小人闻善："善"字下脱六字。
⑥即慑惧而妄为："即"上脱"闻恶"二字。
⑦《鸿范》：《书经》篇名，今作"洪范"。
⑧探賾（zé，音责）索隐：语出《易·系辞上》，后泛指探究深奥的义理或搜求隐秘的事迹。
⑨今俗人笑于卜筮：《潜夫论笺》："笑"疑"狎"。
⑩妄传姓于五音："传"字当作"傅"。
⑪五帝右据行气："右"字当作"各"。
⑫乃有姓名敬民："敬民"为"号氏"之误。
⑬绝五音而定刚柔："绝"字当作"纪"。
⑭即：犹"若"。
⑮内：读为"纳"。
⑯终不为马："不"字当作"必"。
⑰放其上增损门数："放"字当作"于"。
⑱盖奔柙猛虎而不惶："盖奔柙"当作"孟贲狎"。
⑲难卒解："卒"通"猝"。
⑳本篇篇名"卜列"意为"论卜"。"列"犹"论"。下"巫列"、"相列"、"梦列"同此。

巫列第二十六

凡人吉凶，以行为主，以命为决。行者，己之质也；命者，天之制也。在于己者，固可为也；在于天者，不可知也。巫觋祝请①，亦其助也，然非德不行。巫史祈祝者，盖所以交鬼神而救细微尔，至于大命，末如之何。譬民人之请谒于吏矣，可以解微过，不能脱正罪。设有人于此，昼夜慢侮君父之教，干犯先王之禁，不克己心，思改过善②，而苟骤发请谒，以求解免，必不几矣③。不若修己，小心畏慎，无犯上之必令也。故孔子不听子路，而云"丘之祷久矣"。《孝经》云："夫然，故生则亲安之，祭则鬼享之。"由此观之，德义无违，神乃享④；鬼神受享，福祚乃隆。故《诗》云："降福穰穰⑤，降福简简⑥，威仪板板⑦，既醉既饱，福禄来反。"此言人德义茂美，神歆享醉饱，乃反报之以福也。

虢延神而亟亡⑧，赵婴祭天而速灭，此盖所谓神不歆其祀，民不即其事也。故鲁史书曰："国将兴，听于民；将亡，听于神。"楚昭不禳云，宋景不移咎，子产距裨灶，邾文公违卜史，此皆审己知道，身以俟命者也。晏平仲有言："祝有益也，诅亦有损也"。季梁之谏随侯，宫之奇说虞公，可谓明乎天人之道，达乎神民之分矣。

夫妖不胜德，邪不伐正，天之经也。虽时有违，然智者守其正道，而不近于淫鬼。所谓淫鬼者，闲邪精物，非有守司真神灵也。鬼之有此，犹人之有奸言卖平以干求者也。若或诱之，则远来不止，而终必有咎。鬼神亦然，故申繻曰："人之所忌，其气炎以取之。人无衅焉，妖不自作。"是谓人不可多忌，多忌妄畏，实致妖祥。

且人有爵位，鬼神有尊卑。天地山川，社稷五祀，百辟卿士有功于民者⑨，天子诸侯所命祀也。若乃巫觋之谓独语⑩，小人之所望畏。士公、飞尸、咎魅、北君、衔聚、当路、直符七神，及民间缮治，微蔑小禁，本非天王所当惮也。

旧时京师不防动功造禁，以来吉祥应瑞，子孙昌炽，不能过前。且夫以君畏臣，以上需下，则必示弱而取陵，殆非致福之招也。

尝观上记，人君身修正，赏罚明者，国治而民安。民安乐者，天悦喜而增历数。故《书》曰："王以小民，受天永命。"孔子曰："天之所助者，顺也；人之所助者，信也。履信思乎顺，又以尚贤，是以自天祐之，吉无不利。"此最却凶灾而致福善之本也。

---

①觋（xí，音习）：男巫。

②思改过善："过"字下脱一字，按，疑当作"从"字。

③必不几矣："几"读为"冀"。

④神乃享："神"字上当有"鬼"字。

⑤降福穰穰："穰穰"今《诗·周颂·执竞》作"穰穰"（rǎng rǎng，音攘攘），众多。

⑥简简：盛大的样子。

⑦威仪板板："板板"今《诗·周颂·执竞》作"反反"，为"皈皈"（bǎn bǎn，音板板）的借字，盛大庄重的样子。

⑧虢延神而亟亡："虢"字下当有"公"字。

⑨百辟：诸侯，也泛指朝中大官。

⑩独语：按，当指巫觋祈神时的自言自语。

相列第二十七

《诗》所谓"天生烝民，有物有则"。是故人身体形貌皆有象类①，骨法角肉各有分部，以著性命之期，显贵贱之表。一人之身，而五行八卦之气具焉。故师旷曰："赤色不寿"，火家性易灭也。《易》之《说卦》："巽，为人多白眼"，相扬四白者兵死②，此犹金伐木也。《经》曰："近取诸身，远取诸物。""圣人有见天下之至赜，而拟诸形容，象其物宜。"此亦贤人之所察，纪往以知来，而著为宪则也。

人之相法，或在面部，或在手足，或在行步，或在声响。面部欲溥平润泽③，手足欲深细明直，行步欲安稳复载，音声欲温和中宫。头面手足，身形骨节，皆欲相副称，此其略要也。夫骨法为禄相表，气色为吉凶候，部位为年时，德行为三者招④。天授性命决然。表有显微，色有浓淡，行有薄厚，命有去就。是以凶吉期会，禄位成败，有不必⑤。非聪明慧智，用心精密，孰能以中？

昔内史叔服过鲁，公妖敖闻其能相人也⑥，而见其二子焉。叔服曰："谷也食子，难也收子，谷也丰下，必有后于鲁。"及穆伯之老也，文伯居养，其死也，惠叔典哭。鲁竟立献子，以续孟氏之后。及王孙说相乔如⑦，子上几商臣⑧，子文忧越椒，叔姬恶食我，单襄公察晋厉，子贡观邾鲁，臧文听御说，陈咸见张⑨，贤人达士，察以善心，无不中矣。及唐举之相李兑、蔡泽，许负之相邓通、条侯。虽司命班禄，追叙行事，弗能过也。

虽然，人之有骨法也，犹万物之有种类，材木之有常宜，巧匠因象，各有所授，曲者宜为舆⑩，檀宜作辐，榆宜作毂，此其正法通率也⑪。若有其质，而工不材⑫，可如何？故凡相者，能期其所极，不能使之必至。十种之地，膏壤虽肥，弗耕不获；千里之马，骨法虽具，弗策不致。夫瓴而弗琢，不成于器；士而弗仕，不成于位。若此者，天地所不能贵贱，鬼神所不能贫富也。或王公孙子，仕宦终老，不至于谷⑬。或庶隶厮贱，无故腾跃，穷极爵位。此受天性命，当必然者也。《诗》称"天难忱斯"，性命之质，德行之招，参错授⑭，不易者也。然其大要，骨法为主，气色为候。五色之见，王废有⑮。智者见祥，修善迎之，其有忧色，循行改尤⑯。愚者反戾，不自省思，虽休征见相，福转为灾。于戏君子，可不敬哉？

①象类：相像，比拟。

②四白：指眼睛珠子的上下左右皆露白。

③面部欲溥平润泽："溥"字当作"博"，宽。

④部位为年时："年"字下脱一字。按，所脱字疑当为"月"字。　　招：准的。

⑤有不必："必"字下脱一字。按，疑当为"然"字。

⑥公妖敖闻其能相人也："妖"字当作"孙"。

⑦及王孙说相乔如：据彭铎说，"及"犹"若"。

⑧子上几商臣："几"犹"察"。

⑨陈咸见张："张"字下脱一字。

⑩曲者宜为舆：此句"为"字下脱五字，当作"曲者宜为轮，直者宜为舆"二句。

⑪率：读如"律"。

⑫材：与"裁"同，剪裁制作。

⑬谷：禄。

⑭参错授："授"字下当有"受"字。

⑮王废有："有"字下当有"时"字。

⑯循行改尤："循"字当作"修"。

潜夫论卷第七

梦列第二十八

凡梦：有直，有象，有精，有想，有人，有感，有时，有反，有病，有性。在昔武王，邑姜方震太叔①，梦帝谓己："命尔子虞，而与之唐。"及生，手掌曰"虞"，因以为名。成王灭唐，遂以封之，此谓直应之梦也。《诗》云："惟熊惟罴，男子之祥；惟虺惟蛇，女子之祥。""众惟鱼矣，实惟丰年，旐惟旟矣，室家蓁蓁。"②此谓象之梦也③。孔子生于乱世，日思周公之德，夜即梦之，此谓意精之梦也。人有所思，即梦其到；有忧，即梦其事，此谓记想之梦也。今事，贵人梦之即为祥，贱人梦之即为妖；君子梦之即为荣，小人梦之即为辱，此谓人位之梦也。晋文公于城濮之战，梦楚子伏己而盬其脑④，是大恶也，及战，乃大胜，此谓极反之梦也。阴雨之梦，使人厌迷；阳旱之梦，使人乱离；大寒之梦，使人怨悲；大风之梦，使人飘飞，此谓感气之梦也。春梦发生，夏梦高明，秋冬梦热藏，此谓应时之梦也。阴病梦寒，阳病梦热，内病梦乱，外病梦发，百病之梦，或散或集，此谓气之梦也⑤。人之情心，好恶不同，或以此吉，或以此凶，当各自察，常占所从，此谓性情之梦也。

故先有差武者⑥，谓之精；昼有所思，夜梦其事，乍吉乍善，凶恶不信者，谓之想；贵贱贤愚，男女长少，谓之人；风雨寒暑，谓之感；五行王相，谓之时；阴极即吉，阳极即凶，谓之反；观其所疾，察其所梦，谓之病；心精好恶，于事验⑦，谓之性。凡此十者，占梦之大略也。而决吉凶者，之类以多反⑧。其故哉⑨？岂人觉为阳，人寐为阴，阴阳之务相反故邪？此亦谓其不甚者尔。借如使梦吉事，而己意大喜乐，发于心精，则真吉矣；梦凶事，而己意大恐惧忧悲，发于心精，即真恶矣。所谓秋冬梦死伤也⑩。吉者顺时也。虽然，财为大害尔，由弗若勿梦也。

凡察梦之大体：清洁鲜好，貌坚健，竹木茂美，宫室器械新成，方正、开通、光明、温和、升上、向兴之象，皆为吉喜，谋从事成。诸臭汗腐烂，枯槁绝雾⑪，倾倚徵邪⑫，劙刖不安，闭塞、幽昧、解落、坠下、向衰之象，皆为⑬，计谋不从，举事不成。妖孽怪异，可憎可恶之事，皆为忧；图画恤胎⑭，刻镂非真，瓦器虚空，皆为见欺绐；倡优俳儛，侯小儿所戏弄之象⑮，皆为观笑⑯，此其大部也。

梦或甚显而无占，或甚微而有应，何也？曰：本所谓之梦者，困不了察之称，而懵愦冒名也⑰。故亦不专信以断事，人对计事，起而行之，尚有不从，况于忘忽杂梦⑱。亦可必乎？唯其时有精诚之所感薄，神灵之所告者，乃有占尔。

是故君子之异梦，非妄而已也，必有事故焉；小人之异梦，非桀而已也⑲，时有真祥焉⑳。是以武丁梦获圣而得传说㉑，二世梦白虎而其封㉒。夫奇异之梦，多有故而少无为者矣。今一寝之梦，或屡迁化，百物代至，而其主不能究道之，故占者有不中也。此非占之罪也，乃梦者过也。或言梦审矣，而说者不能连类传观，故其恶有不验也㉓。此非书之罔，乃说之过也。是故占梦之难者，读其书为难也。

夫占梦，必谨其变故，审其征候，内考情意，外考王相，即吉凶之符㉔，善恶之效，庶可见也。且凡人道见瑞而修德者，福必成；见瑞而纵恣者，福转为祸；见妖而骄侮者，祸必成；见妖而戒惧者，祸转为福。是故大姒有吉梦，文王不敢康吉，祀于群神，然后占于明堂，并拜吉梦。修发戒惧㉕，闻喜若忧，故能成吉以有天下。虢公梦见蓐收赐之土田㉖，自以为有吉，因史嚚㉗，令国贺梦。闻忧而喜，故能成凶以灭其封。《易》曰："使知惧，又明于忧患与故。"凡有异梦感心，以及人之吉凶，相之气色，无问善恶，常恐惧修省，以德迎之，乃其逢吉，天禄永终。

---

①震：义同"娠"（shēn，音身），胎儿在母体中微动，也泛指怀胎。

②"众惟鱼矣"四句：见《诗·小雅·无羊》。旐（zhào，音兆），古代旗的一种，上画龟蛇。"旐"应为"旟"，旟（yú，音余），古代旗的一种，上画鹰隼。蓁蓁，今本《诗》作"溱溱"，茂盛貌。

③此谓象之梦也："象"下脱一字。

④盬（gǔ，音古）：吸饮。《左传·僖公二十六年》"晋侯梦与楚子搏，楚子伏己而盬其脑。"

⑤此谓气之梦也："气"上当有"病"字。

⑥先有差武者："武"当作"忒"（tè，音特），差误。

⑦于事验：按文例，此句脱一字。

⑧之类多以反："之"字衍。

⑨其故哉："其"字下当有"何"字。

⑩所谓秋冬梦死伤也："所谓"以下至"由弗若勿梦也"，文有脱误。

⑪绝雾：据汪继培说，"绝"当作"晻"（yǎn，音掩），日无光貌。

⑫微邪：据彭铎说，"微"盖"徵"之误，徵读为"违"，邪。

⑬向衰之象，皆为："皆为"下脱二字，按，疑当为"凶恶"。

⑭恤胎："恤"当作"卵"。卵胎，物之未成者。

⑮侯小儿："侯"字疑为"及"。

⑯皆为观笑："观"字当作"欢"。

⑰懵（méng，音蒙）愦：惛乱不明。

⑱忘忽杂梦："忘"，读为"恍"。恍忽，模模糊糊。

⑲非桀而已也："桀"字当作"乘"（椉）。

⑳时有真祥焉："真"字当作"祯"。

㉑武丁梦获圣而得传说："传"字当作"傅"。

㉒二世梦白虎而其封："而"字下当有"灭"字。"封"犹"邦"。

㉓故其恶有不验也："其"字下当有"善"字。

㉔即吉凶之符："即"，义同"则"。

㉕修发戒惧："发"当作"省"。

㉖蓐（rù，音入）：西方神名，司秋。见《国语·晋语二》。

㉗因史嚚："因"当作囚。史嚚（yín，音银）：史官名。

释难第二十九

庚子问于潜夫曰："尧、舜道德，不可两美。实若韩子戈伐之说邪①？"潜夫曰："是不知难而不知类。今夫伐者，盾也，厥性利；戈者，矛也，厥性害。是伐为贼②，伐为禁也。其不俱盛，固其术也。夫尧舜之相于人也，非戈与伐也。其道同仁，不相害也。舜伐何如弗得俱坚？尧伐何如不得俱贤哉③？且夫尧、舜之德，譬犹偶烛之施明于幽室也，前烛即尽照之矣，后烛入而益明，此非前烛昧而后烛彰也，乃二者相因而成大光，二圣相德而致太平之功也④。是故大鹏之动，非一羽之轻也；骐骥之速，非一足之力也。众良相德，而积施乎无极也。尧、舜两美。盖其则也"。

伯叔曰："吾子过矣。韩非之取矛盾以喻者，将假其不可两立，以诘尧舜之不得并之势。而论其本性之仁与贼，不亦失是譬喻之意乎？"潜夫曰："夫譬喻也者，生于直告之不明，故假物之然否以彰之。物之有然否也，非以其文也，必以其真也。今子举其实文之性以喻，而欲使鄙也，释其文，鄙也惑焉。且吾闻问阴对阳，谓之强说；论西诘东，谓之强难。子若欲自必以则昨反思⑤，然后求，无苟自强"。

庚子曰："周公知管蔡之恶，以相武⑥，使肆厥毒，从而诛之，何不仁也？若其不知，何不圣也？二者之过，必处一焉。"潜夫曰："书二子挟庚子父以叛，然未知其类之与？抑抑相反？且天知桀恶而帝之夏，又知纣恶而王之殷，使虐二国，残贼下民，多纵厥毒，灭其身，亦可谓不仁不知乎？"

庚子曰："不然，夫桀纣者，无亲于天，故天任而弗忧⑦，诛之而弗哀。今管、蔡之与周公也，有兄弟之亲，有骨肉之恩，不量能而使之，不堪命而任之，故曰异于桀之与天也⑧。"潜夫曰："皇天无亲，帝王继体之君，父事天。王者为子，故父事天也。率土之民，莫非王臣也。将而必诛⑨，王法公也。无偏无颇，亲疏同也。大义灭亲，尊王之义也。立弊之天为周公之德因斯也⑩。过此而往者，未之或知。"

秦子问于潜夫曰："耕种，生之本也；学问，业之末也。老聃有言：'大丈夫处其实，不居其华。'而孔子曰：'耕也，馁在其中；学也，禄在其中。'敢问⑪：今使举世之人释耨耒，而程相群于学，何如？"潜夫曰："善哉问！君子劳心，小人劳力，故孔子所称，谓君子尔。今以目所见，耕，食之本也；以心原道，即学又耕之本也。《易》曰：'立天之道，曰阴与阳；立地之道，曰柔与刚；立人之道，曰仁与义。'天反德者为灾⑫。"

潜夫曰："呜呼！而未此察乎？吾语子。夫君子也者，其贤宜君国，而德宜子民也。宜处此位者，唯仁义人，故有仁义者，谓之君子。昔荀子有言：'夫仁也者爱人⑬，爱人，故不忍危也。义也者聚人，聚人，故不忍乱也。'是故君子夙夜箴规，蹇蹇匪懈者⑭，忧君之危亡，哀民之乱离也。故贤人君子，推其仁义之心，爱之君⑮，犹父母也，爱居世之民，犹子弟。父母将临颠陨之患，子弟将有陷溺之祸者，岂能墨乎哉⑯？是以仁者必有勇，而德人必有义也。且夫一国尽乱，无有安身。《诗》云：'莫肯念乱，谁无父母。'言将皆为害，然有亲者忧将深也。是故贤人君子，既忧民，亦为身作。夫盖满于上⑰，沾溥在下⑱，栋折榱崩⑲，惧有厌患。故大屋移倾，则下之人不待告令，各争其柱之⑳。仁者兼护人家者，且自为也。《易》曰：'王明并受其福。'是以次室倚立而叹啸㉑，楚女揭幡而激王㉒。仁惠之恩，忠爱之情，固能已乎㉓？"

①韩子戈伐之说：即《韩非子·难一》"自相矛盾"寓言，戈即矛，伐即盾。"伐"借为"瞂"（fá，音伐），《方言》："盾，自关而东或谓之瞂。"

②是伐为贼："伐"字为"戈"字之误。

③尧伐何如不得俱贤哉：按"伐"字当作"戈"。

④二圣相德："德"通"得"。

⑤子若欲自必以则昨反思："自必"以下有脱误。

⑥以相武："武"字下当有"庚"字。

⑦故天任而弗忧："任"字下当有"之"字。

⑧异于桀之与天也："桀"字下当有"纣"字。

⑨将而必诛：见《公羊传·昭公元年》，将，将欲。

⑩立弊之天为周公之德因斯也：文有脱误。

⑪敦问："敦"字当作"敢"。

⑫天反德者为灾：上下文有脱误。

⑬"夫仁也者爱人"数句：今本《荀子·议兵篇》作"彼仁者爱人，爱人，故恶人之害之也；义者循理，循理，故恶人之乱之也。"与此处所引，出入较大。

⑭蹇蹇（jiǎn jiǎn，音简简）：忠诚，正直。

⑮爱之君："爱"字下脱二字。

⑯岂能墨乎哉：按，"墨"字借为"默"。

⑰盖满于上："满"字疑当作"漏"。

⑱沾溥在下：据彭铎说，"溥"字为"濡"字之误。

⑲榱（cuī，音催）：屋椽、屋桷（方椽）的总称。

⑳各争其柱之："其"字当作樜（zhī，音支），樜柱，即支柱，支撑。

㉑次室倚立而叹啸：《列女传》："鲁漆室女，当穆公时，君老，太子幼，女倚柱而啸。""漆室"或作"次室"。

㉒楚女揭幡而激王：亦见《列女传》，"揭幡"作"持帜"。

㉓固能已乎：据彭铎说，"固"与"顾"同，岂。

潜夫论卷第八

交际第三十

语曰："人惟旧，器惟新，昆弟世疏，朋友世亲。"此交际之理，人之情也。今则不然，多思远而忘近，背故而向新。或历载而益疏，或中路而相捐，悟先圣之典戒，负久要之誓言。斯何故哉？退而省之，亦可知也。势有常趣，理有固然，富贵则人争附之，此势之常趣也；贫贱则争去之①，此理之固然也。

夫与富贵交者，上有称誉之用②，下有货财之益；与贫贱交者，大有赈贷之费，小有假借之损。今使官人虽兼桀跖之恶③，苟结驷而过士，士犹以荣而归焉，况其实有益者乎？使处子虽苞颜闵之贤④，苟被褐而造门，人犹以为辱而恐其复来，况其实有损者乎？故富贵易得宜，贫贱难得适。好服谓之奢僭，恶衣谓之困厄；徐行谓之饥馁，疾行谓之逃责⑤；不候谓之倨慢，数来谓之求食；空造以为无意，奉贽以为欲贷；恭谦以为不肖，抗扬以为不得⑥。此处子之羁薄⑦，贫贱之苦酷也。

夫处卑下之位，怀《北门》之殷忧⑧，内见谪于妻子，外蒙讥于士夫⑨。嘉会不从礼，钱御不逮众，货财不足以合好，力势不足以杖急⑩，欢忻久交，情好旷而不接，则人无故自废疏矣。渐疏则贱者逾自嫌而日引，贵人逾务党而忘之。夫以逾疏之贱，伏于下流，而望日忘之贵，此《谷风》所为内摧伤⑪，而介推所以赴深山也。

夫交利相亲，交害相疏。是故长救誓而废⑫，必无用者也；交渐而亲，必有益者也。俗人之相于也⑬，有利生亲，积亲生爱，积爱生是，积是生贤，情苟贤之，则不自觉心之亲之，口之誉之也。无利生疏，积疏生憎，积憎生非，积非生恶，情苟恶之，则不自觉心之外之，口之毁之也。是故富贵虽新，其势日亲；贫贱虽旧，其势日除⑭。此处子所以不能与官人竞也。世主不察朋交之所生，而苟信贵臣之言，此洁士所以独隐翳，而奸雄所以党飞扬也。

　　昔魏其之客，流于武安；长平之吏，移于冠军。廉颇翟公，载盈载虚。夫以四君之贤，借旧贵之夙恩，客犹若此，则又况乎生贫贱者哉？唯有古烈之风，志义之士，为不然尔。恩有所结，终身无解⑮；心有所矜，贱而益笃。《诗》云："淑人君子，其仪一兮，心如结兮。"故岁寒然后知松柏之后凋，也隘然后知其人之笃固也⑯。候嬴豫让，出身以报恩；专诸荆轲，奋命以效用。故死可为也，处之难尔！庞勋敦貆⑰，一旦见收，亦立为义报，况累旧乎？故邹阳称之曰："桀之狗可使吠尧，跖之客可使刺由。"岂虚言哉？

　　俗士浅短，急于目前，见赴有益则先至，顾无用则后辈⑱。是以欲速之徒，竞推上而不暇接下，争逐前而不遑恤后。是故韩安国能遗田蚡五百金，而不能赈一穷⑲；翟方进称淳于长，而不能荐一士。夫安国、方进，前世之忠良也，而犹若此，则又况乎末途之下相哉？此奸雄所以逐党进，而处子所以愈拥蔽也。非明圣之君，孰能照察？

　　且夫怨恶之生，若二人偶焉。苟相对也，恩情相向，推极其意，精诚相射，贯心达髓，爱乐之隆，轻相为死。是故侯生、豫子刎颈而不恨。苟相背也，心情乖牙⑳，推极其意，分背奔驰，穷东极西，心尚未决㉑，是故陈余张耳老相全灭而无感痛。从此观之，交际之理，其情大矣。非独朋友为然，君臣夫妇亦犹是也。当其欢也，父子不能间；及其乖也，怨仇不能先。是故圣人常慎微以敦其终。富贵未必可重，贫贱未必可轻，人心不同好，度量相万亿。许由让其帝位，俗人有争县职；孟轲辞禄万钟，小夫贪于升食。故曰：鹡鸰群游，终日不休，乱举聚跱，不离蒿茹㉒。鸿鹄高飞，双别乖离，通千达万，志在陂池。鸾凤翔翔黄历之上，徘徊太清之中，随景风而飘摇，时抑扬以从容，意犹未得，嗜嗜然长鸣，蹶号振翼，陵朱云，薄升极㉓，呼吸阳露，旷旬不食，其意尚犹嗛嗛如也。三者殊务，各安所为。是以伯夷采薇而不恨，巢父木栖而自愿。由斯观诸士之志量，固难测度。凡百君子，未可以富贵骄贫贱，谓贫贱之必我屈也。

　　《诗》云："德辎如毛，民鲜克举之。"世有大男者四㉔，而人莫之能行也：一曰恕，二曰平，三曰恭，四曰守。夫恕者，仁之本也；平者，义之本也；恭者，礼之本也；守者，信之本也。四本并立，四行乃具，四行具存，是谓真贤；四本不立，四行不成，四行无一，是谓小人。所谓恕者，君子之人，论彼恕于我㉕，动作㉖……［友声㉗］故人君不开精诚以示贤忠，贤忠亦无以得达。《易》曰："王明并受其福。"是以忠臣必待明君，乃能显其节；良吏必得察主，乃能成其功。君不明则大臣隐下不遏忠㉘，又群司舍法而阿贵㉙。夫忠言所以为安也，不贡必危；法禁所以为治也，不奉必乱。忠之贡与不贡，法之奉与不奉，其秉皆在于君㉚，非臣下之所能为也。是故圣人求之于己，不以责下。凡为人上，法术明而赏罚必者，虽无言语而势自治］……治贾一倍㉛，以相高㉜，苟能富贵，虽积狡恶，争称誉之，终不见非；苟处贫贱，恭谨祇为不肖，终不见是。此俗化之所以浸败，而礼义之所以消衰也。

　　世有可患者三。三者何？曰：情实薄而辞称厚，念实忽而文想忧，怀不来而外克期。不信则惧失贤，信之则诖误人㉝。此俗世可厌之甚者也。是故孔子疾夫言之过其行者，《诗》伤"蛇蛇硕言㉞，出自口矣。巧言如簧，颜之厚矣"。今世俗之交也，未相照察而求深固，探怀扼腕，拊心祝诅，苟欲相护，论议而已。分背之日，既得之后，则相弃忘。或受人恩德，先以济度，不能拔举，则因毁之，为生瑕衅，明言我不遗力，无奈自不可尔。《诗》云："知我如此，不如无生。"先合而后忤，有初而无终，不若本无生意，强自誓也。君子屡盟，乱是用长。大人之道，周而不比。微言相感，掩若同符㉟，又焉用盟？孔子恂恂似不能言者，又称"闾闾言，惟谨也"。士贵有辞，亦憎多口。故曰："文质彬彬，然后君子。"与其不忠，刚毅木讷，尚近于仁。呜呼哀哉！凡今之人，言方行圆，口正心邪，行与言谬，心与口违。论古则知称夷、齐、原、颜，言今则必官爵职位，虚谈则知以德义为贤，贡荐则必阀阅为前㊱，处子虽躬颜、闵之行，性劳谦之质，秉伊、吕之才，怀救民之道，其不见资于斯世也，亦已明矣！

①贫贱则争去之：据《太平御览》卷836，"则"字下当有"人"字。

②上有称誉之用：据《意林》，"誉"字当作"举"。

③官人：有官职之人的通称。

④处子：处士。　　苞：含有。

⑤责：债。

⑥得：据《意林》，当作"德"。

⑦羁：读为"缚"。

⑧北门之殷忧：《北门》，《诗·邶风》篇名。殷忧，深忧。

⑨士夫：士、大夫。

⑩杖：倚仗。

⑪《谷风》所为内摧伤：《谷风》，《诗·邶风》篇名。内，内心。

⑫长救誓而废："救"字衍。

⑬相于：相与，相交。

⑭其势日除："除"字当作"疏"。

⑮解：懈。

⑯也隘然后知其人之笃固："也"字当作"世"字。

⑰庞勋：未详。　　敫貌：据彭铎说，"敫貌"当作"貌勃"，事见《战国策·齐策六》。

⑱顾无用则后辈："辈"当作"背"。

⑲赈：当作"振"。振，救也，起也。

⑳心情乖牙："牙"为"乎"之误。"乎"即"互"字，通"竹"、"迕"。

㉑心尚未决："决"字当作"快"。

㉒茆：读为"茅"。

㉓薄升极："升"字当作"斗"。按，斗极：指北斗星、北极星。

㉔世有大男者四："男"字当作"难"。

㉕论彼恕于我："彼"下疑脱"则"字。

㉖动作：此句不全，全句为"动作消息于心"，"消息"疑"则思"之误。按，"动作"二字以下，错简严重。"动作"下之"友声，故人君不开精诚"至"虽无言语而势自强"，系本书《明忠篇》文。此段文字应在《明忠篇》"相彼鸟矣，犹求"之下，"治势一成，君自不能乱也"之上。而本篇"动作"二字以下的大段文字，错入本书《德化篇》（"消息于心"至"贪乐慢傲"）。《德化篇》"消息于心"至"贪乐慢傲"的大段文字，应在本篇"动作"二字以下，"治贾一倍"四字以上。汪继培《潜夫论笺》对此处错简已订正，可从。

㉗友声：此句不全，全句为"犹求友声"。"犹求友声"至"虽无言语而势自治"为本书《明忠篇》文，在"治势一成"句前。

㉘隐下不遏忠："不"字当作"而"。

㉙又群司："又"字衍。

㉚其秉皆在于君："秉"同"柄"，权。

㉛治贾一倍："治"字当作"如"，"一"字当作"三"。此句应接错入《德化篇》的"贪乐慢傲"句后。

㉜以相高：本句当脱一字。

㉝诖（guà，音挂）误：贻误，连累。

㉞"蛇蛇硕言"四句：出《诗·小雅·巧言》。蛇蛇，欺骗貌。蛇蛇硕言，骗人的大话。

㉟掩若同符：若合符节，谓契合无间。

㊱则必阀阅为前："必"字下当有"以"字。阀阅：仕宦人家。

明忠第三十一

人君之称，莫大于明；人臣之誉，莫美于忠。此二德者，古来君臣所共愿也。然明不继踵，忠不万一者，非必愚暗不逮而恶名扬也，所道求之非其道之尔①。

夫明据下起，忠依上成，二人同心，则利断金，能如此者②，两誉俱具。要在于明操法术，自握权秉而已矣③。所谓术者，使下不得欺也；所谓权者，使势不得乱也。术诚明，则虽万里之外，幽冥之内，不得不求效；权诚用，则远近亲疏，贵贱贤愚，无不归心矣。周室之末则不然，离其术而舍其权，怠于己而恃于人。是以公卿不思忠，百僚不尽力，君王孤蔽于上，兆黎冤乱于下，故遂衰微侵夺而不振也。

夫帝王者，其利重矣，其威大矣。徒悬重利，足以劝善；徒设严威，可以惩奸。乃张重利以诱民，操大威以驱之，则举世之人，可令冒白刃而不恨，赴汤火而不难，岂云但率之以共治而不宜哉？若鹰也④，然猎夫御之，犹使终日奋击而不敢怠，岂有人臣而不可使尽力者乎？

《诗》云："伐柯伐柯，其则不远。"夫神明之术，具在君身，而忽之⑤，故令臣钳口结舌而不敢言。此耳目所以蔽塞，聪明所以不得也。制下之权，日陈君前，而君释之，故令君臣懈弛而背朝⑥。此威德所以不照，而功名所以不建也。《诗》云："我虽异事，及尔同僚。我即尔谋，听我嚣嚣⑦"。夫恻隐人皆有之，是故耳闻啼号之音，无不为之惨凄悲怀而伤心者；目见危殆之事，无不为之灼怛惊而赴救之者⑧。君臣义重，行路礼轻，过耳悟目之交⑨，未恩未德，非贫非贵，而犹若此，则又况于北面称臣被宠者乎？是故进忠扶危者，贤不肖之所共愿也。诚皆愿之而行违者，常苦其道不利而有害，言未得言而身败尔⑩。

历观古来爱君忧主敢言之臣⑪，……治势一成，君自不能乱也，况臣下乎？法术不明而赏罚不必者，虽日号令，然势自乱，乱势一成，君自不能治也，况臣下乎？是故势治者，虽委之不乱；势乱者，虽勤之不治也。尧、舜恭己无为而有余，势治也；胡亥、王莽驰骛⑫，势乱也。故曰：善者求之于势，弗责于人。是以明王审法度而布教令，不行私以欺法，不黩教以辱命，故臣下敬其言而奉其禁，竭其心而称其职。此由法术明而威权任也。

夫术之为道也，精微而神，言之不足，而行有余。有余故能兼四海而照幽冥。权之为势也，健悍以大，不恃贵贱，操之者重。重，故能夺主威而顺当也⑬。是以明君未尝示人术而借下权也。孔子曰："可与权。"是故圣人显诸仁，藏诸用，神而化之，使民宜之，然后致其治而成其功。功业效于民，美誉传于世，然后君乃得称明，臣乃得称忠。此所谓明据下作⑭，忠依上成，二人同心，其利断金也。

---

①所求道之非其道之尔：当作"所以求之非其道尔"。

②能如此者：据《群书治要》，"如"字当作"知"。

③秉：同"柄"。

④若鹰也："鹰"字下，据《群书治要》，脱"野鸟"二字。

⑤而忽之：按文例，"忽"字上当有"君"字。

⑥故令君臣懈弛而背朝："君"字当作"群"。"朝"字疑当作"乱"。

⑦听我嚣嚣：今本《诗·大雅·板》"嚣嚣"作"嚣嚣"。嚣嚣（áo áo，音敖敖），同"嚣嚣"，傲慢而不肯接受别人意见的样子。

⑧灼怛惊：依文例，"惊"字下当脱一字。灼怛（dá，音达），焦急悲痛。

⑨过耳悟目之交："悟"通"晤"，遇。

⑩言未得言而身败尔：第二个"言"字，据《群书治要》，当作"信"。

⑪历观古来爱君忧主敢言之臣：此句下脱误严重。紧接此句的"忠信未达"至"犹求友声"（缺"友声"二字），错入本书《德化篇》。"犹求友声"以下的"故人君不开精诚以示贤忠"至"虽无言语而势自治"，错入本书《交际篇》。汪继培《潜夫论笺》对此处错简已订正，可从。

⑫胡亥、王莽驰骛：据《群书治要》，"骛"字下脱"而不足"三字。

⑬夺主威而顺当也："也"字当作"世"。

⑭明据下作："作"同"起"。

本训第三十二

上古之世，太素之时，元气窈冥，未有形兆。万精合并，混而为一，莫制莫御，若斯久之，翻然自化，清浊分别，变成阴阳。阴阳有体，实生两仪，天地壹郁，万物化淳①，和气生人，以统理之。是故天本诸阳，地本诸阴，人本中和。三才异务，相待而成，各循其道，和气乃臻，玑衡乃平②。天道日施，地道日化，人道日为③。为者，盖所谓感通阴阳而致珍异也。人行之动天地，譬犹车上御骊马，蓬中擢自照矣④，虽为所覆载，然亦在我何所之可⑤。孔子曰："时乘六龙以御天。""言行，君子所以动天地也，可不慎乎？"从此观之，天呈其兆，人序其勋。《书》故曰："天功，人其代之。"如盖理其政，以和天气，以臻其功。

是故道德之用，莫大于气。道者，之根也⑥。气⑦……所变也，神气之所动也。

当此之时，正气所加，非唯于人，百谷草木，禽兽龟鳖，皆口养其气，声入于耳，以感于心。男女听，以施精神。资和以兆肧⑧，民之胎，含嘉以成体。及其生也，和以养性，美在其中，而畅于四肢⑨，实于血脉，以心性志耳意⑩，目精欲⑪，无不贞廉洁怀履行者。此五帝三王所以能画法像而民不违，正己德而世自化也。是故法令刑赏者，乃所以治民事而致整理尔，未足以兴大化而升太平也。夫欲历三正之绝迹⑫，臻帝皇之极功者，必先原元而本本，兴道而致和，以淳粹之气，生敦庞之民⑬，明德义之表，作信厚之心，然后化可美而功可成也。

①天地壹郁，万物化淳：今本《易·系辞下》作"天地絪缊，万物化淳"。壹郁（yūn，音晕），阴阳二气氤氲交合貌。

②玑衡：同"机衡"。

③天道日施，地道日化，人道日为：三"日"字均当作"曰"。

④自照：为"舟船"之误。

⑤然亦在我何所之可："可"字疑当作"耳"。

⑥之根也："之"字上当有"气"字。

⑦气：此句当作"气者，道之使也"。"者，道之使也"至"变化之为，何物不能"错入本书《德化篇》，汪继培《潜夫论笺》已订正，可从。

⑧资和以兆肧三句：据汪继培说，此处文有误，当作"民之胎也，资和以兆肧，含嘉以成体"。肧（pēi，音胚），与"胚"（肧）同，肧胎，母亲怀胎，在母体内初期发育的形体。

⑨美在其中，而畅于四肢：今本《易·坤文言》"肢"字作"支"。肢，通"肢"。

⑩以心性志耳意："以"字上当有"是"字，"耳"与当与"意"字乙转，属下读。此句当为"是以心性志意，耳"。

⑪目精欲：上句"耳"字当属本句，本句当为"耳目精欲"。

⑫历三正之绝迹："正"字当作"王"。

⑬敦庞：敦厚朴实。

德化第三十三

人君之治，莫大于道，莫盛于德，莫美于教，莫神于化。道者，所以持之也；德者，所以苞之也；教者，所以知之也；化者，所以致之也。民有性，有情，有化，有俗。情性者，心也，本也；化俗者，行也，末也。末生于本，行起于心。是以上君抚世，先其本而后其末，慎其心而理其行①。心精苟亡②，则奸匿所作③，邪意无所载矣。

夫化变民心也，犹政变民体也。德政加于民，则多涤畅姣好④，坚强考寿；恶政加于民，则多罢癃尪病⑤，夭昏札瘥⑥。故《尚书》美"考终命"，而恶"凶短折"。国有伤明之政，则民多病目⑦；［有者，道之使也⑧。必有其根，其气乃生；必有其使，变化乃成。是故道之为物也，至神以妙；其为功也，至强以大。天之以动，地之以静，日之以光，月之以明，四时五行，鬼神人民，亿兆丑类⑨，变异吉凶，何非气然？及其乖戾，天之尊也，气裂⑩；地之大也，气动⑪；山之重也，气徙⑫；水之流也，气绝之；日月神也，气蚀之；星辰虚也，气陨之。且有昼晦，宵有⑬。大风飞车拔树，偾电为水，温泉成汤，麟龙鸾凤，蜇螫蟓蝗⑭，莫不气之所为也。以此观之，气运感动，亦诚大矣；变化之为，何物不能？］［是故上圣故不务治民事⑮，而务治民心。故曰："听讼吾犹人也，必也使无讼乎！"导之以德，齐之以礼，务厚其情，而明则务义⑯。民亲爱，则无相害伤之意，动思义，则无奸邪之心。夫若此者，非律之所使也⑰，非威刑之所强也，此乃教化之所致⑱。］国有伤聪之政⑲，则民多病身；有伤贤之政⑳，则贤多横夭㉑。夫形体骨干为坚强也，然犹随政变易，又况乎心气精微不可养哉？《诗》云："敦彼行苇，羊牛勿践履。方苞方体，惟叶握握㉓。"又曰："鸢飞厉天㉔，鱼跃于渊。恺悌君子，胡不作人？"公刘厚德，恩及草木，羊牛六畜，且犹感德。［消息于心㉕，己之所无，不以责下，我之所有，不以讥彼。感己之好敬也，故接士以礼，感己之好爱也，故遇人有恩。己欲立而立人，己欲达而达人。善人之忧我也，故先劳人；恶人之忘我也，故常念人。凡品则不然，论人不恕己，动作不思心㉖。无之己而责之人，有之我而讥之彼。己无礼而责人敬，己无恩而责人爱。贫贱则非人之不我忧，富贵则是我之不忧人也。行己若此，难以称仁矣。所谓平者，内怀《尸鸠》之恩㉗，外执砥矢之心㉘。论士必定于志行，毁誉必参于效验。不随俗而雷同，不逐声而寄论。苟善所在，不讥贫贱；苟恶所错，不忌富贵。不谄上而慢下，不厌故而敬新。凡品则不然，内偏颇于妻子，外僭惑于知友，得则誉之，怨则谤之，平议无惇均㉙，讥誉无效验。苟阿贵以比党，苟剽声以群吠。事富贵如奴仆，视贫贱如佣客。百至秉权之门，而不一至无势之家。执心若此，难以称义㉚。所谓恭者，内不敢傲于室家，外不敢慢于士大夫。见贱如贵，视少如长，其礼先入，其言后出。恩意无不答，礼敬无不报。睹贤不居其上，与人推让，事处其劳，居从其德㉛，位安其卑，养甘其薄。凡品则不然，内慢易于妻子，外轻侮于知友，聪明不别真伪，心思不别善丑，愚而喜傲贤，少而好陵长。恩意不相答，礼敬不相报。睹贤不相推，会同不能让。动欲挥其佚，居欲处其安，养欲擅其厚，位欲争其尊。见人谦让，因而嗤之，见人恭敬，因而傲之。如是而自谓贤能智慧。为行如此，难以称忠㉜。所谓守者，心也。有度之士，情意精专，心思独睹，不驱于险墟之俗㉝，不惑于众多之口。聪明悬绝，秉心塞渊，独立不惧，遁世无闷，心坚金石，志轻四海，故守其心而成其信。凡器则不然，内无持操，外无准仪；倾侧险诐㉞，求同于心㉟。口无定论，不恒其德，二三其行。秉操如此，难以称信㊱。夫是四行者，其轻如毛，其重如山，君子以为易，小人以为难。孔子曰："仁远乎哉？我欲仁，仁斯至矣。"又称："知德者鲜㊲。"俗之偏党，自古而然，非乃今也。凡百君子，竞于骄僭，贪乐慢傲，］［如忠信未达㊳，而为左右所掩按㊴，当世而覆被，更为否愚恶状之臣者，岂可胜哉㊵？孝成终没之日，不知王章之直；孝哀终没之日，不知王嘉之忠也。此后贤虽有忧君哀主之情，忠诚正直之节，然犹且沉吟观听行己者也。鸣鹤在阴，其子和之。相彼鸟矣，犹求㊶。］仁不忍践履生草，则又况于民萌而有不化者乎㊷？君子修其乐易之德，上及飞鸟，下及渊鱼，不欢忻悦豫㊸，则又况士庶而不仁者乎？圣深知之，皆务正己以为表，明礼义以为教，和德气于未生之前，正表义于咳笑之后㊹。民之胎也，合中和以成；其生也，立方正以长。是以为仁义之心，廉耻之志，骨著脉通，与体俱生，而无粗秽之气，无邪淫之欲。虽放之大荒之外，措之幽冥之内，终无违礼之行；投之危亡之地，纳之锋锷之间，终无苟全之心。举世之人，行皆若此，则又乌所得亡夫奸乱之民而加辟哉⑤？上天之载，无馨无臭，仪形文王，万邦作孚。此姬氏所以崇美于前，而致刑错于后⑥。

圣人其尊德礼而卑刑罚⑰。故舜先敕契以敬敷五教，而后命皋陶以五刑三居，是故凡立法者，非以司民短而诛过误，乃以防奸恶而救祸败，检淫邪而内正道尔⑱。

《诗》云："民之秉夷，好是懿德。"故民有心也，犹为种之有园也。遭和气，则秀茂而成实；遇水旱，则枯槁而生蠚。民蒙善化，则有士君子之心⑲；被恶政，则人有怀奸乱之虑。故善者之养天民也，犹良工为麴蘗也⑳。起居以其时，寒温得其适，则一荫之麴蘗，尽美而多量；其愚拙工㉑，则一荫之麴蘗，皆臭败而弃损。今六合亦由一荫也㉒，黔首之属，犹豆麦也，变化云为，在将者尔。遭良吏，则皆怀忠信而履仁厚；遇恶吏，则皆怀奸邪而行浅薄。忠厚积则致太平，奸薄积则致危亡。是以圣帝明王，皆敦德化而薄威刑。德者，所以修己也，威者，所以治人也。上智则下愚之民少㉓，而中庸之民多。中民之生世也，犹铄金之在炉也，从笃变化㉔，唯冶所为，方圆薄厚，随熔制尔。

是故世之善否，俗之薄厚，皆在于君。上圣和气以化民心㉕，正表仪以率群下，故能使民比屋可封，尧、舜是也。其次躬道德而敦慈爱，美教训而崇礼让，故能使民无争心，而致刑错，文、武是也。其次明好恶而显法禁，平赏罚而无阿私，故能使民辟奸邪而趋公正，理弱乱以致治强，中兴是也㉖。治天下㉗，身处污而放情㉘，怠民事而急酒乐，近顽童而远贤才，亲谄谀而疏正直，重赋税以赏无功，妄加喜怒以伤无辜，故能乱其政以败其民，弊其身以丧其国者，幽、厉是也。孔子曰："三人行，必有我师焉，择其善者而从之，其不善者，我则改之㉙"。《诗》美"宜鉴于殷，自求多福。"是故世主诚能使六合之内，举世之人，咸怀方厚之情，而无浅薄之恶，各奉公政之心，而无奸衺之虑㉚，则羲农之俗，复见于兹，麟龙鸾凤，复畜于郊矣。

①慎其心而理其行："慎"字《群书治要》作"顺"。

②心精苟亡：《群书治要》作"心情苟正"。

③匿：读为"慝"。

④涤畅：犹"条畅"，欢畅，舒畅。

⑤罷癃（pí lóng，音皮龙）：病废不能任事。　尪（wāng，音汪）：指胸、胫、背等处骨骼的弯曲症。

⑥札瘥（cuó，音痤）：因疫疠、疾病而死。

⑦民多病因："因"当作"目"。

⑧有者，道之使也："有"字衍。本篇此句以下，错简严重。"者，道之使也"至"变化之为，何物不能"系《本训篇》文，在"道者，气之根也。气"之后，"所变也，神乞之所动也。"之前；错入此处。"何物不能"句下之"是故上圣（故）不务治民事"至"此乃教化之所致"，系本篇"而致刑措于后也"句下之文。汪继培《潜夫论笺》对此作了订正，可从。

⑨亿兆丑类："丑"，众。

⑩气裂：据卢文弨《群书拾补》，"裂"下当有"之"字。

⑪气动：据卢文弨说，"动"下当有"之"字。

⑫气徙：据卢文弨说，"徙"下当有"之"字。

⑬宵有：按文例，"宵有"下脱二字，《潜夫论笺》引王先生说，疑是"夜明"二字。

⑭蟊（máo，音矛），同"蟊"，吃稻根的害虫。　蠈（zéi，音贼）：钻稻秆、食稻节的害虫。　蝝（yuán，音元）：未生翅的幼蝗。

⑮是故上圣故不务治民事：第二个"故"字衍。此处为错简，此句至"此乃教化之所致也"，当在本篇"而致刑措于后也"下。

⑯而明则务义：据彭铎说，当作"而务明其义"。

⑰非律之所使也：据《群书治要》，“律”上当有“法”字。

⑱此乃教化之所致：“致”字下当有“也”字。

⑲国有伤聪之政：“国”字衍。此句当紧接“则民多病目”下。

⑳则民多病身：“身”字当作“耳”。

㉑有伤贤之政：据俞樾说，“伤贤”疑当作“伤睿”。

㉒则贤多横夭：“贤”字当作“民”。

㉓惟叶握握：今《诗·大雅·行苇》作“维叶泥泥”。泥泥，叶润泽的样子。泥泥，一作“柅柅”。

㉔“鸢飞厉天”四句：今《诗·大雅·旱麓》，“厉”作“戾”，至。“恺悌”作“岂弟”，和易近人。“胡”作“遐”，通“何”。

㉕消息于心：此句不全，全句当作“消息于心”。“动作消息于心”至“贪乐慢傲”大段文字，系本书《交际篇》文，在“论被恕于我，动作”之后，“治贾一倍”之前；错入此处，汪继培《潜夫论笺》已订正。

㉖思心：按，犹言“考虑”。

㉗尸鸠：《诗·曹风·鸤鸠》毛传云：“鸤鸠之养其子，朝从上下，暮从下上，平均如一”。

㉘砥矢：《诗·小雅·大东》：“周道如砥，其直如矢”。

㉙平议无惇均：“惇均”当作“埻的”。埻（zhǔn，音准），箭靶的中心。

㉚难以称义：按文例，“义”下当有“矣”字。

㉛居从其德：“德”字当作“陋”。

㉜难以称忠：按文例，“忠”下当有“矣”字。

㉝险墟：按，“墟”当作“戏”，“戏”通“巇”。

㉞险诐（bì，音币）：偏颇，邪僻。

㉟求同于心：“心”字当作“世”。

㊱难以称信：按文例，“信”下当有“矣”字。

㊲尠：同“鲜”。《论语》作“鲜”。

㊳如忠信未达：“如”字衍。此处为错简，“忠信未达”至“相彼鸟矣，犹求”，系本书《明忠篇》文，在“历观古来爱君忧主敢言之臣，”后，错入此处。

㊴掬按：“掬”字当作“鞠”。鞠按，穷治罪人。

㊵岂可胜哉：“胜”字下当有“数”字。

㊶犹求：此句不全。全句为“犹求友声”。

㊷民萌：“萌”同“氓”。

㊸不欢忻悦豫：“不”字上当有“无”字。

㊹咳：小儿笑。

㊺则又乌所得亡夫奸乱之民而加辟哉：“亡”字衍。辟，罪。

㊻刑错于后：“错”借为“措”。“后”字下当有“也”字。

㊼圣人其尊德礼而卑刑罚：“其”字当作“甚”。本篇上文“是故上圣不务治民事”至“此乃教化之所致也。”应移至此句前。

㊽检淫邪而内正道：内，读为“纳”。

㊾则有士君子之心：“则”字下当有“人”字。

㊿犹良工为麴豉也：“工”字下当有“之”字。

(51)其愚拙工：据《群书治要》，“愚”字当作“遇”。

(52)六合：上下四方。　　由：同“犹”。

(53)上智则下愚之民少：“则”字当作“与”。

(54)从笃变化：据汪继培说，“笃”疑“范”之误。

(55)上圣和气以化民心：“和”字下当有“德”字。

(56)中兴：指周宣王中兴。

(57)治天下：此句下当有脱文。

(58)身处污而放情：按，“放情”义当同“纵情”、“纵欲”。

(59)其不善者，我则改之：《论语》作“其不善者而改之”。

⑥奸陂：据《群书治要》，"陂"字当作"险"。

五德志第三十四

自古在昔，天地开辟。三皇迭制，各树号谥，以纪其世。天命五代，正朔三复。神明感生，爰兴有国①。亡于嫚以②，灭于积恶。神微精以③，天命罔极④。或皇冯依⑤，或继体育。太暤以前尚矣⑥。迪斯用来⑦，颇可纪录。虽一精思，议而复误。故撰古训，著《五德志》⑧。

世传三皇五帝，多以为伏羲、神农为二皇，其一者或曰燧人，或曰祝融，或曰女娲，其是与非，未可知也。我闻古有天皇、地皇、人皇，以为或及此谓，亦不敢明。凡斯数⑨，其于五经，皆无正文。故略依《易·系》，记伏羲以来，以遗后贤。虽多未必获正，然罕可以浮游博观⑩，共求厥真。

大人迹出雷泽，华胥履之，生伏羲。其相日角，世号太暤，都于陈，其德木，以龙纪，故为龙师而龙名。作八卦，结绳为网以渔。后嗣帝喾，代颛顼氏，其相戴干⑪，其号高辛。厥质神灵，德行祗肃，迎送日月，顺天之则，能叙三辰以周民⑫，作乐《六英》。世有才子八人：伯奋、仲堪、叔献、季仲、伯虎、仲雄、叔豹、季狸，忠肃恭懿，宣慈惠和，天下之人谓之八元。后嗣姜嫄，履大人迹，生姬弃。厥相披颐⑬，为尧司徒⑭，又主播种，农植嘉谷。尧遭水灾，万民以济，故舜命曰后稷。初，烈山氏之有天下也，其子曰柱，能植百谷，故立以为稷，自夏以上祀之。周之兴也，以弃代之，至今祀之。大妊梦长人感已，生文王。厥相四乳，为西伯，兴于岐。断虞、芮之讼而始受命。武王骈齿，胜殷遏刘⑮，成周道。姬之别封众多，管、蔡、成、霍、鲁、卫、毛、聃、郜、雍、曹、滕、毕、原、酆、郇，文之昭也；邗、晋、应、韩，武之穆也；凡、蒋、邢、茅、胙、祭，周公之胤也。周、召、虢、吴、随、邓、方、卬、自⑯、潘、养、滑、镐、宫、密、荣、丹、郭、杨、逄、管、唐、韩、杨⑰、瓠、栾、甘、鳞虞、王氏，皆姬姓也。

有神龙首出常⑱，感妊姒，生赤帝魁隗，身号炎帝，世号神农，代伏羲氏。其德火纪，故为火师而火名，是以斲木为耜，揉木为耒耨，日中为市，致天下之民，聚天下之货，交易而退，各得其所。后嗣庆都，与龙合婚，生伊尧，代高辛氏。其眉八彩，世号唐。作乐《大章》。始禅位。武王克殷，而封其胄于铸。含始吞赤珠，剋曰⑲："玉英生汉。"龙感女媪，刘季兴。

大电绕枢炤野，感符宝，生黄帝轩辕，代炎帝氏。其相龙颜，其德土行，以云纪，故为云师而云名。作乐《咸池》，是始制衣裳。后嗣握登，见大虹，意感生重华虞舜，其目重瞳。事尧，尧乃禅位，曰："格尔舜！天之历数在尔躬。允执厥中，四海困穷，天禄永终。"乃受终于文祖。也号有虞⑳，作乐《九韶》，禅位于禹。武王克殷，而封胡公妫满于陈，庸以元女大姬㉑。

大星如虹，下流华渚，女节万接㉒，生白帝挚青阳，世号少暤，代黄帝氏，都于曲阜。其德金行。其立也，凤皇适至，故纪于鸟。凤氏㉓，历正也；玄鸟氏，司分者也；伯赵氏，司至者也；青鸟氏，司启者也；丹鸟氏，司闭者也；祝鸠氏，司徒也；雎鸠氏，司马也；尸鸠氏，司空也；爽鸠氏，司寇也；鹘鸠氏，司事也。五鸠，鸠民者也。五雉，为五工正。利器用，夷民者也。是故作书契㉔，百官以治，万民以察。有才子四人，曰重、曰该、曰修、曰熙，实能金木及水，故重为勾芒，该为蓐收、修及熙为玄冥，恪恭厥业，世不失职，遂济穷桑。后嗣修纪见流星，意感生白帝文命我禹㉕。其耳参漏，为尧司空。主平水土，命山川，画九州，制九贡。功成，赐玄珪，以告勋于天。舜乃禅位，命如尧诏，禹乃即位。作乐《大夏》。世号夏后。传嗣子启。启子太康、仲康更立，兄弟五人，皆有昏德，不堪帝事，降须洛汭，是谓五观。孙相嗣位，夏道浸衰，于是后羿自钼迁于穷石，因夏民以代夏政，灭相。妃后缗方娠，逃出自窦，奔于有仍，生少康焉，仍妃牧正㉖。羿恃己射也，不修民事，而淫于原兽，弃武罗、伯因、熊髡、龙圉，而用寒浞。浞，柏明氏谗子弟也。柏明氏恶而弃之，夷羿收之，信而使之，以为己相。浞行媚于内，施赂于外，愚弄于民，虞羿于田，树之诈匿㉗，以取其国家，外内咸服。羿犹不悛，将归自田，家众杀而烹之，以食其子，子不忍食诸，死于穷门。靡奔于有鬲氏，浞因羿室，生浇及豷，恃其谗慝诈伪，而不德于民。使浇用师，灭斟灌及斟寻氏，处豷于过，处浇于戈。使椒求少康，逃奔有虞，为之庖正㉘。虞思妻以二妃，而邑诸纶，有田一成，有众一旅，能布其德，而兆其谋，以收夏众，抚其官职。靡自有鬲，收二国之烬，以灭浞，而立少康焉。乃使女艾诱浇，使后杼诱豷，遂灭过、戈，复禹之绩。祀夏配天，不失旧物。十有七世，而桀亡天下。武王克殷，而封其后于杞，或封于缯。又封少暤之胄于祁。浇才力盖众，骤其勇武，而卒以亡。故南宫括曰："羿善射，奡荡舟㉙，俱不得其死也。"姒姓分氏，夏后、有扈、有南、斟寻、泊浈、辛、襄㉚，费、戈、冥、缯，皆禹后也。

摇光如月正日，感女枢幽防之宫。生黑帝颛顼，其相骈干，身号高阳，世号共工，代少暤氏。其德水行，以水纪，故为水师而水名。承少暤衰，九黎乱德，乃命重黎讨训服㉛。历象日月，东西南北。作乐《五英》。有才子八人，苍舒、隤凯、梼演、大临、龙降、庭坚、仲容、叔达，齐圣广渊，明允笃诚，天下之人谓之八凯。共工氏有子曰勾龙，能平九土，故号后土，死而为社，天下祀之。娀简吞燕卵，生子契，为尧司徒，职亲百姓，顺五品。扶都见白气贯月，意感生黑帝子履，其相二肘，身号汤，世号殷。致太平。后衰，乃生武丁。即位，默以不言，思道三年，而梦获贤人以为师。乃使以梦像求之四方侧陋，得傅说，方以胥靡筑于傅岩㉜，升以为大公，而使朝夕规谏。恐其布惮怠也㉝，则敕曰："若金，用汝作砺；若济巨川，用汝作舟楫；若时大旱，用汝作霖雨。启乃心，沃朕心，若药不瞑眩，厥疾不瘳；若跣不视地，厥足用伤。尔交修余，无弃。"故能中兴，称号高宗。及帝辛而亡天下，谓之纣。武王封微子于宋，封箕子于朝鲜。子姓分氏，殷、时、来、宋、扏㉞、萧、空同、北段，皆汤后也。

①爱兴有国："爱"字当作"爱"。

②亡干嫚以："以"字当作"易"。"嫚易"同"慢易"。

③神微精以：此句有误。按，疑当如《明忠篇》作"精微而神"。

④罔极：同"无极"。

⑤冯依："冯"同"凭"。

⑥太暤："暤"同"皞"、"皋"。

⑦迪斯用来：犹云"由斯以来"。

⑧五德：古代阴阳家把金、木、水、火、土五行看成五德，认为历代王朝各代表一德，按照五行相克或相生的顺序，交互更替，周而复始。本篇以伏羲为木德，神农为火德，轩辕为土德，少皋为金德，颛顼为水德。

⑨凡斯数："数"下脱一字，疑为"者"。

⑩然罕可以浮游："罕可"，据彭铎说，意为"少可"、"差可"。罕，少。

⑪其相戴干：《潜夫论笺》引王先生说，"干"当作"斗"。戴斗，顶方如斗。

⑫三辰：指日、月、星。

⑬披颐："披"当作"岐"。岐颐，头骨隆起而突出。

⑭司徒：当作"司马"。

⑮胜殷遏刘：见《诗·周颂·武》。遏，止。刘，杀。

⑯自：当作"息"。

⑰韩、杨："韩"、"杨"重见。按，疑当作"魏"、"扬"。

⑱有神龙首出常："常"下当有"羊"字。

⑲剋：同"刻"。

⑳也号有虞："也"当作"世"。

㉑庸以元女大姬："姬"下当有"配之"二字。

㉒女节万接："万"字当作"梦"。

㉓凤氏：当作"凤鸟氏"。

㉔是故作书契："故"字当作"始"。

㉕意感生白帝文命我禹："我"字当作"戎"。"戎禹"指禹生戎地。

㉖仍妃牧正：据《后汉书·王符传》，"仍妃"当作"为仍"。

㉗匿：借为"慝"。

㉘为之胞正："胞"当作"庖"。

㉙奡（ào，音傲）荡舟：奡，夏代寒浞之子，善水战，奡荡舟，即指奡善于行船。语出《论语·宪问》。

㉚襃：当作"褒"（bāo，音胞）。

㉛乃命重黎讨训服："训"与"驯"同。

㉜胥（xū，音须）靡：古代服劳役的奴隶或刑役，亦为服劳役的刑罚名，也特指腐刑。

㉝恐其布殚息也："布"字当作"有"。

㉞扐（lè，音勒）：按，扐为前汉县名，前汉时济南王辟光曾为扐侯，殷时当有扐国或扐邑。

潜夫论卷第九

志氏姓第三十五

昔者，圣王观象于乾坤，考度于神明，探命历之去就，省群后之德业，而赐姓命氏，因彰德功。传称氏之彻官百①，王公之子弟千世能听其官者②，而物赐之姓，是谓百姓。姓有彻品，□，于王谓之千品③。昔尧赐契姓姬，赐禹姓姒，氏曰有夏，伯夷为姜，氏曰有吕。下及三代，官有世功，则有官族，邑亦如之。后世微末，因是以为姓，则不能故也。故或传本姓，或氏号邑谥④，或氏于爵，或氏于志⑤。若夫五帝三王之世，所谓号也。文、武、昭、景、成、宣、戴、桓，所谓谥也。齐、鲁、吴、楚、秦、晋、燕、赵，所谓国也。王氏、侯氏、王孙、公孙，所谓爵也。司马、司徒、中行、下军，所谓官也。伯有、孟孙、子服、叔子，所谓字也。巫氏、匠氏、陶氏，所谓事也。东门、西门、南宫、东郭、北郭，所谓居也。三乌、五鹿、青牛、白马，所谓志也。凡厥姓氏，皆出属而不可胜纪也。

卫侯灭邢，昭公娶同姓，言皆同祖也。近古以来，则不必然，古之赐姓，大谛可用，其余则难。周室衰微，吴楚僭号，下历七国，咸各称王。故王氏、王孙氏、公孙氏及谥氏官⑥，国自有之，千八百国，谥官万数，故元不可同也。及孙氏者，或王孙之班也，或诸孙之班也，故同祖而异姓⑦，有同姓而异祖。亦有杂错，变而相入，或从母姓，或避怨仇。夫吹律定姓，唯圣能之。今民散久，鲜克远音律⑧。天主尊正其祖⑨，故且略纪显者，以待士合揖损焉。伏羲姓风，其后封任、宿、须朐、颛臾四国，实司太暤与有济之祀，且为东蒙主。鲁僖公母成风，盖须朐之女也。季氏欲伐颛臾，而孔子讥之。炎帝苗胄，四岳伯夷，为尧典礼，折民惟刑，以封申、吕。裔生尚⑩，为文王师，克殷而封之齐，或封许、向，或封于纪，或封于申。城在南阳宛北序山之下。故《诗》云："亹亹申伯①，王荐之事，于邑于序，南国为式。"宛西三十里有吕望②。许在颍川，今许县是也。姜戎居伊、洛之间，晋惠公徙置陆浑。州、薄、甘、戏、露、帖③，及齐之国氏、高氏、襄④、隰氏、士氏⑤、强氏、东郭氏、雍门氏、子雅氏、子尾氏、子襄氏、子渊氏、子乾氏、公旗氏、翰公氏、贺氏、卢氏，皆姜姓也。

黄帝之子二十五人，班为十二：姬、酉、祁、己、滕、葳、仸⑯、拘、厘、姞、衣氏也⑰。当春秋，晋有祁奚，举子荐仇，以忠直著。莒子姓己氏。夏之兴，有任奚为夏车正，以封于薛，后迁于邳，其嗣仲虺居薛，为汤左相。王季之妃大任，及谢、章、昌、采、祝、结、泉、卑、遇、狂大氏，皆任姓也。台氏女为后稷元妃⑱，繁育周先。姞氏封于燕，及郑文公有贱妾燕姞。梦神与之兰曰：余为伯鲦，余而祖也，以是有国香，人服媚⑲。及文公见姞，赐兰而御之。姞言其梦，且曰："妾不才，幸而有子，将不信，敢征兰乎？"公曰："诺。"遂生穆公。姞氏之别，有阚、尹、蔡、光、鲁、雍、断、密须氏。及汉，河东有郅都，汝南有郅君章，姓音与古姞同，而书其字异。二人皆著名当世。

少曎氏之世衰，而九黎乱德，颛顼受之，乃命南正重司天以属神，命火正黎司地以属民，使复旧常，无相侵渎，是谓绝地天通。夫黎，颛顼氏裔子吴回也，为高辛氏火正，淳耀天明地德，光四海也，故名祝融。后三苗复九黎之德，尧继重、黎之后，不忘旧者，羲伯复治之。故重黎氏世序天地，别其分主，以历三代，而封于程。其在周世，为宣王大司马，《诗》美"王谓尹氏，命程伯休父。"其后失守，适晋为⑳。司马迁自谓其后。祝融之孙，分为八姓：巳、秃、彭、姜、妘、曹、斯、芈。巳姓之嗣飂叔安㉑，其裔子曰董父，实甚好龙，能求其嗜欲以饮食之，龙多归焉。乃学扰龙，以事帝舜。赐姓曰董，氏曰豢龙，封诸鬷川㉒。滕夷彭姓豕韦，皆能驯龙者也。豢龙逢以忠谏㉓，桀杀之。凡因祝融之子孙，己姓之班，昆、吾、藕、扈、温、董。秃姓滕夷、豢龙，则夏灭之。祖姓彭祖㉔、豕韦、诸稽，则商灭之，姜姓会人，则灭之㉕。妘姓之后，封于鄅、会、路、偪阳。鄅取仲任为妻，贪冒爱悋，蔑贤简能，是用亡邦。会在河、伊之间，其君骄贪啬俭，减爵损禄，群臣卑让，上下不临。诗人忧之，故作《羔裘》，闵其痛悼也；《匪风》，冀君先教也。会仲不悟，重氏伐之，上下不能相使，禁罚不行，遂以见亡。路子婴儿，娶晋成公姊为夫人，酆舒为政而虐之，晋伯宗怒，遂伐灭路。荀罃武子伐灭偪阳。曹姓封于邾，邾颜子之支，别为小邾，皆楚灭之。芈姓之裔熊严，成王封之于楚，是谓粥熊，又号粥子，生四人：伯霜、仲雪、叔熊、季紃㉖。紃嗣为刑子㉗，或封于夔，或封于越。夔子不祀祝融、粥熊，楚伐灭㉘。公族有楚季氏、列宗氏、阚强氏、良臣氏、耆氏、门氏、侯氏、季融氏、仲熊氏、子季氏、阳氏、无钩氏、劳氏、善氏、阳氏㉙、昭氏、景氏、严氏、婴齐氏、来氏、来纤氏、即氏、申氏、讼氏㉚、沈氏、贺氏、减氏㉛、吉白氏、伍氏、沈瀸氏、余推氏、公建氏、子南氏、子庚氏、子午氏、西氏、王孙、田公氏、舒坚氏、鲁阳氏、黑肱氏，皆芈姓也。

楚季者，王子敖之曾孙也。尞冒生劳章者，王子无钩也。令尹孙叔敖者，劳章之子也。左司马戌者，庄王之曾孙也。叶公诸梁者，戌之第三弟也。楚大夫申无畏者，又氏文氏。初，纣有苏氏，以妲己女而亡殷。周武王时，有苏忿生为司寇，而封温，其后洛邑有苏秦。高阳氏之世有才子八人：苍舒、隤凯、梼戬㉜、大临、尨降、庭坚、仲容、叔达，天下之人谓之八凯。后嗣有皋陶，事舜，舜曰："皋陶！蛮夷滑夏，寇贼奸宄，女作士。"其子伯翳，能议百姓㉝，以佐舜、禹，扰驯鸟兽，舜赐姓嬴。后有仲衍，鸟体人元㉞，为夏帝大戊御㉟。嗣及费仲，生恶来、季胜。武王伐纣，并杀恶来。季胜之后有造父，以善御事周穆王。穆王游西海忘归，于是徐偃作乱，造父御，一日千里，以征之。王封造父于赵城，因以为氏。其后失守，至于赵夙，仕晋卿大夫，十一世而为列侯，五世而为武灵王，五世亡赵。恭叔氏、邯郸氏、訾辱氏、婴齐氏、楼季氏、卢氏、原氏，皆赵嬴姓也。恶来后有非子，以善畜，周孝封之于秦㊱，世地理以为西陲大夫㊲，汧秦高是也㊳。其后列于诸侯，五世而称王㊴，六世而始皇生于邯郸，故曰赵政。及梁、葛、江、黄、徐、莒、蓼、六、英，皆皋陶之后也。钟离、运掩、菟裘、寻梁、修鱼、白冥、飞廉、密如、东灌、良时、白、巴、公巴公巴、郯、复、蒲，皆嬴姓也。帝尧之后为陶唐氏，后有刘累，能畜龙，孔甲赐姓为御龙，以更豕韦之后。至周为唐杜氏。周衰，有隰叔子违周难于晋国，生子舆，为李㊵，以正于朝，朝无间官，故氏为士氏。为司空，以正于国，国无败绩，故氏司空。食采随，故氏随氏。士蒍之孙会，佐文、襄，于诸侯无恶，为卿，以辅成、景。军无败政；为成宰㊶，居傅，端刑法，法集训典㊷，国无奸民，晋国之盗逃奔于秦。于是晋侯为请冕服于王，王命随会为卿，是以受范，卒谥武子。武子文㊸，成晋、荆之盟。降兄弟之国㊹，使无间隙，是以受郇、栎。由此帝尧之后，有陶唐氏、刘氏、御龙氏、唐杜氏、隰氏、士氏、季氏、司空氏、赵氏㊺、范氏、郇氏、栎氏、嬴氏㊻、冀氏、縠氏、蔷氏、扰氏㊼、豲氏㊽、傅氏。楚氏令尹建尝问范武子之德于文子㊾，文子对曰：“夫子之家事治，言于晋国，竭情无私，其祝史陈信不媿，其家事无猜，其祝史不析。”建归，以告，康王曰：“神人无怨，宜夫子之股肱五君，以为诸侯主也。”故刘氏，自唐以下，汉以上，德著于世，莫若范会之最盛也。斯亦有修己以安人之功矣。武王克殷，而封帝尧之后于社也㊿。

帝舜姓虞，又为姚，君妫(51)。武王克殷，而封妫满于陈，是为胡公。陈哀氏(52)、訚氏、咸氏(53)、庆氏、夏氏、宗氏、来氏、仪氏、司徒氏、司城氏，皆妫姓也。厉公孺子完奔齐，桓公说之，以为工正。其子孙大得民心，遂夺君而自立，是为威王，五世而亡。齐人谓陈田矣，汉高祖徙诸田阙中，而有第一至第八氏。丞相田千秋、司直田仁，及杜阳田先、砀田先，皆陈后也。武帝赐千秋乘小车入殿，故世谓之车丞相。及莽自谓本田安之后，以王家故更氏云。莽之行诈，实以田常之风。敬仲之又(54)，有皮氏、占氏、沮氏、与氏、献氏、子氏、轃氏、梧氏、坊氏、高氏、芒氏、禽氏。

帝乙元子微子开，纣之庶兄也，武王封之于宋，今之睢阳是也。宋孔氏、祝其氏、韩献氏、季老男氏、巨辰、经氏、事父氏、皇甫氏、华氏、鱼氏、而董氏、艾岁氏、鸠夷氏、中野氏、越椒氏、完氏、怀氏、不第氏、冀氏、牛氏、司城氏、冈氏、近氏、止氏、朝氏、敩氏、右归氏、三伉氏、王夫氏、宜氏、征氏、郑氏、目夷氏、鳞氏、臧氏、旭氏、沙氏、黑氏、围龟氏、既氏、据氏、砖氏、己氏、成氏、边氏、戎氏、买氏、尾氏、桓氏、戴氏、向氏、司马氏，皆子姓也。闵公子弗父河生宋父，宋父生世子，世子生正考父，正考父生孔父嘉，孔父嘉生子木金父，木金父降为士，故曰灭于宋。金父生祁父，祁父生防叔，防叔为华氏所逼，出奔鲁，为防大夫，故曰防叔。防叔生伯夏，伯夏叔梁纥(55)，为鄹大夫，故曰鄹叔纥，生孔子。周灵王之太子晋，幼有成德，聪明博达，温恭敦敏。谷、雒水斗，将毁王宫，欲壅之(56)。太子晋谏，以为不顺天心，不若修政。晋平公使叔誉聘于周，见太子，与之言，五称而三穷，逡巡而退，归告平公曰：“太子晋行年十五，而誉弗能与言，君请事之。”平公遗师旷见太子晋(57)，太子晋与语，师旷服德，深相结也。乃问旷曰：“吾闻太师能知人年之长短。”师旷对曰：“女色赤白，女声清汗，火色不寿。”晋曰：“然。吾后三年将上宾于帝，女慎无言，殃将及女。”其后三年而太子死，孔子闻之曰：“惜夫！杀吾君也。”世人以其豫自去期(58)，故传称王子乔仙。仙之后，其嗣避周难于晋，家于平阳，田氏王氏(59)。其后子孙世喜养性神仙之术。鲁之公故(60)，有蛴氏、后氏、众氏、臧氏、施氏、孟氏、仲孙氏、服氏、公山氏、南宫氏、叔孙氏、叔仲氏、子我氏、子士氏、季氏、公钼氏、公巫氏、公之氏、子干氏、华氏(61)、子言氏、子驹氏、子雅氏、子阳氏、东门氏、公析氏、公石氏、叔氏、子家氏、荣氏、展氏、乙氏，皆鲁姬姓也。卫之公族，石氏、世叔氏、孙氏、宁

氏、子齐氏、司徒氏、公文氏、析龟氏⑫、公叔氏、公南氏、公上氏、公孟氏、将⑬、[者，亦常
在权宠⑭，为贵臣。及留侯张良，韩公族姬姓也。秦始皇灭韩，良弟死不葬，良散家资千万，为
韩报仇，击始皇于博浪沙中，误椎副车。秦索贼急，良乃变姓为张，匿于下邳，遇神人黄石公，
遗之兵法。及沛公之起也，良往属焉。沛公使与韩信略定韩地，立横阳君城为韩王，而拜良为韩
信都。者，司徒也⑮。俗前音不正，曰信都，或曰司徒⑯，或胜屠，然其本共一司徒耳。后作传
者不知"信都"何因，强妄生意，以为此乃代王为信都也。凡桓叔之后，有韩氏、言氏、婴氏、
祸余氏、公族氏、张氏，此皆韩后姬姓也。昔周宣王亦有韩侯，其国也近燕，故《诗》云："普
彼韩城，燕师所完。"其后韩西亦姓韩⑰，为卫满所伐，迁居海中。毕公高与周同姓，封于毕，
因为氏。周公之薨也，高继职焉。其后子孙失守，为庶世。及毕万佐晋献公，十六年使赵夙御
戎，毕万为右，以灭耿灭魏封万，今之河北县是也。魏颗又氏令狐，自万后九世为魏文侯，文侯
孙蒩为魏惠王，五世而亡。毕阳之孙豫让，事智伯，智伯国士待之，豫让亦以见知之恩报智伯，
天下纪其义。魏氏、令狐氏、不雨氏、叶大夫氏、伯夏氏、魏强氏、豫氏，皆毕氏，本姬姓也。
周厉王之子友封于郑，郑恭叔之后，为公文氏、轩氏、]军氏⑱。子疆氏、强梁氏、卷氏、会氏、
雅氏、孔氏、赵阳⑲、田章氏、孤氏、王孙氏、史龟氏⑳、羌氏、羌宪氏、遼氏，皆卫姬姓也。
晋之公族郤氏，又班为吕㉑。郤芮又从邑氏为冀，后有吕锜，号驹伯。郤犨食采于苦，号苦成
叔。郤至食采于温，号曰温季。各以为氏。郤氏之班，有州氏、祁氏。伯宗以直见杀，其子州黎
奔又楚㉒。以郤宛直而和，故为子常所妒，受诛。其子豁奔吴，为大宰，惩祖祢之行，仍正直遇
祸也，乃为谄谀而亡吴。凡郤氏之班，有冀氏、吕氏、苦成也㉓、温氏、伯氏。靖侯之孙栾宾，
及富氏、游氏、贾氏、狐氏、羊舌氏、季夙氏、籍氏，及襄公之孙孙鷈，皆晋姬姓也。晋穆侯生
桓叔，桓叔生韩万，傅晋大夫㉔，十世而为韩武侯，五世为韩惠王㉕，五世而亡国。襄王之孽孙
信，俗人谓之韩信都。高祖以信为韩王孙，以信为韩王，后徙王代，为匈奴所攻，自降之。汉遣
柴将军击之，斩信于参合，信妻子亡入匈奴中。至景帝，信子颓当及孙赤来降。汉封颓当为弓高
侯，赤为襄城侯。及韩嫣，武帝时为侍中，贵幸无比。案道侯韩说，前将军韩鲁㉖，皆显于汉。
子孙各随时帝，分阳陵、茂陵、杜陵。及汉阳、金城诸韩，皆其后也。信子孙余留匈奴中㉗……
驷氏㉘、丰、将氏㉙、国氏、然氏、孔氏、羽氏、良氏、大季氏。十族之祖，穆公之子也，各以
字为姓。及伯有氏、马师氏、褚师氏，皆郑姬姓也。

太伯君吴，端垂衣裳，以治周礼。仲雍嗣立，断发文身，裸以为饰。武王克殷，分封其后于
吴，令大赐北吴。季札居延州来，故氏延陵季子，阖闾之弟夫概王奔楚堂溪，因以为氏，此皆姬
姓也。

郑大夫有冯简子，后韩有冯亭为上党守，嫁祸于赵，以致长平之变。秦有将军冯劫，与李斯
俱诛。有冯唐㉚，与文帝论将帅。后有冯奉世，上党人也，位至将军，女为元帝昭仪，因家于京
师。其孙衍，字敬通，笃学重义，诸儒号之曰："德行雍雍冯敬通"，著书数十篇，孝章皇帝爱重
其文。晋大夫郇息事献公㉛，后世将中军，故氏中行，食采于智㉜。智果谏智伯而不见听，乃别
族于大史为辅氏。晋大夫孙伯鷈实司典籍，故姓籍氏。辛有二子董之，故氏董氏。《诗》颂宣王，
始有"张仲孝友"，至春秋时，宋有张白蔑矣。唯晋张侯、张老，实为大家。张孟谈相赵襄子，
以灭智伯，遂逃功赏，耕于肴山㉝。后魏有张仪、张丑。至汉，张姓滋多。常山王张耳，梁人。
丞相张苍，阳武人也。东阳侯张相如，御史大夫张汤，增定律令，以防奸恶，有利于民，又好荐
贤达士，故受福佑。子安世，为车骑将军，封富平侯，敦仁俭约，矜遂权而好阴德㉞，是以子孙
昌炽，世有贤胤。更封武始，遭王莽乱，享国不绝。家凡四公，世著忠孝行义。前有丞相张禹，
御史大夫张忠，后有太尉张酺，汝南人，太傅张禹，赵国人。司邑闾里，无不有张者，河东解邑

有张城，有西张城，岂晋张之祖所出邪？

优姓舒唐、鸠、舒龙、舒其、止龙、郳、淫、参、会、六、院、萊、高国⑧。

庆姓樊、尹、骆。曼姓邓、优。归姓胡、有、何。葴姓滑、齐。猗姓栖、疏。御姓署、番、汤。鬼姓饶、攘、杀。隗姓赤狄。姮姓白狄。此皆大吉之姓。齐有鲍叔，世为卿大夫。晋有鲍癸。汉有鲍宣，累世忠直，汉名臣。汉郦生为使者，弟商为将军。今高阳诸郦为著姓。昔仲山甫亦姓樊，谥穆仲，封于南阳。南阳者，在今河内。后有樊倾子。曼姓，封于邓，后田氏焉⑧。南阳邓县上蔡北有古邓城，新蔡北有古邓城。春秋时，楚文王灭邓。至汉有邓通、邓广⑧。后汉新野禹⑧，以佐命元功，封高密侯。孙太后天性慈仁严明，约敕诸家，莫得权，京师清净，若无贵戚。勤思忧民，昼夜不息，是以遭羌兵叛，大水饥馈⑧，而能复之，整平丰穰。太后崩后，群奸相参，竞加谮润，破坏邓氏，天下痛之。鲁昭公母家姓归氏。汉有隗嚣季孟。短即犬戎氏，其先本出黄帝。及徐氏、萧氏、索氏、长勺氏、陶氏、繁氏、骑氏、饥氏、樊氏、茶氏，皆殷氏旧姓也。汉兴，相国萧何封酇侯，本沛人，今长陵萧，其后也。前将军萧望之，东海、杜陵萧，其后也。御史大夫有繁延寿，南陵襄阳人也⑩，杜陵、新丰繁，其后也。周氏、邵氏、毕氏、荣氏、单氏、尹氏、锱氏⑪、富氏、鞏氏、衰氏，此皆周室之世公卿家也。周召者，周公召公之庶子，食二公之采，以为主吏⑫，故世有周公召公不绝也。尹者，本官名也，若宋有太师，楚有令尹、左尹矣。尹吉甫相宣王者大功绩⑬，《诗》云："尹氏太师，维周之底"也。单穆公、襄公、顷公⑭、靖公，世有明德，次圣之才，故叔向美之，以后必繁昌。苦城，城名也⑮，在盐池东北。后人书之或为"枯"，齐人闻其音，则书之曰车⑯，敦煌见其字，呼之曰"车城"。其在汉阳者，不喜枯、苦之字，则更书之曰古城氏⑰。堂溪，溪谷名也，在汝南西平⑱。禹字子启者⑲，启开之字也。前人书堂溪误作启，后人变之，则又作开。古漆雕开、公冶长，前人书雕从易，泊作周⑳。书治汉误作蛊㉑，后人又传作古，或复分为古氏、成氏、常氏、开氏、公氏、冶氏、梁氏㉒、周氏，此数氏者，皆本同末异，凡姓之离合变分，固多此类，可以一况，难胜载也。

《易》曰："君子以类族辩物"，"多识前言往行，以蓄其德"，"学以聚之，问以辩之"。故略观世记，采经书，依国土，及有明文，以赞贤圣之后㉓，班族类之祖，言氏姓之出，序此假意二篇㉔，以贻后贤今之焉也㉕。

---

①传：这里指《国语·楚语下》。　　氏：当作"民"字。

②王公之子弟千世能听其官者：据《国语·楚语下》，"千世"当作"之质"。

③彻品：据《国语·楚语下》，"彻品"下的空格当补"十"字。　　姓有彻品十，于王谓之千品：百姓百官，每姓彻于王者有十品，故百姓有千品。

④或氏号邑谥："邑"字衍。此句下脱"或氏于国"。

⑤或氏于志：此句上脱"或氏于官，或氏于字，或氏于事，或氏于居"四句。

⑥及谥氏官："谥氏"二字当乙转，此句当作，"及氏谥官"。

⑦故同祖而异姓："故"字下当有"有"字。

⑧鲜克远音律："远"当作"达"。

⑨天主尊正其祖：据汪继培说，"天主"疑"人生"之误。

⑩裔生尚：按，疑当作"后裔生尚"。

⑪亹亹申伯"四句"：见《诗·大雅·崧高》，与今本稍有不同。亹亹（wěi，音伟），勤勉的样子。

⑫吕望："望"当作"城"。

⑬帖：当作"怡"。

⑭襄："襄"字下当有"氏"字。

⑮士氏、强氏：《潜夫论笺》据《后纪》四改为“士强氏”。
⑯胜、藏、伾：据《晋语》四，当作“滕、蒧（diǎn，音点）、任”。
⑰衣氏也：“衣”上当有“嬛、”字（下有顿号）。
⑱台氏女为后稷元妃：“台”当作“姞”。
⑲人服媚：“媚”下当有“之”字。
⑳适晋为：据彭铎说，“为”疑为“焉”，“司马”二字属下读。
㉑飂（liū，音留）叔安：人名，见《左传·昭公二十九年》。
㉒朡（zōng，音宗）川：古地名，在今定陶一带。
㉓豢龙逢：即关龙逢。关、豢音近。
㉔祖姓彭祖：句首“祖”字当作“彭”。
㉕则灭之：“则”字下当有“周”字。
㉖季紃（xún，音寻）：人名。
㉗刑子：“刑”当作“荆”。
㉘楚伐灭：“灭”下当有“之”字。
㉙阳氏：重出，误。
㉚旳氏：当为“钓氏”。“旳”，《后纪》八作“钓”。
㉛减氏：“减”，《潜夫论笺》作“咸”，并云：“咸”疑“箴”。
㉜抟戭（yǎn，音演）：古代贤人名，“抟”当作“梼”（táo，音桃）。
㉝能议百姓：“姓”当作“物”。
㉞人元：按，“人元”意即“人首”。《潜夫论笺》据《纪》改“元”为“言”，疑误。
㉟为夏帝大戊御：“夏”当作“殷”。
㊱周孝封之于秦：“孝”字后当有“王”字。
㊲世地理以为西陲大夫：疑有脱误。
㊳汧（qiān，音牵）秦高是也：“高”字当作“亭”。
㊴五世而称王：据彭铎说，“五”字上脱“二十”二字。
㊵李：通“理”，掌刑之官。
㊶为成率：“率”通“帅”。
㊷法集训典：“法”字衍。
㊸武子文：当为“武子子文子”。
㊹降兄弟之国：“降”读为“隆”。
㊺赵氏：“赵”当作“随”。
㊻嬴氏：“嬴”当作“巍”。
㊼扰氏：《潜夫论》笺，当作“扰龙氏”。
㊽摞氏：“摞”字当作“狸”。
㊾楚氏令尹建尝问范武子之德于文子：“楚”下“氏”子衍。建，屈建。文子，赵文子赵武。
㊿而封帝尧之后于社：汪继培说，“社”或为“祝”之误。
(51)君妫：“君”当作“居”。
(52)陈哀氏：“哀”字应为“袁”。
(53)咸氏：《潜夫论笺》，“咸”疑当作“铖”。
(54)敬仲之又：“又”字为“支”字之误。
(55)伯夏叔梁纥（hé，音核）：“夏”字下应有“生”字。
(56)欲壅之：“欲”字上应有“王”字。
(57)平公遗师旷：“遗”字当作“遣”。
(58)豫自去期：“自”字下应有“知”字。
(59)田氏王氏：“田”字当作“因”。
(60)鲁之公故：“故”字当作“族”。
(61)华氏：当作“子革氏”。

㉒析龟氏："龟"字疑"衍"。

㉓将：此字下当有"军氏"二字。

㉔者，亦常在仅宠："者"字上当有"信子孙余留匈奴中"八字。此处为错简。"信子孙余留匈奴中者，亦常在权宠"至"郑恭叔之后，为公文氏、轩氏"，当在本篇稍后的"及汉阳、金城诸韩，皆其后也"之下。

㉕者，司徒也："者"字上当有"信都"二字。

㉖或曰司徒："司"当作"申"。

㉗其后韩西亦姓韩：《潜夫论笺》，韩西盖即朝鲜。

㉘军氏："军"字上当有将字。"军氏"与注㉓的"将"字合在一起，为"将军氏"。此处为错简。"将军氏"应紧接"者，亦常在权宠"句前的"公孟氏"句下。"将军氏"至"及汉阳、金城诸韩，皆其后也"大段文字，应在"信子孙余留匈奴中者，亦常在权宠"句上。

㉙赵阳："阳"字下当有"氏"字。

㉚史龟氏："龟"字当作"晁"。

㉛班：别。

㉜其子州黎奔又楚："又"字衍。

㉝苦成也："也"字当作"氏"。

㉞傅晋大夫："傅"字疑当作"仕"。

㉟五世为韩惠王："五"字疑误，自武子至宣惠王凡八世。"五"字当作"八"。

㊱韩鲁：当作"韩曾"。

㊲信子孙余留匈奴中：此八字下当接注㉔"者，亦常在权宠，为贵臣"以下一大段。

㊳駟氏：此处为错简。"駟氏"至"皆郑姬姓也"当紧接"郑恭叔之后，为公文氏、轩氏"下。

㊴丰、将氏："丰"字下当有"氏"字。"将氏"当作"游氏"。

㊵有冯唐："有"字上当有"汉兴"二字。

㊶郇息：《左传》作"荀息"。

㊷食采于智：采，采邑。此句下当有"故氏智"三字。

㊸耕于肴（yuán，音原）山：肴山，《战国策·赵策》作"负亲之邱"。"肴山"疑当作"负丘"。

㊹矜遂权："矜遂"当作"务远"。

㊺止龙、郦、淫、参、会、六、院、枣、高国：据彭铎说，当作"舒鲍、舒蓼、郦、鄛、会、六、皖、英、高国"。

㊻后田氏焉："田"当作"因"。

㊼邓广：当作邓广汉。

㊽后汉新野禹："野"字下当有"邓"字。

㊾大水饥馈："馈"字当作"匮"。

㊿南陵襄阳人也："陵"字当作"郡"。

�51锱氏：当作"镏氏"。

�以为主吏：据《汉魏丛书》程荣本，"主"字应是"王"字。

�尹吉甫相宣王者大功绩：据汪继培说，"者"字疑当作"著"。

�54顾公：当作"顷公"。

�55苦城：当作"苦成"。

�则书之曰车：当作"则书之曰库成"。

�57则更书之曰古城氏：当作"则更书之曰古成氏"。

�58在汝南西平：《潜夫论笺》据《汉书·地理志》，认为"西平"当作"吴房"。

�59禹字子启者："字"字衍。

㈿泊作周："泊"字应作"洀"。《说文》："洀，少减也。"

㈿书冶汉误作蠹：此句当作"书冶复误作蛊"。

㈿梁氏：当作"漆氏"。

㈿赞：明。

㈿序此假意二篇："假意"盖即"喻意"。按，"二篇"当系指本篇及《五德志篇》。

㈿以贻后贤今之焉也：句有脱误，按，疑当作"以贻后贤参之焉耳也"。

潜夫论卷第十

叙录第三十六

　　夫生于当世，贵能成大功，太上有立德，其下有立言。阘茸而不才，先器能当官①，未尝服斯役②，无所效其勋。中心时有感，援笔纪数文，字以缀愚情，财令不忽忘③。刍荛虽微陋，先圣亦咨询。草创叙先贤，三十六篇，以继前训左丘明五经④。

　　先圣遗业，莫大教训。博学多识，疑则思问。智明所成，德义所建。夫子好学，诲人不倦。故叙《赞学》第一。

　　凡士之学，贵本贱末。大人不华，君子务实。礼虽媒绍，必载于贽。时俗趋末，惧毁术⑤。故叙《务本》第二。

　　人皆智德，苦为利昏。行污求荣，戴盆望天。为仁不富，为富不仁。将修德行，必慎其原。故叙《遏利》第三。

　　世不识论，以士卒化⑥。弗问志行，官爵是纪。不义富贵，仲尼所耻。伤俗陵迟⑦，遂远圣述⑧。故叙《论荣》第四。

　　惟贤所苦，察妒所患，皆嫉过己，以为深怨。或因类酆⑨，或空造端。痛君不察，而信谗言。故叙《贤难》第五。

　　原明所起，述暗所生，距谏所败，祸乱所成。当涂之人，成欲专君⑩，壅蔽贤士，以擅主权。故叙《明暗》第六。

　　上览先王，所以致太平，考绩黜陟，著在五经。罚赏之实，不以虚名。明豫德音⑪，焉问扬庭⑫。故叙《考绩》第七。

　　人君选士，咸求贤能。君司贡荐⑬，竞进下材。憎是掊克⑭。何官能治？买药得雁，难以为医。故叙《思贤》第八。

　　原本天人，参连相因。致和平机，述在于君⑮。奉法选贤，国自我身。奸门窃位，将谁督察⑯？故叙《本政》第九。

　　览观古今，爰暨书传，君皆欲治，臣恒乐乱。忠佞溷淆，各以类进。常苦不明，而信奸论。故叙《潜叹》第十。

　　夫位以德兴，德贵忠立，社稷所赖，安危是系。非夫谠直贞亮，仁慈惠和，事君如天，视民如子，则莫保爵位，而全令名。故叙《忠贵》第十一。

　　先王理财，禁民为非。《洪范》忧民。《诗》刺末资。浮伪者众，本农必衰。节以制度，如何弗议？故叙《浮侈》第十二。

　　积微伤行，怀安败名，明莫恣欲⑰，而无悛容⑱。足以慢谏，闻善不从。微安召辱，终必有凶。故叙《慎微》第十三。

　　明主思良，劳精贤知。百寮阿党，不核真伪，苟崇虚誉，以相诳曜，居官任职，则无功效。故叙《实贡》第十四。

圣人养贤，以及万民。先王之制，皆足代耕。增爵损禄。必程以倾⑲。先益吏俸，乃可致平。故叙《班禄》第十五。

君忧臣劳，古今通义。上思致平，下宜竭惠⑳。贞良信士，咸痛数赦。奸宄繁兴，但以赦故。乃叙《述赦》第十六。

先王御世，兼秉威德。赏有建侯，罚有刑渥。赏重严禁㉑，臣乃敬职。将修太平，必媚此法㉒。故叙《三式》第十七。

民为国基，谷为民命。日力不暇，谷何由盛？公卿师尹，卒劳百姓，轻夺民时，诚可愤诤。故叙《爱日》第十八。

观吏所治，斗讼居多。原祸所起，诈欺所为。将绝其末，必塞其原。民无欺绐，世乃平安。故叙《断讼》第十九。

五帝三王，优劣有情。虽欲超皇，当先致平。必世后仁，仲尼之经。遭衰奸牧，得不用刑？故叙《衰制》第二十。

圣王忧勤，选练将帅，授以铁钺，假以权贵。诚多蔽暗，不识变势，赏罚不明，安得不败？故叙《劝将》第二十一。

蛮夷猾夏，古今所患。尧、舜忧民，皋陶术叛㉓。宣王中兴，南仲征边。今民日死，如何弗蕃㉔？故叙《救边》第二十二。

凡民之情，与君殊戾，不能远虑，督取一制㉕，苟扶私议㉖，以为国计。宜寻其言，以诘所谓。故叙《边议》第二十三。

边既远门㉗，太守擅权。台阁不察㉘，信其奸言。今怀郡县㉙，殴民内迁。今又丘荒，虑必生心㉚。故叙《实边》第二十四。

天生神物，圣人则之。著龟卜筮，以定嫌疑。俗工浅源㉛，莫尽其才。自大非贤。何足信哉？故叙《卜列》第二十五。

《易》有史巫，《诗》有工祝。圣人先成，民后致力。兆黎劝乐，神乃授福。孔子不祈，以明在德。故叙《巫列》第二十六。

五行八卦，阴阳所生，禀气薄厚，以著其形。天题厥象，人实奉成。弗修其行，福禄不臻。故叙《相列》第二十七。

《诗》称吉梦，《书》、《传》亦多，观察行事，占验不虚。福从善来，祸由德痛，吉凶之应，与行相须。故叙《梦列》第二十八。

论难横发，令道不通。后进疑惑，不知所从。自昔庚子，而有责云。予岂好辩，将以明真。故叙《释难》第二十九。

朋友之际，义存六纪㉜，摄以威仪，讲习王道，善其久要，贵贱不改。今民迁久㉝，莫之能奉。故叙《交际》第三十。

君有美称，臣有令名，二人同心，所愿乃成。宝权神术，勾示下情㉞，治势一定，终莫能倾。故叙《明忠》第三十一。

人天情通，气感相和，善恶相征，异端变化。圣人运之，若御舟车，作民精神，莫能含嘉㉟。故叙《本训》第三十二。

明王统治，莫大身化，道德为本，仁义为佐。思心顺政，责民务广，四海治焉，何有消长？故叙《德化》第三十三。

上观太古，五行之运，咨之《诗》、《书》，考之前训。气终度尽，后代复进。虽未必正，可依传问㊱。故叙《五德志》第三十四。

　　君子多识，前言往行，类族变物，古有斯姓。博见同□㊲，□□□□，□□□□，□□□□。故叙《志氏姓》第三十五㊳。

---

①先器能当官："先"字疑当作"无"。

②斯伇：同"厮役"。

③财：同"纔"（今简写为"才"）。

④左丘明五经：此句上下，疑有脱误。

⑤惧毁术：此句脱一字，据彭铎说，"毁"字下脱"圣"字。

⑥以士卒化："卒化"当作"族位"。

⑦陵迟：斜平，引申为衰颓。

⑧遂远圣述：据俞樾说，述读为术。述、术古通用。

⑨类疊：当作"颣衅"。颣衅（lèi xìn，音类信）：缺点，毛病。

⑩成欲专君："成"当作"咸"。

⑪明豫德音：《潜夫论笺》："豫"疑当作"务"。

⑫焉：犹"乃"，"于是"。

⑬君司贡荐："君"当作"群"。

⑭憎是掊克：今《诗·大雅·荡》"憎"作"曾"。掊克，聚敛。

⑮述：通"术"。

⑯察："察"字失韵，据彭铎说，"察"当读为"存"。

⑰明莫：按，当作"朝暮"，字坏致误。

⑱悛（quān，音圈）：悔改。

⑲必程以倾：必，通"毕"。必程，指毕程氏，见《逸周书·史记解》。

⑳下宜竭惠："惠"疑当作"虑"。

㉑赏重严禁："严禁"当乙转作"禁严"。

㉒必媚此法："媚"字当作"循"。

㉓皋陶术叛："术"字当作"御"。

㉔蕃：蕃屏，屏障。

㉕督取一制："督"当作"各"。

㉖苟扶私议："扶"当作"挟"。

㉗边既远门："门"当作"阙"，阙廷，代指朝廷。

㉘台阁：代指朝廷大臣。

㉙今怀郡县："今怀"当作"令坏"。

㉚虑必生心：据彭铎说，"虑"当作"虏"。

㉛俗工浅源：按，"源"，根源。"浅源"犹言"根底不深"，功夫浅。

㉜六纪：《白虎通德论·三纲六纪》："六纪者，谓诸父、兄弟、族人、诸舅、师长、朋友也。"纪对纲而言，"六纪"与"三纲"相配。

㉝迁：义同"散"。

㉞勾示下情："勾"为"勿"之误。

㉟莫能含嘉：《潜夫论》笺，"能"疑"不"。

㊱可依传问："问"同"闻"，本书"闻"字多写作"问"。

㊲博见同：本句"同"字下脱一字，此下尚脱三句十二字，共十三字。现存各本皆同，难以臆补。

㊳本书底本为冯舒校影宋写本，即《四部丛刊》所收述古堂本。此本为现存最早的宋版翻刻本，非常珍贵。此次根据《汉魏丛书》程荣本、扫叶山房《百子全书》本、《诸子集成》所收汪继培笺本，中华书局《潜夫论笺》彭铎校正本及孙诒让、俞樾诸家创见，对底本的脱字、衍字、误字、错简作了校正并进行了简注，鄙见则加"按"字以别之。

昌黎先生集

（选录）

〔唐〕韩愈　撰

一、原　性

性也者①，与生俱生也；情也者，接于物而生也。性之品有三，而其所以为性者五；情之品有三，而其所以为情者七。曰：何也？曰：性之品有上中下三。上焉者，善焉而已矣；中焉者，可导而上下也；下焉者，恶焉而已矣。其所以为性者五：曰仁，曰礼，曰信，曰义，曰智。上焉者之于五也，主于一而行于四；中焉者之于五也，一不少有焉，则少反焉，其于四也混；下焉者之于五也，反于一而悖于四。性之于情视其品，情之品有上中下三。其所以为情者七：曰喜，曰怒，曰哀，曰惧，曰爱，曰恶，曰欲。上焉者之于七也，动而处其中；中焉者之于七也，有所甚，有所亡，然而求合其中者也；下焉者之于七也，亡与甚，直情而行者也。情之于性视其品。孟子之言性曰："人之性善。"荀子之言性曰："人之性恶。"扬子之言性曰："人之性善恶混。"夫始善而进恶，与始恶而进善，与始也混，而今也善恶，皆举其中而遗其上下者也，得其一而失其二者也。叔鱼之生也，其母视之，知其必以贿死。杨食我之生也，叔向之母闻其号也，知必灭其宗；越椒之生也，子文以为大戚，知若敖氏之鬼不食也。人之性果善乎？后稷之生也，其母无灾，其始匍匐也，则岐岐然②，嶷嶷然③。文王之在母也，母不忧；既生也，傅不勤；既学也，师不烦。人之性果恶乎？尧之朱④，舜之均，文王之管、蔡，习非不善也，而卒为奸；瞽瞍之舜⑤，鲧之禹，习非不恶也，而卒为圣。人之性善恶果混乎？故曰：三子之言性也，举其中而遗其上下者也，得其一而失其二者也。曰：然则性之上下者，其终不可移乎？曰：上之性就学而愈明，下之性畏威而寡罪，是故上者可教而下者可制也。其品则孔子谓不移。曰：今之言性者异于此，何也？曰：今之言者，杂佛、老而言也。杂佛、老而言也者，奚言而不异⑥？

①性：人的本质。
②岐岐然：峻茂的样子。
③嶷（yí，音夷）：伟岸。
④朱：尧的儿子。
⑤瞽（gǔ，音鼓）叟：舜的父亲。
⑥奚：为何。

二、原　道

博爱之谓仁①，行而宜之之谓义②，由是而之焉之谓道③，足乎己无待于外之谓德。仁与义为定名④，道与德为虚位⑤。故道有君子、小人，而德有凶、有吉。老子之小仁义⑥，非毁之也，其见者小也。坐井而观天，曰"天小"者，非天小也。彼以煦煦为仁⑦，孑孑为义⑧，其小之也则宜。其所谓道，道其所道，非吾所谓道也；其所谓德，德其所德，非吾所谓德也。凡吾所谓道德云者，合仁与义言之也，天下之公言也；老子之所谓道德云者，去仁与义言之也，一人之私言也。周道衰，孔子没，火于秦，黄老于汉，佛于晋、魏、梁、隋之间，其言道德仁义者，不入于杨，则入于墨；不入于老，则入于佛。入于彼，必出于此。入者主之，出者奴之；入者附之，出者汙之⑨。噫！后之人其欲闻仁义道德之说，孰从而听之？老者曰："孔子，吾师之弟子也。"佛者曰："孔子，吾师之弟子也⑩。"为孔子者，习闻其说，乐其诞而自小也。亦曰："吾师亦尝师之云尔。"不惟举之于其口，而又笔之于其书。噫！后之人虽欲闻仁义道德之说，其孰从而求之？甚矣！人之好怪也。不求其端，不讯其末，惟怪之欲闻。

古之为民者四⑪，今之为民者六。古之教者处其一，今之教者处其三⑫。农之家一，而食粟之家六；工之家一，而用器之家六；贾之家一，而资焉之家六。奈之何民不穷且盗也！古之时，人之害多矣。有圣人者立，然后教之以相生相养之道。为之君，为之师，驱其虫蛇禽兽而处之中土⑬。寒，然后为之衣；饥，然后为之食；木处而颠⑭，土处而病也，然后为之宫室。为之工以赡其器用，为之贾以通其有无，为之医药以济其夭死，为之葬埋祭祀以长其恩爱，为之礼以次其先后，为之乐以宣其湮郁⑮，为之政以率其怠倦，为之刑以锄其强梗。相欺也，为之符玺斗斛权衡以信之⑯；相夺也，为之城郭甲兵以守之。害至而为之备，患生而为之防。今其言曰："圣人不死，大盗不止。""剖斗折衡，而民不争"。呜呼！其亦不思而已矣。如古之无圣人，人之类灭久矣。何也？无羽毛鳞介以居寒热也，无爪牙以争食也。

是故君者，出令者也；臣者，行君之令而致之民者也；民者，出粟米麻丝，作器皿，通货财，以事其上者也⑰。君不出令，则失其所以为君；臣不行君之令而致之民，则失其所以为臣；民不出粟米麻丝、作器皿、通货财以事其上，则诛。今其法曰：必弃而君臣，去而父子，禁而相生相养之道，以求其所谓清净寂灭者。呜呼！其亦幸而出于三代之后，不见黜于禹、汤、文、武、周公、孔子也！其亦不幸而不出于三代之前，不见正于禹、汤、文、武、周公、孔子也！帝之与王，其号虽殊，其所以为圣一也。夏葛而冬裘⑱，渴饮而饥食，其事虽殊，其所以为智一也。今其言曰："曷不为太古之无事！"是亦责冬之裘者曰："曷不为葛之之易也！"责饥之食者曰："曷不为饮之之易也！"《传》曰："古之欲明明德于天下者，先治其国；欲治其国者，先齐其家；欲齐其家者，先修其身；欲修其身者，先正其心；欲正其心者，先诚其意。"然则古之所谓正心而诚意者，将以有为也。今也欲治其心而外天下国家，灭其天常。子焉而不父其父，臣焉而不君其君，民焉而不事其事。孔子之作《春秋》也，诸侯用夷礼则夷之，进于中国则中国之。《经》曰："夷狄之有君，不如诸夏之亡。"《诗》曰："戎狄是膺⑲，荆舒是惩。"今也举夷狄之法而加之先王之教之上，几何其不胥而为夷也⑳！

夫所谓先王之教者何也？博爱之谓仁，行而宜之之谓义，由是而之焉之谓道，足乎己无待于外之谓德。其文：《诗》、《书》、《易》、《春秋》；其法：礼、乐、刑、政；其民：士、农、工、贾；其位：君臣、父子、师友、宾主、昆弟、夫妇；其服：麻、丝；其居：宫、室；其食：粟米、果蔬、鱼肉。其为道易明，而其为教易行也。是故以之为己，则顺而祥；以之为人，则爱而公；以之为心，则和而平；以之为天下国家，无所处而不当。是故生则得其情，死则尽其常，郊焉而天神假㉑，庙焉而人鬼飨。曰："斯道也，何道也？"曰："斯吾所谓道也，非向所谓老与佛之道也。尧以是传之舜，舜以是传之禹，禹以是传之汤，汤以是传之文、武、周公，文、武、周公传之孔子，孔子传之孟轲。轲之死，不得其传焉。荀与杨也，择焉而不精，语焉而不详。由周公而上，上而为君，故其事行；由周公而下，下而为臣，故其说长。"然则如之何而可也？曰："不塞不流，不止不行。人其人㉒，火其书㉓，庐其居㉔，明先王之道以道之。鳏寡孤独废疾者有养也，其亦庶乎其可也。"

①仁：孔子说：仁者，爱人也。

②宜：适应。行而宜之：做起来与当时的制度相适应。

③是：这，指仁义。由是而之焉：是说，从这里走过去。

④定名：确定的名称。

⑤虚位：空虚的位置。

⑥小仁义：把仁义看得很渺小。

⑦煦煦：慈爱的样子。

⑧孑孑：微小的样子。

⑨汙：污辱，诋毁。

⑩师：指释迦牟尼，佛家称孔子为儒童菩萨，所以说孔子师从佛祖。

⑪民者四：指士、农、工、商。

⑫处其三：儒、道、释三教并立。

⑬中土：中原。

⑭木处而颠：居住在树上容易摔下来。颠，自高下陨。

⑮湮郁：心中积闷的情绪。

⑯符玺斗斛：符即符节，玺，音喜，帝王之印。斗斛，古代量器。

⑰事：侍奉。

⑱葛：用葛草纤维织成的布。   裘：皮衣。

⑲膺：攻击。

⑳胥：相引。

㉑郊：祭天的礼。

㉒人其人：当作"民其人"因避李世民之讳而改民为人，即使僧尼道冠还俗为民。

㉓火其书：放火烧掉佛经。

㉔庐其居：把寺院观庵改为民居的茅庐。

复 性 书

〔唐〕李翱　撰

上

　　人之所以为圣人者，性也；人之所以惑其性者，情也。喜、怒、哀、惧、爱、恶、欲七者，皆情之所为也。情既昏，性斯匿矣①。非性之过也，七者循环而交来，故性不能充也。水之浑也，其流不清；火之烟也，其光不明；非水火清明之过。沙不浑，流斯清矣；烟不郁②，光斯明矣；情不作，性斯充矣。

　　性与情不相无也③。虽然，无性则情无所生矣。是情由性而生，情不自情，因性而情；性不自性，由情以明。

　　性者，天之命也，圣人得之而不惑者也；情者，性之动也，百姓溺之而不能知其本者也。圣人者岂其无情邪？圣人者寂然不动，不往而到，不言而神，不耀而光，制作参乎天地，变化合乎阴阳；虽有情也，未尝有情也。然则百姓者岂其无性者邪？百姓之性与圣人之性弗差也。虽然，情之所昏，交相攻伐，未始有穷，故虽终身而不自睹其性焉。火之潜于山石林木之中，非不火也。江、河、淮、济之未流而潜于山，非不泉也。石不敲，木不磨，则不能烧其山林而燥万物。泉之源弗疏，则不能为江、为河，为淮、为济，东汇大壑④，浩浩荡荡，为弗测之深。情之动静弗息，则不能复其性而烛天地⑤，为不极之明⑥。

　　故圣人者，人之先觉者也，觉则明，否则惑，惑则昏。明与昏谓之不同。明与昏，性本无有，则同与不同二者离矣。夫明者所以对昏，昏既灭，则明亦不立矣。是故诚者，圣人之性也，寂然不动，广大清明，照乎天地，感而遂通天下之故，行止语默，无不处于极也。复其性者，贤人循之而不已者也，不已则能归其源矣。《易》曰：“夫圣人者，与天地合其德，日月合其明，四时合其序，鬼神合其吉凶，先天而天弗违，后天而奉天时。天且弗违，而况于人乎？况于鬼神乎？”此非自外得者也，能尽其性而已矣。子思曰：“唯天下至诚，为能尽其性。能尽其性，则能尽人之性；能尽人之性，则能尽物之性；能尽物之性，则可以赞天地之化育；可以赞天地之化育，则可以与天地参矣。其次致曲⑦，曲能有诚，诚则形，形则著，著则明，明则动，动则变，变则化，唯天下至诚为能化。”

　　圣人知人之性皆善，可以循之不息而至于圣也，故制礼以节之，作乐以和之。安于和乐，乐之本也；动而中礼，礼之本也。故在车则闻鸾和之声⑧，行步则闻佩玉之音。无故不废琴瑟，视听言行，循礼而动。所以教人忘嗜欲而归性命之道也。道者至诚也，诚而不息则虚，虚而不息则明，明而不息则照天地而无遗。非他也，此尽性命之道也。哀哉！人皆可以及乎此，莫之止而不为也，不亦惑邪！昔者圣人以之传于颜子，颜子得之，拳拳不失⑨，不远而复，其心三月不违仁。子曰：“回也其庶乎！屡空。”其所以未到于圣人者，一息耳，非力不能也，短命而死故也。其余升堂者，盖皆传也。一气之所养，一雨之所膏，而得之者各有浅深，不必均也。子路之死也，石乞、孟黡以戈击之⑩，断缨，子路曰：“君子死，冠不免。”结缨而死。由也非好勇而无惧也，其心寂然不动故也。曾子之死也，曰：“吾何求焉，吾得正而毙焉，斯已矣！”此正性命之言也。子思，仲尼之孙。得其祖之道，述《中庸》四十七篇，以传于孟轲。轲曰：“我四十不动心。”轲之门人，达者公孙丑、万章之徒，盖传之矣。遭秦灭书，《中庸》之不焚者，一篇存焉，于是此道废缺。其教授者，唯节行、文章、章句、威仪、击剑之术相师焉。性命之源，则吾弗能知其所传矣。道之极于剥也必复[11]，吾岂复之时邪？

　　吾自六岁读书，但为词句之学，志于道者四年矣，与人言之，未尝有是我者也。南观涛江[12]，入于越，而吴郡陆傪存焉。与之言之。陆傪曰："子之言，尼父之心也。东方如有圣人焉，不出乎此也！南方如有圣人焉，亦不出乎此也！惟子行之不息而已矣。"呜呼！性命之书虽存，学者莫能明，是故皆入于庄、列、老、释。不知者，谓夫子之徒不足以穷性命之道，信之者皆是也。有问于我，我以吾之所知而传焉，遂书于书。以开诚明之源，而缺绝废弃不扬之道，几可以传于时。命曰《复性书》，以理乎其心，以传乎其人。乌戏[13]！夫子复生，不废吾言矣。

---

　　①性斯匿：人的本质全都被隐藏起来。

　　②郁：停滞。

　　③不相无：不是彼此没有关系。

　　④大壑：大海。

　　⑤烛：照耀。

　　⑥不极：无穷无尽。

　　⑦致曲：致力于细小之事。

　　⑧鸾和之声：鸾与和都是车铃名，鸾在车衡之上，和在车轼之下。

　　⑨拳拳：恳切的样子。

　　⑩孟黡（yǎn，音掩）：人名，杀死子路的凶手。

　　⑪剥也必复：衰败至极，必定兴盛。

　　⑫涛江：指钱塘江。国人有农历八月十五前后到钱塘江观涛之俗，故有涛江之说。

　　⑬乌戏：感叹词，类同"呜呼"。

中

　　或问曰："人之昏也久矣，将复其性者，必有渐也。敢问其方？"曰："弗虑弗思，情则不生。情既不生，乃为正思。正思者，无虑无思也。《易》曰：'天下何思何虑？'又曰：'闲邪存其诚[1]。'《诗》曰：'思无邪。'"曰："已矣乎？"曰："未也，此斋戒其心者也，犹未离于静焉。有静必有动，有动必有静。动静不息，是乃情也。《易》曰：'吉凶悔吝，生于动者也。'焉能复其性邪？"曰："如之何？"曰："方静之时，知心无思者，是斋戒也。知本无有思，动静皆离，寂然不动者，是至诚也。《中庸》曰：'诚则明矣。'《易》曰：'天下之动，贞夫一者也'。"问曰："不虑不思之时，物格于外，情应于内，如之何而可止也？以情止情，其可乎？"曰："情者，性之邪也。知其为邪，邪本无有。心寂不动，邪思自息。惟性明照，邪何所生？如以情止情，是乃大情也。情互相止，其有已乎？《易》曰：'颜氏之子，有不善，未尝不知；知之，未尝复行也。'《易》曰：'不远复，无祇悔[2]，元吉。'"

　　问曰："本无有思，动静皆离。然则，声之来也，其不闻乎？物之形也，其不见乎？"曰："不睹不闻，是非人也。视听昭昭，而不起于见闻者，斯可矣。无不知也，无弗为也，其心寂然，光照天地，是诚之明也。《大学》曰：'致知在格物。'《易》曰：'《易》无思也，无为也，寂然不动，感而遂通天下之故，非天下之至神，其孰能与于此？'"曰："敢问'致知在格物'何谓也？"

曰："物者，万物也。格者，来也，至也。物至之时，其心昭昭然，明辨焉，而不应于物者，是致知也，是知之至也。知至故意诚，意诚故心正，心正故身修，身修而家齐，家齐而国理③，国理而天下平，此所以能参天地者也。《易》曰：'与天地相似，故不违，知周乎万物，而道济天下，故不过。旁行而不流，乐天知命，故不忧。安土敦乎仁，故能爱。范围天地之化而不过，曲成万物而不遗④，通乎昼夜之道而知，故神无方而《易》无体。一阴一阳之谓道。'此之谓也。"

曰："生为我说《中庸》。"曰："不出乎前矣。"曰："我未明也。敢问何谓'天命之谓性'？"曰："人生而静，天之性也。性者，天之命也。""'率性之谓道，'何谓也？"曰："率，循也。循其源而反其性者，道也。道也者，至诚也。至诚者，天之道也。诚者定也，不动故也。""'修道之谓教'，何谓也？"曰："'诚之者，人之道也'，'诚之者，择善而固执之者也。'修是道而归其本者，明也。教也者，则可以教天下矣。颜子其人也。'道也者，不可须臾离也，可离非道也'，说者曰：其心不可须臾动焉故也。动则远矣，非道也，变化无方，未始离于不动故也。'是故君子戒慎乎其所不睹，恐惧乎其所不闻，莫见乎隐，莫显乎微，故君子慎其独也。'说者曰：不睹之睹，见莫大焉；不闻之闻，闻莫甚焉。其心一动，是不睹之睹，不闻之闻也，其复之也远矣，故君子慎其独。慎其独者，守其中也。"

问曰："昔之注解《中庸》者，与生之言皆不同，何也？"曰："彼以事解者也，我以心通者也。"曰："彼亦通于心乎？"曰："吾不知也。"曰："如生之言，修之一日，则可以至于圣人乎？"曰："十年扰之，一日止之，而求至焉，是孟子所谓以杯水而救一车薪之火也。甚哉！止而不息必诚，诚而不息必明，明与诚终岁不违，则能终身矣。'造次必于是⑤，颠沛必于是'，则可以希于至矣。故《中庸》曰："至诚无息，不息则久，久则征，征则悠远，悠远则博厚，博厚则高冽，博厚所以载物也。高明所以覆物也，悠久所以成物也。博厚配地，高明配天，悠久无疆。如此者，不见而章，不动而变，无为而成。天地之道，可一言而尽也'。"

问曰："凡人之性，犹圣人之性欤？"曰："桀、纣之性犹尧、舜之性也。其所以不睹其性者，嗜欲好恶之所昏也，非性之罪也。"曰："为不善者非性邪？"曰："非也。乃情所为也。情有善有不善，而性无不善焉。孟子曰：'人无有不善，水无有不下。夫水搏而跃之，可使过颡⑥，激而行之，可使在山。是岂水之性哉？'其所以导引之者然也。人之性皆善，其不善亦犹是也。"问曰："尧、舜岂不有情邪？"曰："圣人至诚而已矣。尧、舜之举十六相⑦，非喜也；流共工，放欢兜，殛鲧⑧，窜三苗，非怒也。中于节而已矣。其所以皆中节者，设教于天下故也。《易》曰：'知变化之道者，其知神之所为乎！'《中庸》曰：'喜、怒、哀、乐之未发，谓之中；发而皆中节，谓之和。中也者，天下之大本也；和也者，天下之达道也。致中和，天地位焉，万物育焉。'《易》曰：'唯深也，故能通天下之志；唯几也，故能成天下之务；惟神也，故不疾而速，不行而至。'圣人之谓也。"

问曰："人之性犹圣人之性，嗜欲爱憎之心何因而生也？"曰："情者，妄也，邪也，邪与妄，则无所因矣。妄情灭息，本性清明，周流六虚，所以谓之能复其性也。《易》曰：'乾道变化⑨，各正性命。'《论语》曰：'朝闻道，夕死可矣。'能正性命故也。"

问曰："情之所昏，性即灭矣，何以谓之犹圣人之性也？"曰："水之性清澈，其浑之者沙泥也。方其浑也，清性岂遂无有邪？久而不动，沙泥自沉。清明之性鉴于天地，非自外来也。故其浑也，性本弗失；及其复也，性亦不生。人之性亦犹水也。"

问曰："人之性本皆善，而邪情昏焉，敢问圣人之性将复为嗜欲所浑乎？"曰："不复浑矣。情本邪也，妄也，邪妄无因，人不能复。圣人既复其性矣，知情之为邪。邪既为明所觉矣，觉则无邪，邪何由生也？伊尹曰：'天之道以先知觉后知，先觉觉后觉者也，予天民之先觉者也。予将以此道觉此民也，非予觉之而谁也。'如将复为嗜欲所浑，是尚不自觉者也，而况能觉后人乎？"

曰："敢问死何所之耶？"曰："圣人之所不明书于策者也⑩。《易》曰：'原始反终，故知死生之说。精气为物，游魂为变，是故知鬼神之情状。'斯尽之矣。子曰：'未知生，焉知死？'然则原其始而反其终，则可以尽其生之道；生之道既尽，则死之说不学而自通矣。此非所急也。子修之不息，其自知之，吾不可以章章然言且书矣⑪。"

---

①闲邪：防止邪恶。

②无祗悔：无大悔。

③理：治。唐人为避唐高宗李治之讳，改治为理。

④曲成万物：圣人委曲自身，成就万物。

⑤造次：仓促。

⑥颡（sǎng，音嗓）：额。

⑦十六相：即八元八恺，古代传说中的才子。八元指高辛氏的八个才子。八恺指高阳氏的八个才子。

⑧殛鲧（jí gǔn，音即滚）：殛：杀死。鲧：古人名，夏禹的父亲。

⑨乾道：天道。

⑩策：册。

⑪章章然：明显的样子。

下

昼而作，夕而休者，凡人也。作乎作者，与万物皆作；休乎休者，与万物皆休。吾则不类于凡人，昼无所作，夕无所休。作非吾作也，作有物；休非吾休也，休有物。作耶休耶？二者离而不存，予之所存者，终不亡且离也。人之不力于道者，昏不思也。天地之间，万物生焉。人之于万物，一物也，其所以异于禽兽虫鱼者，岂非道德之性全乎哉？受一气而成其形，一为物，而一为人，得之甚难也！生乎世，又非深长之年也。以非深长之年，行甚难得之身，而不专专于大道，肆其心之所为，则其所以自异于禽兽虫鱼者亡几矣。昏而不思，其昏也终不明矣。吾之生二十有九年矣。思十九年时，如朝日也，思九年时，亦如朝日也。人之受命，其长者不过七十、八十、九十年，百年者则稀矣。当百年之时，而视乎九十年时也，与吾此日之思于前也，远近其能大相悬耶？其又能远于朝日之时耶？然则人之生也，虽享百年，若雷电之惊相激也，若风之飘而旋也，可知耳矣！况千百人而无一及百年者哉？故吾之终日志于道德，犹惧未及也，彼肆其心之所为者，独何人邪？

周子全书

（选录）

〔宋〕周敦颐　撰

一、太极图说

无极而太极①。太极动而生阳，动极而静，静而生阴。静极复动。一动一静，互为其根②；分阴分阳，两仪立焉。阳变阴合而生水、火、木、金、土③，五气顺布④，四时行焉。五行一阴阳也，阴阳一太极也，太极本无极也。

五行之生也，各一其性⑤。无极之真，二五之精⑥，妙合而凝。"乾道成男，坤道成女。"二气交感，化生万物，万物生生而变化无穷焉。

唯人也得其秀而最灵。形既生矣，神发知矣，五性感动而善恶分，万事出矣。圣人定之以中正仁义（自注："圣人之道，仁义中正而已矣。"）而主静（自注："无欲故静。"），立人极焉⑦。

故圣人"与天地合其德，日月合其明，四时合其序，鬼神合其吉凶"，君子修之吉，小人悖之凶。故曰："立天之道，曰阴与阳；立地之道，曰柔与刚；立人之道，曰仁与义。"又曰："原始反终，故知死生之说。"大哉，《易》也，斯其至矣！

---

①无极而太极：无极即道家所说的"无"。太极即天地未分之前，元气混而为一的混沌之气。道家认为"有生于无"，所以说无极而太极，即"自无极而为太极"。

②互为其根：是说动和静相互依存。

③阳变阴合：阳气变动，阴气便与之配合。

④五气：五行之气。

⑤各一其性：是说金、木、水、火、土各有其属性。

⑥二五：二指阴阳二气，五指五行。

⑦人极：做人的最高标准。

二、通　书

诚上第一章

诚者圣人之本①。"大哉乾元②，万物资始"，诚之源也。"乾道变化③，各正性命④"，诚斯立焉。纯粹至善者也。故曰："一阴一阳之谓道，继之者善也，成之者性也"。元、亨，诚之通；利、贞，诚之复⑤。大哉，《易》也，性命之源乎！

诚下第二章

圣，诚而已矣。诚，五常之本⑥，百行之源也⑦。静无而动有⑧，至正而明达也。五常百行，非诚，非也，邪暗塞也。故诚则无事矣⑨。至易而行难。果而确⑩，无难焉。故曰："一日克己复礼，天下归仁焉。"

诚几德第三章

诚无为⑪，几善恶⑫。德：爱曰仁，宜曰义，理曰礼，通曰智，守曰信。性焉安焉之谓圣⑬，复焉执焉之谓贤⑭。发微不可见，充周不可穷之谓神⑮。

圣第四章

寂然不动者，诚也；感而遂通者，神也；动而未形、有无之间者，几也。诚精故明⑯，神应故妙，几微故幽。诚、神、几曰圣人。

慎动第五章

动而正曰道⑰，用而和曰德⑱。匪仁、匪义、匪礼、匪智、匪信，悉邪也。邪动，辱也；甚焉，害也。故君子慎动。

道第六章

圣人之道，仁义中正而已矣。守之贵，行之利，廓之配天地⑲。岂不易简，岂为难知？不守不行不廓耳。

师第七章

或问曰：曷为天下善？曰：师。曰：何谓也？曰：性者刚柔善恶，中而已矣。不达⑳。曰：刚善，为义，为直，为断，为严毅，为干固；恶，为猛，为隘，为强梁。柔善，为慈，为顺，为巽㉑；恶，为懦弱，为无断，为邪佞。惟中也者，和也，中节也，天下之达道也，圣人之事也。故圣人立教，俾人自易其恶，自至其中而止矣。故先觉觉后觉，暗者求于明，而师道立矣。师道立，则善人多；善人多，则朝廷正而天下治矣。

幸第八章

人之生，不幸不闻过，大不幸无耻。必有耻，则可教；闻过，则可贤。

思第九章

《洪范》曰："思曰睿㉒"，"睿作圣"。无思，本也；思通，用也。几动于彼，诚动于此，无思而无不通为圣人。不思则不能通微，不睿则不能无不通。是则无不通生于通微，通微生于思。故思者，圣功之本而吉凶之几也。《易》曰："君子见几而作，不俟终日。"又曰："知几其神乎！"

志学第十章

圣希天，贤希圣，士希贤。伊尹、颜渊，大贤也。伊尹耻其君不为尧舜，一夫不得其所，若挞于市。颜渊不迁怒，不贰过，三月不违仁。志伊尹之所志，学颜子之所学，过则圣，及则贤，不及则亦不失于令名。

顺化第十一章

天以阳生万物，以阴成万物。生，仁也；成，义也。故圣人在上，以仁育万物，以义正万民。天道行而万物顺，圣德修而万民化。大顺大化，不见其迹，莫知其然之谓神。故天下之众，本在一人㉑，道岂远乎哉！术岂多乎哉！

治第十二章

十室之邑，人人提耳而教且不及，况天下之广，兆民之众哉！曰，纯其心而已矣。仁义礼智四者，动静言貌视听无违之谓纯。心纯则贤才辅，贤才辅则天下治。纯心要矣，用贤急焉。

礼乐第十三章

礼，理也；乐，和也。阴阳理而后和。君君，臣臣，父父，子子，兄兄，弟弟，夫夫，妇妇，万物各得其理，然后和，故礼先而乐后。

务实第十四章

实胜，善也；名胜，耻也。故君子进德修业，孳孳不息㉔，务实胜也。德业有未著，则恐恐然畏人知，远耻也。小人则伪而已。故君子日休㉕，小人日忧。

爱敬第十五章

有善，不及。曰：不及则学焉。问曰：有不善？曰：不善则告之不善，且劝曰："庶几有改乎！"斯为君子。不善一、不善二，则学其一而劝其二。有语曰："斯人有是之不善，非大恶也。"则曰："孰无过？焉知其不能改？改则为君子矣。不改为恶，恶者天恶之，彼岂无畏邪？乌知其不能改？"故君子悉有众善；无弗爱且敬焉。

动静第十六章

动而无静㉖，静而无动，物也。动而无动，静而无静，神也。动而无动㉗，静而无静，非不动不静也。物则不通㉘，神妙万物㉙。水阴根阳，火阳根阴。五行阴阳，阴阳太极，四时运行，万物终始。混兮辟兮㉚，其无穷兮！

乐上第十七章

古者圣王制礼法，修教化，三纲正，九畴叙③，百姓太和②，万物咸若，乃作乐以宣八风之气，以平天下之情。故乐声淡而不伤，和而不淫；入其耳，感其心，莫不淡且和焉。淡则欲心平，和则躁心释。优柔平中，德之盛也；天下化中，治之至也。是谓道配天地，古之极也。后世礼法不修，政刑苛紊，纵欲败度，下民困苦。谓古乐不足听也，代变新声，妖淫愁怨，导欲增悲，不能自止；故有贼君弃父，轻生败伦，不可禁者矣。呜呼！乐者，古以平心，今以助欲；古以宣化，今以长怨。不复古礼，不变今乐，而欲至治者远矣。

乐中第十八章

乐者，本乎政也。政善民安，则天下之心和，故圣人作乐以宣畅其和心，达于天地，天地之气感而大和焉。天地和则万物顺，故神祇格，鸟兽驯。

乐下第十九章

乐声淡则听心平，乐辞善则歌者慕，故风移而俗易矣。妖声艳辞之化也亦然。

圣学第二十章

圣可学乎？曰：可。曰：有要乎？曰：有。请闻焉！曰：一为要。一者，无欲也。无欲则静虚动直③。静虚则明，明则通；动直则公，公则溥④。明通公溥，庶矣乎⑤！

公明第二十一章

公于己者公于人，未有不公于己而能公于人也。明不至则疑生，明无疑也。谓能疑为明，何啻千里！

理性命第二十二章

厥彰厥微⑥，匪灵弗莹⑦。刚善刚恶，柔亦如之，中焉止矣。二气五行，化生万物。五殊二实⑧，二本则一。是万为一⑨，一实万分。万一各正⑩，小大有定。

颜子第二十三章

颜子"一箪食④，一瓢饮，在陋巷，人不堪其忧而不改其乐。"夫富贵，人所爱也；颜子不爱不求，而乐乎贫者，独何心哉？天地间有至贵至爱可求而异乎彼者，见其大而忘其小焉尔。见其大则心泰②，心泰则无不足；无不足，则富贵贫贱，处之一也。处之一，则能化而齐，故颜子亚圣。

师友上第二十四章

天地间，至尊者道，至贵者德而已矣。至难得者人，人而至难得者，道德有于身而已矣。求人至难得者有于身，非师友，则不可得也已。

师友下第二十五章

道义者，身有之，则贵且尊。人生而蒙，长无师友则愚。是道义由师友有之，而得贵且尊，其义不亦重乎！其聚不亦乐乎！

过第二十六章

仲由喜闻过，令名无穷焉。今人有过，不喜人规④，如护疾而忌医，宁灭其身而无悟也。噫！

势第二十七章

天下，势而已矣。势，轻重也。极重不可反。识其重而亟反之，可也。反之，力也；识不早，力不易也。力而不竞，天也；不识不力，人也。天乎？人也，何尤！

文辞第二十八章

文所以载道也。轮辕饰而人弗庸，徒饰也；况虚车乎！文辞，艺也；道德，实也。笃其实，而艺者书之，美则爱，爱则传焉。贤者得以学而至之，是为教。故曰："言之无文，行之不远。"然不贤者虽父兄临之，师保勉之，不学也；强之，不从也。不知务道德，而第以文辞为能者，艺焉而已。噫！弊也久矣！

圣蕴第二十九章

"不愤，不启；不悱④，不发。举一隅不以三隅反，则不复也。"子曰："予欲无言。天何言哉！四时行焉，百物生焉。"然则圣人之蕴，微颜子殆不可见。发圣人之蕴，教万世无穷者，颜子也。圣同天，不亦深乎！常人有一闻知，恐人不速知其有也，急人知而名也，薄亦甚矣！

精蕴第三十章

圣人之精，画卦以示；圣人之蕴，因卦以发。卦不画，圣人之精不可得而见；微卦，圣人之蕴，殆不可悉得而闻。《易》何止五经之源？其天地鬼神之奥乎！

乾损益动第三十一章

君子乾乾不息㊺，于诚，然必惩忿窒欲㊻、迁善改过而后至。乾之用其善是，损益之大莫是过，圣人之旨深哉！"吉凶悔吝生乎动"。噫！吉一而已，动可不慎乎！

家人睽复无妄第三十二章

治天下有本，身之谓也。治天下有则，家之谓也。本必端，端本，诚心而已矣。则必善，善则，和亲而已矣。家难而天下易，家亲而天下疏。家人离，必起于妇人，故睽次家人，以"二女同居而志不同行"也。尧所以厘降二女于妫汭㊼，舜可禅乎？吾兹试矣。是治天下观于家，治家，观身而已矣。身端，心诚之谓也；诚心，复其不善之动而已矣。不善之动，妄也；妄复，则无妄矣；无妄，则诚矣。故无妄次复，而曰"先王以茂对时育万物深哉"！

富贵第三十三章

君子以道充为贵，身安为富，故常泰无不足。而铢视轩冕㊽，尘视金玉，其重无加焉尔。

陋第三十四章

圣人之道，入乎耳，存乎心，蕴之为德行，行之为事业。彼以文辞而已者，陋矣！

拟议第三十五章

至诚则动，"动则变，变则化"。故曰"拟之而后言，议之而后动，拟议以成其变化"。

刑第三十六章

天以春生万物，止之以秋。物之生也，既成矣，不止则过焉，故得秋以成。圣人之法天，以政养万民，肃之以刑。民之盛也，欲动情胜，利害相攻，不止则贼灭无伦焉，故得刑以治。情伪微暧，其变千状，苟非中正明达果断者不能治也。《讼卦》曰："利见大人"，以"刚得中"也。《噬嗑》曰㊾："利用狱"，以"动而明"也。呜呼！天下之广，主刑者民之司命也，任用可不慎乎！

公第三十七章

圣人之道，至公而已矣。或曰：何谓也？曰：天地至公而已矣。

孔子上第三十八章

《春秋》，正王道，明大法也，孔子为后世王者而修也。乱臣贼子，诛死者于前，所以惧生者于后也。宜乎万世无穷，王祀夫子，报德报功之无尽焉！

孔子下第三十九章

道德高厚，教化无穷，实与天地参而四时同，其惟孔子乎！

蒙艮第四十章

“童蒙求我(50)”，我正果行，如筮焉。筮，叩神也，再三则渎矣(51)，“渎则不告”也。“山下出泉”，静而清也。汩则乱(52)，乱不决也，慎哉，其惟时中乎！“艮其背”，背非见也；静则止，止非为也，为不止矣。其道也深乎！

---

①诚：指“无欲而静”的境界。

②乾元：天的根源。

③乾道：自然规律。

④性：属性。

⑤元、亨、利、贞：都是《周易》乾卦的卦辞。这里表示事物发展的不同阶段。

⑥五常：指仁、义、礼、智、信。

⑦百行：一切有关伦理的行为。

⑧静无而动有：静无，指无极。动有，指太极。是说无欲虚静，念头的发生自然合乎善的规范。

⑨无事：不需要用力去做。

⑩果而确：果决而固守。

⑪诚无为：诚的本性是虚静无为。

⑫几善恶：几者，动之微，吉之先见者也。“几善恶”是说念头萌发时，便有了善恶的区分。

⑬性焉安焉：安于诚的本性。

⑭复焉执焉：恢复本性，固守不失。

⑮神：指圣人神妙莫测之德。

⑯诚精：诚之至极。

⑰动而正：行为合乎规范。

⑱用而和：有所作为便不偏不邪。

⑲廓：扩充。

⑳不达：不明白。

㉑巽：谦让。

㉒睿：明智。

㉓一人：即帝王。

㉔孳孳：勉强。

㉕休：快乐。

㉖动而无静：事物运动时便不静止。

㉗动而无动：能使万物运动而其自身又是不动的。

㉘物则不通：具体事物的运动和静止互相排斥。

㉙神妙万物：神作为万物变化的源泉，既非动，又非静，微妙莫测。

㉚混兮辟兮：混，指太极之气混沌未分；辟，指太极分为阴阳二气。

㉛九畴：大禹治理天下的九类大法。畴：品类。

㉜太和：即太平。

㉝静虚动直：心能做到静虚，萌动的念头就正直无邪。

㉞公则溥：无私则无所偏倚。　公：无私。　溥：无所偏倚。

㉟庶矣乎：同圣人差不多了。

㊱厥彰厥微：厥：其。　彰：显明。　微：精致。

㊲匪灵弗莹：没有特别聪明的心灵不会明白。

㊳五殊二实：五殊指五行之气，二实指阴阳二气。

㊴一：指太极。

㊵万一各正：万事万物和太极各有其本性。

㊶箪（dān，音单）：古代盛饭的圆竹器。

㊷泰：宽裕。

㊸规：劝说。

㊹悱（fěi，音匪）：口里想说又说不出来。

㊺乾乾：勤勉努力。

㊻惩忿窒欲：制止愤怒，压抑欲望。

㊼妫汭（guī ruì，音龟锐）：妫，水名，在今山西省永济市南，源出历山，西流入黄河。汭，河流弯曲之处。尧曾把自己的两个女儿嫁给舜，让她们和舜在妫水之滨生活。

㊽铢视轩冕：把名誉地位看得很轻。

㊾噬嗑（shì kè，音式克）：《周易》中的卦名。是说天下的事无法顺利进行，需要使用刑罚，小则惩戒，大则诛戮。

㊿蒙：幼稚。

(51)渎：轻慢。

(52)汩（gǔ，音骨）：水流湍急。

河南程氏遗书

〔宋〕程颢　程颐　撰

河南程氏遗书卷第一

二先生语一

端伯传师说

伯淳先生尝语韩持国曰："如说妄说幻为不好底性，则请别寻一个好底性来，换了此不好底性著。道即性也。若道外寻性，性外寻道，便不是。圣贤论天德，盖谓自家元是天然完全自足之物。若无所污坏，即当直而行之；若小有污坏，即敬以治之，使复如旧。所以能使如旧者，盖为自家本质元是完足之物。若合修治而修治之，是义也；若不消修治而不修治，亦是义也。故常简易明白而易行。禅学者总是强生事。至如山河大地之说，是他山河大地，又干你何事？至如孔子，道如日星之明，犹患门人未能尽晓，故曰'予欲无言'。如颜子，则便默识，其他未免疑问，故曰'小子何述'，又曰'天何言哉？四时行焉，百物生焉'，可谓明白矣。若能於此言上看得破，便信是会禅，也非是未寻得，盖实是无去处说，此理本无二故也。"

王彦霖问立德进德先后。曰："此有二：有立而后进，有进而至于立。立而后进，则是卓然定后有所进，立则是'三十而立'，进则是'吾见其进也'。有进而至于立，则进而至于立道处也，此进是'可与适道'者也，立是'可与立'者也。"

王彦霖以为，人之为善，须是他自肯为时，方有所得，亦难强。曰："此言虽是，人须是自为善，然又不可为如此却都不管他，盖有教焉。'修道之谓教'，岂可不修？"

王彦霖问："道者一心也，有曰'仁者不忧'，有曰'知者不惑'，有曰'勇者不惧'，何也？"曰："此只是名其德尔，其理一也。得此道而不忧者，仁者之事也；因其不忧，故曰此仁也。知、勇亦然。不成却以不忧谓之知，不惑谓之仁也。凡名其德，千百皆然，但此三者，达道之大也。"

苏季明尝以治经为传道居业之实，居常讲习，只是空言无益，质之两先生。伯淳先生曰："'修辞立其诚'，不可不子细理会。言能修省言辞，便是要立诚。若只是修饰言辞为心，只是为伪也。若修其言辞，正为立己之诚意，乃是体当自家敬以直内，义以方外之实事。道之浩浩，何处下手？惟立诚才有可居之处，有可居之处则可以修业也。'终日乾乾'，大小大事却只是忠信，所以进德为实下手处，修辞立其诚为实修业处。"正叔先生曰："治经，实学也，譬诸草木，区以别矣。道之在经，大小远近，高下精粗，森列于其中。譬诸日月在上，有人不见者，一人指之，不如众人指之自见也。如《中庸》一卷书，自至理便推之于事。如国家有九经，及历代圣人之迹，莫非实学也。如登九层之台，自下而上者为是。人患居常讲习空言无实者，盖不自得也。为学，治经最好。苟不自得，则尽治《五经》，亦是空言。今有人心得识达，所得多矣。有虽好读书，却患在空虚者，未免此弊。"

天地生一世人，自足了一世事。但恨人不能尽用天下之才，此其不能大治。

天地生物，各无不足之理。常思天下，君臣、父子、兄弟、夫妇，有多少不尽分处。

先生常论克己复礼。韩持国曰："道上更有甚克，莫错否？"曰："如公之言，只是说道也。克己复礼，乃所以为道也，更无别处。克己复礼之为道，亦何伤乎公之所谓道也！如公之言，即是一人自指其前一物，曰：此道也。他本无可克者。若知道与己未尝相离，则若不克己复礼，何以体道？道在己，不是与己各为一物，可跳身而入者也。克己复礼，非道而何？至如公言，克不是道，亦是道也。实未尝离得，故曰'可离非道也'，理甚分明。"又曰："道无真无假。"曰："既无真又无假，却是都无物也。到底须是是者为真，不是者为假，便是道，大小大分明。"

古人见道分明，故曰"吾斯之未能信"，"从事于斯"，"无是馁也"，"立之斯立"。

佛学只是以生死恐动人。可怪二千年来，无一人觉此，是被他恐动也。圣贤以生死为本分事，无可惧，故不论死生。佛之学为怕死生，故只管说不休。下俗之人固多惧，易以利动。至如禅学者，虽自曰异此，然要之只是此个意见，皆利心也。吁曰："此学，不知是本来以公心求之，后有此蔽，或本只以利心上得之？"曰："本是利心上得来，故学者亦以利心信之。庄生云'不怛化'者①，意亦如此也。如杨、墨之害，在今世则已无之。如道家之说，其害终小。惟佛学，今则人人谈之，弥漫滔天，其害无涯。旧尝问学佛者，'《传灯录》几人？'云'千七百人'。某曰：'敢道此千七百人无一人达者。果有一人见得圣人"朝闻道夕死可矣"与曾子易箦之理②，临死须寻一尺布帛裹头而死，必不肯削发胡服而终。是诚无一人达者。'禅者曰：'此迹也，何不论其心？'曰：'心迹一也，岂有迹非而心是者也？正如两脚方行，指其心曰："我本不欲行，他两脚自行。"岂有此理？盖上下、本末、内外，都是一理也，方是道。庄子曰"游方之内"、"游方之外"者，方何尝有内外？如此，则是道有隔断，内面是一处，外面又别是一处，岂有此理？'学禅者曰：'草木鸟兽之生，亦皆是幻。'曰：'子以为生息于春夏，及至秋冬便却变坏，便以为幻，故亦以人生为幻，何不付与他。物生死成坏，自有此理，何者为幻？'"

天地之间，非独人为至灵，自家心便是草木鸟兽之心也，但人受天地之中以生尔。

后汉人之名节，成于风俗，未必自得也。然一变可以至道。

先王之世，以道治天下；后世只是以法把持天下。

语仁而曰"可谓仁之方也已"者，何也？盖若便以为仁，则反使不识仁，只以所言为仁也。故但曰仁之方，则使自得之以为仁也。

"忠信所以进德"，"终日乾乾"，君子当终日对越在天也。盖上天之载，无声无臭，其体则谓之易，其理则谓之道，其用则谓之神，其命于人则谓之性，率性则谓之道，修道则谓之教。孟子去其中又发挥出浩然之气③，可谓尽矣。故说神"如在其上，如在其左右"，大小大事而只曰"诚之不可揜如此夫④"。彻上彻下，不过如此。形而上为道，形而下为器，须著如此说。器亦道，道亦器，但得道在，不系今与后，己与人。

富贵骄人，固不善；学问骄人，害亦不细。

义理与客气常相胜，又看消长分数多少，为君子小人之别。义理所得渐多，则自然知得，客气消散得渐少，消尽者是大贤。

"兴于《诗》，立于礼"，自然见有著力处；至"成于乐"，自然见无所用力。

若不能存养，只是说话。

韩愈亦近世豪杰之士。如《原道》中言语虽有病，然自孟子而后，能将许大见识寻求者，才见此人。至如断曰："孟氏醇乎醇。"又曰："荀与杨择焉而不精，语焉而不详。"若不是佗见得⑤，岂千余年后便能断得如此分明也？如杨子看老子，则谓"言道德则有取，至如搥提仁义⑥，绝灭礼学，则无取"。若以老子"剖斗折衡，圣人不死，大盗不止"，为救时反本之言，为可取，却尚可恕。如老子言"失道而后德，失德而后仁，失仁而后义，失义而后礼"，则自不识道，已不成言语，却言其"言道德则有取"，盖自是杨子已不见道，岂得如愈也？

"予天民之先觉者"谓我乃天生此民中，尽得民道而先觉者也。既为先觉之民，岂可不觉未觉者？及彼之觉，亦非分我之所有以予之，皆彼自有此义理，我但能觉之而已。

圣贤千言万语，只是欲人将已放之心，约之使反，复入身来，自能寻向上去，下学而上达也⑦。

先生尝语王介甫曰："公之谈道，正如说十三级塔上相轮，对望而谈曰，相轮者如此如此，极是分明。如某则戆直，不能如此，直入塔中，上寻相轮，辛勤登攀，逦迤而上，直至十三级时，虽犹未见相轮，能如公之言。然某却实在塔中，去相轮渐近，要之须可以至也。至相轮中坐时，依旧见公对塔谈说此相轮如此如此。"介甫只是说道，云我知有个道，如此如此。只佗说道时，已与道离。佗不知道，只说道时，便不是道也。有道者亦自分明，只作寻常本分事说了。孟子言尧、舜性之，舜由仁义行，岂不是寻常说话？至於《易》，只道个"立人之道曰仁与义"，则和性字由字，也不消道，自己分明。阴阳、刚柔、仁义，只是此一个道理。

嘉礼不野合，野合则秕稗也。故生不野合，则死不墓祭。盖燕飨祭祀，乃宫室中事。后世习俗废礼，有踏青，藉草饮食，故墓亦有祭。如《礼》望墓为坛，并墓人为墓祭之尸，亦有时为之，非经礼也。后世在上者未能制礼，则随俗未免墓祭。既有墓祭，则祠堂之类亦且为之可也。

《礼经》中既不说墓祭，即是无墓祭之文也。

张横渠于墓祭合一，分食而祭之，故告墓之文有曰"奔走荆棘，淆乱栖盘之列"之语，此亦未尽也。如献尸则可合而为一，鬼神如何可合而为一？

墓人墓祭则为尸，旧说为祭后土则为尸者，非也。盖古人祭社之外，更无所在有祭后土之礼。

家祭，凡拜皆当以两拜为礼。今人事生，以四拜为再拜之礼者，盖中间有问安之事故也。事死如事生，诚意则当如此。至如死而问安，却是渎神。若祭祀有祝、有告、谢神等事，则自当有四拜六拜之礼。

古人祭祀用尸，极有深意，不可不深思。盖人之魂气既散，孝子求神而祭，无尸则不飨，无主则不依。故《易》于《涣》、《萃》，皆言"王假有庙"，即涣散之时事也。魂气必求其类而依之。人与人既为类，骨肉又为一家之类。已与尸各既已洁齐，至诚相通，以此求神，宜其飨之。后世不知此，直以尊卑之势，遂不肯行尔。

"宗子继别为宗"。言别，则非一也。如别子五人，五人各为大宗。所谓"兄弟宗之"者，谓别子之子、继祢者之兄弟宗其小宗子也。

凡人家法，须令每有族人远来，则为一会以合族，虽无事，亦当每月一为之。古人有花树韦家宗会法，可取也。然族人每有吉凶嫁娶之类，更须相与为礼，使骨肉之意常相通。骨肉日疏者，只为不相见，情不相接尔。

世人多慎于择婿，而忽于择妇。其实，婿易见、妇难知，所系甚重，岂可忽哉？

吁问："每常遇事，即能知操存之意，无事时，如何存养得熟？"曰："古之人，耳之于乐，目之于礼，左右起居，盘盂几杖，有铭有戒，动息皆有所养。今皆废此，独有理义之养心耳。但存此涵养意，久则自熟矣。敬以直内是涵养意。言不庄不敬，则鄙诈之心生矣；貌不庄不敬，则怠慢之心生矣。"

汉儒如毛苌、董仲舒，最得圣贤之意，然见道不甚分明。下此，即至杨雄，规模窄狭。道即性也。言性已错，更何所得？

汉策贤良，犹是人举之。如公孙弘者，犹强起之，乃就对。至如后世贤良，乃自求举耳。若果有曰"我心只望廷对，欲直言天下事"，则亦可尚矣。若志在富贵，则得志便骄纵，失志则便放旷与悲愁而已。

《周官》医以十全为上，非为十人皆愈为上。若十人不幸皆死病，则奈何？但知可治不可治者十人皆中，即为上。

有人劳正叔先生曰："先生谨于礼四五十年，应甚劳苦？"先生曰："吾日履安地，何劳何苦？佗人日践危地，此乃劳苦也。"

忧子弟之轻俊者，只教以经学念书，不得令作文字。

子弟凡百玩好皆夺志。至于书札，于儒者事最近，然一向好著，亦自丧志。如王、虞、颜、柳辈，诚为好人则有之。曾见有善书者知道否？平生精力一用于此，非惟徒废时日，于道便有妨处，足知丧志也。

王弼注《易》，元不见道，但却以老、庄之意解说而已。

吕与叔尝言：患思虑多，不能驱除。曰："此正如破屋中御寇，东面一人来未逐得，西面又一人至矣，左右前后，驱逐不暇。盖其四面空疏，盗固易入，无缘作得主定。又如虚器入水，水自然入。若以一器实之以水，置之水中，水何能入来？盖中有主则实，实则外患不能入，自然无事。"

孔子曰："其如示诸斯乎。"指其掌。《中庸》便曰："明乎郊社之礼、禘尝之义，治国其如示诸掌乎！"盖人有疑孔子之语，《中庸》又直指郊禘之义以发之。曾子曰："夫子之道，忠恕而已矣。"《中庸》以曾子之言虽是如此，又恐人尚疑忠恕未可便为道，故曰："忠恕违道不远，施诸己而不愿，亦勿施于人。"此又掠下教人。

尧夫尝言："能物物，则我为物之人也；不能物物，则我为物之物也。"亦不消如此。人自人，物自物，道理甚分明。

伯淳近与吴师礼谈介甫之学错处，谓师礼曰："为我尽达诸介甫，我亦未敢自以为是。如有说，愿往复。此天下公理，无彼我。果能明辨，不有益于介甫，则必有益于我。"

人以料事为明，便骎骎人逆诈亿不信去也[8]。

射中鹄，舞中节，御中度，皆诚也。古人教人以射御象勺，所养之意如此。

凡物之名字，自与音义气理相通。除其他有体质可以指论而得名者之外，如天之所以为天，天未名时，本亦无名，只是苍苍然也，何以便有此名？盖出自然之理。音声发于其气，遂有此名此字。如今之听声之精者，便知人性。善卜者知人姓名，理由此也。

吁言："赵泽尝云：'临政是事不合著心，惟恕上合著心'，是否？"曰："彼谓著心勉而行恕则可，谓著心求恕则不可。盖恕，自有之理，举斯心加诸彼而已，不待求而后得。然此人之论，有心为恕，终必恕矣。"

诚者合内外之道，不诚无物。

持国曰："凡人志能使气者，能定其志，则气为吾使，志壹则动气矣。"先生曰："诚然矣，志壹则动气。然亦不可不思气壹则动志。非独趋蹶，药也，酒也，亦是也。然志动气者多，气动志者少。虽气亦能动志，然亦在持其志而已。"

持国曰："道家有三住：心住则气住，气住则神住，此所谓存三守一。"伯淳先生曰："此三者，人终食之顷未有不离者，其要只在收放心。"

持国常患在下者多欺。伯淳先生曰："欺有三：有为利而欺，则固可罪；有畏罪而欺者，在所恕；事有类欺者，在所察。"

人于外物奉身者，事事要好，只有自家一个身与心，却不要好。苟得外面物好时，却不知道自家身与心却已先不好了也。

先生曰："范景仁论性曰：'岂有生为此，死又却为彼？'尽似见得，后却云'自有鬼神'，又却迷也。"

少年时见物大，食物美。后不能然者，物自尔也，乃人与气有盛衰尔。

"生之谓性"，性即气，气即性，生之谓也。人生气禀，理有善恶，然不是性中元有此两物相对而生也。有自幼而善，有自幼而恶，是气禀有然也。善固性也，然恶亦不可不谓之性也。盖"生之谓性"、"人生而静"，以上不容说，才说性时，便已不是性也。凡人说性，只是说"继之者善"也，孟子言人性善是也。夫所谓"继之者善"也者，犹水流而就下也。皆水也，有流而至海，终无所污，此何烦人力之为也？有流而未远，固已渐浊。有出而甚远，方有所浊。有浊之多者，有浊之少者。清浊虽不同，然不可以浊者不为水也。如此，则人不可以不加澄治之功。故用力敏勇则疾清，用力缓怠则迟清。及其清也，则却只是元初水也。亦不是将清来换却浊，亦不是取出浊来置在一隅也。水之清，则性善之谓也。故不是善与恶在性中为两物相对，各自出来。此理，天命也。顺而循之，则道也。循此而修之，各得其分，则教也。自天命以至于教，我无加损焉，此舜有天下而不与焉者也。

邢和叔言："吾曹常须爱养精力，精力稍不足则倦。所以临事皆勉强而无诚意。"接宾客语言尚可见，况临大事乎？

尝与赵汝霖论为政，切忌临事著心。曰："此诚是也，然唯恕上合著心。"

拾　遗

浩然之气，天地之正气，大则无所不在，刚则无所屈，以直道顺理而养，则充塞于天地之间。"配义与道"，气皆主于义而无不在道，一置私意则馁矣。"是集义所生"，事事有理而在义也，非自外袭而取之也。告子外之者，盖不知义也。

壹与一字同。一动气则动志，一动志则动气，为养气者而言也。若成德者，志已坚定，则气不能动志。

北宫黝之勇，在于必为；孟施舍之勇，能于无惧。子夏，笃志力行者也；曾子，明理守约者也。

"必有事"者，主养气而言，故必主于敬。"勿正"，勿作为也。"心勿忘"，必有事也。"助长"，乃正也。

"北方之强"，血气也；"南方之强"，乃理强，故圣人贵之。

人患乎慑怯者，盖气不充，不素养故也。

忿懥，怒也。治怒为难，治惧亦难。克己可以治怒，明理可以治惧。

侯世与云："某年十五六时，明道先生与某讲《孟子》，至'勿正心，勿忘勿助长'处，云：'二哥以必有事焉而勿正为一句，心勿忘勿助长为一句，亦得。'因举禅语为况云：'事则不无，拟心则差。'某当时言下有省。"

---

① 怛（dá，音达）：此为畏惧、惊恐之意。

② 箦（zé，音则）：指竹席。

③ 浩然之气：指正大刚直的精神。

④揜：（yǎn，音掩）：遮蔽之意。

⑤佗（tuō，音托）：此处通他，代词。

⑥捶提（duī dǐ，音堆底）：抛弃、断绝之意。

⑦下学：学习关于具体事物的知识，掌握形而下的东西。　　上达：超越具体知识，领悟其包含的抽象本质，达到形而下的东西所体现的形而上的东西。

⑧骎（qīn，音亲）：为副词，指"逐渐"意。

河南程氏遗书卷第二上

二先生语二上

元丰己未吕与叔东见二先生语

古不必验，今之所患。止患不得为，不患不能为。

"居处恭，执事敬，与人忠"，此是彻上彻下语，圣人元无二语。

一人之心即天地之心，一物之理即万物之理，一日之运即一岁之运。

志道恳切，固是诚意。若迫切不中理，则反为不诚。盖实理中自有缓急，不容如是之迫，观天地之化乃可知。

圣人用意深处，全在《系辞》，《诗》、《书》乃格言。

古之学者，皆有传授。如圣人作经，本欲明道。今人若不先明义理，不可治经，盖不得传授之意云尔。如《系辞》本欲明《易》，若不先求卦义，则看《系辞》不得。

观《易》须看时，然后观逐爻之才。一爻之间，常包涵数意，圣人常取其重者为之辞。亦有《易》中言之已多，取其未尝言者，亦不必重事。又有且言其时，不及其爻之才，皆临时参考。须先看卦，乃看得《系辞》。

有德者，得天理而用之。既有诸己，所用莫非中理。知巧之士，虽不自得，然才知稍高，亦能窥测见其一二，得而用之，乃自谓泄天机。若平心用之，亦莫不中理，但不有诸己，须用知巧，亦有反失之，如苏、张之类。

教人之术，若童牛之牿①，当其未能触时，已先制之，善之大者。其次，则豮豕之牙②。豕之有牙，既已难制，以百方制之，终不能使之改，惟豮其势，则性自调伏，虽有牙亦不能为害。如有不率教之人，却须置其槚楚③，别以道格其心，则不须槚楚，将自化矣。

事君须体纳约自牖之意④。人君有过，以理开谕之。既不肯听，虽当救止，于此终不能回，却须求人君开纳处进说。牖乃开明处。如汉祖欲废太子，叔孙通言嫡庶根本，彼皆知之，既不肯听矣，纵使能言，无以易此。惟张良知四皓素为汉祖所敬，招之使事太子。汉祖知人心归太子，乃无废立意。及左师触龙事，亦相类。

天下善恶皆天理，谓之恶者非本恶，但或过或不及便如此，如杨、墨之类。

仁、义、礼、智、信五者，性也。仁者，全体；四者，四支。仁，体也；义，宜也；礼，别也；智，知也；信，实也。

学者全体此心，学虽未尽，若事物之来，不可不应，但随分限应之，虽不中，不远矣。

学者须敬守此心，不可急迫。当栽培深厚，涵泳于其间，然后可以自得。但急迫求之，只是私己，终不足以达道。

学者全要识时。若不识时，不足以言学。颜子陋巷自乐，以有孔子在焉。若孟子之时，世既无人，安可不以道自任？

《订顽》一篇，意极完备，乃仁之体也。学者其体此意，令有诸己，其地位已高。到此地位，自别有见处，不可穷高极远，恐于道无补也。

医书言手足痿痹为不仁，此言最善名状。仁者，以天地万物为一体，莫非己也。认得为己，何所不至？若不有诸己，自不与己相干。如手足不仁，气已不贯，皆不属己。故“博施济众”，乃圣人之功用。仁至难言，故止曰：“己欲立而立人，己欲达而达人，能近取譬，可谓仁之方也已。”欲令如是观仁，可以得仁之体。

“博施济众”，云“必也圣乎”者，非谓仁不足以及此。言“博施济众”者，乃功用也。

尝喻以心知天，犹居京师往长安，但知出西门便可到长安。此犹是言作两处。若要诚实，只在京师，便是到长安，更不可别求长安。只心便是天，尽之便知性，知性便知天，当处便认取，更不可外求。

“穷理尽性以至于命”，三事一时并了，元无次序，不可将穷理作知之事。若实穷得理，即性命亦可了。

学者识得仁体，实有诸己，只要义理栽培。如求经义，皆栽培之意。

世间有鬼神冯依言语者，盖屡见之。未可全不信，此亦有理。“莫见乎隐，莫显乎微”而已。尝以所求语刘绚，其后以其思索相示，但言与不是，元未尝告之。近来求得稍亲。

昔受学于周茂叔，每令寻颜子、仲尼乐处，所乐何事？

真知与常知异。常见一田夫，曾被虎伤。有人说虎伤人，众莫不惊，独田夫色动异于众。若虎能伤人，虽三尺童子莫不知之，然未尝真知。真知须如田夫乃是。故人知不善而犹为不善，是亦未尝真知。若真知，决不为矣。

蒲人要盟事，知者所不为，况圣人乎？果要之，止不之卫可也。盟而背之，若再遇蒲人，其将何辞以对？

尝言郑戬作县，定民陈氏为里正。既暮，有姓陈人乞分居，戬立笞之，曰：“安有朝定里正，而夕乞分居？”既而察之，乞分居者，非定里正也。今夫赤子未能言，其志意嗜欲人所未知，其母必不能知之，然不至误认其意者，何也？诚心爱敬而已。若使爱敬其民如其赤子，何错缪之有？故心诚求之，虽不中，不远矣。

欲知得与不得，于心气上验之。思虑有得，中心悦豫，沛然有裕者，实得也。思虑有得，心气劳耗者，实未得也，强揣度耳。尝有人言“比因学道，思虑心虚”。曰：“人之血气，固有虚实，疾病之来，圣贤所不免，然未闻自古圣贤因学而致心疾者。”

学者须先识仁。仁者，浑然与物同体。义、礼、知、信皆仁也。识得此理，以诚敬存之而已，不须防检，不须穷索。若心懈则有防，心苟不懈，何防之有？理有未得，故须穷索。存久自明，安待穷索？此道与物无对，大不足以名之。天地之用皆我之用，孟子言“万物皆备于我”，须反身而诚，乃为大乐。若反身未诚，则犹是二物有对，以己合彼，终未有之，又安得乐？《订顽》意思，乃备言此体。以此意存之，更有何事？“必有事焉而勿正，心勿忘，勿助长”，未尝致纤毫之力，此其存之之道。若存得，便合有得。盖良知良能元不丧失，以昔日习心未除，却须存习此心，久则可夺旧习。此理至约，惟患不能守。既能体之而乐，亦不患不能守也。

事有善有恶，皆天理也。天理中物，须有美恶，盖物之不齐，物之情也。但当察之，不可自入于恶，流于一物。

昔见上称介甫之学，对曰："王安石之学不是。"上愕然问曰："何故？"对曰："臣不敢远引，止以近事明之。臣尝读《诗》，言周公之德云：'公孙硕肤，赤舃几几。'周公盛德，形容如是之盛。如王安石，其身犹不能自治，何足以及此？"

圣人即天地也。天地中何物不有？天地岂尝有心拣别善恶，一切涵容覆载，但处之有道尔。若善者亲之，不善者远之，则物不与者多矣，安得为天地？故圣人之志，止欲"老者安之，朋友信之，少者怀之"。

死生存亡皆知所从来，胸中莹然无疑，止此理尔。孔子言"未知生，焉知死"，盖略言之。死之事即生是也，更无别理。

言体天地之化，已剩一体字，只此便是天地之化，不可对此个别有天地。

胡安定在湖州置治道斋，学者有欲明治道者，讲之于中，如治兵、治民、水利、算数之类。尝言刘彝善治水利，后累为政，皆兴水利有功。

"睟面盎背"，皆积盛致然。"四体不言而喻"，惟有德者能之。

《大学》乃孔氏遗书，须从此学则不差。

孔子之列国，答聘而已，若有用我者则从之。

居今之时，不安之法令，非义也。若论为治，不为则已，如复为之，须于今之法度内处得其当，方为合义。若须更改而后为，则何义之有？

孟子言"养心莫善于寡欲"，欲寡则心自诚。荀子言"养心莫善于诚"，既诚矣，又何养？此已不识诚，又不知所以养。

贤者惟知义而已，命在其中。中人以下，乃以命处义。如言"求之有道，得之有命"，是求无益于得，知命之不可求，故自处以不求。若贤者则求之以道，得之以义，不必言命。

克己则私心去，自然能复礼，虽不学文，而礼意已得。

今之监司，多不与州县一体。监司专欲伺察，州县专欲掩蔽。不若推诚心与之共治。有所不逮，可教者教之，可督者督之；至于不听，择其甚者去一二，使足以警众可也。

《诗》、《书》载道之文，《春秋》圣人之用。《诗》、《书》如药方，《春秋》如用药治疾，圣人之用全在此书，所谓"不如载之行事深切著明"者也。有重叠言者，如征伐盟会之类。盖欲成书，势须如此，不可事事各求异义。但一字有异，或上下文异，则义须别。

君实修《资治通鉴》，至唐事。正叔问曰："敢与太宗、肃宗正篡名乎？"曰："然。"又曰："敢辩魏征之罪乎？"曰："何罪？""魏征事皇太子，太子死，遂忘戴天之仇而反事之，此王法所当诛。后世特以其后来立朝风节而掩其罪。有善有恶，安得相掩？"曰："管仲不死子纠之难而事桓公，孔子称其能不死，曰：'岂若匹夫匹妇之为谅也，自经于沟渎而莫之知也！'与征何异？"曰："管仲之事与征异。齐侯死，公子皆出。小白长而当立，子纠少亦欲立。管仲奉子纠奔鲁，小白入齐，既立，仲纳子纠以抗小白。以少犯长，又所不当立，义已不顺。既而小白杀子纠，管仲以所事言之则可死，以义言之则未可死。故《春秋》书'齐小白入于齐'，以国系齐，明当立也。又书'公伐齐纳纠'，纠去子，明不当立也。至'齐人取子纠杀之'，此复系子者，罪齐大夫既盟而杀之也。与征之事全异。"

知、仁、勇三者，天下之达德，所以行之者一，一则诚也。止是诚实此三者，三者之外，更别无诚。

孟子才高，学之无可依据。学者当学颜子入圣人为近，有用力处。

"若季氏则吾不能，以季、孟之间待之。"季氏强臣，君待之之礼极隆，然非所以待孔子。季、孟之间，则待之之礼为至矣。然复曰："吾老矣，不能用也。"此孔子不系待之轻重，特以不用而去。

谈经论道则有之，少有及治体者。"如有用我者"，正心以正身，正身以正家，正家以正朝廷百官，至于天下，此其序也。其间则又系用之浅深，临时裁酌而应之，难执一意。

天地之道，常垂象以示人，故曰"贞观"；日月常明而不息，故曰"贞明"。

学者不必远求，近取诸身，只明人理，敬而已矣，便是约处⑤。《易》之《乾》卦言圣人之学，《坤》卦言贤人之学，惟言"敬以直内，义以方外，敬义立而德不孤"。至于圣人，亦止如是，更无别途。穿凿系累，自非道理。故有道有理，天人一也，更不分别。浩然之气，乃吾气也，养而不害，则塞乎天地。一为私心所蔽，则欿然而馁⑥，却甚小也。"思无邪"，"无不敬"，只此二句，循而行之，安得有差？有差者，皆由不敬不正也。

良能良知，皆无所由，乃出于天，不系于人。

德性谓天赋天资，才之美者也。

凡立言欲涵蓄意思，不使知德者厌、无德者惑。

且省外事，但明乎善，惟进诚心，其文章虽不中不远矣。所守不约，泛滥无功。

学者须学文，知道者进德而已。有德则"不习无不利"，"未有学养子而后嫁"，盖先得是道矣。学文之功，学得一事是一事，二事是二事，触类至于百千，至于穷尽，亦只是学，不是德。有德者不如是。故此言可为知道者言，不可为学者言。如心得之，则"施于四体，四体不言而喻"。譬如学书，若未得者，须心手相须而学；苟得矣，下笔便能书，不必积学。

有有德之言，有造道之言，有述事之言。有德者，止言己分事。造道之言，如颜子言孔子，孟子言尧、舜，止是造道之深，所见如是。

所见所期，不可不远且大，然行之亦须量力有渐。志大心劳，力小任重，恐终败事。

某接人多矣，不杂者三人：张子厚、邵尧夫、司马君实。

圣不可知，谓圣之至妙，人所不能测。

立宗非朝廷之所禁，但患人自不能行之。

立清虚一大为万物之源，恐未安，须兼清浊虚实乃可言神。道体物不遗，不应有方所。

教人未见意趣，必不乐学。欲且教之歌舞，如古《诗》三百篇，皆古人作之，如《关雎》之类，正家之始，故用之乡人，用之邦国，日使人闻之。此等诗，其言简奥，今人未易晓。别欲作诗，略言教童子洒扫、应对、事长之节，令朝夕歌之，似当有助。

"致知在格物"。格，至也。穷理而至于物，则物理尽。

今之学者，惟有义理以养其心。若威仪辞让以养其体，文章物采以养其目，声音以养其耳，舞蹈以养其血脉，皆所未备。

孟子之于道，若温淳渊懿，未有如颜子者，于圣人几矣，后世谓之亚圣，容有取焉。如"盍各言尔志"，子路、颜子、孔子皆一意，但有小大之差，皆与物共者也。颜子不自私己，故无伐善；知同于人，故无施劳。若圣人，则如天地、如"老者安之"之类。

《大学》"在明明德"，先明此道；"在新民"者，使人用此道以自新；"在止于至善"者，见知所止。

得而后动，与虑而后动异。得在己，如自使手举物，无所不从。虑则未在己，如手中持物以取物，知其不利。

圣人于文章，不讲而学。盖讲者有可否之疑，须问辨而后明。学者有所不知，问而知之，则可否自决，不待讲论。如孔子之盛德，惟官名礼文有所未知，故问于郯子、老子，既知则遂行而已，更不须讲。

正叔言："不当以体会为非心。以体会为非心，故有心小性大之说。圣人之神，与天为一，安得有二？至于不勉而中，不思而得，莫不在此。此心即与天地无异，不可小了佗，不可将心滞在知识上，故反以心为小。"

鼓舞万物，不与圣人同忧，此天与人异处。圣人有不能为天之所为处。

行礼不可全泥古，须当视时之风气自不同，故所处不得不与古异。如今人面貌，自与古人不同。若全用古物，亦不相称。虽圣人作，须有损益。

交神明之意，当在事生之后，则可以尽孝爱而得其飨。全用古事，恐神不享。

《订顽》之言，极纯无杂，秦、汉以来学者所未到。

君与夫人当异庙，故自无配。

禘⑦，王者之大祭；袷⑧，诸侯之大祭。

伯淳言："学者须守下学上达之语，乃学之要。"

嫂叔无服，先王之权。后圣有作，虽复制服可矣。

师不立服，不可立也，当以情之厚薄、事之大小处之。如颜闵于孔子，虽斩衰三年可也，其成己之功，与君父并。其次各有浅深，称其情而已。下至曲艺，莫不有师，岂可一概制服？

子厚以礼教学者，最善，使学者先有所据守。

斟酌去取古今，恐未易言，须尺度权衡在胸中无疑，乃可处之无差。

学礼者考文，必求先王之意，得意乃可以沿革。

凡学之杂者，终只是未有所止，内不自足也。譬之一物，悬在空中，苟无所倚著，则不之东则之西，故须著摸佗别道理，只为自家不内足也。譬之家藏良金，不索外求，贫者见人说金，须借他底看。

朋友讲习，更莫如相观而善工夫多。

昨日之会，大率谈禅，使人情思不乐，归而怅恨者久之。此说天下已成风，其何能救！古亦有释氏，盛时尚只是崇设像教，其害至小。今日之风，便先言性命道德，先驱了知者，才愈高明，则陷溺愈深。在某，则才卑德薄，无可奈何佗。然据今日次第，便有数孟子，亦无如之何。只看孟子时，杨、墨之害能有甚？况之今日，殊不足言。此事盖亦系时之污隆。清谈盛而晋室衰，然清谈为害，却只是闲言谈，又岂若今日之害道？今虽故人有一为此学而陷溺其中者，则既不可回。今只有望于诸君尔。直须置而不论，更休曰且待尝试。若尝试，则已化而自为之矣。要之，决无取。其术，大概且是绝伦类，世上不容有此理。又其言待要出世，出那里去？又其迹须要出家，然则家者，不过君臣、父子、夫妇、兄弟，处此等事，皆以为寄寓，故其为忠孝仁义者，皆以为不得已尔。又要得脱世网，至愚迷者也。毕竟学之者，不过至似佛。佛者一點胡尔，佗本是个自私独善，枯槁山林，自适而已。若只如是，亦不过世上少这一个人。又却要周遍，谓既得本，则不患不周遍。要之，决无此理。今日所患者，患在引取了中人以上者，其力有以自立，故不可回。若只中人以下，自不至此，亦有甚执持？今彼言世网者，只为些秉彝又殄灭不得，故当忠孝仁义之际，皆处于不得已。直欲和这些秉彝都消杀得尽，然后以为至道也。然而毕竟消杀不得。如人之有耳目口鼻，既有此气，则须有此识。所见者色，所闻者声，所食者味。人之有喜怒哀乐者，亦其性之自然。今强曰必尽绝，为得天真，是所谓丧天真也。持国之为此学者三十年矣，其所得者，尽说得知有这道理，然至于"反身而诚"，却竟无得处。佗有一个觉之理，可以"敬以直内"矣，然无"义以方外"。其直内者，要之其本亦不是，譬之赞《易》，前后贯穿，都说得是有此道理，然须"默而成之，不言而信，存乎德行"处，是所谓自得也。谈禅者虽说得，盖未之有得。其徒亦有肯道佛卒不可以治天下国家者，然又须道得本则可以周遍。

有问："若使天下尽为佛，可乎？"其徒言："为其道则可，其迹则不可。"伯淳言："若尽为佛，则是无伦类，天下却都没人去理。然自亦以天下国家为不足治，要逃世网，其说至于不可穷处，佗又有一个鬼神为说。"

"立人之道曰仁与义。"据今日，合人道废则是。今尚不废者，犹只是有那些秉彝，卒殄灭不得。以此思之，天壤间可谓孤立，其将谁告耶？

今日卓然不为此学者，惟范景仁与君实尔。然其所执理，有出于禅学之下者。一日做身主不得，为人驱过去里。

君实尝患思虑纷乱，有时中夜而作，达旦不寐，可谓良自苦。人都来多少血气？若此，则几何而不摧残以尽也。其后告人曰："近得一术，常以'中'为念。"则又是为"中"所乱。"中"又何形？如何念得佗？只是于名言之中，拣得一个"好"字。与其为"中"所乱，却不如与一串数珠。及与佗数珠，佗又不受。殊不知"中"之无益于治心，不如数珠之愈也。夜以安身，睡则合眼，不知苦苦思量个甚，只是不与心为主，三更常有人唤习也。

学者于释氏之说，直须如淫声美色以远之，不尔，则骎骎然入于其中矣。颜渊问为邦，孔子既告之以五帝、三王之事，而复戒以"放郑声，远佞人"，曰"郑声淫，佞人殆"。彼佞人者，是佗一边佞耳，然而于己则危，只是能使人移，故危也。至于禹之言曰："何畏乎巧言令色？"巧言令色直消言畏，只是须著如此戒慎，犹恐不免。释氏之学，更不消言，常戒到自家自信后，便不能乱得。

以书传道，与口相传，煞不相干。相见而言，因事发明，则并意思一时传了。书虽言多，其实不尽。

观秦中气艳衰，边事所困，累岁不稔⑨。昨来馈边丧亡⑩，今日事未可知，大有可忧者；以至士人相继沦丧，为足妆点关中者，则遂化去。吁！可怪也。凡言王气者，实有此理。生一物须有此气，不论美恶，须有许大气艳，故生是人。至如阙里，有许多气艳，故此道之流，以至今日。昔横渠说出此道理，至此几乎衰矣。只介父一个，气艳大小大。

伯淳尝与子厚在兴国寺曾讲论终日，而曰："不知旧日曾有甚人于此处讲此事。"

与叔所问，今日宜不在有疑。今尚差池者，盖为昔亦有杂学。故今日疑所进有相似处，则遂疑养气为有助。便休信此说，盖为前日思虑纷扰，今要虚静，故以为有助。前日思虑纷扰，又非义理，又非事故，如是则只是狂妄人耳。惩此以为病，故要得虚静。其极，欲得如槁木死灰，又却不是。盖人，活物也，又安得为槁木死灰？既活，则须有动作，须有思虑。必欲为槁木死灰，除是死也。忠信所以进德者，何也？闲邪则诚自存，诚存斯为忠信也。如何是闲邪？非礼而勿视听言动，邪斯闲矣。以此言之，又几时要身如枯木，心如死灰？又如绝四后，毕竟如何，又几时须如枯木死灰？敬以直内，则须君则是君，臣则是臣，凡事如此，大小大直截也。

有言养气可以为养心之助。曰："敬则只是敬，敬字上更添不得。譬之敬父矣，又岂须得道更将敬兄助之？又如今端坐附火，是敬于向火矣，又岂须道更将敬水以助之？犹之有人曾到东京，又曾到西京，又曾到长安，若一处上心来，则他处不容参然在心，心里著两件物不得。"

饮酒不可使醉，不及乱者。不独不可乱志，只血气亦不可使乱，但使浃洽而已可也⑪。

邢和叔后来亦染禅学，其为人，明辩有才，后更晓练世事；其于学，亦日月至焉者也。

伯淳自谓：只得佗人待做恶人，敬而远之。尝有一朝士久不见，谓伯淳曰："以伯淳如此聪明，因何许多时终不肯回头来？"伯淳答以"盖恐回头后错也"。

巽之凡相见须窒碍，盖有先定之意。和叔据理却合滞碍，而不然者，只是佗至诚便相信心直笃信。

理则须穷，性则须尽，命则不可言穷与尽，只是至于命也。横渠昔尝譬命是源，穷理与尽性如穿渠引源。然则渠与源是两物，后来此议必改来。

今语"道"，则须待要寂灭湛静，形便如槁木，心便如死灰。岂有直做墙壁木石而谓之"道"？所贵乎"智周天地万物而不遗"，又几时要如死灰？所贵乎"动容周旋中礼"，又几时要如槁木？论心术，无如孟子，也只谓"必有事焉"。今既如槁木死灰，则却于何处有事？

君实之能忠孝诚实，只是天资，学则元不知学。尧夫之坦夷，无思虑纷扰之患，亦只是天资自美尔，皆非学之功也。

持国尝论克己复礼，以谓克却不是道。伯淳言："克便是克之道。"持国又言："道则不须克。"伯淳言："道则不消克，却不是持国事。在圣人，则无事可克。今日持国，须克得己便然后复礼。"

游酢、杨时是学得灵利高才也。杨时于新学极精，今日一有所问，能尽知其短而持之。介父之学，大抵支离⑫。伯淳尝与杨时读了数篇，其后尽能推类以通之。

有问：《诗》三百，非一人之作，难以一法推之。伯淳曰："不然。三百，三千中所择，不特合于《雅》、《颂》之音，亦是择其合于教化者取之。篇中亦有次第浅深者，亦有元无次序者。"

新政之改，亦是吾党争之有太过，成就今日之事，涂炭天下，亦须两分其罪可也。当时天下，岌岌乎殆哉！介父欲去数矣。其时介父直以数事上前卜去就，若青苗之议不行，则决其去。伯淳于上前，与孙莘老同得上意，要了当此事。大抵上意不欲抑介父，要得人担当了，而介父之意尚亦无必。伯淳尝言："管仲犹能言'出令当如流水，以顺人心'。今参政须要做不顺人心事，何故？"介父之意只恐始为人所沮，其后行不得。伯淳却道："但做顺人心事，人谁不愿从也？"介父道："此则感贤诚意。"却为天祺其日于中书大悖，缘是介父大怒，遂以死力争于上前，上为之一以听用，从此党分矣。莘老受约束而不肯行，遂坐贬。而伯淳遂待罪，既而除以京西提刑。伯淳复求对，遂见上。上言："有甚文字？"伯淳云："今咫尺天颜，尚不能少回天意，文字更复何用？"欲去，而上问者数四。伯淳每以陛下不宜轻用兵为言，朝廷群臣无能任陛下事者。以今日之患观之，犹是自家不善从容。至如青苗，且放过，又且何妨？伯淳当言职，苦不曾使文字，大纲只是于上前说了，其他些小文字，只是备礼而已。大抵自仁祖朝优容谏臣，当言职者，必以诋讦而去为贤，习以成风，惟恐人言不称职以去，为落便宜，昨来诸君，盖未免此。苟如是为，则是为己，尚有私意在，却不在朝廷，不干事理。

今日朝廷所以特恶忌伯淳者，以其可理会事，只是理会学，这里动，则于佗辈有所不便也，故特恶之深。

以吾自处，犹是自家当初学未至，意未诚，其德尚薄，无以感动佗天意。此自思则如此。然据今日许大气艳，当时欲一二人动之，诚如河滨之人捧土以塞孟津，复可笑也。据当时事势，又至于今日，岂不是命！

只著一个私意，便是馁，便是缺了佗浩然之气处。"诚者物之终始，不诚无物。"这里缺了佗，则便这里没这物。浩然之气又不待外至，是集义所生者。这一个道理，不为尧存，不为桀亡。只是人不到佗这里，知此便是明善。

"生生之谓易"，是天之所以为道也。天只是以生为道，继此生理者，即是善也。善便有一个元底意思。"元者善之长"，万物皆有春意，便是"继之者善也"。"成之者性也"，成却待佗万物自成其性须得。

告子云"生之谓性"则可。凡天地所生之物，须是谓之性。皆谓之性则可，于中却须分别牛之性、马之性。是他便只道一般，如释氏说蠢动含灵，皆有佛性，如此则不可。"天命之谓性，率性之谓道"者，天降是于下，万物流形，各正性命者，是所谓性也。循其性而不失，是所谓道也。此亦通人物而言。循性者，马则为马之性，又不做牛底性；牛则为牛之性，又不为马底性。此所谓率性也。人在天地之间，与万物同流，天几时分别出是人是物？"修道之谓教"，此则专在人事，以失其本性，故修而求复之，则入于学。若元不失，则何修之有？是由仁义行也。则是性已失，故修之。"成性存存，道义之门"，亦是万物各有成性存存，亦是生生不已之意。天只是以生为道。

万物皆只是一个天理，己何与焉？至如言"天讨有罪，五刑五用哉！天命有德，五服五章哉！"此都只是天理自然当如此。人几时与？与则便是私意。有善有恶：善，则理当喜，如五服自有一个次第以章显之；恶，则理当恶，彼自绝于理。故五刑五用，曷尝容心喜怒于其间哉？舜举十六相，尧岂不知？只以佗善未著，故不自举。舜诛四凶，尧岂不察？只为佗恶未著，那诛得佗？举与诛，曷尝有毫发厕于其间哉？只有一个义理，义之与比。

人能放这一个身公共放在天地万物中一般看，则有甚妨碍？虽万身，曾何伤？乃知释氏苦根尘者，皆是自私者也。

要修持佗这天理，则在德，须有不言而信者。言难为形状。养之则须直不愧屋漏与慎独，这是个持养底气象也。

知止则自定，万物挠不动，非是别将个定来助知止也。

《诗》、《书》中凡有个主宰底意思者，皆言帝；有一个包涵遍覆底意思，则言天；有一个公共无私底意思，则言王。上下千百岁中，若合符契。

如天理底意思，诚只是诚此者也，敬只是敬此者也，非是别有一个诚，更有一个敬也。

天理云者，这一个道理，更有甚穷已？不为尧存，不为桀亡。人得之者，故大行不加，穷居不损。这上头来，更怎生说得存亡加减？是佗元无少欠，百理具备。

"天地设位，而易行乎其中矣"，"乾坤毁，则无以见易"，"易不可见，则乾坤或几乎息矣"。"易"是个甚？"易"又不只是这一部书，是"易"之道也。不要将"易"又是一个事，即事尽天理，便是"易"也。

天地之化，既是二物，必动已不齐。譬之两扇磨行，便其齿齐，不得齿齐。既动，则物之出者，何可得齐？转则齿更不复得齐。从此参差万变，巧历不能穷也。

天地之间，有者只是有。譬之人之知识闻见，经历数十年，一日念之，了然胸中，这一个道理在那里放著来。

养心者，且须是教他寡欲，又差有功。

中心斯须不和不乐，则鄙诈之心入之矣。此与"敬以直内"同理。谓敬为和乐则不可，然敬须和乐，只是中心没事也。

大凡利害祸福，亦须致命。须得致之为言，直如人以力自致之谓也。得之不得，命固已定，君子须知佗命方得，"不知命无以为君子。"盖命苟不知，无所不至。故君子于困穷之时，须致命便遂得志。其得祸得福，皆己自致，只要申其志而已。

"求之有道，得之有命"，是求无益于得，言求得不济事。此言犹只为中人言之，若为中人以上而言，却只道求之有道，非道则不求，更不消言命也。

尧夫豪杰之士，根本不帖帖地。伯淳尝戏以乱世之奸雄中，道学之有所得者，然无礼不恭极甚。又尝戒以不仁，已犹不认，以为人不曾来学。伯淳言：“尧夫自是悠悠。”

“天民之先觉”，譬之皆睡，佗人未觉来，以我先觉。故摇摆其未觉者亦使之觉，及其觉也，元无少欠。盖亦未尝有所增加也，适一般尔。“天民”云者，盖是全尽得天生斯民底事业。“天之生斯民也，将以道觉斯民。”盖言天生此民，将以此道觉此民，则元无少欠，亦无增加，未尝不足。“达可行于天下”者，谓其全尽天之生民之理，其术亦足以治天下国家故也。

“可欲之谓善”，便与“元者善之长”同理。

礼乐不可斯须去身。

“不能反躬，天理灭矣。”天理云者，百理具备，元无少欠，故“反身而诚”，只是言得已上，更不可道甚道。

命之曰易，便有理。若安排定，则更有甚理？天地阴阳之变，便如二扇磨。升降盈亏刚柔，初未尝停息。阳常盈，阴常亏，故便不齐。譬如磨既行，齿都不齐。既不齐，便出生万变。故物之不齐，物之情也。而庄周强要齐物，然而物终不齐也。尧夫有言：“泥空终是著，齐物到头争。”此其肃如秋，其和如春。如秋，便是“义以方外”也；如春，观万物皆有春意。尧夫有诗云：“拍拍满怀都是春”。又曰：“芙蓉月向怀中照，杨柳风来面上吹。”又曰：“卷舒万古兴亡手，出入几重云水身。”若庄周，大抵寓言，要入佗放荡之场。尧夫却皆有理，万事皆出于理，自以为皆有理，故要得纵心妄行总不妨。

观天理，亦须放开意思，开阔得心胸，便可见，打撰了习心两漏三漏子⑬。今如此混然说做一体，犹二本，那堪更二本三本！今虽知“可欲之为善”，亦须实有诸己，便可言诚，诚便合内外之道。今看得不一，只是心生。除了身只是理，便说合天人。合天人，已是为不知者引而致之。天人无间。夫不充塞则不能化育，言赞化育，已是离人而言之。

须是大其心使开阔，譬如为九层之台，须大做脚须得。

元亨者，只是始而亨者也。此通人物而言，谓始初发生，大概一例亨通也。及到利贞，便是“各正性命”后，属人而言也。利贞者分在性与情，只性为本，情是性之动处，情又几时恶。“故者以利为本”，只是顺利处为性，若情则须是正也。

医家以不认痛痒谓之不仁，人以不知觉、不认义理为不仁，譬最近。

所以谓万物一体者，皆有此理，只为从那里来。“生生之谓易”，生则一时生，皆完此理。人则能推，物则气昏，推不得，不可道他物不与有也。人只为自私，将自家躯壳上头起意，故看得道理小了佗底。放这身来，都在万物中一例看，大小大快活。释氏以不知此，去佗身上起意思，奈何那身不得，故却厌恶。要得去尽根尘，为心源不定，故要得如枯木死灰。然没此理，要有此理，除是死也。释氏其实是爱身，放不得，故说许多。譬如负贩之虫，已载不起，犹自更取物在身；又如抱石沉河，以其重愈沉，终不道放下石头，惟嫌重也。

孟子论四端处⑭，则欲扩而充之；说约处，则博学详说而反说约。此内外交相养之道也。

“万物皆备于我”，不独人尔，物皆然，都自这里出去，只是物不能推，人则能推之。虽能推之，几时添得一分？不能推之，几时减得一分？百理具在，平铺放著。几时道尧尽君道，添得些君道多；舜尽子道，添得些孝道多？元来依旧。

横渠教人，本只是谓世学胶固，故说一个清虚一大，只图得人稍损得没去就道理来，然而人又更别处走。今日且只道敬。

圣人之德行，固不可得而名状。若颜子底一个气象，吾曹亦心知之，欲学圣人，且须学颜子。

今学者敬而不见得，又不安者，只是心生，亦是太以敬来做事得重，此“恭而无礼则劳”

也。恭者私为恭之恭也，礼者非体之礼，是自然底道理也。只恭而不为自然底道理，故不自在也。须是恭而安。今容貌必端、言语必正者，非是道独善其身，要人道如何，只是天理合如此，本无私意，只是个循理而已。

尧夫解"他山之石可以攻玉"：玉者温润之物，若将两块玉来相磨，必磨不成，须是得佗个粗砺底物方磨得出。譬如君子与小人处，为小人侵陵，则修省畏避，动心忍性，增益预防，如此便道理出来。

公掞昨在洛有书室，两旁各一牖，牖各三十六隔，一书"天道之要"，一书"仁义之道"。中以一榜，书"毋不敬，思无邪"。中处之，此意亦好。

古人虽胎教与保傅之教，犹胜今日庠序乡党之教。古人自幼学，耳目游处，所见皆善，至长而不见异物，故易以成就。今人自少所见皆不善，才能言便习秽恶，日日消铄，更有甚天理？须人理皆尽，然尚以些秉彝消铄尽不得，故且惩过，一日之中，起多少巧伪，萌多少机阱。据此个薰蒸，以气动气，宜乎圣贤之不生，和气之不兆也。寻常间或有些时和岁丰，亦出于幸也。不然，何以古者或同时或同家并生圣人，及至后世，乃数千岁寂寥？

人多言天地外，不知天地如何说内外，外面毕竟是个甚？若言著外，则须似有个规模。

凡言充塞云者，却似个有规模底体面，将这气充实之。然此只是指而示之近耳。气则只是气，更说甚充塞？如化育则只是化育，更说甚赞？赞与充塞，又早却是别一件事也。

理之盛衰之说，与释氏初劫之言，如何到佗说便乱道，又却窥测得些？彼其言成住坏空，曰成坏则可，住与空则非也。如小儿既生，亦日日长行，元不曾住。是佗本理只是一个消长盈亏耳，更没别事。

极为天地中，是也，然论地中尽有说。据测景，以三万里为中，若有穷然。有至一边已及一万五千里，而天地之运盖如初也。然则中者，亦时中耳。地形有高下，无适而不为中，故其中不可定下。譬如杨氏为我，墨氏兼爱，子莫于此二者以执其中，则中者适未足为中也。故曰："执中无权，犹执一也。"若是因地形高下，无适而不为中，则天地之化不可穷也。若定下不易之中，则须有左有右，有前有后，四隅既定，则各各有远近之限，便至百千万亿，亦犹是有数。盖有数则终有尽处，不知如何为尽也。

日之形，人莫不见，似轮似饼。其形若有限，则其光亦须有限。若只是三万里中升降出没，则须有光所不到处，又安有此理？今天之苍苍，岂是天之形？视下也亦须如是。日固阳精也，然不如旧说，周回而行，中心是须弥山，日无适而不为精也。地既无适而不为中，则日无适而不为精也。气行满天地之中，然气须有精处，故其见如轮如饼。譬之铺一溜柴薪，从头爇著，火到处，其光皆一般，非是有一块物推著行将去。气行到寅，则寅上有光；行到卯，则卯上有光。气充塞，无所不到。若这上头得个意思，便知得生物之理。

观书者，亦须要知得随文害义。如《书》曰："汤既胜夏，欲迁其社，不可。"既处汤为圣人，圣人不容有妄举。若汤始欲迁社，众议以为不可而不迁，则是汤先有妄举也。不可者，汤不可之也。汤以为国既亡，则社自当迁；以为迁之不若不迁之愈，故但屋之。屋之，则与迁之无以异。既为亡国之社，则自王城至国都皆有之，使为戒也。故《春秋》书"亳社灾"，然则鲁有亳社，屋之，故有火灾。此制，计之必始于汤也。

长安西风而雨，终未晓此理。须是自东自北而风则雨，自南自西则不雨，何者？自东自北皆属阳，阳唱而阴和，故雨。自西自南阴也，阴唱则阳不和。《蝃蝀》之诗曰[15]："朝隮于西，崇朝其雨。"是阳来唱也，故雨；"蝃蝀在东"，则是阴先唱也；"莫之敢指"者，非谓手指莫敢指陈也，犹言不可道也。《易》言"密云不雨，自我西郊"，言自西则是阴先唱也，故云虽密而不雨。

今西风而雨，恐是山势使然。

学者用了许多工夫，下头须落道了，是入异教。只为自家这下元未曾得个安泊处，那下说得成熟？世人所惑者鬼神转化，佗总有说，又费力说道理，又打入个无底之壑，故一生出不得。今日须是自家这下照得理分明，则不走作。形而下、形而上者，亦须更分明须得。虽则心有默识，有难名状处，然须说尽心、知性、知天，亦须于此留意。

学则与佗"穷理尽性以至于命"，则不失。异教之书，"虽小道必有可观者焉"。然其流必乖，故不可以一事遂都取之。若杨、墨亦同是尧、舜，同非桀、纣。是非则可也，其就上所说，则是成就他说也。非桀是尧，是吾依本分事，就上过说，则是佗私意说个。要之，只有个理。

讲学本不消得理会，然每与剔拨出，只是如今杂乱胶固，须著说破。

孟子论王道便实。"徒善不足为政，徒法不能自行"，便先从养生上说将去。既庶既富，然后以"饱食暖衣而无教"为不可，故教之也。孟子而后，却只有《原道》一篇，其间语固多病，然要之大意尽近理。若《西铭》，则是《原道》之宗祖也。《原道》却只说到道，元未到得《西铭》意思。据子厚之文，醇然无出此文也，自《孟子》后，盖未见此书。

圣人之教，以所贵率人，释氏以所贱率人。学佛者难吾言，谓"人皆可以为尧、舜，则无仆隶"。正叔言："人皆可以为尧、舜，圣人所愿也；其不为尧、舜，是所可贱也，故以为仆隶。"

游酢、杨时先知学禅，已知向里没安泊处，故来此，却恐不变也。畅大隐许多时学，乃方学禅，是于此盖未有所得也。吕进伯可爱，老而好学，理会直是到底。天祺自然有德气，似个贵人气象，只是却有气短处，规规太以事为重，伤于周至，却是气局小。景庸则只是才敏。须是天祺与景庸相济，乃为得中也。

子厚则高才，其学更先从杂博中过来。

理则天下只是一个理，故推至四海而准，须是质诸天地，考诸三王不易之理。故敬则只是敬此者也，仁是仁此者也，信是信此者也。又曰："颠沛造次必于是。"又言"吾斯之未能信"，只是道得如此，更难为名状。

今异教之害，道家之说则更没可辟，唯释氏之说衍蔓迷溺至深。今日是释氏盛而道家萧索。方其盛时，天下之士往往自从其学，自难与之力争。惟当自明吾理，吾理自立，则彼不必与争。然在今日，释氏却未消理会，大患者却是介甫之学。譬之卢从史在潞州，知朝廷将讨之，当时便使一处逐其节度使。朝廷之议，要讨逐节度者，而李文饶之意，要先讨潞州，则不必治彼而自败矣。如今日，却要先整顿介甫之学，坏了后生学者。

异教之说，其盛如此，其久又如是，亦须是有命，然吾辈不谓之命也。

人之于患难，只有一个处置，尽人谋之后，却须泰然处之。有人遇一事，则心心念念不肯舍，毕竟何益？若不会处置了放下，便是无义无命也。

"道之不明也，贤者过之，不肖者不及也。"贤者则只过当，不肖又却都休。

冬至一阳生，却须斗寒，正如欲晓而反暗也。阴阳之际，亦不可截然不相接，斯侵过便是道理。天地之间，如是者极多。《艮》之为义，终万物，始万物，此理最妙，须玩索这个理。

古言《乾》、《坤》退处不用之地，而用六子。若人，则便分君道无为，臣道有为。若天，则谁与佗安排？佗如是，须有道理。故如八卦之义，须要玩索。

早梅冬至已前发，方一阳未生，然则发生者何也？其荣其枯，此万物一个阴阳升降大节也。然逐枝自有一个荣枯，分限不齐，此各有一《乾》、《坤》也。各自有个消长，只是个消息。惟其消息，此所以不穷。至如松柏，亦不是不雕，只是后雕，雕得不觉，怎少得消息？方夏生长时，却有夏枯者，则冬寒之际有发生之物，何足怪也！

物理最好玩。

阴阳于天地间，虽无截然为阴为阳之理，须去参错，然一个升降生杀之分，不可无也。

动植之分，有得天气多者，有得地气多者，"本乎天者亲上，本乎地者亲下"。然要之，虽木植亦兼有五行之性在其中，只是偏得土之气，故重浊也。

伯淳言："《西铭》某得此意，只是须得佗子厚有如此笔力，佗人无缘做得。孟子以后，未有人及此。得此文字，省多少言语。且教佗人读书，要之仁孝之理备于此，须臾而不于此，则便不仁不孝也。"

《诗》前序必是当时人所传，国史明乎得失之迹者是也。不得此，则何缘知得此篇是甚意思？《大序》则是仲尼所作，其馀则未必然。要之，皆得大意，只是后之观《诗》者亦添入。

《诗》有六体，须篇篇求之，或有兼备者，或有偏得一二者。今之解《诗》者，风则分付与《国风》矣，雅则分付与《大、小雅》矣，颂即分付与《颂》矣。《诗》中且没却这三般体，如何看得诗？风之为言，便有风动之意。兴便有一兴喻之意。比则直比之而已，蛾眉瓠犀是也。赋则赋陈其事，如"齐侯之子，卫侯之妻"是也。雅则正言其事。颂则称美之言也，如"于嗟乎驺虞"之类是也。

《关雎》之诗，如言"乐得淑女，以配君子；忧在进贤，不淫其色"，非后妃之事，明知此意是作诗者之意也。如此类推之。

《诗》言后妃夫人者，非必谓文王之妻也，特陈后妃夫人之事，如斯而已。然其后亦有当时诗附入之者，《汝坟》是也。且《二南》之诗，必是周公所作，佗人恐不及此。以其为教于衽席之上，闺门之内，上下贵贱之所同也。故用之乡人邦国而谓之国风也。化天下只是一个风，至如《鹿鸣》之诗数篇，如燕群臣、遣戍役、劳还率之类，皆是为国之常政，其诗亦恐是周公所作，如后人之为乐章是也。

《论语》中言"唐棣之华"者，因权而言逸诗也。孔子删《诗》，岂只取合于雅颂之音而已，亦是谓合此义理也。如《皇矣》、《烝民》、《文王》、《大明》之类，其义理非人人学至于此，安能及此？作诗者又非一人，上下数千年若合符节，只为合这一个理，若不合义理，孔子必不取也。

夫子言"兴于《诗》"。观其言，是兴起人善意，汪洋浩大，皆是此意。如言"秉心塞渊，騋牝三千[16]"。须是塞渊，然后騋牝三千。又如《駉》之诗，坰牧是贱事[17]，其中却言"思无邪"。《诗》三百，一言以蔽之者，在此一句。坰牧而必要思无邪者，盖为非此则不能坰牧。又如《考槃》之诗，解者谓贤人永誓不复告君，不复见君，又自誓不诈而实如此也，据此安得有贤者气象？孟子之于齐，是甚君臣，然其去，未尝不迟迟顾恋。今此君才不用，便躁忿如此，是不可矶也。乃知此诗，解者之误。此诗是贤者退而穷处，心不忘君，怨慕之深者也。君臣犹父子，安得不怨？故直至于寤寐弗忘，永陈其不得见君与告君，又陈其此诚之不诈也。

尧与舜更无优劣，及至汤、武便别。孟子言性之反之，自古无人如此说，只孟子分别出来，便知得尧、舜是生而知之，汤、武是学而能之。文王之德则似尧、舜，禹之德则似汤、武，要之皆是圣人。

《诗》云："上天之载，无声无臭，仪刑文王，万邦作孚。"上天又无声臭之可闻，只看文王便万邦取信也。又曰："维天之命，于穆不已。"盖曰天之所以为天也。"文王之德之纯"，盖曰文王之所以为文也。然则，文王之德，直是似天。"昊天曰明，及尔出王；昊天曰旦，及尔游衍"，只为常是这个道理。此个亦须待佗心熟，便自然别。

"乐则生，生则乌可已也"，须是熟方能如此。"苟为不熟，不如荑稗"。

"是集义所生，非义袭而取之也。"须集义，这上头莫非义也。

仁义礼智根于心，其生色言四者，本于心而生色也。"睟于面，盎于背，施于四体，四体不言而喻"。孟子非自及此，焉能道得到此？

今志于义理而心不安乐者，何也？此则正是剩一个助之长。虽则心操之则存，舍之则亡，然而持之太甚，便是必有事焉而正之也。亦须且恁去如此者，只是德孤。"德不孤，必有邻"，到德盛后，自无窒碍，左右逢其原也。

《中庸》言"礼仪三百，威仪三千"，方是说"优优大哉"。又却非如异教之说，须得如枯木死灰以为得也。

得此义理在此，甚事不尽？更有甚事出得？视世之功名事业，甚譬如闲；视世之仁义者，甚煦煦孑孑，如匹夫匹妇之为谅也。自视天来大事，处以此理，又曾何足论？若知得这个义理，便有进处。若不知得，则何缘仰高钻坚，在前在后也？竭吾才，则又见其卓尔。

德者得也，须是实到这里须得。

言"反身而诚，乐莫大焉"，却是著人上说。

邵尧夫于物理上尽说得，亦大段漏泄佗天机。

人于天理昏者，是只为嗜欲乱著佗。庄子言"其嗜欲深者，其天机浅"，此言却最是。

这个义理，仁者又看做仁了也，知者又看做知了也，百姓又日用而不知，此所以"君子之道鲜矣"。此个亦不少，亦不剩，只是人看他不见。

今天下之士人，在朝者又不能言，退者遂忘之，又不肯言，此非朝廷吉祥。虽未见从，又不曾有大横见加，便岂可自绝也？君臣，父子也，父子之义不可绝。岂有身为侍从，尚食其禄，视其危亡，曾不论列，君臣之义，固如此乎？

"寂然不动，感而遂通"者，天理具备，元无欠少，不为尧存，不为桀亡。父子君臣，常理不易，何曾动来？因不动，故言"寂然"；虽不动，感便通，感非自外也。

若不一本，则安得"先天而天不违，后天而奉天时"？

所务于穷理者，非道须尽穷了天下万物之理，又不道是穷得一理便到，只是要积累多后，自然见去。

天地安有内外？言天地之外，便是不识天地也。人之在天地，如鱼在水，不知有水，直待出水，方知动不得。

礼一失则为夷狄[18]，再失则为禽兽。圣人初恐人入于禽兽也，故于《春秋》之法极谨严。中国而用夷狄礼，则便夷狄之。韩愈言"《春秋》谨严"，深得其旨。韩愈道佗不知又不得。其言曰："《易》奇而法，《诗》正而葩，《春秋》谨严，《左氏》浮夸。"其名理皆善。

当春秋、战国之际，天下小国介于大国，奔命不暇，然足以自维持数百年。此势却似稻塍，各有界分约束。后世遂有土崩之势，道坏便一时坏。陈涉一叛，天下遂不支梧。今日堂堂天下，只西方一败，朝廷遂震，何也？盖天下之势，正如稻塍，各有限隔，则卒不能坏。今天下却似一个万顷陂，要起卒起不得，及一起则汹涌，遂奈何不得。以祖宗德泽仁厚，涵养百余年间，一时柔了人心，虽有豪杰，无个端倪起得，便只要安静，不宜使摇动。虽夷狄亦散兵却斗，恃此中国之福也。

贾谊有五饵之说，当时笑其迂疏，今日朝廷正使著，故得许多时宁息。

天地动静之理，天圆则须转，地方则须安静。南北之位，岂可不定下？所以定南北者，在坎离也。坎离又不是人安排得来，莫非自然也。

《论语》为书，传道立言，深得圣人之学者矣。如《乡党》形容圣人，不知者岂能及是？

"不愧屋漏"，便是个持养气象。

孔、孟之分，只是要别个圣人、贤人。如孟子若为孔子事业，则尽做得，只是难似圣人。譬如翦彩以为花，花则无不似处，只是无他造化功。"绥斯来，动斯和"，此是不可及处。

只是这个理，以上却难言也。如言"吾斯之未能信"，皆是古人此理已明故也。

敬而无失，便是"喜怒哀乐未发之谓'中'"也。敬不可谓之"中"，但敬而无失，即所以"中"也。

微仲之学杂，其恺悌严重宽大处多，惟心艰于取人，自以才高故尔。语近学，则不过入于禅谈。不常议论，则以苟为有诘难，亦不克易其言，不必信心，自以才高也。

和叔常言"及相见则不复有疑，既相别则不能无疑"，然亦未知果能终不疑。不知佗既已不疑，而终复有疑，何故？伯淳言："何不问他？疑甚不如剧论。"

和叔任道担当，其风力甚劲，然深潜缜密，有所不逮于与叔。蔡州谢良佐虽时学中因议州举学试得失，便不复计较。建州游酢，非昔日之游酢也，固是颖，然资质温厚。南剑州杨时虽不逮酢，然煞颖悟。林大节虽差鲁，然所问便能躬行。刘质夫久于其事，自小来便在此。李端伯相聚虽不久，未见佗操履，然才识颖悟，自是不能已也。

介父当初，只是要行己志，恐天下有异同，故只去上心上把得定，佗人不能摇，以是拒绝言路，进用柔佞之人，使之奉行新法。今则是佗已去，不知今日却留下害事。

昨春边事权罢，是皆李舜举之力也。今不幸适丧此人，亦深足怜也。此等事皆是重不幸。

李宪本意，佗只是要固兰会，恐覆其功，必不肯主这下事。

新进游、杨辈数人入太学，不惟议论须异，且动作亦必有异，故为学中以异类待之，又皆学《春秋》，愈骇俗矣。

尧夫之学，先从理上推意，言象数、言天下之理，须出于四者，推到理处，曰："我得此大者，则万事由我，无有不定。"然未必有术，要之亦难以治天下国家。其为人则直是无礼不恭，惟是侮玩，虽天理亦为之侮玩。如《无名公传》言"问诸天地，天地不对；弄丸馀暇，时往时来"之类。

尧夫诗"雪月风花未品题"，佗便把这些事，便与尧、舜、三代一般。此等语，自孟子后，无人曾敢如此言来，直是无端。又如言文字呈上，尧夫皆不恭之甚。"须信画前元有《易》，自从删后更无《诗》"，这个意思，古元未有人道来。

"行己须行诚尽处"，正叔谓："意则善矣，然言诚尽，则诚之为道，非能尽也。"尧夫戏谓："且就平侧。"

司马子微尝作《坐忘论》，是所谓坐驰也。

伯淳昔在长安仓中闲坐，后见长廊柱，以意数之，已尚不疑，再数之不合，不免令人一一声言而数之，乃与初数者无差，则知越著心把捉越不定。

吕与叔以气不足而养之，此犹只是自养求无疾，如道家修养亦何伤。若须要存想飞升，此则不可。

徐禧，奴才也。善兵者有二万人未必死，彼虽十万人，亦未必能胜二万人。古者以少击众而取胜者多，盖兵多亦不足恃。昔者袁绍以十万阻官渡，而曹操只以万卒取之；王莽百万之众，而光武昆阳之众有八千，仍有在城中者，然则只是数千人取之；苻坚下淮百万，而谢玄才二万人，一麾而乱。以此观之，兵众则易老，适足以资敌人，一败不支，则自相蹂践。至如闻风声鹤唳，皆以为晋军之至，则是自相残也。譬之一人躯干极大，一人轻捷，两人相当，则拥肿者迟钝，为轻捷者出入左右之，则必困矣。自古师旅胜败，不能无之。然今日边事，至号疏旷前古未之闻也。其源在不任将帅，将帅不慎任人。阃外之事[19]，将军处之，一一中覆，皆受庙算，上下相徇，安得不如此？

杨定鬼神之说，只是道人心有感通。如有人平生不识一字，一日病作，却念得一部杜甫诗，却有此理。天地间事，只是一个有，一个无，既有即有，无即无。如杜甫诗者，是世界上实有杜甫诗，故人之心病及至精一有个道理，自相感通。以至人心在此，托梦在彼，亦有是理，只是心之感通也。死者托梦，亦容有此理。有人过江，其妻堕水，意其为必死矣，故过金山寺为作佛事。方追荐次，忽其婢子通传堕水之妻，意度在某处作甚事，是诚死也。及三二日，有渔人撑舟，以其妻还之，乃未尝死也，盖旋于急流中救活之。然则其婢子之通传是何也？亦是心相感通。既说心有感通，更说甚生死古今之别？

天祺自然有德气，望之有贵人之象，只是气局小，太规规于事为重也。昔在司竹，常爱用一卒长，及将代，自见其人盗笋皮，遂治之无少贷。罪已正，待之复如初，略不介意，人观其德量如此。

正叔谓子厚："越狱，以谓卿监已上不追摄之者，以其贵朝廷。有旨追摄，可也；又请枷项，非也。不已太辱矣？贵贵，以其近于君。"子厚谓："若终不伏，则将奈何？"正叔谓："宁使公事勘不成则休，朝廷大义不可亏也。"子厚以为然。

俗人酷畏鬼神，久亦不复敬畏。

冬至一阳生，而每遇至后则倍寒，何也？阴阳消长之际，无截然断绝之理，故相搀掩过。如天将晓，复至阴黑，亦是理也。大抵终始万物，莫盛乎《艮》，此尽神妙，须尽研穷此理。

今尺长于古尺。欲尺度权衡之正，须起于律。律取黄钟，黄钟之声，亦不难定。世自有知音者，将上下声考之，须得其正，便将黍以实其管，看管实几粒，然后推而定法可也。古法：律管当实千二百粒黍，今羊头山黍不相应，则将数等验之，看如何大小者，方应其数，然后为正。昔胡先生定乐，取羊头山黍，用三等筛子筛之，取中等者用之，此特未为定也。此尺是器上所定，更有因人而制。如言深衣之袂一尺二寸，若古人身材只用一尺二寸，岂可运肘？即知因人身而定。

既是为人后者，便须将所后者呼之以为父、以为母。不如是，则不正也，却当甚为人后？后之立疑义者，只见礼不杖期内，有为人后者为其父母报，便道须是称亲。礼文盖言出为人后，则本父母反呼之以为叔、为伯也，故须著道为其父母以别之，非谓却将本父母亦称父母也。

哲庙取孟后诏云："孟元孙女。"后，孟在女也，而以孟元孙女诏者，伊川云："自古天子不娶小国，盖孟元将校，曾随文潞公贝州获功，官至团练使，而在是时止是小使臣耳。"

---

① 牿（gù，音固）：绑在牛角上使其不能触人的横木。《易·大畜》："童牛之牿。"

② 豮（fén，音坟）：阉割后的猪。《易·大畜》："六五，豮豕之牙。吉。"

③ 榎（jiǎ，音假）：楸树的别名。楚：木名，落叶灌木或小乔木。

④ 牖（yòu，音又）：通"诱"，引导之意。

⑤ 约：约束、节制。

⑥ 馁：丧失勇气。

⑦ 禘（dì，音弟）：祭名。《说文·示部》："禘，禘祭也。"禘有三种：第一，大禘，即郊祭祭天；第二，殷禘，宗庙五年一次的大祭，与"祫"并称为殷祭；第三，时禘，宗庙四时祭之一，每年夏季举行。

⑧ 祫（xiá，音匣）：祭名。祫祭三年举行一次。

⑨ 稔（rěn，音忍）：指事物积久养成或酝酿成熟。

⑩ 馈：古代指祭祀鬼神。《说文·食部》："馈，吴人谓祭曰馈。"

⑪ 浃洽：意指融洽。

⑫　支离：意指无条理。

⑬　揲（shé，音舌）：意为积累。

⑭　四端：孟子的哲学术语，指仁、义、礼、智四种道德观念的开端，亦称善端。

⑮　蝃蝀（dì dōng，音地东）：也作蝃蝀，指虹。《诗·鄘风·蝃蝀》："蝃蝀在东，莫之敢指。"

⑯　骐（lái，音来）：古称七尺以上的马为骐。

⑱　坰（jiōng，音局）：都邑的远郊。《尔雅·释地》："邑外谓之郊，郊外谓之牧，牧外谓之野，野外谓之林，林外谓之坰。"

⑱　夷狄：夏朝以来，对四周少数民族有"东夷"、"西戎"、"南蛮"、"北狄"之称。

⑲　阃（kǔn，音捆）：指郭门。

河南程氏遗书卷第二下

二先生语二下

附东见录后

今许大西事，无一人敢议者。自古举事，不能无可否是非，亦须有议论。如苻坚寿春之役，其朝廷宗室，固多有言者，以至宫女有张夫人者，犹上书谏。西晋平吴，当取也，主之者惟张华一人而已。然当时虽羊叔子建议，而朝廷亦不能无言。又如唐师取蔡州，此则在中国容其数十年恣睢①，然当时以为不宜取者，固无义理，然亦是有议论。今则庙堂之上无一人言者，几何不一言而丧邦也！

今日西师，正惟事本不正，更说甚去就！君子于任事之际，须成败之由在己，则自当生死以之。今致其身，使祸福、死生、利害由人处之，是不可也。如昨军兴事务繁夥，是亦学也；但恐只了佗纷纷底，则又何益？如从军者之行，必竟是为利禄，为功名。由今之举，便使得人一城一国，又是甚功名？君子耻之。今日从宦，苟有军事，不能免此，是复蹈前事也。然则既如此，曷为而不已也？

胎息之说，谓之愈疾则可，谓之道，则与圣人之学不干事，圣人未尝说著。若言神住则气住，则是浮屠入定之法。虽谓养气犹是第二节事，亦须以心为主。其心欲慈惠安静，故于道为有助，亦不然。孟子说浩然之气，又不如此。今若言存心养气，只是专为此气，又所为者小。舍大务小，舍本趋末，又济甚事！今言有助于道者，只为奈何心不下，故要得寂湛而已，又不似释氏摄心之术。论学若如是，则大段杂也。亦不须得道，只闭目静坐为可以养心。"坐如尸，立如齐"，只是要养其志，岂只待为养这些气来，又不如是也？

浮屠之术，最善化诱，故人多向之。然其术所以化众人也，故人亦有向有不向者。如介甫之学，佗便只是去人主心术处加功，故今日靡然而同，无有异者，所谓一正君而国定也。此学极有害。以介甫才辩，遽施之学者，谁有出其右？始则且以利而从其说，久而遂安其学。今天下之新法害事处，但只消一日除了便没事。其学化革了人心，为害最甚，其如之何！故天下只是一个风，风如是，则靡然无不向也。

今日西事要已，亦有甚难？前事亦何足耻？只朝廷推一宽大天地之量，许之自新，莫须相从。然此恐未易。朝廷之意，今日不得已，须著如此。但夏人更重有所要，以坚吾约，则边患未已也。

范希文前日西举，以虚声而走敌人。今日又不知谁难为希文者。

关中学者，以今日观之，师死而遂倍之，却未见其人，只是更不复讲。

馈运之术，虽自古亦无不烦民、不动摇而足者，然于古则有兵车，其中载糗粮，百人破二十五人。然古者行兵在中国，又不远敌，若是深入远处，则决无省力。且如秦运海隅之粟以馈边，率三十钟而致一石，是二百倍以来。今日师行，一兵行，一夫馈，只可供七日，其余日必俱乏食也。且计之，须三夫而助一兵，仍须十五日便回，一日不回，则一日乏食。以此校之，无善术。故兵也者，古人必不得已而后用者，知此耳。

目畏尖物，此事不得放过，便与克下。室中率置尖物，须以理胜佗，尖必不刺人也，何畏之有？

横渠墓祭为一位，恐难推同几之义。吕氏定一岁疏数之节，有所不及，恐未合人情。雨露既濡，霜露既降，皆有所感。若四时之祭有所未及，则不得契感之意。今祭祀，其敬齐礼文之类，尚皆可缓，且是要大者先正始得。今程氏之家祭，只是男女异位，及大有害义者，稍变得一二，佗所未遑也。吾曹所急正在此。凡祭祀，须是及祖。知母而不知父，狗彘是也[2]；知父而不知祖，飞鸟是也。人须去上面立一等，求所以自异始得。

自古治乱相承，亦常事。君子多而小人少，则治；小人多而君子少，则乱。然在古，亦须朝廷之中君子小人杂进，不似今日剪截得直是齐整，不惟不得进用，更直憔悴善类，略去近道，则须憔悴旧日交游。只改节者，便于世事差遂。此道理，不知为甚？正叔近病，人有言之，曰："在佗人则有追驳斥放，正叔无此等事，故只有病耳。"

介甫今日亦不必诛杀，人人靡然自从，盖只消除尽在朝异己者。在古，虽大恶在上，一面诛杀，亦断不得人议论，今便都无异者。

卜筮之能应，祭祀之能享，亦只是一个理。蓍龟虽无情[3]，然后以为卦，而卦有吉凶，莫非有此理。以其有是理也，故以是问焉，其应也如响。若以私心及错卦象而问之，便不应，盖没此理。今日之理与前日已定之理，只是一个理，故应也。至如祭祀之享亦同。鬼神之理在彼，我以此理向之，故享也。不容有二三，只是一理也。如处药治病，亦只是一个理。此药治个如何气，有此病服之即应，若理不契，则药不应。

古之言鬼神，不过著于祭祀，亦只是言如闻叹息之声，亦不曾道闻如何言语，亦不曾道见如何形状。如汉武帝之见李夫人，只为道士先说与在甚处，使端目其地，故想出也。然武帝作诗，亦曰"是耶非耶"。尝问好谈鬼神者，皆所未曾闻见，皆是见说，烛理不明，便传以为信也。假使实所闻见，亦未足信，或是心病，或是目病。如孔子言，人之所信者目，目亦有不足信者耶。此言极善。

今日杂信鬼怪异说者，只是不先烛理。若于事上一一理会，则有甚尽期，须只于学上理会。

师巫在此，降言在彼，只是抛得远，决无此理。又言留下药，尤知其不然。生气尽则死，死则谓之鬼可也。但不知世俗所谓鬼神何也？聪明如邵尧夫，犹不免致疑，在此尝言，有人家若虚空中闻人马之声。某谓："既是人马，须有鞍鞯之类皆全[4]，这个是何处得来？"尧夫言："天地之间，亦有一般不有不无底物。"某谓："如此说，则须有不有不无底人马，凡百皆尔，深不然也。"

风肃然起于人心恐怖。要之，风是天地间气，非土偶人所能为也。汉时神君，今日二郎庙，皆有之。

人心作主不定，正如一个翻车，流转动摇，无须臾停，所感万端。又如悬镜空中，无物不入其中，有甚定形？不学则却都不察，及有所学，便觉察得是为害。著一个意思，则与人成就得个甚好见识？心若不做一个主，怎生奈何？张天祺昔常言："自约数年，自上著床，便不得思量事"。不思量事后，须强把佗这心来制缚，亦须寄寓在一个形象，皆非自然。君实自谓"吾得术矣，只管念个'中'字"，此则又为"中"系缚。且"中"字亦何形象？若愚夫不思虑，冥然无知，此又过与不及之分也。有人胸中常若有两人焉，欲为善，如有恶以为之间；欲为不善，又若有羞恶之心者。本无二人，此正交战之验也。持其志，便气不能乱，此大可验。要之，圣贤必不害心疾，其佗疾却未可知。佗藏府，只为元不曾养，养之却在修养家。

仁祖时，北使进言："高丽自来臣属北朝，近来职贡全缺，殊失臣礼，今欲加兵。又闻臣属南朝，今来报知"。仁祖不答，及将去也，召而前，语之曰："适议高丽事，朕思之，只是王子罪，不干百姓事。今既加兵，王子未必能诛得，且是屠戮百姓。"北使遂屈无答，不觉汗流浃背，俯伏于地，归而寝兵。佗都不言彼兵事势，只看这一个天地之量，亦至诚有以格佗也。

人心缘境，出入无时，人亦不觉。

人梦不惟闻见思想，亦有五藏所感者。

天下之或寒或燠，只缘佗地形高下。如屋阴则寒，屋阳则燠，不可言于此所寒，于此所热。且以尺五之表定日中一万五千里，就外观未必然。

人有寿考者，其气血脉息自深，便有一般深根固蒂底道理。人脉起于阳明，周旋而下，至于两气口，自然匀长，故于此视脉。又一道自头而下，至足大冲，亦如气口。此等事最切于身，然而人安然恬于不知。至如人为人问"你身上有几条骨头，血脉如何行动，腹中有多少藏府"，皆冥然莫晓。今人于家里有多少家活屋舍，被人问著，已不能知，却知为不智，于此不知，曾不介意，只道是皮包裹，不到少欠，大小大不察。近取诸身，一身之上，百理具备，甚物是没底？背在上故为阳，胸在下故为阴，至如男女之生，已有此象。天有五行，人有五藏。心，火也，著些天地间风气乘之，便须发燥；肝，木也，著些天地间风气乘之，便须发怒。推之五藏皆然。孟子将四端便为四体，仁便是一个木气象，恻隐之心便是一个生物春底气象，羞恶之心便是一个秋底气象，只有一个去就断割底气象，便是义也。推之四端皆然。此个事，又著个甚安排得也？此个道理，虽牛马血气之类亦然，都恁备具，只是流形不同，各随形气，后便昏了佗气。如其子爱其母，母爱其子，亦有木底气象，又岂无羞恶之心？如避害就利，别所爱恶，一一理完。更如狝猴尤似人，故于兽中最为智巧，童昏之人见解不及者多矣。然而唯人气最清，可以辅相裁成，"天地设位，圣人成能"，直行乎天地之中，所以为三才。天地本一物，地亦天也。只是人为天地心，是心之动，则分了天为上，地为下，兼三才而两之，故六也。

天地之气，远近异像，则知愈远则愈异。至如人形有异，曾何足论！如史册有鬼国狗国，百种怪异，固亦有之，要之这个理则一般。其必异者，譬如海中之虫鱼鸟兽，不啻百千万亿，卒无有同于陆上之物。虽极其异，要之只是水族而已。

天地之中，理必相直，则四边当有空阙处。空阙处如何？地之下岂无天？今所谓地者，特于天中一物尔。如云气之聚，以其久而不散也，故为对。凡地动者，只是气动。凡所指地者，只是土，土亦一物尔，不可言地。更须要知坤元承天，是地之道也。

古者百亩，今四十一亩余。若以土地计之，所收似不足以供九人之食。曰："百亩九人固不足，通天下计之则亦可。家有九人，只十六已别受田，其余皆老少也，故可供。有不足者，又有补助之政，又有乡党赒救之义[5]，故亦可足。"

后世虽有作者，虞帝不可及也。犹之田也，其初开荒莳种甚盛，以次遂渐薄，虞帝当其盛时故也。其间有如夏衰，殷衰，周衰，有盛则有衰，又是其间之盛衰，推之后世皆若是也。如一树，方其荣时，亦有发生，亦有凋谢。桑榆既衰矣，亦有发生，亦有凋谢。又如一岁之中，四时之气已有盛衰，一时之中又有盛衰，推之至如一辰，须有辰初、辰正、辰末之差也。今言天下之盛衰，又且只据书传所有，闻见所及。天地之广，其气不齐，又安可计？譬之一国有几家，一家有几人，人之盛衰休戚未有齐者。姓之所以蕃庶者⑥，由受姓之祖，其流之盛也。

《内则》谓请靧、请浴之类⑦，虽古人谨礼，恐不如是之烦。

古人乘车，车中不内顾、不亲指、不远视，行则鸣环佩，在车则闻和鸾，式则视马尾，自然有个君子大人气象。自五胡乱华以来，惟知鞍马为便利，虽万乘之尊，犹执鞭上马。执鞭非贵人事。

使人谓之哑御史犹可，且只是格君心。

正叔尝为《葬说》，有五事：相地，须使异日决不为路、不置城郭、不为沟渠、不为贵人所夺、不致耕犁所及，此大要也。其穴之次，设如尊穴南向北首，陪葬者前为两列，亦须北首，各于其穴安夫妇之位。坐于堂上，则男东而女西；卧于室中，则男外而女内也。推此为法观之。葬，须为坎室为安。若直下便以土实之，则许大一块虚土，压底四向，流水必趋土虚处，大不便也。且棺椁虽坚，恐不能胜许多土头，有失比化者无使土亲肤之义。

心所感通者，只是理也。知天下事有即有，无即无，无古今前后。至如梦寐皆无形，只是有此理。若言涉于形声之类，则是气也。物生则气聚，死则散而归尽。有声则须是口，既触则须是身。其质既坏，又安得有此？乃知无此理，便不可信。

草木，土在下，因升降而食土气；动物却土在中，脾在内也。非土则无由生。

《礼》言"惟天地之祭为越绋而行事⑧"，此事难行。既言越绋，则是犹在殡宫，于时无由致得斋，又安能脱丧服衣祭服？此皆难行。纵天地之祀为不可废，只消使冢宰摄尔。昔者英宗初即位，有人以此问，先生答曰："古人居丧，百事皆如常，特于祭祀废之，则不若无废为愈也。"子厚正之曰："父在为母丧，则不敢见其父，不敢以非礼见也。今天子为父之丧，以此见上帝，是以非礼见上帝也，故不如无祭。"

"万物皆备于我"，此通人物而言。禽兽与人绝相似，只是不能推。然禽兽之性却自然，不待学，不待教，如营巢养子之类是也。人虽是灵，却枉丧处极多，只有一件，婴儿饮乳是自然，非学也，其佗皆诱之也。欲得人家婴儿善，且自小不要引佗，留佗真性，待他自然，亦须完得些本性须别也。

勿谓小儿无记性，所历事皆能不忘。故善养子者，当其婴孩，鞠之使得所养，全其和气，乃至长而性美，教之示以好恶有常。至如养犬者，不欲其升堂，则时其升堂而扑之。若既扑其升堂，又复食之于堂，则使孰从？虽日挞而求其不升，不可得也。养异类且尔，况人乎？故养正者，圣人也。

极，须为天下之中。天地之中，理必相直。今人所定天体，只是且以眼定。视所极处不见，遂以为尽。然向曾有于海上见南极下有大星十，则今所见天体盖未定。虽似不可穷，然以土圭之法验之，日月升降不过三万里中。故以尺五之表测之，每一寸当一千里。然而中国只到鄯善、莎车，已是一万五千里。若就彼观日，尚只是三万里中也。天下之或寒或暖，只缘地形高下。如屋阴则寒，屋阳则燠。不可言于此所寒矣，屋之西北又益寒。伯淳在泽州，尝三次食韭黄，始食怀州韭，次食泽州，又次食并州，则知数百里间气候争三月矣。若都以此差之，则须争半岁。如是，则有在此冬至，在彼夏至者。虽然，又没此事，只是一般为冬为夏而已。

　　贵姓子弟于饮食玩好之物之类，直是一生将身伏事不懈，如管城之陈醋瓶，洛中之史画匣是也。更有甚事？伯淳与君实尝同观史画，犹能题品奈烦。伯淳问君实："能如此与佗画否？"君实曰："自家一个身，犹不能事持得，更有甚工夫到此？"

　　电者，阴阳相轧；雷者，阴阳相击也。轧者如石相磨而火光出者，电便有雷击者是也。或传京师少闻雷，恐是地有高下也。

　　神农作《本草》，古传一日食药七十死，非也。若小毒，亦不当尝；若大毒，一尝而死矣，安得生？其所以得知者，自然视色、嗅味，知得是甚气，作此药，便可攻此病。须是学至此，则知自至此。

　　或以谓原壤之为人，敢慢圣人，及母死而歌，疑是庄周，非也。只是一个乡里粗鄙人，不识义理，观夫子责之辞，可以见其为人也。

　　古人适异方死，不必归葬故里，如季子是也。其言骨肉归于土，若夫魂气，则无不之也。然观季子所处，要之非知礼者也。

　　古人之法，必犯大恶则焚其尸。今风俗之弊，遂以为礼，虽孝子慈孙，亦不以为异。更是公方明立条贯，元不为禁：如言军人出戍，许令烧焚，将骨殖归。又言郊坛须三里外方得烧人，则是别有焚尸之法。此事只是习惯，便不以为事。今有狂夫醉人，妄以其先人棺椁一弹，则便以为深仇巨怨，及亲拽其亲而纳之火中，则略不以为怪，可不哀哉！

　　英宗欲改葬西陵，当是时，潞公对以祸福，遂止。其语虽若诡对，要之却济事。

　　父子异宫者，为命士以上，愈贵则愈严。故父子异宫，犹今有逐位，非如异居也。

---

①睢（suī，音虽）：仰视之意。《史记·伯夷列传》："肝人之肉，暴戾恣睢。"

②彘（zhì，音至）：猪。

③蓍（shī，音失）龟：古代占卜用的蓍草和龟版。

④鞯（jiān，音艰）：马鞍子下面的垫子

⑤賙（zhōu，音周）：周济之意。

⑥蕃庶：繁多、众多。

⑦靧（huì，音会）：洗脸。《礼记·内则》："其间面垢，熯潘请靧。"

⑧绋（fú，音服）：下葬时牵引灵枢入墓穴的绳索。

河南程氏遗书卷第三

二先生语三

谢显道记忆平日语

　　"鸢飞戾天，鱼跃于渊，言其上下察也。"此一段子思吃紧为人处，与"必有事焉而勿正心"

之意同，活泼泼地。会得时，活泼泼地；不会得时，只是弄精神。

切脉最可体仁。

观鸡雏。

汉成帝梦上帝败我濯龙渊，打不过。

问鬼神有无。曰："待说与贤道没时，古人却因甚如此道？待说与贤道有时，又却恐贤问某寻。"

射法具而不满者，无志者也。

尸居却龙见，渊默却雷声。

须是合内外之道，一天人，齐上下，下学而上达，极高明而道中庸。

既得后，便须放开，不然，却只是守。

《诗》可以兴。某自再见茂叔后，吟风弄月以归，有"吾与点也"之意。

古人互相点检，如今之学射者亦然。

铁剑利而倡优拙。

自"舜发于畎亩之中"，至"孙叔敖举于海"，若要熟，也须从这里过。

《萃》、《涣》皆"享于帝，立庙"，因其精神之聚而形于此，为其涣散，故立此以收之。

"隘与不恭，君子不由"，非是瑕疵夷、惠之语，其弊至此。

赵普除节度使权，便是乌重胤之策，以兵付逐州刺史。

以记诵博识为玩物丧志。

张子厚、邵尧夫，善自开大者也。

弹琴，心不在便不成声，所以谓琴者禁也，禁人之邪心。

舞蹈本要长袖，欲以舒其性情。某尝观舞正乐，其袖往必反，有盈而反之意。今之舞者，反收拾袖子结在一处。

周茂叔窗前草不除去，问之，云："与自家意思一般。"

张子厚闻生皇子，喜甚。见饿莩者，食便不美。

某写字时甚敬，非是要字好，只此是学。

一日游许之西湖，在石坛上坐，少顷脚踏处便湿，举起云："便是天地升降道理。"

一日见火边烧汤瓶，指之曰："此便是阴阳消长之义。"

"鸢飞戾天"，向上更有天在；"鱼跃于渊"，向下更有地在。

因论口将言而嗫嚅。云："若合开口时，要他头，也须开口，须是'听其言也厉'。"

舜由仁义行，非行仁义也。

与善人处，坏了人。须是与不善人处，方成就得人。他山之石，可以攻玉。

又言："不哭底孩儿，谁抱不得？"

须是就事上学。"《蛊》，振民育德。"然有所知后，方能如此。"何必读书，然后为学？"

"士不可以不弘毅，任重而道远。"重担子须是硬脊梁汉方担得。

《诗》、《书》只说帝与天。

有人疑伊尹出处合于孔子，可以仕则仕、可以止则止，不得为圣之时，何也？曰："终是任底意思在。"

一行岂所以名圣人？至于圣，则自不可见。何尝道圣人孝、圣人廉？

太山为高矣，然太山顶上已不属太山。虽尧、舜之事，亦只是如太虚中一点浮云过目。

执事须是敬，又不可矜持太过。

孟子知言，正如人在堂上，方能辨堂下人曲直。若自下去堂下，则却辨不得。

勿忘勿助长之间，正当处也。

颜子合下完具只是小，要渐渐恢廓。孟子合下大，只是未粹，索学以充之。

学者要学得不错，须是学颜子。

参也，竟以鲁得之。

"默而识之，不言而信，存乎德行。"

"毛犹有伦"，入毫厘丝忽终不尽。

满腔子是恻隐之心。

众人安则不恭，恭则不安。

"君子以言有物，而行有恒。"

邢恕日三点检，谓亦可哀也，何时不点检？

学射者互相点检病痛，"朋友攸摄，摄以威仪。"

有甚你管得我？有甚我管得你？教人致却太平后，某愿为太平之民。

　　　右明道先生语[①]

三王不足四，无四三王之理。如忠质文之所尚，子丑寅之所建，岁三月为一时之理。秦强以亥为正，毕竟不能行。孔子知是理，故其志不欲为一王之法，欲为百王之通法，如语颜渊为邦是也，其法度又一寓之《春秋》。

西北东南，人材不同。

以律管定尺，乃是以天地之气为准，非秬黍之比也[②]。秬黍积数，在先王时，惟此为适与度量合，故可用，今时则不同。

物之可卜者，惟龟与羊髀骨可用，盖其坼可验吉凶。

李靓谓若教管仲身长在宫内，何妨更六人。此语不然。管仲时，桓公之心特未蠹也。若已蠹，虽管仲可奈何？未有心蠹尚能用管仲之理。

孟子言"性"，当随文看。不以告子"生之谓性"为不然者，此亦"性"也，彼命受生之后谓之"性"尔，故不同。继之以"犬之性犹牛之性，牛之性犹人之性与？"然不害为一。若乃孟子之言善者，乃极本穷源之性。

日月之形，如人有身须有目，目必面前，故太阳无北观者。

仁则一，不仁则二。

仁道难名，惟公近之，非以公便为仁。

禅家之言"性"，犹太阳之下置器，其间方圆小大不同，特欲倾此于彼尔。然在太阳几时动？又其学善遁，若人语以此理，必曰"我无修无证"。

先生少时，多与禅客语，欲观其所学浅深，后来更不问。盖察言不如观貌，言犹可以所闻强勉，至于貌则不可强。

气，形而下者。

语学者以所见未到之理，不惟所闻不深彻，久将理低看了。

性不可以内外言。

神是极妙之语。

神与性元不相离，则其死也，何合之有？如禅家谓别有一物常在，偷胎夺阴之说，则无是理。

魂谓精魂，其死也魂气归于天，消散之意。

某欲以金作器比性成形。先生谓"金可以比气，不可以比性"。

唐人伎艺，亦有精绝过今人处。

日月谓一日一个亦得，谓通古今只一个亦得。

《易》言天亦不同。如"天道亏盈而益谦"，此通上下理亦如此，天道之运亦如此。如言"天且弗违，况于人乎？况于鬼神乎？"此直谓形而上者言，以鬼神为天地矣。

庄生形容道体之语，尽有好处。老氏"谷神不死"一章最佳。

禅家出世之说，如闭目不见鼻，然鼻自在。

圣人不记事，所以常记得。今人忘事，以其记事。不能记事，处事不精，皆出于养之不完固。

陈恒弑其君，夫子请讨，当时夫子已去位矣。

人固可以前知，然其理须是用则知，不用则不知。知不如不知之愈，盖用便近二，所以释子谓又不是野狐精也。

二三立，则一之名亡矣。

"感而遂通天下之故"，以其寂然不动，小则事物之至，大则无时而不感。

人之禀赋有无可奈何者，圣人所以戒忿疾于顽。

释氏处死生之际，不动者有二：有英明不以为事者，亦有昏愚为人所误，以前路自有去处者。

心欲穷四方上下所至，且以无穷，置却则得。若要真得，须是体合。

有剪桐之戏，则随事箴规。违养生之戒，则即时谏止。

未有不能体道而能无思者，故坐忘即是坐驰，有忘之心乃思也。

许渤与其子隔一窗而寝，乃不闻其子读书与不读书。先生谓："此人持敬如此。"

伯淳在澶州日修桥，少一长梁，曾博求之民间。后因出入，见林木之佳者，必起计度之心，因语以戒学者，"心不可有一事"。

阅机事之久，机心必生。盖方其阅时，心必喜。既喜，则如种下种子。

见一学者忙迫，先生问其故。曰："欲了几处人事。"曰："某非不欲周旋人事者，曷尝似贤急急迫？"

忘物与累物之弊等。

疑病者，未有事至时，先有疑端在心；周罗事者，先有周事之端在心，皆病也。

较事大小，其弊为枉尺直寻之病。

忘敬而后"无不敬"。

圣人之心，未尝有在，亦无不在，盖其道合内外，体万物。

事神易，为尸难。苟孝子有思亲之心，以至诚持之，皆可以尽其道。惟尸象神，其所以祖考来格者以此。后世巫觋③，立尸之遗意，但其流入于妄伪，岂有通幽明之理？

死者不可谓有知，不可谓无知。

尝问先生，"其有知之原，当俱禀得"。先生谓："不曾禀得，何处交割得来？"又语及太虚，曰："亦无太虚。"遂指虚曰："皆是理，安得谓之虚？天下无实于理者。"

罪己责躬不可无，然亦不当长留在心胸为悔。

有恐惧心，亦是烛理不明，亦是气不足。须知"义理之悦我心，犹刍豢之悦我口"，玩理以养心如此。盖人有小称意事，犹喜悦，有沦肌浃骨如春和意思，何况义理？然穷理亦当知用心缓急，但苦劳而不知悦处，岂能养心？

入道莫如敬，未有能致知而不在敬者。今人主心不定，视心如寇贼而不可制。不是事累心，乃是心累事。当知天下无一物是合少得者，不可恶也。

或谓许大太虚。先生谓："此语便不是，这里论甚大与小？"

大抵人有身，便有自私之理，宜其与道难一。

人之于仪形，有是持养者，有是修饰者。

人之于性，犹器之受光于日，日本不动之物。

须是识在所行之先，譬如行路，须得光照。

伯有为厉之事，别是一理。

"一阴一阳之谓道"，道非阴阳也。所以一阴一阳道也，如一阖一辟谓之变。

　　右伊川先生语

拾　　遗

许渤初起，问人天气寒温，加减衣服。一加减定，即终日不换。

许渤在润州，与范文正、胡宿、周茂叔游。

古人立尸之意甚高。

"万取千焉，千取百焉。"

"夫天未欲平治天下也，如欲平治天下，当今之世，舍我其谁？"此是有所受命之语。若孔子谓："天之将丧斯文也，后死者不得与于斯文也；天之未丧斯文也，匡人其如予何！"丧乃我丧，未丧乃我未丧，我自做著天里。圣人之言，气象自别。

张横渠谓范文正才气老成。

古人求法器。

礼乐只在进反之间，便得性情之正。

孟子答公孙丑问"何谓浩然之气"曰："难言也。"只这里便见得是孟子实有浩然之气。若他人便乱说道是如何，是如何。

子路亦百世之师。

　　右明道先生语

先生在经筵日，有二同列论武侯事业，谓："战伐所丧亦多，非'杀一不辜而得天下不为'之事。"先生谓："二公语过矣。'杀一不辜而得天下不为'，谓杀不辜以私己。武侯以天子之命讨天下之贼，何害？"

汉儒近似者三人：董仲舒、大毛公、杨雄。

　　右伊川先生语

①右：古书竖排，由右而左，"右"即"上"，下同。

②秬（jù，音巨）：黑色黍。

③觋（xí，音习）：指男巫。古代女巫为巫，男巫为觋。

河南程氏遗书卷第四

二先生语四

游定夫所录

善言治天下者，不患法度之不立，而患人材之不成。善修身者，不患器质之不美，而患师学之不明。人材不成，虽有良法美意，孰与行之？师学不明，虽有受道之质，孰与成之？

行之失，莫甚于恶，则亦改之而已矣。事之失，莫甚于乱，则亦治之而已矣。苟非自暴自弃者，孰不可与为君子？

人有习他经，既而舍之，习《戴记》。问其故，曰："决科之利也①。"先生曰："汝之是心，已不可入于尧、舜之道矣。夫子贡之高识，曷尝规规于货利哉？特于丰约之间，不能无留情耳。且贫富有命，彼乃留情于其间，多见其不信道也。故圣人谓之'不受命'。有志于道者，要当去此心而后可语也。"

先生不好佛语。或曰："佛之道是也，其迹非也。"曰："所谓迹者，果不出于道乎？然吾所攻，其迹耳。其道，则吾不知也。使其道不合于先王，固不愿学也。如其合于先王，则求之《六经》足矣，奚必佛？"

汉儒之中，吾必以杨子为贤。然于出处之际，不能无过也。其言曰："明哲煌煌，旁烛无疆；孙于不虞，以保天命。""孙于不虞"则有之，"旁烛无疆"则未也。光武之兴，使雄不死，能免诛乎？观於朱泚之事可见矣。古之所谓言逊者，迫不得已，如《剧秦美新》之类，非得已者乎？

天下之习，皆缘世变。秦以弃儒术而亡不旋踵②，故汉兴，颇知尊显经术，而天下厌之，故有东晋之放旷。

人有语导气者，问先生曰："君亦有术乎？"曰："吾尝夏葛而冬裘，饥食而渴饮，节嗜欲，定心气，如斯而已矣。"

世有以读书为文为艺者。曰："为文谓之艺，犹之可也。读书谓之艺，则求诸书者浅矣。"

万物本乎天，人本乎祖，故冬至祭天而祖配之。以冬至者，气至之始故也。万物成形于地，而人成形于父，故以季秋享帝而父配之。以季秋者，物成之时故也。

世之信道笃而不惑异端者，洛之尧夫、秦之子厚而已。

孟子之时，去先王为未远，其学比后世为尤详，又载籍未经秦火，然而班爵禄之制，已不闻其详。今之礼书，皆掇拾于煨烬之余，而多出于汉儒一时之傅会，奈何欲尽信而句为之解乎？然则其事固不可一二追复矣。

人必有仁义之心，然后仁与义之气睟然达于外，故"不得于心，勿求于气"可也。

君子之教人，或引之，或拒之，各因其所亏者，成之而已。孟子之不受曹交，以交未尝知道固在我而不在人也，故使"归而求之"。

孟子论三代之学，其名与《王制》所记不同，恐汉儒所记未必是也。

"象忧亦忧，象喜亦喜"，盖天理人情，于是为至。舜之于象，周公之于管叔，其用心一也。夫管叔未尝有恶也，使周公逆知其将畔，果何心哉？惟其管叔之畔，非周公所能知也，则其过有所不免矣。故孟子曰："周公之过，不亦宜乎？"

孟子言舜完廪浚井之说，恐未必有此事，论其理而已。尧在上而使百官事舜于畎亩之中，岂容象得以杀兄，而使二嫂治其栖乎？学孟子者，以意逆志可也。

或谓佛之理比孔子为径。曰："天下果有径理，则仲尼岂欲使学者迂远而难至乎？故外仲尼之道而由径，则是冒险阻、犯荆棘而已。"

穷经，将以致用也。如"诵《诗》三百，授之以政不达，使于四方，不能专对，虽多亦奚以为？"今世之号为穷经者，果能达于政事专对之间乎？则其所谓穷经者，章句之末耳，此学者之大患也。

问："'我于辞命则不能'，恐非孟子语。盖自谓不能辞命，则以善言德行自居矣，恐君子或不然。"曰："然。孔子兼之，而自谓不能者，使学者务本而已。"

孟子曰："事亲若曾子可也。"吾以谓事君若周公可也。盖子之事父，臣之事君，闻有自知其不足者矣，未闻其为有余也。周公之功固大矣，然臣子之分所当为也，安得独用天子之礼乎？其因袭之弊，遂使季氏僭八佾③，三家僭雍彻④，故仲尼论而非之，以谓"周公其衰矣"。

师保之任，古人难之。故召公不说者，不敢安于保也。周公作书以勉之，以为在昔人君所以致治者，皆赖其臣，而使召公谋所以裕己也。

"复子明辟"，如称告嗣天子王矣。

工尹商阳自谓"朝不坐宴，不与杀三人，足以反命"，慢君莫甚焉，安在为有礼？夫君子立乎人之本朝，则当引其君于道、志于仁而后已。彼商阳者士卒耳，惟当致力于君命，而乃行私情于其间，孔子盖不与也。所谓"杀人之中又有礼焉"者，疑记者谬。

盟可用也，要之则不可。故孔子与蒲人盟而适卫者，特行其本情耳。盖与之盟与未尝盟同，故孔子适卫无疑。使要盟而可用，则卖国背君亦可要矣。

不知天，则于人之愚智贤否有所不能知，虽知之有所不尽，故"思知人不可以不知天"。不知人，则所亲者或非其人，所由者或非其道，而辱身危亲者有之，故"思事亲不可不知人"。故尧之亲九族，亦明俊德之人为先，盖有天下者，以知人为难，以亲贤为急。

《二南》之诗，盖圣人取之以为天下国家之法，使邦家乡人皆得歌咏之也。有天下国家者，未有不自齐家始。先言后妃，次言夫人，又次言大夫妻。而古之人有能修之身以化在位者，文王是也，故继之以文王之诗。《关雎》诗所谓"窈窕淑女"，即后妃也，故《序》以为配君子。所谓"乐而不淫，哀而不伤"，盖《关雎》之义如此，非谓后妃之心为然也。

安定之门人往往知稽古爱民矣，则于为政也何有？

古者乡田同井，而民之出入相友，故无争斗之狱。今之郡邑之讼，往往出于愚民，以戾气相构。善为政者勿听焉可也。又时取强暴而好讥侮者痛惩之，则柔良者安，斗讼可息矣。

君子之遇事，无巨细，一于敬而已。简细故以自崇，非敬也；饰私智以为奇，非敬也。要之，无敢慢而已。《语》曰："居处恭，执事敬，虽之夷狄，不可弃也。"然则"执事敬"者，固为仁之端也。推是心而成之，则"笃恭而天下平"矣。

士之所难者，在有诸己而已。能有诸己，则"居之安，资之深"，而美且大可以驯致矣。徒知可欲之善，而若存若亡而已，则能不受变于俗者鲜矣。

冯道更相数主，皆其雠也⑤。安定以为当五代之季，生民不至于肝脑涂地者，道有力焉，虽事雠无伤也。荀彧佐曹操诛伐，而卒死于操，君实以为东汉之衰，或与攸视天下无足与安刘氏者，惟操为可依，故俯首从之，方是时，未知操有他志也。君子曰："在道为不忠，在彧为不智。如以为事固有轻重之权，吾方以天下为心，未暇恤人议己也，则枉己者未有能直人者也。"

世之议子云者，多疑其投阁之事。以《法言》观之，盖未必有。又天禄阁世传以为高百尺，宜不可投。然子云之罪，特不在此，黾勉于莽、贤之间⑥，畏死而不敢去，是安得为大丈夫哉？

公山弗扰以费叛，不以召叛人逆党而召孔子，则其志欲迁善悔过，而未知其术耳。使孔子而不欲往，是沮人为善也⑦，何足以为孔子？

道之外无物，物之外无道，是天地之间无适而非道也。既父子而父子在所亲，即君臣而君臣在所严，以至为夫妇、为长幼、为朋友，无所为而非道，此道所以不可须臾离也。然则毁人伦、去四大者，其分于道也远矣。故"君子之于天下也，无适也，无莫也，义之与比"。若有适有莫，则于道为有间，非天地之全也。彼释氏之学，于"敬以直内"则有之矣，"义以方外"则未之有也。故滞固者入于枯槁，疏通者归于肆恣，此佛之教所以为隘也。吾道则不然，率性而已。斯理也，圣人于《易》备言之。

《乾》，圣人之分也，可欲之善属焉。《坤》，学者之分也，有诸己之信属焉。

仲尼言仁，未尝兼义，独于《易》曰："立人之道，曰：仁与义。"而孟子言仁必以义配。盖仁者体也，义者用也。知义之为用而不外焉者，可与语道矣。世之所论于义者多外之，不然则混而无别，非知仁义之说者也。

门人有曰："吾与人居，视其有过而不告，则于心有所不安；告之而人不受，则奈何？"曰："与之处而不告其过，非忠也。要使诚意之交通在于未言之前，则言出而人信矣。"

"刚毅木讷"，质之近乎仁也；"力行"，学之近乎仁也。若夫至仁，则天地为一身，而天地之间，品物万形为四肢百体。夫人岂有视四肢百体而不爱者哉？圣人，仁之至也，独能体是心而已，曷尝支离多端而求之自外乎？故"能近取譬"者，仲尼所以示子贡以为仁之方也。医书有以手足风顽谓之四体不仁，为其疾痛不以累其心故也。夫手足在我，而疾痛不与知焉，非不仁而何？世之忍心无恩者，其自弃亦若是而已。

一物不该非中也，一事不为非中也，一息不存非中也。何哉？为其偏而已矣。故曰："道也者，不可须臾离也，可离非道也。"修此道者，"戒慎乎其所不睹，恐惧乎其所不闻"而已。由是而不息焉，则"上天之载，无声无臭"，可以驯致也。

君子之于中庸也，无适而不中，则其心与中庸无异体矣。小人之于中庸，无所忌惮，则与戒慎恐惧者异矣，是其所以反中庸也。

责善之道，要使诚有余而言不足，则于人有益，而在我者无自辱矣。

---

①决：确定、断定之意。

②旋踵：形容时间短暂。

③八佾（yì，音亿）：古代乐舞一行八人叫一佾。舞蹈用佾的多少，表示等级的差别。

④雍（yōng，音拥）：本为《诗·周颂》中的一篇，是祭周文王的诗，用于古代天子祭宗庙完毕撤去祭品时所奏唱的乐歌。后来天子食毕也奏此乐歌。《论语·八佾》："三家者，以雍彻。"何晏注："马（融）曰：'三家，谓仲孙、叔孙、李孙。雍，《周颂·臣工》篇名。天于祭于宗庙，歌之以彻祭，今三家亦作此乐。'"

⑤雠（chóu，音仇）：此处同"仇"。

⑥黾（mǐn，音敏）勉：努力之意。

⑦沮（jǔ，音举）：阻止。

河南程氏遗书卷第五

二先生语五

理与心一，而人不能会之为一。

仲尼，元气也；颜子，春生也；孟子，并秋杀尽见。仲尼，无所不包；颜子示"不违如愚"之学于后世，有自然之和气，不言而化者也；孟子则露其才，盖亦时然而已。仲尼，天地也；颜子，和风庆云也；孟子，泰山岩岩之气象也。观其言，皆可以见之矣。仲尼无迹，颜子微有迹，孟子其迹著。

人心常要活，则周流无穷，而不滞于一隅。

老子曰"无为"，又曰"无为而无不为"。当有为而以无为为之，是乃有为为也。圣人作《易》，未尝言无为，惟曰："无思也，无为也"，此戒夫作为也。然下即曰"寂然不动，感而遂通天下之故"，是动静之理，未尝为一偏之说矣。

语圣则不异，事功则有异。"夫子贤于尧、舜"，语事功也。

孔子言语，句句是自然；孟子言语，句句是实事。

论学便要明理，论治便须识体。

《蹇》便是处蹇之道，《困》便是处困之道，道无时不可行。

孟子有功于道，为万世之师。其才雄，只见雄才，便是不及孔子处。人须当学颜子，便入圣人气象。

父子君臣，天下之定理，无所逃于天地之间。安得天分不有私心，则行一不义，杀一不辜，有所不为。有分毫私，便不是王者事。

《订顽》立心，便达得天德。

孔子尽是明快人，颜子尽岂弟，孟子尽雄辩。

孔子为中都宰，"知其不可而为之"，不仁；不知而为之，不知。岂有圣人不尽仁知？

责上责下而中自恕己，岂可任职分？

万物无一物失所，便是天理时中。

"公孙硕肤，亦乌几几。"

为君尽君道，为臣尽臣道，过此则无理。

"坤作成物"，是积学处；"乾知大始"，是成德处。

孔子请讨田恒，当时得行，便有举义为周之意。

九二"利见大人"，九五"利见大人"。圣人固有在上者，在下者。

虽公天下事，若用私意为之，便是私。

"唯上智与下愚不移"，移则不可知。上之为圣，下之为狂，在人一心念不念为进退耳。

"居处恭，执事敬，与人忠"，充此便睟 面盎背，有诸中必形诸外，观其气象便见得。

天命不已，文王纯于天道亦不已。纯则无二无杂，不已则无间断先后。

不能动人，只是诚不至。于事厌倦，皆是无诚处。

气直养而无害，便塞乎天地之间，有少私意，即是气亏。无不义便是集义，有私意便是馁。

心具天德，心有不尽处，便是天德处未能尽，何缘知性、知天？尽己心，则能尽人尽物，与天地参，赞化育。赞则直养之而已。

"鼓万物而不与圣人同忧"，天理鼓动万物如此。圣人循天理而欲万物同之，所以有忧患。

章，外见之物。"含章可贞"，"来章有庆"，须要反己。

敬义夹持，直上达天德自此。

舞射便见人诚。古之教人，莫非使之成己，自洒埽应对上，便可到圣人事。

"乐莫大焉"，"乐亦在其中"，"不改其乐"，须知所乐者何事。

乾坤，古无此二字，作《易》者特立此二字以明难明之道，以此形容天地间事。

《易》，圣人所以立道，穷神则无《易》矣。

孔子为宰则为宰，为陪臣则为陪臣，皆能发明大道。孟子必得宾师之位，然后能明其道。犹之有许大形象，然后为太山；许多水，然后为海。

夷、惠有异于圣人大成处，然行一不义，虽得天下不为，与孔子同者，以其诚一也。

颜子作得禹、稷、汤、武事功，若德则别论。

《诗》言天命，《书》言天。

文章成功，有形象可见，只是极致事业。然所以成此事功者，即是圣也。

万物之始皆气化。既形，然后以形相禅，有形化。形化长，则气化渐消。

《中庸》言"无声无臭"，胜如释氏言"非黄非白"。

心有所存，眸子先发见。

张兄言气，自是张兄作用，立标以明道。

《乾》是圣人道理，《坤》是贤人道理。

《易》之有象，犹人之守礼法。

待物生，以时雨润之，使之自化。

恭而安。

河南程氏遗书卷第六

二先生语六

质夫沛然。择之茫然，未知所得。季明安。

兄厚临终过西郊，却相疑，平生不相疑。

叔不排释、老。

惟善变通，便是圣人。

圣人于天下事，自不合与，只顺得天理，茂对时，育万物。

尧、舜、共、鲧、皋陶，时与孔子异。

正名　荀文若　魏郑公

学原于思。

仁，人此；义，宜此。事亲仁之实，从兄义之实，须去一道中别出。

孔子言仁，只说"出门如见大宾，使民如承大祭"。看其气象，便须心广体胖，动容周旋中礼，自然惟慎独便是守之之法。圣人修己以敬，以安百姓，笃恭而天下平。惟上下一于恭敬，则天地自位，万物自育，气无不和，四灵何有不至？此体信达顺之道，聪明睿智皆由是出。以此事天飨帝，故《中庸》言鬼神之德盛，而终之以微之显，诚之不可掩如此。

"博施济众"，非圣不能，何曾干仁事？故特曰：夫仁者达人立人，取譬，可谓仁之方而已，使人求之，自反便见得也。虽然，圣人未有不尽仁，然教人不得如此指杀。

四体不仁。

鬼是往而不反之义。

天人本无二，不必言合。

俨然，即之温，言厉。佗人温则不厉，俨然则不温，惟孔子全之。

大圭黄锺，全冲和气。

李宏中力田养亲。

节嗜欲，定心气。

看一部《华严经》，不如看一《艮》卦。

论性不论气，不备，论气不论性，不明。

人自孩提，圣人之质已完，只先于偏胜处发。

觉悟便是信。

自"幼子常视无诳"以上，便是教以圣人事。

人之知思，因神以发。

成己须是仁，推成己之道成物便是智。

怒惊皆是主心不定。

非礼不视听言动，积习尽有功，礼在何处？

去气偏处发，便是致曲；去性上修，便是直养。然同归于诚。

"不有躬，无攸利。"不立己，后虽向好事，犹为化物，不得以天下万物挠己。己立后，自能了当得天下万物。

地不改辟，民不改聚，只修治便了。

饥食渴饮，冬裘夏葛，若致些私吝心在，便是废天职。

忠信进德，修辞立其诚，所以居业修立在人。

日月，阴阳发见盛处。

月受日光，龙敏。

鼓动万物，圣人之神知则不可名。

凡物参和交感则生，不和分散则死。

凡有气，莫非天；凡有形，莫非地。

气有偏胜处。

二气五行刚柔万殊，圣人所由惟一理，人须要复其初。

元气会则生圣贤。理自生。

天只主施，成之者地也。

须要有所止。

有形总是气，无形只是道。

《咸》六四言"贞吉悔亡"，言感之不可以心也。

存养熟后，泰然行将去，便有进。

《艮》卦只明使万物各有止，止分便定。

曾子疾病，只要以正，不虑死，与武王"杀一不辜，行一不义，得天下不为"同心。

百官万务、金革百万之众，饮水曲肱，乐在其中。万变皆在人，其实无一事。

蜀山人不起念十年，便能前知。

只是一个诚。

清明在躬，志气如神。

观天地生物气象。

"在帝左右"，帝指何帝？

卜筮在精诚，疑则不应。

懈意一生，便是自弃自暴。

"勿忘勿助长，必有事焉"，只中道上行。

忠信而入，忠信而出。

涵养著乐处，养心便到清明高远。

天下之悦不可极，惟朋友讲习，虽过悦无害。兑泽有相滋益处。

凝然不动，便是圣人。

多惊、多怒、多忧，只去一事所偏处，自克。克得一件，其余自正。

人少长须激昂自进，中年已后，自至成德者事，方可自安。

"致知在格物"，物来则知起。物各付物，不役其知，则意诚不动。意诚自定则心正，始学之事也。

斋戒以神明其德。

明德新民，岂分人我？是成德者事。

天无形，地有形。

虚心实腹。

静后，见万物自然皆有春意。

天之生物无穷，物之所成却有别。

致曲不要说来大。

和平依磬声，玉磬声之最和平者养心。

羊头山老子说一秬二米秬黍，则是天地气和，十分丰熟。山上便有，山下亦或有之。

八十四声，清者极吹尽清，浊者极吹尽浊，就其中以中声上生下生。

霜露，星之气，异乎雨雪。

"密云不雨"，尚往则气散。

苔木气为水土始发。

草类竹节可见。黄锺牛鸣。

意言象数，胎息气。

周茂叔穷禅客。

明善在明，守善在诚。

《复》卦非天地之心，"复则见天地之心"。圣人无复，故未尝见其心。

管摄天下人心，收宗族，厚风俗，使人不忘本，须是明谱系世族与立宗子法。

忿欲忍与不忍，便见有德无德。

《周南》、《召南》如《乾》、《坤》。

今之祭祀无乐，今之乐又不可用，然又却不见得缓急之节。

叔一生不曾看《庄》、《列》，非礼勿动勿视，出于天与，从幼小有如是才识。

夷、惠，其道隘与不恭，乃心无罪。

孔子所遇而安，无所择。自子路观孔子，孔子为不恭。自孔子观吾辈，吾辈便隘。惟其与万物同流，便能与天地同流。

去健羡，毋意，义之与比。

山林之士，只是意欲不出。

重，主道也。士大夫得有重，应当有主。既埋重，不可一日无主，故设苴。及其已作主，即不用苴。

有庙即当有主。

技击不足以当节制，节制不足以当仁义。使人人有子弟卫父兄之心，则制梃以挞秦、楚之兵矣。

不应为，总是罪过。

《诗》兴起人志意。

小人小丈夫，不合小了，他本不是恶。

语默犹昼夜，昼夜犹生死，生死犹古今。

慎终追远。

铅铁性殊，点化为金，则不辨铅铁之性。

民须仁之，物则爱之。

圣人缘人情以制礼，事则以义制之。

息，止也，生也。止则便生，不止则不生。

不常其德，则所胜来复；正常其理，则所胜同化。

曾点、漆雕已见大意，故圣人与之。

颜子所言不及孔子。"无伐善，无施劳"，是他颜子性分上事。孔子言"安之，信之，怀之"，是天理上事。

大抵有题目事易合。

心风人力倍平常。将死者识能预知，只是他不著别事杂乱，兼无昏气。

孔子之时，事虽有不可为，孔子任道，岂有不可为？鲁君、齐君，孔、孟岂不知其不足与有为？

人虽睡著，其识知自完，只是人与唤觉，便是他自然理会得。

诚则自然无累①，不诚便有累。

贫子宝珠。

君实笃厚，晦叔谨严，尧夫放旷。

根本须是先培壅②，然后可立趋向也。趋向既正，则所造有浅深，则由勉与不勉也。

人多昏其心，圣贤则去其昏。

以富贵为贤者不欲，却反人情。

闻见如登九层之台。

《中说》有后人缀缉之③。

观两汉已前文章，凡为文者皆似。

杨子之学实，韩子之学华，华则涉道浅。

祭而立尸，只是古人质。

颜子箪瓢④，非乐也，忘也。

孟子知言，则便是知道。

夷、惠圣人，传者之误。"不念旧恶"，此清者之量。

"思与乡人处"，此孟子拔本塞源。

庾公之斯，取其不背学而已。

杨、墨，皆学仁义而流者也。墨子似子张，杨子似子夏。

伊尹不可言蔽，亦是圣之时。伯夷不蔽于为己，只是隘。

孔子免匡人之围，亦苟脱也。

四端不言信，信本无在。在《易》则是至理，在《孟子》则是气。

子产语子太叔，因其才而教之。

《序卦》非《易》之蕴，此不合道。

"仰之弥高"，见其高而未能至也。"钻之弥坚"，测其坚而未能达也。此颜子知圣人之学而善形容者也。

义之精者，须是自求得之，如此则善求义也。

读《论语》、《孟子》而不知道，所谓"虽多亦奚以为"。

汤既胜夏，欲迁其社，不可。圣人所欲不逾矩，既欲迁社，而又以为不可，欲迁是，则不可为非矣；不可是，则欲迁为非矣。然则圣人亦有过乎？曰：非也。圣人无过。夫亡国之社迁之，礼也，汤存之以为后世戒，故曰欲迁则不可也。《记》曰：丧国之社屋之，不受天阳也。又曰：亳社北牖，使阴明也。《春秋》书"亳社灾"，然则皆自汤之不迁始也。

五亩之宅，三易，再易，不易。

古者百步为亩，百亩当今之四十一亩也。古以今之四十一亩之田，八口之家可以无饥；今以古之二百五十亩犹不足，农之勤惰相悬乃如此。

古之时，民居少，人各就高而居。中国虽有水，亦未为害也。及尧之时，人渐多，渐就平广而居。水泛滥，乃始为害。当是时，龙门未辟，伊阙未析，砥柱未凿。尧乃因水之泛滥而治之，以为天下后世无穷之利。非尧时水特为害也，盖已久矣。上世人少，就高而居则不为害；后世人多，就下而处则为害也。

四凶之才皆可用。尧之时圣人在上，皆以其才任大位，而不敢露其不善之心。尧非不知其不善也，伏则圣人亦不得而诛之。及尧举舜于匹夫之中而禅之位，则是四人者始怀愤怨不平之心而显其恶，故舜得以因其迹而诛窜之也。

人无父母，生日当倍悲痛，更安忍置酒张乐以为乐？若具庆者可矣。

今人以影祭，或画工所传，一髭发不当，则所祭已是别人，大不便。

今之税实轻于什一，但敛之无法与不均耳。

有一物而可以相离者，如形无影不害其成形，水无波不害其为水。有两物而必相须者，如心无目则不能视，目无心则不能见。

古者八十丝为一升，斩衰三升，则是二百四十丝，于今之布为已细。缌麻十五升，则是千有二百丝，今盖无有矣。

　　"古之学者为己，今之学者为人"。古之仕者为人，今之仕者为己。古之强有力者将以行礼，今之强有力者将以为乱。

　　方今有古之所无者二，兵与释、老也。

　　言而不行，是欺也。君子欺乎哉？不欺也。

　　汎乎其思，不若约之可守也。思则来，舍则去，思之不熟也。

　　二经简编，后分者不是。

　　《诗》大率后人追作⑤，马迁非。

　　圣人於忧劳中，其心则安静，安静中却是有至忧。

　　圣人之言远如天，贤者小如地。

　　天之付与之谓命，禀之在我之谓性，见于事业之谓理。

　　"事君有犯无隐，事亲有隐无犯"，有时而可分。

　　治必有为治之因，乱必有为乱之因。

　　受命之符不足怪。

　　射则观其至诚而已。

　　学行之上也，名誉以崇之，皆杨子之失。

　　"由之瑟奚为于丘之门，"言其声之不和，与己不同。

　　"视其所以"，观人之大概。"察其所安"，心之所安也。

　　子绝四：毋自任私意，毋必为，毋固执，毋有己。

　　"居是邦也，不非其大夫"，此理最好。

　　"出入"，可也。出须是同归。

　　"博施济众"，仁者无穷意。

　　"知和而和"，执辞时不完。

　　"无欲速"，心速。"七年"，理速。

　　养亲之心则无极，外事极时须为之极，莫若极贵贵之义，莫若极尊贤之宜。

　　发于外者谓之恭，有诸中者谓之敬。

　　诚然后能敬，未及诚时，却须敬而后能诚。

　　无妄之谓诚，不欺其次矣。

　　赞马迁、巷伯之伦，此班固微词。

　　石奢不当死，然纵法当固辞乞罪，不罪他时，可以坚请出践更钱。此最义。

　　《易》爻应则有时而应，又远近相取而悔吝生。

　　王通《家人》卦是。

　　《诗序》必是同时所作，然亦有后人添者。如《白华》只是刺幽王，其下更解不行；《緜蛮》序"不肯饮食教载之"，只见《诗》中云："饮之食之，教之诲之，命彼后车，谓之载之"，便云教载，绝不成言语也。又如："高子曰：灵星之尸也"，分明是高子言，更何疑？

　　文王望至治之道而未之见，若曰民虽使至治，止由之而已，安知圣人？《二南》以天子在上，诸侯善化及民，安得谓之至？其有不合周公之心固无此。设若有不合者，周公之心必如是勤劳。

　　"五世"，依约。君子小人在上为政，其流泽三四世不已，五世而后斩。当时门人只知辟杨、墨为孟子之功，故孟子发此一说，以推尊孔子之道，言"予未得为孔子徒也"。孔子流泽至此未五世，其泽尚在于人，予则私善于人而已。

邪说则终不能胜正道。人有秉彝⑥，然亦恶乱人之心。

无耻之耻。

行之不著，如此人多。若至论，虽孔门中亦有由而不知者，又更有不知则不能由。

"送死"，天下之至重。人心苟能竭力尽此一事，则可以当天下之大事。"养生"，人之常，此相对而言。若舜、曾子养生，其心如此，又安得不能当大事！

王者之《诗》亡、《雅》亡，政教号令不及于天下。

"仁言"，为政者道其所为；"仁声"，民所称道。

"不得于言，勿求于心，不可。"养气以心为主，若言失中，心不动亦不妨。

"一言而可以折狱者，其由也与！"言由之见信如此，刑法国人尚取信，其他可知。

若臧武仲之知，又公绰之不欲，卞庄子之勇，冉求之艺，合此四人之偏，文之以礼乐，方成圣人，则尽之矣。

"先进于礼乐"，质也；"后进于礼乐"，文也。"文质彬彬，然后君子"，其下则史，孔子从之，矫枉欲救文之弊。然而"吾从周"，此上文一事，又有不从处，"乘商之辂⑦"。

《中庸》首先言本人之情性，次言学，次便言三王酌损以成王道，余外更无意。三王下到今，更无圣人；若有时，须当作四王。王者制作时，用先代之宜世者。今也法当用《周礼》，自汉以来用。

有爱人之心，然而使民亦有不时处，此则至浅。言当时治千乘之国若如此时，亦可以治矣。圣人之言，虽至近，上下皆通。此三句若推其极，尧、舜之治亦不过此，若常人之言近时，便即是浅近去。

齐经管仲霸政之后，风俗尚权诈，急衣食。鲁之风俗不如此，又仲尼居之。当时风俗亦甚美，到汉尚言齐、鲁之学天性。此只说风俗，若谓圣贤，则周公自不之鲁，太公亦未可知。又谓齐经田恒弑君，无君臣上下之分，也不然。

"色难"形下面"有事服劳"而言，服劳更浅。若谓谕父母于道，能养志使父母说，却与此辞不相合。然推其极时，养志如曾子、大舜可也，曾元是曾子之子，尚不能。

在邦而己心无怨，孔子发明仲弓，使知仁字。然舜在家亦怨，周公狼跋亦怨。

"不有祝鮀之佞与宋朝之美"，难免世之害矣。

当孔子时，传《易》者支离，故言"五十以学《易》。"言学者谦辞。学《易》可以无大过差。《易》之书惟孔子能正之，使无过差。

"《诗》、《书》"，统言"执礼"，人所执守。

贤者能远照，故能避一世事，其次避地，不居乱邦。

不愧屋漏，则心安而体舒。

子曰："君子博学于文，约之以礼，亦可以弗畔矣夫！"此非自得也，勉而能守也。"多闻，择其善者而从之，多见而识之，知之次也"，以勉中人之学也。

经所以载道也，器所以适用也。学经而不知道，治器而不适用，奚益哉？

今之学者，歧而为三：能文者谓之文士，谈经者泥为讲师，惟知道者乃儒学也。

夫内之得有浅深，外之来有轻重。内重则可以胜外之轻，得深则可以见诱之小。

---

①累（léi）：负担。

②壅（yōng，音拥）：把泥土或肥料培在植物的根部。

③缀（zhuì，音坠）缉：编辑。《玉篇·系部》："缀，辑也。"

④箪（dān，音单）：古代用竹子等编成的盛饭用的器具。亦为瓢。

⑤大率：大概之意。

⑥彝（yí，音仪）：指法度，常规。

⑦辂（lù，音路）：古代一种大车。

河南程氏遗书卷第七

二先生语七

与人为善。

始初便去性分上立。

猎，自谓今无此好。周茂叔曰："何言之易也。但此心潜隐未发；一日萌动，复如前矣。"后十二年，因见，果知未。

周公不作膳夫庖人匠人事①，只会兼众有司之所能②。

有田即有民，有民即有兵，乡遂皆起兵。

禅学只到止处③，无用处，无礼义。

槁鞂、大羹、鸾刀④，须用诚相副。

介甫致一。

尧、舜知他几千年，其心至今在。

心要在腔子里！

体道，少能体即贤，尽能体即圣。

孔子门人善形容圣人。

尧夫道虽偏驳，然卷舒作用极熟，又能谨细行⑤。

"虚而不屈，动而愈出。"

只外面有些罅隙，便走了。

只学颜子不贰过⑥。

"忠恕违道不远"，"可谓仁之方"，"力行近乎仁"，"求仁莫近焉"。仁道难言，故止曰近，不远而已；苟以力行便为仁，则失之矣。"施诸己而不愿，亦勿施于人"，"夫子之道忠恕"，非曾子不能知道之要，舍此则不可言。

圣人之明犹日月，不可过也；过则不明。

愚者指东为东，指西为西，随众所见而已；知者知东不必为东，西不必为西。唯圣人明于定分，须以东为东，以西为西。

邵尧夫犹空中楼阁。

兵法远交近攻，须是审行此道。

只是论得规矩准绳，巧则在人。

庄子有大底意思⑦，无礼无本。

体须要大！

外面事不患不知，只患不见自己。

"雍也仁而不佞⑧。"

人当审己如何，不必恤浮议；志在浮议，则心不在内，不可私。

三命是律⑨，星辰是历。

静坐独处不难；居广居、应天下为难。

保民而王。

行兵须不失家计。

事，往往急便坏了。

与夺翕张⑪，固有此理，老子说著便不是。

诚神不可语。

见之非易，见不可及。

孔子弟子少有会问者，只颜子能问，又却终日如愚。

只理会生是如何。

静中便有动，动中自有静。

洒扫应对，与佛家默然处合。

丧事，人所不勉处；酒，人所困处；孔子于中间处之得宜

玩心神明，上下同流。

敬下驴不起。

尧、舜极圣，生朱、均；瞽、鲧极愚，生舜、禹。

开物成务，有济时之才。

禹不矜不伐⑫，至柔也，然乃见刚。

以诚意气楪子⑬，何不可？若有为果子，系在他上，便不是。信得及便是也。

九德最好⑭。

不学，便老而衰。

应卒处事。

不见其大，便大。

职事不可以巧免。

雍置师，内郡养耕，外郡御守。

兵能聚散为上。

把得地分定，做事直是不得放过。

韩信多多益办，只是分数明。

微仲 焚禁山契书。

义勇也是拘束太急，便性轶轻劣。大凡长育人材，且须缓缓。

兵阵须先立定家计，然后以游骑旋；旋量力分外面与敌人合，此便是合内外之道。若游骑太远，则却归不得；至如听金鼓声，亦不忘却自家如何，如苻坚养民，一败便不可支持，无本故也。

坐井观天，非天小，只被自家入井中，被井筒拘束了⑮，然井何罪？亦何可废？但出井中，便见天大；已见天如此大，不为井所拘，却入井中也不害。

致知，但知止于至善、为人子止于孝、为人父止于慈之类，不须外面，只务观物理⑯，汎然

正如游骑无所归也⑰。

即目所学便持。吾斯之未能信，道著信，便是止也。

《晋书》谓吾家书籍当尽与之。岂止与之，当再拜而献之。

病昏不为他物所夺，只有正气，然犹有力，知识远过于人，况吾合天地之道，安有不可？

须是无终食之间违仁，即道日益明矣。

不偏之谓中，不易之谓庸；中者天下之正道，庸者天下之定理。

---

①膳夫庖（páo，音刨）人：指厨子。

②有司：执政者。

③禅学：此处指佛学。

④槁鞂（jiē，音揭）：郊祭时所用的粗席子。　大（tài，音太）羹：祭祀所用的肉汁。　鸾刀：带铃的刀，古代祭祀割牲用。

⑤细行：指较小的行为活动。

⑥不贰过：不重复犯过的错误。

⑦大底：粗略，大概。

⑧佞（nìng，音宁去声）：此处指能说会道。

⑨三命：汉代王充《论衡·命议》："传曰，说命有三，一曰正命，二曰随命，三曰遭命。"

⑩厤（lì，音历）："历"的异体字，当天文历法讲。

⑪翕（xī，音西）张：开闭。

⑫不矜（jīn，音今）不伐：不自大自夸。

⑬楪（dié，音迭）子：同"碟子"，盛食物的小盘。

⑭九德：九种品德。即忠、信、敬、刚、柔、和、固、贞、顺。关于"九德"的记载，在古籍中随文而异。

⑮井筒：既"井洞"。

⑯物理：事物的客观道理。

⑰汎（fàn，音范）然：漫然。

河南程氏遗书卷第八

二先生语八

"传不习乎"，不习而传与人。

"学则不固"，连上说。

"有马者借人乘之"，吾力犹能补史之阙文。当史之职而能阙疑以待后人，是犹有马者借人乘之也。

能言不作者难①。

"君子义以为质"四句只是一事，以义为本。

可使之往，不可陷以罔②。

"君子矜而不争"，矜尚之矜③。

南宫适以禹、稷比孔子，故夫子不答也。

"果哉，末之难矣"，果敢之果，不知更有难事，他所未晓，轻议圣人。孔子击磬④，何尝无心，荷蒉于此知之⑤。

辟世辟言辟色，非有优劣，只说大小次第⑥。

灵公问陈，孔子遂行，言语不相投。

"不占而已"，有吉凶便占，无常之人更不待占。

三代直道而行，毁誉公⑦。

"践迹"，如言循途守辙；善人虽不循守旧迹，亦不能入圣人之室。

"论笃是与"，言笃实时与君子与色庄。

"鲁、卫之政兄弟也"，言相近也。

"知及"，"仁守"，"庄莅"，"动礼"，为政始末。

"民之于仁也，甚于水火"，不肯为仁，如蹈水火。

"致远恐泥"，不可行远。

先传后倦⑧，君子教人有序；先传以小者近者，而后教以大者远者，非是先传以近小，而后不教以远大也。"

"吾其为东周乎！"东迁以后⑨，诸侯大夫强僭⑩，圣人岂为是乎？匏瓜"系而不食⑪"，匏瓜无所为之物，系而不动。

子乐，弟子各尽其诚实，不少加饰，故孔子知由之不得其死。

"性相近也"，生质之性。

"小知""大受"，不可以小知君子，而可以当大事。

"天下有道，丘不与易也"，"其谁以易之？"谁肯以夫子之道易己所为？

佛肸召，欲往而不往者何也？圣人示之以迹，子路不谕九夷浮海之类⑫。

尧曰：予小子履。

周公谓鲁公三句，反覆说，不独不施其亲，又当使大臣不怨，至公不可忘私，又当全故旧。

"大德""小德"，如大节小节。

"虽有周亲，不如仁人"，至亲不如仁贤。

"因不失其亲"，信本不及义，恭本不及礼，然信近于义者，以言可复也；恭近于礼者，以远耻辱也，因恭信不失其所以，亲近于礼义，故亦可宗也。如言礼义不可得见，得见恭信者斯可矣。

子张、子夏论交，子夏、子张告人各有所以，初学与成德者事不同。

"贫与贱，不以其道得之，不去也"，不以其道得去贫贱，如患得之。

"卿以下必有圭田⑬"，祭祀之田也，禄外之田也。

"余夫二十五亩"，一夫上父母下妻子。以五口至八口为率⑭，受田百亩，如有北，是余夫也，俟其成家别受田也。

"廛而不征"⑮，市宅之地已有廛税，更不征其物。

"法而不廛"，税有常法，不以廛故而厚其税。

"廛无夫里之布"⑯，廛自有税，更无此二布。

"国有道不变塞"，所守不变，所行不塞。

"广居"，"正位"，"大道"，所居者广，所位者正，所道者大，天下至中至大之所。

"配义与道"，浩气已成，合道与义。道，本也；义用也。

"集义所生者"，集众义而生浩然之气，非义外袭我而取之也。

---

①怍（zuò，音座）：惭愧。

②罔（wǎng，音网）：通"惘"，迷惑而无所得。

③矜（jīn，音今）：庄重

④磬（qìng，音磬）：古代打击乐器，形状像曲尺，用玉、石或铜制成。

⑤蒉（kuì，音愧）：古代盛土的草包。

⑥次第：次序；顺序。

⑦毁誉公：批评与褒扬都很公正

⑧倦：懈怠。

⑨东迁：指周平王东迁（公元前770年）。

⑩僭（jiàn，音件）：超越本份。

⑪匏（páo，音咆）瓜：葫芦的一种，果实比葫芦大。《论语·阳货》："吾岂匏瓜也哉，焉能系而不食。"后以匏瓜比喻不得做官或不被重用的人。

⑫九夷：即淮夷，古代指东方异民族的部落。

⑬圭（guī，音归）田：古代卿士大夫供祭祀用的田地。

⑭率（lǜ，音律）：格式，规格，标准。

⑮廛（chán，音缠）：古代官府所建、供商人储存货物的房舍。

⑯布：泉布，指货币。

河南程氏遗书卷第九

二先生语九

少日所闻诸师友说

仁者公也，人此者也；义者宜也，权量轻重之极；礼者别也，知者知也，信者有此者也。万物皆有性，此五常性也。若夫恻隐之类，皆情也；凡动者谓之情。

先生曰："孔子曰：'仁者己欲立而立人，己欲达而达人，能近取譬，可谓仁之方也已。'尝谓孔子之语仁以教人者，唯此为尽，要之不出于公也。"

孟子曰"天民"者，达可行于天下而后行之者也；"大人"者，正己而物正者也。曰"天民"者，能尽天民之道者也，践形者是也①，如伊尹可当之矣。民之名则似不得位者，必达可行于天下而后行之者也。大人者，则如《乾》之九二，"利见大人"，"天下文明"者也。天民大人，亦系乎时与不时尔。

"君子不重则不威②，学则不固"，言君子不重则不威严，而学则亦不能坚固也。

信非义也，以其言可复③，故曰近义；恭非礼也，以其远耻辱，故曰近礼。因其事而不失其所亲，亦可宗也。况于尽礼义者乎？

"思无邪"④，诚也。

"十有五而志于学，三十而立，四十而不惑"，明善之彻矣⑤。圣人不言诚之一节者，言不惑则自诚矣。"五十而知天命"，思而知之也。"六十而耳顺"，耳者在人之最末者也；至耳而顺，则是不思而得也。然犹滞于迹焉⑥，至于"七十从心所欲不逾矩"，则圣人之道终矣，此教之序也。

对孟懿子问孝，告众人者也⑦。对孟武伯者，以武伯多可忧之事也。子游能养，而或失于敬；子夏能直义，而或少温润之色；各因其人材高下与其所失而教之也。

"默而识之"，乃所谓学也。惟颜子能之。故孔子曰："吾与回言终日，不违如愚⑧。""退而省其私"者，言颜子退而省其在己者，亦足以发此，故仲尼知其不愚，可谓善学者也。

"夷狄之有君，不如诸夏之亡也"，此孔子言当时天下大乱，无君之甚；若曰夷狄犹有君，不若是诸夏之亡君也。

"君子无所争，必也射乎⑨！故曰揖让而升，下而饮，其争也君子"，言不争也；若曰其争也，是君子乎！

"子曰禘自既灌而往者⑩，吾不欲观之矣。"禘者，鲁僭天子之大祭也。灌者，祭之始也。以其僭上之祭，故圣人自灌以往，不欲观之矣。"或问禘之说，子曰不知也"者，不欲斥言也。"知其说者之于天下也，其如视诸斯乎！指其掌"，此圣人言知此理者，其于治天下，如指其掌，甚易明也，盖名分正则天下定矣。

子贡之器，如宗庙之中可观之贵器，故曰"瑚琏也"⑪。

或问佞，曰："或曰：'雍也仁而不佞。'子曰：'焉用佞？御人以口给⑫，屡憎于人，不知其仁，焉用佞？'苟仁矣，则口无择言，言满天下无口过，佞何害哉？若不知其仁，则佞焉用也？"

子曰："由也好勇过我，无所取材。"材与裁同，言由但好勇过孔子而不能裁度适于义也。

子路曰："愿车马、衣轻裘与朋友共，敝之而无憾"。此勇于义者。观其志，岂可以势利拘之哉？盖亚于浴沂者也⑬。颜渊"愿无伐善，无施劳"，此仁矣，然尚未免于有焉，盖滞迹于此，不得不尔也。子曰："老者安之，朋友信之，少者怀之⑭。"此圣人之事也。颜子，大贤之事也。子路，有志者之事也。

子曰："中人以上可以语上也；中人以下不可以语上也。"此谓才也。然则中人以下者终于此而已乎？曰：亦有可进之道也。

子曰："齐一变至于鲁，鲁一变至于道。"言鲁国虽衰，而君臣父子之大伦犹在，愈于齐国，故可一变而至于道。

子曰："志于道。"凡物皆有理，精微要妙无穷，当志之尔。德者，得也，在己者可以据。"依于仁"者，凡所行必依著于仁，兼内外而言之也。

"子在齐闻《韶》，三月不知肉味，曰：'不图为乐之至于斯也。'"曰：圣人不凝滞于物，安有闻《韶》虽美，直至三月不知肉味者乎？三月字误，当作音字。此圣人闻《韶》音之美，当食不知肉味，乃叹曰："不图为乐之至于斯也。"门人因以记之。

"子所雅言，《诗》、《书》、执礼，皆雅言也。"雅，雅素之雅。礼，当时所执行而非书也。《诗》、《书》、执礼，皆孔子素所常言也。

人有斗筲之量者⑮，有钟鼎之量者，有江河之量者，有天地之量者。斗筲之量者，固不足算；若钟鼎江河者，亦已大矣，然满则溢也；唯天地之量，无得而损益⑯，苟非圣人，孰能当之？

子曰："吾未见刚者。"或曰："申枨。"子曰："枨也欲，焉得刚？"凡人有欲则不刚。至大至刚之气，在养之可以至焉。

孟子曰："我知言。"孟子不欲自言，我知道耳。

孟子常自尊其道而人不尊，孔子益自卑而人益尊之，圣贤固有间矣⑰。

董仲舒谓"正其义不谋其利，明其道不计其功"；孙思邈曰："胆欲大而心欲小，智欲圆而行欲方。"可以法矣。今人皆反之者也。

舍己从人，最为难事。己者我之所有，虽痛舍之，犹惧守己者固，而从人者轻也。

"参也鲁。"然颜子没后，终得圣人之道者，曾子也。观其启手足之时之言，可以见矣。所传者子思、孟子，皆其学也。

"毋意"者⑱，不妄意也。"毋我⑲，"循理不守己也。

子曰："先进于礼乐，野人也。"言其质胜文也；"后进于礼乐，君子也"，言其文质彬彬也⑳；"如用之，则吾从先进"，言若用于时，救文之弊，则吾从先进，小过之义也。"麻冕礼也，今也纯俭，吾从众；奢则不孙㉑，俭则固，与其不孙也，宁固"。此之谓也，不必惑从周之说。

子曰："赐不受命而货殖焉㉒。"命谓爵命也，言不受爵命而货殖者，以见其私于利之深，而足以明颜子屡空之贤也。

子曰："论笃是与，君子者乎？色庄者乎？"不可以言取人，今以其论笃而与之，是谓君子者乎？徒能色庄者乎？

仲弓之仁，安己而敬人，故曰："雍也可使南面㉓。"对樊迟之问，亦是仁之目也。然樊迟失于粗俗，圣人勉使为仁，曰："虽之夷狄，不可弃也。"司马牛多言而躁，故但告以"其言也讱㉔"。

"克伐怨欲不行焉，可以为仁矣。"若无克伐怨欲，固为仁已，唯颜子而上乃能之。如有而不行焉，则亦可以为难，而未足以为仁。孔子盖欲宪疑而再问之，而宪未之能问也。

管仲之仁，仁之功也。

---

①践形：即体现人所天赋的品质。

②重：庄重。

③言可复：即实践诺言。

④思无邪：即"无邪"，没有什么不正经的。思，语首助词，无义。

⑤彻：贯通。

⑥滞于迹：意犹还未能完全摆脱客观事物的羁绊，不能达到随心所欲。

⑦告众人者：意谓孔子这句话里是针对当时滥用礼仪的这一现象而发的。

⑧不违如愚：没有什么疑问，好像很愚笨。

⑨射：指比箭。

⑩禘（dì，音帝）：古代一种极为隆重的大祭之礼，只有天子才能举行。　灌：本作"祼"，祭礼中的一个节目。

⑪瑚琏（húliǎn，音胡脸）：古代祭祀时用以盛黍稷之类食物的器皿。

⑫口给：口辞敏捷。

⑬亚：仅次之。

⑭怀：归向，此处指"亲近"。

⑮筲（shào，音哨）：竹制容器，容一斗二升。

⑯损益：减少和增加。

⑰间（jiàn，音见）：区别。

⑱毋意：即不凭空揣测。

⑲毋我：即不唯我独是。

⑳文质彬彬：此处形容人既文雅而又朴实，后来多用来指人文雅有礼貌。

㉑孙：通"逊"，谦逊。

㉒货殖：此处指经商。

㉓南面：古代的坐北朝南的方向是最好的。因而以此方向为最尊贵。此处指可以让（冉雍）做一部门或地方的长官。

㉔讱（rèn，音刃）：言不易出，说话谨慎。

河南程氏遗书卷第十

二先生语十

洛阳议论

苏昞季明录

子厚谓程卿："夙兴干事①，良由人气清则勤，闲不得。"正叔谓："不可，若此，则是专为气所使。"子厚谓："此则自然也。"伯淳言："虽自然，且欲凡事皆不恤以恬养则好②。"子厚谓："此则在学者也。"

伯淳谓："天下之士，亦有其志在朝廷而才不足，才可以为而诚不足。今日正须才与至诚合一，方能有济。"子厚谓："才与诚，须二物只是一物。"伯淳言："才而不诚，犹不是也。若非至诚，虽有忠义功业，亦出于事为；浮气几何时而不尽也。"

伯淳道："君实之语，自谓如人参、甘草，病未甚时可用也，病甚则非所能及。观其自处，必是有救之术。"

正叔谓："某接人，治经论道者亦甚多，肯言及治体者，诚未有如子厚。"

二程谓："地形不必谓宽平可以画方，只可用算法折计地亩以授民。"子厚谓："必先正经界，经界不正，则法终不定。地有坳垤处不管③，只观四标竿中间地，虽不平饶，与民无害。就一夫之间，所争亦不多。又侧峻处，田亦不甚美，又经界必须正南北，假使地形有宽狭尖斜，经界则不避山河之曲，其田则就得井处为井，不能就成处，或五七，或三四，或一夫，其实田数则在。又或就不成一夫处，亦可计百亩之数而授之，无不可行者。如此，则经界随山随河，皆不害于画之也。苟如此画定，虽便使暴君污吏，亦数百年坏不得。经界之坏，亦非专在秦时，其来亦远，渐有坏矣。"正叔云："至如鲁，二吾犹不足，如何得至十一也？"子厚言："百亩而彻④，言彻取之彻则无义，是透彻之彻；透彻而耕，则功力均，且相驱率，无一家得惰者。及已收获，则计亩数哀分之⑤，以哀分之数，取十一之数，亦可。"或谓："井议不可轻示人，恐致笑及有议论。"子厚谓："有笑有议论，则方有益也。""若有人闻其说，取之以为己功。"先生云："如有能者，则己愿受一廛而为氓⑥，亦幸也。"伯淳言："井田今取民田使贫富均，则愿者众，不愿者寡。"正叔言："亦未可言民情怨怒，止论可不可尔。""须使上下都无怨怒，方可行。"正叔言："议法既大备，却在所以行之之道。"子厚言："岂敢！某止欲成书，庶有取之者。"正叔言："不行于当时，行于后世，一也。"子厚曰："徒善不足以为政⑦，徒法不能以自行。须是行之之道。又虽有仁心仁闻，而政不行者，不由先王之道也。须是法先王。"正叔言："孟子于此善为言。只极目力，焉能尽方圆平直？须是要规矩。"

二程问："官户占田过制者如何？""如文曾有田极多，只消与五十里采地尽多。"又问"其他如何？""今之公卿，非如古之公卿。旧有田多者，与之采地多；概与之⑧，则无以别有田者无田者。"

正叔说："尧夫对上之词，言陛下富国强兵后待做甚？以为非是。此言安足谕人主！如《周礼》，岂不是富国之术存焉？"子厚言："尧夫抑上富强之说，正犹为汉武帝言神仙之学，长年不足惜，言岂可入？圣贤之晓人，不如此之拙。如梁惠王问何以利国，则说利不可言之理，极言之以至不夺不餍⑨。"

正叔言："人志于王道，是天下之公议，反以为私说，何也？"子厚言："只为心不大，心大则做得大。"正叔言："只是做一喜好之事为之，不知只是合做。"

伯淳言："邵尧夫病革⑩，且言试与观化一遭。"子厚言："观化他人便观得自家，自家又如何观得化！尝观尧夫诗意，才做得识道理，却于儒术未见所得。"

正叔言："蜥蜴含水⑪，随雨雹起。"子厚言："未必然！雹尽有大者，岂尽蜥蜴所致也？今以蜥蜴求雨，枉求他，他又何道致雨？"正叔言："伯淳守官南方，长吏使往茅山请龙，辞之，谓祈请鬼神，当使信响者则有应⑫，今先怀不信，便非义理。既到茅山岩，敕使人于水中捕得二龙，持之归，并无他异，复为小儿玩之致死。此只为鱼虾之类，但形状差异如龙之状尔。此虫，广南亦有之，其形状同，只啮人有害，不如茅山不害人也。"

正叔言："永叔诗：'笑杀颍阴常处士，十年骑马听朝鸡。'凤兴趋朝，非可笑之事，不必如此说。"又言："常秩晚为利昏，元来便有在，此乡党莫之尊也⑬。"

正叔言："今责罪官吏，殊无养士君子廉耻之道。必断言徒流杖数，赎之以铜，便非养士君子之意。如古人责其罪，皆不深指斥其恶，如责以不廉，则曰俎豆不修⑭。"

有人言："今日士大夫未见贤者。"正叔言："不可谓士大夫有不贤者，便为朝廷之官人不用贤也。"

彭汝砺悬辞台职⑮。正叔言："报上之效已了邪？上冒天下议论，显拔致此，曾此为报上之意已足？"

正叔言："礼院者，天下之事无不关。此但得其人，则事尽可以考古立法；苟非其人，只是从俗而已。"

正叔言："昏礼结发无义⑯，欲去久矣，不能言。结发为夫妇者，只是指其少小也。如言结发事君，李广言结发事匈奴，只言初上头时也，岂谓合髻子？"子厚云："绝非礼义，便当去之。古人凡礼，讲修已定，家家行之，皆得如此。今无定制，每家各定，此所谓家殊俗也，至如朝廷之礼，皆不中节。"

正叔论安南事："当初边上不便，令逐近点集，应急救援。其时，虽将帅革兵冒涉炎瘴，朝廷以赤子为忧，亦有所不恤也。其时不救应，放令纵恣，战杀至数万。今既后时，又不候至秋凉迄冬，一直趋寇，亦可以前食岭北，食积于岭南搬运。今乃正于七月过岭，以瘴死者自数分。及过境，又粮不继，深至贼巢，以栈渡五百人过江⑰，且砍且焚，破其竹寨几重，不能得，复棹其空栈，续以救兵，反为贼兵会合禽杀⑱；吾众无救，或死或逃，遂不成功。所争者二十五里耳。欲再往，又无舟可渡，无粮以戍。此谬算未之有也。犹得贼辞差顺，遂得有词，且承当了。若使其言犹未顺，如何处之？运粮者死八万，战兵瘴死十一万，余得二万八千人生还，尚多病者，又先为贼戮数万，都不下三十万口。其昏谬无谋，如此甚也。"

有人言："郭璞以鸠斗占吉凶。"子厚言："此为他诚实信之，所以就而占得吉凶。"正叔言："但有意向此，便可以兆也，非鸠可以占吉凶耳。"

正叔言："郭逵新贵时，众论喧然，未知其人如何。后闻人言，欲买韩王宅，更不问可知也。如韩王者，当代功臣，一宅已致而欲有之，大煞不识好恶。"子厚言："昔年有人欲为范希文买绿野堂，希文不肯，识道理自不然。在唐如晋公者，是可尊也。一旦取其物而有之，如何得安？在他人犹可，如王维庄之类。独有晋公则不可，宁使耕坏，及他有力者致之，己则不可取。"

正叔言："管辖人亦须有法，徒严不济事。今帅千人，能使千人依时及节得饭吃，只如此者能有几人？尝谓军中夜惊，亚夫坚卧不起，不起善矣，然犹夜惊何也？亦是未尽善。"

正叔谓："今唱名可不使伊儒冠徐步进见？何用二人把见趋走，得不使殿上大臣有愧色？"子厚言："只先出榜，使之见其先后，何用旋开卷呼名？"

正叔言："某见居位者百事不理会，只凭个大肚皮⑲。于子厚，却愿奈烦处之。"

子厚言："关中学者，用礼渐成俗。"正叔言："自是关中人刚劲敢为。"子厚言："亦是自家规矩太宽。"

正叔言："某家治丧，不用浮图⑳。在洛，亦有一二人家化之，自不用释氏。道场之用螺钹，盖胡人之乐也，今用之死者之侧，是以其乐临死者也。天竺之人重僧，见僧必饭之，因使作乐于前。今乃以为之于死者之前，至如庆祷，亦杂用之，是甚义理？如此事，被他欺谩千百年，无一人理会者。"

正叔谓："何以谓之君子？何以谓之小人？君子则所见者大，小人则所见者小且近。君子之志所虑者，岂止其一身？直虑及天下千万世。小人之虑，一朝之忿，曾不遑恤其身㉑。"

伯淳谓："才与诚一物，则周天下之治。"子厚因谓："此何事于仁，必也圣乎？"

吕进伯老而好学，理会直是到底。正叔谓："老喜学者尤可爱！人少壮则自当勉，至于老矣，志力须倦，又虑学之不能及，又年数之不多。不曰'朝闻道，夕死可矣'乎？学不多，年数之不足，不犹愈于终不闻乎？"

子厚言："十诗之作，止是欲验天心于语默间耳。"正叔谓："若有他言语，又乌得已也㉒？"子厚言："十篇次叙，固自有先后。"

正叔言："成周恐只是统名，雒邑是都也。成周犹今言西京也，雒邑犹今言河南府。孔安国以成周为下邑，非也。岂有以师保治于下邑？白马寺之所，恐是迁顽民之处；洛州有言中州、南州之名，恐是作邑分为九州后始言。成周，恐是旧城坏而复城之。或是其始为邑，不为城墙，故后始城。"

二程解"穷理尽性以至于命"："只穷理便是至于命。"子厚谓："亦是失于太快，此义尽有次序。须是穷理，便能尽得己之性，则推类又尽人之性；既尽得人之性，须是并万物之性一齐尽得，如此然后至于天道也。其间煞有事，岂有当下理会了？学者须是穷理为先，如此则方有学。今言知命与至于命，尽有近远，岂可以知便谓之至也？"

正叔谓："洛俗恐难化于秦人。"子厚谓："秦俗之化，亦先自和叔有力焉，亦是士人敦厚，东方亦恐难肯向风。"

正叔辨周都言："谷、洛斗，毁王宫，今谷、洛相合处在七里店南，既言毁王宫，则周室亦恐不远于今之宫阙也。"

子厚谓："昔尝谓伯淳优于正叔，今见之果然；其救世之志甚诚切，亦于今日天下之事尽记得熟。"

　　子厚言："今日之往来，俱无益，不如闲居，与学者讲论，资养后生，却成得事。"正叔言："何必然？义当来则来，当往则往尔。"

　　二程言："人不易知。"子厚言："人诚知之为艰，然至于伎术能否，人情善恶，便可知。惟以秦武阳杀人于市，见秦始皇惧，此则不可知。"

①夙（sù，音速）兴：即早起。

②恤（xù，音叙）：顾念，关心。

③垤（dié，音迭）：小山。

④彻：周代田亩租赋制度。

⑤裒（póu，音掊）：聚集。

⑥氓（méng，音萌）：古代称百姓（多指失去土地，外来迁移的居民）。

⑦徒：仅仅，光是。

⑧概：一律。

⑨餍（yàn，音雁）：饱，满足。

⑩革（jí，音急）：病危，病重。

⑪蜥蜴（xīyì，音西意）含水：蜥蜴，爬行动物，捕食昆虫和小动物，俗称四脚蛇。古代称蜥蜴身上含水，就能预示风雨.

⑫响（xiàn，音项）：同"向"，从前，往昔。

⑬乡党：乡里、家乡。也指乡里人。

⑭俎（zǔ，音组）豆：俎和豆都是古代盛肉食的器皿，行礼时用它，因之借以表示礼仪之事。　　修：善，美好。

⑮台职：御史台之职。

⑯昏：通"婚"，结婚。

⑰栈（fá，音罚）：通"筏"，用竹、木编成的渡水工具。

⑱禽：通"擒"，捉拿。

⑲恁（nèn，音嫩）：那么，那样。

⑳浮图：此处指和尚。

㉑遑（huáng，音黄）：闲暇，空闲。　　恤：顾念，顾惜。

㉒乌（wū，音巫）：代词，表示反问。相当于"哪里"、"怎么"。

河南程氏遗书卷第十一

明道先生语一

师　训

刘绚质夫录

"毋不敬，俨若思①，安定辞②，安民哉"，君德也。君德即天德也。

"思无邪。"

"敬以直内③，义以方外④，敬义立而德不孤。"

"夫子之道，忠恕而已矣！"

"圣人以此齐戒⑤，以神明其德夫。"

"天命之谓性，率性之谓道，修道之谓教。"

孟子曰："我善养吾浩然之气。其为气也，至大至刚，以直养而无害，则塞乎天地之间。其为气也，配义与道，无是馁也。是集义所生者，非义袭而取之也。"

天位乎上，地位乎下，人位乎中。无人则无以见天地。《书》曰："惟天地万物父母，惟人万物之灵。"《易》曰："天地设位，而易行乎其中；乾坤毁，则无以见易。易不可见，则乾坤或几乎息矣。"

道，一本也。或谓以心包诚，不若以诚包心；以至诚参天地，不若以至诚体人物，是二本也。知不二本，便是笃恭而天下平之道。

"形而上者谓之道，形而下者谓之器。"若如或者以清虚一大为天道，则乃以器言而非道也。

"范围天地之化而不过"者，模范出一天地尔，非在外也。如此曲成万物，岂有遗哉！

"天地设位而易行其中"，何不言人行其中？盖人亦物也。若言神行乎其中，则人只于鬼神上求矣。若言理言诚亦可也，而特言易者，欲使人默识而自得之也。

《系辞》曰："形而上者谓之道，形而下者谓之器。"又曰："立天之道曰阴与阳，立地之道曰柔与刚，立人之道曰仁与义。"又曰："一阴一阳之谓道"，阴阳亦形而下者也，而曰道者，惟此语截得上下最分明，元来只此是道，要在人默而识之也。

"立天之道口阴与阳，立地之道口柔与刚，立人之道口仁与义，兼二才而两之。"

"天地设位而易行乎其中"，只是敬也。敬则无间断。体物而不可遗者，诚敬而已矣；不诚则无物也。《诗》曰："维天之命，于穆不已⑥，于乎不显，文王之德之纯⑦"，"纯亦不已"，纯则无间断。

"毋不敬，俨若思，安定辞，安民哉"，君道也。君道即天道也。"出门如见大宾⑧，使民如承大祭"，此仲弓之问仁而仲尼所以告之者，以仲弓为可以事斯语也。"雍也可使南面"，有君之德也。"毋不敬"，可以对越上帝。

"祭如在，祭神如神在。"

"敬以直内，义以方外"，合内外之道也。

克勤小物最难。

自下而达上者，惟"造次必于是，颠沛必于是"。

"鼓万物而不与圣人同忧"，圣人，人也，故不能无忧；天则不为尧存，不为桀亡者也。

咸恒，体用也。体用无先后。

"《易》穷则变，变则通，通则久"。

天则不言而信，神则不怒而威。

颜子默识，曾子笃信，得圣人之道者，二人也。

天地之正气，恭作肃，肃便雍也⑨。

理则极高明，行之只是中庸也。

《中庸》言诚便是神。

天人无间断。

耳目能视听而不能远者，气有限耳，心则无远近也。

学在诚知诚养。

学要信与熟。

"正己而物正"，大人之事，学须如此。

敬胜百邪。

"万物皆备于我矣，反身而诚，乐莫大焉"。

欲当大任，须是笃实。

"大人者，与天地合其德，与日月合其明"，非在外也。

"失之毫厘，缪以千里"，深可戒慎。

"平康正直⑩"。

"己欲立而立人，己欲达而达人，能近取譬者，可谓仁之方也已。"博施而能济众，固仁也；而仁不足以尽之，故曰："必也圣乎！"

孟子曰："仁也者，人也，合而言之道也。"《中庸》所谓"率性之谓道"是也。仁者，人此者也。"敬以直内，义以方外"，仁也。若以敬直内，则便不直矣。行仁义岂有直乎？"必有事焉而勿正"则直也。夫能"敬以直内，义以方外"，则与物同矣。故曰："敬义立而德不孤。"是以仁者无对，放之东海而准，放之西海而准，放之南海而准，放之北海而准。医家言四体不仁，最能体仁之名也。

"天地之大德曰生"，"天地絪缊⑪，万物化醇"，"生之谓性"，万物之生意最可观，此元者善之长也，斯所谓仁也。人与天地一物也，而人特自小之，何耶？

人贤不肖，国家治乱，不可以言命。

至诚可以赞化育者，可以回造化。

"惟神也，故不疾而速，不行而至"，神无速，亦无至，须如此言者，不如是不足以形容故也。

天地万物之理，无独必有对，皆自然而然，非有安排也。每中夜以思，不知手之舞之、足之蹈之也。

老子之言，窃弄阖辟者也⑫。

冬寒夏暑，阴阳也；所以运动变化者，神也。神无方，故易无体。若如或者别立一天，谓人不可以包天，则有方矣，是二本也．

"穷神知化"，化之妙者，神也。

"穷理尽性以至于命"，一物也。

天地只是设位，易行乎其中者，神也。

气外无神，神外无气。或者谓清者神，则浊者非神乎？

大抵学不言而自得者，乃自得也；有安排布置者，皆非自得也。

言有无，则多有字；言无无，则多无字。有无与动静同。如冬至之前天地闭，可谓静矣；而日月星辰亦自运行而不息，谓之无动可乎？但人不识有无动静尔。

正名，名实相须⑬，一事苟⑭，则其余皆苟矣。

忠信者以人言之，要之则实理也。

"天下雷行⑮，物与无妄"，天下雷行，付与无妄，天性岂有妄耶？圣人"以茂对时育万物⑯"，各得其性也。无妄则一毫不可加，安可往也，往则妄矣。《无妄》，震下乾上，动以天，安有妄乎？动以人，则有妄矣。

"犯而不校⑰"，校则私，非乐天者也。

"意"者，任意；"必"者，必行；"固者"，固执；"我"者，私己。

"绥之斯来，动之斯和"，圣人之神化，上下与天地同流者也。

《礼》云："后世虽有作者，虞帝弗可及已。"如凤凰来仪、百兽率舞之事，三代以降，无此也。

《泰誓》、《武成》称一月者，商正已绝，周正未建，故只言一月。

中之理至矣。独阴不生，独阳不生，偏则为禽兽，为夷狄，中则为人。中则不偏，常则不易，惟中不足以尽之，故曰中庸。

阴阳盈缩不齐，不能无差，故历家有岁差法。

日月薄蚀而旋复者，不能夺其常也。

古今异宜，不惟人有所不便，至于风气亦自别也。

时者圣人所不能违，然人之智愚，世之治乱，圣人必示可易之道，岂徒为教哉？盖亦有其理故也。

学要在自得。古人教人，唯指其非，故曰："举一隅不以三隅反，则不复也。"言三隅，举其近。若夫"告诸往而知来者"，则其知已远矣。

"行夏之时，乘殷之辂⑱，服周之冕⑲"，与从周之文不悖。从先进则为时之弊言之，彼各有当也。

"臧武仲之知，公绰之不欲，卞庄子之勇，冉求之艺"，备此数者，而"文之以礼乐，亦可以为成人矣。"又曰："今之成人者何必然？见利思义，见危授命，久要不忘平生之言，亦可以为成人矣"者，只是言忠信也。忠信者，实也；礼乐者，文也。语成人之名，自非圣人，谁能当之？孟子曰："唯圣人然后可以践形⑳。"如此，方足以称成人之名。

"《诗》曰：'天生蒸民㉑，有物有则㉒，民之秉彝㉓，好是懿德㉔。'故有物必有则，民之秉彝也，故好是懿德。"万物皆有理，顺之则易，逆之则难，各循其理，何劳于己力哉？

人心莫不有知，惟蔽于人欲，则亡天德也。

皆实理也，人知而信者为难。孔子曰："朝闻道，夕死可矣。"死生亦大矣，非诚知道，则岂以夕死为可乎？

万物莫不有对，一阴一阳，一善一恶，阳长则阴消，善增则恶减。斯理也，推之其远乎？人只要知此耳。

"言寡尤㉕，行寡悔，禄在其中矣㉖"，此孔子所以告子张者也。若颜、闵则无此问，孔子告之亦不如此。或疑如此亦有不得禄者。孔子盖曰："耕也，馁在其中矣。"唯理可为者，为之而已矣。

孔子闻卫乱，曰："柴也其来乎！由也其死矣。"二者盖皆适于义。孔悝受命立辄，若纳蒯聩则失职，与辄拒父则不义；如辄避位，则拒蒯聩可也；如辄拒父，则奉身而退可也。故子路欲劝孔悝无与于此，忠于所事也。而孔悝既被胁矣㉗，此子路不得不死耳。然燔台之事㉘，则过于勇暴也。公子郢志可嘉，然当立而不立，以致卫乱，亦圣人所当罪也，而《春秋》不书，事可疑耳。

"事君数㉙，斯辱矣；朋友数，斯疏矣"，数者，烦数也。

以己及物，仁也；推己及物，恕也。忠恕一以贯之。忠者天理，恕者人道。忠者无妄，恕者所以行乎忠也。忠者体，恕者用，大本达道也。此与"违道不远"异者，动以天尔。

"必有事焉而勿正，心勿忘勿助长"，养气之道当如此。

志动气者十九，气动志者十一。

"祖考来格㉚"者，惟至诚为有感必通。

"动容周旋中礼"者，盛德之至"君子行法以俟命"，"朝闻道夕死"之意也。

大凡出义则入利，出利则入义。天下之事，惟义利而已。

汤、武反之身之者，学而复者也。

"视其所以，观其所由，察其所安。"

北宫黝要之以必为，孟施舍推之以不惧，故黝不如施舍之守约也。子夏信道，曾子明理，故二子各有所似。

公孙丑谓夫子加齐之卿相，得行道焉，如此则能无畏惧而动心乎？故孟子曰："否，我四十不动心。"

人心不得有所系。

"刚"者强而不屈，"毅"者有所发，"木"者质朴，"讷"者迟钝。

礼者，理也，文也；理者，实也，本也；文者，华也，末也。理是一物，文是一物；文过则奢，实过则俭。奢自文所生，俭自实所出。故林放问礼之本，子曰："礼，与其奢也宁俭。"言俭近本也。

以物待物，不以己待物，则无我也。圣人制行不以己，言则是矣，而理似未尽于此言。夫天之生物也，有长有短，有大有小。君子得其大矣，安可使小者亦大乎？天理如此，岂可逆哉？以天下之大，万物之多，用一心而处之，必得其要，斯可矣。然则古人处事，岂不优乎！

志可克气，气胜则愦乱矣㉛。今之人以恐惧而胜气者，多矣，而以义理胜气者，鲜也㉜。

"乐天知命"，通上下之言也。圣人乐天，则不须言知命。知命者，知有命而信之者尔，"不知命无以为君子"是矣。命者所以辅义，一循于义，则何庸断之以命哉？若夫圣人之知天命，则异于此。

"仁者不忧"，乐天者也。

"孝弟也者，其为仁之本与！"言为仁之本，非仁之本也。

"仁者不忧，知者不惑，勇者不惧"，德之序也。"知者不惑，仁者不忧，勇者不惧"，学之序也。知以知之，仁以守之，勇以行之。

言天之自然者，谓之天道。言天之付与万物者，谓之天命。

"德性"者，言性之可贵，与言性善，其实一也。"性之德"者，言性之所有；如卦之德，乃卦之韫也③。

"肫肫其仁③④，"盖言厚也。

自明而诚，虽多由致曲，然亦有自大体中便诚者，虽亦是自明而诚，谓之致曲则不可。

"体群臣"者，体察也，心诚求之，则无不察矣，忠厚之至也。故曰："忠信重禄，所以劝士。"言尽其忠信而厚其禄食，此所以劝士也。

"敬鬼神而远之"，所以不黩也③⑤，知之事也。"先难后获"，先事后得之义也，仁之事也。若"知者利仁"，乃先得后事之义也。

"人心惟危"，人欲也；"道心惟微"，天理也；"惟精惟一"，所以至之；"允执厥中"③⑥，所以行之。

"仁者其言也讱③⑦"，难其出也。

治道在于立志，责任求贤。

知仁勇三者天下之达德，学之要也。

操约者③⑧，敬而已矣。

颜子不动声气，孟子则动声气矣。

《无妄》，震下乾上。圣人之动以天，贤人之动以人。若颜子之有不善，岂如众人哉？惟只在于此间尔，盖犹有己焉。至于无我，则圣人也。颜子切于圣人，未达一息尔。"不迁怒，不贰过，无伐善，无施劳"，"三月不违仁"者，此意也。

子曰："语之而不惰者，其回也与！"颜子之不惰者，敬也。

诚者，天之道；敬者，人事之本。敬则诚。

"敬以直内"，则"义以方外"。"义以为质"，则"礼以行之，孙以出之，信以成之"。孙，顺也，不止于言。

圣人言忠信者多矣，人道只在忠信。不诚则无物，且"出入无时，莫知其乡"者，人心也。若无忠信，岂复有物乎？

"和顺于道德而理于义"者，体用也③⑨。

学者须识圣贤之体。圣人，化工也；贤人，巧也。

有有德之言，有造道之言。孟子言己志者，有德之言也；言圣人之事，造道之言也。

学至于乐则成矣。笃信好学，未知自得之为乐。好之者，如游佗人园圃；乐之者，则己物尔。然人只能信道，亦是人之难能也。

三代之治，顺理者也。两汉以下，皆把持天下者也。

服牛乘马，皆因其性而为之。胡不乘牛而服马乎？理之所不可。

祭者所以尽诚。或者以礼为一事，人器与鬼器等，则非所以尽诚而失其本矣。

礼者因人情者也，人情之所宜则义也。三年之服，礼之至，义之尽也。

致知养气。

克己最难。《中庸》曰："天下国家可均也，爵禄可辞也，白刃可蹈也，中庸不可能也。"

"生生之谓易"④⓪，生生之用，则神也。

子贡之知，亚于颜子，知至而未至之也。

"先甲三日"，以穷其所以然而处其事；"后甲三日"，以究其将然而为之防。甲者，事之始也；庚者，有所革也④①。自甲乙至于戊己，春夏生物之气已备。庚者，秋冬成物之气也，故有所革。

《随》之上六㊷，才与位皆阴，柔随之极也，故曰："拘系之，乃从维之㊸，王用亨于岐山。"唯太王之事，民心固结而不可解者也，其佗皆不可如是之固也。

学之兴起，莫先于《诗》。《诗》有美刺，歌诵之，以知善、恶、治、乱、废、兴。礼者所以立也，"不学礼无以立"。乐者所以成德，乐则生矣，生则恶可已也㊹？恶可已，则不知手之舞之，足之蹈之也。若夫乐则安，安则久，久则天㊺，天则神。天则不言而信，神则不怒而威。至于如此，则又非手舞足蹈之事也。

《绿衣》，卫庄姜伤已无德以致之，行有不得者，反求诸已而已矣。故曰："绿兮丝兮，女所治兮，我思古人，俾无訧兮㊻。絺兮绤兮㊼，凄其以风，我思古人，实获我心。"丝之绿，由女之染治以成，言有所自也。絺绤所以来风也。

《螽斯》惟言不妬忌，若《不苢》则更和平。妇人乐有子，谓妾御皆无所恐惧，而乐有子矣。

居仁由义，守礼寡欲。

"君子上达，小人下达。"下学而上达，意在言表也。

有实则有名，名实一物也。若夫好名者，则徇名为虚矣。如"君子疾没世而名不称"，谓无善可称耳，非徇名也。

"万物皆备于我矣，反身而诚，乐莫大焉。"不诚则逆于物而不顺也。

乾，阳也，不动则不刚；"其静也专，其动也直"，不专一则不能直遂。坤，阴也，不静则不柔；"其静也翕㊽，其动也辟㊾"，不翕聚则不能发散。

"致知在格物。"格，至也。或以格为止物，是二本矣。

人须知自慊之道。

"乾元者，始而亨者也；利贞者，性情也。"性情犹言资质体段。亭毒化育皆利也㊿。不有其功，常久而不已者，贞也。《诗》曰："维天之命，于穆不已"者，贞也。

天地日月一般。月受日光而日不为之亏，然月之光乃日之光也。地气不上腾，则天气不下降；天气降而至于地，地中生物者，皆天气也。惟无成而代有终者，地之道也。

识变知化为难。古今风气不同，故器用亦异宜。是以圣人通其变，使民不倦，各随其时而已矣。后世虽有作者，虞帝为不可及已。盖当是时，风气未开，而虞帝之德又如此，故后世莫可及也。若三代之治，后世决可复；不以三代为治者，终苟道也。

动乎血气者，其怒必迁(51)。若鉴之照物，妍媸在彼(52)，随物以应之，怒不在此，何迁之有？

圣人之言，冲和之气也，贯彻上下。

人须学颜子。有颜子之德，则孟子之事功自有。孟子者，禹、稷之事功也。

《中庸》之言，放之则弥六合(53)，卷之则退藏于密。

孔子谓颜渊曰："用之则行，舍之则藏，惟我与尔有是夫！"君子所性，虽大行不加焉，虽穷居不损焉；不为尧存，不为桀亡者也。用之则行，舍之则藏，皆不累于己尔！

"回也非助我者也，于吾言无所不说"，与圣人同尔。

人须知自慊之道。自慊者，无不足也；若有所不足，则张子厚所谓"有外之心，不足以合天心"者也。

"文王陟降(54)，在帝左右，不识不知，顺帝之则。"

"狼跋其胡(55)，载疐其尾(56)，公孙硕肤(57)，赤舄几几(58)。"取狼为兴者，狼前后停，兴周公之德终始一也。称公孙云者，言其积德之厚；"赤舄几几"，盛德之容也。

"《诗》者，志之所之也。在心为志，发言为诗。情动于中而形于言；言之不足，故嗟叹之；嗟叹之不足，故咏歌之；咏歌之不足，不知手之舞之足之蹈之也。"有节故有馀，止乎礼义者节也。

月不受日光故食。不受日光者，月正相当，阴盛亢阳也。鼓者所以助阳。然则日月之眚⑤，皆可鼓也。

季冬行春令，命之曰逆者，子克母也。

《太玄》中首中：阳气潜萌于黄宫⑥，信无不在乎中。养首一⑥：藏心于渊，美厥灵根⑥。测曰：藏心于渊，神不外也。杨子云之学，盖尝至此地位也。

颜子短命之类，以一人言之，谓之不幸可也；以大目观之，天地之间无损益，无进退。譬如一家之事，有子五人焉，三人富贵而二人贫贱；以二人言之则不足，以父母一家言之则有馀矣。若孔子之至德，又处盛位，则是化工之全尔。以孔、颜言之，于一人有所不足，以尧、舜、禹、汤、文、武、周公群圣人言之，则天地之间亦富有馀。

视听、思虑、动作，皆天也，人但于其中要识得真与妄尔。

东周之乱，无君臣上下，故孔子曰："如有用我者，吾其为东周乎？"言不为东周也。

"素履"者，雅素之履也。初九刚阳⑥，素履已定，但行其志尔，故曰"独行愿"也。

"视履考祥"，居履之终，反观吉凶之祥，周至则善吉也，故曰"其旋元吉"。

"比之无首凶"，比之始不善则凶。

"豮豕之牙吉"，不去其牙而豮其势，则自善矣。治民者不止其争而教之让之，类是也。

"介于石"⑥，理素定也。理素定，故见几而作，何俟终日哉？

豫者备豫也，逸豫也；事豫故逸乐，其义一也。

谦者治盈之道，故曰："裒多益寡，称物平施。"

凡为人言者，理胜则事明，气胜则招拂⑥。

感慨杀身者易，从容就义者为难。

"成性存存⑥，道义之门"，道无体，义有方也。

"中者，天下之大本"，天地之间，亭亭当当，直上直下之正理，出则不是，唯敬而无失最尽。

孟子谓"必有事焉，而勿正，心勿忘，勿助长。"正是著意，忘则无物。

天者，理也；神者，妙万物而为言者也；帝者，以主宰事而名。

易要玩索，"齐戒以神明其德夫"。

学只要鞭辟近里，著己而已，故"切问而近思"，则"仁在其中矣"。"言忠信，行笃敬，虽蛮貊之邦行矣⑥。言不忠信，行不笃敬，虽州里行乎哉！立则见其参于前也，在舆则见其倚于衡也，夫然后行。"只此是学质美者，明得尽，查滓便浑化，却与天地同体。其次惟庄敬持养，及其至则一也。

人最可畏者是便做，要在烛理⑧。

宰予昼寝，以其质恶，因是而言。

颜子屡空，空中受道。子贡不受天命而货殖，亿则屡中，役聪明亿度而知，此子贡始时事，至于言"夫子之言性与天道不可得而闻"，乃后来事。其言如此，则必不至于不受命而货殖也。

"天生德于予"，及"文王既没，文不在兹乎"，此圣人极断置以理。

"文不在兹"，言文未尝亡。倡道在孔子，圣人以为己任。

"《诗》、《书》、执礼皆雅言。"雅素所言也，至于性与天道，则子贡亦不可得而闻，盖要在默而识之也。

君子坦荡荡，心广体胖。

尽己之谓忠，以实之谓信。发己自尽为忠，循物无违谓信，表里之义也。

理义，体用也。

居之以正，行之以和。

"艮其止⑨，止其所也。"各止其所，父子止于恩，君臣止于义之谓。"艮其背"，止于所不见也。

至诚可以赞天地之化育，则可以与天地参。赞者，参赞之义，"先天而天弗违，后天而奉天时"之谓也，非谓赞助；只有一个诚，何助之有？

知至则便意诚，若有知而不诚者，皆知未至尔。知至而至之者，知至而往至之，乃吉之先见，故曰"可与几"也。知终而终之，则"可与存义"也。

"忠信所以进德，修辞立其诚所以居业"者，乾道也；"敬以直内，义以方外"者，坤道也。

"修辞立其诚"，文质之义。

"天下皆忧，吾独得不忧；天下皆疑，吾独得不疑"；与"乐天知命吾何忧，穷理尽性吾何疑"，皆心也。自分"心""迹"以下一段皆非。

息训为生者，盖息则生矣；一事息，则一事生，中无间断。硕果不食，则便为复也。"寒往则暑来，暑往则寒来，寒暑相推而岁成焉。"

"日新之谓盛德，生生之谓易，阴阳不测之谓神。"要思而得之。

为政须要有纲纪文章，先有司、乡官读法、平价、谨权量，皆不可阙也。人各亲其亲，然后能不独亲其亲。仲弓曰："焉知贤才而举之？"子曰："举尔所知，尔所不知，人其舍诸？"便见仲弓与圣人用心之大小。推此义，则一心可以丧邦；一心可以兴邦，只在公私之间尔。

子夏问政，子曰："无欲速，无见小利。"子夏之病，常在近小。子张问政，子曰："居之无倦，行之以忠。"子张常过高而未仁，故以切己之事答之。

"其为气也，配义与道。"道有冲漠之气象。

"圣人以此洗心退藏于密"，"圣人以此齐戒，以神明其德夫！"

---

①俨（yǎn，音掩）：庄严的样子。

②安定辞：即从容不迫地予以谈论。

③直内：使内心正直。

④方外：使外部方正。

⑤齐（zhāi，音斋）：同"斋"，斋戒。

⑥穆：恭敬，严肃。

⑦纯：善，美好。

⑧大（tài，音太）：同"太"。

⑨雍：和谐。

⑩平康：平安。

⑪细缊（yīnyùn，音音运）：古代指天地间阴气和阳气互相作用的状态。也作"氤氲"。

⑫阖辟（hépì，音合辟）：指门户。

⑬须：此处指符合。

⑭苟：随便。

⑮雷行：一致行动。

⑯茂：繁殖滋养。

⑰校：计较。

⑱辂（lù，音鹿）：大车。

⑲冕（miǎn，音免）：冠，帽。

⑳践形：体现人所天赋的品质。

㉑蒸（zhēng，音睁）民：众民、百姓。

㉒则：榜样。

㉓彝（yí，音疑）：常道，法度。

㉔懿（yì，音义）德：美好的品德。

㉕尤：过失。

㉖禄：此指福运。

㉗胁：逼迫，威胁。

㉘燔（fán，音凡）：焚烧

㉙数（shuò，音硕）：屡次，多次。

㉚祖考：祖先，祖宗。　　格：到，来。

㉛愦（kuì，音愧）乱：昏昧，混乱。

㉜鲜（xiǎn，音险）：少。

㉝韫（yùn，音运）：蕴藏。

㉞肫（zhūn，音谆）肫：诚挚的样子。

㉟黩（dú，音独）：玷污，污浊。

㊱允执：诚实，公平。

㊲讱（rèn，音刃）：说话谨慎。

㊳约：简单，简略。

㊴体用：亲自实行、应用。

㊵生生：孳息不绝，进进不已。

㊶革：沿革。

㊷随：卦名，震上兑下。

㊸维：连结，系。

㊹恶（wū，音污）：怎么；哪里。　　已：停止。

㊺天：自然形成的。

㊻讹（yóu，音尤）：过失。

㊼绤（chī，音痴）：细葛布。　　绤（xì，音细）：粗葛布。

㊽翕（xī，音西）：合，聚。

㊾辟（pì，音辟）：开。

㊿亭毒：化育，养育。

51迁：变动。

52妍媸（yán chí，音研驰）：美好与丑陋。

53六合：指东、西、南、北及天地。

54陟（zhì，音治）：登高。

55跋：践踏，踩。　　胡：颈下垂肉。

56载：再。　　疐（tì，音替）：同"跋"。

57公孙：指幽公的后代。　　膴（lú，音卢）：同"胪"，指腹的前部。

58赤舄（xī，音西）：黄朱色的鞋。　　几几：形容弯曲。

59眚（shěng，音省）：过失。

60黄宫：道家的脑顶为黄宫。

61养首：指保养脑顶。

62灵根：指身体。

㉓刚阳：犹言"阳刚"。

㉔介：边界。

㉕怫（fú，音服）：愤怒。

㉖存存：犹言存在。

㉗蛮貊（mò，音陌）：古代对居住于东北地区少数民族的蔑称。

㉘烛理：洞察事理。

㉙艮（gèn，音亘）：坚固。

河南程氏遗书卷第十二

明道先生语二

戌冬见伯淳先生洛中所闻

刘绚质夫录

"纯亦不已"，天德也。"造次必于是①，颠沛必于是"，"三月不违仁"之气象也。又其次，则"日月至焉"者矣。

"一阴一阳之谓道"，自然之道也。"继之者，善也"，出道则有用，"元者，善之长"也。"成之者"却只是性，"各正性命"者也。故曰："仁者见之谓之仁，知者见之谓之知，百姓日用而不知，故君子之道鲜矣。"如此，则亦无始，亦无终，亦无因甚有，亦无因甚无，亦无有处有，亦无无处无。

"民受天地之中以生"，"天命之谓性"也。"人之生也直"，意亦如此。

且唤做中，若以四方之中为中，则四边无中乎？若以中外之中为中，则外面无中乎？如"生生之谓易，天地设位而易行乎其中"，岂可只以今之《易》书为易乎？中者，且谓之中，不可捉一个中来为中。

颜子在陋巷，"人不堪其忧，回也不改其乐"。箪瓢陋巷非可乐②，盖自有其乐耳。"其"字当玩味，自有深意。

《大学》之道，"在明明德"，明此理也；"在止于至善"，反己守约是也。

杨子出处，使人难说。孟子必不肯为杨子事。

孔子"与点"，盖与圣人之志同，便是尧、舜气象也，诚"异三子者之撰"，特行有不掩焉者，真所谓狂矣。子路等所见者小。子路只为不达"为国以礼"道理，所以为夫子笑；若知"为国以礼"之道，便却是这气象也。

人之学，当以大人为标垛③，然上面更有化尔。人当学颜子之学。

"穷理尽性"矣，曰"以至于命"，则全无著力处。如"成于乐"，"乐则生矣"之意同。

子贡曰："夫子之文章，可得而闻也，夫子之言性与天道，不可得而闻也。"子贡盖于是始有所得而叹之。以子贡之才，从夫子如此之久，方叹"不可得而闻"，亦可谓之钝矣。观其孔子没，筑室于场，六年然后归，则子贡之志亦可见矣。他人如子贡之才，六年中待作多少事，岂肯如此？

"生生之谓易，天地设位而易行乎其中，乾坤毁则无以见易，易不可见，乾坤或几乎息矣。"易毕竟是甚？又指而言曰："圣人以此洗心退藏于密"，圣人示人之意至此深且明矣，终无人理会。易也，此也；密也，是甚物？人能至此深思，当自得之。

"喜怒哀乐之未发，谓之中；发而皆中节，谓之和。中也者，天下之大本也；和也者，天下之达道也。致中和，天地位焉，万物育焉。"致与位字，非圣人不能言，子思盖特传之耳。

颜子曰："仰之弥高④，钻之弥坚"，则是深知道之无穷也；"瞻之在前，忽焉在后"，他人见孔子甚远，颜子瞻之，只在前后，但只未在中间尔。若孔子，乃在其中焉，此未达一间者也。

"成性存存"，便是"道义之门"。

凡人才学，便须知著力处。既学，便须知得力处。

---

① 造次：仓卒，匆忙。

② 箪（dān，音单）：古代盛饭用之圆形竹器。箪瓢，比喻生活简朴。

③ 标垛（duǒ，音躲）：指射箭用的靶子。

④ 弥（mí，音迷）：愈，更加。

河南程氏遗书卷第十三

明道先生语三

亥八月见先生于洛所闻

刘绚质夫录

"公族有罪，磐于甸人①，如其伦之丧，无服"，明无罪者有服也。

杨、墨之害，甚于申、韩；佛、老②之害，甚于杨、墨。杨氏为我，疑于仁；墨氏兼爱，疑于义。申、韩则浅陋易见。故孟子只辟杨、墨，为其惑世之甚也。佛、老其言近理，又非杨、墨之比，此所以害尤甚。杨、墨之害，亦经孟子辟之，所以廓如也③。

《礼》云"惟祭天地社稷为越绋而行事④"，似亦太早。虽不以卑废尊，若既葬而行之，宜亦可也。盖未葬时，哀戚方甚，人有所不能祭尔。

"艮其止，止其所也。"八元有善而举之⑤，四凶有罪而诛之⑥，各止其所也。释氏只曰止，安知止乎？

释氏无实。

释氏说道，譬之以管窥天，只务直上去，惟见一偏，不见四旁，故皆不能处事；圣人之道，则如在平野之中，四方莫不见也。

释氏本怖死生，为利岂是公道？唯务上达而无下学。然则其上达处，岂有是也？元不相连属，但有间断，非道也。孟子曰："尽其心者，知其性也。"彼所谓"识心见性"是也。若"存心养性"一段事则无矣。彼固曰出家独善，便于道体自不足。或曰："释氏地狱之类，皆是为下根之人设此，怖令为善。"先生曰："至诚贯天地，人尚有不化，岂有立伪教而人可化乎？"

曾子易箦之意⑦，心是理，理是心，声为律，身为度也。

洒埽应对便是形而上者，理无大小故也。故君子只在慎独。

知之明，信之笃，行之果，知仁勇也。若孔子所谓成人，亦不出此三者。臧武仲知也，孟公绰仁也，卞庄子勇也。

---

① 磬（qìng，音庆）：缢杀。　　甸人：古代官名，掌管公田。

② 申、韩：指申不害与韩非，俱为法家人物。

③ 廓如：空荡荡的样子。

④ 绋（fú，音服）：牵引棺材的大绳索。

⑤ 八元：古代传说中的八个才子。

⑥ 四凶：古代传说中四个凶人。

⑦ 箦（zé，音责）：古代指竹席子。

河南程氏遗书卷第十四

明道先生语四

亥九月过汝所闻

刘绚质夫录

绚问："先生相别，求所以教。"曰："人之相爱者，相告戒，必曰凡事当善处。然只在仗忠信；只不忠信，便是不善处也。"

有人治园圃役知力甚劳。先生曰："《蛊》之《象》，'君子以振民育德。'君子之事，惟有此二者，余无他为。二者，为己为人之道也。"

"博学而笃志，切问而近思"，何以言"仁在其中矣"？学者要思得之，了此，便是彻上彻下之道。

曾子曰："士不可以不弘毅①，任重而道远。"先生曰："弘而不毅，则难立；毅而不弘，则无以居之。"

读书要玩味。

《中庸》始言一理，中散为万事，末复合为一理。

《中庸》曰："大哉！圣人之道！洋洋乎，发育万物，峻极于天。优优大哉！礼仪三百，威仪三千，待其人而后行。故曰：苟不至德，至道不凝焉。"皆是一贯。

持国曰："若有人便明得了者，伯淳信乎？"曰："若有人，则岂不信？盖必有生知者，然未之见也。凡云为学者，皆为此以下论。孟子曰：'尽其心者知其性也，知性则知天矣；存其心，养其性，所以事天'便是至言。"

佛氏不识阴阳、昼夜、死生、古今，安得谓形而上者，与圣人同乎？

佛言前后际断，纯亦不已是也，彼安知此哉？子在川上，曰："逝者如斯夫！不舍昼夜。"自汉以来儒者，皆不识此义，此见圣人之心纯亦不已也。《诗》曰："维天之命，于穆不已。"盖曰天之所以为天也。"于乎不显，文王之德之纯"，盖曰文王之所以为文也。纯亦不已，此乃天德也。有天德便可语王道，其要只在慎独。

学要在敬也，诚也，中间便有个仁，"博学而笃志，切问而近思，仁在其中矣"之意。

人之学不进，只是不勇。

或问："《系辞》自天道言，《中庸》自人事言，似不同。"曰："同。《系辞》虽始从天地阴阳鬼神言之，然卒曰：'默而成之，不言而信，存乎德行。'《中庸》亦曰：'鬼神之为德，其盛矣乎！视之而不见，听之而不闻，体物而不可遗，使天下之人齐明盛服以承祭祀。洋洋乎如在其上，如在其左右。《诗》曰："神之格思，不可度思，矧可射思[2]。"夫微之显，诚之不可掩，如此夫！'是岂不同？"

人多言广心浩大，然未见其人也。

"乐则行之，忧则违之"，乐与忧皆道也，非己之私也。

圣人致公，心尽天地万物之理，各当其分。佛氏总为一己之私，是安得同乎？圣人循理，故平直而易行。异端造作，大小大费力，非自然也，故失之远。

《易》中只是言反复往来上下。

伊尹曰："天之生斯民也，使先知觉后知，使先觉觉后觉。予天民之先觉者也，予将以斯道觉斯民也。"释氏之云觉，甚底是觉斯道[3]？甚底是觉斯民？

---

① 弘毅：刚强而有毅力。

② 矧（shěn，音审）：何况，况且。

③ 甚底：什么。

河南程氏遗书卷第十五

伊川先生语一

入 关 语 录

或云：明道先生语

志，气之帅，不可小观。

知知，仁守，勇决。

涵养吾一①。

主一无适，敬以直内，便有浩然之气；浩然须要实识得他刚大直，不习无不利。

敬即便是礼，无己可克。

大而化，则己与理一，一则无己。

致知则有知，有知则能择。

安有识得《易》后，不知退藏于密？

《六经》之言，在涵畜中默识心通。

道无精粗，言无高下。

物则事也，凡事上穷极其理，则无不通。

有主则虚，无主则实，必有所事。

知不专为藏往，《易》言知来藏往，主蓍卦而言。

物形便有大小精粗，神则无精粗。神则是神，不必言作用。三十辐共一毂②，则为车；若无毂辐，何以见车之用？

人患事系累，思虑蔽固，只是不得其要；要在明善，明善在乎格物穷理。穷至于物理，则渐久后天下之物皆能穷，只是一理。

人多思虑不能自宁，只是做他心主不定；要作得心主定，惟是止于事，为人君止于仁之类。如舜之诛四凶，四凶已作恶，舜从而诛之，舜何与焉？人不止于事，只是揽他事，不能使物各付物。物各付物，则是役物。为物所役，则是役于物。有物必有则，须是止于事。

视听言动，非理不为，即是礼，礼即是理也。不是天理，便是私欲。人虽有意于为善，亦是非礼。无人欲即皆天理。

公则一，私则万殊。至当归一，精义无二。人心不同如面，只是私心。

人不能祛思虑③，只是吝。吝故无浩然之气。

"所过者化"，身之所经历处；"所存者神"，存主处便是神。如"立之斯立，道之斯行，绥之斯来④，动之斯和"，固非小补，伯者是小补而已。

孔子教人常俯就，不俯就则门人不亲。孟子教人常高致，不高致则门人不尊。

古之学者，优柔厌饫⑤，有先后次序；今之学者，却只做一场话说，务高而已。常爱杜元凯语："若江海之浸，膏泽之润，涣然冰释，怡然理顺。"然后为得也。今之学者，往往以游、夏为小，不足学。然游、夏一言一事，却总是实。如子路、公西赤言志如此，圣人许之，亦以此自是实事。后之学者好高，如人游心于千里之外，然自身却只在此。

人皆称柳下惠为圣人，只是因循前人之语，非自见；假如人言孔子为圣人，也须直待己实见圣处，方可信。

合而听之则圣，公则自同。若有私心便不同，同即是天心。

曾子传圣人学，其德后来不可测，安知其不至圣人？如言"吾得正而毙"，且休理会文字，只看他气象极好，被他所见处大。后人虽有好言语，只被气象卑，终不类道。

闻之知之，得之有之。

"养心莫善于寡欲"，不欲则不惑；所欲不必沈溺，只有所向便是欲。

人恶多事，或人悯之。世事虽多，尽是人事；人事不教人做，更责谁何？

要息思虑，便是不息思虑。

圣人尽道，以其身所行率天下，是欲天下皆至于圣人。佛以其所贱者教天下，是误天下也。人愈才明，往往所陷溺愈深。

"小德川流，大德敦化"，只是言孔子川流是日用处，大德是存主处。"敦"如俗言敦礼义敦本之意。

或曰："正叔所定婚仪，复有婿往谢之礼，何谓也？"曰："如此乃是与时称。今将一古鼎古敦⑥用之，自是人情不称，兼亦与天地风气不宜。礼，时为大，须当损益。夏、商、周所因损益可知，则能继周者亦必有所损益。如云'行夏之时，乘殷之辂，服周之冕，乐则《韶》舞'，是夏时之类可从则从之。盖古人今人，自是年之寿夭、形之大小不同。古之被衣冠者，魁伟质厚，气象自别。若使今人衣古冠冕，情性自不相称。盖自是气有淳漓⑦。正如春气盛时，生得物如何；春气衰时，生得物如何，必然别。今之始开荒田，初岁种之，可得数倍。及其久，则一岁薄于一岁，此乃常理。观三代之时，生多少圣人，后世至今，何故寂寥未闻？盖气自是有盛则必有衰，衰则终必复盛。若冬不春，夜不昼，则气化息矣。圣人主化，如禹之治水，顺则当顺之，治则须治之。古之伏羲，岂不能垂衣裳，必待尧、舜然后垂衣裳？据如此事，只是一个圣人都做得了，然必须数世然后成，亦因时而已。所谓'溥博渊泉而时出之'也，须是先有溥博渊泉也，方始能时出。自无溥博渊泉，岂能时出之？大抵气化在天在人一般，圣人其中，只有功用。放勋曰：'劳之来之，匡之直之，辅之翼之。'正须如此。徇流俗非随时，知事可正，严毅独立，乃是随时也。举礼文，却只是一时事。要所补大，可以风后世，却只是明道。孟子言'五百年必有王者兴，其间必有名世者'，大数则是，然不消催促他。"

冠礼废，则天下无成人。或人欲如鲁公十二而冠，此不可。冠所以责成人，十二年非可责之时。既冠矣，且不责以成人事，则终其身不以成人望他也，徒行此节文何益？虽天子诸侯，亦必二十而冠。

"信而后谏"，唯能信便发得人志。

龙女衣冠不可定。龙，兽也。衣冠人所被，岂有禽兽可以被人衣冠？若以为一龙，不当立数十庙；若以为数十龙，不当同为善济夫人也。大抵决塞，莫非天地之祐，社稷之福，谋臣之功，兵卒之力。不知在此，彼龙何能为？

人苟有"朝闻道，夕死可矣"之志，则不肯一日安其所不安也。何止一日？须臾不能。如曾子易簀，须要如此乃安。人不能若此者，只为不见实理。实理者，实见得是，实见得非。凡实理，得之于心自别。若耳闻口道者，心实不见；若见得，必不肯安于所不安。人之一身，尽有所不肯为，及至他事又不然。若士者，虽杀之使为穿窬⑧，必不为，其他事未必然。至如执卷者，莫不知说礼义。又如王公大人皆能言轩冕外物⑨，及其临利害，则不知就义理，却就富贵。如此者，只是说得，不实见。及其蹈水火，则人皆避之，是实见得。须是有"见不善如探汤"之心，则自然别。昔若经伤于虎者，他人语虎，则虽三尺童子，皆知虎之可畏，终不似曾经伤者，神色慑惧，至诚畏之，是实见得也。得之于心，是谓有德，不待勉强，然学者则须勉强。古人有捐躯陨命者，若不实见得，则乌能如此？须是实见得生不重于义，生不安于死也。故有杀身成仁者，只是成就一个是而已。

学者患心虑纷乱，不能宁静，此则天下公病。学者只要立个心，此上头尽有商量。

得之于心，谓之有德，自然"睟然见于面⑩，盎于背⑪，施于四体，四体不言而喻"，岂待勉强也？

葬埋所虑者，水与虫耳。晋郭文举为王导所致，及其病，乞还山，欲枕石而死，贵人留之曰："深山为虎狼食，不其酷哉？"曰："深山为虎狼食，贵人为蝼蚁食，一也。"故葬者鲜不被虫者，虽极深，亦有土虫。故思木之不坏者，得柏心为久，后又见松脂锢之又益久，故用松脂涂棺。

语高则旨远，言约则义微。大率《六经》之言涵蓄，无有精粗。欲言精微，言多则愈粗。

凡物有本末，不可分本末为两段事。洒埽应对是其然，必有所以然。

浩然之气，既言气，则已是大段有形体之物。如言志，有甚迹，然亦尽有形象。浩然之气是集义所生者；既生得此气，语其体则与道合，语其用则莫不是义。譬之以金为器，及其器成，方命得此是金器。

若谓既返之气复将为方伸之气，必资于此，则殊与天地之化不相似。天地之化，自然生生不穷，更何复资于既毙之形、既返之气以为造化？近取诸身，其开阖往来，见之鼻息，然不必须假吸复入以为呼。气则自然生。人气之生，生于真元⑫。天之气亦自然生生不穷。至如海水，因阳盛而涸，及阴盛而生，亦不是将已涸之气却生水。自然能生，往来屈伸只是理也。盛则便有衰，昼则便有夜，往则便有来。天地中如洪炉⑬，何物不销铄了⑭？

"范围天地之化。"天本廓然无穷，但人以目力所及，见其寒暑之序、日月之行，立此规模，以窥测他。天地之化，不是天之化其体有如城郭之类，都盛其气。假使言日升降于三万里，不可道三万里外更无物。又如言天地升降于八万里中，不可道八万里外天地尽。学者要默体天地之化。如此言之，甚与天地不相似，其卒必有窒碍。有人言无西海，便使无西海，亦须是有山。

闲邪则诚自存⑮，不是外面捉一个诚将来存著。今人外面役役于不善，于不善中寻个善来存著，如此则岂有入善之理？只是闲邪，则诚自存。故孟子言性善，皆由内出。只为诚便存，闲邪更著甚工夫？但惟是动容貌、整思虑，则自然生敬，敬只是主一也。主一，则既不之东，又不之西，如是则只是中；既不之此，又不之彼，如是则只是内。存此，则自然天理明。学者须是将敬以直内，涵养此意，直内是本。

天地之化，虽廓然无穷，然而阴阳之度、日月寒暑昼夜之变，莫不有常，此道之所以为中庸。

道则自然生万物。今夫春生夏长了一番，皆是道之生，后来生长，不可道却将既生之气，后来却要生长。道则自然生生不息。

释氏之学，更不消对圣人之学比较，要之必不同，便可置之。今穷其说，未必能穷得他，比至穷得，自家已化而为释氏矣。今且以迹上观之。佛逃父出家，便绝人伦，只为自家独处于山林，人乡里岂容有此物？大率以所贱所轻施于人。此不惟非圣人之心，亦不可为君子之心。释氏自己不为君臣父子夫妇之道，而谓他人不能如是，容人为之而己不为，别做一等人；若以此率人，是绝类也。至如言理性，亦只是为死生，其情本怖死爱生，是利也。

"敬以直内"，有主于内则虚，自然无非僻之心。如是，则安得不虚？"必有事焉"，须把敬来做件事著。此道最是简，最是易，又省工夫。为此语，虽近似常人所论，然持之必别。

天子七庙⑯，亦恐只是一日行礼。考之古，则戊辰同祀文、武；考之今，则宗庙之祀亦是一日。

祭无大小，其所以交于神明、接鬼神之义一也。必齐⑰，不齐则何以交神明？

历象之法⑱，大抵主于日，日一事正，则其他皆可推。洛下闳作历，言数百年后当差一日，其差理必然。何承天以其差，遂立岁差法。其法，以所差分数，摊在所历之年，看一岁差著几分，其差后亦不定。独邵尧夫立差法，冠绝古今。却于日月交感之际，以阴阳亏盈求之，遂不差。大抵阴常亏，阳常盈，故只于这里差了。历上若是通理，所通为多。尧夫之学，大抵似杨雄，然亦不尽如之。常穷味有二万八千六百，此非人所合和，是自然也；色有二万八千六百，又非人所染画得，亦是自然也；独声之数只得一半数不行，盖声阳也，只是于日出地上数得，到日入地下，遂数不行。此皆有理。譬之有形斯有影，不可谓今日之影，却收以为来日之影。

君子宜获祐，然而有贫悴短夭以至无继者⑲，天意如何？气钟于贤者，固有所不周也。

闲邪则固一矣，然主一则不消言闲邪。有以一为难见，不可下工夫。如何一者？无他，只是整齐严肃，则心便一，一则自是无非僻之奸。此意但涵养久之，则天理自然明。

"必有事焉"，有事于此也。"勿正"者，若思此而曰善，然后为之，是正也。"勿忘"，则是必有事也。"勿助长"，则是勿正也。后言之渐重，须默识取主一之意。

修养之所以引年，国祚之所以祈天永命⑳，常人之至于圣贤，皆工夫到这里，则有此应。

宗子法坏，则人不自知来处，以至流转四方，往往亲未绝，不相识。今且试以一二巨公之家行之，其术要得拘守得须是。且如唐时立庙院，仍不得分割了祖业，使一人主之。

释氏尊宿者㉑，自言觉悟。是既已达道，又却须要印证，则是未知也；得他人道是，然后无疑，则是信人言语，不可言自信。若果自信，则虽甚人言语，亦不听。

学者之流必谈禅者，只是为无处捞摸，故须入此。

"大德敦化"，于化育处敦本也；"小德川流"，日用处也。此言仲尼与天地同德。

有言："未感时，知如何所寓？"曰："'操则存，舍则亡，出入无时，莫知其乡'，更怎生寻所寓？只是有操而已。操之之道，敬以直内也。"

"刚毅木讷"㉒，何求而曰近仁？只为轻浮巧利，于仁甚远，故以此为近仁。此正与"巧言令色"相反。

有土地，要之，耕而种粟以养人乃宜。今以种果实，只做果子吃了，种糯，使之化为水饮之，皆不济事，不稳当。

颜、孟之于圣人，其知之深浅同，只是颜子尤温淳渊懿，于道得之更渊粹，近圣人气象。

率气者在志，养志者在直内。

"率性之谓道"。率，循也。若言道不消先立下名义，则茫茫地何处下手？何处著心？

文字上无闲暇，终是少工夫。然思虑则尽不废。于外事虽奔迫，然思虑尽悠悠。

释氏之学，又不可道他不知，亦尽极乎高深，然要之卒归乎自私自利之规模。何以言之？天地之间，有生便有死，有乐便有哀。释氏所在便须觅一个纤奸打讹处㉒，言免死生，齐烦恼，卒归乎自私。老氏之学，更挟些权诈，若言与之，乃意在取之，张之，乃意在翕之，又大意在愚其民而自智。然则秦之愚黔首，其术盖亦出于此。

天地之间，只有一个感与应而已，更有甚事？

《老子》言甚杂，如《阴符经》却不杂，然皆窥测天道之未尽者也。

人于天地间，并无窒碍处，大小大快活。

生知者，只是他生自知义理，不待学而知。纵使孔子是生知，亦何害于学？如问礼于老聃，访官名于郯子，何害于孔子？礼文官名，既欲知旧物，又不可凿空撰得出，须是问他先知者始得。

萧何大营宫室，其心便不好，只是要得敛怨自安。谢安之营宫室，却是随时之宜，以东晋之微，寓于江表，其气奄奄欲尽，且以慰安人心。

高祖其势可以守关，不放入项王，然而须放他人来者，有三事：一是有未坑二十万秦子弟在外，恐内有父兄为变；二是汉王父母妻子在楚；三是有怀王。

圣人之道，更无精粗，从洒埽应对至精义入神，通贯只一理。虽洒埽应对，只看所以然者如何。

切要之道，无如“敬以直内”。

立人达人，为仁之方，强恕，求仁莫近，言得不济事，亦须实见得近处，其理固不出乎公平。公平固在，用意更有浅深，只要自家各自体认得。

冲漠无朕，万象森然已具，未应不是先，已应不是后。如百尺之木，自根本至枝叶，皆是一贯，不可道上面一段事，无形无兆，却待人旋安排引入来，教人涂辙。既是涂辙，却只是一个涂辙。

“安安”，下字为义。安，其所安也；安安，是义也。

“原始反终，故知死生之说”，但穷得，则自知死生之说，不须将死生便做一个道理求。

“道二，仁与不仁而已”，自然理如此。道无无对，有阴则有阳，有善则有恶；有是则有非，无一亦无三。故《易》曰：“三人行则损一人，一人行则得其友。只是二也。”

曾子言夫子之道忠恕，果可以一贯，若使他人言之，便未足信，或未尽忠恕之道，曾子言之，必是尽仍是。又于《中庸》特举此二义，言“忠恕违道不远”，恐人不喻，故指而示之近，欲以喻人，又如禘尝之义，如视诸掌，《中庸》亦指而示之近，皆是恐人不喻，故特语之详。然则《中庸》之书，决是传圣人之学不杂，子思恐传授渐失，故著此一卷书。

忠恕所以公平，造德则自忠恕，其致则公平。

仁之道，要之只消道一公字。公只是仁之理，不可将公便唤做仁。公而以人体之，故为仁。只为公，则物我兼照，故仁，所以能恕，所以能爱，恕则仁之施，爱则仁之用也。

“出门如见大宾，使民如承大祭”，只是敬也。敬则是不私之说也。才不敬，便私欲万端害于仁。

圣人之言依本分，至大至妙事，语之若寻常，此所以味长。释氏之说，才见得些，便惊天动地，言语走作，却是味短。只为乍见，不似圣人见惯。如《中庸》言道，只消道“无声无臭”四字，总括了多少释氏言；非黄非白，非咸非苦，费多少言语。

“寂然不动”，万物森然已具在；“感而遂通”，感则只是自内感。不是外面将一件物来感于此也。

有人旁边作事，己不见，而只闻人说善言者，为敬其心也。故视而不见，听而不闻，主于一也。主于内则外不入，敬便心虚故也。必有事焉，不忘，不要施之重，便不好。敬其心，乃至不接视听，此学者之事也。始学，岂可不自此去？至圣人，则自是"从心所欲不逾矩"。

孔子自十五至七十，进德直有许多节次。圣人未必然，然亦是为学者立下一法，盈科而后进㉔，须是成章乃达㉕。

自古元不曾有人解"仁"字之义，须于道中与他分别出五常，若只是兼体，却只有四也。且譬一身：仁，头也；其他四端，手足也。至如《易》，虽言"元者善之长"，然亦须通四德以言之。至如八卦，《易》之大义在乎此，亦无人曾解来。

登山难为言，以言圣人之道大。观澜必照，因又言其道之无穷。澜，水之动处，苟非源之无穷，则无以为澜；非日月之明无穷，则无以容光必照。其下又言其笃实而有光辉也。成章者，笃实而有光辉也。今以瓦砾积之，虽如山岳，亦无由有光辉。若使积珠玉，小积则有小光辉，大积则有大光辉。

"天下之言性，则故而已矣"，则语助也，故者本如是者也。今言天下万物之性，必求其故者，只是欲顺而不害之也，故曰"以利为本"，本欲利之也。此章皆为知而发，行其所无事，是不凿也；日至可坐而致，亦只是不凿也。

不席地而倚卓㉖，不手饭而匕箸㉗，此圣人必随时，若未有当，且作之矣。

昔谓异教中疑有达者，或是无归，且安于此。再尝考之，卒不达，若达则于其前日所处，不能一朝居也。观曾子临死易箦之意，便知其不达。"朝闻道，夕死可矣"，岂能安其所未安？如毁其人形，绝其伦类，无君臣父子之道，若达则不安也。只夷言左衽㉘，尚可言随其国俗，至如人道，岂容有异？

受祥肉弹琴㉙，恐不是圣人举动。使其哀未忘，则子于是日哭，则不歌、不饮酒食肉以全哀，况弹琴可乎？使其哀已忘，则何必弹琴？

学者为气所胜、习所夺，只可责志。

释氏之说，若欲穷其说而去取之，则其说未能穷，固已化而为佛矣。只且于迹上考之。其设教如是，则其心果如何，固难为取其心不取其迹，有是心则有是迹。王通言心迹之判，便是乱说，不若且于迹上断定，不与圣人合。其言有合处，则吾道固已有；有不合者，固所不取。如是立定，却省易。

儒者其卒必入异教，其志非愿也，其势自然如此。盖智穷力屈，欲休来，又知得未安稳；休不得，故见人有一道理，其势须从之。譬之行一大道，坦然无阻，则更不由径，只为前面逢著山，逢著水，行不得，有窒碍，则见一邪径，欣然从之。儒者之所以必有窒碍者，何也？只为不致知。知至至之，则自无事可夺。今夫有人处于异乡，元无安处，则言某处安，某处不安，须就安处。若已有家，人言他人家为安，己必不肯就彼。故儒者而卒归异教者，只为于己道实无所得。虽曰闻道，终不曾实有之。

佛、庄之说，大抵略见道体，乍见不似圣人惯见，故其说走作㉚。

时所以有古今风气人物之异者，何也？气有淳漓，自然之理。有盛则必有衰，有终则必有始，有昼则必有夜。譬之一片地，始开荒田，则其收谷倍；及其久也，一岁薄于一岁，气亦盛衰故也。至如东西汉，人才文章已来皆别，所尚异也。尚所以异，亦由心所为。心所以然者，只为生得来如此。至如春夏秋冬，所生之物各异，其栽培浇灌之宜，亦须各以其时，不可一也。须随时；只如均是春生之物，春初生得又别，春中又别，春尽时所生又别。礼之随时处宜，只是正得当时事。所谓时者，必明道以贻后人。

有谓因苦学而至失心者。学本是治心，岂有反为心害？某气本不盛，然而能不病、无倦怠者，只是一个慎生不恣意，其于外事，思虑尽悠悠。

"合而言之道也"，仁固是道，道却是总名。

"大而化之"，只是谓理与己一。其未化者，如人操尺度量物，用之尚不免有差，若至于化者，则己便是尺度，尺度便是己。颜子正在此，若化则便是仲尼也。"在前"是不及，"在后"是过之。此过不及甚微，惟颜子自知，他人不与。"卓尔"是圣人立处，颜子见之，但未至尔。

格物穷理，非是要尽穷天下之物。但于一事上穷尽，其他可以类推。至如言孝，其所以为孝者如何，穷理如一事上穷不得，且别穷一事，或先其易者，或先其难者，各随人深浅。如千蹊万径，皆可适国，但得一道入得便可。所以能穷者，只为万物皆是一理。至如一物一事，虽小，皆有是理。

敬则自虚静，不可把虚静唤做敬。居敬则自然行简，若居简而行简，却是不简，只是所居者已剩一简字。

"退藏于密"，密是用之源，圣人之妙处。

圣人之道，如《河图》、《洛书》，其始止于画上便出义。后之人既重卦，又系辞，求之未必得其理。至如《春秋》，是其所是，非其所非，不过只是当年数人而已。学者不观他书，只观《春秋》，亦可尽道。

物理须是要穷。若言天地之所以高深，鬼神之所以幽显，若只言天只是高，地只是深，只是已辞，更有甚？

敬则无己可克，始则须绝四。

人之身有形体，未必能为主。若有人为系虏将去，随其所处，已有不得与也。唯心则三军之众不可夺也。若并心做主不得，则更有甚？

夷、惠之行，未必如此。且如孔子言"不念旧恶，怨是用希"③，则伯夷之度量可知。若使伯夷之清既如此，又使念旧恶，则除是抱石沈河。孟子所言，只是推而言之，未必至如此。然圣人于道，防其始，不得不如是之严。如此而防，犹有流者。夷、惠之行不已，其流必至于孟子所论。夷是圣人极清处，惠圣人极和处，圣人则兼之而时出之。清和何止于偏？其流则必有害。墨子之道，虽有尚同兼爱之说，然观其书，亦不至于视邻之子犹兄之子。盖其流必至于此。至如言伊尹，始在畎亩，五就汤，五就桀，三聘翻然而从，岂不是时？然后来见其以天下自任，故以为圣人之任。

声数。

由经穷理。

"不勉而中，不思而得"，与勉而中，思而得，何止有差等，直是相去悬绝。"不勉而中"即常中；"不思而得"即常得。所谓从容中道者，指他人所见而言之。若不勉不思者，自在道上行，又何必言中？不中，不勉，不思，亦有大小深浅。至于曲艺②，亦有不勉不思者。所谓日月至焉，与久而不息者，所见规模虽略相似，其意味气象迥别，须潜心默识，玩索久之，庶几自得。学者不学圣人则已，欲学之，须熟玩味圣人之气象，不可只于名上理会。如此，只是讲论文字。

"赞天地之化育"。自人而言之，从尽其性至尽物之性，然后可以赞天地之化育，可以与天地参矣。言人尽性所造如此。若只是至诚，更不须论。所谓"人者天地之心"，及"天聪明自我民聪明"，止谓只是一理，而天人所为，各自有分。

浩然之气，所养各有渐，所以至于充塞天地，必积而后至。行不慊于心，止是防患之术，须是集义乃能生。

"不可一朝居"者，孟子之时，大伦乱，若君听于臣，父听于子，动则弑君弑父，须著变，是不可一朝居也。然鲁有三桓，无以异齐，何以鲁一变至于道？鲁只是不修周公之法，齐既坏太公之法，后来立法，已是苟且。及其末世，并其法又坏，乱甚于鲁，故其弑亦先于鲁。孔子之仕于鲁，所以为之兆，得可为处便为。如陈恒弑其君，孔子请讨，一事正则百事自已不得。传言以鲁之众加齐之半，此非孔子请讨之计。如此，则孔子只待去角力，借使言行，亦上有天子，下有方伯③，须谋而后行。

《礼》，"我战则克，祭则受福"，盖得其道，此语至常浅，孔子固能如此。但观其气象，不似圣人之言。

尝观自三代而后，本朝有超越古今者五事：如百年无内乱；四圣百年；受命之日，市不易肆④；百年未尝诛杀大臣；至诚以待夷狄。此皆大抵以忠厚廉耻为之纲纪，故能如此，盖睿主开基⑤，规模自别。

大纲不正，万目即紊。唐之治道，付之尚书省，近似六官，但法不具也。后世无如宇文周，其官名法度，小有可观。隋文之法，虽小有善处，然皆出于臆断，惟能如此，故维持得数十年。

"陨石于宋"，自空凝结而陨；"六鹢退飞"③，倒逆飞也。倒逆飞，必有气驱之也。如此等，皆是异事也，故书之。大抵《春秋》所书灾异，皆天人响应，有致之之道。如石陨于宋而言"陨石"，夷伯之庙震，而言"震夷伯之庙"，此天应之也。但人以浅狭之见，以为无应，其实皆应之。然汉儒言灾异，皆牵合不足信，儒者见此，因尽废之。

麟乃和气所致，然春秋之时有者，何以为应天之气？岂可如此间别？圣人之生，亦天地交感，五行之秀，乃生圣人。当战国之际，生孔子何足怪，况生麟？圣人为其出非其时，故有感，如圣人生不得其时。

孔子感麟而作《春秋》。或谓不然，如何？曰：《春秋》不害感麟而作，然麟不出，《春秋》岂不作？孔子之意，盖亦有素，因此一事乃作，故其书之成，复以此终。大抵须有发端处，如画八卦，因见《河图》、《洛书》。果无《河图》、《洛书》，八卦亦须作。

"一阴一阳之谓道"，此理固深，说则无可说。所以阴阳者道，既曰气，则便是二。言开阖，已是感，既二则便有感。所以开阖者道，开阖便是阴阳。老氏言虚而生气，非也。阴阳开阖，本无先后，不可道今日有阴，明日有阳。如人有形影，盖形影一时，不可言今日有形，明日有影。有便齐有。

"寂然不动，感而遂通"，此已言人分上事，若论道，则万理皆具，更不说感与未感。

中和，若只于人分上言之，则喜怒哀乐未发既发之谓也。若致中和，则是达天理，便见得天尊地卑、万物化育之道，只是致知也。

"素隐行怪"，是过者也；"半涂而废"，是不及也；"不见知不悔"，是中者也。

中者，只是不偏；偏则不是中。庸只是常。犹言中者是大中也，庸者是定理也。定理者，天下不易之理也，是经也。孟子只言反经，中在其间。

《中庸》之书，是孔门传授，成于子思。《孟子》其书，虽是杂记，更不分精粗，一衮说了③。今之语道，多说高便遗却卑，说本便遗却末。

"小人之中庸，小人而无忌惮也"，小人更有甚中庸？脱一反字。小人不主于义理，则无忌惮，无忌惮所以反中庸也。亦有其心畏谨而不中，亦是反中庸。语恶有浅深则可，谓之中庸则不可。

"知天命"，是达天理也；"必受命"，是得其应也。命者是天之所赋与，如命令之命。天之报应，皆如影响③，得其报者是常理也；不得其报者，非常理也。然而细推之，则须有报应，但人以狭浅之见求之，便谓差互。天命不可易也，然有可易者，惟有德者能之。如修养之引年，世祚之祈天永命，常人之至于圣贤，皆此道也。

梦说之事，是傅说之感高宗，高宗感傅说。高宗只思得圣贤之人；须是圣贤之人，方始应其感。若傅说非圣贤，自不相感。如今人卜筮，著在手㊴，事在未来，吉凶在书策，其卒三者必合矣。使书策之言不合于理，则自不验。

陨石无种，种于气。麟亦无种，亦气化。厥初生民亦如是。至如海滨露出沙滩，便有百虫禽兽草木无种而生，此犹是人所见。若海中岛屿稍大，人不及者，安知其无种之人不生于其间？若已有人类，则必无气化之人。

匹夫至诚感天地，固有此理。如邹衍之说太甚，只是盛夏感而寒栗则有之，理外之事则无，如变夏为冬降霜雪，则无此理。

"配义与道"，即是体用。道是体，义是用，配者合也；气尽是有形体，故言合。气者是积义所生者，却言配义，如以金为器，既成则目为金器可也。

天地之间皆有对，有阴则有阳，有善则有恶。君子小人之气常停，不可都生君子，但六分君子则治，六分小人则乱；七分君子则大治，七分小人则大乱。如是，则尧、舜之世不能无小人。盖尧、舜之世，只是以礼乐法度驱而之善，尽其道而已。然言比屋可封者，以其有教，虽欲为恶，不能成其恶。虽尧、舜之世，然于其家乖戾之气亦生朱、均，在朝则有四凶，久而不去。

离了阴阳更无道，所以阴阳者是道也。阴阳，气也。气是形而下者，道是形而上者；形而上者则是密也。

絪缊，阴阳之感。

志，气之帅。若论浩然之气，则何者为志？志为之主，乃能生浩然之气。志至焉，气次焉，自有先后。

医者不诣理㊵，则处方论药不尽其性，只知逐物所治，不知合和之后，其性又如何？假如诃子黄、白矾白㊶，合之而成黑，黑见则黄白皆亡。又如一二合而为三，三见则一二亡，离而为一二则三亡。既成三，又求一与二；既成黑，又求黄与白，则是不知物性。古之人穷尽物理，则食其味，嗅其臭㊷，辨其色，知其某物合某则成何性。天有五气㊸，故凡生物，莫不具有五性㊹，居其一而有其四，至如草木也，其黄者得土之性多，其白者得金之性多。

宗子法废㊺，后世谱牒㊻，尚有遗风。谱牒又废，人家不知来处，无百年之家，骨肉无统，虽至亲，恩亦薄。

古人为学易，自八岁入小学，十五入大学，舞勺舞象㊼，有弦歌以养其耳，舞干羽以养其气血㊽，有礼义以养其心，又且急则佩韦㊾，缓则佩弦，出入闾巷，耳目视听及政事之施，如是，则非僻之心无自而入㊿。今之学者，只有义理以养其心。

河北只见鲧堤，无禹堤。鲧埋洪水，故无功，禹则导之而已。

五祀恐非先王之典⁵¹，皆后世巫祝之言，报则遗其重者，井人所重⁵²，行宁廊也，其功几何？

虽庶人，必祭及高祖；比至天子诸侯，止有疏数耳⁵³。

凡物之散，其气遂尽，无复归本原之理。天地间如洪炉，虽生物销铄亦尽，况既散之气，岂有复在？天地造化又焉用此既散之气？其造化者，自是生气。至如海水潮，日出则水涸，是潮退也，其涸者已无也；月出则潮水生也，非却是将已涸之水为潮，此是气之终始。开阖便是易，"一阖一辟谓之变"。

传录言语，得其言，未得其心，必有害。虽孔门亦有是患。如言昭公知礼，巫马期告，时孔子正可不答其问，必更有语言。具巫马期欲反命之意，孔子方言"苟有过，人必知之"。盖孔子答，巫马期亦知之，陈司败亦知之矣。又如言伯夷、柳下惠皆古圣人也，若不言清和，便以夷、惠为圣人，岂不有害？又如孟子言"放勋曰"，只当言"尧曰"，传者乘放勋为尧号，乃称"放勋曰"。又如言"闻斯行之"，若不因公西赤有问，及仲由为比，便信此一句，岂不有害？又如孟子、齐王"欲养弟子以万钟"，此事欲国人矜式，孟子何不可处？但时子以利诱孟子，孟子故曰"如使予欲富，辞十万而受万，是为欲富乎？"若观其文，只似孟子不肯为国人矜式④，须知不可以利诱之意。舜不告而娶，须识得舜意。若使舜便不告而娶，固不可以其父顽，过时不为娶，尧去治之，尧命瞽使舜娶，舜虽不告，尧固告之矣。尧之告之也，以君治之而已。今之官府，治人之私者亦多，然而象欲以杀舜为事，尧奚为不治？盖象之杀舜，无可见之迹，发人隐慝而治之⑤，非尧也。

学《春秋》亦善。一句是一事，是非便见于此，此亦穷理之要。然他经岂不可以穷？但他经论其义，《春秋》因其行事，是非较著，故穷理为要。尝语学者，且先读《论语》、《孟子》，更读一经，然后看《春秋》。先识得个义理，方可看《春秋》。《春秋》以何为准？无如《中庸》。欲知《中庸》，无如权⑥，须是时而为中。若以手足胼胝⑦，闭户不出，二者之间取中，便不是中。若当手足胼胝，则于此为中；当闭户不出，则于此为中。权之为言，秤锤之义也。何物为权？义也。然也只是说得到义，义以上更难说，在人自看如何。

格物亦须积累涵养。如始学《诗》者，其始未必善，到悠久须差精。人则只是旧人，其见则别。

知至则当至之，知终则当遂终之。须以知为本。知之深，则行之必至；无有知之而不能行者。知而不能行，只是知得浅。饥而不食乌喙，人不蹈水火，只是知。人为不善，只为不知。知至而至之，知几之事，故可与几。知终而终之，故可与存义。知至是致知，博学、明辨、审问、慎思，皆致知、知至之事，笃行便是终之。如始条理，终条理，因其始条理，故能终条理，犹知至即能终之。

《春秋》，《传》为案，《经》为断。

古之学者，先由经以识义理。盖始学时，尽是传授。后之学者，却先须识义理，方始看得经。如《易》，《系辞》所以解《易》，今人须看了《易》，方始看得《系辞》。

"至大至刚以直"，不言至直，此是文势。如"治世之音安以乐"，"怨以怒"，"粗以厉"，"噍以杀⑧"，皆此类。

解义理，若一向靠书册，何由得居之安、资之深？不惟自失，兼亦误人。

治道亦有从本而言，亦有从事而言。从本而言，惟从格君心之非、正心以正朝廷，正朝廷以正百官；若从事而言，不救则已，若须救之，必须变。大变则大益，小变则小益。

学者好语高，正如贫人说金，说黄色，说坚软，道他不是又不可，只是好笑。不曾见富人说金如此。

仲尼于《论语》中未尝说神字，只于《易》中，不得已言数处而已。

有主则虚，无主则实，必有所事。

以物待物，不可以己待物。

古所谓支子不祭者⑨，惟使宗子立庙，主之而已。支子虽不得祭，至于齐戒，致其诚意，则与主祭者不异。可与，则以身执事；不可与，则以物助，但不别立庙为位行事而已。后世如欲立宗子，当从此义；虽不祭，情亦可安。若不立宗子，徒欲废祭，适足长惰慢之志，不若使之祭，犹愈于已也。

真元之气，气之所由生，不与外气相杂，但以外气涵养而已。若鱼在水，鱼之性命非是水为之，但必以水涵养，鱼乃得生尔。人居天地气中，与鱼在水无异，至于饮食之养，皆是外气涵养之道。出入之息者，阖辟之机而已。所出之息，非所入之气，但真元自能生气；所入之气，止当阖时，随之而入，非假此气以助真元也。

古者八岁入小学，十五入大学，择其才可教者聚之，不肖者复之田亩。盖士农不易业，既入学则不治农，然后士农判⑩。在学之养，若士大夫之子则不虑无养，虽庶人之子，既入学则亦必有养。古之士者，自十五入学，至四十方仕，中间自有二十五年学，又无利可趋，则所志可知。须去趋善，便自此成德。后之人，自童稚间，已有汲汲趋利之意，何由得向善？故古人必使四十而仕，然后志定。只营衣食却无害，惟利禄之诱最害人。

做官夺人志。

星辰。若以日月之次为辰，则辰上恐不容二十八舍⑥。若谓五星，则不可称辰。或恐只是言北辰。皆星也，何贵乎北辰？北辰自是不动。只不动，便是为气之主，故为星之最尊者。

先王之乐，必须律以考其声⑫。今律既不可求，人耳又不可全信，正惟此为难。求中声，须得律。律不得，则中声无由见。律者自然之数。至如今之度量权衡，亦非正也。今之法且以为准则可，非如古法也。此等物，虽出于自然，亦须人为之。但古人为之，得其自然，至于规矩，则极尽天下之方圆。

律历之法，今亦粗存，但人用之小耳。律之遗，则如三命是也⑬。其法只用五行支干纳音之类。历之遗，则是星算人生数，然皆有此理；苟无此理，却推不行。

《素问》之书，必出于战国之末，观其气象知之。天之气运只如此，但系看者如何。设如定四方，分五行，各配与一方，是一般络角而看之⑭，又一般分而为二十四，又一般规模大则大，规模小则小，然善言亦多。如言"善言天者必有验于人，善言古者必有验于今，善观人者必有见于己。"

近取诸身，百理皆具。屈伸往来之义，只于鼻息之间见之。屈伸往来只是理，不必将既屈之气，复为方伸之气。生生之理，自然不息。如复言七日来复，其间元不断续，阳已复生，物极必返，其理须如此。有生便有死，有始便有终。

"守身为大"，其事固有大者，正惟养疾亦是守身之一，齐战疾⑮，圣人之所慎。

自天子至于庶人，五服未尝有异⑯，皆至高祖；服既如是，祭祀亦须如是。其疏数之节，未有可考，但其理必如此。七庙五庙，亦只是祭及高祖。大夫士虽或三庙二庙一庙，或祭寝庙⑰，则虽异亦不害祭及高祖，若止祭祢⑱，只为知母而不知父，禽兽道也。祭祢而不及祖，非人道也。

天子曰禘⑲，诸侯曰祫⑳，其理皆是合祭之义。禘从帝，禘其祖之所自出之帝，以所出之帝为东向之尊，其余合食于其前，是为禘也。诸侯无所出之帝，只是于太祖庙，群庙之主合食，是为祫。鲁所以有禘者，只为得用天子礼乐，故于《春秋》之中，不见言祫，只言禘，言大事者即是祫。言"大事于太庙，跻僖公㉑"，即是合食闵、僖二公之义。若时祭当言有事。吉禘於庄公，只是禘祭，言吉者以其行之太早也。四时之祭，有禘之名，只是礼文交错。

郊祀配天，宗祀配上帝，天与上帝一也。在郊言天，以其冬至生物之始，故祭于圜丘㉒，而配以祖，陶匏稿秸㉓，埽地而祭。宗祀言上帝，以季秋成物之时，故祭于明堂，而配以父，其礼必以宗庙之礼享之。此义甚彰灼。但《孝经》之文，有可疑处。周公祭祀，当推成王为主人，则当推武王以配上帝，不当言文王配。若文王配，则周公自当祭祀矣，周公必不如此。

仁、义、礼、智、信，于性上要言此五事，须要分别出。若仁则固一，一所以为仁。恻隐则属爱，乃情也，非性也。恕者入仁之门，而恕非仁也。因其恻隐之心，知其有仁。惟四者有端而信无端。只有不信，更无信。如东西南北已有定体，更不可言信。若以东为西，以南为北，则是有不信。如东即东，西即西，则无信。

说书必非古意，转使人薄。学者须是潜心积虑，优游涵养，使之自得。今一日说尽，只是教得薄。至如汉时说下帷讲诵，犹未必说书。

圣狂，圣不必是睿圣，狂不必是狂狷。只是智通者便言圣，如圣义忠和，岂必是圣人？

尸如配位时，男男尸，女女尸。祭事主严，虽同时共室，亦无嫌，与丧祭执事不嫌同义。执事且尔，况今日事之，便如国之先君与夫人，如合祭之时，考妣当各异位⑦。盖人情亦无舅妇同坐之礼，如特祭其庙之时，则不害夫妇并祭。

学者先务，固在心志。有谓欲屏去闻见知思，则是"绝圣弃智"。有欲屏去思虑，患其纷乱，则是须坐禅入定。如明鉴在此，万物毕照，是鉴之常，难为使之不照。人心不能不交感万物，亦难为使之不思虑。若欲免此，唯是心有主。如何为主？敬而已矣。有主则虚，虚谓邪不能入。无主则实，实谓物来夺之。今夫瓶罂⑯，有水实内，则虽江海之浸，无所能入，安得不虚？无水于内，则停注之水，不可胜注，安得不实？大凡人心，不可二用，用于一事，则他事更不能入者，事为之主也。事为之主，尚无思虑纷扰之患。若主于敬，又焉有此患乎？所谓敬者，主一之谓敬；所谓一者，无适之谓一。且欲涵泳主一之义，一则无二三矣。言敬，无如圣人之言。《易》所谓"敬以直内，义以方外"，须是直内，乃是主一之义。至于不敢欺，不敢慢，尚不愧于屋漏，皆是敬之事也。但存此涵养，久之自然天理明。

闲邪存诚，闲邪则诚自存。如人有室，垣墙不修，不能防寇，寇从东来，逐之则复有自西入；逐得一人，一人复至。不如修其垣墙，则寇自不至，故欲闲邪也。

学禅者常谓天下之忙者，无如市井之人。答以市井之人虽日营利，然犹有休息之时。至忙者无如禅客。何以言之？禅者之行、住、坐、卧，无不在道。存无不在道之心，此便是常忙。

《论语》有二处"尧、舜其犹病诸？""博施济众"，岂非圣人之所欲？然五十乃衣帛，七十乃食肉，圣人之心，非不欲少者亦衣帛食肉，然所养有所不赡，此病其施之不博也。圣人所治，不过九州四海，然九州四海之外，圣人亦非不欲兼济，然所治有所不及，此病不能济众也。推此以求，"修己以安百姓"，则为病可知。苟以为吾治已足，则便不是圣人。

"集义所生，非义袭而取之也。""集义"是积义，"所生"如集大成。若累土为山，须是积土乃成山，非是山已成形，乃名为义。浩然之气难识，须要认得。当行不慊于心之时，自然有此气象。然亦未尽，须是见"至大"、"至刚"、"以直"之三德，方始见浩然之气。若要见时，且看取地道。《坤》六二，"直方大，不习无不利。"方便是刚，大便是大，直便是直。于坤不言刚而言方者，言刚则害于地道，故下复云："至柔而动也刚"，以其先言柔而后云刚，无害。大，只是对小而言是大也；刚，只是对柔而言是刚也；直，只是对曲而言是直也。如此，自然不习无不利。《坤》之六二，只为已是地道，又是二，又是六，地道之精纯者。至如六五便不同。欲得学，且只看取地道。《坤》虽是学者之事，然亦有圣人之道。圣贤之道，其发无二，但至有深浅大小。

严威俨恪⑯，非敬之道，但致敬须自此入。

"止于至善"，"不明乎善"，此言善者，义理之精微，无可得名，且以至善目之。"继之者善"，此言善，却言得轻，但谓继斯道者莫非善也，不可谓恶。

"舜孳孳为善⑰"，若未接物，如何为善？只是主于敬，便是为善也。以此观之，圣人之道，不是但嘿然无言。

颜子择中庸，得善拳拳⑱，中庸如何择？如博学之，又审问之，又明辨之，所以能择中庸也。虽然，学问明辨，亦何所据，乃识中庸？此则存乎致知。致知者，此则在学者自加功也。大凡于道，择之则在乎智，守之则在乎仁，断之则在乎勇。人之于道，只是患在不能守，不能断。

"必有事焉"，谓必有所事，是敬也。勿正，正之为言轻，勿忘是敬也；正之之甚，遂至于助长。

编辟整续终自正，和叔未知终自得否？

墨子之书，未至大有兼爱之意，及孟子之时，其流浸远，乃至若是之差。杨子为我亦是义，墨子兼爱则是仁，惟差之毫厘，缪以千里。直至无父无君，如此之甚。

世人之学，博闻强识者岂少？其终无有不入禅学者。就其间特立不惑，无如子厚、尧夫，然其说之流，恐未免此敝。

杨子似出于子张，墨子似出于子夏，其中更有过不及，岂是师、商不学于圣人之门？

约。

与叔、季明以知思闻见为患，某甚喜此论，邂逅却正语及至要处㉙。世之学者，大敝正在此，若得他折难坚叩，方能终其说，直须要明辨。

康仲问："人之学非愿有差，只为不知之故，遂流于不同，不知如何持守？"先生言："且未说到持守。持守甚事？须先在致知。致知，尽知也。穷理格物，便是致知。"

"礼，孰为大？时为大"，亦须随时。当随则随，当治则治。当其时作其事，便是能随时。"随时之义大矣哉！"寻常人言随时，为且和同，只是流徇耳，不可谓和，和则已是和于义。故学者患在不能识时，时出之，亦须有溥博渊泉，方能出之。今之人自是与古之人别，其风气使之，至如寿考形貌皆异㉚。古人皆不减百余岁，今岂有此人？观古人形象被冠冕之类，今人岂有此等人？故笾豆簠簋㉛，自是不可施于今人。自时不相称，时不同也。时上尽穷得理。孟子言："五百年必有王者兴，其间必有名世者，以其时考之则可矣。"他嘿识得此体用，大约是如此，岂可催促得他？尧之于民，匡直辅翼，圣贤于此间，见些功用。举此数端可以常久者，示人。殷因于夏，周因于殷，损益可知。嘿观得者，须知三王之礼与物不必同。自画卦垂衣裳，至周文方备，只为时也；若不是随时，则一圣人出，百事皆做了，后来者没事。又非圣人智虑所不及，只是时不可也。

只归之自然，则无可观，更无可玩索。

"云从龙，风从虎"，龙，阴物也，出来则湿气淬然自出，如湿物在日中，气亦自出。虽木石之微，感阴气尚亦有气，则龙之兴云不足怪。虎行处则风自生。龙只是兽，茅山华阳洞曾跳出，其状殊可爱，亦有时乾处能行，其行步如虎。茅山者则不啮人，北五台者则伤人。又有曾于铁狗庙下穿得一龙卵，后寄于金山寺，龙能壅水上寺门，取卵不得。龙所以知者，许大物亦自灵也。龙以卵生者，亦非神。更一等龙，必须胎生。

极，无适而不为中。

---

①涵养：修养；能控制情绪、冷静处事的功夫。

②毂（gǔ，音古）：车轮中心的圆木，周围与车辐的一端相接，中间有孔可以插轴。

③祛（qū，音躯）：除去。

④绥（suí，音随）：安抚。绥之斯来，意即安抚百姓，百姓自会从远方来投靠。

⑤厌饫（yù，音玉）：饮食饱足。

⑥敦（duì，音队）：古代盛黍稷的器皿。上下合成圆球形，似彝有足。

⑦淳漓：淳厚与浇漓（轻浮）。

⑧窬（yǔ，音瑜）：小洞。

⑨轩冕：贵官所乘车子，所戴帽子。此处代指官位。

⑩晬（suì，音岁）然：润泽的样子。

⑪盎（àng，音昂去声）：洋溢，充溢。

⑫ 真元：指人的元气。

⑬洪炉：大火炉。

⑭销铄：熔化、消失。

⑮闲邪存诚：语出《易经》，即存诚心以杜止邪恶之意。

⑯七庙：供奉皇帝七代祖先的皇室宗庙。

⑰齐（zhāi，音斋）：通"斋"，斋戒。

⑱厤（lì，音历）：同"历"，星历。

⑲贫悴（cuì，音脆）：贫苦忧伤。

⑳祚（zuò，音做）：福运。

㉑宿：此外指因果报应，即"宿命"。

㉒木讷（nè，旧读 nà）：朴实迟钝，不善言辞。

㉓纤奸打讹：意犹一个小小的骗人说法。

㉔盈科：水灌满坑洼。比喻满足。

㉕成章：事物发展到一定阶段或具有一定的规模。

㉖卓：同"桌"，桌子。

㉗匕筯（箸）：即匙和筷子。

㉘夷：古代指少数民族。　左衽（rén，音人）：衣襟向左边开（为当时少数民族的穿着款式）。

㉙祥肉：在祥祭（指父母去世后的祭祀）之时吃肉。

㉚走作：同"造作"，做作。

㉛怨是用希：怨恨很少。是用，连词。

㉜曲艺：古代指医卜一类的技能。

㉝方伯：指统辖一方的诸侯。

㉞肆（sì，音四）：店铺。

㉟睿主：即英智之主。

㊱鹢（yì，音义）：水鸟，羽色苍白，似鹭。

㊲一充（gǔn，音滚）：犹"一并"。

㊳影响：比喻感应迅速，如影随形，如响之应声。

㊴蓍（shī，音施）：草名，古代多用于占卜。

㊵诣（yì，音易）：深谙。

㊶诃子：植物名，也称"诃梨勒"、"诃黎勒"。　白礬（fán，音凡）：即"礬石"，为透明结晶体，可入药。有白、青、黄、黑、绛五种。

㊷臭（xiù，音秀）：味道。

㊸五气：即五行之气，五方之气。

㊹五性：五脏的特性。指肝、心、脾、肺、肾。

㊺宗子：嫡长子。古代宗法制度，嫡长子承继大宗，为族人兄弟所共尊，故称宗子。

㊻谱牒：记述氏族或宗族世系的书。

㊼舞勺：古代文舞的一种。勺，籥（古代管乐器名）。舞象：武舞的一种。

㊽干羽：盾牌和羽毛。

㊾韦：柔软的皮。古人佩韦以控制性急。

㊿非僻：即"邪僻"，不正当。

51五祀：古代五种祭礼名，即禘、郊、宗、祖、报。

52井人：乡里人。

53疏数：指亲与疏、远与近。

54矜式：尊重效法。

55隐慝（tè，音特）：隐蔽的罪恶。

56权：秤，引申为衡量。

57胼胝（pián zhī，音骈知）：手脚上的老茧。比喻劳累辛苦。

58嚼（jiāo，音焦）以杀（shài，音晒）：即嚼杀，指音节急促。

59支子：封建宗法，嫡长子及继承先祖的儿子为宗子，其余的儿子为支子。

60判：明白，分别。

61二十八舍：即二十八宿（xiù，音秀）。

62律：定音的仪器，用竹管或金属管制成。

63三命：旧时星命术士以人出生的年、月、日所属于支为三命，并依此推算，附会命运吉凶。

64络角：兜头的网状物。

65战疾：即疾病。

66五服：天子、诸侯、卿、大夫、士等服式。

67寝庙：古代宗庙中的寝和庙的合称。

68祢（nǐ，音你）：古代祭名。

69禘（dì，音帝）：古代祭名。

70祫（xiá，音狭）：古代祭名。

71跻（jī，音积）：登。引申为超越。

72圜（yuán，音圆）丘：古代祭天的高坛。

73陶匏：陶制的酒器。　　稿鞂（jiē，音接）黍茎编制的席子。陶匏稿鞂俱为祭天的用品。

74考妣（bǐ，音比）：指死去的父母。

75罂（yīng，音英，罌的异体字）：小口大腹的盛酒器。

76恪（kè，音刻）：谨慎，恭敬。

77孳孳（zī，音滋）：勤勉，努力不懈。同"孜孜"。

78拳拳：形容恳切忠诚。

79邂逅（xiè hòu，音谢后）：不期而遇；意外相遇。

80寿考：年高，长寿。

81笾（biān，音边）：古代祭祀或宴会时盛食品的竹编器皿。　　豆：指祭品。　　簠簋（fǔ guǐ，音斧鬼）：古代祭祀时盛稻粱等食物的器皿。

河南程氏遗书卷第十六

伊川先生语二

己巳冬所闻

问："孔子称伯夷、叔齐曰：'不念旧恶，怨是用希①'何也？"曰："以夷、齐之隘，若念旧恶，将不能处世矣。"

问："子贡曰：'博施于民而能济众，可谓仁乎？'子曰：'何事于仁②？必也圣乎！'仁圣何以相别？"曰："此子贡未识仁，故测度而设问也。惟圣人为能尽仁。然仁在事，不可以为圣。"又问："'尧、舜其犹病诸③'果乎？"曰："诚然也。圣人惟恐所及不远不广。四海之治也，孰若兼四海之外亦治乎？是尝以为病也。博施济众事大，故仁不足以名之。"

赵景平问："'子罕言利与命与仁'，所谓利者何利？"曰："不独财利之利，凡有利心，便不可。如作一事，须寻自家稳便处④，皆利心也。圣人以义为利，义安处便为利。如释氏之学，皆本于利，故便不是。"

赵景平问："'未见蹈仁而死者'，何谓蹈仁而死？"曰："赴水火而死者有矣，杀身成仁者，未之有也。"

---

①是用：连词，因此。

②事：止。

③其犹病诸：即（尧舜）或者都难以做到。

④稳便：即方便。

河南程氏遗书卷第十七

伊川先生语三

三王之法，各是一王之法，故三代损益文质①，随时之宜。若孔子所立之法，乃通万世不易之法。孔子于他处亦不见说，独答颜回云："行夏之时，乘殷之辂，服周之冕，乐则《韶》舞。"此是于四代中举这一个法式，其详细虽不可见，而孔子但示其大法，使后人就上修之。二千年来，亦无一人识者。

义之精者，须是自求得之，如此，则善求义也。

善读《中庸》者，只得此一卷书，终身用不尽也。

《睽》之上九，《离》也。《离》之为德，在诸卦莫不以为明，独于《睽》便变为恶。以阳在上则为亢，以刚在上则为很，以明在上变而为察；以很以察，所以为睽之极也，故曰："见豕负涂，载鬼一车。"皆自任己察之所致。然往而遇雨则吉，遇雨者，睽解也。睽解有二义：一是物极则必反，故睽极则必通，若睽极不通，却终于睽而已；二是所以能解睽者，却是用明之功也。

大抵卦爻始立，义既具，即圣人别起义以错综之。如《春秋》以前，既已立例，到近后来，书得全别，一般事便书得别有意思。若依前例观之，殊失之也。

先生尝说："某于《易传》，今却已自成书，但逐旋修改，期以七十，其书可出。韩退之称'聪明不及于前时，道德日负于初心'，然某于《易传》，后来所改者无几，不知如何？故且更期之以十年之功，看如何。《春秋》之书，待刘绚文字到，却用功亦不多也。今人解《诗》，全无意思，此却待出些文字。《中庸》书却已成。今农夫祁寒暑雨，深耕易耨，播种五谷，吾得而食之；今百工技艺作为器用，吾得而用之；甲胄之士披坚执锐以守土宇②，吾得而安之。却如此闲过了日月，即是天地间一蠹也③。功泽又不及民，别事又做不得，惟有补缉圣人遗书，庶几有补尔。"

"致知在格物④"，格物之理，不若察之于身，其得尤切。

酒者，古人养老祭祀之所用，今官有榷酤⑤，民有买扑⑥，无故辄令人聚饮，亦大为民食之蠹也。损民食，惰民业，招刑聚寇，皆出于此。如损节得酒课⑦，民食亦为小充。分明民食，却酿为水后，令人饮之，又不当饥饱。若未能绝得买扑，若且只诸县都鄜为之，亦利不细。

人要明理，若止一物上明之，亦未济事；须是集众理，然后脱然自有悟处。然于物上理会也得，不理会也得。

常见伯淳所在临政，便上下响应，到了人众后便成风，成风则有所鼓动。天地间，只是一个风以动之也。

大凡儒者，未敢望深造于道，且只得所存正，分别善恶，识廉耻。如此等人多，亦须渐好。

或问："古之道如是之明，后世之道如是不明，其故何也？"曰："此无他，知道者多即道明，知者少即道不明也。知者多少，亦由乎教也。以鲁国言之，止及今之一大州，然一时间所出大贤十余人，岂不是有教以致然也？盖是圣人既出，故有许多贤者。以后世天下之大，经二千年间，求如一颜、闵者，不可得也。"

大抵儒者潜心正道，不容有差。其始甚微，其终则不可救。如"师也过，商也不及。"于圣人中道，师只是过于厚些，商只是不及些，然而厚则渐至于兼爱，不及则便至于为我。其过、不及同出于儒者，其末遂至杨、墨。至如杨、墨，亦未至于无父无君，孟子推之，便至于此，盖其差必至于是也。

孟子辨舜、跖之分，只在义利之间。言间者，谓相去不甚远，所争毫末尔。义与利，只是个公与私也。才出义，便以利言也。只那计较，便是为有利害。若无利害，何用计较？利害者，天下之常情也。人皆知趋利而避害，圣人则更不论利害，惟看义当为与不当为，便是命在其中也。

传经为难。如圣人之后才百年，传之已差。圣人之学，若非子思、孟子，则几乎息矣。道何尝息？只是人不由之。道非亡也，幽、厉不由也。

人或劝先生以加礼近贵。先生曰："何不见责以尽礼，而责之以加礼？礼尽则已，岂有加也？"

圣人之语，因人而变化；语虽有浅近处，即却无包含不尽处。如樊迟于圣门，最是学之浅者，及其问仁，曰"爱人"，问知，曰"知人"，且看此语有甚包含不尽处？他人之语，语近则遗远，语远则不知近，惟圣人之言，则远近皆尽。

今之为学者，如登山麓，方其迤逦，莫不阔步，及到峻处，便逡巡⑧。

先代帝王陵寝下，多有闲田。推其后，每处只消与田十顷，与一闲官世守之。至如唐狄仁杰、颜杲卿之后，朝廷与官一人，死则却绝，不若亦如此处之，亦与田五七顷。

后世骨肉之间，多至仇怨忿争，其实为争财。使之均布，立之宗法，官为法则无所争。

后世人理全废。小失则入于夷狄，大失则入于禽兽。

大凡礼，必须有义。礼之所尊，尊其义也；失其义，陈其数，祝史之事也⑨。

"《益》长裕而不设"，谓固有此理而就上充长之，"设"是撰造也，撰造则为伪也。

人或以礼官为闲官。某谓：礼官之责最大，朝廷一有违礼，皆礼官任其责，岂得为闲官？

陈平虽不知道，亦知学，如对文帝以宰相之职，非知学，安能如此？

曹参去齐，以狱市为托⑩。后之为政者，留意于狱者则有之矣，未闻有治市者。

学莫大于致知，养心莫大于礼义。古人所养处多，若声音以养其耳，舞蹈以养其血脉。今人都无，只有个义理之养，人又不知求。

或谓：人莫不知和柔宽缓，然临事则反至于暴厉。曰："只是志不胜气，气反动其心也。"

学者所贵闻道，执经而问，但广闻见而已。然求学者，不必在同人中；非同人，又却无学者。

孟子言"圣而不可知之谓神"，非是圣上别有一等神人，神即圣而不可知。

《儒行》之篇，此书全无义理，如后世游说之士所为夸大之说。观孔子平日语言，有如是者否？

陈司败问昭公知礼乎？孔子对曰："知礼。"彼国人来问君知礼否，不成说不知礼也？如陈司败数昭公失礼之事而问之，则有所不答，顾左右而言他。及巫马期来告，正合不答。然孔子答之者，以陈司败必俟其反命，故须至答也。

或问："如何学可谓之有得？"曰："大凡学问，闻之知之，皆不为得。得者，须默识心通。学者欲有所得，须是笃，诚意烛理。上知，则颖悟自别；其次，须以义理涵养而得之。

古有教，今无教；以其无教，直坏得人质如此不美。今人比之古人，如将一至恶物，比一至美物。

造道深后，虽闻常人语，言浅近事，莫非义理。

古者家有塾，党有庠[11]，故人未有不入学者。三老坐于里门[12]，出入察其长幼揖让之序。如今所传之《诗》，人人讽诵，莫非止于礼义之言。今人虽白首，未尝知有《诗》。至于里俗之言，尽不可闻，皆系其习也。以古所习，安得不善？以今所习，安得不恶？

唐太宗，后人只知是英主，元不曾有人识其恶，至如杀兄取位。若以功业言，不过只做得个功臣，岂可夺元良之位？至如肃宗即位灵武，分明是篡也。

《革》言水火相息。息，止息也。既有止息之理，亦有生息之理。《睽》卦不见四德，盖不容著四德。彖言"小事吉"者[13]，止是方睽之时，犹足以致小事之吉。不成终睽而已？须有济睽之道。

文中子言"古之学者聚道"，不知道如何聚得？

凡为政，须立善法，后人有所变易，则无可奈何。虽周公亦知立法而已，后人变之，则无可奈何也。

《临》言"八月有凶"，谓至八月是《遯》也。当其刚浸长之时，便戒以阴长之意。

"纪侯大去其国"，大名责在纪也，非齐之罪也。齐侯、陈侯、郑伯遇于垂，方谋伐之，纪侯遂去其国。齐师未加而已去，故非齐之罪也。

《春秋》之文，莫不一一意在示人。如土功之事，无小大莫不书之，其意止欲人君重民之力也。

书大雩，雩及上帝，以见鲁不当为，与书郊者同义。

书公伐齐纳纠，纠不当立，故不言子纠。若书子纠，则正了他当得立也。

凡《易》卦，有就卦才而得其义者，亦有举两体便得其义者。《随》"刚来而下柔，动而说随"，此是就卦才而得随之义。"泽中有雷随"，此是就象上得随之义也。

宗子之法不立，则朝廷无世臣。宗法须是一二巨公之家立法；宗法立，则人人各知来处。

宗子者，谓宗主祭祀也。

礼，长子不得为人后，若无兄弟，又继祖之宗绝，亦当继祖。礼虽不言，可以义起。

凡大宗与小宗，皆不在庙数。

收族之义，止为相与为服，祭祀相及。

所谓宗者，以己之旁亲兄弟来宗于己，所以得宗之名，非己宗于人也。

凡小宗以五世为法，亲尽则族散。若高祖之子尚存，欲祭其父，则见为宗子者，虽是六世七世，亦须计会今日之宗子，然后祭其父。宗子有君道。

祭祀须别男女之分。生既不可杂坐，祭岂可杂坐？

祭，非主则无依，非尸则无享[15]。

今行冠礼，若制古服而冠，冠了又不常著，却是伪也，必须用时之服。

丧须三年而祔⑯，若卒哭而祔，则三年却都无事。礼卒哭犹存朝夕哭，若无主在寝⑰，哭于何处？

物有自得天理者，如蜂蚁知卫其君，豺獭知祭。礼亦出于人情而已。

祭先之礼，不可得而推者无可奈何；其可知者，无远近多少，须当尽祭之。祖又岂可不报？又岂可厌多？盖根本在彼，虽远，岂得无报？

宗子虽七十，无无主妇，此谓承祭祀也。然亦不当道七十，只道虽老无无主妇便得。

礼云：宗子如为殇⑱。宗子有君之道，岂有殇之理？

"喜怒哀乐未发谓之中"，只是言一个中体。既是喜怒哀乐未发，那里有个甚么？只可谓之中，如《乾》体便是健，及分在诸处，不可皆名健，然在其中矣。天下事事物物皆有中。"发而皆中节谓之和"，非是谓之和便不中也，言和则中在其中矣。中便是含喜怒哀乐在其中矣。

如眼前诸人，要特立独行，煞不难得，只是要一个知见难。人只被这个知见不通透。人谓要力行，亦只是浅近语；人既能知见，岂有不能行？一切事皆所当为，不必待著意做；才著意做，便是有个私心。这一点意气，能得几时了？

今人欲致知，须要格物。物不必谓事物然后谓之物也。自一身之中，至万物之理，但理会得多，相次自然豁然有觉处。

杨子拔一毛不为，墨子又摩顶放踵为之⑲，此皆是不得中。至如子莫执中，欲执此二者之中，不知怎么执得？识得则事事物物上皆天然有个中在那上，不待人安排也。安排著，则不中矣。

知之必好之，好之必求之，求之必得之。古人此个学是终身事，果能颠沛造次必于是，岂有不得道理？

"立则见其参于前"，所见者何事？

颜渊问仁，而孔子告之以礼，仁与礼果异乎？

说先于乐者，乐由说而后得，然非乐则亦未足以语君子。

---

①损益文质：指减少或增加礼法内容与形式。

②土宇：即疆域。

③蠹（dù，音度）：蛀虫。

④格物：推究事物的道理。

⑤榷酤（quègū，音确姑）：指酒类专卖。

⑥买扑：指商人呈官包税。

⑦酒课：即酒税。

⑧逡（qūn，音囷）巡：有所顾虑而进退迟疑、徘徊不前的样子。

⑨祝史：指史官。

⑩狱市：讼诉交易买卖。

⑪党：乡党，乡里。　　庠（xiáng，音详）：古代地方开办的学校。

⑫三老：秦汉时掌管教化的乡官。　　里门：里巷之门。

⑬繇（yáo，音摇）：通"谣"，谣俗。

⑭大雩（yú，音渔）：求雨祭名。

⑮尸：古代祭祀时，代死者受祭的人。

⑯祔（fù，音副）：祭名，新死者附祭于先祖。

⑰寝：寝宫。

⑱殇（shāng，音商）：未成年而死。

⑲摩顶放踵（zhǒng，音肿）：从头顶到脚跟都摩伤，形容不辞劳苦。

河南程氏遗书卷第十八

伊川先生语四

刘元承手编

问仁。曰："此在诸公自思之。将圣贤所言仁处，类聚观之，体认出来。孟子曰：'恻隐之心，仁也。'后人遂以爱为仁。恻隐固是爱也。爱自是情，仁自是性，岂可专以爱为仁？孟子言恻隐为仁，盖为前已言'恻隐之心，仁之端也'，既曰仁之端，则不可便谓之仁。退之言'博爱之谓仁'，非也。仁者固博爱，然便以博爱为仁，则不可。"

又问："仁与圣何以异？"曰："人只见孔子言：'何事于仁①？必也圣乎！'便谓仁小而圣大。殊不知此言是孔子见子贡问博施济众，问得来事大，故曰：'何止于仁？必也圣乎！'盖仁可以通上下言之，圣则其极也。圣人，人伦之至。伦，理也。既通人理之极，更不可以有加。若今人或一事是仁，亦可谓之仁，至于尽仁道，亦谓之仁，此通上下言之也。如曰：'若圣与仁，则吾岂敢？'此又却仁与圣俱大也。大抵尽仁道者，即是圣人；非圣人则不能尽得仁道。"问曰："人有言：'尽人道谓之仁，尽天道谓之圣。'此语何如？"曰："此语固无病，然措意未是②。安有知人道而不知天道者乎？道一也。岂人道自是人道，天道自是天道？《中庸》言：'尽己之性，则能尽人之性；能尽人之性，则能尽物之性；能尽物之性，则可以赞天地之化育。'此言可见矣。杨子曰：'通天地人曰儒，通天地而不通人曰伎③。'此亦不知道之言。岂有通天地而不通人者哉？如止云通天之文与地之理，虽不能此，何害于儒？天地人只一道也，才通其一，则余皆通。如后人解《易》，言《乾》天道也，《坤》地道也，便是乱说。论其体，则天尊地卑；如论其道，岂有异哉？"

问："'孝弟为仁之本④'，此是孝弟可以至仁否？"曰："非也。谓行仁自孝弟始。盖孝弟是仁之一事，谓之行仁之本则可，谓之是仁之本则不可。盖仁是性也，孝弟是用也。性中只有仁、义、礼、智四者，几曾有孝弟来？仁主于爱，爱莫大于爱亲，故曰：'孝弟也者，其为仁之本欤！'"

孔子未尝许人以仁⑤。或曰："称管仲'如其仁'，何也？"曰："此圣人阐幽明微之道。只为子路以子纠之死，管仲不死为未仁，此甚小却管仲，故孔子言其有仁之功。此圣人言语抑扬处，当自理会得。"

问"克伐怨欲不行，可以为仁。"曰："人无克伐怨欲四者，便是仁也。只为原宪著一个'不行'，不免有此心，但不行也，故孔子谓'可以为难'。此孔子著意告原宪处，欲他有所启发。他承当不得，不能再发问也。孔门如子贡者，便能晓得圣人意。且如曰：'女以予为多学而识之欤⑥？'对曰：'然。'便复问曰：'非欤？'孔子告之曰：'非也。予一以贯之。'原宪则不能也。"

问："仁与心何异？"曰："心是所主处，仁是就事言。"曰："若是，则仁是心之用否？"曰：

"固是。若说仁者心之用，则不可。心譬如身，四端如四支⑦。四支固是身所用，只可谓身之四支。如四端固具于心，然亦未可便谓之心之用。"或曰："譬如五谷之种，必待阳气而生。"曰："非是。阳气发处，却是情也。心譬如谷种，生之性便是仁也。"

问："四端不及信⑧，何也？"曰："性中只有四端，却无信；为有不信，故有信字。且如今东者自东，西者自西，何用信字？只为有不信，故有信字。"又问："莫在四端之间？"曰："不如此说。若如此说时，只说一个义字亦得。"

问："忠恕可贯道否？"曰："忠恕固可以贯道，但子思恐人难晓，故复于《中庸》降一等言之，曰'忠恕违道不远'。忠恕只是体用，须要理会得。"又问："恕字，学者可用功否？"曰："恕字甚大，然恕不可独用，须得忠以为体；不忠，何以能恕？看忠恕两字，自见相为用处。孔子曰：'君子之道四，丘未能一焉。'恕字甚难。孔子曰：'有一言可以终身行之者，其恕乎！'"

问："人有以'君子敬而无失与人'为一句，是否？"曰："不可。敬是持己，恭是接人；与人恭而有礼，言接人当如此也。近世浅薄，以相欢狎为相与⑨，以无圭角为相欢爱⑩，如此者安能久？若要久，须是恭敬。君臣朋友，皆当以敬为主也。《比》之上六曰：'比之无首凶。'《象》曰：'比之无首，无所终也。'《比》之有首，尚惧无终。既无首，安得有终？故曰'无所终也'。《比》之道，须当有首。"或曰："君子淡以成，小人甘以坏⑪。"曰："是也。岂有甘而不坏者？"

问："'出门如见大宾，使民如承大祭。'方其未出门、未使民时，如何？"曰："此'俨若思'之时也。当出门时，其敬如此，未出门时可知也。且见乎外者，出乎中者。使民出门者，事也。非因是事上方有此敬，盖素敬也。如人接物以诚，人皆曰诚人，盖是素来诚，非因接物而始有此诚也。俨然正其衣冠，尊其瞻视，其中自有个敬处，虽曰无状，敬自可见。"

问："人有专务敬以直内，不务方外，何如？"曰："有诸中者，必形诸外。惟恐不直内，内直则外必方。"

敬是闲邪之道⑫。闲邪存其诚，虽是两事，然亦只是一事。闲邪则诚自存矣。天下有一个善，一个恶。去善即是恶，去恶即是善，譬如门，不出便入，岂出入外更别有一事也？

义还因事而见否？曰："非也。性中自有。"或曰："无状可见。"曰："说有便是见，但人自不见，昭昭然在天地之中也。且如性，何须待有物方指为性？性自在也。贤所言见者事，某所言见者理。"

人多说某不教人习举业⑬，某何尝不教人习举业也？人若不习举业而望及第，却是责天理而不修人事；但举业，既可以及第即已，若更去上面尽力求必得之道，是惑也。

人注拟差遣⑭，欲就主簿者。问其故，则曰责轻于尉。某曰："却是尉责轻。尉只是捕盗，不能使民不为盗。簿佐令以治一邑，使民不为盗，簿之责也，岂得为轻？"或问："簿佐令者也，簿所欲为，令或不从，奈何？"曰："当以诚意动之。今令与簿不和，只是争私意。令是邑之长，若能以事父兄之道事之，过则归己，善则惟恐不归于令，积此诚意，岂有不动得人？"问："授司理，如何？"曰："甚善。若能充其职，可使一郡无冤民也。""幕官言事不合⑮，如之何？"曰："必不得已，有去而已。须权量事之大小，事大于去，则当去；事小于去，亦不须去也。事大于争，则当争；事小于争，则不须争也。今人只被以官为业，如何去得？"

人有实无学而气盖人者，其气有刚柔也。故强猛者当抑之，畏缩者当充养之。古人佩韦弦之戒，正为此耳。然刚者易抑，如子路。初虽圣人亦被他陵⑯，后来既知学，便却移其刚来克己甚易。畏缩者气本柔，须索勉强也。

藻鉴人物⑰，自是人才有通悟处，学不得也。张子厚善鉴裁，其弟天祺学之，便错。

问："学何以有至觉悟处？"曰："莫先致知⑱。能致知，则思一日愈明一日，久而后有觉也。

学而无觉，则何益矣？又奚学为？'思曰睿，睿作圣。'才思便睿，以至作圣，亦是一个思。故曰：'勉强学问，则闻见博而智益明。'"又问："莫致知与力行兼否？"曰："为常人言才知得非礼不可为，须用勉强。至于知穿窬不可为⑲，则不待勉强，是知亦有深浅也。古人言乐循理之谓君子，若勉强，只是知循理，非是乐也。才到乐时，便是循理为乐，不循理为不乐，何苦而不循理，自不须勉强也。若夫圣人不勉而中，不思而得，此又上一等事。"

问："张旭学草书，见担夫与公主争道；及公孙大娘舞剑，而后悟笔法。莫是心常思念至此而感发否？"曰："然。须是思方有感悟处，若不思，怎生得如此？然可惜张旭留心于书，若移此心于道，何所不至？"

"思曰睿"，思虑久后，睿自然生。若于一事上思未得，且别换一事思之，不可专守著这一事。盖人之知识，于这里蔽著，虽强思亦不通也。

与学者语，正如扶醉人，东边扶起却倒向西边，西边扶起却倒向东边，终不能得佗卓立中途⑳。

古之学者一，今之学者三，异端不与焉。一曰文章之学，二曰训诂之学，三曰儒者之学。欲趋道，舍儒者之学不可。

今之学者有三弊：一溺于文章，二牵于训诂，三惑于异端。苟无此三者，则将何归？必趋于道矣。

或曰："人问某以学者当先识道之大本，道之大本如何求？某告之以君臣、父子、夫妇、兄弟、朋友，于此五者上行乐处便是。"曰："此固是。然怎生地乐？勉强乐不得，须是知得了，方能乐得。故人力行，先须要知。非特行难，知亦难也。《书》曰：'知之非艰，行之惟艰。'此固是也，然知之亦自艰。譬如人欲往京师，必知是出那门，行那路，然后可往。如不知，虽有欲往之心，其将何之？自古非无美材能力行者，然鲜能明道，以此见知之亦难也。"

问："忠信进德之事，固可勉强，然致知甚难。"曰："子以诚敬为可勉强，且恁地说㉑。到底，须是知了方行得。若不知，只是觑却尧学他行事；无尧许多聪明睿知，怎生得如他动容周旋中礼？有诸中，必形诸外。德容安可妄学？如子所言，是笃信而固守之，非固有之也。且如《中庸》九经，修身也，尊贤也，亲亲也㉒。《尧典》'克明峻德，以亲九族'。亲亲本合在尊贤上，何故却在下？须是知所以亲亲之道方得。未致知，便欲诚意，是躐等也㉓。学者固当勉强，然不致知，怎生行得？勉强行者，安能持久？除非烛理明，自然乐循理。性本善，循理而行是须理事。本亦不难，但为人不知，旋安排著，便道难也。知有多少般数，煞有深浅。向亲见一人，曾为虎所伤，因言及虎，神色便变。傍有数人，见佗说虎，非不知虎之猛可畏，然不如佗说了有畏惧之色。盖真知虎者也。学者深知亦如此。且如脍炙㉔，贵公子与野人莫不皆知其美㉕，然贵人闻著便有欲嗜脍炙之色，野人则不然。学者须是真知，才知得是，便泰然行将去也。某年二十时，解释经义，与今无异，然思今日，觉得意味与少时自别。"

信有二般：有信人者，有自信者。如七十子于仲尼，得佗言语，便终身守之。然未必知道这个怎生是、怎生非也，此信于人者也。学者须要自信，既自信，怎生夺亦不得。

或问："进修之术何先？"曰："莫先于正心诚意。诚意在致知，'致知在格物'。格，至也，如'祖考来格'之格。凡一物上有一理，须是穷致其理。穷理亦多端：或读书，讲明义理；或论古今人物，别其是非；或应接事物而处其当，皆穷理也。"或问："格物须物物格之，还只格一物而万理皆知？"曰："怎生便会该通？若只格一物便通众理，虽颜子亦不敢如此道。须是今日格一件，明日又格一件，积习既多，然后脱然自有贯通处。"

涵养须用敬，进学则在致知。

问："人有志于学，然智识蔽固㉖，力量不至，则如之何？"曰："只是致知。若致知，则智识当自渐明，不曾见人有一件事终思不到也。智识明，则力量自进。"问曰："何以致知？"曰："在明理。或多识前言往行，识之多则理明。然人全在勉强也。"

士之于学也，犹农夫之耕。农夫不耕则无所食；无所食则不得生。士之于学也，其可一日舍哉？

学者言入乎耳，必须著乎心，见乎行事。如只听佗人言，却似说他人事，己无所与也。

问："学者须志于大，如何？"曰："志无大小。且莫说道，将第一等让与别人，且做第二等。才如此说，便是自弃，虽与不能居仁由义者差等不同，其自小一也。言学便以道为志，言人便以圣为志。自谓不能者，自贼者也㉗；谓其君不能者，贼其君者也。"

或问："人有耻不能之心，如何？"曰："人耻其不能而为之，可也；耻其不能而揜藏之㉘，不可也。"问："技艺之事，耻己之不能，如何？"曰："技艺不能，安足耻？为士者，当知道。己不知道，可耻也。为士者当博学，己不博学，可耻也。耻之如何，亦曰勉之而已，又安可嫉人之能而讳己之不能也？"

学欲速不得，然亦不可怠。才有欲速之心，便不是学。学是至广大的事，岂可以迫切之心为之？

问："敬还用意否？"曰："其始安得不用意？若能不用意，却是都无事了。"又问："敬莫是静否？"曰："才说静，便入于释氏之说也。不用静字，只用敬字。才说著静字，便是忘也。孟子曰：'必有事焉而勿正，心勿忘，勿助长也。'必有事焉，便是心勿忘；勿正，便是勿助长。"

问："至诚可以蹈水火，有此理否？"曰："有之。"曰："列子言商丘开之事，有乎？"曰："此是圣人之道，不明后庄、列之徒各以私智探测至理而言也。"曰："巫师亦能如此，诚邪？欺邪？"曰："此辈往往有术，常怀一个欺人之心，更那里得诚来？"

或问："独处一室，或行闇中㉙，多有惊惧，何也？"曰："只是烛理不明。若能烛理，则知所惧者妄，又何惧焉？有人虽知此，然不免惧心者，只是气不充。须是涵养久，则气充，自然物动不得。然有惧心，亦是敬不足。"

问："世言鬼神之事，虽知其无，然不能无疑惧，何也？"曰："此只是自疑尔！"曰："如何可以晓悟其理？"曰："理会得精气为物、游魂为变、与原始要终之说，便能知也。须是于原字上用工夫。"或曰："游魂为变，是变化之变否？"曰："既是变，则存者亡，坚者腐，更无物也。鬼神之道，只恁说与贤，虽会得亦信不过，须是自得也。"或曰："何以得无恐惧？"曰："须是气定，自然不惑。气未充，要强不得。"

人语言紧急，莫是气不定否？曰："此亦当习。习到言语自然缓时，便是气质变也；学至气质变，方是有功。人只是一个习。今观儒臣自有一般气象，武臣自有一般气象，贵戚自有一般气象。不成生来便如此？只是习也。某旧尝进说于主上及太母，欲令上于一日之中亲贤士大夫之时多，亲宦官宫人之时少，所以涵养气质、薰陶德性。"

或问："人或倦怠，岂志不立乎？"曰："若是气体，劳后须倦。若是志，怎生倦得？人只为气胜志，故多为气所使。如人少而勇，老而怯，少而廉，老而贪，此为气所使者也。若是志胜气时，志既一定，更不可易。如曾子易箦之际，其气之微可知，只为他志已定，故虽死生许大事，亦动他不得。盖有一丝发气在，则志犹在也。"

问："人之燕居㉚，形体怠惰，心不慢，可否？"曰："安有箕踞而心不慢者㉛？昔吕与叔六月中来缑氏，闲居中，某尝窥之，必见其俨然危坐，可谓敦笃矣。学者须恭敬，但不可令拘迫；拘迫则难久矣。"

昔吕与叔尝问为思虑纷扰，某答以但为心无主，若主于敬，则自然不纷扰。譬如以一壶水投于水中；壶中既实，虽江湖之水，不能入矣。曰："若思虑果出于正，亦无害否？"曰："且如在宗庙则主敬，朝廷主庄，军旅主严，此是也；如发不以时，纷然无度，虽正亦邪。"

问："游宣德云：'人能戒慎恐惧于不睹不闻之时，则无声无臭之道可以驯致㉝。'此说如何？"曰："驯致渐进也。然此亦大纲说，固是自小以致大，自修身可以至于尽性至命；然其间有多少般数，其所以至之之道当如何？荀子曰：'始乎为士，终乎为圣人。'今人学者须读书，才读书便望为圣贤，然中间至之之方，更有多少。荀子虽能如此说，却以礼义为伪，性为不善，佗自情性尚理会不得，怎生到得圣人？大抵以尧所行者欲力行之，以多闻多见取之，其所学者皆外也。"

问："人有日诵万言，或妙绝技艺，此可学否？"曰："不可。大凡所受之才，虽加勉强，止可少进，而钝者不可使利也。惟理可进。除是积学既久，能变得气质，则愚必明，柔必强。盖大贤以下即论才，大贤以上更不论才。圣人与天地合德，日月合明。六尺之躯，能有多少技艺？人有身，须用才；圣人忘己，更不论才也。"

问："人于议论，多欲己直，无含容之气，是气不平否？"曰："固是气不平，亦是量狭。人量随识长，亦有人识高而量不长者，是识实未至也。大凡别事人都强得，惟识量不可强。今人有斗筲之量㉞，有釜斛之量，有钟鼎之量，有江河之量。江河之量亦大矣，然有涯；有涯亦有时而满，惟天地之量则无满。故圣人者，天地之量也。圣人之量，道也；常人之有量者，天资也。天资有量者，须有限。大抵六尺之躯，力量只如此，虽欲不满，不可得。且如人有得一荐而满者㉟，有得一官而满者，有改京官而满者，有入两府而满者，满虽有先后，然卒不免。譬如器盛物，初满时尚可以蔽护，更满则必出。此天资之量，非知道者也。昔王随甚有器量，仁庙赐飞白书曰㊱：'王随德行，李淑文章。'当时以德行称，名望甚重；及为相，有一人求作三路转运使，王薄之，出鄙言，当时人皆惊怪。到这里，位高后便动了，人之量只如此。古人亦有如此者多。如邓艾位三公，年七十，处得甚好，及因下蜀有功，便动了，言姜维云云。谢安闻谢玄破苻坚，对客围棋，报至不喜，及归折屐齿㊲，强终不得也。更如人大醉后益恭谨者，只益恭便是动了，虽与放肆者不同，其为酒所动一也。又如贵公子位益高，益卑谦，只卑谦便是动了，虽与骄傲者不同，其为位所动一也。然惟知道者，量自然宏大，不勉强而成。今人有所见卑下者，无佗，亦是识量不足也。"

人才有意于为公，便是私心。昔有人典选㊳，其子弟系磨勘㊴，皆不为理，此乃是私心。人多言古时用直不避嫌得，后世用此不得。自是无人，岂是无时？

圣人作事甚宏裕。今人不知义理者，更不须说，才知义理便迫窄。若圣人，则绰绰有余裕。

问："观物察己，还因见物，反求诸身否？"曰："不必如此说，物我一理，才明彼即晓此，合内外之道也。语其大，至天地之高厚；语其小，至一物之所以然，学者皆当理会。"又问："致知，先求之四端，如何？"曰："求之性情，固是切于身，然一草一木皆有理，须是察。"

观物理以察己㊵，既能烛理，则无往而不识。

天下物皆可以理照；有物必有则，一物须有一理。

穷理、尽性、至命，只是一事；才穷理便尽性，才尽性便至命。

声、色、臭、味四字，虚实一般。凡物有形必有此四者，意言象数亦然。

为人处世间，得见事无可疑处，多少快活！

问："学者不必同，如仁义忠信之类，只于一字上求之，可否？"曰："且如《六经》，则各自有个蹊辙㊶，及其造道，一也。仁义忠信只是一体事，若于一事上得之，其佗皆通也。然仁是本。"

问："人之学，有觉其难而有退志，则如之何？"曰："有两般：有思虑苦而志气倦怠者，有惮其难而止者。向尝为之说：今人之学，如登山麓，方其易处，莫不阔步，及到难处便止，人情是如此。山高难登，是有定形，实难登也；圣人之道，不可形象，非实难然也，人弗为耳。颜子言'仰之弥高，钻之弥坚'，此非是言圣人高远实不可及，坚固实不可入也，此只是譬喻，却无事，大意却是在'瞻之在前，忽焉在后'上。"又问："人少有得而遂安者，如何？"曰："此实无所得也。譬如以管窥天，乍见星斗粲烂^㊶，便谓有所见，喜不自胜，此终无所得。若有大志者，不以管见为得也。"

问："家贫亲老，应举求仕，不免有得失之累。何修可以免此？"曰："此只是志不胜气；若志胜，自无此累。家贫亲老，须用禄仕，然得之不得为有命。"曰："在己固可，为亲奈何？"曰："为己为亲，也只是一事。若不得，其如命何！孔子曰：'不知命无以为君子。'人苟不知命，见患难必避，遇得丧必动^㊷，见利必趋，其何以为君子！然圣人言命，盖为中人以上者设^㊸，非为上知者言也。中人以上，于得丧之际，不能不惑，故有命之说，然后能安。若上智之人，更不言命，惟安于义；借使求则得之，然非义则不求，此乐天者之事也。上智之人安于义，中人以上安于命，乃若闻命而不能安之者，又其每下者也。"

问："前世所谓隐者，或守一节，或惮一行^㊹，然不知有知道否？"曰："若知道，则不肯守一节一行也。如此等人，鲜明理^㊺，多取古人一节事专行之。孟子曰：'服尧之服，行尧之行。'古人有杀一不义，虽得天下不为；则我亦杀一不义，虽得天下不为。古人有高尚隐逸，不肯就仕，则我亦高尚隐逸不仕。如此等，则放效前人所为耳，于道鲜自得也。是以东汉尚名节，有虽杀身不悔者，只为不知道也。"

问："方外之士有人来看他^㊻，能先知者，有诸？"曰："有之。向见嵩山董五经能如此。"问："何以能尔？"曰："只是心静，静而后能照。"又问："圣人肯为否？"曰："何必圣贤？使释氏稍近道理者，便不肯为。释子犹不肯为，况圣人乎？"

问："神仙之说有诸？"曰："不知如何。若说白日飞升之类则无；若言居山林间，保形炼气以延年益寿，则有之。譬如一炉火，置之风中则易过，置之密室则难过，有此理也。"又问："杨子言：'圣人不师仙，厥术异也^㊼。'圣人能为此等事否？"曰："此是天地间一贼，若非窃造化之机，安能延年？使圣人肯为，周、孔为之久矣。"

问："恶外物^㊽，如何？"曰："是不知道者也，物安可恶？释氏之学便如此。释氏要屏事不问^㊾。这事是合有邪？合无邪？若是合有，又安可屏？若是合无，自然无了，更屏什么？彼方外者苟且务静，乃远迹山林之间，盖非明理者也，世方以为高，惑矣！"

释氏有出家出世之说。家本不可出，却为他不父其父，不母其母，自逃去固可也。至于世，则怎生出得？既道出世，除是不戴皇天，不履后土始得^㊿，然又却渴饮而饥食，戴天而履地。

问："某尝读《华严经》，第一真空绝相观，第二理事无碍观，第三事事无碍观，譬如镜灯之类，包含万象，无有穷尽。此理如何？"曰："只为释氏要周遮^{○51}，一言以蔽之，不过曰万理归于一理也。"又问："未知所以破佗处？"曰："亦未得道他不是。百家诸子个个谈仁谈义，只为他归宿处不是，只是个自私。为轮回生死，却为释氏之辞善遁，才穷著他，便道我不为这个，到了写在册子上，怎生遁得？且指他浅近处，只烧一文香，便道我有无穷福利，怀却这个心，怎生事神明？"

释氏言成住坏空，便是不知道。只有成坏，无住空。且如草木初生既成，生尽便枯坏也。他以谓如木之生，生长既足却自住，然后却渐渐毁坏。天下之物，无有住者。婴儿一生，长一日便是减一日，何尝得住？然而气体日渐长大，长的自长，减的自减，自不相干也。

问释氏理障之说。曰："释氏有此说，谓既明此理，而又执持是理，故为障。此错看了理字也。天下只有一个理，既明此理，夫复何障？若以理为障，则是己与理为二。"

今之学禅者，平居高谈性命之际，至于世事，往往直有都不晓者。此只是实无所得也。

问："释氏有一宿觉言下觉之说，如何？"曰："何必浮图，孟子尝言觉字矣，曰'以先知觉后知，以先觉觉后觉'。知是知此事，觉是觉此理。古人云：'共君一夜话，胜读十年书。'若于言下即悟，何啻读十年书㊷？"

问："明道先生云：'昔之惑人也，乘其迷暗；今之人人也，因其高明。'既曰高明，又何惑乎？"曰："今之学释氏者，往往皆高明之人，所谓'知者过之'也。然所谓高明，非《中庸》所谓'极高明'。如'知者过之'，若是圣人之知，岂更有过？"

问："世之学者多入于禅，何也？"曰："今人不学则已，如学焉，未有不归于禅也。却为佗求道未有所得，思索既穷，乍见宽广处，其心便安于此。"曰："是可反否？"曰："深固者难反。"

问："《西铭》何如？"曰："此横渠文之粹者也。"曰："充得尽时如何？"曰："圣人也。""横渠能充尽否？"曰："言有多端，有有德之言，有造道之言。有德之言说自己事，如圣人言圣人事也；造道之言则知足以知此，如贤人说圣人事也。横渠道尽高，言尽醇㊸，自孟子后儒者，都无佗见识。"

问："横渠之书，有迫切处否？"曰："子厚谨严，才谨严，便有迫切气象，无宽舒之气。孟子却宽舒，只是中间有些英气，才有英气，便有圭角。英气甚害事。如颜子便浑厚不同。颜子去圣人，只毫发之间。孟子大贤，亚圣之次也。"或问："英气于甚处见？"曰："但以孔子之言比之便见。如冰与水精非不光㊹，比之玉，自是有温润含蓄气象，无许多光耀也。"

问："邵尧夫能推数，见物寿长短始终。有此理否？"曰："固有之。"又问："或言人寿但得一百二十数，是否？"曰："固是，此亦是大纲数，不必如此。马牛得六十，猫犬得十二，燕雀得六年之类，盖亦有过不及。"又问："还察形色？还以生下日数推考？"曰："形色亦可察，须精方验。"

邵尧夫数法出于李挺之，至尧夫推数方及理。

邵尧夫临终时，只是谐谑，须臾而去。以圣人观之，则亦未是。盖犹有意也。比之常人，甚悬绝矣。他疾甚革㊺，某往视之，因警之曰："尧夫平生所学，今日无事否？"他气微不能答。次日见之，却有声如丝发来，大答云："你道生姜树上生㊻，我亦只得依你说。"是时，诸公都在厅上议后事，各欲迁葬城中。佗在房间便闻得，令人唤大郎来云："不得迁葬。"众议始定。又诸公恐喧他，尽出外说话，佗皆闻得。以他人观之，便以为怪，此只是心虚而明，故听得。问曰："尧夫未病时不如此，何也？"曰："此只是病后气将绝，心无念虑，不昏，便如此。"又问："释氏临终，亦先知死，何也？"曰："只是一个不动心。释氏平生只学这个事，将这个做一件大事。学者不必学他，但烛理明，自能之。只如邵尧夫事，佗自如此，亦岂尝学也？孔子曰：'未知生，焉知死？'人多言孔子不告子路，此乃深告之也。又曰：'原始要终，故知死生之说。'人能原始知得生理，便能要终知得死理。若不明得，便虽千万般安排著，亦不济事。"

张子厚罢礼官，归过洛阳相见。某问云："在礼院，有甚职事？"曰："多为礼房检正所夺，只定得数个谥，并龙女衣冠。"问："如何定龙女衣冠？"曰："请依品秩。"曰："若使某当是事，必不如此处置。"曰："如之何？"曰："某当辨云，大河之塞，天地之灵，宗庙之祐，社稷之福，与吏士之力，不当归功水兽。龙，兽也，不可衣人衣冠。"子厚以为然。

问："荆公可谓得君乎？"曰："后世谓之得君可也。然荆公之智识，亦自能知得。如《表》

云：'忠不足以信上，故事必待于自明；智不足以破奸，故人与之为敌。''智不破奸'，此则未然。若君臣深相知，何待事事使之辨明也？举此一事便可见。"曰："荆公'勿使上知'之语，信乎？"曰："须看他当时因甚事说此话。且如作此事当如何，更须详审，未要令上知之。又如说一事，未甚切当，更须如何商量体察，今且勿令上知。若此类，不成是欺君也？凡事未见始末，更切子细，反复推究方可。"

人之有寤寐[57]，犹天之有昼夜。阴阳动静，开阖之理也。如寤寐，须顺阴阳始得。问："人之寐何也？"曰："人寐时，血气皆聚于内，如血归肝之类。"

问："魂魄何也？"曰："魂只是阳，魄只是阴；魂气归于天，体魄归于地是也。如道家三魂七魄之说，妄尔。"

或曰："传记有言，太古之时，人有牛首蛇身者，莫无此理否？"曰："固是。既谓之人，安有此等事？但有人形似鸟喙[58]，或牛首者耳。《荀子》中自说。"问："太古之时，人还与物同生否？"曰："同。""莫是纯气为人，繁气为虫否？"曰："然。人乃五行之秀气，此是天地清明纯粹气所生也。"或曰："人初生时，还以气化否？"曰："此必烛理，当徐论之。且如海上忽露出一沙岛，便有草木生；有土而生草木，不足怪。既有草木，自然禽兽生焉。"或曰："先生《语录》中云：'焉知海岛上无气化之人？'如何？"曰："是。近人处固无，须是极远处有，亦不可知。"曰："今天下未有无父母之人，古有气化，今无气化，何也？"曰："有两般。有全是气化而生者，若腐草为萤是也。既是气化，到合化时自化。有气化生之后而种生者。且如人身上著新衣服，过几日，便有虮虱生其间，此气化也。气既化后，更不化，便以种生去。此理甚明。"或问："宋齐丘《化书》云：'有无情而化为有情者，有有情而化为无情者；无情而化为有情者，若枫树化为老人是也。有情而化为无情者，如望夫化为石是也。'此语如何？"曰："莫无此理。枫木为老人，形如老人也，岂便变为老人？川中有蝉化为花，蚯蚓化为百合，固有此理。某在南中时，闻有采石人，因采石石陷，遂在石中，幸不死，饥甚，只取石膏食之。不知几年后，因别人复来采石，见此人在石中，引之出，渐觉身硬，才出，风便化为石。此无可怪，盖有此理也。若望夫石，只是临江山有石如人形者。今天下凡江边有石立者，皆呼为望夫石。"

问："上古人多寿，后世不及古，何也？莫是气否？"曰："气便是命也。"曰："今人不若古人寿，是盛衰之理欤？"曰："盛衰之运，卒难理会。且以历代言之，二帝、三王为盛，后世为衰；一代言之，文、武、成、康为盛，幽、厉、平、桓为衰；以一君言之，开元为盛，天宝为衰；以一岁，则春夏为盛，秋冬为衰；以一月，则上旬为盛，下旬为衰；以一日，则寅卯为盛，戌亥为衰；一时亦然。如人生百年，五十以前为盛，五十以后为衰。然有衰而复盛者，有衰而不复反者。若举大运而言，则三王不如五帝之盛，两汉不如三王之盛，又其下不如汉之盛。至其中间，又有多少盛衰。如三代衰而汉盛，汉衰而魏盛，此是衰而复盛之理。譬如月既晦则再生，四时往复来也。若论天地之大运，举其大体而言，则有日衰削之理。如人生百年，虽赤子才生一日，便是减一日也。形体日自长，而数日自减，不相害也。"

天下有多少才，只为道不明于天下，故不得有所成就。且古者"兴于《诗》，立于礼，成于乐"，如今人怎生会得？古人于《诗》，如今人歌曲一般，虽闾里童稚，皆习闻其说而晓其义，故能兴起于《诗》。后世，老师宿儒尚不能晓其义，怎生责得学者？是不得兴于诗也。古礼既废，人伦不明，以至治家皆无法度，是不得立于礼。古人有歌咏以养其性情，声音以养其耳，舞蹈以养其血脉。今皆无之，是不得成于乐也。古之成材也易，今之成材也难。

今习俗如此不美，然人却不至大故薄恶者，只是为善在人心者不可忘也。魏郑公言："使民浇漓，不复返朴，今当为鬼为魅。"此言甚是。只为秉彝在人[59]，虽俗甚恶，亦灭不得。

　　苏季明问："中之道与喜、怒、哀、乐未发谓之中，同否？"曰："非也。喜、怒、哀、乐未发是言在中之义，只一个中字，但用不同。"或曰："喜、怒、哀、乐未发之前求中，可否？"曰："不可。既思于喜、怒、哀、乐未发之前求之，又却是思也。既思即是已发。才发便谓之和，不可谓之中也。"又问："吕学士言：'当求于喜、怒、哀、乐未发之前。信斯言也，恐无著摸⑩，如之何而可？"曰："看此语如何地下。若言存养于喜、怒、哀、乐未发之时，则可；若言求中于喜、怒、哀、乐未发之前，则不可。"又问："学者于喜、怒、哀、乐发时固当勉强裁抑，于未发之前当如何用功？"曰："于喜、怒、哀、乐未发之前，更怎生求？只平日涵养便是。涵养久，则喜、怒、哀、乐发自中节。"或曰："有未发之中，有既发之中。"曰："非也。既发时，便是和矣。发而中节，固是得中，只为将中和来分说，便是和也。"

　　季明问："先生说喜、怒、哀、乐未发谓之中是在中之义，不识何意？"曰："只喜、怒、哀、乐不发，便是中也。"曰："中莫无形体，只是个言道之题目否？"曰："非也。中有甚形体？然既谓之中，也须有个形象。"曰："当中之时，耳无闻，目无见？"曰："虽耳无闻，目无见，然见闻之理在始得。"曰："中是有时而中否？"曰："何时而不中？以事言之，则有时而中。以道言之，何时而不中？"曰："固是所为皆中，然而观于四者未发之时，静时自有一般气象，及至接事时又自别，何也？"曰："善观者不如此，却于喜、怒、哀、乐已发之际观之。贤且说静时如何？"曰："谓之无物则不可，然自有知觉处。"曰："既有知觉，却是动也，怎生言静？人说'复其见天地之心'，皆以谓至静能见天地之心，非也。《复》之卦下面一画，便是动也，安得谓之静？自古儒者皆言静见天地之心，唯某言动而见天地之心。"或曰："莫是于动上求静否？"曰："固是，然最难。释氏多言定，圣人便言止。且如物之好，须道是好；物之恶，须道是恶。物自好恶，关我这里甚事？若说道我只是定，更无所为，然物之好恶，亦自在里。故圣人只言止。所谓止，如人君止于仁，人臣止于敬之类是也。《易》之《艮》言止之义曰：'艮其止，止其所也。'言随其所止而止之，人多不能止。盖人万物皆备，遇事时各因其心之所重者，更互而出，才见得这事重，便有这事出。若能物各付物，便自不出来也。"或曰："先生于喜、怒、哀、乐未发之前下动字，下静字？"曰："谓之静则可，然静中须有物始得，这里便是难处。学者莫若且先理会得敬，能敬则自知此矣。"或曰："敬何以用功？"曰："莫若主一。"季明曰："昞尝患思虑不定，或思一事未了，佗事如麻又生，如何？"曰："不可。此不诚之本也。须是习；习能专一时便好。不拘思虑与应事，皆要求一。"或曰："当静坐时，物之过乎前者，还见不见？"曰："看事如何？若是大事，如祭祀，前旒蔽明⑪，黈纩充耳⑫，凡物之过者，不见不闻也。若无事时，目须见，耳须闻。"或曰："当敬时，虽见闻，莫过焉而不留否？"曰："不说道非礼勿视、勿听？勿者禁止之辞，才说弗字便不得也。"问："《杂说》中以赤子之心为已发⑬，是否？"曰："已发而去道未远也。"曰："大人不失赤子之心，若何？"曰："取其纯一近道也。"曰："赤子之心与圣人之心若何？"曰："圣人之心，如镜，如止水。"

　　问："日中所不欲为之事，夜多见于梦，此何故也？"曰："只是心不定。今人所梦见事，岂特一日之间所有之事，亦有数十年前之事。梦见之者，只为心中旧有此事，平日忽有事与此事相感，或气相感，然后发出来。故虽白日所憎恶者，亦有时见于梦也。譬如水为风激而成浪；风既息，浪犹汹涌未已也。若存养久底人自不如此，圣贤则无这个梦。只有朕兆⑭，便形于梦也。人有气清无梦者，亦有气昏无梦者。圣人无梦，气清也。若人困甚时，更无梦，只是昏气蔽隔，梦不得也。若孔子梦周公之事，与常人梦别。人于梦寐间，亦可以卜自家所学之浅深，如梦寐颠倒，即是心志不定，操存不固。"

　　问："人心所系著之事，则夜见于梦。所著事善，夜梦见之者，莫不害否？"曰："虽是善事，心亦是动。凡事有朕兆入梦者，却无害，舍此皆是妄动。"或曰："孔子尝梦见周公，当如何？"曰："此圣人存诚处也。圣人欲行周公之道，故虽一梦寐，不忘周公。及既衰，知道之不可行，故不复梦见。然所谓梦见周公，岂是夜夜与周公语也？人心须要定，使佗思时方思乃是。今人都由心。"曰："心谁使之？"曰："以心使心则可，人心自由便放去也。"

"政也者，蒲卢也⑥"，言化之易也。螟蛉与果蠃⑥，自是二物，但气类相似，然祝之久，便能肖⑥。政之化人，宜甚于蒲卢矣。然蒲卢二物，形质不同，尚祝之可化。人与圣人，形质无异，岂学之不可至耶？

"诚者自成"，如至诚事亲则成人子，至诚事君则成人臣。"不诚无物，诚者物之终始"，犹俗说彻头彻尾不诚，更有甚物也。"其次致曲"，曲，偏曲之谓，非大道也。"曲能有诚"，就一事中用志不分，亦能有诚。且如技艺上可见，养由基射之类是也。"诚则形"，诚后便有物，如"立则见其参于前，在舆则见其倚于衡"⑥，"如有所立卓尔"，皆若有物，方见。其无形，是见何物也？"形则著"，又著见也。"著则明"，是有光辉之时也。"明则动"，诚能动人也。君子所过者化，岂非动乎？或曰："变与化何别？"曰："变如物方变而未化，化则更无旧迹，自然之谓也。庄子言变大于化，非也。"

问："命与遇何异？"先生曰："人遇不遇，即是命也。"曰："长平之战，四十万人死，岂命一乎？"曰："是亦命也。只遇著白起，便是命当如此。又况赵卒皆一国之人。使是五湖四海之人，同时而死，亦是常事。"又问："或当刑而王，或为相而饿死，或先贵后贱，或先贱后贵，此之类皆命乎？"曰："莫非命也。既曰命，便有此不同，不足怪也。"

问："人之形体有限量，心有限量否？"曰："论心之形，则安得无限量？"又问："心之妙用有限量否？"曰："自是人有限量。以有限之形，有限之气，苟不通之以道，安得无限量？孟子曰：'尽其心，知其性'，心即性也。在天为命，在人为性；论其所主为心，其实只是一个道。苟能通之以道，又岂有限量？天下更无性外之物。若云有限量，除是性外有物始得。"

问："心有善恶否？"曰："在天为命，在义为理，在人为性；主于身为心，其实一也。心本善，发于思虑，则有善有不善。若既发，则可谓之情，不可谓之心。譬如水，只谓之水，至于流而为派，或行于东，或行于西，却谓之流也。"

问："喜怒出于性否？"曰："固是。才有生识，便有性，有性便有情。无性安得情？"又问："喜怒出于外，如何？"曰："非出于外，感于外而发于中也。"问："性之有喜怒，犹水之有波否？"曰："然。湛然平静如镜者⑥，水之性也。及遇沙石，或地势不平，便有湍激；或风行其上，便为波涛汹涌。此岂水之性也哉？人性中只有四端，又岂有许多不善底事？然无水安得波浪，无性安得情也？"

问："人性本明，因何有蔽？"曰："此须索理会也。孟子言人性善是也。虽荀、杨亦不知性。孟子所以独出诸儒者，以能明性也。性无不善，而有不善者才也。性即是理，理则自尧、舜至于途人⑦，一也。才禀于气，气有清浊，禀其清者为贤，禀其浊者为愚。"又问："愚可变否？"曰："可。孔子谓上智与下愚不移，然亦有可移之理，惟自暴自弃者则不移也。"曰："下愚所以自暴弃者，才乎？"曰："固是也，然却道佗不可移不得。性只一般，岂不可移？却被他自暴自弃，不肯去学，故移不得。使肯学时，亦有可移之理。

凡解文字，但易其心，自见理。理只是人理，甚分明，如一条平坦底道路。《诗》曰："周道如砥，⑦其直如矢。"此之谓也。且如《随》卦言"君子向晦入宴息"⑦，解者多作遵养时晦之晦。或问："作甚晦字？"曰："此只是随时之大者，向晦则宴息也，更别有甚义？"或曰："圣人之言，恐不可以浅近看佗。"曰："圣人之言，自有近处，自有深远处。如近处，怎生强要凿教深远得？杨子曰：'圣人之言远如天，贤人之言近如地。'某与改之曰：'圣人之言，其远如天，其近如地。'"

学者不泥文义者[73]，又全背却远去；理会文义者，又滞泥不通。如子濯孺子为将之事，孟子只取其不背师之意，人须就上面理会事君之道如何也。又如万章问舜完廪浚井事[74]，孟子只答佗大意，人须要理会浚井如何出得来，完廪又怎生下得来；若此之学，徒费心力。

问："圣人之经旨，如何能穷得？"曰："以理义去推索可也。学者先须读《论》、《孟》。穷得《论》、《孟》，自有个要约处；以此观他经，甚省力。《论》、《孟》如丈尺权衡相似，以此去量度事物，自然见得长短轻重。某尝语学者，必先看《论语》、《孟子》。今人虽善问，未必如当时人。借使问如当时人，圣人所答，不过如此。今人看《论》、《孟》之书，亦如见孔、孟何异？"

《孟子》养气一篇，诸君宜潜心玩索，须是实识得方可。勿忘勿助长，只是养气之法，如不识，怎生养？有物始言养，无物又养个甚么？浩然之气，须见是一个物。如颜子言"如有所立卓尔"，孟子言"跃如也"。卓尔跃如，分明见得方可。

"不得于言，勿求于心，不可"，此观人之法。心之精微，言有不得者，不可便谓不知，此告子浅近处。

"持其志，无暴其气"，内外交相养也。

"配义与道，谓以义理养成此气，合义与道。方其未养，则气自是气，义自是义。及其养成浩然之气，则气与义合矣。本不可言合，为未养时言也。如言道，则是一个道都了。若以人而言，则人自是人，道自是道，须是以人行道始得。

北宫黝之勇必行，孟施舍无惧。子夏之勇本不可知，却因北宫黝而可见。子夏是笃信圣人而力行，曾子是明理。

问："必有事焉，当用敬否？"曰："敬只是涵养一事。必有事焉，须当集义；只知用敬，不知集义，却是都无事也。"又问："义莫是中理否？"曰："中理在事，义在心内。苟不主义，浩然之气从何而生？理只是发而见于外者。且如恭敬，币之未将也恭敬，虽因币帛威仪而后发见于外，然须心有此恭敬，然后著见。若心无恭敬，何以能尔？所谓德者，得也，须是得于己，然后谓之德也。"问："敬义何别？"曰："敬只是持己之道，义便知有是有非。顺理而行，是为义也。若只守一个敬，不知集义，却是都无事也。且如欲为孝，不成只守著一个孝字？须是知所以为孝之道，所以侍奉当如何，温清当如何[75]，然后能尽孝道也。"又问："义只在事上，如何？"曰："内外一理，岂特事上求合义也？"

问："人敬以直内，气便能充塞天地否？"曰："气须是养，集义所生；积集既久，方能生浩然气象。人但看所养如何，养得一分，便有一分；养得二分，便有二分。只将敬，安能便到充塞天地处？且气自是气体所充，自是一件事，敬自是敬，怎生便合得？如曰'其为气，配义与道'，若说气与义时自别，怎生便能使气与义合？"

"'性相近也，习相远也'，性一也，何以言相近？"曰："此只是言性质之性，如俗言性急性缓之类，性安有缓急？此言性者，生之谓性也。"又问："上智下愚不移是性否？"曰："此是才，须理会得性与才所以分处。"又问："中人以上可以语上，中人以下不可以语上，是才否？"曰："固是，然此只是大纲说，言中人以上可以与之说近上话，中人以下不可以与说近上话也。""生之谓性""凡言性处，须看他立意如何。且如言人性善，性之本也；生之谓性，论其所禀也。孔子言性相近，若论其本，岂可言相近？只论其所禀也。告子所云固是，为孟子问他，他说，便不是也。"

"乃若其情，则可以为善。若夫为不善，非才之罪。"此言人陷溺其心者，非关才事。才犹言材料，曲可以为轮，直可以为梁栋。若是毁凿坏了，岂关才事？下面不是说人皆有四者之心？或曰："人才有美恶，岂可言非才之罪？"曰："才有美恶者，是举天下之言也。若说一人之才，如因富岁而赖⑦⑥，因凶岁而暴⑦⑦，岂才质之本然邪？"

问："'舍则亡'，心有亡，何也？"曰："否。此只是说心无形体，才主著事时，便在这里，才过了便不见。如'出入无时，莫知其乡'⑦⑧，此句亦须要人理会。心岂有出入？亦以操舍而言也。'放心'，谓心本善，而流于不善，是放也。"

问："尽己之谓忠，莫是尽诚否？""既尽己，安有不诚？尽己则无所不尽，如孟子所谓尽心。"曰："尽心莫是我有恻隐、羞恶如此之心，能尽得，便能知性否？"曰："何必如此数，只是尽心便了；才数著，便不尽。大抵禀于天曰性，而所主在心。才尽心即是知性，知性即是知天矣。"

问："出辞气，莫是于言语上用工夫否？"曰："须是养乎中，自然言语顺理。今人熟底事，说得便分明；若是生事，便说得蹇涩⑦⑨。须是涵养久，便得自然。若是慎言语不妄发，此却可著力。"

孔子教人，"不愤不启⑧⑩，不悱不发"⑧①。盖不待愤悱而发，则知之不固，待愤悱而后发，则沛然矣。学者须是深思之。思而不得，然后为佗说，便好。初学者，须是且为佗说，不然，非独佗不晓，亦止人好问之心也。

孔子既知宋桓魋不能害己，又却微服过宋⑧②。舜既见象之将杀己，而又象忧亦忧，象喜亦喜。国祚长短，自有命数，人君何用汲汲求治？禹、稷救饥溺者，过门不入，非不知饥溺而死者自有命，又却救之如此其急。数者之事，何故如此？须思量到"道并行而不相悖"⑧③处可也。

问："圣人与天道何异？"曰："无异。""圣人可杀否？"曰："圣人智足以周身⑧④，安可杀也？只如今有智虑人，已害他不得，况于圣人？"曰："昔瞽瞍使舜完廪浚井，舜知其欲杀己而逃之乎？"曰："本无此事，此是万章所传闻，孟子更不能理会这下事，只且说舜心也，如下文言'琴朕，干戈朕，二嫂使治朕栖'，尧为天子，安有是事？"

问："'加我数年，五十以学《易》，可以无大过矣。'不知圣人何以因学《易》后始能无过？"曰："先儒谓孔子学《易》后可以无大过，此大段失却文意。圣人何尝有过？如待学《易》后无大过，却是未学《易》前，尝有大过也。此圣人如未尝学《易》，何以知其可以无过？盖孔子时学《易》者支离⑧⑤，《易》道不明。仲尼既修佗经，惟《易》未尝发明，故谓弟子曰：'加我数年，五十以学《易》。'期之五十，然后赞《易》，则学《易》者可以无大过差，若所谓赞《易》道而黜《八索》是也。"

问："博我以文，约我以礼。"曰："此是颜子称圣人最切当处。圣人教人，只是如此。既博之以文，而后约之以礼，所谓'博学而详说之，将以反说约也'。博与约相对。圣人教人，只此两字。博是博学多识，多闻多见之谓；约只是使之知要也。"又问："'君子博学于文，约之以礼，亦可以弗畔矣夫⑧⑥！'与此同乎？"曰："这个只是浅近说，言多闻见而约束以礼，虽未能知道，庶几可以弗畔于道。此言善人君子多识前言往行而能不犯非礼者尔，非颜子所以学于孔子之谓也。"又问："此莫是小成否？"曰："亦未是小成，去知道甚远。如曰：'多闻，择其善者而从之，多见而识之，知之次也。'闻见与知之甚异，此只是闻之者也。"又曰："圣人之道，知之莫甚难？"曰："圣人之道，安可以难易言？圣人未尝言易，以骄人之志；亦未尝言难，以阻人之进。仲尼但曰：'未之思也，夫何远之有？'此言极有涵畜意思。孟子言'夫道若大路然，岂难知哉？'只下这一个岂字，便露筋骨，圣人之言不如此，如下面说人'病不求耳，子归而求之有馀师'，这数句却说得好。孔、孟言有异处，亦须自识得。"

或问：“‘子畏于匡，颜渊后。子曰：“吾以女为死矣。”曰：“‘子在，回何敢死？’’然设使孔子遇难，颜渊有可死之理否？”曰：“无可死之理，除非是斗死，然斗死非颜子之事；若云遇害，又不当言敢不敢也。”又问：“使孔子遇害，颜子死之否乎？”曰：“岂特颜子之於孔子也？若二人同行遇难，固可相死也。”又问：“亲在则如之何？”曰：“且譬如二人捕虎，一人力尽，一人须当同去用力。如执干戈卫社稷，到急处，便遁逃去之，言我有亲，是大不义也。当此时，岂问有亲无亲？但当预先谓吾有亲，不可行则止。岂到临时却自规避也？且如常人为不可独行也，须结伴而出。至于亲在，为亲图养，须出去，亦须结伴同去，便有患难相死之道。昔有二人，同在嵩山，同出就店饮酒。一人大醉，卧在地上，夜深归不得，一人又无力扶持，寻常旷野中有虎豹盗贼，此人遂只在傍，直守到晓，不成不顾了自归也？此义理所当然者也。《礼》言亲在不许友以死者，此言亦在人用得。盖有亲在可许友以死者，有亲不在不可许友以死者。可许友以死，如二人同行之类是也。不可许友以死，如战国游侠，为亲不在，乃为人复仇，甚非理也。”

问：“‘不迁怒⑧⑦，不贰过⑧⑧’，何也？《语录》有怒甲不迁乙之说，是否？”曰：“是。”曰：“若此则甚易，何待颜氏而后能？”曰：“只被说得粗了，诸君便道易，此莫是最难。须是理会得，因何不迁怒？如舜之诛四凶，怒在四凶，舜何与焉？盖因是人有可怒之事而怒之，圣人之心本无怒也。譬如明镜，好物来时，便见是好，恶物来时，便见是恶，镜何尝有好恶也？世之人固有怒于室而色于市。且如怒一人，对那人说话，能无怒色否？有能怒一人而不怒别人者，能忍得如此，已是煞知义理。若圣人，因物而未尝有怒，此莫是甚难。君子役物，小人役于物⑧⑨。今人见有可喜、可怒之事，自家著一分陪奉他，此亦劳矣。圣人心如止水⑨⑩。”

问：“颜子勇乎？”曰：“孰勇于颜子？观其言曰：‘舜何人也，予何人也，有为者亦若是。’孰勇于颜子？如‘有若无，实若虚，犯而不校’之类，抑可谓大勇者矣。”

曾子传圣人道，只是一个诚笃。《语》曰：“参也鲁。”如圣人之门，子游、子夏之言语，子贡、子张之才辨聪明者甚多，卒传圣人之道者，乃质鲁之人。人只要一个诚实。圣人说忠信处甚多。曾子、孔子在时甚少，后来所学不可测。且易箦之事，非大贤以上作不得。曾子之后有子思，便可见。

曾子执亲之丧，水浆不入口者七日，不合礼，何也？曰：“曾子者，过于厚者也。圣人大中之道，贤者必俯而就，不肖者必跂而及⑨⑩。若曾子之过，过于厚者也。若众人，必当就礼法。自大贤以上，则看佗如何，不可以礼法拘也。且守社稷者，国君之职也，太王则委而去之；守宗庙者，天子之职也，尧、舜则以天下与人。如三圣贤则无害，他人便不可。然圣人所以教人之道，大抵使之循礼法而已。”

“金声而玉振之”，此孟子为学者言终始之义也。乐之作，始以金奏，而以玉声终之。《诗》曰“依我磬声”是也。始于致知，智之事也。行所知而至其极，圣之事也。《易》曰“知至至之，知终终之”是也。

“惟圣人然后践形”，言圣人尽得人道也。人得天地之正气而生，与万物不同。既为人，须尽得人理。众人有之而不知，贤人践之而未尽。能践形者，唯圣人也。

“佚道使民”⑨⑫，谓本欲佚之也，故虽“劳而不怨”；“生道杀民”，谓本欲生之也。且如救水火，是求所以生之也，或有焚溺而死者，却“虽死不怨”。

“仁言”，谓以仁厚之言加于民；“仁声”如“仁闻”，谓风声足以感动人也，此尤见仁德之昭著也。

问“行之而不著，习矣而不察。”曰：“此言大道如此，而人由之不知也。‘行之而不著’，谓人行之而不明晓也。‘习矣而不察’，为人习之而不省察也。”曰：“先生有言，虽孔门弟子亦有此病，何也？”曰：“在众人习而不察者，只是饥食渴饮之类，由之而不自知也。如孔门弟子，却是闻圣人之化，入于善而不自知也。众者，言众多也。”

问：“‘可以取，可以无取’，天下有两可之事乎？”曰；“有之。如朋友之馈，是可取也，然己自可足，是不可取也，才取之，便伤廉矣。”曰：“取伤廉，固不可，然与伤惠何害？”曰：“是有害于惠也。可以与，然却可以不与。若与之时，财或不赡，却于合当与者无可与之。且博施济众，固圣人所欲，然却五十者方衣帛，七十者方食肉，如使四十者衣帛，五十者食肉，岂不更好？然力不可以给，合当衣帛食肉者便不足也。此所以伤惠。”

问“人有不为，然后可以有为。”曰：“此只是有所择之人能择其可为不可为也。才有所不为，便可以有为也。若无所不为，岂能有为邪？”

问：“‘非礼之礼，非义之义’，何谓也？”曰：“恭本为礼，过恭是非礼之礼也。以物与人为义，过与是非义之义也。”曰：“此事何止大人不为？”曰：“过恭过与是细人之事㉝，犹言妇人之仁也，只为佗小了。大人岂肯如此？”

问：“‘天民’、‘天吏’、‘大人’，何以别？”曰：“顺天行道者，天民也；顺天为政者，天吏也。大人者，又在二者之上。孟子曰：‘充实而有光辉之谓大。’圣人岂不为天民天吏？如文王、伊尹是也。‘大而化之之谓圣，圣而不可知之之谓神。’非是圣人上别有一等神人，但圣人有不可知处便是神也。化与变化之化同。若到圣人，更无差等也。”或曰：“尧、舜、禹、汤、文、武如何？”曰：“孔子常论尧、舜矣。如曰：‘惟天为大，惟尧则之㉞。’如此等事甚大，惟尧、舜可称也。若汤、武，虽是事不同，不知是圣人不是圣人。”或曰：“可以汤、武之心求之否？”曰：“观其心，如‘行一不义，杀一不辜，虽得天下不为’，此等事，大贤以上人方为得。若非圣人，亦是亚圣一等人也；若文王，则分明是大圣人也。禹又分明如汤、武，观舜称其不矜不伐，与孔子言‘无闲然’之事，又却别有一个气象。大抵生而知之，与学而知之，及其成功一也。”

苏季明问：“舜‘执其两端’，注以为‘过不及之两端’，是乎？”曰：“是。”曰：“既过不及，又何执乎？”曰：“执犹今之所谓执持使不得行也。舜执持过不及，使民不得行，而用其中使民行之也。”又问：“此执与汤执中如何？”曰：“执只是一个执。舜执两端，是执持而不用。汤执中而不失，将以用之也。若子莫执中，却是子莫见杨、墨过不及，遂于过不及二者之间执之，却不知有当摩顶放踵利天下时，有当拔一毛利天下不为时。执中而不通变，与执一无异。”

季明问：“‘君子时中’，莫是随时否？”曰：“是也。中字最难识，须是默识心通。且试言一厅则中央为中，一家则厅中非中而堂为中，言一国则堂非中而国之中为中，推此类可见矣。且如初寒时，则薄裘为中；如在盛寒而用初寒之裘，则非中也。更如三过其门不入，在禹、稷之世为中，若居陋巷，则不中矣。居陋巷，在颜子之时为中；若三过其门不入，则非中也。”或曰：“男女不授受之类皆然。”曰：“是也。男女不授受中也，在丧祭则不如此矣。”

问：“尧、舜、汤、武事迹虽不同，其心德有间否㉟？”曰：“无间。”曰：“孟子言：‘尧、舜性之，汤、武身之。’汤、武岂不性之邪？”曰：“尧、舜生知，汤、武学而知之，及其成功一也。身之，言履之也；反之，言归于正也。”

或问：“‘夫子贤于尧、舜’，信诸？”曰：“尧、舜岂可贤也？但门人推尊夫子之道，以谓仲尼垂法万世，故云尔。然三子之论圣人，皆非善称圣人者。如颜子，便不如此道，但言‘仰之弥高，钻之弥坚’而已。后来惟曾子善形容圣人气象，曰：‘子温而厉，威而不猛，恭而安。’又《乡党》一篇，形容得圣人动容注措甚好，使学者宛如见圣人。”

观水有术，必观其澜；澜湍急处，于此便见源之无穷。今人以波对澜，非也。下文“日月有明，容光必照”，以言其容光无不照，故知日月之明无穷也。

　　问："孟子曰：'人之所以异于禽兽者几希？庶民去之，君子存之。'且人与禽兽甚悬绝矣，孟子言此者，莫是只在'去之'、'存之'上有不同处？"曰："固是。人只有个天理，却不能存得，更做甚人也？泰山孙明复有诗云：'人亦天地一物耳，饥食渴饮无休时。若非道义充其腹㊱，何异鸟兽安须眉？'上面说人与万物皆生于天地意思，下面二句如此。"或曰："退之《杂说》有云：'人有貌如牛首蛇形鸟喙而心不同焉，可谓之非人乎？即有颜如渥丹者㊲，其貌则人，其心则禽兽，又恶可谓之人也？'此意如何？"曰："某不尽记其文，然人只要存一个天理。"

　　问："守身如何？"曰："守身，守之本；既不能守身，更说甚道义？"曰："人说命者，多不守身，何也？"曰："便是不知命。孟子曰：'知命者，不立岩墙之下。'"或曰："不说命者，又不敢有为。"曰："非特不敢为，又有多少畏恐，然二者皆不知命也。"

　　莫之为而为，莫之致而致，便是天理。司马迁以私意妄窥天道，而论伯夷曰："天道无亲，常与善人。若伯夷者，可谓善人非邪？"天道甚大，安可以一人之故，妄意窥测？如曰颜何为而夭？跖何为而寿？皆指一人计较天理，非知天也。

　　问："'桎梏而死者㊳，非正命也'，然亦是命否？"曰："圣人只教人顺受其正，不说命。"或曰："桎梏死者非命乎？"曰："孟子自说了'莫非命也'，然圣人却不说是命。"

　　"故者以利为本"，故是本如此也，才不利便害性，利只是顺。天下只是一个利，孟子与《周易》所言一般。只为后人趋著利便有弊，故孟子拔本塞源，不肯言利。其不信孟子者，却道不合非利，李（遘）是也。其信者，又直道不得近利。人无利，直是生不得，安得无利？且譬如倚子㊴，人坐此便安，是利也。如求安不已，又要褥子，以求温暖，无所不为；然后夺之于君，夺之于父，此是趋利之弊也。利只是一个利，只为人用得别。

　　博弈小数㊵，不专心致志，犹不可得，况学道而悠悠，安可得也？仲尼言："吾常终日不食，终夜不寝，以思，无益，不如学也。"又曰："朝闻道，夕死可矣。"不知圣人有甚事来，迫切了底死地如此。文意不难会，须是求其所以如此何故，始得。圣人固是生知，犹如此说，所以教人也。"学如不及，犹恐失之"，才说姑待来日，便不可也。

　　"子之燕居，申申夭夭"㊶，如何？曰："申申是和乐中有中正气象，夭夭是舒泰气象，此皆弟子善形容圣人处也；为申申字说不尽，故更著夭夭字。今人不忿惰放肆，必太严厉；严厉时则著此四字不得，放肆时亦著此四字不得。除非是圣人，便自有中和之气。

　　问："'务民之义，敬鬼神而远之'，何以为知？"曰："只此两句，说知亦尽。且人多敬鬼神者，只是惑，远者又不能敬；能敬能远，可谓知矣。"又问："莫是知鬼神之道，然后能敬能远否？"曰："亦未说到如此深远处，且大纲说，当敬不惑也。"问："今人奉佛，莫是惑否？"曰："是也。敬佛者必惑，不敬者只是孟浪不信。"又问："佛当敬否？"曰："佛亦是胡人之贤智者，安可慢也？至如阴阳卜筮择日之事，今人信者必惑，不信者亦是孟浪不信。如出行忌太白之类，太白在西，不可西行，有人在东方居，不成都不得西行？又却初行日忌，次日便不忌，次日不成不冲太白也？如使太白为一人为之，则鬼神亦劳矣。大抵人多记其偶中耳。"

　　问："伯夷不念旧恶，何也？"曰："此清者之量。伯夷之清，若推其所为，须不容于世，必负石赴河乃已，然却为他不念旧恶，气象甚宏裕，此圣人深知伯夷处。"问："伯夷叩马谏武王，义不食周粟，有诸？"曰："叩马则不可知，非武王诚有之也，只此便是佗隘处。君尊臣卑，天下之常理也。伯夷知守常理，而不知圣人之变，故隘。不食周粟，只是不食其禄，非饿而不食也。至如《史记》所载谏词，皆非也。武王伐商即位，已十一年矣，安得父死不葬之语？"

　　问："'伐国不问仁人'，如何？"曰："不知怎生地伐国？如武王伐纣，都是仁人，如柳下惠之时则不可。当时诸侯，以土地之故，糜烂其民，皆不义之伐，宜仁人不忍言也。"

　　问："宋襄公不鼓不成列，如何？"曰："此愚也。既与他战，又却不鼓不成列，必待佗成列，图个甚？"

　　问："羊祜、陆抗之事如何？"曰："如送绢偿禾之事，甚好；至抗饮祜药，则不可。羊祜虽不是鸩人底人，然两军相向，其所饷药，自不当饮。"

　　问："用兵，掩其不备、出其不意之事，使王者之师，当如此否？"曰："固是。用兵须要胜，不成要败？既要胜，须求所以胜之之道。但汤、武之兵，自不烦如此。'罔有敌于我师'，自可见，然汤亦尝升自陑，陑亦闲道。且如两军相向，必择地可攻处攻之，右实则攻左，左实则攻右，不成道我不用计也？且如汉、楚既约分鸿沟，乃复还袭之，此则不可。如韩信囊沙壅水之类，何害？他师众非我敌，决水，使他一半不得渡，自合如此，有甚不得处？"又问："间谍之事如何？"曰："这个不可也。"

　　问："冉子为子华请粟，而与之少；原思为之宰，则与之多。其意如何？"曰："原思为宰，宰必受禄，禄自有常数，故不得而辞。子华使于齐，师使弟子，不当有所请，冉子请之，自不是，故圣人与之少。佗理会不得，又请益，再与之亦少，圣人宽容，不欲直拒佗。冉子终不喻也。"

　　问："子使漆雕开仕，对曰：'吾斯之未能信。'漆雕开未可仕，孔子使之仕，何也？"曰："据佗说这一句言语，自是仕有馀，兼孔子道可以仕，必是实也。如由也志欲为千乘之国，孔子止曰'可使治其赋'；求也欲为小邦，孔子止曰'可使为之宰'之类。由、求之徒，岂止如此？圣人如此言，便是优为之也。"

　　问："'丘也幸，苟有过，人必知之'，注言'讳君之恶'，是否？"曰："是。""何以归过于己？"曰："非是归过于己。此事却是陈司败欲使巫马期以娶同姓之事去问是知礼不知礼，却须要回报言语也。圣人只有一个不言而已。若说道我为讳君之恶，不可也。又不成却以娶同姓为礼，亦不可也。只可道：'丘也幸，苟有过，人必知之。'"

　　问："'行不由径'，径是小路否？"曰："只是不正当处，如履田畴之类，不必不由小路。昔有一人因送葬回，不觉被仆者引自他道归，行数里，方觉不是，却须要回就大路上，若此非中理。若使小路便于往来，由之何害？"

　　问："古者何以不修墓？"曰："所以不修墓者，欲初为墓时，必使至坚固，故须必诚必敬。若不诚敬，安能至久？"曰："孔子为墓，何以速崩如此邪？"曰："非孔子也。孔子先反修虞事，使弟子治之，弟子诚敬不至，才雨而墓崩，其为之不坚固可知。然修之亦何害。圣人言不修者，所以深责弟子也。"

　　问："'先进于礼乐，野人也；后进于礼乐，君子也。'孔子何以不从君子而从野人？"曰："请诸君细思之。"曰："先儒有变文从质之说，是否？"曰："固是。然君子野人者，据当时谓之君子野人也。当时谓之野人，是言文质相称者也。当时谓之君子，则过乎文者也，是以不从后进而从先进也。盖当时文弊已甚，故仲尼欲救之云尔。"

　　"我不欲人之加诸我也，吾亦欲无加诸人。"《中庸》曰"施诸己而不愿，亦勿施于人"，正解此两句。然此两句甚难行，故孔子曰："赐也，非尔所及也。"

　　问："'质直而好义，察言而观色，虑以下人'，何以为达？"曰："此正是达也。只好义与下人，已是达了。人所以不下人者，只为不达。达则只是明达。'察言而观色'，非明达而何？"又问："子张之问达，如何？"曰："子张之意，以人知为达，才达则人自知矣，此更不须理会。子张之意，专在人知，故孔子痛抑之。又曰'夫闻也者，色取仁而行违，居之不疑'也。学者须是务实，不要近名方是。有意近名，则大本已失，更学何事？为名而学，则是伪也。今之学者，大抵为名。为名与为利，清浊虽不同，然其利心则一也。今市井闾巷之人，却不为名。为名而学者，志于名而足矣，然其心犹恐人之不知。韩退之直是会道言语，曰'内不足者急于人知，沛然有余，厥闻四驰。'大抵为名者，只是内不足；内足者，自是无意于名。如孔子言'疾没世而名不称'，此一句人多错理会。此只是言君子惟患无善之可称，当汲汲为善，非是使人求名也。"

问："'在邦无怨，在家无怨'，不知怨在己，在人？"曰："在己。"曰："既在己，舜何以有怨？"曰："怨只是一个怨，但其用处不同。舜自是怨。如舜不怨，却不是也。学须是通，不得如此执泥。如言'仁者不忧'，又却言'作《易》者其有忧患'，须要知用处各别也。天下只有一个忧字，一个怨字，既有此二字，圣人安得无之？如王通之言甚好，但为后人附会乱却。如魏徵问：'圣人有忧乎？'曰：'天下皆忧，吾独得不忧？'问疑。曰：'天下皆疑，吾独得不疑？'谓董常曰：'乐天知命，吾何忧？穷理尽性，吾何疑？'如此自不相害，说得极好。至下面数句言心迹之判，便不是。此皆后人附会，适所以为赘也。"

问："'民可使由之，不可使知之'，是圣人不使之知耶？是民自不可知也？"曰："圣人非不欲民知之也。盖圣人设教，非不欲家喻户晓，比屋皆可封。盖圣人但能使天下由之耳，安能使人人尽知之？此是圣人不能，故曰：'不可使知之。'若曰圣人不使民知，岂圣人之心？是后世朝三暮四之术也。某尝与谢景温说此一句，他争道朝三暮四之术亦不可无，圣人亦时有之，此大故无义理。说圣人顺人情处亦有之，岂有为朝三暮四之术哉？"

问为政迟速。曰："仲尼常言之矣：'苟有用我者，期月而已可也，三年有成。'仲尼言有成者，盖欲立致治之功业，如尧、舜之时，夫是之谓有成。此圣人之事，他人不可及。某尝言后世之论治者，皆不中理。汉公孙丞相言：'三年而化，臣弘尚窃迟之。'唐李石谓'十年责治太迫。'此二者，皆率尔而言。圣人之言自有次序，所谓'期月而已可也'者，谓纪纲布也；'三年有成'，治功成也。圣人之事，后世虽不敢望如此，然二帝之治，惟圣人能之；三王以下事业，大贤可为也。"又问："孔子言用我者，三年有成，言王者，则曰'必世而后仁'，何也？"曰："所谓仁者，风移俗易，民归于仁。天下变化之时，此非积久，何以能致？其曰'必世'，理之然也。'有成'者，谓法度纪纲有成而化行也。如欲民仁，非必世安可？"

问："'大则不骄，化则不吝'，此语何如？"曰："若以'大而化之'解此，则未是；然'大则不骄'此句，却有意思，只为小便骄也。'化则不吝'，化煞高，'不吝'未足以言之。骄与吝两字正相对。骄是气盈，吝是气歉。"曰："吝何如则是？"曰："吝是吝啬也。且于啬上看，便见得吝啬止是一事。且人若吝时，于财上亦不足，于事上亦不足。凡百事皆不足，必有歉歉之色也。"曰："'有周公之才之美，使骄且吝，其余不足观也已'，此莫是甚言骄吝之不可否？"曰："是也。若言周公之德，则不可下骄吝字。此言虽才如周公，骄吝亦不可也。"

仲尼当周衰，辙环天下，颜子何以不仕？曰："此仲尼之任也。使孔子得行其道，颜子不仕可矣。然孔子既当此任，则颜子足可闭户为学也。"

孟子有功于圣门不可言。如仲尼只说一个仁义，孟子开口便说仁义；仲尼只说一个志，孟子便说许多养气出来；只此二字，其功甚多。

未知道者如醉人：方其醉时，无所不至；及其醒也，莫不愧耻。人之未知学者，自视以为无缺，及既知学，反思前日所为，则骇且惧矣。

圣人《六经》，皆不得已而作；如耒耜陶冶，一不制，则生人之用熄。后世之言，无之不为缺，有之徒为赘，虽多何益也？圣人言虽约，无有包含不尽处。

言贵简。言愈多，于道未必明。杜元凯却有此语云："言高则旨远，辞约则义微。"大率言语须是含蓄而有余意，所谓"书不尽言，言不尽意"也。

《中庸》之书，其味无穷，极索玩味。

问："《坎》之六四，'樽酒簋贰用缶®，纳约自牖®'，何义也？"曰："《坎》，险之时也，此是圣人论大臣处险难之法。'樽酒簋贰用缶'，谓当险难之时，更用甚得？无非是用至诚也。'纳约自牖'，言欲纳约于君，当自明处。牖者，开明之处也。欲开悟于君，若于君所蔽处，何由入得？如汉高帝欲易太子，他人皆争以嫡庶之分；夫嫡庶之分，高祖岂不知得分明？直知不是了犯之。此正是高祖所蔽处，更岂能晓之？独留侯招致四皓，此正高祖所明处。盖高祖自匹夫有天下，皆豪杰之力，故惮之。留侯以四皓辅太子，高祖知天下豪杰归心于惠帝，故更不易也。昔秦代魏，欲以长安君为质，太后不可，左师触龙请见，云云，遂以长安君为质焉。夫太后只知爱子，更不察利害，故左师以爱子之利害开悟之也。"

《易》八卦之位，元不曾有人说。先儒以为乾位西北，坤位西南，言乾、坤任六子，而自处于无为之地。此大故无义理。风雷山泽之类，便是天地之用。岂天地外别有六子？如人生六子，则有各任以事，而父母自闲？风雷之类于天地间，如人身之有耳目手足，便是人之用也。岂可谓手足耳目皆用，而身无为乎？因见卖兔者，曰："圣人见《河图》、《洛书》而画八卦。然何必《图》、《书》，只看此兔，亦可作八卦，数便此中可起。古圣人只取神物之至著者耳。只如树木，亦可见数。兔何以无尾，有血无脂®？只是为阴物。大抵阳物尾长，阳盛者尾愈长。如雉是盛阳之物®，故尾极长，又其身文明®。今之行车者，多植尾于车上，以候雨晴；如天将雨，则尾先垂向下，才晴便直立。"

或问："刘牧言上经言形器以上事，下经言形器以下事。"曰："非也。上经言云雷《屯》，云雷岂无形耶？"曰："牧又谓上经是天地生万物，下经是男女生万物。"曰："天地中只是一个生。人之生于男女，即是天地之生，安得为异？"曰："牧又谓《乾》、《坤》与《坎》、《离》男女同生。"曰："非也。譬如父母生男女，岂男女与父母同生？既有《乾》、《坤》，方三索而得六子。若曰《乾》、《坤》生时，六子生理同有，则有此理；谓《乾》、《坤》、《坎》、《离》同生，岂有此事？既是同生，则何言六子耶？"

或曰："凡物之生，各随气胜处化。"曰："何以见？"曰："如木之生，根既长大，根却无处去。"曰："克也。"曰："既克，则是土化为木矣。"曰："不是化，只是克。五行，只是古人说迭王字说尽了，只是个盛衰自然之理也。人多言五行无土不得。木得土方能生火，火得土方能生金，故土寄王于四时。某以为不然。木生火，火生土，土生金，金生水，水生木，只是迭盛也。"

问："刘牧以《坎》、《离》得正性，《艮》、《巽》得偏性，如何？"曰："非也。佗据方位如此说，如居中位便言得中气，其余岂不得中气也？"或曰："五行是一气。"曰："人以为一物，某道是五物。既谓之五行，岂不是五物也？五物备，然后能生。且如五常®，谁不知是一个道？既谓之五常，安得混而为一也？"

问："刘牧以下经四卦相交，如何？"曰："怎生地交？若论相交，岂特四卦，如《屯》、《蒙》、《师》、《比》皆是相交。卦之序皆有义理，有相反者，有相生者，爻变则义变也。""刘牧言两卦相比，上经二阴二阳相交，下经四阴四阳相交，是否？"曰："八卦已相交了，及重卦，只取二象相交为义，岂又于卦画相交也？《易》须是默识心通，只如此穷文义，徒费力。"

问："'莫见乎隐，莫显乎微'，何也？"曰："人只以耳目所见闻者为显见，所不见闻者为隐微。然不知理却甚显也。且如昔人弹琴，见螳螂捕蝉®，而闻者以为有杀声；杀在心，而人闻其琴而知，岂非显乎？人有不善，自谓人不知之。然天地之理甚著，不可欺也。"曰："如杨震四知，然否？"曰："亦是。然而若说人与我，固分得；若说天地，只是一个知也。且如水旱，亦有所致。如暴虐之政所感，此人所共见者，固是也。然人有不善之心积之多者，亦足以动天地之气。如疾疫之气亦如此。不可道事至目前可见，然后为见也。更如尧、舜之民，何故仁寿^⑥？桀、纣之民，何故鄙夭^⑯？才仁便寿，才鄙便夭。寿夭乃是善恶之气所致。仁则善气也，所感者亦善；善气所生，安得不寿？鄙则恶气也，所感者亦恶；恶气所生，安得不夭？"

问："天地明察，神明彰矣。"曰："事天地之义，事天地之诚，既明察昭著，则神明自彰矣。"问："神明感格否^⑰？"曰："感格固在其中矣。孝弟之至，通于神明。神明孝弟，不是两般事，只孝弟便是神明之理。"又问："王祥孝感事，是通神明否？"曰："此亦是通神明一事。此感格便是王祥诚中来，非王祥孝于此而物来于彼也。"

问："《行状》云：'尽性至命，必本于孝弟。'不识孝弟何以能尽性至命也？"曰："后人便将性命别作一般事说了。性命孝弟只是一统底事，就孝弟中便可尽性至命。至如洒埽应对与尽性至命，亦是一统底事，无有本末，无有精粗，却被后来人言性命者别作一般高远说。故举孝弟，是于人切近者言之。然今时非无孝弟之人，而不能尽性至命者，由之而不知也。"

问："穷神知化，由通于礼乐，何也？"曰："此句须自家体认。人往往见礼坏乐崩，便谓礼乐亡，然不知礼乐未尝亡也。如国家一日存时，尚有一日之礼乐，盖由有上下尊卑之分也。除是礼乐亡尽，然后国家始亡。虽盗贼至所为不道者，然亦有礼乐。盖必有总属，必相听顺，乃能为盗。不然则叛乱无统，不能一日相聚而为盗也。礼乐无处无之，学者要须识得。"问："'明则有礼乐，幽则有鬼神'，何也？"曰："鬼神只是一个造化。'天尊地卑，《乾》、《坤》定矣，鼓之以雷霆，润之以风雨'，是也。"

"礼云礼云，玉帛云乎哉？乐云乐云，钟鼓云乎哉？""此固有礼乐，不在玉帛钟鼓。先儒解者，多引'安上治民莫善于礼，移风易俗莫善于乐'。此固是礼乐之大用也。然推本而言，礼只是一个序，乐只是一个和。只此两字，含畜多少义理。"又问："礼莫是天地之序？乐莫是天地之和？"曰："固是。天下无一物无礼乐。且置两只椅子，才不正便是无序，无序便乖，乖便不和。"又问："如此，则礼乐却只是一事。"曰："不然。如天地阴阳，其势高下甚相背，然必相须而为用也。有阴便有阳，有阳便有阴。有一便有二，才有一二，便有一二之闲，便是三，已往更无穷。老子亦曰：'三生万物'，此是生生之谓易，理自然如此。'维天之命，于穆不已。'自是理自相续不已，非是人为之。如使可为，虽使百万般安排，也须有息时。只为无为，故不息。《中庸》言：'不见而彰，不动而变，无为而成，天地之道可一言而尽也。'使释氏千章万句^⑱，说得许大无限说话，亦不能逃此三句。只为圣人说得要，故包含无尽。释氏空周遮说尔，只是许多。"

问："'及其至也，圣人有所不能。'不知圣人亦何有不能不知也？"曰："天下之理，圣人岂有不尽者？盖于事有所不遍知，不遍能也。至纤悉委曲处，如农圃百工之事，孔子亦岂能知哉？"或曰："至之言极也，何以言事？"曰："固是。极至之至，如至微至细。上文言'夫妇之愚，可以与知'。愚，无知者也，犹且能知，乃若细微之事，岂可责圣人尽能？圣人固有所不能也。"

"君子之道费而隐"。费，日用处。

"时措之宜"，言随时之义，若"溥博渊泉而时出之"。

"王天下有三重"，言三王所重之事。上焉者，三王以上，三皇已远之事，故无证。下焉者，非三王之道，如诸侯霸者之事，故民不尊。

"思曰睿，睿作圣。"致思如掘井，初有浑水，久后稍引动得清者出来。人思虑，始皆溷浊^⑲，久自明快。

问"召公何以疑周公？"曰："召公何尝疑周公？"曰："《书》称'召公不说'何也？""请观《君奭》一篇，周公曾道召公疑他来否？古今人不知《书》之甚。《书》中分明说'召公为保，周公为师，相成王为左右，召公不说，周公作《君奭》'，此已上是孔子说也。且召公初升为太保，与周公并列，其心不安，故不说尔。但看此一篇，尽是周公留召公之意，岂有召公之贤而不知周公者乎？《诗》中言周大夫刺朝廷之不知，岂特周大夫？当时之人，虽甚愚者，亦知周公刺朝廷之不知者，为成王尔。成王煞是中才，如天大雷电以风，而启金縢之书。成王无事而启金縢之书作甚？盖二公道之如此，欲成王悟周公尔。近人亦错看却其《诗》，云'荀子书犹非孟子，召公心未说周公。'甚非也。"

又问："《金縢》之《书》，非周公欲以悟成王乎？何既祷之后，藏其文于金縢也？"曰："近世祝文，或焚或埋，必是古人未有焚埋之礼，欲敬其事，故藏之金縢也。""然则周公不知命乎？"曰："周公诚心，只是欲代其兄，岂更问命耶！"

或问："人有谓周公营洛，则成王既迁矣。或言平王东迁，非也。周公虽圣，其能逆知数百载下有犬戎之祸乎！是说然否？"曰："诗中自言，王居镐京，将不能以自乐，何更疑也？周公只是为犬戎与镐京相逼，知其后必有患，故营洛也。"

问："高宗得傅说于梦[①]，文王得太公于卜。古之圣贤相遇多矣，何不尽形于梦卜乎？"曰："此是得贤之一事，岂必尽然？盖高宗至诚，思得贤相，寤寐不忘，故朕兆先见于梦。如常人梦寐闲事有先见者多矣，亦不足怪。至于卜筮亦然。今有人怀诚心求卜，有祷辄应，此理之常然。"又问："高宗梦往求傅说耶？傅说来入高宗梦耶？"曰："高宗只是思得贤人，如有贤人，自然应他感。亦非此往，亦非彼来。譬如悬镜于此，有物必照，非镜往照物，亦非物来入镜也。大抵人心虚明，善则必先知之，不善必先知之。有所感必有所应，自然之理也。"又问："或言高宗于傅说，文王于太公，盖已素知之矣，恐群臣未信，故托梦卜以神之。"曰："此伪也，圣人岂伪乎？"

问："舜能化瞽、象，使不格奸，何为不能化商均？"曰："所谓'不格奸'者，但能使之不害己与不至大恶也。若商均则不然。舜以天下授人，欲得如己者。商均非能如己尔，亦未尝有大恶。大抵五帝官天下，故择一人贤于天下者而授之。三王家天下，遂以与子。论其至理，治天下者，当得天下最贤者一人，加诸众人之上，则是至公之法。后世既难得人而争夺兴，故以与子。与子虽是私，亦天下之公法，但守法者有私心耳。"

问："四凶尧不诛[②]，而舜诛之，何也？"曰："四凶皆大才也。在尧之时，未尝为恶，尧安得而诛之？及举舜加其上，然后始有不平之心而肆其恶，故舜诛之耳。"曰："尧不知四凶乎？"曰："惟尧知之。""知其恶而不去，何也？"曰："在尧之时，非特不为恶，亦赖以为用。"

"纳于大麓。"麓，足也，百物所聚，故麓有大录万几之意。若司马迁谓纳舜于山麓，岂有试人而纳于山麓耶！此只是历试舜也。

放勋非尧号，盖史称尧之道也，谓三皇而上，以神道设教，不言而化，至尧方见于事功也。后人以放勋为尧号，故记《孟子》者，遂以"尧曰"为"放勋曰"也。若以尧号放勋，则皋陶当号允迪，禹曰文命，下言"敷于四海"有甚义？

问："《诗》如何学？"曰："只在《大序》中求。《诗》之《大序》，分明是圣人作此以教学者，后人往往不知是圣人作。自仲尼后，更无人理会得《诗》。如言'后妃之德'，皆以为文王之后妃。文王，诸侯也，岂有后妃？又如'乐得淑女以配君子，忧在进贤，不淫其色。'以为后妃之德如此。配惟后妃可称，后妃自是配了，更何别求淑女以为配？淫其色，乃男子事，后妃怎生会淫其色？此不难晓。但将《大序》看数遍，则可见矣。"或曰："《关雎》是后妃之德，当如此否？乐得淑女之类，是作《关雎》诗人之意否？"曰："是也。《大序》言：'是以《关雎》乐得淑女以配君子，忧在进贤，不淫其色，哀窈窕，思贤才，而无伤善之心焉。'是《关雎》之义也。只著个是以字，便自有意思"曰："如言'又当辅佐君子，则可以归安父母'，言'能逮下'之类，皆为其德当如此否？"曰："是也。"问："《诗》《小序》何人作？"曰："但看《大序》即可见矣。"曰："莫是国史作否？"曰："《序》中分明言'国史明乎得失之迹'，盖国史得诗于采诗之官，故知其得失之迹。如非国史，则何以知其所美所刺之人？使当时无小序，虽圣人亦辨不得。"曰："圣人删诗时，曾删改《小序》否？"曰："有害义理处，也须删改。今之《诗序》，却煞错乱，有后人附之者。"曰："《关雎》之诗，是何人所作？"曰："周公作。周公作此以风教天下，故曰'用之乡人焉，用之邦国焉。上以风化下，下以风刺上。'盖自天子至于庶人，正家之道当如此也。《二南》之诗，多是周公所作。如《小雅六月》所序之诗，亦是周公作。""后人多言《二南》为文王之诗，盖其中有文王事也。"曰："非也。附文王诗于中者，犹言古人有行之者，文王是也。"

问："'《关雎》乐而不淫，哀而不伤。'何谓也？"曰："大凡乐必失之淫，哀必失之伤，淫伤则入于邪矣。若《关雎》，则止乎礼义。故如哀窈窕，思贤才，言哀之则思之甚切，以常人言之，直入于邪始得，然《关雎》却止乎礼义，故不至乎伤，则其思也，其亦异乎常人之思也矣。"

康棣乃今郁李，看此，便可以见诗人兴兄弟之意。

"执柯伐柯，其则不远"，人犹以为远。君子之道，本诸身，发诸心，岂远乎哉？

问："《周礼》有复仇事，何也？"曰："此非治世事，然人情有不免者。如亲被人杀，其子见之，不及告官，遂逐杀之，此复仇而义者，可以无罪。其亲既被人杀，不自诉官，而他自谋杀之，此则正其专杀之罪可也。"问："避仇之法如何？"曰："此因赦罪而获免，便使避之也。"

问："《周礼》之书有讹缺否？"曰："甚多。周公致治之大法，亦在其中，须知道者观之，可决是非也。"又问："司盟有诅万民之不信者，治世亦有此乎？"曰："盛治之世，固无此事。然人情亦有此事，为政者因人情而用之。"

问："严父配天，称'周公其人'，何不称武王？"曰："大抵周家制作，皆周公为之，故言礼者必归之周公焉。"

"赵盾弑君之事，圣人不书赵穿，何也？"曰："此《春秋》大义也。赵穿手杀其君，人谁不知？若盾之罪，非《春秋》书之，更无人知也。仲尼曰：'惜哉！越境乃免。'此语要人会得。若出境而反，又不讨贼也，则不免；除出境遂不反，乃可免也。"

"纪侯大去其国"，如"梁亡"，"郑弃其师"，"齐师歼于遂"，"郭亡"之类。郭事实不明，如上四者，是一类事也。国君守社稷虽死守之可也。齐侯、卫侯方遇于垂，纪侯遂去其国，岂齐之罪哉？故圣人不言齐灭之者，罪纪侯轻去社稷也。

问王通，曰："隐德君子也。当时有些言语，后来被人傅会，不可谓全书。若论其粹处，殆非荀、杨所及也。若《续经》之类，皆非其作。"

杨雄去就不足观，如言"明哲煌煌，旁烛无疆"，此甚悔恨，不能先知。"逊于不虞，以保天命。"则是只欲全身也。若圣人先知，必不至于此，必不可奈何，天命亦何足保耶？"问："《太玄》之作如何？"曰："是亦赘矣。必欲撰《玄》，不如明《易》。邵尧夫之数，似玄而不同。数只是一般，但看人如何用之。虽作十《玄》亦可，况一《玄》乎？

荀卿才高，其过多。杨雄才短，其过少。韩子称其："大醇"，非也。若二子，可谓大驳矣。然韩子责人甚恕。

韩退之颂伯夷，甚好，然只说得伯夷介处。要知伯夷之心，须是圣人。语曰："不念旧恶，怨是用希。"此甚说得伯夷心也。

问："退之《读墨》篇如何？"曰："此篇意亦甚好，但言不谨严，便有不是处。且孟子言墨子爱其兄之子犹邻之子，墨子书中何尝有如此等言？但孟子拔本塞源，知其流必至于此。大凡儒者学道，差之毫厘，缪以千里。杨朱本是学义，墨子本是学仁，但所学者稍偏，故其流遂至于无父无君，孟子欲正其本，故推至此。退之乐取人善之心，可谓忠恕，然持教不知谨严，故失之。至若言孔子尚同兼爱，与墨子同，则甚不可也。后之学者，又不及杨、墨。杨、墨本学仁义，后人乃不学仁义。但杨、墨之过，被孟子指出，后人无人指出，故不见其过也。"

韩退之作《羑里操》云②："臣罪当诛兮，天王圣明。"道得文王心出来，此文王至德处也。

退之晚年为文，所得处甚多。学本是修德，有德然后有言，退之却倒学了。因学文日求所未至，遂有所得。如曰："轲之死不得其传。"似此言语，非是蹈袭前人，又非凿空撰得出③，必有所见。若无所见，不知言所传者何事？

退之正在好名中。

退之言"汉儒补缀，千疮百孔"。汉儒所坏者不少，安能补也？

凡读史，不徒要记事迹，须要识治乱安危兴废存亡之理。且如读高帝一纪，便须识得汉家四百年终始治乱当如何，是亦学也。

问："汉儒至有白首不能通一经者，何也？"曰："汉之经术安用？只是以章句、训诂为事。且如解《尧典》二字，至三万余言，是不知要也；东汉则又不足道也。东汉士人尚名节，只为不明理。若使明理，却皆是大贤也。自汉以来，惟有三人近儒者气象：大毛公、董仲舒、杨雄。本朝经术最盛，只近二三十年来议论专一，使人更不致思。"

问："陈平当王诸吕时，何不极谏？"曰："王陵争之不从，乃引去。如陈平复诤，未必不激吕氏之怒矣。且高祖与群臣，只是以力相胜，力强者居上，非至诚乐愿为之臣也。如王诸吕时，责他死节，他岂肯死！"

周勃入北军，问曰："为刘氏左袒，为吕氏右袒。"既知为刘氏，又何必问？若不知而问，设或右袒，当如之何？己为将，乃问士卒，岂不谬哉！当诛诸吕时，非陈平为之谋，亦不克成。及迎文帝至霸桥，曰："愿请间"，此岂请间时邪！至于罢相就国，每河东守行县至绛，必令家人被甲执兵而见，此欲何为？可谓至无能之人矣。

王介甫咏张良诗⑭最好，曰："汉业存亡俯仰中，留侯当此每从容。"人言高祖用张良，非也。张良用高祖尔。秦灭韩，张良为韩报仇，故送高祖入关。既灭秦矣，故辞去。及高祖兴义师，诛项王，则高祖之势可以平天下，故张良助之。良岂愿为高祖臣哉！无其势也。及天下既平，乃从赤松子游，是不愿为其臣可知矣。张良才识尽高，若鸿沟既分，而劝汉王背约追之，则无行也。或问："张良欲以铁槌击杀秦王，其计不已疏乎？"曰："欲报君仇之急，使当时若得以铁槌击杀之，亦足矣，何暇自为谋耶？"

"王通言：'诸葛无死，礼乐其有兴。'信乎？"曰："诸葛近王佐才，礼乐兴不兴则未可知。"问曰："亮果王佐才，何为僻守一蜀，而不能有为于天下？"曰："孔明固言，明年欲取魏，几年定天下，其不及而死，则命也。某尝谓孙觉曰：'诸葛武侯，有儒者气象。'孙觉曰：'不然。圣贤行一不义，杀一不辜，虽得天下不为。武侯区区保完一国，不知杀了多少人耶？'某谓之曰：'行一不义，杀一不辜，以利一己，则不可。若以天下之力，诛天下之贼，杀戮虽多，亦何害？陈恒弑君，孔子请讨。孔子岂保得讨陈恒时不杀一人邪？盖诛天下之贼，则有所不得顾尔。'"曰："三国之兴，孰为正？"曰："蜀志在兴复汉室，则正也。"

汉文帝杀薄昭，李德裕以为杀之不当，温公以为杀之当⑮，说皆未是。据史，不见他所以杀之之故，须是权事势轻重论之。不知当时薄昭有罪，汉使人治之，因杀汉使也。还是薄昭与汉使饮酒，因忿怒而致杀之也？汉文帝杀薄昭，而太后不安，奈何？既杀之，太后不食而死，奈何？若汉治其罪而杀汉使，太后虽不食，不可免也。须权佗那个轻，那个重，然后论他杀得当与不当也。论事须著用权。古今多错用权字，才说权，便是变诈或权术。不知权只是经所不及者，权量轻重，使之合义，才合义，便是经也。今人说权，不是经，便是经也。权只是称锤，称量轻重。孔子曰："可与立，未可与权。"

　　问："第五伦视其子之疾，与兄子之疾不同，自谓之私，如何？"曰："不特安寝与不安寝，只不起与十起，便是私也。父子之爱本是公，才著些心做，便是私也。"又问："视己子与兄子有间否？"曰："圣人立法曰：'兄弟之子犹子也。'是欲视之犹子也。"又问："天性自有轻重，疑若有间然。"曰："只为今人以私心看了。孔子曰：'父子之道，天性也。'此只就孝上说，故言父子天性。若君臣、兄弟、宾主、朋友之类，亦岂不是天性？只为今人小看，却不推其本所由来故尔。己之子与兄之子，所争几何？是同出于父者也。只为兄弟异形，故以兄弟为手足。人多以异形故，亲己之子，异于兄弟之子，甚不是也。"又问："孔子以公冶长不及南容，故以兄之子妻南容，以己之子妻公冶长，何也？"曰："此亦以己之私心看圣人也。凡人避嫌者，皆内不足也。圣人自是至公，何更避嫌？凡嫁女，各量其才而求配。或兄之子不甚美，必择其相称者为之配。己之子美，必择其才美者为之配。岂更避嫌耶？若孔子事，或是年不相若，或时有先后，皆不可知。以孔子为避嫌，则大不是。如避嫌事，虽贤者且不为，况圣人乎！"

　　《素问》书出于战国之末，气象可见。若是三皇五帝典坟，文章自别。其气运处绝浅近，如将二十四气移换名目，便做千百样亦得。

　　《阴符经》，非商末则周末人为之。若是先王之时，圣道既明，人不敢为异说。及周室下衰，道不明于天下，才智之士甚众，既不知道所趋向，故各自以私智窥测天地，盗窃天地之机，分明是大盗，故用此以簧鼓天下。故云："天有五贼，见之者昌"云云，岂非盗天地乎？

　　问："老子书若何？"曰："老子书，其言自不相入处，如冰炭。其初意欲谈道之极玄妙处，后来却入做权诈者上去。然老子之后有申、韩，看申、韩与老子道甚悬绝，然其原乃自老子来。苏秦、张仪则更是取道远。初秦、仪学于鬼谷，其术先揣摩其如何，然后捭阖，捭阖既动，然后用钩钳，钩其端然后钳制之。其学既成，辞鬼谷去，鬼谷试之，为张仪说所动。（如入庵中说令出之。）然其学甚不近道，人不甚惑之，孟子时已有置而不足论也。"

　　问："世传成王幼，周公摄政，荀卿亦曰：'履天下之籍，听天下之断。'周公果践天子之位，行天子之事乎？"曰："非也。周公位冢宰，百官总己以听之而已，安得践天子之位？"又问："君薨，百官听于冢宰者三年尔，周公至于七年，何也？"曰："三年，谓嗣王居忧之时也。七年，为成王幼故也。"又问："赐周公以天子之礼乐，当否？曰："始乱周公之法度者，是赐也。人臣安得用天子之礼乐哉？成王之赐，伯禽之受，皆不能无过。《记》曰：'鲁郊非礼也，其周公之衰乎！'圣人尝讥之矣。说者乃云：周公有人臣不能为之功业，因赐以人臣所不得用之礼乐，则妄也。人臣岂有不能为之功业哉？借使功业有大于周公，亦是人臣所当为尔。人臣而不当为，其谁为之？岂不见孟子言'事亲若曾子可也'，曾子之孝亦大矣，孟子才言可也。盖曰：子之事父，其孝虽过于曾子，毕竟是以父母之身做出来，岂是分外事？若曾子者，仅可以免责尔。臣之于君，犹子之于父也。臣之能立功业者，以君之人民也，以君之势位也。假如功业大于周公，亦是以君之人民势位做出来，而谓人臣所不能为可乎？使人臣恃功而怀怏怏之心者，必此言矣。若唐高祖赐平阳公主葬以鼓吹则可⑳，盖征战之事实，非妇人之所能为也，故赐以妇人所不得用之礼乐。若太宗却不知此。太宗佐父平天下，论其功不过做得一功臣，岂可夺元良之位！太子之与功臣，自不相干。唐之纪纲，自太宗乱。终唐之世无三纲者，自太宗始也。李光弼、郭子仪之徒，议者谓有人臣不能为之功，非也。"

　　秦以暴虐、焚《诗》《书》而亡。汉兴，鉴其弊，必尚宽德崇经术之士，故儒者多。儒者多，虽未知圣人之学，然宗经师古，识义理者众，故王莽之乱，多守节之士。世祖继起，不得不褒尚名节，故东汉之士多名节。知名节而不知节之以礼，遂至于苦节，故当时名节之士，有视死如归者。苦节既极，故魏、晋之士变而为旷荡，尚浮虚而亡礼法。礼法既亡，与夷狄无异，故五胡乱华。夷狄之乱已甚，必有英雄出而平之，故隋、唐混一天下。隋不可谓有天下，第能驱除尔。唐有天下，如贞观、开元间，虽号治平，然亦有夷狄之风，三纲不正，无父子君臣夫妇，其原始于太宗也。故其后世子弟，皆不可使。玄宗才使肃宗便篡，肃宗才使永王璘便反。君不君，臣不臣，故藩镇不宾，权臣跋扈，陵夷有五代之乱。汉之治过于唐，汉大纲正，唐万目举。本朝大纲甚正，然万目亦未尽举。

"洪水滔天"，尧时亦无许多大洪水，宜更思之。汉武帝问禹、汤水旱，厥咎何由，公孙弘对，尧遭洪水，使禹治之，不闻禹之有水也，更不答其所由。公孙弘大是奸人！

问："东海杀孝妇而旱，岂国人冤之所致邪？"曰："国人冤固是，然一人之意，自足以感动得天地，不可道杀孝妇不能致旱也。"或曰："杀姑而雨，是众人怨释否？"曰："固是众人冤释，然孝妇冤亦释也。其人虽亡，然冤之之意自在，不可道杀姑不能释妇冤而致雨也。"

问："人有不善，霹雳震死，莫是人怀不善之心，闻霹雳震惧而死否？"曰："不然，是雷震之也。""如是雷震之，还有使之者否？"曰："不然。人之作恶，有恶气，与天地之恶气相击搏，遂以震死。霹雳，天地之怒气也。如人之怒，固自有正，然怒时必为之作恶，是怒亦恶气。怒气与恶气相感故尔。且如今人种荞麦，自有畦陇，霜降时杀麦，或隔一畦麦有不杀者，岂是此处无霜，盖气就相合处去也。"曰："雷所击处必有火，何也？"曰："雷自有火。如钻木取火，如使木中有火，岂不烧了木？盖是动极则阳生，自然之理。不必木，只如两石相戛，亦有火出。惟铁无火，然戛之久必热，此亦是阳生也。"

钻木取火，人谓火生于木，非也。两木相戛，用力极则阳生。今以石相轧，便有火出。非特木也，盖天地间无一物无阴阳。

雨木冰，上温而下冷。陨霜不杀草，上冷而下温。

天火曰"灾"，人火曰"火"，人火为害者亦曰"灾"。

问："日月有定形，还自气散，别自聚否？"曰："此理甚难晓。究其极，则此二说归于一也。"问："月有定魄，而日远于月，月受日光，以人所见为有盈亏，然否？"曰："日月一也，岂有日高于月之理？月若无盈亏，何以成岁？盖月一分光则是魄亏一分也。"

霜与露不同。霜，金气，星月之气。露亦星月之气。看感得甚气即为露，甚气即为霜。如言露结为霜，非也。

雹是阴阳相搏之气，乃是沴气。圣人在上无雹，虽有不为灾。虽不为灾，沴气自在①。

问："'凤鸟不至，河不出图。'不知符瑞之事果有之否？"曰："有之。国家将兴，必有祯祥；人有喜事，气见面目。圣人不贵祥瑞者，盖因灾异而修德则无损，因祥瑞而自恃则有害也。"问："五代多祥瑞，何也？"曰："亦有此理。譬如盛冬时发出一朵花，相似和气致祥，乖气致异，此常理也，然出不以时，则是异也。如麟是太平和气所生，然后世有以麟驾车者，却是怪也。譬如水中物生于陆，陆中物生于水，岂非异乎？"又问："汉文多灾异，汉宣多祥瑞，何也？"曰："且譬如小人多行不义，人却不说，至君子未有一事，便生议论，此是一理也。至白者易污，此是一理也。《诗》中，幽王大恶为小恶，宣王小恶为大恶，此是一理也。"又问："日食有常数，何治世少而乱世多，岂人事乎？"曰："理会此到极处，煞烛理明也。天人之际甚微，宜更思索。"曰："莫是天数人事看那边胜否？"曰："似之，然未易言也。"又问："鱼跃于王舟，火覆于王屋，流为乌，有之否？"曰："鱼与火则不可知，若兆朕之先②，应亦有之。"

问："十月何以谓之阳月？"曰："十月谓之阳月者，阳尽，恐疑于无阳也，故谓之阳月也。

然何时无阳？如日有光之类。盖阴阳之气有常存而不移者，有消长而无穷者。"

问："作文害道否？"曰："害也。凡为文，不专意则不工，若专意则志局于此，又安能与天地同其大也？《书》曰'玩物丧志'，为文亦玩物也。吕与叔有诗云：'学如元凯方成癖，文似相如始类俳；独立孔门无一事，只输颜氏得心斋。'此诗甚好。古之学者，惟务养情性，其他则不学。今为文者，专务章句，悦人耳目。既务悦人，非俳优而何？"曰："古者学为文否？"曰："人见六经，便以谓圣人亦作文，不知圣人亦摅发胸中所蕴，自成文耳。所谓'有德者必有言'也。"曰："游、夏称文学，何也？"曰："游、夏亦何尝秉笔学为词章也？且如'观乎天文以察时变，观乎人文以化成天下'，此岂词章之文也？"

或问："诗可学否？"曰："既学时，须是用功，方合诗人格。既用功，甚妨事。古人诗云'吟成五个字，用破一生心'；又谓'可惜一生心，用在五字上'。此言甚当！"先生尝说："王子真曾寄药来，某无以答他，某素不作诗，亦非是禁止不作，但不欲为此闲言语。且如今言能诗无如杜甫，如云'穿花蛱蝶深深见，点水蜻蜓款款飞'。如此闲言语，道出做甚？某所以不常作诗。今寄谢王子真诗云：'至诚通化药通神，远寄衰翁济病身。我亦有丹君信否？用时还解寿斯民。'子真所学，只是独善，虽至诚洁行，然大抵只是为长生久视之术，止济一身，因有是句。"

问："先生曾定六礼，今已成未？"曰："旧日作此，已及七分，后来被召入朝，既在朝廷，则当行之朝廷，不当为私书，既而遭忧，又疾病数年，今始无事，更一二年可成也。"曰："闻有五经解，已成否？"曰："惟《易》须亲撰，诸经则关中诸公分去，以某说撰成之。礼之名数，陕西诸公删定，已送与吕与叔，与叔今死矣，不知其书安在也？然所定只礼之名数，若礼之文，亦非亲作不可也。《礼记》之文，亦删定未了，盖其中有圣人格言，亦有俗儒乖谬之说。乖谬之说，本不能混格言，只为学者不能辨别，如珠玉之在泥沙，泥沙岂能混珠玉？只为无人识，则不知孰为泥沙，孰为珠玉也。圣人文章，自然与学为文者不同，如《系辞》之文，后人决学不得，譬之化工生物。且如生出一枝花，或有剪裁为之者，或有绘画为之者，看时虽似相类，然终不若化工所生，自有一般生意。"

冠昏丧祭，礼之大者，今人都不以为事。某旧曾修六礼，（冠、昏、丧、祭、乡、相见。）将就后，被召遂罢，今更一二年可成。家间多恋河北旧俗，未能遽更易，然大率渐使知义理，一二年书成，可皆如法。（礼从宜，事从俗，有大故害义理者，须当去。）每月朔必荐新，（如仲春荐含桃之类。）四时祭用仲月。（用仲，见物成也。古者天子诸侯于孟月者，为首时也。）时祭之外，更有三祭：冬至祭始祖，（厥初生民之祖。）立春祭先祖，季秋祭祢，他则不祭。冬至，阳之始也；立春者，生物之始也；季秋者，成物之始也；祭始祖，无主用祝，以妣配于庙中，正位享之。（祭只一位者，夫妇同享也。）祭先祖，亦无主。先祖者，自始祖而下，高祖而上，非一人也，故设二位。（祖妣异坐，一云二位。异所者，舅妇不同享也。）常祭止于高祖而下。（自父而推，至于三而止者，缘人情也。）旁亲有后者自为祭，无后者祭之别位。（为叔伯父之后也。如殇，亦各祭。）凡配，止以正妻一人，如诸侯用元妃是也。或奉祀之人是再娶所生者，即以所生母配。（如葬，亦惟元妃同穴。后世或再娶皆同穴而葬，甚渎礼经，但于左右祔葬可也。）忌日，必迁主，出祭于正寝，（今正厅正堂也。）盖庙中尊者所据，又同室难以独享也。（于正寝，可以尽思慕之意。）家必有庙，（古者庶人祭于寝，士大夫祭于庙。庶人无庙，可立影堂。）庙中异位，（祖居中，左右以昭穆次序，皆夫妇自相配为位，舅妇不同坐也。）庙必有主。（既祧，当埋于所葬处，如奉祀人之高祖而上，即当祧也。）其大略如此。且如豺獭皆知报本，今士大夫家多忽此，厚于奉养而薄于祖先，甚不可也。凡事死之礼，当厚于奉生者。至于尝新必荐，享后方食，（荐数则渎，必因告朔而荐乃合宜。）人家能存得此等事数件，虽幼者渐可使知礼义。凡物，知母而不知父，走兽是也；知父而不知祖，飞鸟是也。惟人则能知祖，若不严于祭祀，殆与鸟兽无异矣。

问："祭酒用几奠？"曰："家中寻常用三奠，祭法中却用九奠。"（以礼有九献，乐有九奏也。）又问："既奠之酒，何以置之？"曰："古者灌以降神，故以茅缩酌，谓求神于阴阳有无之间，故酒必灌于地。若谓奠酒，则安置在此。今人以浇在地上，甚非也。既献，则彻去可也。"（倾在他器。）

或问："今拜埽之礼何据？"曰："此礼古无，但缘习俗，然不害义理。古人直是诚质，（专一也。）葬只是藏体魄，而神则必归于庙，既葬则设木主，既除几筵则木主安于庙，故古人惟专精祀于庙。今亦用拜埽之礼，但简于四时之祭也。"

"木主必以栗，何也？"曰："周用栗，土所产之木，取其坚也。今用栗，从周制也。若四方无栗，亦不必用，但取其木之坚者可也。"

凡祭必致齐。齐之日，思其居处，思其笑语，此孝子平日思亲之心，非齐也。齐不容有思，有思则非齐。"齐三日，必见其所为齐者。"此非圣人之语。齐者，湛然纯一，方能与鬼神接，然能事鬼神，已是上一等人。

古者，男为男尸，女为女尸。自周以来，女无可以为尸者，故无女尸。后世遂无尸，能为尸者亦非寻常人。

今无宗子法，故朝廷无世臣。若立宗子法，则人知尊祖重本。人既重本，则朝廷之势自尊。古者子弟从父兄，今父兄从子弟，（子弟为强。）由不知本也。且如汉高祖欲下沛时，只是以帛书与沛父老，其父老便能率子弟从之。又如相如使蜀，亦移书责父老，然后子弟皆听其命而从之。只有一个尊卑上下之分，然后顺从而不乱也。若无法联属之，安可？且立宗子法，亦是天理。譬如木，必从根直上一干，（如大宗。）亦必有旁枝。又如水，虽远，必有正源，亦必有分派处，自然之势。然又有旁枝达而为干者。故曰：古者天子建国，诸侯夺宗云。

凡言宗者，以祭祀为主，言人宗于此而祭祀也。"别子为祖"，上不敢宗诸侯，故不祭，下亦无人宗之，此无宗亦莫之宗也。别子之嫡子，即继祖为大宗，此有大宗无小宗也。别子之诸子，祭其别子，别子虽是祖，然是诸子之祢⑩。继祢者为小宗，此有小宗而无大宗也。有小宗而无大宗，此句极难理会。盖本是大宗之祖，别子之诸子称之，却是祢也。

今人多不知兄弟之爱。且如间阎小人，得一食，必先以食父母，夫何故？以父母之口重于己之口也；得一衣，必先以衣父母，夫何故？以父母之体重于己之体也。至于犬马亦然，待父母之犬马，必异乎己之犬马也。独爱父母之子，却轻于己之子，甚者至若仇敌，举世皆如此，惑之甚矣！

伯叔父之兄弟，伯是长，叔是少，今人乃呼伯父叔父为伯叔，大无义理。呼为伯父叔父者，言事之之礼与父同也。

或曰："事兄尽礼，不得兄之欢心，奈何？"曰："但当起敬起孝，尽至诚，不求伸己可也。"曰："接弟之道如何？"曰："尽友爱之道而已。"

问："妻可出乎？"曰："妻不贤，出之何害？如子思亦尝出妻，今世俗乃以出妻为丑行，遂不敢为，古人不如此。妻有不善，便当出也。只为今人将此作一件大事，隐忍不敢发，或有隐恶，为其阴持之，以至纵恣，养成不善，岂不害事？人修身刑家最急，才修身便到刑家上也。"又问："古人出妻，有以对姑叱狗，梨蒸不熟者，亦无甚恶而遽出之，何也？"曰："此古人忠厚之道也。古之人绝交不出恶声，君子不忍以大恶出其妻，而以微罪去之，以此见其忠厚之至也。且如叱狗于亲前者，亦有甚大故不是处，只为他平日有故，因此一事出之尔。"或曰："彼以此细故见逐，安能无辞？兼他人不知是与不是，则如之何？”曰：“彼必自知其罪。但自己理直可矣，何必更求他人知？然有识者，当自知之也。如必待彰暴其妻之不善，使他人知之，是亦浅丈夫而已。君子不如此。大凡人说话，多欲令彼曲我直。若君子，自有一个含容意思。”或曰：“古语有之：'出妻令其可嫁，绝友令其可交。'乃此意否？”曰：“是也。”

问：“士未仕而昏，用命服，礼乎？”曰：“昏姻重礼。重其礼者，当盛其服。况古亦有是，（士乘墨车之类。）今律亦许假借。”曰：“无此服而服之，恐伪。”曰：“不然。今之命服，乃古之下士之服。古者有其德则仕，士未仕者也，服之其宜也。若农商则不可，非其类也。”或曰：“不必用可否？”曰：“不得不可以为悦，今得用而用之，何害？过期非也。”

昏礼不用乐，幽阴之义，此说非是。昏礼岂是幽阴？但古人重此大礼，严肃其事，不用乐也。昏礼不贺，人之序也，此说却是。妇质明而见舅姑，成妇也。三日而后宴乐，礼毕也。宴不以夜，礼也。

问：“臣拜君，必于堂下，子拜父母，如之何？”对曰：“君臣以义合，有贵贱，故拜于堂下。父子主恩，有尊卑，无贵贱，故拜于堂上。若妇于舅姑，亦是义合，有贵贱，故拜于堂下，礼也。”

问：“嫂叔古无服，今有之，何也？”曰：“《礼记》曰：'推而远之也。'此说不是。嫂与叔，且远嫌，姑与嫂，何嫌之有？古之所以无服者，只为无属。（其夫属乎父道者，妻皆母道也。其夫属乎子道者，妻皆妇道也。）今上有父有母，下有子有妇。叔父伯父，父之属也，故叔母伯母之服，与叔父伯父同。兄弟之子，子之属也，故兄弟之子之妇服，与兄弟之子同。若兄弟，则己之属也，难以妻道属其妻，此古者所以无服。（以义理推不行也。）今之有服亦是，岂有同居之亲而无服者？”又问：“既是同居之亲，古却无服，岂有兄弟之妻死而己恝然无事乎？”曰：“古者虽无服，若哀戚之心自在。且如邻里之丧，尚舂不相不巷歌，匍匐救之，况至亲乎？”

服有正，有义，有从，有报。古者妇丧舅姑以期，今以三年，于义亦可，但名未正，此可谓之从服；（从夫也。盖与夫同奉几筵，而己不可独无服。）报服，若姑之子为舅之子服是也；异姓之服，只推得一重。若为母而推，则及舅而止；若为姑而推，则可以及其子。故舅之子无服，却为既与姑之子为服，姑之子须当报之也，故姑之子，舅之子，其服同。

八岁为下殇，十四为中殇，十九为上殇，七岁以下为无服之殇。无服之殇，更不祭。下殇之祭，父母主之，终父母之身。中殇之祭，兄弟主之，终兄弟之身。上殇之祭，兄弟之子主之，终兄弟之子之身。若成人而无后者，兄弟之孙主之，亦终其身。凡此，皆以义起也。

问：“女既嫁而为父母服三年，可乎？”曰：“不可。既归夫家，事佗舅姑，安得伸己之私？”

问：“人子事亲学医，如何？”曰：“最是大事。今有璞玉于此，必使玉人雕琢之。盖百工之事，不可使一人兼之，故使玉人雕琢之也。若更有珍宝物，须是自看，却必不肯任其自为也。今人视父母疾，乃一任医者之手，岂不害事？必须识医药之道理，别病是如何，药当如何，故可任医者也。”或曰：“己未能尽医者之术，或偏见不到，适足害事，奈何？”曰：“且如识图画人，未必画得如画工，然他却识别得工拙。如自己曾学，令医者说道理，便自见得。或己有所见，亦可说与他商量。”（陈本止此，以下八段，别本所增。）

上古之时，自伏羲、尧、舜、历夏、商以至于周，或文或质，因袭损益，其变既极，其法既详，于是孔子参酌其宜，以为百王法度之中制，此其所以《春秋》作也。孙明复主以无王而作，亦非是。但颜渊问为邦，圣人对之以“行夏之时，乘殷之辂，服周之冕，乐则韶舞”，则是大抵圣人以道不得用，故考古验今，参取百王之中制，断之以义也。

禘者[®]，鲁僭天子之大祭也；灌者，祭之始也。以其僭上之祭，故自灌以往，不欲观之。

凡观书，不可以相类泥其义，不尔则字字相梗，当观其文势上下之意。如"充实之谓美"与《诗》之美不同。

学者后来多耽《庄子》。若谨礼者不透，则是佗须看《庄子》，为佗极有胶固缠缚，则须求一放旷之说以自适。譬之有人于此，久困缠缚，则须觅一个出身处。如东汉之末尚节行，尚节行太甚，须有东晋放旷，其势必然。

冬至书云，亦有此理，如《周》礼观禖之义⑩。古太史既有此职，必有此事。又如太史书，不知周公一一曾与不曾看过，但甚害义理，则必去之矣。如今灵台之书，须十去八九，乃可行也。今历法甚好，其佗禁忌之书，如葬埋昏嫁之类，极有害。

《论语》问而答异者至多，或因人材性，或观人之所问意思而言及所到地位。

"极高明，道中庸。"所以为民极，极之为物，中而能高者也。

"君子不成章不达"，《易》曰："美在其中，畅于四支。"成章之谓也。

[予官吉之永丰簿，沿檄至临川，见刘元承之子县丞诚，问其父所录伊川先生语，蒙示以元承手编，伏读叹仰，因乞传以归。建炎元年十月晦日，庵山陈渊谨书。]

---

①事：止，仅仅。

②措意：表达意思。

③伎（jì，音技）：伎工，有技艺的工人。

④孝弟：即"孝悌"，对父母尽孝顺之道，对兄长施敬爱之礼。

⑤许：赞许。

⑥女：通"汝"，你。

⑦四支：即"四肢"。

⑧四端：儒家称人的四种固有的德性。《孟子·公孙丑上》："恻隐之心，仁之端也；羞恶之心，义之端也；辞让之心，礼之端也；是非之心，智之端也。人之有是四端也，犹其有四体也。"

⑨懽（huān，音欢）狎：交往，嬉游。

⑩圭角：圭（玉）之棱角，犹言锋芒。

⑪甘：与"淡"相对，指甘甜、肥减。

⑫闲邪：杜绝邪恶。

⑬举业：即科举考试。

⑭注拟：唐代选举，凡应试获选者，先由尚书省登录，再经考询，然后按才拟定其官职，称为注拟。

⑮幕官：幕府中的僚属。

⑯陵：欺凌。

⑰藻鉴：品评鉴别。

⑱致知：获得知识。

⑲窬（yú，音瑜）：小洞穴。

⑳佗：通"他"。

㉑恁（nèn，音嫩）地：这么；那么。

㉒亲亲：亲爱其所亲。

㉓躐（liè，音猎）等：超越等级，不按次序。

㉔脍炙（kuài zhì，音快制）：脍和炙。肉细切为脍；烹炒称炙。此处指佳肴。

㉕野人：山野之人。此处指平民百姓。

㉖蔽固：犹言"蔽塞"。

㉗自贼：即"自戕"，自己损害自己。

㉘揜：同"掩"，掩饰。

㉙闇：同"暗"，黑暗。

㉚燕居：平常居处。

㉛箕踞（jījù，音基具）：向前伸直两腿坐着，把手放在膝盖上，象箕的形状。是不拘礼节的坐法。也作“箕倨”。

㉜驯致：培养、得到。

㉝筲（shào，音绍）：古代饭筐，用竹制成。

㉞藨（biāo，音标）：草名，可制席子。

㉟飞白：汉字书体的一种，笔画露白，似枯笔所写。相传为东汉蔡邕所创。

㊱屐（jī，音基）齿：木鞋的齿。相传此种鞋子是东晋谢安所创为登山时所用的鞋子。

㊲典选：主持科举考试的选录。

㊳磨勘：唐宋时定期勘验官员政绩，以定升迁，称为磨勘。

㊴物理：事物的道理。

㊵蹊辙：即“蹊径”，捷径。

㊶粲烂：同“灿烂”。

㊷中人：中等才能之人。

㊸ 得丧：得到与丧失。

㊹惇（dūn，音敦）：重视。

㊺鲜（xiǎn，音险）：少。

㊻方外：世俗之外。

㊼厥：其，指示代词，他的。

㊽恶（wù，音物）：厌恶，嫌恶 。

㊾屏（bǐng，音饼）：摒弃。放弃，废弃。

㊿后土：指地。

(51)周遮：遮掩，遮蔽。

(52)何啻（chì，音斥）：何只。

(53) 醇：通“纯”，纯粹，不杂。

(54)水精：同“水晶”。

(55)革（jí，音急）：病重。

(56)“姜”：草本植物，可作调味品。

(57)寤寐（wùmèi，音雾妹）：醒与睡。

(58)喙（huì，音会）：嘴。

(59)秉彝（yí，音移）：执守天之常道。

(60)著摸：同“捉摸”。

(61)旒（liú，音流）：古代旗帜下边悬垂的飘带。

(62)黈纩（tǒu kuàng，音头上声、况）：黄绵，古代冕制，以黄绵大如丸，悬于冕之两旁，表示不听无益之言。

(63)赤子：初生的婴儿。

(64)朕（zhèn，音振）兆：先兆，迹象。

(65)蒲庐：即“葫芦”。

(66) 螟蛉（mínglíng，音鸣铃）：绿色小虫。　　果蠃（luǒ，音裸）：即“蜾蠃”，寄生蜂。蜾蠃常把螟蛉捉来蓄存在窝里，并把卵产在螟蛉体内，卵孵化后就把螟蛉吃掉。

(67)肖：相像。

(68)衡：车前横木。

(69)湛（zhàn，音战）然：清澈的样子。

(70)途人：路上行人，指普通人。

(71)砥（dǐ，音底）：磨刀石。

(72) 向晦：天将黑。　　宴息：休息。

(73)泥（nì，音尼去声）：拘泥。

(74) 完廪：修理粮仓。　　浚（jùn，音俊）井：掏井，挖井。

(75)凊（qìng，音庆）：寒，凉。

⑦⑥富岁：丰年。

⑦⑦凶岁：灾年。

⑦⑧乡：通"向"，方向。

⑦⑨蹇（jiǎn，音简）涩：迟钝。

⑧⑩不愤不启：意谓在教导学生时，不到他想求明白而不得的时候，不去开导他。愤，心求通而未得之意。

⑧⑪不悱（fěi，音斐）不发：不到他想说出来却说不出的时候，不去启发他。悱，口欲言而未能言的样子。

⑧⑫微服：指为了掩盖自己的身份而更换平民的衣服。

⑧⑬悖（bèi，音背）：违背。

⑧⑭周身：意谓保全自己的身子。

⑧⑮支离：烦琐凌乱，分散不全。

⑧⑯畔：通"叛"，指离经叛道。

⑧⑰不迁怒：不拿别人生气。

⑧⑱不贰过：不再犯同样的错误。

⑧⑲役于物：被客观事物所驱使。

⑨⑩止水：静水，不起波澜、不流动的。

⑨⑪跂（qì，音器）：抬起脚后跟站着。

⑨⑫佚（yì，音逸）道：指宽松的政道。

⑨⑬细人：意犹"小民"。

⑨⑭则之：遵奉它，效法它。

⑨⑮间（jiàn，音建）：区别。

⑨⑯充：充实。

⑨⑰渥（wò，音握）丹：润泽的朱砂，形容红而有光泽。

⑨⑱桎梏（zhì kù，音质酷）：古代刑具，此处指受到刑法处罚。

⑨⑲倚子：同"椅子"。

⑩⑩小数：犹"小道"，小技艺。

⑩⑪申申：很整齐的样子　　夭夭：很和乐而又舒展的样子。

⑩⑫鸩（zhèn，音镇）：用毒酒杀人。

⑩⑬陑（ér，音而）：山阜之地，在潼关左右。

⑩⑭益：增加。

⑩⑮由之：遵从我们的意见去做。

⑩⑯期（jī，音基）月：一个月。

⑩⑰耒耜（lěi sì，音垒四）：古代一种形状像犁的翻土农具。此处意作"耕作"。　　陶冶：烧制陶器、冶炼工具。

⑩⑱簋（guǐ，音鬼）：古代祭祀宴享时用以盛黍稷的盛器。

⑩⑲牖（yǒu，音友）：窗户。

⑪⑩脂：油指。

⑪⑪雉（zhì，音质）：野鸡。

⑪⑫文明：有文彩而又鲜艳。

⑪⑬五常：封建伦理中的仁、义、礼、智、信。

⑪⑭螳蜋：即"螳螂"，昆虫名。

⑪⑮仁寿：称仁者要静，故多长寿。

⑪⑯鄙夭：称鄙陋浅薄，因而多夭亡。

⑪⑰感格：指感应而显灵。

⑪⑱释氏：指佛祖释迦牟尼。

⑪⑲溷（hùn，音浑）：原指猪圈、厕所，这里同"混"，即混浊。

⑫⑩傅说：商代贤相。传说他发明了以板筑墙的技术，武丁访得，举以为相，使商出现中兴局面。

⑫⑪四凶：古代四个不服从舜控制的部落首领。即浑敦、穷奇、梼杌、饕餮。

⑫⑫韩退之：即唐代大诗人韩愈。

㉒凿空：没有事实依据，凭空想象。

㉓王介甫：即宋代改革家王安石。

㉔温公：指司马光。

㉕平阳公主：唐高祖李渊之妃。

㉖沴（lì 音丽）气：因气不和而产生的灾害。

㉗朕（zhèn 音朕）：迹象。

㉙祢（nǐ 音你）：已死的父亲在宗庙中立神主时的称号。

㉚禘（dì 音帝）：古代天子诸侯宗庙每五年举行一次的盛大祭祀活动。

㉛祲（jìn 音今）：阴阳相侵之气。

河南程氏遗书卷第十九

伊川先生语五

杨遵道录

问："格物是外物，是性分中物？"曰："不拘。凡眼前无非是物，物物皆有理，如火之所以热，水之所以寒，至于君臣父子间，皆是理。"又问："只穷一物，见此一物，还便见得诸理否？"曰："须是遍求。虽颜子亦只能闻一知十，若到后来达理了，虽亿万亦可通。"又问："如荆公穷物，一部《字解》，多是推五行生成。如今穷理，亦只如此著工夫，如何？"曰："荆公旧年说话煞得，后来却自以为不是，晚年尽支离了。"

问："古之学者为己，不知初设心时，是要为己？是要为人？"曰："须先为己，方能及人。初学只是为己。郑宏中云：'学者先须要仁。'仁所以爱人，正是颠倒说却。"

"新民"，以明德新民。

问："日新有进意，抑只是无敝意？"曰："有进意。学者求有益，须是日新。"

问："'有所忿懥、恐惧、忧患①，心不得其正。'是要无此数者，心乃正乎？"曰："非是谓无，只是不以此累其心。学者未到不动处，须是执持其志。"

"师出以律，否臧凶②。"律有二义：有出师不以义者，有行师而无号令节制者，皆失律也。师出当以律，不然，虽臧亦凶。今人用师，惟务胜而已。

"弟子舆尸，贞凶。"帅师以长子，今以弟子众主之，亦是失律，故虽贞亦凶也。

"豶豕之牙③。"豕牙最能啮害人，只制其牙，如何制得？今人为恶，却只就他恶禁之，便无由禁止，此见圣人机会处。

"丧羊于易④。"羊群行而触物。《大壮》众阳并进，六五以阴居位，惟和易然后可以丧羊。易非难易之易，乃和易乐易之易。

《易》有百余家⑤，难为遍观，如素未读，不晓文义，且须看王弼、胡先生、荆公三家。理会得文义，且要熟读，然后却有用心处。

读《易》须先识卦体，如《乾》有元、亨、利、贞四德，缺却一个，便不是《乾》，须要认得。

"反复道也"，言终日乾乾往来，皆由于道也。三位在二体之中，可进而上，可退而下，故言反复。"知至至之"，如今学者且先知有至处，便从此至之，是"可与几也"。非知几者，安能先识至处？"知终终之"，知学之终处而终之，然后"可与守义"。王荆公云："九三知九五之位可至而至之。"大煞害事。使人臣常怀此心，大乱之道，亦自不识汤、武。"知至至之"，只是至其道也。

荆公言，用九只在上九一爻，非也。六爻皆用九，故曰："见群龙无首吉。"用九便是行健处。"天德不可为首"，言《乾》以至刚健，又安可更为物先？为物先则有祸，所谓"不敢为天下先"。《乾》顺时而动，不过处，便是不为首，六爻皆同⑥。

问："胡先生解九四作太子，恐不是卦义。"先生云："亦不妨，只看如何用。当储贰，则做储贰。使九四近君，便作储贰亦不害，但不要拘一。若执一事，则三百八十四爻只作得三百八十四件事便休也。"

看《易》，且要知时。凡六爻，人人有用。圣人自有圣人用，贤人自有贤人用，众人自有众人用，学者自有学者用；君有君用，臣有臣用，无所不通。因问："《坤》卦是臣之事，人君有用处否？"先生曰："是何无用？如'厚德载物'，人君安可不用？"

阴为小人，利为不善，不可一概论。夫阴助阳以成物者，君子也；其害阳者，小人也；夫利和义者，善也；其害义者，不善也。

"利贞者，性情也。"言利贞便是《乾》之性情⑦。因问："利与'以利为本'之利同否？"先生曰："凡字只有一个，用有不同，只看如何用。凡顺理无害处便是利，君子未尝不欲利。然孟子言'何必曰利'者，盖只以利为心则有害。如'上下交征利而国危'，便是有害。'未有仁而遗其亲，未有义而后其君。'不遗其亲，不后其君，便是利。仁义未尝不利。"

谢师直为长安漕，明道为鄠县簿⑧，论《易》及《春秋》。明道云："运使，《春秋》犹有所长，《易》则全理会不得。"师直一日说与先生。先生答曰："据某所见，二公皆深知《易》者。"师直曰："何故？"先生曰："以运使能屈节问一主簿，以一主簿敢言运使不知《易》，非深知《易》道者不能。"

"云行雨施"，是乾之亨处。

《乾》六爻，如欲见圣人曾履处，当以舜可见。在侧陋便是潜，陶渔时便是见，升闻时便是乾乾，纳于大麓时便是跃。

介甫以武王观兵为九四，大无义理，兼观兵之说亦自无此事。如今日天命绝，则今日便是独夫，岂容更留之三年？今日天命未绝，便是君也，为人臣子，岂可以兵胁其君？安有此义？又纣鸷很若此，太史公谓有七十万众，未知是否，然《书》亦自云，纣之众若林。三年之中，岂肯容武王如此便休得也？只是《太誓》一篇前序云："十有一年"，后面正经便说"惟十有三年"，先儒误妄，遂转为观兵之说。先王无观兵之事，不是前序一字错却，便是后面正经三字错却。

先儒以六为老阴，八为少阴，固不是。介甫以为进君子而退小人，则是圣人旋安排义理也。此且定阴阳之数，岂便说得义理？九六只是取纯阴纯阳。惟六为纯阴，只取《河图》数见之，过六则一阳生，至八便不是纯阴。

或以《小畜》为臣畜君，以《大畜》为君畜臣。先生云："不必如此。《大畜》只是所畜者大，《小畜》只是所畜者小，不必指定一件事。便是君畜臣，臣畜君，皆是这个道理，随大小用。"

陈莹中答吴国华书，天在山中，说云："便是芥子纳须弥之义。"先生谓正南北说，却须弥无体，芥子无量。

问："莹中尝爱文中子'或问学《易》，子曰：终日乾乾可也。'此语最尽。文王所以圣，亦只是个不已。"先生曰："凡说经义，如只管节节推上去，可知是尽。夫终日乾乾，未尽得《易》。据此一句，只做得九三使。若谓乾乾是不已，不已又是道，渐渐推去，则自然是尽，只是理不如此。"

"子在川上曰，逝者如斯夫。"言道之体如此，这里须是自见得。张绎曰："此便是无穷。"先生曰："固是道无穷，然怎生一个无穷便了得他？"

问："括囊事还做得在位使否？"先生曰："六四位是在上，然《坤》之六四却是重阴，故云'贤人隐'，便做不得在位。"又问："恐后人缘此，谓有朝隐者。"先生曰："安有此理！向林希尝有此说，谓杨雄为禄隐。杨雄后人只为见他著书，便须要做他是，怎生做得是？"因问："如《剧秦》文，莫不当作？"先生云："或云非是美之，乃讥之也。然王莽将来族诛之，亦未足道，又何足讥！讥之济得甚事？或云且以免死，然已自不知明哲煌煌之义，何足以保身？作《太玄》本要明《易》，却尤晦如《易》，其实无益，真屋下架屋，床上叠床。他只是于《易》中得一数为之，于历法虽有合，只是无益。今更于《易》中推出来，做一百般《太玄》亦得，要尤难明亦得，只是不济事。"

"大明终始。"人能大明乾之终始，便知六位时成，却时乘六龙以当天事。

"先迷后得"是一句，"主利"是一句，盖《坤》道惟是主利，《文言》"后得主而有常"处，脱却一利字。

介甫解"直方大"云："因物之性而生之，直也；成物之形而不可易，方也。"人见似好，只是不识理。如此，是物先有个性，《坤》因而生之，是甚义理？全不识也。

"至大"、"至刚"、"以直"，此三者不可阙一，阙一便不是浩然之气。如《坤》所谓"直方大"是也。但《坤》卦不可言刚，言刚则害《坤》体。然孔子于《文言》又曰："《坤》至柔而动也刚。"方即刚也。因问："见李吁录明道语中，却与先生说别。解'至刚处'云：'刚则不屈'，则是于至刚已带却直意。又曰：'以直道顺理而养之'，则是以直字连下句，在学者著工夫处说却。"先生曰："先兄无此言，便不讲论到此。旧尝令学者不要如此编录，才听得，转动便别。旧曾看，只有李吁一本无错编者。他人多只依说时，不敢改动，或脱忘一两字，便大别。李吁却得其意，不拘言语，往往录得都是，不知尚有此语。只'刚则不屈'，亦未稳当。"

孔子教人，各因其材，有以政事入者，有以言语入者，有以德行入者。

性出于天，才出于气，气清则才清，气浊则才浊。譬犹木焉，曲直者性也，可以为栋梁，可以为榱桷者才也⑨。才则有善与不善，性则无不善。"惟上智与下愚不移"，非谓不可移也，而有不移之理。所以不移者，只有两般：为自暴自弃，不肯学也。使其肯学，不自暴自弃，安不可移哉？

杨雄、韩愈说性，正说著才也。

韩退之说：叔向之母闻杨食我之生，知其必灭宗。此无足怪，其始便禀得恶气，便有灭宗之理，所以闻其声而知之也。使其能学，以胜其气，复其性，可无此患。

"性相近也"，此言所禀之性，不是言性之本。孟子所言，便正言性之本。

问："先生云性无不善，才有善不善，杨雄、韩愈皆说著才。然观孟子意，却似才亦无有不善，及言所以不善处，只是云：'舍则失之。'不肯言初禀时有不善之才。如云：'非天之降才尔殊。'是不善不在才，但以遇凶岁陷溺之耳。又观'牛山之木，人见其濯濯也⑩，以为未尝有材焉，此岂山之性？'是山之性未尝无材，只为斧斤牛羊害之耳。又云：'人见其禽兽也，以为未尝有才焉，是岂人之情也哉？'所以无才者，只为'旦昼之所为有梏亡之耳'。又云：'乃若其情则可以为善矣，乃所谓善。若夫为不善，非才之罪也。'则是以情观之，而才未尝不善。观此数处，切疑才是一个为善之资，譬如作一器械，须是有器械材料，方可为也。如云：'恻隐之心仁也。'故曰：'求则得之，舍则失之，或相倍蓰而无算①，不能尽其才也。'则四端者便是为善之才，所以不善者，以不能尽此四端之才也。观孟子意，似言性情才三者皆无不善，亦不肯于所禀处说不善。今谓才有善不善，何也？或云：善之地便是性，欲为善便是情，能为善便是才，如何？"先生云："上智下愚便是才。以尧为君而有象，以瞽瞍为父而有舜，亦是才。然孟子只云'非才之罪'者，盖公都子正问性善，孟子且答他正意，不暇一一辨之，又恐失其本意。如万章问象杀舜事，夫尧已妻之二女，迭为宾主，当是时，已自近君，岂复有完廪浚井之事？象欲使二嫂治栖，当是时，尧在上，象还自度得道杀却舜后，取其二女，尧便了得否？必无此事。然孟子未暇与辨，且答这下意。"

生而知之，学而知之，亦是才。问："生而知之要学否？"先生曰："生而知之固不待学，然圣人必须学。"

先生每与司马君实说话②，不曾放过，如范尧夫，十件事只争得三四件便已。先生曰："君实只为能受尽言，尽人忤逆终不怒，便是好处。"

君实尝问先生云："欲除一人给事中③，谁可为者？愿为光说一人。"先生曰："相公何为若此言也？如当初泛论人才却可，今既如此，某虽有其人，何可言？"君实曰："出于公口，入于光耳，又何害？"先生终不言。

"先进"、"后进"，如今人说前辈、后辈。"先进于礼乐"，谓旧时前辈之人于礼乐，在今观之以为朴野。"后进于礼乐"，谓今晚进之人于礼乐，在今观之以为君子。君子者，文质彬彬之名。盖周末文盛，故以前人为野，而自以当时为君子，不知其过于文也。故孔子曰："则吾从先进。"

孔子弟子善问，直穷到底。如问"乡人皆好之何如？"曰"未可也"。便又问"乡人皆恶之何如？"又说"足食足兵，民信之矣。"便问"必不得已而去，于斯三者何先？"才说"去兵"，便问"不得已而去，于斯二者何先？"自非圣人不能答，便云"去食，自古皆有死，民无信不立。"不是孔子弟子不能如此问，不是圣人不能如此答。

《礼记·儒行》、《经解》，全不是。因举吕与叔解亦云："《儒行》夸大之语，非孔子之言，然亦不害义理。"先生曰："煞害义理。恰限《易》，便只'洁静精微'了却。《诗》，便只'温柔敦厚'了却，皆不是也。"

《祭法》如夏后氏郊鲧一片，皆未可据。

问："圣人有为贫而仕者否？"曰："孔子为乘田委吏是也。"又问："或云乘田委吏非为贫，为之兆也。"先生曰："乘田委吏却不是为兆，为鲁司寇便是为兆。"先生因言："近煞有人以此相勉，某答云：待饥饿不能出门户时，当别相度。"

荀、杨性已不识，更说甚道？

邓文孚问："孟子还可为圣人否？"曰："未敢便道他是圣人，然学已到至处④。"又问："《孟子》书中有不是处否？"曰："只是门人录时，错一两字。如说'大人则藐之'，夫君子毋不敬，如有心去藐他人，便不是也。更说夷、惠处云'皆古圣人'，须错字。若以夷、惠为圣之清、圣之和则可，便以为圣人则不可。看孟子意，必不以夷、惠为圣人。如伊尹又别⑤，初在畎亩，汤使人问之，曰'我何以汤之聘币为哉？'是不肯仕也。及汤尽礼，然后翻然而从之，亦是圣之时。如五就汤，五就桀，自是后来事。盖已出了，则当以汤之心为心，所以五就桀，不得不如此。"

荆公尝与明道论事不合，因谓明道曰："公之学如上壁。"言难行也。明道曰："参政之学如提风。"及后来逐不附己者，独不怨明道，且曰："此人虽未知道，亦忠信人也。"

张戬尝于政事堂与介甫争辨事，因举经语引证。介甫乃曰："安石却不会读书，贤却会读书。"戬不能答。先生因云："却不向道，只这个便是不会读书。"

佛家有印证之说，极好笑。岂有我晓得这个道理后，因他人道是了方是，他人道不是便不是？又五祖令六祖三更时来传法，如期去便传得，安有此理？

谢良佐与张绎说："某到山林中静处，便有喜意，觉著此不是。"先生曰："人每至神庙佛殿处便敬，何也？只是每常不敬，见彼乃敬。若还常敬，则到佛殿庙宇，亦只如此。不知在闹处时，此物安在？直到静处乃觉。"绎言："伊云，只有这些子已觉。"先生曰："这回比旧时煞长进。这些子已觉固是，若谓只有这些子，却未敢信。

"屡空"兼两意。惟其能虚中，所以能屡空。货殖便生计较，才计较便是不受命，不受命者，不能顺受正命也。吕与叔解作如货殖。先生云："传记中言子贡货殖处亦多，此子贡始时事。"

万物皆有良能，如每常禽鸟中，做得窠子，极有巧妙处，是他良能，不待学也。人初生，只有吃乳一事不是学，其他皆是学，人只为智多害之也。

"人心"，私欲也；"道心"，正心也。"危"言不安，"微"言精微。惟其如此，所以要精一。"惟精惟一"者，专要精一之也。精之一之，始能"允执厥中"。中是极至处。或云：介甫说以一守，以中行，只为要事事分作两处。

《诗小序》便是当时国史作，如当时不作，虽孔子亦不能知，况子夏乎？如《大序》，则非圣人不能作。

"用之乡人焉，用之邦国焉。"如《二南》之诗及《大雅》、《小雅》，是当时通上下皆用底诗，盖是修身治家底事。

"《关雎》乐得淑女以配君子"，淑女即后妃也，故言配荇菜以兴后妃之柔顺。"左右流之"，左右者随水之貌。"左右采之"者，顺水而芼之。"左右芼之"者⑯，顺水而芼之。皆是言荇菜柔顺之貌，以兴后妃之德。"琴瑟友之，钟鼓乐之。"言后妃之配君子，和乐如此也。

"忧在进贤，不淫其色，哀窈窕，思贤才，而无伤善之心焉"，自是《关雎》之义如此，非谓后妃也。此一行甚分明，人自错解却。

口目耳鼻四支之欲，性也，然有分焉，不可谓我须要得，是有命也。仁义礼智，天道在人，赋于命有厚薄，是命也，然有性焉，可以学，故君子不谓命。

"则以学文"，便是读书。人生便知有父子兄弟，须是先尽得孝弟，然后读书，非谓已前不可读书。

礼胜则离，故"礼之用和为贵，先王之道斯为美，小大由之"。乐胜则流，故"有所不行，知和而和，不以礼节之，亦不可行"。礼以和为贵，故先王之道以此为美，而小大由之。然却有所不行者，以"知和而和，不以礼节之"，故亦不可行也。

"望道而未之见"，言文王视民如伤，以纣在上，望天下有道而未之见。"汤执中，武王不泄迩"，非谓武王不能执中，汤却泄迩，盖各因一件事言之。人谓各举其最盛者，非也。圣人亦无不盛。

鲁得用天子礼乐，使周公在，必不肯受。故孔子曰："周公之衰乎？"孔子以此为周公之衰，是成王之失也。介甫谓周公有人臣不能为之功，故得用人臣所不得用之礼，非也。臣子身上，没分外过当底事。凡言舜言曾子为孝，不可谓曾子、舜过于孝也。

"克明峻德"，只是说能明峻德之人。"凡为天下国家有九经"，曰修身也，尊贤也，亲亲也。盖先尊贤，然后能亲亲。夫亲亲固所当先，然不先尊贤，则不能知亲亲之道。《礼记》言"克明峻德，顾諟天之明命，皆自明也"者，皆由于明也。

"平章百姓"，百姓只是民。凡言百姓处皆只是民，百官族姓已前无此说。

陈平只是幸而成功。当时顺却诸吕，亦只是畏死。汉之君臣，当惩时，岂有朴实头为社稷者？使后来少主在，事变却时，他也则随却。如令周勃先入北军，陈平亦不是推功让能底人，只是占便宜，令周勃先试难也。其谋甚拙，其后成功亦幸。如人臣之义，当以王陵为正。

周勃当时初入北军，亦甚拙，何事令左袒则甚？忽然当时皆右袒，后还如何？当时已料得必左袒，又何必更号令？如未料得，岂不生变？只合驱之以义，管它从与不从。

韩信初亡，萧何追之，高祖如失左右手，却两日不追，及萧何反，问之曰："何亡也？"曰："臣非亡，乃追亡者也。"当时高祖岂不知此二人，乃肯放与项羽，两日不追邪？乃是萧何与高帝二人商量做来，欲致韩信之死尔。当时史官已被高祖瞒过，后人又被史官瞒。

惜乎，韩信与项羽，诸葛亮与司马仲达，不曾合战。更得这两个战得几阵，不妨有可观。

先生每读史到一半，便掩卷思量，料其成败，然后却看有不合处，又更精思，其间多有幸而成，不幸而败。今人只见成者便以为是，败者便以为非，不知成者煞有不是，败者煞有是底。

读史须见圣贤所存治乱之机，贤人君子出处进退，便是格物。今人只将他见成底事便做是使，不知煞有误人处。

先生在讲筵，尝典钱使。诸公因问，必是俸给大段不足，后乃知到任不曾请俸。诸公遂牒户部，问不支俸钱。户部索前任历子。先生云："某起自草莱，无前任历子。"（旧例，初入京官时，用下状出给料钱历，其意谓朝廷起我，便当廪人继粟，庖人继肉也。）遂令户部自为出券历。户部只欲与折支，诸公又理会，馆阁尚请见钱，岂有经筵官只请折支？又检例，已无崇政殿说书多时，户部遂定，已前未请者只与折支，自后来为始，支见钱。先生后自涪陵归，复官半年，不曾请俸。粮料院吏人忽来索请券状子。先生云："自来不会写状子。"受事人不去，只令子弟录与受官月日。

先生在经筵时，与赵侍郎、范纯甫同在后省行，见晓示，至节令，命妇进表⑰，贺太皇及太后、太妃。赵、范更问备办，因问先生。先生云："某家无命妇。"二公愕然，问何不叙封？先生曰："某当时起自草莱，三辞然后受命，岂有今日乃为妻求封之理？"（其夫人至今无封号。）问："今人陈乞恩例，义当然否？""人皆以为本分者不为害。"先生曰："只为而今士大夫道得个乞字惯却，动不动又是乞也。"因问："陈乞封父祖，如何？"先生曰："此事体又别。"再三请益，但云："其说甚长，待别时说。"

范尧夫为蜀漕，成都帅死，尧夫权府。是时，先生随侍过成都，尧夫出送，先生已行二里，急遣人追及之，回至门头僧寺相见。尧夫因问："先生在此，有何所闻？"先生曰："闻公尝言：'当使三军之士知事帅君如事父母。'不知有此语否？"尧夫愕然，疑其言非是。先生曰："公果有此语，一国之福也。"尧夫方喜。先生却云："恐公未能使人如此。"尧夫再三问之。先生曰："只如前日公权府，前帅方死，便使他臣子张乐大排，此事当时莫可罢？"尧夫云："便是纯仁当时不就席，只令通判伴坐。"先生曰："此尤不是。"尧夫惊愕，即应声曰："悔当初只合打散便是。"先生曰："又更不是。夫小人心中，只得些物事时便喜，不得便不足。他既不得物事，却归去思量，因甚不得此物，元来是为帅君。小人须是切己，乃知思量。若只与他物事，他自归去，岂更知有思量？"尧夫乃嗟叹曰："今日不出，安得闻此言？"

先生云："韩持国服义最不可得！一日某与持国、范夷叟泛舟于颍昌西湖，须臾客将云：'有一官员上书，谒见大资。'某将谓有甚急切公事，乃是求知己。某云：'大资居位，却不求人，乃使人倒来求己，是甚道理？'夷叟云：'只为正叔太执，求荐章，常事也。'某云：'不然。只为曾有不求者不与，来求者与之，遂致人如此。'持国便服。"

先生初受命，便在假，欲迤逦寻医，既而供职。门人尹焞深难之，谓供职非是。先生曰："新君即位，首蒙大恩，自二千里放回，亦无道理不受。某在先朝，则知某者也。当时执政大臣皆相知，故不当如此受。今则皆无相知，朝廷之意只是怜其贫，不使饥饿于我土地。某须领他朝廷厚意，与受一月料钱，然官则某必做不得。既已受他诰，却不供职，是与不受同。且略与供职数日，承顺他朝廷善意了，然后惟吾所欲。"

先生因言："今日供职，只第一件便做他底不得。吏人押申转连司状，某不曾签。国子监自系台省，台省系朝廷官。外司有事，合行申状，岂有台省倒申外司之理？只为从前人只计较利害，不计较事体，直得恁地。须看圣人欲正名处，见得道名不正时，便至礼乐不兴，自然住不得。夫礼乐，岂玉帛之交错，钟鼓之铿锵哉！今日第一件便如此。人不知，一似好做作只这些子。某便做他官不得，若久做他底时，须一一与理会。"

谢某曾问："涪州之行，知其由来，乃族子与故人耳。"（族子谓程公孙，故人谓邢恕。）先生答云："族子至愚，不足责。故人至厚，不敢疑。孟子既知天，安用尤臧氏？"因问："邢七虽为恶，然必不到更倾先生也。"先生曰："然。邢七亦有书到某云：'屡于权宰处言之。'不知身为言官，却说此话。未知倾与不倾，只合救与不救，便在其间。"又问："邢七久从先生，想都无知识，后来极狼狈。"先生曰："谓之全无知则不可，只是义理不能胜利欲之心，便至如此也。"

先生云："某自十七八读《论语》，当时已晓文义，读之愈久，但觉意味深长。《论语》，有读了后全无事者，有读了后其中得一两句喜者，有读了后知好之者，有读了后不知手之舞之、足之蹈之者。"

今人不会读书。如"诵《诗》三百，授之以政，不达；使于四方，不能专对；虽多，亦奚以为？"须是未读《诗》时，授以政不达，使四方不能专对；既读《诗》后，便达于政，能专对四方，始是读《诗》。"人而不为《周南》、《召南》，其犹正墙面而立。"须是未读《周南》、《召南》，一似面墙；到读了后，便不面墙，方是有验。大抵读书，只此便是法。如读《论语》，旧时未读是这个人，及读了后又只是这个人，便是不曾读也。

大率上一爻皆是师保之任，足以当此爻也。

若要不学佛，须是见得他小，便自然不学。

文中子本是一隐君子，世人往往得其议论，附会成书。其间极有格言，荀、杨道不到处。又有一件事，半截好，半截不好。如魏征问："圣人有忧乎？"曰："天下皆忧，吾独得不忧？"问疑，曰："天下皆疑，吾独得不疑？"征退，谓董常曰："乐天知命吾何忧？穷理尽性吾何疑？"此言极好。下半截却云："征所问者迹也，吾告汝者心也，心迹之判久矣。"便乱道。

文中子言："封禅之费⑱，非古也，其秦汉之侈心乎！"此言极好。古者封禅，非谓夸治平，乃依本分祭天地，后世便把来做一件矜夸底事。如《周颂》告成功，乃是陈先王功德，非谓夸自己功德。

文中子《续经》甚谬，恐无此。如《续书》始于汉，自汉已来制诏，又何足记？《续诗》之备六代，如晋、宋、后魏、北齐、后周、隋之诗，又何足采？

韩退之言"孟子醇乎醇"，此言极好，非见得孟子意，亦道不到。其言"荀、杨大醇小疵"，则非也。荀子极偏驳⑲，只一句"性恶"，大本已失。杨子虽少过，然已自不识性，更说甚道？

韩退之言"博爱之谓仁，行而宜之之谓义，由是而之焉之谓道，足乎己无待于外之谓德"。此言却好。只云"仁与义为定名，道与德为虚位"，便乱说。只如《原道》一篇极好。退之每有一两处，直是搏得亲切，直似知道，然却只是博也。

问："文中子谓'诸葛亮无死，礼乐其有兴乎！'诸葛亮可以当此否？"先生曰："礼乐则未敢望他，只是诸葛已近王佐。"又问："如取刘璋事，如何？"先生曰："只有这一事大不是，便是计较利害。当时只为不得此，则无以为资。然岂有人特地出迎他，却于坐上执之？大段害事，只是个为利。君子则不然，只一个义不可便休，岂可苟为？"又问："如汤兼弱攻昧，如何？"先生曰："弱者兼之，非谓并兼取他，只为助他，与之相兼也。昧者乃攻，乱者乃取，亡者乃侮。"

张良亦是个儒者，进退间极有道理。人道汉高祖能用张良，却不知是张良能用高祖。良计谋不妄发，发必中。如后来立太子事，皆是能使高祖必从，使之左便左，使之右便右，岂不是良用高祖乎！良本不事高祖，常言为韩王送沛公。观良心，只是为天下，且与成就却事。后来与赤松子游，只是个不肯事高祖如此。

五德之运，却有这道理。凡事皆有此五般，自小至大，不可胜数。一日言之，便自有一日阴阳；一时言之，便自有一时阴阳；一岁言之，便自有一岁阴阳；一纪言之，便自有一纪阴阳；气运不息，如王者一代，又是一个大阴阳也。唐是土德，便少河患；本朝火德，多水灾。盖亦有此理，只是须于这上有道理。如关朗卜百年事最好，其间须言如此处之则吉，不如此处之则凶，每事如此，盖虽是天命，可以人夺也。如仙家养形，以夺既衰之年；圣人有道，以延已衰之命，只为有这道理。

或云："寻常观人出辞气，便可知人。"先生曰："亦安可尽？昔横渠尝以此观人，未尝不中，然某不与他如此。后来其弟戬亦学他如此，观人皆不中，此安可学？"

观《素问》文字气象，只是战国时人作。谓之《三坟》书，则非也，道理却总是。想当时亦须有来历，其间只是气运使不得。错不错未说，就使其法不错，亦用不得。除是尧、舜时，十日一风，五日一雨，始用得。且如说潦旱，今年气运当潦，然有河北潦、江南旱时，此且做各有方气不同，又却有一州一县之中潦旱不同者，怎生定得？

学佛者多要忘是非，是非安可忘得？自有许多道理，何事忘为？夫事外无心，心外无事。世人只被为物所役，便觉苦事多。若物各付物，便役物也。世人只为一齐在那昏惑迷暗海中，拘滞执泥坑里，便事事转动不得，没著身处。

庄子齐物，夫物本齐，安俟汝齐？凡物如此多般，若要齐时，别去甚处下脚手？不过得推一个理一也。物未尝不齐，只是你自家不齐，不干物不齐也。

先生在经筵，闻禁中下后苑作坊取金水桶贰只，因见潞公问之。潞公言："无。彦博曾入禁中，见只是朱红，无金为者。"某遂令取文字示潞公，潞公始惊怪。某当时便令问，欲理会，却闻得长乐宫遂已。当时恐是皇帝阁中，某须理会。

先生旧在讲筵，说《论语》"南容三复白圭"处，内臣贴却容字，因问之。内臣云："是上旧名。"先生讲罢，因说："适来臣讲书，见内臣贴却容字。夫人主处天下之尊，居亿兆之上，只嫌怕人尊奉过当，便生骄心，皆是左右近习之人养成之也。尝观仁宗时，宫嫔谓正月为初月，蒸饼为炊饼，皆此类。请自后，只讳正名，不讳嫌名及旧名。"才说了，次日孙莘老讲《论语》，读子畏于匡为正。先生云："且著个地名也得。子畏于正，是甚义理？"又讲"君祭先饭"处，因说："古人饮食必祭，食谷必思始耕者，食菜必思始圃者，先王无德不报如此。夫为人臣者，居其位，食其禄，必思何所得爵禄来处，乃得于君也。必思所以报其君，凡勤勤尽忠者，为报君也。如人主所以有崇高之位者，盖得之于天，与天下之人共戴也，必思所以报民。古之人君视民如伤，若保赤子，皆是报民也。"每讲一处，有以开导人主之心处便说。始初内臣宫嫔门皆携笔在后抄录，后来见说著佞人之类，皆恶之。吕微仲使人言："今后且刻可伤触人。"范尧夫云："但不道著名字，尽说不妨。"

或问："横渠言圣人无知，因问有知。"先生曰："才说无知，便不堪是圣人。当人不问时，只与木石同也？"

先生云："吕与叔守横渠学甚固，每横渠无说处皆相从，才有说了，便不肯回。"

苏昞录横渠语云："和叔言香声。横渠云：'香与声犹是有形，随风往来，可以断续，犹为粗耳。不如清水，今以清冷水置之银器中，隔外便见水珠，曾何漏隙之可通？此至清之神也。'先生云：'此亦见不尽，却不说此是水之清，银之清。若云是水，因甚置瓷碗中不如此！'"

---

①忿懥（zhì，音至）：愤怒。

②臧：好、吉。

③豮（fén，音汾）：雄性的牲畜。

④易：和悦。

⑤易：指《周易》。

⑥六爻（yáo，音夭）：《周易》把组成卦的一长划和二短划叫爻，"——"是阳爻，"- -"是阴爻。重卦六划，所以称六爻。如乾卦是"☰☰"，坤卦是"☷☷ ☷"，都是六爻。也称为六位。

⑦利贞：适宜去做正事。

⑧鄠县：即今陕西省户县。

⑨榱桷（cuījué，音崔觉）：房屋椽木的总称。

⑩濯濯（zhúo，音浊）：高大。

⑪蓰（xǐ，音喜）：五倍。　　倍蓰，数倍。

⑫司马君实：即司马光。

⑬给事中：官名，秦朝设立，汉朝沿袭。为将军、列侯、九卿、黄门郎、谒者的加官。

⑭至处：最高境界。

⑮伊尹：商初大臣，奴隶出身，擅长烹调，被誉为"厨神"。后被太甲杀死。

⑯芼（mào，音冒）：择取。

⑰命妇：有封号的官夫人。

⑱封禅：帝王在泰山上筑土为坛祭天，称封；在泰山下边的梁父山上开场祭地，称禅。

⑲驳（bó，音博）：通"驳"。

河南程氏遗书卷第二十

伊川先生语六

周伯忱录

问："左氏言子路助卫辄,观其学已升堂,肯如是否?"曰："子路非助辄,只为孔悝陷于不义,欲救之耳。盖蒯聩不用君父之命而入立①,强盟孔悝,孔悝不合纵之故也②。"曰："子路当时可以免难否?"曰："不可免。"

问："《左传》可信否?"曰："不可全信,信其可信者耳。某年二十时,看《春秋》,黄贽隅问某如何看?答之曰:'有两句法云:以传考经之事迹,以经别传之真伪。'"又问："公、谷如何③?"曰："又次于左氏。""左氏即是丘明否?"曰："《传》中无丘明字,不可考。"

问："'此之谓自慊'与'吾何慊乎哉'之慊,同否?"曰："慊字则一也,不足谓之慊。动于中亦谓之慊,看用处如何。"

河南程氏遗书卷第二十一上

伊川先生语七上

师　说

门人张绎录

宣仁山陵,程子往赴,吕汲公为使。时朝廷以馆职授子,子固辞。公谓子曰："仲尼亦不如是。"程子对曰："公何言哉?某何人,而敢比仲尼!虽然,某学仲尼者,于仲尼之道,固不敢异。公以谓仲尼不如是,何也?"公曰："陈恒弑其君,请讨之,鲁不用则亦已矣。"子未及对,会殿帅苗公至,子辟之幕府,见公婿王说。说曰："先生不亦甚乎!欲朝廷如何处先生也?"子曰："且如朝廷议北郊,所议不合礼,取笑天下。后世岂不曰有一程某,亦尝学礼,何为而不问也?"说曰："北郊如何?"曰："此朝廷事,朝廷不问而子问之,非可言之所也。"其后有问："汲公所言陈恒之事,是欤?"曰："于《传》,仲尼是时已不为大夫,公误言也。"

吕汲公以百缣遗子，子辞之。时子族兄子公孙在旁，谓子曰：“勿为已甚，姑受之。”子曰：“公之所以遗某者，以某贫也。公位宰相，能进天下之贤，随才而任之，则天下受其赐也。何独某贫也？天下贫者亦众矣，公帛固多，恐公不能周也。”

殿帅苗公问程子曰：“朝廷处先生，如何则可？”程子对曰：“且如山陵事，苟得专处，虽永安尉可也。”

程子曰：“古之学者易，今之学者难。古人自八岁入小学，十五入大学，有文采以养其目，声音以养其耳，威仪以养其四体，歌舞以养其血气，义理以养其心。今则俱亡矣，惟义理以养其心尔，可不勉哉？”

范公尧夫摄帅成都，程子将告归，别焉。公曰：“愿少留，某将别。”子曰：“既别矣，何必复劳舆卫？”遂行。公使人要于路曰：“愿一见也。”既见，曰：“先生何以教我？”子曰：“公尝言为将帅当使士卒视己如父母，然后可用，然乎？”公曰：“如何？”子曰：“公言是也，然公为政不若是，何也？”公曰：“可得闻欤？”“旧帅新亡，而公张乐大飨将校于府门，是教之视帅如父母乎？”曰：“亦疑其不可，故使属官摄主之也。”子曰：“是尤不可也。公与旧帅同僚也，失同僚之义，其过小；属官于主帅，其义重。”曰：“废飨而颁之酒食，如何？”曰：“无颁也。武夫视酒食为重事，弗颁，则必思其所以而知事帅之义，乃因事而教也。”公曰：“若从先生言而不来，则不闻此矣。”其喜闻义如此。

程子在讲筵，执政有欲用之为谏官者。子闻，以书谢曰：“公知射乎？有人执弓于此，发而多中，人皆以为善射矣。一日，使羿立于其傍，道之以彀率之法④。不从，羿且怒而去矣；从之，则戾其故习而失多中之功。故不若处羿于无事之地，则羿得尽其言，而用舍羿不恤也。某才非羿也，然闻羿之道矣，虑其害公之多中也。”

谢混自蜀之京师，过洛而见程子。子曰：“尔将何之？”曰：“将试教官。”子弗答。混曰：“何如？”子曰：“吾尝买婢，欲试之，其母怒而弗许，曰：‘吾女非可试者也。’今尔求为人师而试之，必为此媪笑也。”混遂不行。

谢愔见程子，子留语，因请曰：“今日将沐。”子曰：“岂无他日？”曰：“今日吉也。”子曰：“岂为士而惑此也邪？”曰：“愔固无疑矣。在己庸何恤？第云不利父母。”子曰：“有人呼于市者曰：‘毁瓦画墁则利父母也⑤，否则不利于父母。’子亦将毁瓦画墁乎？”曰：“此狂人之言也，何可信？”“然则子所信者，亦狂言尔。”

先生谓绎曰：“吾受气甚薄，三十而浸盛，四十五十而后完。今生七十二年矣，校其筋骨，于盛年无损也。”又曰：“人待老而求保生，是犹贫而后蓄积，虽勤亦无补矣。”绎曰：“先生岂以受气之薄而后为保生邪？”夫子默然曰：“吾以忘生徇欲为深耻。”

程子与客语为政，程子曰：“甚矣！小人之无行也。牛壮食其力，老则屠之。”客曰：“不得不然也。牛老不可用，屠之犹得半牛之价，复称贷以买壮者，不尔则废耕矣，且安得刍粟养无用之牛乎？”子曰：“尔之言，知计利而不知义者也。为政之本，莫大于使民兴行，民俗善而衣食不足者，未之有也。水旱螟虫之灾，皆不善之致也。”

邵尧夫谓程子曰：“子虽聪明，然天下之事亦众矣，子能尽知邪？”子曰：“天下之事，某所不知者固多，然尧夫所谓不知者何事？”是时适雷起，尧夫曰：“子知雷起处乎？”子曰：“某知之，尧夫不知也。”尧夫愕然曰：“何谓也？”子曰：“既知之，安用数推也？以其不知，故待推而后知。”尧夫曰：“子以为起于何处？”子曰：“起于起处。”尧夫瞿然称善。

张子厚罢太常礼院归关中⑥，过洛而见程子，子曰：“比太常礼院所议，可得闻乎？”子厚曰：“大事皆为礼房检正所夺，所议惟小事尔。”子曰：“小事谓何？”子厚曰：“如定谥及龙女衣冠⑦。"子曰："龙女衣冠如何？"子厚曰："当依夫人品秩，盖龙女本封善济夫人。"子曰："某则不然。既曰龙，则不当被人衣冠。矧大河之塞，本上天降祐，宗庙之灵，朝廷之德，而吏士之劳也。龙何功之有？又闻龙有五十三庙，皆曰三娘子，一龙邪？五十三龙邪？一龙则不当有五十三庙，五十三龙则不应尽为三娘子也。"子厚默然。

韩持国帅许，程子往见，谓公曰："适市中聚浮图，何也？"公曰："为民祈福也。"子曰："福斯民者，不在公乎？"

韩公持国使掾为亭，成而莲已生其前，盖掾盆植而置之。公甚喜。程子曰："斯可恶也。使之为亭，而更为此以说公，非端人也。"公曰："奈何人见之则喜！"

韩公持国与范公彝叟、程子为泛舟之游，典谒白有士人坚欲见公。程子曰："是必有故，亟见之。"顷之，遽还。程子问："客何为者？"曰："上书。"子曰："言何事？"曰："求荐尔。"子曰："如斯人者，公缺一字无荐，夫为国荐贤，自当求人，岂可使人求也？"公曰："子不亦甚乎！"范公亦以子为不通。子曰："大抵今之大臣，好人求己，故人求之。如不好，人岂欲求怒邪？"韩公遂以为然。

韩持国罢门下侍郎⑧，出帅南阳，已出国门，程子往见之。子时在讲筵，公惊曰："子来见我乎！子亦危矣。"程子曰："只知履安地，不知其危。"坐顷之，公不言。子曰："公有不豫色，何也？"公曰："在维固无足道，所虑者贻兄姊之忧耳。"子曰："领帅南阳，兄姊何所忧？"公悟曰："正为定力不固耳。"

谢公师直与程子论《易》，程子未之许也。公曰："昔与伯淳，亦谓景温于《春秋》则可，《易》则未也。"程子曰："以某观之，二公皆深於《易》者也。"公曰："何谓也？"子曰："以监司论学，而主簿敢以为非，为监司者不怒，为主簿者敢言，非深于《易》而何？"

张闳中以书问《易传》不传，及曰"《易》之义本起于数"。程子答曰："《易传》未传，自量精力未衰，尚冀有少进尔。然亦不必直待身后，觉老耄则传矣。书虽未出，学未尝不传也。第患无受之者尔。来书云：'《易》之义本起于数。'谓义起于数则非也。有理而后有象，有象而后有数。《易》因象以明理，由象以知数，得其义则象数在其中矣。必欲穷象之隐微，尽数之毫忽，乃寻流逐末，术家之所尚，非儒者之所务也，管辂、郭璞之学是也。"又曰："理无形也，故因象以明理。理见乎辞矣，则可由辞以观象。故曰：'得其义则象数在其中矣。'"

子言范公、尧夫之宽大也："昔余过成都，公时摄帅，有言公于朝者，朝廷遣中使降香峨眉，实察之也。公一日访予款语，子问曰：'闻中使在此⑨，公何暇也？'公曰：'不尔则拘束。'已而中使果怒，以鞭伤传言者耳。属官喜谓公曰：'此一事足以塞其谤，请闻于朝。'公既不折言者之为非，又不奏中使之过也，其有量如此。"

程子过成都，时转运判官韩宗道议减役，至三大户亦减一人焉。子曰："只闻有三大户，不闻两也。"宗道曰："三亦可，两亦可，三之名不从天降地出也。"子曰："乃从天降地出也。古者朝有三公，国有三老，'三人占则从二人之言'，'三人行，则必得我师焉'。若止两大户，则一人以为是，一人以为非，何从而决？三则从二人之言矣。虽然，近年诸县有使之分治者，亦失此意也。"

绎曰："邹浩以极谏得罪，世疑其卖直也。"先生曰："君子之于人也，当于有过中求无过，不当于无过中求有过。"

程子之蛊屋，时枢密赵公瞻持丧居邑中，杜门谢客，使侯鹗语子以释氏之学。子曰："祸莫大于无类。释氏使人无类，可乎？"鹗以告赵公。公曰："天下知道者少，不知道者众，自相生养，何患乎无类也？若天下尽为君子，则君子将谁使？"侯子以告。程子曰："岂不欲人人尽为君子哉？病不能耳，非利其为使也。若然，则人类之存，不赖于圣贤，而赖于下愚也。"赵公闻之，笑曰："程子未知佛道弘大耳。"程子曰："释氏之道诚弘大，吾闻传者以佛逃父入山，终能成佛。若儒者之道，则当逃父时已诛之矣，岂能俟其成佛也？"

　　韩公持国与程子语，叹曰："今日又暮矣。"程子对曰："此常理从来如是，何叹为？"公曰："老者行去矣。"曰："公勿去可也。"公曰："如何能勿去？"子曰："不能则去可也。"

---

①蒯聩：卫灵公的长子。他因为与卫夫人南子不和，图谋刺杀南子不成，出奔到晋。卫灵公死后，蒯聩回国继位，即卫庄公。

②合纵：战国时弱国联合起来抵御强国进攻，称为合纵。

③公、谷：指《公羊传》、《谷梁传》。

④彀（gòu，音沟）率：射箭的技巧。彀，即张满弓弩。

⑤墁（màn，音慢）：墙上的通饰。

⑥太常礼院：官制，掌宗庙礼仪。

⑦定谥（shī，音谥）：制定谥号。谥号，古代在人死后按其生前所作所为，评定褒贬，给予适当的称号。

⑧门下侍郎：官名。秦汉时称为黄门侍郎，为帝王的近侍之官。唐朝改为门下侍郎，为门下省的副长官，相当于今天的副总理。

⑨中使：指宦官。

河南程氏遗书卷第二十一下

伊川先生语七下

附师说后

　　幽王失道，始则万物不得其性，而后恩衰于诸侯以及其九族，其甚也，至于视民如禽兽。

　　孔子之时，诸侯甚强大，然皆周所封建也。周之典礼虽甚废坏，然未泯绝也，故齐、晋之霸，非挟尊王之义，则不能自立。至孟子时则异矣。天下之大国七，非周所命者四，先王之政绝而泽竭矣。夫王者，天下之义主也。民以为王，则谓之天王天子；民不以为王，则独夫而已矣。二周之君，虽无大恶见绝于天下，然独夫也，故孟子勉齐、梁以王者，与孔子之所以告诸侯不同。君子之救世，时行而已矣。

　　不动心有二：有造道而不动者，有以义制心而不动者。此义也，此不义也，义吾所当取，不义吾所当舍，此以义制心者也。义在我，由而行之，从容自中，非有所制也，此不动之异。

　　凡有血气之类，皆具五常，但不知充而已矣。

　　勇者，所以敌彼者也，苟为造道而心不动焉，则所以敌物者，不赖勇而裕如矣。

　　理也，性也，命也，三者未尝有异。穷理则尽性，尽性则知天命矣。天命犹天道也，以其用而言之，则谓之命。命者，造化之谓也。

《书》言天叙，天秩。天有是理，圣人循而行之，所谓道也。圣人本天，释氏本心。

忠者，无妄之谓也。忠，天道也。恕，人事也。忠为体，恕为用。"忠恕违道不远"，非一以贯之之忠恕也。

真近诚，诚者无妄之谓。

气有善不善，性则无不善也。人之所以不知善者，气昏而塞之耳。孟子所以养气者，养之至则清明纯全，而昏塞之患去矣。或曰"养心"，或曰"养气"，何也？曰："养心则勿害而已，养气则在有所帅也。"

贱妾得进御于君，是其僭恣可行，而分限得逾之时也。乃能谨于"抱衾与裯"，而知"命之不犹"，则教化至矣。

心生道也，有是心，斯具是形以生。恻隐之心，人之生道也，虽桀、跖不能无是以生，但戕贼之以灭天耳①。始则不知爱物，俄而至于忍，安之以至于杀，充之以至于好杀，岂人理也哉？

有欲乱之人，而无与乱者，则虽有强力，弗能为也。今有劫人以杀人者，则先治劫者，而杀者次之。将以垂训于后世，则先杀者而后劫者。《春秋》书"郑公子归生弑其君夷"是也。

诸葛瑾使蜀，其弟亮，与瑾非公会不觌②。亮之处瑾为得矣。使吴之知瑾，如备之遇亮，复何嫌而不得悉兄弟之欢也？

《春秋》丧昏无讥，盖日月自见，不必讥也。唯哀姜以禫中纳币，则重叠讥之：曰"逆妇"，曰"夫人至"，恐后世不以为非也。他皆曰"逆女"，此独云"妇"，而又不曰"夫人"，盖已纳币则为妇，违礼而昏则不可谓之"夫人"。

"贞而不谅"，犹大信不约也。

智出于人之性。人之为智，或入于巧伪，而老、庄之徒遂欲弃智，是岂性之罪也哉？善乎孟子之言："所恶于智者，为其凿也。"

孔子之时，道虽不明，而异端之害未甚，故其论伯夷也以德；孟子之时，道益不明，异端之害滋深，故其论伯夷也以学。道未尽乎圣人，则推而行之，必有害矣。故孟子推其学术而言之也。夫辟邪说以明先王之道，非拔本塞源不能也。

青蝇诗言樊、棘、榛，言二人、四国。自樊而观之，则樊为近而棘、榛为远。自二人而观之，则二人为小而四国为大。谗人之情，常欲污白以为黑也，而其言不可以直达，故必营营往来，或自近而至于远，或自小而至于大，然后其说得行矣。

文王之德，正与天合，"明明于下"者，乃"赫赫于上"者也。

孟子曰："强恕而行，求仁莫近焉。"有忠矣，而行之以恕，则以无我为体，以恕为用。所谓"强恕而行"者，知以己之所好恶处人而已，未至于无我也。故"己欲立而立人，己欲达而达人。"所以"为仁之方"也。

富文忠公辞疾归第，以其俸券还府，府受之。先生曰："受其纳券者固无足议，然纳者亦未为得也。留之而无请可矣。"

名分正则天下定。

"人心惟危，道心惟微。"心，道之所在；微，道之体也。心与道，浑然一也。对放其良心者言之，则谓之"道心"，放其良心则危矣。"惟精惟一"，所以行道也。

伊川先生病革，门人郭忠孝往视之，子瞑目而卧。忠孝曰："夫子平生所学，正要此时用。"子曰："道著用便不是。"忠孝未出寝门而子卒。

①戕（qiāng，音羌）：杀害。
②觌（dí，音敌）：相见。

河南程氏遗书卷第二十二上

伊川先生语八上

伊 川 杂 录

宜兴唐棣彦思编

棣初见先生，问"初学如何？"曰："入德之门，无如《大学》。今之学者，赖有此一篇书存，其他莫如《论》、《孟》。"

先生曰："古人有声音以养其耳，采色以养其目，舞蹈以养其血脉，威仪以养其四体。今之人只有理义以养心，又不知求。"

又问："如何是格物①？"先生曰："格，至也，言穷至物理也②。"又问："如何可以格物？"曰："但立诚意去格物，其迟速却在人明暗也。明者格物速，暗者格物迟。"

先生曰："孔子弟子，颜子而下，有子贡。"伯温问："子贡，后人多以货殖短之。"曰："子贡之货殖，非若后世之丰财，但此心未去耳。"

潘子又问："由之瑟奚为于丘之门，如何？"曰："此为子路于圣人之门有不和处。"伯温问："子路既于圣人之门有不和处，何故学能至于升堂？"曰："子路未见圣人时，乃暴悍之人，虽学至于升堂，终有不和处。"

先生曰："古人有言曰：'共君一夜话，胜读十年书。'若一日有所得，何止胜读十年书也？尝见李初平问周茂叔云：'某欲读书，如何？'茂叔曰：'公老矣，无及也。待某只说与公。'初平遂听说话，二年乃觉悟。"

先生语子良曰："纳拜之礼，不可容易。非己所尊敬，有德义服人者不可。余平生只拜二人，其一吕申公，其一张景观奉议也。昔有数人同坐，说一人短，其间有二人不说。问其故，其一曰：'某曾拜他。'其一曰：'某曾受他拜。'王拱辰君贶初见周茂叔，为与茂叔世契，便受拜。及坐上，大风起，说《大畜》卦，君贶乃起曰：'某适来，不知受却公拜，今某却当纳拜。'茂叔走避。君贶此一事亦过人。"谢用休问："当受拜，不当受拜？"曰："分已定，不受乃是。"

先生曰："曾见韩持国说，有一僧，甚有所得，遂招来相见，语甚可爱。一日谒之，其僧出，暂憩其室，见一老行，遂问其徒曰：'为谁？'曰：'乃僧之父，今则师孙也。'因问：'僧如何待之？'曰：'待之甚厚。凡晚参时，必曰此人老也，休来。'以此遂更不见之，父子之分，尚已颠倒矣。"

先生曰："祭祀之礼，难尽如古制，但以义起之可也。"富公问配享，先生曰："合葬用元妃，配享用宗子之所出。"又问："祭用三献，何如？"曰："公是上公之家，三献太薄。古之乐九变，乃是九献。"曰："兄弟可为昭穆否？"曰："国家弟继兄，则是继位，故也中为昭穆，士大夫则不可。"

棣问："《礼记》言：'有忿懥、忧患、恐惧、好乐，则心不得其正。'如何得无此数端？"曰："非言无，只言有此数端则不能以正心矣。"又问："圣人之言可践否？"曰："苟不可践，何足以垂教万世？"

伯温问："学者如何可以有所得？"曰："但将圣人言语玩味久，则自有所得。当深求于《论语》，将诸弟子问处便作己问，将圣人答处便作今日耳闻，自然有得。孔、孟复生，不过以此教人耳。若能于论、孟中深求玩味，将来涵养成甚生气质。"

又问："颜子如何学孔子到此深邃？"曰："颜子所以大过人者，只是得一善则拳拳服膺，与能屡空耳。"棣问："去骄吝，可以为屡空否？"曰："然。骄吝最是不善之总名。骄，只为有己；吝，如不能改过，亦是吝。"

伯温又问："心术最难，如何执持？"曰："敬。"

棣问："看《春秋》如何看？"先生曰："某年二十时看《春秋》，黄赘隅问某如何看？某答曰：'以传考经之事迹，以经别传之真伪。'"

先生曰："《史记》载宰予被杀，孔子羞之。尝疑田氏不败，无缘被杀。若为齐君而死，是乃忠义。孔子何羞之有？及观左氏，乃是阚止为陈恒所杀，亦字子我，谬误如此。"

用休问："夫子贤于尧、舜，如何？"子曰："此是说功。尧、舜治天下，孔子又推尧、舜之道而垂教万世，门人推尊，不得不然。"伯温又问："尧、舜，非孔子，其道能传后世否？"曰："无孔子，有甚凭据处？"

子文问："'师也过，商也不及。'如论交，可见否？"曰："气象间亦可见。"又曰："子夏、子张皆论交，子张年言是成人之交，子夏是小子之交。"又问："'主忠信，毋友不如己者。'如何？"曰："毋友不忠信之人。"

棣问："使孔、孟同时，将与孔子并驾其说于天下邪？将学孔子邪？"曰："安能并驾？虽颜子亦未达一间耳。颜、孟虽无大优劣，观其立言，孟子终未及颜子。昔孙莘老尝问颜、孟优劣，答之曰：'不必问，但看其立言如何。凡学者，读其言便可以知其人。若不知其人，是不知言也。'"

又问："《大学》知本，止说'听讼吾犹人也，必也使无讼乎？无情者不得尽其辞，大畏民志。'何也？"曰："且举此一事，其他皆要知本，听讼则必使无讼是本也。"

李嘉仲问："'裁成天地之道，辅相天地之宜。'如何？"曰："天地之道，不能自成，须圣人裁成辅相之。如岁有四时，圣人春则教民播种，秋则教民收获，是裁成也；教民锄耘灌溉，是辅相也。"又问："'以左右民'如何？"曰："古之盛时，未尝不教民，故立之君师，设官以治之。周公师保万民，与此卦言'左右民'，皆是也。后世未尝教民，任其自生自育，只治其斗而已。"

张思叔问："'贤贤易色'如何？"曰："见贤即变易颜色，愈加恭敬。"

棣问："《春秋》书王，如何？"曰："圣人以王道作经，故书王。"范文甫问："杜预以谓周王，如何？"曰："圣人假周王以见意。"棣又问："汉儒以谓王加正月上，是正朔出于天子，如何？"曰："此乃自然之理。不书春王正月，将如何书？此汉儒之惑也。"

先生将伤寒药与兵士，因曰："在坟所与庄上，常合药与人。有时自笑，以此济人，何其狭也！然只做得这个事。"

思叔告先生曰："前日见教授夏侯庶，甚叹服。"曰："前时来相见，问后极说与他来。既问，却不管他好恶，须与尽说与之。学之久，染习深，不是尽说，力诋介甫，无缘得他觉悟。亦曾说介甫不知事君道理，观他意思，只是要'乐子之无知'。如上表言：'秋水既至，因知海若之无穷；大明既升，岂宜爝火之不息③？'皆是意思常要己在人主上。自古主圣臣贤，乃常理，何至如此？又观其说鲁用天子礼乐云：'周公有人臣所不能为之功，故得用人臣所不得用之礼乐。'此乃大段不知事君。大凡人臣身上，岂有过分之事？凡有所为，皆是臣职所当为之事也。介甫平居事亲最孝，观其言如此，其事亲之际，想亦洋洋自得，以为孝有余也。臣子身上皆无过分事，惟是孟子知之，如说曾子，只言'事亲若曾子可矣'。不言有余，只言可矣。唐子方作一事，后无闻焉，亦自以为报君足矣，当时所为，盖不诚意。"嘉仲曰："陈瓘亦可谓难得矣。"先生曰："陈瓘却未见其已。"

伯温问："西狩获麟已后，又有二年经，不知如何？"曰："是孔门弟子所续。当时以谓必能尽得圣人作经之意，及再三考究，极有失作经意处。"

亨仲问："《表记》言'仁右也，道左也；仁者，人也；道者，义也。'如何？"曰："本不可如此分别，然亦有些子意思。"又问："莫是有轻重否？"曰："却是有阴阳也。此却是儒者说话，如经解，只是弄文墨之士为之。"

又问："如臧武仲之知，公绰之不欲，卞庄子之勇，冉求之艺，文之以礼乐，亦可以为成人矣。"曰："须是合四人之能，又文之以礼乐，亦可以为成人矣。然而论大成，则不止此。如今之成人，则又其次也。"

又问："介甫言'尧行天道以治人，舜行人道以事天。'如何？"曰："介甫自不识道字。道未始有天人之别，但在天则为天道，在地则为地道，在人则为人道。如言《尧典》，于舜、丹朱、共工、驩兜之事皆论之，未及乎升黜之政；至《舜典》，然后禅舜以位，四罪而天下服之类，皆尧所以在天下，舜所以治，是何义理？四凶在尧时，亦皆高才，职事皆修，尧如何诛之？然尧已知其恶，非尧亦不能知也。及尧一旦举舜于侧微，使四凶北面而臣之，四凶不能堪，遂逆命，鲧功又不成，故舜然后远放之。如《吕刑》言'遏绝苗民'，亦只是舜，孔安国误以为尧。"

又问："伯夷、叔齐逃，是否？"曰："让不立则可，何必逃父邪？叔齐承父命，尤不可逃也。"又问："中子之立，是否？"曰："安得是？只合招叔齐归立则善。"伯温曰："孔子称之曰仁，何也？"曰："如让国亦是清节，故称之曰仁，如与季札是也。札让不立，又不为立贤而去，卒有杀僚之乱，故圣人于其来聘，书曰：'吴子使札来聘。'去其公子，言其不得为公子也。"

嘉仲问："否之匪人。"曰："泰之时，天地交泰而万物生，凡生于天地之间者，皆人道也。至否之时④，天地不交，万物不生，无人道矣，故曰'否之匪人。'"

亨仲问："'自反而缩'，如何？"曰："缩只是直。"又问曰："北宫黝似子夏，孟施舍似曾子，如何？"曰："北宫黝之养勇也，必为而已，未若舍之能无惧也。无惧则能守约也。子夏之学虽博，然不若曾子之守礼为约，故以黝为似子夏，舍似曾子也。"

棣问："'考仲子之宫'，非与？"曰："圣人之意又在下句，见其'初献六羽'也。言初献，则见前此八羽也。《春秋》之书，百王不易之法。三王以后，相因既备，周道衰，而圣人虑后世圣人不作，大道遂坠，故作此一书。此义，门人皆不得闻，惟颜子得闻，尝语之曰：'行夏之时，乘殷之辂⑤，服周之冕，乐则韶舞'是也。此书乃文质之中，宽猛之宜，是非之公也。"

范季平问："'博学而笃志，切问而近思，仁在其中。'如何？"曰："仁即道也，百善之首也，苟能学道，则仁在其中矣。"亨仲问："如何是近思？"曰："以类而推。"

亨仲问："'吾与女弗如也'之与，比'吾与点也'之与，如何？"曰："与字则一般，用处不同。孔子以为'吾与女弗如'者，勉进学者之言。使子贡喻圣人之言，则知勉进己也；不喻其言，则以为圣人尚不可及，不能勉进，则谬矣。"

棣问："纪裂繻为君逆女，如何？"曰："逆夫人是国之重事，使卿逆亦无妨。先儒说亲逆甚可笑。且如秦君娶于楚，岂可越国亲迎耶？所谓亲迎者，迎于馆耳。文王迎于渭，亦不是出疆远迎，周国自在渭傍。先儒以此，遂泥于亲迎之说，直至谓天子须亲迎。况文王亲迎之时，乃为公子，未为君也。"

贵一问："齐王谓时子欲养弟子以万钟，而使国人有所矜式，孟子何故拒之？"曰："王之意非尊孟子，乃欲赂之尔，故拒之。"

用休问："'温故而知新'，如何'可以为师'？"曰："不然。只此一事可师。如何等处，学者极要理会得。若只指认温故知新便可为人师，则窄狭却气象也。凡看文字，非只是要理会语言，要识得圣贤气象，如孔子曰：'盍各言尔志。'而由曰：'愿车马，衣轻裘，与朋友共，敝之而无憾。'颜子曰：'愿无伐善，无施劳。'孔子曰：'老者安之，朋友信之，少者怀之。'观此数句，便见圣贤气象大段不同。若读此不见得圣贤气象，他处也难见，学者须要理会得圣贤气象。"

嘉仲问："诏尽美矣，又尽善也。"先生曰："非是言武王之乐未尽善，言当时传舜之乐则尽善尽美，传武王之乐则未尽善耳。"

先生曰："'子在齐闻韶，三月不知肉味。'非是三月，本是音字。'文胜质则史'，史乃《周官》府史胥徒之史。史，管文籍之官，故曰：'史掌官书以赞治'，文虽多而不知其意，文胜正如此也。"

又曰："学者须要知言。"

周伯温问："'回也三月不违仁。'如何？"曰："不违处，只是无纤毫私意。有少私意，便是不仁。"又问："博施济众，何故仁不足以尽之？"曰："既谓之博施济众，则无尽也。尧之治，非不欲四海之外皆被其泽，远近有间，势或不能及。以此观之，能博施济众，则是圣也。"又问："孔子称管仲'如其仁'，何也？"曰："但称其有仁之功也。管仲其初事子纠，所事非正。《春秋》书'公伐齐纳纠'，称纠而不称子纠，不当立者也。不当立而事之，失于初也。及其败也，可以死，亦可以无死。与人同事而死之，理也。知始事之为非而改之，义也。召忽之死，正也。管仲之不死，权其宜可以无死也。故仲尼称之曰：'如其仁'，谓其有仁之功也。使管仲所事子纠正而不死，后虽有大功，圣人岂复称之耶？若以为圣人不观其死、不死之是非，而止称其后来之是非，则甚害义理也。"又问："如何是仁？"曰："只是一个公字。学者问仁，则常教他将公字思量。"

又问："郑人来渝平。"曰："更成也。国君而轻变其平，反复可罪。"又问："终隐之世，何以不相侵伐？"曰："不相侵伐固足称，然轻欲变平，是甚国君之道？"

又问："宋穆公立与夷，是否？"曰："大不是。左氏之言甚非！穆公却是知人，但不立公子冯，是其知人处。若以其子享之为知人，则非也。后来卒致宋乱，宣公行私惠之过也。"

先生曰："凡看《语》、《孟》，且须熟玩味，将圣人之言语切己，不可只作一场话说。人只看得此二书切已，终身尽多也。"

棣问："'退而省其私，亦足以发。'如何？"曰："孔子退省其中心，亦足以开发也。"又问："岂非颜子见圣人之道无疑欤？"曰："然也。孔子曰：'一以贯之。'曾子便理会得，遂曰'唯'，其他门人便须辩问也。"

又问："祭如在，祭神如神在。"曰："'祭如在'，言祭祖宗。'祭神如神在'，则言祭神也。祭先，主于孝。祭神，主于恭敬。"

又问："祭起于圣人制作以教人否？"曰："非也。祭先本天性，如豺有祭，獭有祭，鹰有祭，皆是天性，岂有人而不如物乎？圣人因而裁成礼法以教人耳。"又问："今人不祭高祖，如何？"曰："高祖自有服，不祭甚非。某家却祭高祖。"又问："天子七庙，诸侯五，大夫三，士二，如何？"曰："此亦只是礼家如此说。"又问："今士庶家不可立庙，当如何也？""庶人祭于寝，今之正厅是也。凡礼，以义起之可也。如富家及士，置一影堂亦可，但祭时不可用影。"又问："用主如何？"曰："白屋之家不可用，只用牌子可矣。如某家主式，是杀诸侯之制也。大凡影不可用祭，若用影祭，须无一毫差方可，若多一茎须，便是别人。"

棣又问："克己复礼，如何是仁？"曰："非礼处便是私意。既是私意，如何得仁？凡人须是克尽己私后，只有礼，始是仁处。"

谢用休问"入太庙，每事问。"曰："虽知亦问，敬谨之至。"又问："旅祭之名如何？"曰："古之祭名皆有义，如旅亦不可得而知。"

棣问："如《仪礼》中礼制，可考而信否？"曰："信其可信，如言昏礼云：问名、纳吉、纳币、皆须卜，岂有问名了而又卜？苟卜不吉，事可已邪？若此等处难信也。""又尝疑卜郊亦非，不知果如何？"曰："《春秋》却有卜郊，但卜上辛不吉，则当卜中辛，中辛又不吉，则当便用下辛，不可更卜也。如鲁郊三卜，四卜，五卜，而至不郊，非礼。"又问："三年一郊，与古制如何？"曰："古者一年之间，祭天甚多，春则因民播种而祈谷，夏则恐旱暵而大雩⑥，以至秋则明堂⑦，冬则圆丘，皆人君为民之心也。凡人子不可一日不见父母，国君不可一岁不祭天，岂有三年一亲郊之理？"

用休问北郊之礼，曰："北郊不可废。元祐时朝廷议行，只为五月间天子不可服大裘，皆以为难行。不知郊天郊地，礼制自不同。天是资始，故凡用物皆尚纯，藉用蒿秸，器用陶匏，服用大裘，是也。地则资生，安可亦用大裘？当时诸公知大裘不可服，不知别用一服。向日宣仁山陵，吕汲公作大使，某与坐说话次，吕相责云：'先生不可如此，圣人当时不曾如此，今先生教朝廷怎生则是？'答曰：'相公见圣人不如此处怎生？圣人固不可跂及⑧，然学圣人者，不可轻易看了圣人。只如今朝廷，一北郊礼不能行得，又无一人道西京有程某，复问一句也。'吕公及其婿王某等便问：'北郊之礼当如何？'答曰：'朝廷不曾来问，今日岂当对诸公说邪？'是时苏子瞻便据'昊天有成命'之《诗》，谓郊祀同。文潞公便谓譬如祭父母，作一处何害？曰：'此诗冬至夏至皆歌，岂不可邪？郊天地又与共祭父母不同也。此是报本之祭，须各以类祭，岂得同时邪？'"

又问六天之说。曰："此起于《谶书》，郑玄之徒从而广之，甚可笑也。帝者气之主也。东则谓之青帝，南则谓之赤帝，西则谓之白帝，北则谓之黑帝，中则谓之黄帝。岂有上帝而别有五帝之理？此因《周礼》言祀昊天上帝，而后又言祀五帝亦如之，故诸儒附此说。"又问："《周礼》之说果如何？"曰："周礼中说祭祀，更不考证。六天之说，正与今人说六子是乾、坤退居不用之时同也。不知乾、坤外，甚底是六子？譬如人之四肢，只是一体耳。学者大惑也。"

又问："郊天冬至当卜邪？"曰："冬至祭天，夏至祭地，此何待卜邪？"又曰："天与上帝之说如何？"曰："以形体言之谓之天，以主宰言之谓之帝，以功用言之谓之鬼神，以妙用言之谓之神，以性情言之谓之乾。"

又问："《易》言'知鬼神之情状'，果有情状否？"曰："有之。"又问："既有情状，必有鬼神矣。"曰："《易》说鬼神，便是造化也。"又问："如名山大川能兴云致雨，何也？"曰："气之蒸成耳。"又问："既有祭，则莫须有神否？"曰："只气便是神也。今人不知此理，才有水旱，便去庙中祈祷，不知雨露是甚物，从何处出，复于庙中救耶？名山大川能兴云致雨，却都不说著，却只于山川外木土人身上讨雨露，木土人身上有雨露耶？"又问："莫是人自兴妖？"曰："只妖亦无，皆人心兴之也。世人只因祈祷而有雨，遂指为灵验耳，岂知适然？某尝至泗州，恰值大圣见。及问人曰：‘如何形状？’一人曰如此，一人曰如彼，只此可验其妄。兴妖之人皆若此也。昔有朱定，亦尝来问学，但非信道笃者，曾在泗州守官，值城中火，定遂使兵士舁僧伽避火。某后语定曰：‘何不舁僧伽在火中⑨？若为火所焚，即是无灵验，遂可解天下之惑；若火遂灭，因使天下人尊敬可也。此时不做事，待何时邪？’惜乎定识不至此。”

贵一问："日月有明，容光必照。"曰："日月之明有本，故凡容光必照；君子之道有本，故无不及也。"

用休问"老者安之，少者怀之，朋友信之。"曰："此数句最好。先观子路、颜渊之言，后观圣人之言，分明圣人是天地气象。"

孟敦夫问："庄子《齐物论》如何？"曰："庄子之意，欲齐物理耶？物理从来齐，何待庄子而后齐？若齐物形，物形从来不齐，如何齐得？此意是庄子见道浅，不奈胸中所得何，遂著此论也。"

伯温问："祭用祝文否？"曰："某家自来相承不用，今待用也。"又问："有五祀否？"曰："否。祭此全无义理。释氏与道家说鬼神甚可笑。道家狂妄尤甚，以至说人身上耳目口鼻皆有神。"

伯温见，问"'至大'，'至刚'，'以直'，以此三者养气否？"曰："不然。是气之体如此。"又问："养气以义否？"曰："然。"又问："'配义与道'，如何？"曰："配道言其体，配义言其用。"又问："'我知言，我善养吾浩然之气'，如何？"曰："知言然后可以养气，盖不知言无以知道也。此是答公孙丑'夫子乌乎长'之问，不欲言我知道，故以知言养气答之。"又问："'夜气'如何？"曰："此只是言休息时气清耳。至平旦之气，未与事接，亦清。只如小儿读书，早晨便记得也。"又问："孔子言血气，如何？"曰："此只是大凡言血气，如《礼记》说'南方之强'是也。南方人柔弱，所谓强者，是义理之强，故君子居之；北方人强悍，所谓强者，是血气之强，故小人居之。凡人血气，须要理义胜之。"

又问："'吾不复梦见周公'，如何？"曰："孔子初欲行周公之道，至于梦寐不忘。及晚年不遇哲人将萎之时，自谓不复梦见周公矣。"因此说梦便可致思，思圣人与众人之梦如何？梦是何物？"高宗梦得说，如何？"曰："此是诚意所感，故形于梦。"

又问："《金縢》，周公欲代武王死，如何？"曰："此只是周公之意。"又问："有此理否？"曰："不问有此理无此理，只是周公人臣之意，其辞则不可信，只是本有此事，后人自作文足此一篇。此事与舜喜象意一般，须详看舜、周公用心处。"尚书"文颠倒处多，如《金縢》尤不可信。"

高宗好贤之意，与《易·姤》卦同。九五"以杞包瓜，含章，有陨自天。"杞生于最高处，瓜美物生低处，以杞包瓜，则至尊逮下之意也。既能如此，自然有贤者出，故有陨自天也。后人遂有天祐生贤佐之说。

棣问："福善祸淫如何？"曰："此自然之理，善则有福，淫则有祸。"又问："天道如何？"曰："只是理，理便是天道也。且如说皇天震怒，终不是有人在上震怒，只是理如此。"又问："今人善恶之报如何？"曰："幸不幸也。"

"知者乐水，仁者乐山。"言其体动静如此。知者乐，所运用处皆乐。仁者寿，以静而寿。仁可兼知，而知不可兼仁。如人之身，统而言之，则只谓之身；别而言之，则有四支。

世间术数多，惟地理之书最无义理。祖父葬时，亦用地理人，尊长皆信，惟先兄与某不然。后来只用昭穆法。或问："凭何文字择地？"曰："只昭穆便是书也。但风顺地厚处足矣。某用昭穆法葬一穴，既而尊长召地理人到葬处，曰："此是商音绝处，何故如此下穴？"某应之曰："固知是绝处，且试看如何。"某家至今，人已数倍之矣。

在讲筵时，曾说与温公云："更得范纯夫在筵中尤好。"温公彼时一言亦失，却道他见修史自有门路。某应之曰："不问有无门路，但筵中须得他。"温公问何故，某曰："自度少温润之气，纯夫色温而气和，尤可以开陈是非，道人主之意。"后来遂除侍讲。

用休问："井田今可行否？"曰："岂有古可行而今不可行者？或谓今人多地少，不然。譬诸草木，山上著得许多，便生许多。天地生物常相称，岂有人多地少之理？"

嘉仲问："封建可行否？"曰："封建之法，本出于不得已，柳子厚有论，亦窥测得分数。秦法固不善，亦有不可变者，罢侯置守是也。"

伯温问："梦帝与我九龄。"曰："与龄之说不可信，安有寿数而与人移易之理？"棣问："孔子梦坐奠于两楹之间，如何？"曰："于理有之。"

陈贵一问："人之寿数可以力移否？"曰："盖有之。"棣问："如今人有养形者，是否？"曰："然，但甚难。世间有三件事至难，可以夺造化之力：为国而至于祈天永命，养形而至于长生，学而至于圣人。此三事，功夫一般分明，人力可以胜造化，自是人不为耳。故关朗有'周能过历，秦止二世'之说，诚有此理！"

棣问："孔、孟言性不同，如何？"曰："孟子言性之善，是性之本，孔子言性相近，谓其禀受处不相远也。人性皆善，所以善者，于四端之情可见，故孟子曰：'是岂人之情也哉？'至于不能顺其情而悖天理，则流而至於恶，故曰：'乃若其情，则可以为善矣。'若，顺也。"又问："才出于气否？"曰："气清则才善，气浊则才恶。禀得至清之气生者为圣人，禀得至浊之气生者为愚人。如韩愈所言、公都子所问之人是也。然此论生知之圣人，若夫学而知之，气无清浊，皆可至于善而复性之本。所谓'尧、舜性之'，是生知也；'汤、武反之'，是学而知之也。孔子所言上知下愚不移，亦无不移之理。所以不移，只有二，自暴自弃是也。"又问："如何是才？"曰："如材植是也。譬如木，曲直者性也。可以为轮辕，可以为梁栋，可以为榱桷者，才也。今人说有才，乃是言才之美者也。才乃人之资质，循性修之，虽至恶可胜而为善。"又问："性如何？"曰："性即理也。所谓理，性是也。天下之理，原其所自，未有不善。喜怒哀乐未发，何尝不善？发而中节，则无往而不善。凡言善恶，皆先善而后恶；言吉凶，皆先吉而后凶；言是非，皆先是而后非。"又问："佛说性如何？"曰："佛亦是说本善，只不合将才做缘习。"又问："说生死如何？"曰："譬如水沤，亦有些意思。"又问："佛言生死轮回，果否？"曰："此事说有说无皆难，须自见得。圣人只一句尽断了，故对子路曰：'未知生，焉知死？'佛亦是西方贤者，方外山林之士，但为爱胁持人说利害，其实为利耳。其学譬如以管窥天，谓他不见天不得，只是不广大。"

问："丧止于三年，何义？"曰："岁一周则天道一变，人心亦随以变。惟人子孝于亲，至此犹未忘，故必至于再变；犹未忘，又继之以一时。"

伯温问："'尽其心则知其性，知其性则知天矣'，如何？"曰："尽其心者，我自尽其心；能尽心，则自然知性知天矣。如言'穷理尽性以至于命'，以序言之，不得不然，其实，只能穷理，便尽性至命也。"又问事天。曰："奉顺之而已。"

富公尝语先生曰："先生最天下闲人。"曰："某做不得天下闲人。相公将谁作天下最忙人？"曰："先生试为我言之。"曰："禅伯是也。"曰："禅伯行住坐卧无不在道，何谓最忙？"曰："相公所言乃忙也。今市井贾贩人，至夜亦息。若禅伯之心，何时休息？"

先生尝与一官员一僧同会，一官员说条贯，既退，先生问僧曰："晓之否邪？"僧曰："吾释子不知条贯。"曰："贤将竟三界外事邪？天下岂有二理？"

贵一问："'兴于《诗》'，如何？"曰："古人自小讽诵，如今人讴唱，自然善心生而兴起。今人不同，虽老师宿儒，不知《诗》也。'人而不为《周南》、《召南》'，此乃为伯鱼而言，盖恐其未能尽治家之道尔。欲治国治天下，须先从修身齐家来。不然，则犹'正墙面而立'。"

或问："'伯夷、叔齐不念旧恶'，如何？"曰："观其清处，其衣冠不正，便望望然去之，可谓隘矣，疑若有恶矣，然却能不念旧恶，故孔子特发明其情。武王伐纣，伯夷只知君臣之分不可，不知武王顺天命诛独夫也。"问："武王果杀纣否？"曰："武王不曾杀纣，人只见《洪范》有杀纣字尔。武王伐纣而纣自杀，亦须言杀纣也。向使纣曾杀帝乙，则武王却须杀纣也。石曼卿有诗言伯夷'耻居汤、武干戈地，来死唐、虞揖让墟'。亦有是理。首阳乃在河中府虞乡也。"问："不食周粟如何？"曰："不食禄耳。"

用休问："陈文子之清，令尹子文之忠，使圣人为之，则是仁否？"曰："不然。圣人为之，亦只是清忠。"

《乡党》分明画出一个圣人出。"降一等"是自堂而出降阶，当此时，放气不屏，故"逞颜色"；"复其位"，复班位之序；"过位"，是过君之虚位；"享礼有容色"，此享燕宾客之时，有容色者，盖一在于庄，则情不通也；"私觌"则又和悦矣，皆孔子为大夫出入起居之节。"缁衣羔裘，素衣麑裘，黄衣狐裘。"各有用。不必云缁衣是朝服，素衣是丧服，黄衣是蜡服。麑是鹿儿。"齐必有明衣布"，欲其洁。明衣如今凉衫之类。缁衣明衣，皆恶其文之著而为之也。"非帷裳必杀之"，帷裳固不杀矣，其他衣裳亦杀也。"吉月必朝服而朝"者，子在鲁致仕时月朔朝也。"乡人傩"⑩，古人以驱厉气，亦有此理。天地有厉气，而至诚作威严以驱之。式凶服，负版，盖在车中。

居敬则自然简。"居简而行简"，则似乎简矣，然乃所以不简。盖先有心于简，则多却一简矣。居敬则心中无物，是乃简也。

"仁者先难而后获"，何如？曰："有为而作，皆先获也，如利仁是也。古人惟知为仁而已，今人皆先获也。"

又问："'述而不作'，如何？"曰："此圣人不得位，止能述而已。"

公山弗扰、佛肸召，子欲往者，圣人以天下无不可与有为之人，亦无不可改过之人，故欲往。然终不往者，知其必不能改也。子路遂引"亲于其身为不善"为问，孔子以坚白匏瓜为对。"系而不食"者，匏瓜系而不为用之物。"不食"，不用之义也。匏瓜亦不食之物，故因此取义也。

唐棣之华乃千叶郁李，本不偏反，喻如兄弟，今乃偏反，则喻兄弟相失也。兄弟相失，岂不尔思，但居处相远耳。孔子曰："未之思也，夫何远之有？"盖言权实不相远耳。权之为义，犹称锤也。能用权乃知道，亦不可言权便是道也。自汉以下，更无人识权字。

"我不欲人之加诸我，吾亦欲无加诸人"，正《中庸》所谓"施诸己而不愿，亦勿施于人"。

"盖有不知而作之者"，凡人作事皆不知，惟圣人作事无有不知。

或问："善人之为邦，如何可胜残去杀？"曰："只是能使人不为不善。善人，'不践迹亦不入于室'之人也。'不践迹'是不践己前为恶之迹，然未入道也。"

又问："'王者必世而后仁'，何如？"曰："三十曰'壮'，有室之时，父子相继为一世。王者之效则速矣。"又问："善人教民七年，亦可以即戎矣。"曰："教民战至七年，则可以即戎矣。凡看文字，如七年一世、百年之事，皆当思其如何作为，乃有益。"

问《小畜》。曰："《小畜》是所畜小，及所畜虽大而少，皆小畜也。不必专言君畜臣，臣畜君。"

问"大德不逾闲，小德出入可也。"曰："大德是大处，小德是小处，出入如可以取可以无取之类是也。"又问："'言不必信，行不必果'，是出入之事否？"曰："亦是也，然不信乃所以为信，不果乃所以为果。"

范文甫将赴河清尉，问："到官三日，例须谒庙，如何？"曰："正者谒之，如社稷及先圣是也。其他古先贤哲，亦当谒之。"又问："城隍当谒否？"曰："城隍不典，土地之神，社稷而已，何得更有土地邪？"又问："只恐骇众尔。"曰："唐狄仁杰废江浙间淫祠千七百处①，所存惟吴太伯、伍子胥二庙尔。今人做不得，以谓时不同。是诚不然，只是无狄仁杰耳。当时子胥庙存之亦无谓。"

畅中伯问："密云不雨，自我西郊。"曰："西郊阴所，凡雨须阳倡乃成，阴倡则不成矣。今云过西则雨，过东则否，是其义也。所谓'尚往'者，阴自西而往，不待阳矣。"

凡看文字，先须晓其文义，然后可求其意。未有文义不晓而见意者也。学者看一部《论语》，见圣人所以与弟子许多议论而无所得，是不易得也。读书虽多，亦奚以为？

子文问："民可使由之，不可使知之。"曰："不可使知之者，非民不足与知也，不能使之知尔。"

或问："诸葛孔明亦无足取。大凡杀一不辜而得天下，则君子不为。亮杀戮甚多也。"先生曰："不然。所谓杀一不辜，非此之谓。亮以天子之命，诛天下之贼，虽多何害！"

同伯温见先生，先生曰："从来觉有所得否？学者要自得。《六经》浩渺，乍来难尽晓，且见得路径后，各自立得一个门庭，归而求之可矣。"伯温问："如何可以自得？"曰："思。'思曰睿，睿作圣。'须是于思虑间得之，大抵只是一个明理。"棣问："学者见得这道理后，笃信力行时，亦有见否？"曰："见亦不一，果有所见后，和信也不要矣。"又问："莫是既见道理，皆是当然否？"曰："然。凡理之所在，东便是东，西便是西，何待信？凡言信，只是为彼不信，故见此是信尔。孟子于四端不言信，亦可见矣。"

伯温又问："孟子言心、性、天，只是一理否？"曰："然。自理言之谓之天，自禀受言之谓之性，自存诸人言之谓之心。"又问："凡运用处是心否？"曰："是意也。"棣问："意是心之所发否？"曰："有心而后有意。"又问："孟子言心'出入无时'，如何？"曰："心本无出入，孟子只是据操舍言之。"伯温又问："人有逐物，是心逐之否？"曰："心则无出入矣，逐物是欲。"

---

①格物：探究事物的原理。

②物理：事物的变化规律。

③爝（jué，音爵）：古代烧芦苇火把，以此来被除不祥之灾的一种祭祀活动。

④否：六十四卦之一，乾上坤下，一般表示恶运。

⑤辂（lù，音路）：殷朝一种俭素之车，用木制成，又曰大辂。

⑥雩（yú，音于）：古代为求雨而举行的祭祀。

⑦明堂：古代帝王宣明政教的地方。凡朝会、祭祀、庆赏、选士、养老、教学等大典，都在这里举行。

⑧跂（qǐ，音企）：踮起脚尖。

⑨舁（yú，音于）：抬。

⑩傩（nuó，音挪）：古代腊月乡民驱逐疫鬼的仪式。

⑪淫祠：过多过滥的祠庙。祠庙在这里特指佛教寺庙。

河南程氏遗书卷第二十二下

伊川先生语八下

附杂录后

问："郑伯以璧假许田，左氏以谓易枋田①，黎淳以隐十一年入许之事破左氏，谓许田是许之田，如何？"曰："左氏说是也。既是许之田，如何却假之于鲁？十一年虽入许，许未尝灭，许叔已奉祀也。"

问："桓四年无秋冬，如何？"曰："圣人作经，备四时也。如桓不道，背逆天理，故不书秋冬。《春秋》只有两处如此，皆言其无天理也。"

用休问哀公问社于宰我之事。曰："社字本是主字，文误也。宰我不合道，'使民战栗'，故仲尼有后来言语。"

先生曰："诚不以富，亦只以异。"本不在"是惑也"之后，乃在"齐景公有马千驷"之上，文误也。

问："揖让而升，下而饮。'是下堂饮否？"曰："古之制，罚爵皆在堂下。"又问："唯不胜下饮否？"曰："恐皆下堂，但胜者饮不胜者也。"

思叔问："荀彧如何？"曰："彧才高识不足。"孟纯问："何颙尝称其有王佐才。"曰："不是王佐才。"嘉仲问："如霍光、萧、曹之徒如何？"曰："此可为汉时王佐才。"棣问："史称董仲舒是王佐才，如何？"曰："仲舒是言其学术。若论至王佐才，须是伊、周，其次莫如张良、诸葛亮、陆宣公。"

问："'夏，逆妇姜于齐。'何故，便书妇？"曰："此是文公在丧服将满之时纳币，故圣人于其逆时，便成之为妇，罪其居丧而取也。春秋微显阐幽，乃在如此处。凡事分明可见者，圣人更不微文以见意，只直书而已。如桓三年及宣元年逆女，皆分明在丧服中成昏②，故只书逆女也。文公则但在丧服纳币，至逆女却在四年，圣人欲显其居丧纳币之罪，故书'妇姜'，便成之为妇也。其意言虽至四年方逆女，其实与丧昏同也。"

先生曰："周公之于兄，舜之于弟，皆一类，观其用心为如何哉？推此心以待人，亦只如此，然有差等矣。"

问："《春秋》书日食，如何？"曰："日食有定数，圣人必书者，盖欲人君因此恐惧修省。如治世而有此变，则不能为灾，乱世则为灾矣。人气血盛，虽遇寒暑邪秽，不能为害。其气血衰，则为害必矣。"

问："灾惑退舍，果然否？"曰："观宋景公，不能至是。"问："反风如何？"曰："亦未必然。成王一中才之主，圣人为之臣，尚几不能保。《金縢》书，成王亦安知？只是二公知之，因此以示王。弭变，非有动天之德不能至也。"

问："四岳一人否？"曰："然。以二十二人数考之，固然。观对尧言众则曰佥，四岳则曰岳，亦可见也。"

晋侯之执曹伯，是否？曰："曹伯有杀逆之罪，即执之是也。晋与之同盟而后执之，故书'曹伯'而不去其爵。晋侯不夺爵，未至于夺爵也。'归自京师'，则言若无罪，而归罪天王不能行爵赏也。凡言'归'者，易辞；'归之'者，强归之辞。"

问："龙，能有能无，如何？"曰："安能无？但能隐见耳。所以能隐见者，为能屈伸尔。非特龙，凡小物甚有能屈伸者。"

问："书'至'，如何？"曰："告庙而书，亦有不缘告庙而书者。"又问"还复。"曰："还只是归复，如今所谓倒回。"又问"隐皆不书至。"曰："告庙之礼不行。"

先生指庭下群雀示诸弟子曰："地上元有物，则群雀集而食之。人故与之，则不即来食，须是久乃集，盖人有意在尔。若负粟者过，适遗下，则便集而食矣。"

问："禘於太庙用'致'③，夫人是哀姜否？"曰："文姜也。文姜与桓公如齐，终启杀桓之恶，其罪大矣。故圣人于其逊于齐，致于庙，皆止曰夫人，而去其姜氏，以见大义与国人已绝矣。然杀桓之恶，文姜实不知，但缘文姜而启尔，庄公母子之情则不绝，故书夫人焉。文姜逊齐，止称夫人。此禘致于庙，亦只称夫人，则是文姜明矣。此最是圣人用法致严处，可以见大义，又以见子母之义。本朝太祖皇帝立法，极合《春秋》之意，法中有夫因妇而被杀者，以妇为首，正与此合。"

问："禘是如何？"曰："禘是天子之祭，五年一禘，祭其祖之所自出也。"又问祫④，曰："祫，合祭也，诸侯亦祭祫。只是祠礿尝烝之祭，为庙礼烦，故每年于四祭中，三祭合食于祖庙，惟春则遍祭诸庙也。"

问："祧庙如何⑤？"曰："祖有功，宗有德，文、武之庙永不祧也。所祧者，文、武以下庙。"曰："兄弟相继，如何？"曰："此皆自立庙。然如吴太伯兄弟四人相继，若上更有二庙不祧，则遂不祭祖矣。故庙虽多，亦不妨祧，只祧得服绝者，以义起之可也。如本朝太祖、太宗皆万世不祧之庙，河东、闽、浙诸处皆太宗取之，无可祧之理。"

问："媍妇于理似不可取，如何？"曰："然。凡取，以配身也。若取失节者以配身，是己失节也。"又问："或有孤媍贫穷无托者，可再嫁否？"曰："只是后世怕寒饿死，故有是说。然饿死事极小，失节事极大。"

或问："汉高祖可比太祖否？"曰："汉高祖安能比太祖？太祖仁爱，能保全诸节度使，极有术。天下既定，皆召归京师，节度使竭土地而还，所畜不赀，多财，亦可患也。太祖逐人赐地一方，盖第所费皆数万。又尝赐宴，酒酣，乃宣各人子弟一人扶归。太祖送至殿门，谓其子弟曰：'汝父各许朝廷十万缗矣。'诸节度使醒，问所以归，不失礼于上前否？子弟各以缗事对。翌日，各以表进如数。此皆英雄御臣之术。"

宣仁山陵时，会吕汲公于陵下，公曰："国家养兵乃良策，凡四方有警，百姓皆不知。"先生曰："相公岂不见景德中事耶？驱良民刺面，以至及士人，盖有限之兵，忽损三五千人，将何自而补？要知兵须是出于民可也。"

太祖初有天下，士卒人许赏二百缗。及即位，以无钱久不赐，士卒至有题诗于后苑。太祖一日游后苑见诗，乃曰好诗，遂索笔和之。以故，每于郊时，各赐赏给，至今因以为例，不能去。或问："今欲新兵不给郊赏，数十年后可革否？"曰："新兵本无此望，不与可也，不数十年可革。"

思叔问："孟子言'善推其所为'，是欤？"曰："圣人则不待推。"

霍光废昌邑，其始乃光之罪。当时不合立之，只被见是武帝孙，担当不过，须立之也。此又与伊尹立太甲不同也。伊尹知太甲必能思庸，故放之桐三年。当时汤既崩，太丁未立而死，外丙方二岁，仲壬方四岁，故须立太甲也。太甲又有思庸之资，若无是质，伊尹亦不立也。《史记》以孟子二年四年之言，遂言汤崩六年之后，太甲方立。不知年只是岁字。项吕望之曾问及此，亦曾说与他。后来又看《礼》，见王巡狩，问百年者，益知《书传》亦称岁为年。二年四年之说，纵别无可证，理亦必然。且看《尚书》，分明说成汤既没，太甲元年。又看王徂桐宫，居忧三年，终能思庸，伊尹以冕服奉嗣王。可知凡文字理是后，不必引证。

问："东向西向，以南方为上；南向北向，以西方为上。如何？"曰："此言坐位，非祭祀昭穆之位⑥。昭穆之位，太祖面东，左昭右穆，自内以及外。古之坐位，皆以右为尊。范文甫问："韩信得广武君，使东向坐，而西面师事之，是否？"曰："今则以左为尊，是或一道也。"

问："'侨如以夫人姜氏至'，书'以'如何？"曰："当然。此却言公子能主其事，以夫人至也。如书'公与夫人如齐'，只书'与'而不书'及'，却有意，盖言'及'则主在公也，言'与'则公不能制明矣。"

孔子愿乘桴，浮于海，居九夷，皆以天下无一贤君，道不行，故言及此尔。子路不知其意，便谓圣人行矣。"无所取材"，言其不能斟酌也。

问："'肆大眚'，如何？"曰："大眚而肆之⑦，其失可知。《书》言眚灾肆赦者，言眚则肆之，眚是自作之罪也；灾则赦之，灾是过失之事故也。凡赦何尝及得善人？诸葛亮在蜀，十年不赦，审此尔。"

兵强弱亦有时。往时陈、许号劲兵，今陈、许最近畿，亦不闻劲。今河东最盛。

学者不可不通世务。天下事譬如一家，非我为则彼为，非甲为则乙为。

子路"片言可以折狱"，故鲁原与小邾、射盟⑧，而射止愿得季路一言，乃其证也。

曰："予欲无言，盖为子贡多言，故告之以此。"

问："务民之义。"曰："如项梁立义帝，谓从民望者是也。"

棣问："'天王使宰咺来归惠公、仲子之赗⑨'，如何？"答曰："书天王者，以春秋之始，周方书此一件事，且存天王之号以正名分，非谓此事当理而书也，故书宰之名，以示贬。仲子是惠公再娶之夫人，诸侯无再娶理，故只书惠公、仲子，不称夫人也。"又问："左氏以为未薨，预凶事，非礼也。"曰："不然，岂有此理！夫人子氏自是隐公之妻，不干仲子事。"

又问："再娶皆不合礼否？"曰："大夫以上无再娶礼。凡人为夫妇时，岂有一人先死，一人再娶，一人再嫁之约？只约终身夫妇也。但自大夫以下，有不得已再娶者，盖缘奉公姑，或主内事尔。如大夫以上，至诸侯天子，自有嫔妃可以供祀礼，所以不许再娶也。"

"《春秋》书盟，如何？先王之时有盟否？或疑《周官》司盟者"。曰："先王之时所以有盟者，亦因民而为之，未可非司盟也。但春秋时信义皆亡，日以盟诅为事，上不遵周王之命，《春秋》书皆贬也。唯胥命之事稍为近正，故终齐、卫二君之世不相侵伐，亦可喜也。"

"纪子伯莒子盟于密"，此是伯上脱一字也，必是三人同盟。若不是脱字，别无义理。

"齐高固来逆叔姬，公、谷有子字，如何？"曰："子者言是公女，其他则姊妹之类也。"

又问："'丁丑，夫人姜氏入。'何故独书曰'入'？"曰："此娶仇女，故书'入'，言宗庙不受也。"

又问"公子结媵陈人之妇于鄄⑩，遂及齐侯、宋公盟。"曰："此是本去媵妇，却遂及诸侯盟，圣人罪之之意，在遂事也。"

又问："'祭公来，遂逆王后于纪'。如何？"曰："此祭公受命逆后，却因过鲁，遂行朝会之礼，圣人深罪之，故先书其来，使若以朝鲁为主，而逆后为遂也。"曰："或说逆王后，亦使鲁为主，如何？"曰："筑王姬之馆，单伯送王姬之类，皆是鲁为主。盖只是王姬下嫁，则同姓诸侯为主，如逆王后，无使诸侯为主之理。"

问："独宋共姬书首尾最详，何故？"曰："贤伯姬，故详录之。昔胡先生常说伯姬是妇人中伯夷，为其不下堂而死也。"曰："如成八年、九年、十年，三书来媵，皆以伯姬之故书否？"曰："然。"曰："媵之礼如何？"曰："古有之。"

又问："汉儒变《春秋》灾异，如何？"曰："自汉以来，无人知此。董仲舒说天人相与之际，亦略见些模样，只被汉儒推得太过，亦何必说某事有某应！"

---

①枋（bēng，音崩）田：位于山东费县东南的土地。

②昏：通"婚"，即结婚。

③禘（dì，音帝）：天子、诸侯五年一次的宗庙祭祀活动。

④袷（xiá，音侠）：古时天子诸侯宗庙祭礼之一。集合远近祖先的神主于太庙大合祭。三年丧毕时举行一次，次年禘祭后又举行一次，以后每五年一次。

⑤祧（tiāo，音佻）：远祖庙。

⑥昭穆：古代宗法制度，宗庙或墓地的辈次排列，以始祖居中。二世、四世，六世居始祖的左方，称昭；三世五世、七世居于右方，称穆。以此来区别宗族内部的长幼、远近和亲疏。

⑦大眚（shěng，音省）：眼睛生翳，称之为"眚"。这里表示大的灾异。

⑧邾（zhū，音朱）：古国名。即邹。

⑨咺（xuān，音喧）：人名。　　赗（fēng，音丰）：送给丧家的送葬之物。

⑩鄄（juàn，音绢）：春秋时期卫之城邑。在今山东省郯城北。

河南程氏遗书卷第二十三

伊川先生语九

鲍若雨录

今语小人，曰不违道，则曰不违道，然卒违道；语君子，曰不违道，则曰不违道，终不肯违道。譬如牲牢之味，君子曾尝之，说与君子，君子须增爱；说与小人，小人非不道好，只是无增爱心，其实只是未知味。"守死善道"，人非不知，终不肯为者，只是知之浅，信之未笃。

志不可不笃，亦不可助长。志不笃则忘废。助长，于文义上也且有益，若于道理上助长，反不得。杜预云："优而柔之，使自求之；厌而饫之①，使自趣之。若江海之浸，膏泽之润，涣然冰释，怡然理顺，然后为得也。"此数句煞好。

《论语》是孔门高弟所撰，观其立言，直是得见圣人处。如"闵子侍侧，訚訚如也；子路行行如也，冉有、子贡侃侃如也，子乐。"不得圣人处，怎生知得子乐？訚訚、行行、侃侃②，亦是门人旁观见得。如"子温而厉，威而不猛，恭而安"皆是善观圣人者。

　　夫子删《诗》，赞《易》，叙《书》，皆是载圣人之道，然未见圣人之用，故作《春秋》。《春秋》，圣人之用也。如曰："知我者，其惟《春秋》乎？罪我者，其惟《春秋》乎？"便是圣人用处。

　　人谓尽己之谓忠，尽物之谓恕。尽己之谓忠固是，尽物之谓恕则未尽。推己之谓恕，尽物之谓信。

　　问："《武》未尽善处，如何？"曰："说者以征诛不及揖让，征诛固不及揖让，然未尽善处，不独在此，其声音节奏亦有未尽善者。《乐记》曰：'有司失其传也。'若非有司失其传，则武王之志荒矣。孔子'自卫反鲁，然后乐正，《雅》、《颂》各得其所。'是知既正之后，不能无错乱者。"

　　小人之怒在己，君子之怒在物。小人之怒出于心、作于气、形于身以及于物，以至无所不怒，是所谓迁也。若君子之怒，如舜之去四凶。

　　问："'吾道一以贯之'，而曰'忠恕而已矣'，则所谓一者，便是仁否？"曰："固是。只这一字，须是子细体认。一还多在忠上？多在恕上？"曰："多在恕上。"曰："不然。多在忠上。才忠便是一，恕即忠之用也。"

　　又问："令尹子文忠矣，孔子不许其仁，何也？"曰："此只是忠，不可谓之仁。若比干之忠，见得时便是仁也。"

　　螟蛉蜾蠃，本非同类，为其气同，故祝则肖之。又况人与圣人同类者，大抵须是自强不息，将来涵养成就到圣人田地，自然气貌改变。

　　问："'有杀身以成仁，无求生以害仁。'窃谓苟所利者大，一身何足惜也？"曰："但看生与仁孰重。夫子曰：'朝闻道，夕死可矣。'人莫重于生，至于舍得死，道须大段好如生也。"曰："既死矣，敢问好处如何？"曰："圣人只赌一个是。"

　　问："夫子曰：'吾不复梦见周公'，圣人固尝梦见周公乎？"曰："不曾。孔子昔尝瘝瘝间思周公，后不复思尔。若谓梦见周公，大段害事，即不是圣人也。"又曰："圣人果无梦乎？"曰："有。夫众人日有所思，夜则成梦，设或不思而梦，亦是旧习气类相应。若是圣人，梦又别。如高宗梦傅说，真个有傅说在傅严也。"

　　问："富贵、贫贱、寿夭固有分定，君子先尽其在我者，则富贵、贫贱、寿夭可以命言。若在我者未尽，则贫贱而夭，理所当然；富贵而寿，是为徼幸，不可谓之命。"曰："虽不可谓之命，然富贵、贫贱、寿夭是亦前定。孟子曰：'求则得之，舍则失之，是求有益于得也，求在我者也；求之有道，得之有命，是求无益于得也，求在外者也。'故君子以义安命，小人以命安义。"

　　《中庸》之说，其本至于"无声无臭"，其用至于"礼仪三百，威仪三千。"自"礼仪三百，威仪三千。"复归于"无声无臭"，此言圣人心要处。与佛家之言相反，仅教说无形迹、无色，其实不过无声无臭，必竟有甚见处？大抵语论间不难见。如人论黄金曰黄色，此人必是不识金。若是识金者，更不言，设或言时，别自有道理。张子厚尝谓佛如大富贫子。横渠论此一事甚当。

　　圣人与理为一，故无过，无不及，中而已矣。其他皆以心处这个道理，故贤者常失之过，不肖者常失之不及。

　　陈恒弑其君，孔子沐浴而朝，请讨之。左氏载孔子之言，谓"陈恒弑其君，民之不与者半，以鲁之众加齐之半，可克也。"恁地是圣人以力角胜，都不问义理也。孔子请伐齐，以弑君之事讨之。当时哀公能从其请，孔子必有处置，须使颜回使周，子路使晋，天下大计可立而遂。孔子临老，有此一件事好做，奈何哀公不从其请，可惜！

问："横渠言'由明以至诚，由诚以至明'。此言恐过当。"曰："'由明以至诚，'此句却是。'由诚以至明，'则不然，诚即明也。孟子曰：'我知言，我善养吾浩然之气。'只'我知言'一句已尽。横渠之言不能无失，类若此。若《西铭》一篇，谁说得到此？今以管窥天，固是见北斗，别处虽不得见，然见北斗，不可谓不是也。"

问："孔子对冉求曰：'其事也，非政'。政与事何异？"曰："闵子骞不肯为大夫，曾皙不肯为陪臣，皆知得此道理。若季路、冉求，未能知此。夫政出于国君。冉求为季氏家臣，只是家事，安得为政？当时季氏专政，孔子因以明之。"或问："季路、冉求稍明圣人之道，何不知此？"曰："当时陪臣执国命，目见耳闻，习熟为常，都不知有君，此言不足怪。季氏问季路、冉求可谓大臣与？孔子曰：'所谓大臣者，以道事君，不可则止。今由与求也，可谓具臣矣。''然则从之者与？'曰：'弑父与君，亦不从也。'除却弑父与君，皆为之。"

"期月而已，三年有成。"何也？曰："公孙弘谓'三年有成，臣切迟之。'唐文宗时，李石责以宰相之职，谓'臣犹以为太速'。二者皆不是。须是知得迟速之理。昔尝对哲宗说此事曰：'陛下若问如何措置，三年有成，臣即陈三年有成之事。若问如何措置，期月而已，臣即陈期月之事。当时朝廷无一人问著，只李邦直但云：称职，称职，亦不曾问著一句。"

《春秋》书陨石陨霜，何故不言石陨霜陨？此便见得天人一处。昔尝对哲宗说："天人之间甚可畏，作善则千里之外应之，作恶则千里之外违之。昔子陵与汉光武同寝，太史奏客星侵帝座甚急。子陵匹夫，天应如此，况一人之尊，举措用心可不戒慎？"

"暴其民甚，则身弑国亡。不甚，则身危国削，名之曰幽、厉，虽孝子慈孙，百世不能改也。"汉之君，都为美谥，何似休因问："桀、纣是谥否？"曰："不是。天下自谓之桀、纣。"

"王天下有三重"，三重即三王之礼。三王虽随时损益，各立一个大本，无过不及，此与《春秋》正相合。

先生前日教某思"君子和而不同"。某思之数日，便觉胸次广阔，其意味有不可以言述。窃有一喻，愿留严听。今有人焉，久寓远方，一日归故乡，至中途，适遇族兄者，俱抵旅舍，异居而食，相视如途人。彼岂知为族弟，此亦岂知为族之兄邪？或告曰："彼之子，公之族兄某人也；彼之子，公之族弟某人也。"既而欢然相从，无有二心。向之心与今之心，岂或异哉？知与不知而已。今学者苟知大本，则视天下犹一家，亦自然之理也。先生曰："此乃善喻也。"

先生教某思孝弟为仁之本，某窃谓："人之初生，受天地之中，禀五行之秀，方其禀受之初，仁固已存乎其中。及其既生也，幼而无不知爱其亲，长而无不知敬其兄，而仁之用于是见乎外。当是时，唯知爱敬而已，固未始有事物之累。及夫情欲窦于中，事物诱于外，事物之心日厚，爱敬之心日薄，本心失而仁随丧矣。"故圣人教之曰："君子务本，本立而道生。孝弟也者，其为仁之本与。"盖谓修为其仁者，必本于孝弟故也。先生曰："能如此寻究，甚好。夫子曰：'敬亲者不敢慢于人，爱亲者不敢恶于人。'不敢慢于人，不敢恶于人，便是孝弟。尽得仁，斯尽得孝弟；尽得孝弟，便是仁。"又问："为仁先从爱物上推来，如何？"曰："不敬其亲而敬他人者，谓之悖礼；不爱其亲而爱他人者，谓之悖德。故君子'亲亲而仁民，仁民而爱物。'能亲亲，岂不仁民？能仁民，岂不爱物？若以爱物之心推而亲亲，却是墨子也。"因问："舜与曾子之孝，优劣如何？"曰："《家语》载耘瓜事，虽不可信，却有义理。曾子耘瓜，误斩其根。曾皙建大杖以击其背，曾子仆地，不知人事，良久而苏，欣然起，进曰：'大人用力教参，得无疾乎？'乃退，援琴而歌，使知体康。孔子闻而怒。曾子至孝如此，亦有这些失处。若是舜，百事从父母，只杀他不得。"又问："如申生待烹之事，如何？"曰："此只是恭也。若舜，须逃也。"

问："先生曰：'尽其道谓之孝弟。'夫以一身推之，则身者资父母血气以生者也。尽其道者则能敬其身，敬其身者则能敬其父母矣。不尽其道则不敬其身，不敬其身则不敬父母，其斯之谓欤？"曰："今士大夫受职于君，尚期尽其职事，又况亲受身于父母，安可不尽其道？"

夫民，合而听之则圣，散而听之则愚。合而听之，则大同之中，有个秉彝在前，是是非非，无不当理，故圣；散而听之，则各任私意，是非颠倒，故愚。盖公义在，私欲必不能胜也。

---

①饫（yù，音于）：饱食。
②訚訚（yín，音银）：和悦而能尽言的样子。

河南程氏遗书卷第二十四

伊川先生语十

邹德久本

"天下雷行，物与无妄"。先天后天皆合于天理者也，人欲则伪矣。

修身，当学《大学》之序。《大学》，圣人之完书也，其间先后失序者，已正之矣。

《诗》言后妃之德，非指人而言，或谓太姒①，大失之矣。周公作乐章，欲以感化天下，其后继以文王诗者，言古之人有行之者，文王是也。《周南》，天子之事，故系之周。周，王室也。《召南》，诸侯之事，故系之召。召，诸侯长也。曰"公者"，后人误加之也。夫妇道一，《关雎》虽后妃之事，亦可歌于下。至若《鹿鸣》以下，则各主其事，《皇华》遣使臣之类是也。《颂》有二：或美盛德，则燕飨通用之；或告成功，则祭祀专用之。

《诗》有六义：曰风者，谓风动之也；曰赋者，谓铺陈其事也；曰比者，直比之，"温其如玉"之类是也；曰兴者，因物而兴起，"关关雎鸠"、"瞻彼淇、澳"之类是也；曰雅者，雅言正道，"天生蒸民，有物有则"之类是也；曰颂者，称颂德美，"有匪君子，终不可谖兮"之类是也。

《国风》、《大、小雅》、《三颂》，《诗》之名也。六义，《诗》之义也。篇之中有备六义者，有数义者。

四始，犹四端也。

十五《国风》，各有次序，看《诗》可见。

《诗大序》，孔子所为，其文似《系辞》，其义非子夏所能言也。《小序》，国史所为，非后世所能知也。

人心私欲，故危殆；道心天理，故精微。灭私欲则天理明矣。

《太誓》书曰："一月。"曰："商历已绝，周历未建，故用人正，今之正月也。不书商历，以见纣自绝于天矣。圣人一言一动，无不合于天理如此。"

看《书》，须要见二帝、三王之道。如二《典》，即求尧所以治民、舜所以事君。

"五年须暇"者，圣人讨伐，必不太早，自当缓之，非再驾之谓也。此周公所知，无显迹可推也。

犬、牛、人，知所去就，其性本同，但限以形，故不可更。如隙中日光，方圆不移，其光一也。惟所禀各异，故生之谓性，告子以为一，孟子以为非也。

庾公之斯遇子濯孺子，虚发四矢，甚无谓也。国之安危在此举，则杀之可也；舍之而无害于国，权轻重可也。何用虚发四矢乎？

"尧、舜性之"，生知也；"汤、武身之"，学而知之也。

"仁之于父子，至知之于贤者"，谓之命者，以其禀受有厚薄清浊故也。然其性善，可学而尽，故谓之性焉。禀气有清浊，故其材质有厚薄。禀于天谓性，感为情，动为心，质干为才。

"生之谓性"与"天命之谓性"同乎？性字不可一概论。"生之谓性"，止训所禀受也；"天命之谓性"，此言性之理也。今人言天性柔缓、天性刚急，俗言天成，皆生来如此，此训所禀受也。若性之理也，则无不善。曰天者，自然之理也。

"天下言性，则故而已"者，言性当推其元本。推其元本，无伤其性也。

伊尹受汤委寄，必期天下安治而已。太甲如不终惠，可废也。孟子言贵戚之卿与此同。然则始何不择贤？盖外丙二岁，仲壬四岁，惟太甲长耳。使太甲有下愚之质，初不立也。苟无三人，必得于宗室；宗室无人，必择于汤之近戚。近戚无人，必择于天下之贤者而与之，伊尹不自为也。刘备托孔明以嗣子，"不可，使自为之"。非权数之言，其利害昭然也。立者非其人，则刘氏必为曹氏屠戮，宁使孔明为之也。霍光废昌邑，不待放，知其下愚不移也，始之不择，则光之罪大矣。若伊尹与光是太甲、昌邑所用之臣，而不受先王之委寄，谏不用，去之可也，放废之事，不可为也，义理自昭然。

先生始看史传，及半，则掩卷而深思之，度其后之成败，为之规画，然后复取观焉。然成败有幸不幸，不可以一概看。

看史必观治乱之由，及圣贤修己处事之美。

孔明有王佐之心，道则未尽。王者如天地之无私心焉，行一不义而得天下不为。孔明必求有成，而取刘璋。圣人宁无成耳，此不可为也。若刘表子琮，将为曹公所并，取而兴刘氏可也。

孔明不死，三年可以取魏，且宣王有英气，久不得伸，必沮死不久也。

孔明庶几礼乐。

孔明营五丈原，宣王言"无能为"，此伪言安一军耳，兵自高地来可胜。先生尝自观五丈原，非此地不可据，英雄欺人，不可尽信。

荀爽从董卓辟，逊迹避祸，君子亦有之，然圣人明哲保身，亦不至转身不得处。如杨子投阁，失之也。荀爽自度其材，能兴汉室乎，起而图之可也。知不足而强图之，非也。

西汉儒者有风度，惟董仲舒、毛苌、杨雄。苌解经虽未必皆当，然味其言，大概然耳。

东汉赵苞为边郡守，虏夺其母，招以城降，苞遽战而杀其母，非也。以君城降而求生其母，固不可。然亦当求所以生母之方，奈何遽战乎？不得已，身降之可也。王陵母在楚，而使楚质以招陵，陵降可也。徐庶得之矣。

义训宜，礼训别，智训知，仁当何训？说者谓训觉、训人，皆非也。当合孔、孟言仁处，大概研穷之，二三岁得之，未晚也。

先生云："吾四十岁以前读诵，五十以前研究其义，六十以前反覆䌷绎[②]，六十以后著书。"

人思如涌泉，浚之愈新。

释道所见偏，非不穷深极微也，至穷神知化，则不得与矣。

先生在经筵时，上服药，即日就医官问动止。天子方幼，建言选宫人四十以上者侍左右，所以远纷华、养心性。

尽己为忠，尽物为信。极言之，则尽己者尽己之性也，尽物者尽物之性也。信者，无伪而已，于天性有所损益，则为伪矣。《易·无妄》曰："天下雷行，物与无妄。"动以天理故也。其大略如此，更须研究之，则自有得处。

韩文不可漫观，晚年所见尤高。

在天曰"命"，在人曰"性"。贵贱寿夭，命也；仁义礼智，亦命也。

动物有知，植物无知，其性自异，但赋形于天地，其理则一。

四端不言信者，既有诚心为四端，则信在其中矣。

充实而有光辉，所谓修身见于世也。

昏礼执雁者，取其不再偶尔，非随阳之物。

亚夫夜半军扰，直至帐下，坚卧不动，安在其持重也。

圣人无优劣，有则非圣人也。

主一者谓之敬。一者谓之诚。主则有意在。

荀氏八龙，岂尽贤者！但得一二贤子弟相薰习，皆然耳。

犬吠屠人，世传有物随之，非也。此正如海上鸥尔。

---

①太姒：有莘氏的女儿，周文王之妻，武王之母。
②䌷绎：理出丝缕的头绪。

河南程氏遗书卷第二十五

伊川先生语十一

畅潜道录

（胡氏注云："识者疑其间多非先生语。"）

《大学》曰："物有本末，事有终始，知所先后，则近道矣。"人之学莫大于知本末终始。致知在格物，则所谓本也，始也；治天下国家，则所谓末也，终也。治天下国家，必本诸身，其身不正而能治天下国家者无之。格，犹穷也；物，犹理也；犹曰穷其理而已也。穷其理，然后足以致之，不穷则不能致也。格物者，适道之始，欲思格物，则固已近道矣。是何也？以收其心而不放也。

知者吾之所固有，然不致则不能得之，而致知必有道，故曰："致知在格物。"

《大学》论意诚以下，皆穷其意而明之，独格物则曰："物格而后知至。"盖可以意得而不可以言传也。自格物而充之，然后可以至圣人。不知格物而先欲意诚心正身修者，未有能中于理者。

"致知在格物"，非由外铄我也①，我固有之也。因物有迁，迷而不知，则天理灭矣，故圣人欲格之②。

随事观理，而天下之理得矣。天下之理得，然后可以至于圣人。君子之学，将以反躬而已矣。反躬在致知，致知在格物。

学莫贵于自得，得非外也，故曰"自得"。

学莫大于平心，平莫大于正，正莫大于诚。

君子之学，在于意必固我既亡之后，而复于喜怒哀乐未发之前，则学之至也。

心至重，鸡犬至轻。鸡犬放则知求之，心放则不知求，岂爱其至轻而忘其至重哉？弗思而已矣。今世之人，乐其所不当乐，不乐其所当乐；慕其所不当慕，不慕其所当慕。皆由不思轻重之分也。

颜渊叹孔子曰："仰之弥高，钻之弥坚，瞻之在前，忽焉在后，夫子循循然善诱人，博我以文，约我以礼，欲罢不能，既竭吾才，如有所立卓尔，虽欲从之，末由已也。"此颜子所以善学孔子而深知孔子者也。

有学不至而言至者，循其言亦可以入道。荀子曰："真积力久则入。"杜预曰③："优而柔之，使自求之；厌而饫之，使自趋之。"管子曰："思之思之，又重思之。思之而不通，鬼神将通之。非鬼神之力也，精神之极也。"此三者，循其言皆可以入道，而荀子、管子、杜预初不能及此。

自其外者学之，而得于内者，谓之明；自其内者得之，而兼于外者，谓之诚。诚与明一也。

闻见之知，非德性之知。物交物则知之，非内也，今之所谓博物多能者是也。德性之知，不假闻见。

君子不以天下为重而身为轻，亦不以身为重而天下为轻。凡尽其所当为者，如"可以仕则仕"，"入则孝"之类是也，此孔子之道也。蔽焉而有执者，杨、墨之道也。

能尽饮食言语之道，则可以尽去就之道；能尽去就之道，则可以尽死生之道。饮食言语，去就死生，小大之势，一也。故君子之学，自微而显，自小而章。《易》曰："闲邪存其诚。"闲邪则诚自存，而闲其邪者，乃在于言语、饮食、进退、与人交接之际而已矣。

人皆可以至圣人，而君子之学必至于圣人而后已。不至于圣人而后已者，皆自弃也。孝其所当孝，弟其所当弟，自是而推之，则亦圣人而已矣。

多权者害诚，好功者害义，取名者贼心。

君贵明，不贵察。臣贵正，不贵权。

称性之善谓之道，道与性一也。以性之善如此，故谓之性善。性之本谓之命，性之自然者谓之天，自性之有形者谓之心，自性之有动者谓之情，凡此数者皆一也。圣人因事以制名，故不同若此。而后之学者，随文析义，求奇异之说，而去圣人之意远矣。

自性而行，皆善也。圣人因其善也，则为仁义礼智信以名之，以其施之不同也，故为五者以别之。合而言之皆道，别而言之亦皆道也。舍此而行，是悖其性也，是悖其道也。而世人皆言性也、道也，与五者异，其亦弗学欤？其亦未体其性也欤？其亦不知道之所存欤？

道孰为大？性为大。千里之远，数千岁之日，其所动静起居，随若亡矣。然时而思之，则千里之远在于目前，数千岁之久无异数日之近，人之性则亦大矣。噫！人之自小者，亦可哀也已。人之性一也，而世之人皆曰吾何能为圣人，是不自信也。其亦不察乎？

自得者所守固，而自信者所行不疑。

学贵信，信在诚。诚则信矣，信则诚矣。不信不立，不诚不行。

或问："周公勋业，人不可为也已。"曰："不然。圣人之所为，人所当为也。尽其所当为，则吾之勋业，亦周公之勋业也。凡人之弗能为者，圣人弗为。"

君子之学，要其所归而已矣。

民可明也，不可愚也；民可教也，不可威也；民可顺也，不可强也；民可使也，不可欺也。

孔子曰："枨也欲④，焉得刚？"甚矣！欲之害人也。人之为不善，欲诱之也。诱之而弗知，则至于天理灭而不知反。故目则欲色，耳则欲声，以至鼻则欲香，口则欲味，体则欲安，此皆有以使之也。然则何以窒其欲？曰思而已矣。学莫贵于思，唯思为能窒欲。曾子之三省⑤，窒欲之道也。

好胜者灭理，肆欲者乱常。

可以仕则仕，可以止则止，可以久则久，可以速则速，此皆时也，未尝不合中，故曰"君子而时中"。

"喜怒哀乐之未发谓之中。"中也者，言寂然不动者也。故曰"天下之大本"。"发而皆中节谓之和"。和也者，言感而遂通者也，故曰"天下之达道"。

学也者，使人求于内也。不求于内而求于外，非圣人之学也。何谓不求于内而求于外？以文为主者是也。学也者，使人求于本也。不求于本而求于末，非圣人之学也。何谓不求于本而求于末？考详略，采同异者是也。是二者皆无益于身，君子弗学。

墨子之德至矣，而君子弗学也，以其舍正道而之他也。相如、太史迁之才至矣⑥，而君子弗贵也，以所谓学者非学也。

庄子，叛圣人者也，而世之人皆曰矫时之弊。矫时之弊，固若是乎？伯夷、柳下惠⑦，矫时之弊者也，其有异于圣人乎？抑无异乎？庄周、老聃，其与伯夷、柳下惠类乎？不类乎？子夏曰："虽小道，必有可观者焉，致远恐泥。"子曰："攻乎异端，斯害也已"。此言异端有可取，而非道之正也。

君子以识为本，行次之。今有人焉，力能行之，而识不足以知之，则有异端者出，彼将流宕而不知反。内不知好恶，外不知是非，虽有尾生之信，曾参之孝，吾弗贵矣。

学莫贵于知言，道莫贵于识时，事莫贵于知要。所闻者所见者外也，不可以动吾心。

孟子曰："其为气也，至大至刚，以直养而无害。"此盖言浩然之气至大至刚且直也，能养之则无害矣。

伊尹之耕于有莘⑧，傅说之筑于傅岩⑨，天下之事，非一一而学之，天下之贤才，非一一而知之，明其在己而已矣。

君子不欲才过德，不欲名过实，不欲文过质。才过德者不祥，名过实者有殃，文过质者莫之与长。

或问："颜子在陋巷而不改其乐，与贫贱而在陋巷者，何以异乎？"曰："贫贱而在陋巷者，处富贵则失乎本心。颜子在陋巷犹是，处富贵犹是。"

通乎昼夜之道，而知昼夜、死生之道也。

知生之道，则知死之道；尽事人之道，则尽事鬼之道。死生人鬼，一而二、二而一者也。

孔子曰："有德者必有言。"何也？和顺积于中，英华发于外也。故言则成文，动则成章。

学不贵博，贵于正而已矣；言不贵多，贵于当而已矣；政不贵详，贵于顺而已矣。

意必固我既亡之后，必有事焉，此学者所宜尽心也。夜气之所存者良知也，良能也，苟扩而充之，化旦昼之所害为夜气之所存，然后可以至于圣人。

孟子曰："尽其心者知其性也，知其性则知天矣。"心也，性也，天也，非有异也。

人皆有是道，唯君子为能体而用之。不能体而用之者，皆自弃也。故孟子曰："苟能充之，足以保四海；苟不充之，不足以事父母。"夫充与不充，皆在我而已。

德盛者，物不能扰而形不能病。形不能病，以物不能扰也。故善学者，临死生而色不变，疾痛惨切而心不动，由养之有素也，非一朝一夕之力也。

心之躁者，不热而烦，不寒而栗，无所恶而怒，无所悦而喜，无所取而起。君子莫大于正其气，欲正其气，莫若正其志。其志既正，则虽热不烦，虽寒不栗，无所怒，无所喜，无所取，去就犹是，死生犹是，夫是之谓不动心。

志顺者气不逆，气顺志将自正。志顺而气正，浩然之气也。然则养浩然之气也，乃在于持其志无暴其气耳。

《中庸》曰："道不可须臾离也，可离非道也。"又曰："道不远人。"此特圣人为始学者言之耳。论其极，岂有可离与不可离而远与近之说哉？

学为易，知之为难。知之非难也，体而得之为难。

"致曲"者，就其曲而致之也。

人人有贵于己者，此其所以人皆可以为尧、舜。

学者当以《论语》、《孟子》为本。《论语》、《孟子》既治，则《六经》可不治而明矣⑩。读书者，当观圣人所以作经之意，与圣人所以用心，与圣人所以至圣人，而吾之所以未至者，所以未得者，句句而求之，昼诵而味之，中夜而思之，平其心，易其气，阙其疑，则圣人之意见矣。

人之生也，小则好驰骋弋猎，大则好建立功名，此皆血气之盛使之然耳。故其衰也，则有不足之色；其病也，则有可怜之言。夫人之性至大矣，而为形气之所役使而不自知，哀哉！

吾未见啬于财而能为善者也，吾未见不诚而能为善者也。

君子之学也，"使先知觉后知，使先觉觉后觉。"而老子以为"非以明民，将以愚之。"其亦自贼其性欤！

有求为圣人之志，然后可与共学；学而善思，然后可与适道；思而有所得，则可与立；立而化之，则可与权。

"非礼勿视，非礼勿听，非礼勿言，非礼勿动。"视听言动一于礼之谓仁，仁之与礼非有异也。孔子告仲弓曰："出门如见大宾，使民如承大祭。己所不欲，勿施于人。"夫君子能如是用心，能如是存心，则恶有不仁者乎？而其本可以一言而蔽之曰"思无邪"。

无好学之志，则虽有圣人复出，亦无益矣。然圣人在上而民多善者，以涵泳其教化深且远也，习闻之久也。

《礼记》除《中庸》、《大学》，唯《乐记》为最近道，学者深思自求之。《礼记》之《表记》，其亦近道矣乎？其言正。

学者必求其师。记问文章不足以为人师，以所学者外也。故求师不可不慎。所谓师者，何也？曰：理也、义也。

"少成若天性，习惯成自然。"虽圣人复出，不易此言。孔子曰："性相近也，习相远也，唯上智与下愚不移。"下愚非性也，不能尽其才也。

君子所以异于禽兽者，以有仁义之性也。苟纵其心而不知反，则亦禽兽而已。

形易则性易，性非易也，气使之然也。

"礼仪三百，威仪三千。"非绝民之欲而强人以不能也，所以防其欲，戒其侈，而使之入道也。

"多识于鸟兽草木之名"，所以明理也。

至显者莫如事，至微者莫如理，而事理一致，微显一源。古之君子所谓善学者，以其能通于此而已。

君子之学贵乎一，一则明，明则有功。

德盛者言传，文盛者言亦传。

名数之学，君子学之而不以为本也；言语有序，君子知之而不以为始也。

孔子之道，发而为行，如《乡党》之所载者，自诚而明也⑪。由《乡党》之所载而学之，以至于孔子者，自明而诚也。及其至焉，一也。

"闻善言则拜"，禹所以为圣人也。"以能问不能，以多问寡。"颜子所以为大贤也。后之学者有一善而自足，哀哉！

为学之道，必本于思。思则得之，不思则不得也。故《书》曰："思曰睿，睿作圣。"思所以睿，睿所以圣也。

学以知为本，取友次之，行次之，言次之。

信不足以尽诚，犹爱不足以尽仁。

董仲舒曰："正其谊，不谋其利；明其道，不计其功。"此董子所以度越诸子。

尧、舜之为善，与桀、跖之为恶，其自信一也。

老子曰："失道而后德，失德而后仁，失仁而后义，失义而后礼。"则道德仁义礼，分而为五也。

圣人无优劣。尧、舜之让，禹之功，汤、武之征伐，伯夷之清，柳下惠之和，伊尹之任，周公在上而道行，孔子在下而道不行，其道一也。

不深思则不能造于道，不深思而得者，其得易失。然而学者有无思无虑而得者，何也？曰：以无思无虑而得者，乃所以深思而得之也。以无思无虑为不思而自以为得者，未之有也。

原始则足以知其终，反终则足以知其始，死生之说，如是而已矣。故以春为始而原之，其必有冬；以冬为终而反之，其必有春。死生者，其与是类也。

"其次致曲"者，学而后知之也，而其成也，与生而知之者不异焉。故君子莫大于学，莫害于画，莫病于自足，莫罪于自弃。学而不止，此汤、武所以圣也。

"古之学者为己"，其终至于成物。今之学者为物，其终至于丧己。

"杞柳"，荀子之说也；"湍水"，杨子之说也。

圣人所知，宜无不至也；圣人所行，宜无不尽也；然而《书》称尧、舜，不曰刑必当罪，赏必当功，而曰："罪疑惟轻，功疑惟重，与其杀不辜，宁失不经。"异乎后世刻核之论矣。

自夸者近刑，自喜者不进，自大者去道远。

君子之学必日新，日新者日进也。不日新者必日退，未有不进而不退者。唯圣人之道无所进退，以其所造者极也。

事上之道莫若忠，待下之道莫若恕。

《中庸》之书，学者之至也，而其始则曰："戒慎乎其所不睹，恐惧乎其所不闻。"盖言学者始于诚也。

杨子，无自得者也，故其言蔓衍而不断，优游而不决。其论性则曰："人之性也善恶混，修其善则为善人，修其恶则为恶人。"荀子，悖圣人者也，故列孟子于十二子，而谓人之性恶。性果恶邪？圣人何能反其性以至于斯耶？

圣人之言远如天，近如地。其远也若不可得而及，其近也亦可得而行。杨子曰："圣人之言远如天，贤人之言近如地。"非也。

或问贾谊，曰："谊之言曰：'非有孔子、墨翟之贤'，孔与墨一言之，其识末矣，其亦不善学矣。"

必井田，必封建，必肉刑，非圣人之道也。善治者，放井田而行之而民不病，放封建而使之而民不劳，放肉刑而用之而民不怨。故善学者，得圣人之意而不取其迹也。迹也者，圣人因一时之利而制之也。

夫人幼而学之，将欲成之也；既成矣，将以行之也。学而不能成其学，成而不能行其学，则乌足贵哉？

待人有道，不疑而已。使夫人有心害我邪？虽疑不足以化其心。使夫人无心害我邪？疑则己德内损，人怨外生。故不疑则两得之矣，疑则两失之矣，而未有多疑能为君子者也。

昔者圣人"立人之道曰仁曰义"。孔子曰："仁者，人也，亲亲为大；义者，宜也，尊贤为大。"唯能亲亲，故"老吾老以及人之老，幼吾幼以及人之幼。"唯能尊贤，故"贤者在位，能者在职。"唯仁与义，尽人之道；尽人之道，则谓之圣人。

学者不可以不诚，不诚无以为善，不诚无以为君子。修学不以诚，则学杂；为事不以诚，则事败；自谋不以诚，则是欺其心而自弃其忠；与人不以诚，则是丧其德而增人之怨。今小道异端，亦必诚而后得，而况欲为君子者乎？故曰：学者不可以不诚。虽然，诚者在知道本而诚之耳！

古者卜筮，将以决疑也。今之卜筮则不然，计其命之穷通，校其身之达否而已矣。噫！亦惑矣。

不思故有惑，不求故无得，不问故不知。

世之服食欲寿者，其亦大愚矣！夫命者，受之于天，不可增损加益，而欲服食而寿，悲哉！

见摄生者而问长生，谓之"大愚"；见卜者而问吉凶，谓之"大惑"。

或问性。曰："顺之则吉，逆之则凶。"

孔子没，曾子之道日益光大。孔子没，传孔子之道者，曾子而已。曾子传之子思，子思传之孟子，孟子死，不得其传，至孟子而圣人之道益尊。

孟子曰："可以仕则仕，可以止则止，可以久则久，可以速则速，孔子也。孔子，圣之时者也。"故知《易》者，莫若孟子。孟子曰："王者之迹熄而《诗》亡，《诗》亡然后《春秋》作。《春秋》无义战，彼善于此则有之矣。"征者上伐下也，敌国不相征也。故知《春秋》者，莫若孟子。

礼之本，出于民之情，圣人因而道之耳。礼之器，出于民之俗，圣人因而节文之耳。圣人复出，必因今之衣服器用而为之节文。其所谓贵本而亲用者，亦在时王斟酌损益之耳。

---

①铄：熔化，这里引申为教化。

②格：规范。

③杜预：公元222－284年。西晋京兆杜陵人。力主伐吴，继羊祜都督荆州各军，担任镇南大将军。学识渊博，富有谋略，人称"杜武库"。著有《春秋左氏传集解》，为流传至今最早的《左传》注解。

④枨（chéng，音成）：古代大门两帝所竖的长木柱，所以防车过触门。这里表示触动。

⑤曾子：即曾参（公元前505－前435年），春秋鲁国南部武城人，孔子弟子。其事迹散见于《论语》及《史记·仲尼弟子传》。

⑥太史迁："即西汉太史令、历史学家司马迁。

⑦柳下惠：即春秋时期鲁国大夫展禽。深悉礼法制度，有"坐怀不乱"之美谈。

⑧有莘：古国名。位于今陕西省合阳县东南。

⑨傅岩：古地名。大约位于今山西省平陆县。

⑩六经：指《诗经》、《尚书》、《礼记》、《周易》、《春秋》、《乐经》。

⑪《乡党》：《论语》中的一章。

正 蒙

〔宋〕张载 撰

太和篇第一

太和所谓道①，中涵浮沈、升降、动静、相感之性②，是生绷缊、相荡、胜负、屈伸之始③。其来也几微易简④，其究也广大坚固。起知于易者乾乎！效法于简者坤乎！散殊而可象为气⑤，清通而不可象为神⑥。不如野马、绷缊⑦，不足谓之太和。语道者知此，谓之知道；学《易》者见此，谓之见《易》。不如是，虽周公才美⑧，其智不足称也已。

太虚无形⑨，气之本体⑩，其聚其散，变化之客形尔⑪。至静无感⑫，性之渊源；有识有知，物交之客感尔。客感客形与无感无形，惟尽性者一之⑬。

天地之气，虽聚散、攻取百涂，然其为理也顺而不妄。气之为物，散入无形，适得吾体；聚为有象，不失吾常。太虚不能无气，气不能不聚而为万物，万物不能不散而为太虚。循是出入，是皆不得已而然也。然则圣人尽道其间，兼体而不累者，存神其至矣。彼语寂灭者，往而不反⑭；徇生执有者，物而不化⑮；二者虽有间矣⑯，以言乎失道则均焉。

聚亦吾体⑰，散亦吾体，知死之不亡者，可与言性矣。

知虚空即气⑱，则有无隐显，神化性命，通一无二。顾聚散、出入、形不形，能推本所从来，则深于《易》者也。若谓虚能生气，则虚无穷，气有限，体用殊绝⑲，入老氏"有生于无"自然之论，不识所谓有无混一之常；若谓万象为太虚中所见之物，则物与虚不相资⑳，形自形，性自性，形性、天人不相待而有，陷于浮屠以山河大地为见病之说。此道不明，正由懵者略知体虚空为性，不知本天道为用，反以人见之小因缘天地。明有不尽，则诬世界乾坤为幻化。幽明不能举其要，遂蹴等妄意而然㉑。不悟一阴一阳范围天地、通乎昼夜、三极大中之矩，遂使儒、佛、老、庄混然一涂。语天道性命者，不罔于恍惚梦幻，则定以"有生于无"，为穷高极微之论。入德之途，不知择术而求，多见其蔽于诐而陷于淫矣㉒。

气块然太虚，升降飞扬，未尝止息，《易》所谓"绷缊"，庄生所谓"生物以息相吹"、"野马"者与！此虚实、动静之机，阴阳、刚柔之始。浮而上者阳之清，降而下者阴之浊，其感通聚结，为风雨，为雪霜，万品之流形，山川之融结，糟粕煨烬㉓，无非教也。

气聚则离明得施而有形㉔，气不聚则离明不得施而无形。方其聚也，安得不谓之客；方其散也，安得遽谓之无？故圣人仰观俯察，但云"知幽明之故㉕"，不云"知有无之故"。盈天地之间者，法象而已㉖。文理之察，非离不相睹也。方其形也，有以知幽之因；方其不形也，有以知明之故。

气之聚散于太虚，犹冰凝释于水，知太虚即气，则无无㉗。故圣人语性与天道之极，尽于参伍之神变易而已㉘。诸子浅妄，有有无之分，非穷理之学也。

太虚为清，清则无碍㉙，无碍故神；反清为浊，浊则碍，碍则形。

凡气，清则通，昏则壅，清极则神。故聚而有间则风行，风行则声闻具达，清之验与！不行而至，通之极与！

由太虚，有天之名；由气化，有道之名；合虚与气，有性之名；合性与知觉，有心之名。

鬼神者，二气之良能也㉚。圣者，至诚得天之谓；神者，太虚妙应之目㉛。凡天地法象，皆神化之糟粕尔。

天道不穷，寒暑也；众动不穷，屈伸也；鬼神之实，不越二端而已矣。

两不立则一不可见，一不可见则两之用息。两体者，虚实也，动静也，聚散也，清浊也，其究一而已。

感而后有通，不有两则无一。故圣人以刚柔立本，乾坤毁则无以见易。

游气纷扰，合而成质者，生人物之万殊；其阴阳两端循环不已者，立天地之大义。

"日月相推而明生，寒暑相推而岁成。"神易无方体，"一阴一阳"，"阴阳不测"，皆所谓"通乎昼夜之道"也。

昼夜者，天之一息乎㉜！寒暑者，天之昼夜乎！天道春秋分而气易㉝，犹人一寤寐而魂交㉞。魂交成梦，百感纷纭，对寤而言，一身之昼夜也；气交为春，万物糅错，对秋而言，天之昼夜也。

气本之虚则湛一无形㉟，感而生则聚而有象。有象斯有对㊱，对必反其为；有反斯有仇㊲，仇必和而解㊳。故爱恶之情同出於太虚，而卒归於物欲，倏而生，忽而成，不容有毫发之间，其神矣夫！

造化所成，无一物相肖者，以是知万物虽多，其实一物；无无阴阳者，以是知天地变化，二端而已。

万物形色，神之糟粕，"性与天道"云者，易而已矣。心所以万殊者，感外物为不一也；天大无外，其为感者，絪缊二端而已焉。物之所以相感者，利用出入，莫知其乡，一万物之妙者与！

气与志，天与人，有交胜之理。圣人在上而下民咨㊴，气壹之动志也；凤凰仪，志壹之动气也。

---

①太和：指阴阳未分的气。　　道：指太和之气变化流行的过程。

②涵：包含，内在地具有。　　性：指运动变化的潜能，它是一切事物运动变化的内在根据、动力。

③絪缊（yīn yūn，因晕第一声）：即氤氲，烟云弥漫。　　相荡：气体的相互推动、碰撞。

④几微：非常小。

⑤散：分离。　　殊：不一致，不同。　　可象：可以见到的形象。　　气：指阴阳已分的气，与太和不同。

⑥清：纯一不杂谓之清。　　通：融会贯通，即无不适应。清通与散殊相对，指阴阳未分之时气的性质。

神：神妙莫测，是一切事物内在的能变的本性。

⑦野马：地面上蒸腾的气，状如野马奔腾。

⑧周公：指西周时周武王的相，以忠心、善政著称。

⑨太虚：即天空。

⑩本体：本来的状态。

⑪客形：相对无形而言。无形是永恒不变的，客形是暂时的，变化的。

⑫至静无感：与下文的有识有知相对，指的是太和之气时的状态，

⑬惟尽性者一之：客感客形与无感无形，虽表现形式不同，但从根本上讲，它们都是一气的表现。只要把握住气中的性，即可将两者统一起来。

⑭语寂灭者往而不返：语寂灭者，指佛教徒。往而不返，指向无感无形的路上走，而不知还有有感有形的一途。

⑮徇生执有者物而不化：徇生执有者，指道教徒。物而不化，道教徒为了追求长生，只向有感有形的路上走，却不知还有无感无形的一途。

⑯间：区别、不同。

⑰体：指本体，即性。

⑱虚空即气：意思是说虚空不是空无所有，而就是无形可象的气。它聚而为万物，散而为虚心，二者本质上都是气，只不

过是两种不同状态而已。

⑲ 体用殊绝：体与用不能协调。按照张载的理解，同体同用，异类不生，故他反对老子的"有生于无"的说法。

⑳ 物与虚不相资：物与虚空没有关系，即无体用关系，物只不过是人的幻觉，这是佛教徒的观点，所以张载反对。

㉑ 蹑（lèi，音累）等妄意而言；蹑，超越的意思。这是张载对佛教徒的批判。在张载看来，性是虚与气的合体，二者是互相依存的，舍弃任意一方都是错误的。佛教、道教的观点就是由于没有认识到这一点才产生的。

㉒ 诐（bì，音庇）：偏颇，邪僻。

㉓ 煨（wēi，音危）：这里指燃烧。

㉔ 离明：指光线与视觉器官的结合。

㉕ 幽明：无形可见为幽，有形可见的为明。

㉖ 法象：佛家术语，即具体的事物和形象。

㉗ 无无：不存在无的状态。

㉘ 参伍：即三五，错杂的意思。

㉙ 碍：质碍，即有形质。

㉚ 良能：阴阳二气往来屈伸的自然本能。

㉛ 应：感应。　　目：名目，名称。

㉜ 息：呼吸时进出的气。

㉝ 易：变化。

㉞ 寤（wù，音务）：睡醒。　　寐（mèi，音妹）：睡着。

㉟ 湛：清澈纯一。

㊱ 对：对立。

㊲ 反：违反。　　仇：斗争。

㊳ 和：调和。　　解：和解。

㊴ 咨：询问。

参两篇第二

地所以两①，分刚柔男女而效之，法也；天所以参②，一太极两仪而象之，性也③。

一物两体，气也；一故神，[自注：两在故不测]，两故化，[自注：推行于一]，此天之所以参也④。

地纯阴凝聚于中，天浮阳运旋于外⑤，此天地之常体也。恒星不动，纯系乎天，与浮阳运旋而不穷者也；日月五星逆天而行，并包乎地者也。地在气中，虽顺天左旋，其所系辰象随之，稍迟则反移徙而右尔，间有缓速不齐者，七政之性殊也。月阴精，反乎阳者也，故其右行最速；日为阳精，然其质本阴，故其右行虽缓，亦不纯系乎天，如恒星不动。金水附日前后进退而行者，其理精深，存乎物感可知矣。镇星地类，然根本五行，虽其行最缓，亦不纯系乎地也。火者亦阴质，为阳萃焉，然其气比日而微，故其迟倍日。惟木乃岁一盛衰，故岁历一辰。辰者，日月一交之次，有岁之象也。

凡圜转之物，动必有机⑥，既谓之机，则动非自外也。古今谓天左旋，此直至粗之论尔⑦，不考日月出没、恒星昏晓之变。愚谓在天而运者，惟七曜而已⑧。恒星所以为昼夜者，直以地气乘机左旋于中，故使恒星、河汉因⑨北为南，日月因天隐见，太虚无体，则无以验其迁动于外也。

天左旋，处其中者顺之，少迟则反右矣。

地，物也；天，神也。物无逾神之理[⑩]，顾有地斯有天，若其配然尔。

地有升降，日有修短。地虽凝聚不散之物，然二气升降其间，相从而不已也。阳日上，地日降而下者，虚也；阳日降，地日进而上者，盈也；此一岁寒暑之候也。至于一昼夜之盈虚、升降，则以海水潮汐验之为信；然间有小大之差，则系日月朔望，其精相感[⑪]。

日质本阴，月质本阳，故于朔望之际精魄反交，则光为之食矣。

亏盈法：月于人为近，日远在外，故月受日光常在于外，人视其终初如钩之曲，及其中天也如半璧然。此亏盈之验也。

月所位者阳，故受日之光，不受日之精，相望中弦则光为之食，精之不可以二也。

日月虽以形相物，考其道则有施受健顺之差焉。星月金水受光于火日，阴受而阳施也。

阴阳之精互藏其宅，则各得其所安，故日月之形，万古不变。若阴阳之气，则循环迭至，聚散相荡，升降相求，絪缊相揉，盖相兼相制，欲一之而不能，此其所以屈伸无方，运行不息，莫或使之，不曰性命之理，谓之何哉？

"日月得天"，得自然之理也，非苍苍之形也。

闰馀生于朔，不尽周天之气，而世传交食法，与闰异术，盖有不知而作者尔。

阳之德主于遂[⑫]，阴之德主于闭。

阴性凝聚，阳性发散；阴聚之，阳必散之，其势均散。阳为阴累，则相持为雨而降；阴为阳得，则飘扬为云而升。故云物班布太虚者，阴为风驱，敛聚而未散者也。凡阴气凝聚，阳在内者不得出，则奋击而为雷霆；阳在外者不得入，则周旋不舍而为风；其聚有远近虚实，故雷风有小大暴缓。和而散，则为霜雪雨露．不和而散，则为戾气曀霾[⑬]；阴常散缓，受交於阳，则风雨调，寒暑正。

天象者，阳中之阴；风霆者，阴中之阳。

雷霆感动虽速，然其所由来亦渐尔。能穷神化所从来，德之盛者与！

火日外光，能直而施；金水内光，能辟而受。受者随材各得，施者所应无穷，神与形、天与地之道与！

"木曰曲直"，能既曲而反申也；"金曰从革"，一从革而不能自反也。水火，气也，故炎上润下与阴阳升降，土不得而制焉。木金者，土之华实也，其性有水火之杂，故木之为物，水渍则生[⑭]，火然而不离也，盖得土之浮华于水火之交也。金之为物，得火之精于土之燥，得水之精於土之濡，故水火相待而不相害，铄之反流而不耗，盖得土之精实于水火之际也。土者，物之所以成始而成终也，地之质也，化之终也，水火之所以升降，物兼体而不遗者也。

水者，阴凝而阳未胜也；火者，阳丽而阴未尽也。火之炎，人之蒸，有影无形，能散而不能受光者，其气阳也。

阳陷于阴为水，附于阴为火。

---

①两：指外在的对待。

②参：即包含对待的统一体，也就是内在的对待。

③性：合太极与两仪为一体的内在本质。

④一物两体……此天之所以参也：这是张载的辩证法观点。这段话是说，作为世界物质实体的气是一统一体，它包含两部分。由于它是对立面的统一，所以变化莫测；因统一体包含对立面，所以变化不穷。对立面合成统一体，就叫做"参"。

⑤浮阳：因阳气上升，故曰浮阳。

⑥机：指内在的动力。

⑦直：简直，不过。

⑧七曜（yào，音要）：指日、月与水、火、土、金、木五星。

⑨河汉：银河。

⑩逾：越过，超过。

⑪地有升降……其精相感：本段是张载关于季节四时的理论。他认为地球就象一个气球，浮在空中。当阳气上升时，地上的气多，地下的阳气少，所以地就上升，距离太阳就近，为暑季，反之为冬季。昼夜的理论也是如此。

⑫遂：顺，如意。

⑬曀（yì，音义）：天气阴沉多风。　　霾（mái，音埋）：大风杂尘土而下。

⑭渍（zì，音字）：浸，沤。

天道篇第三

天道四时行，百物生，无非至教；圣人之动，无非至德，夫何言哉？

天体物不遗，犹仁体事无不在也。"礼仪三百，威仪三千"，无一物而非仁也。"昊天曰明，及尔出王，昊天曰旦，及尔游衍"，无一物之不体也。

上天之载，有感必通；圣人之为，得为而为之应。

天不言而四时行，圣人神道设教而天下服①。诚于此，动于彼，神之道与！

天不言而信，神不怒而威。诚，故信；无私，故威。

天之不测谓神，神而有常谓天。

运于无形之谓道，形而下者不足以言之。

"鼓万物而不与圣人同忧"，天道也。圣不可知也，无心之妙非有心所及也。

"不见而章"，已诚而明也；"不动而变"，神而化也；"无为而成"，为物不贰也②。

已诚而明，故能"不见而章③，不动而变，无为而成"。

"富有"，广大不御之盛与！"日新"，悠久无疆之道与！

天之知物不以耳目心思，然知之之理过於耳目心思。天视听以民，明威以民，故《诗》、《书》所谓帝天之命④，主于民心而已焉。

"化而裁之存乎变"，存四时之变，则周岁之化可裁；存昼夜之变，则百刻之化可裁。"推而行之存乎通"，推四时而行，则能存周岁之通；推昼夜而行，则能存百刻之通。

"神而明之，存乎其人"，不知上天之载，当存文王。"默而成之，存乎德行"，学者常存德性，则自然默成而信矣。

存文王⑤，则知天载之神；存众人，则知物性之神。

谷之神也有限，故不能通天下之声；圣人之神惟天，故能周万物而知⑥。

圣人有感无隐，正犹天道之神。

形而上者，得意斯得名⑦，得名斯得象；不得名，非得象者也。故语道至于不能象，则名言亡矣。

世人知道之自然，未始识自然之为体尔。

有天德，然后天地之道可一言而尽。

贞明不为日月所眩，贞观不为天地所迁。

①神道设教：顺应自然之势以教化万物。后泛指由假托鬼神之道以治人。

②贰：协助。

③章：同"彰"，显著。

④《诗》、《书》：指《诗经》与《尚书》。

⑤文王：即周文王，姓姬名昌，为西方诸候之长，称西伯。其子武王灭商建周。

⑥周：遍及，普及。

⑦得意：得到事物的实质。　　得名：得到事物的名称。

神化篇第四

神，天德①；化，天道②。德，其体，道，其用，一于气而已。

"神无方"③，"易无体"④，大且一而已尔⑤。

虚明。照鉴，神之明也；无远近幽深，利用出入，神之充塞无间也。

天下之动，神鼓之也，辞不鼓舞则不足以尽神。

鬼神，往来、屈伸之义〔自注：神示者归之始，归往者来之终〕；故天曰神，地曰示⑥，人曰鬼。

形而上者，得辞斯得象矣。神为不测，故缓辞不足以尽神，缓则化矣；化为难知，故急辞不足以体化，急则反神。

气有阴阳，推行有渐为化，合一不测为神。其在人也，智义利用⑦，则神化之事备矣。德盛者，穷神则智不足道，知化则义不足云。天之化也运诸气，人之化也顺夫时；非气非时，则化之名何有？化之实何施？《中庸》曰"至诚为能化"，《孟子》曰"大而化之"，皆以其德合阴阳，与天地同流而无不通也。所谓气也者，非待其郁蒸凝聚⑧，接于目而后知之；苟健、顺、动、止、浩然、湛然之得言，皆可名之象尔。然则象若非气，指何为象？时若非象，指何为时？世人取释氏销碍入空，学者舍恶趋善以为化，此直可为始学遣累者，薄乎云尔⑨，岂天道神化所同语也哉？

"变则化"，由粗入精也；"化而裁之谓之变"，以著显微也。谷神不死，故能微显而不掩⑩。

鬼神常不死，故诚不可掩；人有是心在隐微，必乘间而见，故君子虽处幽独，防亦不懈。

神化者，天之良能⑪，非人能；故大而位天德，然后能穷神知化。

大可为也，大而化不可为也，在熟而已。《易》谓"穷神知化"，乃德盛仁熟之致，非智力能强也。

大而化之，能不勉而大也；不已而天，则不测而神矣。

先后天而不违，顺至理以推行，知无不合也。虽然，得圣人之任者皆可勉而至，犹不害于未化尔。大几圣矣，化则位乎天德矣。

大则不骄，化则不吝⑫。

无我而后大，大成性而后圣，圣位天德不可致知谓神。故神也者，圣而不可知。

见几则义明⑬，动而不括则用利⑭，屈伸顺理则身安而德滋。穷神知化，与天为一，岂有我所能勉哉？乃德盛而自致尔。

"精义入神"，事豫吾内⑮，求利吾外也；"利用安身"，素利吾外，致养吾内也。"穷神知化"，乃养盛自致，非思勉之能强，故崇德而外，君子未或致知也。

神不可致思，存焉可也；化不可助长，顺焉可也。存虚明，久至德，顺变化，达时中，仁之至，义之尽也。知微知彰，不舍而继其善，然后可以成人性矣。

圣不可知者，乃天德良能，立心求之，则不可得而知之。

圣不可知谓神，庄生缪妄⑯，又谓有神人焉。

惟神为能变化，以其一天下之动也。人能知变化之道，其必知神之为也。

见易则神其几矣。

"知几其神"，由经正以贯之，则宁用终日，断可识矣。几者，象见而未形也，形则涉乎明，不待神而后知也。"吉之先见"云者，顺性命则所见，皆吉也。

知神而后能禴帝禴亲⑰，见易而后能知神。是故不闻性与天道而能制礼作乐者，末矣。

"精义入神"，豫之至也。

徇物丧心，人化物而灭天理者乎！存神过化，忘物累而顺性命者乎！

敦厚而不化，有体而无用也；化而自失焉，徇物而丧己也。大德敦化，然后仁智一而圣人之事备。性性为能存神，物物为能过化。

无我然后得正己之尽，存神然后妙应物之感。"范围天地之化而不过⑱"，过则溺于空，沦于静，既不能存夫神，又不能知夫化矣。

"旁行不流"，圆神不倚也；"百姓日用而不知"，溺于流也。

义以反经为本，经正则精；仁以敦化为深，化行则显。义入神，动一静也；仁敦化，静一动也。仁敦化则无体，义入神则无方。

---

①天德：指气的能动的本性。

②天道：气的运动变化的过程，也就是气的运动变化的必然规则。天德是体，天道是用，它们都是气的不同表现。

③神无方：指事物的运动变化是无所不在的。

④易无体：指事物的生生不息是永远不会停止的。

⑤大且一而已尔：指神、易虽然无体，但生生不息，始终一贯。

⑥示：地神。

⑦智义利用：这是张载从天道论人事的理论。智即神之明，是合一不测的；义就是因时制宜，是推行有渐的。

⑧郁：茂盛。

⑨薄乎云尔：实在是很浅薄。

⑩掩：遮蔽，遮盖。

⑪良能：先天具有的潜力。

⑫吝：顾惜，舍不得。

⑬几：隐微，细微。

⑭括：约束、包容。

⑮豫：先事为备。

⑯庄生：即庄子。

⑰禴：合祭。

⑱范围：规定、概括。

动物篇第五

动物本诸天，以呼吸为聚散之渐①；植物本诸地，以阴阳升降为聚散之渐②。物之初生，气日至而滋息③；物生既盈，气日反而游散④。至之谓神，以其伸也；反之为鬼，以其归也。

气于人，生而不离、死而游散者谓魂；聚成形质、虽死而不散者谓魄。

海水凝则冰，浮则沤⑤，然冰之才，沤之性，其存其亡，海不得而与焉。推是足以究死生之说。

有息者根于天，不息者根于地。根于天者不滞于用⑥，根于地者滞於方⑦，此动植之分也。

生有先后，所以为天序；小大、高下相并而相形焉，是谓天秩。天之生物也有序，物之既形也有秩。知序然后经正，知秩然后礼行。

凡物能相感者，鬼神施受之性也；不能感者，鬼神亦体之而化矣。

物无孤立之理，非同异、屈伸、终始以发明之，则虽物非物也；事有始卒乃成⑧，非同异、有无相感，则不见其成，不见其成则虽物非物，故一屈伸相感而利生焉。

独见独闻，虽小异，怪也，出于疾与妄也；共见共闻，虽大异，诚也，出阴阳之正也。

贤才出，国将昌；子孙才，族将大。

人之有息，盖刚柔相摩、乾坤阖辟之象也⑨。

痌，形开而志交诸外也；梦，形闭而气专乎内也。痌所以知新于耳目，梦所以缘旧于习心。医谓饥梦取，饱梦与，凡痌梦所感，专语气于五藏之变，容有取焉尔。

声者，形气相轧而成。两气者，谷响雷声之类；两形者，桴鼓叩击之类⑩；形轧气，羽扇敲矢之类；气轧形，人声笙簧之类。是皆物感之良能，人皆习之而不察者尔。

形也，声也，臭也，味也，温凉也，动静也，六者莫不有五行之别，同异之变，皆帝则之必察者欤！

---

①动物本诸天，以呼吸为聚散之渐：王夫之注云，动物皆出地上，而受五行未成形之气以生，气之往来在呼吸，自稚自壮，呼吸盛而日聚；自壮至老，呼吸衰而日散。

②植物本诸地，以阴阳升降为聚散之渐：植物于地生根，地生靠地气。春天地气上升，植物茂盛；秋天地气下降，植物枯萎。

③至：到来，到来即伸长，所以能生长。

④反：回去，回去即回到原来的地方，所以游散。

⑤沤：水中的气泡。

⑥不滞于用：能自由行动，发挥它的作用。

⑦滞于方：停留在一定的地方。

⑧始卒：指事物的原因和结果。

⑨阖（hé，音和）：关闭。　　　辟：打开。

⑩桴（fú，音浮）：鼓槌，这里指敲打。

诚明篇第六

诚明所知乃天德良知，非闻见小知而已。

天人异用，不足以言诚；天人异知，不足以尽明。所谓诚明者，性与天道不见乎小大之别也。

义命合一存乎理，仁智合一存乎圣，动静合一存乎神，阴阳合一存乎道，性与天道合一存乎诚。

天所以长久不已之道，乃所谓诚。仁人孝子所以事天诚身，不过不已于仁孝而已。故君子诚之为贵。

诚有是物，则有终有始；伪实不有，何终始之有？故曰"不诚无物"。

"自明诚"，由穷理而尽性也①；"自诚明"，由尽性而穷理也。

性者，万物之一源②，非有我之得私也。惟大人为能尽其道，是故立必俱立，知必周知，爱必兼爱，成不独成。彼自蔽塞而不知顺吾理者，则亦末如之何矣。

天能谓性，人谋谓能。大人尽性，不以天能为能而以人谋为能，故曰"天地设位，圣人成能"。

尽性，然后知生无所得，则死无所丧③。

未尝无之谓体④，体之谓性⑤。

天所性者通极于道，气之昏明不足以蔽之；天所命者通极于性，遇之吉凶不足以戕之；不免乎蔽之戕之者，未之学也。性通乎气之外，命行乎气之内，气无内外，假有形而言尔。故思知人不可不知天，尽其性然后能至于命。

知性知天，则阴阳、鬼神皆吾分内尔。

天性在人，正犹水性之在冰，凝释虽异，为物一也；受光有小大、昏明，其照纳不二也。

天良能本吾良能，顾为有我所丧尔。

上达反天理⑥，下达徇人欲者与！

性其总，合两也⑦；命其受，有则也；不极总之要，则不至受之分，尽性穷理而不可变，乃吾则也。天所自不能已者谓命，物所不能无感者谓性。虽然，圣人犹不以所可忧而同其无忧者，有相之道存乎我也。

湛一⑧，气之本；攻取⑨，气之欲。口腹于饮食，鼻舌于臭味，皆攻取之性也。知德者属厌而已⑩，不以嗜欲累其心，不以小害大、末丧本焉尔。

心能尽性，"人能弘道"也；性不知检其心⑪，"非道弘人"也。

尽其性，能尽人物之性；至于命者，亦能至人物之命；莫不性诸道，命诸天。我体物未尝遗⑫，物体我知其不遗也。至于命，然后能成己成物，不失其道。

以生为性，既不通昼夜之道，且人与物等，故告子之妄不可不诋⑬。

性于人无不善，系其善反不善反而已。过天地之化，不善反者也。命于人无不正，系其顺与不顺而已。行险以侥幸⑭，不顺命者也。

形而后有气质之性⑮，善反之则天地之性存焉⑯。故气质之性，君子有弗性者焉。

人之刚柔、缓急、有才与不才，气之偏也。天本参和不偏，养其气，反之本而不偏，则尽性而天矣。性未成则善恶混，故亹亹而继善者斯为善矣⑰。恶尽去则善因以成，故舍曰善而曰"成之者性也"。

德不胜气⑱，性命于气；德胜其气⑲，性命于德。穷理尽性，则性天德，命天理，气之不可变者，独死生修夭而已。故论死生则曰"有命"，以言其气也；语富贵则曰"在天"，以言其理也。此大德所以必受命，易简理得而成位乎天地之中也。所谓天理也者，能悦诸心，能通天下之志之理也。能使天下悦且通，则天下必归焉；不归焉者，所乘所遇之不同，如仲尼与继世之君也⑳。"舜禹有天下而不与焉㉑"者，正谓天理驯致，非气禀当然，非志意所与也；必曰"舜禹"云者，余非乘势则求焉者也。

利者为神，滞者为物。是故风雷有象，不速于心，心御见闻，不弘于性。

上智下愚，习与性相远既甚而不可变者也。

纤恶必除，善斯成性矣；察恶未尽，虽善必粗矣。

"不识不知，顺帝之则"，有思虑识知，则丧其天矣㉒。君子所性，与天地同流异行而已焉。

"在帝左右"，察天理而左右也，天理者时义而已。君子教人，举天理以示之而已；其行己也，述天理而时措之也。

和乐，道之端乎！和则可大，乐则可久，天地之性，久大而已矣。

莫非天也，阳明胜则德性用，阴浊胜则物欲行。领恶而全好者㉓，其必由学乎！

不诚不庄，可谓之尽性穷理乎？性之德也未尝伪且慢㉔，故知不免乎伪慢者，未尝知其性也。

勉而后诚庄，非性也；不勉而诚庄，所谓"不言而信，不怒而威"者与！

生直理顺，则吉凶莫非正也；不直其生者，非幸福于回，则免难于苟也。

"屈伸相感而利生"，感以诚也；"情伪相感而利害生"，杂以伪。至诚则顺理而利，伪则不循理而害。顺性命之理，则所谓吉凶，莫非正也；逆理则凶为自取，吉其险幸也。

"莫非命也，顺受其正"，顺性命之理，则得性命之正；灭理穷欲，人为之招也。

---

①穷理：运用人的智慧追求天地的道理。　　尽性：修炼自身的心性，以达到与天地的本性相一致。

②性者万物之一源：性是万物的共同本源。

③尽性，然后知生无所得，则死无所丧：知道性是每个人、每种事物共同具有的，那么人活着时，性也不多，死时，性也不少。

④未尝无之谓体：体，即本来的实体，这种实体是一直存在的，永远不会消失。

⑤体之谓性：性是气所固有的，离气无性，从这个角度说，性就是体，所以说"体之谓性"。

⑥反：同"返"，返求。

⑦性其总，合两也：性是包括对立两面的统一体。

⑧湛一：清静和纯粹。

⑨攻取：拒绝或接受。

⑩屬厌：满足。

⑪检：检校，校正。

⑫我体物未尝遗：我体会到某物的本性，则认识了所有的事物。因任何事物在性这一层次都是一样的。

⑬告子：战国时人，认为人的自然性即人的本性。

⑭行险以侥幸：违背规律，企图以人为的力量取得成功。

⑮气质之性：人的身体形成之后所具有的性，这是驳杂之性。它是有善有恶的。

⑯天地之性：天地所具的性，人所禀赋的这种性即天地之性，它是纯善的。

⑰亹亹（wěi，音委）：勤勉不倦的样子。

⑱德不胜气：指处于自然状态。

⑲德胜其气：指人处于觉醒的状态。

⑳仲尼：即孔子，孔子名丘，字仲尼。

㉑舜禹：中国上古时代两位贤明的君主。

㉒丧其天：私虑识知不是天的本性，所以说丧天。

㉓领恶：对治恶。

㉔伪：人为。

大心篇第七

大其心则能体天下之物，物有未体，则心为有外。世人之心，止于闻见之狭。圣人尽性，不以见闻梏其心①，其视天下无一物非我，孟子谓尽心则知性知天以此。天大无外，故有外之心不足以合天心。见闻之知②，乃物交而知，非德性所知③；德性所知，不萌于见闻。

由象识心，徇象丧心④。知象者心，存象之心，亦象而已，谓之心可乎？

人谓己有知，由耳目有受也；人之有受，由内外之合也。知合内外于耳目之外，则其知也过人远矣。

天之明莫大于日，故有目接之，不知其几万里之高也；天之声莫大于雷霆，故有耳属之，莫知其几万里之远也；天之不御莫大于太虚，故必知廓之，莫究其极也。人病其以耳目见闻累其心而不务尽其心，故思尽其心者，必知心所从来而后能。

耳目虽为性累，然合内外之德，知其为启之之要也。

成吾身者，天之神也。不知以性成身而自谓因身发智，贪天功为己力⑤，吾不知其知也。民何知哉？因物同异相形，万变相感，耳目内外之合，贪天功而自谓己知尔。

体物体身，道之本也，身而体道，其为人也大矣。道能物身故大，不能物身而累于身，则藐乎其卑矣。

能以天体身⑥，则能体物也不疑。

成心忘然后可与进于道。

化则无成心矣。成心者，意之谓与！

无成心者，时中而已矣⑦。

心存无尽性之理，故圣不可知谓神。

以我视物则我大，以道体物我则道大⑧。故君子之大也大于道，大于我者容不免狂而已。

烛天理如向明，万象无所隐；穷人欲如专顾影间，区区于一物之中尔。

释氏不知天命而以心法起灭天地，以小缘大，以末缘本，其不能穷而谓之幻妄，真所谓疑冰者与⑨〔自注：夏虫疑冰，以其不识〕！

释氏妄意天性而不知范围天用，反以六根之微因缘天地⑩。明不能尽，则诬天地日月为幻妄，蔽其用于一身之小，溺其志于虚空之大，所以语大语小，流遁失中。其过于大也，尘芥六合⑪，其蔽于小也，梦幻人世。谓之穷理可乎？不知穷理而谓尽性可乎？谓之无不知可乎？尘芥六合，谓天地为有穷也；梦幻人世，明不能究所从也。

---

①梏（kù，音库）：此处指束缚。

②见闻之知：由耳目感官所得到的知识。

③德性之知：不以感官，纯依人的心的思虑作用所得到的知识。

④徇象丧心：过分拘泥于有形象的东西，就会妨碍性对心的主导地位。所以说徇象丧心。

⑤天功：自然的造作。

⑥以天体身：知道身是天所造，可以与天合为一体。

⑦时中：合于中道。

⑧道大：君子以身体道，与道合一，所以说道大。

⑨疑冰：即夏虫疑冰，只能活在夏天的昆虫不相信冰的存在。比喻见识短浅。

⑩六根：耳、眼、鼻、舌、身、意为六根。

⑪六合：天地之间。

中正篇第八

中正然后贯天下之道①，此君子之所以大居正也②。盖得正则得所止③，得所止则可以弘而至于大。乐正子、颜渊，知欲仁矣④。乐正子不致其学，足以为善人信人，志于仁无恶而已；颜子好学不倦，合仁与智，具体圣人⑤，独未至圣人之止尔。

学者中道而立，则有仁以弘之。无中道而弘，则穷大而失其居，失其居则无地以崇其德，与不及者同，此颜子所以克己研几，必欲用其极也。未至圣而不已，故仲尼贤其进；未得中而不居，故惜夫未见其止也。

大中至正之极，文必能致其用，约必能感而通⑥。未至于此，其视圣人恍惚前后，不可为之像，此颜子之叹乎！

可欲之谓善，志仁则无恶也。诚善于心之谓信，充内形外之谓美，塞乎天地之谓大，大能成性之谓圣，天地同流、阴阳不测之谓神。

高明不可穷⑦，博厚不可极，则中道不可识，盖颜子之叹也。

君子之道，成身成性以为功者也⑧；未至于圣，皆行而未成之地尔。

大而未化，未能有其大，化而后能有其大。

知德以大中为极，可谓知至矣；择中庸而固执之⑨，乃至之之渐也。惟知学然后能勉，能勉然后日进而不息可期矣。

体正则不待矫而弘⑩，未正必矫，矫而得中，然后可大。故致曲于诚者，必变而后化。

极其大而后中可求，止其中而后大可有。

大亦圣之任，虽非清和一体之偏，犹未忘于勉而大尔。若圣人，则性与天道无所勉焉。

无所杂者清之极，无所异者和之极。勉而清，非圣人之清；勉而和，非圣人之和。所谓圣者，不勉不思而至焉者也。

勉盖未能安也，思盖未能有也。

不尊德性⑪，则学问从而不道；不致广大，则精微无所立其诚；不极高明，则择乎中庸失时措之宜矣。

绝四之外，心可存处，盖必有事焉，而圣不可知也。

不得已，当为而为之，虽杀人皆义也；有心为之，虽善皆意也。正己而物正，大人也；正己而正物，犹不免有意之累也。有意为善，利之也，假之也⑫；无意为善，性之也，由之也。有意在善，且为未尽，况有意于未善耶？仲尼绝四，自始学至成德，竭两端之教也。

不得已而后为，至于不得为而止，斯智矣夫！

意，有思也；必，有待也；固，不化也；我，有方也。四者有一焉，则与天地为不相似⑬。

天理一贯，则无意、必、固、我之凿。意、必、固、我，一物存焉，非诚也；四者尽去，则直养而无害矣。

妄去然后得所止，得所止然后得所养而进于大矣。无所感而起，妄也；感而通，诚也；计度而知，昏也；不思而得，素也。

事豫则立，必有教以先之；尽教之善，必精义以研之。精义入神，然后立斯立，动斯和矣。

志道则进据者不止矣，依仁则小者可游而不失和矣。

志学然后可与适道，强礼然后可与立，不惑然后可与权⑭。博文以集义，集义以正经，正经然后一以贯天下之道。

将穷理而不顺理，将精义而不徙义，欲资深且习察⑮，吾不知其智也。

知、仁、勇，天下之达德，虽本之有差，及所以知之成之则一也。盖谓仁者以生知、以安行此五者，智者以学知、以利行此五者，勇者以困知、以勉行此五者。

中心安仁，无欲而好仁，无畏而恶不仁，天下一人而已，惟责己一身当然尔。

行之笃者，敦笃云乎哉！如天道不已而然，笃之至也。

君子于天下，达善达不善，无物我之私。循理者共悦之，不循理者共改之。改者，过虽在人如在己，不忘自讼⑯；共悦者，善虽在己，盖取诸人而为，必以与人焉。善以天下，不善以天下，是谓达善达不善。

善人云者，志于仁而未致其学，能无恶而已，"君子名之必可言也"如是。

善人，欲仁而未致其学者也。欲仁，故虽不践成法，亦不陷于恶，有诸己也。不入于室由不学，故无自而入圣人之室也。

恶不仁，故不善未尝不知；徒好仁而不恶不仁，则习不察，行不著。是故徒善未必尽义，徒是未必尽仁；好仁而恶不仁，然后尽仁义之道。

"笃信好学"，笃信不好学，不越为善人信士而已⑰。

"好德如好色"，好仁为甚矣；见过而内自讼，恶不仁而不使加乎其身，恶不仁为甚矣。学者不如是不足以成身，故孔子未见其人，必叹曰"已矣乎"，思之甚也。

孙其志于仁则得仁⑱，孙其志于义则得义，惟其敏而已。

博文约礼⑲，由至著入至简，故可使不得叛而去。温故知新，多识前言往行以畜德，绎旧业而知新益，思昔未至而今至，缘旧所见闻而察来，皆其义也。

责己者当知天下国家无皆非之理，故学至于不尤人⑳，学之至也。

闻而不疑则传言之，见而不殆则学行之，中人之德也。闻斯行，好学之徒也；见而识其善而未果于行，愈于不知者尔。"世有不知而作者"，盖凿也，妄也，夫子所不敢也，故曰"我无是也"。

以能问不能，以多问寡，私淑艾以教人㉑，隐而未见之仁也。

为山平地㉒，此仲尼所以惜颜回未至，盖与互乡之进也㉓。

学者四失：为人则失多②，好高则失寡⑤，不察则易，苦难则止。

学者舍礼义，则饱食终日，无所猷为，与下民一致，所事不逾衣食之间、燕游之乐尔。

以心求道，正犹以己知人，终不若彼自立彼为不思而得也。

考求迹合以免罪戾者，畏罪之人也，故曰"考道以为无失"。

儒者穷理，故率性可以谓之道。浮图不知穷理而自谓之性㉖，故其说不可推而行。

致曲不贰㉗，则德有定体；体象诚定㉘，则文节著见；一曲致文，则余善兼照；明能兼照，则必将徙义；诚能徙义，则德自通变；能通其变，则圆神无滞。

有不知则有知，无不知则无知，是以鄙夫有问，仲尼竭两端而空空㉙。《易》无思无为，受命乃如响。圣人一言尽天下之道，虽鄙夫有问，必竭两端而告之；然问者随才分各足，未必能两端之尽也。

教人者必知至学之难易，知人之美恶，当知谁可先传此，谁将后倦此。若洒扫应对，乃幼而孙弟之事，长后教之，人必倦弊。惟圣人于大德有始有卒，故事无大小，莫不处极。今始学之人，未必能继，妄以大道教之，是诬也。

知至学之难易，知德也；知其美恶，知人也。知其人且知德，故能教人使入德，仲尼所以问同而答异，以此。

"蒙以养正"，使蒙者不失其正，教人者之功也。尽其道，其惟圣人乎？

洪钟未尝有声，由扣乃有声；圣人未尝有知，由问乃有知。"有如时雨之化者"，当其可，乘其间而施之，不待彼有求有为而后教之也。

志常继则罕譬而喻㉚，言易入则微而臧。

"凡学，官先事，士先志"，谓有官者先教之事，未官者使正其志焉。志者，教之大伦而言也。

道以德者，运于物外，使自化也。故谕人者，先其意而孙其志可也。盖志意两言，则志公而意私尔。

能使不仁者仁，仁之施厚矣，故圣人并答仁智以"举直错诸枉"。

以责人之心责己则尽道，所谓"君子之道四，丘未能一焉"者也；以爱己之心爱人则尽仁，所谓"施诸己而不愿，亦勿施于人"者也；以众人望人则易从，所谓"以人治人改而止"者也；此君子所以责己责人爱人之三术也。

有受教之心，虽蛮貊可教㉛；为道既异，虽党类难相为谋㉜。

大人所存，盖必以天下为度，故孟子教人，虽货色之欲，亲长之私，达诸天下而后已。

子而孚化之㉝，众好者翼飞之㉞，则吾道行矣。

①中正：不倚之谓中，得其理而守之勿失谓之正。
②居：存心于某处。
③所止：应该停下来的地方，即达到至善的境地。
④知欲仁：志于仁。
⑤具体圣人：即具圣人体，具备了圣人的资质。
⑥约：约束，检束。
⑦高明：最高的境界，即上下同流、物我一体的境界。
⑧成身成性以为功者也：成身，是从气的用的方面讲；成性，是从气的体的方面讲，成身成性是作圣人的功夫。
⑨固执：动、静恒依而不失也，即执着于。

⑩体正：体，才也；正，才足以成性。

⑪德性：指不依感官所得到的德性之知。

⑫假：假借其名。

⑬不相似：没有感应。

⑭权：变通。

⑮习察：囿于见闻之知。

⑯自讼：自我审查。

⑰不越：只不过。

⑱孙：同"逊"，随顺。

⑲文：礼之著见者也。

⑳尤人：归咎。

㉑私淑艾：私自学习别人的优点，但不向别人宣传这种优点。

㉒为山平地：在平地造山。

㉓互乡：地名，语出《论语》，年代久远不可考。

㉔为人：求诸人也。　　　失多：闻见杂而不精。

㉕好高：自困而不能使大众受益。

㉖浮图：佛教。

㉗不贰：没有间杂。

㉘诚：确实。

㉙空空：没有成见。

㉚譬：比喻。　　　喻：明白。

㉛蛮貊：泛指少数民族。

㉜党：由私人关系而形成的利益集团。

㉝子而孚化之：孵化禽鸟蛋。

㉞众好者：众多之中的优秀分子。　　　翼飞：领飞。

至当篇第九

至当之谓德，百顺之谓福。德者福之基，福者德之致，无人而非百顺①，故君子乐得其道。循天下之理之谓道，得天下之理之谓德，故曰"易简之善配至德"。

"大德敦化"，仁智合一，厚且化也；"小德川流"，渊泉时出之也。

"大德不逾闲②，小德出入可也"，大者器则小者不器矣。

德者，得也，凡有性质而可有者也。

"日新之谓盛德"，过而不有，凝滞于心，知之细也，非盛德日新。惟日新，是谓盛德。

浩然无害，则天地合德；照无偏系，则日月合明；天地同流，则四时合序；酬酢不倚③，则鬼神合吉凶。天地合德，日月合明，然后能无方体④；能无方体，然后能无我。

礼器则藏诸身⑤，用无不利。礼运云者，语其达也；礼器云者，语其成也。达与成，体与用之道，合体与用，大人之事备矣。礼器不泥于小者，则无非礼之礼，非义之义。盖大者器，则出入小者，莫非时中也⑥。子夏谓"大德不逾闲，小德出入可也"，斯之谓尔。

礼，器则大矣，修性而非小成者与！运则化矣，达顺而乐亦至焉尔。

"万物皆备于我"，言万物皆有素于我也；"反身而诚"，谓行无不慊于心，则乐莫大焉。

未能如玉，不足以成德；未能成德，不足以孚天下。"修己以安人"，修己而不安人，不行乎妻子，况可恃于天下⑦。

"正己而不求于人"，不愿乎外之盛者与！

仁道有本，近譬诸身，推以及人，乃其方也。必欲博施济众，扩之天下，施之无穷，必有圣人之才，能弘其道。

制行以己，非所以同乎人。

必物之同者，己则异矣；必物之是者，己则非矣。

能通天下之志者为能感人心，圣人同乎人而无我，故和平天下，莫盛于感人心。

道远人则不仁。

易简理得则知几⑧，知几然后经可正。天下达道五，其生民之大经乎！经正则道前定，事豫立，不疑其所行，利用安身之要莫先焉。

性天经然后仁义行，故曰"有父子、君臣、上下，然后礼义有所错"。

仁通极其性，故能致养而静以安；义致行其知，故能尽文而动以变。

义，仁之动也，流于义者于仁或伤；仁，体之常也，过于仁者于义或害。

立不易方，安于仁而已乎！

安所遇而敦仁，故其爱有常心，有常心则物被常爱也。

大海无润，因暍者有润⑨；至仁无恩，因不足者有恩。乐天安土，所居而安，不累于物也。

爱人然后能保其身［自注：寡助则亲戚畔之］，能保其身则不择地而安［自注：不能有其身，则资安处以置之］。不择地而安，盖所达者大矣；大达于天，则成性成身矣。

上达则乐天，乐天则不怨；下学则治己，治己则无尤。

不知来物，不足以利用；不通昼夜，未足以乐天。圣人成其德，不私其身，故乾乾自强，所以成之于天尔。

君子于仁圣，为不厌，诲不倦，然且自谓不能，盖所以为能也。能不过人，故与人争能，以能病人；大则天地合德，自不见其能也。

君子之道达诸天，故圣人有所不能；夫妇之智淆诸物⑩，故大人有所不与。

匹夫匹妇，非天之聪明不成其为人。圣人，天聪明之尽者尔。

大人者，有容物，无去物，有爱物，无徇物，天之道然。天以直养万物，代天而理物者，曲成而不害其直，斯尽道矣。

志大则才大、事业大，故曰"可大"，又曰"富有"；志久则气久、德性久，故曰"可久"，又曰"日新"。

清为异物，和为徇物⑪。

金和而玉节之则不过⑫，知运而贞一之则不流⑬。

道所以可久可大，以其肖天地而不离也；与天地不相似，其违道也远矣。

久者一之纯，大者兼之富。

大则直不绞，方不劆⑭，故不习而无不利。

易简然后能知险阻，易简理得然后一以贯天下之道。易简故能悦诸心，知险阻故能研诸虑，知几为能以屈为伸。

"君子无所争"，彼伸则我屈，知也；彼屈则吾不伸而伸矣，又何争！

无不容然后尽屈伸之道，至虚则无所不伸矣。

"君子无所争"，知几于屈伸之感而已。"精义入神"，交伸于不争之地，顺莫甚焉，利莫大焉。

"天下何思何虑"，明屈伸之变，斯尽之矣。

胜兵之胜，胜在至柔，明屈伸之神尔。

敬斯有立，有立斯有为。

"敬，礼之舆也"，不敬则礼不行。

"恭敬、撙节、退让，以明礼"⑮，仁之至也，爱道之极也。

己不勉明，则人无从倡，道无从弘，教无从成矣。

礼，直斯清，挠斯昏，和斯利，乐斯安。

将致用者，几不可缓；思进德者，徙义必精；此君子所以立多凶多惧之地，乾乾德业，不少懈于趋时也。

"动静不失其时"，义之极也。义极则光明著见，唯其时，物前定而不疚。

有吉凶利害，然后人谋作，大业生；故无施不宜，则何业之有！

"天下何思何虑"，行其所无事斯可矣。

知崇，天也，形而上也；通昼夜之道而知，其知崇矣。知及之而不以礼性之，非己有也；故知礼成性而道义出，如天地设位而易行。

知德之难言，知之至也。孟子谓"我于辞命则不能"，又谓"浩然之气难言"，《易》谓"不言而信存乎德行"，又以尚辞为圣人之道，非知德，达乎是哉？

"暗然"，修于隐也；"的然"，著于外也。

---

①无入：不符合，不合乎。

②闲：范围。

③酬酢：朝聘应享之礼，主客相互敬酒。

④无方体：神妙莫测的境界。

⑤礼器：礼运曲礼之要。

⑥礼器不泥于小者……莫非时中也：礼器关键在于运用得当，而不在大小。如果拘泥于器，则会陷于不义之义与非礼之礼中，丧失了义、礼的意义。

⑦忔：同"迄"，到也。

⑧几：隐微，细微。

⑨暍（yē，音耶）：中暑，伤暑。

⑩淆（xiáo，音晓）：混乱，混杂。

⑪徇：曲从。

⑫金和而玉节之则不过：金坚玉白，而养之以和，节之以润，则至清而不异。

⑬知运而贞一之则不流：智能运物，而恒贞于一，则至和而不徇。

⑭刿（guì，音贵）：刺伤。

⑮撙（zǔn，音尊）节：约束，克制。

作者篇第十

"作者七人"，伏羲、神农、黄帝、尧、舜、禹、汤，制法兴王之道，非有述于人者也。

以知人为难，故不轻去未彰之罪；以安民为难，故不轻变未厌之君①。及舜而去之，尧君德，故得以厚吾终；舜臣德，故不敢不虔其始。

"稽众舍己"②，尧也；"与人为善"，舜也；"闻善言则拜"，禹也；"用人惟己③，改过不吝"，汤也；"不闻亦式，不谏亦入"，文王也；皆虚其心以为天下也。

"别生分类"，孟子所谓明庶物、察人伦者与！

象忧喜④，舜亦忧喜，所过者化也，与人为善也，隐恶也，所觉者先也。

"好问"，"好察迩言"，"隐恶扬善"，"与人为善"，"象忧亦忧，象喜亦喜"，皆行其所无事也，过化也，不藏怒也，不宿怨也。

舜之孝，汤武之武，虽顺逆不同，其为不幸均矣。明庶物，察人伦，然后能精义致用，性其仁而行。汤放桀有惭德而不敢赦，执中之难也如是；天下有道而已，在人在己不见其间也，立贤无方也如是。

"立贤无方"，此汤所以公天下而不疑，周公所以于其身望道而必吾见也。

"帝臣不蔽"，言桀有罪，己不敢违天纵赦。既已克之，今天下莫非上帝之臣，善恶皆不可掩，惟帝择而命之，己不敢不听。

"虞芮质厥成"，讼狱者不之纣而之文王。文王之生，所以縻絷于天下，由多助于四友之臣尔。

"以杞包瓜⑤"，文王事纣之道也。厚下以防中溃⑥，尽人谋而听天命者与！

上天之载，无声臭可象，正惟仪刑文王⑦，当冥契天德而万邦信悦，故《易》曰"神而明之，存乎其人。"不以声色为政，不革命而有中国，默顺帝则而天下自归者，其惟文王乎？

可愿可欲，虽圣人之知，不越尽其才以勉焉而已。故君子之道四，虽孔子自谓未能；博施济众，修己安百姓，尧舜病诸。是知人能有愿有欲，不能穷其愿欲。

"周有八士"，记善人之富也。

重耳婉而不直⑧，小白直而不婉。

鲁政之弊，驭法者非其人而已；齐因管仲，遂并坏其法，故必再变而后至于道。

孟子以智之于贤者为有命，如晏婴智矣，而独不智于仲尼，非天命耶？

山节藻梲为藏龟之室⑨，祀爱居之义⑩；同归于不智，宜矣。

使民义不害不能教爱，犹众人之母不害使之义。礼乐不兴，侨之病与⑪？

献子者忘其势，五人者忘人之势。不资其势而利其有，然后能忘人之势。若五人者有献子之势，则反为献子之所贱矣。

颛臾主祀⑫，东蒙既鲁地，则是已在邦域之中矣，虽非鲁臣，乃吾事社稷之臣也。

---

①变：诛其君而别立君。

②稽：考核。

③用人惟己：疑为"用人惟贤"。

④象：舜之弟，屡次加害于舜，舜始终以兄弟之礼事之。

⑤杞：杞柳为筐。

⑥厚下以防中溃之变：意思是文王以德镇诸侯，商虽坏，诸侯不敢动，以延商命。

⑦仪刑：犹言法式，作为模范。

⑧婉：屈曲其辞，有所避讳。

⑨山节：雕成山形的斗拱。　　藻棁（zhǔ，音祝）：画着水草的短柱。山节与藻棁按古礼都是天子的庙饰。

⑩爰居：海鸟名，大如马驹。

⑪侨：即子产。《春秋》时郑国人，名侨。

⑫颛（zhuān，音专）臾：《春秋》国名，鲁国的附属国，故地在今山东费县西北。

三十篇第十一

三十器于礼①，非强立之谓也。四十精义致用，时措而不疑②。五十穷理尽性，至天之命，然不可自谓之至，故曰知。六十尽人物之性；声入心通。七十与天同德，不思不勉，从容中道。

常人之学，日益而不自知也。仲尼学行、习察异于他人，故自十五至于七十，化而裁之，其进德之盛者与！

穷理尽性，然后至于命；尽人物之性，然后耳顺；与天地参，无意、必、固、我，然后范围天地之化，从心而不逾矩；老而安死，然后不梦周公。

从心莫如梦。梦见周公，志也；不梦，欲不逾矩也，不愿乎外也，顺之至也，老而安死也，故曰"吾衰也久矣。"

困而不知变，民斯为下矣；不待困而喻，贤者之常也。困之进人也，为德辨③，为感速④，孟子谓"人有德慧术知者存乎疢疾"以此⑤。自古困于内无如舜，困于外无如孔子。以孔子之圣而下学于困，则其蒙难正志，圣德日跻⑥，必有人所不及知而天独知之者矣。故曰"莫我知也夫"，"知我者其天乎"！

立斯立，道斯行，绥斯来⑦，动斯和，从欲风动，神而化也。

仲尼生于周，从周礼，故公且法坏⑧，梦寐不忘为东周之意；使其继周而王，则其损益可知矣。

滔滔忘反者，天下莫不然，如何变易之？"天下有道，丘不与易"，知天下无道而不隐者，道不远人；且圣人之仁，不以无道必天下而弃之也。

仁者先事后得，先难后获，故君子事事则得食。不以事事，"虽有粟，吾得而食诸？"仲尼少也国人不知，委吏、乘田得而食之矣；及德备道尊，至是邦必闻其政，虽欲仕贫，无从以得之。"今召我者而岂徒哉"，庶几得以事事矣，而又绝之，是诚系滞如匏瓜不食之物也⑨。

不待备而勉于礼乐，"先进于礼乐"者也；备而后至于礼乐，"后进于礼乐"者也。仲尼以贫贱者必待文备而后进，则于礼乐终不可得而行矣，故自谓野人而必为，所谓"不愿乎其外"也。

功业不试⑩，则人所见者艺而已。

凤至图出⑪，文明之祥，伏羲、舜、文之瑞；不至则夫子之文章知其已矣。

鲁礼文阙失，不以仲尼正之，如有马者不借人以乘习。不曰礼文而曰史之阙文者，祝史所任，仪章器数而已，举近者而言约也。

"师挚之始①"，乐失其次，徒洋洋盈耳而已焉。夫子自卫反鲁，一尝治之，其后伶人贱工识乐之正。及鲁益下衰，三桓僭妄⑬，自太师以下，皆知散之四方，逾河蹈海以去乱。圣人俄顷之助，功化如此，"用我者期月而可"，岂虚语哉！

"与与如也⑭"，君或在朝在庙，容色不忘向君也。"君召使摈，趋进翼如⑮"，此翼如，左右在君也。"没阶趋翼如"，张拱而翔；"宾不顾矣"，相君送宾，宾去则白曰"宾不顾而去矣"，纾君敬也⑯。

上堂如揖，恭也；下堂如授，共容纾也。

冉子请粟与原思为宰⑰，见圣人之用财也。

圣人于物无畔援⑱，虽佛肸、南子，苟以是心至，教之在我尔，不为已甚也如是。

"子欲居九夷"⑲，不遇于中国，庶遇于九夷，中国之陋为可知。欲居九夷，言忠信，行笃敬，虽蛮貊之邦可行，何陋之有？

栖栖者⑳，依依其君而不能忘也。固，犹不回也。

仲尼应问，虽叩两端而竭，然言必因人为变化，所贵乎圣人之词者，以其知变化也。

"富而可求也，虽执鞭之士，吾亦为之"，不惮卑以求富，求之有可致之道也；然得乃有命，是求无益于得也。

爱人以德，喻于义者常多，故罕及于利；尽性者方能至命，未达之人，告之无益，故不以亟言；仁大难名，人未易及，故言之亦鲜。

颜子于天下，"有不善未尝不知，知之未尝复行"，故怒于人者不使加乎其身，愧于己者不辄贰之于后也。

颜子之徒，隐而未见，行而未成，故曰"吾闻其语而未见其人也。"

"用则行，舍则藏，惟我与尔有是夫"，颜子龙德而隐，故"遁世不见知而不悔"，与圣者同。龙德，圣修之极也；颜子之进，则欲一朝而至焉，可谓好学也已矣。

"回非助我者"，无疑问也。有疑问，则吾得以感通其故而达夫异同者矣。

"放郑声㉑，远佞人"，颜回为邦，礼乐法度不必教之，惟损益三代㉒，盖所以告之也。法立而能守，则德可久，业可大。郑声、佞人能使为邦者丧所以守，故放远之。

"天下有道则见，无道则隐"，"君子疾没世而名不称㉓"，盖"士而怀居㉔，不可以为士"，必也去无道，就有道。遇有道而贫且贱，君子耻之。举天下无道，然后穷居独善，不见知而不悔，《中庸》所谓"惟圣者能之"，仲尼所以独许颜回"惟我与尔为有是"也。

仲由乐善，故车马衣裘喜与贤者共敝；颜子乐进，故愿无伐善施劳；圣人乐天，故合内外而成其仁。

子路礼乐文章未足尽为政之道，以其重然诺，言为众信，故"片言可以折狱"，如《易》所谓"利用折狱"，"利用刑人"，皆非爻卦盛德㉕，适能是而已焉。

颜渊从师，进德于孔子之门；孟子命世，修业于战国之际；此所以潜见之不同。

犁牛之子虽无全纯，然使其色骍且角，纵不为大祀所取，次祀小祀终必取之，言大者苟立，人所不弃也。

---

①器：重视。
②时措：时局变动。

③辨：明察。

④速：召请，召致。

⑤疢（chèn，音衬）：热病，也泛指病。

⑥跻（jī，音基）：登，上升。

⑦绥：安抚。

⑧公旦：即周公。

⑨瓠（hú，音胡）：蔬类植物，也叫葫芦。

⑩试：任用，检验。

⑪凤至图出：凤，指凤凰。图，指洛图。两者都是吉兆。

⑫师挚：春秋时鲁国乐官。

⑬三桓：春秋鲁大夫孟孙、叔孙、季孙都是鲁桓公的后代，故称三桓。文公死后，三家势强，实际上控制了国家政权。

⑭与与：威仪适度的样子。

⑮翼如：如两翼之夹身也。

⑯纾：缓和，解除。

⑰冉子：即冉求，字子有，孔子弟子。　　原思：亦人名，具体不详。

⑱畔援：强恣貌。犹言跋扈。

⑲九夷：泛指中原以外的少数民族。

⑳栖栖：忙碌不安的样子。

㉑郑声：春秋时郑国的民间声乐，儒家以为多靡靡之音。

㉒三代：指夏、商、周。

㉓疾：憎恨。

㉔怀居：留恋安逸。

㉕爻（yáo，音谣）：《周易》中组成卦的符号为爻。

有德篇第十二

"有德者必有言"，"能为有"也；"志于仁而无恶"，"能为无"也。

行修言道，则当为人取①，不务徇物强施以引取乎人②，故往教妄说，皆取人之弊也。

"言不必信，行不必果"，志正深远，不务硁硁信其小者③。

辞取意达则止，多或反害也。

君子宁言之不顾，不规规于非义之信；宁身被困辱，不徇人以非礼之恭；宁孤立无助，不失亲于可贱之人；三者知和而能以礼节之也，与上有子之言，文相属而不相蒙者。凡《论语》、《孟子》发明前文，义各未尽者皆挈之。他皆放此④。

德主天下之善，善原天下之一⑤。善同归治，故王心一⑥；言必主德，故王言大。

言有教⑦，动有法⑧；昼有为⑨，宵有得⑩，息有养，瞬有存⑪。

君子于民，导使为德而禁其为非，不大望于愚者之道与⑫！《礼》谓"道民以言，禁民以行"，斯之谓尔。

无征而言，取不信，启诈妄之道也。杞宋不足征吾言则不言⑬，周足征则从之。故无征不信，君子不言。

"便僻"，足恭；"善柔"，令色；"便佞"，巧言。

"节礼乐"，不使流离相胜，能进反以为文也[14]。

"骄乐"，侈靡；"宴乐"，宴安。

言形则卜如响[15]，以是知蔽固之私心，不能默然以达于性与天道。

人道知所先后，则恭不劳，慎不葸[16]，勇不乱，直不绞，民化而归厚矣。

肤受，阳也；其行，阴也。象生法必效，故君子重夫刚者。

归罪为尤，罪己为悔，"言寡尤"者，不以言得罪于人也。

"己所不欲，勿施于人"，能恕己以仁人也。"在邦无怨，在家无怨"，己虽不施不欲于人，然人施于己，能无怨也。

"敬而无失"，与人接而当也；"恭而有礼"，不为非礼之恭也。

聚百顺以事君亲，故曰"孝者畜也"，又曰"畜君者好君也。"

事父母"先意承志"[17]，故能辨志意之异，然后能教人。

艺者，日为之分义，涉而不有，过而不存[18]，故曰游。

天下有道，道随身出；天下无道，身随道屈。

"安土"，不怀居也；有为而重迁，无为而轻迁，皆怀居也。

"老而不死是为贼"，幼不率教，长无循述，老不安死，三者皆贼生之道也。

"乐骄乐"则佚欲，"乐宴乐"则不能徙义[19]。

"不僭不贼"，其不忮不求之谓乎[20]！

不穿窬[21]，义也，谓非其有而取之曰盗，亦义也。恻隐，仁也，如天，亦仁也。故扩而充之，不可胜用。

自养，薄于人私也，厚于人私也；称其才，随其等，无骄吝之弊，斯得之矣。

罪己则无尤。

困辱非忧，取困辱为忧；荣利非乐，忘荣利为乐。

"勇者不惧"，死且不避而反不安贫，则其勇将何施耶？不足称也；"仁者爱人"，彼不仁而疾之深，其仁不足称也；皆迷谬不思之甚，故仲尼率归诸乱云。

挤人者人挤之，侮人者人侮之。出乎尔者反乎尔，理也；势不得反，亦理也。

克己行法为贤，乐己可法为圣，圣与贤，迹相近而心之所至有差焉。"辟世"者依乎中庸[22]，没世不遇而无嫌，"辟地"者不怀居以害仁，"辟色"者远耻于将形，"辟言"者免害于祸辱，此为士清浊淹速之殊也。辟世辟地，虽圣人亦同，然忧乐于中，与"贤者""其次者"为异，故曰迹相近而心之所至者不同。

"进贤如不得已，将使卑逾尊，疏逾戚"之意，与《表记》所谓"事君难进而易退则位有序，易进而难退则乱也"相表里[23]。

"弓调而后求劲焉，马服而后求良焉"，士必悫而后智能焉[24]。不悫而多能，譬之豺狼不可近。

谷神能象其声而应之[25]，非谓能报以律吕之变也，犹卜筮叩以是言则报以是物而已，《易》所谓"同声相应"是也。王弼谓"命吕者律"，语声之变，非此之谓也。

"行前定而不疚"，光明也。大人虎变，夫何疚之有？

言从作乂[26]，名正，其言易知，人易从。圣人不患为政难，患民难喻。

---

①取：取法，效法。

②徇物强施：顺从别人的意思而扭曲自己的思想以勉强让人接受。

③硁（kēng，音坑）硁：形容浅薄固执。

④放：同"仿"。

⑤原：推其根源。

⑥一：括万里而贯通之。

⑦言有教：言皆心得而可为法则。

⑧动有法：动审慎不逾矩。

⑨昼有为：日用皆察著而力行之。

⑩宵有得：静思以精义。

⑪瞬有存：心易出而外驰，持理勿忘以因时顺应。

⑫不大望于愚者之道与：文义不明，似有缺文。

⑬杞：周朝国名，在今河南杞县。 宋：周朝国名，在今河南商丘一带。

⑭为文：文饰。

⑮言形则卜如响：公开说出疑问，让卜人正告鬼神。

⑯葸（xǐ，音喜）：害怕，畏惧。

⑰意：触物而起的心思。 志：事所自立不可易者。

⑱过而不存：存，问也。意思是不恃才而不断显示。

⑲徙义：闻义而徙之义。

⑳不忮（zhì，音制）：不越分而妄作。 不求：不损物以利己。

㉑窬（yú，音娱）：从墙上爬过去或穿墙而过。

㉒辟：同"避"。下文同。

㉓《表记》：《周礼》中的一篇。

㉔悫（què，音雀）：诚实，谨慎。

㉕谷神：谷之虚而能应者曰神。 象其声：无异响也。

㉖乂（yì，音义）：治理；安定。

有司篇第十三

　　有司，政之纲纪也。始为政者，未暇论其贤否，必先正之，求得贤才而后举之。

　　为政不以德，人不附且劳。

　　"子之不欲，虽赏之不窃。"欲生于不足则民盗，能使无欲则民不为盗。假设以子不欲之物赏子，使窃其所不欲，子必不窃。故为政者在乎足民，使无所不足，不见可欲而盗必息矣。

　　为政必身倡之，且不爱其劳，又益之以不倦。

　　"天子讨而不伐①，诸侯伐而不讨"，故虽汤武之举，不谓之讨而谓之伐。陈恒弑君，孔子请讨之，此必因周制邻有弑逆，诸侯当不请而讨。孟子又谓"征者上伐下，敌国不相征"，然汤十一征，非赐铁钺②，则征讨之名至周始定乎！

　　"野九一而助③"，郊之外助也。"国中什一使自赋"④，郊门之内通谓之国中，田不井授，故使什而自赋其一也。

　　道千乘之国，不及礼乐刑政，而云"节用而爱人，使民以时"，言能如是则法行，不能如是则法不徒行，礼乐刑政亦制数而已尔。

　　富而不治，不若贫而治；大而不察⑤，不若小而察。

　　报者，天下之利，率德而致。善有劝⑥，不善有沮⑦，皆天下之利也。小人私己，利于不治，君子公物，利于治。

---

①讨：自合六师曰讨。　　伐：奉词合众曰伐。

②铁钺（fū yuè，音夫月）：刑戮之具。据《周礼》，赐铁钺则杀。

③九一：井田制，九田出一田为公田，八家合耕。

④什一：税制，上交所有收获物的十分之一。

⑤察：尽民之情曰察。

⑥劝：劝勉，鼓励。

⑦沮：终止，阻止。

大易篇第十四

《大易》不言有无，言有无，诸子之陋也。

《易》语天地阴阳，情伪至隐赜而不可恶也①。诸子驰骋说辞，穷高极幽，而知德者厌其言。故言为非难，使君子乐取之为贵。

《易》一物而合三才：阴阳，气也，而谓之天；刚柔，质也，而谓之地；仁义，德也，而谓之人。

《易》为君子谋，不为小人谋，故撰德于卦②，虽爻有小大，及系辞其爻③，必谕之以君子之义。

一物而两体，其太极之谓与！阴阳天道，象之成也④；刚柔地道，法之效也；仁义人道，性之立也。三才两之，莫不有乾坤之道。

阴阳、刚柔、仁义之本立，而后知趋时应变，故"乾坤毁则无以见《易》"。

六爻各尽利而动，所以顺阴阳、刚柔、仁义、性命之理也。故曰"六爻之动，三极之道也"。

阳遍体众阴，众阴共事一阳，理也。是故二君共一民，一民事二君，上与下皆小人之道也；一君而体二民，二民而宗一君，上与下皆君子之道也。

吉凶，变化，悔吝⑤，刚柔，《易》之四象与！悔吝由赢不足而生，亦两而已。

尚辞则言无所苟⑥，尚变则动必精义，尚象则法必致用，尚占则谋必知来，四者非知神之所为，孰能与于此？

《易》非天下之至精，则词不足以待天下之问；非深，不足以通天下之志；非通变极数⑦，则文不足以成物，象不足以制器，几不足以成务⑧；非周知兼体，则其神不能通天下之故，不疾而速，不行而至。

示人吉凶，其道显矣；知来藏往，其德行神矣；语蓍龟之用也⑨。

显道者，危使平⑩，易使倾⑪，惧以终始、其要无咎之道也。神德行者，寂然不动，冥会于万化之感而莫知为之者也。受命如响，故可与酬酢⑫；曲尽鬼谋，故可与佑神；开物于几先，故曰知来；明患而弭其故，故曰藏往。极数知来，前知也。前知其变，有道术以通之，君子所以措于民者远矣⑬。

洁静精微，不累其迹，知足而不贼，则于《易》深矣。

天下之理得，元也；会而通，亨也；说诸心[14]，利也；一天下之动，贞也。

乾之四德，终始万物，迎之不见其首，随之不见其后，然推本而言，当父母万物。

《彖》明万物资始[15]，故不得不以元配乾；坤其偶也，故不得不以元配坤。

仁统天下之善，礼嘉天下之会，义公天下之利，信一天下之动。

六爻拟议，各正性命，故乾德旁通，不失太和而利且贞也。

颜氏求龙德正中而未见其止，故择中庸得一善则拳拳服膺[16]，叹夫子之忽焉前后也。

乾三四[17]，位过中重刚，时不可舍，庸言庸行不足以济之，虽大人之盛有所不安，外趋变化，内正性命，故其危其疑，艰于见德者，时不得舍也。九五[18]，大人化矣，天德位矣，成性圣矣，故既曰"利见大人"，又曰"圣人作而万物睹"。亢龙以位画为言，若圣人则不失其正，何亢之有？

圣人用中之极，不勉而中，有大之极，不为其大，大人望之，所谓绝尘而奔，峻极于天，不可阶而升者也。

乾之九五曰："飞龙在天，利见大人"，乃大人造位天德，成性跻圣者尔[19]。若夫受命首出，则所性不存焉，故不曰"位乎君位"而曰"位乎天德"，不曰"大人君矣"而曰"大人造也"。

庸言庸行，盖天下经德达道，大人之德施于是溥矣[20]，天下之文明于是著矣。然非穷变化之神以时措之宜，则或陷于非礼之礼，非义之义，此颜子所以求龙德正中，乾乾进德，思处其极，未敢以方体之常安吾止也[21]。

惟君子为能与时消息，顺性命、躬天德而诚行之也[22]。精义时措，故能保合太和，健利且贞，孟子所谓始终条理，集大成于圣智者与！《易》曰："大明终始，六位时成，时乘六龙以御天。乾道变化，各正性命。保合太和，乃利贞"，其此之谓乎？

成性则跻圣而位天德，乾九二正位于内卦之中，有君德矣，而非上治也。九五言上治者，通言乎天之德，圣人之性，故舍曰"君"而谓之"天"，见大人德与位之皆造也。

大而得易简之理，当成位乎天地之中，时舍而不受命，乾九二有焉。及夫化而圣矣，造而位天德矣，则富贵不足以言之。

"乐则行之，忧则违之"，主于求吾志而已，无所求于外。故善世溥化，龙德而见者也；若潜而未见，则为己而已，未暇及人者也。

"成德为行"，德成自信则不疑，所行日见乎外可也。

乾九三修辞立诚，非继日待旦如周公，不足以终其业。九四以阳居阴，故曰"在渊"，能不忘于跃，乃可免咎；"非为邪也"，终其义也。

至健而易，至顺而简，故其险其阻，不可阶而升，不可勉而至。仲尼犹天，"九五飞龙在天"，其致一也。

"坤至柔而动也刚"，乃积大势成而然也。

乾至健无体，为感速，故易知；坤至顺不烦，其施普，故简能。

坤先迷不知所从，故失道。后能顺听，则得其常矣。

造化之功，发乎动[23]，毕达乎顺[24]，形诸明[25]，养诸容[26]，载遂乎说[27]，润胜乎健[28]，不匮乎劳[29]，终始乎止。

健、动、陷、止，刚之象；顺、丽、入、说，柔之体。

"巽为木"，萌于下，滋于上也；"为绳直"，顺以达也；"为工"，巧且顺也；"为白"，因所遇而从也；"为长，为高"，木之性也；"为臭"，风也，入也；"于人为寡发广颡[30]"，躁人之象也。

"坎为血卦"，周流而劳，血之象也；"为赤"，其色也。

"离为乾卦"，"于木为科上槁"，附且燥也。

"艮为小石"，坚难入也；"为径路"，通或寡也。

"兑为附决"，内实则外附必决也；"为毁折"，物成则止，柔者必折也。

"坤为文"，众色也；"为众"，容载广也。

"乾为大赤"，其正色也；"为冰"，健极而寒甚也。

"震为萑苇"③，"为苍莨竹"②，"为萑"③，皆蕃鲜也。

一陷溺而不得出为坎，一附丽而不能去为离。

艮一阳为主于两阴之上，各得其位而其势止也。《易》言光明者，多艮之象，著则明之义也。

蒙无遽亨之理，由九二循循行时中之亨也。

"不终日贞吉"，言疾正则吉也。仲尼以六二以阴居阴，独无累于四，故其介如石⑤，虽体柔顺，以其在中而静，何俟终日，必知几而正矣。

坎维心亨，故行有尚，外虽积险，苟处之心亨不疑，则虽难必济而往有功也。

中孚，上巽施之，下悦承之，其中必有感化而出焉者，盖孚者覆乳之象，有必生之理。

物因雷动，雷动不妄则物亦不妄，故曰"物与无妄"。

静之动也无休息之期，故地雷为卦，言反又言复，终则有始，循环无穷。入，指其化而裁之尔；深，其反也；几，其复也；故曰"反复其道"，又曰"出入无疾"。

"益长裕而不设"，益以实也，妄加以不诚之益，非益也。

"井渫而不食"⑧，强施行，恻然且不售，作《易》者之叹与！

阖户，静密也；辟户，动达也；形开而目睹耳闻，受于阳也。

辞各指其所之，圣人之情也；指之以趋时尽利，顺性命之理，臻三极之道也；能从之则不陷于凶悔矣，所谓"变动以利言"者也。然爻有攻取爱恶，本情素动，因生吉凶悔吝而不可变者，乃所谓"吉凶以情迁"者也。能深存《系辞》所命，则二者之动见矣。又有义命当吉当凶、当否当亨者，圣人不使避凶趋吉，一以贞胜而不顾，如"大人否亨"、"有陨自天"、"过涉灭顶凶无咎"、损益"龟不克违"及"其命乱也"之类。三者情异，不可不察。

因爻象之既动，明吉凶于未形，故曰"爻象动乎内，吉凶见乎外"。

富有者，大无外也；日新者，久无穷也。

显，其聚也；隐，其散也。显且隐，幽明所以存乎象；聚且散，推荡所以妙乎神。

"变化进退之象"云者，进退之动也微，必验之于变化之著，故察进退之理为难，察变化之象为易。

"忧悔吝者存乎介"，欲观《易》象之小疵，宜存志静，知所动之几微也。

往之为义，有已往，有方往，临文者不可不察。

---

①情伪：真假。　　隐赜（zé，音责）：隐秘，深奥，精微。

②撰：阴阳变化的自然规律。

③系辞：《易》篇名。本文指聊属依附于卦爻的意思。

④象：指卦象。

⑤悔吝：悔恨。

⑥尚：尊信并效法。下文同。

⑦极数：尽数之损益而止于其则。

⑧成务：成就事务。

⑨蓍（shī，音诗）龟：谓卜筮。蓍草和龟，皆为古时卜筮用具，筮用蓍草，卜用龟甲。

⑩危：高峻。

⑪易：平坦。

⑫酬酢（zuò，音坐）：相互酬答。

⑬措：安置。

⑭说（yuè，音月）：使高兴。

⑮彖（tuàn，音褖）：《周易》中统括一卦之辞。

⑯拳拳：恳切的样子。

⑰乾三四：指《乾》卦的第三、四爻。

⑱九五：《乾》卦的第五爻，这是所有卦象中最显贵的一爻，一般特指皇帝。

⑲跻：上升。

⑳溥：周遍。

㉑方体之常：中庸之德的大纲。

㉒躬：躬行。

㉓造化之功发乎动：这是对《震》卦的解释。由动而生造化。

㉔毕达乎顺：言《巽》也。动而顺其性，则物各自达。

㉕形诸明：言《离》也。毕达则形发而神见。

㉖养诸容：言《坤》也。不息长养，则厚德能容。

㉗载遂乎说：言《兑》也。能容则物自得而欣畅。

㉘润胜乎健：言《乾》也。"润"疑误。自得坚胜而成质。

㉙不匮乎劳：言《坎》也。历险阻各有以自成。

㉚颡（sāng，音桑）：脑门。

㉛萑（huán，音还）：芦苇。

㉜莨（làng，音浪）：多年生草木植物。

㉝稃（fū，音夫）：花。

㉞蕃鲜：茂盛新鲜。

㉟介：正直。

㊱井渫（xiè，音泄）：浚治井，使其水清。喻洁身自好。

乐器篇第十五

乐器有相①，周召之治与②！其有雅，太公之志乎③！雅者正也，直己而行正也，故讯疾蹈厉者④，太公之事耶！《诗》亦有《雅》，亦正言而直歌之，无隐讽谲谏之巧也。

《象武》⑤，武王初有天下，象文王武功之舞，歌《维清》以奏之⑥［自注：成童学之］。《大武》⑦，武王没，嗣王象武王之功之舞，歌《武》以奏之［自注：冠者舞之。］。《酌》，周公没，嗣王以武功之成由周公，告其成于宗庙之歌也［自注：十三舞焉］。

兴己之善，观人之志，群而思无邪，怨而止礼义。入可事亲，出可事君，但言君父，举其重者也。

志至诗至，有象必可名，有名斯有礼，故礼亦至焉。

幽赞天地之道，非圣人而能哉！诗人谓"后稷之穑有相之道⑨"，赞化育之一端也。

礼矫实求称，或文或质，居物之后而不可常也。他人才未美，故宜饰之以文，庄姜才甚美，故宜素以为绚。下文"绘事后素"，素谓其材，字虽同而义施各异。故设色之工，材黄白者必绘以青赤，材赤黑必绚以粉素。

"陟降庭止⑩"，上下无常，非为邪也，进德修业，欲及时也。"在帝左右"，所谓欲及时者与！

江沱之媵以类行而欲丧明⑪，故无怨；嫡以类行而不能丧其朋，故不以媵备数，卒能自悔，得安贞之吉，乃终有庆而其啸也歌。

采枲耳⑫，议酒食，女子所以奉宾祭、厚君亲者足矣，又思酌使臣之劳，推及求贤审官，王季、文王之心⑬，岂是过欤！

《甘棠》初能使民不忍去⑭，中能使民不忍伤，卒能使民知心敬而不渎之以拜，非善教寖明⑮，能取是于民哉？

"振振"，劝使勉也；"归哉归哉"，序其情也。

《卷耳》⑯，念臣下小劳则思小饮之，大劳则思大饮之，甚则知其怨苦嘘叹。妇人能此，则险诐私谒害政之心知其无也⑰。

"绸直如发"，贫者纷纵无余⑱，顺其发而直韬之尔。

《蓼萧》、《裳华》"有誉处兮"⑲，皆谓君接己温厚，则下情得伸，谗毁不入，而美名可存也。

《商颂》"顾予烝尝，汤孙之将"，言祖考来顾⑳，以助汤孙也。

"鄂不韡韡㉑"，兄弟之见不致文于初，本诸诚也。

《采芩》之诗㉒，舍旃则无然㉓，为言则求所得，所誉必有所试，厚之至也。

简，略也，无所难也，甚则不恭焉。贤者仕录，非迫于饥寒，不恭莫甚焉。"简兮简兮"，虽刺时君不用，然为士者不能无太简之讥，故诗人陈其容色之盛，善御之强，与夫君子由房由敖、不语其材武者异矣。

"破我斧"，"缺我斨"，言四国首乱，乌能有为，徒破缺我斧斨而已，周公征而安之，爱人之至也。

《伐柯》㉔，言正当加礼于周公，取人以身也，其终见《书》"予小子其新逆㉕"。

《九罭》㉖，言王见周公当大其礼命，则大人可致也。

《狼跋》㉗，美周公不失其圣，卒能感人心于和平也。

《甫田》㉘"岁取十千"，一成之田九万亩，公取十千亩，九一之法也。

后稷之生当在尧舜之中年，而《诗》云"上帝不宁"，疑在尧时高辛子孙为二王后㉙，而诗人称帝尔。

唐棣枝类棘枝㉚，随节屈曲，则其华一偏一反，左右相矫，因得全体均正。偏喻管蔡失道㉛，反喻周公诛殛，言我岂不思兄弟之爱以权宜合，义主在远者尔。《唐棣》本文王之诗㉜，此一章周公制作，序己情而加之，仲尼以不必常存而去之。

日出而阴升自西，日迎而会之，雨之候也，喻婚姻之得礼者也；日西矣而阴生于东，喻婚姻之失道者也。

鹤鸣而子和，言出之善者与！鹤鸣鱼潜，畏声闻之不臧者与！

"鴥彼晨风㉝，郁彼北林"，晨风虽挚击之鸟，犹时得退而依深林而止也。

《渐渐之石》㉞言"有豕白蹢，烝涉波矣㉟"，豕之负涂曳泥，其常性也，今豕足皆白，众与涉波而去，水患之多为可知也。

"君子所贵乎道者三"，犹"王天下有三重焉"，言也，动也，行也。

耇造德降㊱，则民诚和而凤可致，故鸣鸟闻，所以为和气之应也。

九畴次叙㊲：民资以生莫先天材，故首曰五行；君天下必先正己，故次五事；己正然后邦得而治，故次八政；政不时举必昏，故次五纪；五纪明然后时措得中，故次建皇极；求大中不可不知权，故次三德；权必有疑，故次稽疑；可征然后疑决，故次庶征；福极征然后可不劳而治，故九以飨劝终焉。五为数中，故皇极处之；权过中而合义者也，故三德处六。

"亲亲尊尊"，又曰"亲亲尊贤"，义虽各施，然而亲均则尊其尊，尊均则亲其亲为可矣。若亲均尊均，则齿不可以不先，此施于有亲者不疑。若尊贤之等，则于亲尊之杀必有权而后行。急亲贤为尧舜之道，然则亲之贤者先得之于疏之贤者为必然。"克明俊德"于九族而九族睦，章俊德于百姓而万邦协㊳，黎民雍㊵，皋陶亦以惇叙九族㊵、庶明励翼为迩可远之道㊶，则九族勉敬之人固先明之，然后远者可次叙而及。《大学》谓"克明俊德"为自明其德，不若孔氏之《注》愈。

义民，安分之良民而已；俊民，俊德之民也。官能则准牧无义民，治昏则俊民用微。

五言，乐语歌咏五德之言也。

"卜不习吉"，言卜官将占，先决问人心，有疑乃卜，无疑则否。"朕志无疑，人谋佥同"㊷，故无所用卜，鬼神必依，龟筮必从，故不必卜筮，玩习其吉以渎神也。

衍忒未分㊸，有悔吝之防，此卜筮之所由作也。

---

①相：古乐器名。即拊也。拊者以韦为表，装之以糠，糠一名相，因以名。

②周召：周公、召公共同辅助周成王，史称周召。

③太公：即姜尚。辅佐周武王灭商。

④蹈厉：顿足以示猛厉。

⑤象武：即象舞。相传周初之乐，童子舞之。

⑥维清：《诗经》《周颂》中的诗歌。

⑦大武：周代所存的六乐之一。

⑧酌：古代乐舞名。

⑨后稷：周的祖先。

⑩陟降：上下。

⑪江沱：长江与沱江。　　媵（yìng，音硬）：古诸侯女儿出嫁时随嫁或陪嫁的人。

⑫枲（xǐ，音洗）耳：草名。因叶形如枲麻，子形如妇女用于装饰的耳珰，故名。

⑬王季：周太公古公亶父的末子，文王父，名季历。

⑭甘棠：《诗经》《召南》篇名。

⑮寖：同"浸"逐渐。

⑯卷耳：《诗经》《周南》篇名。

⑰诐（bì，音必）：偏颇，邪僻。

⑱紒（jì，音记）：同"髻"，结发。

⑲蓼萧：《诗经》《小雅》篇名。　　裳华：《诗经》《小雅》篇名。

⑳祖考：祖先。

㉑鄂不（fū，音跗）韡韡（wěi，音伟）：鄂，花萼；不，花承蒂小茎；韡韡，茂盛、光明的样子。

㉒采苓：《诗经》《唐风》篇名。

㉓舍旃（zhān，音沾）：毁之令斥也。无然：无毁也。

㉔伐柯：《诗经》《豳风》篇名。

㉕书：指《尚书》。

㉖九罭（yù，音玉）：《诗经》《豳风》篇名。

㉗狼跋：同上。

㉘甫田：《诗经》《齐风》篇名。

㉙高辛：上古帝喾之号。黄帝之曾孙，尧之父。

㉚唐棣枝类棘枝：疑有错漏，含义不明。

㉛管、蔡：指管叔、蔡叔。周成王时，两人与商朝武庚叛乱，被周公打败。管叔被杀，蔡叔被流放。

㉜唐棣：应为常棣，《诗经》《小雅》篇名。

㉝欥（yù，音玉）：疾风貌。　　晨风：一种鸟。

㉞渐渐之石：《诗经》《小雅》篇名。　　蹢（dí，音敌）：蹄子。

㉟烝：众多。

㊱耇（gǒu，音狗）：老年。

㊲九畴：九事。

㊳章：显；表白。

㊴雍：和谐。

㊵皋陶：传说舜臣，主刑狱之事。　　惇叙：按照次序，使之敦睦。

㊶庶明：庶士之贤者。　　迩可远：从近及远。

㊷金：皆，众。

㊸衍忒（tè，音特）：数之过也。

王禘篇第十六

"礼不王不禘①"，则知诸侯岁阙一祭为不禘明矣。至周以祠为春，以禴为夏②，宗庙岁六享，则二享四祭为六矣。诸侯不禘，其四享与！夏商诸侯，夏特一祫③，《王制》谓"礿则不禘④，禘则不尝"，假其名以见时祀之数尔，作《记》者不知文之害意⑤，过矣。

禘于夏周为春夏，尝于夏商为秋冬，作《记》者交举，以二气对互而言尔。

享尝云者，享为追享朝享，禘亦其一尔，尝以配享，亦对举秋冬而言也。夏商以禘为时祭；知追享之必在夏也。然则夏商天子岁乃五享，禘列四祭，并祫而五也；周改禘为禴，则天子享六；诸侯不禘，又岁阙一祭，则亦四而已矣。《王制》所谓天子犆礿⑥、祫禘、祫尝、祫烝，既以禘为时祭，则祫可同时而举〔自注：礿以物薄而犆尝从旧〕。诸侯礿犆〔自注：如天子〕，禘一犆一祫，言于夏禘之时正为一祭，特一祫而已。然则不王不禘又著见于此矣，下又云尝祫、烝祫，则烝尝且祫无疑矣。若周制亦当阙一时之祭，则当云诸侯祠则不禴，禴则不尝。

"庶子不祭祖，明其宗也""不祭祢，明其宗也"；"庶子不为长子斩"⑦，不继祖与祢故也⑧。

"庶子不祭殇与无后者"，《注》："不祭殇者父之庶"，盖以殇未足语世数，特以己不祭祢，故不祭之。"不祭无后者，祖之庶也"，虽无后，以其成人备世数，当祔祖以祭之，己不祭祖，故不得而祭之也。"祖庶之殇则自祭之也"，言庶孙则得祭其子之殇者，以己为其祖矣，无所祔之也⑨。"凡所祭殇者唯適子"⑩，此据《礼》天子下祭殇五，皆適子適孙之类。故知凡殇非適皆不当特祭，惟当从祖祔食。无后者，谓昆弟诸父殇与无后者，如祖庙在小宗之家，祭之如在大宗。

殷而上七庙，自祖考而下五，并远庙为祧者二⑪，无不迁之太祖庙。至周有百世不毁之祖，则三昭三穆⑫，四为亲庙，二为文武二世室，并始祖而七。诸侯无二祧，故五；大夫无不迁之祖，则一昭一穆与祖考而三⑬，故以祖考通谓为太祖。若祫则请于其君，并高祖干祫之⑭。孔《注》："王制谓周制"，亦粗及之而不详尔。

"铺筵设同几"，疑左右几一云。交鬼神异于人，故夫妇而同几，求之或于室，或于祊也。

祭社稷五祀百神者，以百神之功报天之德尔。故以天事鬼神，事之至也，理之尽也。

"天子因生以赐姓，诸侯以字为谥"，盖以尊统上、卑统下之义。

"天子因生以赐姓"，难以命于下之人⑮，亦尊统上之道也。

据《玉藻》⑯，疑天子听朔于明堂⑰，诸侯则于太庙，就藏朔之处告祖而行。

"受命祖庙，作龟祢宫"⑱，次序之宜。

"公之士及大夫之众臣为众臣，公之卿大夫、卿大夫之室老及家邑之士为贵臣"，上言公士，所以别士于公者也；下言室老士，所以别士于家者也。"众臣杖不以即位"，疑义 与庶子同。

適士⑲，疑诸侯荐于天子之士及王朝爵命之通名，盖三命方受位天子之朝，一命再命受职受服者，疑官长自辟除，未有位于王朝，故谓之官师而已。

"小事则专达"，盖得自达于其君，不俟闻于长者，礼所谓达官者也。所谓达官之长者，得自达之长也；所谓官师者，次其长者也。然则达官之长必三命而上者，官师则中士而再命者，庶士则一命为可知。

赐官，使臣其属也。

祖庙未毁，教于公宫，则知诸侯于有服族人，亦引而亲之如家人焉。

"下而饮"者，不胜者自下堂而受饮也，"其争也"，争为谦让而已。

君子之射，以中为胜，不必以贯革为胜。侯以布，鹄以革⑳，其不贯革而坠于地者，中鹄为可知矣，此"为力不同科"之一也。

"知死而不知生，伤而不吊。"畏、压、溺可伤尤甚，故特致哀死者、不吊生者以异之，且"如何不淑"之词无所施焉。

博依，善依永而歌乐之也；杂服，杂习于制数服近之文也。

《春秋》大要天子之事也，故曰"知我者其惟《春秋》乎！罪我者其唯《春秋》乎！"

"苗而不秀者"，与下"不足畏也"为一说。

---

①禘（dì，音地）：祭名。约有三类：郊祭之禘，即祭天之祭；殷祭之禘，天子诸侯宗庙的大祭；时禘之祭，宗庙四时祭之一，每年夏季举行。

②禴（yuè，音月）：祭名，四时之祭。

③祫（xiá，音狭）：古代祭名。集合远近祖先神主于太庙合祭。原于天子诸侯丧事完毕时举行，通常三年一次。

④礿（yào，音要）：古代宗庙四时祭之一。春曰礿，夏曰禘，秋曰尝，冬曰烝。

⑤记：指《礼记》

⑥犆（tè，音特）：同"特"。单独，分别。

⑦斩：丧服不缝衣和下边。

⑧祢（nǐ，音你）：已死父在宗庙中立主曰祢。

⑨祔（fù，音富）：祭名。新死者与祖先合享之祭。止哭之次日，奉死者之神主祭于祖庙，谓之祔祭。祭毕，仍奉神主还家，至大祥（死后两周年）后，始迁于庙。

⑩適子：指殇。適，通"嫡"。

⑪祧（tiāo，音挑）：古代帝王立七庙，对其世次疏远之祖，则依制迁去神主藏于祧，故迁去神主也称祧。

⑫昭、穆：古代宗法制度，宗庙或墓地的辈次排列，以始祖居中。二世、四世、六世，位于始祖的左方，称昭；三世、五世、七世位于右方，称穆；用来分别宗族内部的长幼、亲疏和远近。

⑬祖考：祖先。生曰父，死曰考。

⑭干祫之：不当祫而特祫之也。

⑮下之人：同姓之大夫也。

⑯玉藻：《周礼》篇名。

⑰听朔：古代帝王、诸侯于月初一听朝治事。

⑱祢宫：父庙。

⑲适士：诸侯所荐，仕于天子而受三命为士者，与诸侯之士有功而王命之者，皆曰适士。

⑳鹄（gǔ，音古）：射箭的目标。

乾称篇第十七

乾称父，坤称母；予兹藐焉，乃混然中处①。故天地之塞，吾其体②；天地之帅，吾其性③。民吾同胞，物吾与也④。大君者，吾父母宗子⑤；其大臣，宗子之家相也⑥。尊高年，所以长其长；慈孤弱，所以幼吾幼。圣其合德，贤其秀也。凡天下疲癃残疾⑦，惸独鳏寡⑧，皆吾兄弟之颠连而无告者也⑨。于时保之，子之翼也⑩；乐且不忧，纯乎孝者也。违曰悖德；害仁曰贼；济恶者不才⑪，其践形⑫，唯肖者也。知化则善述其事，穷神则善继其志。不愧屋漏为无忝⑬，存心养性为匪懈。恶旨酒，崇伯子之顾养⑭；育英才，颖封人之锡类⑮。不弛劳而底豫⑯，舜其功也；无所逃而待烹，申生其恭也⑰。体其受而归全者⑱，参乎！勇于从而顺令者，伯奇也⑲。富贵福泽，将厚吾之生也；贫贱忧戚，庸玉女于成也⑳。存，吾顺事；没，吾宁也。

凡可状，皆有也；凡有，皆象也；凡象，皆气也。气之性本虚而神，则神与性乃气所固有，此鬼神所以体物而不可遗也㉑。

至诚，天性也；不息，天命也。人能至诚则性尽而神可穷矣，不息则命行而化可知矣。学未至知化，非真得也。

有无虚实通为一物者，性也；不能为一，非尽性也。饮食男女皆性也，是乌可灭？然则有无皆性也，是岂无对？庄、老、浮屠为此说久矣，果畅真理乎？

天包载万物于内，所感所性，乾坤、阴阳二端而已，无内外之合，无耳目之引取，与人物蕞然异矣㉒。人能尽性知天，不为蕞然起见则几矣。

有无一，内外合，［自注：庸圣同］，此人心之所自来也。若圣人则不专以闻见为心，故能不专以闻见为用。无所不感者虚也，感即合也，咸也。以万物本一，故一能合异；以其能合异，故谓之感；若非有异则无合。天性，乾坤、阴阳也，二端故有感，本一故能合。天地生万物，所受虽不同，皆无须臾之不感，所谓性即天道也。

感者性之神，性者感之体［自注：在天在人，其究一也］。惟屈伸、动静、终始之能一也，故所以妙万物而谓之神，通万物而谓之道，体万物而谓之性。

至虚之实，实而不固；至静之动，动而不穷。实而不固，则一而散；动而不穷，则往且来。

性通极于无，气其一物尔；命禀同于性，遇乃适然焉㉓。人一己百，人十己千，然有不至，犹难语性，可以言气；行同报异，犹难语命，可以言遇。

浮屠明鬼，谓有识之死受生循环，遂厌苦求免，可谓知鬼乎㉔？以人生为妄见，可谓知人乎？天人一物，辄生取舍，可谓知天乎？孔孟所谓天，彼所谓道。惑者指游魂为变为轮回，未之思也。大学当先知天德，知天德则知圣人，知鬼神。今浮屠极论要归，必谓死生转流，非得道不免，谓之悟道可乎？悟则有义有命，均死生，一天人，惟知昼夜，通阴阳，体之不二。自其说炽传中国，儒者未容窥圣学门墙，已为引取，沦胥其间㉕，指为大道。乃其俗达之天下，至善恶、知愚、男女、臧获，人人著信，使英才间气，生则溺耳目恬习之事，长则师世儒宗尚之言，遂冥然被驱，因谓圣人可不修而至，大道可不学而知。故未识圣人心，已谓不必求其迹；未见君子志，已谓不必事其文。此人伦所以不察，庶物所以不明，治所以忽㉖，德所以乱，异言满耳。上无礼以防其伪，下无学以稽其弊。自古诐、淫、邪、遁之词，翕然并兴，一出于佛氏之门者千五百年，自非独立不惧，精一自信，有大过人之才，何以正立其间，与之较是非，计得失！

释氏语实际，乃知道者所谓诚也，天德也。其语到实际㉗，则以人生为幻妄，以有为为疣赘㉘，以世界为荫浊，遂厌而不有，遗而弗存。就使得之，乃诚而恶明者也。儒者则因明致诚，因诚致明，故天人合一，致学而可以成圣，得天而未始遗人，《易》所谓不遗、不流、不过者也。彼语虽似是，观其发本要归，与吾儒二本殊归矣。道一而已，此是则彼非，此非则彼是，固不当同日而语。其言流遁失守，穷大则淫，推行则诐，致曲则邪，求之一卷之中，此弊数数有之。大率知昼夜阴阳则能知性命，能知性命则能知圣人，知鬼神。彼欲直语太虚，不以昼夜、阴阳累其心，则是未始见易，未始见易，则虽欲免阴阳、昼夜之累，末由也已。易且不见，又乌能更语真际？舍真际而谈鬼神，妄也。所谓实际，彼徒能语之而已，未始心解也。

《易》谓"原始反终故知死生之说"者，谓原始而知生，则求其终而知死必矣，此夫子所以直季路之问而不隐也。

体不偏滞，乃可谓无方无体。偏滞于昼夜阴阳者物也，若道则兼体而无累也。以其兼体，故曰"一阴一阳"，又曰"阴阳不测"，又曰"一阖一辟"，又曰"通乎昼夜"。语其推行故曰"道"，语其不测故曰"神"、语其生生故曰"易"，其实一物，指事而异名尔。

大率天之为德，虚而善应，其应非思虑聪明可求，故谓之神，老氏况诸谷以此㉙。

太虚者，气之体。气有阴阳，屈伸相感之无穷，故神之应也无穷；其散无数，故神之应也无数。虽无穷，其实湛然；虽无数，其实一而已。阴阳之气，散则万殊，人莫知其一也；合则混然，人不见其殊也。形聚为物，形溃反原，反原者，其游魂为变与！所谓变者，对聚散存亡为文，非如萤雀之化，指前后身而为说也。

益物必诚，如天之生物，日进日息；自益必诚，如川之方至，日增日得。施之妄，学之不勤，欲自益且益人，难矣哉！《易》曰"益长裕而不设"，信夫！

将修己，必先厚重以自持，厚重知学，德乃进而不固矣。忠信进德，惟尚友而急贤，欲胜己者亲，无如改过之不吝。

戏言出于思也，戏动作于谋也。发乎声，见乎四支，谓非己心，不明也；欲人无己疑，不能也。过言非心也，过动非诚也。失于声，缪迷其四体，谓己当然，自诬也；欲他人己从，诬人也。或者以出于心者归咎为己戏，失于思者自诬为己诚，不知戒其出汝者，归咎其不出汝者，长傲且遂非，不知孰甚焉！

---

①混然：合而无间之谓。

②吾其体：气，构成了我的身体。

③吾其性：气的本性就是我的天性。

④与：党与，同伴。

⑤宗子：一家的嫡长子。

⑥家相：一家的总管。

⑦癃（lóng，音聋）：指年老衰弱多病。

⑧惸（qióng，音穷）：同"茕"，没有弟兄，孤独。

⑨颠连：狼狈困苦的样子。　　无告：无可告诉。

⑩翼：恭敬。

⑪济：帮助。

⑫践：践履。

⑬屋漏：室内西北角的偏僻处。　　忝：羞愧。

⑭崇伯子：即禹也。

⑮颍封人：即颍考叔，春秋时鲁国人。　　锡类：把恩德赐给朋友。

⑯底豫：得到快乐。

⑰申生：晋献公的儿子，为了顺从父意而自杀身亡。

⑱体其受而归全：父母生时是身体健全，只有保持身体健全至死才是孝顺的。

⑲伯奇：周大夫尹吉甫之子，被父所逐。

⑳女：同"汝"。

㉑鬼神：气之往来屈伸之道也。

㉒蕞（zuì，音罪）：丛聚。

㉓适然：偶然。

㉔鬼：归也，归于太虚之絪缊也。

㉕沦胥：犹言相互牵连而受苦难。后泛指沦陷。

㉖殁：灭绝。

㉗实际：指真如。真是真实不妄，如是如常不变。

㉘疣赘（yóu zhuì，音油坠）：多余无用的东西。

㉙况诸谷：将之比为山谷。